A HORA DAS BRUXAS

ANNE RICE

A HORA DAS BRUXAS

AS BRUXAS MAYFAIR

Tradução de Waldéa Barcellos

Rocco

Título original
THE WITCHING HOUR

Copyright da tradução © 1994 *by* Editora Rocco Ltda.

Copyright © 1990 *by* Anne O'Brien Rice

Todos os direitos reservados, incluindo os de reprodução
no todo ou em parte sob qualquer forma.

Direitos para a língua portuguesa reservados
com exclusividade para o Brasil à
EDITORA ROCCO LTDA.
Rua Evaristo da Veiga, 65 – 11º andar
20031-040 – Rio de Janeiro – RJ
Passeio Corporate – Torre 1
Tel.: (21) 3525-2000 – Fax: (21) 3525-2001
rocco@rocco.com.br / www.rocco.com.br

Printed in Brazil/Impresso no Brasil

Preparação de originais
MAIRA PARULA

CIP-Brasil. Catalogação na publicação.
Sindicato Nacional dos Editores de Livros, RJ.

R381h

Rice, Anne, 1941-2021.
    A hora das bruxas : volume único / Anne Rice ; tradução Waldéa Barcellos. - 1. ed. - Rio de Janeiro : Rocco, 2022.
    992 p. ; 23 cm.

Edição em capa dura.
Tradução de: The witching hour.
ISBN 978-65-5532-288-0.

1. Ficção americana. I. Barcellos, Waldéa. II. Título.

22-79085

CDD: 813
CDU: 82-3(73)

Gabriela Faray Ferreira Lopes – Bibliotecária – CRB-7/6643

O texto deste livro obedece às normas do
Acordo Ortográfico da Língua Portuguesa.

Com amor para

Stan Rice e
Christopher Rice

John Preston

Alice O'Brien Borchardt,
Tamara O'Brien Tinker,
Karen O'Brien e Micki O'Brien Collins

e

Dorothy van Bever O'Brien,
que me deu minha primeira
máquina de escrever em 1959,
certificando-se de que ela fosse
de boa qualidade.

E a chuva tem a cor do cérebro.
E a tempestade soa como alguma coisa que se lembra de alguma coisa.

STAN RICE

PRIMEIRA PARTE

REUNIDOS

1

O médico acordou assustado. Estivera sonhando mais uma vez com a velha casa de Nova Orleans. Havia visto a mulher na cadeira de balanço. Havia visto o homem de olhos castanhos.

E mesmo agora, nesse tranquilo quarto de hotel no alto da cidade de Nova York, ele sentiu a perturbação antiga e alarmante. Mais uma vez ele havia conversado com o homem de olhos castanhos. É, ajude-a. *Não, isso é só um sonho. Quero sair daqui.*

O médico sentou-se na cama. Nenhum ruído, a não ser pelo ronco suave do ar-condicionado. Por que estava pensando naquilo nessa noite num quarto de hotel no Parker Meridien? Por um instante, não conseguiu afastar a sensação da velha casa. Viu a mulher mais uma vez: com a cabeça caída, o olhar vazio. Ele quase ouvia o zumbido de insetos batendo nas telas da velha varanda. E o homem de olhos castanhos falava sem mover os lábios. Um boneco de cera infundido com vida...

Não. Pare com isso.

Ele saiu da cama e seguiu em silêncio pelo piso acarpetado, até parar diante das cortinas brancas e transparentes, olhando para os telhados escurecidos pela fuligem e os letreiros de néon meio opacos, tremeluzindo em contraste com o tijolo das paredes. A luz do início da manhã aparecia por trás das nuvens acima do concreto fosco da fachada em frente. Nenhum calor debilitante por aqui. Nenhuma fragrância entorpecedora de rosas ou gardênias.

Aos poucos, sua cabeça se desanuviou.

Voltou a pensar no inglês no bar do saguão. Foi o homem quem despertara as recordações – o fato de o inglês comentar com o barman que acabava de chegar de Nova Orleans e que aquela era sem dúvida uma cidade *assombrada*. O inglês, um homem afável, com a aparência de um verdadeiro cavalheiro do Velho Mundo, num terno justo de anarruga com uma corrente de relógio de ouro presa ao bolso do colete. Onde se via esse tipo de homem nos dias de hoje? – um homem com a forte entoação melodiosa de um ator dramático britânico, e olhos azuis, brilhantes, sem sinais da idade.

– É, você tem razão acerca de Nova Orleans. Sem dúvida que tem – disse o médico, voltando-se para o homem. – Eu mesmo vi um fantasma em Nova Orleans, e não faz muito tempo... – Ele parou, então, sem jeito. Seus olhos estavam fixos no bourbon evaporado à sua frente, na nítida refração da luz na base do copo de cristal.

Zumbido de moscas no verão; cheiro de remédio. *Tanta quantidade de Thorazine? Será que não haveria um erro?*

O inglês, porém, havia demonstrado uma curiosidade respeitosa. Ele convidara o médico para jantar, dizendo que coletava esse tipo de história. Por um instante, o médico chegou a se sentir tentado. Havia uma calmaria na convenção, e ele gostou desse homem, sentindo uma confiança imediata nele. Além disso, o saguão do Parker Meridien era um lugar alegre e agradável, cheio de luz, movimentação e gente. Tão distante daquele canto sombrio de Nova Orleans, daquela triste cidade velha apodrecendo com seus segredos no seu perpétuo calor caribenho.

No entanto, o médico não conseguiu contar a história.

– Se algum dia você mudar de ideia, pode me telefonar – disse o inglês. – Meu nome é Aaron Lightner. – Ele deu ao médico um cartão com o nome de uma organização impresso. – Pode-se dizer que coletamos histórias de assombrações, mas as verdadeiras.

O Talamasca
Nós observamos
E estamos sempre presentes.

Era um lema curioso.

É, foi isso o que trouxe todas as recordações. O inglês e aquele cartão de visitas diferente com os números de telefone da Europa; o inglês que viajaria no dia seguinte para a costa oeste, a fim de ver um homem da Califórnia que havia se afogado e sido ressuscitado recentemente. O médico havia lido sobre o caso nos jornais de Nova York: era uma daquelas figuras que sofrem morte clínica e voltam após terem visto "a luz".

Eles, o médico e o inglês, conversaram acerca do afogado.

– Ele agora diz ter poderes psíquicos, entende? – disse o inglês. – E é claro que isso nos interessa. Parece que ele vê imagens quando toca os objetos. Chamamos essa capacidade de psicometria.

O médico ficou intrigado. Ele próprio havia ouvido falar de alguns pacientes desse tipo, vítimas de problemas cardíacos, se é que se lembrava corretamente, que haviam voltado, sendo que uma alegava ter visto o futuro. "Experiências após a morte." Viam-se cada vez mais artigos sobre o fenômeno nas publicações especializadas.

– E a melhor pesquisa sobre o assunto foi realizada por médicos, cardiologistas – disse Lightner.

– Não houve um filme há alguns anos – perguntou o médico – sobre uma mulher que voltou com o poder de curar? Um filme de impacto estranho.

– Você não tem preconceitos contra o assunto – disse o inglês com um sorriso de satisfação. – Tem certeza de que não quer me contar do seu fantasma? Eu adoraria ouvir essa história. Meu voo só sai amanhã, antes do meio-dia. O que eu não daria para ouvir sua história.

Não, aquela história não. Nunca.

Sozinho agora no quarto de hotel, o médico voltou a sentir medo. O relógio batia seu tique-taque no longo corredor empoeirado em Nova Orleans. Ele ouvia o arrastar dos pés da paciente forçada a caminhar pela enfermeira. Sentiu novamente o cheiro de uma casa de Nova Orleans no verão, calor e madeira velha. O homem estava falando com ele...

O médico nunca havia estado numa casa anterior à Guerra de Secessão até aquela primavera em Nova Orleans. E a casa antiga tinha realmente colunas acaneladas brancas na fachada, embora a tinta estivesse descascando. Chamavam o estilo de renascimento grego – uma longa casa num tom de lilás acinzentado, num canto sombrio do Garden District, com o portão da frente protegido, ao que parecia, por dois carvalhos enormes. A grade de ferro tinha um desenho rendilhado de rosas e era profusamente enfeitada por trepadeiras: glicínias roxas, o amarelo da videira virgem e buganvílias de um rosa-escuro, incandescente.

Ele gostava de parar nos degraus de mármore e contemplar os capitéis dóricos, como que coroados pelas flores inebriantes. O sol chegava em longos raios empoeirados através dos galhos retorcidos. As abelhas cantarolavam no emaranhado de folhas verdes brilhantes por baixo das cornijas descascadas. Não importava que o lugar fosse tão sombrio, tão úmido.

Até mesmo a chegada pelas ruas desertas o seduzia. Vinha caminhando lentamente sobre calçadas rachadas e irregulares de tijolos assentados em espinha de peixe ou de lajes cinzentas, por baixo de um arco ininterrupto de galhos de carvalho, com a luz eternamente salpicada de sombras, o céu perpetuamente encoberto pelo verde. Sempre parava junto à maior das árvores, que com suas raízes protuberantes erguia do seu lugar a grade de ferro. Ele não teria conseguido envolver seu tronco sozinho. Ela se estendia desde a calçada até a própria casa, com seus ramos retorcidos arranhando as janelas fechadas para além da balaustrada, as folhas se emaranhando com as trepadeiras floridas.

Mesmo assim, o descuido por aqui o perturbava. Aranhas teciam suas teias minúsculas e elaboradas sobre as rosas de ferro fundido. Em alguns pontos, a grade estava tão enferrujada que a um simples toque se desfazia em pó. E aqui e ali perto do parapeito, a madeira das varandas estava totalmente apodrecida.

Havia, ainda, uma antiga piscina bem ao longe no jardim: um grande octógono limitado por lajes que se transformara em pântano, com a água suja e os íris silvestres. Só o cheiro já era apavorante. Ali viviam rãs, que ao escurecer entoavam seu coaxar feio e rouco. Era triste ver os pequenos chafarizes de um lado e do outro ainda mandando seus esguichos de água para aquela sujeira. Ele sentia vontade de secá-la, limpá-la, esfregar suas laterais com as próprias mãos, se fosse necessário. Ansiava por consertar a balaustrada quebrada e arrancar o mato que sufocava as urnas.

Mesmo as tias idosas da paciente – Miss Carl, Miss Millie e Miss Nancy – tinham um ar de mofo e deterioração. Não se tratava do cabelo grisalho ou dos óculos de armação de metal. Eram suas atitudes e a fragrância de cânfora que impregnavam suas roupas.

Certa vez, ele entrou na biblioteca e tirou um livro da estante. Pequenos besouros negros saíram assustados da fenda. Alarmado, ele devolveu o livro ao seu lugar.

Se a casa estivesse provida de ar-condicionado, talvez fosse diferente. Mas a casa antiga era grande demais para isso, ou pelo menos foi o que disseram naquela época. O pé-direito tinha a altura de mais de quatro metros. E, assim, a brisa preguiçosa trazia consigo o cheiro de bolor.

A paciente, no entanto, era bem cuidada. Isso ele não podia deixar de admitir. Uma enfermeira negra, velha e carinhosa chamada Viola trazia a paciente até a varanda telada pela manhã e a levava à noitinha.

– Ela não dá trabalho nenhum, doutor. Agora vamos, Miss Deirdre, caminhe para o doutor ver. – Viola a levantava da cadeira e a conduzia com paciência, um passo atrás do outro.

– Já estou com ela há sete anos. Doutor, ela é minha menininha.

Sete anos assim. Não era de admirar que os pés da mulher houvessem começado a se voltar para dentro na altura dos tornozelos, e que seus braços costumassem se encolher na direção do peito se a enfermeira não os forçasse para baixo, de volta ao colo.

Viola costumava fazer com que caminhasse dando voltas e mais voltas no longo salão duplo, passando pela harpa e pelo Bösendorfer de cauda, encobertos de poeira. Entravam, então, na sala de jantar, com seus murais desbotados de campos lavrados e carvalhos cheios de musgo.

Os chinelos arrastavam-se no desgastado tapete Aubusson. A mulher estava com 41 anos, e no entanto dava a impressão de ser ao mesmo tempo jovem e antiquíssima: uma criança pálida e encurvada, imune às preocupações ou paixões adultas. *Deirdre, você algum dia teve um amante? Você algum dia dançou nesse salão?*

Nas estantes da biblioteca havia livros de registro, encadernados em couro, com datas antigas assinaladas na lombada em tinta roxa desbotada: 1756, 1757, 1758... Cada um trazia o nome da família Mayfair em letras douradas.

Ah, essas velhas famílias do Sul! Como ele invejava a tradição delas. Não tinha de levar necessariamente a essa decadência. E pensar que ele não sabia os nomes completos dos próprios bisavós ou onde eles haviam nascido.

Mayfair – um típico clã colonial. Havia velhos quadros nas paredes mostrando homens e mulheres em trajes do século XVIII, bem como daguerreótipos, ferrotipias e fotografias descoradas. Um mapa amarelado de Saint-Domingue – será que ainda se chamava assim? – numa moldura suja no corredor. E uma pintura escurecida de uma imensa casa de fazenda.

E as joias que a paciente usava. Objetos de família, sem dúvida, com aquelas montagens antigas. Qual era o sentido de pôr esse tipo de joia numa mulher que não havia aberto a boca nem se movimentado por vontade própria em mais de sete anos?

A enfermeira disse que nunca tirava a corrente com o pingente de esmeralda, nem mesmo quando dava banho em Miss Deirdre.

– Permita que eu conte a você um segredo, doutor. Nunca toque nela!

Ele teve vontade de perguntar por que não, mas não disse nada. Ficou olhando sem graça enquanto a enfermeira punha na paciente os brincos de rubi e o anel solitário.

É como vestir um cadáver, pensou. Lá fora, os carvalhos escuros enviam seus galhos sinuosos até as venezianas empoeiradas. E o jardim tremeluz no calor letárgico.

– E olhe o cabelo dela – disse a enfermeira, com carinho. – Já viu mais bonito?

Era negro, com fios grossos, ondulados e longos. A enfermeira adorava escová-la, observando a formação dos cachos à medida que os soltasse. E os olhos da paciente, apesar da sua expressão fixa e desanimada, eram de um azul límpido. No entanto, de vez em quando, um fino fio prateado de saliva escorria pelo canto da boca, criando um círculo escuro no colo da sua camisola branca.

– É incrível que ninguém tenha tentado roubar essas joias – disse ele, como se falasse para si mesmo. – Ela é tão indefesa.

A enfermeira deu um sorriso superior, de quem sabe das coisas.

– Ninguém que tenha trabalhado nesta casa tentaria fazer isso.

– Mas ela fica sentada sozinha na varanda o dia inteiro. Dá para se ver da rua.

Risos.

– Não se preocupe com isso, doutor. Ninguém por aqui é tolo de passar por aquele portão. O velho Ronnie corta a grama, mas só porque é o que sempre fez e faz há trinta anos. Mas não se pode dizer que o velho Ronnie regule bem.

– Mesmo assim... – Mas ele se interrompeu. O que ele estava fazendo, conversando desse jeito diante da mulher silenciosa, cujos olhos só de vez em quando se mexiam um pouquinho, cujas mãos estavam exatamente onde a enfermeira as havia posto, cujos pés descansavam flácidos no piso nu? Como era fácil a gente se esquecer do próprio eu, se esquecer de respeitar essa criatura trágica. Ninguém sabia o que a mulher compreendia.

– Poderia levá-la para tomar sol um dia desses – sugeriu ele. – A pele dela está tão branca.

Ele sabia, porém, que no jardim seria impossível, mesmo que ficasse afastado das emanações da piscina. A buganvília espinhenta aparecia em moitas por baixo do louro-cereja. Querubins gordinhos, sujos de limo, espiavam de trás da lantana invasora, como aparições.

No entanto, aqui crianças haviam brincado.

Algum menino ou menina havia escrito a palavra *Lasher* no grosso tronco da gigantesca extremosa que crescia junto à cerca dos fundos. Os cortes fundos haviam cicatrizado de modo a sobressair num contraste branco com a casca resinosa. Uma palavra estranha aquela. E um balanço de madeira ainda estava pendurado num galho de um carvalho distante.

Ele se encaminhou até a árvore solitária, se sentou no balanço por um instante e sentiu que as correntes enferrujadas rangiam antes de se moverem quando ele forçou o pé contra a grama pisada.

O lado sul da casa parecia imenso e, dessa perspectiva, era de uma beleza irresistível, com as trepadeiras floridas subindo juntas, passando pelas janelas verdes fechadas até as chaminés gêmeas acima do terceiro andar. O bambu escuro matraqueava com a brisa que o fazia arrastar na alvenaria. As lustrosas bananeiras cresciam tão altas e densas que formavam uma selva até o muro de tijolos.

Essa velha casa era como sua paciente – bela, e, no entanto, esquecida pelo tempo, pela pressa.

O rosto dela talvez ainda pudesse ser bonito, se não fosse tão absolutamente desprovido de vida. Será que ela via os delicados cachos roxos da glicínia, trêmulos contra as telas, o emaranhado fervilhante de outras flores? Será que, através das árvores, ela conseguia ver a casa de colunas brancas do outro lado da rua?

Uma vez ele havia subido ao segundo andar com ela, e a enfermeira no elevador graciosamente antiquado, porém forte, com sua porta metálica e seu tapete gasto. Nenhuma alteração no rosto de Deirdre quando o elevador começou a subir. Ele ficou ansioso ao ouvir o ruído das engrenagens. Não conseguia imaginar o motor como algo que não fosse antigo e não estivesse manchado, grudento, empoeirado.

É claro que ele havia conversado com o velho médico no sanatório.

– Lembro-me de quando eu tinha sua idade – disse o velho médico. – Eu ia tratar deles todos. Ia argumentar com os paranoicos, trazer de volta à realidade os esquizofrênicos e fazer com que os catatônicos despertassem. Aplique nela essa injeção todos os dias, meu filho. Não há mais nada a se fazer ali. Nós só nos esforçamos para impedir que ela fique nervosa de vez em quando. Você sabe, a agitação.

Agitação? Era essa a razão para essas drogas pesadas? Mesmo se as injeções fossem interrompidas no dia seguinte, teria de se passar um mês para que os efeitos desaparecessem. E a dosagem era tão alta que teria sido fatal para outro paciente. Para se chegar a uma dosagem daquelas era preciso ir aumentando aos poucos.

Como alguém podia conhecer o verdadeiro estado da mulher num caso em que a medicação se estendia há tanto tempo? Se ao menos ele pudesse fazer um eletroencefalograma...

Ele estava no caso há um mês quando pediu suas fichas. Era um pedido de rotina. Ninguém percebeu. Ficou sentado a tarde inteira à sua escrivaninha no sanatório, lutando com os rabiscos de dezenas de outros médicos, diagnósticos vagos e contraditórios: mania, paranoia, total esgotamento nervoso, delírios, surto psicótico, depressão, tentativa de suicídio. Aparentemente, tudo remontava à sua adolescência. Não, até mesmo antes. Alguém a havia examinado para ver se sofria de "demência" aos 10 anos.

Quais eram os detalhes específicos por trás dessas abstrações? Em algum ponto na montanha de rabiscos, ele descobriu que ela havia tido uma menina aos 18 anos, que a dera e que tinha sofrido "grave paranoia".

Seria por isso que ela fora submetida a tratamentos de choque numa ocasião e choques por insulina em outra? O que ela havia feito com as enfermeiras que repetidas vezes abandonavam o emprego por "violência física"?

A certa altura, ela tinha "fugido" e depois foi "recolhida à força". Depois, havia páginas faltando, anos a fio sem acompanhamento. "Dano cerebral irreversível" estava anotado em 1976. "Paciente recebeu alta. Thorazine receitado para evitar tremores, mania."

Era um documento feio, que não contava uma história, que não revelava nenhuma verdade. E, no final das contas, ele o desestimulava. Será que um batalhão de médicos havia conversado com ela como ele estava fazendo agora, quando se sentava ao seu lado na varanda lateral?

– O dia está lindo, não é, Deirdre?

Ah, a brisa aqui, tão perfumada. A fragrância das gardênias ficou de repente forte demais, mas ele a adorava assim mesmo. Só por um segundo, fechou os olhos.

Será que ela o detestava, que ria dele, será que sequer reconhecia sua presença? Ele agora via alguns fios grisalhos na sua cabeça. As mãos eram frias, desagradáveis de se tocar.

A enfermeira veio com um envelope azul nas mãos, um instantâneo.

– É da sua filha, Deirdre. Está vendo? Está com 24 anos agora, Deirdre. – A enfermeira mostrou a foto também ao médico. Uma moça loura no convés de um grande iate branco, com os cabelos ao vento. Bonita, muito bonita. "Na baía de San Francisco, 1983."

Não houve nenhuma mudança na expressão da paciente. A enfermeira puxou para trás os cabelos negros. Ela empurrou a foto na direção do médico.

– Está vendo essa moça? Ela também é médica – Abaixou o queixo com ar de superioridade. – Agora está interna, vai ser doutora igual ao senhor um dia. Posso afirmar.

Seria possível? A moça nunca havia vindo para casa para cuidar da própria mãe? De repente, sentiu aversão por ela. Ia ser doutora, de fato!

Há quanto tempo sua paciente não usava um vestido ou um par de sapatos de verdade? Ele sentiu vontade de ligar o rádio para ela. Talvez gostasse de música. A enfermeira mantinha a televisão ligada nas novelas a tarde inteira na cozinha dos fundos.

Ele passou a desconfiar das enfermeiras como já desconfiava das tias.

A mais alta, que preenchia os cheques para ele, "Miss Carl", ainda advogava, apesar de estar já com seus 70 anos. Ela ia para seus escritórios na Carondelet Street e deles voltava de táxi por não conseguir mais subir no degrau de madeira do bonde de St. Charles. Ela lhe disse uma vez, quando o encontrou no portão, que durante cinquenta anos havia usado o bonde de St. Charles.

– Ah, é – disse a enfermeira numa tarde, enquanto escovava os cabelos de Deirdre bem devagar, com muito cuidado. – Miss Carl é a inteligente. Trabalha para o juiz Fleming. Uma das primeiras mulheres a se formar na Faculdade de Direito de Loyola. Ela estava com 17 anos quando entrou para Loyola. O pai era o velho juiz McIntyre, e ela sempre teve muito orgulho dele.

Miss Carl nunca se dirigia à paciente, não que o médico tivesse visto. Era a corpulenta "Miss Nancy" que fazia maldades com ela, ao que o médico imaginava.

– Dizem que Miss Nancy não teve muita oportunidade de estudar – disse a enfermeira, em tom de fofoca. – Sempre em casa, cuidando dos outros. Também havia aqui Miss Belle, uma velha.

Havia algo de mal-humorado e quase vulgar em "Miss Nancy". Atarracada, descuidada, sempre de avental e, no entanto, dirigindo-se à enfermeira com aquela voz superior, artificial. Miss Nancy tinha uma leve expressão de desdém na boca sempre que olhava para Deirdre.

Havia ainda Miss Millie, a mais velha de todas, que era de fato alguma prima da família: uma figura clássica, que usava a seda negra típica das velhas e os sapatos de cadarço. Ela ia e vinha, nunca sem suas luvas gastas e seu pequeno chapéu preto de palha com véu. Tinha sempre um sorriso simpático para o médico e um beijo para Deirdre.

– Essa é minha pobre queridinha – costumava dizer em voz trêmula. Uma tarde, ele encontrou por acaso Miss Millie parada nas lajes quebradas ao lado da piscina.

– Não há mais nem por onde começar, doutor – disse ela, com tristeza. Não lhe cabia desafiá-la, e no entanto algo se acelerou dentro dele ao ouvir o reconhecimento dessa tragédia.

– Como Stella adorava nadar aqui – disse a velha. – Foi Stella quem a construiu, Stella, que tinha tantos planos e sonhos. Foi Stella quem mandou instalar o elevador, sabia? É exatamente o tipo de coisa que Stella faria. Stella dava umas festas. Ora, eu me lembro de centenas de pessoas na casa, mesas por todo o gramado e as bandas que tocavam. O senhor é muito novo, doutor, para se lembrar daquela música animada. Stella mandou fazer aquelas cortinas do salão duplo, e agora elas estão velhas demais para serem lavadas. Foi o que disseram. Que elas se desfariam se tentássemos limpá-las agora. E foi Stella quem mandou assentar esses caminhos de lajes aqui, ao longo da piscina. Está vendo? Iguais às lajes antigas da frente e do lado... – Ela parou de repente, indicando o pátio distante tão sufocado de mato ao final do lado mais comprido da casa. Era como se ela não pudesse dizer mais nada. Lentamente, ergueu os olhos até a janela do sótão lá no alto.

Ele sentiu vontade de perguntar: mas quem é Stella?

– Coitada da minha querida Stella.

Ele imaginou lanternas de papel suspensas nas copas das árvores.

Talvez elas fossem simplesmente velhas demais, essas mulheres. E a mais nova, a estudante de medicina ou o que quer que fosse, a quatro mil quilômetros de distância...

Miss Nancy perseguia a muda Deirdre. Ela via que a enfermeira estava forçando a doente a andar e vinha gritar no seu ouvido.

– Levante os pés. Você sabe muito bem que conseguiria andar sozinha, se quisesse.

– Miss Deirdre não tem problema nenhum nos ouvidos – costumava dizer a enfermeira, interrompendo-a. – O médico diz que ela ouve e vê muito bem.

Uma vez ele tentou interrogar Miss Nancy enquanto ela varria o corredor do andar superior, imaginando que talvez, irritada, ela lançasse alguma luz sobre o assunto.

– Ela nunca apresenta nenhuma mudança? Ela alguma vez chega a falar... uma palavra que seja?

A mulher contraiu os olhos para fitá-lo por algum tempo, o suor reluzindo no rosto redondo, o nariz de um vermelho forte na altura em que os óculos pesavam.

– Vou contar o que eu queria saber – disse ela. – Quem vai cuidar dela quando não estivermos mais por aqui? O senhor acha que aquela filha mimada lá da Califórnia vai se incomodar? Ela não sabe nem mesmo o nome da mãe. É Ellie Mayfair quem manda aquelas fotos. – Ela riu com desdém. – Ellie Mayfair não põe os pés nesta casa desde o dia em que a menina nasceu e veio para levá-la embora. Tudo o que ela queria era o bebê, porque não podia ter filhos, e estava apavorada, com medo de que o marido a deixasse. Ele é um advogado famoso lá onde mora. Sabia que Carl pagou a Ellie para levar a criança? Para se certificar de que a menina nunca voltasse para casa? Ora, a ideia era simplesmente desaparecer com a criança. Ela fez Ellie assinar um documento. – Miss Nancy deu um sorriso amargo, limpando as mãos no avental. – Mandaram-na para a Califórnia com Ellie e Graham para morar numa casa maravilhosa na baía de San Francisco, com um grande barco e tudo o mais; foi isso o que aconteceu com a filha de Deirdre.

Ah, quer dizer que a filha não sabia da história, apenas pensou.

– Carl e Nancy que fiquem aqui para cuidar de tudo! – prosseguiu a mulher.
– Essa é a ladainha da família. Carl faz os cheques, e Nancy cozinha e limpa. E o que é que Millie faz? Millie só vai à igreja e ora por todas nós. Não é fantástico? Tia Millie é mais inútil do que tia Belle chegou a ser. Vou contar o que tia Millie faz bem. Cortar flores. Tia Millie corta as rosas de vez em quando, aquelas rosas que estão lá fora abandonadas.

Miss Nancy deu um riso rouco, feio, e passou por ele para entrar no quarto da doente, segurando a vassoura pelo cabo sebento.

– Sabia que não se pode pedir a uma enfermeira que varra o chão? Não, a isso elas não se rebaixariam. Poderia me dizer por que uma enfermeira não pode varrer o quarto?

O quarto estava bem limpo. Parecia ser o quarto principal da casa, um aposento amplo, arejado, voltado para o norte. Havia cinzas na lareira de mármore. E a cama em que dormia sua paciente... Uma daquelas camas imensas, feitas no final do século passado, com um imponente dossel de nogueira e seda com borlas.

Agradava ao médico o cheiro de cera e de roupa de cama limpa. No entanto, o quarto estava cheio de horríveis artefatos religiosos. Sobre a cômoda de mármore havia uma imagem da Virgem, com o coração vermelho exposto no peito, lúgubre e repulsivo. Um crucifixo repousava ao seu lado, com um Cristo contorcido em cores naturais, até mesmo nos detalhes do sangue escuro que escorria dos cravos nas mãos. Velas ardiam em copos vermelhos ao lado de um pouco de folhas murchas de palmeira.

– Ela percebe esses objetos religiosos? – perguntou o médico.
– Claro que não – disse Miss Nancy. Subiam emanações de cânfora das gavetas da cômoda enquanto ela as arrumava. – Grande coisa eles ajudam debaixo deste teto!

Havia rosários pendurados nos abajures de latão trabalhado, mesmo nas cúpulas de cetim desbotado. E a impressão era a de que nada havia sido alterado há décadas. As cortinas de renda amarela estavam duras e puídas em alguns lugares. Ao receber o sol, elas pareciam retê-lo, lançando sua própria luz queimada e sombria.

Havia um porta-joias na superfície de mármore da mesa de cabeceira. Aberto. Como se o conteúdo não fosse de valor inestimável, que realmente era. Até mesmo o médico, com seus parcos conhecimentos do assunto, sabia que aquelas joias eram verdadeiras.

Ao lado do porta-joias, a fotografia da filha loura e bonita. E abaixo dela, uma outra muito mais velha e desbotada da mesma menina, pequena, mas já naquela época bem bonita. Alguns rabiscos na parte de baixo. Ele só conseguiu decifrar "Pacific Heights School, 1966".

Quando ele tocou na capa de veludo do porta-joias, Miss Nancy se voltou e praticamente gritou com ele: – Não toque nisso, doutor!

– Meu Deus, não está pensando que eu sou um ladrão, né?

– O senhor desconhece muitas coisas acerca desta casa e da sua paciente. Por que acha que as venezianas estão todas quebradas, doutor? Quase caindo das dobradiças? Por que acha que o reboco está se soltando dos tijolos? – Ela abanou a cabeça, balançando a pele macia das bochechas, com a boca sem cor, crispada. – Basta deixar que alguém tente consertar as venezianas. Basta deixar que alguém suba numa escada e tente pintar a casa.

– Não estou compreendendo – disse o médico.

– Nunca toque nas joias dela, doutor. Nunca toque em nada por aqui que não tenha necessidade de tocar. Aquela piscina lá fora, por exemplo. Toda sufocada de folhas e imundícies como está, mas os velhos chafarizes ainda jogam água nela, já pensou nisso? Basta que se tente desligar as torneiras, doutor!

– Mas quem...?

– Doutor, deixe as joias dela em paz. Ouça meu conselho.

– Será que uma modificação nas coisas faria com que ela falasse? – ousou ele perguntar, impaciente com tudo isso, e por não ter medo dessa tia como tinha de Miss Carl.

– Não, isso não ia fazer com que *ela* fizesse nada – respondeu Nancy, com um sorriso irônico. Ela fechou a gaveta com violência. Contas de rosário tilintaram de encontro a uma pequena imagem de Jesus. – Agora, se o senhor me der licença, preciso ir limpar o banheiro também.

Ele olhou para o Jesus barbado, com o dedo indicando a cruz de espinhos em volta do coração.

Talvez elas todas fossem loucas. Talvez ele também enlouquecesse, se não saísse daquela casa.

Certo dia, quando ele estava sozinho na sala de jantar, viu outra vez aquele nome – Lasher – escrito na poeira acumulada sobre a mesa. Parecia ter sido escrito com a ponta do dedo. Um enorme L maiúsculo caprichado. Agora, o que aquilo significava? Quando ele chegou na tarde seguinte, o lugar estava limpo. Na verdade, aquela foi a única vez em que ele havia visto a poeira ser perturbada ali, onde o conjunto de chá de prata sobre o aparador estava todo manchado de preto. Os murais nas paredes estavam desbotados. Mesmo assim, se os examinasse com atenção, conseguia ver uma cena de plantação colonial; sim, a mesma casa que aparecia no quadro no saguão. Só depois de examinar o candelabro por muito tempo, percebeu que ele nunca havia sido adaptado para a luz elétrica. Ainda tinha cera nos castiçais. Ah, que tristeza naquilo tudo.

À noite, em seu apartamento moderno com vista para o lago, ele não conseguia deixar de pensar na sua paciente. Ele se perguntava se os olhos dela ficavam abertos quando estava deitada na cama.

– Talvez eu tenha uma obrigação... – Mas que tipo de obrigação? O médico dela era um psiquiatra de renome. Não seria conveniente questionar seu parecer.

Não seria conveniente tentar nenhuma bobagem, como a de levá-la para um passeio no campo ou levar um rádio para a varanda. Ou ainda *parar com os sedativos, para ver o que aconteceria.*

Ou mesmo pegar o telefone e ligar para aquela filha, a interna. *Fizeram Ellie assinar um documento.* Vinte e quatro anos era idade suficiente para saber algumas coisas a respeito da própria mãe.

E, sem dúvida, o bom senso indicava uma pausa na medicação de Deirdre, de vez em quando. E o que dizer de uma reavaliação total? Ele pelo menos tinha de fazer essa sugestão.

– Aplique nela as injeções – disse o velho médico. – Faça uma visita de uma hora por dia. É isso o que se espera de você. – Uma ligeira frieza dessa vez. Velho idiota!

Não era de estranhar que ele se alegrasse tanto da primeira vez que viu o homem fazendo-lhe uma visita.

Era o início de setembro, e ainda fazia calor. Quando entrou pelo portão, viu o homem na varanda telada ao seu lado, obviamente conversando com ela, com o braço pousado no espaldar da cadeira.

Um homem alto, de cabelos castanhos, bem esguio.

O médico viu-se acometido de um estranho sentimento de posse. Um homem que ele não conhecia com sua paciente. No entanto, no fundo estava ansioso para conhecê-lo. Talvez o homem lhe explicasse algo que as mulheres não se dispunham a explicar. E ele era sem dúvida um bom amigo. Havia certa intimidade no seu jeito de ficar tão perto, no seu jeito de se inclinar na direção da silenciosa Deirdre.

Quando o médico saiu de casa para a varanda, porém, não havia mais nenhuma visita ali. E ele não encontrou ninguém nos cômodos da frente.

– Sabe, vi um homem aqui há pouco – disse ele à enfermeira quando ela entrou. – Ele estava conversando com Miss Deirdre.

– Eu não o vi – disse a enfermeira, despreocupada.

Miss Nancy, que estava descascando ervilhas na cozinha quando ele a encontrou, fitou-o por algum tempo e depois abanou a cabeça, com o queixo firme.

– Não ouvi ninguém entrar.

Bem, isso não era a coisa mais absurda? Mas ele tinha de admitir que só o havia visto por um instante, um vislumbre através da tela. Não, mas ele havia visto o homem *mesmo*.

– Se ao menos você pudesse falar comigo – disse ele a Deirdre, quando estavam a sós. Ele estava preparando a injeção. – Se você ao menos pudesse me dizer se quer visitas, se isso faz diferença... – O braço dela era tão fino. Quando se voltou para ela, com a agulha pronta, ela estava olhando fixamente para ele.

– Deirdre?

O coração dele batia forte.

Os olhos rolaram para a esquerda, e ela voltou a olhar para a frente, apática e muda como antes. E o calor, que o médico havia aprendido a apreciar, de repente lhe pareceu sufocante. Na realidade, ele sentia a cabeça leve, como se estivesse prestes a desmaiar. Lá fora, do outro lado da tela empoeirada e encardida, o gramado pareceu se mexer.

Ora, ele nunca havia desmaiado na vida, e enquanto pensava nisso, enquanto tentava pensar nisso, percebeu que estivera conversando com o homem, é, o homem estava ali, não, não estava ali agora, mas tinha acabado de sair. Os dois estavam no meio de uma conversa, e agora ele havia perdido o fio da meada, ou não, não era bem isso, o fato é que de repente ele não conseguiu mais se lembrar de quanto tempo estiveram conversando, e era tão estranho ter estado conversando todo esse tempo juntos e não lembrar de como tudo havia começado.

De súbito, ele tentava desanuviar a cabeça e olhar melhor para o homem, mas o que o outro acabara de dizer? Era tudo muito confuso, porque não havia ninguém ali com quem estivesse falando, ninguém, a não ser ela, mas era verdade, ele acabara de concordar com o homem de cabelos castanhos.

– É claro, parar as injeções... – E a absoluta integridade da sua posição não admitia dúvidas, o velho médico ("Um idiota mesmo!", segundo o homem de cabelos castanhos) teria de lhe dar ouvidos!

Tudo isso era medonho, e ainda a filha na Califórnia...

Ele se sacudiu. Ergueu-se na varanda. O que havia acontecido? Havia adormecido na cadeira de vime. Estivera sonhando. O murmúrio das abelhas soou alto e perturbador aos seus ouvidos, e a fragrância das gardênias pareceu drogá-lo instantaneamente. Ele olhou por cima da grade para o pátio à sua esquerda. Alguma coisa havia se mexido ali?

Só os ramos das árvores mais além, quando a brisa soprava entre eles. Ele havia visto isso milhares de vezes em Nova Orleans, essa dança graciosa, como se uma árvore liberasse a brisa para a seguinte. Um calor tão agradável e envolvente.

Pare com as injeções! Ela acordará.

Lenta e desajeitada, uma enorme borboleta subia pela tela diante dele. Asas maravilhosas. Aos poucos, porém, ele passou a focalizar seu corpo, pequeno, lustroso e negro. Ela deixou de ser uma borboleta e se tornou um inseto – repulsivo!

– Preciso ir para casa – disse ele em voz alta para ninguém. – Não estou me sentindo muito bem. Acho que devo me deitar.

O nome do homem. Qual era? Há um instante ele sabia, um nome tão notável – ah, então era isso o que a palavra significava –, você é, na verdade, muito linda... Mas, espere. Estava acontecendo de novo. Ele não permitiria isso!

– Miss Nancy! – Ele se levantou da cadeira.

A paciente continuava olhando para a frente, inabalável, com o pesado pingente de esmeralda reluzindo em contraste com a camisola. O mundo inteiro se enchia de luz verde, com folhas trêmulas, e o leve borrão das buganvílias.

– É... o calor – murmurou. – Será que eu lhe dei a injeção? – Meu Deus. Ele havia deixado cair a seringa, que se quebrara.

– O doutor me chamou? – perguntou Miss Nancy. Lá estava ela à porta do salão, com os olhos fixos nele, enxugando as mãos no avental. A empregada também estava ali, e a enfermeira atrás dela.

– Nada, só o calor – respondeu ele, baixinho. – Deixei cair a seringa. Mas é claro que tenho outra.

Como olhavam para ele, como o examinavam. *Estão pensando que fiquei louco também?*

Foi na tarde da sexta-feira seguinte que viu o homem outra vez.

O médico estava atrasado. Tivera uma emergência no sanatório.

Vinha apressado pela First Street no crepúsculo precoce de outono. Ele não queria atrapalhar o jantar da família. Estava correndo no momento em que chegou ao portão.

O homem estava parado nas sombras do pórtico. Ele observava o médico, com os braços cruzados, o ombro encostado numa coluna, os olhos escuros e bem grandes, como se estivesse imerso em contemplação. Alto, esguio, roupas de corte perfeito.

– Ah, aí está você – disse baixinho o médico. Uma onda de alívio. Ele estendeu a mão quando subiu a escada. – Meu nome é Dr. Petrie. Prazer em conhecê-lo.

E como descrever aquilo? Simplesmente não havia homem nenhum ali.

– Ora, eu sei que isso aconteceu! – disse ele a Miss Carl na cozinha. – Eu o vi no pórtico e ele desapareceu bem na minha frente.

– Bem, de que nos interessa o que o senhor viu, doutor? – disse a mulher. Tinha um jeito estranho de falar. E era tão durona essa senhora. Nada de frágil na sua velhice. Muito ereta em seu terno de gabardine azul-escuro, faiscando os olhos para ele através dos óculos de armação de metal, a boca murcha no formato de uma linha fina.

– Miss Carl, vi esse homem com minha paciente. Ora, a paciente, como todos sabemos, é uma mulher indefesa. Se uma pessoa não identificada entra na residência e sai dela...

As palavras, no entanto, não tinham importância. Ou a mulher não acreditava nele, ou não estava ligando. E Miss Nancy, à mesa da cozinha, nem erguia os olhos do prato enquanto raspava a comida ruidosamente com o garfo. Já a expressão de Miss Millie, ah, era outra história. A velha Miss Millie demonstrava claramente sua perturbação, com os olhos passando rápido de Miss Carl para o médico e de volta a ela.

Que família.

Ele estava irritado quando entrou no pequeno elevador empoeirado e apertou o botão preto na chapa de latão.

As cortinas de veludo estavam fechadas, e o quarto, quase escuro, com as velinhas tremeluzindo nos copinhos vermelhos. A sombra da Virgem crescia sobre a parede. Ele não conseguiu encontrar o interruptor de imediato. E quando o encontrou, acendeu-se apenas uma única lâmpada minúscula no abajur ao lado da cama. O porta-joias estava bem ao lado. Que coisa extraordinária.

Quando viu a mulher deitada, com os olhos abertos, sentiu um aperto na garganta. Sua cabeleira negra estava espalhada sobre a fronha manchada. Havia no rosto dela um rubor estranho.

Teriam os seus lábios se movido?

– Lasher...

Um sussurro. O que ela havia dito? Ora, ela havia dito Lasher, certo? O nome que o médico havia visto no tronco da árvore e na poeira sobre a mesa de jantar. E ele já ouvira esse nome pronunciado em algum outro lugar... É por isso que sabia que era um nome. Ouvir essa paciente catatônica falar dava-lhe arrepios nas costas e no pescoço. Mas não, devia estar imaginando isso. Era exatamente o que ele tanto queria que acontecesse, a mudança milagrosa na paciente. Ela continuava deitada em seu transe, como sempre. Thorazine em quantidade suficiente para matar uma outra pessoa...

Ele pousou a maleta no lado da cama. Encheu com cuidado a seringa, pensando, como havia pensado algumas vezes antes, e se você simplesmente não a enchesse, se só reduzisse à metade, a um quarto ou a nada, e ficasse sentado ao seu lado, observando, e se... Viu-se de repente pegando-a no colo e levando-a para fora da casa. Viu-se levando-a para um passeio no campo. Os dois caminhavam de mãos dadas pelo capim, até chegarem à barragem no rio. Ali ela sorria, com os cabelos voando ao vento...

Que bobagem. Já eram seis e meia, e a injeção estava muito atrasada. A seringa estava pronta.

De repente algo o empurrou. Disso ele tinha certeza, embora não soubesse dizer onde sofreu o empurrão. Simplesmente caiu, com as pernas dobradas, e a seringa voou longe.

Quando se recuperou, estava de joelhos na penumbra, olhando os cotões de poeira acumulada no piso nu debaixo da cama.

– Que merda... – disse ele em voz alta, sem pensar. Não conseguia encontrar a agulha hipodérmica. Foi então que a viu, a metros de distância, depois do guarda-roupa. Estava quebrada, estilhaçada, como se alguém tivesse pisado nela. Todo o líquido havia escorrido da embalagem plástica esmagada para as tábuas do assoalho.

– Ora, espere aí! – disse ele, sussurrando. Ele a pegou e ficou segurando o objeto destruído nas mãos. É claro que tinha outras seringas, mas essa era a segunda vez que esse tipo de coisa... E ele se encontrou novamente ao lado da cama, contemplando a paciente imóvel, pensando exatamente de que modo ela podia ter feito aquilo, quer dizer, pelo amor de Deus, o que estava acontecendo?

Sentiu um calor repentino e intenso. Algo se mexeu no quarto, um levíssimo ruído. Só as contas do rosário enrolado no abajur de latão. Procurou enxugar a testa. Foi quando percebeu, bem devagar, mesmo contemplando Deirdre, que havia uma figura parada do outro lado da cama. Viu os trajes escuros, um colete, um paletó com botões escuros. Ergueu então os olhos e viu que era o homem.

Num átimo, sua descrença transformou-se em terror. Não havia agora nenhuma sensação de desnorteamento, nenhuma fantasia de sonho. O homem estava ali, olhando para ele. Doces olhos castanhos fixos nele. E de repente não estava mais lá. O quarto esfriou. Uma brisa inflou as cortinas. O médico flagrou-se gritando. Não, berrando histericamente, para ser bem franco.

Às dez horas daquela noite, ele estava fora do caso. O velho psiquiatra veio até seu longínquo apartamento de frente para o lago para lhe falar pessoalmente. Os dois desceram até o lago juntos e caminharam pelas margens concretadas.
– Essas velhas famílias, não se pode discutir com elas. E não se pode querer contrariar Carlotta Mayfair. Ela conhece todo mundo. Você ficaria espantado se soubesse quantas pessoas devem algum favor ou outro a ela ou ao juiz Fleming. E essa gente tem imóveis espalhados pela cidade inteira, se você ao menos...
– Estou dizendo que vi alguma coisa! – o médico flagrou-se dizendo.
O velho psiquiatra, porém, não lhe dava ouvidos. Havia uma suspeita quase aparente nos seus olhos enquanto ele avaliava o jovem médico, apesar de seu tom agradável de voz nunca se alterar.
– Essas velhas famílias.
O médico não deveria jamais voltar àquela casa. Ele não disse mais nada. A verdade é que se sentia meio bobo. Não era homem de acreditar em aparições. E não conseguia chegar a costurar uma argumentação inteligente acerca da paciente em si, sua condição, a necessidade óbvia de uma avaliação periódica. Não, sua confiança estava totalmente abalada.
No entanto, ele sabia que havia visto a figura. Três vezes. E não conseguia se esquecer daquela tarde da conversa nebulosa, imaginada. O homem também estivera ali naquela ocasião, só que imaterializado. E ele sabia o nome do homem... é... era Lasher!
Porém, se até ele próprio descartava aquela conversa onírica, atribuindo-a ao silêncio do local, ao calor infernal e à sugestão de uma palavra entalhada num tronco de árvore, as outras vezes não podiam ser ignoradas. Ele havia visto um ser humano, sólido, ali. Ninguém conseguiria jamais fazê-lo desmentir isso.
À medida que as semanas foram passando e que o médico não conseguiu se distrair o suficiente com o trabalho no sanatório, ele começou a escrever sobre a experiência, descrevendo-a detalhadamente. Os cabelos castanhos do homem eram levemente ondulados. Os olhos, grandes. A pele, clara como a da pobre doente. O homem era jovem, talvez não tivesse mais de 25 anos. Ele não apresentava nenhuma expressão discernível. O médico conseguia se lembrar até das mãos dele. Nada de diferente com elas, apenas mãos bonitas. Ocorreu-lhe que o homem, embora magro, era bem proporcionado. Somente as roupas pareciam estranhas: nada a ver com seu estilo, que era bastante comum. Era a textura do tecido. Incrivelmente liso, como o rosto do homem. Como se a figura inteira – roupas, carne, rosto – fosse feita do mesmo material.

Um dia, o médico acordou com uma ideia estranhamente nítida: o homem misterioso não queria que ela tomasse aqueles sedativos. Ele sabia que a medicação lhe fazia mal. E é claro que a mulher estava indefesa. Ela não tinha como defender seus próprios interesses. O espectro a protegia!

Mas, em nome de Deus, quem acreditaria em tudo isso?, pensou o médico, e desejou estar em casa, no Maine, trabalhando na clínica do pai, não nesta cidade estranha e úmida. Seu pai compreenderia. Mas, na verdade, não. Seu pai só ficaria preocupado.

Ele tentou "manter-se ocupado". A verdade, porém, era que o sanatório era um local entediante. Havia pouco a fazer. O velho psiquiatra deu a ele mais alguns casos, mas não eram desafiadores. Era, entretanto, essencial que o médico continuasse trabalhando, que apagasse toda suspeita da mente do velho psiquiatra.

Quando o outono foi se transformando em inverno, o médico passou a sonhar com Deirdre. Nos sonhos, ele a via curada, revigorada, caminhando rápido por uma rua da cidade, com os cabelos soltos ao vento. De vez em quando, ao acordar de um sonho desses, ele se flagrava imaginando se a pobre não estaria morta. Isso era o mais provável de acontecer.

Quando a primavera chegou, e o médico completou um ano de permanência na cidade, ele concluiu que precisava ver a casa novamente. Pegou o bonde de St. Charles até a Jackson Avenue e foi andando dali, como sempre fizera no passado.

Tudo estava exatamente igual, a buganvília espinhenta em plena floração sobre as varandas, o jardim descuidado repleto de minúsculas borboletas brancas, a lantana com suas pequenas flores cor de laranja, saindo pela grade de ferro.

E Deirdre, sentada na cadeira de balanço na varanda lateral, atrás do véu de telas enferrujadas.

O médico sentiu uma angústia opressiva. Ele talvez estivesse mais perturbado do que jamais estiveram em sua vida. *Alguém tem de fazer alguma coisa por aquela mulher.*

Depois disso, vagueou a esmo, acabando por chegar a uma rua suja e movimentada. Uma taberna maltrapilha chamou sua atenção. Ele entrou nela, grato pelo ar-condicionado congelante e o relativo silêncio no qual alguns velhos conversavam em voz baixa ao longo do bar. Ele levou seu copo até a última mesa de madeira, nos fundos.

O estado de saúde de Deirdre Mayfair o torturava. E o mistério da aparição só piorava as coisas. Ele pensou naquela filha lá na Califórnia. Ousaria ligar para ela? Uma conversa entre médicos... Mas ele nem sabia o seu nome.

– Além do mais, você não tem o direito de se intrometer – disse ele, baixinho. Bebeu um gole da cerveja, saboreando sua temperatura gelada. – Lasher – sussurrou. E, falando de nomes, que tipo de nome era Lasher? A jovem interna na Califórnia ia achar que ele era louco. Tomou mais um grande gole da cerveja.

Pareceu-lhe de repente que estava ficando quente no bar. Era como se alguém tivesse aberto a porta para um vento do deserto. Mesmo os velhos que conversavam enquanto bebiam cerveja pareceram perceber a mudança. O médico viu um deles enxugar o rosto com um lenço sujo, e voltar a discutir como antes.

Então, no instante em que o médico ergueu seu copo, viu bem à sua frente o homem misterioso sentado à mesa próxima da porta da rua.

O mesmo rosto de cera, os olhos castanhos. As mesmas roupas indefiníveis, com aquela textura estranha, tão lisas que brilhavam levemente à luz mortiça.

Apesar de os homens por perto prosseguirem sua conversa, o médico sentiu o pavor extremo que conhecera na penumbra do quarto de Deirdre Mayfair.

O homem estava sentado, totalmente imóvel, a contemplá-lo. Nem seis metros o separavam do médico. E a luz do dia que entrava pelas janelas da frente do bar caía nítida no ombro do homem, iluminando um lado do seu rosto.

Estava ali de verdade. A boca do médico começou a se encher de água. Ele ia passar mal. Ia desmaiar. Num lugar desses, iam pensar que estava embriagado. Só Deus sabe o que aconteceria... Ele lutou para firmar a mão no copo. Esforçou-se para não entrar em pânico total, como havia ocorrido no quarto de Deirdre.

Então, sem qualquer aviso, o homem pareceu tremeluzir, como se fosse uma imagem projetada para depois desaparecer diante dos olhos do médico. Uma brisa fria soprou pelo bar afora.

O barman voltou-se para impedir que o vento levasse um guardanapo encardido. Em algum lugar, uma porta bateu. E a conversa pareceu ficar mais alta. O médico sentiu a cabeça latejar um pouco.

– ... Estou enlouquecendo – disse baixinho.

Não havia poder na face da terra que pudesse convencê-lo a passar outra vez pela casa de Deirdre Mayfair.

Na noite seguinte, porém, quando voltava de carro para sua casa junto ao lago, viu o homem novamente, parado sob um poste perto dos cemitérios no Canal Boulevard, banhado pela luz amarela em contraste com o branco de giz do muro do cemitério.

Foi apenas um vislumbre, mas ele sabia que não estava enganado. Começou a tremer com violência. Por um instante, teve a impressão de não saber operar os controles do carro; e depois, seguiu dirigindo de uma forma irresponsável, idiota, como se o homem o estivesse perseguindo. Ele só se sentiu seguro quando fechou a porta do apartamento.

Na sexta-feira seguinte, ele viu o homem em plena luz do dia, parado imóvel na grama da Jackson Square. Uma mulher que passava voltou-se para olhar a figura de cabelos castanhos. É, ele estava ali, como havia estado antes! O médico saiu correndo pelas ruas do French Quarter. Ao encontrar um táxi diante de um hotel, ele disse ao motorista que o tirasse dali, que só o levasse para qualquer lugar, ele não se importava para onde.

À medida que os dias foram passando, o médico deixou de sentir medo para sentir pavor. Não conseguia nem comer nem dormir. Não conseguia se concentrar em nada. Movimentava-se perpetuamente em total desalento. Olhava para o velho psiquiatra com uma raiva muda sempre que por acaso se cruzavam.

Em nome de Deus, como conseguiria dizer a essa monstruosidade que ele não se aproximaria mais da pobre coitada na cadeira de balanço? Dele, ela nunca mais receberia injeções, medicamentos. *Eu não sou mais seu inimigo, será que você não entende?*

Procurar a ajuda ou a compreensão de outra pessoa seria colocar em risco sua reputação, até mesmo sua carreira futura. Um psiquiatra enlouquecendo, como seus pacientes. Ele estava desesperado. Precisava escapar dessa coisa. Quem sabe quando a assombração apareceria novamente? E se ela conseguisse entrar no seu próprio apartamento?

Afinal, na manhã de segunda-feira, com os nervos em frangalhos e as mãos trêmulas, ele se encontrou no consultório do velho psiquiatra. Ainda não havia resolvido o que iria dizer, só que não conseguia mais aguentar a tensão. E logo se descobriu matraqueando sobre o calor tropical, as dores de cabeça e as noites de insônia, a necessidade de que seu pedido de demissão fosse prontamente aceito.

Saiu de Nova Orleans naquela mesma tarde.

Só quando estava seguro no consultório do pai, em Portland, Maine, afinal revelou a história por inteiro.

– Nunca havia nada de ameaçador no rosto – explicou. – Pelo contrário, era estranha sua falta de expressão. Era um rosto tão afável quanto o de Jesus Cristo no quadro na parede do quarto da paciente. Só me olhava fixamente. Mas não queria que eu lhe aplicasse a injeção. Ele queria me apavorar.

O pai era um homem paciente. Não respondeu de imediato. Depois, lentamente, começou a falar nas coisas estranhas que havia testemunhado ao longo dos anos de trabalho em hospitais psiquiátricos: médicos aparentemente contaminados pelas neuroses e psicoses dos pacientes. Um dia, ele havia visto um médico cair em catatonia no meio dos pacientes catatônicos.

– Larry, o importante é que você descanse – disse o pai. – Que você deixe que os efeitos de tudo isso passem. *E que você não conte essa história a mais ninguém.*

Anos se passaram. O trabalho do médico no Maine dera bons resultados. Aos poucos, ele havia formado uma sólida clientela particular, independentemente do seu pai.

Quanto ao espectro, ele o havia deixado para trás em Nova Orleans, junto com a recordação de Deirdre Mayfair, sentada eternamente naquela cadeira.

Permanecia nele, no entanto, um resquício de medo de que em algum lugar ou outro ele visse a assombração novamente. Havia uma ponta de medo de que, se uma coisa dessa aconteceu uma vez, poderia voltar a acontecer por motivos completamente diferentes. O médico havia passado por um horror verdadeiro naquela época úmida e sombria em Nova Orleans, e sua visão do mundo nunca mais foi a mesma.

* * *

Agora, parado junto à janela na penumbra do quarto de hotel em Nova York, ele percebia que aquela história toda o dominava novamente. E, como havia feito milhares de vezes antes, ele analisou o estranho caso, à procura de seu significado mais profundo.

Estaria o fantasma realmente o perseguindo em Nova Orleans, ou será que o médico havia interpretado mal o espectro silencioso?

Talvez o homem não estivesse absolutamente procurando assustá-lo. Talvez estivesse de fato implorando para que ele não se esquecesse da mulher. Talvez ele fosse, de certa forma, uma projeção dos pensamentos desesperados da própria mulher, uma imagem enviada ao médico por uma mente que não conhecia nenhum outro meio de comunicação.

Ah, não havia nenhum consolo nessa ideia. Era horrível demais imaginar que a mulher desamparada pedisse sua ajuda por meio de um emissário espectral que, por motivos que jamais seriam conhecidos, não conseguia falar, mas só fazer breves aparições.

Quem, porém, poderia interpretar esses estranhos elementos? Quem ousaria dizer que o médico tinha razão?

Aaron Lightner, o inglês, o colecionador de histórias de fantasmas, que lhe dera um cartão com a palavra Talamasca? Ele dissera que queria ajudar o afogado da Califórnia.

– Talvez ele não saiba que isso aconteceu com outros. Talvez seja necessário que eu diga que outros também voltaram do limiar da morte com esse tipo de dom.

É, isso seria útil, não seria? Saber que outros haviam visto fantasmas também?

No entanto, essa não era a parte pior, a de ver a assombração. Algo pior do que o medo o havia levado de volta à varanda telada e à figura lívida da mulher na cadeira de balanço. Era a culpa, uma culpa que ele carregaria por toda a vida, a de não ter se esforçado mais para ajudá-la, a de nunca ter ligado para a filha na costa oeste.

A luz da manhã começava a surgir sobre a cidade. Ele observou a mudança no céu, a iluminação sutil das paredes sujas do outro lado da rua. Foi, então, ao armário e tirou o cartão do inglês do bolso do casaco.

O Talamasca
Nós observamos
E estamos sempre presentes.

Ele tirou o telefone do gancho.

* * *

O relato demorou uma hora, o que o surpreendeu, mas todos aqueles detalhes haviam voltado em completa desordem. Ele não tinha se incomodado com o pequeno gravador, com seu olhinho vermelho piscando. Afinal, não havia usado nomes, nem números de casas, nem mesmo datas. Mencionara Nova Orleans, uma casa antiga. E não parava de falar. Percebeu que nem havia tocado no café da manhã, a não ser para esvaziar a xícara inúmeras vezes.

Lightner revelou-se um ouvinte excelente, respondendo delicadamente, sem nunca interrompê-lo. O médico, no entanto, não se sentia melhor. Ele se sentia um tolo quando tudo terminou. Enquanto observava Lightner recolher o gravador e colocá-lo na maleta, o médico sentiu vontade de pedir a fita.

Foi Lightner quem rompeu o silêncio ao pôr algumas notas sobre a conta:
– Há algo que eu preciso explicar – disse ele. – Creio que irá tranquilizá-lo.
O que poderia realizar esse feito?
– Você se lembra de eu ter dito que coletava histórias de fantasmas?
– Lembro.
– Pois é, eu conheço essa velha casa em Nova Orleans. Eu já a vi. E registrei outras histórias de pessoas que viram o homem que você descreveu.

O médico estava perplexo. As palavras haviam sido ditas com total convicção. Na realidade, elas foram pronunciadas com tanta autoridade e segurança que o médico acreditou piamente nelas. Ele examinou Lightner meticulosamente pela primeira vez. Era mais velho do que parecia à primeira vista. Talvez tivesse uns 65, até mesmo 70 anos. O médico descobriu estar mais uma vez seduzido pela expressão de Lightner, tão afável e franca a ponto de despertar uma retribuição de confiança.

– Outros – cochichou o médico. – Tem certeza disso?
– Ouvi outros relatos, alguns muito semelhantes ao seu. E estou dizendo isso para que você compreenda que não foi sua imaginação. E para que a história não continue a atormentar sua mente. Por sinal, você não teria podido ajudar Deirdre Mayfair. Carlotta Mayfair não teria permitido. Você deve simplesmente tirar da cabeça todo o incidente. Nunca mais volte a se preocupar com isso.

Por um instante, o médico sentiu alívio, como se estivesse num confessionário na igreja católica e o padre tivesse dito que o absolvia. Foi então que recebeu o impacto do verdadeiro significado das revelações de Lightner:
– Você conhece aquela gente – disse ele, baixinho. Sentiu a cor subindo ao rosto. A mulher havia sido sua paciente. De súbito ele estava totalmente confuso.
– Não. Eu sei que existem – respondeu Lightner. – E vou manter seu relato estritamente confidencial. Por favor, tranquilize-se. Lembre-se, não usamos nenhum nome na gravação. Não chegamos a usar nem o seu, nem o meu nome.
– Mesmo assim, tenho de pedir a devolução da fita – disse o médico, alvoroçado. – Quebrei o sigilo. Não fazia a menor ideia de que você conhecesse os nomes.

Lightner pegou imediatamente a pequena fita cassete e a colocou na mão do médico. O homem parecia totalmente imperturbável.

– É claro que pode ficar com ela – disse ele. – Eu compreendo.

O médico agradeceu, com a confusão se intensificando. No entanto, o alívio não desaparecera por completo. Outros haviam visto a criatura. Esse homem a conhecia. Não estava mentindo. O médico não havia perdido a razão por um instante sequer. Uma leve amargura surgiu nele: uma amargura para com seus superiores em Nova Orleans, para com Carlotta Mayfair, para com aquela horrenda Miss Nancy...

– O importante é que você não se preocupe mais com isso – disse Lightner.

– É – respondeu o médico. – Foi horrível tudo aquilo. A mulher, os medicamentos.

Não, nem pense... Ele se calou, com os olhos fixos na fita cassete e depois na xícara vazia de café.

– A mulher, ela ainda...

– Na mesma. Estive lá no ano passado. Miss Nancy, a que você detestava tanto, morreu. Miss Millie foi-se também, já há algum tempo. E, de vez em quando, tenho notícias de gente da cidade, e o que dizem é que Deirdre não mudou em nada.

– É – disse o médico, com um suspiro. – Você de fato tem conhecimento delas... sabe todos os nomes.

– Então, por favor, acredite quando digo que outros viram a mesma aparição. Você não estava louco, nem um pouco. E não deve ter preocupações tolas com essas coisas.

Aos poucos, o médico examinou Lightner novamente. O homem estava fechando a maleta. Verificou a passagem aérea, pareceu considerá-la correta e a enfiou no bolso do casaco.

– Permita que eu diga mais uma coisa – disse Lightner – antes de ir para o aeroporto. Não conte essa história a mais ninguém. Não vão acreditar no que disser. Só quem viu essas coisas acredita nelas. É trágico, mas invariavelmente é verdade.

– É, eu sei disso – concordou o médico. Havia tantas coisas que queria perguntar, mas não podia. – Você...? – parou no meio da pergunta.

– É, eu o vi – disse Lightner. – Foi mesmo assustador. Igual à sua descrição. – Ele se levantou para ir embora.

– O que ele é? Um espírito? Um fantasma?

– Não sei de fato o que ele é. Todos os relatos são muito parecidos. As coisas não mudam por lá. Persistem ano após ano. Mas preciso ir e mais uma vez lhe agradeço. Se algum dia quiser falar comigo novamente, sabe onde me encontrar. Você tem o meu cartão. – Lightner estendeu a mão. – Adeus.

– Espere. A filha, o que aconteceu com ela? A que era interna na costa oeste.

– Ah, sim, agora é uma cirurgiã – disse Lightner, olhando de relance para o relógio. – Acho que é neurocirurgiã. Acabou de passar nos exames. Para registro no Conselho de Medicina, é assim que se chama? Mas eu também não a conheço, sabe? Só tenho notícias dela de vez em quando. Apenas uma vez nossos caminhos se cruzaram. – Ele se calou e deu um sorriso rápido, quase formal. – Adeus, doutor, e mais uma vez, obrigado.

O médico ficou ali sentado, refletindo, por muito tempo. Ele realmente se sentia melhor, infinitamente melhor. Não havia como negar isso. Não se arrependia de ter feito o relato. Na verdade, todo o encontro pareceu ser uma bênção para ele, algo enviado pelo destino para tirar dos seus ombros a pior carga que ele já carregara. Lightner conhecia e compreendia todo o caso. Ele conhecia também a filha na Califórnia.

Lightner iria contar à jovem neurocirurgiã o que ela deveria saber, quer dizer, se já não tivesse contado. É, ele não levava mais aquela carga. O peso havia desaparecido. Não importava se agora estivesse pesando nos ombros de Lightner.

Depois, ocorreu ao médico uma reflexão estranhíssima, algo que não passava por sua cabeça há anos. Ele nunca estivera na grande casa do Garden District durante uma tempestade. Ah, como teria sido lindo ver a chuva por aquelas janelas altas, ouvir a chuva batendo no telhado das varandas. Que pena perder uma coisa dessas. Na época, ele pensava nisso com frequência, mas sempre sentia falta da chuva. E a chuva em Nova Orleans era tão linda.

Bem, ele ia largar tudo isso pra lá, não ia? Mais uma vez, ele se flagrou reagindo às afirmações de Lightner como se elas fossem palavras ditas no confessionário, palavras com uma certa autoridade religiosa. É, vamos deixar tudo pra lá.

Fez um sinal para a garçonete. Estava com fome. Gostaria de tomar um bom café da manhã agora que podia comer. E, sem pensar muito no que fazia, ele pegou o cartão de Lightner de dentro do bolso, leu de relance os números dos telefones – os números que ele poderia chamar se tivesse perguntas a fazer, os números que ele não pretendia chamar jamais – e em seguida rasgou o cartão em pedaços pequenos, pondo-os no cinzeiro, onde ateou fogo a eles com um fósforo.

2

Nove da noite. O quarto estava escuro, a não ser pela luz azulada da televisão. Miss Havisham, não era ela? Um espectro usando vestido de noiva, do seu querido *Grandes esperanças*.

Pelas janelas claras, desguarnecidas, ele via as luzes do centro de San Francisco quando tinha vontade de olhar para lá: uma constelação que cintilava, apesar da névoa fina, e, logo abaixo, os telhados pontiagudos das casas Queen Anne do outro lado da Liberty Street. Como gostava da Liberty Street. Sua casa era a mais alta do quarteirão, talvez outrora uma mansão, agora apenas uma bela casa, elevando-se majestosa entre os chalés mais humildes, em meio ao barulho e à confusão do Castro.

Ele havia "restaurado" esta casa. Conhecia cada prego, cada viga, cada cornija. Sem camisa, ao sol, ele havia colocado as telhas. Havia até mesmo derramado o concreto para fazer a calçada.

Agora ele se sentia seguro na sua casa, e em nenhum outro lugar. Há quatro semanas não saía deste quarto, a não ser para entrar no pequeno banheiro contíguo.

Horas a fio, ele permanecia deitado, com as mãos aquecidas dentro de luvas de couro preto que não podia nem queria tirar, e os olhos fixos na lúgubre tela em preto e branco da televisão. Estava deixando que a televisão desse forma aos seus sonhos através dos diversos vídeos que adorava, as fitas em vídeo dos filmes que havia visto muitos anos antes com a mãe. Para ele, agora, aqueles eram os "filmes de casas", porque todos não tinham apenas enredos maravilhosos e pessoas maravilhosas que se transformavam em heróis e heroínas, mas também casas maravilhosas. *Rebecca* tinha Manderley. *Grandes esperanças* tinha a mansão em ruínas de Miss Havisham. *À meia-luz* tinha a bonita casa londrina numa praça. *Os sapatinhos vermelhos* tinha a mansão à beira-mar, onde a linda bailarina foi para saber que logo seria a *prima ballerina* da companhia.

É, os filmes de casas, os filmes dos sonhos infantis, de personagens tão imponentes quanto as casas. Ele bebia uma cerveja após a outra enquanto os via. Cochilava e acordava. As mãos sem dúvida doíam naquelas luvas. Ele não atendia o telefone. Ele não atendia a porta. Tia Vivian cuidava disso.

De vez em quando tia Vivian entrava no quarto. Ela lhe dava mais uma cerveja ou algo para comer. Ele raramente se alimentava.

– Michael, coma, por favor – dizia ela.

– Mais tarde, tia Viv – respondia ele, com um sorriso.

Ele se recusava a estar ou a falar com quem quer que fosse, a não ser o Dr. Morris, mas o Dr. Morris não tinha condições de ajudá-lo. Seus amigos também não tinham essa capacidade. E nem queriam mais conversar com ele. Estavam cansados de ouvi-lo falar de como ficou morto durante uma hora e depois voltou. E era natural que ele não quisesse falar com as centenas de pessoas que desejavam ver uma demonstração do seu poder psíquico.

Ele estava pra lá de cheio do seu poder psíquico. Será que ninguém entendia? Era uma brincadeira de salão, isso de retirar as luvas, tocar objetos e ver alguma imagem simples, banal. "Você pegou este lápis com uma mulher do seu escritório ontem. O nome dela é Gert", ou "Esse medalhão. Hoje de manhã você o pegou e resolveu usá-lo, mas não era isso o que queria. Você queria usar as pérolas, mas não conseguiu encontrá-las".

Era um fato físico, isso, uma antena que talvez há milhares de anos todos os seres humanos tivessem.

Será que alguém avaliava a verdadeira tragédia? A de ele não conseguir se lembrar do que viu quando se afogou.

– Tia Viv – costumava dizer, ainda tentando explicar a questão para ela. – Eu realmente vi pessoas lá em cima. Estávamos mortos. Todos nós, mortos. E eu tinha a opção de voltar. E fui mandado de volta com uma finalidade.

Pálida sombra da sua mãe já falecida, tia Vivian só abaixava a cabeça.

– Eu sei, querido. Pode ser que com o tempo você se lembre.

Com o tempo.

Os amigos, no final, foram ficando mais ríspidos.

– Michael, você fala como se fosse louco. Acontece de as pessoas se afogarem. Acontece de elas serem ressuscitadas. Não existe nenhum objetivo especial.

– Isso é conversa de doido, Michael.

Therese chorava sem parar.

– Olha, não adianta nada eu ficar aqui, Michael. Você não é a mesma pessoa.

Não. Não era mais a mesma pessoa. Aquela pessoa morreu afogada. Ele insistia em tentar recordar o salvamento: a mulher que o havia tirado da água e o ressuscitara. Se ao menos ele pudesse falar com ela mais uma vez, se ao menos o Dr. Morris a encontrasse... Ele só queria ouvir da sua própria boca que ele não havia dito nada. Só queria tirar as luvas e segurar suas mãos ao lhe fazer essa pergunta. Talvez por meio dela ele pudesse se lembrar...

O Dr. Morris queria que ele viesse fazer mais uma avaliação.

– Deixe-me em paz. Basta que encontre aquela mulher. Sei que sabe onde encontrá-la. Você me disse que ela telefonou. Que ela disse seu nome.

Não queria mais saber de hospitais, de tomografias do cérebro e de eletroencefalogramas; nada de injeções e comprimidos.

A cerveja ele entendia bem. Sabia dosá-la. E a cerveja às vezes o trazia a um passo da lembrança...

... E o que ele havia visto por lá era toda uma esfera. Gente, tanta gente. De vez em quando, voltava a aparecer, todo um universo diáfano. Ele a via... *quem era ela?* Ela dizia alguma coisa... E desaparecia.

– Eu vou, sim. Garanto. Posso morrer de novo tentando, mas vou fazer o que me pedem.

Será que ele de fato havia dito essas palavras? Como poderia ter imaginado essas coisas, tudo tão distante do seu próprio mundo, que era povoado pelo concreto e pelo real? E qual a razão dessas estranhas sensações de estar longe, de volta ao lar, à cidade da sua infância?

Ele não sabia. Não sabia mais nada que tivesse alguma importância.

Sabia que era Michael Curry, que estava com 48 anos, que tinha uns dois milhões de reserva e imóveis avaliados praticamente nesse mesmo valor, o que era muito bom, pois sua construtora estava fechada, ociosa. Ele já não conseguia mais administrá-la. Havia perdido seus melhores carpinteiros e pintores para outras empreiteiras da cidade. Havia perdido o grande contrato que significava muito – a restauração da velha pensão na Union Street.

Sabia que, se tirasse as luvas e começasse a tocar em qualquer objeto (as paredes, o piso, a lata de cerveja, o volume de *David Copperfield* que estava ao seu lado), começaria a ter lampejos de informação sem sentido e ficaria louco. Isso se já não estivesse.

Sabia que havia sido feliz antes de se afogar, não com uma felicidade perfeita, mas feliz. Sua vida havia sido boa.

Na manhã do grande acontecimento, ele havia acordado tarde, sentindo necessidade de um dia de folga, e a época era conveniente. Seus homens estavam trabalhando bem, e talvez ele não fosse inspecionar o serviço. Era o dia 10 de maio, e uma rara recordação lhe ocorreu: a de uma longa viagem de carro, saindo de Nova Orleans e beirando o golfo até a Flórida, quando ele era menino. Devia ter sido para as férias da Páscoa, mas ele não tinha certeza, e todos os que teriam essa informação – seu pai, sua mãe, seus avós – haviam morrido.

O que ele se lembrava era da água verde e transparente naquela praia branca, de como fazia calor e de como a areia parecia açúcar sob seus pés.

Todos haviam descido até o mar para nadar ao pôr do sol; não havia o menor sinal de frio no ar; e, apesar de o enorme sol laranja ainda estar suspenso no céu azul do oeste, a lua crescente brilhava bem acima das suas cabeças.

– Olhe, Michael – disse sua mãe, apontando para ela. Até mesmo o pai pareceu apreciá-la. Seu pai, que nunca observava esse tipo de coisa, havia dito em voz baixa que o lugar era lindo.

Essa recordação o magoou. O frio em San Francisco era o único aspecto que lhe desagradava, e ele não conseguiu explicar o motivo para ninguém depois, por que essa recordação do calor sulino o havia inspirado a sair naquele dia e ir até Ocean Beach em San Francisco. Havia algum lugar mais frio do que Ocean Beach em toda a região da baía? Ele sabia como a água iria parecer esverdeada e ameaçadora sob o céu descorado e taciturno. Ele sabia como o vento penetraria pelas suas roupas.

Mesmo assim, foi. Foi sozinho até Ocean Beach nessa tarde sombria e cinzenta, cheio de visões de águas mornas, de dirigir seu velho Packard conversível com a capota aberta, sentindo as carícias delicadas do vento do sul.

Ele não ligou o rádio do carro enquanto atravessava a cidade. Por isso não ouviu os alertas sobre a maré alta. E se tivesse ouvido? Ele sabia que Ocean Beach era um lugar perigoso. Todos os anos o mar carregava pessoas, tanto locais quanto turistas.

Pode ser que ele tivesse refletido um pouco acerca disso quando saiu pelas pedras logo abaixo do Cliff House Restaurant. Traiçoeiras, sim, sempre, e escorregadias. Mas ele não tinha muito medo de cair, do mar ou de qualquer coisa. Estava novamente pensando no Sul, nas noites de verão em Nova Orleans, quando o pé de jasmim está em flor. Lembrava-se do cheiro das maravilhas no quintal da sua avó.

O impacto da onda deve tê-lo deixado inconsciente. Ele não tinha nenhuma recordação de ter sido carregado pela água. Só uma nítida lembrança de se erguer no espaço, de ver seu corpo lá longe, jogado pela arrebentação, de ver gente acenando e apontando, enquanto outros corriam para o restaurante para ir pedir ajuda. É, ele sabia o que as pessoas estavam fazendo, todas elas. Vê-las não era exatamente o mesmo que ver gente de cima. Era como saber tudo sobre elas. E como era perfeita sua sensação de segurança e alegria ali em cima. Ora, a palavra segurança nem chegava a começar a descrever o que sentia. Ele estava livre, tão livre que não conseguia compreender aquela ansiedade toda, por que estavam tão preocupados com seu corpo sendo jogado de um lado para outro.

Foi quando teve início a outra parte. E isso deve ter sido quando ele morreu mesmo, e todas as coisas fantásticas lhe foram mostradas, e os outros mortos estavam ali, e ele compreendia, entendia todas as coisas, desde as mais simples até as mais complexas. E o motivo pelo qual tinha de voltar, sim, o portal, a promessa, injetados de repente e sem peso no corpo que jazia no convés da embarcação, o corpo que havia morrido afogado uma hora antes, com todas as dores, e que ressuscitou de olhos abertos para cima, sabendo tudo, pronto para fazer exatamente o que queriam que fizesse. Todo aquele conhecimento magnífico!

Naqueles primeiros segundos, ele tentou desesperadamente relatar onde havia estado e o que havia visto, a aventura longa e poderosa. Claro que tentou. Mas tudo de que se lembrava agora era da intensidade da dor no peito, nas mãos e nos pés, e a figura obscura de uma mulher perto dele. Um ser frágil, com o rosto pálido e delicado, todo o cabelo escondido num gorro escuro, os olhos cinzentos cintilando como luzes diante dele. Com uma voz doce, ela pediu que se acalmasse, que iam cuidar dele.

Impossível acreditar que aquela mulherzinha houvesse tirado seu corpo do mar e forçado a água a sair dos seus pulmões. No entanto, naquele instante, ele não compreendeu que era ela quem o salvara.

Havia homens que o levantaram, que o colocaram numa maca e o amarraram. Ele só sentia dor. O vento açoitava seu rosto. Ele não conseguia abrir os olhos. A maca foi erguida no ar.

Depois disso, confusão. Ele teria voltado a ficar inconsciente? Teria sido esse o momento do esquecimento verdadeiro e total? Aparentemente, ninguém poderia confirmar ou negar o que aconteceu no voo até terra firme. Só que correram com ele para a praia, onde esperavam a ambulância e os repórteres.

O espocar dos flashes, disso ele se lembrava, as pessoas dizendo seu nome. A própria ambulância, é... e alguém tentando lhe aplicar uma injeção na veia. Ele achou ter ouvido a voz de tia Vivian. Pediu que parassem. Ele precisava se sentar. Não podiam amarrá-lo deitado de novo, não!

– Calma, Sr. Curry, calma. Ei, uma ajuda aqui com esse cara! – Ele estava mesmo sendo amarrado de novo. Tratavam-no como se fosse um presidiário. Ele lutou, mas de nada adiantou. Deram-lhe alguma injeção no braço, ele percebeu. Dava para ver a escuridão chegando.

Foi quando *eles* voltaram, aqueles que ele havia visto lá fora no mar. Eles começaram a falar novamente.

– Compreendo – disse ele. – Não vou permitir que aconteça. Vou para lá. Sei onde é. Eu me lembro...

Quando acordou, havia uma forte luz artificial. Um quarto de hospital. Ele estava ligado a máquinas. Seu melhor amigo, Jimmy Barnes, estava sentado ao lado da cama. Tentou falar com Jimmy, mas foi cercado pelos médicos e enfermeiras.

Eles o apalpavam, suas mãos, seus pés, fazendo-lhe perguntas. Mas ele não conseguia se concentrar para dar respostas adequadas. Não parava de ver coisas – imagens fugidias de enfermeiras, serventes, corredores de hospital. *O que é isso tudo?* Ele soube o nome do médico, Randy Morris, e soube que ele dera um beijo na mulher, Deenie, antes de sair de casa. E daí? As ideias surgiam literalmente, pipocando na sua cabeça. Ele não conseguia aguentar. Era como se estivesse meio acordado, meio dormindo, febril, preocupado.

Ele estremeceu, tentando desanuviar a cabeça.

– Ouçam – disse ele. – Estou me esforçando. – Afinal, ele soube o que estava acontecendo, toda essa apalpação, tinha se afogado e eles queriam ver se havia algum dano cerebral. – Mas não precisam se preocupar. Estou bem. Bem mesmo. Tenho de sair daqui e fazer as malas. Preciso voltar para casa imediatamente.

Reservas no avião, encerramento das atividades da companhia... O portal, a promessa e seu objetivo, que era absolutamente crucial...

Mas qual era esse objetivo? Por que precisava voltar para casa? Surgiu mais uma sequência de imagens: enfermeiras limpando o quarto, alguém que limpava a barra cromada da cama algumas horas antes, quando ele estava dormindo. *Parem com isso!* Preciso voltar ao ponto, ao objetivo total, a...

Foi quando percebeu. Ele não conseguia se lembrar do objetivo. Não conseguia se lembrar do que havia visto enquanto estava morto! A história toda, tudo, as pessoas, os lugares, tudo que lhe haviam dito: ele não se lembrava de nada. Não, não podia ser. Tudo havia sido incrivelmente claro. E eles contavam com ele. Haviam dito: Michael, você sabe que não precisa voltar, você pode se recusar, e ele havia respondido que não, que ele... que ele ia fazer o quê? Aquilo ia voltar num relance, como um sonho do qual a pessoa se esquece e depois se lembra perfeitamente.

Ele se sentou de repente, tirando uma das agulhas do braço, e pediu papel e lápis.

– Precisa ficar deitado, sem se mexer.

— Agora não. Tenho de anotar uma coisa. — Mas não havia nada a anotar. Lembrou-se de estar parado sobre um rochedo, pensando naquele longínquo verão na Flórida, na água morna... Depois, aquele fardo encharcado, frio e dolorido que era ele na maca.

Tudo havia sumido.

Ele fechou os olhos, tentando ignorar o estranho calor nas mãos, e a enfermeira que o empurrava para encostá-lo nos travesseiros. Alguém estava pedindo a Jimmy que saísse do quarto. Jimmy não queria sair. Por que ele estaria vendo todas essas imagens desconhecidas e desconexas — relances de serventes de hospital, o marido da enfermeira, e os nomes, como é que podia saber todos esses nomes?

— Não me toque desse jeito — disse ele. Era a experiência lá fora, lá no oceano, o que realmente importava.

De repente, ele tentou agarrar a caneta.

— Se ficar bem quieto...

É, uma imagem ao tocar na caneta, imagem da enfermeira que a tirou da gaveta na central do corredor. E o papel, imagem de um homem a colocar o bloco num armário de metal. E a mesinha de cabeceira? Imagem da mulher que a havia limpado pela última vez, com um pano cheio de germes de um outro quarto. E um relance de um homem com um rádio. Alguém que fazia alguma coisa com um rádio.

E a cama? A última paciente nela, a Sra. Ona Patrick, morreu às onze da manhã de ontem, antes mesmo de ele ter resolvido ir até Ocean Beach. *Não. Desligue essa coisa!* Relance do seu corpo no necrotério.

— Não dá para aguentar isso!

— Qual é o problema, Michael? — perguntou o Dr. Morris. — Fale comigo. — Jimmy estava discutindo no corredor. Ele também ouvia a voz de Stacy; Stacy e Jimmy eram seus melhores amigos. Ele tremia.

— Tudo bem — disse ele, baixinho, ao médico. — Falo com o senhor, desde que não toque em mim.

Em desespero, ele levou as mãos à cabeça, passou os dedos pelo próprio cabelo e, com alívio, não sentiu nada. Ia adormecer novamente, pensando que tudo aconteceria como antes, que ela apareceria e ele compreenderia. Mas no instante em que realmente adormeceu, descobriu que não sabia quem era ela.

Mesmo assim, ele precisava voltar para casa, sim, para casa, depois de todos esses anos, esses longos anos em que sua terra natal havia se tornado uma espécie de fantasia...

— De volta ao lugar onde nasci — disse ele, baixinho. Tanta dificuldade para falar agora. Tanto sono. — Se me der mais algum tranquilizante, juro que vou matá-lo.

Foi seu amigo, Jimmy, quem trouxe as luvas de couro no dia seguinte. Michael achou que não ia funcionar, mas valia a pena tentar. Seu estado de agitação estava beirando a loucura. Ele já havia falado demais, com gente demais.

Quando repórteres ligaram direto para o quarto, ele lhes perguntou apressadamente "O que estava acontecendo?". Quando invadiram seu quarto, ele falou sem parar, contando e recontando a história.

– Não consigo me lembrar! – repetia ele.

As pessoas lhe davam objetos para tocar; ele lhes dizia o que via.

– Não significa nada para mim.

As câmeras disparavam com seus inúmeros sons eletrônicos abafados. A equipe do hospital expulsou os repórteres. Michael tinha pavor de tocar até mesmo num garfo ou numa faca. Recusava-se a comer. Funcionários vinham de todos os pontos do hospital para colocar objetos nas suas mãos.

No chuveiro, ele tocou na parede. Viu de novo a mulher, a que havia falecido. Ela havia ficado três semanas no quarto.

– Não quero tomar banho – ela havia dito. – Estou doente, vocês não entendem?

Sua nora a havia forçado a ficar em pé ali. Ele teve de sair do boxe. Sentou-se exausto na cama, enfiando as mãos debaixo do travesseiro.

Houve alguns relances de imagens quando ele ajeitou as luvas justas de couro nos dedos. Em seguida, ele esfregou as mãos lentamente, de tal forma que tudo passou a ser um borrão, uma imagem se sobrepondo a outra, até tudo perder a definição, e todos os diversos nomes que lhe ocorriam se confundirem em ruído. Depois, o silêncio.

Devagar, pegou a faca na bandeja do jantar. Ele via alguma coisa, mas era pálida, silenciosa, e desapareceu. Alcançou o copo, bebeu o leite. Só um vislumbre. Certo! As luvas funcionavam. O segredo estava em ser rápido em cada gesto.

E também em sair daqui! Mas não queriam deixá-lo sair.

– Não quero fazer tomografia do cérebro – disse ele. – Meu cérebro está ótimo. São as minhas mãos que estão me enlouquecendo.

No entanto, eles estavam tentando ajudá-lo: o Dr. Morris, o chefe dos residentes, seus amigos e a tia Vivian, que ficava ao seu lado o tempo todo. A pedido seu, o Dr. Morris havia entrado em contato com o pessoal da ambulância, com a Guarda Costeira, com a equipe de emergência do hospital, com a comandante do barco que o havia reanimado antes que a Guarda Costeira a localizasse, qualquer pessoa que pudesse se lembrar de ele ter dito algo de importante. Afinal, uma única palavra poderia liberar sua memória.

Não havia, porém, nenhuma palavra. A comandante do barco disse que Michael havia resmungado alguma coisa ao abrir os olhos, mas ela não havia conseguido discernir uma palavra específica. Ela achava que começava com L, talvez fosse um nome. E só. A Guarda Costeira o levou em seguida. Na ambulância, ele dera um soco. Precisou ser dominado.

Mesmo assim, ele desejava poder conversar com todas aquelas pessoas, em especial com a mulher que o reanimara. Ele disse isso à imprensa quando vieram entrevistá-lo.

Jimmy e Stacy ficavam com ele até tarde todas as noites. A tia Vivian vinha sempre pela manhã. Therese afinal veio visitá-lo, tímida, assustada. Ela não gostava de hospitais. Não conseguia ficar por perto de gente doente.

Ele riu. Isso não era a Califórnia para você, pensou. Imaginem dizer uma coisa dessas. Foi então que agiu por impulso. Arrancou a luva e segurou sua mão.

Apavorada, não gosto de você, você é o centro das atenções, pare com isso, não acredito que tenha se afogado no mar, ridículo, quero sair daqui, eu, você deveria ter me telefonado.

– Vá para casa, querida – disse ele.

Em algum instante, durante as horas de silêncio, uma das enfermeiras enfiou uma caneta prateada na sua mão. Ele dormia profundamente. As luvas estavam em cima da mesa.

– Diga-me o nome dela – disse a enfermeira.

– Não sei o nome dela. Estou vendo uma escrivaninha.

– Procure se esforçar.

– Uma bela escrivaninha de mogno com um descanso verde.

– Mas e a mulher que usou a caneta?

– Allison.

– É. Onde ela está?

– Não sei.

– Tente de novo.

– Estou dizendo que não sei. Ela lhe deu a caneta, e você a pôs na bolsa. Hoje de manhã, você a tirou da bolsa. São só imagens, cenas, não sei onde ela está. Você está num café, desenhando no guardanapo com a caneta. Está pensando em me mostrar.

– Ela morreu, certo?

– Não sei, já disse. Não vejo nada. Allison, é tudo o que vejo. Ela escreveu uma lista de compras com a caneta, pelo amor de Deus, você quer que eu diga o que está na lista?

– Você tem de ver mais do que isso!

– Mas não estou vendo! – Ele calçou as luvas novamente. Nada iria fazer com que ele as tirasse uma outra vez.

Ele deixou o hospital no dia seguinte.

As três semanas seguintes foram uma agonia. Dois homens da Guarda Costeira telefonaram para ele, assim como um dos motoristas da ambulância, mas realmente não tinham nada a dizer que pudesse ser útil. Quanto ao barco que o salvou, a mulher queria ficar fora do assunto. E o Dr. Morris lhe havia prometido respeitar sua vontade. Enquanto isso, a Guarda Costeira admitia para a imprensa não ter registrado o nome da embarcação ou o número do seu registro. Um dos jornais referiu-se a ela como uma lancha de cruzeiro. Talvez já estivesse do outro lado do mundo.

A essa altura, Michael percebeu que havia contado sua história a gente demais. Todas as revistas populares do país queriam conversar com ele. Ele não conseguia absolutamente sair sem que um repórter bloqueasse seu caminho e algum completo desconhecido lhe pusesse uma carteira ou uma fotografia nas suas mãos. Além disso, o telefone não parava de tocar. A correspondência ia se empilhando junto à porta e, embora estivesse sempre fazendo as malas para viajar, ele não conseguia realizar o que pretendia. Em vez disso, bebia: cerveja supergelada o dia inteiro, e depois bourbon, quando a cerveja não o entorpecia mais.

Seus amigos tentavam ser fiéis. Eles se revezavam para conversar com ele, tentando acalmá-lo, procurando fazer com que deixasse de beber, mas nada adiantava. Stacy até mesmo lia em voz alta para ele porque não conseguia ler sozinho. Ele estava deixando todo mundo exausto e sabia disso.

A verdade era que seu cérebro estava fervilhando. Ele tentava discernir as coisas. Se não conseguisse se lembrar, poderia pelo menos entender tudo isso, essa coisa demolidora, apavorante. Ele sabia, porém, que estava divagando sem parar sobre a "vida e a morte", sobre o que havia acontecido "por lá", sobre como estavam se esfacelando as barreiras entre a vida e a morte na nossa arte popular e na nossa arte séria. Ninguém havia percebido? Os filmes e os romances sempre falam do que anda acontecendo. Basta examiná-los para chegar a essa conclusão. Ora, ele via tudo isso mesmo antes do que lhe havia acontecido.

Vejam *Fanny e Alexander,* de Bergman. Ora, nele os mortos simplesmente entram andando e conversam com os vivos. E o mesmo aconteceu em *Ironweed*. Em *Gritos e sussurros*, os mortos não se levantavam e falavam? E havia alguma comédia em cartaz agora e, quando se consideram os filmes mais leves, a frequência era ainda maior. Pensem em *A mulher de branco*, com a menininha morta aparecendo no quarto do menino, e tinha ainda *Demônio com cara de anjo,* em que Mia Farrow é perseguida pela assombração daquela criança em Londres.

– Michael, você está bêbado.

– Não são só os filmes de terror, vocês estão entendendo? Está acontecendo em toda a nossa arte. Tomem o livro *The White Hotel*. Algum de vocês o leu? Pois bem, ele passa direto pela morte da heroína até sua vida após a morte. Estou dizendo que algo está prestes a acontecer. As barreiras estão se desfazendo. Eu mesmo conversei com os mortos e voltei; e em algum nível subconsciente todos nós sabemos que essas barreiras estão se rompendo.

– Michael, você precisa se acalmar. Essa história das suas mãos...

– Não quero tocar nesse assunto. – Ele se sentia embriagado, tinha de admitir, e pretendia continuar assim. Gostava de beber. Pegou o telefone para pedir mais um engradado de cerveja. Não havia necessidade de tia Viv sair para nada. Além disso, havia todo aquele Glenlivet Scotch guardado. E mais Jack Daniel's. Ora, ele podia se manter bêbedo até morrer. Sem problemas.

Por fim, acabou fechando a construtora por telefone. Quando tentou trabalhar, os homens logo disseram que voltasse para casa. Não conseguiam fazer nada com aquela sua conversa interminável. Ele saltava de um assunto para outro. Depois, apareceu aquele repórter pedindo-lhe que demonstrasse seus poderes para a mulher de Sonoma County. E havia mais uma coisa que o perseguia também, algo que ele não podia contar a ninguém: ele estava recebendo vagas impressões emocionais das pessoas quer tocasse nelas, quer não.

Parecia ser uma espécie de telepatia solta no ar; e não havia luvas que pudessem inibir sua ação. Ele não recebia informações; tratava-se apenas de fortes impressões de simpatia, antipatia, verdade ou mentira. Às vezes ele se envolvia tanto com isso que só via o movimento dos lábios da pessoa. Não ouvia absolutamente nada do que diziam.

Essa intimidade de alta tensão, se é essa sua denominação mais correta, o alienava profundamente.

Ele abdicou de contratos, transferindo tudo no decorrer de uma tarde, certificando-se de que todos os seus empregados continuassem trabalhando, e depois fechou sua pequena loja no Castro que vendia acessórios da era vitoriana.

Era gostoso ficar em casa, deitado, com as cortinas fechadas, e beber. Tia Viv cantava na cozinha enquanto preparava-lhe refeições que ele não queria comer. De vez em quando, ele tentava ler um trecho de *David Copperfield*, com o objetivo de escapar da sua própria mente. Em todos os piores momentos da sua vida, ele sempre havia se retirado para algum canto remoto para ler *David Copperfield*. Era mais leve e mais fácil do que *Grandes esperanças*, sua verdadeira predileção. Mas o único motivo pelo qual ele conseguia acompanhar o livro agora estava no fato de conhecê-lo de cor.

Therese foi visitar seu irmão no sul da Califórnia. Ele sabia que era mentira, apesar de não ter tocado no telefone, apenas ouvido a voz na secretária eletrônica. Tudo bem. Adeus.

Quando Elizabeth, sua antiga namorada, ligou de Nova York, ele falou com ela até desmaiar de verdade. No dia seguinte, de manhã, ela lhe disse que procurasse um psiquiatra. Ameaçou largar o trabalho e ir de avião até San Francisco se ele não concordasse. Ele concordou, mas estava mentindo.

Não queria confiar em ninguém. Não queria descrever a nova intensidade da sensação. Sem dúvida alguma, não queria falar das suas mãos. Só queria falar das visões, e ninguém queria saber disso. Ninguém queria ouvi-lo discorrer sobre a cortina que separa os vivos dos mortos.

Depois que tia Viv ia dormir, ele experimentava um pouco seu poder do tato. Ele podia descobrir muito a respeito de um objeto quando se permitia manuseá-lo devagar. Se ele fizesse perguntas a esse seu poder – ou seja, se tentasse direcioná-lo –, poderia receber ainda mais. Só que não lhe agradava a sensação daquelas imagens passando velozes pela sua cabeça. E, se havia um motivo para que essa sensitividade lhe tivesse sido concedida, o motivo estava esquecido junto com a visão e o sentido de objetivo relacionado à sua volta à vida.

Stacy trouxe alguns livros sobre outros que haviam morrido e voltado. O Dr. Morris, no hospital, lhe havia falado de algumas dessas obras – os clássicos estudos de experiências após a morte de Moody, Rawlings, Sabom e Ring. Lutando contra a embriaguez, a agitação, a total incapacidade de se concentrar mesmo por períodos curtíssimos, ele se forçou a ler alguns desses relatos.

É, ele conhecia aquilo! Era tudo verdade. Ele também havia saído do seu corpo, elevando-se no ar; é, e não era nenhum sonho não, mas havia visto uma linda luz. Não havia sido recebido por entes queridos já falecidos e não havia nenhum paraíso etéreo ao qual ele fosse conduzido, repleto de flores e de belas cores. Algo totalmente diferente havia acontecido lá no mar. Era como se ele tivesse sido interceptado, que lhe tivesse sido feito um pedido, que o tivessem forçado a perceber que devia realizar uma tarefa muito difícil, de muita importância.

Paraíso. O paraíso que ele um dia conheceu estava na cidade em que havia crescido, o lugar quente e agradável que deixara aos 17 anos, aquele velho quadrado de cerca de 25 quarteirões conhecido em Nova Orleans como Garden District.

É, foi lá onde tudo começou. Nova Orleans, que ele não via desde o verão em que tinha 17 anos. Interessante que, ao examinar sua vida, como se supõe que as pessoas que se afogam façam, ele se lembrasse em primeiríssimo lugar daquela noite longínqua, aos 6 anos, na qual ele havia descoberto a música clássica na varanda dos fundos da casa da avó, ouvindo um velho rádio de válvulas no crepúsculo perfumado. Maravilhas refulgiam na penumbra. Cigarras assoviavam nas árvores. Seu avô fumava um charuto na escada, e aquela música surgiu, aquela música celestial.

Por que ele havia gostado tanto daquela música, se ninguém à sua volta gostava? Diferente desde o início, era o que era. E a formação da sua mãe não servia de explicação. Para ela, toda música era barulho. No entanto, ele havia adorado tanto a melodia que ficou ali regendo com uma varinha, descrevendo grandes gestos abrangentes na escuridão, cantarolando.

Moravam no Irish Channel. Era uma gente trabalhadora, os Curry, e seu pai pertencia à terceira geração a ocupar o pequeno chalé duplo naquele longo bairro à beira do mar onde tantos irlandeses haviam se instalado. Os antepassados de Michael haviam fugido da grande escassez de batatas, lotando os navios vazios de algodão no seu caminho de volta de Liverpool até o sul dos Estados Unidos em busca da carga mais valiosa.

Haviam sido jogados no "túmulo pantanoso", aqueles imigrantes famintos, alguns cobertos por trapos, implorando trabalho e morrendo às centenas de febre amarela, tuberculose e cólera. Os sobreviventes haviam escavado os primeiros canais infestados de mosquitos da cidade. Eles haviam alimentado as fornalhas dos grandes barcos a vapor. Haviam carregado navios de algodão e trabalhado nas ferrovias. Haviam se tornado policiais e bombeiros.

Era uma gente rude, gente de quem Michael havia herdado sua estrutura forte e sua determinação. O prazer de trabalhar com as mãos tinha sua origem nesses antepassados e acabou prevalecendo, apesar de anos de estudo.

Ele havia crescido ouvindo histórias daqueles tempos remotos, de como os próprios operários irlandeses haviam construído a imensa igreja da paróquia de Santo Afonso, arrastando as pedras do rio, assentando a argamassa, fazendo coletas para adquirir as lindas imagens que vieram da Europa.

– Nós precisávamos superar os alemães, você entende? Eles estavam construindo a igreja de Santa Maria, bem do outro lado da rua. Nada no mundo iria nos forçar a assistir à missa com eles.

E era por isso que havia duas magníficas igrejas paroquiais, em vez de apenas uma, com as missas sendo rezadas pelo mesmo corpo de padres todas as manhãs.

O avô de Michael havia trabalhado como policial no cais do porto, onde seu pai outrora carregava fardos de algodão. Ele levou Michael para ver a chegada dos navios com milhares de bananas que eram transportados por esteiras até desaparecerem no armazém, e o alertou para as grandes cobras negras que conseguiam ficar escondidas nos cachos até a hora em que eles eram pendurados para exposição nos mercados.

O pai de Michael foi bombeiro até o dia em que morreu num incêndio na Tchoupitoulas Street, quando o filho estava com 17 anos. Esse havia sido o momento decisivo na vida de Michael, já que a essa altura seus avós haviam morrido e sua mãe o levou com ela para a cidade em que havia nascido, San Francisco.

Nunca surgiu na sua cabeça a menor sombra de dúvida de que a Califórnia havia sido boa para ele. O século XX havia sido bom para ele. Ele era o primeiro daquele velho clã a conseguir completar o nível superior, o primeiro a viver no mundo dos livros, dos quadros ou das boas casas.

No entanto, mesmo se seu pai não houvesse morrido, a vida de Michael não teria sido uma vida de bombeiro. Havia nele uma inquietação que aparentemente não existia nos seus antepassados.

Não se tratava apenas da música naquela noite de verão. Era o tipo de adoração que tinha pelos livros desde a época em que aprendeu a ler, como havia devorado Dickens aos 9 anos, daí em diante, sempre tendo em alta estima o romance *Grandes esperanças*.

Anos mais tarde, em San Francisco, ele dera à sua querida construtora o mesmo nome: Grandes Esperanças.

Ele costumava mergulhar em *Grandes esperanças* ou *David Copperfield* na biblioteca da escola, onde os outros meninos lhe atiravam bolinhas de papel mascado e ameaçavam espancá-lo se ele não parasse de se fazer de "bobo", o termo usado no Irish Channel para designar alguém que não tivesse o bom senso de ser durão, brutal e desdenhoso para com tudo que desafiasse uma definição imediata.

No entanto, ninguém jamais deu uma surra em Michael. Ele havia herdado do pai uma maldade saudável, suficiente para castigar quem quer que tentasse. Mesmo na infância, ele era robusto e de uma força extraordinária, um ser humano para quem a atividade física, mesmo a de natureza violenta, era inteiramente natural. Ele também gostava de brigar. E as crianças aprenderam a deixá-lo em paz. Além disso, ele aprendeu a esconder seu eu secreto o suficiente para que os colegas lhe perdoassem seus poucos deslizes e em geral gostassem dele.

E as caminhadas, o que dizer daquelas longas caminhadas que ninguém mais da sua idade dava? Mesmo suas colegas mais tarde nunca entenderam. Rita Mae Dwyer ria dele. Marie Louise dizia que ele era maluco.

– O que você está querendo? Só caminhar?

No entanto, desde os tempos mais remotos, ele gostava de caminhar, de atravessar a Magazine Street, a grande fronteira entre as ruas estreitas e crestadas onde ele havia nascido e as ruas imponentes e silenciosas do Garden District.

No Garden District, ficavam as mansões mais antigas da parte alta da cidade, cochilando por trás dos seus enormes carvalhos e amplos jardins. Ali, ele passeava em silêncio pelas calçadas de tijolos, com as mãos enfiadas nos bolsos, às vezes assoviando, pensando em um dia ter uma grande casa por ali. Ele teria uma casa com colunas brancas na fachada e caminhos de lajes. Teria um piano de cauda, como aqueles que via de relance pelas janelas envidraçadas até o chão. Ele teria cortinas de renda e candelabros. E leria Dickens o dia inteiro em alguma biblioteca bem ventilada onde os livros fossem até o teto e as azaleias vermelho-sangue aparecessem entorpecidas para lá da grade da varanda.

Ele se sentia como o herói de Dickens, o jovem Pip, espiando o que sabia que deveria possuir e estando tão longe de algum dia conseguir.

Nesse prazer de caminhar, no entanto, ele não estava inteiramente só, pois sua mãe também adorava dar longas caminhadas, e talvez tenha sido esse um dos poucos presentes significativos que ela lhe deixou.

As casas ela compreendia e amava, da mesma forma que ele sempre amaria. E, quando ele era muito pequeno, ela já o trazia a esse tranquilo santuário de casas antigas, mostrando-lhe seus locais preferidos, e os gramados amplos e lisos muitas vezes ocultos pelos arbustos de camélias. Ela o havia ensinado a prestar atenção ao canto dos pássaros nos carvalhos, à música de fontes escondidas.

Havia uma casa sombria que ela adorava e que ele jamais esqueceria, uma longa residência sinistra, com uma enorme buganvília que se derramava sobre suas varandas laterais. Com frequência, quando passavam por ali, Michael via um homem estranho e solitário parado entre os arbustos altos e descuidados, bem no fundo do jardim abandonado. Ele parecia perdido naquela desordem verde e emaranhada, aquele homem, que se confundia com a folhagem escura com tanta perfeição que um outro transeunte talvez não o percebesse.

Na realidade, Michael e sua mãe faziam uma brincadeira entre eles naqueles primeiros anos. Ela sempre dizia que não estava vendo nada.

– Mas ele está ali, mamãe – respondia Michael.

– Está bem, Michael, diga-me como ele é.

– Bem, ele tem cabelos e olhos castanhos e está muito bem-vestido, como se estivesse indo a uma festa. Mas ele está nos observando, e eu acho que não devíamos ficar aqui parados olhando para ele.

– Michael, não há homem nenhum ali – costumava dizer a mãe.

– Mamãe, pare de me provocar.

No entanto, houve uma ocasião em que ela havia visto o homem, sem a menor dúvida, e não havia gostado dele. Não foi na casa. Não foi naquele jardim abandonado.

Foi na época do Natal, quando Michael ainda era muito pequeno, e o enorme presépio acabava de ser instalado ao lado do altar na igreja de Santo Afonso, com o menino Jesus na manjedoura. Michael e a mãe foram até o altar para se ajoelhar junto à balaustrada. Como eram lindas as imagens em tamanho natural de Maria e José; e do próprio menino Jesus, sorrindo, com os bracinhos rechonchudos estendidos. Parecia haver por toda parte luzes brilhantes e o suave tremeluzir de velas. A igreja ecoava o som de pés que se arrastavam e de sussurros abafados.

Talvez fosse esse o primeiro Natal de que Michael se lembrava. Fosse como fosse, o homem estava lá, em meio às sombras do santuário, olhando em silêncio. Quando viu Michael, ele deu aquele sorrisinho que sempre dava. Suas mãos estavam unidas. Usava terno. O rosto parecia muito calmo. No todo, sua aparência era a mesma de quando estava no jardim na First Street.

– Olhe, mamãe, ali – disse Michael, imediatamente. – O homem, aquele do jardim.

A mãe de Michael apenas olhou de relance para o homem e afastou o olhar, temerosa.

– Pois não fique olhando para ele – disse ela baixinho no ouvido de Michael.

Quando saíram da igreja, ela se voltou para olhar mais uma vez.

– Aquele é o homem do jardim, mamãe.

– Do que é que você está falando? – perguntou ela. – De que jardim?

Da próxima vez que passaram pela First Street, ele viu o homem e tentou avisar a mãe. Mas, novamente, ela entrou na brincadeira. Provocou-o, dizendo que não havia homem nenhum.

Eles riram. Estava certo. Aquilo não pareceu ter muita importância na época, apesar de ele nunca ter esquecido.

Era muito mais significativo o fato de Michael e sua mãe serem grandes amigos, de se divertirem tanto juntos.

Alguns anos mais tarde, a mãe de Michael presenteou-lhe mais uma vez, com os filmes que ela o levava para ver no centro da cidade, no Civic Theater. Eles iam de bonde aos sábados para ver as matinês. Coisa de maricas, dizia Mike, o pai. Ninguém o arrastava para ver aquelas maluquices.

Michael sabia que o melhor era não responder e, com o passar do tempo, ele descobriu um jeito de sorrir e dar de ombros, de tal modo que o pai o deixava em paz e também deixava em paz sua mãe, o que significava ainda mais para ele. Além do mais, nada iria apagar aquelas tardes especiais de sábado, porque os filmes estrangeiros eram como portais para um outro mundo, e eles enchiam Michael com uma angústia e uma felicidade indescritíveis.

Ele nunca se esqueceu de *Rebecca*, *Os sapatinhos vermelhos*, *Os contos de Hoffman* e de um filme da Itália, da ópera *Aída*. Havia também a maravilhosa história do pianista intitulada *À noite sonhamos*. Ele adorou *César e Cleópatra*, com Claude Rains e Vivien Leigh. E *The Late George Apley*, com Ronald Colman, que tinha a mais bela voz que Michael já ouviu num homem.

Era frustrante que ele às vezes não entendesse esses filmes, que às vezes nem conseguisse acompanhá-los. Invariavelmente, as legendas passavam velozes demais para ele ler; e nos filmes britânicos os atores falavam rápido demais para entender o sotaque acentuado.

Às vezes, sua mãe lhe explicava alguma coisa no caminho de casa. No bonde, passavam direto pelo seu ponto e seguiam até a Carrolton Avenue, na parte alta da cidade. Era um bom lugar para ficarem sozinhos. Havia, ainda, a serem vistas as residências palacianas daquela rua, mais recentes, muitas vezes de mau gosto, construídas após a Guerra de Secessão, não tão bonitas quanto as casas mais velhas do Garden District, mas mesmo assim suntuosas e infinitamente interessantes.

Ah, a dor surda desses passeios sossegados, de querer tanto e entender tão pouco. Ele de vez em quando colhia flores das extremosas pela janela aberta do bonde. Sonhava que era Maxim de Winter. Queria saber os nomes das obras clássicas que ouvia no rádio e que adorava. Queria ser capaz de entender as palavras estrangeiras ininteligíveis pronunciadas pelos locutores, e de se lembrar delas.

E por mais estranho que fosse, nos velhos filmes de terror no sujo Happy Hour Theater, na Magazine Street, na sua própria vizinhança, ele muitas vezes vislumbrava aquele mesmo mundo elegante e seus habitantes. Eram as mesmas bibliotecas de lambris, as lareiras arqueadas, os homens de jaqueta e graciosas mulheres de voz suave, tudo isso ao lado do monstro de Frankenstein ou da filha do Drácula. O Dr. Van Helsing era homem elegantíssimo; e havia também o próprio Claude Rains, que aparecera como César no cinema do centro e agora tagarelava como louco em *O homem invisível*.

Por mais que se esforçasse para que isso não acontecesse, Michael veio a detestar o Irish Channel. Ele adorava sua família. E até que gostava dos amigos. Mas odiava as casas geminadas, vinte em cada quarteirão, com minúsculos pátios na frente e cercas baixas de estacas, o bar da esquina com a vitrola automática tocando no salão dos fundos e a porta de tela sempre batendo, e as mulheres gordas de vestido floral, surrando seus filhos com cintos ou com as próprias mãos no meio da rua.

Ele odiava as multidões que faziam compras na Magazine Street no final da tarde de sábado. A sua impressão era a de que as crianças estavam sempre com o rosto sujo e as roupas imundas. As vendedoras nas lojas de produtos baratíssimos eram grosseiras. A calçada fedia a cerveja podre. Havia um cheiro desagradável nos velhos apartamentos enfileirados acima das lojas onde moravam alguns dos seus amigos, os mais desafortunados. Havia o mesmo cheiro nas velhas sapatarias e nas lojas de conserto de rádios. Ele estava também no Happy Hour Theater. O fedor da Magazine Street. O tapete nas escadas desses velhos prédios dava a impressão de que eram trapos. Uma camada de sujeira recobria tudo. Sua mãe não ia à Magazine Street nem para comprar um carretel de linha. Ela atravessava o Garden District, pegava o bonde de St. Charles na avenida e descia até a Canal Street.

Michael tinha vergonha desse ódio. Sentia a mesma vergonha que Pip sentia de um ódio semelhante em *Grandes esperanças*. No entanto, quanto mais aprendia e quanto mais via, mais crescia dentro dele o desdém.

E eram as pessoas, sempre as pessoas, que o deixavam mais desconcertado. Ele sentia vergonha do sotaque forte que denunciava a origem do Irish Channel, um sotaque, ao que se dizia, semelhante ao do Brooklyn, de Boston ou de qualquer lugar de assentamento de irlandeses e alemães.

– Nós sabemos que você é da Escola Redentorista – costumavam dizer os meninos da Cidade Alta. – Dá para ver pelo seu jeito de falar. – A intenção das suas palavras era desdenhosa.

Michael não gostava nem mesmo das freiras, aquelas irmãs grosseiras e de voz grave que espancavam os meninos à vontade, que os sacudiam e os humilhavam quando bem entendiam.

Na realidade, ele as detestava especificamente por algo que haviam feito quando tinha 6 anos. Um garotinho, um "bagunceiro", foi arrastado da sala dos meninos da primeira série e levado até a sala da primeira série na escola feminina. Só mais tarde a turma descobriu que o menino havia sido forçado a ficar em pé dentro da lata do lixo, chorando e vermelho de vergonha, diante de todas as meninas. As freiras não paravam de lhe dar empurrões e safanões, mandando que ele entrasse na lata do lixo. As alunas ficaram olhando e depois contaram para os meninos.

Isso deixou Michael paralisado. Sentia um pavor obstinado e indescritível de que algo semelhante acontecesse com ele. Porque sabia que nunca iria permitir. Ele se rebelaria, e seu pai depois lhe daria uma surra de chicote, uma violência que sempre ficava nas ameaças, sem chegar a se realizar, a não ser por umas duas batidas com o cinto. Na realidade, toda a violência que ele sempre pressentia em ebulição ao seu redor – no pai, no avô, em todos os homens que conhecia – poderia surgir, como o caos, sugando-o para dentro dela. Quantas vezes ele havia visto crianças conhecidas sendo açoitadas? Quantas vezes havia ouvido as piadas frias e irônicas que seu pai contava sobre as surras de chicote que seu pai lhe dera? Michael temia isso com um medo apavorante, paralisante, inexprimível. Temia a intimidade perversa e catastrófica de ser espancado, de levar uma surra.

Por isso, apesar de sua agitação física e de sua teimosia, ele se tornou um anjo na escola muito antes de descobrir que precisava aprender se quisesse realizar seus sonhos. Ele era o menino comportado, o que sempre fazia o trabalho de casa. O medo da ignorância, da violência, da humilhação o motivava tanto quanto suas ambições posteriores.

No entanto, por que esses elementos não motivavam ninguém mais ao seu redor? Ele nunca soube o motivo, mas em retrospectiva não restava dúvida quanto ao fato de ele ser desde o início uma pessoa extremamente adaptável. Era esse o segredo. Ele aprendia a partir do que via, e mudava de acordo com isso.

Nem seu pai, nem sua mãe possuíam essa maleabilidade. Ela era paciente, sim, e dominava a revolta que lhe provocavam os costumes dos que a cercavam. No entanto, não tinha sonhos, não tinha grandes planos, nenhuma verdadeira força criativa. Ela nunca mudou. Nunca fez nada de mais.

Quanto ao pai de Michael, ele era um homem impetuoso e adorável, um corajoso bombeiro com muitas condecorações. Morreu tentando salvar vidas. Era essa a sua natureza. Fazia também parte dessa natureza recuar diante daquilo que não soubesse ou não entendesse. Uma profunda vaidade o tornava "pequeno" diante daquelas pessoas bem instruídas.

– Faça o dever de casa – ele costumava dizer, porque isso era o que se esperava que dissesse. Nunca passou pela sua cabeça que Michael estivesse extraindo tudo o que podia da escola paroquial, que nas salas de aula superlotadas, com as freiras cansadas, exaustas, Michael estivesse realmente adquirindo uma boa formação.

Pois, por piores que fossem as condições, as freiras ensinavam as crianças a ler e a escrever muito bem. Mesmo que tivessem de bater nelas para obter o resultado. Elas ensinavam às crianças uma caligrafia bem-feita, uma ortografia correta, as tabuadas. Até mesmo latim, história e alguma literatura. Elas mantinham a ordem entre os brigões. E embora Michael nunca deixasse de odiá-las, ele tinha de admitir que de vez em quando elas falavam, cada uma com seu próprio estilo simples, do aspecto espiritual, de viver uma vida que tivesse sentido.

Quando Michael estava com 11 anos, três acontecimentos exerceram um impacto dramático na sua vida. O primeiro foi uma visita da sua tia Vivian, de San Francisco, e o segundo, uma descoberta acidental na biblioteca pública.

A visita da tia Vivian foi curta. A irmã da sua mãe chegou à cidade de trem. Foram recebê-la na Union Station. Ela ficou hospedada no Pontchartrain Hotel, em St. Charles, e, na noite seguinte à sua chegada, ela convidou Michael, sua mãe e seu pai para virem jantar com ela no Caribbean Room. Esse era um sofisticado restaurante no Pontchartrain Hotel. O pai de Michael não quis ir. Não ia entrar num lugar desses. Além do mais, seu terno estava na lavanderia.

Michael foi. O homenzinho, todo enfatiotado, caminhando pelo Garden District com a mãe.

O Caribbean Room o impressionou. Era um mundo etéreo, quase silencioso, de luz de velas, toalhas de mesa brancas e garçons que lembravam fantasmas ou, melhor ainda, que lembravam os vampiros dos filmes de terror, com seus paletós pretos e camisas brancas engomadas.

A verdadeira revelação foi, porém, a de que a mãe de Michael e sua irmã estavam perfeitamente à vontade nesse lugar, rindo baixinho enquanto conversavam, perguntando um detalhe ou outro acerca da sopa de tartaruga, do xerez, do vinho branco que iam acompanhar a refeição.

Isso fez surgir em Michael um respeito maior pela mãe. Ela não era uma mulher que fingia ser fina. Ela realmente estava acostumada a esse estilo de vida. E ele agora compreendia por que ela às vezes chorava e dizia querer voltar para casa em San Francisco.

Depois que a irmã foi embora, ela ficou doente alguns dias. Ficou de cama, recusando-se a aceitar qualquer coisa que não fosse vinho, que chamava de seu remédio. Michael ficou sentado ao seu lado, lendo para ela de vez em quando, ficando assustado quando ela não dizia nada por uma hora inteira. Ela melhorou. Levantou-se, e a vida continuou.

Michael, porém, pensava com frequência naquele jantar, no jeito natural e tranquilo das duas mulheres. Muitas vezes, ele passava pelo Pontchartrain Hotel. Olhava com uma inveja muda as pessoas bem-vestidas paradas do lado de fora, debaixo do toldo, esperando por táxis ou limusines. Não seria apenas uma avidez sua querer viver naquele mundo? Toda aquela beleza não seria espiritual? Ele se intrigava com tantas coisas. Transbordava de desejo de aprender, de compreender, de possuir. No entanto, acabava na loja vizinha, Smith's Drugstore, lendo histórias de terror em quadrinhos.

Foi quando aconteceu a descoberta acidental na biblioteca. Só há bem pouco tempo ele ouvira falar na biblioteca pública, e a descoberta acidental ocorreu em etapas.

Michael estava na sala de leitura infantil, perambulando à procura de algum livro fácil e divertido para ler, quando de repente viu, aberto em exposição no alto de uma estante, um novo livro de capa dura sobre o jogo do xadrez: um livro que ensinava a jogar.

Ora, Michael sempre havia considerado o xadrez algo altamente fantástico. Não saberia, no entanto, dizer como sabia da sua existência. Nunca havia visto um tabuleiro de xadrez na vida real. Ele pegou o livro emprestado, levou-o para casa e começou a ler. O pai viu e riu. Ele sabia jogar xadrez, jogava o tempo todo no quartel dos bombeiros. Não se podia aprender o jogo num livro. Era uma idiotice.

Michael afirmou que ia aprender com o livro, que estava aprendendo. – Tudo bem – disse o pai. – Você aprende, e depois eu jogo com você. – Isso era maravilhoso. Mais uma pessoa que sabia jogar. Talvez até comprassem um tabuleiro. Michael terminou o livro em menos de uma semana. Já sabia jogar xadrez. Durante uma hora, ele respondeu todas as perguntas que o pai lhe fez.

– Ora – disse o pai. – Não dá para acreditar, mas você sabe jogar xadrez. Tudo o que precisa é de um tabuleiro. – O pai foi ao centro da cidade. Ao voltar para casa, trazia um tabuleiro de xadrez que superava todas as fantasias de Michael. Ele não era composto de símbolos (a cabeça do cavalo, o castelo, o barrete do bispo), mas de figuras perfeitamente delineadas. O cavaleiro estava montado num cavalo com as patas dianteiras erguidas; o bispo tinha as mãos como se estivesse orando. A rainha tinha os cabelos compridos por baixo da coroa. A torre era um castelo sobre o lombo de um elefante.

É claro que era de plástico. Havia sido comprado na loja de departamentos D. H. Holmes, mas era muito mais bonito do que qualquer coisa mostrada no livro sobre xadrez que Michael ficou encantado. Não importava que o pai chamasse o cavalo de "meu cavaleiro". Estavam jogando xadrez. E daí em diante passaram a jogar com frequência.

A grande descoberta acidental, no entanto, não estava no fato de o pai de Michael saber jogar xadrez ou de ter a generosidade de comprar um jogo tão bonito. Tudo isso estava muito bem. E é claro que o jogo reuniu pai e filho. Mas a grande descoberta acidental foi a de que Michael podia absorver nos livros algo além das histórias... que eles podiam conduzi-lo a algo diferente de desejos e sonhos dolorosos.

Ele havia aprendido num livro algo que outros acreditavam somente ser possível aprender fazendo, na prática.

Depois disso, ele se tornou mais corajoso na biblioteca. Conversava com as bibliotecárias na recepção. Descobriu a existência do "índice de assuntos". E de uma forma aleatória e obsessiva, começou a pesquisar todo um leque de assuntos.

O primeiro foi o dos carros. Encontrou na biblioteca muitos livros sobre esse assunto. Com os livros, aprendeu tudo sobre os motores e tudo sobre as marcas dos carros. E aos poucos deixou o pai e o avô deslumbrados com seus conhecimentos.

Em seguida, procurou bombeiros e incêndios no índice. Leu a história das companhias que se formaram nas grandes cidades. Leu sobre os carros de bombeiros e os caminhões especiais com escadas, e sobre como eram construídos. Leu sobre os grandes incêndios da história, como o de Chicago e o incêndio de Triangle Factory, e mais uma vez pôde conversar sobre tudo isso com o pai e o avô.

Michael vibrava. Sentia agora que tinha um poder imenso. E seguiu em frente com seus planos secretos, que não confiou a ninguém. A música foi seu primeiro tema secreto.

Escolheu os livros mais infantis primeiro, já que o assunto era difícil, e depois passou para as histórias ilustradas para jovens que contaram tudo sobre a genialidade precoce de Mozart, o pobre Beethoven surdo e o louco Paganini, que havia supostamente vendido a alma ao demônio. Aprendeu as definições de sinfonia, concerto e sonata. Aprendeu a teoria da pauta musical, das mínimas, semínimas, dos tons maiores e menores. Aprendeu o nome de todos os instrumentos sinfônicos.

Desse ponto, passou para as casas. E num piscar de olhos já compreendia o estilo da Renascença grega, os estilos italianos e o estilo vitoriano recente, bem como o que distinguia esses diversos tipos de construção. Aprendeu a identificar as colunas dóricas e as coríntias, a detectar as casas de corredor lateral e os chalés reformados. Com seus novos conhecimentos, ele perambulava pelo Garden District, com seu amor pelo que via aprofundado e ampliado em silêncio.

Ah, ele havia tirado a sorte grande. Não havia mais motivo para permanecer confuso. Ele podia "fazer consultas" sobre qualquer assunto. Nas tardes de sábado, ele passava os olhos por dezenas de livros sobre arte, arquitetura, mitologia grega, ciência. Ele lia até mesmo livros sobre a pintura moderna, a ópera e o balé, que o deixavam envergonhado e receoso de que seu pai pudesse espiá-lo por trás e debochar dele.

O terceiro fato ocorrido nesse ano foi um concerto no Municipal Auditorium. O pai de Michael, como muitos bombeiros, fazia serviços avulsos nas horas de folga. No mesmo ano, ele estava operando o balcão que vendia água gaseificada no auditório, e Michael foi com ele uma das noites para ajudá-lo. Naquela noite ele teria aula e, por isso, não deveria ter ido, mas quis ir. Ele queria ver o Municipal Auditorium e o que acontecia lá dentro, e sua mãe concordou.

Durante a primeira parte do programa, antes do intervalo durante o qual Michael teria de ajudar o pai e depois do qual eles arrumariam tudo para voltar para casa, Michael entrou e subiu até a parte mais alta da plateia, onde os lugares estavam vazios. Ficou ali sentado para ver como seria o concerto. Isso lhe lembrou os estudantes em *Os sapatinhos vermelhos*, na verdade, os estudantes na galeria, esperando ali em cima com tanta ansiedade. E efetivamente o auditório começou a se encher de gente vestida com esmero – os moradores da Cidade Alta de Nova Orleans – e a orquestra se reuniu para as afinações no poço. Até mesmo o estranho homem magro da First Street estava lá. Michael o viu de relance lá embaixo, com o rosto voltado para cima, como se realmente conseguisse ver Michael tão longe na última fileira.

O que se seguiu deixou Michael arrebatado. Isaac Stern, o grande violinista, tocou naquela noite, e foi o Concerto para Violino e Orquestra de Beethoven, uma das obras de eloquência mais simples e de beleza mais violenta que Michael já tinha ouvido. Nem por uma única vez a música o deixou confuso. Nem por uma única vez a música o excluiu.

Muito depois de o concerto estar terminado, ele ainda conseguia assoviar a melodia principal, lembrando-se, enquanto assoviava, do som imenso, doce e sensual da orquestra inteira e das notas finas e comoventes que vinham do violino de Isaac Stern.

No entanto, a vida de Michael ficou envenenada pelo anseio despertado nele por essa experiência. Na verdade, ele sentiu nos dias que se seguiram talvez a pior insatisfação com seu mundo que havia experimentado. Não deixou, porém, que ninguém percebesse. Manteve o sentimento trancado no seu íntimo, da mesma forma que mantinha em segredo seu conhecimento dos assuntos que estudava na biblioteca. Ele temia o esnobismo que crescia nele mesmo, o desprezo que sabia poder sentir por aqueles que amava se deixasse um sentimento desses ganhar vida.

E Michael não podia suportar a ideia de não amar a família. Não tolerava ter vergonha dela. Não admitia a mesquinhez e a ingratidão de uma atitude dessas.

Ele podia detestar as pessoas do quarteirão. Tudo bem. Mas precisava amar aqueles que viviam sob o mesmo teto, ser leal a eles e se manter em harmonia com eles.

Era razoável e natural que devotasse amor à sua avó trabalhadora, que sempre tinha repolho e presunto borbulhando no fogão quando ele chegava. Ela parecia ter passado a vida cozinhando, passando ou pendurando roupas no quintal com sua cesta de vime.

Ele também amava seu avô, um homem pequeno, com minúsculos olhos pretos que estava sempre na escada da frente, à espera de que Michael chegasse da escola. Ele sabia histórias fantásticas sobre os tempos de outrora, e Michael nunca se cansava delas.

Depois, havia o pai, o bombeiro, o herói. Como Michael poderia não admirar esse homem? Muitas vezes Michael ia até o quartel dos bombeiros, na Washington Avenue, para vê-lo. Ele ficava por ali sentado, como se fizesse parte da turma, morrendo de vontade de ir com ela quando chegava um aviso de incêndio, mas sempre sendo proibido de acompanhá-la. Ele adorava ver o caminhão saindo a toda velocidade, ouvir as sirenes e os sinos. Não importava que convivesse com o pavor de um dia talvez ter de ser bombeiro. Bombeiro e nada mais. Morando numa casinha geminada, com todos os cômodos em linha reta.

Como sua mãe conseguia gostar dessas pessoas já era uma outra história, que Michael não entendia perfeitamente. Ele se esforçava a cada dia para abrandar aquela sua tristeza muda. Era seu amigo mais íntimo e único. Mas nada poderia salvar sua mãe, e ele sabia disso. Ela era uma alma perdida aqui no Irish Channel, uma mulher que falava melhor e se vestia melhor do que os que a cercavam, que implorava para poder voltar a trabalhar como vendedora numa loja de departamentos e que sempre recebia uma resposta negativa. Uma mulher que vivia para seus romances em brochura até tarde da noite – livros de John Dickson Carr,

Daphne du Maurier e Frances Parkinson Keyes –, sentada no sofá da sala de estar, usando apenas uma camisola, com aquele calor, quando todos os outros já estavam dormindo, bebendo vinho bem devagar e com cuidado de uma garrafa embrulhada em papel pardo.

– Miss San Francisco – era como meu pai a chamava. – Minha mãe faz todo o serviço para você, sabia? – costumava ele dizer. Fixava os olhos nela com total desprezo nas pouquíssimas ocasiões em que ela bebia demais e sua voz ficava pastosa. No entanto, nunca fazia nada para impedir que ela bebesse. Afinal, era raro que ela ficasse assim tão mal. Era só a ideia de uma mulher ali sentada, bebendo como um homem, direto da garrafa, a noite inteira. Michael sabia que era isso o que o pai pensava. Ninguém precisou lhe dizer.

E podia ser que o pai de Michael tivesse medo de que ela fosse embora, se ele tentasse mandar nela ou controlá-la. Ele sentia orgulho da sua beleza, do seu corpo esbelto e até mesmo do seu jeito elegante de falar. Ele chegava a comprar vinho para ela de vez em quando, garrafas de Porto e xerez que ele próprio detestava.

– Bebida doce e grudenta para mulheres – dizia ele a Michael. Mas aquilo era também o que bebiam os viciados em vinho, e Michael sabia.

Será que a mãe odiava o pai? Michael nunca chegou a saber de verdade. Em algum ponto da sua infância, ele soube que a mãe era oito anos mais velha do que o pai. A diferença, no entanto, não era aparente. O pai era um belo homem, e a mãe parecia ter essa opinião. Ela era gentil com o marido a maior parte do tempo, mas na verdade era gentil com todo mundo. Mesmo assim, nada neste mundo ia fazer com que ela engravidasse de novo, insistia ela. E havia brigas, terríveis brigas abafadas por trás da única porta trancada na pequena casa sem corredor, a porta do quarto dos fundos.

Havia uma história a respeito do seu pai e da sua mãe, mas Michael nunca soube se era verdade. Foi sua tia quem lhe contou a história, depois do falecimento da mãe. Seus pais haviam se conhecido em San Francisco, perto do final da guerra, enquanto seu pai servia na Marinha, e o pai tinha uma bela aparência de uniforme e, naquela época, um encanto que realmente conquistava as moças.

– Ele se parecia com você, Mike – disse a tia anos mais tarde. – Cabelos pretos, olhos azuis e uns brações, igualzinho a você. E a sua voz lembra a do seu pai, uma linda voz, grave e suave. Mesmo com aquele sotaque do Irish Channel.

Foi assim que a mãe de Michael sentiu uma queda por ele. E, quando ele voltou a embarcar, mandou lindas cartas poéticas para ela, cortejando-a e partindo seu coração. Só que as cartas não haviam sido escritas pelo pai de Michael. Elas haviam sido escritas pelo seu melhor amigo, um homem instruído que servia no mesmo navio, que colocava as metáforas e as citações dos livros. E a mãe nunca desconfiou.

Na realidade, ela se apaixonou por aquelas cartas. E, ao descobrir estar grávida de Michael, ela foi para o Sul, confiando no que diziam as cartas, sendo imediatamente recebida pela família simples e de bom coração, que logo deu início aos preparativos para o casamento, na igreja de Santo Afonso, e o realizou assim que o pai de Michael conseguiu uma licença.

Que choque deveria ter sido para ela a pequena rua nua de árvores, a casa minúscula com um aposento dando para o outro, e a sogra que servia os homens como uma criada e nunca se sentava à mesa para jantar.

A tia de Michael disse que seu pai um dia confessou à sua mãe a história das cartas quando ele ainda era um bebê, e que sua mãe ficou furiosa, tentou matar o marido e queimou todas as cartas no quintal. Depois, ela se acalmou e procurou consertar o casamento. Ali estava ela com um filho pequeno. Já passava dos 30 anos. Seu pai e sua mãe, mortos. Tinha apenas um irmão e uma irmã em San Francisco, e não tinha escolha, a não ser a de ficar com o pai da criança. Além do mais, os Curry não eram más pessoas.

Ela amava em especial sua sogra, por tê-la abrigado quando estava grávida. E essa parte – a do amor entre as duas mulheres – Michael sabia ser verdadeira, porque a mãe dele cuidou da velha durante a doença que a levou.

Seus dois avós faleceram no ano em que Michael entrou para o ensino médio: sua avó, na primavera, e o avô, dois meses depois. E, embora muitos tios e tias houvessem morrido ao longo dos anos, esses foram os primeiros enterros a que Michael compareceu, e ficariam para sempre gravados na sua memória.

Foram cerimônias absolutamente deslumbrantes, com todos os acessórios sofisticados que ele adorava. Na verdade, ficou profundamente perturbado ao observar que os apetrechos de Lonigan and Sons, a casa funerária, as limusines com seu estofamento de veludo cinza e até mesmo as flores e a elegância dos trajes dos que carregavam o féretro pareciam estar relacionados com a atmosfera dos filmes refinados que Michael tanto valorizava. Aqui havia homens e mulheres de voz delicada, belos tapetes e mobília entalhada, uma variedade de cores e texturas, o perfume de rosas e lírios e as pessoas contendo sua mesquinhez natural e seu jeito grosseiro.

Era como se, quando a pessoa morresse, fosse para o universo de *Rebecca*, de *Os sapatinhos vermelhos* ou de *À noite sonhamos*. Você tinha direito a coisas lindas nos seus dois últimos dias antes de ser enterrado.

Era uma associação que o deixou intrigado por horas a fio. Quando ele viu *A noiva de Frankenstein* pela segunda vez no Happy Hour, na Magazine Street, ficou só observando as belas casas do filme, ouvindo a melodia das vozes e examinando os trajes mais do que qualquer outra coisa. Ele sentia vontade de um dia poder falar a respeito disso com alguém; mas, quando tentou contar à sua namorada, Marie Louise, ela não entendeu do que ele estava falando. Ela achava idiota frequentar a biblioteca. Recusava-se a assistir a filmes estrangeiros.

Michael viu nos olhos dela o que havia visto tantas vezes no olhar do pai. Não era medo do desconhecido. Era repulsa. E ele não queria ser repulsivo.

Além do mais, ele agora estava no ensino médio. Tudo estava em transformação. Às vezes ele receava que essa fosse a época em que se esperava que seus sonhos morressem e que o mundo real o dominasse. Aparentemente, outras pessoas tinham essa sensação. O pai de Marie Louise estava uma noite sentado na escada da frente e o encarou com frieza.

– O que o faz pensar que *você* vai para a universidade? Seu pai tem dinheiro para Loyola? – Ele cuspiu na calçada e olhou para Michael da cabeça aos pés. Ali, mais uma vez, havia repulsa. Michael deu de ombros. Naquela época não havia faculdade pública em Nova Orleans.

– Talvez eu vá para a Universidade do Estado da Luisiana, em Baton Rouge – disse. – De repente posso conseguir uma bolsa.

– Bobagem! – resmungou o homem entredentes. – Por que você não tenta ser a metade do bombeiro que seu pai é?

E talvez essas pessoas todas tivessem razão e já fosse hora de pensar em outras coisas. Michael estava com quase um metro e oitenta, uma altura extraordinária para alguém criado no Irish Channel e a maior registrada no lado da família Curry. Seu pai comprou um velho Packard e o ensinou a dirigir em uma semana. Ele conseguiu, então, um emprego de meio expediente entregando flores para uma floricultura da St. Charles Avenue.

Foi, porém, somente no segundo ano que suas antigas ideias começaram a ceder lugar, que ele próprio começou a se esquecer das suas ambições. Ele se esforçou para jogar futebol, conseguiu ser titular e, de repente, estava lá no campo do estádio de City Park, ouvindo os berros da torcida.

– Derrubado por Michael Curry – diziam os alto-falantes.

Marie Louise disse pelo telefone com uma voz de entrega que, por ela, ele era quem mandava, que com ele faria "qualquer coisa".

Esses foram os bons tempos da Escola Redentorista, aquela que sempre foi a escola de brancos mais pobre da cidade de Nova Orleans. Uma nova diretora havia chegado. Ela subia num banco no pátio da escola e gritava num microfone para incentivar os garotos antes dos jogos. Ela mandava torcidas enormes para o estádio de City Park. Logo havia quantidades de alunos recolhendo moedas de vinte e cinco centavos para a construção de um ginásio, e o time da escola fazia pequenos milagres. Ele vencia jogo após jogo, aparentemente pela simples força de vontade, fazendo aqueles pontos mesmo quando o oponente estava jogando melhor.

Michael ainda lia seus livros, mas naquele ano as partidas foram o verdadeiro foco da sua vida emocional. O futebol era perfeito para sua agressividade, sua força, até para sua frustração. Ele era um dos astros da escola. Sentia o olhar das garotas quando entrava na igreja para a missa das oito todos os dias de manhã.

E então o sonho se realizou. A Redentorista ganhou o campeonato municipal. Os oprimidos haviam conseguido, os garotos do outro lado da Magazine Street, os que falavam daquele jeito diferente, de tal modo que todos sabiam que eles vinham do Irish Channel.

Até mesmo o *Times-Picayune* estava cheio de elogios extasiados. A campanha para a construção do ginásio estava a toda, e Marie Louise e Michael "foram até o fim" e depois passaram por dias de agonia, enquanto esperavam para ver se Marie Louise estava grávida.

Michael poderia ter perdido tudo nessa época. Ele não queria saber de mais nada, a não ser de fazer gols, de ficar com Marie Louise e de ganhar dinheiro para poder sair com ela de carro. Na terça de Carnaval, ele e Marie Louise, vestidos de piratas, foram até o French Quarter, beberam cerveja e ficaram abraçados namorando num banco na Jackson Square. À medida que o verão ia chegando, ela falava cada vez mais em casamento.

Michael não sabia o que fazer. Ele achava que devia ficar com Marie Louise, mas não conseguia conversar com ela. Ela detestava os filmes que ele a levava para ver: *Sede de viver*, *Marty* ou *Sindicato de ladrões*. E, quando falava em ir para a universidade, ela dizia que ele estava sonhando.

Veio então o inverno do último ano de ensino médio de Michael. O frio era intenso, e Nova Orleans teve sua primeira nevasca em cem anos. Quando as escolas liberaram os alunos cedo, Michael foi sozinho caminhar pelo Garden District, com suas belas árvores cobertas de branco, e observar a neve macia e silenciosa que caía ao seu redor. Ele não quis dividir esse momento com Marie Louise. Em vez disso, compartilhou-o com as casas e as árvores que adorava, maravilhado diante do espetáculo das grades de ferro fundido e das varandas enfeitadas com a neve.

Crianças brincavam nas ruas. Os carros vinham devagar sobre o gelo, derrapando perigosamente nas esquinas. Por horas a fio, o lindo tapete de neve permaneceu no chão. Michael voltou finalmente para casa, com as mãos tão frias que mal pôde girar a chave na fechadura. Encontrou a mãe chorando.

Seu pai havia morrido num incêndio num armazém às três da tarde. Na hora, estava tentando salvar um outro bombeiro.

Estava tudo acabado para Michael e a mãe no Irish Channel. Antes do final de maio, a casa na Annunciation Street estava vendida. E uma hora depois de receber seu diploma do ensino médio, diante do altar da igreja de Santo Afonso, ele e a mãe estavam num ônibus, indo para a Califórnia.

Agora Michael iria ter acesso a "coisas boas", iria para a faculdade e teria contato com gente que falava um inglês decente. Tudo isso acabou se realizando.

Tia Vivian morava num apartamento bonito que dava para o Golden Gate Park, cheio de móveis escuros e quadros a óleo de verdade. Eles ficaram com ela até conseguir um lugar para eles a alguns quarteirões dali. Michael imediatamente se inscreveu para fazer o primeiro ano na universidade estadual, com o dinheiro do seguro do pai cobrindo tudo.

Michael adorou San Francisco. É verdade que sempre fazia frio, ventava muito e que a cidade era árida. Mesmo assim, ele gostava das cores sombrias da cidade, que lhe davam uma impressão diferente, os ocres, os verde-oliva, os vermelho-escuros romanos e os cinza profundos. As grandes e rebuscadas casas vitorianas lembravam-lhe aquelas belas mansões de Nova Orleans.

Por estar fazendo cursos de verão no prédio central da faculdade estadual, a fim de corrigir suas falhas em matemática e ciências, ele praticamente não tinha tempo para sentir saudade de casa, para pensar em Marie Louise ou em qualquer outra garota. Quando não estava estudando, ele se ocupava tentando compreender as coisas – como San Francisco funcionava, o que a tornava tão diferente de Nova Orleans.

A imensa classe inferior à qual ele pertencia em Nova Orleans parecia não existir nessa cidade, na qual até mesmo os policiais e os bombeiros falavam bem, vestiam-se bem e moravam em casas caríssimas. Era impossível saber de que parte da cidade uma pessoa era. As próprias calçadas eram surpreendentemente limpas, e um ar de moderação parecia afetar até mesmo as conversas mais curtas entre as pessoas.

Quando ia ao Golden Gate Park, Michael ficava pasmo com a natureza das pessoas, o fato de elas parecerem acrescentar beleza à paisagem verde-escura, em vez de invadi-la. Elas andavam pelos caminhos nas suas charmosas bicicletas importadas, faziam piqueniques em pequenos grupos na grama aveludada ou se sentavam na concha acústica para ouvir o concerto de domingo. Os museus da cidade também foram uma revelação, cheios de velhos mestres de verdade, e aos domingos ficavam lotados de gente comum, gente com crianças, que parecia achar tudo muito natural.

Michael roubava horas de estudo dos seus fins de semana para poder vaguear pelo De Young e contemplar com reverência o maravilhoso quadro de El Greco de São Francisco de Assis, com sua expressão atormentada e seu rosto cinzento e emaciado.

– Tudo isso aqui é a América? – perguntava-se Michael. Era como se ele tivesse vindo de um outro país para entrar naquele mundo que só vislumbrava no cinema ou na televisão. Não nos filmes estrangeiros das casas imponentes e das jaquetas, mas em filmes americanos mais recentes e em programas de televisão, em que tudo era correto e civilizado.

E ali sua mãe estava feliz, realmente feliz, como Michael nunca havia visto antes, guardando no banco dinheiro do seu emprego em I. Magnin, onde vendia cosméticos, como costumava vender muitos anos antes, e nos fins de semana fazendo visitas à irmã e às vezes ao irmão mais velho, "tio Michael", um bêbado requintado que vendia "porcelana fina" na Gumps, na Post Street.

Numa noite de sábado, foram a um teatro antiquado na Geary Street assistir a uma produção ao vivo de *Minha bela dama*. Michael adorou. Depois disso, costumavam ir aos "pequenos teatros" ver peças notáveis: *Calígula*, de Albert Camus, *Pequenos burgueses*, de Maximo Gorki, e uma estranha miscelânea de monólogos baseada na obra de James Joyce, intitulada *Ulysses in Nighttown*.

Michael estava fascinado com tudo isso. Tio Michael prometeu levá-lo para ver *La Bohème* quando começasse a temporada da ópera. Michael não teve palavras para agradecer.

Era como se sua infância em Nova Orleans nunca tivesse realmente acontecido.

Ele adorava o centro de San Francisco, com seus bondes barulhentos e suas ruas apinhadas de gente, a grande loja popular na esquina de Powell e Market, onde ele podia ficar lendo junto à estante das brochuras por horas a fio sem ser notado.

Ele gostava das bancas de flores que vendiam buquês de rosas vermelhas por quase nada e as lojas sofisticadas na Union Square. Adorava os pequenos cinemas de filmes estrangeiros, dos quais havia pelo menos uma dúzia, onde ele e a mãe iam ver *Nunca aos domingos*, com Melina Mercouri, e *A doce vida*, de Fellini, sem sombra de dúvida o filme mais fantástico que Michael já vira. Havia também as comédias com Alec Guinness, filmes filosóficos e sombrios, de Ingmar Bergman, da Suécia, e inúmeros outros filmes do Japão, da Espanha e da França. Muitas pessoas em San Francisco assistiam a esses filmes. Não havia nelas absolutamente nada de secreto.

Ele também apreciava tomar café com outros estudantes dos cursos de verão no restaurante Foster's, amplo e exageradamente iluminado, na Sutter Street, falando pela primeira vez na vida com orientais e judeus de Nova York, pessoas negras que falavam um inglês perfeito e homens e mulheres mais velhos que roubavam tempo das famílias e dos empregos para voltar à escola pelo simples prazer de estudar.

Foi durante esse período que Michael veio a compreender o pequeno segredo da família da sua mãe. Juntando pedacinhos aqui e ali, ele concluiu que essas pessoas haviam sido muito ricas. E que foi a avó paterna da mãe de Michael que havia dissipado toda a fortuna. Dela nada havia sido herdado, a não ser uma cadeira entalhada e três quadros de paisagens com molduras pesadas. Mesmo assim, falava-se dela como de alguém mais do que maravilhoso, uma deusa, dava para se pensar, que havia viajado pelo mundo inteiro, que comia caviar e que conseguiu que seu filho estudasse em Harvard antes de ir completamente à falência.

Quanto a esse filho, o pai da mãe de Michael, ele havia bebido até morrer, depois de perder a esposa, uma "belíssima" mulher de origem irlandesa-americana, do Mission District de San Francisco. Ninguém queria falar da "Mãe" e logo ficou claro que a "Mãe" se suicidara. O "Pai", que bebeu incessantemente até ter um derrame fatal, deixou uma pequena pensão para os três filhos. A mãe de Michael e sua irmã Vivian terminaram os estudos no Convento do Sagrado Coração e procuraram ocupações distintas. Tio Michael era "a imagem cuspida de papai", diziam com um suspiro, quando ele adormecia no sofá de tanto beber conhaque.

Tio Michael era o único vendedor que Michael conheceu que conseguia vender sem se levantar de onde estava sentado. Ele voltava para a Gumps, embriagado depois do almoço, e ficava ali sentado, exausto e afogueado, apenas apontando para a porcelana belíssima, explicando tudo da sua cadeira, enquanto os jovens fregueses, noivos prestes a se casarem, tomavam suas decisões. As pessoas pareciam considerá-lo encantador. Ele realmente conhecia tudo a respeito de porcelana fina, e era um cara extremamente simpático.

Esse lento aprendizado sobre a família da mãe foi muito esclarecedor para Michael. À medida que o tempo foi passando, ele chegou à conclusão de que os valores da sua mãe eram essencialmente os dos muito ricos, embora ela própria não percebesse isso. Ela ia ver os filmes estrangeiros porque eles eram divertidos, não para seu enriquecimento cultural. Ela queria que Michael fosse para a universidade porque era lá que ele "deveria" estar. Para ela, era perfeitamente natural fazer as compras na Young Man's Fancy, trazendo-lhe suéteres de gola careca e camisas clássicas que faziam com que ele parecesse um menino da classe alta. No entanto, do ímpeto ou da ambição da classe média, ela, a irmã e o irmão praticamente não sabiam nada. O trabalho só lhe agradava porque I. Magnin era a melhor loja da cidade e ali ela conhecia gente interessante. Nas suas horas de lazer, ela bebia vinho em quantidades cada vez maiores, lia seus romances, visitava amigas e era uma pessoa feliz, satisfeita.

Foi o vinho que finalmente a matou. Pois, com o passar dos anos, ela se tornou uma alcoólatra refinada, bebericando a noite toda num copo de cristal a portas fechadas e invariavelmente desmaiando antes de dormir. Por fim, muito tarde numa noite, ela bateu com a cabeça numa queda no banheiro, pôs uma toalha no ferimento e voltou para a cama, sem perceber que estava sangrando lentamente. Já estava fria quando Michael conseguiu arrombar a porta. Isso aconteceu na casa na Liberty Street, que Michael havia comprado e restaurado para a família, apesar de o tio Michael a essa altura já estar morto, também da bebida, embora o caso dele tivesse sido chamado de derrame.

No entanto, a despeito da sua própria inércia e, afinal, da sua indiferença diante do mundo em geral, a mãe de Michael sempre teve orgulho da ambição do filho. Ela entendia sua vontade de vencer porque o compreendia, e o filho era o único fator que havia conferido um significado verdadeiro à sua vida.

E a ambição de Michael era uma chama incontrolável quando ele afinal entrou para o San Francisco State College, no outono, matriculado como calouro.

Ali, no imenso campus da universidade, em meio a estudantes de dedicação integral, de todas as camadas sociais, Michael se sentia anônimo, cheio de força e pronto para começar sua verdadeira formação. Era como naqueles velhos tempos na biblioteca. Só que agora ele ganhava pontos com o que lia. Ele era valorizado por querer compreender todos os mistérios da vida que o instigavam tanto no passado, quando escondia sua curiosidade daqueles que poderiam ridicularizá-lo.

Ele não conseguia acreditar na própria sorte. Indo de uma sala para outra, no delicioso prazer do anonimato em meio ao enorme proletariado de alunos, com suas mochilas e seus sapatos pesados, Michael ouvia, extasiado, as palavras dos professores e as perguntas espantosamente inteligentes dos estudantes ao seu redor. Temperando seu currículo com créditos opcionais em arte, música, história contemporânea, literatura comparada e até mesmo teatro, ele aos poucos adquiriu uma formação em ciências humanas à moda antiga.

Acabou formando-se em história, por ser uma matéria que apreciava, na qual tinha condições de escrever os trabalhos e fazer boas provas, e porque sabia que sua ambição mais recente – a de ser arquiteto – simplesmente estava fora do seu alcance. Ele não conseguia avançar na matemática, por mais que tentasse. E, apesar de todo o seu esforço, não conseguiu pontos suficientes para garantir sua admissão na Faculdade de Arquitetura, para quatro anos de pós-graduação. Ele também gostava de história por se tratar de uma ciência social na qual as pessoas tentam se distanciar do mundo para compreender seu funcionamento. E era isso o que vinha fazendo desde quando era menino no Irish Channel.

Síntese, teoria, visão geral – tudo isso era totalmente natural para ele. E como provinha de um lugar tão diferente e estranho, como estava tão surpreso com a modernidade da Califórnia, a perspectiva do historiador era para ele confortável. Acima de tudo, gostava de ler obras bem escritas sobre cidades e séculos; livros que tentassem descrever lugares ou épocas em termos das suas origens, do seu progresso sociológico ou tecnológico, das suas lutas de classes, da sua arte e literatura.

Michael estava mais do que satisfeito. Quando o dinheiro do seguro foi acabando, ele foi trabalhar em meio expediente com um carpinteiro especializado na restauração das belas casas vitorianas de San Francisco. Voltou a estudar os livros sobre casas, como havia feito nos velhos tempos.

Quando recebeu seu diploma de bacharel, seus velhos amigos de Nova Orleans não o teriam reconhecido. Ainda tinha a compleição física do jogador de futebol americano, os ombros possantes e o tórax sólido, e a carpintaria o mantinha em boa forma. Seus cabelos pretos e encaracolados, os grandes olhos azuis e as sardas claras no rosto continuavam a ser características que o distinguiam. Mas agora ele usava óculos de armação escura para ler, e seu traje habitual era um suéter de tricô e um paletó de Donegal de tweed com reforço nos cotovelos. Até mesmo fumava um cachimbo que sempre trazia no bolso direito do casaco.

Aos 21 anos, ele estava igualmente à vontade martelando para valer numa casa de estrutura de madeira ou batendo rapidamente com apenas dois dedos um trabalho sobre "As perseguições às feiticeiras na Alemanha no século XVII".

Dois meses depois de começar sua pós-graduação em história, ele passou a se preparar, simultaneamente com o estudo na faculdade, para os exames para empreiteiro estadual. Estava agora trabalhando como pintor. Aprendia, ainda, o ofício de estucador e o de assentador de pisos e azulejos – enfim, qualquer atividade no ramo da construção para a qual alguém se dispusesse a contratá-lo.

Continuou a estudar porque uma profunda insegurança não lhe permitiria agir de outro modo, mas, já a essa altura, ele sabia que nenhum prazer de natureza acadêmica poderia jamais satisfazer sua necessidade de trabalhar com as mãos, ao ar livre, de subir escadas, usar o martelo e no final do dia sentir aquela sublime exaustão física. Nada jamais poderia tomar o lugar das suas belas casas.

Ele adorava ver o resultado do seu trabalho – telhados consertados, escadarias restauradas, pisos trazidos de volta de um encardido irremediável para um brilho perfeito. Ele adorava descascar e laquear os batentes de portas, as balaustradas e os pilares de sustentação do corrimão bem trabalhados. E na sua condição de eterno aprendiz, estudou com todos os artífices com quem trabalhou. Interrogava os arquitetos sempre que podia. Fazia cópias das plantas para estudo mais pormenorizado. Debruçava-se sobre livros, revistas e catálogos dedicados à restauração e à era vitoriana.

Às vezes tinha a impressão de gostar mais de casas do que de seres humanos. Gostava delas como os marinheiros gostam das embarcações. E, depois do trabalho, costumava caminhar sozinho pelos cômodos aos quais dera uma nova vida, tocando carinhosamente o peitoril das janelas, as maçanetas de latão, as paredes acetinadas. Era capaz de ouvir o que uma grande casa lhe dizia.

Terminou seu mestrado em história em dois anos, exatamente quando explodiam nas universidades americanas os protestos estudantis contra a guerra no Vietnã e quando o uso de drogas psicodélicas passou a ser moda entre os jovens que vinham aos montes para Haight Ashbury, em San Francisco. Bem antes disso, porém, ele já havia passado no concurso para empreiteiro, tendo criado sua própria empresa.

O universo da paz e do amor, da revolução política e da transformação pessoal através das drogas era algo que ele nunca entendeu totalmente, e algo que realmente nunca o afetou. Ele dançou no Avalon Ballroom ao som dos Rolling Stones; fumou maconha; queimou incenso de vez em quando; ouvia discos de Bismillah Khan e Ravi Shankar. Chegou mesmo a ir com uma namorada ao famoso encontro no Golden Gate Park no qual Timothy Leary disse aos seus seguidores que se ligassem, despertassem e pulassem fora. No entanto, tudo isso era apenas moderadamente fascinante para ele.

O historiador no seu íntimo não conseguia sucumbir à retórica revolucionária superficial, frequentemente tola, que ouvia por toda parte. Ele só podia rir em silêncio do marxismo de fachada dos seus amigos que pareciam não conhecer absolutamente nada de pessoal sobre o trabalhador. E observava horrorizado quando aqueles que amava destruíam totalmente sua paz de espírito, quando não seus próprios cérebros, com poderosos alucinógenos.

Ele, entretanto, aprendeu com isso tudo. Aprendeu enquanto procurava compreender. E o imenso amor psicodélico pelas cores e pelas estamparias, pela música e pelo estilo oriental teve a inevitável influência sobre sua estética. Anos mais tarde, ele defenderia a tese de que a grande revolução da consciência na década de 1960 havia beneficiado todos os indivíduos do país – que a reforma das casas antigas, a construção de belos prédios públicos com pátios e parques cobertos de flores, até mesmo o surgimento de modernos shoppings com pisos de mármore, fontes e canteiros –, que tudo isso tinha como origem direta aqueles anos cruciais em que os hippies de Haight Ashbury penduravam samambaias na janela dos seus apartamentos e cobriam seus móveis de segunda mão com colchas indianas, em que as moças enfeitavam seus cabelos ondulantes com as famosas flores e em que os homens trocavam suas roupas sem graça por camisas de cores berrantes e deixavam o cabelo crescer à vontade.

Nunca houve na sua mente nenhuma dúvida de que esse período de turbulência, de consumo de drogas em massa e de música rebelde havia exercido influência direta sobre sua carreira. De um canto do país a outro, casais jovens davam as costas às casinhas convencionais dos subúrbios modernos e, com uma nova paixão pela textura, pelo detalhe e pela variedade das formas, voltavam sua atenção às elegantes residências antigas do centro da cidade. San Francisco tinha uma quantidade incalculável desse tipo de casa.

Michael tinha perpetuamente uma lista de espera de clientes ansiosos. A Grandes Esperanças podia reformar, restaurar, construir do nada. Ele logo tinha projetos em andamento por toda a cidade. Não havia nada que lhe desse mais prazer do que entrar numa ruína vitoriana toda mofada na Divisadero Street e dizer "É, posso lhe entregar um *palazzo* aqui dentro de seis meses". Seu trabalho ganhava prêmios. Ele ficou famoso pelos lindos desenhos detalhados que fazia. De alguns projetos ele se incumbiu sem nenhuma orientação arquitetônica. Todos os seus sonhos estavam se realizando.

Tinha 32 anos quando adquiriu uma antiga residência na Liberty Street, restaurou-a por dentro e por fora, providenciando apartamentos para sua mãe e sua tia, e foi morar ali no andar superior, com uma vista para as luzes do centro, exatamente no estilo que sempre havia desejado. Os livros, as cortinas de renda, o piano, as belas antiguidades – tudo isso ele possuía. Construiu também um amplo deque para o lado do morro, onde podia ficar sentado, sorvendo o fugidio sol do norte da Califórnia. A eterna névoa do oceano frequentemente se dissipava antes de chegar aos morros do seu bairro. E assim ele parecia ter conquistado não só o luxo e o requinte que vislumbrara tantos anos atrás no Sul, mas um pouco do sol e do calor de que se lembrava com carinho.

Aos 35 anos, ele já havia vencido pelo seu próprio esforço, além de possuir uma boa formação. Ele havia ganhado e poupado seu primeiro milhão de dólares numa carteira de títulos municipais. Amava San Francisco porque tinha a sensação de que a cidade lhe dera tudo o que ele havia desejado um dia.

* * *

Apesar de Michael ter crescido por esforço próprio, como muita gente já o fez na Califórnia, criando um estilo em perfeita sintonia com o de tantas outras pessoas que se inventaram sozinhas, ele nunca deixou de ser em parte aquele menino teimoso do Irish Channel que havia crescido usando um pedaço de pão para empurrar as ervilhas até o garfo.

Ele nunca abandonou por completo seu acentuado sotaque e, às vezes, quando estava tratando com os operários no trabalho, voltava a usá-lo. Também nunca perdeu alguns dos seus hábitos ou ideias mais toscos, e isso sabia sobre si mesmo.

Seu modo de lidar com tudo isso era perfeito para a Califórnia. Ele simplesmente deixava transparecer. Afinal, fazia parte dele. Não tinha nenhuma dificuldade em perguntar onde estava a carne com batatas quando ia a algum sofisticado restaurante especializado na *nouvelle cuisine* (na realidade, gostava muito de carne com batatas, que comia sempre que possível, a ponto de excluir outros pratos), ou em deixar seu cigarro Camel ficar pendurado na boca enquanto falava, do mesmo jeito que seu pai fazia.

E ele se relacionava bem com seus amigos liberais principalmente porque não se dava ao trabalho de discutir com eles. Enquanto eles gritavam uns com os outros por cima das canecas de cerveja a respeito de países estrangeiros onde nunca haviam estado e que jamais iriam visitar, ele desenhava casas em guardanapos.

Quando ele chegava a expor suas ideias, era num estilo extremamente abstrato, com distanciamento, pois de fato se sentia um estrangeiro na Califórnia, um estrangeiro no século XX. E não ficava nem um pouco surpreso com o fato de ninguém prestar muita atenção no que dizia.

No entanto, qualquer que fosse a tendência política em pauta, sempre se relacionava mais profundamente com aqueles que eram apaixonados como ele: artesãos, pintores, músicos, gente que seguia em frente presa a uma obsessão. E uma quantidade espantosa de amigos e amantes era judeu russo-americana. Eles pareciam realmente entender seu desejo principal de viver uma vida significativa, de interferir no mundo, mesmo que fosse numa proporção diminuta, com suas visões. Sonhava em construir suas próprias casas famosas; em transformar quarteirões inteiros; em criar enclaves com cafés, livrarias e pensões dentro dos antigos bairros de San Francisco.

De vez em quando, especialmente depois da morte da mãe, ele pensava no passado em Nova Orleans, que lhe parecia cada vez mais estranho e fantástico. As pessoas na Califórnia pensavam que eram livres, mas como eram submissas, ele refletia. Ora, todo mundo que vinha do Kansas, de Detroit e de Nova York simplesmente perseguia os mesmos ideais liberais, os mesmos estilos de pensar, de se vestir, de sentir. Na verdade, às vezes o conformismo era decididamente ridículo. Havia amigos que realmente diziam frases como "Não era esse o que íamos boicotar esta semana?" e "Não se espera de nós que sejamos contra isso?".

Lá na sua cidade natal, podia ser que houvesse deixado uma cidade de gente intolerante, mas era também uma cidade de personagens marcantes. Na sua cabeça, ele ouvia os velhos contadores de histórias do Irish Channel, o seu avô contando como entrara escondido na igreja dos alemães quando era menino, só para saber como era o latim alemão. E a história do tempo de vovó Gelfand Curry, a única antepassada alemã no clã inteiro, quando batizavam as criancinhas na igreja de Santa Maria para deixá-la feliz e depois saíam às ocultas para que fossem batizadas novamente na de Santo Afonso, do jeito certo, na igreja dos irlandeses, com o mesmo sacerdote presidindo, paciente, as duas cerimônias.

Que figuras as dos seus tios, esses velhos que foram morrendo um a um enquanto ele ia crescendo. Ainda ouvia seu relato de como atravessavam nadando o Mississippi, ida e volta (o que ninguém fazia no tempo de Michael), como davam mergulhos de cima dos armazéns quando estavam embriagados, como amarraram grandes remos nos pedais das bicicletas para ver se elas funcionavam dentro d'água.

Parecia que tudo era lenda. Dava para encher uma noite de verão com a conversa sobre o primo Jamie Joe Curry, em Argel, que se tornou um religioso tão fanático que tiveram de acorrentá-lo a um poste o dia inteiro, e sobre o tio Timothy, que ficou louco em consequência da tinta do linotipo, de tal forma que vedava com jornal todas as aberturas em volta das portas e das janelas e passava o tempo recortando milhares e milhares de bonecas de papel.

E o que dizer da linda tia Lelia, que havia se apaixonado por um rapaz italiano quando era jovem e que nunca soube, até ficar velha e enrugada, que seus irmãos tinham dado uma surra no rapaz numa noite, expulsando-o do Irish Channel. Nada de carcamanos por perto. Sua vida inteira ela chorou pela perda do rapaz. Quando lhe contaram, ela, furiosa, virou de pernas para o ar à mesa do jantar.

Até mesmo algumas das freiras tinham histórias fabulosas a contar: as velhas, como a irmã Bridget Marie, que havia substituído outra professora durante duas semanas, quando Michael estava na oitava série, uma irmãzinha realmente simpática que ainda falava com forte sotaque irlandês. Ela não lhes ensinou absolutamente nada. Só lhes contou histórias do fantasma irlandês de Petticoat Loose e de bruxas – bruxas, dá para se acreditar! – no Garden District.

E o melhor da conversa naquela época havia sido simplesmente a que falava da própria vida – de como era fazer a própria cerveja, viver com apenas duas lamparinas numa casa inteira e como era preciso encher a banheira portátil na noite de sexta para todos poderem tomar banho diante da lareira na sala de estar. Coisas da vida. A roupa fervendo num fogão de lenha no quintal, a água de cisternas coberta de um musgo verde. Os mosquiteiros bem ajeitados na hora de dormir. Coisas que agora provavelmente estariam inteiramente esquecidas.

As recordações vinham em relances estranhíssimos. Ele se lembrava do cheiro dos guardanapos de linho quando sua avó os passava, antes de guardá-los nas gavetas fundas do aparador de nogueira. Ele se lembrava do gosto da sopa de siri e quiabo, com bolachas e cerveja; do barulho assustador dos tambores nos desfiles de Carnaval. Ele via o homem do gelo subindo rápido a escada dos fundos, com um gigantesco bloco de gelo numa almofada no ombro. E ouvia insistentemente aquelas vozes maravilhosas, que na época lhe pareciam tão grosseiras, mas que agora pareciam possuir uma riqueza de vocabulário, uma queda para a expressão dramática, uma paixão pelo próprio ato de falar.

Histórias de incêndios famosos, dos célebres distúrbios provocados por greves dos bondes e dos carregadores de algodão que tinham de aparafusar os fardos nos porões dos navios com enormes parafusos de ferro, cantando enquanto trabalhavam, nos tempos anteriores às prensas de enfardar algodão.

Em retrospectiva, parecia ser um mundo fabuloso. Na Califórnia, às vezes tudo era tão pasteurizado. As mesmas roupas, os mesmos carros, as mesmas causas. Talvez o lugar de Michael não fosse ali. Talvez nunca viesse a ser. Mesmo assim, ele tinha certeza de que seu lugar não estava lá no passado. Ora, ele nem havia visitado a cidade em todos esses anos...

Ele desejava ter prestado mais atenção àqueles caras naquela época. É que havia sentido muito medo. Ele agora tinha vontade de poder conversar com o pai, sentar-se com ele e com todos aqueles outros bombeiros malucos no quartel na Washington Avenue.

Será que os carvalhos eram realmente tão grandes? Será que eles de fato formavam um arco perfeito sobre a rua, de tal forma que dava para se olhar por um túnel verde até o rio ao longe?

Ele costumava se lembrar da cor do crepúsculo quando voltava a pé para casa, tarde depois do treino de futebol, vindo pela Annunciation Street. Como era bonita a lantana laranja e rosa que saía por entre as pequenas cercas de ferro. Ah, será que existia um céu tão incandescente quanto aquele que passava do rosa ao violeta e por fim ao dourado acima dos telhados das casas operárias? Não podia existir um lugar tão fantástico.

E o Garden District, ah, o Garden District. Suas recordações dali eram tão etéreas a ponto de serem suspeitas.

Às vezes, ele sonhava com o lugar: um paraíso luminoso e cálido onde se descobria caminhando entre palácios esplêndidos, cercados por flores perenes e folhas de um verde reluzente. Ele acordava, e então pensava: É, eu estava lá, caminhando pela First Street. Eu estava de volta. Mas era impossível que fosse realmente assim, e ele sentia vontade de ver tudo de novo.

Algumas casas específicas voltavam à sua memória: a imensa residência espraiada na esquina de Coliseum e Third, pintada de um branco puríssimo, até as grades de ferro fundido. E as casas de duas varandas com corredor lateral que ele apreciava acima de todas, com suas quatro colunas frontais, seus longos flancos e suas altas chaminés gêmeas.

Ele se lembrava até de pessoas que havia muitas vezes visto de relance nos seus passeios de costume, velhos em ternos de anarruga e chapéus de palha, senhoras de bengala, babás negras em uniformes azuis de algodão engomado empurrando carrinhos de bebê. E aquele homem, aquele homem estranho, de trajes imaculados, que ele via com tanta frequência na First Street, nas profundezas daquele jardim descuidado.

Sentia vontade de voltar para conferir a recordação com a realidade. Queria ver a pequena casa na Annunciation Street onde havia crescido. Queria visitar a igreja de Santo Afonso, onde havia sido coroinha aos 10 anos. E a igreja de Santa Maria, do outro lado da rua, com seus arcos góticos e seus santos de madeira, onde ele também havia ajudado nas missas. Será que os afrescos no teto de Santo Afonso eram de fato tão bonitos?

Às vezes, quando ia adormecendo, ele se imaginava de novo naquela igreja na véspera de Natal, quando ela estava lotada para a Missa do Galo. Velas ardiam nos altares. Ele costumava ouvir o hino eufórico "Adeste Fideles". A véspera de Natal, com a chuva entrando em rajadas pelas portas, e em casa, depois, a pequena árvore iluminada num canto e o aquecedor a gás chamejando na lareira. Como eram bonitas aquelas minúsculas chamas azuis. Como era linda aquela pequena árvore, com suas luzes que representavam a Luz do Universo, seus enfeites que simbolizavam os presentes dos Reis Magos e seus galhos com cheiro de verde que reforçavam a promessa do verão por vir, mesmo em meio ao frio do inverno.

Veio-lhe à memória uma procissão da Missa do Galo na qual as meninas da primeira série vinham vestidas de anjos e saíam pelo santuário descendo pela nave principal da igreja. Ele sentia o perfume das plantas verdes do Natal, mesclando-se à doçura das flores e da cera derretida. As meninas cantavam algo sobre o menino Jesus. Ele havia visto Rita Mae Dwyer, Marie Louise Guidry e sua prima Patricia Anne Becker, além de todas as outras pestinhas que conhecia, mas como estavam lindas com as túnicas brancas e asas duras de tecido. Já não eram mais apenas monstrinhos, mas anjos de verdade. Era essa a magia do Natal. E, quando chegou em casa depois da missa, todos os presentes estavam debaixo da árvore iluminada.

Procissões. Eram tantas. Mas ele nunca apreciou de verdade as da Virgem Maria. Na sua cabeça, ela estava muito ligada às freiras perversas que machucavam tanto os meninos, e ele não conseguia sentir grande devoção por ela, o que o deixava triste, até ele crescer o suficiente para não se importar.

Já do Natal ele nunca se esqueceu. Foi o único resquício de religião que jamais o abandonou, pois percebia por trás da festividade uma história imensa e tremeluzente que remontava a milênios, até o tempo das florestas escuras onde ardiam fogueiras e os pagãos dançavam. Ele gostava de recordar o presépio com o bebê sorridente, e o momento solene da meia-noite, quando Cristo mais uma vez nascia para o mundo.

Na realidade, daí em diante na Califórnia, a véspera de Natal era o único dia que Michael considerava sagrado. Ele sempre celebrou esse dia como outros celebravam a véspera do Ano-Novo. Para ele, tratava-se do símbolo de um novo início: do tempo em que eram perdoados a pessoa e todos os seus erros para que ela pudesse recomeçar. Mesmo quando estava sozinho, ficava acordado, sentado com seu copo de vinho até a meia-noite, com as luzes da pequena árvore fornecendo a única iluminação da sala. E naquele último Natal havia nevado – sobre todas as coisas, neve –, neve caindo devagar e silenciosa com o vento, talvez no exato instante em que seu pai havia atravessado o teto em chamas do armazém na Tchoupitoulas Street.

Fosse como fosse, Michael nunca voltou lá.

Ele simplesmente não conseguia arrumar tempo. Estava sempre se esforçando para terminar um serviço já com o prazo estourado. E as curtas férias que tirava, passava na Europa, ou em Nova York, a perambular pelos grandes monumentos e museus. Ao longo dos anos, suas diversas namoradas preferiam que fosse assim. Quem quer ir ao Carnaval de Nova Orleans, se pode ir até o Rio? Por que alguém iria ao Sul dos Estados Unidos quando poderia visitar o Sul da França?

No entanto, frequentemente ocorria a Michael que ele havia conquistado tudo o que sempre desejou naqueles antigos passeios pelo Garden District e que devia voltar lá para fazer uma avaliação, ver se estava se enganando ou não. Não havia momentos em que sentia um vazio? Em que se sentia como se estivesse à espera de alguma coisa, algo de extrema importância, que ele não sabia o que era?

Uma coisa que ele não havia encontrado era um amor forte e duradouro, mas sabia que com o tempo isso viria. E talvez, então, ele levasse sua noiva para uma visita à cidade natal. Não estaria sozinho ao vaguear pelos caminhos dos cemitérios ou pelas velhas calçadas. Quem sabe? Talvez até pudesse ficar algum tempo, percorrendo a esmo as mesmas ruas.

É claro que Michael teve alguns casos ao longo dos anos, e pelo menos dois deles se assemelharam a casamentos. As duas mulheres eram judias, descendentes de russos, cheias de paixão, de espírito, brilhantes e independentes. E Michael sempre teve um orgulho doído dessas mulheres cultas e inteligentes. Esses relacionamentos nasceram tanto da troca de ideias quanto da sensualidade. Conversas a noite inteira depois de fazer amor, conversas com pizza e cerveja, conversas ao nascer do sol: era isso o que Michael sempre fazia com suas namoradas.

Ele aprendeu muito com esses relacionamentos. Sua disponibilidade, como que desprovida de ego, era extremamente sedutora para as mulheres, e ele absorvia tudo o que elas tinham para ensinar, sem grande esforço. Elas adoravam viajar com ele a Nova York, à Riviera ou à Grécia, e ver seu entusiasmo encantador e seus sentimentos profundos pelo que contemplava. Compartilhavam com ele sua música preferida, seus pintores favoritos, seus pratos prediletos, sua ideias acerca de mobília, roupas. Elizabeth ensinou-o a comprar um terno decente da Brooks

Brothers e camisas Paul Stewart. Judith levou-o até a Bullock and Jones para sua primeira capa Burberry e a salões sofisticados para o corte de cabelo correto e o ensinou a pedir vinhos europeus e a cozinhar macarrão, além de lhe mostrar por que a música barroca era tão boa quanto a música clássica que ele adorava.

Ele ria de tudo isso, mas ia aprendendo. As duas mulheres brincavam com ele sobre suas sardas e seu físico de peso-pesado, sobre o jeito que seu cabelo caía nos olhos azuis, sobre como os pais que vinham visitá-los o adoravam, sobre seu charme de menino malvado e sobre sua esplêndida aparência num traje a rigor. Elizabeth costumava chamá-lo de "meu valentão de coração de ouro", e Judith lhe deu o apelido de Valentão. Ele as levava a Golden Glove para ver lutas de boxe e partidas de basquete, e a bons bares para beber cerveja. Ele as ensinou a apreciar os jogos de futebol e de rúgbi no Golden Gate Park aos domingos, se é que elas já não apreciavam, e até a brigar na rua se quisessem aprender. Mas isso era mais uma brincadeira do que qualquer outra coisa. Ele também as levava à ópera e a concertos, a que assistia com um fervor religioso. E elas o apresentaram a Dave Brubeck, Miles Davis, Bill Evans e ao Kronos Quartet.

A receptividade de Michael, assim como sua paixão, costumava seduzir todo mundo.

No entanto, seu aspecto malvado também encantava as namoradas, quase sempre. Quando furioso, ou mesmo quando ligeiramente ameaçado, ele podia voltar instantaneamente à sua cara fechada de menino do Irish Channel. E, ao fazer isso, demonstrava grande convicção e confiança, além de uma certa sexualidade inconsciente. As mulheres também ficavam impressionadas com suas habilidades mecânicas, sua desenvoltura com o martelo e os pregos e com sua coragem.

O medo da humilhação – é, isso ele compreendia no íntimo, e havia alguns medos irracionais da infância que ainda o atormentavam. Mas havia medo de alguma coisa concreta? Na vida adulta, ele não sabia o que isso significava. Quando se ouvia um grito na noite, Michael era o primeiro a descer a escada para investigar.

Essa atitude não era assim tão comum entre homens de alto nível de instrução. O mesmo ocorria com sua abordagem entusiástica, ardente e tipicamente direta ao sexo físico. Ele gostava do sexo simples e sem enrolação, ou mais fantasioso, se elas preferissem assim. Gostava pela manhã, ao acordar, assim como à noite. Isso conquistava corações.

O primeiro rompimento, com Elizabeth, foi culpa de Michael, em sua opinião, porque ele simplesmente era jovem demais e não havia se mantido fiel. Elizabeth simplesmente se cansou das suas outras "aventuras", embora ele jurasse que elas "não significavam nada", e acabou fazendo as malas e o abandonando. Ele ficou inconsolável e arrependido. Seguiu-a até Nova York, mas de nada adiantou. Voltou para seu apartamento vazio e bebia de vez em quando, ao longo de seis meses de luto. Não pôde acreditar quando Elizabeth se casou com um professor de Harvard, e se contentou quando um ano mais tarde ela se divorciou.

Pegou um avião e foi até Nova York para consolá-la; tiveram uma briga no Metropolitan Museum of Art, e ele chorou horas a fio no voo de volta. Na verdade, ele estava tão triste que, quando aterrissaram, a aeromoça o levou para a casa dela e cuidou dele três dias inteiros.

Quando Elizabeth finalmente apareceu no verão seguinte, Judith já havia entrado na vida de Michael.

Judith e Michael viveram juntos durante quase sete anos, e ninguém jamais imaginou que eles pudessem se separar. Foi quando Judith ficou acidentalmente grávida de Michael e, contra a vontade do pai, resolveu não levar a gravidez ao fim.

Foi a pior decepção que Michael teve, e conseguiu destruir todo o amor do casal.

Michael não questionava o direito de Judith de abortar a criança. Ele não concebia um mundo em que as mulheres não tivessem esse direito. E o historiador nele sabia que nunca havia sido possível fazer vigorar as leis contra o aborto porque não existe nenhum relacionamento que se assemelhe ao da mãe com seu filho em gestação.

Não, nunca havia se oposto ao direito da mulher e, na realidade, até o teria defendido. Porém, jamais teria previsto que uma mulher vivendo com ele no luxo e na segurança, uma mulher com quem ele se casaria imediatamente se ela concordasse com isso, fosse querer abortar um filho seu.

Michael implorou para que ela não abortasse. A criança era deles, não era?, e o pai a queria desesperadamente e não conseguia suportar a ideia de que ela perdesse sua chance de viver. Ela não precisaria crescer junto deles, se Judith preferisse assim. Michael tomaria todas as providências para que a criança fosse criada em outro lugar. Tinha muito dinheiro. Iria visitar o filho sozinho, para que Judith não precisasse saber. Imaginava governantas, boas escolas, tudo o que nunca havia tido. O que era mais importante, porém, era que se tratava de um ser vivo, esse bebê em gestação, e seu sangue corria nas suas pequenas veias, e o pai não via nenhum motivo razoável para que ele morresse.

Essas ideias eram horripilantes para Judith. Elas atingiram seu âmago. Ela não queria ser mãe naquela época. Achava que não tinha condições para isso. Estava quase terminando seu doutorado na Universidade de Berkeley, mas ainda precisava escrever sua tese. E seu corpo não era um equipamento a ser usado para simplesmente gerar uma criança para uma outra pessoa. O enorme choque de dar à luz aquela criança, de renunciar a ela, estava acima das suas forças. Teria de viver com essa culpa para sempre. O fato de Michael não compreender seu ponto de vista lhe causava uma dor singular. Ela sempre havia contado com seu direito de abortar um filho indesejado. Era como se fosse uma rede de segurança. De repente, sua liberdade, sua dignidade e sua sanidade estavam ameaçadas.

Ela dizia que um dia eles teriam um filho, quando a hora fosse adequada para os dois, pois a paternidade era uma questão de escolha e nenhuma criança deveria vir ao mundo se não fosse desejada e amada pelo pai e pela mãe.

Nada disso fazia sentido para Michael. A morte era melhor do que o abandono? Como Judith podia sentir culpa por renunciar à criança e absolutamente nenhuma culpa pela destruição do feto? É verdade, os dois pais deveriam desejar a criança. Mas por que apenas uma das partes detinha o direito de determinar que o bebê não devia vir ao mundo? Eles não eram pobres; não estavam doentes; a criança não era resultado de um estupro. Ora, eles estavam praticamente casados e sem dúvida poderiam se casar, se Judith quisesse. Eles tinham tanto a dar a esse bebê. Mesmo que ele fosse viver com outras pessoas, imagine o que poderiam fazer por ele. Por que diabos aquela coisinha precisava morrer? E pare de dizer que não se trata de uma pessoa. Ele estava no processo de se tornar uma pessoa, ou Judith não estaria pensando em matá-lo. Pelo amor de Deus, por que um bebê recém-nascido seria uma pessoa, e um feto, não?

E as discussões não paravam, com argumentos cada vez mais aguçados, cada vez mais complexos, vacilando entre o pessoal e o filosófico, sem qualquer esperança de solução.

Afinal, Michael detonou seu último cartucho. Se Judith apenas desse à luz a criança, ele iria embora com o filho. Judith nunca mais os veria. Em troca, ele faria o que Judith quisesse. Ele lhe daria tudo o que tivesse que ela pudesse desejar. Ele chorava enquanto argumentava com ela.

Judith ficou arrasada. Michael havia preferido a criança a ela. Ele estava tentando comprar seu corpo, seu sofrimento, aquela coisa que estava crescendo dentro dela. Ela não podia suportar a ideia de ficar na mesma casa com ele. Amaldiçoou-o pelo que havia dito. Maldisse sua formação, sua ignorância e, acima de tudo, sua espantosa grosseria com ela. Ele achava fácil o que ela pretendia fazer? No entanto, todos os seus instintos lhe diziam que ela devia dar um fim a esse brutal processo físico, que ela devia extinguir esse pedacinho de vida que nunca havia sido planejado e que agora estava agarrado a ela, crescendo contra sua vontade, destruindo o amor de Michael por ela e pela sua vida juntos.

Michael não conseguiu encará-la. Se queria ir embora, que fosse. Ele queria que ela fosse. Não queria saber nem o dia nem a hora em que seu filho seria destruído.

Foi tomado pelo pavor. Tudo à sua volta parecia cinzento. Nada tinha um sabor ou uma aparência agradável. Era como se uma tristeza metálica tivesse dominado seu mundo, e todas as cores e sensações ficassem pálidas nessa atmosfera. Ele sabia que Judith estava sofrendo, mas não podia ajudá-la. Na realidade, ele não conseguia deixar de odiá-la.

Lembrava-se daquelas freiras na escola, que batiam nos meninos com a palma das mãos. Lembrava-se do beliscão de uma freira no seu braço quando ela o empurrou para a forma. Lembrava-se do poder irracional, da brutalidade mesquinha. Dizia a si mesmo que aquilo tudo não tinha nada a ver com isso. Judith se importava. Judith era uma boa pessoa. Ela estava fazendo o que achava que tinha de fazer. No entanto, Michael agora sentia o mesmo desamparo que havia sentido naquela época, quando as freiras patrulhavam os corredores, monstros com seus véus negros, seus sapatos brutos batendo forte na madeira encerada.

Judith foi embora quando Michael estava no trabalho. A conta do aborto – médico e hospital de Boston – chegou uma semana depois. Michael mandou o cheque para o endereço indicado. Nunca mais voltou a ver Judith.

Depois disso, durante muito tempo Michael viveu na solidão. O contato erótico nunca havia sido algo que ele apreciasse com desconhecidas. Agora, porém, ele o temia e escolhia suas parceiras só muito de vez em quando e com enorme prudência. Era cuidadoso ao extremo. Não queria perder mais nenhum filho.

Além disso, ele se descobriu incapaz de esquecer o bebê morto, ou o feto morto para usar o termo exato. Não é que ele tivesse a intenção de ficar pensando na criança – ele havia lhe dado o apelido de Little Chris, mas ninguém precisava saber disso –, o problema foi que começou a ver imagens de fetos nos filmes que ia ver, nos anúncios de filmes que via nos jornais.

Como sempre, os filmes tinham uma enorme importância na vida de Michael. Como sempre, eles eram uma parte vital e permanente do seu aperfeiçoamento. Ele entrava numa espécie de transe no escuro do cinema. Sentia alguma ligação visceral entre o que acontecia na tela, seus próprios sonhos e subconsciente e seus esforços contínuos no sentido de compreender o mundo em que vivia.

E agora ele via essa imagem curiosa que mais ninguém ao seu redor mencionava: os monstros cinematográficos desses tempos não apresentam uma notável semelhança com as crianças sendo abortadas todos os dias nas clínicas de todo o país?

Tomemos, por exemplo, *Alien*, de Ridley Scott, no qual o pequeno monstro nasce direto do tórax de um homem, um feto que guincha e mantém sua forma, mesmo à medida que vai crescendo e se fartando com suas vítimas humanas.

E o que dizer de *Eraserhead*, em que o medonho feto que nasce do casal condenado chora sem parar.

Ora, a certa altura pareceu-lhe que a quantidade de filmes de terror com fetos era incalculável. Havia *Criação monstruosa*, *Ghoulies* e *Leviatã*, além daqueles clones que nasciam contorcendo-se como fetos dos casulos em *Invasores de corpos*. Ele mal conseguiu suportar essa cena quando reviu o filme no Castro. Levantou-se e saiu do cinema.

Só Deus sabia quantos outros filmes de terror com fetos existiam. Vejamos a nova versão de *A mosca*. O herói não acabou tendo a aparência de um feto? E o que dizer de *A mosca II*, com suas imagens de nascimentos e renascimentos? Ocorreu-lhe que esse tema não se esgotava. Depois vinha *Pumpkinhead*, em que o poderoso espírito vingador dos apalaches sai de um cadáver de feto bem diante dos nossos olhos e mantém sua cabeça desproporcional de feto durante toda a horrenda violência que promove.

Michael tentava descobrir o que isso devia significar. Não que sofremos alguma culpa pelo que fazemos, pois acreditamos ser moralmente correto controlar o nascimento da nossa prole, mas temos que ter sonhos desagradáveis com todos esses pequeninos seres sendo levados para a eternidade antes de nascerem? Ou não seria apenas um medo desses próprios seres que querem fazer valer seu direito sobre nós – adolescentes eternamente livres – e nos tornar seus pais? Fetos do inferno! Ele riu com amargura dessa ideia, apesar de si mesmo.

Vejam *O enigma de outro mundo*, de John Carpenter, com suas cabeças fetais aos berros! E o que dizer do antigo clássico *O bebê de Rosemary*, pelo amor de Deus, e aquele filme idiota, *Nasce um monstro*, sobre o bebê-monstro que assassinou o leiteiro quando sentiu fome. Era impossível escapar da imagem. Bebês – fetos. Ele a via para onde quer que se voltasse.

Refletia sobre isso como costumava refletir sobre as casas magníficas e as pessoas elegantes dos velhos filmes de terror em preto e branco da sua juventude.

Não adiantava tentar falar sobre isso com os amigos. Eles acreditavam que Judith estava com a razão; e jamais entenderiam as distinções que ele estava tentando fazer. Os filmes de terror são nossos sonhos atormentados, pensava ele. E nossa atual obsessão é com o nascimento, com o nascimento que dá errado e que se volta contra nós. Nas suas recordações, ele voltava ao Happy Hour Theater. Estava assistindo a *A noiva de Frankenstein* mais uma vez. Quer dizer que a ciência já os assustava naquela época, e em épocas ainda mais remotas, quando Mary Shelley havia posto no papel suas fantasias inspiradas.

Bem, ele não conseguia destrinchar essas coisas. Não era na realidade um historiador ou um cientista social. Talvez não tivesse inteligência suficiente. Era um empreiteiro por profissão. Melhor ater-se à restauração de pisos de carvalho e à limpeza de torneiras de latão.

Além do mais, ele não detestava as mulheres. Não mesmo. Também não sentia medo delas. As mulheres eram apenas pessoas, e às vezes pessoas melhores, mais delicadas, mais gentis. Ele preferia a companhia delas à dos homens a maior parte do tempo. E nunca ficava surpreso com o fato de elas geralmente compreenderem com mais sintonia do que os homens o que ele tinha a dizer, à exceção dessa questão específica.

Quando Elizabeth ligou, disposta a reaquecer a antiga paixão, ele sentiu prazer, muito prazer, em pegar um avião para ir até Nova York. O fim de semana que passaram juntos foi perfeito, a não ser pelas meticulosas precauções que ele tomou para evitar a concepção, uma questão que agora já havia se tornado obsessiva. Os dois sabiam que podiam fazer o relacionamento voltar a funcionar. Estavam a um passo de um raro momento de belo entusiasmo. Só que Elizabeth não queria sair da Costa Leste, e Michael não conseguia imaginar sua empreiteira em Manhattan. Eles se corresponderiam, pensariam no assunto, teriam conversas a distância. Esperariam para ver.

À medida que o tempo foi passando, Michael deixou um pouco de acreditar que um dia teria o amor que desejava.

O seu mundo era, porém, um mundo em que muitos adultos não tinham esse amor. Tinham amigos, liberdade, estilo, riqueza, carreira, mas não esse amor. Essa era a condição da vida moderna, e isso se aplicava a ele também. Aos poucos, passou a considerar isso natural.

Tinha uma quantidade de colegas de trabalho, antigos companheiros de faculdade; não lhe faltava companhia feminina quando queria. E, quando completou 48 anos, imaginava que ainda havia tempo para tudo. Ele se sentia e tinha uma aparência jovem, como a maioria das pessoas da sua idade à sua volta. Ora, ele ainda tinha aquelas malditas sardas. E as mulheres ainda o olhavam com interesse, disso não tinha dúvida. Na realidade, considerava mais fácil atraí-las agora do que quando era um jovem impaciente.

Quem teria condição de dizer? Talvez seu casinho descompromissado com Therese, a mulher mais nova que ele conhecera recentemente na Symphony, poderia adquirir um significado maior. Ela era jovem demais, ele sabia, e ficava furioso consigo mesmo por esse motivo; ela, então, telefonava dizendo: "Michael, eu esperava que você já me tivesse ligado a essa altura! Você está mesmo me manipulando!" Não importa o que quisesse dizer com isso. Lá saíam eles para jantar fora e depois para a casa dela.

Mas será que ele só sentia falta de um amor profundo? Não haveria alguma outra coisa? Um dia de manhã ele acordou e percebeu num relance que o verão pelo qual vinha esperando todos esses anos não iria chegar nunca. E a terrível umidade daquele lugar havia se entranhado até a medula dos seus ossos. Nunca mais haveria noites cálidas, cheias do perfume de jasmim. Nunca mais brisas mornas do rio ou do golfo. Mas isso ele precisava aceitar, dizia a si mesmo. Afinal, esta era sua cidade agora. Como poderia um dia voltar para a terra natal?

Mesmo assim, às vezes San Francisco não lhe parecia mais pintada em ricos tons de ocre e de vermelho romano. Parecia transformada num tom sem graça de sépia; e a claridade opaca do seu céu eternamente cinzento havia embotado seu espírito.

Mesmo as belas casas que ele restaurava pareciam às vezes nada mais do que cenários, desprovidas de uma tradição real, sofisticadas armadilhas para capturar um passado que nunca existiu, para gerar uma sensação de solidez em pessoas que viviam apenas o momento presente, num medo da morte que beirava a histeria.

Mas ele era um homem de sorte, e sabia disso. Sem dúvida, bons tempos e boas coisas ainda estavam por vir.

E era essa a vida de Michael, uma vida que, em termos práticos, estava agora acabada, já que ele havia se afogado no dia 10 de maio, voltando cheio de tormentos e obsessões, falando sem parar nos mortos e nos vivos, incapaz de tirar as luvas pretas das mãos, receoso do que pudesse ver – as grandes enxurradas de imagens sem sentido – e captando fortes impressões emocionais até mesmo daqueles que não tocava.

Três meses e meio haviam se passado desde aquele dia terrível. Therese havia sumido. Seus amigos haviam sumido. E ele era agora prisioneiro da casa na Liberty Street.

Ele mudara o número do telefone. Não respondia às montanhas de correspondência que lhe chegavam. A tia Viv saía pela porta dos fundos para comprar os raros mantimentos que não podiam ser entregues em domicílio. – Não, Michael não está mais aqui – dizia ela, interceptando os raros telefonemas com sua voz doce e educada.

Ele ria todas as vezes que ouvia isso. Porque era verdade. Os jornais diziam que ele havia "desaparecido". Isso também o fazia rir. De dez em dez dias aproximadamente, ele ligava para Stacy e Jim, só para dizer que estava vivo e depois desligava. Não podia culpá-los por não se importarem.

Agora, no escuro, ele estava deitado na cama, vendo mais uma vez na tela da televisão sem som as imagens conhecidas de *Grandes esperanças*. Uma espectral Miss Havisham, no vestido de noiva esfarrapado, conversava com o jovem Pip, papel representado por John Mills, que estava a ponto de partir para Londres.

Por que Michael estava perdendo tempo? Ele deveria estar de partida para Nova Orleans. Só que estava agora embriagado demais para isso. Embriagado demais até mesmo para ligar e verificar os horários dos voos. Além do mais, havia a esperança de que o Dr. Morris lhe ligasse, o Dr. Morris, que sabia seu telefone secreto, a quem Michael havia confiado seu plano único e exclusivo.

– Se eu pudesse entrar em contato com aquela mulher – dissera ao Dr. Morris –, sabe quem é, a mulher do barco que me salvou. Se eu ao menos pudesse tirar minhas luvas e segurar suas mãos ao conversar com ela, talvez eu pudesse me lembrar de alguma coisa através dela. Sabe do que estou falando?

– Você bebeu, Michael. Dá para perceber.

– Isso não tem importância agora. É líquido e certo. Estou bêbado e vou continuar a beber, mas ouça o que estou dizendo...

– Pode falar...

– Bem, se eu conseguisse ir até o convés do barco e tocar as tábuas com minhas mãos sem luvas... sabe, as tábuas em que fiquei deitado...

– Michael, isso é uma loucura.

– Dr. Morris, ligue para ela. O senhor tem como entrar em contato com ela. Se não se dispõe a ligar, dê-me o seu nome.

– Do que você está falando? Ligar para ela e dizer que você quer engatinhar no convés da sua embarcação, tateando à procura de vibrações mentais? Michael, ela tem o direito de se proteger de uma coisa desse tipo. Pode ser que não acredite nessa história de poder psíquico.

– Mas o senhor acredita! O senhor sabe que funciona!
– Quero que volte para o hospital.

Michael desligou, furioso. Não queria saber de injeções, de exames; não, muito obrigado. O Dr. Morris havia ligado de volta, repetidamente, mas as mensagens na secretária eram sempre iguais:

– Michael, venha. Estamos preocupados com você. Queremos vê-lo.

E então, afinal, a promessa:

– Michael, se você conseguir ficar sóbrio, vou fazer uma tentativa. Sei onde posso localizar aquela mulher.

Ficar sóbrio. Ele pensava nisso ali, deitado no escuro. Tateou à procura da lata de cerveja que estava por perto e a abriu. Um porre de cerveja era o melhor tipo de porre. E de certo modo era como estar sóbrio, porque ele não havia derramado um gole de vodca ou de uísque na lata, certo? Aquilo, sim, é que era beber, aquele veneno de verdade, e ele devia saber disso.

Ligue para o Dr. Morris. Diga a ele que está sóbrio, tão sóbrio quanto jamais vai estar.

Aparentemente, ele havia ligado. Mas talvez tivesse sido um sonho. Talvez estivesse cochilando de novo. Era bom estar aqui deitado, era bom estar tão bêbedo a ponto de não sentir a agitação, a ansiedade, a dor de não se lembrar...

– Coma um pouco – disse a tia Viv.

Ele estava, no entanto, em Nova Orleans, caminhando por aquelas ruas do Garden District. Fazia calor, e que delícia a fragrância do jasmim à noite! E pensar que em todos esses anos não havia sentido aquele perfume forte, doce, e em que não havia visto o céu se incendiar por trás dos carvalhos, de modo que cada folhinha diminuta de repente ficasse distinta. As lajes rachavam com as raízes dos carvalhos. O vento frio dava fisgadas nos seus dedos descobertos.

Vento frio. É. Não estavam mesmo no verão, mas no inverno; aquele inverno penetrante e congelante de Nova Orleans, e se apressavam pelas ruas escuras para ver o último desfile do Carnaval, o da banda Mystic Krewe of Comus.

Um nome tão lindo, pensou ele em sonho, mas naquela época remota ele também o considerava assombroso. E lá adiante, na St. Charles Avenue, ele via as tochas do desfile e ouvia os tambores que sempre o assustavam.

– Rápido, Michael – dizia sua mãe. Ela quase o levantava do chão com a pressa. Como estava escura a rua, como era terrível esse frio, um frio como o do oceano.

– Mas olha, mamãe – disse ele, apontando pela cerca de ferro e puxando a mão da mãe. – Olha lá o homem no jardim.

A velha brincadeira. Ela diria que não havia ali homem nenhum, e os dois ririam juntos. No entanto, o homem estava mesmo lá, como sempre estivera, bem ao fundo do gramado amplo, parado junto aos galhos brancos e desnudos da extremosa. Ele teria visto Michael naquela noite? Parecia ter visto. Sem dúvida, os dois se encararam.

– Michael, não temos tempo para aquele homem.
– Mas, mamãe, ele está lá, está mesmo...
A Mystic Krewe of Comus. As charangas tocavam sua música selvagem, tenebrosa, enquanto passavam, com as tochas chamejantes. A multidão invadiu a rua. Do alto dos trêmulos carros alegóricos de papel machê, homens usando fantasias cintilantes de cetim e máscaras atiravam colares de vidro, contas de madeira. As pessoas brigavam para pegá-los. Michael não largava a saia da mãe, com ódio do barulho dos tambores. Quinquilharias caíam na sarjeta aos seus pés.
No longo caminho de volta para casa, com o Carnaval morto e acabado, as ruas cobertas de lixo e o ar tão frio que sua respiração criava vapor, ele voltou a ver o homem, parado como sempre, mas dessa vez não se deu ao trabalho de comentar.
– Tenho de voltar para casa – dizia ele agora, baixinho, dormindo. – Tenho de voltar para lá.
Ele via a longa cerca de ferro trabalhado da casa na First Street, a varanda lateral com suas telas bambas. E o homem no jardim. Era tão estranho que aquele homem nunca mudasse. E naquele último mês de maio, exatamente no último passeio que deu por aquelas ruas, Michael cumprimentou o homem com um gesto de cabeça, e o homem ergueu a mão e acenou.
– É, voltar – sussurrou. Mas será que não dariam um sinal, aqueles outros que lhe apareceram quando ele estava morto? Certamente eles compreendiam que ele agora não conseguia se lembrar. Eles o ajudariam. Está se desfazendo a barreira entre os vivos e os mortos. Havia passado por ela.
– Lembre-se, você tem uma escolha – disse a mulher de cabelos negros.
– Mas não é isso. Não mudei de ideia. Só não consigo me lembrar.
Sentou-se na cama. O quarto estava escuro. A mulher de cabelos negros. O que era aquilo no seu pescoço? Precisava fazer as malas agora. Ir até o aeroporto. O portal. O décimo terceiro. Entendi.
Tia Viv estava sentada do outro lado da porta da sala de estar, à claridade de uma única lâmpada, costurando.
Ele tomou mais um gole da cerveja. Depois esvaziou a lata bem devagar.
– Por favor, me ajudem – disse ele, baixinho, para absolutamente ninguém. – Por favor, me ajudem.
Estava dormindo novamente. O vento soprava. Os tambores da Mystic Krewe of Comus enchiam-no de medo. Seria um aviso? Por que não pula?, disse a governanta perversa à pobre mulher apavorada à janela no filme *Rebecca*. Ele havia trocado a fita? Não se lembrava. Mas agora estamos em Manderley, não estamos? Ele poderia ter jurado que era Miss Havisham. Depois ele a ouviu sussurrar no ouvido de Estella: "Você pode magoá-lo profundamente." Pip também ouviu, mas mesmo assim ele se apaixonou por ela.
Vou consertar a casa, murmurou. Deixar o sol entrar. Estella, seremos felizes para sempre. Isso aqui não é o pátio da escola, não é aquele longo corredor vazio

que leva à lanchonete, com a irmã Clement vindo na sua direção. "Trate de voltar para a forma, menino!" Se ela me bater como bateu em Tony Vedros, eu a mato.

Tia Viv estava em pé ao seu lado, no escuro.

– Estou bêbedo.

Ela pôs a cerveja gelada na sua mão, que boazinha.

– Meu Deus, que delícia.

– Tem uma pessoa aqui que quer vê-lo.

– Quem? Uma mulher?

– Um senhor simpático da Inglaterra...

– Não, tia Viv...

– Mas ele não é repórter. Pelo menos diz que não é. É uma pessoa gentil. Chama-se Sr. Lightner. Diz que veio de Londres. O avião de Nova York para cá acabou de aterrissar e ele foi direto para a nossa porta.

– Agora não. Precisa dizer para ele ir embora. Tia Viv, tenho de voltar. Tenho de ir para Nova Orleans. Preciso ligar para o Dr. Morris. Onde está o telefone?

Ele saiu da cama, com a cabeça girando, e ficou imóvel por um instante, até a tontura passar. Mas não adiantou. Seus membros pareciam de chumbo. Caiu de volta na cama, de volta aos sonhos. Andando pela casa de Miss Havisham. O homem no jardim o cumprimentou novamente.

Alguém havia desligado a televisão.

– Durma agora – disse tia Viv.

Ele ouviu seus passos se afastando. O telefone estava tocando?

– Alguém me ajude – disse, baixinho.

3

Basta passar por lá. Dê uma pequena volta, atravesse a Magazine Street, desça pela First e passe pela velha casa imponente e dilapidada. Veja com seus próprios olhos se os vidros das janelas da frente estão quebrados. Veja por si mesmo se Deirdre Mayfair ainda está sentada naquela varanda lateral. Você não precisa ir até lá e pedir para ver Deirdre.

Afinal, o que acha que pode acontecer?

O padre Mattingly estava zangado consigo mesmo. Realmente era um dever visitar aquela família antes de voltar para o Norte. Houve uma época em que ele foi o padre da sua paróquia. Ele conhecia toda a família. E já fazia bem mais de um ano desde que visitara o Sul, desde que vira Miss Carl, desde o funeral de Miss Nancy.

Há alguns meses, um dos padres mais jovens lhe havia escrito para contar que Deirdre Mayfair estava muito debilitada. Seus braços estavam agora recolhidos para junto do peito, com a atrofia que sempre se instala nesses casos.

E os cheques de Miss Carl chegavam à paróquia com a regularidade de sempre – aparentemente um por mês –, no valor de mil dólares, em favor da Paróquia Redentorista, sem qualquer compromisso. Ao longo dos anos, ela havia doado uma fortuna.

O padre Mattingly devia mesmo ir só para uma visita de cortesia e um agradecimento pessoal, como costumava fazer antigamente.

Hoje em dia os padres da paróquia não conheciam a família Mayfair.

Eles não conheciam as velhas histórias. Jamais haviam sido convidados a visitar a casa. Só há poucos anos haviam chegado a essa paróquia antiga e triste, com um rebanho que diminuía, com belas igrejas agora trancadas em consequência dos vândalos, com os prédios mais velhos em ruínas.

O padre Mattingly ainda se lembrava de quando mesmo as missas dos primeiros horários estavam sempre cheias, quando havia casamentos e enterros a semana inteira tanto na de Santa Maria quanto na de Santo Afonso. Lembrava-se das procissões de maio e das novenas concorridas; da Missa do Galo com a igreja intransitável. Agora, porém, as velhas famílias alemãs e irlandesas não moravam mais ali. A escola de ensino médio estava fechada há anos. Os vidros estavam caindo direto das janelas.

Ele estava feliz por essa ser somente uma breve visita, pois cada retorno à paróquia era mais triste do que o anterior. Quando se prestava atenção, isso aqui era como um posto missionário avançado. Na realidade, ele esperava não ter de voltar ao Sul novamente.

No entanto, não podia ir embora sem visitar aquela família.

É, vá até lá. É o que devia fazer. Devia ir ver como está Deirdre Mayfair. Afinal, ela não era uma paroquiana?

E não havia nada de errado em tentar descobrir se os rumores diziam a verdade: que haviam tentado internar Deirdre num sanatório e que ela se rebelara, destruindo as vidraças das janelas antes de voltar à sua catatonia. Isso supostamente havia ocorrido no dia 13 de agosto, só dois dias atrás.

Quem sabe talvez Miss Carl apreciasse uma visita.

Isso, no entanto, não passava de um exercício mental do padre Mattingly. Miss Carl não queria sua presença hoje nem um pouco mais do que sempre quis. Havia anos que ele não era convidado a entrar. E Deirdre Mayfair era agora e seria para sempre "um belo vegetal", nas palavras da sua própria enfermeira.

Não, ele estaria indo lá por curiosidade.

Mas também como podia se explicar que "um belo vegetal" se levantasse e quebrasse todos os vidros de duas janelas de mais de três metros de altura? A história não fazia muito sentido quando se refletia sobre ela. E por que motivo os homens do sanatório não a levaram de qualquer jeito? Sem dúvida eles poderiam tê-la amarrado numa camisa de força. Não era isso o que acontecia nessas ocasiões?

No entanto, a enfermeira de Deirdre não deixou que eles passassem da porta, berrando para que recuassem, alegando que Deirdre ia ficar em casa e que ela e Miss Carl cuidariam de tudo.

Jerry Lonigan, o agente funerário, havia contado tudo ao padre. O motorista da ambulância do sanatório costumava dirigir limusines para a Lonigan and Sons. Ele viu tudo. O vidro que se espatifava ao cair na varanda da frente. Parecia que alguma coisa estava quebrando no grande quarto da frente. E Deirdre fazia um ruído terrível, um uivo. Coisa pavorosa de se imaginar – como a visão de alguém ressuscitando dos mortos.

Bem, isso não era da conta do padre Mattingly. Ou era?

Meu Deus, Miss Carl estava com mais de 80, apesar de ainda ir trabalhar todos os dias. E agora estava inteiramente só naquela casa com Deirdre e as empregadas.

Quanto mais refletia sobre o assunto, mais o padre Mattingly concluía que deveria ir, mesmo que detestasse a casa, que odiasse Carl e tudo o que sempre soubera daquela família. É, ele devia ir.

E claro que seus sentimentos nem sempre foram esses. Há 42 anos, quando chegou de St. Louis a essa paróquia ribeirinha, havia considerado as mulheres da família Mayfair simpáticas, até mesmo a rechonchuda e resmunguenta Nancy, e sem a menor dúvida a doce Miss Belle e a bonita Miss Millie. A casa também o encantava, com seus relógios de bronze e suas cortinas de veludo. Ele apreciava até os imensos espelhos manchados e os retratos pintados dos antepassados caribenhos por trás de vidros turvos.

Também apreciava a determinação e a inteligência evidente de Carlotta Mayfair, que lhe servia *café au lait* num jardim de inverno onde se sentavam a uma mesa branca de vime em cadeiras do mesmo material em meio a vasos de orquídeas e samambaias. Haviam passado mais de uma tarde agradável conversando sobre política, sobre o tempo e sobre a história da paróquia que o padre Mattingly estava se esforçando tanto para compreender. É, ele gostava delas.

E também gostava da pequena Deirdre, a menina de 6 anos de rosto bonito que ele conhecera por tão pouco tempo e que tivera de passar por uma crise tão trágica apenas doze anos depois. Estaria escrito nos manuais que o tratamento por choques podia apagar por inteiro a memória de uma mulher adulta de tal modo que ela se tornasse uma concha silenciosa com a aparência de si mesma, de olhos fixos na chuva a cair enquanto a enfermeira a alimentava com uma colher de prata?

Por que haviam feito aquilo? Ele não ousava perguntar; mas haviam lhe dito repetidas vezes. Para curá-la dos seus "delírios", em que gritava num aposento vazio "Foi você" para alguém que não estava lá, alguém que ela amaldiçoava incessantemente pela morte do homem que era o pai da sua filha ilegítima.

Deirdre. Chorar por Deirdre. Isso o padre Mattingly havia feito, e ninguém a não ser Deus jamais saberia quanto ou por quê, embora o próprio padre nunca fosse se esquecer. Todos os dias da sua vida ele se lembraria da história que uma menininha havia derramado nos seus ouvidos no quente cubículo de madeira do confessionário, uma menininha que acabaria desperdiçando sua vida, apodrecendo naquela casa encoberta de trepadeiras enquanto o mundo lá fora prosseguia a galope para sua própria destruição.

Basta ir até lá. Fazer a visita. Talvez só como uma silenciosa homenagem em memória da menininha. Não tente armar o quebra-cabeça. Histórias de demônios vindas de uma criancinha ainda ecoando na sua cabeça depois de todo esse tempo. *Uma vez que tenha visto o homem, você está condenada.*

O padre Mattingly tomou sua decisão. Vestiu seu casaco preto, ajeitou o colarinho de padre e o peitilho preto e saiu do ar-condicionado da casa paroquial para a calçada quente e estreita da Constance Street. Não olhou para as ervas daninhas que encobriam os degraus da igreja de Santo Afonso. Não olhou para as pichações nos velhos muros da escola.

Se viu alguma coisa, foi o passado, enquanto descia pela Josephine Street e virava a esquina. E então, a dois pequenos quarteirões de distância, entrou num outro mundo. O sol ofuscante desapareceu, e com ele a poeira e a algazarra do trânsito.

Janelas fechadas, varandas sombreadas. O chiado delicado de gramados sendo irrigados por trás de cercas ornamentais. Um cheiro forte de terra preta amontoada sobre as raízes de roseiras bem cuidadas.

Tudo bem, e o que vai dizer quando chegar lá?

O calor não estava tão mau assim, considerando-se ser agosto. No entanto, era exatamente como o jovem padre de Chicago havia descrito: "No início, tudo bem, mas aos poucos suas roupas vão ficando cada vez mais pesadas." Com essa ele teve de rir.

O que os mais novos pensavam de toda aquela devastação? Não adiantava contar como havia sido um dia. Ah, mas a própria cidade e esse velho bairro continuavam lindos, como sempre.

Ele prosseguiu caminhando, até ver a parede lateral manchada e descascada da casa da família Mayfair acima do topo das árvores, com as chaminés gêmeas pairando contra um fundo de nuvens em movimento. As trepadeiras pareciam estar afundando a estrutura inteira pelo chão adentro. Será que as grades de ferro estavam agora mais enferrujadas do que da última vez que as vira? Uma selva, o jardim.

Ele diminuiu o ritmo. Foi mais devagar porque realmente não queria chegar lá. Não queria ver de perto o jardim abandonado, as saboeiras e espirradeiras disputando com a grama tão alta quanto o trigo, e as varandas descascadas, com aquele cinza opaco que a madeira velha e não tratada adquire no clima úmido da Louisiana.

Ele nem mesmo queria estar aqui nesse bairro deserto e tranquilo. Nada se movimentava por aqui, a não ser os insetos, os pássaros e as próprias plantas a absorver lentamente a luz e o azul do céu. Aqui devia ter sido antes um pântano. Um lugar propício para o mal.

Ele estava perdendo o controle com esses pensamentos. O que o mal tinha a ver com a terra de Deus e as coisas que nela cresciam – até mesmo a selva do jardim abandonado da família Mayfair?

Mesmo assim, ele não conseguia deixar de pensar em todas as histórias que já ouvira sobre as mulheres da família. O que era o vodu, a não ser uma adoração ao diabo? E qual pecado era pior: assassinato ou suicídio? É, o mal havia prosperado por ali. Ele ouviu Deirdre quando criança sussurrando no seu ouvido. E sentiu o mal quando descansou o peso na cerca de ferro, enquanto olhava para os galhos brancos, rijos, cascudos dos carvalhos que se abriam em leque acima da sua cabeça.

Enxugou a testa com o lenço. A pequena Deirdre lhe dissera que via o demônio. Ele ouvia sua voz com tanta nitidez agora quanto naquele dia no confessionário, há décadas. Também ouviu o som dos seus passos quando ela saiu correndo da igreja, fugindo dele, da sua incapacidade de ajudá-la.

O início foi, porém, antes disso. Tudo começou numa tarde monótona de sexta-feira, quando houve uma ligação da irmã Bridget Marie pedindo que um padre fosse rápido ao pátio da escola. Era Deirdre Mayfair novamente.

O padre Mattingly nunca ouvira falar em Deirdre Mayfair. Acabava de vir para o Sul, chegando do seminário em Kirkwood, Missouri.

Logo encontrou a irmã Bridget Marie, num pátio asfaltado por trás do antigo prédio do convento. Como aquilo lhe parecia europeu na época, triste e antiquado com seus muros irregulares, e a árvore retorcida com bancos de madeira formando um quadrado ao seu redor.

À medida que se aproximava, a sombra pareceu-lhe agradável. Foi então que percebeu que as meninas sentadas ao longo do banco estavam chorando.

A irmã Bridget Marie segurava uma criança trêmula e pálida pela parte mais fina do braço. A criança estava branca de medo. No entanto, era muito bonita, com olhos azuis grandes demais para o rosto fino, os cabelos negros penteados em cachos espiralados longos e bem-feitos que tremiam ao tocar seu rosto, os membros bem proporcionados, porém delicados.

Flores estavam espalhadas por todo o chão: grandes palmas-de-santa-rita, lírios brancos, longas samambaias verdes e até mesmo rosas vermelhas de belo formato. Plantas de floricultura, sem dúvida, mas eram tantas...

– Padre, está vendo isso? – exclamou a irmã Bridget Marie. – E elas têm a coragem de me dizer que foi seu amigo invisível, o próprio diabo, que pôs essas flores aqui, que as trouxe direto para os braços dela enquanto as outras só olhavam, essas ladras! Roubaram essas flores do próprio altar de Santo Afonso...!

As meninas começaram a berrar. Uma delas batia com os pés. Com uma fúria alarmante, formou-se um coro de "Vimos sim! Vimos sim!". Uma atiçava a outra com seus soluços sufocados.

A irmã Bridget Marie gritou exigindo silêncio. Sacudiu a menininha que estava segurando pelo braço, apesar de a menina não ter dito nada. A boca da menina estava aberta com o choque e seus olhos se voltaram para o padre Mattingly num pedido silencioso.

— Ora, irmã, por favor — disse o padre. Ele havia liberado delicadamente a menina. Ela estava atordoada, totalmente submissa. Ele teve vontade de segurá-la no colo, de limpar seu rosto ali onde as lágrimas haviam deixado manchas de sujeira. Mas não o fez.

— Seu amigo invisível — disse a irmã —, o que encontra tudo que se perde, padre. Aquele que põe moedinhas para comprar balas no bolso da menina! E todas elas chupam as balas, enchem a boca, com moedas roubadas, o senhor pode ter certeza.

As meninas choravam ainda mais alto. E o padre Mattingly percebeu estar pisando naquelas flores todas, enquanto a criança calada de rosto pálido tinha o olhar fixo nos seus sapatos, nas pétalas brancas esmagadas debaixo deles.

— Deixe as crianças entrarem — disse o padre Mattingly. Era essencial assumir o comando. Só assim ele poderia tentar compreender o que a irmã Bridget Marie estava contando.

No entanto, quando estava a sós com a irmã, a história não era nem um pouco menos fantástica. As crianças alegavam ter visto as flores voando pelo ar. Alegavam ter visto que as flores foram parar nos braços de Deirdre. Elas riam sem parar. Diziam que o amigo mágico de Deirdre sempre as fazia rir. Se você perdesse o caderno ou o lápis, o amigo dela sempre o encontrava. Bastava que se pedisse a Deirdre, e ele trazia o objeto direto para ela. Era só isso. Elas chegavam a alegar ter visto o próprio amigo — um homem simpático, de cabelos e olhos castanhos, que aparecia um segundo parado ao lado de Deirdre.

— Ela tem de ser mandada para casa, padre — disse a irmã Bridget Marie. — Isso acontece o tempo todo. Ligo para sua tia-avó Carl ou para sua tia Nancy, e as coisas param por algum tempo. Depois, começa tudo de novo.

— Mas a senhora não acredita...

— Padre, digo-lhe que ou é uma coisa ou outra. Ou o demônio está naquela criança, ou ela é um demônio de tão mentirosa que consegue fazer com que as outras acreditem nas suas histórias fantasiosas como se estivessem fascinadas. Ela não pode continuar no Santo Afonso.

O próprio padre Mattingly levou Deirdre para casa, andando num passo lento e regular por essas mesmas ruas. Nem uma palavra sequer foi pronunciada. Haviam telefonado para Miss Carl no seu escritório no centro. Ela e Miss Millie estavam esperando na escada principal da casa imponente para recebê-los.

E como a casa era linda naquela época, pintada de um lilás forte, com as janelas verdes, o acabamento todo em branco e os gradis das varandas pintados de preto, de tal forma que se viam nitidamente as rosas de ferro fundido. As trepadeiras eram um gracioso trabalho de folha e cor, não o emaranhado ameaçador em que haviam se transformado desde então.

– Excesso de imaginação, padre – disse Miss Carl, sem nenhum resquício de preocupação. – Millie, o que Deirdre precisa é de um banho morno.

E lá se foi a criança sem uma palavra. Miss Carl levou o padre Mattingly pela primeira vez ao jardim de inverno envidraçado para um *café au lait* à mesa de vime. Miss Nancy, feia e carrancuda, havia arrumado as xícaras e a prataria.

Porcelana Wedgwood com um filete de ouro. E guardanapos de tecido com a inicial M bordada. E que mulher inteligente essa Miss Carl. Tinha uma aparência extremamente correta no seu terno de seda feito sob medida e blusa branca de jabô, os cabelos grisalhos presos num coque perfeito na nuca, a boca pintada com batom rosa pálido. Ela logo o deixou à vontade com um sorriso cúmplice.

– Pode-se dizer que é uma maldição da nossa família, padre, esse excesso de imaginação. – Ela serviu o leite e o café quentes de dois pequenos bules de prata. – Nós temos sonhos, visões. Parece que devíamos ser poetas ou pintoras. Não advogadas, como eu sou. – Ela riu baixinho, à vontade. – Deirdre vai ficar bem quando aprender a distinguir a fantasia da realidade.

Mais tarde, ela lhe mostrou os aposentos do andar de baixo. E Miss Millie veio se juntar aos dois. Ela era tão feminina, Miss Millie, com o cabelo ruivo em cachinhos antiquados emoldurando o rosto, e anéis de pedras preciosas. Ela o levou a uma janela para acenar para Miss Belle, que estava podando as roseiras com uma grande tesoura de jardinagem de cabo de madeira.

Carl explicou que Deirdre ia estudar com as irmãs do Sagrado Coração assim que houvesse uma vaga. Ela lamentava esse tolo inconveniente no Santo Afonso, e é claro que manteriam Deirdre em casa, se era isso o que a irmã Bridget Marie queria.

O padre começou a levantar objeção, mas tudo já estava decidido. Coisa simples, arrumar uma preceptora para Deirdre, alguém que conhecesse crianças, por que não?

Caminhavam pelas varandas sombreadas.

– Somos uma família antiga, padre – disse Carl, enquanto voltavam para o salão duplo. – Nem sabemos a idade da nossa família. Hoje em dia não há ninguém que saiba identificar alguns dos retratos que o senhor está vendo à nossa volta. – Sua voz parecia meio cansada, meio irônica. – Nossa origem foi nas ilhas, disso temos certeza, uma grande fazenda em Saint-Domingue, e antes disso algum passado europeu nebuloso que agora está completamente perdido. Esta casa está cheia de relíquias sem explicação. Eu às vezes a considero como uma imensa concha de caramujo que preciso levar nas costas.

Suas mãos tocaram de leve o piano de cauda, a harpa dourada. Disse ter pouco interesse por esses objetos. Que ironia que lhe coubesse a custódia deles. Miss Millie apenas sorriu, concordando com a cabeça.

E agora, se o padre lhe desse licença, Miss Carl precisava voltar para o centro. Havia clientes à sua espera. Saíram juntos pelo portão da frente.

– Muito obrigada, padre.

E assim não se deu ao assunto a devida atenção, e a menininha de rosto pálido e cachos negros saiu do Santo Afonso.

Nos dias que se seguiram, porém, a questão daquelas flores intrigou o padre Mattingly.

Impossível de se imaginar que um bando de garotinhas pulasse por cima da banca da comunhão e roubasse flores de uma igreja enorme e impressionante como a de Santo Afonso. Mesmo os moleques de rua que o padre Mattingly havia conhecido quando menino não teriam ousado fazer semelhante coisa.

O que a irmã Bridget Marie achava que havia realmente acontecido? As crianças tinham de fato roubado as flores? A freira pequena, atarracada, de rosto redondo examinou o padre por um instante antes de responder. E disse que não.

– Padre, Deus é testemunha de que aquela é uma família amaldiçoada, a família Mayfair. A própria avó dessa criança, que se chamava Stella, costumava contar as mesmas histórias neste mesmo pátio há muitos e muitos anos. Era um poder assustador o que Stella exercia sobre os que a cercavam. Havia freiras debaixo deste teto que morriam de medo de passar por ela. Bruxa é do que elas a chamavam na época.

– Ora vamos, irmã – objetou ele, imediatamente. – Não estamos nas estradas enevoadas de Tipperary, à procura do fantasma de Petticoat Loose.

– Ah, quer dizer que o senhor conhece essa história, padre – disse ela, rindo.

– Ouvi da minha própria mãe irlandesa no Lower East Side, irmã, umas dez vezes.

– Pois então, padre, ouça o que digo. Stella Mayfair uma vez segurou minha mão assim e me falou de segredos meus que eu nunca havia contado para ninguém do lado de cá do Atlântico. Posso jurar, padre. Aconteceu comigo. Havia um presente que perdi ainda em casa, uma corrente com um crucifixo. Quando eu era menina, chorei sem parar quando o perdi. E foi esse mesmo presente que Stella Mayfair descreveu para mim. "Irmã, a senhora não quer tê-lo de novo?" Ela me perguntou, sorrindo o tempo todo com um jeito doce, exatamente como a neta Deirdre sorri para a gente agora, com mais inocência do que esperteza. "Posso consegui-lo para a senhora, irmã", disse ela. "Com o poder do demônio, você quer dizer, Stella Mayfair", respondi. "Não, não quero saber do presente." Mas havia no colégio de Santo Afonso muitas outras irmãs que pensavam de outro modo, e era assim que ela exercia seu poder sobre os que a cercavam, conseguindo tudo do seu jeito, até o dia em que morreu.

– Isso é superstição, irmã – retorquiu ele com grande autoridade. – E a mãe da pequena Deirdre? Vai me dizer que ela também era bruxa?

A irmã Bridget Marie abanou a cabeça.

— Essa se chamava Antha, uma coitadinha, tímida, doce, com medo da própria sombra, nem um pouco parecida com a mãe, Stella, pelo menos até o assassinato de Stella. O senhor precisava ver a expressão de Miss Carlotta quando enterraram Stella. E a mesma expressão no seu rosto doze anos depois, quando enterraram Antha. Agora, Carl foi a menina mais inteligente que já passou pelo Sagrado Coração. A coluna dorsal da família, é o que é. Sua mãe, no entanto, nunca ligou a mínima para ela. Tudo com que Mary Beth Mayfair realmente se importava era com Stella. E o velho Sr. Julien, o tio de Mary Beth, era do mesmo jeito. Stella, Stella, Stella. Já Antha, no final uma louca furiosa, ao que diziam, não era mais do que uma moça de 20 anos quando subiu correndo a escada da velha casa e se jogou da janela do sótão, fraturando a cabeça nas pedras abaixo.

— Tão nova — comentou baixinho o padre. Lembrou-se do rosto pálido, assustado, de Deirdre Mayfair. Quantos anos devia ter quando sua jovem mãe cometeu esse ato?

— Enterraram Antha em terra consagrada. Deus que se compadeça da sua alma. Pois quem tem condição de julgar o estado de espírito de uma pessoa assim? A cabeça partida ao meio como uma melancia quando bateu no terraço. E a pequenina Deirdre berrando a plenos pulmões no berço. A verdade é que até mesmo Antha era de causar medo.

A cabeça do padre Mattingly girava. Aquele era, porém, o tipo de conversa que ele havia ouvido a vida inteira em casa, a interminável dramatização irlandesa do mórbido, o exagerado tributo ao trágico. No fundo, aquilo o cansava. Ele queria perguntar...

Mas a campainha soou. As crianças começaram a entrar em forma para voltar para as salas de aula. A irmã tinha de ir. Mesmo assim, ela de repente se voltou.

— Vou contar uma história sobre Antha — disse ela, com a voz baixa em virtude do silêncio no pátio —, é a melhor que sei. Naquela época em que as irmãs faziam a ceia ao meio-dia em ponto, as crianças ficavam caladas neste pátio até que terminasse o Angelus e depois dele a Ação de Graças às Refeições. Nos dias de hoje, ninguém tem um respeito semelhante por mais nada, mas era esse o costume então. Num dia de primavera, durante aquela hora de silêncio, uma menina levada e perversa, chamada Jenny Simpson, vem apavorar a pobrezinha da Antha com um rato morto que havia encontrado debaixo da cerca viva. Antha dá uma olhada no rato morto e solta um berro apavorante, padre, como nunca se ouviu igual! Nós chegamos correndo da mesa, como o senhor pode imaginar, e o que acha que vimos? A menina perversa, Jenny Simpson, jogada para trás no chão, padre, com o rosto sangrando, e o rato saindo da sua mão para passar voando por cima daquela cerca que está ali! E o senhor acha que foi a pequena Antha que fez aquilo, padre? Uma menininha de nada, tão delicada quanto sua filha Deirdre hoje em dia? Claro que não! Foi o mesmíssimo demônio invisível, padre, o próprio diabo, o que trouxe as flores voando para Deirdre aqui neste pátio há uma semana.

– A irmã não está pensando que eu seja tão ingênuo – disse o padre Mattingly, rindo – a ponto de acreditar numa história dessas.

É verdade que ela sorriu, mas ele sabia de experiências passadas que uma irlandesa daquelas podia rir do que estava dizendo e ao mesmo tempo acreditar em cada palavra.

A família Mayfair o fascinava, como algo complexo e elegante consegue fascinar. As histórias de Stella e Antha eram remotas o suficiente para serem românticas e nada mais do que isso.

No domingo seguinte, ele foi novamente visitar os Mayfair. Ofereceram-lhe café mais uma vez e conversa simpática: tudo tão distante das histórias da irmã Bridget Marie. O rádio tocava Rudy Vallee ao fundo. A velha Miss Belle regava vasos de orquídeas adormecidas. O aroma de frango assado vinha da cozinha. Uma casa perfeitamente agradável.

Chegaram a convidá-lo para o almoço de domingo – a mesa estava muito bem arrumada, com grossos guardanapos de linho em argolas de prata –, mas ele recusou o convite com delicadeza. Miss Carl preencheu um cheque para a paróquia e o colocou na sua mão.

Quando estava saindo, viu Deirdre de relance no jardim, um rosto muito branco que o espiava por trás de uma velha árvore retorcida. Ele acenou para ela sem interromper o passo, embora mais tarde algo o incomodasse na imagem da menina. Seriam seus cachos todos emaranhados? Ou seu olhar aturdido?

A loucura. Era isso o que a irmã Bridget Marie lhe havia descrito, ele ficava perturbado ao pensar que aquela menina abatida estava ameaçada... Para o padre Mattingly não havia nada de romântico na verdadeira loucura. Há muito tempo ele acreditava que os loucos vivem num inferno de alheamento. A eles escapava o sentido da vida à sua volta.

Já Miss Carlotta era uma mulher moderna, sensata. A criança não estava condenada a seguir os passos da mãe falecida. Pelo contrário, ela teria todas as oportunidades.

Passou-se um mês até sua opinião sobre a família Mayfair mudar para sempre, na inesquecível tarde de sábado em que Deirdre Mayfair veio se confessar na igreja de Santo Afonso.

Foi no horário normal em que se podia contar que todos os bons católicos irlandeses e alemães viriam aliviar sua consciência para a missa e a comunhão no domingo.

Ele estava, portanto, sentado na elaborada casinha de madeira do confessionário, numa cadeira estreita atrás de uma cortina de sarja verde, ouvindo alternadamente os penitentes que vinham se ajoelhar nos estreitos cubículos à sua direita e à sua esquerda. Essas vozes e esses pecados ele poderia ter ouvido em Boston ou na cidade de Nova York, tão parecidos eram os sotaques, as preocupações, as ideias.

Costumava prescrever três ave-marias ou três pai-nossos, mas raramente mais do que isso, a esses homens trabalhadores e boas donas de casa que vinham confessar pecadilhos de rotina.

Foi quando uma voz infantil o pegou despreparado, passando rápida e nítida pela treliça escura e empoeirada, eloquente na sua inteligência e precocidade. Ele não a reconheceu a princípio. Afinal de contas, Deirdre Mayfair não havia dito até então uma palavra sequer na sua presença.

– Abençoe-me, padre, porque pequei. Minha última confissão foi há muitas semanas. Padre, peço que me ajude. Não consigo lutar contra o demônio. Tento e sempre acabo perdendo. E vou para o inferno por isso.

O que era isso? Mais um exemplo da influência da irmã Bridget Marie? Antes que ele pudesse falar, porém, a criança prosseguiu, e ele soube que se tratava de Deirdre:

– Não mandei o demônio se afastar quando ele me trouxe as flores. Eu queria mandar e sei que deveria ter mandado, e por isso tia Carl está muito, mas muito zangada comigo. Mas, padre, ele só queria nos dar alegria. Padre, eu lhe juro que ele nunca me trata mal. E chora se eu não olhar para ele ou não der atenção. Eu não sabia que ele ia trazer as flores do altar! Às vezes ele faz umas bobagens desse tipo, padre, coisas que só uma criança pequena ou alguém com ainda menos juízo faria. Mas a intenção dele não é a de machucar ninguém.

– Agora espere um pouco, querida. O que a faz pensar que o próprio diabo viria atormentar uma menininha? Você não quer me contar o que aconteceu de fato?

– Padre, ele não é como está na Bíblia. Juro. Ele não é feio. É alto e lindo. Igualzinho a um homem de verdade. E ele não diz mentiras. Ele faz coisas boas, sempre. Quando estou com medo, ele vem, se senta ao meu lado na cama e me beija. Verdade. E ele espanta as pessoas que tentam me machucar!

– Então, menina, por que você diz que ele é o diabo? Não seria melhor dizer que ele é um amigo imaginário, alguém com quem você pode ficar para não se sentir sozinha?

– Não, padre, ele é o diabo. – Ela parecia ter tanta certeza. – Ele não é real, mas também não é imaginário. – A vozinha foi ficando triste, cansada. Uma pequena mulher disfarçada de criança, lutando com um fardo imenso, quase em desespero. – Eu sei que ele está por perto mesmo quando ninguém percebe. Eu olho e olho, e aí todos conseguem vê-lo! – A vozinha desafinou. – Padre, eu tento não olhar. Digo: Jesus, Maria e José, e tento não olhar. Sei que é um pecado mortal. Mas ele fica tão triste e chora sem fazer barulho nenhum, e só eu ouço.

– Bem, minha filha, você já conversou com sua tia Carl sobre isso? – Sua voz era calma, mas no fundo o relato detalhado da menina começava a alarmá-lo. Isso ia além do "excesso de imaginação" ou de outros excessos semelhantes de que ele já ouvira falar.

– Padre, ela sabe tudo sobre ele. Todas as minhas tias sabem. Elas o chamam de *o homem*, mas tia Carl diz que na realidade ele é o diabo. É ela quem diz que é pecado, como o de se tocar no meio das pernas, o de ter pensamentos sujos. Como quando ele me beija e me faz sentir calafrios e outras coisas. Ela diz que é uma imoralidade olhar para *o homem* e deixar que ele entre debaixo das cobertas. Ela diz que ele pode me matar. Minha mãe também o viu a vida inteira e foi por isso que ela morreu e foi para o céu para se livrar dele.

O padre Mattingly estava pasmo. Quer dizer que não se consegue escandalizar um padre no confessionário, não era isso o que se dizia?

– E a mãe da minha mãe também o via – prosseguiu a criança, com a voz acelerada, tensa. – *Ela*, sim, era má, muito má. Foi ele que a fez ficar má, e ela morreu por culpa dele. Mas provavelmente foi para o inferno, em vez de ir para o céu, e talvez eu vá também.

– Ora, menina, espere um pouco. Quem lhe disse isso?

– Minha tia Carl, padre – insistiu a criança. – Ela não quer que eu vá para o inferno como Stella. Ela me mandou rezar para afastá-lo, que eu conseguiria se ao menos tentasse, se rezasse o rosário e não olhasse para ele. Padre, ela fica tão zangada comigo por deixar que ele apareça... – A criança parou. Estava chorando, embora fosse óbvio que tentava sufocar o choro. – E tia Millie tem tanto medo. E tia Nancy se recusa a me olhar. Tia Nancy diz que na nossa família, uma vez que se tenha visto *o homem*, já se está praticamente condenada.

O padre Mattingly estava horrorizado demais para falar. Pigarreou rapidamente.

– Você está querendo dizer que suas tias *dizem* que essa coisa é real...

– Elas sempre souberam dele, padre. E qualquer um pode vê-lo, se eu deixar que ele fique bem forte. É verdade, padre. Qualquer um. Mas, veja só, eu é que faço com que ele apareça. Não é pecado mortal que as outras pessoas o vejam, porque a culpa é minha. *Minha culpa*. Ele não poderia ser visto se eu não permitisse que aparecesse. Padre, eu só não entendo como o demônio pode ser tão bom comigo, como ele chora forte quando está triste e tem tanta vontade de ficar perto de mim... – A voz foi interrompida por soluços reprimidos.

– Não chore, Deirdre – disse ele, com firmeza.

Mas era inconcebível! Aquela mulher "moderna" e sensata, no seu terno de corte perfeito, contando uma superstição dessas para uma criança? E o que dizer das outras, pelo amor de Deus? Ora, elas faziam com que a irmã Bridget Marie e sua laia se parecessem com o próprio Sigmund Freud. Ele procurou ver Deirdre através da treliça escura. Ela estava enxugando os olhos com as mãos?

A vozinha nítida continuou de repente, com uma pressa angustiada:

– Tia Carl diz que já é pecado mortal só pensar nele ou pensar no nome dele. O fato de pronunciar o seu nome faz com que surja de imediato! Mas, padre, ele está bem ao meu lado enquanto ela fala e me diz que ela está mentindo. E, padre, sei que é horrível eu dizer isso, mas às vezes ela está mentindo, eu sei, mesmo quando ele se mantém calado. Mas o pior mesmo é quando ele vem para assustá-la. E ela o ameaça! Diz que vai me machucar, se ele não me deixar em paz! – A voz parou novamente. Mal se ouvia o choro. Parecia tão pequena, tão desamparada! – Mas o tempo todo, padre, mesmo quando estou totalmente só, ou mesmo durante a missa, com todo mundo em volta, sei que ele está sempre ao meu lado. Sinto sua presença. Ouço seu choro e isso me faz chorar também.

– Querida, agora pense bem antes de me responder. A sua tia Carl chegou a *afirmar* ter visto essa coisa?

– Claro, padre.

Tão cansada. Será que ele não acreditava nela? Era isso o que ela lhe implorava que fizesse.

– Estou tentando compreender, querida. Quero compreender, mas você precisa me ajudar. Tem certeza de que sua tia Carl disse tê-lo visto com seus próprios olhos?

– Padre, ela o viu quando eu ainda era bebê e nem sabia que podia fazer com que ele aparecesse. Ela o viu no dia em que minha mãe morreu. Ele estava balançando meu berço. E quando minha avó Stella era pequena, ele ficava parado atrás dela à mesa do jantar. Padre, vou contar um segredo terrível. Na nossa casa tem um retrato da minha mãe, e ele está no retrato, em pé ao lado dela. Eu soube do retrato porque ele o pegou e me deu, embora ele estivesse escondido. Ele abriu a gaveta da cômoda sem sequer tocar nela e pôs o retrato na minha mão. Ele faz esse tipo de coisa quando está bem forte, quando fiquei com ele muito tempo e passei o dia pensando nele. É aí que todo mundo sabe que ele está na casa, e tia Nancy vai esperar tia Carl à porta, cochichando: "O homem está aqui. Acabei de vê-lo." Tia Carl fica tão furiosa com isso. É tudo culpa minha, padre! E eu tenho medo de não conseguir fazer com que ele pare. E todas elas ficam tão perturbadas!

Seus soluços foram ficando mais altos, reverberando nas paredes de madeira do confessionário. Sem dúvida, outros podiam ouvi-la no recinto da igreja.

E o que ele devia dizer? Estava perdendo o controle. Que loucura era essa dessas mulheres? Não haveria ninguém com o mínimo de juízo na família inteira que pudesse conseguir um psiquiatra para ajudar essa menina?

– Querida, ouça o que lhe digo. Quero que me dê permissão para falar sobre esse assunto fora do confessionário com sua tia Carl. Você me daria essa permissão?

– Não, padre, por favor! O senhor não pode fazer isso!

– Minha filha, eu não vou fazer nada. Não sem a sua permissão. Mesmo assim, eu lhe digo que preciso falar com sua tia Carl a esse respeito. Deirdre, ela e eu podemos, juntos, afastar essa coisa.

– Padre, ela nunca vai me perdoar por ter contado. Nunca. É pecado mortal contar. Tia Nancy nunca me perdoaria. Até tia Millie ficaria zangada. Padre, o senhor não pode dizer a ela que eu lhe falei dele! – Ela estava ficando histérica.

— Posso fazer desaparecer esse pecado mortal, querida – explicou ele. – Posso absolvê-la. Daquele momento em diante, sua alma ficará branca como a neve, Deirdre. Confie em mim. Dê-me sua permissão para falar com ela.

Por um instante de tensão, o choro foi sua única resposta. Depois, antes mesmo de ouvir o ruído da maçaneta da pequena porta de madeira, ele soube que a havia perdido. Dentro de segundos, ouviu seus passos correndo pela igreja para longe dele.

Ele tinha dito a frase errada, havia tomado a decisão errada. E agora não havia mais nada que pudesse fazer, preso como estava pelo sigilo do confessionário. E esse segredo lhe chegara de uma criança atormentada que não tinha nem idade suficiente para cometer um pecado mortal, ou para se beneficiar do sacramento que viera procurar.

Ele nunca se esqueceu desse momento, sentado, impotente, ouvindo aqueles passos que ecoavam no átrio da igreja, com o calor e o abafamento do confessionário a sufocá-lo. *Meu Deus, o que ele ia poder fazer?*

A tortura havia, no entanto, apenas começado para o padre Mattingly. Durante semanas a fio, ele sofreu uma verdadeira obsessão: aquelas mulheres, aquela casa...

Não podia, porém, tomar qualquer atitude com base no que ouvira, da mesma forma que não podia relatar aquilo para ninguém. O confessionário o obrigava ao sigilo em palavras e obras.

Ele nem ousou fazer perguntas à irmã Bridget Marie, muito embora ela dissesse informações suficientes quando por acaso a encontrou no pátio. Ele sentia uma certa culpa por lhe dar ouvidos, mas não conseguia se afastar dali.

— Pois não é que puseram Deirdre no Sagrado Coração? Mas o senhor acha que ela vai ficar lá? Expulsaram a mãe dela, Antha, quando tinha só 8 anos. E ela foi também expulsa das ursulinas. Por fim, encontraram para ela uma escola particular, um desses lugares malucos em que deixam as crianças fazerem o que quiserem. E como Antha era triste quando era menina, sempre escrevendo poesias e contos, falando sozinha e fazendo perguntas para saber como a mãe morreu. E o senhor sabe que foi assassinato, não sabe, padre, que Stella Mayfair foi morta a tiros pelo seu irmão Lionel? E isso num baile à fantasia naquela casa. Foi uma verdadeira baderna. Espelhos, relógios, janelas, tudo estava quebrado quando o pânico terminou. E Stella jazia morta no chão.

O padre Mattingly apenas sacudiu a cabeça, com pena.

— Não era de espantar que Antha perdesse a razão, e menos de dez anos depois ela se juntou nada mais nada menos do que com um pintor, que nem se incomodou em se casar com ela, deixando-a num prédio de quatro andares, sem elevador, no Greenwich Village, no meio do inverno, sem nenhum dinheiro e com a pequena Deirdre para cuidar, de modo que ela teve de passar a vergonha de voltar para casa. E depois saltar daquela janela do sótão, coitadinha, mas que vida infernal não era com aquelas tias implicando com ela, vigiando cada movimento seu e a trancando à noite, enquanto ela fugia para o French Quarter para beber, imagine só, na sua idade, com os poetas e escritores, e tentando fazer com que eles prestassem atenção ao seu trabalho. Vou contar um estranho segredo, padre. Meses a fio, depois que ela morreu, chegavam cartas para ela, e originais seus voltavam das pessoas de Nova York para quem ela os havia mandado. E que agonia para Miss Carlotta que o carteiro lhe trouxesse uma lembrança de tanta dor e sofrimento quando tocava a campainha do portão.

O padre Mattingly fez uma prece silenciosa para Deirdre. Que a sombra do mal não a atinja.

– Uma das histórias de Antha saiu numa revista, ao que me disseram, publicada em Paris, mas toda em inglês, e também isso chegou para Miss Carlotta. Ela deu uma olhada e a escondeu em algum canto, trancada. Foi uma das primas da família quem me contou essa parte e me falou que eles se ofereceram para cuidar do bebê, da pequena Deirdre, mas ela não quis. Ela ia ficar com o bebê. Isso devia a Stella, a Antha, à sua mãe e à própria criança.

O padre Mattingly parou na igreja, no caminho de volta à casa paroquial. Ficou um bom tempo parado na sacristia silenciosa, olhando pela porta para o altar-mor.

Por uma história sórdida, ele podia perdoar a família Mayfair com facilidade. Nasceram ignorantes neste mundo como o restante de nós. Mas o que dizer de deturpar a mente de uma menininha com mentiras sobre o diabo, que levou sua mãe ao suicídio? Mesmo assim, não havia nada, absolutamente nada, que o padre Mattingly pudesse fazer, a não ser orar por Deirdre, como estava orando agora.

Deirdre foi expulsa da Academia Particular de Santa Margarida perto do Natal, e suas tias a despacharam para uma escola interna bem ao Norte.

Algum tempo depois, ele soube que ela estava em casa novamente, adoentada, estudando com uma orientadora. E numa ocasião posterior ele chegou a vê-la de relance numa concorrida missa das dez. Ela não foi comungar. Mas ele a viu sentada no banco com suas tias.

A história da família Mayfair ia lhe chegando cada vez mais em fragmentos. Parecia que todo mundo na paróquia sabia que ele havia estado na casa. Vovó Lucy O'Hara havia segurado sua mão por cima da mesa da cozinha.

– Pois ouvi falar que Deirdre Mayfair foi expulsa do colégio, e que o senhor esteve naquela casa por esse motivo, não é verdade, padre? – Afinal, o que ele poderia responder? Por isso, só ouvia.

– Mas eu conheço bem aquela família. Mary Beth, essa era a grande dama. Ela podia contar tudo sobre a antiga fazenda. Nasceu lá logo depois da Guerra de Secessão. Só veio a Nova Orleans na década de 1880, quando seu tio Julien a trouxe. Como ele era um perfeito senhor do Sul! Ainda me lembro do Sr. Julien subindo a St. Charles Avenue a cavalo. Ele era o velho mais bonito que alguém já viu. E diziam que havia uma imensa casa de fazenda em Riverbend. Ela costumava aparecer nos livros, mesmo quando estava desmoronando. O Sr. Julien e Mary Beth fizeram tudo o que podiam para salvá-la. Mas não se pode parar o rio quando ele está decidido a tomar uma casa.

– Agora, ela era uma verdadeira beleza, Mary Beth, morena e extravagante, não delicada como Stella, ou sem graça como Carlotta. E dizem que Antha era linda, apesar de eu nunca tê-la visto, nem a pobre bebê Deirdre. Já Stella era uma verdadeira rainha do vodu. É, padre, estou falando de Stella. Ela conhecia os pós, as poções, as cerimônias. Ela sabia ler a sorte nas cartas. Fez isso com meu neto, Sean. Quase o deixou louco de pavor com as coisas que lhe disse. Isso foi numa daquelas festas turbulentas lá na First Street, quando se embriagavam com bebidas clandestinas e tinham uma banda tocando bem no salão. Stella era assim.

– Ela gostava do meu Billy, se gostava. – Um gesto súbito na direção de uma foto desbotada no alto da cômoda. – Foi o que morreu na guerra. Eu lhe avisava: "Billy, ouça o que lhe digo. Não se aproxime das mulheres da família Mayfair." Ela gostava de todos os rapazes bonitos. Foi assim que seu irmão a matou. Num dia de céu limpo, ela podia fazer surgir uma nuvem acima da cabeça de quem quisesse. Essa é a mais pura verdade, padre. Ela costumava assustar as irmãs de Santo Afonso formando tempestades desse jeito bem acima do jardim. E na noite em que ela morreu, o senhor precisava ter visto a tempestade que caiu sobre a casa. Ora, disseram que todas as janelas se partiram. Vento e chuva, como um furacão em volta da casa. Stella fez com que os céus chorassem por ela.

Perplexo, o padre Mattingly ficava ali sentado, tentando apreciar o chá morno cheio de leite e açúcar, mas estava registrando cada palavra.

Não voltou a visitar a família. Não ousou. Não podia permitir que aquela criança, se por acaso estivesse por lá, imaginasse que ele fosse relatar o que era obrigado a manter em segredo para sempre. Ele procurava as mulheres na missa. Raramente as via. É claro que esta era uma grande freguesia. Elas poderiam ter ido a qualquer uma das duas igrejas ou ainda à capelinha dos ricos, lá mesmo no Garden District.

Os cheques de Miss Carlotta, entretanto, continuavam a chegar. Isso ele sabia. O padre Lafferty, que se encarregava das contas da paróquia, mostrou-lhe o cheque perto da época do Natal – era no valor de dois mil dólares – num comentário silencioso sobre como Carlotta Mayfair usava o dinheiro para manter o mundo à sua volta satisfeito e calado.

– Suponho que já saiba que mandaram a pequena sobrinha de volta da escola em Boston.

O padre Mattingly não sabia. Ficou ali parado à porta do escritório do padre Lafferty, aguardando...

– Bem, pensei que você se desse muito bem com aquelas senhoras – disse o padre Lafferty. Era homem de falar sem enrolação, com seus mais de 60 anos, não um fofoqueiro.

– Só fiz uma visita ou duas – disse o padre Mattingly.

– Agora estão dizendo que a pequena Deirdre está adoentada – prosseguiu o padre Lafferty. Pôs o cheque sobre o descanso da sua escrivaninha e olhou para ele. – Não pode frequentar a escola comum. Tem de ficar em casa com uma orientadora.

– Uma tristeza.

– Parece mesmo. Mas ninguém vai questionar a decisão. Ninguém vai aparecer por lá para ver se a menina está recebendo uma formação razoável.

– Elas têm dinheiro suficiente...

– Têm mesmo. O suficiente para manter tudo em segredo. Elas poderiam sair impunes mesmo de assassinato.

– O senhor acha?

O padre Lafferty pareceu estar debatendo algo consigo mesmo. Não tirava os olhos do cheque de Carlotta Mayfair.

– Suponho que tenha ouvido falar do assassinato – disse ele –, de quando Lionel Mayfair matou a irmã Stella a tiros? Não passou nem um dia na prisão por isso. Miss Carlotta ajeitou tudo. Junto com o Sr. Cortland, o filho de Julien. Aqueles dois, entre eles, poderiam dar um jeito em qualquer coisa. Nenhuma pergunta feita por ninguém.

– Mas como foi que eles conseguiram...

– É claro que a solução foi o hospício, e lá Lionel se suicidou, embora ninguém saiba como, já que estava numa camisa de força.

– Não me diga.

– Digo sim – respondeu o padre Lafferty, concordando com um gesto de cabeça. – Mais uma vez, não foram feitas perguntas. Missa fúnebre, como sempre. Depois, a pequena Antha veio aqui, a filha de Stella, sabe, chorando, berrando, dizendo que foi Miss Carlotta quem fez Lionel assassinar a mãe. Falou com o ministro ali embaixo, no salão da esquerda. Eu estava lá, o padre Morgan estava lá e também o padre Graham. Todos ouvimos o que ela disse.

O padre Mattingly ouvia calado.

– A pequena Antha disse que estava com medo de voltar para casa. Com medo de Miss Carlotta. Contou que Miss Carlotta disse a Lionel que ele não era homem se não desse um basta no que estava acontecendo, que chegou a lhe dar uma pistola de calibre .38 para matar Stella. Seria de esperar que alguém fizesse algumas perguntas a esse respeito, mas o ministro não fez. Ele só pegou o telefone e ligou para Miss Carlotta. Depois de poucos minutos, uma grande limusine preta veio buscar a pequena Antha.

O padre Mattingly tinha os olhos fixos no homenzinho magro sentado à escrivaninha. *Eu também não fiz nenhuma pergunta.*

– Mais tarde, o ministro disse que a criança era desequilibrada; que ela havia dito às outras crianças que ouvia o que as pessoas diziam do outro lado de paredes e que lia a mente delas. Ele disse que ela se acalmaria, que estava só descontrolada com a morte de Stella.

– Mas depois disso ela só piorou, não foi?

– Pulou da janela do sótão quando tinha 20 anos, foi o que fez. Não houve perguntas. Ela não estava em seu perfeito juízo e, além do mais, não passava de uma criança. Missa fúnebre, como de costume.

O padre Lafferty virou o cheque e carimbou o endosso da paróquia no seu verso.

– Padre, o senhor está querendo dizer que eu deveria ir visitar a família Mayfair?

– Não, padre, não estou. Nem sei do que estou falando, se quer saber a verdade. Mas agora eu preferia que Miss Carlotta tivesse desistido dessa criança, tirado a menina daquela casa. São muitas as recordações negativas debaixo daquele teto. Não é lugar para uma criança.

Quando o padre Mattingly soube que Deirdre Mayfair havia sido mais uma vez mandada para estudar fora – dessa vez na Europa –, decidiu que tinha de fazer a visita. Era primavera, e bem mais de três anos haviam se passado desde a confissão perturbadora. Ele precisava se forçar a chegar até aquele portão, se não fosse por nenhum outro motivo, simplesmente por não conseguir pensar em nada diferente.

Não foi surpresa nenhuma que Carlotta o convidasse para entrar no longo salão duplo, e o conjunto de café veio numa bandeja de prata, tudo muito cordial. Ele adorava aquele salão. Adorava aqueles espelhos um de frente para o outro. Miss Millie veio juntar-se a eles; depois Miss Nancy, embora essa pedisse desculpas pelo avental sujo, e até mesmo a velha Miss Belle desceu num elevador que ele nem sabia que existia, por estar oculto atrás de uma enorme porta de quase quatro metros, igual a todas as outras. A velha Miss Belle era surda; isso ele percebeu imediatamente.

Por trás da máscara da conversa de cortesia, ele estudava essas mulheres, procurando sondar o que estava por trás daqueles sorrisos contidos. Nancy era o burro de carga. Millie, a desmiolada. A velha Miss Belle, quase senil. E Carl? Carl era tudo que diziam ser: a inteligente, a mulher de negócios, a advogada. Falaram de política, da corrupção na cidade, da alta dos preços e dos tempos mudados. No entanto, nem naquela visita, nem em nenhuma outra, ela pronunciou os nomes de Antha, Stella, Mary Beth, Lionel. Na realidade, dessa vez não foi abordado o tema da história da família, e o padre não conseguiu se forçar a abordá-lo, nem mesmo para fazer alguma pergunta simples sobre um único objeto da sala.

Ao deixar a casa, ele olhou de relance para o pátio de lajes, dominado pelo mato. *A cabeça aberta ao meio como uma melancia*. Enquanto seguia pela rua, olhou de volta para as janelas do sótão. Estavam agora completamente cobertas pelas trepadeiras, com as venezianas desengonçadas.

Disse a si mesmo que essa havia sido sua última visita. Que o padre Lafferty cuidasse do caso. Que ninguém cuidasse do caso.

No entanto, sua sensação de fracasso foi se aprofundando com o passar dos anos.

Aos 10 anos, Deirdre Mayfair fugiu de casa e foi encontrada dois dias depois, caminhando pelo Bayou St. John, na chuva, com as roupas ensopadas. Foi, então, para um outro colégio interno em algum lugar – em County Cork, na Irlanda, e de lá voltou mais uma vez para casa. As irmãs diziam que Deirdre tinha pesadelos, era sonâmbula, dizia coisas estranhas.

Chegou, então, a notícia de que Deirdre estava na Califórnia. A família Mayfair tinha uns primos por lá que podiam cuidar dela. Talvez uma mudança de clima lhe fosse benéfica.

O padre Mattingly a essa altura já sabia que nunca iria se livrar da lembrança daquela criança a chorar. Em nome de Deus, por que ele não havia experimentado um outro método com ela? Ele pedia em suas orações que ela contasse o que lhe contou a alguma professora experiente ou a algum médico; pedia que alguém em algum lugar pudesse ajudá-la como o padre Mattingly não pôde.

Ele nunca se lembrava de ter ouvido falar quando Deirdre voltou da Califórnia. Somente em alguma época do ano de 1956 ele soube que ela estava interna no colégio de Santa Rosa de Lima. Em seguida, ouviu um disse me disse de que ela teria sido expulsa e fugido para Nova York.

Numa tarde, Miss Kellerman contou tudo ao padre Lafferty nos degraus da igreja. Ela soube pela sua criada, que conhecia a moça negra que às vezes trabalhava naquela casa. Deirdre havia encontrado os contos da sua mãe num baú no sótão, "todas aquelas bobagens de Greenwich Village". Fugiu, então, à procura do pai, embora ninguém soubesse se o homem estava vivo ou morto.

Tudo acabou com sua internação em Bellevue. Miss Carlotta foi até Nova York, de avião, para trazê-la de volta.

Depois, uma tarde no verão de 1959, numa conversa à mesa de uma cozinha, o padre Mattingly soube do "escândalo". Deirdre Mayfair estava grávida, aos 18 anos. Ela havia abandonado os estudos numa faculdade no Texas. E o pai? Um dos seus próprios professores, dá para acreditar? E ainda por cima casado e protestante. Ele estava pedindo o divórcio de um casamento de dez anos para se casar com Deirdre!

Parecia que a paróquia inteira só falava nisso. Diziam que Miss Carlotta havia lavado as mãos, mas que Miss Nancy levou Deirdre até Guy Maier para comprar um belo vestido para o casamento civil. Deirdre era agora uma linda moça; linda como Antha e Stella haviam sido. Dizia-se que era linda como Miss Mary Beth.

O padre Mattingly lembrava-se apenas daquela criança assustada, de rosto pálido. Flores esmagadas sob os pés.

O casamento nunca iria se realizar.

Quando Deirdre estava no quinto mês, o pai morreu a caminho de Nova Orleans. Acidente na estrada que beira o rio. A barra de direção do seu velho Ford, modelo de 1952, quebrou. O carro perdeu a direção e bateu num carvalho, explodindo instantaneamente.

Mais tarde, perambulando no meio da multidão na festa da igreja numa quente noite de julho, o padre Mattingly iria ouvir a história mais estranha sobre a família Mayfair até então. Uma história que o atormentaria nos anos seguintes, da mesma forma que a confissão.

Havia lâmpadas suspensas no pátio de asfalto. Paroquianos em camisas de manga bufante e vestidos de algodão iam de uma barraquinha a outra, experimentando sua sorte nos jogos. Ganhe um bolo de chocolate apostando uma moeda de cinco centavos na roleta. Ganhe um ursinho de pelúcia. O asfalto estava macio com o calor. A cerveja corria solta no bar improvisado com tábuas indo de um barril a outro. E parecia que, para onde quer que o padre Mattingly se voltasse, ele ouvia algum cochicho sobre os novos acontecimentos na casa da família Mayfair.

O encanecido Red Lonigan, patriarca da família dos agentes funerários, ouvia Dave Collins dizer que Deirdre havia sido trancada no quarto. O padre Lafferty estava ali sentado, olhando carrancudo por cima da cerveja para Dave. Dave disse conhecer a família Mayfair há mais tempo do que qualquer pessoa, há mais tempo do que o próprio Red.

O padre Mattingly pegou uma garrafa gelada de cerveja do bar e foi se sentar na ponta do banco.

Dave Collins estava agora em plena glória, com dois padres na plateia.

– Nasci em 1901, padre! – declarou, embora o padre Mattingly nem tivesse erguido os olhos. – No mesmo ano em que nasceu Stella Mayfair, e me lembro de quando a expulsaram da Academia das Ursulinas, na Cidade Alta, e Miss Mary Beth a matriculou na escola aqui mesmo.

– Fofocam demais sobre essa família – disse Red, num tom de desalento.

– É, Stella era mesmo uma rainha do vodu – prosseguiu Dave. – Todo mundo sabia disso. Mas podemos descartar os feitiços e os sortilégios baratos. Isso não era para ela. Stella tinha uma bolsa de moedas de ouro que nunca se esvaziava.

– Tudo o que ela teve no final foi um destino trágico – disse Red, em voz baixa, com um riso amargo.

– Ora, mas ela conseguiu viver muito, antes do tiro que Lionel lhe deu – retorquiu Dave, espremendo os olhos e debruçando sobre o braço direito, com a mão esquerda segurando a garrafa de cerveja. – E mal ela estava morta e enterrada, a bolsa apareceu bem ao lado da cama de Antha. E por mais que a escondessem, ela sempre volta.

– Pois sim! – disse Red.

– Havia moedas de todas as partes do mundo naquela bolsa: italianas, francesas e espanholas.

– E como você soube disso? – perguntou Red.

– O padre Lafferty já viu, não viu, padre? O senhor viu as moedas. Miss Mary Beth costumava jogá-las na cestinha da coleta todos os domingos, o senhor sabe que era o que ela fazia. E o senhor sabia o que ela sempre dizia: "Gaste-as rápido, padre, livre-se delas antes do pôr do sol, porque elas sempre voltam."

– Do que você está falando! – exclamou Red, ironicamente.

O padre Lafferty não disse nada. Seus olhinhos negros passaram de Dave para Red. Depois, ele olhou para o padre Mattingly, sentado à sua frente.

– O que você quer dizer com essa história de que elas voltavam? – perguntou o padre Mattingly.

– O que ela queria dizer é que voltavam para sua bolsa! – disse Dave, arqueando as sobrancelhas. Tomou um grande gole da sua garrafa, sobrando apenas espuma. – Ela podia dá-las sempre, que sempre voltavam. – Deu uma risada rouca. Sua voz soava encatarrada. – Ela dizia a mesma coisa à minha mãe quando lhe pagava pela roupa lavada. É isso mesmo, minha mãe lavava a roupa em muitas daquelas casas de ricos, e nunca teve vergonha disso. E Miss Mary Beth sempre lhe pagou com aquelas moedas.

– Pois sim! – repetiu Red.

– E vou dizer mais uma coisa – prosseguiu Dave, inclinando-se mais sobre o cotovelo, com os olhos apertados encarando Red Lonigan. – A casa, as joias, a bolsa, tudo isso está relacionado. O mesmo vale para o sobrenome Mayfair e como elas sempre o mantêm, não importa com quem se casem. No final, fica sempre Mayfair. E você quer saber o motivo? Elas são bruxas, aquelas mulheres. Todas elas.

Red abanou a cabeça. Empurrou sua garrafa cheia de cerveja na direção de Dave e ficou olhando enquanto Dave a segurava com os dedos.

– É a mais pura verdade, é o que lhe digo. Elas herdam o poder da bruxaria pelas gerações afora, e naqueles velhos tempos falava-se muito sobre isso. Miss Mary Beth tinha mais poderes do que Stella. – Ele tomou um grande gole da cerveja de Red. – E era esperta o suficiente para ficar calada, o que Stella não era.

– Então, como foi que você veio a saber? – perguntou Red.

Dave pegou seu saquinho branco de fumo Bull Durham e viu que estava vazio.

– O senhor não teria um cigarrinho, padre? – pediu ele ao padre Mattingly.

Red deu um sorriso de escárnio. O padre Mattingly entregou a Dave seu maço de Pall Mall.

– Obrigado, padre. E agora vamos à sua pergunta, Red, da qual eu não estava tentando fugir. Sei porque minha mãe me contou as coisas que Miss Mary Beth lhe dizia nos tempos de 1921, quando Miss Carlotta se formou em Loyola, e todos a elogiavam por ser tão inteligente, por ser advogada e tudo o mais. "Ela não é a escolhida", disse Miss Mary Beth à minha mãe. "A escolhida é Stella. Stella tem o dom e vai herdar tudo quando eu morrer." "E qual é o dom, Miss Mary

Beth?", perguntou-lhe minha mãe. "Ora, Stella viu *o homem*", respondeu ela à minha mãe. "E quem consegue ver o homem, quando está totalmente só, herda tudo."

O padre Mattingly sentiu um arrepio na espinha. Já fazia onze anos desde que ele ouvira aquela confissão inacabada da menina, mas nunca se esquecera de uma palavra sequer. *Elas o chamam de o homem...*

Já o padre Lafferty olhava carrancudo para Dave.

– Viu o homem? – perguntou o padre Lafferty, com frieza. – Em nome de Deus, o que pode querer dizer esse palavrório sem sentido?

– Bem, padre, imagino que um bom irlandês como o senhor saiba a resposta para essa pergunta. Não é verdade que as bruxas chamam o diabo de "o homem"? Não é fato que elas o chamam assim quando ele vem no meio da noite para tentá-las a pecados execráveis? – Ele deu mais uma das suas risadas fundas, roucas e pouco saudáveis, e tirou do bolso um trapo imundo para limpar o nariz. – São bruxas, e o senhor sabe, padre. É isso o que elas eram e o que elas são. É uma herança de feitiçaria. E o senhor se lembra do velho Julien Mayfair? Eu me lembro dele. Minha mãe me disse que ele sabia de tudo isso. O senhor sabe que é verdade, padre.

– É uma herança, sim – respondeu o padre Lafferty, irado, pondo-se de pé. – É uma herança de ignorância, ciúme e doença mental! Nunca ouviu falar dessas coisas, Dave Collins? Nunca ouviu falar de ódio entre irmãs, de inveja e de ambição impiedosa? – Ele se voltou e foi embora em meio ao redemoinho da multidão, sem esperar pela resposta.

O padre Mattingly ficou perplexo com a irritação do padre Lafferty. Ele preferia que o colega tivesse apenas rido, como Dave Collins.

Dave acabou de beber a cerveja de Red.

– Ei, Red, não dá para me arrumar vinte e cinco centavos? – perguntou, com os olhos dardejando de Red para o padre Mattingly.

Red estava distraído, com os olhos fixos na garrafa vazia. Como um sonâmbulo, tirou um dólar amarfanhado do bolso da calça.

Quando estava prestes a adormecer naquela noite, o padre Mattingly se lembrou dos livros que havia lido no seminário. O homem alto, o homem moreno, o homem atraente, o íncubo que vem à noite... o gigante que preside o sabá! Ele se lembrava vagamente de ilustrações num livro, desenhadas com esmero, horrendas. "Bruxas" foi a palavra que balbuciou enquanto caía no sono. *Ela diz que ele é o diabo, padre. Que só olhar para ele já é pecado.*

Acordou antes do amanhecer, ouvindo a voz irritada do padre Lafferty. *Inveja, doença mental*. Seria essa a verdade oculta nas entrelinhas? Parecia que uma peça de importância crucial havia sido colocada no quebra-cabeça. Ele quase via o quadro como um todo. Uma casa governada com mão de ferro, uma casa na qual mulheres lindas e animadas haviam sido vítimas de tragédias. No entanto, algo ainda o incomodava... *Todas elas o veem, padre*. Flores espalhadas sob os pés, palmas-de-santa-rita grandes e longas, delicados ramos de samambaias. Ele viu seu pé os esmagando.

Deirdre Mayfair renunciou à sua filha. A criança nasceu no novo Mercy Hospital no dia 7 de novembro, e nesse mesmo dia a mãe lhe deu um beijo e a colocou nos braços do padre Lafferty. Foi ele quem a batizou e a entregou aos cuidados dos primos da Califórnia que iriam adotá-la.

Foi, porém, Deirdre que exigiu que a menina usasse o sobrenome Mayfair. Sua filha não deveria nunca receber outro sobrenome, ou Deirdre não assinaria os papéis. Seu velho tio Cortland Mayfair apoiava essa sua decisão, e nem mesmo o padre Lafferty conseguiu demovê-la. Ela quis ver o nome, preto no branco, na certidão de batismo. E o pobre do velho Cortland, um perfeito cavalheiro, a essa altura já estava morto, depois de uma terrível queda escada abaixo.

O padre Mattingly não se lembrava da primeira vez em que ouviu o termo "incurável". Ela já estava louca antes mesmo de sair do hospital. Diziam que não parava de falar alto sozinha, insistindo: "Foi você. Você o matou." As enfermeiras tinham medo de entrar no seu quarto. Ela entrou na capela, com a camisola do hospital, rindo e falando alto no meio da missa, acusando o nada de matar seu amado, de separá-la da sua filha, de deixá-la só em meio a "inimigos". Quando as freiras tentaram contê-la, ela ficou furiosa. Os serventes vieram e a levaram embora, aos chutes e berros.

Na época em que o padre Lafferty faleceu, na primavera, ela estava internada em algum lugar distante. Ninguém sabia onde. Rita Lonigan perguntou ao seu sogro, Red, qual era o endereço, porque tinha muita vontade de escrever. Mas Miss Carl disse que não seria conveniente. Nenhuma correspondência para Deirdre.

Por Deirdre, apenas orações. E os anos foram passando.

O padre Mattingly saiu da paróquia. Trabalhou em missões no estrangeiro. Trabalhou em Nova York. Chegou a ir tão longe que Nova Orleans desapareceu do seu pensamento, a não ser pela lembrança súbita e ocasional, aliada à vergonha: Deirdre Mayfair, aquela que ele não havia ajudado, que ele havia perdido.

Foi então que, numa tarde em 1976, durante uma breve estada na antiga casa paroquial, o padre Mattingly passou pela casa e viu uma mulher jovem, pálida e magra, sentada numa cadeira de balanço na varanda lateral, por trás do véu de tela enferrujada. Ela não parecia nada mais do que um espectro na sua camisola branca, mas ele imediatamente soube que era Deirdre. Havia reconhecido aqueles cachos negros pousados sobre os ombros. E depois que abriu o portão enferrujado e veio se aproximando pelo caminho de pedras, ele percebeu que a expressão no rosto era a mesma. É, era Deirdre, que ele trouxera de volta para casa há quase trinta anos.

Ela estava impassível por trás da tela abaulada na moldura leve de madeira. Não houve resposta quando ele sussurrou seu nome.

Numa corrente que trazia ao pescoço havia uma esmeralda, uma pedra belíssima, e no dedo, um anel de rubi. Seriam essas as joias de que ele ouvira falar? Que impressão descabida elas davam nessa mulher silenciosa com sua camisola branca e sem goma. Ela não deu o menor sinal de tê-lo visto ou ouvido.

Sua visita a Miss Millie e Miss Nancy foi breve, incômoda. Carl estava no centro, trabalhando, naturalmente. E é mesmo, é Deirdre quem está na varanda lateral. Ela estava em casa dessa vez para ficar, mas não havia motivo para falar baixo.

– A mente se foi – disse Nancy, com um sorriso amargo. – Primeiro, os choques elétricos apagaram sua memória. Depois, todo o resto. Ela não conseguiria se levantar para se salvar se a casa estivesse pegando fogo. De vez em quando ela torce as mãos, tenta falar, mas não consegue...

– Não fale assim – disse Millie, baixinho, abanando levemente a cabeça e retorcendo a boca, como se não fosse de bom tom tocar nesse assunto. Ela agora estava velha, Miss Millie, velha e com a cabeça lindamente grisalha, delicada como Miss Belle havia sido, Miss Belle, que já se fora há muito. – Aceita mais café, padre?

A mulher sentada na cadeira na varanda era, apesar de tudo, bonita. Os tratamentos com choques não haviam embranquecido seus cabelos. E os olhos ainda tinham um azul profundo, apesar de estarem totalmente vazios de expressão. Era como uma imagem na igreja. *Padre, ajude-me.* Um raio de luz tocou na esmeralda e fez com que cintilasse como uma minúscula estrela.

Daí em diante, o padre Mattingly deixou de vir ao Sul com muita frequência. E, nos anos seguintes, quando tocava a campainha, não era bem recebido. As desculpas de Miss Nancy foram se tornando mais bruscas. Às vezes acontecia de ninguém atender. Quando Carl estava lá, a visita era apressada, artificial. Nunca mais café no jardim de inverno; apenas algumas palavras rápidas no salão amplo e empoeirado. Será que elas não acendiam mais as luzes? Os candelabros estavam imundos.

É claro que as mulheres estavam muito velhas. Millie faleceu em 1979. O enterro foi concorridíssimo, com primos vindo de todas as partes do país. Depois, no ano passado, havia sido a vez de Nancy. O padre Mattingly recebeu uma carta de Red Lonigan. Na ocasião o padre estava em Baton Rouge e veio até a cidade de carro só para o funeral.

Miss Carl, com seus oitenta e poucos anos, era só ossos de tão magra, com o nariz aquilino, os cabelos brancos e óculos grossos que ampliavam seus olhos de um jeito desagradável. Os tornozelos estavam inchados logo acima dos sapatos pretos de amarrar. Teve de se sentar na laje de uma sepultura durante as palavras finais no cemitério.

A própria casa dava pena de tanta decadência. Isso o padre Mattingly viu com seus próprios olhos quando passou por lá de carro.

Como seria inevitável, também Deirdre estava mudada. Ele pôde ver que sua frágil beleza de planta de estufa afinal se esvaíra. E, apesar das enfermeiras que a forçavam a caminhar de um lado para outro, ela havia ficado corcunda, com as mãos curvadas para baixo e para fora na altura do pulso, como as de uma paciente artrítica. Diziam que sua cabeça estava agora permanentemente caída para um lado, e que sua boca estava sempre aberta.

Era uma tristeza de se ver, mesmo de uma certa distância. E as joias tornavam a imagem ainda mais sinistra. Brincos de brilhante numa inválida sem noção de nada. Uma esmeralda do tamanho da unha de um polegar! O padre Mattingly, que acreditava acima de tudo na santidade da vida humana, considerava que a morte de Deirdre teria sido uma bênção.

Na tarde seguinte ao enterro de Nancy, enquanto fazia uma visita silenciosa à velha casa, o padre Mattingly encontrou um inglês parado na extremidade mais distante da cerca – um senhor de boa aparência, que se apresentou ao padre como Aaron Lightner.

– O senhor sabe alguma coisa sobre aquela pobre mulher? – perguntou o inglês abertamente. – Há mais de dez anos que a vejo nessa varanda. Sabe que me preocupo com ela?

– Eu também me preocupo – confessou o padre. – Mas dizem que não há nada que se possa fazer por ela.

– Que família mais estranha – comentou o inglês, com intimidade. – Está tão quente. Eu me pergunto se ela sente calor. Seria de esperar que consertassem o ventilador de teto. Está vendo? Parece que está quebrado.

O padre Mattingly simpatizou imediatamente com o inglês. Homem tão vigoroso, apesar de bem-educado. E ele estava tão bem-vestido com seu terno de linho de três peças. Até portava uma bengala. Fazia o padre se lembrar dos senhores que costumavam passear à noite pela St. Charles Avenue. Costumava-se vê-los nas varandas da frente, com seus chapéus de palha, observando o trânsito. Ah, como os tempos mudaram.

O padre Mattingly descobriu-se conversando inteiramente à vontade com o inglês em voz abafada sob os galhos mais baixos dos carvalhos, a respeito de todos os fatos "conhecidos", com os quais o homem parecia estar inteiramente familiarizado: os tratamentos com choques, os sanatórios, a filhinha há muitos anos adotada por uma família na Califórnia. O padre, no entanto, não teria nem sonhado em mencionar as fofocas do velho Dave Collins sobre Stella ou sobre "o homem". Repetir uma besteira daquelas seria absolutamente errado. Além do mais, era um assunto bastante próximo daqueles segredos dolorosos que Deirdre Mayfair lhe confiara.

Fosse como fosse, ele e Lightner acabaram no Commander's Palace para um almoço tardio a convite do inglês. Que prazer para o padre. Há quanto tempo ele não fazia uma refeição num bom restaurante de Nova Orleans como aquele, com toalhas de mesa e guardanapos de linho. Além disso, o inglês havia pedido um vinho excelente.

O homem admitiu com franqueza estar interessado na história de famílias como a Mayfair.

– O senhor sabe que eles possuíam uma grande fazenda no Haiti, quando ainda se chamava Saint-Domingue. Creio que Maye Faire era o nome da propriedade. Fizeram uma fortuna com o café e o açúcar naqueles tempos, antes da insurreição dos escravizados.

– Quer dizer que o senhor conhece a história da família desde tempos tão remotos? – indagou o padre, perplexo.

– Ah, sim, claro – respondeu Lightner. – Está nos livros de história, sabe? Uma mulher poderosa tomava conta de tudo, Marie Claudette Mayfair Landry, seguindo o exemplo da sua mãe, Angélique Mayfair. Mas já estavam ali há quatro gerações. Foi Charlotte quem chegou da França em... quando foi mesmo... no ano de 1689. É, Charlotte. E ela deu à luz gêmeos, Peter e Jeanne Louise, que viveram até completar 81 anos.

– Não diga. Nunca ouvi nada tão antigo dessa família.

– Creio ser uma simples questão de registros. – O inglês deu levemente de ombros. – Nem mesmo os escravizados rebeldes ousaram incendiar a fazenda. Marie Claudette conseguiu emigrar levando um enorme tesouro em bens, assim como sua família inteira. Em seguida, foi La Victoire, em Riverbend, a jusante de Nova Orleans. Acho que a chamavam apenas de Riverbend.

– Miss Mary Beth nasceu lá.

– É, tem razão. Em... vejamos... creio ter sido em 1871. Só o rio para conseguir devorar aquela casa. Como era linda, com colunas em toda a volta. Havia fotografias da casa nos livros turísticos mais antigos sobre a Louisiana.

– Gostaria de ver esses livros – disse o padre.

– Antes da Guerra de Secessão, já haviam construído a casa na First Street, sabia? Na realidade, foi Katherine Mayfair quem a construiu e mais tarde seus irmãos Julien e Remy moraram ali. Depois, Mary Beth fixou sua residência nessa casa. Mary Beth não gostava do campo. Creio que foi Katherine quem se casou com o arquiteto irlandês, aquele que morreu muito jovem de febre amarela. Sabe, aquele que construiu os bancos do centro da cidade. É, seu nome era Monahan. E, depois que ele morreu, Katherine não quis mais morar ali porque a casa da First Street havia sido construída pelo marido, e ela estava inconsolável.

– Parece que há muito tempo ouvi dizer que Monahan projetou aquela casa – disse o padre, mas no fundo sem vontade de interromper. – Eu costumava ouvir falar de Miss Mary Beth...

– É, foi Mary Beth quem se casou com o juiz McIntyre, embora na época ele fosse apenas um jovem advogado, é claro. E sua filha Carlotta Mayfair é quem manda na casa agora, ao que me parece...

O padre Mattingly estava extasiado. Não se tratava meramente de sua antiga e doida curiosidade com relação à família Mayfair. Era o jeito cativante do próprio

Lightner, além do agradável som do sotaque britânico. Tudo isso era apenas história com total inocência, nada de disse me disse. Fazia muito tempo que o padre Mattingly não conversava com um homem tão culto. Não, quando o inglês falava, não se tratava de fofoca.

E, contra seu próprio bom senso, o padre descobriu-se contando com voz hesitante a história da menininha e das flores misteriosas no pátio da escola. Ora, aquilo não era o que ele havia ouvido no confessionário, relembrava. Mesmo assim, era espantoso que saísse assim com tanta facilidade, depois de meia dúzia de goles de vinho. O padre ficou envergonhado. De repente, ele não conseguia tirar a confissão da cabeça. Perdeu o fio da meada. Pensou em Dave Collins e em todas aquelas coisas estranhas que havia dito. Em como o padre Lafferty havia se irritado tanto naquela noite de julho na festa da igreja. O padre Lafferty, que havia se encarregado da adoção do bebê de Deirdre.

Teria o padre Lafferty agido com base naquela conversa maluca de Dave Collins? Ele próprio nunca havia podido fazer nada.

O inglês teve perfeita paciência com o silencioso devaneio do padre. Na realidade, aconteceu uma coisa estranhíssima. O padre teve a impressão de que o homem estava prestando atenção nos seus pensamentos. Isso era, porém, inteiramente impossível; e, se alguém podia ouvir a memória de uma confissão desse jeito, exatamente o que se esperava que um padre pudesse fazer a respeito disso?

Como aquela tarde pareceu longa. Como foi agradável, sossegada. Afinal, o padre Mattingly repetiu as velhas histórias de Dave Collins e chegou mesmo a falar das ilustrações do "homem sinistro" nos livros e da dança das bruxas.

E o inglês demonstrava estar tão interessado, só se movimentando de vez em quando para servir vinho ou para oferecer um cigarro ao padre, nunca o interrompendo.

– E agora, a que conclusão o senhor chega? – disse baixinho o padre, para encerrar. O homem lhe respondeu algo? – Sabe, o velho Dave Collins está morto, mas a irmã, Bridget Marie, vai viver para sempre. Ela está com quase 100 anos.

– O senhor está falando da irmã no pátio da escola há tanto tempo? – perguntou o inglês, com um sorriso.

O padre Mattingly estava agora embriagado com o vinho que havia tomado; essa era a pura verdade. E não parava de ver o pátio, as crianças e as flores espalhadas pelo chão.

– Ela agora está no Mercy Hospital – disse o padre. – Fui vê-la na última vez em que vim ao Sul. Acho que vou visitá-la desta vez. E como diz bobagens agora que não sabe com quem está falando. O velho Dave Collins morreu num bar na Magazine Street. Local adequado. Todos os amigos fizeram uma vaquinha para o melhor dos enterros.

O padre voltou a devanear, pensando em Deirdre e no confessionário.

– Não deve se preocupar com isso, padre – sussurrou o inglês, tocando-lhe as costas da mão.

O padre espantou-se. Depois quase riu da ideia de que alguém pudesse ler seus pensamentos. Era isso o que a irmã Bridget Marie havia dito sobre Antha, não era? Que ela ouvia as pessoas falando do outro lado da parede e que lia seus pensamentos? Ele havia contado essa parte ao inglês?

– Contou. Quero lhe agradecer...

Ele e o inglês se despediram às seis da tarde, diante dos portões do cemitério Lafayette. Era aquela hora dourada da tarde quando o sol se foi, e tudo emite a luz que absorveu durante o dia inteiro. Mas como tudo aquilo estava abandonado: os velhos muros caiados e as gigantescas magnólias fazendo rachar a calçada.

– O senhor sabe, todos eles estão enterrados aí dentro, os da família Mayfair – disse o padre Mattingly, olhando de relance para os portões. – Um grande jazigo à direita do passeio central. Com uma cerquinha de ferro trabalhado. Miss Carl mantém tudo em perfeita conservação. Podem-se ler todos esses nomes de que o senhor acabou de falar.

O padre teria ele mesmo mostrado o jazigo ao inglês, mas já estava na hora de voltar para a casa paroquial, hora de voltar para Baton Rouge e de lá para St. Louis.

Lightner deu-lhe um endereço em Londres.

– Se algum dia souber mais alguma coisa sobre essa família, qualquer coisa que não seja problema me contar, bem, o senhor poderia entrar em contato comigo?

É claro que o padre Mattingly nunca fizera isso. Há meses perdera o nome e o endereço. No entanto, lembrava-se com simpatia daquele inglês, embora às vezes ele se perguntasse quem seria realmente aquele homem, e o que ele de fato pretendia. Se todos os padres do mundo tivessem uma atitude tranquilizadora como a dele, como seria esplêndido. Era como se aquele homem compreendesse tudo.

À medida que se aproximava agora da velha esquina, o padre Mattingly pensou novamente no que o jovem padre lhe escrevera: que Deirdre Mayfair estava definhando, que praticamente não conseguia mais caminhar.

Então, como poderia ela ter ficado furiosa no dia 13 de agosto, é o que gostaria de saber, pelo amor de Deus. Como poderia ela ter quebrado as janelas e assustado os homens de um sanatório?

E Jerry Lonigan disse que seu motorista havia visto objetos sendo atirados pelas janelas afora: livros, um relógio, todo tipo de coisa, simplesmente voando pelo ar. E o barulho que ela fazia, como o de um animal uivando.

O padre achava difícil acreditar.

Lá, porém, estava a prova.

Quando se aproximava lentamente do portão nessa quente tarde de agosto, ele viu um homem de uniforme branco sobre a varanda da frente, no alto da sua escada de madeira. Com uma espátula, ele aplicava a massa ao longo das vidraças novas. E cada uma dessas janelas altíssimas apresentava vidraças novas e reluzentes, até com as minúsculas etiquetas da marca.

A alguns metros dali, no lado sul da casa, por trás do véu da tela de cobre oxidado, estava sentada Deirdre, com as mãos retorcidas nos punhos, a cabeça caída para um lado descansando no encosto da cadeira. O pingente de esmeralda na sua corrente refletiu uma pequena centelha de luz verde por um instante.

Ah, como devia ter sido *para ela* a sensação de quebrar aquelas janelas? De sentir a força correndo pelos seus membros, de se sentir detentora de um poder tão incomum? Só o fato de ter emitido um som, ora, só isso devia ter sido magnífico.

No entanto, esse era um pensamento estranho para ele, não era? É que ele se sentia envolto por uma espécie de tristeza indefinida, alguma imensa melancolia. Ah, Deirdre, a pobrezinha da Deirdre.

A verdade era que ele se sentia triste e amargurado como sempre se sentia quando a via. Ele sabia que não iria pelo caminho de lajes até os degraus da frente da casa. Ele não iria tocar a campainha só para ser informado mais uma vez de que Miss Carl não estava, ou que ela não podia recebê-lo naquele momento.

Esse passeio havia sido somente a penitência pessoal do padre Mattingly. Há mais de quarenta anos, ele havia cometido um erro numa trágica tarde de sábado, e a sanidade mental de uma menina dependia daquilo. Agora nenhuma visita faria a menor diferença.

Ele ficou algum tempo parado junto à cerca, ouvindo o ruído da espátula do vidraceiro, estranhamente nítido no silêncio tropical ao seu redor. Ele sentia o calor penetrar nos seus sapatos, nas suas roupas. Permitiu que as cores suaves e delicadas desse universo úmido e sombreado surtissem efeito sobre ele.

Esse era um lugar raro. Sem dúvida melhor para ela do que algum quarto estéril de hospital, ou a vista de um gramado bem aparado sem nenhuma variação maior do que a de um tapete sintético. E o que o fazia pensar que ele algum dia pudesse ter feito por ela mais do que o que tantos médicos não haviam conseguido fazer? Talvez ela nunca tivesse tido uma chance mesmo. Só Deus sabe.

De repente ele vislumbrou uma visita por trás das telas empoeiradas, sentado ao lado da pobre louca. Parecia ser um belo rapaz: alto, moreno, bem-vestido, apesar do calor sufocante. Quem sabe não seria um daqueles primos de longe, de Nova York ou da Califórnia.

O rapaz devia ter acabado de sair do salão para a varanda porque há um instante não estava ali.

Parecia tão solícito. Era decididamente carinhoso o seu jeito de se inclinar na direção de Deirdre. Como se estivesse beijando seu rosto. É, era isso o que estava fazendo. Mesmo naquela sombra escura, o padre viu, e isso o comoveu profundamente. A tristeza que havia nele o dominou, dolorida.

O vidraceiro estava agora acabando. Recolhia sua escada. Desceu os degraus da frente, seguiu pelo passeio de lajes de pedra e passou pela varanda telada, usando a escada para afastar as bananeiras e a espirradeira crescida.

Também o padre estava terminando. Havia cumprido sua penitência. Podia, agora, voltar para casa, para as calçadas quentes e estéreis da Constance Street e o recinto agradavelmente ventilado da casa paroquial. Lentamente, ele se voltou e começou a ir na direção da esquina.

Olhou de relance para trás apenas uma vez. A varanda telada estava agora vazia, a não ser pela presença de Deirdre. Mas, sem dúvida, aquele jovem simpático voltaria logo. Havia calado fundo no coração do padre a visão daquele beijo terno, a noção de que alguém, mesmo agora, ainda amava aquela alma perdida que ele próprio havia deixado de salvar tanto tempo atrás.

4

Tinha de fazer alguma coisa naquela noite, dar um telefonema para alguém. E era importante também. Só que, depois de quinze horas de plantão, doze das quais passadas na sala de cirurgia, ela não conseguia se lembrar.

Ainda não era Rowan Mayfair, com todas as aflições e preocupações pessoais de Rowan. Era apenas a Dra. Mayfair, vazia como uma vidraça limpa, sentada calada aqui na sala dos médicos, com as mãos enfiadas nos bolsos do imundo jaleco branco, com os pés na cadeira à sua frente, um Parliament nos lábios, ouvindo-os conversar como os neurocirurgiões sempre conversam, regurgitando na fala cada momento excitante do dia.

Pequenas explosões de riso, vozes que encobrem outras vozes, o cheiro de álcool, o farfalhar de roupas engomadas, o doce aroma dos cigarros. Não importa a tragédia pessoal de quase todos eles serem fumantes. Era bom ficar ali, acomodada no brilho ofuscante das lâmpadas sobre a mesa de fórmica, o piso de linóleo e as paredes bege, tudo sujo. Era bom estar adiando a hora de pensar, a hora em que as recordações viriam para dominá-la e deixá-la pesada e opaca.

Na realidade, aquele havia sido um dia praticamente perfeito, motivo pelo qual seus pés doíam tanto. Ela havia enfrentado três cirurgias de emergência, uma após a outra, desde o ferimento a bala às seis da manhã até a vítima de acidente de carro há umas quatro horas. E se todos os dias fossem assim, sua vida iria muito bem. Na verdade, ela seria de uma perfeição maravilhosa.

Tinha consciência disso naquele exato momento, de uma forma despreocupada. Depois de dez anos de Faculdade de Medicina, de ser interna e residente, ela agora era o que sempre quis ser: médica, neurocirurgiã e, mais especificamente, neurocirurgiã-assistente num gigantesco hospital universitário cujo centro de traumatologia podia mantê-la operando vítimas de acidentes quase em tempo integral.

Tinha de admitir que estava feliz com isso, feliz com sua primeira semana numa outra função que não a de residente sobrecarregada e totalmente exausta que ainda precisava operar metade do tempo sob a supervisão de outros.

Mesmo o inevitável falatório não havia sido tão terrível hoje, o interminável discurso na sala de cirurgia, em seguida as notas a serem ditadas e por último a prolongada revisão informal na sala dos médicos. Ela gostava desses profissionais ao seu redor, os internos de rosto reluzente do outro lado da mesa, o Dr. Peters e o Dr. Blake, que acabavam de começar seus turnos e olhavam para ela como se ela fosse uma bruxa, em vez de uma médica. O Dr. Simmons, chefe dos residentes, que dizia de vez em quando num sussurro ardente que ela era a melhor médica que já havia visto operando e que as enfermeiras tinham a mesma opinião. E o Dr. Larkin, o querido chefe da neurocirurgia, conhecido pelos seus discípulos como Lark, que a forçava insistentemente a desenvolver sua descrição.

– Explique, Rowan, explique em detalhe. Você tem de dizer a esses meninos o que está fazendo. Senhores, olhem, estão diante do único neurocirurgião da civilização ocidental que não gosta de falar sobre sua atuação.

Não gostar era pouco. Ela detestava falar. Tinha uma suspeita inata pela fala porque era capaz de "ouvir" com uma exatidão notável o que se escondia por trás dela. Além disso, simplesmente não sabia falar muito bem.

Agora, graças a Deus, eles estavam debatendo o desempenho magistral do Dr. Larkin hoje à tarde com o meningioma, e ela pôde mergulhar nessa sua deliciosa exaustão, saboreando o cigarro e o café horrível, admirando o reflexo da luz nas paredes maravilhosamente vazias.

O problema era que hoje de manhã havia dito a si mesma para se lembrar de um assunto pessoal, um telefonema que devia dar, alguma coisa de real importância para ela. E o que isso significava? A lembrança lhe ocorreria assim que pusesse os pés fora do hospital.

E isso ela podia fazer quando quisesse. Afinal, era a assistente e não precisava ficar mais do que quinze horas ali. Nunca mais teria de dormir no plantão, e ninguém mais esperava que ela descesse até o setor de emergência só para ver o que estava acontecendo, embora, se valesse sua própria vontade, talvez fosse isso o que gostasse de fazer.

Há uns dois anos, talvez menos do que isso, a essa hora ela já teria ido embora, passando pela Golden Gate à velocidade máxima permitida, ansiosa por voltar a ser Rowan Mayfair, na cabine de comando do *Sweet Christine*, saindo sozinha de Richardson Bay para o mar aberto. Só quando tivesse ajustado o piloto automático para uma enorme trajetória circular, bem afastada do caminho dos canais, a exaustão a teria dominado. Ela teria descido para a cabine abaixo do convés, onde a madeira brilhava tanto quanto o latão polido, e ao se jogar num dos beliches ela teria mergulhado num sono leve através do qual todos os pequenos ruídos do barco a embalavam com carinho.

Isso, porém, foi antes de o processo de fazer milagres na mesa de operações se tornar decididamente um vício. De vez em quando, a pesquisa ainda a atraía. Ellie e Graham, seus pais adotivos, ainda estavam vivos, e a casa envidraçada no litoral de Tiburon não era um mausoléu repleto de livros de quem já morreu, de roupas de quem já morreu.

Ela precisava passar pelo mausoléu para chegar ao *Sweet Christine*. Tinha de ver a correspondência inevitável que ainda chegava para Ellie e para Graham. E talvez até tivesse de ouvir uma mensagem na secretária eletrônica de algum amigo de fora que não sabia que Ellie havia morrido de câncer no ano anterior e que Graham havia morrido de "um derrame", para simplificar a história, dois meses antes da morte da mulher. Ela ainda molhava as samambaias em homenagem a Ellie, que costumava tocar música para elas. Dirigia o Jaguar de Graham porque vendê-lo seria uma amolação. Nunca havia se disposto a limpar a escrivaninha dele.

Derrame. Uma sensação sinistra e desagradável passou por ela. Não pense em Graham morrendo no piso da cozinha, mas nas vitórias do dia de hoje. Você salvou três vidas nas últimas quinze horas, quando outros médicos poderiam tê-las deixado morrer. A outras vidas em outras mãos você proporcionou uma ajuda talentosa. E agora, seguros no útero da Unidade de Tratamento Intensivo, três desses pacientes estão dormindo, com olhos que podem ver, bocas que podem pronunciar palavras e, quando você lhes segura a mão, eles apertam a sua quando pede.

É, ela não poderia ter pedido mais do que isso. Quem dera pudesse para sempre deixar os transplantes de tecidos e os tumores para os outros. Ela vicejava na crise. Precisava dela. Iria para casa daqui a pouco só porque era saudável ir para casa, saudável descansar os olhos, os pés, o cérebro, é claro, e ir para algum lugar diferente daqui no fim de semana. Ir para o mar no *Sweet Christine*.

Por enquanto, um descanso nesse imenso barco chamado hospital, porque é exatamente essa a impressão que ele dava: a de um submarino, viajando silencioso pelo tempo afora. As luzes nunca se apagavam. A temperatura nunca variava. Os motores nunca paravam. E nós, a tripulação, estamos unidos, apesar da raiva, do ressentimento ou da competição entre nós. Temos esse vínculo e há uma espécie de amor, quer o reconheçamos, quer não.

– Você está à procura de um milagre! – disse para ela o supervisor da Emergência às seis horas da tarde, desdenhoso, com os olhos vidrados de exaustão. – Encoste essa maca na parede e guarde seu talento para alguém que possa ser ajudado!

– Eu não quero nada, a não ser milagres – respondeu Rowan. – Vamos tirar o vidro e a sujeira do seu cérebro e trabalhar a partir daí.

Não havia como lhe dizer que, ao pôr as mãos nos ombros da mulher, Rowan havia "ouvido" com sua percepção para o diagnóstico milhares de sinais ínfimos. Eles haviam dito infalivelmente que a mulher tinha condição de viver. Ela sabia o que iria ver quando os fragmentos de ossos tivessem sido retirados com cuidado da fratura e congelados para futura substituição, quando a dura-máter rasgada tivesse sido cortada e o tecido lesado por baixo dela tivesse sido ampliado pelo poderoso microscópio cirúrgico. Uma boa quantidade de cérebro vivo, incólume, em funcionamento, uma vez que ela sugasse o sangue dali e cauterizasse os minúsculos vasos arrebentados para estancar o sangue.

Era a mesma sensação infalível que ela havia tido naquele dia em mar aberto quando içou o homem afogado, Michael Curry, para cima do convés, com o guincho e tocou na sua pele fria e cinzenta. É, havia vida ali. Vamos trazê-lo de volta.

O homem afogado. Michael Curry. Era isso, é claro, era disso que ela precisava se lembrar. De ligar para o médico de Curry. O médico havia deixado uma mensagem para ela tanto no hospital quanto na secretária eletrônica em casa.

Já fazia mais de três meses desde aquela noite fria e implacável em maio, com a névoa encobrindo a cidade distante de tal forma que nem uma única luz aparecia, e o homem afogado no convés do *Sweet Christine* parecia tão morto quanto qualquer outro cadáver. Ela apagou o cigarro.

– Boa noite, doutores – disse ela, levantando-se. – Segunda, às oito – disse aos internos. – Não, não se levantem.

O Dr. Larkin segurou sua manga entre dois dedos. Quando ela tentou se livrar, ele segurou com mais força.

– Não me saia sozinha naquele barco, Rowan.

– Ora, chefe. – Ela tentou se livrar. Não conseguiu. – Saio sozinha com aquele barco desde os 16 anos.

– Isso é mau, Rowan, isso é mau. Imagine se você sofre alguma pancada na cabeça lá em mar aberto, se você cai da embarcação.

Ela deu uma risadinha por educação, embora estivesse de fato irritada com essa conversa, e saiu pela porta, passando direto pelos elevadores, lentos demais, na direção das escadas de concreto.

Talvez ela devesse dar uma última olhada naqueles três pacientes na UTI antes de ir embora. De repente, só a ideia de sair a deixou oprimida. A ideia de não voltar até segunda-feira era ainda pior.

Enfiando as mãos nos bolsos, ela subiu correndo os dois lances de escada até o quarto andar.

Os reluzentes corredores daqui de cima eram tão silenciosos, tão distantes daquela balbúrdia inevitável da Emergência. Uma mulher solitária dormia no sofá na sala de espera revestida de tapetes escuros. A velha enfermeira no posto daquela ala só acenou quando Rowan passou. Houve tempos nos seus atormentados dias de interna quando, durante o plantão, ela passeava por esses corredores no meio da noite, em vez de tentar dormir. De um lado para outro, ela caminhava, cobrindo um piso após outro, nas entranhas daquele gigantesco submarino, embalado pelo leve sussurro de inúmeros equipamentos.

Pena que o chefe soubesse do *Sweet Christine*, pensava ela agora. Pena que desesperada e assustada ela o houvesse trazido para casa na tarde do enterro da sua mãe adotiva, levando-o para se sentar no convés, a beber vinho sob o céu azul de

Tiburon. Pena que naqueles instantes ocos e metálicos ela houvesse confessado a Lark que não tinha mais vontade de ficar naquela casa, que agora vivia no barco e às vezes vivia para ele, levando-o a mar aberto depois de cada turno, não importa há quanto tempo estivesse trabalhando, não importa o quanto estivesse cansada.

Falar com as pessoas, será que isso melhorava as coisas? Lark havia somado chavões a mais chavões enquanto tentava consolá-la. E daí em diante todos no hospital tinham conhecimento do *Sweet Christine*. E ela não era só Rowan, a silenciosa, mas Rowan, a adotada, aquela cuja família havia morrido inteira em menos de meio ano, que saía a mar aberto inteiramente só no grande barco. Ela também havia se tornado a Rowan que recusava os convites de Lark para jantar, quando qualquer outra médica solteira da equipe teria aceito sem hesitar.

Se eles imaginassem o resto da história, pensava ela, a que ponto ela era no fundo misteriosa, até para si mesma. E o que teriam dito dos homens de que gostava, os intrépidos agentes da lei e os heróis dos caminhões com escada Magirus do corpo de bombeiros que caçava em barulhentos e saudáveis bares de bairro, escolhendo seus parceiros tanto por suas mãos grossas e voz áspera quanto por seus braços fortíssimos e tórax musculoso. É, o que diriam disso? E de todas aquelas relações na cabine inferior do *Sweet Christine* com a arma calibre .38, de uso exclusivo da polícia, no coldre de couro preto pendurado num gancho na parede.

E as conversas depois – não, vamos chamá-las de monólogos –, nas quais esses homens, com a necessidade desesperada tão semelhante à do neurocirurgião, reviviam seus instantes de perigo e de realização, de bravura e de habilidade. Um cheiro de coragem nas camisas de uniforme. Uma canção de vida e morte.

Por que esse tipo de homem?, Graham havia perguntado um dia.

– Você procura os bobos, os incultos, os grossos? E se um deles enfiar o punho pesado no seu rosto?

– Mas é exatamente essa a questão – respondeu ela, com frieza, sem nem mesmo se importar em olhar para ele. – Eles não agem assim. Eles salvam vidas, e é por isso que eu gosto deles. Gosto de heróis.

– Isso parece conversa de uma bobinha de 14 anos – respondeu Graham, com acidez.

– Você não entendeu nada. Quando eu tinha 14 anos, achava que os advogados como você eram os heróis.

Um relance amargurado dos seus olhos quando ele se afastou dela. Uma lembrança amarga de Graham, mais de um ano depois da sua morte. O gosto de Graham, o cheiro de Graham, Graham afinal na cama de Rowan, porque ele teria ido embora antes da morte de Ellie, se Rowan não concordasse.

– Não me diga que não era isso o que você sempre quis – disse Graham no fofo colchão de plumas no beliche do *Sweet Christine*. – Que vão para o inferno seus bombeiros, seus tiras.

Pare de discutir com ele. Pare de pensar nele. Ellie nunca soube que você ia para a cama com ele, nem os motivos pelos quais você se sentia forçada a agir assim. Tanta coisa que Ellie nunca soube. E você nem está na casa de Ellie. Não está nem mesmo no barco que Graham lhe deu. Ainda está a salvo na tranquilidade antisséptica do seu mundo, e Graham está morto e enterrado no pequeno cemitério no norte da Califórnia. Não importa como ele morreu, porque também ninguém sabe dessa história. Não deixe que ele esteja ali em espírito, como dizem por aí, quando você puser a chave na ignição do carro que foi dele, que você já devia ter vendido há muito tempo, ou quando entrar nos cômodos úmidos e arrepiantes da casa que foi dele.

Mesmo assim, ela ainda conversava com ele. Ainda prosseguia na interminável argumentação da sua defesa. A morte de Graham havia impedido para sempre qualquer solução verdadeira. E assim o ódio e a fúria de Rowan haviam criado um fantasma dele. Ele estava perdendo a nitidez, mas ainda a atormentava, até mesmo aqui, nos corredores seguros do próprio território de Rowan.

Ela teve tanta vontade de dizer que ia trazer os outros qualquer dia desses. Vou trazê-los com seu grande ego e sua exuberância, sua ignorância e seu humor brincalhão. Vou aceitar sua falta de modos, seu amor simples e ardente pelas mulheres e seu medo delas. Vou aceitar até mesmo sua conversa; é, aquele seu falatório interminável. E graças a Deus que, ao contrário dos neurocirurgiões, eles não querem que eu diga nada, nem querem saber quem ou o que sou. Tanto faz que eu dissesse ser especialista em foguetes, espiã internacional, mágica ou neurocirurgiã.

– Não vai querer me dizer que você opera o cérebro das pessoas!

De que importava tudo isso?

O fato é que Rowan compreendia um pouco melhor "a questão masculina" agora do que naquela época em que Graham discutia com ela. Ela compreendia melhor o vínculo entre sua própria pessoa e seus heróis uniformizados: o de que entrar na sala de cirurgia, calçar aquelas luvas esterilizadas e erguer o microcoagulador e o microbisturi era muito semelhante a entrar num prédio em chamas; era como se intrometer numa briga de família com um revólver para salvar a mulher e a criança.

Quantas vezes ela ouvira a comparação entre os neurocirurgiões e os bombeiros? Depois vinha a crítica hábil: mas há uma diferença, porque sua vida não está em jogo. Como não está? Pois, se você falhar ali, se você fracassar terrivelmente e com uma frequência suficiente, estará destruído com tanta certeza quanto se o telhado em chamas houvesse desmoronado sobre sua cabeça. A sobrevivência dependia do seu talento, coragem e perfeição, porque simplesmente não havia nenhum outro meio de sobreviver. Cada minuto na sala de cirurgia era uma prova mortal.

É, a mesma coragem, o mesmo amor pelo estresse e pelo perigo por um bom motivo que ela via nos homens simples que gostava de beijar, de acariciar e amamentar; os homens que gostava de ter sobre seu corpo; os homens que não sentiam necessidade de que ela falasse.

Mas de que valia essa compreensão quando já havia meses – talvez meio ano – que ela não convidava ninguém para sua cama. De vez em quando, ela se perguntava o que o *Sweet Christine* estaria achando disso. Estaria o barco murmurando na escuridão: "Rowan, onde estão os seus homens?"

Chase, o policial palomino, de pele oliva e cabelo louro, do Marin, ainda deixava recados para ela na secretária eletrônica. Mas ela não tinha tempo para ligar de volta. E ele era muito simpático e também lia livros. Uma vez chegaram a ter uma conversa de verdade, quando ela fez algum comentário despreocupado sobre o setor de emergência do hospital e a mulher que fora alvejada pelo marido. Ele imediatamente se agarrou a esse gancho com sua própria coleção de tiros e facadas, e logo os dois estavam desfiando todas as suas histórias. Quem sabe não fosse por isso que ela não havia ligado de volta? Era uma possibilidade.

A julgar pelas aparências, porém, a neurocirurgiã havia temporariamente dominado a mulher por inteiro. A tal ponto que ela nem sabia bem por que estava pensando naqueles homens agora. A não ser que fosse por não estar realmente tão cansada assim, ou porque o último homem por quem ela havia sentido desejo tivesse sido Michael Curry, o maravilhoso afogado, lindo mesmo deitado ali, pálido e molhado, com os cabelos negros grudados à cabeça, no convés da embarcação.

É. Ele era, no jargão de quando ela estava na escola, lindo de morrer, um pedaço de homem – simplesmente um cara adorável e, além do mais, o seu tipo de cara adorável. O corpo dele não era desses criados em academias na Califórnia, com músculos excessivamente desenvolvidos e bronzeamentos falsos, encimados por cabelos descoloridos; mas, sim, um vigoroso espécime proletário, tornado ainda mais irresistível pelos olhos azuis e pelas sardas no rosto que, em retrospectiva, faziam com que ela tivesse vontade de beijá-las.

Que ironia pescar no mar, num estado de desamparo trágico, um exemplo tão perfeito do único tipo de homem que ela jamais desejara.

Ela parou. Havia chegado às portas da Unidade de Tratamento Intensivo. Entrando em silêncio, ela ficou parada ali um instante, observando esse estranho mundo de aquários congelados, de pacientes graves adormecidos, à mostra debaixo do plástico da tenda de oxigênio, com seus torsos e membros frágeis ligados a monitores que emitiam sinais eletrônicos, em meio a inúmeros cabos e mostradores.

Na cabeça de Rowan, acionou-se de repente um interruptor. Não existia nada fora desta enfermaria, da mesma forma que nada existia fora da sala de cirurgia.

Ela se aproximou da escrivaninha, com a mão estendida para tocar muito levemente o ombro da enfermeira sentada que estudava, encurvada, uma quantidade de papéis sob a lâmpada fluorescente baixa.

– Boa noite, Laurel – disse Rowan, baixinho.

A mulher espantou-se. Depois, ao reconhecer Rowan, seu rosto se iluminou.
– Dra. Mayfair, ainda por aqui?
– Só para mais uma olhadinha.

O estilo de Rowan tratar as enfermeiras era muito mais delicado do que seu jeito com os médicos. Desde o início do seu estágio de interna, ela sempre procurou agradar às enfermeiras, esforçando-se ao máximo para amenizar seu proverbial ressentimento contra as médicas, bem como para extrair delas o maior entusiasmo possível. No caso de Rowan, essa era uma ciência, calculada e refinada a ponto de parecer desumana, e no entanto com a mesma sinceridade profunda de qualquer incisão feita nos tecidos do cérebro de um paciente.

Quando entrou no primeiro quarto e parou ao lado da cama metálica alta e reluzente – parecia, sim, uma monstruosa prateleira sobre rodas –, ela ouviu a enfermeira vindo atrás, como que para servi-la. A enfermeira começou a erguer a planilha do seu lugar aos pés da cama. Rowan abanou a cabeça: não.

Descorada, sem vida aparente, jazia ali a última vítima de acidente de carro do dia, com a cabeça enorme num turbante de ataduras brancas e um fino tubo transparente enfiado no nariz. Os equipamentos demonstravam a única vitalidade com seus monótonos apitos e suas linhas dentadas em néon. A glicose escorria pela agulha minúscula fincada no seu pulso imobilizado.

Como um corpo que volta à vida na mesa do embalsamador, a mulher, por baixo das camadas de roupa de cama alvejada, abriu lentamente os olhos.

– Dra. Mayfair – sussurrou.

Uma adorável onda de alívio passou por Rowan. Mais uma vez, ela e a enfermeira se olharam. Rowan sorriu.

– Sou eu, Sra. Trent – disse, em voz baixa. – Está se saindo bem. – Com delicadeza, envolveu a mão direita da mulher com seus dedos. *É, muito bem mesmo.*

Os olhos da mulher foram se fechando lentamente como flores que se fecham. Nenhuma alteração na suave música das máquinas ao seu redor. Rowan retirou-se em silêncio como havia chegado.

Pelas janelas do segundo quarto ela examinou outra criatura aparentemente inconsciente, a de um menino moreno, magrelo, que de repente havia ficado cego e saído cambaleante da plataforma para cruzar o caminho de um trem de subúrbio.

Ela havia trabalhado quatro horas nesse caso, suturando com a agulha diminuta o local da hemorragia que havia provocado sua cegueira, para depois tratar dos danos ao crânio. No setor de recuperação, ele já dizia piadas ao círculo de médicos à sua volta.

Agora, com os olhos apertados, o corpo imóvel, Rowan estudava seus levíssimos movimentos de adormecido, como seu joelho direito se mexia por baixo da coberta, como sua mão se curvou com a palma para cima quando ele virou a cabeça de lado. Sua língua passou rápida pelos lábios secos, e ele resmungou alguma coisa como um homem falando com alguém em sonho.

— Ele está indo bem, doutora — disse a enfermeira em voz baixa, junto a ela.

Rowan concordou com um gesto da cabeça. Sabia, porém, que dentro de semanas ele sofreria convulsões. Usariam Dilantin para controlar, mas ele seria epilético pelo resto da vida. Sem dúvida melhor do que morrer ou do que ficar cego. Ela esperaria e observaria antes de prever ou explicar. Afinal, havia sempre a possibilidade de estar errada.

— E a Sra. Kelly? — perguntou Rowan. Ela se voltou para encarar a enfermeira de frente, forçando-se a ver a mulher com clareza e abrangência. Essa era uma enfermeira eficiente e solidária, uma mulher de quem gostava bastante.

— A Sra. Kelly acha engraçado ainda ter duas balas na cabeça. Ela me disse que se sente como uma espingarda carregada. Não deixa a filha ir embora. Quer saber o que aconteceu com o pivete que lhe deu um tiro. Quer mais um travesseiro. Quer uma televisão e um telefone.

Rowan deu a obrigatória risadinha de admiração. Mal se ouviu seu ruído no silêncio repleto de zumbidos.

— Bem, talvez amanhã.

De onde estava, podia ver a animada Sra. Kelly pelo último par de janelas no final da enfermaria. Incapaz de erguer a cabeça do travesseiro, a Sra. Kelly gesticulava sem esforço com a mão direita enquanto conversava com sua filha adulta, uma mulher magra e obviamente exausta, com pálpebras cansadas, que, mesmo assim, não parava de concordar repetidamente com movimentos de cabeça, prestando atenção a cada palavra da mãe.

— Ela é boa para a mãe — cochichou Rowan. — Deixe-a ficar quanto tempo quiser.

A enfermeira concordou.

— Estou de folga até segunda-feira, Laurel — disse Rowan. — Não sei se estou gostando desse novo horário.

— A senhora merece o descanso, Dra. Mayfair — disse a enfermeira, com um risinho contido.

— Será? — perguntou Rowan, baixinho. — O Dr. Simmons pode me telefonar, se houver algum problema. Fique à vontade para lhe pedir que me chame, Laurel. Está entendendo?

Rowan saiu pelas portas duplas, deixando que elas se fechassem suavemente. É, o dia havia sido bom.

E realmente não havia mais nenhuma desculpa para continuar por aqui, a não ser fazer algumas anotações na agenda particular que mantinha no escritório e verificar se havia mensagens na secretária eletrônica. Talvez descansasse um pouco no sofá de couro. Era tão mais luxuoso esse escritório do médico-assistente, do que os aposentos entulhados e desmazelados do pessoal de plantão, onde havia cochilado anos a fio.

Ela sabia, porém, que tinha de ir para casa. Tinha de deixar que as sombras de Ellie e Graham se movimentassem à vontade.

E o que dizer de Michael Curry? Ora, mais uma vez ela havia se esquecido dele, e agora já eram quase dez horas. Precisava ligar para o Dr. Morris o mais rápido possível.

Agora não vá deixar seu coração palpitar por Curry, pensou ela, enquanto ia calmamente pelo corredor com piso de linóleo, preferindo mais uma vez a escadaria de concreto ao elevador e seguindo um trajeto irregular que terminaria por levá-la à porta do escritório, depois de atravessar o gigantesco hospital adormecido.

Ela estava, entretanto, ansiosa por ouvir o que Morris tinha a dizer, ansiosa por notícias do único homem da sua vida naquele momento, um homem que ela não conhecia e que não via desde aquele violento interlúdio de esforço desesperado e sucesso enlouquecido, acidental, no mar turbulento há quase quatro meses...

Naquela noite, ela estava quase entorpecida de tão exausta. Uma mudança de rotina durante seu último mês de residência resultara em 36 horas de plantão, durante as quais ela conseguiu dormir talvez uma hora. Nada de mais, até que vislumbrou um homem afogado no mar.

O *Sweet Christine* vinha devagar pelo oceano turbulento sob um céu pesado, de chumbo, com o vento rugindo forte contra as janelas da cabine de comando. Nenhum aviso a embarcações de pequeno porte fazia diferença para essa lancha de cruzeiro de aço, bimotor, de quarenta pés, de construção holandesa, com seu pesado casco de deslocamento movendo-se com regularidade, embora lentamente, sem qualquer elevação enquanto atravessava as ondas encapeladas. Em sentido estrito, era uma embarcação grande demais para ser manobrada por uma única pessoa. Rowan, no entanto, já a pilotava sozinha desde os 16 anos.

Atracar e desatracar um barco desses é realmente a parte complicada, quando se faz necessário mais um membro na tripulação. Rowan tinha seu próprio canal, largo e fundo, ao lado da sua casa em Tiburon; tinha seu próprio cais e seu próprio sistema lento e metódico. Uma vez que o *Sweet Christine* estivesse de ré e voltado para San Francisco, uma mulher no comando que conhecesse e compreendesse todos os complexos assobios e sinais eletrônicos da embarcação era na realidade o que bastava.

O *Sweet Christine* fora construído não para a velocidade, mas para a resistência. Naquele dia, estava equipado, como sempre estava, para uma viagem de volta ao mundo.

O céu carregado ainda sufocava a luz do dia naquela tarde de maio mesmo quando Rowan passou por baixo da Golden Gate. Quando a ponte estava fora do seu alcance visual, o longo crepúsculo já havia desaparecido por completo.

Caía a escuridão com uma monotonia pura e metálica. Era o oceano que se fundia com o céu. Fazia tanto frio que Rowan usava luvas e gorro de lã mesmo na cabine de comando, enquanto bebia uma xícara de café fumegante atrás da outra, o que nunca afetava sua exaustão imensa. Seus olhos estavam focalizados, como sempre, no mar instável.

Foi quando apareceu Michael Curry, um pontinho a distância. Será que aquilo podia ser um homem?

De bruços na água, com os braços abertos sem tensão, as mãos flutuando junto à cabeça, e os cabelos pretos formando uma massa em contraste com a água de um cinza brilhante. O resto, só roupas ligeiramente infladas cobrindo um corpo flácido, sem forma. Uma capa de chuva com cinto; o calcanhar do sapato, marrom. Parecia morto.

Tudo o que ela conseguiu saber nesses primeiros instantes foi que não se tratava de um cadáver em decomposição. Por mais que as mãos estivessem pálidas, elas não estavam inchadas. Ele deve ter caído do convés de alguma embarcação de grande porte há apenas alguns instantes ou há algumas horas. Crucial foi ter que contatar outras embarcações imediatamente e passar suas coordenadas. Depois, tentar trazê-lo a bordo.

Por infelicidade, os barcos da Guarda Costeira estavam a milhas da sua localização. As equipes de resgate com helicóptero estavam totalmente ocupadas. Não havia praticamente nenhuma embarcação menor por ali em virtude dos avisos de perigo. E a névoa estava engrossando. A ajuda chegaria assim que fosse possível, mas ninguém sabia dizer quando.

– Vou tentar tirá-lo de dentro d'água. Estou sozinha. Venham para cá o mais rápido possível.

Não havia necessidade de lhes dizer que era médica, nem de lhes relembrar o que eles já sabiam. Nessas águas gélidas, as vítimas de afogamento conseguiam sobreviver por períodos incrivelmente longos, porque a queda na temperatura torna mais lento o metabolismo; o cérebro adormece, exigindo apenas uma fração do normal de oxigênio e sangue. O importante era trazê-lo a bordo e tentar reanimá-lo.

Isso é que era difícil, porque ela nunca havia feito algo parecido sozinha. Dispunha, porém, do equipamento necessário: os suspensórios presos à forte corda de náilon que passava por um guincho movido a gasolina no alto da cabine de comando. Em outras palavras, meios suficientes para içá-lo a bordo, se ao menos conseguisse chegar a ele. E era aí que podia fracassar.

Ela imediatamente calçou as luvas de borracha e vestiu o colete salva-vidas. Prendeu seu próprio suspensório e pegou mais um para o homem. Verificou o cordame, incluindo o cabo ligado ao bote salva-vidas, constatando que estava firme. Depois, soltou o bote pelo lado do *Sweet Christine* e desceu pela escada até ele, ignorando o mar revolto, o balanço da escada e os borrifos de água gelada no rosto.

Ele vinha flutuando na sua direção enquanto ela remava até ele, mas a água quase afundava o bote. Por um segundo, ela pensou com clareza que aquilo era impossível. Recusava-se, entretanto, a desistir. Afinal, quase caindo do pequeno bote, ela estendeu a mão e conseguiu pegar a do homem, trazendo o corpo na sua direção com a cabeça à frente. Agora, como ia conseguir prender direito os suspensórios no tórax do homem?

Mais uma vez a água quase inundou o bote. Ela própria quase o virou. E então uma onda a ergueu e a jogou sobre o corpo do homem. Ela soltou a mão. Soltou o homem. Mas ele voltou à superfície como uma rolha. Ela agarrou seu braço esquerdo dessa vez, e forçou o suspensório por cima da cabeça e do ombro esquerdo, conseguindo passar o braço esquerdo por ele. Era, porém, crucial passar também o braço direito. Ele precisava estar bem preso se ela queria içá-lo, com aquele peso todo da roupa encharcada.

E o tempo todo seu sentido de diagnóstico funcionava enquanto ela mantinha os olhos no rosto meio submerso, enquanto tocava na pele fria da mão estendida. *É, ele está aí dentro. Pode voltar. Leve-o para o convés.*

Uma onda violenta após a outra impedia que ela fizesse qualquer coisa que não fosse segurá-lo. E então, afinal, ela conseguiu agarrar a manga direita, puxar o braço para a frente passando-o pelo suspensório e, imediatamente, prendê-lo com segurança.

O bote virou, lançando-a ao mar junto com ele. Ela engoliu água e voltou rápido à superfície, tendo perdido o fôlego com o frio congelante que penetrava pela sua roupa. De quantos minutos dispunha a essa temperatura, antes de perder a consciência? Mas ele estava amarrado ao barco agora tanto quanto ela. Se conseguisse voltar até a escada sem desfalecer, poderia içá-lo. Soltando o cabo ligado ao homem, ela foi puxando o próprio cabo para se aproximar do barco, recusando-se a acreditar que pudesse fracassar, com o grande costado de estibordo do *Sweet Christine* apenas um borrão branco que desaparecia e reaparecia à medida que as ondas caíam sobre ela.

Chocou-se, afinal, com o lado da embarcação. O choque fez com que de súbito voltasse a ficar alerta. Seus dedos nas luvas recusaram-se a se flexionar quando ela estendeu a mão para o primeiro degrau da escada externa. Mas ela lhes deu o comando. Fechem, seus idiotas, agarrem a corda. E ficou olhando o que não conseguia mais sentir, quando sua mão direita obedeceu ao comando. Sua mão esquerda tentou alcançar o lado da escada. Mais uma vez ela estava dando ordens ao corpo entorpecido, e, meio descrente, descobriu-se subindo, degrau a degrau.

Por um instante, não conseguiu se mexer, deitada no convés. O ar aquecido que saía pela porta aberta da cabine de comando formava uma nuvem de vapor como se fosse um bafo quente. Então ela começou a massagear os dedos até o tato voltar a eles. No entanto, não havia tempo para se aquecer. Não havia tempo para nada, a não ser ficar em pé e ir até o guincho.

Suas mãos agora estavam doendo, mas fizeram o que ela queria automaticamente quando ela deu partida ao motor. O guincho gemia e cantava enquanto enrolava a corda de náilon. De repente, ela viu o corpo do homem que surgia acima da balaustrada do convés, com a cabeça baixa, os braços muito abertos e caindo flácidos sobre o laço de náilon dos suspensórios, a água escorrendo das roupas pesadas, sem cor. Ele caiu para a frente, de cabeça, no convés.

O guincho apitava enquanto o arrastava ainda mais para perto da cabine de comando, colocando-o novamente em pé a menos de um metro da porta. Ela desligou o motor. O corpo caiu, encharcado, sem vida, longe demais do ar quente para poder se beneficiar dele.

E ela sabia que não conseguiria arrastá-lo para dentro. Além disso, não havia mais tempo a perder com as cordas ou com o guincho.

Com um esforço enorme, ela virou o homem de bruços e expulsou mais de um litro de água do mar dos seus pulmões. Depois, ela o ergueu, enfiando-se debaixo do corpo para fazer com que voltasse à posição de costas. Arrancou as luvas porque a estavam atrapalhando. Pôs, então, a mão esquerda por baixo do seu pescoço, fechou-lhe o nariz com os dedos da mão direita e começou a soprar para dentro da sua boca. A mente de Rowan funcionava acompanhando o corpo, imaginando o ar quente que estava penetrando nele. Mesmo assim, parecia que ela respirava uma eternidade sem qualquer alteração na massa inerte por baixo dela.

Resolveu passar para o tórax, pressionando com a maior força possível o esterno e soltando a pressão. Repetiu o movimento pelo equivalente a quinze pulsações.

– Vamos, respire – disse, como se o estivesse xingando. – Que inferno, respire! – Voltou, então, ao boca a boca.

Impossível saber quanto tempo se passou. Ela estava tão esquecida do tempo quanto quando se encontrava na sala de cirurgia. Simplesmente, continuava, alternando entre a massagem do tórax e o enchimento dos pulmões, parando de vez em quando para tocar na carótida sem vida e perceber que a mensagem de diagnóstico era a mesma – *Vivo* – antes de prosseguir.

O corpo batia no convés à mercê dos seus esforços, com a pele branca como cera e reluzente por estar molhada, e o calcanhar dos sapatos marrons de couro rolando sobre as tábuas.

Uma vez ela tentou arrastá-lo para dentro da cabine de comando, mas foi em vão. E, com a vaga percepção de que não se via nenhuma luz atravessando a névoa, nem se ouvia nenhum ronco de helicóptero, ela prosseguia, só parando de repente para dar tapas no rosto do homem e gritar com ele, dizendo-lhe que sabia que ele estava ali e que ela esperava que ele voltasse a si.

– Você sabe que está me ouvindo! – gritou enquanto fazia pressão contra o esterno. Ela imaginou o coração e os pulmões com todos os seus maravilhosos detalhes anatômicos. E então, quando ela ia erguer o pescoço mais uma vez, os olhos do homem se abriram, e seu rosto de repente ganhou vida. Seu tórax arquejou sob o peso dela. Ela sentiu o ar que ele expulsava, quente na sua pele.

– Isso mesmo, respire! – gritou ela mais alto que o vento. E por que estaria tão assombrada por ele estar vivo, por estar com os olhos fixos nos dela, se não lhe havia ocorrido desistir?

A mão direita do homem subiu de repente e agarrou a dela. Ele lhe disse alguma coisa, em voz muito baixa, incoerente, mas que mesmo assim lhe pareceu ser um nome próprio.

Mais uma vez, deu um tapa no seu rosto, mas com delicadeza. A respiração vinha irregular, porém rápida; o rosto estava contorcido de dor. Como eram azuis os olhos e como demonstravam nitidamente estar vivos. Era como se ela nunca tivesse visto olhos antes num ser humano, como se nunca tivesse visto esses globos gelatinosos, brilhantes e ferozes que olhavam para ela a partir de um rosto humano.

– Não pare, respire! Está me ouvindo? Vou buscar cobertores lá embaixo.

Ele agarrou sua mão novamente e começou a tremer com violência. Quando tentava se livrar dele, percebeu que ele olhava por trás dela, direto para o alto. Ele ergueu a mão esquerda. Estava apontando para alguma coisa. Uma luz afinal iluminou o convés. E, meu Deus, a névoa estava vindo envolvê-los, densa como fumaça. O helicóptero chegava bem na hora. O vento ardia nos seus olhos. Ela mal enxergava as hélices girando.

Ela relaxou, quase perdendo a consciência, mas sentindo a mão agarrada à sua. Ele estava tentando dizer algo. Ela afagou sua mão.

– Está tudo bem, tudo bem agora. Vão levá-lo para o hospital.

E em seguida ela estava dando ordens bruscas aos homens da Guarda Costeira à medida que desciam pela escada: não o aqueçam rápido demais e, pelo amor de Deus, não lhe deem nada quente para beber. É um caso grave de hipotermia. Peçam pelo rádio que uma ambulância esteja à espera no cais.

Ela temeu por ele quando o içaram. Na realidade, porém, sabia o que os médicos iam dizer: nenhum dano neurológico.

À meia-noite, ela já havia desistido de dormir, mas estava novamente aquecida e bem acomodada. O *Sweet Christine* balançava como um enorme berço no mar escuro, com suas luzes varrendo a névoa, seu radar ligado, seu piloto automático mantendo o mesmo grande trajeto circular. Aconchegada no canto do beliche da cabine de comando, já com roupas secas, Rowan bebia seu café fumegante.

Ela se fazia perguntas sobre o homem, sobre a expressão nos seus olhos. Michael Curry era o seu nome, ou foi isso o que lhe disse a Guarda Costeira quando ela ligou. Ele já estava na água há pelo menos uma hora quando ela o descobriu, mas tudo havia acabado do jeito que ela havia imaginado. "Nenhuma complicação neurológica." A imprensa estava considerando o caso um milagre.

Infelizmente, ele ficou desnorteado e violento na ambulância (talvez pela presença de todos aqueles repórteres no cais). Deram-lhe sedativos (que idiotas!) e isso havia anuviado um pouco as coisas (é claro!), mas agora ele estava bem.

– Não divulguem meu nome para ninguém – disse ela. – Quero proteger minha privacidade.

Entendido. Os repórteres estavam forçando muito. E, bem, para dizer a verdade, seu pedido de ajuda havia chegado na pior hora possível e não estava corretamente registrado. Não tinham nem o seu nome nem o nome da embarcação. Será que ela poderia passar essa informação para eles agora...

– Câmbio e desligo, muito obrigada – disse ela, encerrando a ligação.

O *Sweet Christine* seguia sozinho. Ela visualizou Michael Curry deitado no convés, o jeito que sua testa se enrugou quando ele despertou, o jeito que seus olhos refletiram a luz da cabine de comando. Que palavra era aquela que ele havia pronunciado, parecia um nome. Mas ela não conseguia se lembrar, se é que chegara a ouvi-la com nitidez.

Parecia quase certo que ele teria morrido se ela não o tivesse avistado. Não lhe agradou essa ideia dele boiando na escuridão e na névoa, da vida a escapar do seu corpo a cada instante. Por um triz.

E que beleza de homem. Mesmo afogado, ele era algo a se admirar. O mistério de sempre, a combinação de traços que torna um homem bonito. Seu rosto era sem sombra de dúvida irlandês: quadrado, com o nariz curto e bastante redondo que pode determinar a feiura de um indivíduo em muitos casos. Ninguém, no entanto, poderia tê-lo considerado feio. Não com aqueles olhos e aquela boca. De maneira alguma.

Não era correto, porém, pensar nele naqueles termos, era? Ela não era médica quando saía à caça: era Rowan, em busca do parceiro anônimo e do sono depois, quando a porta se fechasse. Era a médica Rowan que se preocupava com ele.

E quem conhecia mais a fundo do que ela tudo o que poderia ter ocorrido de errado com a química do cérebro durante aquela hora crucial?

Ela ligou para o San Francisco General cedo na manhã do dia seguinte, quando voltou com o barco. O Dr. Morris, o chefe dos residentes, ainda estava no plantão.

– Compreendo perfeitamente – disse ela, com um breve esclarecimento da sua própria posição no hospital universitário. Ela descreveu o procedimento de ressuscitação, as instruções que havia transmitido aos paramédicos sobre a hipotermia. Curry não havia dito nada. Só balbuciou algo; ela não captou nenhuma sílaba com nitidez. Tinha, porém, a forte impressão de que ele se recuperaria.

– Ele está bem. Teve muita sorte – respondeu o Dr. Morris. E é claro que essa era uma ligação entre médicos, totalmente confidencial. Tudo o que aqueles abutres no saguão precisavam era saber que uma neurocirurgiã solitária havia içado o afogado. Era natural que, em termos psicológicos, ele estivesse meio abalado, falando sem parar sobre umas visões que teve do outro lado; e alguma coisa está acontecendo com as suas mãos, algo extraordinário...

– Com as mãos?

– Não é paralisia, nem nada semelhante. Olhe, meu bipe está chamando.

– Deu para ouvir. Bem, estou nos meus últimos trinta dias no hospital universitário. Se precisar de mim, pode me chamar que irei.

Ela desligou. O que ele podia estar querendo dizer sobre as mãos? Ela se lembrava da força com que Michael Curry a agarrara, sem querer soltar, com os olhos fixos nos dela.

– Não cometi nenhum erro – disse ela, baixinho. – O cara não tem nenhum problema com as mãos.

Ela compreendeu a história das mãos na tarde do dia seguinte, quando abriu o *Examiner*.

Ele explicava ter passado por uma "experiência mística". De algum ponto muito alto, ele vira seu corpo boiando no Pacífico. Muitas coisas aconteceram, mas agora ele não conseguia se lembrar de nada, e isso o estava enlouquecendo, essa falha na memória.

Quanto aos rumores que corriam acerca das suas mãos, bem, é... era verdade. Ele agora usava luvas pretas o tempo todo porque via imagens sempre que tocava qualquer objeto. Ele não podia segurar uma colher ou tocar num sabonete sem ver alguma imagem relacionada ao último ser humano que havia manuseado o objeto.

Para a repórter, ele tocou no crucifixo do seu terço e lhe disse que ele havia sido comprado em Lourdes, em 1939, e que era herança da sua mãe.

Isso era absolutamente correto, alegava o jornal, mas agora havia inúmeros integrantes da equipe do San Francisco General que podiam confirmar os novos poderes de Curry.

Ele gostaria de sair do hospital, gostaria mesmo. E preferia que essa história das suas mãos passasse, para que ele pudesse se lembrar do que lhe acontecera no mar.

Ela examinou a fotografia: uma grande e nítida imagem em preto e branco dele sentado na cama. O charme do proletariado era inconfundível. E o sorriso, simplesmente maravilhoso. Até usava uma pequena corrente de ouro com um crucifixo, do tipo que realçava seus ombros musculosos. Muitos policiais e bombeiros usavam correntes desse tipo. Ela as adorava. Mesmo quando a pequena cruz ou medalha de ouro, ou fosse lá o que fosse, caía sobre seu rosto na cama, roçando nela como um beijo nas pálpebras.

Já as mãos com luvas pretas pareciam sinistras na foto, pousadas no lençol branco. Seria possível o que o artigo dizia? Ela não duvidou nem por um instante. Havia visto coisas mais estranhas do que essa, é mesmo, muito mais estranhas.

Não vá procurar esse cara. Ele não precisa de você, e você não precisa fazer nenhuma pergunta sobre as mãos.

Ela recortou o artigo, dobrou-o e o enfiou no bolso. Ele ainda estava lá na manhã do dia seguinte, quando ela entrou cambaleante na sala dos médicos depois de uma noite inteira no centro de traumatologia e abriu o *Chronicle*.

Curry estava na página três, uma boa foto do rosto, com a expressão um pouco mais sombria do que antes, talvez um pouco menos confiante. Dezenas de pessoas já haviam comprovado seu estranho poder psicométrico. Ele desejava que as pessoas compreendessem que aquilo era como uma brincadeira de salão. Ele não tinha como ajudá-las.

Tudo o que o preocupava agora era a aventura esquecida, ou seja, a região visitada enquanto estava morto.

– Havia um motivo para minha volta – disse ele. – Sei que havia. A escolha era minha, e eu resolvi voltar. Havia algo muito importante que eu precisava fazer. Eu sabia o que era. Eu sabia o objetivo. Tinha alguma coisa a ver com um portal e com um número. Mas não consigo me lembrar do número ou do que o número significava. A verdade é que não consigo me lembrar de nada. É como se a experiência mais significativa de toda a minha vida tivesse sido apagada. E eu não sei de nenhum meio para recuperá-la.

Estão fazendo com que ele pareça maluco, pensou Rowan. E provavelmente aquele fosse mais um caso de experiência após a morte. Hoje em dia sabemos que as pessoas passam por isso a toda hora. O que há de errado com as pessoas que o cercam?

Quanto às mãos, estava um pouco fascinada demais por esse aspecto, ou não? Ela leu com atenção os relatos de várias testemunhas. Desejou ter cinco minutos para dar uma olhada nos exames aos quais ele havia sido submetido.

Lembrou-se novamente dele deitado no convés, da firmeza com que a agarrava, da expressão no seu rosto.

Será que ele havia sentido alguma coisa naquele instante através da mão? E o que sentiria agora, se ela fosse até lá e lhe dissesse o que se lembrava do acidente, se se sentasse na cama ao seu lado e lhe pedisse que fizesse seu truque de salão com ela, ou seja, que trocasse a parca informação que ela possuía pelo que todo mundo queria dele? Não.

Seria repulsivo que ela fizesse uma exigência dessas. Seria repugnante que ela, uma médica, pensasse não no que ele poderia estar precisando, mas no que ela mesma desejava. Era pior do que se perguntar como seria ir para a cama com ele, beber café com ele à mesa da pequena cabine às três da madrugada.

Ela ligaria para o Dr. Morris quando tivesse tempo. Para saber do seu estado, embora ela não soubesse dizer quando isso ocorreria. Ela agora era a própria morta-viva, de tanto tempo sem dormir, e sua presença era necessária imediatamente no setor de recuperação. Talvez ela devesse deixar Michael Curry em paz. Talvez isso fosse o melhor para os dois.

No final da semana, o *Chronicle* de San Francisco publicou uma longa reportagem na primeira página:

O QUE ACONTECEU COM MICHAEL CURRY?

Aos 48 anos, ele era construtor por profissão, um especialista na restauração de antigas casas vitorianas, proprietário de uma firma chamada Grandes Esperanças. Parecia ser famoso em San Francisco por transformar ruínas em mansões, um fanático pela autenticidade até os detalhes das cavilhas de madeira e dos pregos quadrados. Possuía uma pequena loja no Castro, repleta de antigas banheiras de pé e pias com pedestal. Eram célebres seus desenhos detalhados para restaurações. Na realidade, havia sido publicado um livro desses desenhos, intitulado *Casas vitorianas – por dentro e por fora*. Eram suas as obras premiadas da pensão Barbary Coast Bed and Breakfast, na Clay Street, e do Jack London Hotel, em Buena Vista West.

No momento, porém, não estava fazendo nada. A empreiteira se encontrava temporariamente fechada. Seu proprietário estava muito ocupado, tentando se lembrar do que lhe havia sido revelado durante aquela hora importantíssima que passou "morto na água".

– Não foi sonho – disse ele. – Sei que conversei com pessoas. Elas explicaram o que queriam que eu fizesse, e eu aceitei. Eu pedi para voltar.

Quanto à sua nova capacidade psíquica, ele insistia que ela não tinha nada a ver com a história. Parecia não ser nada mais do que um efeito colateral.

– Olhe, tudo o que vejo é um relance: um rosto, um nome. É totalmente imprevisível.

Naquela noite, na sala dos médicos, ela o viu no noticiário da televisão: a imagem vívida do homem em três dimensões. Mais uma vez aqueles olhos azuis inesquecíveis e o sorriso saudável. Algo de inocente nele, na verdade, gestos simples e diretos indicando ser ele uma pessoa que há muito renunciou à desonestidade ou deixou de tentar superar com astúcia os embaraços do mundo da forma que fosse.

– Preciso voltar para casa – dizia ele. O sotaque seria de Nova York? – Não para minha casa aqui. Estou falando do lugar onde nasci. Voltar para Nova Orleans. – (Ah! Então era esse o sotaque!) – Eu poderia jurar que está ligado ao que me aconteceu. Não paro de ter visões da minha cidade. – Mais uma vez, ele encolheu um pouco os ombros. Parecia ser um cara muito simpático.

No entanto, nada havia voltado à sua memória com relação às visões que tivera em sua experiência após a morte. O hospital não queria lhe dar alta, mas tinham de admitir que ele estava bem em termos físicos.

– Fale para nós do seu poder, Michael.

– Não quero falar sobre isso. – Uma encolhida de ombros. Olhou para as mãos com luvas pretas. – Quero conversar com as pessoas que me salvaram, a equipe da Guarda Costeira que me trouxe para o hospital, o comandante da lancha que me tirou do mar. Gostaria que essas pessoas entrassem em contato comigo. Vocês sabem que é por isso que concordei com a entrevista.

A câmera cortou para um par de repórteres de estúdio. Brincadeiras sobre "o poder". Os dois haviam visto com seus próprios olhos.

Por um instante, Rowan não se mexeu, nem mesmo pensou. Nova Orleans... e ele estava pedindo que ela entrasse em contato com ele. Nova Orleans... Bem, isso definia a questão. Rowan tinha uma obrigação. Ela ouvira o apelo dos próprios lábios de Curry. E ela precisava esclarecer essa história de Nova Orleans. Precisava conversar com ele... ou escrever uma carta.

Assim que chegou em casa naquela noite, foi até a antiga escrivaninha de Graham, pegou algum papel e escreveu uma carta a Curry.

Contou-lhe detalhadamente tudo o que havia observado com relação ao acidente desde o momento em que o avistou no mar até quando foi içado já na maca. Em seguida, depois de um instante de hesitação, ela acrescentou seu endereço e número do telefone, com um pequeno pós-escrito:

"Sr. Curry, eu também sou de Nova Orleans, apesar de nunca ter morado lá. Fui adotada no dia em que nasci e levada embora imediatamente. Talvez não passe de coincidência o fato de nós dois sermos do Sul, mas achei que deveria saber. No barco, o senhor segurou minha mão com muita força por algum tempo. Não gostaria que sua situação fosse afetada por alguma vaga mensagem telepática recebida naquele instante, algo que pode não ter nada a ver com seu caso.

"Se precisar falar comigo, pode me procurar no hospital universitário ou no meu telefone particular."

Era um texto suficientemente brando, neutro, com certeza. Ela havia apenas demonstrado acreditar no seu poder, colocando-se à disposição, se ele precisasse dela. Nada mais do que isso, nenhuma exigência. E ela se certificaria de continuar responsável, não importa o que se revelasse.

No entanto, ela não conseguia tirar da cabeça a ideia de poder pôr a mão na dele e só fazer uma pergunta: "Vou pensar numa coisa, numa coisa específica que aconteceu uma vez, não três vezes na minha vida; e tudo o que quero é que você me diga o que está vendo. Você faria isso? Não posso dizer que me deve esse favor porque lhe salvei a vida..."

É isso mesmo, não pode dizer isso. Portanto, não diga!

Ela mandou a carta direto para o Dr. Morris, pela Federal Express.

O Dr. Morris ligou para ela no dia seguinte. Curry havia saído do hospital na tarde do dia anterior, logo após uma entrevista coletiva à televisão.

– Ele está totalmente maluco, Dra. Mayfair, mas não tínhamos nenhum motivo legal para retê-lo. Por sinal, eu contei o que você me disse, que ele não falou nada. Mas ele está obcecado demais para desistir dessa história toda. Está decidido a se lembrar do que viu lá, sabia? A grande razão de tudo isso, o segredo do universo, o objetivo, o portal, o número, a joia. Nunca se ouviu nada parecido. Vou encaminhar a carta para a casa dele, mas é provável que não lhe chegue às mãos. A correspondência chega aos montes.

– E essa história das mãos é real?

Silêncio.

— Quer saber a verdade? É cem por cento correta, pelo menos ao que eu tenha visto. Se algum dia chegar a presenciar o que acontece, vai ficar apavorada.

A história foi a sensação dos tabloides vendidos em supermercados na semana seguinte. Duas semanas depois, saíram variações na *People* e na *Time*. Rowan recortava os artigos e as fotos. Era óbvio que os fotógrafos estavam seguindo Curry por onde quer que ele fosse. Flagraram-no diante da sua empresa na Castro Street. Flagraram-no na escada de casa.

Crescia em Rowan um feroz sentimento de proteção por ele. Realmente deviam deixar esse homem em paz.

E você também, Rowan, devia deixá-lo em paz.

Ele próprio não concedia mais entrevistas. Isso ficou claro já na primeira semana de junho. Os tabloides anunciavam entrevistas exclusivas com testemunhas do seu poder: "Ele tocou a bolsa e me disse tudo sobre minha irmã, sobre o que ela havia dito ao me dar a bolsa. Eu estava toda arrepiada, e então ele disse: 'Sua irmã morreu.'"

Finalmente, o canal local da CBS disse que Curry estava enfurnado em casa, na Liberty Street, incomunicável. Os amigos se preocupavam.

— Ele está decepcionado, zangado — disse um dos seus antigos colegas de faculdade. — Acho que simplesmente se afastou do mundo.

A empreiteira estava fechada indefinidamente. Os médicos do San Francisco General não haviam visto o paciente. Eles também estavam preocupados.

Em julho, o *Examiner* informou que Curry estava "desaparecido". Ele havia "sumido".

Uma repórter do noticiário noturno da televisão estava parada na escada de uma enorme casa vitoriana, apontando para uma pilha de correspondência fechada que transbordava da lata de lixo junto ao portão lateral.

— Estará Curry confinado em sua majestosa casa vitoriana da Liberty Street que ele próprio restaurou com tanto carinho muitos anos atrás? Será que um homem está sentado ou deitado sozinho lá em cima, no sótão iluminado?

Com repugnância, Rowan desligou a televisão. Aquilo fazia com que ela se sentisse como um *voyeur*. Era simplesmente horrível levar a equipe de filmagem até a porta da própria casa da pessoa.

O que não lhe saía da cabeça, porém, era aquela lata de lixo cheia de cartas não abertas. Teria sua mensagem ido parar inevitavelmente naquela pilha? A ideia do homem trancado na casa, com medo do mundo, necessitando de ajuda, era um pouco mais do que ela podia suportar.

Os cirurgiões são homens e mulheres de ação; pessoas que acreditam poder fazer alguma coisa. É por isso que têm a coragem de abrir o corpo dos outros. Ela queria fazer alguma coisa: ir até lá, esmurrar a porta. Mas quanta gente não havia feito isso?

Não, ele não estava precisando de mais uma visita; muito menos de uma com seus próprios planos secretos.

Todas as noites, quando chegava em casa do hospital e levava seu barco para o mar aberto sozinha, Rowan pensava invariavelmente nele. Quase fazia calor nas águas abrigadas do litoral de Tiburon. Ela demorava o que podia antes de penetrar nos ventos mais frios da baía de San Francisco. Em seguida, alcançava a violenta corrente do oceano. Era erótica essa grande mudança, quando ela voltava o barco para o oeste, jogando para trás a cabeça para olhar para cima e ver os majestosos pórticos da Golden Gate. A grande e pesada lancha de cruzeiro avançava num movimento lento, porém uniforme, empurrando para longe o horizonte pouco nítido.

Era tão indiferente o Pacífico, enorme, sombrio, encapelado. Impossível acreditar em qualquer outra coisa, a não ser em si mesmo quando se olhava a superfície infinitamente marchetada, que arfava e se movia sob um pôr do sol sem cor, no qual o mar tocava o céu numa névoa ofuscante.

E ele acreditava que havia sido mandado de volta por algum motivo, não é? Esse homem que restaurava lindas residências, que desenhava ilustrações que eram publicadas em livros, um homem que deveria ser sofisticado demais para acreditar nesse tipo de coisa.

Por outro lado, ele havia morrido mesmo, não? Ele havia passado por aquela experiência sobre a qual tantos escreveram, a de ser erguido, sem peso e de olhar para baixo com um sublime distanciamento do universo ali embaixo.

Nada de semelhante já havia ocorrido com ela. Havia, porém, outras coisas, tão estranhas quanto essa. E embora o mundo inteiro soubesse da aventura de Curry, ninguém sabia dos estranhos segredos que Rowan conhecia.

No entanto, chegar a pensar que houvesse um significado, uma intenção nas coisas, bem, isso estava totalmente fora do seu âmbito filosófico. Ela receava, como sempre havia receado, que tudo não passasse de solidão, trabalho árduo e esforço para realizar algo de importante quando não havia a menor possibilidade de que isso ocorresse. Era como mergulhar uma varinha no oceano e tentar com ela escrever alguma coisa: todas aquelas pessoinhas do mundo tecendo seus pequenos desenhos que não duravam mais do que alguns anos e que não significavam absolutamente nada. A cirurgia a seduzia porque ela fazia com que se levantassem, recuperadas, vivas, agradecidas. Com a cirurgia propiciava-se a vida, afastando a morte, e esse era o único valor incontestável ao qual ela podia se entregar por inteiro. *Doutora, nunca pensamos que ela fosse voltar a andar.*

Já um objetivo grandioso para viver, para renascer? O que poderia ser uma coisa dessas? Qual era o objetivo de uma mulher morrer de derrame na mesa de parto enquanto o recém-nascido chorava nos braços do médico? Qual era o objetivo de um homem, no caminho de volta da igreja para casa, ser atingido por um motorista embriagado?

Só que, se era um objetivo a descoberta de que se podiam, apesar de todas as leis vigentes, manter vivas num laboratório secreto no meio de um gigantesco hospital particular essas pequenas vidas abortadas, retalhando-as à vontade, em benefício de um paciente portador de doença de Parkinson com mais de 60 anos bem vividos, antes que ele começasse a morrer da doença que o transplante de tecido fetal poderia curar, ora, nesse caso ela preferia usar o bisturi no ferimento a bala encaminhado pelo setor de Emergência a qualquer hora.

Ela nunca iria se esquecer daquela véspera de Natal fria e escura, bem como do Dr. Lemle, que a conduzia pelos andares desertos do Instituto Keplinger.

– Precisamos de você aqui, Rowan. Eu poderia facilitar sua transferência do hospital universitário. Sei o que dizer a Larkin. Quero você por aqui. E agora vou mostrar algo a que você vai dar valor, e que Larkin jamais apreciaria, algo que você nunca verá naquele hospital, algo que você compreenderá.

Ah, mas ela não compreendeu. Ou melhor, entendeu bem demais os horrores envolvidos.

– No sentido estrito da palavra, ele não é viável – explicou esse médico, Karl Lemle, cujo brilho tanto a havia seduzido, o brilho, a ambição e a visão, é, tudo isso. – E é claro que em termos técnicos nem sequer está vivo. Está morto, totalmente morto, por ter sido abortado, sabe, na clínica do andar inferior. Por isso, tecnicamente, trata-se de um ser não humano, de uma não pessoa. E então, Rowan, quem vai dizer que temos de enfiá-lo num saco plástico de lixo, se sabemos que ao manter esse pequeno corpo com vida, e ao manter outros tantos com vida, essas valiosas minas de tecido incomparável, tão flexível, tão adaptável, tão diferente de qualquer outro tecido humano, apinhado de inúmeras células estranhas que acabariam sendo descartadas no processo normal da vida fetal, se sabemos que podemos fazer descobertas no campo dos transplantes neurológicos que fariam o *Frankenstein* de Shelley parecer uma história para fazer criança dormir?

É, direto ao ponto, exatamente. E não havia muita dúvida de ele estar falando a verdade ao prever um futuro com transplantes de cérebros inteiros, em que o órgão do pensamento seria totalmente retirado, com segurança, de um corpo desgastado para um corpo jovem e saudável; um mundo em que cérebros absolutamente novos poderiam ser criados à medida que fosse acrescentado tecido aqui ou ali para suplementar a obra da natureza.

– Você entende, a característica principal do tecido fetal está no fato de não provocar rejeição no paciente. Claro que você sabe disso, mas já pensou no assunto, no que isso no fundo quer dizer? Um minúsculo implante de células fetais no olho de um adulto, e o olho aceita essas células; elas continuam a se desenvolver, adaptando-se ao novo tecido. Meu Deus, você não percebe que isso nos permite participar do processo da evolução? Ora, estamos apenas a um passo...

– Nós não, Karl, você está.

– Rowan, você é a profissional mais brilhante com quem já trabalhei em cirurgia. Se você...

– Isso eu não vou fazer! Não me disponho a matar. – *E se não sair daqui, vou começar a gritar. Sou obrigada. Porque já matei.*

É, isso era mesmo um objetivo, digamos que fosse a noção de objetivo elevada ao máximo.

É claro que ela não havia denunciado Lemle. Os médicos não costumam agir assim com outros médicos, em especial quando eles são residentes e seus oponentes são pesquisadores famosos e poderosos. Ela simplesmente se retraiu.

– Além do mais – dissera ele, tomando café mais tarde diante da lareira em Tiburon, com as luzes do Natal refletidas nas paredes envidraçadas ao seu redor –, isso aí está acontecendo por toda parte, essa pesquisa com fetos vivos. Não haveria uma lei contra a prática se ela não existisse.

No fundo, nenhuma surpresa. Era tentador demais. Na realidade, a força da tentação era exatamente igual à força da repulsa. Que cientista (e um neurologista é decididamente um cientista) não havia tido sonhos dessa natureza?

Ao assistir a *Frankenstein* na sessão noturna na televisão, ela sentiu vontade de ser o cientista louco. Como teria adorado seu próprio laboratório nas montanhas e, é verdade, ela queria ver o que aconteceria se tivesse a coragem de usar um cérebro humano vivo como espécime de laboratório, dissociado de toda moral, mas não, isso ela não faria.

Que horrendo presente de Natal essa revelação! E, no entanto, ela redobrou sua dedicação à cirurgia de feridos. Ao ver aquele pequenino monstro, de respiração ofegante à luz artificial, ela própria renasceu, tendo sua vida se definido para conquistar um poder inestimável à medida que se tornou a realizadora de milagres do hospital universitário, aquela a quem chamavam quando o cérebro estava se derramando na maca, ou quando o paciente entrava desatinado da rua, com o machado ainda enfiado na cabeça.

Talvez o cérebro ferido fosse para ela o microcosmo de toda tragédia: a vida sendo mutilada de forma contínua e aleatória pela vida. Quando Rowan havia matado – e era o que havia feito –, o ato fora tão traumatizante quanto esses: o cérebro invadido, seus tecidos lacerados, do mesmo modo que ela encontrava com tanta frequência agora em vítimas sobre as quais nada sabia. Não havia nada que ninguém teria podido fazer por aqueles que ela matara.

Não era, entretanto, para debater o objetivo da vida que ela queria ver Michael Curry. Também não era para arrastá-lo para a cama. Ela queria dele o mesmo que todo mundo, e era por isso que não havia ido até o San Francisco General para visitá-lo, para se certificar por si mesma da sua recuperação.

Ela queria saber algo sobre aquelas mortes que não fosse o que as autópsias lhe diziam. Ela queria saber o que ele via e sentia (quando e se um dia segurasse sua mão) enquanto ela pensava naquelas mortes. Ele havia pressentido algo na primeira vez em que tocou nela. Podia ser que isso também estivesse apagado da memória, na companhia de tudo que ele viu enquanto estava morto.

Ela compreendia tudo isso. Pelo menos, bem no fundo da sua mente, ela havia compreendido o tempo todo. E, à medida que os meses passavam, ela não perdia a repulsa pelo fato de querer usar Michael Curry para seus próprios objetivos.

Curry estava dentro daquela casa na Liberty Street. Ela sabia. Ele precisava de ajuda.

E que diferença faria para Curry se ela dissesse: sou médica e acredito nas suas visões, bem como no poder das suas mãos, porque eu mesma sei que existe esse tipo de coisa, esses aspectos psíquicos que ninguém consegue explicar. Eu mesma tenho um poder semelhante, ilícito, perturbador e às vezes totalmente incontrolável: o poder de matar à vontade.

Por que ele se importaria? Ele estava cercado de gente que acreditava no que ele conseguia fazer, não estava? Isso, porém, não o estava ajudando. Ele havia morrido e voltado; e agora estava enlouquecendo. Mesmo assim, se ela contasse sua história, e essa ideia era agora decididamente uma obsessão declarada, talvez ele fosse a única pessoa no mundo que acreditaria no que ela dissesse.

Talvez fosse uma loucura chegar a pensar em contar a história toda para quem quer que fosse. E houve épocas em que ela tentava se convencer de estar enganada. Mais cedo ou mais tarde ela iria conversar com alguém, isso ela sabia. Mais cedo ou mais tarde, se ela não começasse a falar, o silêncio dos seus 30 anos seria esfacelado por um grito ininterrupto que apagaria todas as palavras.

Afinal, por maior que fosse a quantidade de cabeças que ela remendasse, jamais conseguiu esquecer aqueles três assassinatos. O rosto de Graham à medida que a vida escorria dele; a menina em convulsões no asfalto; o homem que se debruçou sobre o volante do jipe.

Assim que ela passou à condição de interna, conseguiu obter pelos canais oficiais os documentos das três autópsias. Acidente vascular cerebral, hemorragia subaracnoide, aneurisma congênito. Ela leu com atenção todos os detalhes.

E o que estava descrito, em linguagem de leigo, era uma misteriosa fragilidade na parede de uma artéria, que por nenhum motivo perceptível acabou se rompendo e provocando uma morte repentina e totalmente imprevisível. Em outras palavras, não havia como prever que uma criança de 6 anos de repente caísse em convulsões no pátio, uma criança de 6 anos saudável o suficiente para estar dando chutes na pequena Rowan e puxando seu cabelo apenas alguns momentos antes. Também não havia nada que se pudesse fazer pela criança, enquanto o sangue jorrava pelo seu nariz e pelos ouvidos e os olhos se viravam para cima. Pelo contrário, todos tentaram proteger as outras crianças, encobrindo seus olhos enquanto as levavam para dentro da sala de aula.

– Pobre Rowan – disse a professora, mais tarde. – Querida, quero que você compreenda que foi alguma coisa na cabeça da menina que a matou. Uma doença. Não teve nada a ver com a briga de vocês.

Foi então que Rowan soube, com certeza absoluta, o que a professora jamais viria a saber. Foi ela mesma. Ela fez com que a outra morresse.

Ora, isso poderia ser descartado sem nenhum problema: o sentimento natural de culpa de uma criança por um acidente que não compreendia. Rowan, no entanto, havia sentido alguma coisa quando aquilo aconteceu. Alguma coisa dentro de si mesma, uma imensa sensação difusa, não muito diferente do sexo quando ela pensou mais no assunto. Uma onda que a havia inundado e aparentemente saído dela no instante em que a criança caiu para trás. Houve também o sentido do diagnóstico, já em atuação naquela época, que lhe disse que a criança morreria.

Mesmo assim, ela se esqueceu do ocorrido. Graham e Ellie, no estilo de bons pais californianos, levaram-na a um psiquiatra. Ela brincou com suas pequenas bonecas. Disse o que ele queria que ela dissesse. E as pessoas morriam de "ataques" o tempo todo.

Passaram-se oito anos, até que o homem desceu do jipe naquela estrada solitária nas colinas de Tiburon, tapou sua boca com a mão e começou a falar naquela voz horrível de insolência e intimidade:

– Agora não me saia gritando.

Os pais adotivos nunca chegaram a associar o caso da menina ao do estuprador que morreu enquanto Rowan se defendia, quando o mesmo ódio furioso a galvanizou, transformando-se naquela sensação singular que deixou seu corpo rígido de repente, quando o homem a soltou e caiu sobre o volante.

Ela, porém, fez a associação. Em silêncio e com total certeza, ela a fez. Não na hora, quando abriu à força a porta do jipe e saiu correndo pela estrada aos berros. Não, ela nem mesmo sabia que estava a salvo. Mais tarde, no entanto, quando estava deitada sozinha, no escuro, depois que a polícia rodoviária e os investigadores de homicídios haviam ido embora, ela soube com certeza.

Quase uma década e meia depois, aconteceu com Graham. E nessa época Ellie estava com um câncer avançado demais para pensar em qualquer coisa. E sem dúvida Rowan não ia levar uma cadeira até a cama para confessar: "Mamãe, acho que o matei. Ele a estava enganando o tempo todo. Queria se divorciar. Não podia esperar os malditos dois meses que faltam para você morrer."

Tudo revelava um modelo, da mesma forma que uma teia de aranha é um modelo, mas um modelo não implica necessariamente um objetivo. Os modelos existem por toda parte, e o objetivo é mais seguro quando é espontâneo e breve.

Você não vai agir assim. Você não vai tirar a vida. Era cometer uma heresia permitir-se a recordação do tapa na menina, até mesmo a da luta com o homem no jipe. E era simplesmente horrível a lembrança da discussão com Graham.

– O que é que você quer dizer com fazê-la assinar os papéis? Ela está morrendo! Você vai ter de aguentar ao meu lado.

Ele a agarrou, tentando dar-lhe um beijo.

– Rowan, adoro você, mas ela não é mais a mulher com quem me casei...

– Não? Não é a mulher que você enganou durante trinta anos?

– Ela é só uma coisa ali jogada. Quero me lembrar dela do jeito que era antes...

— Não me venha com essa!

Foi nesse instante que seus olhos ficaram parados e a expressão sumiu do seu rosto. As pessoas sempre morrem com um semblante tão pacífico. A um passo do estupro, o homem do jipe tinha um ar totalmente vazio.

Antes de a ambulância chegar, ela se ajoelhou ao lado de Graham e colou o estetoscópio à sua cabeça. Havia aquele som, tão leve que alguns médicos não o conseguem ouvir. Ela, porém, o ouviu: o som de uma grande quantidade de sangue fluindo para um único ponto.

Ninguém jamais a acusou de nada. Como poderiam? Ora, ela era médica e estava com ele quando aconteceu aquela "coisa terrível"; e Deus sabe que ela fez o que pôde.

É claro que todo mundo sabia que Graham era um ser humano de segunda classe: seus sócios no consultório de advocacia, suas secretárias, até mesmo sua última amante, aquela idiota da Karen Garfield, que chegou a vir à procura de uma lembrancinha dele. Todos sabiam. Todos, menos a mulher de Graham. Mesmo assim, não houve a menor suspeita. Como poderia haver? Foi apenas uma morte natural quando ele estava a um passo de fugir com a fortuna acumulada a partir da herança da mulher, acompanhado por uma imbecil de 28 anos que já havia vendido sua mobília e comprado as passagens aéreas até St. Croix.

Só que não foi morte natural.

A essa altura, Rowan conhecia e compreendia o sentido do diagnóstico. Já o praticava e o fortalecia. Quando pôs a mão no ombro de Graham, o diagnóstico disse não ter sido morte natural.

Isso por si só deveria ter sido suficiente. No entanto, talvez ela estivesse errada. Talvez se tratasse do enorme padrão enganoso que chamamos de coincidência. Nada mais do que isso.

Imaginemos, entretanto, que ela se encontrasse com Michael Curry. Suponhamos que ele segurasse sua mão enquanto ela pensava nessas mortes, de olhos fechados. Ele veria apenas o que ela havia visto, ou alguma verdade objetiva lhe seria revelada? *Você os matou.* Valia a pena tentar.

O que ela percebia nessa noite, enquanto perambulava devagar e quase a esmo pelo hospital, enquanto mudava de direção, atravessando amplas salas de espera acarpetadas e seguia por longas enfermarias onde não era conhecida, e nunca o seria, era que havia sentido um desejo irresistível só de conversar com Michael Curry por muito tempo. Ela sentia ter um vínculo com ele. Tanto pelo acidente no mar quanto por esses segredos psíquicos. Queria, talvez por motivos que ela própria não entendia perfeitamente, dizer a ele, e somente a ele, o que havia feito.

Para ela, não era fácil encarar esse ponto fraco. A absolvição pelo assassinato só vinha quando estava operando. Ela estava no altar do Senhor quando as enfermeiras estendiam o jaleco esterilizado para ela, quando lhe apresentavam as luvas esterilizadas.

E a vida inteira ela havia sido uma pessoa solitária, uma boa ouvinte, mas invariavelmente mais fria do que os que a cercavam. Aquele sentido especial, aquele que lhe era tão útil como médica, sempre a fazia perceber com demasiada intensidade o que os outros realmente sentiam.

Ela estava com 10 ou 12 anos quando percebeu que os outros não possuíam esse dom, às vezes nem mesmo um pequeno fragmento dele. Que sua querida Ellie, por exemplo, não fazia a menor ideia de que Graham não a amava tanto quanto precisava dela, e precisava ainda depreciá-la, mentir para ela e contar com sua presença constante e inferiorizada.

De vez em quando, Rowan havia desejado esse tipo de ignorância: a de não saber quando os outros nos invejam ou não gostam de nós. Não saber que muitas pessoas mentem o tempo todo. Ela gostava dos tiras e dos bombeiros porque até certo ponto eles eram perfeitamente previsíveis. Ou talvez fosse apenas porque seu tipo específico de desonestidade não a incomodava tanto. Parecia até inócuo em comparação com a insegurança complexa, insidiosa e ilimitadamente perversa de homens mais instruídos.

É claro que a utilidade para o diagnóstico havia redimido por inteiro esse sentido psíquico em especial.

No entanto, o que poderia algum dia redimir a capacidade de matar à vontade? Tentar compensar era uma outra história. A que uso adequado uma capacidade telecinética como aquela poderia se aplicar?

E um poder desses não estava para além da possibilidade científica. Essa era a parte realmente apavorante. À semelhança do poder psicométrico de Michael Curry, esses dons poderiam estar relacionados à energia mensurável, a complexos atributos físicos que poderiam um dia ser tão definíveis quanto a eletricidade, as micro-ondas ou os sons de alta frequência. Curry estava captando uma impressão dos objetos que tocava, e era muito provável que essa impressão fosse produto da energia. Era muito provável que todos os objetos existentes, todas as superfícies, todos os mínimos fragmentos de matéria contivessem essas "impressões" armazenadas. Elas existiam num campo mensurável.

A parapsicologia, no entanto, não atraía Rowan. Ela ficava hipnotizada pelo que podia ser visto em tubos de ensaio, em slides e gráficos. Ela não se interessava por testar e analisar seu próprio poder assassino. Ela só queria acreditar que nunca o havia usado, que talvez houvesse uma outra explicação para o acontecido, que talvez de algum modo ela fosse inocente.

E o trágico era que talvez ninguém pudesse jamais dizer o que realmente ocorrera com Graham, com o homem no jipe e a menina no pátio. Tudo o que ela podia esperar era poder contar a alguém, poder tirar o peso das costas e exorcizar, como todo mundo fazia, através da fala.

Falar, falar, falar.

Era exatamente isso o que Rowan queria. Ela sabia.

Só uma vez antes esse desejo de confiar o segredo a alguém quase a dominara. E a ocasião havia sido totalmente estranha. Na verdade, ela quase contou a história inteira a um desconhecido; e desde então às vezes ela desejava ter feito exatamente isso.

Foi no final do ano anterior, mais de seis meses depois da morte de Ellie. Rowan estava passando pela pior solidão que já conhecera. Parecia que o grande modelo chamado de "nossa família" havia sido destruído da noite para o dia. Antes da doença de Ellie, sua vida era muito boa. Nem mesmo os casos de Graham atrapalhavam, porque Ellie fingia que esses casos não existiam. E embora Graham não fosse um homem que qualquer ser humano pudesse considerar uma boa pessoa, ele possuía uma energia pessoal inesgotável e contagiante que mantinha a vida da família sempre em movimento.

E como Rowan dependia dos dois.

Sua dedicação à medicina a afastara quase completamente das colegas de faculdade. Nenhuma delas havia optado por alguma especialização na área das ciências. Mas a família era tudo o que aqueles três precisavam. Desde as recordações mais remotas de Rowan, eles eram um trio inabalável, quer estivessem num cruzeiro no Caribe, esquiando em Aspen, quer estivessem fazendo a ceia de Natal com o serviço de copa numa suíte no Plaza em Nova York.

Agora a casa dos sonhos no litoral de Tiburon estava vazia como uma concha jogada na praia.

E Rowan tinha a estranha sensação de que o *Sweet Christine* não pertencia tanto a ela e a seus vários parceiros amorosos quanto àquela família que ali havia deixado a impressão dominante ao longo de uma década feliz.

Numa noite, depois da morte de Ellie, Rowan estava parada, só, na grande sala de estar, abaixo do teto de vigas altas, conversando consigo mesma, até rindo, pensando que não havia ninguém, ninguém que soubesse, ninguém que ouvisse. As vidraças estavam escuras e indistintas, refletindo o tapete, a mobília. Ela não via a maré que lambia incessantemente os pilares. O fogo na lareira estava se apagando. O eterno frio da noite no litoral passava lentamente pelos aposentos. Ela acreditava ter aprendido uma lição dolorosa: a de que à medida que morrem aqueles a quem amamos, perdemos nossas testemunhas, nossos observadores, aqueles que conhecem e compreendem os ínfimos modelos sem sentido, as palavras desenhadas na água com uma varinha. E aí não sobra nada, a não ser a corrente incessante.

Foi pouco depois disso que ocorreu a ocasião absurda, quando Rowan quase se apossou daquele desconhecido para derramar sua história nos seus ouvidos.

Era um senhor de idade, de cabelos brancos, de origem obviamente britânica pelas primeiras palavras que pronunciou. E os dois se conheceram justo aonde? No cemitério em que descansavam seus pais adotivos.

Era um cemitério antigo e pequeno, salpicado de monumentos desgastados pelas intempéries, na periferia da pequena cidade do norte da Califórnia onde no passado vivia a família de Graham. Essas pessoas, com quem não tinha parentesco de sangue, eram-lhe completamente desconhecidas. Ela havia voltado ali algumas vezes depois do enterro de Ellie, apesar de não saber exatamente por quê. Naquele dia específico, o motivo era simples: a lápide estava afinal pronta, e ela queria ver se os nomes e datas estavam corretos.

Ocorreu-lhe algumas vezes no trajeto para o Norte que essa nova lápide seria mantida enquanto ela fosse viva e que, depois disso, ela racharia, desmoronaria e ficaria caída no meio do mato. Os parentes de Graham Franklin não haviam sido avisados do seu enterro. Os parentes de Ellie, distantes e vagos lá no Sul, não haviam sido avisados do enterro. Mesmo em dez anos, ninguém saberia ou se importaria em saber de Graham e Ellie Mayfair Franklin. E antes do fim da vida de Rowan, todos os que os conheceram ou mesmo os que ouviram falar deles já estariam mortos.

Teias de aranha rasgadas e desfeitas por um vento que é indiferente à sua beleza. Por que, afinal, se incomodar com isso? É que Ellie queria que ela se desse a esse trabalho. Ellie queria uma lápide, flores. Era esse o costume em Nova Orleans quando ela era criança. Somente no leito da morte finalmente mencionou a família, e para dizer coisas estranhíssimas: que o corpo de Stella ficou em exposição no salão, que as pessoas vinham ver Stella e lhe dar um beijo, apesar de ter sido morta pelo próprio irmão, que o pessoal da Lonigan and Sons fechara o ferimento na cabeça de Stella.

— E o rosto de Stella estava tão lindo no caixão. Seus cabelos negros eram lindos, todos em ondinhas, sabe, e ela estava tão bonita quanto no quadro na parede da sala de estar. Eu adorava Stella! Stella deixava que eu segurasse o colar. Eu estava sentada numa cadeira junto ao caixão. Meus pés não paravam quietos, e minha tia Carlotta mandou que eu parasse.

Cada palavra desse estranho monólogo ficou gravada na cabeça de Rowan. Stella, o irmão, tia Carlotta. Até mesmo o sobrenome Lonigan. Porque, por alguns preciosos segundos, um lampejo de cor iluminou o vazio.

Essas pessoas tinham um parentesco com Rowan. Rowan era de fato prima de Ellie em terceiro grau. E dessas pessoas Rowan não sabia nada e deveria continuar sem saber nada, se quisesse cumprir as promessas feitas a Ellie. Mesmo naqueles momentos dolorosos, Ellie caiu em si.

— Rowan, nunca volte para lá. Lembre-se da sua promessa, Rowan. Queimei todas as fotografias, todas as cartas. Não vá para lá, Rowan. Seu lar é aqui.

— Eu sei, Ellie. Vou me lembrar disso.

E não se falou mais em Stella. No seu irmão. Na tia Carlotta. No quadro na parede da sala de estar. Só o choque do documento apresentado a Rowan após a morte de Ellie pelo seu testamenteiro, um compromisso cuidadosamente redigido, sem absolutamente nenhum valor legal, no sentido de que Rowan jamais retornasse à cidade de Nova Orleans, que jamais procurasse conhecer quem eram seus parentes.

No entanto, naqueles dias finais, Ellie havia falado deles. De Stella na parede.

E como Ellie também havia falado de lápides e flores e de ser lembrada pela filha adotiva, Rowan foi para o Norte naquela tarde para cumprir o prometido. E no pequeno cemitério na colina ela conheceu o inglês de cabelos brancos.

Ele estava abaixado sobre um dos joelhos diante do túmulo de Ellie, como se fosse se ajoelhar, e copiava os mesmos nomes que acabavam de ser gravados na pedra.

Pareceu um pouco alvoroçado quando ela o interrompeu, embora ela não tivesse dito palavra. Na realidade, por um segundo ele olhou para ela como se estivesse diante de um fantasma. A situação quase a fez dar uma risada. Afinal, era uma mulher de compleição frágil, apesar da altura, e estava usando suas roupas normais de barco: jeans e um casaco azul-marinho. E o próprio homem parecia tão anacrônico com seu elegante terno de colete de tweed cinza.

Aquele seu sentido especial disse-lhe, porém, que o homem só tinha boas intenções. Quando ele lhe explicou que conhecera a família de Ellie em Nova Orleans, ela acreditou. Sentiu, porém, uma grande perturbação. É que ela também queria conhecer essa gente.

Afinal, não lhe restava ninguém no mundo, a não ser aquela família. Que pensamento mais ingrato e desleal!

Ela não falou nada enquanto ele tagarelava num delicioso estilo britânico sobre o calor do sol e a beleza desse pequeno cemitério. O silêncio era sua resposta inveterada a tudo, mesmo quando ele confundia os outros e os deixava pouco à vontade. E assim, por força do hábito, ela não dizia nada de volta, independentemente do que pudesse estar pensando. *Conheceu minha família? Gente do meu sangue?*

— Meu nome é Aaron Lightner — disse o homem, colocando na sua mão um pequeno cartão branco. — Se algum dia você quiser saber algo sobre a família Mayfair de Nova Orleans, não deixe de me procurar. Pode me encontrar em Londres, se quiser. Chame a cobrar. Terei o maior prazer em contar o que sei sobre a família Mayfair. Uma senhora história, sabe?

Palavras entorpecedoras, essas. Mesmo sem querer, elas a magoavam tanto na sua solidão; eram tão inesperadas nessa estranha colina deserta. Será que ela dera a impressão de desamparo, ali em pé, incapaz de responder, incapaz de fazer um ínfimo gesto de concordância com a cabeça? Ela esperava que sim. Não queria pensar que pudesse ter parecido fria ou grosseira.

No entanto, estava totalmente fora de cogitação a ideia de explicar a esse homem que ela havia sido adotada, retirada de Nova Orleans no dia em que nasceu. Impossível explicar que havia feito uma promessa de jamais voltar à cidade natal, de jamais procurar obter a menor informação que fosse acerca da mulher que havia renunciado a ela. Ora, ela nem mesmo sabia o nome de batismo da própria mãe. Descobriu-se de repente pensando se ele por acaso não sabia.

Talvez ele conhecesse a identidade daquela Mayfair que engravidara sem estar casada e que renunciara à filha.

Sem dúvida, o melhor era não dizer nada, para que ele não levasse consigo alguma fofoca. Afinal, sua mãe verdadeira talvez estivesse casada e com sete filhos. Qualquer conversa a essa altura só poderia prejudicá-la. Apesar dos quilômetros e dos anos que as separavam, Rowan não nutria nenhum sentimento negativo por essa criatura sem rosto, anônima; só uma saudade triste e sem esperanças. Não, ela não disse nada.

O homem a examinou por algum tempo, com total tranquilidade diante da expressão impassível de Rowan, do seu silêncio inevitável. Quando ela devolveu o cartão, ele o aceitou com delicadeza, deixando-o estendido como se esperasse que ela o pegasse de volta.

– Eu gostaria tanto de conversar com você – prosseguiu ele. – Gostaria de saber como vem sendo a vida para a que foi transplantada para tão longe da terra natal. – Hesitou um pouco e continuou: – Conheci sua mãe há anos...

Ele parou de falar, como se sentisse o efeito das suas palavras. Talvez a mera inconveniência de pronunciá-las o perturbasse. Rowan não tinha certeza. Aquele momento não poderia ter sido mais excruciante se ele a houvesse espancado. Mesmo assim, ela não se afastou. Apenas manteve-se imóvel, com as mãos enfiadas nos bolsos do casaco. *Conheceu minha mãe?*

Como foi horrível. E aquele homem de olhos azuis, cheios de alegria, a encará-la com tanta paciência. E o silêncio, como sempre, uma mortalha que a envolvia e a prendia. Pois a verdade era que ela não conseguia se forçar a falar.

– Apreciaria muito que almoçasse comigo, ou que apenas me acompanhasse num drinque, se não houver tempo para uma refeição. Não sou, no fundo, uma pessoa inconveniente. É que a história é longa...

E seu sentido especial lhe disse que o homem estava sendo sincero.

Ela quase aceitou o convite, para tudo, para falar de si mesma e para lhe perguntar tudo sobre a família. Afinal de contas, ela não o havia procurado. Ele se aproximara dela com a oferta de informação. E então, naquele instante, surgiu a compulsão de revelar tudo, até mesmo a história do seu estranho poder, como se ele a estivesse convidando a falar em silêncio, como se ele exercesse alguma influência sobre sua mente de modo que ela lhe abrisse suas câmaras mais recônditas. Pois ele realmente queria saber dela. E esse interesse, de um caráter pessoal tão marcante, vindo de alguém isento da mais leve suspeita de malícia, a havia aquecido como uma boa lareira no inverno.

Modelos, testemunhas, todos os seus pensamentos delirantes sobre esses assuntos lampejaram de repente no primeiro plano.

Matei três pessoas na minha vida. Posso matar com minha raiva. Sei que posso. Foi isso o que aconteceu com a transplantada, nas suas palavras. Existe lugar na história da família para uma coisa desse tipo?

Ele teria recuado levemente enquanto a observava? Ou teria sido apenas a inclinação do sol sobre os seus olhos?

Isso, porém, não podia acontecer. Estavam parados junto ao túmulo da mulher a quem ela havia feito a promessa.

– Não, nunca voltarei a Nova Orleans. Nunca vou tentar descobrir nada.

A mulher que a havia amado e que dela havia cuidado, dando-lhe talvez mais do que sua mãe verdadeira poderia dar. A atmosfera do quarto da doente voltou: o som de gemidos de dor, suaves, quase não humanos.

– Prometa-me, Rowan, mesmo que eles escrevam a você. Nunca... nunca...

– Ellie, você é a minha mãe, minha única mãe. O que mais eu poderia querer?

Naquelas últimas semanas de agonia, estava exacerbado ao máximo o medo do seu próprio e terrível poder destrutivo. E se ela, em meio à dor e à revolta, voltasse o poder para o corpo enfraquecido de Ellie, terminando assim esse sofrimento estúpido e inútil de uma vez por todas? *Eu poderia matá-la, Ellie. Poderia livrá-la do sofrimento. Sei que poderia. Sinto a força dentro de mim, só esperando ser posta à prova.*

O que eu sou? Uma bruxa, pelo amor de Deus! Sou quem cura, não quem destrói. Tenho chance de escolha, como todos os seres humanos têm.

E lá estava o inglês, a observá-la como se fascinado, como ela estivesse falando quando havia estado em silêncio total. Era quase como se ele lhe dissesse que compreendia. Mas é claro que isso era uma ilusão. Ele não havia dito nada.

Atormentada, confusa, ela deu meia-volta e o deixou ali. Ele devia tê-la considerado hostil ou até mesmo louca. Mas que diferença fazia? Aaron Lightner. Ela nem sequer havia lançado um olhar ao cartão antes de devolvê-lo. Não sabia por que se lembrava do nome, a não ser que fosse por se lembrar do homem e das coisas estranhas ditas por ele.

Meses haviam se passado desde aquele dia desagradável em que voltou para casa, abriu o cofre da parede e tirou o documento que o testamenteiro de Ellie a havia feito assinar.

– Eu, Rowan Mayfair, juro solenemente, diante de Deus e na presença da testemunha que assina este documento, que jamais voltarei à cidade de Nova Orleans, onde nasci, que jamais procurarei conhecer a identidade dos meus pais biológicos e que evitarei todo e qualquer contato com a família de sobrenome Mayfair, caso algum dos seus membros me procure por qualquer motivo ou sob qualquer pretexto...

O documento continuava nesse estilo quase histérico, tentando cobrir qualquer contingência previsível. Tantas palavras para um significado tão pequeno. Não era de estranhar que Rowan desconfiasse das palavras. Era o desejo de Ellie que realmente tinha valor.

Rowan, no entanto, assinou o documento. O advogado, Milton Kramer, foi a testemunha. Ficou no seu arquivo a cópia autenticada.

Será que a vida de Michael Curry havia passado diante dos seus olhos desse jeito, Rowan perguntava-se às vezes, do jeito que a minha está passando diante dos meus agora? Muitas vezes ela perdia o olhar no rosto sorridente, recortado de uma revista e colado no seu espelho.

E ela sabia que, se o visse, essa represa talvez se rompesse. Ela sonhava com isso, com essa conversa com Michael Curry, como se ela pudesse acontecer, como se ela pudesse trazê-lo para sua casa em Tiburon, como se pudessem tomar café juntos, como se ela pudesse tocar sua mão enluvada.

Ah, que ideia mais romântica. Um valentão que adorava belas casas, que fazia lindas ilustrações. Talvez ele gostasse de Vivaldi, talvez realmente lesse Dickens. E como seria ter um homem desse na sua cama, sem roupas, a não ser pelas luvas pretas de couro?

Ah, a fantasia. Algo bem parecido com o costume de imaginar que os bombeiros que trazia para casa acabariam por se revelar poetas, que os policiais que ela havia seduzido eram de fato grandes romancistas, que o guarda-florestal que conheceu no bar em Bolinas era no fundo um pintor famoso, e que o corpulento veterano da guerra do Vietnã que a havia levado até sua cabana na floresta era um célebre diretor de cinema que se escondia, assim, de um mundo reverente e cheio de exigências.

Ela imaginava, sim, esse tipo de coisa. E é claro que tudo era totalmente possível. No entanto, era o corpo que detinha a prioridade: o volume no jeans tinha de ser de bom tamanho; o pescoço, vigoroso; a voz, grossa; e o queixo mal barbeado, áspero o suficiente para arranhá-la.

Mas e se?

E se Michael Curry tivesse ido para o Sul, de onde tinha origem? Talvez fosse exatamente isso o que ocorrera. Nova Orleans, o único lugar do planeta para onde Rowan Mayfair não poderia ir.

O telefone estava tocando quando ela abriu a porta do consultório.

– Dra. Mayfair?
– Dr. Morris?
– Eu mesmo. Venho tentando encontrá-la. Trata-se de Michael Curry.
– É. Eu sei. Ouvi seu recado. Ia ligar agora mesmo.
– Ele quer conversar com a senhora.
– Então ainda está em San Francisco.
– Está escondido na própria casa, na Liberty Street.
– Vi a reportagem na televisão.
– Mas ele quer um encontro com a senhora. Quer dizer, sem enrolação, ele quer vê-la em pessoa. É que ele tem uma ideia...

– Sim?

– Bem, a senhora vai pensar que a loucura dele é contagiosa, mas estou apenas dando um recado. Existe alguma possibilidade de esse encontro ser no seu barco? Quer dizer, era seu o barco em que estava na noite em que o salvou, não era?

– Seria um prazer recebê-lo de novo no barco.

– O que disse?

– Seria um prazer vê-lo. E eu me disponho a levá-lo até o barco, se é isso o que ele quer.

– É uma atitude maravilhosa, doutora. Mas eu preciso explicar alguns pontos. Sei que pode parecer totalmente biruta, mas ele quer tirar as luvas e tocar a madeira do convés onde estava deitado quando a senhora o ressuscitou.

– É claro que ele pode fazer isso. Não sei por que não pensei nisso antes.

– Está falando sério? Meu Deus, não sabe o alívio que estou sentindo. Dra. Mayfair, vou dizer logo, esse cara é realmente uma boa pessoa.

– Eu sei.

– Ele está sofrendo muito. Na semana passada, ele me propôs essa ideia. Eu não ouvia notícias dele havia um mês! Estava bêbado quando me telefonou. Pensei que fosse se esquecer da ideia.

– É uma ideia muito boa, Dr. Morris. O senhor mesmo disse que o poder das suas mãos é real.

– É verdade, disse, sim. E é real mesmo. E a senhora é uma médica bem diferente, Dra. Mayfair. Mas será que faz ideia do problema em que está se metendo? Eu implorei, realmente implorei que ele voltasse ao hospital. E então ele me ligou de novo ontem à noite, exigindo que eu a localizasse imediatamente. Ele precisa pôr as mãos nas tábuas do convés ou vai enlouquecer de vez. Eu lhe disse que ficasse sóbrio, e eu faria uma tentativa. Exatamente há vinte minutos, bem antes de eu lhe telefonar, ele me liga e diz que não vai mentir para mim; que bebeu um engradado de cerveja hoje, mas que não tocou na vodca nem no uísque; que está o mais sóbrio que conseguiria estar.

Ela riu baixinho.

– Eu deveria estar chorando pelas células do seu cérebro.

– Compreendo. Mas o que quero dizer é que o homem está desesperado. Ele não está melhorando. E eu não iria lhe pedir esse favor se ele não fosse um dos caras mais legais...

– Vou buscá-lo. O senhor pode ligar para ele e avisar que estou a caminho?

– Meu Deus, isso é fantástico, Dra. Mayfair. Não sei como lhe agradecer.

– Nem precisa. Sou eu que quero vê-lo.

– Olhe, doutora, faça um pacto com ele. A senhora permite que ele brinque de maluco no seu barco, se ele vier se internar para parar de beber.

– Ligue para ele agora, Dr. Morris. Em menos de uma hora, estarei à porta da sua casa.

Ela pôs o telefone no gancho e ficou ali parada, com os olhos fixos nele. Depois, removeu o crachá, despiu o jaleco sujo e tirou lentamente os grampos do cabelo.

5

Quer dizer que haviam tentado internar Deirdre Mayfair mais uma vez depois de todos esses anos. Com a morte de Miss Nancy e Miss Carl ficando mais fraca a cada dia, era a melhor solução. Fosse como fosse, era essa a conversa. No dia 13 de agosto, fizeram uma tentativa. Deirdre, no entanto, ficou furiosa, e eles a deixaram em paz. E agora ela estava piorando assustadoramente.

Quando Jerry Lonigan contou a Rita, sua mulher, ela chorou.

Já haviam se passado treze anos desde o dia em que Deirdre voltou do sanatório para casa, transformada numa idiota abobalhada que não sabia dizer nem seu próprio nome, mas isso não fazia diferença para Rita. Rita nunca se esqueceria da Deirdre verdadeira.

Rita e Deirdre tinham 16 anos quando foram alunas internas do Colégio de Santa Rosa de Lima. Era um prédio de tijolos, velho e feio, bem nos limites do French Quarter. E Rita foi mandada para lá porque não se comportava, havia até saído para beber com rapazes na barca fluvial *The President*. Seu pai dissera que o Santa Rosa iria dar um jeito nela. Todas as meninas dormiam num alojamento no sótão. Iam para a cama às nove. Rita costumava chorar até adormecer.

Deirdre Mayfair já estava no Santa Rosa há muito tempo. Ela não se incomodava com o fato de o colégio ser velho, sombrio e rígido; mas segurava a mão de Rita quando ela chorava. Ouvia quando Rita dizia que aquilo era como um presídio.

As meninas viam *Papai sabe tudo* num antigo aparelho de televisão com uma tela redonda de seis polegadas, juro por Deus! E o barulhento rádio de madeira que ficava no chão abaixo de uma janela não era nem um pouco melhor. Era impossível conseguir a vitrola. Ela estava sempre com as garotas sul-americanas, que nela tocavam aquela horrível "La Cucaracha", dançando aquelas danças espanholas.

– Não se incomode com elas – dizia Deirdre. Ela levava Rita para o pátio lá embaixo no final da tarde. As duas brincavam nos balanços abaixo das nogueiras-pecãs. Não seria de imaginar que isso fosse muito divertido para uma menina de 16 anos, mas Rita adorava estar com Deirdre.

Deirdre cantava quando as duas estavam nos balanços. Dizia que eram velhas baladas irlandesas e escocesas. Sua voz era de soprano verdadeiro, aguda e delicada, e as canções eram muito tristes. Rita ficava toda arrepiada ao ouvi-las. Deirdre gostava de ficar ao ar livre até depois do pôr do sol, quando o céu era de um "puro violeta" e as cigarras cantavam direto nas árvores. Deirdre chamava essa hora de crepúsculo.

Rita já havia visto essa palavra escrita, sim, mas nunca ouvira ninguém pronunciá-la. Crepúsculo.

Deirdre pegava a mão de Rita, e as duas caminhavam ao longo do muro de tijolos, à sombra das nogueiras-pecãs, de tal modo que tinham de se curvar para passar debaixo dos galhos mais baixos. Havia alguns lugares em que se podia ficar em pé com o corpo totalmente oculto pela folhagem das árvores. Era esquisito de descrever, mas para Rita aquela havia sido uma hora estranha e deliciosa – parada ali à meia-luz com Deirdre, as árvores dançando com a brisa e as folhas minúsculas caindo como chuva sobre elas.

Naquela época, Deirdre parecia uma verdadeira menina antiga de algum livro ilustrado, com uma fita roxa no cabelo e os cachos negros caindo em cascata pelas costas. Ela poderia ter sido muito elegante se quisesse. Tinha o corpo para isso, além de roupas novas no armário que nunca se dava ao trabalho de experimentar. Só que era fácil esquecer essas coisas quando se estava com Deirdre. Seu cabelo era tão macio. Uma vez Rita o havia tocado.

Elas caminhavam pelo claustro empoeirado ao lado da capela. Espiavam o jardim das freiras pelo portão de madeira. Deirdre disse que era um lugar secreto, cheio das flores mais lindas.

– Não quero nunca mais voltar para casa – explicou Deirdre. – Aqui é tão tranquilo.

Tranquilo! Sozinha à noite, Rita chorava sem parar. Ela ouvia a vitrola automática do bar de negros do outro lado da rua, com a música passando por cima dos muros de tijolos até chegar ao sótão, no quarto andar. Às vezes, quando pensava que todos estavam dormindo, ela se levantava, saía até a sacada de ferro e olhava na direção das luzes da Canal Street. Havia um fulgor vermelho acima da Canal Street. Toda Nova Orleans estava se divertindo ali, e Rita estava trancada, com uma freira atrás de uma cortina em cada ponta do dormitório. O que ela faria se não tivesse a companhia de Deirdre?

Deirdre era diferente de qualquer pessoa que Rita conhecia. Ela possuía coisas tão lindas: longas camisolas brancas de flanela com acabamento de renda.

Elas eram do mesmo tipo que usava agora, 34 anos depois, na varanda lateral telada, onde ficava sentada "como uma imbecil desmemoriada em estado de coma".

E ela havia mostrado a Rita aquele colar com a esmeralda que agora usava sempre, mesmo por cima da camisola branca. O famoso colar de esmeralda da família Mayfair, embora Rita naquela época ainda não tivesse ouvido falar nele. É claro que Deirdre não o usava na escola. Era proibido usar qualquer tipo de joia no Santa Rosa. Além do mais, ninguém teria pensado em usar um colar tão grande e antiquado, a não ser talvez para um baile de Carnaval.

Agora, ele dava uma impressão horrível em Deirdre, de camisola. Era um absurdo, uma joia daquelas numa inválida com seu olhar parado e constante pela tela da varanda. Mas quem sabe? Talvez Deirdre de alguma forma soubesse que ele estava ali, e Deirdre sem dúvida adorava aquele colar.

Ela deixou Rita tocar no colar quando estavam sentadas no lado da cama no Santa Rosa, sem nenhuma freira por perto para lhes dizer que não amarfanhassem a colcha.

Rita havia virado o pingente de esmeralda nas mãos. Tão pesado o engaste de ouro. Parecia que havia algo gravado nas costas. Rita discerniu um L maiúsculo. Pareceu-lhe ser um nome.

– Não, não leia! – exclamou Deirdre. – É um segredo! – E ela pareceu assustada por um instante, com o rosto de repente vermelho e os olhos lacrimejantes. Então, ela pegou a mão de Rita e a apertou um pouco. Não era possível ficar zangada com Deirdre.

– Ela é verdadeira? – perguntou Rita. Devia ter custado uma fortuna.

– É sim. Ela veio da Europa há muitos e muitos anos. Naquela época, pertencia à minha tata-tata-tata-tata-tataravó.

As duas riram da construção da palavra.

Era inocente o jeito de Deirdre falar. Ela não se vangloriava. Não era nada dessa natureza. Ela nunca procurava magoar os outros. Todos a adoravam.

– Foi minha mãe quem a deixou para mim – explicou Deirdre. – E eu um dia vou passá-la adiante, quer dizer, se um dia tiver uma filha. – A perturbação no rosto. Rita abraçou Deirdre. É que as pessoas simplesmente queriam protegê-la. Deirdre fazia brotar esse sentimento em todos.

Deirdre revelou não ter conhecido a própria mãe.

– Ela morreu quando eu era ainda bebê. Dizem que caiu da janela do sótão. E dizem que a mãe dela também morreu ainda jovem, mas nunca se fala nela. Acho que não somos como as outras pessoas.

Rita estava perplexa. Ninguém que conhecia dizia coisas desse tipo.

– O que você está querendo dizer, Dee Dee?

– Não sei bem. Nós sentimos coisas, temos pressentimentos. Sabemos quando alguém não gosta de nós e quer nos atingir.

– Quem iria algum dia querer atingir você, Dee Dee? Você vai chegar aos 100 anos e ter uns dez filhos.

– Gosto de você, Rita Mae. Você é pura de coração. É isso o que você é.

– Ah, Dee Dee, não. – Rita Mae abanou a cabeça. Pensou no seu namorado do Santa Cruz, no que tinham feito.

– Não, Rita Mae, isso não tem importância – disse Deirdre, como se tivesse acabado de ler seu pensamento. – Você é boa. Você nunca tem vontade de magoar ninguém, mesmo quando está muito infeliz.

– Eu também adoro você – disse Rita, embora não compreendesse tudo o que Deirdre estava dizendo. E nunca mais em toda a sua vida Rita disse a nenhuma outra mulher que a adorava.

Rita quase morreu quando Deirdre foi expulsa do Santa Rosa, mesmo sabendo que isso ia acontecer.

Ela própria viu um rapaz com Deirdre no jardim do convento. Havia percebido quando Deirdre saiu de mansinho depois do jantar, quando ninguém estava olhando. Era a hora em que as meninas deveriam estar tomando banho, enrolando o cabelo. Esse aspecto era algo que Rita considerava estranho no Santa Rosa. Elas faziam com que as meninas enrolassem o cabelo e usassem um pouco de batom porque a irmã Daniel dizia que isso era "etiqueta". E Deirdre não precisava enrolar o cabelo. Ele caía em cachos perfeitos. Tudo o que precisava era de uma fita.

A essa hora, Deirdre sempre desaparecia. Ela tomava banho antes das outras, descia sorrateira e só voltava quase na hora em que as luzes eram apagadas. Sempre atrasada, sempre correndo para as preces noturnas, com o rosto afogueado. Dava, então, aquele belo sorriso inocente para a irmã Daniel. Além disso, quando fazia suas orações, parecia sincera.

Rita achava que ela era a única a perceber as escapadas de Deirdre. Ela odiava o colégio quando Deirdre não estava por perto. Deirdre era a única que fazia com que se sentisse bem por ali.

E uma noite ela desceu à procura de Deirdre. Talvez estivesse nos balanços. O inverno havia terminado, e o crepúsculo vinha agora depois do jantar. Rita sabia como Deirdre gostava do crepúsculo.

No entanto, Rita não encontrou Deirdre no pátio. Ela foi até o portão aberto do jardim das freiras. Estava muito escuro ali dentro. Viam-se os lírios da Páscoa, refulgindo brancos na escuridão. As freiras iam cortá-los no Domingo de Páscoa. Deirdre, porém, nunca iria desrespeitar as normas e entrar ali.

Mesmo assim, Rita ouviu a voz de Deirdre. E aos poucos ela conseguiu discernir a silhueta de Deirdre no banco de pedra nas sombras. As nogueiras-pecãs eram tão grandes e baixas ali quanto no pátio. Tudo o que Rita pôde ver foi a blusa branca primeiro, depois o rosto de Deirdre com a fita roxa no cabelo, e então ela viu o homem alto sentado ao seu lado.

Tudo estava tão quieto. A vitrola automática no bar ainda não estava tocando. Do convento não vinha nenhum ruído. E até mesmo as luzes no refeitório das freiras pareciam distantes com todas aquelas árvores plantadas ao longo do claustro.

– Minha amada – disse o homem a Deirdre. Foi apenas um sussurro, mas Rita o ouviu.

– É, você está falando. Estou ouvindo.

– Minha amada! – Repetiu-se o sussurro.

E Deirdre começou a chorar. Ela disse mais alguma coisa, talvez um nome. Rita nunca saberia ao certo. Parecia que ela havia dito "Meu Lasher".

Os dois se beijaram. A cabeça de Deirdre, inclinada para trás; a brancura dos dedos do homem muito nítida em contraste com os cabelos escuros.

– Só quero fazê-la feliz, minha amada.

– Deus meu – disse Deirdre, baixinho. Ela de repente se levantou do banco, e Rita a viu sair correndo pelo caminho entre os canteiros de lírios. Não se via o homem em parte alguma. E o vento havia começado a soprar, passando pelas nogueiras-pecãs de tal modo que seus galhos mais altos batiam ruidosos nas varandas do convento. Todo o jardim estava de súbito em movimento. E Rita ficou sozinha ali.

Envergonhada, Rita deu meia-volta. Ela não devia ter ficado ouvindo. Em seguida, ela também saiu correndo, subindo de uma vez os quatro lances da escada de madeira do porão até o sótão.

Demorou uma hora para Deirdre aparecer. Rita estava desconsolada por ter espionado a amiga daquele jeito.

Mais tarde naquela noite, porém, deitada na cama, Rita repetia aquelas palavras: *Minha amada. Só quero fazê-la feliz, minha amada.* Ah, e pensar que um homem fosse dizer essas coisas a Deirdre!

Tudo o que Rita conhecia era os meninos que queriam "apalpá-la", se lhes fosse dada a oportunidade. Caras desajeitados e idiotas como Terry, seu namorado, do Santa Cruz, que dizia: "Você sabe, acho que gosto muito de você, Rita." Claro, claro. Porque eu deixo você me "apalpar", seu grosso.

– Sua vagabunda! – dizia o pai de Rita. – O colégio interno é para onde você vai. Não me importa o quanto custe.

Minha amada. Palavras que a faziam pensar em músicas lindas, em senhores elegantes em filmes antigos que via tarde da noite na televisão. De vozes de outros tempos, suaves e distintas. As próprias palavras como se fossem beijos.

E além do mais, ele era bonito. Ela não havia visto direito seu rosto, mas notou que o cabelo era escuro e os olhos, grandes. Ele usava roupas finas, lindas. Ela viu os punhos brancos da camisa e o colarinho.

Rita também teria ido se encontrar no jardim com um homem daqueles. Ela teria feito qualquer coisa com ele.

Ah, Rita não conseguia realmente compreender os sentimentos que tudo isso fazia brotar nela. Ela chorou, mas um choro doce, em silêncio. Sabia que se lembraria daquele momento pela vida afora: o jardim sob o céu roxo-escuro do crepúsculo com as estrelas da tarde já luzindo e a voz do homem pronunciando aquelas palavras.

Quando acusaram Deirdre, foi um pesadelo. Estavam na sala de recreação, e as outras meninas foram forçadas a ficar no dormitório, mas todas ouviram o que se passava. Deirdre explodiu em lágrimas, mas não quis confessar nada.

— Eu mesma vi o homem! – disse a irmã Daniel. – Está me chamando de mentirosa!

Levaram-na depois para o convento, para conversar com a velha madre Bernard, mas nem ela própria conseguiu nada com Deirdre.

Rita ficou desconsolada quando as freiras vieram arrumar as malas de Deirdre. Ela viu a irmã Daniel tirar o colar com a esmeralda da sua caixa e olhar fixamente para ele. A irmã Daniel achava que a pedra era de vidro. Dava para se ver pelo seu jeito de segurá-lo. Rita sentiu muito ao vê-la tocar na joia, ao vê-la segurar com violência as camisolas e tudo o mais para enfiá-las de qualquer jeito na mala.

Mais tarde naquela mesma semana, quando aconteceu um terrível acidente com a irmã Daniel, Rita não sentiu pena. Ela nunca desejou que a freira velha e perversa morresse daquele jeito, sufocada num quarto trancado com o aquecedor a gás ligado, mas se era para ser assim, que assim fosse.

Rita tinha mais coisas em que pensar do que ficar se lamentando por alguém que havia sido cruel com Deirdre.

Naquele sábado, ela reuniu todas as moedinhas que pôde e ligou insistentemente do telefone público do porão. Alguém devia saber o número do telefone da família Mayfair. Eles residiam na First Street, a apenas cinco quarteirões da casa de Rita, mas poderia ter sido do outro lado do planeta. Lá não era o Irish Channel. Era o Garden District. E a casa da família Mayfair era uma mansão.

Mais tarde, Rita teve uma briga horrível com Sandy, que disse que Deirdre era louca.

— Você sabe o que ela fazia à noite? Vou dizer o que ela fazia. Quando todo mundo estava dormindo, ela afastava as cobertas e mexia com o corpo como se alguém a estivesse beijando! Eu vi. Ela abria a boca e se mexia na cama, você sabe, se *mexia*, igualzinho, você sabe, como se ela realmente estivesse sentindo alguma coisa!

— Cale essa boca imunda! – berrou Rita, tentando dar um tapa em Sandy. Todo mundo se irritou com Rita, mas Liz Conklin a puxou para um lado, dizendo-lhe que se acalmasse. Ela disse que Deirdre havia feito algo pior do que se encontrar com o homem no jardim.

— Rita Mae, ela deixou que ele entrasse no prédio. Ela o trouxe direto ao nosso andar. Eu mesma vi – Liz cochichava, olhando para trás por cima do ombro, como se alguém pudesse ouvir o que dizia.

— Não acredito em você – disse Rita.

— Eu não a estava seguindo. Não queria criar problemas para ela. Eu só tinha me levantado para ir ao banheiro, e os vi junto à janela da sala de recreação, ele e ela juntos, Rita Mae, a menos de três metros de onde nós todas dormíamos.

— E como é que ele era? – perguntou Rita, certa de que aquilo era uma mentira. Rita saberia porque ela mesma o havia visto.

Só que Liz o descreveu direitinho. Alto, cabelo castanho, muito "distinto", disse Liz, e ele estava beijando Deirdre e sussurrando algo para ela.

– Rita Mae, imagine que ela abriu todas essas fechaduras e o trouxe até aqui em cima. Ela era louca mesmo.

– Tudo o que sei – disse Rita mais tarde a Jerry Lonigan, quando os dois estavam namorando – é que ela era a menina mais meiga que conheci em toda minha vida. Era uma santa em comparação com aquelas freiras, isso posso afirmar. E quando eu pensava que ia enlouquecer naquele colégio, ela segurava minha mão e me dizia que sabia como eu estava me sentindo. Eu teria feito qualquer coisa por ela.

No entanto, quando chegou a ocasião para fazer algo por Deirdre Mayfair, Rita não conseguiu fazer nada.

Mais de um ano se passou. A vida de adolescente de Rita estava terminada, e nem por um segundo ela sentia sua falta. Estava casada com Jerry Lonigan, que era doze anos mais velho do que ela e muito melhor do que qualquer rapaz que ela conhecesse: um homem gentil e razoável que tirava um bom rendimento da casa funerária Lonigan and Sons, uma das mais antigas da paróquia, administrada por ele em conjunto com o pai.

Foi Jerry quem contou a Rita as notícias sobre Deirdre. Ele lhe disse que Deirdre estava grávida de um homem que já havia morrido num acidente de estrada; e que aquelas suas tias, aquelas mulheres loucas e mesquinhas da família Mayfair, iam forçá-la a renunciar ao bebê.

Rita ia passar por aquela casa para ver Deirdre. Ela precisava fazer isso. Jerry não queria que ela fosse.

– Que grande coisa você acha que pode fazer a respeito disso? Você não sabe que aquela tia dela, Miss Carlotta, é advogada? Ela poderia mandar internar Deirdre, se ela não quisesse renunciar à criança.

Red Lonigan, pai de Jerry, abanou a cabeça.

– Isso já aconteceu muitas vezes, Rita – disse ele. – Deirdre assinará os documentos ou acabará no hospício. Além do mais, o padre Lafferty tem um dedo nessa história. E se há algum padre em que eu confie em Santo Afonso, é em Tim Lafferty.

Mesmo assim, Rita foi.

Foi a atitude mais difícil de toda sua vida, a de se aproximar daquela casa enorme e tocar a campainha, mas ela foi em frente. É claro que foi Miss Carl quem veio até a porta, aquela que dava medo em todo mundo. Jerry disse mais tarde que se tivesse sido Miss Millie ou Miss Nancy, tudo poderia ter sido diferente.

Mesmo assim, Rita entrou direto, como que passando com um empurrão por Miss Carl. Bem, ela havia aberto a porta de tela um tantinho, não havia? E Miss Carl não parecia má. Ela só parecia metódica.

– Só queria vê-la, sabe, ela foi minha melhor amiga no Santa Rosa...

Cada vez que Miss Carl dizia não, de uma forma educada, Rita dizia sim de algum outro modo, falando de como havia sido amiga íntima sua.

Foi então que ouviu a voz de Deirdre no alto da escada:

– Rita Mae!

O rosto de Deirdre estava molhado de lágrimas, e seu cabelo estava todo desgrenhado sobre os ombros. Ela desceu correndo descalça na direção de Rita, seguida de perto por Miss Nancy, a atarracada.

Miss Carl pegou Rita pelo braço com firmeza e tentou empurrá-la para a porta de entrada.

– Espere aí um pouco! – disse Rita.

– Rita Mae, vão me tomar o bebê.

Miss Nancy pegou Deirdre pela cintura e a levantou do chão no patamar.

– Rita Mae! – berrou Deirdre. Havia alguma coisa na sua mão, parecia ser um pequeno cartão branco.

– Rita Mae, ligue para esse homem. Peça a ele para me ajudar.

Miss Carl postou-se diante de Rita.

– Vá para casa, Rita Mae Lonigan – disse ela. Mas Rita se desviou dela com agilidade. Deirdre lutava para se livrar de Miss Nancy, que estava encostada no corrimão, meio sem equilíbrio. Deirdre tentou jogar o cartãozinho para Rita, mas ele simplesmente desceu planando. Miss Carl tentou pegá-lo.

E aí foi igual àquela briga pelas quinquilharias de Carnaval jogadas dos carros alegóricos. Rita empurrou Miss Carl para um lado e agarrou o cartão, como quando alguém agarra um colar sem nenhum valor da calçada, antes que qualquer outra pessoa o pegue.

– Rita Mae, ligue para essa pessoa! Diga-lhe que preciso dela.

– Vou ligar, Dee Dee!

Miss Nancy a estava carregando de novo escada acima. Os pés descalços de Deirdre balançavam; suas mãos estavam fincadas no braço de Miss Nancy. Era horrível, simplesmente horrível.

Miss Carl, então, agarrou o punho de Rita.

– Dê-me isso aí, Rita Mae Lonigan – disse Miss Carl.

Rita conseguiu se soltar e saiu correndo pela porta da frente, com o cartãozinho seguro na mão. Ela ouvia Miss Carl, que vinha correndo pelo alpendre atrás dela.

Seu coração batia forte enquanto ela seguia pelo caminho de entrada. Jesus, Maria e José, essa era uma casa de loucos! E Jerry ia ficar tão irritado. E o que Red ia dizer?

De repente, Rita sentiu uma dor intensa e penetrante, quando seu cabelo foi puxado com força para trás. A mulher quase a derrubou.

– Não faça isso comigo, sua bruxa velha! – disse Rita, com os dentes cerrados. Ela não suportava que puxassem seu cabelo.

Miss Carl tentou arrancar o cartãozinho dos seus dedos. Isso era quase o pior que já havia acontecido na vida de Rita. Miss Carl torcia e rasgava o canto do cartão, que Rita não soltava, enquanto com a outra mão ainda puxava o cabelo de Rita com a maior força possível. Ela ia lhe arrancar o cabelo pelas raízes.

– Pare com isso! – berrou Rita. – Estou avisando. Estou avisando! – Ela conseguiu salvar o cartão de Miss Carl e o amassou dentro da mão fechada. Simplesmente não podia bater numa senhora desse jeito.

No entanto, quando Miss Carl lhe deu mais um puxão no cabelo, Rita bateu mesmo nela. Atingiu Miss Carl no peito com o braço direito, fazendo com que ela caísse nos cinamomos. Se não houvesse tantos cinamomos, ela teria caído no chão.

Rita saiu correndo pelo portão.

Uma tempestade estava se formando. Todas as árvores se mexiam. Ela via os grandes galhos negros dos carvalhos oscilando ao vento; e ouvia aquele ronco forte que as grandes árvores sempre emitem. Os ramos açoitavam a casa, arranhando o teto da varanda do andar de cima. De repente, ela ouviu o ruído de vidro quebrando.

Parou, olhou para trás e viu uma chuva de folhinhas verdes caindo sobre a propriedade inteira. Caíam também pequenos ramos e gravetos. Era como um furacão. Miss Carl estava parada no caminho, olhando para as árvores lá em cima. Pelo menos não havia quebrado uma perna nem um braço.

Deus do céu, ia começar a chover a qualquer instante. Rita estaria com as roupas encharcadas antes de chegar à Magazine Street, isso além de tudo o mais, de estar com o cabelo todo arrancado e com lágrimas escorrendo pelo rosto. Sem dúvida, ela estava digna de se ver.

No entanto, a chuva não caiu. Ela conseguiu chegar de volta à Lonigan and Sons sem se molhar. E, quando se sentou no escritório de Jerry, perdeu totalmente o controle.

– Você não devia ter ido lá. Você nunca devia ter ido! – disse ele. Havia um funeral no salão da frente. Ele devia estar lá ajudando Red. – Meu amor, uma família daquelas poderia voltar todo mundo contra nós!

Rita não conseguia fazer nada, a não ser chorar. E então ela olhou para o cartãozinho branco.

– Mas, Jerry, dê só uma olhada nisso aqui! Veja só!

Ele estava todo esmagado e úmido com o suor da palma da mão. Ela mais uma vez caiu a chorar.

– Não consigo ler os números!

– Ora, Rita, espere um pouquinho – disse Jerry, com a mesma paciência de sempre, o mesmo homem de bom coração que ele sempre foi. Debruçou-se sobre ela, desdobrando o cartãozinho no descanso da escrivaninha. Ele pegou sua lente de aumento.

A parte central estava bem nítida:

O TALAMASCA

Além disso, não se lia mais nada. As palavras abaixo não passavam de pontinhos minúsculos de tinta preta no papel inchado. E o que estivesse escrito ao longo da margem inferior estava completamente destruído. Dali nada havia sobrado.

– Ah, Dee Dee! – lamentou-se Rita.

Jerry prendeu o cartão entre dois livros pesados, mas isso de nada adiantou. Seu pai veio dar uma olhada, mas não conseguiu distinguir nada. O nome Talamasca não significava nada para Red. E Red conhecia praticamente tudo e todo mundo. Por exemplo, se se tratasse de alguma antiga sociedade carnavalesca, ele saberia.

– Agora, veja bem, tem alguma coisa escrita a tinta aqui no verso – disse Red. – Olhem com atenção.

Aaron Lightner. Mas nenhum número de telefone. Os telefones deviam estar impressos na frente. Nem mesmo passar o cartão a ferro adiantou alguma coisa.

Rita fez o que pôde.

Procurou no catálogo telefônico os nomes de Aaron Lightner e do Talamasca, sabe-se lá o que era aquilo. Ligou para informações. Implorou à telefonista que lhe dissesse se não era um telefone fora do catálogo. Chegou mesmo a publicar anúncios pessoais no *Times-Picayune* e no *States-Item*.

– O cartão já era velho e estava sujo quando você o recebeu – lembrou-lhe Jerry. Cinquenta dólares em anúncios pessoais já bastavam. O pai de Jerry disse que na opinião dele era melhor ela desistir. Uma coisa, porém, ela admitia: ele não a criticou pelos seus esforços.

– Querida, não volte mais àquela casa – disse Red. – Não tenho medo de Miss Carlotta ou de nada disso. Só não quero ver você perto daquela gente.

Rita percebeu que Jerry trocou um olhar com o pai. Os dois sabiam de alguma coisa que não queriam contar. Rita havia ouvido que a firma Lonigan and Sons enterrara a mãe de Deirdre quando ela caiu daquela janela anos atrás. Até aí ela sabia. Sabia também que Red se lembrava da avó que "morreu jovem", do jeito que Deirdre lhe contou.

Aqueles dois sabiam, porém, guardar segredos, como é costume entre os agentes funerários. Além do mais, Rita estava aflita demais para prestar atenção à história daquela casa velha e apavorante e daquelas mulheres.

Ela chorou até adormecer, como acontecia no colégio interno. Talvez Deirdre tivesse visto os anúncios nos jornais, sabendo, assim, que Rita havia tentado fazer o que ela queria.

* * *

Mais um ano se passou até Rita ver Deirdre outra vez. O bebê já não estava mais lá há algum tempo. Uns primos da Califórnia o levaram. Todo mundo dizia que era gente boa, gente rica. O homem era advogado, como Miss Carl. A criança seria bem cuidada.

A irmã Bridget Marie do Santo Afonso contou a Jerry que as freiras do Mercy Hospital diziam que o bebê era uma linda menina loura. Não tinha nada de parecido com os cachos negros de Deirdre. O padre Lafferty havia posto a menina nos braços de Deirdre e dito para ela beijar a filha, levando, depois, a criança embora.

Isso dava calafrios em Rita. Como as pessoas que beijam o defunto um instante antes de fecharem o caixão. "Beije sua filha", para depois a levarem daquele jeito.

Não era de estranhar que Deirdre houvesse tido um colapso nervoso. Ela foi levada direto do Mercy para o sanatório.

– Não foi a primeira vez na família – disse Red Lonigan, abanando a cabeça. – Foi assim que Lionel Mayfair morreu, numa camisa de força.

Rita perguntou o que ele estava querendo dizer, mas não respondeu.

– Mas eles não precisavam agir assim – disse Rita. – Deirdre é tão meiga. Ela não saberia fazer mal a ninguém.

Afinal, Rita soube que Deirdre estava novamente em casa. E naquele domingo Rita resolveu ir à missa na capela de Nossa Senhora do Perpétuo Socorro, no Garden District. Era ali que os ricos iam, em sua maioria. Eles não costumavam frequentar as grandes igrejas da paróquia, a de Santa Maria e a de Santo Afonso, do outro lado da Magazine Street.

Rita foi até lá para a missa das dez, pensando: bem, vou só passar pela casa dos Mayfair no caminho de volta. Mas não precisou, porque Deirdre estava lá na missa, sentada entre suas tias-avós, Miss Belle e Miss Millie. Graças a Deus, nada de Miss Carlotta.

Rita teve uma péssima impressão de Deirdre. Pareceu-lhe o fantasma de Banquo, como teria dito a sua mãe. Ela estava com olheiras escuras, e o vestido era um troço velho e lustroso de gabardine que não servia para ela. Com almofadas nos ombros. Alguma das velhas da casa é que lhe devia ter dado aquilo.

Depois da missa, quando estavam descendo a escadaria de mármore, Rita engoliu em seco, respirou fundo e correu atrás de Deirdre.

Deirdre deu aquele seu lindo sorriso, imediatamente, mas quando tentou falar quase nada saiu.

– Rita Mae! – conseguiu ela sussurrar. Rita inclinou-se para lhe dar um beijo.

– Dee Dee – cochichou –, tentei fazer o que você me pediu. Não consegui encontrar aquele homem. O cartão estava estragado demais.

Os olhos de Deirdre estavam muito abertos, vazios. Ela nem mesmo se lembrava, não é? Pelo menos Miss Millie e Miss Belle não perceberam. Elas estavam cumprimentando todo mundo que passava. E a coitada da Miss Belle nunca percebia nada mesmo. Foi então que Deirdre pareceu se lembrar de alguma coisa.

– Tudo bem, Rita Mae – disse ela, com aquele sorriso maravilhoso. Ela apertou a mão de Rita, inclinou-se para a frente e lhe deu um beijo no rosto.

– Agora precisamos ir, querida – disse, então, tia Millie.

Ora, essa sim era Deirdre Mayfair para Rita. *Tudo bem, Rita Mae.* A garota mais meiga que ela conhecia.

Em pouco tempo, Deirdre estava de volta ao sanatório. Ela estivera andando descalça pela Jackson Avenue, falando sozinha em voz alta. Em seguida, disseram que estava num hospital psiquiátrico no Texas, e depois disso Rita só soube que Deirdre era "incurável" e que nunca mais voltaria para casa.

Quando faleceu a velha Miss Belle, a família Mayfair contratou os serviços do pai de Jerry, como sempre. Talvez Miss Carl nem mesmo se lembrasse da briga com Rita Mae. Vieram parentes de toda parte para esse enterro, mas nada de Deirdre.

O Sr. Lonigan detestava abrir o jazigo no Lafayette nº 1. Aquele cemitério tinha uma quantidade enorme de túmulos destruídos com caixões apodrecidos bem visíveis, até mesmo com alguns ossos aparecendo. Ele sentia repugnância de realizar um enterro ali.

– Mas a família Mayfair enterra os seus lá desde 1861 – disse ele. – E eles pelo menos cuidam do jazigo, isso eu tenho de admitir. Mandam pintar a cerca de ferro fundido todos os anos. E quando os turistas passam por lá? Bem, esse é um dos jazigos que eles sempre admiram, com todos aqueles Mayfair ali dentro, e todos aqueles nomes de bebês, desde a Guerra de Secessão. É que o resto é tão abandonado. Sabe, um dia desses vão acabar com aquele cemitério.

Na verdade, nunca acabaram com o Lafayette nº 1. Os turistas gostavam demais dali. Da mesma forma que as famílias do Garden District. Em vez disso, ele foi limpo; os muros caiados foram consertados; novas magnólias foram plantadas. Mesmo assim, ainda havia uma quantidade suficiente de túmulos desmoronados para as pessoas poderem dar uma espiada nos ossos. Era um "monumento histórico".

Uma tarde, o Sr. Lonigan levou Rita para conhecê-lo. Mostrou-lhe os famosos túmulos da febre amarela, onde se podia ler uma longa lista dos que morreram com apenas dias de diferença durante a epidemia. Mostrou-lhe o jazigo da família Mayfair, uma grande construção com doze criptas do tamanho de fornos lá dentro. A pequena cerca de ferro em toda sua volta protegia uma faixa minúscula de grama. E os dois jarros de mármore presos ao degrau da frente estavam cheios de flores recém-cortadas.

– Puxa, eles cuidam bem disso aqui, não é? – disse Rita. – Lindíssimos lírios, palmas-de-santa-rita e cravos-de-amor.

O Sr. Lonigan olhava fixamente para as flores. Não respondeu. Em seguida, depois de pigarrear, ele indicou os nomes das pessoas que conhecera:

– Essa aqui, Antha Marie, morta em 1941, era a mãe de Deirdre.

– A que caiu da janela – completou Rita. Mais uma vez, ele não respondeu.

— E essa aqui, Stella Louise, morta em 1929, era a mãe de Antha. E foi esse aqui, Lionel, seu irmão, "morto em 1929", que acabou numa camisa de força depois de atirar em Stella e matá-la.

— O senhor não está dizendo que ele matou sua própria irmã?

— É isso mesmo que estou dizendo. — Ele foi indicando outros nomes mais na direção do passado. — Miss Mary Beth, essa foi a mãe de Stella e de Miss Carl. E agora, Miss Millie é na verdade filha de Rémy Mayfair. Esse era tio de Miss Carl e morreu na casa da First Street, mas isso foi antes do meu tempo. Lembro-me, no entanto, de Julien. Julien era o que se pode chamar de inesquecível. Um belo homem até o dia em que morreu. Da mesma forma que o filho, Cortland. Veja, Cortland faleceu no ano em que Deirdre teve aquela criança. Mas não fui eu quem enterrou Cortland. A família vivia em Metairie. Dizem que foi toda aquela confusão com o bebê que matou Cortland. Mas isso não importa. Dá para se ver que Cortland estava com 80 anos. A velha Miss Belle era a irmã mais velha de Miss Carl. Já Miss Nancy, bem, ela é irmã de Antha. A próxima será Miss Millie, ouça o que lhe digo.

Rita não se importava com elas. Estava se lembrando de Deirdre naquele dia remoto no Santa Rosa, quando as duas estavam sentadas na beira da cama juntas. O colar com a esmeralda chegara a ela através de Stella e de Antha.

Ela contou isso a Red, e ele não ficou nem um pouco surpreso. Simplesmente concordou com um gesto de cabeça e disse que sim, que aquele colar havia pertencido a Miss Mary Beth, e antes dela a Miss Katherine, que havia construído a casa da First Street, mas Miss Katherine na verdade já não era do seu tempo. Sua recordação mais antiga era de Monsieur Julien...

— Mas o senhor não acha muito estranho que todas elas usem o sobrenome Mayfair? Por que não assumem o nome do marido?

— Elas não podem — respondeu Lonigan. — Se adotarem o sobrenome do marido, não farão jus ao dinheiro da família Mayfair. Foi assim que ficou estabelecido há muito tempo. É preciso ser uma Mayfair para receber a herança dos Mayfair. Cortland Mayfair sabia disso. Ele conhecia tudo a respeito da questão. Era um excelente advogado. Nunca trabalhou para ninguém, a não ser para a família Mayfair. Lembro-me de que ele uma vez me falou sobre isso. Disse que fazia parte do legado.

Red estava novamente com o olhar fixo nas flores.

— O que houve, Red?

— Ah, só uma velha história que contam por aí. De que esses vasos nunca ficam vazios.

— Bem, é Miss Carl quem manda colocar as flores, não é?

— Não que eu saiba – disse o Sr. Lonigan. — Mas alguém sempre as coloca ali. — Em seguida, ele se calou como sempre. Ele jamais chegaria a contar o que sabia.

Quando ele morreu, um ano depois, Rita sentiu tanto quanto se tivesse perdido o próprio pai. Ela não parava, no entanto, de se perguntar os segredos que ele havia levado consigo. Ele sempre havia sido muito bom para Rita. Jerry nunca foi igual. Depois, ele sempre ficava nervoso quando trabalhava para as antigas famílias.

Deirdre voltou para a casa da First Street em 1976. Diziam que ficou idiota e desmiolada em consequência dos tratamentos com choques.

O padre Mattingly, da paróquia, passou para vê-la. Não lhe restava nada do cérebro. Ele contou a Jerry que ela era igual a um bebê ou a uma velha senil.

Rita foi fazer uma visita. Anos haviam se passado desde aquela briga horrível com Miss Carlotta. Rita agora tinha três filhos. Não tinha medo da velha. Comprou um bonito *négligé* de seda branca para Deirdre na D. H. Holmes.

Miss Nancy levou-a até a varanda.

– Olhe o que Rita Mae Lonigan trouxe, Deirdre.

Apenas uma idiota desmiolada. E que esquisito ver aquela belíssima esmeralda no colar no seu colo. Era como se estivessem debochando dela quando a faziam usar o colar por cima da camisola de flanela.

Seus pés pareciam inchados e delicados sobre as tábuas nuas do piso da varanda. A cabeça caía para um lado enquanto ela olhava pelas telas. Afora isso, porém, ela ainda era Deirdre, ainda bonita, ainda meiga. Rita teve de sair dali.

Nunca mais fez nenhuma visita. Não transcorria, entretanto, uma semana que fosse sem que ela passasse pela First Street só para parar na cerca e acenar para Deirdre, que nem percebia sua presença. Mesmo assim, Rita insistia. Pareceu-lhe que Deirdre ia ficando mais corcunda e mais magra, que seus braços já não descansavam no colo, mas que ficavam encolhidos, próximos do peito. Rita nunca chegava perto o suficiente para ter certeza. Era essa a vantagem de ficar parada na cerca a acenar.

Quando Miss Nancy faleceu no ano passado, Rita disse que ia comparecer ao enterro.

– Vou por Deirdre – disse ela.

– Mas, querida, Deirdre não vai saber que você está fazendo isso. Em todos esses anos Deirdre não havia pronunciado uma sílaba sequer.

Rita não se importou. Iria assim mesmo.

Quanto a Jerry, ele não queria ter nada a ver com a família Mayfair. Sentiu falta do seu pai mais do que em qualquer outra ocasião.

– Por que diabos eles não podem procurar uma outra funerária? – disse ele, entredentes. Outras pessoas agiam assim, agora que seu pai não estava mais lá. Por que a família Mayfair não lhes seguia o exemplo? Ele detestava as famílias antigas.

– Pelo menos essa é uma morte natural, ou foi o que me disseram.

Isso realmente deixou Rita espantada.

– Ora, as mortes de Miss Belle e de Miss Millie não foram "naturais"?

Depois que terminou seu trabalho com Miss Nancy naquela tarde, ele disse a Rita como havia sido terrível entrar naquela casa para pegá-la.

Como se tivesse saído direto dos tempos de outrora, era o quarto do andar de cima, com as cortinas fechadas e duas velas acesas diante de um quadro de Nossa Senhora das Dores. O quarto fedia a mijo. E Miss Nancy estava morta ali há horas naquele calor antes de ele chegar.

A pobre Deirdre na varanda telada como um farrapo humano, e a enfermeira negra, segurando a mão de Deirdre e rezando o rosário em voz alta, como se Deirdre ouvisse as Ave-Marias ou sequer chegasse a perceber sua presença.

Miss Carlotta não quis entrar no quarto de Miss Nancy. Ficou parada no corredor, de braços cruzados.

– Hematomas, Miss Carl. Nas pernas e nos braços. Ela sofreu alguma queda grave?

– Ela teve o primeiro ataque na escada, Sr. Lonigan.

Puxa, como Jerry preferia que seu pai ainda estivesse vivo. Seu pai sabia como lidar com as famílias antigas.

– Agora, você me diga, Rita Mae. Por que ela não foi levada para o hospital? Não estamos em 1842! Estamos no mundo atual. É o que eu lhe pergunto.

– Tem gente que quer morrer em casa, Jerry – disse Rita. – Eles não lhe deram uma certidão de óbito assinada?

Haviam. Claro que sim. Mas ele detestava essas famílias antigas.

– Nunca se sabe o que as pessoas vão fazer – afirmou. – E não é só a família Mayfair. Estou falando de todas as famílias mais antigas.

Às vezes os parentes invadiam a sala do velório e começavam a trabalhar no defunto com seu próprio pó facial e batom. Ora, hoje em dia ninguém com algum juízo faria esse tipo de coisa.

E o que dizer daqueles irlandeses que riam e faziam piadas enquanto carregavam o caixão? Um deles largava a alça do seu lado só para que o irmão tivesse de aguentar o peso todo, brincando no caminho do cemitério como se estivessem num desfile de Carnaval.

E as histórias que os mais velhos contavam no velório eram de dar náuseas. A velha irmã Bridget Marie, numa noite dessas ali embaixo, contou sobre a viagem de navio desde a Irlanda. A mamãe diz ao bebê no cesto de vime: "Se não parar de chorar, vou jogar você no mar." Em seguida, ela... manda um filho pequeno tomar conta do bebê. Daqui a pouquinho ela volta. O bebê sumiu do cesto. O outro filho diz: "Ele começou a chorar, e eu o joguei no mar."

Agora, que tipo de história é essa para se contar quando se está sentado ao lado de um caixão?

Rita sorriu involuntariamente. Ela sempre havia gostado da irmã Bridget Marie.

— Os Mayfair não são irlandeses – disse ela. – São ricos, e os ricos não se comportam desse jeito.

— Ah, Rita Mae, eles são irlandeses, sim. Ou pelo menos são irlandeses o bastante para serem malucos. Foi o famoso arquiteto irlandês Darcy Monahan quem construiu aquela casa, e ele era o pai de Miss Mary Beth. E Miss Carl é filha do juiz McIntyre, e esse era irlandês como ele só. Um verdadeiro exemplo da velha guarda. Sem dúvida, eles são irlandeses. Tão irlandeses quanto qualquer outra pessoa por aqui no momento atual.

Ela estava pasma de ouvir o marido falar tanto. A família Mayfair o incomodava, isso estava bem claro, da mesma forma que havia incomodado seu pai, e ninguém nunca havia contado a Rita a história inteira.

Rita foi à missa fúnebre pela alma de Miss Nancy, na capela. Ela seguiu o cortejo no seu próprio carro. Ele passou pela First Street, pela velha casa, em respeito a Deirdre. Não houve, porém, nenhum sinal de que Deirdre houvesse visto todas aquelas limusines negras deslizando por ali.

A família Mayfair era tão numerosa. Ora, de onde é que vinha tanta gente? Rita reconheceu vozes de Nova York, vozes da Califórnia e até mesmo vozes sulinas, de Atlanta e do Alabama. E ainda todas aquelas vozes de Nova Orleans. Ela não pôde acreditar ao examinar o livro de presença. Pois não havia Mayfairs da Cidade Alta, do centro, de Metairie e do outro lado do rio.

Havia até mesmo um inglês ali, um senhor de cabelos brancos trajando terno de linho e usava uma bengala. Ele ficou para trás, ao lado de Rita.

— Puxa, que calor pavoroso está fazendo hoje – disse ele, com sua elegante voz inglesa. Quando Rita tropeçou, ele a firmou pelo braço. Muito gentil.

Ela se perguntava o que toda essa gente pensava daquela casa medonha e do cemitério de Lafayette, com todas aquelas criptas se desintegrando. Todos se acotovelavam pelos corredores estreitos; ficavam nas pontas dos pés para tentar ver alguma coisa por cima dos túmulos maiores. Mosquitos no capim alto. E havia um daqueles ônibus de excursão estacionado junto ao portão bem naquela hora. Os turistas iriam adorar, sem dúvida. Ora, iam ver um belo espetáculo.

O grande choque foi, no entanto, a prima que havia levado o bebê de Deirdre. Pois lá estava ela, Ellie Mayfair, da Califórnia. Jerry mostrou-lhe quem era enquanto o padre dizia as últimas palavras. Ela assinava o livro de presença em todos os enterros nos últimos trinta anos. Alta, de cabelos escuros, usando um vestido de linho azul sem mangas, com um belo bronzeado. Usava também um grande chapéu branco, como uma touca com aba, e óculos escuros. Parecia uma artista de cinema. Todos se reuniam à sua volta. As pessoas apertavam sua mão. Beijavam seu rosto empoado. Quando se aproximavam muito, estariam fazendo perguntas sobre a filha de Deirdre?

Rita enxugou as lágrimas. *Rita Mae, vão me tomar o bebê.* O que ela havia feito com aquele pequeno fragmento de cartão branco com a palavra Talamasca?

Era provável que estivesse bem aqui no seu livro de orações. Ela nunca jogava nada fora. Talvez devesse conversar com aquela mulher, só para lhe perguntar como poderia entrar em contato com a filha de Deirdre. Talvez algum dia aquela menina devesse ouvir o que Rita tinha a contar. Mas também que direito tinha de se intrometer a esse ponto? No entanto, se Deirdre morresse antes de Rita, e Rita visse aquela mulher mais uma vez, bem, nesse caso ela iria fazer a pergunta. Nada a impediria.

Ela quase começou a chorar ali mesmo. E, imagine só, as pessoas teriam pensado que estava chorando pela velha Miss Nancy. Era de rir. Ela se virou, tentando esconder o rosto, e viu, então, o inglês, aquele senhor, com os olhos fixos nela. Seu rosto tinha uma expressão bem estranha, como se ele estivesse preocupado com o fato de ela chorar. Ela chorou mesmo e fez um pequeno gesto para ele como se dissesse: está tudo bem. No entanto, ele se aproximou mesmo assim.

Deu-lhe o braço, como dera antes, e a ajudou a caminhar um pouco para fora do grupo, onde havia um banco, no qual ela se sentou. Quando ergueu os olhos, ela podia jurar que Miss Carl tinha os olhos fixos nela e no inglês, mas Miss Carl estava realmente muito longe, e o sol batia em cheio nos seus óculos. Era provável que nem os estivesse vendo.

Foi então que o inglês lhe deu um cartãozinho branco e disse que gostaria de poder conversar com ela. Sobre que assunto?, pensou ela, mas aceitou o cartão e o guardou no bolso.

Mais tarde naquela noite, ela o encontrou. Estava procurando o santinho distribuído no enterro, e lá estava o cartãozinho do homem, com aqueles mesmos nomes depois de todos esses anos: Talamasca e Aaron Lightner. Por um instante, Rita achou que fosse desmaiar direto. Talvez ela tivesse cometido um grande erro. Procurou aflita pelo velho cartão no livro de orações, ou pelo que sobrara dele. E de fato os dois eram iguais. No cartão novo, o inglês havia escrito à tinta o nome do Monteleone Hotel, no centro da cidade, e o número do seu apartamento.

Rita encontrou Jerry acordado, sentado à mesa da cozinha, bebendo.

– Rita Mae, você não pode ir conversar com esse homem. Não pode contar nada a respeito daquela família.

– Mas, Jerry, tenho de contar o que aconteceu antes. Tenho de dizer que Deirdre tentou entrar em contato com ele.

– Isso foi há muitos e muitos anos, Rita Mae. A criança agora já é adulta. Ela é médica, você sabia? Vai ser cirurgiã, ao que eu soube.

– Não me importa, Jerry. – Rita perdeu o controle, mas mesmo através das lágrimas ela fez algo de estranho. Estava com os olhos fixos no cartão, gravando na memória tudo o que estava nele. Ela decorou o número do apartamento do hotel. Decorou o número do telefone de Londres.

E exatamente como havia imaginado, Jerry de repente pegou o cartão e o enfiou no bolso da camisa. Ela não disse nada. Só continuou a chorar. Jerry era o homem mais generoso do mundo, mas ele nunca iria compreender.

— Foi bonito você ter ido ao enterro, querida.

Rita não tocou mais no assunto do inglês. Não ia se indispor com Jerry. Bem, pelo menos até aquele instante ela ainda não havia se decidido.

— Mas o que aquela garota lá na Califórnia sabe sobre a própria mãe? – perguntou Rita. – Quer dizer, será que ela sabe que Deirdre não quis nunca renunciar a ela?

— Querida, você tem de deixar isso pra lá.

Na vida de Rita nunca houve um momento que se assemelhasse àqueles anos atrás no jardim das freiras, em que ouviu Deirdre com aquele homem, em que ouviu duas pessoas falarem de amor daquele jeito. No crepúsculo, Rita havia contado a história a Jerry, mas ninguém conseguia compreender. Era preciso que se estivesse lá, sentindo o perfume dos lírios e vendo o céu de um azul de vitral através dos galhos das árvores.

E pensar naquela menina tão longe, talvez sem nunca saber como era de fato sua mãe verdadeira...

Jerry abanou a cabeça. Encheu o copo de bourbon e bebeu metade dele.

— Querida, se ao menos você soubesse o que eu sei dessa gente.

Jerry estava mesmo bebendo demais. Rita percebeu isso. Ele não era um fofoqueiro. Um bom agente funerário não podia ser indiscreto. Mas nesse instante começou a falar, e Rita deixou que falasse:

— Querida, nunca houve nenhuma esperança para Deirdre naquela família. Seria possível dizer que ela foi amaldiçoada ao nascer. Era isso o que papai dizia.

Jerry era apenas um aluno do primeiro grau quando a mãe de Deirdre, Antha, morreu, numa queda do telhado da varanda abaixo da janela do sótão da casa. O crânio abriu-se no chão do pátio. Deirdre era um bebê na ocasião, da mesma forma que Rita Mae, é claro. Mas Jerry já trabalhava com o pai.

— Estou lhe dizendo que raspamos partes do seu cérebro das lajes. Foi horrível. Ela só tinha 20 anos, e era bonita! Mais bonita até do que Deirdre chegaria a ser. E você precisava ver as árvores naquele quintal, querida. Era como se estivesse acontecendo um furacão exatamente sobre a casa, do jeito que as árvores se mexiam. Mesmo aquelas magnólias sólidas estavam se curvando e se retorcendo.

— É, eu já as vi assim – disse Rita, mas calou-se para que ele continuasse a falar.

— O pior foi quando voltamos para cá e papai deu uma boa olhada em Antha. Ele disse de cara: "Está vendo esses arranhões em volta dos olhos? Ora, isso não aconteceu na queda. Não havia árvores abaixo daquela janela." E então papai descobriu que um dos olhos estava arrancado da órbita. Bem, papai sabia o que fazer nessas situações. Ele foi direto telefonar para o Dr. Fitzroy. Disse que achava ser necessário realizar uma autópsia. E fincou pé quando o doutor quis argumentar com ele. Afinal, o Dr. Fitzroy confessou que Antha Mayfair havia enlouquecido e tentado arrancar os próprios olhos. Miss Carl procurou impedi-la, e foi então que Antha correu para o sótão. Ela caiu, é certo, mas estava totalmente fora de si quando isso aconteceu. Miss Carl presenciou tudo. E não havia motivo nenhum neste mundo para que as pessoas começassem a falar nisso, para que essa notícia saísse nos jornais. Será que não havia sido suficiente a dor pela qual a família passara com a morte de Stella? O Dr. Fitzroy disse a papai que ligasse para a casa paroquial de Santo Afonso e conversasse com o pároco, se ainda lhe restava alguma dúvida. "Para mim esse não me parece um ferimento provocado por ela mesma", disse papai. "Mas se o senhor se dispõe a assinar o atestado de óbito num caso desses, bem, acho que fiz o que pude." E nunca houve autópsia nenhuma. Mas papai sabia do que estava falando. É claro que ele me fez jurar não contar nunca a ninguém uma palavra disso. Eu era muito amigo de papai naquela época, já o ajudava muito. Ele sabia que podia confiar em mim. E eu agora estou confiando em você, Rita Mae.

— Que coisa mais horrível, arrancar os próprios olhos — sussurrou Rita, pedindo a Deus que Deirdre nunca tivesse conhecimento disso.

— É, mas você ainda não ouviu tudo — disse Jerry, tomando mais um gole de bourbon. — Quando começamos a arrumá-la, encontramos nela o famoso colar com a esmeralda, aquele mesmo que Deirdre usa agora, a famosa esmeralda da família Mayfair. A corrente estava enroscada no pescoço e a pedra presa no cabelo na nuca. Estava coberta de sangue e só Deus sabe mais o quê. Bem, até papai ficou chocado, apesar de tudo o que ele já havia visto neste mundo, ao tirar o cabelo e os fragmentos de ossos daquela joia. E ele disse que não era a primeira vez que tinha de limpar sangue daquele colar. Da outra vez, ele o havia encontrado no pescoço de Stella Mayfair, mãe de Antha.

Rita lembrou-se daquele dia remoto no Santa Rosa, do colar na mão de Deirdre. E do Sr. Lonigan, muitos anos mais tarde, mostrando-lhe o nome de Stella na lápide.

— E Stella foi a que foi morta a tiros pelo próprio irmão.

— Foi, e isso foi horrível, pelo que papai dizia. Stella era a rebelde da sua geração. Mesmo antes da morte da mãe, ela enchia aquela velha casa com luzes, com festas noite após noite, com bebida clandestina à vontade e músicos tocando ao vivo. Só Deus sabe o que Miss Carl, Miss Millie e Miss Beth pensavam daquilo tudo. Mas, quando ela começou a trazer seus homens para dentro de casa, Lionel encarregou-se do assunto, matando-a a tiros. Ele estava era com ciúme dela. Bem na frente de todos no salão, ele disse: "Vou matá-la para não deixar que *ele* fique com você."

— Ora, o que você está me dizendo? Que o irmão e a irmã iam juntos para a cama?

— Pode ter sido, querida. Pode ter sido. Ninguém nunca soube o nome do pai de Antha. Poderia ter sido Lionel tanto quanto qualquer outro. Costumavam mesmo dizer... Mas Stella não se incomodava com o que as pessoas pensassem. Dizem que, quando estava grávida de Antha, ela convidou todas as amigas para uma enorme festa na casa. Stella nunca se perturbou com o fato de ter aquele bebê sem estar casada.

– Ora, nunca ouvi nada semelhante – disse Rita, baixinho. – Especialmente naquela época, Jerry.

– Pois era assim que era, querida. E não foi só de papai que eu ouvi algumas dessas coisas. Lionel deu um tiro na cabeça de Stella, e todo mundo dentro da casa simplesmente enlouqueceu, quebrando as janelas que davam para as varandas só para poder sair dali. Um verdadeiro pânico. E você não sabe que a pequena Antha estava no andar superior? Que ela desceu durante aquela confusão toda e viu a mãe ali deitada, morta no chão da sala de estar?

Rita abanou a cabeça. O que Deirdre havia dito naquela tarde remota? *E dizem que a mãe dela também morreu ainda jovem, mas nunca se fala nela.*

– Lionel acabou numa camisa de força depois de matar Stella a tiros. Papai sempre dizia que a culpa o deixou fora de si. Ele não parava de berrar que o diabo não queria deixá-lo em paz, que sua irmã havia sido uma bruxa, e que ela havia mandado um demônio persegui-lo. Ele afinal morreu durante um ataque, sufocou-se com a própria língua, sem ninguém por perto para ajudá-lo. Abriram a cela acolchoada, e lá estava ele, morto, e já escurecendo. Pelo menos dessa vez o corpo veio todo costuradinho do médico-legista. Foram os arranhões no rosto de Antha, doze anos mais tarde, que sempre assustaram papai.

– Pobre Dee Dee. Ela deve ter sabido parte dessas histórias.

– É, até mesmo um bebê muito pequeno sabe das coisas. Você sabe que é verdade! E, quando papai e eu fomos retirar o corpo de Antha do pátio, ouvíamos a pequenina Deirdre aos prantos lá dentro, como se soubesse que sua mãe estava morta. Ninguém pegava aquela criança no colo; ninguém a consolava. Ouça o que lhe digo, essa menina já nasceu amaldiçoada. Não havia esperança para ela com todos esses acontecimentos na família. Foi por isso que mandaram a criança para o oeste, para afastá-la de tudo isso. E se eu fosse você, querida, eu não me meteria nessa história.

Rita pensou em Ellie Mayfair, tão bonita. Provavelmente, neste exato instante, já a bordo de um avião para San Francisco.

– Dizem que essa gente da Califórnia é rica. Quem me contou foi a enfermeira de Deirdre. A moça tem seu próprio iate, lá na baía de San Francisco, atracado direto na varanda da frente da casa. O pai é um grande advogado lá para aquelas bandas, um verdadeiro espertalhão, mas ganha muito bem. Se existe alguma maldição na família Mayfair, a menina conseguiu se livrar dela.

– Jerry, você não acredita em maldições e sabe muito bem disso.

– Querida, pense um instante naquele colar com a esmeralda. Por duas vezes, papai teve de limpar o sangue nele. Sempre me pareceu que a própria Miss Carlotta acreditava que houvesse uma maldição na joia. Na primeira vez em que papai o limpou, quando da morte de Stella, sabe o que Miss Carlotta queria que papai fizesse? Que pusesse o colar no caixão, junto com Stella. Foi papai quem me contou isso. Sei que é verdade. E papai se recusou a seguir suas instruções.

– Bem, pode ser que não seja verdadeira, Jerry.

– Ora, Rita Mae, com aquela esmeralda dava para se comprar um quarteirão na Canal Street, no centro. Papai pediu a Hershman, da Magazine Street, que avaliasse a pedra. O que eu quero dizer é que aqui estava ele com Miss Carlotta, dizendo coisas do tipo: "Manifesto meu desejo de que ponha o colar no caixão com minha irmã." Por isso, ele liga para Hershman, já que ele e Hershman eram muito amigos. Hershman afirma que a pedra é mesmo verdadeira, que é a esmeralda mais bela que já viu. Que nem saberia atribuir-lhe algum preço. Que teria de levar uma joia dessas até Nova York para uma avaliação real. Acrescentou que o mesmo acontecia com todas as joias da família Mayfair. Uma vez ele as limpara para Miss Mary Beth antes que ela as deixasse para Stella. Disse que esse tipo de joia costuma acabar em exibição nos museus.

– E então, o que disse Red a Miss Carlotta?

– Disse que não, que não ia pôr nenhuma esmeralda de milhões de dólares num caixão. Ele a limpou muito bem com álcool, conseguiu um estojo de veludo para ela na loja de Hershman e depois a levou para Miss Carl. O mesmo que fizemos anos mais tarde, quando Antha caiu da janela. Dessa vez, porém, Miss Carl não nos pediu que a enterrássemos. Também não exigiu que o velório fosse no salão da casa.

– No salão!

– Bem, foi ali o velório de Stella, Rita Mae, bem ali naquela casa. Era assim que se fazia antigamente. O enterro do velho Julien Mayfair saiu daquela casa, bem como o de Miss Mary Beth, e isso foi em 1925. E era assim que Stella queria que fosse. Ela deixou por escrito no testamento, e assim foi feito. Já no caso de Antha, nada disso ocorreu. Nós devolvemos o colar, papai e eu juntos. Eu entrei com papai, e Miss Carl estava naquele salão duplo sem nenhuma luz acesa, e olhe que é escuro ali com todas aquelas árvores, varandas e tudo o mais. Lá estava ela sentada, embalando a pequena Deirdre no berço ao seu lado. Entrei com papai, e ele pôs o colar na mão dela. Sabe o que ela fez? Ela disse: "Muito obrigada, Red Lonigan." Voltou-se e pôs o estojo da joia no berço do bebê.

– Mas por que ela fez isso?

– Porque pertencia a Deirdre, é esse o motivo. Miss Carl nunca teve direito a nenhuma daquelas joias. Miss Mary Beth deixou-as para Stella; Stella designou Antha para ficar com elas; e a filha única de Antha era Deirdre. Sempre foi assim. Todas elas passam para uma das filhas.

– Bem, e se o colar for mesmo amaldiçoado – disse Rita. – Meu Deus, só de pensar nele no pescoço de Deirdre, ela estando do jeito que está. Rita mal conseguia suportar a ideia.

— Bem, se ele é amaldiçoado, talvez a casa também seja, porque as joias acompanham a casa e a dinheirama toda.

— Você está me dizendo, Jerry Lonigan, que aquela casa pertence a Deirdre?

— Ora, Rita, todo mundo sabe disso. Como é que você não sabia?

— Você está me dizendo que a casa é dela e que aquelas mulheres moraram ali todos esses anos em que ela esteve trancafiada, para depois a trazerem de volta daquele jeito, e ela fica ali sentada e...

— Ora, Rita, não precisa ficar histérica. Mas é isso o que lhe digo. Ela pertence a Deirdre, da mesma forma que pertenceu a Antha e a Stella. E será herdada por aquela filha lá da Califórnia quando Deirdre morrer, a não ser que alguém consiga alterar todos aqueles antigos documentos; e eu não acho que se possa alterar nada desse tipo. O testamento é muito antigo. Ele remonta ao tempo em que possuíam a fazenda, e a tempos ainda anteriores, quando ainda estavam nas ilhas, sabe, no Haiti, antes de se transferirem para cá. Chamam-no de legado. E eu me lembro de que Hershman costumava dizer que Miss Carl começou a estudar Direito quando era bem nova só para aprender um jeito de driblar o legado. Mas nunca teve sucesso. Mesmo antes de Miss Mary Beth morrer, todos já sabiam que Stella seria a herdeira.

— Mas e se a tal moça da Califórnia não souber de nada?

— É a lei, querida. E apesar de tudo o mais que ela possa ser, Miss Carl é uma boa advogada. Além disso, o legado está vinculado ao nome Mayfair.

Você tem de usar o sobrenome ou não poderá herdar nada do legado. E essa moça usa o sobrenome. Eu soube disso quando ela nasceu. Da mesma forma que sua mãe adotiva, Ellie Mayfair, a que veio hoje e assinou o livro de presença. Eles sabem. As pessoas sempre sabem quando têm dinheiro a ganhar. E ainda os outros membros da família Mayfair lhe diriam. Ryan Mayfair lhe diria. Ele é neto de Cortland, e Cortland adorava Deirdre. Realmente adorava. Ele já era muito velho quando Deirdre teve de renunciar ao bebê, e pelo que eu soube, ele se opôs o tempo todo. Grande ajuda a dele. Eu soube que ele teve uma briga horrível com Miss Carlotta a respeito do bebê, disse que Deirdre enlouqueceria se tivesse de renunciar à criança, e Miss Carlotta disse que Deirdre já era louca mesmo. Grande ajuda a dele. Jerry terminou seu bourbon. Serviu mais um copo.

— Mas, Jerry, e se houver outras coisas que a filha de Deirdre não sabe? – perguntou Rita. – Por que ela não compareceu ao enterro hoje? Por que ela não quis vir ver sua mãe?

Rita Mae, vão me tomar o bebê!

Jerry não respondeu. Seus olhos estavam injetados. Ele havia exagerado no bourbon.

— Papai sabia muito mais sobre essa gente – disse ele, com a voz agora enrolada. – Mais do que quis me contar. Uma coisa que ele de fato disse foi que era certo tirar o bebê de Deirdre e dá-lo a Ellie Mayfair, pelo bem do bebê. Papai também me contou uma outra coisa. Que Ellie Mayfair não podia ter filhos e que o marido estava muito decepcionado por isso e quase a ponto de deixá-la quando Miss Carl ligou de tão longe e perguntou se queriam o bebê de Deirdre. "Não vá contar isso a Rita Mae", disse papai, "mas para todo mundo foi uma bênção. E o velho Sr. Cortland, que Deus o tenha, estava enganado."

Rita Mae sabia o que ia fazer. Ela nunca havia mentido a Jerry em toda sua vida. Só não lhe contou a verdade. Na tarde do dia seguinte, ela telefonou para o Monteleone Hotel. O inglês acabara de fechar sua conta. Mas talvez ainda se encontrasse no saguão.

O coração de Rita Mae batia forte enquanto ela esperava.

– Aqui fala Aaron Lightner. Sim, Sra. Lonigan. Por favor, tome um táxi e eu pago sua corrida. Estarei à sua espera.

Ela ficou tão nervosa que se atrapalhou com as palavras, esqueceu coisas quando ia saindo da casa e teve de voltar para buscá-las. No entanto, estava feliz com sua atitude. Mesmo que Jerry a tivesse pego em flagrante, ela teria prosseguido com seu plano.

O inglês levou-a até o Desire Oyster Bar, logo depois da esquina, um lugar bonito, com ventiladores no teto, grandes espelhos e portas abertas para a Bourbon Street. Parecia exótico a Rita, como o French Quarter sempre lhe parecia. Ela quase nunca ia até ali.

Sentaram-se a uma mesa com tampo de mármore, e ela aceitou um copo de vinho branco, porque foi isso o que o inglês pediu e a ideia lhe agradou. Que bela aparência tinha esse homem. No caso dele, a idade não importava. Ele era mais bonito do que outros homens mais jovens. Ela ficou ligeiramente nervosa por se sentar tão perto dele. E o jeito que os seus olhos a examinavam fez com que ela se derretesse como se fosse de novo uma adolescente.

– Pode falar, Sra. Lonigan. Estou ouvindo.

Ela procurou ir devagar, mas, uma vez começada a história, tudo veio à tona. Logo ela estava chorando, e era provável que ele não entendesse uma palavra do que ela dizia. Ela lhe entregou aquele pedaço de cartão velho e retorcido. Contou dos anúncios que mandou publicar e de como havia contado a Deirdre que não conseguiu encontrá-lo. Veio, então, a parte mais difícil.

– Existem coisas que essa moça na Califórnia não sabe! A propriedade é dela, e talvez os advogados lhe passem essa informação, mas o que dizer da maldição, Sr. Lightner? Estou confiando no senhor. Estou lhe dizendo coisas que o meu marido não quer que eu conte a nenhum ser humano. Só que, se Deirdre confiou no senhor naquela época, isso para mim basta. Estou lhe dizendo, as joias e a casa são amaldiçoadas.

Enfim, ela lhe contou tudo. Contou tudo o que Jerry havia dito. Tudo o que Red um dia chegara a dizer. Absolutamente tudo o que conseguiu recordar.

Interessante que ele não ficou nem surpreso nem escandalizado. E ele lhe garantiu repetidamente que faria o possível para fazer essas informações chegarem àquela moça lá na Califórnia.

Quando terminou de falar e ficou ali sentada, limpando o nariz com o lenço, o vinho branco intacto, o homem lhe perguntou se guardaria o cartão, se o chamaria caso ocorresse qualquer "alteração" no estado de Deirdre. Se não o encontrasse, ela devia deixar um recado. Quem atendesse o telefone iria compreender. Ela só precisava dizer que era algo relacionado a Deirdre Mayfair.

Ela tirou o livro de orações da bolsa.

– Passe-me os números novamente – disse ela, e acrescentou as palavras "algo relacionado a Deirdre Mayfair". Só depois de escrever tudo, ela pensou em fazer uma pergunta: – Diga-me, então, Sr. Lightner, como veio a conhecer Deirdre?

– É uma longa história, Sra. Lonigan. Pode-se dizer que venho observando aquela família há anos. Tenho dois quadros pintados pelo pai de Deirdre, Sean Lacy. Um deles é de Antha. Foi ele que morreu numa estrada em Nova York antes de Deirdre nascer.

– Morreu numa estrada? Eu nunca soube disso.

– Duvido que alguém por aqui tivesse conhecimento. Era um bom pintor. Fez um belíssimo quadro de Antha com o famoso colar com a esmeralda. Consegui obtê-lo por meio de um marchand de Nova York alguns anos depois que os dois haviam falecido. Deirdre talvez estivesse com uns 10 anos nessa época. Só a conheci quando foi para a faculdade.

– Estranha essa história de o pai de Deirdre ter sofrido um acidente na estrada. Foi exatamente o que aconteceu com o namorado de Deirdre, o homem com quem ela ia se casar. O senhor sabia? Que o carro se desgovernou na estrada que beira o rio, quando ele estava vindo para Nova Orleans?

Ela achou ter percebido uma pequena mudança na expressão do inglês, mas não teve certeza. Pareceu-lhe que seus olhos se contraíram só por um segundo.

– É, eu já sabia. – Ele aparentava estar pensando em coisas que não queria contar. Depois, recomeçou a falar: – Sra. Lonigan, gostaria que me fizesse uma promessa.

– E qual é ela, Sr. Lightner?

– Se acontecer alguma coisa, algo totalmente inesperado, e a filha da Califórnia voltar para cá, por favor não tente falar com ela. Ligue-me em vez disso. Pode me ligar a qualquer hora do dia ou da noite, e prometo que estarei aqui assim que conseguir um voo de Londres.

– O senhor quer dizer que eu mesma não devo contar essas coisas à filha? É isso o que está dizendo?

– É – respondeu ele, com ar muito sério, tocando sua mão pela primeira vez, mas de uma forma bastante cavalheiresca, sem absolutamente nenhum sinal de desrespeito. – Não volte àquela casa. Não volte lá, especialmente se a filha estiver na casa. Prometo-lhe que, se eu mesmo não puder vir, outra pessoa virá, uma outra pessoa que realizará o que desejamos que seja feito, alguém inteiramente familiarizado com toda a história.

– Puxa, isso tiraria um grande peso da minha cabeça – disse Rita. Ela sem dúvida não queria falar com aquela moça, uma perfeita desconhecida, para tentar lhe contar todas essas coisas. De repente, porém, tudo começou a intrigá-la. Pela primeira vez, ela começou a se perguntar quem seria esse homem simpático. Estaria ela enganada ao confiar nele?

– Pode confiar em mim, Sra. Lonigan – disse ele, exatamente como se soubesse o que ela estava pensando. – Peço-lhe que tenha certeza disso. Eu conheci a filha de Deirdre e sei que se trata de uma pessoa muito calada e, bem, como poderei dizer, intimidante. Não é fácil conversar com ela, se é que me entende. Creio, porém, que eu posso explicar algumas coisas para ela.

Bem, isso aí fazia sentido.

– Claro, Sr. Lightner.

Ele olhava para ela. Talvez soubesse como estava confusa, como aquela tarde havia lhe parecido estranha, com toda essa conversa sobre maldições e tudo o mais, sobre gente já morta e aquele colar antigo e misterioso.

– É, eles são muito estranhos – disse ele.

– Parece que o senhor leu meu pensamento – disse Rita, rindo.

– Não se preocupe mais. Vou fazer com que Rowan Mayfair saiba que sua mãe não renunciou a ela. Vou me encarregar de que Rowan saiba tudo o que a senhora quer que ela saiba. Devo isso a Deirdre, não acha? Gostaria de ter podido ajudar quando ela precisou de mim.

Bem, isso já era mais do que suficiente para Rita.

Daí em diante, todos os domingos, quando Rita ia à missa, ela abria a última página do seu missal e olhava para o número do telefone do homem em Londres. Ela lia palavras: "algo relacionado a Deirdre Mayfair." Depois, fazia uma oração por Deirdre, e não parecia errado tratar-se da oração pelos mortos. Essa parecia ser a oração adequada ao caso.

– Que a luz eterna a ilumine, ó Senhor, e que ela descanse em paz. Amém.

E agora já haviam se passado mais de doze anos desde que Deirdre assumira seu lugar na varanda, mais de um ano desde que o inglês havia chegado e ido embora, e estavam falando em internar Deirdre novamente. Era a casa que estava em ruínas à sua volta, naquele triste jardim descuidado, e iam mais uma vez trancafiá-la.

Talvez Rita devesse ligar para o homem. Talvez ela devesse lhe passar essa informação. Ela simplesmente não sabia.

– Interná-la é a melhor solução – disse Jerry –, antes que Miss Carl fique velha demais para tomar essa decisão. E a verdade é que, bem, detesto ter de dizer isso, querida, mas Deirdre está piorando cada vez mais. Dizem que está morrendo.

Morrendo.

Ela esperou até Jerry ir para o trabalho. Deu, então, o telefonema. Ela sabia que a chamada apareceria na conta e que era provável que ela tivesse de acabar contando alguma coisa a Jerry. Mas isso não importava. O que importava agora era fazer a telefonista compreender que ela queria ligar para um telefone do outro lado do oceano.

Foi uma mulher gentil que atendeu a ligação, e a chamada foi a cobrar, como o inglês havia prometido. A princípio, Rita não conseguia entender tudo o que a mulher dizia, falava tão rápido, mas depois descobriu que o Sr. Lightner estava nos Estados Unidos. Estava em San Francisco. A mulher ligaria para ele imediatamente. Rita podia lhe dar o número do seu telefone?

– Ah, não. Não quero que ele ligue para cá. Basta que você dê um recado a ele. É muito importante. Que Rita Mae Lonigan ligou para avisar sobre "algo relacionado com Deirdre Mayfair". Pode anotar isso? Diga que Deirdre Mayfair está muito mal, que está piorando, que talvez esteja morrendo.

Rita perdeu o fôlego ao dizer essa última palavra. Não conseguiu dizer mais nada depois. Tentou responder com clareza quando a mulher repetiu o recado. A mulher ia ligar imediatamente para o Sr. Lightner no St. Francis Hotel, em San Francisco. Rita chorava quando desligou o telefone.

Naquela noite, ela sonhou com Deirdre, mas não conseguiu se lembrar de nada ao acordar, a não ser de que Deirdre estava lá, ao crepúsculo, e que o vento soprava nas árvores dos fundos do Santa Rosa de Lima. Quando abriu os olhos, pensou no vento soprando nas árvores. Ouviu Jerry contando como foi no dia em que foram retirar o corpo de Antha. Lembrou-se da tempestade de vento nas árvores naquele dia terrível em que ela e Miss Carl lutaram pelo cartãozinho onde estava escrito Talamasca. Vento nas árvores no jardim por trás do Santa Rosa de Lima.

Rita levantou-se e foi à missa cedo. Foi até o altar consagrado à Virgem Santíssima e acendeu uma vela. Ela implorou pela vinda do Sr. Lightner. Implorou pela graça de que ele pudesse conversar com a filha de Deirdre.

Percebeu, então, enquanto orava, que o que a preocupava não era a herança, nem a maldição do lindo colar com a esmeralda. Pois Rita não acreditava que Miss Carl, por mais cruel que fosse, tivesse coragem de desrespeitar a lei. E Rita não acreditava na existência de maldições.

Ela acreditava, sim, no amor que sentia do fundo do coração por Deirdre Mayfair.

Ela acreditava que uma filha tinha o direito de saber que sua mãe havia sido um dia a mais meiga e gentil das criaturas, uma menina amada por todos, uma linda mocinha na primavera de 1957, quando um homem bonito e elegante num jardim na penumbra a chamara de *minha amada*.

6

Ele ficou parado debaixo do chuveiro uns dez minutos, mas continuava bêbado como ele só. Em seguida, conseguiu se cortar duas vezes com o barbeador. Nada de grande importância, mas uma nítida indicação de que devia ter muito cuidado com essa senhora que estava vindo para cá, essa médica, esse ser misterioso que o içou do mar.

Tia Viv ajudou-o a vestir a camisa. Ele tomou mais um gole rápido de café. Pareceu-lhe horrível, embora fosse um café perfeito. Ele próprio o havia preparado. Uma cerveja era o que ele queria. Não tomar uma cerveja agora equivalia a não poder respirar. Mas o risco era simplesmente demasiado.

– Afinal, o que você vai fazer em Nova Orleans? – perguntou tia Viv, lamentosa. Seus pequenos olhos azuis pareciam lacrimejantes, avermelhados. Ela alisou as lapelas do paletó cáqui com suas mãos magras e retorcidas. – Tem certeza de que não vai precisar de um casaco mais pesado?

– Tia Viv, lá é Nova Orleans, e em agosto. – Ele deu um beijo na sua testa. – Não se preocupe comigo. Estou ótimo.

– Michael, não entendo por que...

– Tia Viv, juro que ligo assim que chegar lá. A senhora tem o telefone do Pontchartrain, se quiser ligar e deixar um recado antes da minha chegada.

Ele havia pedido aquela mesma suíte onde ela ficara anos atrás, quando ele, com apenas 11 anos, acompanhara a mãe numa visita a ela: aquela suíte com vista para a St. Charles Avenue, com o piano de 1/4 de cauda. É, eles sabiam qual era a suíte que ele queria. É, ela estava disponível. É, o piano ainda estava nela.

Depois a linha aérea confirmou sua reserva na primeira classe, com um assento no corredor, às seis da manhã. Nenhum problema. Só tudo se encaixando com perfeição.

E tudo graças ao Dr. Morris e a essa misteriosa Dra. Mayfair, que estava agora a caminho.

Ele havia se enfurecido quando soube que ela era médica.

– Então é esse o motivo de todo o segredo – disse ao Dr. Morris.– Médicos não costumam incomodar outros médicos, hein? Médicos não dão o telefone particular de outros médicos. O senhor sabia que essa é uma questão que deveria vir a público. Eu devia...

Morris, porém, conseguiu silenciá-lo rapidamente:

– Michael, ela está indo até aí para buscá-lo. Ela sabe que você está bêbado e sabe que é maluco. Mesmo assim, vai levá-lo até sua casa em Tiburon e vai deixar que você engatinhe o quanto quiser no barco.

– Tudo bem. Sou grato à ela. Pode ter certeza.

– Então saia da cama, tome uma chuveirada e faça a barba.

Pronto. E agora nada ia impedi-lo de fazer essa viagem. É por isso que ele ia sair direto da casa em Tiburon para o aeroporto, onde cochilaria numa cadeira plástica, se fosse preciso, até o embarque no voo para Nova Orleans.

– Mas, Michael, qual é o motivo para tudo isso? – insistia tia Viv. – É o que eu simplesmente não consigo compreender. – Ela parecia flutuar, tendo ao fundo a luz do corredor, uma mulher minúscula num vestido soltinho de seda, os cabelos grisalhos, nada mais do que fios, apesar dos cachinhos e dos grampos a fixá-los, sem consistência como o vidro estirado que costumavam usar para enfeitar as árvores de Natal antigamente, que chamavam de cabelo de anjo.

– Prometo que não vou me demorar – disse Michael com carinho.

De repente, porém, um pressentimento o dominou. Ele teve a distinta sensação, aquele tipo de telepatia vaga, de que nunca mais voltaria a morar nessa casa. Não, isso não podia ser verdade. Era só o álcool que borbulhava dentro dele, deixando-o louco, e os meses de total isolamento. Ora, só isso já bastava para desequilibrar qualquer um. Ele deu um beijo no seu rosto macio.

– Tenho de dar uma olhada na mala – disse ele. Tomou mais um gole do café. Estava se sentindo melhor. Limpou cuidadosamente seus óculos de aro de tartaruga antes de voltar a pô-los, e verificou o par de reserva no bolso do paletó.

– Arrumei tudo nela – disse tia Viv, abanando a cabeça de leve. Ela estava parada ao seu lado, junto à mala aberta. Um dedo nodoso apontava para as roupas dobradas com perfeição. – Seus ternos leves, os dois. Seu barbeador. Está tudo aí. Ah, e sua capa de chuva. Não se esqueça da capa, Michael. Em Nova Orleans chove o tempo todo.

– Certo, tia Viv, não se preocupe. – Ele fechou a mala e a trancou. Não se deu ao trabalho de lhe dizer que a capa de chuva havia sido destruída com o afogamento. Podia ser que a famosa Burberry houvesse sido feita para as trincheiras da guerra, mas não para o mergulho. O forro de lã estava perdido.

Ele passou o pente pelo cabelo, detestando a sensação das luvas. Ele não dava a impressão de estar bêbado, a não ser que estivesse bêbado demais para perceber. Olhou para o café. Beba o resto, seu idiota. Essa mulher está fazendo uma consulta a domicílio só para agradar um beberrão. O mínimo que você pode fazer é tentar não cair da sua própria escada da frente.

– Isso foi a campainha? – Ele pegou a mala. É, estava pronto, perfeitamente pronto para ir embora.

E então aquele pressentimento novamente. O que era isso? Um presságio? Olhou para o quarto: o papel de parede listrado, as madeiras das quais ele havia descascado a tinta com tanta paciência para depois pintá-las, a pequena lareira na qual ele próprio havia colocado os azulejos espanhóis. Ele nunca mais ia usufruir de nada daquilo. Nunca mais iria se deitar naquela cama de latão. Ou olhar através das cortinas de ponjê para as distantes luzes espectrais do centro da cidade.

Sentiu uma tristeza pesada, como se estivesse de luto. Na realidade, era exatamente a mesma tristeza que havia sentido quando da morte daqueles que amava.

Tia Viv apressou-se pelo corredor, com os tornozelos inchados e doloridos, a mão tateando, até acertar o botão do porteiro eletrônico e apertá-lo com firmeza.
– Pronto?
– Sou a Dra. Rowan Mayfair. Vim ver Michael Curry.
Meu Deus, estava acontecendo. Ele estava mais uma vez ressuscitando dos mortos.
– Já estou indo – disse ele. – Não precisa ir até lá embaixo comigo, tia Viv. – Mais uma vez, ele lhe deu um beijo. Se ao menos conseguisse se livrar desse pressentimento. O que seria dela se alguma coisa acontecesse a ele? – Logo estarei de volta, prometo. – Num impulso, ele a abraçou forte por algum tempo antes de soltá-la.

Desceu, então, correndo os dois lances da escada, assoviando um pouco, de tão bom que era estar se movimentando, estar a caminho. Quase abriu a porta da frente sem verificar se havia repórteres. Parou e espiou por um pequeno cristal facetado engastado no centro do retângulo do vitral.

Uma mulher alta como uma gazela estava aos pés da escadaria, de perfil, olhando pela rua abaixo. Tinha pernas longas, usava jeans e o cabelo louro e ondulado era cortado em estilo pajem, tocando de leve sua bochecha.

Dava uma impressão de juventude e frescor, e de uma sedução natural, em seu casaco justo azul-marinho, com a gola do suéter grosso enrolada junto ao pescoço.

Ninguém precisou lhe dizer que essa era a Dra. Mayfair. Um súbito calor surgiu nas suas virilhas e circulou pelo seu corpo, fazendo com que seu rosto ardesse. Ele a teria considerado atraente e interessante, não importa onde ou quando a encontrasse. Mas saber que havia sido *ela* era avassalador. Ficou feliz por ela não estar olhando para a porta e não estar vendo, talvez, sua silhueta atrás do vidro.

Foi essa a mulher que me devolveu a vida, no sentido literal da expressão, pensou ele, vagamente entusiasmado com o calor que aumentava, com a forte sensação de submissão que nele se misturava com um desejo quase brutal de tocar, de conhecer, de possuir, quem sabe? O mecanismo do salvamento havia sido descrito para ele inúmeras vezes: respiração boca a boca, alternada com massagens no coração. Agora pensava nas mãos dela sobre seu corpo, na boca sobre sua boca. Pareceu-lhe de repente cruel que, depois de tanta intimidade, os dois houvessem ficado separados por tanto tempo. Mais uma vez, sentiu uma revolta. Mas agora isso não importava.

Mesmo de perfil, ele via sem nitidez o rosto de que se lembrava, um rosto de pele rija e beleza sutil, com olhos cinzentos, fundos, ligeiramente luminosos. E como era encantadora sua postura, tão abertamente despreocupada e masculina, com seu jeito de se encostar no corrimão, com um dos pés no primeiro degrau.

Aumentou nele a sensação de desamparo, com uma intensidade estranha e surpreendente. Com uma força igual, brotou o inevitável impulso de conquistar. Não havia tempo para análises, e francamente não era isso o que queria. Ele percebeu que de repente se sentia feliz, feliz pela primeira vez desde o acidente.

Voltaram-lhe à memória o cortante vento do mar, as luzes fortes no seu rosto. O pessoal da Guarda Costeira descendo pela escada como anjos vindo de paraíso da névoa. *Não, não deixe que eles me levem!* E a voz dela bem ao seu lado:

– Está tudo bem.

É. Saia. Fale com ela. Esta é a grande oportunidade; é o mais próximo daquele momento que você vai conseguir chegar. E como era delicioso sentir uma atração física tão forte por ela, sentir-se tão nu pela presença dela. Era como se uma mão invisível estivesse lhe abrindo a calça.

Ele olhou de relance para os dois lados da rua. Não havia ninguém, a não ser um homem só num portal. Na realidade, o homem em quem a Dra. Mayfair estava com os olhos fixos. E sem dúvida aquele não podia ser um repórter, não aquele cara idoso, de cabelos brancos, usando um terno de colete de tweed, segurando o guarda-chuva como se fosse uma bengala.

Mesmo assim, era estranho o jeito da Dra. Mayfair de continuar a encarar o homem, e o jeito que o homem a encarava de volta. Os dois estavam imóveis, como se aquilo fosse perfeitamente normal, quando estava claro que não era.

Ocorreu a Michael algo que sua tia Viv lhe dissera algumas horas antes, algo a respeito de um inglês que tinha vindo de Londres expressamente para vê-lo. Aquele homem sem dúvida parecia ser um inglês, um inglês sem muita sorte, que havia feito a viagem em vão.

Michael girou a maçaneta. O inglês não fez a menor menção de cair sobre a presa, embora fixasse o olhar em Michael com tanta decisão quanto antes havia encarado a Dra. Mayfair. Michael saiu e fechou a porta.

Daí em diante, esqueceu que o inglês existia porque a Dra. Mayfair se voltou, e um sorriso lindo iluminou seu rosto. Ele imediatamente reconheceu as sobrancelhas bem-feitas loiro-acinzentadas e os cílios grossos e escuros que tornavam seus olhos cinzentos ainda mais brilhantes.

– Sr. Curry – disse ela, com sua voz grave, rouca e maravilhosa. – Quer dizer que nos encontramos de novo. – Ela estendeu sua longa mão direita para cumprimentá-lo enquanto ele descia a escada na sua direção. Parecia perfeitamente natural seu jeito de examiná-lo dos pés à cabeça.

– Dra. Mayfair, obrigado por ter vindo – disse ele, apertando demais sua mão e a soltando instantaneamente, com vergonha das luvas. – A senhora está me ressuscitando outra vez. Eu estava morrendo lá em cima no quarto.

– Eu sei – disse ela. – E essa mala aí é porque nós vamos nos apaixonar e viver juntos de agora em diante?

Ele riu. A voz rouca era uma característica que ele adorava nas mulheres, sempre muito rara e sempre mágica. Ele não se lembrava desse detalhe no convés do barco.

– Ah, não, desculpe, Dra. Mayfair. Quer dizer, eu depois tenho de ir para o aeroporto. Vou pegar o voo das seis da manhã para Nova Orleans. Tenho de fazer isso. Imaginei pegar um táxi de lá, quer dizer, do lugar para onde vamos, porque, se eu voltar aqui...

E mais uma vez o pressentimento: *nunca mais morar nessa casa*. Ele olhou para cima, para as altas janelas da sacada, para o rebuscado trabalho de marcenaria, restauradas com tanto cuidado. Não parecia mais ser sua casa agora, essa estrutura estreita, vazia, essas janelas refletindo a luz opaca da noite incolor.

Sentiu-se confuso por um instante, como se estivesse perdendo o fio da meada.

– Desculpe-me – disse ele em voz baixa. Havia mesmo perdido o fio. Ele poderia ter jurado estar em Nova Orleans neste exato momento. Estava tonto. Estivera no meio de alguma coisa, com uma intensidade forte e deliciosa. E agora só havia essa umidade aqui, esse céu escuro e nublado e a firme certeza de que estavam encerrados todos os anos de espera, de que algo para o qual ele estava preparado estava a ponto de começar.

Notou que estava olhando para a Dra. Mayfair. Ela era quase tão alta quanto ele e o contemplava direto, de um jeito totalmente distraído. Ela o olhava como se estivesse gostando, como se o considerasse bonito ou interessante, ou talvez os dois. Ele sorriu porque estava gostando de olhar para ela também e de repente estava feliz, mais feliz do que ousava dizer, por ela ter vindo.

Ela pegou seu braço.

– Vamos, Sr. Curry. – Ela se voltou o tempo suficiente para lançar um olhar lento e um pouco duro ao inglês distante e depois puxou Michael ladeira acima até a porta de um sedã Jaguar verde-escuro. Ela abriu a porta e, tirando a mala de Michael antes que ele conseguisse pensar em impedi-la, colocou-a no banco traseiro.

– Entre – disse ela, e fechou a porta.

Couro cor de caramelo. Lindo painel antiquado em madeira. Ele deu um olhar para trás por cima do ombro. O inglês ainda os observava.

– É estranho – disse ele.

A chave já estava na ignição antes que ela fechasse sua porta.

– O que é estranho? Conhece aquele homem?

– Não, mas acho que ele veio aqui para me ver... Acho que é um inglês... e ele sequer chegou a se mexer quando eu saí.

Isso a espantou. Ela parecia intrigada, o que não a impediu de sair da vaga com uma guinada e de fazer um balão quase impossível, antes de passar pelo inglês com mais um olhar penetrante.

Mais uma vez, Michael sentiu brotar o desejo. Havia um tremendo vigor natural no seu jeito de dirigir. Ele apreciou a imagem das suas mãos longas na alavanca do câmbio e no minúsculo volante coberto de couro. O casaco trespassado estava ajustado ao seu corpo, e uma mecha de cabelo louro caiu sobre seu olho direito.

– Eu podia jurar já ter visto aquele homem antes – disse ela, meio entredentes. Ele riu, não do que ela havia dito, mas do seu jeito de dirigir, quando ela virou à direita a toda velocidade, descendo pela Castro Street em meio à névoa que soprava.

Pareceu-lhe um passeio na montanha-russa. Ele apertou o cinto de segurança porque iria voar pelo para-brisa se não o apertasse e depois percebeu, quando ela passou direto pelo primeiro sinal de parada, que estava ficando enjoado.

– Tem certeza de que quer ir para Nova Orleans, Sr. Curry? A impressão que eu tenho é de que não está se sentindo muito bem. A que horas sai seu voo?

– Preciso ir até Nova Orleans. Tenho de voltar para lá. Desculpe, sei que não estou falando coisa com coisa. É só que essas sensações vêm aleatoriamente. Elas me dominam. Pensei que fosse só com as mãos, mas não é. A senhora ouviu falar das minhas mãos, Dra. Mayfair? Estou acabado. Digo-lhe que estou arrasado. Olhe, preciso que me faça um favor. Tem uma loja de bebidas por aqui, do lado esquerdo, logo depois da Eighteenth Street. Poderia dar uma parada?

– Sr. Curry...

– Dra. Mayfair, vou vomitar neste seu maravilhoso carro.

Ela parou do outro lado da rua. A Castro Street estava apinhada com as costumeiras multidões de sexta-feira à noite, bastante animada com tantas portas iluminadas de bares abertas para a neblina.

– Você está enjoado, certo? – Ela pôs a mão sobre o seu ombro, com um certo peso e em silêncio. Será que ela percebia as ondas de sensação que o percorriam?

– Se estiver alcoolizado, não permitirão que embarque.

– Latas altas. Millers. Uma meia dúzia. Vou dar bastante espaço entre elas. Por favor.

– E eu é que devo entrar ali para lhe trazer esse veneno? – Ela riu, mas com delicadeza, sem maldade. Sua voz grave parecia aveludada. E os olhos eram grandes e de um cinza perfeito agora à luz do néon, iguais à água do mar aberto.

Só que ele estava prestes a morrer.

– Não, é claro que não vai entrar ali. Eu mesmo vou. Não sei onde está minha cabeça. – Olhou para as luvas de couro. – É que venho me escondendo das pessoas. Minha tia Viv faz tudo para mim. Desculpe.

– Millers. Meia dúzia de latas altas – repetiu ela, abrindo a porta.

– Bem, uma dúzia.

– Uma dúzia?

– Dra. Mayfair, são só onze e meia. O avião só parte às seis. – Ele tateou no bolso à procura do prendedor de dinheiro.

Ela descartou a necessidade e atravessou a rua, desviando-se graciosamente de um táxi e desaparecendo pela loja adentro.

Meu Deus, que coragem a minha de lhe pedir uma coisa dessas, pensou ele, derrotado. Estamos começando muito mal, mas isso não era no fundo a verdade. Ela estava sendo muito gentil com ele; ele ainda não havia estragado tudo. E já sentia o sabor da cerveja. Seu estômago não iria se acalmar com mais nada.

O ritmo forte da música dos bares próximos de repente pareceu alto demais; e as cores da rua, gritantes demais. Os jovens transeuntes pareciam se aproximar demais do carro. E é isso o que acontece com quem fica três meses e meio em isolamento, pensou ele. Fica-se com a cara de um ex-presidiário.

Pois ele nem mesmo sabia em que dia estavam, só que era uma sexta-feira porque seu voo era para sábado, às seis da manhã. Ele se perguntou se poderia fumar naquele carro.

Assim que ela pôs a saca no seu colo, ele a abriu.

– Sr. Curry, multa de cinquenta dólares – disse ela, saindo da vaga. – Por uma lata de cerveja aberta no carro.

– Eu sei. Se for multada, eu pago. – Ele devia ter bebido meia lata no primeiro gole. E agora, por um momento, sentiu-se bem.

Ela atravessou o grande cruzamento de seis faixas com Market, fez uma entrada proibida à esquerda na Seventeenth Street, e subiu a ladeira como um raio.

– E a cerveja ameniza as coisas, certo?

– Não. Nada embota a sensação. Ela me chega de toda parte.

– E vem de mim também?

– Bem, não. Mas é porque eu quero estar ao seu lado, entende. – Ele tomou mais um gole, com a mão esticada para se segurar no painel quando ela fez a curva ladeira abaixo na direção do Haight. – Por natureza, não sou de me queixar, Dra. Mayfair. É só que desde o acidente estou vivendo sem nenhuma camada de proteção. Não consigo me concentrar. Não consigo nem mesmo ler ou dormir.

– Compreendo, Sr. Curry. Quando chegarmos em casa, pode subir no barco, fazer o que quiser. Mas o que eu realmente queria era lhe preparar uma refeição.

– Não vai adiantar, Dra. Mayfair. Posso perguntar uma coisa? Até que ponto eu estava morto quando fui içado?

– Em termos clínicos, totalmente morto, Sr. Curry. Não havia nenhum sinal perceptível de vida. Sem alguma intervenção, a morte biológica irreversível logo estaria instalada. O senhor não recebeu minha carta?

– A senhora me escreveu uma carta?

– Eu deveria ter o visitado no hospital.

Ela dirigia como um piloto de corridas, pensou ele, esticando cada marcha até o motor reclamar e ela passar a seguinte.

– Mas eu não lhe disse nada, pelo que contou ao Dr. Morris...

– Disse um nome, uma palavra, alguma coisa, só que falou muito baixo. Não consegui ouvir as sílabas. Distingui um som de L...

Um som de L... Um imenso silêncio abafou o restante das suas palavras.

Ele estava caindo. Por um lado, ele sabia que estava no carro, que ela estava falando com ele, que haviam cruzado a Lincoln Avenue e estavam se enfurnando no Golden Gate Park, na direção da Park Presidio Drive, mas no fundo ele não estava ali. Estava às margens de um espaço de sonho no qual a palavra que começava com L significava algo crucial, algo extremamente complexo e conhecido. Uma aglomeração de seres o cercava, forçando para se aproximar dele, prontos para falar. O portal...

Ele sacudiu a cabeça. Houve um foco, mas já estava se desintegrando. Ele sentiu pânico.

Quando ela freou para o sinal vermelho na Geary Street, ele foi lançado para trás, de encontro ao encosto de couro.

– Você não opera o cérebro das pessoas do jeito que dirige esse carro, certo? – perguntou ele, com o rosto em brasa.

– Para dizer a verdade, opero sim. – Ela saiu do sinal um pouco mais devagar.

– Desculpe. Parece que só sei me desculpar. Estou pedindo desculpas desde que aquilo aconteceu. Não há nada de errado com seu jeito de dirigir. Sou eu. Eu era... normal antes do acidente. Quer dizer, era só uma dessas pessoas felizes, sabe...

Ela estaria concordando com a cabeça?

Parecia distraída quando ele olhou para ela, absorta nos seus próprios pensamentos. Reduziu a velocidade quando se aproximou da cancela do pedágio. A névoa estava tão densa sobre a ponte que os carros pareciam desaparecer ao entrarem nela.

– Você quer falar comigo? – perguntou ela, com os olhos nos veículos que desapareciam à sua frente. Ela tirou uma nota de dólar do casaco e a entregou ao guarda do pedágio. – Quer me contar o que anda acontecendo?

Ele suspirou. Essa era uma tarefa impossível. No entanto, seu pior aspecto era o de que ele não conseguiria parar, se começasse.

– As mãos, sabe, vejo imagens quando toco nas coisas, mas as visões...

– Fale-me das visões.

– Sei o que está pensando. É neurologista. Está pensando que é algum problema com o lobo temporal, ou qualquer merda semelhante.

– Não, não é isso o que estou pensando.

Ela dirigia mais rápido. A forma enorme e feia de um caminhão apareceu à sua frente, com suas lanternas acesas como balizas. Ela preferiu ficar em segurança atrás dele, acompanhando-o a oitenta por hora.

Ele engoliu o resto da cerveja em três goles rápidos, enfiou a lata no saco e depois tirou a luva. Já haviam saído da ponte, e a névoa havia desaparecido como que por mágica, o que acontecia com tanta frequência. Espantou-o o céu límpido e luminoso. Os morros escuros erguiam-se como ombros que os empurravam enquanto eles subiam Waldo Grade.

Ele baixou os olhos até as mãos. Elas pareciam repulsivamente úmidas e enrugadas. Quando ele esfregou os dedos, teve uma sensação que era quase agradável.

Estavam agora indo direto a quase cem por hora. Ele tentou segurar a mão da Dra. Mayfair, que estava pousada na alavanca do câmbio, longos dedos pálidos relaxados.

Ela não tentou oferecer resistência. Olhou para ele de relance e voltou ao tráfego à sua frente quando entraram no túnel. Ele tirou sua mão da alavanca e pressionou seu polegar na palma nua.

Envolveu-o um som suave e sussurrante, e sua visão se anuviou. Era como se o corpo dela houvesse se desintegrado para abraçá-lo, uma nuvem turbilhonante de partículas. *Rowan.* Por um instante, ele teve medo de que estivessem saindo da estrada. Mas não era ela quem sentia isso, era ele. Ele sentia aquela mão úmida, morna; a pulsação palpitante que passava por ela; e aquela sensação de estar no cerne dessa imensa presença etérea que o envolvia e o acariciava por inteiro, como a neve que cai. A excitação erótica era tão intensa que ele não pôde fazer nada para contê-la.

De repente, num lampejo destruidor, ele estava numa cozinha, uma deslumbrante cozinha moderna, com equipamentos e aparelhos reluzentes, e um homem jazia no chão, à morte. Discussão, gritos, mas isso havia acontecido alguns momentos antes. Os intervalos de tempo estavam se acavalando, colidindo uns com os outros. Não havia nada que fosse para cima ou para baixo, para a direita ou para a esquerda. Michael estava no próprio centro de tudo. Rowan, com seu estetoscópio, ajoelhou-se ao lado do moribundo. *Odeio você.* Ela fechou os olhos, tirou o estetoscópio dos ouvidos. Não podia acreditar na sorte de ele estar morrendo.

E então tudo parou. O trânsito estava congestionado. Ela soltou a mão de Michael e reduziu a marcha com um movimento seco, eficiente.

Para ele parecia que estavam patinando no gelo, o jeito que seguiam, virando à direita, e mais uma vez à direita, mas não importava. Era uma ilusão de que eles estivessem correndo perigo; e agora vinham os fatos, aquilo que ele sempre soube sobre essas visões, tudo que estava simplesmente ali na sua mente, como se sempre tivesse estado, como seu endereço, seu número de telefone e a data do seu nascimento.

Aquele era seu pai adotivo, e ela o desprezava, porque temia ser parecida com ele: resoluta, essencialmente dura e indiferente. Sua vida se baseava em não ser parecida com ele, mas em ser como sua mãe adotiva, uma criatura sentimental e serena, com um maravilhoso senso de estilo, uma mulher amada por todos e respeitada por ninguém.

– E então, o que viu? – Seu rosto era de uma suavidade fantástica, banhado pelas luzes que passavam.

– Então não sabe? Meu Deus, gostaria de perder esse poder. Gostaria de nunca tê-lo tido. Não quero saber essas coisas sobre as pessoas.

– Diga-me o que viu.

– Ele morreu no chão. Você gostou. Ele não se divorciou dela. Ela nunca soube o que ele estava planejando. Ele tinha 1,85 metro de altura; nasceu em San Rafael, Califórnia; e este carro era dele. – Agora, de onde é que vinha tudo isso? Ele poderia ter continuado. Desde a primeira noite, ele soube que poderia continuar. Bastava que se dispusesse. – Foi isso o que vi. Tem alguma importância? Quer que eu fale a respeito? Por que quis que eu visse essa imagem é a pergunta que eu deveria estar fazendo agora. De que adianta eu saber que foi na sua cozinha e que, ao voltar do hospital, onde ele foi recebido e registrado, o que foi uma bobagem porque ele já chegou morto, você se sentou e comeu a refeição que ele havia preparado antes de morrer?

Silêncio.

– Eu estava com fome – murmurou ela, pouco depois.

Ele estremeceu todo. Abriu mais uma cerveja. O delicioso aroma do malte encheu o carro.

– E agora já não gosta tanto assim de mim, certo? – perguntou ele.

Ela não respondeu. Estava prestando atenção ao movimento.

Michael estava ofuscado pelos faróis que cresciam na sua direção. Graças a Deus estavam saindo da rodovia principal para pegar a estrada estreita que levava a Tiburon.

– Gosto muito de você – respondeu ela, afinal. Uma voz baixa, rouca, surda.

– Que bom. Eu estava com medo... Fico feliz. Não sei por que disse aquelas coisas...

– Eu perguntei o que estava vendo – disse ela, com simplicidade.

Ele riu, tomando um longo gole da cerveja.

– Estamos quase chegando. Poderia ir mais devagar com a cerveja. É uma médica quem lhe pede.

Ele tomou outro grande gole. Mais uma vez a cozinha, o cheiro do assado no forno, o vinho tinto aberto, os dois copos.

... parece cruel, mas não existe absolutamente nenhum motivo para eu me sujeitar à morte dela. E se você prefere ficar por perto e ver uma mulher morrer de câncer, bem, aí você é que tem de se perguntar por que quer passar por esse tipo de coisa, por que você gosta desse tipo de sofrimento, o que há de errado com você que...

Não me venha com essa, para cima de mim não!

Havia algo a mais, muito mais. Tudo o que ele precisava fazer era continuar pensando no assunto. *Dei-lhe tudo o que você sempre quis, Rowan. Você sabe que sempre foi você quem nos manteve juntos. Se não fosse você, eu teria ido embora há muito tempo. Ellie algum dia lhe contou? Ela mentiu para mim. Ela disse que podia ter filhos. E sabia que era mentira. Eu teria me mandado se não fosse por você.*

Entraram à direita, para o oeste, ele imaginou, numa rua escura e arborizada que subia um morro e depois descia. A súbita visão do céu escuro e límpido novamente, cheio de estrelas longínquas e desinteressantes, e do outro lado da baía negra o belo espetáculo de Sausalito espalhando-se pelos morros abaixo até sua enseada pequena e apinhada. Ela não precisou dizer que estavam quase chegando.

– Posso fazer uma pergunta, Dra. Mayfair?

– Sim?

– A senhora, a senhora tem medo de me machucar?

– Por que me faz essa pergunta?

– Ocorreu-me uma ideia estranhíssima, que a senhora estava tentando... agora há pouco, quando segurei sua mão... estava tentando me dar um aviso.

Ela não respondeu. Ele soube que a abalou com essa frase.

Foram descendo até a rua litorânea. Pequenos gramados, telhados empinados pouco visíveis por trás de cercas altas. Ciprestes de Monterey cruelmente retorcidos pelos implacáveis ventos do oeste. Um enclave de residências milionárias. Michael quase nunca via casas modernas tão maravilhosas. Sentia o cheiro do mar ainda mais forte do que havia sentido na Golden Gate.

Ela entrou num caminho calçado e desligou o motor. Os faróis iluminaram um grande portão duplo de sequoia. Depois foram apagados. Da casa mais adiante ele não via nada, a não ser sua massa escura contra o céu mais pálido.

– Preciso de um favor seu – disse ela, olhando para a frente, em silêncio. O cabelo caiu encobrindo seu perfil quando ela abaixou a cabeça.

– Ora, acho que chegou a sua vez – respondeu ele, sem hesitar. Tomou mais um gole da cerveja. – O que quer? Que eu entre ali, ponha minhas mãos no chão da cozinha e lhe diga o que aconteceu quando ele morreu, o que no fundo o matou?

Mais um golpe. Silêncio na cabine escura do carro. Ele percebia intensamente sua proximidade, a fragrância doce e límpida da sua pele. Rowan se voltou para encará-lo. A luz da rua lançava seu clarão em fragmentos amarelos através dos galhos da árvore. A princípio ele achou que seus olhos estavam baixos, quase fechados. Depois notou que estavam abertos e que olhavam para ele.

– É, é isso o que eu quero. É esse o tipo de coisa que eu quero.

– Tudo bem – respondeu ele. – Foi falta de sorte que acontecesse durante uma discussão daquelas. Você deve ter se sentido culpada.

O joelho de Rowan roçou no dele. Mais uma vez, calafrios.

– O que o faz achar isso?

– Você não suporta a ideia de fazer mal a alguém – disse ele.

– Isso é ingenuidade sua.

– Doutora, posso ser biruta – disse, rindo –, mas ingênuo não sou. A família Curry nunca criou ingênuos. – Ele bebeu o resto da lata de cerveja num longo gole. Flagrou-se olhando fixamente a pálida linha de luz do seu queixo, o cabelo sedoso, cacheado. Seu lábio inferior parecia cheio, macio e delicioso para ser beijado...

– Então é alguma outra coisa. Digamos que seja inocência, se preferir.

Ele riu da sugestão sem responder. Se ela ao menos soubesse o que lhe estava passando agora pela cabeça enquanto ele olhava para sua boca, aquela boca encantadora, exuberante.

– E a resposta a essa pergunta é sim – disse ela, descendo do carro. Ele abriu a porta e se levantou.

— De que pergunta você está falando? — Ele estava ruborizado. Ela tirou a mala do banco traseiro.

— Ora, você sabe — disse ela.

— Eu não sei!

Ela deu de ombros enquanto se dirigia ao portão.

— Você queria saber se eu iria para a cama com você. A resposta é sim, como acabei de dizer.

Ele a alcançou quando ela passava pelo portão. Um grande caminho de concreto levava a portas duplas de teca escura.

— Bem, eu me pergunto por que ainda nos damos ao trabalho de falar. — Ele tirou a mala da sua mão enquanto ela procurava a chave.

Rowan pareceu novamente um pouco confusa. Fez um gesto para que entrasse. Ele mal percebeu quando ela lhe tirou a saca de cervejas.

A casa era infinitamente mais bonita do que ele havia imaginado. Ele havia conhecido e explorado uma infinidade de casas antigas. Já esse tipo de casa, essa obra-prima moderna executada com esmero, era algo desconhecido para ele.

O que ele via agora era um enorme espaço de assoalho de tábuas corridas largas, que passava da sala de jantar para a de estar, e daí para a de jogos, sem qualquer divisória. Paredes de vidro davam para um amplo deque de madeira ao sul, a oeste e ao norte, uma larga varanda sem teto levemente iluminada pela luz baça de um projetor aqui, outro ali. Mais além, a baía era simplesmente negra e invisível. E a oeste, as pequenas luzes cintilantes de Sausalito eram delicadas e íntimas em comparação com a vista distante e esplêndida do perfil apinhado e fortemente colorido de San Francisco, ao sul.

A neblina era agora apenas uma estreita faixa de névoa em contraste com o brilho da noite. Ela raleava e se dissipava diante dos seus olhos.

Ele poderia ter ficado apreciando a vista para sempre, mas a casa lhe dava uma impressão de algo semelhante a um milagre. Dando um longo suspiro, ele passou a mão pela parede de juntas de macho e fêmea, admirando o mesmo belo trabalho embutido do teto altíssimo para além das vigas pesadas que convergiam íngremes para um ponto central. Tudo de madeira, madeira de veios belíssimos, cavilhada, ajustada, polida e conservada primorosamente. A madeira emoldurava as sólidas portas de vidro. Havia acessórios de madeira espalhados por toda parte, com reflexos opacos de vidro ou couro, pernas de mesas e de cadeiras espelhadas no piso encerado.

Na extremidade leste da casa ficava a cozinha que ele havia visto naquela primeira visão: um grande nicho de armários e balcões escuros e reluzentes panelas de cobre suspensas de ganchos altos. Uma cozinha para ser admirada tanto quanto para se trabalhar nela. Apenas uma funda lareira de pedra, com o piso alto e amplo, o tipo de piso em que se podia sentar, separava os outros aposentos da cozinha.

— Eu achava que você não fosse gostar — disse ela.

— Ora, ela é maravilhosa — disse ele, com mais um suspiro. — É construída como um navio. Nunca vi uma casa moderna tão bem-feita.

— Você sente que ela se mexe? Foi feita para se mover com a água.

Ele caminhou lentamente pelo denso tapete da sala de estar. E só então viu uma escada de ferro em curva por trás da lareira. Uma luz fraca, amarelada vinha de um portal lá em cima. Ele imediatamente pensou em quartos, amplos como essas salas, em ficar deitado no escuro com ela e o faiscar das luzes da cidade. Sentiu novamente o rosto esbraseado.

Olhou para ela de relance. Será que ela havia captado também esse pensamento, como alegava ter captado aquela pergunta anterior? Ora, qualquer mulher teria percebido sua intenção.

Ela estava parada na cozinha, diante da porta aberta da geladeira, e pela primeira vez ele realmente viu seu rosto na luz branca e pura. Sua pele tinha uma suavidade quase asiática, só que ela era loura demais para ser oriental. Era uma pele tão rija que duas covinhas apareceram quando sorriu para ele.

Ele foi na sua direção, mais uma vez com a percepção penetrante da sua presença física, do jeito que a luz rebatia nas suas mãos, do movimento sedutor do seu cabelo. Ele concluiu que, quando as mulheres usam o cabelo nesse estilo, cheio e curto, mal roçando a gola ao balançar, ele se torna uma parte vital de cada gesto seu. Quando se pensa nelas, pensa-se no seu bonito cabelo.

No entanto, quando ela fechou a porta da geladeira, no instante em que a luz branca se apagou, ele percebeu que através da vidraça norte da casa, muito à sua esquerda e próximo à porta da frente, ele via uma enorme lancha de cruzeiro branca, ancorada. Um projetor fraco iluminava sua imensa proa, suas numerosas vigias e as janelas escuras da cabine de comando.

Parecia monstruosa, algo absolutamente impossível, como uma baleia encalhada ali, grotescamente próxima da mobília confortável e dos tapetes espalhados que o cercavam. Brotou nele algo quase como um pânico. Um estranho horror, como se ele tivesse experimentado algum pavor na noite em que foi salvo que agora fazia parte do que havia esquecido.

Nada a fazer, a não ser ir até lá. Nada a fazer, a não ser pôr as mãos no convés. Ele se flagrou indo na direção das portas de vidro. Parou, então, confuso, e ficou olhando enquanto ela soltava a tranca e fazia correr a porta pesada.

Atingiu-o uma rajada de vento frio e salgado. Ele ouvia os rangidos da imensa embarcação. E a fraca luz lunar do projetor lhe parecia sinistra e decididamente desagradável. Bem construída, lhe haviam dito. Ele acreditava agora ao olhar a embarcação. Exploradores haviam atravessado os oceanos do planeta em barcos muito menores do que esse. Mais uma vez, ele lhe pareceu grotesco, assustadoramente desproporcional.

Ele saiu para o cais, com a gola batendo-lhe no rosto, e foi até a borda.

A água era totalmente negra ali embaixo, e ele sentia seu cheiro, o cheiro úmido e inevitável das coisas mortas do mar.

Bem ao longe, do outro lado da baía, ele mal vislumbrava as luzes de Sausalito, mas o frio penetrante se interpôs entre ele e qualquer imagem pitoresca, e percebeu que tudo o que detestava neste clima do oeste estava reunido neste momento. Nunca um inverno rigoroso, nem um verão escaldante; só esse frio eterno, essa eterna desolação inóspita.

Ele estava tão feliz com a ideia de que logo estaria de volta, tão feliz de que o calor de agosto estaria lá à sua espera, como uma coberta protetora. As ruas do Garden District, com as árvores oscilando num vento morno, inofensivo...

No entanto, este era o barco; e este era o momento. Vamos agora subir nesse monstro, com suas vigias e seus conveses de aparência escorregadia, a balançar delicadamente batendo nos pneus de borracha preta presos ao longo do cais. Ele não gostava muito da embarcação, disso tinha certeza. E estava feliz de estar usando suas luvas.

Sua experiência com barcos era limitada exclusivamente aos de grande porte: as velhas barcaças do rio da sua infância e as grandes e poderosas embarcações de cruzeiro que transportavam centenas de pessoas de um lado a outro da baía de San Francisco. Quando ele olhava para um barco como este, tudo o que pensava era na possibilidade de cair no mar.

Ele seguiu pelo lado da embarcação até chegar à popa, por trás da cabine de comando grande e desajeitada, e ali segurou a balaustrada, saltando para o lado (espantado por um instante com o fato de o barco balançar sob seu peso) e passou o mais rápido possível para o convés traseiro.

Rowan veio logo atrás.

Ele detestava aquilo, o chão a se mexer abaixo dos pés. Meu Deus, como é que as pessoas podiam suportar os barcos? Logo, a embarcação pareceu bastante estável. A balaustrada à sua volta era alta o suficiente para lhe dar uma sensação de segurança. Havia até mesmo um pequeno abrigo contra o vento.

Ele espiou um instante pela porta de vidro da cabine de comando. Um brilho de mostradores, aparelhinhos. Poderia bem ser a cabine de um avião a jato. Talvez houvesse ali dentro uma escada até as cabines abaixo do convés.

Bem, isso não era da sua conta. O que importava era o próprio convés, pois era ali que ele havia ficado ao ser salvo.

O vento do mar rugia nas suas orelhas. Ele se voltou e olhou para ela. Seu rosto estava totalmente escuro em contraste com as luzes distantes. Ela tirou a mão do bolso do casaco e indicou um lugar nas tábuas à sua frente.

– Foi bem aqui – disse ela.

– O lugar em que abri os olhos? Em que respirei pela primeira vez?

Rowan fez que sim.

Ele se ajoelhou. O movimento do barco agora lhe parecia lento e sutil, seu único som um leve rangido que não parecia vir de nenhum lugar específico. Tirou as luvas, enfiou-as nos bolsos e flexionou as mãos.

Colocou-as depois nas madeiras. Frio, umidade. O lampejo veio, como sempre, de parte alguma, isolando-o do momento presente. No entanto, não foi seu salvamento o que ele viu; apenas fragmentos de outras pessoas no meio de conversas e movimentos. A Dra. Mayfair, depois mais uma vez o homem odiado, e com eles uma mulher mais velha, bonita, muito amada, uma mulher chamada Ellie, mas essa camada deu lugar a outra e mais outra, e as vozes viraram ruído.

Ele caiu para a frente, de quatro. Estava ficando tonto, mas se recusava a parar de tocar as tábuas. Tateava como se fosse cego.

– Quero ver Michael! – disse ele. – Quero Michael!

De repente, cresceu nele a raiva por toda a tristeza daquele longo verão perdido.

– Quero Michael! – disse ele, enquanto internamente forçava o poder, exigia que ele se concentrasse, ganhasse foco e alcançasse as imagens que ele desejava.

"Meu Deus, o instante em que respirei pela primeira vez", – disse, baixinho. Mas era como folhear volumes e mais volumes à procura de uma única linha. Graham, Ellie, vozes que se erguiam e colidiam umas com as outras. Ele se recusava a encontrar palavras na sua cabeça para o que estava vendo. Simplesmente rejeitava a visão.

"Quero o instante." Deitou-se de bruços, com o rosto tocando no convés áspero.

De repente, o instante pareceu explodir à sua volta, como se a madeira abaixo do seu corpo estivesse se incendiando. Mais frio do que agora, um vento mais forte. O barco jogava. Ela se inclinava sobre ele. E ele via a si mesmo deitado ali, um homem morto com o rosto branco, molhado. Ela batia no seu peito.

– Acorde, droga, acorde!

Seus olhos se abriram. *É, o que eu vi, eu a vi, Rowan, sim. Estou vivo, estou aqui! Rowan, muitas coisas...* A dor no seu peito era intolerável. Ele nem mesmo sentia as mãos ou as pernas. Aquilo era a sua mão, que subia e agarrava a dela?

Preciso explicar a história toda antes...

Antes do quê? Ele tentava se agarrar à lembrança, se aprofundar nela.

Antes do quê? Mas ali não havia nada além do rosto oval e pálido, do jeito que ele o havia visto naquela noite, com o cabelo enfiado no gorro de marinheiro.

De repente, no momento atual, ele dava socos no convés.

– Dê-me sua mão! – gritou ele. Ela se ajoelhou ao seu lado. – Pense, pense no que estava acontecendo naquele momento em que eu respirei pela primeira vez.

Ele já sabia, porém, que não ia adiantar. Ele só via o que ela via. A si próprio, um homem morto voltando à vida. Uma coisa morta e molhada que se batia no convés com os golpes que ela não parava de aplicar no seu peito. Depois, a fenda prateada entre as pálpebras quando ele começou a abrir os olhos.

Ficou ali imóvel muito tempo, com a respiração irregular. Sabia que estava sentindo um frio tremendo, apesar de não ser nada em comparação com o daquela noite terrível, e que ela estava parada ali, esperando, paciente. Ele teria chorado, mas estava cansado demais para isso, derrotado demais. Era como se as imagens o derrubassem com violência quando surgiam. Ele só queria a tranquilidade. As mãos estavam agora fechadas, como punhos. Ele não se mexia.

Houve, no entanto, alguma coisa ali. Algo que ele descobriu; um pequeno detalhe que antes não sabia. Era sobre ela. Naqueles primeiros segundos, ele sabia quem ela era, tinha conhecimento da sua existência. Sabia que seu nome era Rowan.

Como, porém, confiar numa conclusão dessa? Meu Deus, sua alma doía de todo aquele esforço. Ele jazia ali derrotado, furioso, sentindo-se tolo e ao mesmo tempo agressivo. Teria chorado se ela não estivesse ali.

– Tente de novo – disse ela, então.

– Não adianta. É uma outra linguagem. Não sei usá-la.

– Tente – insistiu ela.

E ele tentou. Mas dessa vez não conseguiu nada, a não ser os outros.

Relances de dias ensolarados, imagens rápidas de Ellie e depois de Graham. De outros, muitos outros, raios de luz que o teriam levado numa direção ou na outra. A porta da cabine de comando batendo com o vento, um homem que vinha do piso inferior, sem camisa, e Rowan. É, Rowan, Rowan, Rowan, Rowan ali em todas as imagens que havia visto, sempre Rowan, e às vezes uma Rowan feliz. Nunca ninguém havia estado neste barco que Rowan não estivesse presente.

Ele voltou a se ajoelhar, mais confuso com a segunda tentativa do que com a primeira. A impressão de já a conhecer naquela noite era apenas uma ilusão, uma fina camada da sua profunda impressão sobre este barco, que apenas se mesclou às outras camadas através das quais ele tentou passar. Ele talvez já a conhecesse por segurar sua mão; talvez a conhecesse porque antes de ser ressuscitado já soubesse de que modo isso aconteceria. Nunca saberia ao certo.

A questão principal era que agora ele não a conhecia, e ainda não conseguia se lembrar. Ela era apenas uma mulher muito paciente e compreensiva, e ele devia lhe agradecer e ir embora.

– Que vá tudo para o inferno! – disse ele entredentes, sentando-se. Ele calçou as luvas. Pegou o lenço, assoou o nariz e depois levantou a gola para se proteger do vento, mas de que adiantava isso com um leve paletó cáqui?

– Vamos entrar – disse ela, pegando sua mão como se fosse a de uma criança pequena. Ele estava surpreso por estar gostando tanto dessa sua atitude. Depois que saltaram do maldito barco, instável e escorregadio, e estavam em pé no cais, ele se sentiu melhor.

– Obrigado, doutora. Valia a pena tentar. Você me permitiu tentar, e nunca vou poder agradecer o suficiente por isso.

Ela o enlaçou com um braço. Seu rosto estava muito próximo do dele.

– Talvez funcione de uma outra vez. – A sensação de conhecê-la, de que abaixo do convés havia uma pequena cabine na qual ela muitas vezes dormia com a foto dele colada no espelho. Ele estava enrubescendo mais uma vez.

– Entre – disse ela, puxando-o.

O abrigo da casa era agradável, mas ele estava triste e cansado demais agora para pensar nisso. Queria descansar. Mas não tinha coragem. Pensava que tinha de ir para o aeroporto, que tinha de pegar a mala e sair dali, para depois dormir numa cadeira de plástico. Esse havia sido um dos caminhos para a descoberta, e agora estava fechado. Por isso, ele ia seguir pelo outro caminho o mais rápido possível.

Ao voltar o olhar de relance ao barco, ele pensou que queria *lhes* dizer mais uma vez que não havia abandonado o objetivo; que só não conseguia se lembrar dele. Ele nem mesmo sabia se o portal era um portal em termos literais. E o número, havia um número, não? Um número de grande importância. Ele se encostou na porta de vidro, forçando a cabeça contra o vidro.

– Não quero que você vá – disse ela, baixinho.

– Eu também não quero ir, mas preciso. Você entende? Eles realmente esperam algo de mim. Disseram-me o que era, e eu tenho de fazer o possível. E voltar para lá faz parte da história.

Silêncio.

– Foi bondade sua me trazer aqui.

Silêncio.

– Talvez...

– Talvez o quê? – Ele se voltou.

Ela estava novamente de costas para a luz. Havia tirado o casaco, e parecia angulosa e elegante no enorme suéter de tricô trançado, com suas longas pernas, malares magníficos e punhos finíssimos.

– Não seria possível que houvesse a intenção de você esquecer? – perguntou ela.

Isso nunca lhe havia ocorrido. Por um instante, ele não respondeu.

– Você acredita nessa minha história das visões? Quer dizer, você leu o que saiu nos jornais? Aquela parte era verdade. Quer dizer, os jornais fizeram com que eu parecesse estúpido, biruta. Mas a questão é que havia tanta coisa, tanta, e...

Ele gostaria de poder ver um pouquinho melhor o seu rosto.

– Acredito em você – disse ela, simplesmente. Parou um pouco e depois prosseguiu: – É sempre assustador ver a morte por um triz, uma situação aparentemente casual que deixa um grande impacto. Preferimos acreditar que houve uma intenção...

– Mas *houve* uma intenção.

– Eu ia dizer que no seu caso foi realmente por um triz porque estava quase escuro quando eu o avistei na água. Cinco minutos depois eu talvez não o visse mais, talvez não tivesse nenhuma condição de vê-lo.

– É muita gentileza sua ficar procurando explicações a torto e a direito. Eu realmente lhe sou grato. Mas, veja bem, o que eu me lembro, quer dizer, a impressão é tão forte que nada disso é necessário para explicar. Eles estavam lá, Dra. Mayfair. E...

– O que foi?

Ele abanou a cabeça.

– Só um frisson, um desses momentos malucos em que é como se eu me lembrasse, e de repente tudo sumiu. Lá no convés também senti algo assim. A percepção de que, sim, ao abrir os olhos, eu sabia o que havia acontecido... e depois mais nada...

– A palavra que pronunciou, que balbuciou...

– Não a ouvi. Não me vi dizendo essa palavra. Mas vou contar o seguinte. Acho que naquela hora no barco eu sabia seu nome. Eu sabia quem você era.

Silêncio.

– Mas não tenho certeza. – Ele se voltou, perplexo. O que estava fazendo? Onde estava sua mala? E ele realmente precisava ir embora, só que estava tão cansado e não queria ir.

– Não quero que vá – repetiu ela.

– Está falando sério? Eu poderia ficar aqui um pouco? – Ele olhou para ela, para a sombra escura da sua silhueta esguia tendo ao fundo a distante vidraça levemente iluminada. – Ah, eu queria tê-la encontrado antes. Eu queria... Eu preferia... Quer dizer, parece tão idiota, mas você é muito...

Michael se aproximou um pouco para vê-la melhor. Seus olhos tornaram-se visíveis, parecendo muito grandes e longos para olhos fundos, e sua boca era generosa e macia. No entanto, à medida que ele foi se aproximando mais, ocorreu uma estranha ilusão. À luz suave que vinha através das paredes, seu rosto parecia ameaçador e perverso. Sem dúvida, era um engano. Ele não estava percebendo sua verdadeira expressão. A figura que o encarava parecia estar com a cabeça baixa, espionando-o por baixo da franja loura e lisa, numa atitude de perfeito ódio.

Ele parou. Tinha de ser um engano. Mesmo assim, ela estava ali, totalmente imóvel, sem perceber o medo que ele agora sentia, ou sem se importar com ele.

Ela então veio na sua direção, entrando na faixa de luz que entrava pela porta ao norte.

Como estava triste e bonita! Como era possível que ele tivesse se enganado a esse ponto? Ela estava a ponto de chorar. Na realidade, era simplesmente terrível ver a tristeza no seu rosto, ver a fome súbita e silenciosa e a emoção derramada.

– O que foi? – murmurou ele, abrindo os braços. Ela de imediato colou o corpo ao seu. Os seios pareciam grandes e macios em contato com seu tórax. Ele a envolveu com um abraço e passou os dedos enluvados pelo seu cabelo. – O que foi? – perguntou mais uma vez, baixinho, mas não era no fundo uma pergunta. Era, sim, uma pequena carícia reconfortante em palavras. Ele sentia o coração dela a pulsar, a respiração ofegante. Ele mesmo tremia. O sentimento de proteção despertado nele estava se aquecendo, transformando-se rapidamente em desejo.

– Não sei – respondeu ela, num sussurro. – Não sei. – E agora estava chorando em silêncio. Ergueu os olhos e, entreabrindo a boca, começou a beijá-lo com muita suavidade. Era como se não quisesse beijá-lo contra sua vontade. Ela lhe deu todo o tempo necessário para se afastar. E é claro que ele não tinha a menor intenção de fazer isso.

Ele foi tragado de imediato, como havia sido no carro quando lhe tocou a mão, mas dessa vez o que o envolvia era sua carne macia, voluptuosa e bem sólida. Ele a beijava sem parar, sugando-lhe o pescoço, o rosto, os olhos. Com a mão enluvada, acariciou seu rosto, sentiu sua pele lisa por baixo do pesado suéter de lã. Meu Deus, se ao menos pudesse tirar as luvas... Mas se as tirasse, estaria perdido, e todo o desejo iria se evaporar em meio à confusão.

Estava se agarrando desesperado a esse momento, desesperado. E ela já acreditava erroneamente; ela já receava tolamente...

– Quero, quero, sim. Como você pôde pensar que eu não quisesse, que eu não... como pôde acreditar nisso? Abrace-me, Rowan. Abrace-me forte. Estou aqui. Estou com você.

Chorando, ela se entregou aos seus braços. Sua mão tentou arrancar-lhe o cinto, abrir-lhe o zíper, mas esses foram gestos desajeitados, em vão. Ela soltou um gemido. Pura dor. Ele não aguentou mais.

Beijou-a de novo. Beijou o seu pescoço quando ela jogou a cabeça para trás. Pegou-a depois no colo e a carregou devagar, atravessando a sala e subindo a escada de ferro, caminhando lentamente pelas curvas, até entrar num quarto amplo e escuro voltado para o sul. Jogaram-se numa cama baixa. Ele a beijou novamente, alisando seu cabelo para trás, adorando a sensação da sua pele mesmo através das luvas, olhando para seus olhos fechados, para os lábios entreabertos, indefesos. Quando tentou puxar o suéter, ela se esforçou para ajudar e afinal o arrancou pela cabeça, deixando o cabelo lindamente despenteado.

Quando ele viu seus seios através da fina proteção de náilon, ele os beijou mesmo por cima do tecido, numa provocação proposital a si mesmo, com a língua tocando o círculo escuro do mamilo antes de afastar o sutiã. Como seria a sensação do couro preto tocando sua pele, acariciando-lhe os seios? Ele os levantou para beijar a curva morna debaixo deles (adorava essa dobra excitante) e chupou os bicos com força, segurando e massageando a carne com a palma da mão.

Ela se contorcia por baixo dele, com o corpo aparentemente indefeso, os lábios roçando o queixo mal barbeado, depois macios e doces sobre sua boca, as mãos se esgueirando para dentro da camisa a tatear seu peito como se adorasse sua firmeza.

Enquanto ele chupava os bicos dos seus seios, ela beliscava os dele. Ele estava tão duro que não ia mais aguentar. Parou, ergueu-se nas mãos, tentou recuperar o fôlego e depois se deixou cair ao seu lado. Sabia que ela estava tirando o jeans. Puxou-a para perto, sentindo a carne lisa das suas costas e descendo para a curva de suas nádegas gostosas de agarrar e de apertar.

Não havia mais como esperar. Nenhuma condição. Num impulso de impaciência, ele tirou os óculos e os jogou na mesa de cabeceira. Agora, ela era um borrão delicado e apetitoso, mas os detalhes físicos que ele havia visto não sairiam do seu pensamento. Ele estava por cima. A mão dela procurou sua cintura, abriu o zíper da calça e tirou seu pênis, sem delicadeza, dando-lhe tapas como se quisesse verificar sua firmeza, um pequeno gesto que quase o fez gozar. Ele sentiu cócegas nos pelos crespos, o calor dos lábios internos e finalmente a própria bainha tensa, pulsante, quando a penetrou.

Pode ser que ele tenha gritado. Não sabia. Ela se ergueu no travesseiro, com a boca presa à dele, os braços puxando-o para si, os quadris junto aos dele.

– Mete gostoso – sussurrou ela. Foi como o tapa: um aguilhão que fez chegar à ebulição sua fúria contida. Suas formas frágeis, sua carne macia, machucável, tudo só o instigava. Nenhuma violência imaginada que ele pudesse ter cometido em sonhos secretos e inexplicáveis havia sido mais brutal.

Seus quadris batiam com força nos dele. E ele viu vagamente o rubor do seu rosto e os seios nus enquanto gemia. Ao penetrar nela repetidamente, ele viu seus braços abertos, largados, um instante antes de fechar os olhos e explodir dentro dela.

Afinal, exaustos, eles se separaram, caindo entre os lençóis de flanela.

Seus braços quentes estavam entrelaçados no dele, esticado. O rosto dele, mergulhado nos seus cabelos perfumados. Ela veio se aconchegar. Puxou o lençol solto, esquecido, de modo a cobrir os dois. Ela se voltou para ele e se aninhou no seu ombro.

O avião que esperasse; o objetivo que esperasse. A dor e a agitação que passassem. Em qualquer outra hora ou lugar, ele a teria considerado irresistível. Agora, porém, ela era mais do que isso, mais do que suculenta, ardente, cheia de mistério e de um fogo aparentemente perfeito. Ela era algo divino, e ele precisava tanto dela que era de entristecer.

Seu braço macio e sedoso envolveu-lhe o pescoço quando ele a puxou para si. Ele ouvia seu coração batendo junto a sua pele.

Alguns momentos mais tarde, oscilando perigosamente à beira do sono profundo, ele se sentou de repente e, meio tonto, tirou as roupas quentes. Ficou então deitado com ela, nu, à exceção das luvas, respirando seu calor e ouvindo seus suspiros entorpecidos, enquanto mergulhava em sonhos ao seu lado.

– Rowan – sussurrou. É, ele sabia tudo a respeito dela. Ele a conhecia.

Estavam lá embaixo. Diziam: Acorde, Michael, desça. Haviam feito um belo fogo na lareira. Ou não seria simplesmente um fogo em torno deles, como uma floresta em chamas? Ele achou que ouvia o rufar de tambores. *Michael.* Uma vaga recordação do desfile de Carnaval naquela remota noite de inverno, das bandas tocando a cadência feroz, medonha, enquanto os archotes tremeluziam nos galhos dos carvalhos. Estavam ali, no andar inferior, e tudo o que ele tinha a fazer era acordar e descer. No entanto, pela primeira vez em todas essas semanas desde que o haviam abandonado, não queria vê-los, não queria se lembrar deles.

Sentou-se, olhando com espanto o pálido céu leitoso da manhã. Suava, e seu coração batia forte.

Quietude. Cedo demais para o sol. Ele pegou os óculos e os pôs no rosto.

Não havia ninguém nesta casa: nem tambores, nem cheiro de fogo. Absolutamente ninguém, a não ser eles dois, mas ela não estava mais na cama ao seu lado. Ele ouvia os assobios dos caibros e das estacas, mas era só o movimento da água que os fazia zumbir. E depois vinha um som vibrante e profundo, mais como um tremor do que um ruído: ele soube que era a grande lancha de cruzeiro, balançando no cais. Aquele monstro fantasmagórico a dizer *Estou aqui*.

Ele ficou sentado um instante, sem ânimo, examinando a mobília espartana. Tudo muito bem-feito da mesma bela madeira com veios que ele havia visto no andar inferior. Vivia aqui alguém que adorava a madeira de lei, que gostava de tudo arrumado com perfeição. Naquele quarto, tudo era bem baixo: a cama, a escrivaninha, as cadeiras espalhadas. Nada a impedir a vista das janelas que subiam até o teto.

No entanto, ele sentia o cheiro de fogo. É, e ao prestar atenção também o ouvia. Um roupão estava à sua disposição, um daqueles grossos roupões brancos de toalha, do tipo que ele adorava.

Vestiu-o e desceu à sua procura.

O fogo estava aceso. Até aí ele estava com a razão. Não havia, porém, nenhuma horda de seres de sonho aglomerada à sua volta. Ela estava sentada, com as pernas cruzadas, no piso de pedra junto à lareira, no seu próprio roupão, com seus membros finos quase perdidos nas dobras. Mais uma vez tremia e chorava.

– Perdoe-me, Michael. Lamento tanto – sussurrou, com aquela sua voz grave e aveludada. O rosto estava molhado e extenuado.

– Mas, querida, por que você iria dizer uma coisa dessas? – perguntou, sentando-se ao seu lado e a envolvendo com os braços. – Rowan, o que neste mundo você pode lamentar ter feito?

Suas palavras vieram de supetão, derramando-se com tanta velocidade que ele mal conseguia acompanhar. Que ela havia feito essa exigência imensa a ele; que queria tanto ficar com ele; que os últimos meses haviam sido os piores da sua vida; e que sua solidão havia sido quase insuportável.

Ele não parava de lhe beijar o rosto.

– Gosto de estar com você. Quero estar aqui. Não quero estar em nenhum outro lugar do mundo...

Ele se interrompeu, pensando no avião para Nova Orleans. Bem, aquilo podia esperar. E meio desajeitadamente começou a explicar como estivera cativo na casa na Liberty Street.

— Eu não apareci porque sabia que isso ia acontecer — disse ela. E você tinha razão: eu queria saber, queria que tocasse minha mão com as suas, que tocasse o chão da cozinha, ali onde ele morreu, eu queria... você entende? Não sou o que aparento ser...

— Eu sei o que você é, Rowan. Uma pessoa muito forte, para quem qualquer confissão de carência é terrível.

Silêncio. Ela fez que sim com a cabeça.

— Se ao menos isso fosse tudo — disse ela, com as lágrimas transbordando.

— Fale comigo. Conte-me a história.

Ela saiu dos seus braços com suavidade e ficou em pé. Caminhava descalça de um lado para outro do aposento, aparentemente esquecida do frio. Novamente, tudo veio tão depressa, tantas frases longas e delicadas emitidas em profusão com tanta velocidade que ele tinha de se esforçar para ouvir. Para isolar o significado da beleza sedutora daquela voz.

Ela havia sido adotada com um dia de vida. Havia sido levada da sua cidade natal, e ele sabia que se tratava de Nova Orleans? Isso ela havia dito na carta que ele nunca recebeu. E é verdade, ele devia saber isso porque, ao ser reanimado, segurou sua mão e não a largou, como se não quisesse deixá-la. E pode ser que naquela hora alguma ideia louca e confusa houvesse sido transmitida, alguma súbita intensidade relacionada àquele lugar. O fato era que ela nunca havia ido até lá. Nunca havia conhecido a cidade. Nem mesmo sabia o nome completo da sua mãe.

Ele sabia que havia um documento no cofre, logo ali, por trás daquele quadro, junto à porta, um documento que ela havia assinado comprometendo-se a jamais voltar a Nova Orleans, a jamais procurar saber alguma coisa sobre sua família, sobre seus pais verdadeiros? Arrancada, transplantada, com o passado eliminado como o cordão umbilical, e sem nenhum meio de reaver o que havia sido jogado fora. Ultimamente, porém, ela vinha pensando nisso, nesse terrível abismo, no fato de os dois não mais existirem, Ellie e Graham, no documento no cofre e em Ellie à morte, forçando-a a repetir inúmeras vezes sua promessa.

Eles a haviam tirado de Nova Orleans para vir para Los Angeles no avião das seis no mesmo dia em que nasceu. Ora, durante anos a fio disseram que ela havia nascido em Los Angeles. Era isso o que estava na sua certidão de nascimento, um desses documentos falsos criados para filhos adotivos. Ellie e Graham haviam lhe falado mais de mil vezes do pequeno apartamento em West Hollywood, e em como ficaram felizes quando a trouxeram para casa.

Essa, porém, não era a questão. A questão era que os dois estavam mortos, e com eles toda a sua história, erradicada com uma velocidade e abrangência que simplesmente a deixavam apavorada. E Ellie sofrendo tanto. Ninguém devia ter de sofrer assim. E a vida dos dois havia sido a maravilhosa vida moderna, realmente maravilhosa, embora seu mundo fosse egoísta, materialista; isso tinha de admitir.

Nenhum vínculo com ninguém – parentes ou amigos – jamais interrompeu sua busca egocêntrica pelo prazer. E à cabeceira, ninguém, a não ser Rowan, enquanto Ellie berrava por mais morfina.

Ele fazia que sim com a cabeça. Como compreendia bem! Sua própria vida não havia se tornado idêntica a isso? Atingiu-o uma súbita imagem de Nova Orleans: a porta de tela que se fechava, primos ao redor da mesa da cozinha, feijão com arroz e conversa, muita conversa...

– Digo a você que quase a matei. Quase terminei com aquilo. Eu não podia... não podia... Ninguém conseguia mentir a respeito para mim. Sei quando as pessoas estão mentindo. Não é que eu consiga ler seus pensamentos; é mais sutil. É como se as pessoas estivessem falando com palavras em preto e branco numa página, e eu visse o que dizem em imagens coloridas. Às vezes capto pensamentos, pequenos fragmentos de informação. E seja como for, sou médica. Nem tentaram mentir, e eu tinha total acesso às informações. Era Ellie quem sempre mentia, quem tentava fingir que aquilo não estava acontecendo. E eu sabia o que estava sentindo. Sempre soube. Desde quando era menina. Havia, ainda, uma outra coisa, um talento para saber. Chamo-o de sentido de diagnóstico, mas ele é mais do que isso. Coloquei minhas mãos nela e, mesmo quando estava num período de alívio de sintomas, eu sabia. O câncer está ali. Está voltando. Ela tem seis meses no máximo. E depois voltar para casa quando tudo estava acabado... Para esta casa, com todos os luxos, confortos e aparelhos possíveis que alguém poderia...

– Eu sei – disse ele, baixinho. – Todos os brinquedos que temos, todo o dinheiro.

– É, e o que é isso tudo sem eles agora? Uma casca? Aqui não é o meu lugar. Se este lugar não é meu, não é de ninguém. Eu olho à minha volta... e fico apavorada, é o que lhe digo. Fico apavorada. Não, espere, não venha me consolar. Você não sabe. Não pude impedir a morte de Ellie, isso posso aceitar. Mas provoquei a morte de Graham. Eu o matei.

– Não, você não fez isso – disse ele. – Você é médica e sabe...

– Michael, você é um anjo que chegou a mim, mas ouça o que estou contando. Você tem um poder nas mãos e sabe que é verdadeiro. Eu sei que é verdadeiro. No caminho até aqui, você demonstrou esse poder. Bem, eu tenho em mim um poder de força semelhante. Eu o matei. Antes dele, matei duas pessoas: um estranho e uma menina há muitos anos, uma menininha num pátio de escola. Li as conclusões das autópsias. Eu tenho o poder de matar! Sou médica hoje porque procuro negar esse poder. Construí minha vida tentando compensar esse mal.

Ela respirou fundo. Passou os dedos pelo cabelo. Parecia desamparada e perdida naquele roupão grande e largo, amarrada pela cintura, uma Ganimedes com seu cabelo de pajem sedoso e desarrumado. Ele começou a ir na sua direção. Ela fez um gesto para que ele ficasse onde estava.

– Há tanta coisa. Você sabe, eu criei essa fantasia de contar para você, logo para você...

– Mas eu estou aqui, estou prestando atenção. Quero que me conte... – Com que palavras ele poderia dizer que ela o fascinava e o absorvia totalmente? E como isso era espantoso depois de todas aquelas semanas de agitação e loucura.

Ela agora falava em voz baixa, contando como havia sido tudo com ela, como sempre havia sido apaixonada pela ciência, como a ciência era poesia para ela. Nunca havia pensado em ser cirurgiã. O que a fascinava era a pesquisa, os progressos incríveis, quase fantásticos, da neurologia. Ela queria passar a vida no laboratório, onde acreditava existir a verdadeira oportunidade para o heroísmo. E tinha um talento natural para aquilo, pode acreditar. Tinha mesmo.

De repente, ocorreu a horrível experiência naquela pavorosa véspera de Natal. Ela estava prestes a ir para o Instituto Keplinger, para ali trabalhar com dedicação exclusiva a métodos de intervenção no cérebro que não envolvessem a cirurgia: o uso dos raios laser, do bisturi gama, milagres que ela mal conseguia descrever a um leigo. Afinal de contas, ela nunca havia se sentido muito bem com os seres humanos. Será que o laboratório não era o seu lugar?

E, ao que ela dizia, os últimos desdobramentos eram milagrosos, mas seu orientador, não importa qual era seu nome (ele agora estava morto mesmo; havia morrido de uma série de pequenos derrames pouco depois do ocorrido e, por ironia, nem todos os cirurgiões do mundo haviam conseguido prender e suturar aquelas rupturas fatais... mas ela só chegou a saber disso muito depois). Voltando à história, ele a havia levado ao instituto, em San Francisco, na véspera de Natal, porque essa era uma noite em que não haveria ninguém lá; e ele estaria desrespeitando as normas ao lhe mostrar aquilo em que estavam trabalhando, na pesquisa com fetos vivos.

– Eu o vi na incubadora, aquele pequeno feto. Sabe do que ele o chamava? De *abortus*. Odeio ter de falar disso porque sei como você se sente com relação a Little Chris, sei...

Ela não percebeu seu choque. Ele nunca lhe havia falado de Little Chris, nunca havia comentado com ninguém esse apelido, mas ela não deu a menor impressão de perceber isso. Ele continuou sentado, em silêncio, só prestando atenção ao que ela dizia, pensando vagamente em todos aqueles filmes que havia visto com aquelas imagens de fetos, terríveis e recorrentes, mas não quis interrompê-la. Queria que ela prosseguisse.

– E aquela coisinha havia sido mantida viva, depois de um aborto espontâneo aos quatro meses, e eles estavam desenvolvendo meios para manter a vida de fetos ainda mais novos. Estavam falando de produzir embriões em provetas e de nunca devolvê-los ao útero, mas tudo isso para colher órgãos. Você devia ter ouvido os argumentos que usava, que o feto estava desempenhando um papel vital na cadeia da vida humana, dá para acreditar? E digo mais, o horrível, a parte realmente medonha, era que tudo aquilo era fascinante, e que eu estava adorando. Eu visualizava os usos em potencial que ele descrevia. Eu sabia que um dia seria possível criar cérebros novos e ilesos para vítimas de coma. Ai, meu Deus, você sabe tudo o que poderia ser feito, tudo o que eu, com meu talento, poderia ter realizado!

– Dá para perceber – disse ele, baixinho, assentindo com a cabeça. – Dá para entender o horror e a sedução da ideia.

– Exatamente – respondeu ela. – E você acredita que eu poderia ter uma carreira maravilhosa na área de pesquisa. Eu poderia ter sido um daqueles nomes citados nos livros. Talvez se pudesse dizer que nasci para isso. Quando descobri a neurologia, quando alcancei esse nível, por assim dizer, depois de toda a minha preparação, foi como se eu chegasse ao topo de uma montanha, e ali fosse meu chão, meu verdadeiro lar.

O sol estava nascendo. Ele tocava no piso de tábuas corridas onde ela se encontrava, mas parecia não perceber sua luz. Estava mais uma vez chorando, baixinho, com as lágrimas escorrendo simplesmente enquanto secava a boca com as costas da mão.

Ela explicou como saiu correndo do laboratório, como fugiu de uma vez por todas da área de pesquisa e de tudo o que poderia ser realizado através dela. Fugiu do seu implacável desejo de poder sobre as pequeninas células fetais com sua surpreendente plasticidade. Ele compreendia como essas células podiam ser usadas para transplantes totalmente diferentes de outros? Compreendia que elas continuavam a se desenvolver? Que elas não detonavam as costumeiras reações imunológicas do receptor; que elas eram um campo deslumbrantemente promissor?

– Pois era exatamente isso, não se via um limite ao que poderia ser feito.

E imagine a quantidade de matéria-prima, uma pequena nação de não pessoas, aos milhões. É claro que há leis contra isso. Sabe o que ele me respondeu? "Há leis contra isso porque todos sabem que está acontecendo."

– Não é de surpreender – disse ele. – Não é mesmo.

– Àquela altura da minha vida, eu só havia matado duas pessoas. Mas, no meu íntimo, eu sabia que havia sido eu. Porque é algo relacionado ao meu próprio caráter, essa capacidade de resolver fazer algo e minha recusa de aceitar a derrota. Na sua forma mais primitiva, chame-o de mau gênio. Chame-o de fúria, na sua forma mais dramática. E na área de pesquisa, você imagina como eu poderia ter usado essa capacidade para resolver fazer, para resistir à autoridade, para seguir minha inspiração em algum projeto totalmente amoral e até mesmo desastroso? Não se trata de força de vontade. É impulsivo demais para ser força de vontade.

– Determinação – disse ele. Ela concordou.

– Agora veja bem, um cirurgião é um intervencionista. Ele ou ela é uma pessoa muito determinada. Você chega com a faca e diz: vou cortar fora metade do seu cérebro, e você vai melhorar. Quem teria a ousadia de fazer alguma coisa desse tipo, a não ser alguém de grande determinação, alguém extremamente centrado, alguém muito forte?

– Graças a Deus por isso.

– Pode ser. – Ela deu um sorriso irônico. – Mas a confiança de um cirurgião não é nada em comparação com o que poderia ser extraído de mim no laboratório. E quero dizer mais uma coisa, algo que acho que você vai compreender em virtude das suas mãos e das visões, algo que eu nunca poderia contar a outro médico porque de nada adiantaria.

"Quando estou operando, visualizo o que estou fazendo. Quer dizer, mantenho na mente uma perfeita imagem multidimensional do efeito dos meus atos. Minha cabeça raciocina nos termos dessas imagens detalhadas. Quando você estava morto no convés do barco e eu soprei o ar na sua boca, visualizei seus pulmões, seu coração, o ar penetrando nos pulmões. Quando matei o homem no jipe, quando matei a menina, primeiro imaginei que seriam punidos. Imaginei-os cuspindo sangue. Naquela época, eu não tinha o conhecimento para imaginar nada mais perfeito do que isso, mas o processo era o mesmo, a mesma coisa."

– Mas essas mortes poderiam ter sido naturais, Rowan.

Ela abanou a cabeça.

– Fui eu, Michael. E, com o mesmo poder me guiando, eu opero. E com o mesmo poder me guiando, eu o salvei.

Ele não disse nada. Apenas esperava que ela continuasse. A última coisa que queria era discutir com ela. Meu Deus, ela parecia ser a única pessoa no mundo que realmente lhe dava ouvidos. E neste exato instante não estava precisando de ninguém que discutisse com ela. Mesmo assim, não sabia ao certo se ela estava enganada ou não.

– Ninguém sabe dessas coisas – disse ela. – Fico parada nesta casa vazia, choro e falo em voz alta com ninguém. Ellie era minha melhor amiga neste mundo, mas eu não poderia ter contado para ela. E o que resolvi fazer? Tentei encontrar a salvação através da cirurgia. Escolhi a forma mais brutal e direta de intervenção. Mas nem todas as operações bem-sucedidas do planeta podem esconder de mim aquilo de que sou capaz. Eu matei Graham.

"Sabe, naquele instante em que Graham e eu estávamos ali juntos, acho que cheguei a me lembrar de Mary Jane no pátio e que cheguei a me lembrar do homem no jipe. E realmente acredito que realmente tive a intenção de usar o poder, mas só consigo me lembrar de ter visualizado a artéria. De tê-la visto se romper. No entanto, acredito que o matei deliberadamente. Quis que ele morresse para que não magoasse Ellie. Fiz com que ele morresse."

Ela parou como se não tivesse certeza do que acabara de dizer ou como se acabasse de perceber que era a verdade. Ela afastou o olhar, na direção do mar. A água agora estava azul ao sol e cheia de uma luz ofuscante. Inúmeras velas haviam aparecido na superfície. E a casa inteira estava invadida pela paisagem ao redor, os morros escuros salpicados de construções brancas. E para Michael tudo aquilo parecia deixá-la ainda mais só, ainda mais perdida.

– Quando li acerca do poder das suas mãos, soube que era verdadeiro. Compreendi. Imaginei tudo que você estava sofrendo. São esses segredos que nos distinguem. Não espere que as outras pessoas acreditem, muito embora, no seu caso, elas tenham visto. No meu caso, ninguém jamais deve ver porque isso não deve nunca mais se repetir.

– É disso que você tem medo? De que volte a acontecer?

– Não sei. – Ela olhou para ele. – Quando penso naquelas mortes, a culpa é tão terrível que não tenho um objetivo, uma ideia ou um plano. Essa culpa é um obstáculo entre minha pessoa e minha vida. E mesmo assim eu vivo, vivo melhor do que qualquer pessoa que eu conheça. – Ela riu baixinho, com ironia. – Todos os dias faço cirurgias. Minha vida é interessante. Mas não é o que poderia ter sido... – As lágrimas escorriam de novo. Ela olhava para ele, mas aparentemente era através dele. O sol batia direto nela, no seu cabelo louro.

Ele queria tanto abraçá-la. O sofrimento de Rowan era para ele uma tortura. Michael mal suportava ver seus olhos cinzentos tão injetados e lacrimejantes. E a própria tensão do seu rosto dava uma terrível impressão quando as linhas de angústia de repente ficavam mais fortes e marcadas e as lágrimas caíam para depois o rosto voltar a ficar tranquilo, como se em consequência de algum choque.

– Eu queria dizer a você essas coisas – disse ela. Estava confusa, insegura. A voz, embargada. – Eu queria... estar com você e contar. Acho que imaginei que, por ter salvado sua vida, talvez, de algum modo...

Dessa vez nada poderia tê-lo impedido de se aproximar dela. Levantou-se devagar e a tomou nos braços. Abraçou-a, beijando-lhe o pescoço sedoso, o rosto marcado de lágrimas, as próprias lágrimas.

– Você imaginou certo... – Ele se afastou, tirou as luvas com impaciência e as jogou para um canto. Olhou por um instante para as próprias mãos e depois olhou para ela.

Nos seus olhos viu uma expressão de vago espanto, com as lágrimas refletindo a luz do fogo. Ele, então, pôs as mãos na sua cabeça, tateando-lhe os cabelos e o rosto.

– Rowan – sussurrou. Ordenou que todas as loucas imagens aleatórias parassem. Forçou-se a simplesmente vê-la *agora*, através das mãos. E surgiu mais uma vez a sensação deliciosa e envolvente dela, que havia surgido e desaparecido com tanta rapidez no carro. A sensação de estar imerso nela. E, com um zumbido súbito e violento, como o espasmo de eletricidade pelas suas veias, ele a conheceu. Conheceu a honestidade da sua vida, e sua intensidade. Conheceu sua bondade, sua inegável bondade. As imagens atabalhoadas, instáveis, não importavam. Elas eram fiéis ao todo que ele percebia, e o que importava era o todo, bem como a coragem do todo.

Ele enfiou as mãos por dentro do roupão, tocando-lhe o corpo pequeno e magro, tão quente, tão delicioso aos seus dedos nus. Abaixou a cabeça e beijou o alto dos seus seios. Órfã, sozinha, cheia de medo, mas tão forte, de uma força tão implacável.

– Rowan – sussurrou ele, mais uma vez. – Nós é que importamos agora.

Sentiu que ela suspirava e se entregava, como uma haste quebrada de encontro ao seu peito, e que no ímpeto do desejo toda sua dor desaparecia.

Ele estava deitado no tapete, com o braço esquerdo dobrado para abrigar sua cabeça, a mão direita, relaxada, segurando um cigarro acima do cinzeiro, uma xícara de café fumegante ao seu lado. Já deviam ser umas nove horas. Ele havia ligado para a companhia aérea. Podiam acomodá-lo no avião do meio-dia.

No entanto, quando ele pensava em deixá-la, sentia-se cheio de ansiedade. Gostava dela. Gostava dela mais do que da maioria das pessoas que havia conhecido na sua vida e, talvez com maior precisão, estivesse encantado com ela, com sua óbvia inteligência e sua vulnerabilidade quase mórbida, que continuava a produzir nele um singular sentido de proteção, com o qual se sentia deliciado, quase ao ponto de se envergonhar.

Depois de fazerem amor pela segunda vez, eles haviam conversado horas a fio.

Falaram com tranquilidade, sem urgência ou clímax de emoção, sobre suas vidas. Ela lhe contou como havia crescido em Tiburon, levando o barco para o oceano quase todos os dias da sua vida, como era ter frequentado as melhores escolas. Falou mais sobre sua vida na medicina, sua primeira paixão pela pesquisa, seus sonhos de descobertas frankensteinianas, de um modo mais detalhado e controlado. Surgiu, então, a descoberta do seu talento na sala de cirurgia. Sem a menor dúvida, ela era uma cirurgiã de incrível competência. Não sentia nenhuma necessidade de se gabar disso. Ela simplesmente descrevia o entusiasmo, a satisfação imediata, o quase desespero em que se encontrava desde a morte dos pais, sempre operando, sempre passando pelas enfermarias, sempre trabalhando. Em alguns dias, ela havia chegado a continuar operando até não conseguir mais ficar em pé. Era como se sua cabeça, suas mãos e seus olhos não fizessem parte do resto do corpo.

Ele lhe falou sucintamente, e com um pouco de autodesvalorização, sobre seu próprio mundo, respondendo suas perguntas, animado pelo seu aparente interesse.

– Classe operária – havia dito ele. E como ela ficou curiosa. Como eram as coisas lá no Sul? Ele falou das grandes famílias, dos enterros monumentais, da pequena casa estreita com seu piso de linóleo, das maravilhas no jardim minúsculo. Será que tudo lhe parecia antiquado? Talvez também desse essa impressão a ele agora, embora doesse pensar nisso porque sentia muita vontade de voltar para lá.

– Não são só eles, as visões e tudo o mais. Quero voltar até lá. Quero caminhar pela Annunciation Street também...

— Esse é o nome da rua em que você cresceu? É linda.

Ele não lhe falou do mato nas sarjetas, dos homens sentados na escada da frente das casas com suas latas de cerveja, do cheiro de repolho cozido que nunca saía, dos trens à beira-rio que faziam as janelas chocalharem.

Falar da vida aqui havia sido um pouco mais fácil. Falar de Elizabeth e de Judith; do aborto que destruiu sua vida com Judith; falar dos últimos anos e seu estranho vazio; da sensação de estar à espera de algo, embora não soubesse o que seria. Ele falou das casas e de como as amava. Da convergência de estilos que existia em San Francisco, as grandes residências em estilo vitoriano e italiano, a pensão na Union Street que ele tanto havia desejado restaurar. Depois, passou a falar das casas que realmente adorava, aquelas lá de Nova Orleans. Ele aceitava a existência de fantasmas nas casas, porque considerava que elas eram mais do que dormitórios, e não era de surpreender que pudessem roubar a alma de alguém.

Foi uma conversa agradável, que aprofundou seu conhecimento um do outro, e ampliou a intimidade que já sentiam. Ele gostou de ouvi-la falar sobre sair ao mar: de ficar sozinha na ponte, com o café na mão e o vento zunindo pela cabine de comando. Ele não gostava de barcos, mas gostou de ouvi-la falar do seu. Apreciou a expressão nos seus olhos cinzentos; a simplicidade dos seus gestos lânguidos, despreocupados.

Ele chegou mesmo a entrar naquela conversa maluca dos filmes e das imagens recorrentes de bebês e crianças vingativas. De como se sentiu ao perceber esses temas, como se tudo à sua volta estivesse se dirigindo a ele. Talvez estivesse a um passo do hospício, mas se perguntava se algumas das pessoas nos hospícios não estariam lá por entenderem de forma excessivamente literal os modelos que captavam. O que ela achava? E a morte? Bem, ele tinha muitas ideias sobre a morte, mas antes de mais nada um pensamento lhe ocorrera, mesmo antes do acidente, de que a morte de uma outra pessoa talvez seja o único acontecimento autenticamente sobrenatural que já experimentamos.

— Não estou falando de médicos agora. Estou falando de qualquer pessoa no mundo moderno. O que quero dizer é quando você olha para aquele corpo ali embaixo e percebe que toda a vida se foi, que você pode gritar com ele, dar tapas, tentar colocá-lo sentado e fazer o que quiser, que está morto, absoluta e inequivocamente morto...

— Sei do que está falando.

— E é preciso lembrar que a maioria de nós talvez tenha uma visão dessa uma ou duas vezes em vinte anos. Talvez nunca. Ora, na Califórnia, no momento atual, existe toda uma civilização de gente que nunca presenciou uma morte. Eles nunca chegaram a ver um cadáver. Pois não é que, quando eles ouvem dizer que alguém morreu, imaginam que ele se esqueceu de comer alimentos naturais ou que não vinha se exercitando como devia...

Ela riu baixinho, num sussurro.

– Cada maldita morte é um assassinato. Por que você acha que perseguem os médicos com seus advogados?

– Isso mesmo, mas é ainda mais profundo. As pessoas não acreditam que vão morrer. E quando alguém morre, isso acontece a portas fechadas, o caixão é lacrado, se o pobre palerma teve o mau gosto de chegar a querer um caixão e um enterro, que é óbvio que ele não deveria ter desejado. Melhor um serviço em memória do falecido em algum lugar sofisticado, com sushi, vinho branco e as pessoas se recusando a mencionar em voz alta o motivo pelo qual estão ali. Ora, fui a serviços em memória de alguém aqui na Califórnia, nos quais ninguém chegou a tocar no nome do falecido! Mas se você realmente presenciar uma morte... e não for médico, enfermeiro ou agente funerário, bem, trata-se de um acontecimento sobrenatural de primeira, provavelmente o único ao qual terá acesso.

– Pois permita que eu conte a você de um outro acontecimento sobrenatural – disse ela, sorrindo. – Quando você está com um desses defuntos deitado no convés do barco, e você o esbofeteia e fala com ele, e de repente os olhos se abrem de verdade e o cara está vivo.

Ela lhe deu um sorriso tão lindo. Ele começou a beijá-la, e foi assim que terminou aquele segmento da conversa. A questão principal era, porém, que ele não a havia perdido com aquelas divagações birutas. Nem uma única vez ela havia se desligado do que ele dizia.

Por que, então, essa outra coisa tinha de estar acontecendo? Por que essa sensação de tempo perdido?

Ele estava agora deitado no tapete, pensando em como gostava dela e em como sua tristeza e solidão o perturbavam. Em como não queria deixá-la e, mesmo assim, tinha de ir embora.

Seu pensamento tinha uma clareza notável. No verão inteiro, nunca havia ficado tanto tempo sem beber. E estava apreciando bem a sensação de pensar com clareza. Ela havia acabado de lhe servir mais café, e o sabor era bom. No entanto, ele havia calçado as luvas de novo porque estava recebendo aquelas imagens idiotas e aleatórias de todos os lados: Graham, Ellie e homens, muitos homens diferentes, homens bonitos, todos de Rowan, isso estava excessivamente claro. Ele desejava que não estivesse.

O sol entrando pelas janelas e pelas claraboias a leste estava forte. Ele a ouvia fazendo alguma coisa na cozinha. Calculou que era melhor se levantar e ajudar, não importa o que dissesse, mas ela havia sido bastante convincente a esse respeito.

– Gosto de cozinhar. É semelhante à cirurgia. Fique exatamente onde está.

Ele refletia que ela era a primeira coisa em todas essas semanas que realmente tinha importância para ele; que afastava seu pensamento do acidente e dele próprio. E era um alívio tão grande estar pensando em outra pessoa que não fosse em si mesmo. Na realidade, ao refletir com essa clareza recém-adquirida, percebeu que havia sido capaz de se concentrar bem desde que havia chegado ali. Concentrou-se na conversa, no amor, na descoberta mútua; e isso era algo totalmente novo, porque em todas aquelas semanas sua falta de concentração, sua incapacidade de ler mais do que uma página de um livro, ou de acompanhar mais do que algumas sequências num filme o haviam deixado em constante agitação. Era tão prejudicial quanto a falta de sono.

Percebeu que nunca teve o conhecimento de outro ser humano começar nesse ritmo e mergulhar tão fundo tão rápido. Era como o que deveria acontecer com o sexo, mas que raramente acontecia, se é que chegava a acontecer. Ele havia perdido inteiramente de vista o fato de ela ser a mulher que o salvara. Quer dizer, uma forte impressão do caráter dela havia erradicado aquele entusiasmo vago e impessoal que ele havia sentido ao conhecê-la, e agora ele estava tecendo loucas fantasias a seu respeito.

De que forma ele poderia continuar a conhecê-la e talvez mesmo chegar a amá-la e possuí-la, e cumprir essa tarefa que tinha de cumprir? Ele ainda tinha de cumprir sua missão. Ele ainda tinha de voltar à cidade natal e descobrir qual era o objetivo.

Quanto ao fato de ela ter nascido lá no Sul, isso não estava relacionado a nada. Sua cabeça transbordava com um excesso de imagens do passado, e o sentido de destino que unia essas imagens era forte demais para ter vindo de alguma lembrança aleatória da sua terra através dela. Além do mais, no convés do barco ontem à noite, ele não havia captado nada daquilo. O fato de conhecê-la, sim, estava lá. No entanto, até mesmo isso era passível de suspeita. Acreditava ele ainda, porque não houve nenhum "Ah, sim" de profundo reconhecimento quando ela lhe contou sua história. Só uma fascinação declarada. Não havia nada de científico neste seu poder. Podia ser que fosse de natureza física – é, finalmente mensurável –, e até mesmo controlável através de alguma droga entorpecente, mas não era científico. Era mais como a arte ou a música.

A questão, porém, era que ele precisava ir e não queria. O dilema o entristeceu de repente, com uma tristeza quase sem esperanças, como se de algum modo os dois estivessem amaldiçoados, ele e ela.

Todas essas semanas, se ele ao menos tivesse podido vê-la, se tivesse podido estar com ela. Ocorreu-lhe, então, uma ideia estranhíssima. Se ao menos aquele terrível acidente não houvesse acontecido e ele a houvesse conhecido em algum lugar comum, onde começassem a conversar. No entanto, ela era parte integrante do que havia acontecido; sua singularidade e sua força faziam parte de tudo. Totalmente só lá em mar aberto naquela horrenda lancha de cruzeiro justo naquele instante em que caía a tarde. Quem mais poderia ter estado lá? Quem mais poderia ter conseguido tirá-lo da água? Ora, era fácil para ele acreditar no que ela dizia acerca da determinação, acerca dos seus poderes.

Ao descrever o salvamento em detalhe, ela disse uma coisa estranha. Disse que uma pessoa perde a consciência quase imediatamente na água muito fria. No entanto, ela havia sido jogada bem dentro d'água sem perder a consciência.

– Não sei como cheguei até a escada – disse ela, apenas. – Sinceramente não sei.

– Você acha que foi aquele poder? – perguntou ele. Ela refletiu um pouco antes de responder:

– Sim e não. Quer dizer, pode ter sido apenas sorte.

– Bem, sem dúvida que foi mesmo sorte para mim – disse ele, com uma extraordinária sensação de bem-estar enquanto falava. E ele não sabia bem por quê. Talvez ela soubesse, porque retrucou:

– Temos medo do que nos torna diferentes. – E ele concordou.

– Mas muita gente tem esses tipos de poder – disse ela. – Não conhecemos sua natureza, nem como aferi-los; mas eles são sem dúvida parte do que acontece entre os seres humanos. Vejo no hospital. Há médicos que sabem coisas, e que não conseguem dizer como sabem. Há enfermeiras que são iguaizinhas. Imagino que haja advogados que sejam infalíveis para dizer se alguém é culpado ou não. Ou para saber se o júri vai votar contra ou a favor. E essas pessoas não conseguem explicar como chegam a saber.

"A verdade é que por mais que aprendamos acerca de nós mesmos, por mais que sistematizemos, classifiquemos e definamos, os mistérios continuam imensos. Pense na pesquisa genética. Há tanta coisa que é herdada por um ser humano: a timidez é herdada, a preferência por uma marca específica de sabonete pode ser herdada, a preferência por certos nomes de batismo. Mas o que mais é herdado? Que poderes invisíveis nos são legados? É por isso que é tão frustrante para mim o fato de eu realmente não conhecer minha família. Não sei nada a respeito dela. Ellie era filha de um primo em terceiro grau. Ora, isso praticamente já não é mais nem primo..."

É, ele havia concordado com aquilo tudo. Falou um pouco do seu pai e do avô, e de como era mais parecido com eles do que gostava de admitir.

– Mas você tem de acreditar que pode alterar sua herança genética – disse ele. – Você tem de acreditar que é possível fazer mágica com os ingredientes. Se isso não for possível, a esperança não existe.

– É claro que é possível – retrucou ela. – Você conseguiu, não conseguiu? Quero crer que eu tenha conseguido. Pode parecer loucura, mas acredito que deveríamos...

– Fale...

– Deveríamos ter como objetivo a perfeição – disse ela, em voz baixa.

– E por que não?

Ele riu, mas não para ridicularizar. Estava pensando em algo que um dos seus amigos havia dito uma vez. Esse amigo estava ouvindo com atenção enquanto

Michael matraqueava a respeito de história, sobre como ninguém entendia de história ou sabia para onde ia por não conhecer história. E esse amigo havia dito: "Você tem uma conversa peculiar, Michael", explicando que a expressão era de uma peça de Tennessee Williams, *Orpheus Descending*. Ele havia adorado o elogio. Esperava que ela também gostasse.

– Você tem uma conversa peculiar, Rowan – disse ele, dando a mesma explicação que seu amigo lhe dera.

Isso a fez rir, realmente a desarmou.

– Talvez seja por isso que eu quase não falo. Nem mesmo tenho vontade de começar. Acho que você acertou. Tenho uma conversa peculiar, e é por isso que não falo.

Ele deu uma tragada no cigarro, refletindo sobre tudo isso. Seria delicioso ficar aqui com ela. Se ao menos ele se livrasse da sensação de que tinha de voltar para casa.

– Ponha mais uma lenha no fogo – disse ela, interrompendo seus devaneios. – O café da manhã está pronto.

Ela arrumou tudo na mesa de jantar junto às janelas. Ovos mexidos, iogurte, laranjas fatiadas reluzindo ao sol, bacon e salsichas, e pãezinhos quentes recém-saídos do forno.

Serviu o café e o suco de laranja para os dois. E durante cinco minutos contados, sem dizer uma palavra, ele comeu. Nunca havia sentido tanta fome. Por algum tempo, fixou o olhar no café. Não, ele não queria uma cerveja, e não ia beber nenhuma. Tomou o café, e ela encheu sua xícara novamente.

– Estava simplesmente maravilhoso – disse ele.

– Fique por aqui – disse ela – e eu lhe preparo o jantar, e o café amanhã também.

Ele não pôde responder. Examinou-a por um instante, procurando não ver simplesmente a beleza e o objeto do seu considerável desejo, mas apenas sua aparência. Era naturalmente loura, pensou ele, praticamente sem pelos no rosto ou nos braços. Com lindas sobrancelhas acinzentadas e cílios escuros que faziam com que seus olhos parecessem ainda mais cinzentos. Tinha, no fundo, o rosto de uma freira. Sem um traço de maquiagem, e a boca larga e cheia tinha um certo toque virginal, como a boca de uma menininha que ainda não usou batom. Ele sentiu vontade de simplesmente ficar ali sentado para sempre...

– Mas você vai embora mesmo assim – disse ela.

Ele assentiu com a cabeça.

– Tenho de ir – disse ele.

– E as visões? – perguntou ela, pensativa. – Você não quer falar a respeito delas?

Ele hesitou.

– Cada vez que tento descrevê-las, tudo acaba em frustração – explicou ele. – Além do mais, o assunto afasta as pessoas.

– Não vai me afastar – disse ela. Parecia agora totalmente refeita, com os braços cruzados, o cabelo desarrumado, mas bonito, o café fumegante à sua frente. Estava mais parecida com a mulher resoluta e vigorosa que ele conhecera na noite anterior.

Ele acreditou no que ela disse. Mesmo assim, havia visto a expressão de incredulidade e de indiferença em tantos rostos. Recostou-se na cadeira, olhando lá para fora por um momento. Todos os veleiros do mundo estavam na baía. E ele via as gaivotas voando sobre a enseada de Sausalito como diminutos pedacinhos de papel.

– Sei que a experiência como um todo levou muito tempo – disse ele. – Que seria impossível nela admitir o tempo em si como um fator. Você sabe do que estou falando – prosseguiu, relanceando o olhar para ela. – É como antigamente, quando as pessoas eram atraídas pelos duendes. Sabe, elas sumiam e passavam um dia com os duendes, mas, quando voltavam para suas aldeias, descobriam que haviam se passado cinquenta anos.

– Essa história é irlandesa? – perguntou ela, rindo baixinho.

– É, foi de uma velha freira irlandesa que a ouvi. Ela costumava nos contar coisas incríveis. Dizia que havia bruxas no Garden District, em Nova Orleans, e que elas nos agarrariam se fôssemos passear por aqueles lados... – E pense só em como eram sombrias aquelas ruas, como eram lindas em suas sombras, como nos versos de "Ode to a Nightingale", "Darkling I listen"... – Desculpe, perdi o fio da meada.

Ela esperava.

– Havia muitas pessoas nas visões, mas aquela de que me lembro com maior nitidez era uma mulher de cabelos escuros. Não consigo vê-la agora, mas sei que ela me era tão familiar quanto alguém que eu tivesse conhecido minha vida inteira. Eu sabia seu nome, sabia tudo sobre ela. E agora sei que eu sabia de você. Sabia seu nome. Mas não sei se foi no meio de tudo ou apenas no final, antes de ser salvo, quando eu talvez já soubesse de algum modo que o barco estava vindo e que você estava ali.

É, pensou ele, esse era um verdadeiro enigma.

– Prossiga.

– Acho que poderia ter voltado à vida mesmo que me tivesse recusado a fazer o que eles queriam. No entanto, eu quis a missão, se é que posso chamá-la assim. Eu quis realizar o objetivo. E parecia... parecia que tudo o que eles queriam de mim, tudo o que revelaram, bem, tudo isso estava relacionado à minha vida passada, a quem eu havia sido. Abrangia tudo, você está me entendendo?

– Houve um motivo para o terem escolhido.

– É, isso mesmo. Eu era a pessoa certa em virtude de quem eu era. Agora, não se iluda. Sei que isso é mais uma vez conversa de doido. Sou muito bom nisso. É aquela conversa de esquizofrênicos que ouvem vozes que ordenam que salvem o mundo, sei disso. Os meus amigos têm um velho ditado a meu respeito.

– E qual é?

Ele ajeitou os óculos e lhe deu seu melhor sorriso.
– Michael não é tão bobo quanto parece.
Ela riu, encantadora.
– Você não parece bobo, Michael. Você só parece bom demais para ser verdade. – Ela bateu as cinzas do cigarro. – Você sabe que tem boa aparência. Isso eu não preciso dizer. O que mais consegue lembrar?

Ele hesitou, decididamente eletrizado por esse último elogio. Não estava na hora de ir para a cama de novo? Não. Estava quase na hora de pegar um avião.

– Algo a respeito de um portal. Eu poderia jurar que era isso. Mas nesse caso também não vejo mais nada. A recordação fica mais tênue a cada dia. Mas sei que um número estava envolvido. E uma joia. Uma joia belíssima. Nem mesmo consigo mais me lembrar disso. É mais como se fosse fé. Mas acredito que todas essas coisas estavam associadas à missão. E ainda que tudo está vinculado à minha volta ao lar, com essa sensação de ter de fazer algo de importância tremenda. E Nova Orleans faz parte disso, assim como uma certa rua por onde eu costumava passar quando era menino.

– Uma rua?

– É, a First Street. É um lindo trecho, desde a Magazine Street, perto de onde eu cresci, até a St. Charles Avenue, a uns cinco quarteirões de distância. É uma parte antiga da cidade que chamam de Garden District.

– Onde moram as bruxas – disse ela.

– Ah, é, isso mesmo, as bruxas do Garden District – concordou ele, sorrindo. – Pelo menos segundo a irmã Bridget Marie.

– Esse bairro é um lugar sombrio, enfeitiçado?

– Não, no fundo não. Mas é como um trecho escuro de floresta no meio da cidade. Grandes árvores, árvores nas quais não dá para se acreditar. Aqui não há nada que se compare com aquele lugar. Talvez em nenhum outro ponto dos Estados Unidos. E as casas são residências urbanas, sabe, próximas às calçadas, mas imensas e não são de meia-parede. Todas têm jardins à sua volta. E há uma casa específica, uma pela qual eu passava o tempo todo, uma casa estreita bem alta. Eu costumava parar para admirá-la, para olhar as grades de ferro. Essas grades têm um desenho de rosas. Bem, desde o acidente não paro de ver essa casa e não paro de pensar que tenho de voltar lá, sabe? É tão urgente. Como neste exato instante em que estou sentado aqui, mas me sinto culpado por não estar no avião.

– Queria que você ficasse um pouco por aqui. – Uma sombra passou pelo seu rosto. Sua voz grave, rouca, deliciosa. – Mas não é só porque eu quero. Você não está em forma. Precisa descansar, realmente descansar sem a bebida.

– Você tem razão, Rowan, mas não posso. Não sei explicar essa tensão que sinto. Vou continuar me sentindo assim até voltar para casa.

– Taí uma outra coisa, Michael. Por que lá seria sua casa? Você não conhece ninguém por lá.

– Ah, querida, lá é minha casa, sim. Eu sei. – Ele riu. – Fiquei tempo demais no exílio. Eu sabia disso antes do acidente. Na manhã anterior foi estranhíssimo.

Acordei pensando na minha cidade. Pensei numa ocasião em que fomos todos passear no litoral do golfo, e ao nascer do sol já fazia calor, calor mesmo...

— Você vai conseguir se manter longe da bebida quando sair daqui?

Ele suspirou. Forçou-se a dar um dos seus melhores sorrisos, um daqueles que sempre funcionavam no passado, e piscou um olho para ela.

— A senhora quer ouvir papo-furado de irlandês ou a verdade?

— Michael... — Na sua voz não havia censura, apenas decepção.

— Eu sei, eu sei — disse ele. — Tudo o que você diz está certo. Olhe, você não sabe o que fez por mim, só por me fazer sair pela porta de casa, só por me ouvir. Eu quero fazer o que você está me dizendo para fazer...

— Então fale um pouco mais sobre a tal casa — disse ela.

Ele mais uma vez ficou pensativo antes de começar:

— Ela era num estilo que chamamos de Renascença grega. Você sabe qual é? Mas com algumas diferenças. Tinha varandas na frente e nas laterais, típicas varandas de Nova Orleans. É difícil descrever uma casa dessas a alguém que nunca esteve em Nova Orleans. Já chegou a ver fotografias...?

Ela abanou a cabeça.

— Era um assunto sobre o qual Ellie não podia falar.

— Mas isso parece injusto, Rowan.

Ela deu de ombros.

— Não, de verdade.

— Ellie queria acreditar que eu era sua própria filha. Se eu fazia perguntas sobre meus pais biológicos, ela imaginava que eu estava infeliz, que não havia me amado o suficiente. Era inútil tentar tirar essas ideias da sua cabeça. — Ela tomou um pouco do café. — Antes de sua última internação, ela queimou tudo que havia na sua escrivaninha. Eu a vi fazendo isso. Queimou tudo na lareira. Fotos, cartas, todo tipo de coisa. Não percebi que aquilo era tudo. Ou talvez simplesmente não estivesse pensando nisso. Ela sabia que não iria voltar. — Rowan parou por um instante e serviu mais café na sua xícara e na de Michael.

"E então, depois que ela morreu, eu não consegui encontrar nem mesmo um endereço que fosse da sua família lá no Sul. Seu advogado não tinha absolutamente nenhuma informação. Ela lhe havia dito que não queria que ninguém de lá fosse avisado. Todo o seu dinheiro veio para mim. No entanto, ela costumava visitar as pessoas lá em Nova Orleans. Costumava telefonar para elas. Eu nunca consegui compreender direito."

— Isso é tão triste, Rowan.

— Mas já falamos o suficiente de mim. E a tal casa? O que é que a traz à sua lembrança agora?

— Ah, as casas de lá não são como as daqui. Lá, cada casa tem sua personalidade, seu caráter. E essa, bem, ela é sombria e sólida, e como que de uma escuridão esplêndida. Foi construída bem na esquina, com uma parte tocando a calçada da rua transversal. Deus sabe que eu amei aquela casa. Havia um homem que morava lá, um homem que podia ter saído direto de um romance de Dickens, juro. Alto e de rematado cavalheirismo, se você me entende. Costumava vê-lo no jardim... – Ele hesitou, algo tão próximo dele, tão crucial...

– O que houve?

– Só aquela sensação de novo, de que tudo está relacionado a ele e à casa. – Ele estremeceu como se estivesse com frio, mas não estava. – Não consigo descobrir o que, mas aquele homem tem alguma coisa a ver com isso. Não creio que fosse intenção daquelas pessoas que vi nas visões que eu me esquecesse. Acho que elas queriam que eu agisse rápido porque vai acontecer alguma coisa.

– O que poderia ser essa coisa? – perguntou ela, com delicadeza.

– Algo a ver com a casa – disse ele.

– Por que iam querer que você voltasse àquela casa? – Mais uma vez seu jeito de perguntar era terno, sem qualquer desafio.

– Porque eu tenho um poder para fazer alguma coisa lá. Tenho o poder de afetar alguma coisa. – Ele olhou para as próprias mãos, tão sinistras nas luvas pretas. – Pois foi como se tudo se encaixasse. Imagine o mundo inteiro composto de fragmentos ínfimos e de repente muitos desses pequenos fragmentos são luzes e você vê um... um...

– Um projeto?

– É, exatamente, um projeto. Bem, minha vida faz parte de um projeto maior. – Ele bebeu mais um gole de café. – O que você acha? Estou maluco?

Ela abanou a cabeça.

– Parece especial demais para ser loucura.

– Como especial?

– Quero dizer, específico.

Ele deu um risinho de espanto. Ninguém em todas aquelas semanas lhe havia dito nada parecido. Ela apagou o cigarro.

– Você pensou com frequência nessa casa nos últimos anos?

– Quase nunca. Nunca me esqueci dela, mas também nunca pensei muito nela. Talvez de vez em quando, acho, sempre que me lembrava do Garden District, costumava pensar nela. Seria possível dizer que era um lugar obsessivo.

– Mas a obsessão não teve início antes das visões.

– Sem dúvida. Tenho outras recordações da minha terra, mas a dessa casa é a mais forte.

– No entanto, quando você pensa nas visões, você não se lembra de nenhuma menção à casa...

– Nada com tanta clareza. Apesar de que... – Lá estava ela novamente, a sensação. De repente, porém, ele temeu o poder da sugestão. Pareceu-lhe que toda a tortura dos últimos meses ia voltar. Mesmo assim, era bom que ela acreditasse nele; era bom prestar atenção ao que ela dizia. E ele apreciava nela a naturalidade do ar de comando, a primeira característica que havia observado na noite anterior.

Ela olhava para ele, olhava como se ainda estivesse ouvindo com atenção, muito embora ele houvesse parado de falar. Ele pensou naqueles estranhos poderes inconstantes. Como confundiam totalmente as coisas, em vez de esclarecê-las.

– E então, o que há de errado comigo? Quer dizer, na qualidade de médica, de neurologista, qual é sua opinião? O que eu deveria fazer? Por que não paro de ver a tal casa e o tal homem? Por que me sinto como se devesse estar lá neste momento?

Ela meditou profundamente, imóvel, em silêncio, com os olhos cinzentos abertos e fixos em algum ponto do outro lado da vidraça, com os braços longos e esguios cruzados.

– Bem – disse ela, afinal –, você deve voltar até lá, não há a menor dúvida quanto a isso. Você não vai sossegar enquanto não fizer isso. Vá procurar a tal casa. Quem sabe? Talvez não exista mais. Ou talvez você não tenha nenhuma sensação especial ao vê-la. Seja como for, você deveria procurá-la. Pode haver alguma explicação psicológica para essa ideia fixa, como é chamada, mas acho que não. Suspeito que você tenha visto algo, sim; que tenha ido mesmo a algum lugar. Sabemos que muitas pessoas passam por isso, pelo menos é o que alegam quando voltam. Mas talvez você esteja fazendo uma interpretação errada do acontecido.

– Não tenho muito no que me basear – admitiu ele. – É verdade.

Você acha que essas pessoas provocaram o acidente?

– Meu Deus, nunca cheguei a pensar nisso.

– Não pensou?

– Quer dizer, pensei que, bem, o acidente aconteceu, e as pessoas estavam lá, e de repente a oportunidade se apresentou. Seria terrível imaginar que elas fizeram com que acontecesse. Isso mudaria as coisas, certo?

– Não sei. O que me preocupa é o seguinte. Se são seres poderosos, qualquer que seja sua natureza, se tiveram condições de dizer algo importante relativo a um objetivo, se conseguiram mantê-lo vivo quando o normal seria que tivesse morrido, se tiveram como incluir uma operação de resgate, bem, então, por que não poderiam ter provocado o acidente, e por que não poderiam estar causando sua perda de memória?

Ele estava perplexo.

– Realmente isso nunca lhe ocorreu?

– É uma ideia assustadora – sussurrou ele. Ela começou a falar novamente, mas ele lhe pediu com um gesto delicado que esperasse. Estava procurando as palavras para transmitir o que queria dizer. – Minha ideia deles é diferente. É minha crença que eles existem num outro universo; e isso significa em termos espirituais tanto quanto em termos físicos. Que eles são...

– Seres superiores?

– Isso. E que eles só puderam se aproximar de mim, saber de mim, cuidar de mim enquanto eu estava perto deles, entre a vida e a morte. O que estou querendo dizer é que foi místico. Mas gostaria de encontrar uma outra palavra para descrever o que houve. Foi uma comunicação que só ocorreu porque eu estava fisicamente morto.

Ela esperava.

– O que eu quero dizer é que eles eram uma outra espécie de seres. Não poderiam fazer um homem cair de um rochedo e se afogar no mar. Porque, se conseguissem fazer esse tipo de coisa no mundo material, bem, então para que iriam precisar de mim?

– Entendo seu ponto de vista – disse ela. – Mesmo assim...

– O quê?

– Você está supondo que eles sejam seres superiores. Você fala neles como se fossem bons. Está supondo que deve fazer o que eles querem que faça.

Mais uma vez, ele estava pasmo.

– Olhe – disse ela –, pode ser que eu não saiba do que estou falando.

– Não – respondeu ele –, acho que você sabe, sim. E está com a razão. Tudo isso eu supus. Mas veja, Rowan, é uma questão de impressão. Despertei com a impressão de que eram bons, de que eu havia voltado com a confirmação de sua bondade, e de que o objetivo era algo com o qual eu havia concordado. E não questionei essas suposições. O que você está dizendo é que talvez eu devesse questioná-las.

– Eu posso estar errada. E talvez não devesse dizer nada. Mas você sabe o que disse dos cirurgiões. Nós já entramos exibindo não nossos punhos, mas nossos bisturis.

Ele riu.

– Você não sabe o quanto representa para mim só o ato de estar falando nisso, de estar pensando nisso em voz alta. – E então parou de sorrir, porque era muito perturbador estar falando no assunto desse jeito, e ela sabia disso. – E ainda tem mais uma coisa – disse ela.

– E qual é?

– Cada vez que você fala no poder nas suas mãos, você diz que ele não tem importância. Diz que as visões eram importantes. Mas por que os dois não estariam vinculados? Por que você não acredita que as pessoas das visões deram a você o poder das mãos?

– Não sei. Já pensei nisso. Meus amigos chegaram a sugerir isso. Mas não me parece aceitável. O poder das mãos me dá a impressão de me desviar do objetivo. Ou seja, as pessoas ao meu redor querem que eu use esse poder; e, se eu começasse a usá-lo, não voltaria mais para lá.

– Compreendo. E quando você vir essa casa, irá tocá-la com suas mãos?

Ele pensou muito. Tinha de confessar não ter pensado numa coisa dessas. Havia imaginado um esclarecimento mais imediato e maravilhoso das coisas.

– É, acho que vou. Vou tocar o portão, se puder. Subirei a escada da frente e tocarei a porta.

Por que isso o assustava? Ver a casa significava algo de fantástico, mas tocar as coisas... Ele abanou a cabeça e cruzou os braços enquanto se recostava na cadeira. Tocar o portão. Tocar a porta. É claro que os seres podiam ter dado a ele dado o poder, mas por que achava que não havia sido eles? Especialmente se tudo se encaixava...

Ela estava calada, obviamente intrigada. Talvez até mesmo preocupada.

Ele a observou por algum tempo, pensando em como detestava a ideia de ir embora.

– Fique mais um pouco, Michael – disse ela, de repente.

– Rowan, deixe eu perguntar uma coisa para você. Esse documento que você assinou, esse compromisso de nunca ir até Nova Orleans. Você acredita nesse tipo de coisa? Quer dizer, acredita na validade dessa promessa a Ellie, a uma pessoa morta?

– Claro que acredito – respondeu ela, desanimada, quase triste. – Você também acredita nesse tipo de coisa.

– Eu?

– Estou dizendo que você é uma pessoa honrada. Você é o que chamamos com grande convicção de "um cara legal".

– Está bem. Espero que seja mesmo. Coloquei mal minha pergunta. O que me diz do seu desejo de ver o lugar onde nasceu? Mas sei que estou mentindo agora, porque o que quero dizer é: existe alguma possibilidade de você ir até lá comigo? E acho que um cara legal não diz mentiras.

Silêncio.

– Sei que parece ser presunção minha. Sei que muitos homens estiveram nesta casa. Quer dizer, eu não sou o amor da sua vida, eu...

– Pare com isso. Eu poderia me apaixonar por você, e você sabe disso.

– Pois então ouça o que estou dizendo porque estou falando de duas pessoas vivas. E talvez eu já... bem, eu... o que eu quero dizer é que, se você quiser voltar lá, se precisar ir até lá só para ver com os próprios olhos o lugar onde nasceu e quem eram seus pais... Ora, por que diabos não vem comigo? – Ele suspirou e se recostou, enfiando as mãos nos bolsos da calça. – Parece que seria um passo imenso, não é? E tudo isso é egoísmo meu. É só que eu quero que venha. Belo cara legal que eu sou.

Ela estava mais uma vez com o olhar distante, rígida. Depois, sua boca tremeu. E ele percebeu que ela estava a ponto de chorar.

– Eu gostaria de ir – disse ela, com as lágrimas subindo-lhe aos olhos.

– Meu Deus, Rowan, me desculpe. Eu não tinha o direito de pedir isso a você.

As lágrimas a dominaram. Ela continuava com os olhos perdidos no mar, como se aquele fosse o único meio de manter o controle sobre a situação. Mesmo assim, estava chorando, e ele via os leves movimentos da sua garganta quando ela engolia, bem como a tensão nos seus ombros. Ocorreu-lhe subitamente que essa era a pessoa mais só que ele já conhecera. A Califórnia estava cheia de gente assim, mas ela estava realmente isolada. Sem nenhuma sombra de egoísmo, ele temeu por ela, teve medo de deixá-la naquela casa.

– Olhe, Rowan, lamento muito mesmo. Não posso fazer isso com você. É um trato entre você e Ellie. Quando se sentir pronta para ir, você irá. E por enquanto eu preciso ir por motivos totalmente diferentes. Preciso sair daqui e odeio a ideia de ir.

As lágrimas começaram a escorrer pelo rosto.

– Rowan...

– Michael – sussurrou ela –, sou eu quem deve pedir desculpas. Fui eu quem me joguei nos seus braços. Agora, pare de se preocupar comigo.

– Não, não diga isso. – Ele começou a se levantar porque queria abraçá-la de novo, mas ela não quis permitir. Procurou agarrar sua mão do outro lado da mesa e a segurou. Voltou a falar com delicadeza: – Se você acha que eu não gostei de abraçá-la, de enxugar suas lágrimas, bem, então você não está usando seus poderes, Rowan. Ou simplesmente não entende um homem como eu.

Ela estremeceu, com os braços cruzados junto ao corpo, a franja caindo sobre os olhos. Parecia tão abandonada que ele teve vontade de segurá-la e beijá-la novamente.

– Na realidade, do que é que você está com medo? – perguntou ele.

Quando ela respondeu, foi num sussurro tão baixo que ele mal conseguiu ouvir:

– De ser má, de ser uma pessoa perversa, uma pessoa que pudesse realmente praticar o mal. Uma pessoa com um tremendo potencial para o mal. É isso o que todos os poderes de que disponho me dizem sobre mim mesma.

– Rowan, não foi pecado ser uma pessoa melhor do que Ellie ou Graham. E não é pecado culpá-los pela sua solidão, pelo fato de a terem criado em total isolamento de qualquer vínculo de sangue que você pudesse ter.

– Reconheço tudo isso, Michael. – Ela sorriu, um sorriso afetuoso, cheio de gratidão e compreensão, mas não acreditava no que ele estava dizendo. Sentia que ele deixara de ver nela algo de importância crucial, e que ele sabia disso. Michael não havia conseguido vê-la, da mesma forma que não havia conseguido realizar seu objetivo no convés do barco. Ela olhou para as águas profundas e azuis lá fora e depois para ele.

– Rowan, não importa o que aconteça em Nova Orleans, você e eu vamos nos ver novamente, e em breve. Eu poderia jurar para você sobre uma pilha de Bíblias que voltaria para cá, mas no fundo acho que nunca mais volto. Quando saí da Liberty Street, soube que nunca mais iria morar lá. Mas nós vamos nos encontrar em algum lugar, Rowan. Se você não puder pôr os pés em Nova Orleans, então escolha o lugar, mande um aviso e eu irei.

Ouviram isso, seus patifes?, pensou ele, olhando para o mar e para o céu azul sujo da Califórnia. Vocês, criaturas, quem quer que sejam, que fizeram isso comigo e não querem voltar para me orientar. Vou para Nova Orleans, seguindo suas instruções. Mas aqui existe algo entre mim e essa mulher, e isso só diz respeito a mim.

Ela quis levá-lo até o aeroporto, mas ele insistiu em chamar um táxi. Era uma viagem longa demais para ela, e ele sabia que estava cansada. Precisava dormir.

Ele tomou um banho de chuveiro e fez a barba. Há quase doze horas não bebia. Realmente um assombro.

Quando desceu, encontrou-a sentada com as pernas cruzadas, novamente junto à lareira, muito bonita com uma calça branca de lã e um outro suéter grosso e imenso que realçava ainda mais seus punhos finos e suas pernas compridas, fazendo com que lembrasse uma corça. Estava levemente perfumada com uma fragrância cujo nome ele soubera no passado e que ainda adorava.

Beijou-a no rosto e ficou abraçado com ela algum tempo. Dezoito anos, talvez mais, separavam suas idades, e ele sentia isso com pesar, sentiu isso quando roçou os lábios pelo seu rosto firme, carnudo.

Ele lhe deu um pedaço de papel no qual havia escrito o nome do Pontchartrain Hotel e o número do telefone.

– Como posso encontrá-la no hospital, ou não seria conveniente procurar por você lá?

– Ora, quero que me procure. Pego meus recados o dia inteiro, em intervalos. – Ela foi até o balcão da cozinha e escreveu os números no bloquinho de anotações. Arrancou a página e a entregou a ele. – Faça um escândalo se criarem qualquer problema. Diga que estou esperando sua chamada. E eu mesma vou avisar também.

– Entendido.

Ela deu um passo atrás, enfiando as mãos nos bolsos, e abaixou a cabeça um pouco enquanto olhava para ele.

– Não beba de novo, Michael.

– Tudo bem, doutora. – Ele riu. – Eu podia ficar aqui parado e dizer que assumo esse compromisso, querida, mas de um jeito ou de outro, quando a aeromoça...

– Michael, não beba no avião e não beba quando chegar lá. Você vai sofrer um bombardeio de recordações. Vai estar a quilômetros de distância de qualquer pessoa conhecida.

– A senhora tem razão, doutora – disse ele, abanando a cabeça. – Vou ter cuidado. Tudo vai dar certo.

Ele foi até a mala, tirou seu walkman do bolso externo e verificou se havia se lembrado de trazer um livro para o avião.

– Vivaldi – disse ele, enfiando o walkman com seus minúsculos fones de ouvido no bolso da jaqueta. – E meu Dickens. Fico maluco quando viajo sem eles. É melhor do que Valium e vodca, juro.

Ela lhe deu um sorriso maravilhoso e depois riu.
– Vivaldi e Dickens. Imagine só!
– Todos nós temos nossas fraquezas – disse ele, dando de ombros.
– Meu Deus, por que estou saindo desse jeito? Estou louco?
– Se não me ligar hoje à noite...
– Vou ligar mais cedo e mais vezes do que poderia esperar.
– O táxi está aí – disse ela.
Ele também havia ouvido a buzina.

Tomou-a nos braços, beijando-a, esmagando seu corpo contra o dela. E por um instante quase não conseguiu se afastar. Pensou no que ela havia dito, na possibilidade de *eles* terem provocado o acidente, de terem causado a amnésia, e um calafrio sinistro passou pelo seu corpo, algo como o verdadeiro medo. E se ele se esquecesse daqueles seres, para sempre? E se ele simplesmente ficasse aqui com ela? Parecia uma possibilidade, uma espécie de última oportunidade. Realmente parecia.

– Acho que amo você, Rowan Mayfair – sussurrou ele.
– É, Michael Curry, acho que alguma coisa desse nível pode estar acontecendo em ambas as partes neste momento.

Ela lhe deu mais um dos seus sorrisos suaves, radiantes, e ele viu nos seus olhos toda a força que havia considerado tão sedutora naquelas últimas horas, assim como toda a ternura e a tristeza também.

No longo caminho até o aeroporto, ele foi ouvindo Vivaldi com os olhos fechados. Mas de nada adiantou. Ele pensava em Nova Orleans, e depois pensava nela. E de uma para a outra, o pêndulo oscilava. Ela havia dito que era algo simples, mas como o havia perturbado. Todas essas semanas ele havia se agarrado à ideia de um projeto maior e de um objetivo que serviria a um valor superior. No entanto, quando ela lhe fez algumas perguntas simples e lógicas, sua fé desmoronou.

Ora, ele não acreditava que o acidente pudesse ter sido provocado por alguém. A onda apenas o havia arrastado do rochedo. E depois ele fora para algum lugar, algum nível já visitado por outros, e lá havia encontrado esses seres; e eles o haviam encontrado. Mas eles não poderiam fazer coisas às pessoas para machucá-las, para manipulá-las como marionetes.

Então, colega, o que me diz do salvamento? O que me diz de ela vir, sozinha naquele barco, pouco antes de escurecer, até aquele ponto específico no mar?

Meu Deus, ele já estava enlouquecendo de novo. Tudo em que conseguia pensar era em voltar a estar junto dela, ou em tomar um bom gole de bourbon com gelo.

Só quando estava esperando para embarcar no avião foi que algo lhe ocorreu, algo a que não dera a menor atenção antes.

Havia tido relações com ela três vezes nas últimas horas sem tomar precauções para evitar uma gravidez. Nem havia pensado nos preservativos que sempre trazia na carteira. Também não lhe havia feito nenhuma pergunta a respeito. E imaginar que, em todos esses anos, essa era a primeira vez que ele deixava uma coisa dessas acontecer.

Bem, ela era médica, pelo amor de Deus. Sem dúvida estava protegida.

Mas talvez ele devesse telefonar para falar nisso neste minuto. Também não seria mal ouvir sua voz. Ele fechou seu *David Copperfield* e começou a procurar um telefone.

Foi quando viu aquele homem novamente, aquele inglês de cabelos brancos e terno de tweed. Estava sentado a algumas fileiras dele, com sua maleta e seu guarda-chuva; na mão, um jornal dobrado.

Ai, não, pensou Michael, desolado, voltando a se sentar. Tudo o que me faltava era topar com ele.

Veio a chamada para o embarque. Michael ficou olhando ansioso quando o inglês se levantou, pegou suas coisas e se dirigiu ao portão.

Poucos instantes depois, no entanto, o inglês nem ergueu os olhos quando Michael passou por ele e foi se sentar à janela na parte de trás da primeira classe. O velhote já estava com a maleta aberta e escrevia, aparentemente com grande rapidez, num livro encadernado em couro.

Michael pediu bourbon com uma cerveja geladíssima para acompanhar antes que o avião levantasse voo. Quando chegaram a Dallas para uma escala de quarenta minutos, ele já estava na sexta cerveja e no sétimo capítulo de *David Copperfield*, e nem se lembrava mais da presença do inglês.

7

Ele fez com que o motorista do táxi parasse no caminho para que pudesse comprar uma embalagem de seis latas, já exultante com o calor do verão, e agora, quando saíram da autoestrada e foram descendo pela sujeira familiar e inesquecível da parte baixa da St. Charles Avenue, Michael sentiu vontade de chorar ao ver os carvalhos de casca negra, com sua folhagem escura, e o bonde de St. Charles, comprido e estreito, exatamente como na sua lembrança, vindo pelos trilhos num estardalhaço ruidoso.

Mesmo nesse trecho, em meio às feias lanchonetes especializadas em hambúrgueres, aos decrépitos bares de madeira e aos novos prédios de apartamentos que se erguiam acima de lojas fechadas com tapumes e postos de gasolina abandonados, essa era sua velha cidade, verdejante e de uma beleza delicada. Ele adorava até o mato que explodia nas fendas. O capim crescia verde e viçoso no canteiro central. As extremosas estavam cobertas de flores espumantes. Viu das cor-de-rosa, lilás e de um vermelho tão intenso quanto o da polpa da melancia.

– Olhe só para aquilo! – disse ele ao motorista, que não parava de falar de crimes e dos maus tempos que estavam passando. – O céu está roxo. Roxo, exatamente como eu me lembrava, e o incrível é que todos esses anos que passei fora pensei que havia imaginado tudo isso. Achava que minha memória coloria tudo, está me entendendo?

Teve vontade de chorar. Todo o tempo em que segurou Rowan nos braços enquanto ela chorava, ele próprio não verteu uma lágrima sequer. Mas agora estava com vontade de chorar pra valer, e, puxa, como desejava que Rowan estivesse junto. O motorista estava rindo dele.

– É, bem, acho que aquilo ali é mesmo um céu roxo. Acho que se poderia dizer que é roxo.

– Mas é claro que é. Você nasceu entre a Magazine e o rio, certo? – perguntou Michael. – Eu reconheceria essa voz em qualquer lugar do mundo.

– Do que você está falando, cara, o que me diz da sua própria voz? – disse o motorista, retribuindo a provocação. – Nasci na esquina da Washington com a St. Thomas, se quer saber, caçula de nove. Não se fazem mais famílias como antigamente. – O táxi ia bem devagar pela avenida, com a brisa suave e úmida de agosto entrando pelas janelas abertas. A iluminação das ruas acabava de se acender.

Michael fechou os olhos. Mesmo o monólogo interminável do motorista era música para ele. Por esse calor, por essa atmosfera perfumada e envolvente, ele havia ansiado do fundo do coração. Haveria algum outro lugar no mundo em que o ar fosse uma presença tão viva, em que a brisa beijasse e acariciasse as pessoas, em que o céu vibrasse e tivesse vida? E ainda, ai, meu Deus, o significado de não sentir mais frio!

– Olhe, estou dizendo que ninguém tem o direito de se sentir tão feliz quanto eu neste exato momento – disse Michael. – Ninguém. Olhe aquelas árvores. – Ele estava de olhos abertos, fixos nos galhos negros e sinuosos.

– Por onde foi que você andou, meu filho? – perguntou o motorista. Era um homem baixo, com um boné de viseira e o cotovelo meio para fora da janela.

– É, cara, eu estive no inferno. E vou contar uma coisa sobre o inferno. Ele não é quente não. É frio. Ei, olhe, o Pontchartrain Hotel. E continua igual. Ainda é igualzinho. Na realidade, se havia alguma diferença, é que ele estava mais elegante e altivo do que nos velhos tempos. Tinha toldos azuis recortados e o antigo complemento de porteiros e mensageiros parados junto às portas de vidro.

Michael mal podia se manter sentado. Ele queria descer, caminhar, cobrir aquelas velhas calçadas. No entanto, havia dito ao motorista que o levasse primeiro à First Street, para depois trazê-lo de volta ao hotel, e ele podia esperar pela First Street.

Terminou a segunda cerveja bem no instante em que chegaram ao sinal de trânsito da Jackson Avenue, e a partir daí tudo mudava. Michael não se lembrava de que a transição fosse tão drástica, mas os carvalhos eram mais altos e infinitamente mais densos. Os prédios de apartamentos cediam lugar às casas brancas com colunas coríntias. E o letárgico mundo do crepúsculo parecia de repente estar sob um delicado véu de um verde luminoso.

— Rowan, se ao menos você estivesse aqui — sussurrou ele. Ali estava a casa de James Gallier, na esquina da St. Charles com Philip, esplendidamente restaurada. E do outro lado da rua a casa de Henry Howard, elegante, com sua pintura recente. Gradis de ferro protegiam gramados e jardins. — Meu Deus, estou em casa!

Ao desembarcar do avião, lamentou ter bebido tanto. Simplesmente estava tendo muita dificuldade para lidar com a mala e para encontrar um táxi, mas agora tudo isso havia passado. Quando o táxi virou à esquerda, na First Street, e penetrou no cerne sombrio e frondoso do Garden District, ele entrou em êxtase.

— Você percebe que isso aqui está igualzinho a como era antes! — comentou ele com o motorista. Foi invadido por um imenso sentimento de gratidão. Ofereceu a cerveja recém-aberta ao motorista, que apenas riu e a recusou com um gesto simpático.

— Mais tarde, meu filho — disse ele. — E agora, para onde vamos? — Na câmera lenta do tempo onírico, parecia que eles passavam deslizando pelas sólidas mansões. Michael viu calçadas de tijolos, viu as altas e rígidas magnólias grandifloras com suas folhas escuras e lustrosas.

— Vá indo bem devagar. Deixe esse cara nos ultrapassar. Isso, bem devagar até eu dizer para parar.

Pensou que havia escolhido a hora mais linda da noite para sua volta. Não estava agora pensando nas visões nem na sinistra missão. Transbordava de tanta felicidade que só conseguia pensar no que estava à sua frente e em Rowan. Pensou, sonhador, que esta era a prova do seu amor, a de não aguentar estar tão feliz sem o outro ao lado. Teve medo de que as lágrimas começassem a escorrer pelo seu rosto.

O motorista do táxi recomeçou a falar. Na realidade, ele nunca havia parado. Agora estava falando da paróquia redentorista, de como as coisas eram antigamente e de como tudo estava desmazelado agora. É, Michael tinha vontade de ver a velha igreja.

— Fui coroinha na igreja de Santo Afonso.

Mas isso agora não tinha importância; isso podia esperar para sempre. Porque, ao erguer os olhos, Michael viu a casa.

Viu sua lateral longa e escura que se estendia a partir da esquina; viu os inconfundíveis gradis com seu desenho de rosas; viu os carvalhos de sentinela, esticando seus galhos imensos como braços protetores e poderosos.

– É essa aí – disse ele, com a voz caindo, ofegante e sem motivo, para um sussurro. – Encoste à direita. Pare aqui. – Levando a cerveja na mão, ele desceu do táxi e caminhou até a esquina, para poder ficar numa posição diagonalmente oposta à casa.

Era como se tivesse caído um manto de silêncio sobre o mundo. Pela primeira vez, ele ouvia as cigarras, aquela melodia grave e recorrente que surgia de todos os lados, que parecia conferir vida às próprias sombras. E então veio mais um som do qual ele estava totalmente esquecido, o canto agudo dos pássaros.

Parece que estamos nos bosques, pensou, enquanto observava as galerias escuras e abandonadas, imersas agora numa escuridão precoce, sem que uma única luz cintilasse por trás das numerosas venezianas de madeira, altas e estreitas.

O céu parecia vidrado, brilhando acima do telhado, num tom suave riscado de violeta e de dourado. Ele revelava com nitidez e beleza a coluna mais distante da segunda galeria do alto e, por baixo da cornija sustentada por mísulas, a buganvília cascateando exuberante desde o telhado. Mesmo no lusco-fusco, ele via as flores roxas. E distinguia também o velho desenho de rosas nos gradis de ferro. Discernia os capitéis das colunas, a interessante mistura do estilo italiano: do dórico para as colunas laterais, jônico para as inferiores da frente e coríntio para as do andar superior.

Ele inspirou com um suspiro longo e tristonho. Mais uma vez, sentia uma felicidade indescritível, mas mesclada com uma certa tristeza, e ele não sabia ao certo por quê. Pensou, exausto, em todos aqueles longos anos, mesmo em meio a essa alegria. A memória o havia enganado apenas num aspecto, refletiu. A casa era maior, muito maior do que ele se lembrava. Todas essas antigas residências eram maiores. A própria escala de tudo por aqui naquele momento lhe parecia quase inimaginável.

No entanto, havia uma intimidade pulsante, vibrante, em tudo: na folhagem macia e selvagem por trás do gradil enferrujado, que se diluía na escuridão, no canto das cigarras e nas sombras densas por baixo dos carvalhos.

– É o paraíso – sussurrou ele. Olhou para cima e viu as minúsculas samambaias verdes que cobriam os galhos dos carvalhos, e as lágrimas lhe vieram aos olhos. A recordação das visões estava perigosamente ao seu alcance. Roçou nele como asas sombrias. *É a casa, Michael.*

Ele ficou paralisado, com a cerveja gelada ao contato da palma da mão enluvada. Ela estaria falando com ele, aquela mulher de cabelos escuros?

Só sabia ao certo que o crepúsculo cantava; o calor cantava. Passeou o olhar pelas outras mansões ao redor, observando nada, a não ser a harmonia suave de cercas, colunas e alvenaria e até mesmo extremosas pequenas e fracas lutando pela sobrevivência em trechos de um verde aveludado. Uma doce paz inundou-o, e por um segundo a lembrança das visões e da sua tremenda missão perdeu importância. Ele tentou voltar até sua infância mais remota, não à procura de uma recordação, mas de uma continuidade. O momento expandiu-se, ultrapassando o pensamento, superando todas as palavras inúteis e inadequadas.

O céu escureceu. Ainda mantinha a corajosa cor da ametista, como se quisesse enfrentar a noite com um fogo baixo e implacável. No entanto, a luz ia mesmo desaparecer. E, ao voltar a cabeça um pouco para olhar pela longa rua abaixo na direção do rio, Michael viu que lá o céu era puro ouro.

Bem no fundo de sua mente havia recordações, é claro, recordações de um menino que vinha passear por essas ruas saindo das pequeninas casas apinhadas perto do rio, de um menino que ficava parado exatamente neste lugar ao anoitecer. O presente, no entanto, continuava a ofuscar tudo o mais; e não havia nenhum esforço para recordar, reforçar ou aperfeiçoar a suave inundação dos seus sentidos por tudo que o cercava, por esse instante de pura quietude na sua alma.

Só então, quando voltou a examinar a própria casa, sem pressa, com carinho, quando viu seu portal fundo, no formato de um gigantesco buraco de fechadura, foi que a impressão das visões voltou a se manifestar com intensidade. O portal. Sim, eles haviam falado do portal. Mas não se tratava de um portal em termos literais. Mesmo assim, a imagem do enorme buraco de fechadura e do vestíbulo sombrio logo atrás... Não, não podia ter sido um portal físico. Ele abriu os olhos e os fechou. Descobriu-se fitando em transe as janelas do quarto norte no segundo andar e, para sua repentina preocupação, viu o clarão medonho do fogo.

Não, isso não podia acontecer. No mesmo instante, porém, percebeu que era apenas a luz de velas. O cintilar era constante, e ele simplesmente se perguntava por que os habitantes da casa iriam preferir essa forma de iluminação.

O jardim estava ficando mais denso e fechado com a escuridão. Ele teria de se apressar se quisesse caminhar ao longo da cerca para olhar de novo o pátio lateral. Era isso o que queria fazer, mas aquela janela alta voltada para o norte o impedia. Ele via agora a sombra de uma mulher que tocava a cortina de renda ao se movimentar. E através da renda ele pôde discernir uma estamparia florida e desbotada no canto alto da parede.

De repente, ele olhou para os próprios pés. A cerveja havia caído da sua mão. A espuma escorria para a sarjeta. Bêbado, pensou, embriagado demais, seu idiota. Mas isso não importava. Pelo contrário, ele se sentia cheio de energia e resolveu, num átimo, atravessar o cruzamento de qualquer jeito, consciente dos seus passos pesados e instáveis, e chegar ao portão principal da casa.

Enfiou os dedos pela grade de ferro, espantando-se com a poeira e a sujeira jogadas nas tábuas descascadas da varanda da frente. As camélias crescidas eram agora árvores que subiam acima dos gradis. E o caminho de lajes estava encoberto por folhas. Ele enfiou o pé na grade de ferro. Era bem fácil pular esse portão.

– Ei, companheiro, ei!

Voltou-se, assustado, e viu o motorista do táxi ao seu lado, e como era baixo agora que não estava dentro do carro. Apenas um homenzinho com um narigão, os olhos sombreados pela aba do boné, como um duende dos carvalhos neste momento crucial.

– O que você está tentando fazer? Perdeu sua chave?

– Eu não moro aqui – disse Michael. – Não tenho chave nenhuma. De repente, ele riu do puro absurdo daquilo. Estava tonto. A brisa agradável que vinha do rio era tão deliciosa, e a casa escura estava bem ali à sua frente, quase perto o suficiente para que ele a tocasse.

– Vamos, deixe-me levá-lo para seu hotel. Foi o Pontchartrain que disse, não? Certo? Posso ajudá-lo a subir até seu apartamento.

– Não tão rápido – respondeu Michael. – Espere só mais um minuto. – Ele se voltou e foi descendo a rua, perturbado de repente pelas lajes quebradas e irregulares, totalmente roxas também, como ele se lembrava. Não haveria nada que estivesse descorado e que o decepcionasse? Ele passou a mão pelo rosto. Lágrimas. Voltou-se, então, e olhou para o pátio lateral.

Ali as extremosas haviam crescido de uma forma extraordinária. Seus troncos pálidos como cera estavam agora decididamente grossos. E o grande gramado de que ele se lembrava estava tristemente coberto de mato. Também o velho buxo crescia selvagem, sem receber cuidados. Mesmo assim, ele adorou a vista. Gostou até de ver o velho caramanchão nos fundos, encurvado sob o peso de trepadeiras emaranhadas.

E era lá que o homem sempre se encontrava, pensou ele, ao discernir a extremosa mais distante, a que subia direto contra o muro da casa vizinha.

– Onde está você? – sussurrou. De repente, as visões estavam apinhadas ao seu redor. Sentiu-se cair para a frente sobre o gradil da cerca e ouviu o gemido das suas articulações de ferro. Um leve farfalhar nas folhagens do outro lado, exatamente à sua direita. Ele se voltou; um movimento nas folhas. Flores de camélia, feridas, caindo sobre a terra macia. Ajoelhou-se, estendeu a mão através da cerca e pegou uma delas, vermelha, quebrada. O motorista do táxi estaria falando com ele?

– Tudo bem, companheiro – disse Michael, olhando para a camélia na sua mão, tentando vê-la melhor na escuridão. E aquilo era o brilho de um sapato preto bem à sua frente à direita, do outro lado da cerca? Mais uma vez o farfalhar. Ora, pois ele não estava vendo a perna de uma calça masculina? Alguém estava parado ali a centímetros de distância. Perdeu o equilíbrio ao olhar para cima. E quando seus joelhos bateram nas lajes, ele viu uma figura acima dele, que o examinava através da cerca, com os olhos refletindo apenas uma centelha. A figura parecia paralisada, de olhos muito abertos, perigosamente próxima e com sua atenção violentamente concentrada nele. Uma mão foi estendida, não mais do que uma mancha branca nas sombras. Michael foi se afastando pelas lajes, com uma sensação de alarme instintiva e inquestionável. Agora, porém, ao olhar para a folhagem exuberante, ele percebia que ali não havia ninguém.

Esse vazio era de repente tão aterrador quanto a figura que desaparecera.

— Deus me livre — sussurrou. Seu coração batia forte de encontro às costelas. Ele não conseguia se levantar. O motorista puxava-lhe o braço.

— Vamos, meu filho, antes que passe por aqui uma patrulha.

Ele foi puxado até ficar em pé, embora cambaleasse perigosamente.

— Você viu aquilo? Deus do céu, aquele era o mesmo homem! — Ele olhava assustado para o motorista. — Estou dizendo que era o mesmo homem!

— E eu estou dizendo, meu filho, que tenho de levá-lo de volta para o hotel agora. Isso aqui é o Garden District, rapaz, não se lembra não? Não se pode andar por aqui cambaleando de tão bêbado.

Michael perdeu o equilíbrio mais uma vez. Ia cair para a frente. Recuou pesadamente, saindo das lajes para a grama, e depois se virou, procurando uma árvore para se firmar, mas não havia árvore nenhuma. Mais uma vez o motorista o agarrou. Depois, um outro par de mãos o firmou. Ele girou rápido. Se fosse outra vez aquele homem, ele ia berrar como um louco.

Mas logo quem estava ali, o inglês, aquele cara de cabelos brancos e terno de tweed que estivera no mesmo avião.

— Afinal de contas, o que está fazendo aqui? — perguntou Michael, sussurrando. No entanto, mesmo com sua embriaguez, ele captou o rosto benévolo do homem, sua atitude reservada e refinada.

— Quero ajudá-lo, Michael — disse o homem, com uma delicadeza extrema. Era uma dessas vozes inglesas graves e infinitamente gentis. — Eu seria imensamente grato se você me permitisse levá-lo de volta ao hotel.

— É, parece que essa é a atitude mais conveniente — respondeu Michael, com a nítida consciência de mal estar conseguindo pronunciar as palavras com clareza. Olhou de novo para o jardim, para a alta fachada da casa, agora totalmente imersa na escuridão, embora o céu fragmentado pelos galhos de carvalho ainda tivesse um fulgor latente. Pareceu-lhe que o inglês e o motorista do táxi estavam conversando. Pareceu-lhe que o inglês estava pagando a corrida.

Michael tentou enfiar a mão no bolso da calça para tirar seu prendedor de dinheiro, mas a mão só deslizava direto pelo pano repetidamente. Ele se afastou dos dois, caindo para a frente, de encontro à cerca uma vez mais. Agora quase toda a luz havia desaparecido do gramado, dos distantes arbustos invasores. O caramanchão e sua carga de trepadeiras eram apenas uma forma encapuzada na escuridão.

No entanto, abaixo da extremosa mais distante, Michael discerniu com toda nitidez uma esguia forma humana. Ele via o oval claro do rosto do homem; e aos seus olhos incrédulos chegava a imagem do mesmo colarinho duro e branco de antigamente, da mesma gravata de seda em volta do pescoço.

Como um homem saído direto de um romance. E ele havia visto esses mesmos detalhes apenas momentos antes, quando em pânico.

— Vamos, Michael, deixe-me levá-lo — disse o inglês.

– Primeiro você tem de me dizer uma coisa. – Michael começava a tremer por inteiro. – Olhe, diga-me se está vendo aquele homem.

Mas agora ele via apenas várias nuances de escuridão. E do fundo da memória veio a voz da sua mãe, jovem, aguda e cruelmente próxima: "Michael, agora você sabe que não há homem algum ali."

8

Depois que Michael partiu, Rowan ficou sentada horas a fio no deque frente ao oeste, deixando que o sol a aquecesse, e refletindo de uma forma meio sonolenta e incoerente sobre tudo que havia ocorrido. Ela estava ligeiramente chocada e ferida pelo acontecido, deliciosamente ferida.

Nada conseguia apagar a vergonha e a culpa que sentia por ter sobrecarregado Michael com sua própria dor e suas próprias dúvidas. Isso, porém, no fundo não a preocupava agora.

As pessoas não se tornam bons neurocirurgiões detendo-se por muito tempo nos próprios erros. O certo, e no caso de Rowan o que lhe era instintivo, era examinar o erro com imparcialidade, descobrir meios de evitá-lo no futuro e prosseguir a partir dali.

Foi assim que ela avaliou sua solidão, sua tristeza, a revelação da sua própria carência, que havia feito com que caísse nos braços de Michael, e também avaliou o fato dele ter gostado de confortá-la, de que isso os havia aproximado, aprofundando o relacionamento de um modo totalmente imprevisto.

Daí, ela passou a pensar nele.

Rowan nunca havia amado um homem da idade de Michael. Ela nunca havia imaginado o nível de desprendimento e simplicidade evidentes nos gestos e palavras mais espontâneas de Michael. Ela não estava preparada para a doçura de alma de Michael, e foi totalmente seduzida por ela. Quanto ao seu jeito de fazer amor, ora, era praticamente perfeito. Assim como Rowan, ele gostava de movimentação e turbulência. Quase como uma violência consentida. Ela teve vontade de poder fazer amor de novo com ele naquele exato instante.

Quanto a Rowan, que havia por tanto tempo mantido separadas suas carências espirituais das suas carências físicas, satisfazendo as primeiras por meio da medicina e as últimas por meio de parceiros quase anônimos, a súbita convergência dos dois aspectos numa figura de boa índole, inteligente, bonita, de uma alegria encantadora e um convite irresistível ao abraço, com uma cativante combinação de misteriosos problemas psíquicos e psicológicos, era praticamente mais do que ela podia aguentar. Ela abanou a cabeça, rindo baixinho consigo mesma, e depois bebericou o café.

– Dickens e Vivaldi – disse em voz alta. – Ai, Michael, volte para mim, por favor. Volte logo. – Esse era um presente do mar, esse homem.

Mas o que ia acabar acontecendo com ele, mesmo que voltasse imediatamente? Essa sua *idée fixe* acerca das visões, da casa e do objetivo o estava destruindo. Além disso, Rowan tinha a nítida impressão de que ele não ia mais voltar.

Enquanto ela estava sentada como que sonhando ao claro sol da tarde, não havia na sua mente a menor dúvida de que a essa altura Michael estava embriagado, e que só iria se embebedar mais até chegar à sua casa misteriosa. Teria sido muito melhor para ele se ela o tivesse acompanhado, para cuidar dele e tentar equilibrá-lo em meio aos choques dessa viagem.

Na realidade, ocorreu-lhe ter abandonado Michael duas vezes: a primeira, ao entregá-lo cedo demais e sem nenhuma objeção à Guarda Costeira; e hoje pela manhã, ao deixar que ele seguisse sozinho até Nova Orleans.

É claro que ninguém teria esperado que fosse com ele para Nova Orleans. Mas também ninguém sabia o que ela sentia por Michael, ou o que ele sentia por ela.

Quanto à natureza das visões de Michael, e nisso ela pensou exaustivamente, não havia chegado a nenhuma opinião conclusiva, à exceção da impossibilidade de elas serem atribuídas a alguma causa fisiológica. E além do mais, suas particularidades, sua excentricidade, de certo modo a deixavam espantada e assustada. Persistia nela uma sensação da perigosa inocência de Michael, de sua ingenuidade, que lhe parecia estar associada a suas atitudes com relação ao mal. Ele compreendia melhor o bem do que o mal.

No entanto, quando estavam vindo de San Francisco, por que ele fez aquela pergunta estranha, se ela estava tentando passar algum tipo de aviso?

Ele havia visto a morte de Graham ao tocar sua mão porque ela estava pensando na morte de Graham. E essa ideia a torturava. Mesmo assim, como Michael poderia imaginar que isso fosse um aviso deliberado? Teria ele pressentido alguma coisa da qual ela não tinha nenhuma consciência?

Quanto mais ficava ao sol, tanto mais percebia que não conseguia pensar com clareza e que não conseguia suportar essa saudade de Michael, que estava atingindo o ponto da angústia.

Subiu até seu quarto. Estava entrando no chuveiro quando lembrou de uma coisa. Havia esquecido totalmente de usar um preservativo com Michael. Não era a primeira vez na vida que era tão desatenta, mas era a primeira vez em muitos anos.

Mas o que estava feito estava feito, não estava? Ela abriu a torneira e ficou parada, encostada nos azulejos, deixando a água jorrar sobre ela. Imagine ter um filho dele. Mas isso era loucura. Rowan não queria ter filhos. Nunca quis ter. Pensou novamente naquele feto no laboratório, com todos aqueles fios e tubos presos a ele. Não, seu destino era o de salvar vidas, não o de criá-las. E então o que significava isso? Que durante duas semanas ficaria ansiosa e que depois, ao saber que não estava grávida, tudo voltaria ao normal.

Estava com tanto sono ao sair do chuveiro que mal tinha consciência do que estava fazendo. Encontrou a camisa de Michael jogada, a que ele havia tirado na noite anterior. Era uma camisa azul de trabalho, engomada e passada tão bem quanto se fosse uma camisa social, o que a agradou. Ela a dobrou com cuidado e depois se deitou com a camisa nos braços como se fosse o cobertor ou o boneco de pelúcia preferido de uma criança.

E ali dormiu seis horas seguidas.

Quando acordou, sabia que não podia ficar sozinha na casa. Parecia que Michael havia deixado sua marca ainda fresca em tudo. Ela ouvia o timbre da sua voz, seu riso, via seus enormes olhos azuis olhando sinceros para ela por trás dos óculos de armação de tartaruga, sentia seus dedos enluvados a lhe tocar os bicos dos seios, o rosto.

Ainda era cedo demais para esperar alguma ligação sua. E agora a casa parecia ainda mais vazia depois do calor da sua presença.

Ela ligou imediatamente para o hospital. É claro que precisavam dela. Era noite de sábado em San Francisco, certo? Os setores de emergência do San Francisco General já estavam superlotados. Chegavam vítimas de acidentes aos montes ao centro de traumatologia do Hospital Universitário em decorrência de uma colisão múltipla na rodovia 101, e havia algumas vítimas de tiros de Mission.

Assim que chegou, havia uma paciente esperando por ela para cirurgia, já entubada e anestesiada, vítima de uma tentativa de assassinato a machadadas, que havia perdido grande quantidade de sangue. O interno leu a anamnese enquanto Rowan seguia os procedimentos de irrigação. O Dr. Simmons já havia aberto o corte. Assim que penetrou no frio congelante da sala de cirurgia, Rowan viu que o Dr. Simmons estava aliviado com sua chegada.

Ela examinou o ambiente com cuidado enquanto esticava os braços para vestir o avental verde esterilizado e as luvas plásticas. Duas das melhores enfermeiras de plantão; um interno passando mal; o outro altamente entusiasmado com as atividades; os anestesistas, não seus preferidos, mas serviam. O Dr. Simmons até o momento havia feito um serviço limpo e competente.

E lá estava a paciente, a paciente anônima, mantida numa posição sentada, curvada, com a cabeça inclinada, o crânio aberto, o rosto e os membros inteiramente encobertos por baixo de camadas e mais camadas de tecido verde de algodão, a não ser pelos dois pés descalços, indefesos.

Ela foi para a cabeceira da mesa, atrás do corpo encurvado, concordando com as poucas palavras que o anestesista lhe dirigiu, e com o pé direito apertou o pedal que ajustava o gigantesco microscópio cirúrgico duplo, focalizando, assim, o cérebro aberto, com seus tecidos afastados pelos reluzentes retratores de metal.

– Mas que bagunça dos diabos – resmungou ela.

Risos baixos e contidos em toda sua volta.

– Ela sabia que a senhora vinha, Dra. Mayfair – disse a mais velha das duas enfermeiras –, e por isso simplesmente disse ao marido para dar logo mais uma machadada.

Rowan sorriu por trás da máscara, apertando os olhos.

– Dr. Simmons, o que acha? Vamos conseguir limpar esse sangue todo daqui sem afetar demais o cérebro da paciente?

Durante cinco horas, ela não pensou absolutamente em Michael.

Eram duas da manhã quando chegou em casa. A casa estava fria e escura, do jeito que ela esperava que estivesse quando chegava. Pela primeira vez, porém, desde a morte de Ellie, não se flagrou pensando, cismada, na falecida. Não se lembrou com dor e desagrado de Graham.

Nenhum recado de Michael na secretária. Estava decepcionada, mas não surpresa. Visualizava nitidamente sua descida do avião, cambaleante, bêbado. Calculou que em Nova Orleans seriam quatro horas agora. Não podia ligar para o Pontchartrain.

Melhor não pensar demais nisso, concluiu enquanto subia para ir dormir novamente.

Melhor não pensar no documento guardado no cofre que dizia que ela não podia voltar a Nova Orleans. Melhor não pensar em pegar um avião e ir atrás dele. Melhor não pensar em Andrew Slattery, seu colega de profissão, que ainda não havia sido contratado por Stanford e que talvez ficasse feliz demais de poder substituí-la por umas duas semanas no hospital. Afinal, por que ela havia feito perguntas sobre Slattery a Lark hoje, telefonando para ele pouco depois da meia-noite, para saber especificamente se Slattery já havia conseguido um emprego. Alguma coisa estava acontecendo no seu cerebrozinho agitado.

Eram três horas quando ela abriu os olhos de novo. Havia alguém na casa. Ela não sabia dizer que ruído ou vibração a havia despertado; só que uma outra pessoa estava ali. O relógio digital era a única iluminação além das distantes luzes da cidade. Uma forte rajada de vento atingiu de repente as janelas e, com ela, um grande borrifo cintilante.

Ela percebeu que a casa estava se movimentando com violência sobre suas estacas. Ouvia-se o ruído leve do vidro a chocalhar.

Ela se levantou com o maior silêncio possível, tirou uma pistola de calibre .38 da gaveta da cômoda, engatilhou-a e foi até o alto da escada. Estava segurando a arma com as duas mãos como Chase, um amigo seu, policial, lhe havia ensinado. Já havia praticado tiro com essa arma e sabia usá-la. Não sentia tanto medo quanto raiva, muita raiva. Estava também perfeitamente alerta.

Não ouvia nenhuma passada. Só o vento, a uivar distante na chaminé e a fazer com que as grossas vidraças gemessem baixinho.

Ela via a sala de estar diretamente abaixo, na costumeira luz lunar azulada. Mais uma rajada de gotículas atingiu as vidraças. Ela ouviu o *Sweet Christine* a bater surdamente contra os pneus de borracha presos ao longo do cais ao norte.

Sem fazer qualquer ruído, desceu um degrau após outro, com os olhos varrendo as salas vazias a cada curva da escada, até chegar ao andar inferior. Não havia uma fenda da casa que ela não pudesse ver de onde se encontrava, a não ser o banheiro às suas costas. E, ao notar apenas o vazio onde quer que olhasse, e o *Sweet Christine* a balançar desajeitado, ela se encaminhou com extrema cautela para a porta do banheiro.

O pequeno aposento estava vazio. Nada havia sido mexido por ali.

A xícara de café de Michael estava sobre o balcão da pia. O perfume da colônia de Michael.

Olhando novamente lá para fora pelos aposentos da frente, ela se encostou na moldura da porta do banheiro. A ferocidade do vento batendo contra as vidraças a deixou alarmada. No entanto, muitas vezes no passado ela havia ouvido esse mesmo ruído. E só uma vez o vento havia sido forte o suficiente para quebrar o vidro. Uma tempestade dessas jamais havia ocorrido no mês de agosto. Tratava-se de um fenômeno de inverno, que se aliava às chuvas pesadas que desabavam sobre os morros de Marin County, carregando lama para as ruas e às vezes até arrancando casas de cima dos seus alicerces.

Agora, ela observava, vagamente fascinada, enquanto a água respingava e salpicava os longos deques, manchando-os de escuro. Ela via uma névoa de gotas no para-brisa do *Sweet Christine.* Teria essa tempestade repentina a enganado? Ela acionou suas antenas invisíveis. Aguçou os ouvidos.

Por trás dos gemidos do vidro e da madeira, ela não ouvia nenhum som estranho. Mas havia algo de errado aqui. Ela não estava só. E o intruso não se encontrava no segundo andar da casa. Disso tinha certeza. Ele estava perto. Ele a estava observando. Mas onde? Ela não conseguia encontrar explicação para o que sentia.

O relógio digital na cozinha deu um estalido mínimo, quase imperceptível, quando mudou a hora para três e cinco da manhã.

Algo em movimento no canto dos seus olhos. Ela não se voltou para encará-lo. Preferiu não se mexer. E aos poucos, voltando o olhar totalmente para a esquerda sem virar o rosto, ela captou a figura de um homem parado no deque do oeste.

Ele aparentava ser de compleição frágil, de rosto muito branco e cabelos escuros. Sua postura não era furtiva, nem ameaçadora. Estava inexplicavelmente em pé, com os braços relaxados. Sem dúvida ela não podia estar vendo essa figura com nitidez, pois as roupas pareciam impossivelmente improváveis: formais e de corte elegante.

Sua raiva cresceu, e uma fria tranquilidade a dominou. Seu raciocínio foi instantâneo. Ele não conseguiria entrar na casa pelas portas dos deques. Tampouco conseguiria abrir caminho quebrando os vidros espessos. E, se ela atirasse nele, o que teria adorado fazer, faria uma perfuração no vidro. É claro que ele podia atirar nela assim que a visse, mas por que iria fazer isso? Intrusos costumam querer entrar. Além do mais, quase tinha certeza de que ele já a havia visto, que ele a estivera observando e que a estava observando neste exato instante.

Muito devagar, ela foi virando a cabeça. Por mais escura que pudesse lhe parecer a sala de estar, não havia a menor dúvida de que ele a via, de que de fato ele estava olhando para ela.

Sua audácia a deixou enfurecida. E seu sentido do perigo da situação aumentou. Ela ficou olhando impassível enquanto ele se aproximava da vidraça.

– Vamos, seu filho da mãe, vou matá-lo com o maior prazer – murmurou ela, sentindo os pelos se eriçarem na nuca. Um delicioso calafrio passou por seu corpo inteiro. Ela queria matá-lo, não importando quem fosse, invasor, louco ou ladrão. Ela queria atirá-lo para fora do deque com a bala de calibre .38. Ou, para ser mais simples, com qualquer poder de que dispusesse.

Lentamente, com as duas mãos, ela ergueu a arma. Apontou-a direto para ele e esticou os braços como Chase lhe havia ensinado.

Despreocupado, o intruso continuou a olhar para ela. Apesar da sua fúria tranquila e fria, estava perplexa com todos os detalhes físicos que conseguia discernir. Os cabelos escuros eram ondulados; o rosto, magro e pálido; e havia qualquer coisa de tristeza e súplica na sua expressão sombria. A cabeça virou delicadamente sobre o pescoço como se o homem estivesse lhe implorando algo, falando alguma coisa com ela.

Em nome de Deus, quem é você?, pensou ela. A incongruência daquilo tudo começou a lhe ocorrer aos poucos, aliada a uma ideia totalmente estranha. Isso não é o que parece ser. O que estou vendo é alguma forma de ilusão! E, com uma súbita mudança interior, sua raiva se transformou em suspeita e, finalmente, em medo.

Os olhos escuros da criatura continuavam a implorar. Ele ergueu as mãos muito claras e tocou o vidro com seus dedos.

Ela não conseguia nem se mexer nem falar. E então, irada com sua impotência e seu pavor, ela gritou:

– Volte para o inferno, que é de onde você veio! – Com a voz parecendo alta e terrível naquela casa vazia.

Como se em resposta a ela, para perturbá-la e vencê-la totalmente, o intruso foi desaparecendo lentamente. A figura ficou transparente para depois dissolver-se, não deixando nada, a não ser a visão levemente apavorante e decididamente perturbadora do deque vazio.

A enorme vidraça matraqueou. Houve um estrondo, como se o vento a houvesse atingido de frente. Em seguida, o mar pareceu se acalmar. Até mesmo o *Sweet Christine* acomodou-se como pôde no canal ao lado do cais.

Rowan continuou a olhar para o deque vazio. Percebeu, então, que suas mãos estavam úmidas com a transpiração e trêmulas. O revólver parecia imensamente pesado e perigosamente incontrolável. Na realidade, ela tremia da cabeça aos pés. Mesmo assim, foi direto até a parede de vidro. Furiosa com sua incapacidade de se defender daquele ser, ela tocou o vidro no lugar em que o ser o havia tocado. O vidro estava ligeira, porém nitidamente aquecido. Não aquecido pelo que pudesse ser uma mão humana, pois esse calor seria sutil demais para uma superfície tão fria, mas aquecido como se algum fogo houvesse sido dirigido àquele ponto.

Mais uma vez, ela examinou as tábuas nuas. Fixou o olhar lá fora nas águas escuras e facetadas, e nas luzes distantes e aconchegantes de Sausalito, do outro lado da baía.

Foi rapidamente até o balcão da cozinha, largou o revólver e pegou o telefone.

– Preciso me comunicar com o Pontchartrain Hotel, em Nova Orleans. Por favor, faça a ligação para lá – disse ela, com a voz trêmula. E a única coisa que podia fazer para se manter calma enquanto esperava era ouvir com atenção, para se certificar do que já sabia, que estava inteiramente só.

Inútil verificar fechaduras e trancas. Inútil ir mexer em gavetas, cantinhos e fendas. Tudo era inútil.

Quando o hotel atendeu, ela já estava desesperada.

– Preciso falar com Michael Curry – disse ela. Ele deveria ter se hospedado naquela noite – explicou. Não, não importava que fossem cinco e vinte em Nova Orleans. – Por favor, liguem para o apartamento dele.

Pareceu-lhe uma eternidade o tempo que ficou ali parada sozinha, bastante abalada para questionar o egoísmo de acordar Michael àquela hora. – Lamento, mas o Sr. Curry não está atendendo – disse a telefonista.

– Tente mais uma vez. Mande alguém subir até o quarto, por favor. Preciso falar com ele.

Finalmente, quando não conseguiram acordá-lo de modo algum e se recusaram a entrar na suíte sem seu consentimento, e Rowan não podia censurá-los por isso, ela deixou um recado urgente, desligou, jogou-se junto à lareira e tentou pensar.

Ela estava certa daquilo que havia visto. Tinha certeza absoluta. Uma assombração bem ali no deque, olhando para ela, aproximando-se dela, examinando-a. Algum ser que conseguia aparecer e desaparecer a seu bel-prazer. Mesmo assim, por que ela havia visto o brilho da luz sobre a beirada do seu colarinho? Por que as gotículas de umidade no seu cabelo? Por que o vidro ficou aquecido? Ela se perguntou se a criatura possuía substância quando era visível e se essa substância se dissolvia quando a criatura "parecia desaparecer".

Em suma, sua mente correu para a ciência, como sempre, e ela sabia que essa era sua linha de ação, muito embora não sustasse seu pânico, aquela forte e terrível sensação de impotência que a dominara e que permanecia com ela agora, causando-lhe medo mesmo na segurança do seu próprio lar, onde ela nunca havia sentido medo antes.

Ela se perguntava por que o vento e a chuva haviam feito parte da aparição. Certamente não os havia imaginado. E por que, acima de tudo o mais, a criatura havia aparecido justo para *ela*?

– Michael – sussurrou. Era como uma oração a lhe escapar dos lábios. Depois ela riu, baixinho. – Eu também estou vendo coisas.

Ela se levantou de junto da lareira e percorreu a casa, devagar, com passos firmes, acendendo todas as luzes.

– Pois bem – disse ela, com calma –, se você voltar, vai ter que ser em meio a uma iluminação feérica. – Mas isso era absurdo, não era? Algo que conseguia movimentar as águas da baía Richardson poderia desligar um disjuntor com a maior facilidade.

Mesmo assim, ela queria que as luzes ficassem acesas. Estava apavorada. Entrou no quarto, trancou a porta, a porta do armário e a do banheiro e se deitou, afofando os travesseiros sob a cabeça e deixando a arma ao seu alcance.

Acendeu um cigarro, consciente de ser horrível fumar na cama, verificou a luzinha vermelha que piscava no alarme de incêndio, e continuou a fumar.

Um fantasma, pensou. Imagine só, eu vi um fantasma. Nunca acreditei que existissem, mas vi um. Tinha de ser um fantasma. Não há outra coisa que ele pudesse ser. Mas por que ele apareceu para mim? Mais uma vez, ela viu sua expressão de súplica, e a intensidade da experiência voltou-lhe ao pensamento.

De repente, sentiu-se péssima por não conseguir entrar em contato com Michael, pois ele era a única pessoa no mundo inteiro que podia acreditar no que havia ocorrido. Michael era a única pessoa em quem confiava o suficiente para contar.

A verdade é que estava perturbada. A sensação era curiosamente semelhante à que havia sentido naquela noite após o salvamento. *Passei por uma experiência tremenda e eletrizante.* Ela queria contar para alguém. Ficou ali deitada, com os olhos muito abertos à luz amarela, forte e sem sombras do quarto, perguntando-se por que ele havia aparecido a ela.

Tão singular o seu jeito de atravessar o deque, examinando-a com atenção através da vidraça.

– Daria para se pensar que eu é que era um ser estranho.

E sua perturbação continuou. Ela só sentiu alívio quando o sol afinal nasceu. Mais cedo ou mais tarde, Michael iria acordar do seu sono alcoolizado. Ele veria a luz de recados no telefone. E, sem dúvida, telefonaria.

– E aqui estou eu mais uma vez querendo algo dele, procurando alcançá-lo bem no meio do que possa estar acontecendo por lá, precisando dele...

Agora ela estava quase adormecendo, na doce e agradável segurança do sol que se derramava pela vidraça, aconchegando-se nos travesseiros e ajeitando o edredom de patchwork sobre o corpo, pensando nele, nos pelos escuros e lanudos no dorso das suas mãos e dos braços, nos olhos grandes olhando para ela através dos óculos. E somente à beira do sonho ocorreu-lhe que talvez esse fantasma pudesse de algum modo ter algo a ver com Michael.

As visões. Ela queria perguntar a Michael se o homem estava relacionado às visões. O sonho caiu, então, no absurdo; e ela acordou, resistindo ao descabido e ao grotesco, como sempre, pois a consciência, o raciocínio, era muitíssimo melhor. É claro que Slattery podia substituí-la. E, se Ellie ainda existia em algum lugar, era certo que ela já não mais se importava com o fato de Rowan ir a Nova Orleans. Pois não precisamos acreditar nisso? Que o que fica além do nosso plano é infinitamente melhor. E assim, ela caiu novamente num sono exausto.

9

Michael acordou subitamente, com sede e sentindo calor debaixo das cobertas, embora o ar no quarto estivesse bem frio. Usava short e camisa, com os punhos e o colarinho abertos. Também estava de luvas.

Havia uma luz acesa ao final do pequeno corredor acarpetado. Mesmo com o ronco suave e envolvente do ar-condicionado, ele ouviu o que lhe pareceu o farfalhar de papéis.

Meu Deus, onde estou?, pensou, sentando-se. Do outro lado do pequenino saguão parecia haver uma sala de estar, e um piano de 1/4 de cauda, de madeira clara e lustrosa, aparecia contra um fundo de cortinas florais. Devia ser sua suíte no Pontchartrain Hotel.

Ele não tinha a menor lembrança de ter chegado ali. E ficou imediatamente furioso consigo mesmo por ter bebido tanto. E então a euforia da noite anterior veio à sua memória, a visão da casa da First Street sob o céu violeta. Estou em Nova Orleans, pensou. E sentiu uma onda de felicidade que eliminou toda a culpa e confusão que sentia.

– Estou aqui – disse, baixinho. – Não importa o que mais eu possa ter feito, estou de volta.

Mas como havia conseguido entrar no hotel? E quem estava na sala de estar? O inglês. Sua última recordação nítida era a de ter falado com o inglês diante da casa da First Street. E essa pequena recordação veio acompanhada de outra: ele viu novamente o homem de cabelos castanhos por trás da cerca de ferro pintada de preto, com o olhar fixo nele. Viu seus olhos brilhantes logo ali acima dos seus, e aquele rosto estranhamente branco e impassível. Uma sensação esquisita passou por ele. Não era exatamente um medo. Era algo mais visceral. Seu corpo tencionou, como se ele estivesse sofrendo alguma ameaça.

Como aquele homem podia ter mudado tão pouco depois de tantos anos? Como era possível que ele estivesse ali num minuto e no instante seguinte não estivesse mais?

Michael teve a impressão de saber as respostas a essas perguntas, de saber que ele havia sempre compreendido que esse homem não era um homem comum. No entanto, sua súbita familiaridade com uma ideia tão absolutamente estranha fez com que risse.

– Você está meio perdido, cara – sussurrou para si mesmo.

Agora, porém, precisava se orientar, neste lugar estranho, descobrir o que o inglês queria e o motivo pelo qual ainda estava ali.

Examinou rapidamente o quarto. É, era o velho hotel. Uma sensação de conforto e segurança invadiu-o quando ele viu o carpete ligeiramente desbotado, o ar-condicionado sob as janelas e o telefone pesadão e antiquado sobre a pequena escrivaninha embutida, com seu sinal de recados piscando na penumbra.

A porta do banheiro estava aberta, mostrando uma faixa opaca de azulejos brancos.

À sua esquerda, o armário; sua mala, aberta sobre o cavalete; e, milagre dos milagres, na mesa ao seu lado um balde de gelo, todo coberto por minúsculas gotículas e com três latas de cerveja Miller enfiadas no gelo.

– Bem, isso não seria praticamente a perfeição?

Ele tirou a luva direita e tocou numa das latas. Visão imediata de um garçom uniformizado, a mesma velha pressão de informações perturbadoras e descabidas. Ele voltou a calçar a luva e abriu a lata. Bebeu metade dela em goles longos, frios. Depois, ficou em pé e foi urinar no banheiro.

Mesmo à suave luz da manhã que entrava pelas palhetas das venezianas, ele viu sua bolsa de artigos de toalete sobre o mármore da pia. Tirou sua escova e pasta e escovou os dentes.

Agora ele se sentia um pouco menos horrível, com uma ressaca e uma dor de cabeça menos fortes. Ele penteou o cabelo, bebeu o resto da lata de cerveja e se sentiu quase bem.

Pôs uma camisa limpa, vestiu a calça e, tirando mais uma lata do balde, atravessou o corredor e ficou olhando a sala ampla e de mobília elegante.

Mais além de um conjunto de sofás e poltronas de veludo, o inglês estava sentado a uma pequena mesa de madeira, encurvado sobre uma quantidade de envelopes pardos e folhas datilografadas. Era um homem de compleição frágil, com o rosto muito enrugado e abundantes cabelos brancos. Usava uma jaqueta de veludo cinza, amarrada à cintura, e calça de tweed também cinza, e olhava para Michael com uma expressão extremamente simpática e amável.

– Sr. Curry, está se sentindo melhor? – perguntou ele, pondo-se de pé.

A sua era uma dessas eloquentes vozes inglesas que conferem às palavras mais simples um novo significado, como se elas antes nunca houvessem sido pronunciadas corretamente. Tinha olhos azuis pequenos, porém cheios de vida.

– Com quem estou falando? – perguntou Michael.

O inglês aproximou-se, com a mão estendida.

Michael não a apertou, embora lhe fosse desagradável ser tão rude com alguém que parecia ser amável, sincero e simpático. Ele tomou mais um gole da cerveja.

– Meu nome é Aaron Lightner – disse o inglês. – Vim de Londres para conhecê-lo. – Uma voz baixa, discreta.

– Minha tia contou-me essa parte. Eu o vi rondando a minha casa na Liberty Street. Por que acabou me seguindo até aqui?

– Porque preciso conversar com o senhor, Sr. Curry – respondeu o homem com gentileza, quase com reverência. – Quero tanto conversar com o senhor que me disponho a correr qualquer desconforto ou inconveniência que possa atrair. Que também me arrisquei a desagradá-lo é óbvio. E lamento, lamento muitíssimo. Só queria ser útil, trazendo-o para cá. E permita-me informar que o senhor na ocasião estava totalmente de acordo.

– Eu estava? – Michael descobriu que estava se eriçando de raiva. No entanto, tinha de admitir que esse homem era realmente encantador. Só que um outro relance nos papéis espalhados sobre a mesa o deixou furioso. Por cinquenta dólares, ou por muito menos, o motorista do táxi teria lhe dado uma ajuda. Com a vantagem de que não estaria aqui agora.

– Isso é a pura verdade – disse Lightner, no mesmo tom suave, tranquilo. – E talvez eu devesse ter me retirado para minha própria suíte acima desta, mas eu não tinha certeza se o senhor ia passar mal ou não, e francamente estava preocupado por um outro motivo.

Michael não disse nada. Tinha plena consciência de que o homem meio que havia acabado de ler seus pensamentos.

– Pois o senhor conseguiu atrair minha atenção com esse pequeno truque – disse ele, e pensou se o outro conseguiria repetir o truque.

– Claro, se o senhor quiser – disse o inglês. – Infelizmente, um homem no seu estado de espírito é extremamente fácil de ler. Receio que sua sensibilidade aumentada funcione nos dois sentidos. Mas posso ensiná-lo a esconder seus pensamentos, a instalar um anteparo, se quiser. Por outro lado, no fundo não é necessário, porque não existem muitas pessoas como eu por aí.

Michael sorriu a contragosto. Tudo isso foi dito com uma humildade tão cortês que ele se sentiu um pouco perplexo e decididamente tranquilizado. O homem parecia perfeitamente sincero. Na realidade, a única impressão emocional captada por Michael era de bondade, o que o surpreendia um pouco.

Michael passou pelo piano, indo na direção das cortinas florais e puxou o cordão. Ele detestava ficar num aposento com luz artificial pela manhã e sentiu uma felicidade imediata ao baixar os olhos e ver a St. Charles Avenue, sua larga faixa gramada, os trilhos dos bondes e a folhagem empoeirada dos carvalhos. Ele não se lembrava de que as folhas dos carvalhos fossem de um verde tão escuro. Parecia-lhe que tudo o que via era de uma nitidez notável. E, quando o bonde de St. Charles passou ali embaixo, subindo lentamente para a Cidade Alta, o velho e conhecido ronco, um som diferente de qualquer outro, deixou-o novamente animado. Como tudo lhe parecia maravilhosamente familiar e letárgico.

Ele precisava voltar a sair, caminhar novamente até a casa da First Street. Tinha a nítida consciência, porém, de que o inglês o observava. E mais uma vez não conseguia detectar nada, a não ser honestidade no homem, e nada além de uma saudável boa vontade.

— Está bem, estou curioso — disse ele, voltando-se. — E agradeço pelo que fez por mim. Mas não estou gostando nada disso. Não estou gostando nem um pouco. Por isso, pela minha curiosidade e para demonstrar minha gratidão, se é que me entende, vou dar vinte minutos para me explicar quem o senhor é, por que está aqui e o que isso tudo significa. — Sentou-se no sofá de veludo, de frente para o homem e para a bagunça em cima da mesa. Desligou a luz. — Ah, e obrigado pela cerveja. Realmente gostei da cerveja.

— Tem mais na geladeira na cozinha aqui atrás — disse o inglês. De uma simpatia inabalável.

— Muita consideração sua — disse Michael. Ele se sentia bem nesses aposentos. No fundo, não se lembrava deles da infância, mas o ambiente era agradável, com os papéis de parede escuros, os móveis de estofados macios e os pequenos abajures de latão.

O homem sentou-se à mesa, encarando Michael. E pela primeira vez, Michael percebeu uma pequena garrafa de conhaque e um copo. Viu o paletó do terno do homem pendurado numa outra cadeira. Uma maleta, a que Michael havia visto no aeroporto, estava no chão junto à cadeira.

— Aceita um conhaque? — perguntou o homem.

— Não. Por que está na suíte acima desta? O que está acontecendo?

— Sr. Curry, pertenço a uma antiga organização, chamada Talamasca. Já ouviu falar?

— Não — respondeu Michael, depois de pensar um pouco.

— Nossa história remonta ao século XI. Para ser franco, somos ainda mais antigos, mas foi em algum ponto durante o século XI que adotamos o nome Talamasca, e a partir daí tivemos uma Constituição, por assim dizer, e certas normas. Em termos atuais, somos um grupo de historiadores interessado basicamente em pesquisa psíquica. A bruxaria, as assombrações, os vampiros, as pessoas com alguma capacidade psíquica notável. Tudo isso nos interessa, e mantemos um imenso arquivo com informações a esse respeito.

— Fazem isso desde o século XI?

— Fazemos, e antes também, como lhe disse. Sob muitos aspectos, temos uma atitude passiva. Não gostamos de interferir. Por sinal, deixe-me lhe mostrar nosso cartão e nosso lema.

O inglês tirou o cartão do bolso, entregou-o a Michael e voltou para a cadeira. Michael leu o cartão:

O Talamasca
Nós observamos
E estamos sempre presentes.

Havia números de telefone de Amsterdã, Roma e Londres.

— Vocês têm sedes em todos esses lugares? — perguntou Michael.

— Preferimos chamá-las de casas-matrizes — disse o inglês. — Mas, continuando, nossa atitude é essencialmente passiva, como disse. Coligimos dados; fazemos associações, remissões e preservamos informações. No entanto, somos muito ativos quando se trata de fazer chegar essas informações àquelas pessoas que delas se possam beneficiar. Soubemos da sua experiência por meio da imprensa londrina e de um contato em San Francisco. Pensamos que talvez pudéssemos ser... úteis.

Michael tirou a luva direita, puxando-a lentamente pelos dedos, e a deixou de lado. Segurou novamente o cartão. Brusca imagem de Lightner pondo alguns cartões idênticos no bolso num outro quarto de hotel. Cidade de Nova York. Cheiro de charutos. Ruídos do trânsito. Imagem de uma mulher em algum lugar falando com Lightner num veloz sotaque britânico.

— Por que não faz uma pergunta específica, Sr. Curry?

As palavras despertaram Michael.

— Tudo bem — disse ele.

Este homem está me dizendo a verdade?

A pressão continuou, debilitante e frustrante, vozes cada vez mais altas, mais confusas. Em meio à algazarra, Michael ouviu novamente a voz de Lightner: — Focalize seu objetivo, Sr. Curry, extraia o que quer saber. Somos ou não somos boas pessoas?

Michael concordou, repetiu a pergunta em silêncio e de repente não conseguiu mais aguentar tudo aquilo. Pôs o cartão na mesa, com cuidado para não roçar as pontas dos dedos na própria mesa. Ele tremia um pouco. Calçou a luva novamente. Sua visão ficou clara.

— E então, o que descobriu? — perguntou Lightner.

— Alguma coisa sobre os Templários, vocês roubaram o dinheiro deles — disse Michael.

— O quê? — Lightner estava estupefato.

— Roubaram o dinheiro deles. É por isso que têm todas essas casas-matrizes neste e no outro mundo. Roubaram o dinheiro quando o rei da França mandou prendê-los. Eles entregaram o dinheiro a você por medida de segurança e vocês ficaram com ele. E são ricos. São podres de ricos. E têm vergonha do que aconteceu com os Templários, de eles terem sido acusados de feitiçaria e destruídos. É claro que essa parte eu sei, dos livros de história. Eu me formei em história. Sei tudo o que aconteceu com eles. O rei da França quis acabar com o poder deles. Aparentemente, ele não sabia da existência da sua organização. – Michael fez uma pausa. – Pouquíssimas pessoas sabem da sua existência.

Lightner o observava no que parecia ser um espanto inocente. De repente, seu rosto enrubesceu. Seu desconforto parecia estar aumentando.

Michael deu uma risada, embora procurasse não rir. Mexeu os dedos dentro da luva.

– É isso o que chama de focalizar o objetivo e extrair informação?

– Bem, acho que era isso mesmo o que eu queria dizer. Mas nunca pensei que pudesse extrair um fato tão remoto...

– O senhor tem vergonha do que aconteceu com os Templários. Sempre teve. Às vezes desce até os arquivos no porão em Londres e lê todo aquele material antigo. Não os resumos dos computadores, mas os próprios arquivos, escritos a tinta em pergaminho. Procura, assim, se convencer de que não havia nada que a Ordem poderia ter feito para ajudar os Templários.

– Muito impressionante, Sr. Curry. Mas, se o senhor conhece bem a história, sabe que ninguém, a não ser o papa, em Roma, poderia ter salvado os Templários. Nós sem dúvida não tínhamos condições de fazê-lo porque éramos uma organização obscura, pequena e totalmente secreta. E francamente, quando as perseguições terminaram, quando Jacques de Molay e os outros haviam sido queimados vivos, não sobrou ninguém a quem o dinheiro pudesse ser devolvido.

Michael riu novamente.

– Não precisa me dizer tudo isso, Sr. Lightner. Mas a verdade é que vocês têm mesmo vergonha de algo que aconteceu há seiscentos anos. Que caras esquisitos vocês não devem ser! Por sinal, se é de seu interesse, cheguei a escrever um trabalho sobre os Templários, e concordo com o senhor. Ninguém poderia tê-los ajudado, nem mesmo o papa, ao que me é possível imaginar. Se vocês tivessem se mostrado abertamente, também teriam sido queimados na fogueira.

Mais uma vez, Lightner enrubesceu.

– Sem a menor dúvida – disse. – E então, está convencido de que disse a verdade?

– Convencido? Estou impressionado. – Michael examinou-o por algum tempo. Novamente, a impressão de um ser humano de mente sã, alguém que acreditava em valores muito importantes para o próprio Michael. – E foi esse seu trabalho o motivo para me seguir – perguntou –, arriscando-se a, como é mesmo, qualquer desconforto, inconveniência e ao meu desagrado? – Michael pegou o cartão, o que não foi muito fácil devido às luvas, e o colocou no bolso da camisa.

— Não exclusivamente — disse o inglês. — Embora eu queira muito ajudá-lo; e, se isso parecer um insulto ou uma atitude de superioridade, lamento. Lamento muito. Mas é a verdade, e não faz sentido mentir para alguém como o senhor.

— Bem, suponho que não seja uma grande surpresa saber que nas últimas semanas houve momentos em que rezei pedindo ajuda. Agora, porém, estou um pouco melhor do que há dois dias. Na verdade, muito melhor. Estou a caminho de fazer... o que acho que preciso fazer.

— O senhor tem um poder enorme, e não o compreende perfeitamente — disse Lightner.

— Mas o poder não tem importância. Estou falando é do objetivo. Deve ter lido os artigos sobre mim nos jornais.

— Claro. Tudo que pude encontrar.

— Pois então sabe que tive umas visões quando estava morto e que elas envolviam um objetivo nessa minha volta; e que, de uma forma ou de outra, essa lembrança foi totalmente apagada. Bem, quase toda lembrança.

— Compreendo.

— Então sabe que essa história das mãos não importa — disse Michael.

Inquietação. Tomou mais um gole de cerveja. — No fundo ninguém acredita nesse objetivo. Mas já se passaram três meses do acidente, e a sensação que tenho é a mesma. Voltei para cá em virtude de um objetivo. Ele está de certo modo relacionado àquela casa à qual eu fui ontem à noite. Aquela casa da First Street. É minha intenção continuar a tentar descobrir qual é esse objetivo.

O homem o examinava com atenção.

— É isso? A casa está relacionada com as visões que teve quando se afogou?

— Isso mesmo, mas não me pergunte de que modo. Há meses vejo aquela casa o tempo todo em pensamento. Até dormindo eu a vi. Ela está relacionada. Viajei quase quatro mil quilômetros porque ela está ligada. Mas insisto, não me pergunte como nem por quê.

— E Rowan Mayfair, de que modo está ligada a isso tudo?

Michael baixou lentamente a cerveja sobre a mesa. Avaliou o inglês com um olhar grave.

— O senhor conhece a Dra. Mayfair?

— Não, mas sei muito a seu respeito e a respeito da sua família — respondeu o inglês.

— Sabe? A respeito da família dela? Talvez ela se interessasse em saber disso. Mas como soube da família? O que pode representar a família dela para o senhor? Pensei ter ouvido que o senhor estava esperando diante da minha casa em San Francisco porque queria falar comigo.

— Estou muito confuso, Sr. Curry — disse Lightner, com o rosto anuviado. — Talvez o senhor possa me dar alguns esclarecimentos. Como é que a Dra. Mayfair foi aparecer por ali?

— Olhe, estou ficando enjoado dessas suas perguntas. Ela estava ali porque procurava me ajudar. Ela é médica.

— Então, estava ali na qualidade de médica? – perguntou Lightner, como que sussurrando. – Estive seguindo uma impressão enganosa. Quer dizer que a Dra. Mayfair não o enviou para cá?

— Me enviou para cá? Claro que não. Por que ela faria isso? Ela nem estava de acordo com a minha vinda, a não ser se fosse para me livrar da obsessão. A verdade é que eu estava tão bêbado quando ela me buscou que é incrível que não tenha me internado. Gostaria de estar tão tonto agora quanto naquela ocasião. Mas por que lhe ocorreu essa ideia, Sr. Lightner? Por que Rowan Mayfair iria me enviar para cá?

— Tenha um pouco de paciência, por favor.

— Não sei se vou ter.

— O senhor não conhecia a Dra. Mayfair antes de ter as visões?

— Não. Só a conheci cinco minutos depois.

— Não consigo entender.

— Foi ela quem me salvou, Lightner. Foi ela quem me içou do mar. Foi essa a primeira vez que meus olhos a viram, quando me reanimou no convés do barco.

— Meu Deus, eu não fazia a menor ideia.

— Bem, nem eu até sexta-feira à noite. Quer dizer, eu não sabia nem o nome dela, quem era ou qualquer outra informação a seu respeito. A Guarda Costeira se atrapalhou. Esqueceram-se de anotar seu nome e o número da licença do barco quando chegou seu pedido de socorro. No entanto, ela salvou minha vida lá no mar. Ela possui algo como um poderoso sentido de diagnóstico, uma espécie de sexto sentido, que diz quando um paciente vai viver ou morrer. Ela começou a tentar me ressuscitar imediatamente. Às vezes me pergunto, se a Guarda Costeira tivesse me avistado antes, se eles teriam sequer tentado.

Lightner ficou calado, com os olhos fixos no tapete. Parecia profundamente perturbado.

— É, ela é uma médica notável – disse ele, baixinho, mas isso não parecia ser a plena expressão dos seus pensamentos. Ele parecia estar lutando para se concentrar. – E você falou para ela visões.

— Eu queria voltar à embarcação. Tinha a ideia de que talvez, se eu me ajoelhasse no convés e tocasse as tábuas, algo poderia me ocorrer através das minhas mãos. Algo que ativasse minha memória. E o espantoso foi ela concordar. Ela não é absolutamente como os outros médicos.

— Nesse ponto, estou de pleno acordo – disse Lightner. – E o que aconteceu?

— Nada, quer dizer, nada além de eu ter conhecido Rowan. – Michael fez uma pausa. Perguntava-se se esse homem sabia como as coisas andavam entre ele e Rowan. Ele mesmo não ia dizer. – Agora, acho que me deve algumas respostas.

Exatamente o que você sabe sobre ela e a família, e o que o fez pensar que ela me mandaria para cá? Eu, logo eu. Afinal de contas, por que ela ia me mandar para cá?

— Bem, era isso o que eu estava tentando descobrir. Achei que talvez estivesse relacionado ao poder das suas mãos, que ela teria pedido que fizesse alguma investigação secreta para ela. Ora, essa era a única explicação que pude imaginar. Mas, Sr. Curry, como soube dessa casa? Quer dizer, como fez a associação entre o que viu nas visões e...

— Eu nasci aqui, Lightner. Eu adorava aquela casa quando era menino. Costumava passar por ela o tempo todo. Nunca me esqueci dela. Mesmo antes de me afogar, costumava pensar nela. Pretendo descobrir quem é o proprietário e o que tudo isso significa.

— Não diga... — surpreendeu-se Lightner, falando novamente quase num sussurro. — Não *sabe* a quem a casa pertence?

— Não. Acabei de dizer que pretendo descobrir.

— Não faz a menor ideia...

— Acabei de dizer, é o que pretendo descobrir!

— Mas ontem à noite tentou pular a cerca.

— Estou lembrado. Agora, você se incomoda de me dizer umas coisas? Você sabe de mim. Sabe de Rowan Mayfair. Sabe da casa. Sabe da família de Rowan... — Michael parou, olhando fixamente para Lightner. — A família de Rowan! A casa é deles?

Lightner fez que sim, com uma expressão severa.

— É mesmo verdade?

— Pertence a eles há séculos — disse Lightner, baixinho. — E se não estou enganado, aquela casa pertencerá a Rowan Mayfair quando sua mãe falecer.

— Não acredito — murmurou Michael, mas no fundo acreditava. Mais uma vez ele foi envolvido pela atmosfera das visões, que se dissolveram imediatamente, como sempre. Ele ficou olhando para Lightner, incapaz de formular qualquer uma das perguntas que surgiam na sua cabeça.

— Sr. Curry. Por favor, tenha paciência. Explique em detalhe de que modo a casa está associada às visões. Ou, em termos mais específicos, como o senhor veio a conhecê-la e a se lembrar dela na infância.

— Não antes que me diga o que sabe a respeito disso tudo. Tem consciência de que Rowan...?

Lightner interrompeu-o:

— Estou disposto a falar muito a respeito da casa e da família, mas peço que fale primeiro. Que me conte tudo o que conseguir recordar, qualquer coisa que pareça significativa, mesmo que não saiba como interpretá-la. É bem possível que eu saiba. Está me acompanhando?

— Tudo bem. As minhas informações pelas suas. Mas vai mesmo me contar o que sabe?

— Sem a menor dúvida.

Era óbvio que valia a pena. Era praticamente a coisa mais emocionante que lhe havia acontecido, à exceção da chegada de Rowan à sua porta. E ele estava surpreso com a intensidade da sua vontade de contar tudo a esse homem, absolutamente tudo, até os últimos detalhes.

— Pois bem – começou ele. – Como disse, eu costumava passar por aquela casa o tempo todo quando era menino. Eu me desviava do caminho normal para passar por ela. Passei minha infância na Annunciation Street, junto ao rio, a seis quarteirões de distância. Eu costumava ver um homem no jardim daquela casa, o mesmo homem que vi ontem à noite. Está lembrado de eu ter perguntado a você se o viu também? Bem, eu o vi ontem à noite, junto à cerca, e mais afastado, no fundo do jardim, e o pior era que sua aparência era exatamente a mesma de quando eu era criança. E o que estou dizendo é que tinha 4 anos na primeira vez que vi aquele cara. Eu tinha 6 quando o vi na igreja.

— Viu ele na igreja? — Mais uma vez, o exame, os olhos parecendo roçar no rosto de Michael enquanto Lightner escutava.

— Vi, na época de Natal, na de Santo Afonso. Nunca me esqueci disso, porque foi logo no altar que ele estava, sabe do que estou falando? O presépio estava exposto junto à banca da comunhão, e ele estava mais ao fundo, junto aos degraus laterais do altar.

Lightner assentiu com a cabeça.

— Tem certeza de que era ele?

— Bem — disse Michael, rindo. — Considerando-se a parte da cidade em que nasci, tenho certeza de que era o cara. Mas, falando sério, era o mesmo homem. Eu o vi também uma outra vez, tenho quase certeza, mas não penso nisso há anos. Foi num concerto no centro da cidade, um concerto do qual nunca vou me esquecer porque Isaac Stern tocou naquela noite. Foi a primeira vez que ouvi algo parecido, ao vivo, entende? Seja como for, vi o homem na plateia. Ele estava olhando para mim.

Michael hesitou, pois as circunstâncias daquele momento remoto lhe voltavam, sem serem bem recebidas, porque aquela havia sido uma época triste e angustiante. Ele afastou a recordação. Sabia que Lightner estava mais uma vez lendo seus pensamentos.

— Eles não são nítidos em momentos de irritação — disse Lightner, delicadamente. — Mas isso é importantíssimo, Sr. Curry...

— E é você que me diz. Tudo está relacionado com o que eu vi quando me afoguei. Sei porque não parava de pensar nisso depois do acidente, quando não conseguia me concentrar em mais nada. Quer dizer, eu não parava de acordar, vendo aquela casa, pensando em voltar até ela. É o que Rowan Mayfair chamou de *idée fixe*.

— Então o senhor falou dela para Rowan...

Michael fez que sim e terminou a cerveja.

– Descrevi a casa inteirinha. Ela foi paciente, mas não conseguiu entender. Disse, porém, algo muito acertado. Disse que era muito específico para ser simplesmente patológico. Achei que isso fazia muito sentido.

– Peço um pouquinho mais de paciência, por favor – disse Lightner. – Pode me contar o que se lembra das visões? Entendi que elas não foram totalmente esquecidas...

A confiança de Michael no homem estava aumentando. Talvez fosse seu jeito ligeiramente autoritário. Mas ninguém havia perguntado sobre as visões com esse tipo de seriedade, nem mesmo Rowan. Ele se sentia completamente desarmado. O homem parecia tão solidário.

– E sou – disse Lightner, apressadamente. – Acredite em mim, compreendo perfeitamente não só o que aconteceu a você, como também sua crença nisso. Por favor, me conte.

Michael descreveu sucintamente a mulher de cabelos negros, a joia que estava entrelaçada neles, a vaga ideia ou imagem de um portal...

– Não o portal da casa. Não pode ser. Mas tem a ver com a casa.

E algo acerca de um número agora esquecido. Não, não era o endereço. Não era um número longo. Eram apenas dois dígitos, e tinha um significado muito importante. E o objetivo, é claro, o objetivo era a salvação, e Michael tinha uma forte impressão de que poderia ter recusado.

– Não consigo acreditar que eles me deixariam morrer se eu não aceitasse. Deram-me condição de escolher. Preferi voltar e realizar o objetivo. Acordei sabendo que tinha algo importantíssimo a fazer.

Ele via que o que estava dizendo exercia um profundo impacto em Lightner, que nem tentava disfarçar sua surpresa.

– Há alguma outra coisa de que se lembre?

– Não, às vezes parece que estou a um passo de me lembrar de tudo. Depois, simplesmente tudo desaparece. Só comecei a pensar na casa umas vinte e quatro horas depois. Não, talvez tenha sido ainda mais tarde. E imediatamente tive a sensação de existir um vínculo. Ontem à noite, senti a mesma coisa. Estava chegando ao lugar certo para descobrir todas as respostas, mas, mesmo assim, não me lembrei de nada. É o bastante para enlouquecer um homem.

– Posso imaginar – disse Lightner, baixinho, mas ainda profundamente imerso na surpresa e espanto diante de tudo o que Michael havia dito. – Permita-me uma sugestão. É possível que, ao ser reanimado, você tenha segurado a mão de Rowan e que essa imagem da casa tenha chegado por meio de Rowan?

– Bem, é possível, a não ser por um fato importantíssimo. Rowan não tem nenhum conhecimento dessa casa. Ela não sabe nada a respeito de Nova Orleans. Não sabe nada sobre sua família, à exceção da mãe adotiva, que morreu no ano passado.

Lightner pareceu relutar em acreditar nisso.

– Olhe – disse Michael. Ele agora estava totalmente empolgado pelo assunto e tinha consciência disso. O fato era que gostava de conversar com Lightner. Mas as coisas estavam indo longe demais. – Você tem de me contar tudo o que sabe a respeito de Rowan. Na noite de sexta-feira, quando ela veio me buscar em San Francisco, ela o viu. Disse algo sobre tê-lo visto antes. Quero que seja franco comigo, Lightner. Que história toda é essa com Rowan? Como soube da sua existência?

– Vou contar tudo a você – disse Lightner, com a mesma delicadeza característica –, mas permita-me perguntar uma outra vez. Tem certeza de que Rowan nunca viu uma foto daquela casa?

– Tenho. Nós conversamos exatamente sobre isso. Ela nasceu em Nova Orleans...

– Certo...

– Mas foi levada embora no mesmo dia. Eles fizeram com que ela assinasse um documento em que se comprometia a nunca voltar à cidade. Perguntei se havia visto fotos das casas daqui. Ela me disse que não. Nem conseguiu encontrar nenhuma informação sobre a família depois da morte da mãe adotiva. Não está entendendo? Isso não se originou de Rowan. É um caso que a envolve, como envolve a mim.

– O que está querendo dizer?

Michael estava atordoado, tentando apreender o todo.

– Quero dizer que eu sabia que me escolheram em virtude de tudo que me havia acontecido... de quem eu era, do que eu era, de onde morava. Tudo estava interligado. E você não percebe? Eu não sou o centro de tudo. É provável que Rowan seja o centro. Mas tenho de ligar para ela. Tenho de contar. Preciso dizer para ela que a casa pertence à sua mãe.

– Por favor, Michael, não faça isso.

– O quê?

– Michael, por favor, sente-se.

– Que jeito é esse de falar? Não entende como isso é incrível? Aquela casa pertence à família de Rowan. E ela não sabe de nada acerca da própria família. Nem mesmo o nome completo da própria mãe.

– Não quero que telefone para ela – disse Lightner, com uma urgência repentina. – Por favor, ainda não cumpri minha parte do trato. Você não ouviu tudo o que tenho a dizer.

– Meu Deus, será que você não percebe? É provável que Rowan estivesse começando a sair com o *Sweet Christine* quando a onda me arrancou do rochedo. Nós estávamos numa rota de colisão, e então essas pessoas, esses seres que sabiam tudo, resolveram intervir.

– É, percebo isso tudo... O que peço é que permita que conversemos agora, antes de ligar para Rowan.

O inglês falava alguma coisa mais, porém Michael já não o ouvia. Sentiu um desnorteamento súbito e violento, como se estivesse perdendo a consciência e, se não se agarrasse à mesa, iria desmaiar. Essa não era, porém, uma fraqueza do seu corpo. Era sua mente que estava falhando. Durante um brilhante segundo, as visões apareceram novamente. A mulher de cabelos negros falava diretamente com ele, e então, de algum ponto bem ao alto, de algum lugar lindo e etéreo onde ele não tinha peso e era livre, viu uma pequena embarcação no mar lá embaixo, e disse: *Estou de acordo.*

Ele prendeu a respiração. Desesperado para não perder as visões, ele não tentava prendê-las mentalmente. Não as sufocava. Permanecia imóvel, sentindo que elas o deixavam confuso mais uma vez, sentindo o frio e a solidez do corpo à sua volta, com os velhos sentimentos conhecidos de ansiedade, raiva e dor.

– Ai, meu Deus, e Rowan não faz a menor ideia...

Percebeu que estava sentado novamente no sofá. Lightner o segurava, e ele se sentiu grato. Não fosse por isso, poderia ter caído. Fechou os olhos de novo. Mas as visões não se encontravam por perto. Viu apenas Rowan, macia, bonita e maravilhosamente desalinhada no enorme roupão branco de toalha, com o pescoço caído e os cabelos louros encobrindo-lhe o rosto enquanto chorava.

Quando abriu os olhos, viu que Lightner estava sentado ao seu lado. Teve a apavorante sensação de ter perdido segundos, talvez minutos. Não o perturbava, no entanto, a presença do homem. Ele parecia verdadeiramente gentil e respeitoso, apesar de todas as coisas incríveis que tinha a dizer.

– Só se passou um segundo, ou dois – disse Lightner. (Mais uma vez lendo o pensamento!) – Mas você ficou tonto e quase caiu.

– Certo. Você não sabe como é horrível essa história de eu não me lembrar. E Rowan disse algo estranhíssimo.

– E o que foi?

– Que talvez eles não quisessem que eu me lembrasse.

– E isso pareceu estranho a você?

– Eles querem que eu me lembre. Querem que eu faça o que devo fazer. Tem algo a ver com um portal. Sei que tem. E o número 13. E Rowan disse uma outra coisa que realmente me derrubou. Perguntou como eu sabia que esses seres eram bons. Meu Deus, ela quis saber se eu achava que eles eram responsáveis pelo acidente, sabe, por eu ter sido levado pelo mar daquele jeito. Puxa, confesso que estou ficando louco.

– Essas são perguntas muito boas – disse o homem, com um suspiro. Você mencionou o número 13?

– Mencionei? Foi isso o que eu disse? Não... Acho que disse isso, sim. É, foi o número 13. Parece que agora me lembro. É, foi o número 13.

– Agora quero que me escute. Não quero que ligue para Rowan. Quero que se vista e venha comigo.

— Espere aí, meu amigo. Você é um cara muito interessante. Você nessa jaqueta tem melhor aparência do que qualquer outra pessoa que eu tenha visto no cinema. E sua atitude é encantadora e convincente. Mas eu estou exatamente onde quero estar. E vou voltar àquela casa assim que ligar para Rowan...

— E o que você vai fazer exatamente lá? Tocar a campainha?

— Bem, vou esperar que Rowan chegue. Ela quer vir, sabia? Quer conhecer sua família. Esse deve ser o motivo para tudo isso.

— E o homem, o que você acha que ele tem a ver com tudo isso? – perguntou Lightner.

Michael ficou imóvel, sentado ali com os olhos fixos nele.

— Você viu o homem?

— Não. Ele não me deu tempo para isso. Ele queria que você o visse. E o porquê é o que eu gostaria de saber.

— Mas você sabe tudo a respeito dele, não sabe?

— Sei.

— Pois bem, chegou sua vez de falar, e eu gostaria que começasse logo.

— É, esse é nosso trato – disse Lightner. – Mas considero mais importante do que nunca que você saiba tudo. – Ele ficou de pé, caminhou lentamente até a mesa e começou a reunir os papéis que estavam espalhados em cima dela, arrumando-os com perfeição numa grande pasta de couro. – E tudo está neste arquivo.

Michael o acompanhou. Olhou para a quantidade impossível de papéis que o homem estava enfiando na pasta. Em sua maioria, folhas datilografadas, mas também algumas manuscritas.

— Olhe, Lightner, você me deve algumas respostas.

— Isso aqui é uma compilação de respostas, Michael. É dos nossos arquivos. Inteiramente dedicado à família Mayfair. Remonta ao ano de 1664. Mas você precisa acabar de me ouvir. Não posso entregar esses papéis aqui.

— E aonde então?

— Temos um retiro aqui perto, uma antiga casa de fazenda, lugar belíssimo.

— Não! – disse Michael, impaciente.

Lightner fez um gesto pedindo silêncio.

— Fica a menos de uma hora e meia de distância. Preciso insistir para que se vista agora e venha comigo, para ler o arquivo na paz e serenidade de Oak Haven; que guarde todas as suas perguntas para depois que tiver lido e que todos os aspectos do caso estejam esclarecidos. Depois da leitura, compreenderá por que pedi a você que deixasse para depois seu telefonema à Dra. Mayfair. Acho que ficará satisfeito de ter cedido.

— Rowan deveria ver esse arquivo.

— Claro que deveria. E se você se dispusesse a colocá-lo nas suas mãos para nós, ficaríamos eternamente gratos.

Michael examinou o homem, tentando isolar sua simpatia do espantoso conteúdo do que dizia. Por um lado, sua mente era atraída pelo homem e tranquilizada pelos seus conhecimentos; por outro lado, sentia suspeita. E o tempo todo ele sentia um poderoso fascínio pelas peças do enigma que iam se encaixando.

Ainda uma outra coisa havia ficado clara para ele. O motivo pelo qual o poder das suas mãos o desagradava tanto residia no fato de que, uma vez que ele houvesse tocado uma pessoa, ou objetos pertencentes a ela, ficava estabelecida uma certa intimidade. No caso de desconhecidos, ela se apagava com bastante rapidez. No caso de Lightner, ela estava se intensificando aos poucos.

– Não posso ir com você para o campo – disse Michael. – Não há para mim a menor dúvida quanto à sua sinceridade. Mas preciso ligar para Rowan e quero que você me entregue esse material aqui mesmo.

– Michael, há informações aqui que dizem respeito a tudo o que você falou. Uma mulher de cabelos negros. Uma joia de grande importância. Quanto ao portal, não sei dizer o significado. Quanto ao número 13, talvez eu saiba. Quanto ao homem, a mulher de cabelos negros e a joia estão ligadas a ele. No entanto, esse arquivo só sairá das minhas mãos segundo as minhas condições.

– Você está dizendo que essa é a mulher que me apareceu nas visões?

Michael estava agora com os olhos contraídos.

– Só você vai poder dizer isso com certeza.

– Você não está me enganando, né?

– Não. É claro que não. Mas, Michael, não vá você se enganar sozinho. Você sempre soube que esse homem não era... o que parecia ser, não é verdade? Qual foi sua sensação ontem ao vê-lo?

– É... eu sabia... – sussurrou Michael, sentindo mais uma vez aquele desnorteamento. Mesmo assim, uma emoção perturbadora e obscura o invadiu. Viu novamente o homem a olhar para ele através da cerca. – Meu Deus – disse, baixinho. E antes de poder se controlar, aconteceu algo surpreendente. Ele ergueu a mão direita e fez um sinal da cruz rápido e introspectivo.

Olhou, envergonhado, para Lightner. E então ocorreu-lhe uma ideia luminosa. Seu entusiasmo aumentava.

– Será que eles tinham a intenção de que eu o conhecesse? – perguntou. – A mulher de cabelos negros, será que ela queria que esse nosso encontro acontecesse?

– Só você vai poder saber isso, Michael. Só você sabe o que esses seres disseram a você. Só você sabe quem eles eram de fato.

– Meu Deus, eu não sei. – Michael levou as mãos às têmporas. Percebeu que estava olhando espantado para a pasta de couro. Havia algo escrito em inglês nela. Letras grandes, gravadas em ouro, mas meio desgastadas. – "As bruxas Mayfair." É isso o que diz a inscrição?

– É. Você não quer ir se vestir agora e vir comigo? Posso fazer com que tenham um café da manhã preparado à nossa espera lá no campo. Por favor.

– Você não acredita em bruxas! – disse Michael. Mas *elas* estavam chegando. Mais uma vez, a sala desaparecia. E a voz de Lightner ficava novamente distante; suas palavras sem nenhum sentido, apenas sons fracos, inócuos, vindos de longe.

Michael estremeceu. Sensação de enjoo. Via a sala outra vez à luz empoeirada da manhã. Tia Vivian anos atrás estava sentada ali, e sua mãe, aqui. Só que isso aqui era o agora. Ligar para Rowan...

– Ainda não – disse Lightner. – Só depois de ler o arquivo.

– Você tem medo de Rowan. Há alguma coisa na própria Rowan, algum motivo que o faz querer me proteger dela... – Ele via a poeira turbilhonando à sua volta em grãozinhos. Como algo tão específico e tão material podia conferir à cena um ar de irrealidade? Pensou na hora em que tocou a mão de Rowan no carro. *Um aviso*. Pensou nela depois, nos seus braços.

– Você sabe o que é – disse Lightner. – Rowan lhe contou.

– Ora, isso é loucura. Imaginação dela.

– Não é não. Olhe para mim. Sabe que estou falando a verdade. Não me peça para investigar seus pensamentos a respeito disso. Você sabe. Você lembrou disso quando leu a palavra "bruxas".

– Não pensei. Não se pode matar ninguém só desejando que a pessoa morra.

– Michael, estou pedindo menos de vinte e quatro horas. Estou depositando grande confiança em você. Peço que respeite nossos métodos. Peço que me dê esse tempo.

Michael ficou olhando, calado e confuso, enquanto Lightner tirava a jaqueta, vestia o paletó do terno, dobrava a jaqueta com perfeição e a guardava na maleta, junto com a pasta de couro.

Ele precisava ler o que estava na pasta de couro. Viu Lightner fechar a maleta, levantá-la e abraçá-la.

– Não aceito! Rowan não é bruxa. Isso é loucura. Ela é médica e salvou minha vida.

E imaginar que era dela a casa, aquela casa belíssima, a casa que ele adorava desde quando era menino. Sentiu mais uma vez o anoitecer, como havia sido no dia anterior, com o céu explodindo em violeta por entre os ramos e os pássaros cantando como se estivessem embrenhados na mata.

Todos esses anos, ele soubera que o homem não era real. Toda sua vida ele soube. Soube mesmo na igreja...

– Michael, aquele homem está à espera de Rowan.

– À espera de Rowan? Mas, Lightner, por que, então, ele apareceu para mim?

– Ouça, meu amigo. – O inglês pôs a mão sobre a de Michael, apertando-a com afeto. – Não é minha intenção alarmá-lo, me aproveitar de sua fascinação. Mas aquela criatura está ligada à família Mayfair há gerações. Ela tem a capacidade de matar pessoas. Mas essa capacidade a Dra. Mayfair também tem. Na realidade, ela bem pode ser a primeira da sua linhagem capaz de matar completamente só, sem o auxílio daquela criatura. E os dois estão se reunindo, a criatura e Rowan. Trata-se apenas de uma questão de tempo para que ocorra o encontro. Agora, por favor, vista-se e venha comigo. Se resolver ser nosso intermediário e entregar o arquivo sobre as bruxas Mayfair a Rowan para nós, nossos maiores objetivos terão sido atingidos.

Michael estava calado, procurando absorver tudo isso, com os olhos passando ansiosos por Lightner, mas vendo inúmeras outras coisas.

Ele não conseguia explicar bem seus sentimentos em relação ao "homem" agora, o homem que sempre lhe havia parecido vagamente bonito, a encarnação da elegância, uma figura pálida e quase nobre, que parecia possuir, ali no seu esconderijo no jardim, uma certa serenidade que Michael desejava ter. Na noite anterior, por trás da cerca, o homem havia tentado assustá-lo. Será que havia sido isso?

Se ao menos naquele instante não estivesse usando as luvas, e se pudesse ter tocado no homem!

Ele não duvidava das palavras de Lightner. Havia algo medonho naquilo tudo, algo de sinistro, algo obscuro como as sombras que sufocavam a casa. *Mesmo assim, pareceu-me familiar.* Pensou nas visões, não num esforço para se lembrar, mas apenas para mergulhar uma vez mais nas sensações despertadas por elas. Uma convicção de bondade firmou-se nele, como já havia acontecido antes.

– A intenção é que eu interfira, sem a menor dúvida. E talvez eu deva usar esse poder do toque. Rowan disse...

– Prossiga.

– Rowan perguntou por que eu achava que o poder das mãos não tinha nada a ver com a história, por que eu não parava de insistir no fato de serem aspectos separados... – Pensou novamente na possibilidade de tocar no homem. – Talvez o poder faça parte disso tudo. Talvez ele não seja apenas uma maldição que se abateu sobre mim para me deixar maluco e me desviar do propósito.

– Era isso o que pensava?

– Era o que parecia ser – disse ele, assentindo com a cabeça. – Parecia que esse poder era o que me impedia de vir para cá. Fiquei enfurnado na Liberty Street durante dois meses. Eu poderia ter encontrado Rowan antes... – Ele olhou para as luvas. Como as detestava. Faziam com que suas mãos parecessem mãos artificiais.

Não conseguiu pensar em mais nada. Não tinha como captar todos os aspectos do caso em sua plenitude. Permanecia, porém, a sensação de familiaridade, que desbastava as arestas do espanto provocado pelas revelações de Lightner.

– Tudo bem – disse Michael, afinal. – Vou com você. Quero ler esse arquivo, todinho. Mas quero voltar para cá o mais rápido possível. Caso ela ligue, vou deixar um recado de que estarei logo de volta. Ela é importante para mim. É mais importante do que você imagina. E isso não tem nada a ver com as visões. É algo relacionado a quem ela é e a quanto gosto dela. Ela é minha prioridade acima de tudo o mais.

– Até mesmo acima das visões? – perguntou Lightner, em tom respeitoso.

— Sim. Somente duas ou três vezes na vida inteira uma pessoa sente por outra o que sinto por Rowan. Um sentimento desses tem suas próprias prioridades, seus próprios objetivos.

— Compreendo – disse Lightner. – Vou esperá-lo lá embaixo dentro de vinte minutos. E gostaria que me chamasse de Aaron de agora em diante, se preferir. Temos um longo caminho à nossa frente. Receio ter começado a chamá-lo de Michael já há algum tempo. Quero que sejamos amigos.

— Nós somos amigos – disse Michael. – Que outra coisa poderíamos ser? – Ele deu uma risadinha sem graça, mas tinha de admitir que gostava desse cara. Na realidade, ele teve uma nítida sensação de desconforto ao deixar que Lightner e a maleta saíssem do seu campo visual.

Michael tomou um banho de chuveiro, fez a barba e se vestiu em menos de quinze minutos. Desfez a mala, a não ser por alguns objetos essenciais. E somente quando a pegou viu a luz de aviso de recados ainda piscando ao lado da cama. Por que diabos não havia atendido o sinal da primeira vez que o viu? De repente estava furioso. Ligou imediatamente para a mesa do hotel.

— É, uma Dra. Rowan Mayfair ligou para o senhor, Sr. Curry, mais ou menos às 5h15. – A telefonista passou o número do telefone de Rowan. – Ela insistiu para que chamássemos e batêssemos à sua porta.

— E vocês fizeram isso?

— Fizemos, Sr. Curry, mas não conseguimos resposta.

E meu amigo Aaron estava lá o tempo todo, pensou Michael com raiva.

— Não quisemos usar a chave mestra para abrir sua porta.

— Está bem. Ouça, quero deixar um recado para a Dra. Mayfair, se ela ligar novamente.

— Pode dizer, Sr. Curry.

— Avise que eu cheguei bem, e que vou ligar para ela dentro de vinte e quatro horas. Que preciso sair, mas que voltarei para cá mais tarde.

Ele deixou uma nota de cinco dólares sobre a colcha para a arrumadeira e saiu.

O saguão pequeno e estreito estava muito movimentado quando ele desceu. O salão de café estava apinhado e alegremente barulhento. Lightner, tendo trocado seu escuro tweed por um imaculado terno de anarruga, estava junto às portas, aparentando ser o perfeito cavalheiro sulista tradicional.

— Você podia ter atendido o telefone quando tocou – disse Michael, sem acrescentar que Lightner lembrava os velhotes de cabelos brancos dos quais Michael se lembrava dos velhos tempos, que costumavam dar seus passeios a pé pelo Garden District e ao longo da avenida que seguia para a Cidade Alta.

— Achei que não tinha o direito de atender – disse Aaron, educadamente.

Ele abriu a porta para Michael e fez um gesto para um carro cinza, uma limusine junto à calçada. – Além do mais, receei que fosse a Dra. Mayfair.

– Pois era – respondeu Michael. Um delicioso sopro de calor de agosto.

Teve vontade de sair a pé. Como a calçada lhe parecia agradável. Mas sabia que precisava fazer essa viagem. Sentou-se no banco traseiro do carro.

– Entendo – disse Lightner, sentando-se ao lado de Michael. – Mas você não ligou para ela de volta.

– Trato é trato – disse Michael, com um suspiro. – Mas não gostei de cumpri-lo. Tentei esclarecer para você em que pé estão as coisas entre mim e Rowan. Sabe, quando tinha 20 anos, teria sido praticamente impossível que eu me apaixonasse por uma pessoa numa noite. Pelo menos nunca aconteceu. E quando eu tinha meus 30? Bem, pode ser, mas também não aconteceu, embora de vez em quando eu vislumbrasse a possibilidade... e talvez fugisse correndo. Mas agora estou quase com 50 anos. Ou estou mais bobo do que nunca, ou descobri finalmente que posso me apaixonar por alguém num dia ou numa noite. Posso meio que avaliar a situação e calcular quando ela é praticamente perfeita, sabe do que estou falando?

– Creio que sim.

O carro era um pouco velho mas bastante confortável, com o bem cuidado estofamento em couro cinza e a pequena geladeira embutida. Muito espaço para as pernas compridas de Michael. A St. Charles Avenue passou rápida demais por trás dos vidros escuros.

– Michael, respeito seus sentimentos por Rowan, embora deva confessar que me sinto tanto surpreso quanto intrigado. Mas não me leve a mal. Ela é uma mulher extraordinária sob todos os aspectos: médica incomparável e bela jovem de porte assombroso. Eu sei. Mas o que peço que entenda é o seguinte. O arquivo sobre as bruxas Mayfair jamais seria confiado, em circunstâncias normais, a ninguém, que não fosse membro da nossa ordem ou membro da própria família Mayfair. Ora, estou desrespeitando normas ao mostrar o material para você. E os motivos para essa minha decisão são óbvios. Mesmo assim, quero aproveitar este precioso tempo para dar a você algumas explicações sobre O Talamasca, sobre como funcionamos e a lealdade que esperamos de você em troca da confiança depositada.

– Ora, não se empolgue tanto. Tem café neste táxi de luxo?

– Claro – disse Aaron, tirando de uma bolsa na porta uma garrafa térmica e uma caneca e começando a servir o café.

– Um café puro é mais do que suficiente. – Michael sentiu um súbito nó na garganta ao ver passar as casas grandes e altivas da avenida, com suas varandas fundas, suas pequenas colunas e venezianas pintadas de cores vivas; e o céu claro através de um emaranhado de tentáculos de galhos e de folhas a tremular levemente. Ocorreu-lhe uma ideia maluca, de que um dia compraria um terno de anarruga como o de Lightner e caminharia pela avenida, como os cavalheiros de antigamente, caminharia por horas a fio, seguindo pelas suas curvas que acompanhavam as curvas distantes do rio, passando por todas essas graciosas casas antigas que tanto haviam sobrevivido. Ele se sentia entorpecido e tonto passando por essa paisagem linda e irregular, nesse carro com ar-condicionado, por trás de vidraças escuras.

– É bonito – disse Lightner. – Lindo mesmo.

– Pois então me fale dessa ordem. Quer dizer que vocês andam por aí de limusine graças ao dinheiro dos Templários. E o que mais?

Lightner sacudiu a cabeça com ar de censura e a sombra de um sorriso nos lábios. Mas mais uma vez enrubesceu, surpreendendo e divertindo Michael.

– Estou só brincando, Aaron. Ora, vamos. Como vocês tiveram conhecimento da família Mayfair, para começo de conversa? E você se incomoda de me informar o que querem dizer com a palavra "bruxa"?

– A bruxa é uma pessoa que tem o poder de atrair e manipular forças invisíveis – disse Aaron. – Essa é a nossa definição. Ela também cobre feiticeiros e videntes. Fomos criados para observar fenômenos como os das bruxas. Tudo começou na época que agora chamamos de Idade das Trevas, muito antes das perseguições às bruxas, como você deve saber. E começou com um único mago, um alquimista como ele próprio se intitulava, que iniciou seus estudos num local solitário, reunindo numa grande obra todas as histórias do sobrenatural que havia lido e ouvido.

"Seu nome e a história da sua vida não são importantes neste momento. Mas o que caracterizou seu relato foi o fato de ele revelar uma interessante secularidade para a época. Talvez tenha sido o único historiador a escrever sobre o oculto, o invisível ou o misterioso sem fazer suposições ou afirmações quanto à natureza demoníaca das assombrações, espíritos e afins. E ele exigia do seu pequeno grupo de seguidores a mesma atitude aberta. Costumava recomendar que os seguidores apenas estudassem a atividade dos chamados feiticeiros, que não partissem do pressuposto de conhecer a origem desses poderes.

"Agora somos ainda os mesmos. Somos dogmáticos apenas quando se trata de defender nossa falta de dogma. E, embora sejamos uma organização vasta e de extrema segurança, sempre estamos alertas para conquistar novos membros; pessoas que respeitem nossa política de não interferência e nossos métodos lentos e meticulosos; pessoas que considerem a investigação do oculto tão fascinante quanto nós a consideramos; pessoas que receberam dons extraordinários, como o que você tem nas mãos...

"Agora devo confessar que, ao ler a seu respeito pela primeira vez, eu não fazia a menor ideia da sua ligação com Rowan Mayfair ou com a casa da First Street. O que me passou pela cabeça foi atraí-lo para integrar nossa organização. É claro que eu não planejava dizer isso de imediato. Mas você há de concordar que agora tudo está mudado.

"No entanto, independentemente do que viria a acontecer, cheguei a San Francisco para colocar nossos conhecimentos à sua disposição; para lhe mostrar, se você desejasse, meios de utilizar seu poder; e para depois, talvez, abordar a possibilidade de você considerar nosso estilo de vida amplamente satisfatório ou agradável o suficiente para pensar em se unir a nós, ou pelo menos por um curto período...

"Veja bem, havia algo que me intrigava na sua vida, ou seja, no que eu pude descobrir sobre ela a partir das informações de conhecimento público e, digamos, de algumas investigações superficiais realizadas por nós mesmos. E isso era que você parecia estar numa encruzilhada antes do acidente. Era como se você tivesse atingido seus objetivos, mas continuasse insatisfeito..."

– É, quanto a isso você tem razão – disse Michael, agora completamente esquecido da paisagem lá fora, com os olhos fixos em Lightner. Michael estendeu a caneca para um pouco mais de café. – Prossiga, por favor.

– Bem, havia ainda sua formação em história e a inexistência de parentes próximos, à exceção da sua querida tia, que devo confessar ter simplesmente adorado apesar de conhecê-la tão pouco. E é claro que ainda há a questão desse seu poder, que é consideravelmente mais forte do que eu supunha.

"Mas voltemos a falar sobre a ordem. Nós observamos fenômenos ocultos no mundo inteiro, como você bem pode imaginar. E nosso trabalho com as famílias de bruxas é apenas uma pequena parte e uma das poucas que envolvem perigo verdadeiro, pois a observação de casas assombradas, até os casos de possessão, e nossa pesquisa sobre a reencarnação e a leitura do pensamento praticamente não representam nenhum perigo. Com as bruxas, a história é diferente... E em consequência disso, só os membros mais experientes chegam a ser convidados a trabalhar com esse material, mesmo para lê-lo ou a tentar compreendê-lo. E quase nunca aconteceria de um neófito ou mesmo um membro recente ser levado a abordar uma família como a Mayfair, pois os riscos são incalculáveis.

"Tudo isso ficará bem esclarecido quando você ler o arquivo. O que desejo de você agora é alguma garantia de que não tratará com leviandade o que oferecemos e o que fazemos. Que, se precisarmos nos separar, seja de boa, seja de má vontade, você respeitará a privacidade das pessoas mencionadas na história da família Mayfair..."

– Você sabe que pode confiar em mim sob esse aspecto. Sabe o tipo de pessoa que eu sou. Mas o que está querendo dizer com perigo? Está novamente falando nesse espírito, nesse homem, e está falando de Rowan...

– Apenas me precipitei. O que mais quer saber sobre nós?

– Como funciona exatamente a filiação à Ordem?

– Começa com um noviciado, como numa Ordem religiosa. Mais uma vez devo salientar que, quando se entra para a Ordem, não se aceita uma lista de ensinamentos. Adota-se, sim, um modo de encarar a vida. Durante os anos de noviciado, vive-se na casa-matriz, conhecendo os membros mais velhos, entrando em contato com eles, trabalhando nas bibliotecas e lendo nelas à vontade...

– Ora, isso seria viver no paraíso – disse Michael, sonhador. – Mas eu não queria interrompê-lo. Prossiga.

– Depois de dois anos de preparação, falamos, então, de uma dedicação mais séria; falamos de trabalho de campo ou pesquisas teóricas. É claro que um aspecto pode levar a outro; e, novamente, não podemos ser comparados a uma Ordem religiosa porque não apresentamos aos nossos membros missões irrecusáveis. Ninguém faz voto de obediência. A lealdade e o sigilo são muito mais importantes para nós. Mas veja bem, em última análise, trata-se de compreensão; de uma pessoa ser introduzida num tipo especial de comunidade e ser por ela absorvida...

– Entendo – disse Michael. – Fale-me das casas-matrizes. Onde ficam?

– A de Amsterdã é a mais antiga de todas. Depois, há uma casa na periferia de Londres. E a nossa maior, e talvez mais secreta, fica em Roma. É claro que a Igreja Católica não gosta de nós. Ela não nos compreende. Ela nos alinha com o demônio, exatamente como fez com as bruxas, os feiticeiros e os Templários, mas nós não temos nada a ver com o demônio. Se ele existe, não é nosso amigo...

Michael riu.

– Você acha que ele existe?

– Francamente, não sei. Mas isso é o que um bom membro do Talamasca responderia.

– E sobre as casas-matrizes...

– Bem, acho que você realmente gostaria da de Londres...

Michael mal havia percebido que já haviam saído de Nova Orleans, que estavam atravessando a região pantanosa em alta velocidade, na faixa estéril da nova rodovia, e que o céu havia se reduzido a uma tira de um azul impecável acima da cabeça deles. Ele ouvia, fascinado, cada palavra pronunciada por Aaron. No entanto, uma sensação sinistra e perturbadora, que ele procurava ignorar, estava se formando nele. Tudo isso era familiar, esse desenrolar da história do Talamasca. Era familiar como as palavras assustadoras sobre Rowan e "o homem" haviam sido familiares; familiar como a própria casa da First Street. E embora isso pudesse lhe parecer instigante, de repente ele desanimou, porque o grande projeto, do qual ele se sentia parte, parecia estar crescendo, apesar de sua indefinição. E, quanto mais ele crescia, mais o mundo parecia diminuir, perdendo seu esplendor e sua promessa de infinitas maravilhas naturais e de destinos sempre mutantes, perdendo até mesmo algo do seu romantismo instável.

Aaron devia ter percebido os sentimentos de Michael, porque parou um pouco antes de continuar com sua história para falar afetuosamente, num tom quase distraído.

– Michael, agora ouça o que digo. Não tenha medo...

– Diga-me uma coisa, Aaron.

– Se eu souber, é claro...

– É possível tocar um espírito? Estou falando daquele homem. Você poderia tocá-lo com sua mão?

– Bem, há ocasiões em que eu penso que isso seria totalmente possível... Pelo menos a pessoa estaria tocando em alguma coisa. Mas é claro que já são outros quinhentos saber se a criatura vai permitir ser tocada, como você logo descobrirá.

– Então, tudo está relacionado. As mãos, as visões e até mesmo você... e essa sua organização. Tudo está ligado.

– Espere até acabar de ler a história. A cada etapa... espere para ver.

10

Quando Rowan acordou às dez, começou a duvidar do que havia visto. Com todo o sol que aquecia a casa, o fantasma parecia irreal. Ela tentou evocar o momento: os ruídos lúgubres da água e do vento. Tudo parecia agora completamente impossível.

Ela começou a se sentir grata por não ter conseguido entrar em contato com Michael. Não queria parecer tola e, acima de tudo, não queria sobrecarregar Michael mais uma vez. Por outro lado, como poderia ter imaginado uma coisa daquelas? Um homem parado junto à vidraça com os dedos tocando no vidro, olhando para ela com ar de súplica?

Bem, agora não havia nenhum sinal da criatura por ali. Ela foi para o deque, caminhou ao longo dele, examinou as estacas, a água. Nenhum indício de nada fora do comum. Mas também que tipo de sinal poderia haver? Ela parou encostada na balaustrada, sentindo um pouco o vento esperto, grata pelo céu azul forte. Alguns barcos a vela estavam saindo devagar e graciosos da marina. Logo a baía estaria apinhada de barcos. Teve vontade de sair com o *Sweet Christine*. Mas resolveu que não. Voltou para dentro de casa.

Ainda nenhuma ligação de Michael. O que tinha a fazer era sair com o *Sweet Christine* ou ir para o hospital.

Estava pronta e de saída para o hospital quando o telefone tocou.

– Michael – sussurrou, percebendo depois que era o antigo número de Ellie.

– Ligação a cobrar, por favor, para a Sra. Ellie Mayfair.

– Desculpe, ela não pode atender – disse Rowan. – Não mora mais aqui. – Seria essa a forma de se comunicar o fato? Nunca era agradável dizer que Ellie havia falecido.

Consultas na outra ponta da linha.

– Poderia nos dizer onde seria possível contatá-la?

– Poderia me dizer, por favor, quem gostaria? – Rowan perguntou. Ela deixou a bolsa sobre o balcão da cozinha. A casa estava aquecida pelo sol da manhã, e ela estava sentindo um pouco de calor já de casaco. – Eu me disponho a aceitar a ligação a cobrar, se a pessoa quiser falar comigo.

Mais uma consulta, e em seguida a voz áspera de uma mulher mais velha.
– Eu falo com essa pessoa.
A telefonista saiu da linha.
– Aqui é Rowan Mayfair, posso ajudá-la?
– Pode me dizer onde e a que horas encontrar Ellie? – disse a mulher, impaciente, talvez mesmo enraivecida e decididamente fria. – É amiga dela? Se eu não puder falar com ela imediatamente, gostaria de falar com seu marido, Graham Franklin. Talvez tenha o telefone do escritório dele?

Que pessoa detestável, pensou Rowan. Mas crescia nela a suspeita de se tratar de um telefonema da família.
– É impossível falar com Graham. Se quiser me dizer com quem estou falando, poderei explicar toda a situação.
– Não, obrigada. – Inflexível. – É imprescindível que eu fale com Ellie Mayfair ou com Graham Franklin.

Tenha paciência, disse Rowan a si mesma. Dá para se ver claramente que é uma velha, que faz parte da família e que vale a pena continuar.
– Lamento ter de dizer isso a você, mas Ellie Mayfair faleceu no ano passado. De câncer. Graham morreu dois meses antes de Ellie. Sou a filha deles, Rowan. Há algo em que eu possa ajudá-la? Qualquer outra coisa que queira saber?

Silêncio.
– Aqui é sua tia, Carlotta Mayfair. Estou falando de Nova Orleans. Por que, em nome de Deus, não fui avisada da morte de Ellie?

Uma raiva imediata brotou em Rowan.
– Não sei quem a senhora é, Sra. Mayfair – disse, forçando-se a falar lentamente e com calma. – Não tenho endereço nem número de telefone de ninguém da família de Ellie em Nova Orleans. Ellie não deixou esses dados. As instruções que deu ao advogado foram no sentido de que ninguém fosse avisado, a não ser os amigos daqui.

Rowan percebeu de repente que estava tremendo e que sua mão escorregava no telefone. Não podia acreditar que tivesse sido tão grosseira, mas era cedo demais para se arrepender. Percebeu também que estava muito ansiosa. Não queria que a mulher desligasse.
– Sra. Mayfair? Ainda está me ouvindo? Desculpe-me. Acho que me pegou de surpresa.
– É – disse a velha –, talvez nós duas tenhamos sido pegadas de surpresa. Parece que não tenho outra opção a não ser falar diretamente com você.
– Pode falar.
– Infelizmente é meu dever comunicar que sua mãe faleceu hoje de manhã. Suponho que esteja entendendo o que estou dizendo. Sua mãe, certo? Minha intenção era contar a Ellie, deixando-a inteiramente à vontade quanto a quando e como lhe dar a notícia. Lamento ter de ser deste modo. Sua mãe faleceu às cinco e cinco da manhã.

Rowan estava atordoada demais para responder. Era como se a mulher lhe tivesse dado um golpe físico. Não se tratava de dor. Era penetrante demais, horrível demais. De repente sua mãe havia ganhado vida, vivendo, respirando e existindo por um átimo de segundo no mundo das palavras. E no mesmo instante aquele ser vivo foi declarado morto. Ela não existia mais.

Rowan não tentou falar. Recuou para seu silêncio costumeiro e natural.

Viu Ellie morta, na casa funerária, cercada de flores. Mas agora não havia coerência, não havia a doce fisgada da tristeza. Era estritamente terrível. E o documento, lá no cofre, como já estava há mais de ano. *Ellie, ela estava viva e eu poderia tê-la conhecido. Agora morreu.*

– Não há absolutamente nenhuma necessidade de que você venha – disse a mulher, sem nenhuma mudança perceptível na atitude ou no tom da voz. – O que é necessário é que você entre imediatamente em contato com seu advogado, para que eu possa me comunicar com ele, pois há questões urgentes relacionadas aos seus bens que precisam ser resolvidas.

– Mas eu quero ir até aí – disse Rowan, sem hesitação. Sua voz estava embargada. – Quero ir agora. Quero ver minha mãe antes que ela seja enterrada. – Que fosse para o inferno o documento e essa mulher insuportável, quem quer que ela fosse.

– Não seria muito adequado – disse a mulher, exausta.

– Eu insisto – respondeu Rowan. – Não quero perturbar ninguém, mas quero ver minha mãe antes do enterro. Ninguém daí precisa saber quem eu sou. Eu simplesmente quero estar presente.

– Seria uma viagem inútil. Sem dúvida Ellie não teria aprovado isso. Ela me garantiu que...

– Ellie morreu – disse Rowan, baixinho, com a voz rouca pelo seu esforço para se controlar. Ela tremia por inteiro. – Olhe, para mim tem um certo significado ir ver minha mãe. Ellie e Graham já se foram, como eu disse. Eu... – Ela não conseguiu prosseguir. Parecia um excesso de intimidade e um excesso de autocomiseração confessar que estava só.

– Devo insistir – repetiu a mulher na mesma voz cansada, fatigada, extenuada – que você fique onde está.

– Por quê? De que importa que eu compareça? Já disse, ninguém precisa saber quem eu sou.

– Não vai haver velório nem cerimônia fúnebre – disse a mulher. – Não importa quem saiba ou não. Sua mãe será enterrada assim que tudo puder ser organizado. Pedi que fosse amanhã à tarde. Estou tentando lhe poupar sofrimento com essas minhas recomendações. Mas, se não quer me dar ouvidos, faça o que achar que deve fazer.

– Eu vou – respondeu Rowan. – Amanhã à tarde, a que horas?

– Sua mãe será enterrada pela Lonigan and Sons, da Magazine Street. A missa fúnebre será na igreja de Nossa Senhora da Assunção, na Josephine Street. E os serviços serão realizados assim que for possível. Não faz sentido você atravessar quase quatro mil quilômetros...

– Quero ver minha mãe. Peço que por favor espere até eu chegar.

– Isso está inteiramente fora de cogitação – disse a mulher com um traço de raiva ou de impaciência. – Recomendo que saia imediatamente, se está determinada a vir. E por favor não pense em passar a noite sob este teto. Não tenho meios de recebê-la condignamente. A casa é sua, é claro, e eu a desocuparei o mais rápido possível, se esse for seu desejo. Mas peço que fique num hotel até que eu possa organizar tudo. Mais uma vez, não disponho de meios para recebê-la com conforto.

Cuidadosamente, com a mesma atitude de cansaço, a mulher passou o endereço a Rowan.

– Disse First Street? – perguntou Rowan. Era a rua que Michael havia descrito para ela; disso tinha certeza. – Essa era a casa da minha mãe?

– Passei a noite em claro – disse a mulher, falando devagar, sem ânimo. – Se você vem, então tudo poderá ser explicado quando chegar.

Rowan ia começar outra pergunta quando, para seu espanto, a mulher desligou.

Ficou tão furiosa que por um instante não sentiu o insulto. E então o insulto ofuscou tudo o mais.

– Quem você pensa que é? – sussurrou, com as lágrimas subindo, mas ainda não correndo. – E por que motivo falou comigo dessa maneira? – Ela bateu com o telefone, com os dentes mordendo o lábio, e cruzou os braços. – Meu Deus, que mulher mais horrível!

Essa não era, porém, uma ocasião para chorar ou para desejar a presença de Michael. Rapidamente, ela pegou o lenço, assoou o nariz e enxugou os olhos. Procurou o bloco e a caneta sobre o balcão da cozinha e anotou as informações que a mulher lhe havia passado.

First Street, pensou, olhando para as palavras depois de escrevê-las.

Provavelmente nada mais do que uma coincidência. E Lonigan and Sons, o nome que Ellie havia mencionado enquanto delirava, divagando a respeito da própria infância e da cidade natal. Ligou rápido para a telefonista de informações de Nova Orleans e em seguida para a casa funerária.

Foi Jerry Lonigan quem respondeu.

– Sou a Dra. Rowan Mayfair. Estou chamando da Califórnia, a respeito de um enterro.

– Pois não, Dra. Mayfair – disse ele, numa voz muito agradável que imediatamente fez com que ela se lembrasse da voz de Michael. – Sei de quem se trata. Sua mãe está agora aqui comigo.

Graças a Deus nenhum subterfúgio, nenhuma necessidade de explicações falsas. Mesmo assim, ela não pôde deixar de se perguntar como o homem sabia da sua existência. A adoção não havia sido um segredo total?

– Sr. Lonigan – disse ela, tentando falar com clareza e ignorar a voz embargada –, para mim é muito importante comparecer ao enterro. Quero ver minha mãe antes que ela seja enterrada.

– É claro, Dra. Mayfair. Compreendo. Mas Miss Carlotta acabou de ligar para mim dizendo que, se não enterrarmos sua mãe amanhã... Bem, digamos que ela está sendo insistente, Dra. Mayfair. Posso marcar a missa para as três da tarde, no máximo. Acha que vai conseguir estar aqui a essa hora, Dra. Mayfair? Vou segurar as coisas o máximo possível.

– Sim, faça isso. Vou sair hoje à noite ou amanhã bem cedo. Mas, Sr. Lonigan, se eu por acaso me atrasar...

– Dra. Mayfair, se eu souber que está a caminho, não fecharei o caixão antes da sua chegada.

– Obrigada, Sr. Lonigan. Eu acabei de saber. Eu só...

– Bem, Dra. Mayfair, se não se importa que eu diga, é que acabou de acontecer. Retirei o corpo da sua mãe às seis da manhã. Para mim Miss Carlotta está apressando as coisas. Mas também ela está tão velha, Dra. Mayfair. Tão velha...

– Olha, vou dar meu telefone no hospital. Se acontecer qualquer imprevisto, pode ligar para mim.

Ele anotou os números.

– Não se preocupe, Dra. Mayfair. Sua mãe estará aqui na Lonigan and Sons quando a senhora chegar.

Mais uma vez as lágrimas a ameaçaram. Ele parecia tão simples, tão irremediavelmente sincero.

– Sr. Lonigan, poderia me dizer mais uma coisa? – disse ela, com a voz terrivelmente trêmula.

– Pois não, Dra. Mayfair.

– Qual era a idade da minha mãe?

– Quarenta e oito, Dra. Mayfair.

– E o nome dela?

Isso obviamente o surpreendeu, mas ele se recuperou rapidamente.

– Deirdre era o nome dela, Dra. Mayfair. Ela era muito bonita. Minha mulher foi sua amiga. Ela adorava Deirdre, costumava ir visitá-la. Minha mulher está bem aqui comigo. Está feliz que a senhora tenha ligado.

Por algum motivo isso afetou Rowan quase tão profundamente quanto todos os outros fragmentos de informação. Ela levou o lenço aos olhos, apertando com força, e engoliu em seco.

– O senhor sabe dizer do que minha mãe morreu, Sr. Lonigan? O que diz o atestado de óbito?

– Diz que foram causas naturais, Dra. Mayfair, mas sua mãe estava muito doente, doente mesmo, há muitos anos. Posso dar o nome do médico que a tratou. Creio que ele talvez falasse com a senhora, já que também é médica.

— Quando eu estiver aí, pego o nome com o senhor. — Rowan não podia continuar assim muito mais tempo. Ela assoou o nariz rapidamente e em silêncio. — Sr. Lonigan, eu tenho o nome de um hotel. O Pontchartrain. Ele fica a uma distância conveniente da casa funerária e da igreja?

— Claro, Dra. Mayfair. Se não estivesse fazendo tanto calor, daria para ir a pé.

— Ligo para o senhor assim que chegar. Mas, por favor, prometa que não vai permitir que minha mãe seja enterrada sem...

— Não se preocupe mais nem um instante com isso, Dra. Mayfair. Mas há mais uma coisa. É minha mulher que quer que eu toque nesse ponto.

— Pode falar, Sr. Lonigan.

— Sua tia, Carlotta Mayfair, não quer que saia nenhuma nota no jornal da manhã e, para ser franco, não creio que haja tempo para publicar essa nota. Mesmo assim, há tantos membros da família Mayfair que gostariam de saber do enterro, Dra. Mayfair. Estou querendo dizer que os primos vão ficar em pé de guerra quando descobrirem como tudo foi precipitado. Agora, isso é uma decisão sua, compreende? Vou agir como a senhora quiser. Mas minha mulher estava querendo saber se a senhora se importava se ela começasse a dar uns telefonemas para os primos. É claro que, assim que ela conseguir falar com um ou dois deles, eles ligarão para toda a família. Agora, Dra. Mayfair, se a senhora não quiser que ela faça isso, ela não fará. Mas Rita Mae, minha mulher, achou que seria uma pena enterrar Deirdre assim, sem ninguém saber, e também imaginou que talvez fosse fazer bem a ela ver os primos que compareceriam. Deus sabe como eles vieram para o enterro de Miss Nancy no ano passado. E Miss Ellie também veio, sua Miss Ellie da Califórnia, como a senhora deve saber...

Não, Rowan não sabia. Mais um choque abafado ao ouvir a menção ao nome de Ellie. Era doloroso imaginar Ellie lá em Nova Orleans, em meio a esses primos inúmeros e anônimos, que ela mesma nunca havia visto. Surpreendeu-se com a intensidade da sua raiva e do seu rancor. Ellie e os primos. E Rowan aqui sozinha nesta casa. Mais uma vez, se esforçou para não se descontrolar. Perguntou-se se aquele não estava sendo um dos momentos mais difíceis pelos quais havia passado desde a morte de Ellie.

— É, eu ficaria grata, Sr. Lonigan, se sua mulher agisse como achar melhor. Eu gostaria de conhecer esses primos... — Ela se interrompeu por não conseguir continuar. — E, Sr. Lonigan, quanto a Ellie, minha mãe adotiva, ela já se foi também. Faleceu no ano passado. Se o senhor achar que algum desses primos poderia querer saber...

— Posso avisar sem nenhum problema, Dra. Mayfair. Também lhe poupa ter de contar quando chegar aqui. E lamento muito, Dra. Mayfair. Não fazíamos a menor ideia.

Parecia tão sincero. Ela podia realmente acreditar que ele sentia muito.

Um tipo de homem tão simpático e antiquado.

– Até logo, Sr. Lonigan. Vamos nos ver amanhã à tarde.

Por um instante, quando desligou o telefone, pareceu-lhe que, se deixasse as lágrimas virem, elas nunca mais iriam parar. O turbilhão de emoções nela era tão forte que a deixava tonta; e a dor exigia algum tipo de violência. Imagens estranhíssimas, absurdas enchiam-lhe a mente.

Engolindo as lágrimas, ela se via correndo até o quarto de Ellie. Via-se arrancando roupas das gavetas e dos cabides e as rasgando aleatoriamente, transformando-as em farrapos, numa fúria quase incontrolável. Via-se espatifando o espelho de Ellie e a longa fileira de vidros que ainda estava arrumada na sua penteadeira, todos aqueles pequenos vidros de perfume nos quais o líquido havia secado, ao longo dos meses, até restar somente a cor.

– Morta, morta, morta – dizia ela, baixinho. – Estava viva ontem, anteontem e no dia anterior. E eu estava aqui e não fiz nada. Morta! Morta! Morta!

Em seguida, a cena absurda mudava, como se a tragédia da sua fúria estivesse passando para outro ato. Ela se via batendo com os punhos em todas as paredes de madeira e de vidro ao seu redor, batendo com os punhos até o sangue escorrer das mãos feridas. Aquelas mãos que haviam operado tantas pessoas, curado tantas, salvado tantas vidas.

No entanto, Rowan não fez nada disso.

Ela ficou sentada na banqueta junto ao balcão da cozinha, com o corpo encolhido, a mão para o alto para proteger o rosto, e começou a soluçar alto na casa vazia, com as imagens ainda lhe passando pela cabeça. Por fim, abaixou a cabeça sobre os braços cruzados e chorou à vontade, até se sentir sufocada e exausta e não poder fazer mais nada, a não ser murmurar sem parar.

– Deirdre Mayfair, 48 anos, morta, morta, morta.

Finalmente, ela enxugou o rosto com o dorso da mão, foi até o tapete diante da lareira e ali se deitou. Sua cabeça doía, e o mundo inteiro parecia vazio, hostil e sem a mais ínfima promessa de calor ou de luz.

Isso ia passar. Tinha de passar. Ela havia sentido essa tristeza no dia em que Ellie foi enterrada. Havia sentido isso antes, parada no corredor do hospital enquanto Ellie gritava de dor. No entanto, agora parecia impossível que as coisas pudessem melhorar. Quando lembrou do documento no cofre, o documento que a havia impedido de ir a Nova Orleans após a morte de Ellie, desprezou-se por tê-lo honrado. Desprezou Ellie por um dia ter feito com que o assinasse.

E seus pensamentos não paravam, trágicos e insondáveis, solapando-lhe o ânimo e a crença em si mesma.

Ela devia ter ficado ali uma hora. O sol batia quente nas tábuas do piso ao seu redor e no lado do seu rosto e dos braços. Sentia vergonha da sua solidão. Sentia vergonha por ser vítima dessa aflição. Antes da morte de Ellie, ela havia sido uma pessoa feliz, despreocupada, totalmente devota ao trabalho, livre para entrar nesta casa e sair dela, certa do carinho e do amor e disposta a dar o mesmo em troca.

Quando ela agora pensava em como dependia de Michael, no quanto o queria, sentia-se ainda mais perdida.

Realmente havia sido imperdoável telefonar para ele com tanto desespero ontem à noite para falar do fantasma, e estar precisando dele tanto agora. Ela começou a se acalmar. E aos poucos ocorreu-lhe a associação: o fantasma, ontem à noite; e ontem à noite sua mãe havia morrido.

Ela se sentou, cruzando as pernas, procurando se lembrar do ocorrido em detalhes, com frieza. Ela havia olhado para o relógio de relance apenas momentos antes de ver a aparição. Eram três e cinco. E aquela mulher desagradável não havia dito "Sua mãe faleceu às cinco e cinco da manhã"?

Exatamente à mesma hora em Nova Orleans. Mas que possibilidade espantosa, a de que os dois fatos estivessem ligados.

É claro que, se sua mãe lhe tivesse aparecido, teria sido para lá de esplêndido. Teria sido aquele tipo de momento solene do qual as pessoas falam para sempre. Todos aqueles lugares-comuns adoráveis – lindo, um milagre, uma reviravolta na vida – poderiam ter sido aplicados. Na realidade, é quase impossível imaginar o consolo de um momento desses. Não havia sido, porém, uma mulher que lhe aparecera. Havia sido um homem, um homem estranho e de uma curiosa elegância.

Só o fato de voltar a pensar naquilo, na expressão de súplica da criatura, fez com que sentisse o mesmo abalo da noite anterior. Ela se voltou e olhou ansiosa para a parede de vidro. É claro que não havia nada ali, a não ser o céu azul e vazio acima dos morros sombrios e distantes, e a paisagem luminosa, cintilante da baía.

Ela foi conquistando uma calma fria e inesperada enquanto ruminava essas coisas, enquanto examinava mentalmente todos os mitos populares que já havia ouvido acerca de assombrações, mas essa pequena trégua no nervosismo começou a se esvanecer.

Não importa o que aquilo fosse, parecia vago, sem importância, até mesmo corriqueiro, diante da morte da sua mãe. Era disso que tinha de tratar. E estava perdendo um tempo precioso.

Pôs-se de pé e pegou o telefone. Ligou para a residência do Dr. Larkin.

– Lark, preciso tirar uma licença – explicou. – É inevitável. Será que Slattery poderia me substituir?

Como sua voz estava controlada, tão parecida com a velha Rowan. Mas essa era uma mentira. Enquanto falavam, ela fixou o olhar na parede de vidro, no espaço vazio sobre o deque onde a criatura alta e esguia havia estado. Ela viu seus olhos escuros outra vez, a lhe examinar o rosto. Ela mal conseguia acompanhar o que Lark lhe dizia. Pensou que não havia a menor possibilidade de ter imaginado tudo aquilo.

11

A viagem até a casa de retiro do Talamasca demorou menos de uma hora e meia. A limusine tomou o caminho sem graça da interestadual, passando para a estrada que beira o rio somente quando estavam a alguns quilômetros da casa.

Para Michael, porém, pareceu muito menos, pois ele passou o tempo todo imerso na conversa com Aaron.

Quando chegaram à casa, Michael já tinha uma compreensão razoável do que era o Talamasca e já havia garantido a Aaron que manteria para sempre em sigilo o que lesse nos arquivos. Michael adorava a ideia do Talamasca. Apreciava a maneira civilizada e cortês com que Aaron narrava os fatos. E mais de uma vez pensou que, se não estivesse tão monopolizado por esse seu "objetivo", entraria de bom grado para o Talamasca.

No entanto, esses pensamentos não faziam sentido, pois foi o afogamento que havia despertado nele o sentido de um objetivo e o seu poder psíquico; e esses dois aspectos haviam atraído o Talamasca até ele.

Também estava mais aguçado em Michael o sentido do seu amor por Rowan – e era amor o que sentia – como algo separado do seu envolvimento com as visões, muito embora ele agora soubesse que as visões envolviam Rowan. Ele tentou explicar isso a Aaron quando estavam se aproximando dos portões da casa de retiro.

– Tudo o que você me disse me parece familiar. Há uma sensação de reconhecimento, igual à que senti ontem à noite diante da casa. E você sabe que é claro que o Talamasca não me poderia ser familiar. Não é possível que eu tivesse ouvido falar de vocês e depois me esquecido, a não ser se *eles* me disseram alguma coisa enquanto eu estava afogado. Mas o fato é que meu afeto por Rowan não me parece familiar. Não me dá a impressão de algo que tivesse de acontecer. Ele é novo. Na minha cabeça, está de certo modo vinculado a uma rebeldia. Pois eu me lembro de que, quando estava com ela, sabe, conversando durante o café da manhã, lá na sua casa em Tiburon, olhei para o mar lá fora e disse quase em desafio àquelas criaturas que essa história com Rowan era importante para mim.

Aaron prestou muita atenção a essas palavras, como o fizera, de forma intermitente, durante todo o trajeto.

A Michael parecia que os dois sabiam que seu conhecimento mútuo havia se aprofundado e se tornado aparentemente natural, que eles agora estavam perfeitamente à vontade.

Desde que saíra de Nova Orleans, Michael só havia bebido café e pretendia continuar assim, pelo menos até ter lido tudo que Aaron tinha para lhe mostrar.

Michael estava também cansado dessa limusine, cansado da sua velocidade uniforme e brutal atravessando a velha paisagem pantanosa. Ele queria respirar ar puro.

Assim que entraram pelos portões da casa de retiro, saindo à esquerda da estrada do rio, com a barragem às suas costas, Michael reconheceu o lugar tantas vezes mostrado nos livros. A aleia de carvalhos havia sido fotografada inúmeras vezes ao longo das décadas. Ela parecia ser de sonho na sua exuberância e perfeição gótica sulina, com as gigantescas árvores de casca escura estendendo seus galhos pesados e retorcidos de modo a formar um túnel ininterrupto de arcos grosseiros e irregulares que chegava até as varandas da casa.

Imensas faixas cinzentas de barba-de-velho estavam suspensas dos ângulos nodosos desses galhos. Raízes protuberantes invadiam, de ambos os lados, o caminho de cascalho estreito e sulcado.

Michael extasiou-se. Era como se aquele lugar se apoderasse em silêncio do seu coração da mesma forma que a beleza do Garden District havia feito. Brotou nele uma fé tranquila de que, não importa o que mais lhe pudesse acontecer, ele se sentia em casa no Sul e as coisas de algum modo iam acabar dando certo.

O carro estava se enfurnando cada vez mais na luz esverdeada, com raros raios de sol atravessando as sombras aqui e ali, e ao longe a planície dos dois lados, coberta de capim alto e de uma capoeira amorfa, parecia estar se fechando na direção do céu e da própria casa.

Michael apertou o botão para abrir a janela.

– Meu Deus, respire só esse ar – disse ele, num sussurro.

– É, é realmente notável, na minha opinião – respondeu Aaron, baixinho, sorrindo tolerante para Michael. O calor estava sufocante. Michael nem ligava.

Pareceu que um manto de silêncio envolveu o mundo quando o carro estacionou e os dois desceram diante da casa ampla de dois andares. Construída antes da Guerra de Secessão, ela era uma dessas estruturas de sublime simplicidade: enorme, porém tropical, uma caixa quadrada adornada de portas-janelas, e cercada de todos os lados por largas varandas e grossas colunas lisas que se erguiam para sustentar seu telhado plano.

Parecia ser uma construção feita para atrair as brisas, para a pessoa se sentar e ficar olhando os campos e o rio – uma forte estrutura de alvenaria feita para resistir a furacões e a chuvas torrenciais.

Difícil de acreditar, pensou Michael, que para além da barragem distante havia o tráfego fluvial de rebocadores e chatas que vislumbraram há menos de uma hora, quando uma barcaça ruidosa os trouxe para a margem sul. Tudo o que havia de real agora era a brisa suave a roçar o piso de tijolos onde estavam parados, as amplas portas duplas da casa abertas de repente para recebê-los, o sol erradio refletindo no vidro semicircular do belo arco da janela acima deles.

Onde estava o resto do mundo? Não importava. Michael ouviu novamente os sons fantásticos que o haviam embalado na First Street – o zumbido dos insetos, o canto selvagem, aparentemente desesperado, dos pássaros.

Aaron apertava seu braço enquanto conduzia Michael casa adentro, parecendo ignorar o choque do ar artificialmente frio.

— Vou mostrar a você rapidamente a casa — disse ele.

Porém Michael não prestava atenção às palavras. A casa o havia conquistado, como as casas sempre faziam. Ele adorava residências construídas nesse estilo, com um largo corredor central, uma escada simples e quartos amplos e quadrados em perfeito equilíbrio de cada lado. A restauração e os acessórios eram suntuosos, além de meticulosos. E tipicamente britânicos, com aqueles tapetes verde-escuros e aqueles livros em estantes e prateleiras de mogno que subiam até o teto em todos os aposentos principais. Apenas alguns espelhos floreados lembravam o período anterior à Guerra de Secessão, bem como um pequeno cravo enfurnado num canto. Todo o restante era de uma solidez vitoriana, mas de modo algum desagradável.

— Como um clube privê — sussurrou Michael. Para ele, era quase cômico ver uma pessoa ou outra sentada numa poltrona bem estofada, que sequer erguia os olhos do livro ou de algum documento, quando eles passavam silenciosos. A atmosfera como um todo era, porém, inequivocamente convidativa. Ele se sentia bem ali. Apreciou o sorriso fugaz da mulher que passou por ele na escada. Sentiu vontade de procurar uma poltrona na biblioteca e ficar por lá. E, através das numerosas portas francesas, via todo aquele verde lá fora, uma enorme rede que se espalhava a encobrir o céu azul.

— Venha, vou levá-lo ao seu quarto — disse Aaron.

— Aaron, não vou ficar. Onde está o arquivo?

— Sei que não vai ficar, mas precisa de tranquilidade para ler à vontade.

Ele conduziu Michael ao longo do corredor superior até o quarto da frente no lado leste da casa. Janelas francesas abriam-se tanto para a varanda da frente quanto para a lateral. E, embora o tapete fosse escuro e espesso, como em toda a residência, a decoração havia cedido à influência rural com umas duas cômodas de tampo de mármore e uma dessas majestosas camas de dossel, que parecem feitas para esse tipo de casa. Algumas camadas de colchas feitas à mão cobriam seu fofo colchão de plumas. As colunas de mais de dois metros de altura não apresentavam nenhum entalhe.

O aposento dispunha, entretanto, de uma surpreendente quantidade de confortos modernos, incluindo-se a pequena geladeira e a televisão embutida num armário, bem como uma escrivaninha e cadeira aninhadas no canto interno de tal forma a ficarem voltadas tanto para as janelas da frente quanto para as do leste. O telefone era cheio de botões, com minúsculos números escritos cuidadosamente para diversas extensões. Um par de poltronas em estilo Queen Anne parecia estar nas pontas dos pés diante da lareira. Uma porta se abria para um banheiro anexo.

— Vou me acomodar — disse Michael. — Onde está o arquivo?

— Mas devíamos comer antes.

— Você devia. Eu posso comer um sanduíche enquanto leio. Você prometeu. Por favor, o arquivo.

Aaron insistiu que fossem imediatamente até uma pequena varanda telada nos fundos do segundo andar, e ali, com a vista de um jardim formal com caminhos de cascalho e fontes desgastadas pelo tempo, os dois se sentaram para fazer sua refeição. Era um enorme café da manhã sulino, completo, com biscoitos, aveia e salsicha; e uma boa quantidade de café de chicória com leite.

Michael estava faminto. Mais uma vez, teve aquela sensação que havia experimentado com Rowan: era bom não estar bebendo. Era bom estar com a cabeça desanuviada, vendo lá fora o verde do jardim, com os ramos dos carvalhos mergulhando até tocar a própria grama. Era simplesmente divino sentir aquele calor no ar.

– Tudo isso aconteceu rápido demais – disse Aaron, passando-lhe a cesta de biscoitos fumegantes. – Sinto que devia dizer mais alguma coisa, mas não sei o que poderia dizer. Queríamos abordá-lo aos poucos; queríamos conhecê-lo e que você nos conhecesse.

De repente, Michael não conseguia parar de pensar em Rowan. Estava extremamente perturbado por não poder ligar para ela. Mesmo assim, parecia inútil tentar explicar a Aaron o quanto estava preocupado com ela.

– Se eu tivesse feito o contato que esperava fazer – dizia Aaron –, eu o teria convidado para vir à nossa casa-matriz em Londres, e lá sua apresentação à Ordem poderia ter sido mais tranquila e agradável. Mesmo após anos de trabalho de campo, ninguém teria pedido que se encarregasse de uma tarefa tão perigosa quanto uma intervenção no caso das bruxas Mayfair. Não há na Ordem ninguém que seja sequer qualificado para cumprir uma tarefa dessas, a não ser eu. Mas, usando uma expressão moderna e sucinta, você está envolvido.

– Até o último fio de cabelo – concluiu Michael, comendo sem parar enquanto ouvia. – Mas entendo o que você quer dizer. Seria como se a Igreja Católica me pedisse para participar de um exorcismo, sabendo que eu não era um padre ordenado.

– É mais ou menos isso – disse ele. – Às vezes, creio que, em virtude de não possuirmos dogma ou rituais, nós somos ainda mais rígidos. Nossa definição do certo e do errado é mais sutil, e somos mais rigorosos com aqueles que não a aceitam.

– Aaron, escute. Não vou comentar com ninguém nada acerca do arquivo, à exceção de Rowan. De acordo?

– Michael – disse Aaron, depois de permanecer pensativo por algum tempo – quando você acabar de ler o material, precisamos conversar um pouco mais sobre o que você deveria fazer. Espere antes de dizer não. Pelo menos, comprometase a ouvir meus conselhos.

– Você, pessoalmente, tem medo de Rowan, não tem?

Aaron tomou um gole do café e fixou o olhar no prato por um instante. Ele não havia comido nada, a não ser meio biscoito.

– Não tenho certeza – respondeu. – Meu único encontro com Rowan foi muito estranho. Eu poderia ter jurado...

– O quê?

– Que ela queria desesperadamente falar comigo. Falar com alguém. E ainda assim havia uma hostilidade que pude perceber nela, uma hostilidade generalizada, como se a mulher fosse sobre-humana e se eriçasse com algo instintivamente estranho a outros seres humanos. Ora, sei que pareço estar exagerando. É claro que ela não é sobre-humana. Mas, se considerarmos que esses nossos poderes psíquicos são mutações, então podemos começar a pensar numa criatura como Rowan como algo diferente, da mesma forma que uma espécie de pássaro difere da outra. Eu senti sua diferença, por assim dizer.

Ele fez uma pausa. Pareceu notar pela primeira vez que Michael estava usando as luvas enquanto comia.

– Quer tentar comer sem elas? Talvez eu possa lhe ensinar a bloquear as imagens. No fundo não é tão difícil quanto...

– Quero o arquivo – disse Michael. Ele limpou a boca no guardanapo e engoliu o resto do café.

– É claro que quer, e vai tê-lo – disse Aaron, com um suspiro.

– Posso ir agora para meu quarto? Ah, e se for possível, mais um bule desse delicioso café e leite quente...

– Claro.

Aaron conduziu Michael para fora da sala de café, parando apenas para pedir mais café, e depois acompanhou-o pelo amplo corredor central até o quarto da frente.

As pesadas cortinas de damasco que cobriam as portas-janelas da frente haviam sido abertas, e através de cada caixilho brilhava a delicada luz do verão, filtrada através das árvores.

A maleta com o volumoso arquivo na sua pasta de couro aguardava sobre a cama de dossel coberta de colchas.

– Tudo bem, meu amigo – disse Aaron. – Vão trazer o café sem bater à porta, para não perturbá-lo. Sente-se lá fora na varanda da frente se preferir. E por favor leia com cuidado. Se precisar de mim, pode usar o telefone. Peça à telefonista para falar com Aaron. Vou estar em outro quarto perto daqui, no mesmo corredor, preciso descansar.

Michael tirou a gravata e o paletó, entrou no banheiro, lavou o rosto e estava pegando os cigarros na mala quando o café chegou.

Ficou surpreso e um pouco perturbado ao ver Aaron aparecer novamente, com uma expressão preocupada no rosto. Não haviam se passado cinco minutos, ou era o que parecia.

Aaron disse ao jovem empregado que pusesse a bandeja sobre a escrivaninha do canto e esperou que o rapaz saísse. – Más notícias, Michael.

— Do que está falando?

— Acabei de ligar para Londres para pegar meus recados. Parece que tentaram me localizar em San Francisco para me dizer que a mãe de Rowan estava morrendo. Mas não conseguiram falar comigo.

— Rowan vai querer saber disso, Aaron.

— Já terminou, Michael. Deirdre Mayfair morreu hoje de manhã, por volta das cinco. — Sua voz estremeceu ligeiramente. — Acho que você e eu estávamos conversando a essa hora.

— Que terrível para Rowan — disse Michael. — Você não pode imaginar como isso irá afetá-la. Você simplesmente não sabe.

— Ela já está vindo, Michael. Ela entrou em contato com a casa funerária e pediu que eles atrasassem a cerimônia fúnebre. Eles concordaram. Ela perguntou pelo Pontchartrain Hotel quando ligou. É claro que vamos verificar para ver se ela fez reserva. Mas creio que podemos contar com sua chegada em breve.

— Vocês são piores do que o FBI, sabia? — Mas Michael não estava zangado. Era precisamente essa a informação que ele queria. Com uma ponta de alívio, mentalmente revisou o horário da sua chegada, sua visita à casa e a hora em que despertou. Não, não havia nada que ele pudesse ter feito para possibilitar um encontro entre Rowan e sua mãe.

— É, nós somos muito meticulosos — disse Aaron, com tristeza. — Pensamos em tudo. Eu me pergunto se Deus é tão neutro quanto nós diante do que observamos. — Seu rosto sofreu uma mudança evidente, enquanto ele parecia se recolher no seu íntimo. Depois, ele começou a sair, aparentemente sem mais nada a dizer.

— Você chegou a conhecer a mãe de Rowan?

— Eu a conheci — disse Aaron, com amargor — e nunca fui capaz de dar um passo que fosse para ajudá-la. Mas isso é com frequência o que acontece conosco, sabe? Talvez desta vez as coisas sejam diferentes. E pode ser que talvez não o sejam. — Ele virou a maçaneta para ir. — Está tudo aí — disse ele, indicando a pasta. — Não há mais tempo para conversar.

Michael ficou olhando, impotente, enquanto Aaron saía em silêncio.

A pequena demonstração de emoção o havia surpreendido por inteiro, mas ela também o havia tranquilizado. Entristeceu-se por ter sido incapaz de dizer qualquer coisa que pudesse consolar o amigo. E, se começasse a pensar em Rowan, em vê-la e abraçá-la, em tentar explicar tudo isso para ela, iria ficar maluco. Não havia tempo a perder.

Pegando a pasta de couro de cima da cama, ele a pôs sobre a escrivaninha. Pegou os cigarros e se acomodou na cadeira de couro. Quase distraído, estendeu a mão para pegar o bule de prata, serviu-se uma xícara de café e acrescentou o leite quente.

O aroma adocicado encheu o aposento.

Ele abriu a capa e tirou de dentro uma pasta de papel pardo com os dizeres: "AS BRUXAS MAYFAIR: Número Um." Ela continha um grosso documento datilografado e encadernado, além de um envelope que indicava "Fotocópias dos Documentos Originais".

Seu coração ansiava por Rowan. Ele começou a ler.

12

Era uma hora depois que Rowan ligou para o hotel. Ela havia arrumado as poucas roupas leves de verão que possuía. Na verdade, para fazer as malas havia sido uma espécie de surpresa, pois observava seus próprios gestos e escolhas como se estivesse distanciada de si mesma. Para dentro das malas haviam ido coisinhas leves em seda: blusas e vestidos comprados para férias anos atrás e nunca mais usados. Algumas joias, esquecidas desde a faculdade. Perfumes ainda lacrados. Delicados sapatos de salto alto nunca retirados das caixas. Seus anos de dedicação à medicina não lhe haviam deixado tempo para essas coisas. O mesmo podia-se dizer dos blazers de linho que ela havia usado uma ou duas vezes no Havaí. Bem, agora eles lhe serviriam bem. Ela também pôs na mala uma bolsa de cosméticos que não abria há mais de ano.

O voo seria o da meia-noite. Ela iria de carro até o hospital, repassaria a história de todos os pacientes com Slattery, que iria substituí-la, e de lá seguiria para o aeroporto.

Agora, precisava fazer a reserva no hotel e deixar um recado para Michael dizendo que estava chegando.

Uma simpática voz sulina atendeu-a no hotel. Sim, eles tinham uma suíte desocupada. Não, o Sr. Curry não estava no hotel. No entanto, ele havia deixado um recado para ela: ele havia saído, mas ligaria dentro de vinte e quatro horas. Não, não havia dito onde estaria ou quando voltaria.

– Pois bem – disse Rowan, com um suspiro de exaustão. – Por favor, anote um recado para ele. Diga a ele que estou indo para aí. E minha mãe faleceu. E que o enterro será amanhã, saindo da Lonigan and Sons. Deu para escrever tudo?

– Sim, senhora. E permita-me dizer como todos nós lamentamos saber da sua mãe. Eu já estava até acostumada a vê-la na varanda telada sempre que passava por ali.

Rowan estava perplexa.

– Diga-me uma coisa, por favor. A casa onde ela viveu era na First Street?
– Era, doutora.
– E essa rua fica num bairro chamado Garden District?
– É, doutora, é lá mesmo.

Rowan murmurou um agradecimento e desligou. Então a casa fica no mesmo trecho que Michael me descreveu, pensou ela. E como é que todos sabem do caso? Eu nem cheguei a dizer à telefonista o nome da minha mãe.

Já estava na hora de ir. Ela saiu até o deque norte e se certificou de que o *Sweet Christine* estava perfeitamente amarrado, como se pronto para enfrentar a pior tempestade. Trancou, então, a cabine de comando e voltou para dentro de casa. Ligou os diversos sistemas de alarme da residência, que não usava desde a morte de Ellie.

Agora era a hora de uma última olhada geral.

Pensou em Michael, parado diante da graciosa casa vitoriana na Liberty Street, falando de premonição, de nunca mais voltar. Bem, ela não tinha nenhuma sensação semelhante. Mas só o fato de estar olhando para tudo ali a entristecia. A casa dava a impressão de abandono, de desgaste. E, quando ela olhou para o *Sweet Christine*, teve a mesma sensação.

Era como se o *Sweet Christine* tivesse cumprido bem suas funções, mas não tivesse mais nenhuma importância. Todos os homens com quem havia feito amor na cabine inferior não importavam mais. Na verdade, era realmente espantoso que não tivesse levado Michael pela escadinha abaixo até o aconchego da cabine. Ela não havia nem pensado nisso. Michael parecia fazer parte de um outro mundo.

Sentiu um impulso forte e repentino de afundar o *Sweet Christine*, junto com todas as recordações ligadas a ele. Mas isso seria tolice. Ora, o *Sweet Christine* é que a havia levado a Michael. Ela devia estar perdendo a razão.

Graças a Deus estava indo para Nova Orleans. Graças a Deus ia ver a mãe antes do enterro. E graças a Deus logo estaria com Michael, contando-lhe tudo e tendo a presença dele ao seu lado. Ela precisava acreditar que isso ia acontecer, por mais que ele não tivesse telefonado. Pensou com tristeza no documento assinado dentro do cofre. Mas agora ele não importava mais, nem mesmo o bastante para ela ir até o cofre, olhar para o papel e rasgá-lo.

Rowan fechou a porta sem olhar para trás.

SEGUNDA PARTE

AS BRUXAS MAYFAIR

13

O ARQUIVO SOBRE AS BRUXAS MAYFAIR

Prefácio do tradutor aos capítulos de I a IV:

Os quatro primeiros capítulos deste arquivo contêm material escrito por Petyr van Abel, expressamente para o Talamasca, em latim, e basicamente no nosso código latino, uma forma de latim usada pelo Talamasca desde o século XIV até o XVIII para manter secretas suas epístolas e registros, protegendo-os de olhos curiosos. Enormes quantidades de material foram também escritas em inglês, pois era costume de Petyr van Abel escrever em inglês quando estava entre os franceses, e em francês, quando estava entre os ingleses, com o objetivo de transmitir os diálogos e certas ideias e sentimentos com mais naturalidade do que seria possível ao antigo código latino.

Praticamente todos esses textos estão na forma de epístolas, pois era essa, como ainda é, a forma básica dos relatórios feitos aos arquivos do Talamasca.

Naquela época, Stefan Franck era o chefe da Ordem, e a maior parte dos textos é dirigida a ele num estilo fluente, íntimo e às vezes informal. No entanto, Petyr van Abel estava sempre consciente de estar registrando informações para uso no futuro e por isso ele se esforçava para explicar fatos e esclarecer ao máximo seu inevitável leitor desinformado à medida que ia escrevendo. É essa a razão pela qual ele talvez descrevesse um canal em Amsterdã, embora estivesse escrevendo para o homem que morava naquele mesmo canal.

A tradução nada omitiu. O material foi adaptado apenas naqueles trechos em que as cartas e os registros originais foram danificados, não sendo mais legíveis. Ou em que as palavras ou expressões no velho código latino apresentam dificuldade para os estudiosos modernos da Ordem, ou ainda nos casos em que termos obsoletos em inglês prejudiquem a compreensão do leitor moderno. Naturalmente, a ortografia foi atualizada.

O leitor atual deveria levar em consideração que a língua inglesa desse período – final do século XVII – já era o idioma que conhecemos. Expressões como "pretty good" (bastante), "I guess" (acho) ou "I suppose" (suponho) já eram correntes. Elas não foram acrescentadas ao texto.

Se a visão de mundo de Petyr parecer surpreendentemente "existencial" para a época, basta que se releia Shakespeare, que escreveu 75 anos antes, para se perceber como os pensadores do período eram perfeitamente ateus, irônicos e existenciais. O mesmo pode se dizer acerca da atitude de Petyr com relação à sexualidade. A enorme repressão do século XIX às vezes faz com que nos esqueçamos de que os séculos XVII e XVIII foram muito mais liberais no que diz respeito aos assuntos da carne.

Falando em Shakespeare, Petyr nutria uma especial paixão por ele e lia por prazer tanto suas peças quanto seus sonetos. Ele muitas vezes afirmou que Shakespeare era seu "filósofo".

Quanto à história completa de Petyr van Abel, uma bela história por seus próprios méritos, ela é contada num arquivo com seu nome, composto de dezessete volumes, nos quais estão incluídas traduções completas de cada relatório escrito por ele, de cada caso por ele investigado, na ordem exata da sua elaboração.

Possuímos também dois retratos seus pintados em Amsterdã. Um de Franz Hals, encomendado expressamente por Roemer Franz, nosso diretor na época, revelando Petyr como um rapaz alto e louro – de altura e brancura quase nórdicas –, com o rosto oval, nariz proeminente, testa alta e olhos grandes e curiosos. O outro, datado de uns vinte anos depois, pintado por Thomas de Keyser, revela uma compleição mais pesada e um rosto mais cheio, embora nitidamente longo, com a barba e o bigode perfeitamente aparados e os cabelos louros longos e cacheados aparecendo por baixo de um chapéu preto de abas largas. Nos dois quadros, Petyr parece estar à vontade e até certo ponto alegre, como era típico dos homens retratados em quadros holandeses daquele período.

Petyr pertenceu ao Talamasca desde a infância, até morrer no cumprimento do dever aos 43 anos, como ficará esclarecido pelo seu último relatório completo ao Talamasca.

Sob todos os aspectos, Petyr era bem-falante, ouvinte atento e escritor por natureza, um homem impulsivo e apaixonado. Ele apreciava a comunidade artística de Amsterdã e passava muitas horas do seu tempo de folga na companhia de pintores. Nunca manteve uma imparcialidade frente a suas investigações, e seus comentários revelam uma tendência à loquacidade e ao detalhe, sendo por vezes excessivamente emotivos. Alguns leitores podem considerar seu estilo irritante. Outros podem considerá-lo inestimável, pois ele não só nos proporciona imagens bem elaboradas daquilo que presenciou, mas também nos permite vislumbrar sua própria personalidade.

Na leitura da mente, seus poderes eram limitados (confessava não ser competente nesse campo por não apreciá-lo e não confiar nele), mas possuía a capacidade de mover pequenos objetos, fazer parar relógios e realizar outros "truques" à vontade.

Na qualidade de órfão que perambulava pelas ruas de Amsterdã, ele teve seu primeiro contato com o Talamasca aos 8 anos. Diz a história que, ao perceber que a casa-matriz abrigava pessoas "diferentes", como ele próprio era diferente, começou a ficar por ali, até finalmente adormecer numa noite de inverno na soleira da porta, onde poderia ter morrido congelado se Roemer Franz não o houvesse encontrado e levado para dentro. Mais tarde, descobriu-se ser ele instruído, que sabia escrever tanto em latim quanto em holandês e que também entendia o francês.

Durante toda a sua vida, sua recordação dos primeiros anos com os pais foi esporádica e duvidosa, embora ele chegasse a empreender a investigação dos seus próprios antecedentes, descobrindo não só a identidade de seu pai, Jan van Abel, o famoso cirurgião de Leiden, como também extensa obra escrita por ele, que continha algumas das mais célebres ilustrações anatômicas e médicas da época.

Petyr dizia com frequência que a Ordem havia se tornado seu pai e sua mãe. Nenhum outro membro foi mais dedicado do que ele.

Aaron Lightner
Talamasca, Londres, 1954

AS BRUXAS MAYFAIR
CAPÍTULO I/TRANSCRIÇÃO 1
Dos escritos de Petyr van Abel
para o Talamasca
1689

Setembro de 1689, Montcleve, França

Caro Stefan,

Cheguei por fim a Montcleve, bem próxima às montanhas Cévennes, nos sopés da região, para ser exato, e a pequena e sinistra cidade fortificada, com seus telhados de telhas e seus melancólicos bastiões, está na realidade a postos para queimar uma bruxa, como me haviam dito.

Aqui estamos no início do outono, e a brisa do vale é fresca, talvez até mesmo com um toque do calor do Mediterrâneo. Dos portões, tem-se uma visão agradabilíssima dos vinhedos de onde provém o vinho local, Blanquette de Limoux.

Como já bebi mais do que devia nesta minha primeira noite aqui, posso garantir que ele é tão bom quanto teima em insistir a pobre gente da cidade.

No entanto, Stefan, não me sinto atraído por este lugar, pois nestas montanhas ainda ecoam os gritos dos cátaros, inúmeros deles mortos pelo fogo por toda esta região há séculos. Quantos séculos ainda serão necessários até que o sangue de tantos se infiltre tão fundo na terra a ponto de ser esquecido?

O Talamasca sempre há de se lembrar. Nós, que vivemos num mundo de livros e de pergaminhos que se desfazem, de velas cintilantes e olhos que se contraem e ardem nas sombras, sempre estamos com as mãos na história. Tudo é *agora* para nós. E eu bem me lembro de que, muito antes de eu ouvir a palavra Talamasca, meu pai falava desses hereges assassinados e das mentiras que foram divulgadas contra eles. Pois também ele muito havia lido a seu respeito.

Infelizmente, o que isso tem a ver com a tragédia da condessa de Montcleve, que deve morrer amanhã na pira construída ao lado das portas da Catedral de Saint-Michel? Essa velha cidadela é toda de pedra, mas não são de pedra os corações dos seus habitantes, apesar de não haver nada que possa impedir a execução dessa senhora, como pretendo demonstrar.

Dói-me o coração, Stefan. Estou mais do que desamparado, pois sou vítima de revelações e recordações. E ainda tenho uma história espantosa a contar.

No entanto, abordarei o assunto da melhor forma possível, procurando me ater, como sempre, e sempre sem sucesso, àqueles aspectos desta triste aventura que sejam dignos de nota.

Permita-me dizer logo que não posso impedir essa execução. Pois a senhora em questão não é só uma bruxa impenitente e poderosa, mas também é acusada de assassinar o próprio marido por envenenamento; e as provas contra ela são extremamente graves, como passo a esclarecer.

Foi a mãe do marido quem se adiantou para acusar a nora de ligação com Satã e de assassinato. E os dois filhos pequenos da pobre condessa se aliaram à avó nas acusações, enquanto a filha única da bruxa acusada, uma certa Charlotte, de 20 anos e de uma beleza estupenda, já fugiu para as Antilhas com seu jovem marido da Martinica e seu filhinho ainda pequeno, procurando escapar de uma acusação de bruxaria contra ela mesma.

Nem tudo, porém, é o que parece. E eu explicarei em pormenores o que descobri. Tenha somente paciência, pois começarei do princípio e mergulharei no passado remoto. Há nesse caso muito que é do interesse do Talamasca, mas pouco que o Talamasca possa esperar fazer. E, enquanto escrevo, sinto-me atormentado, pois conheço essa senhora, e vim para cá já com a suspeita de talvez conhecê-la, embora esperasse estar enganado e orasse para que o estivesse.

Quando lhe escrevi pela última vez, mal estava saindo dos estados germânicos, e me sentia morto de cansaço das suas terríveis perseguições e de como eu havia sido incapaz de interferir. Eu havia testemunhado duas execuções em massa em Treves, do sofrimento mais vil, tornado ainda pior pelos religiosos protestantes, que têm a mesma ferocidade dos católicos e concordam plenamente com eles quanto ao fato de Satã estar à solta na Terra e conquistando terreno entre as pessoas mais improváveis: em alguns casos, meros tolos, embora na maioria apenas donas de casa honestas, padeiros, carpinteiros, mendigos e semelhantes.

Como é estranho que esses religiosos acreditem que o demônio seja tão imbecil a ponto de procurar corromper apenas os pobres e indefesos – por que não o rei da França, para variar? – e que a população em geral seja tão fraca.

No entanto, já examinamos esses pontos muitas vezes, você e eu.

Fui atraído para cá, em vez de voltar para Amsterdã, pela qual morro de saudades, porque as circunstâncias desse processo eram bem conhecidas por toda parte e são peculiaríssimas, já que se trata de uma importante condessa que está sendo acusada, não a parteira da aldeia, uma idiota balbuciante, com propensão a dar o nome de qualquer pobre criatura como seu cúmplice e assim por diante.

Encontrei aqui, porém, muitos dos mesmos elementos que se encontram por toda parte, visto que aqui está presente o famoso inquisidor, o padre Louvier, que há uma década se vangloria de ter mandado queimar centenas de bruxas e diz que encontrará bruxas aqui, se houver alguma. Também está aqui presente um livro popular acerca da bruxaria e da demonologia, escrito por esse mesmo cidadão, de ampla circulação em toda a França, e lido com extremo fascínio por pessoas semianalfabetas que examinam absortas suas longas descrições como se se tratasse das próprias Escrituras, quando no fundo elas não passam da mais pura bobagem.

Ainda não posso deixar de mencionar as gravuras desse belo texto, que é passado de mão em mão com tanta reverência, pois elas causam grande furor, sendo imagens muito bem-feitas de demônios dançando ao luar e de velhas megeras banqueteando-se com bebês ou voando de um lado para outro nas suas vassouras.

Esse livro mantém a cidade como que fascinada, e não será surpresa para ninguém da nossa Ordem saber que foi a velha condessa quem o trouxe para cá, a própria acusadora da nora, que falou abertamente na escadaria da igreja que, se não fosse por esse livro, não teria sabido que havia uma bruxa no seio da sua família.

Ah, Stefan, dê-me um homem ou uma mulher que tenha lido mil livros e estará me proporcionando uma companhia interessante. Dê-me um homem ou mulher que tenha lido talvez três, e estará me dando no fundo um perigoso inimigo.

Mais uma vez, afasto-me da minha história.

Cheguei aqui às quatro da tarde, atravessando as montanhas e descendo na direção sul até o vale, uma viagem a cavalo lenta e cansativa. Uma vez tendo avistado a cidade, que pairava lá no alto como uma imensa fortaleza, pois isso é o que um dia foi, desfiz-me imediatamente de todos os documentos que pudessem ter provado que eu não era quem fingia ser: um padre católico, estudioso do mal da feitiçaria, que cobria todo o país com o objetivo de examinar bruxas condenadas para melhor poder erradicá-las na sua própria paróquia.

Colocando todos os meus pertences supérfluos ou incriminadores no cofre forte, enterrei-o na floresta em local seguro. Em seguida, usando meu melhor traje de religioso, com um crucifixo de prata e outros detalhes destinados a me fazer passar por um próspero clérigo, aproximei-me dos portões da cidade, passando pelas torres do Château de Montcleve, a antiga residência da infeliz condessa a quem eu conhecia apenas pelo título de Noiva de Satã ou de Bruxa de Montcleve.

Logo comecei a perguntar àqueles que encontrava por que havia uma pira tão grande no centro do grande espaço aberto diante das portas da catedral, e por que os ambulantes haviam instalado suas barraquinhas para vender bebidas e bolos se não se via nenhuma feira, e ainda qual era o motivo para o palanque construído ao norte da igreja e ao seu lado, encostado nas muralhas da prisão. E ainda, por que os pátios das quatro estalagens da cidade estavam lotados de cavalos e carruagens? E por que tanta gente se alvoroçava, falava e apontava para a janela alta e gradeada da prisão acima do palanque e depois para a horrenda pira?

Teria algo a ver com a Festa de São Miguel, que seria no dia seguinte? Não houve uma pessoa a quem eu perguntasse que hesitasse em me esclarecer que tudo aquilo não tinha nada a ver com o santo, embora essa catedral fosse a ele dedicada, a não ser que houvessem escolhido o seu dia para melhor agradar a Deus e a todos os Seus anjos e santos com a execução da bela condessa que deveria ser queimada viva, sem direito a ser estrangulada antes, de modo a servir de exemplo para todas as bruxas das redondezas, que eram inúmeras, embora a condessa não houvesse denunciado absolutamente nenhuma das suas cúmplices, mesmo submetida a torturas indescritíveis, tão forte era o poder do demônio sobre ela. Mas os inquisidores iam descobri-las de uma forma ou de outra.

E, por intermédio dessas diversas pessoas que teriam me deixado morto de tédio com sua conversa, se eu tivesse permitido, soube ainda que seria difícil encontrar uma família desta próspera comunidade que não tivesse testemunhado os poderes da condessa, pois ela curava os doentes voluntariamente, preparava para eles poções de ervas, aplicava suas mãos sobre seus corpos ou membros afetados e, por tudo isso, ela não pedia nada, a não ser que fosse lembrada nas suas orações. Ela gozava de grande fama por desfazer a magia sombria de bruxas inferiores. E aqueles que sofriam de quebranto recorriam a ela com frequência à procura do pão e do sal para espantar os demônios lançados sobre eles por desconhecidos.

Cabelos tão negros nunca se viram, disse-me uma dessas pessoas; e, ai, ela era tão linda antes de a destruírem, disse uma outra; e mais outra, meu filho está vivo graças a ela; e ainda uma quarta, que a condessa conseguia fazer baixar a febre mais alta; que, aos que trabalhavam para ela, ela dava ouro nos dias de festa; e que nunca dirigia palavras rudes a ninguém.

Stefan, parecia que eu estava me encaminhando para uma canonização, não para uma execução. Pois ninguém com quem conversei nessa primeira hora, durante a qual me demorei pelas ruas estreitas, indo de um lado para outro como se estivesse perdido e parando para falar com todos e com qualquer um, ninguém disse sequer uma palavra cruel contra a senhora.

Sem sombra de dúvida, porém, essa gente simples parecia ainda mais interessada pelo fato de ser uma senhora generosa e importante que seria lançada às chamas diante dos seus olhos, como se sua beleza e sua bondade tornassem sua morte um espetáculo ainda maior para a diversão do povo. Digo-lhe que foi com medo no coração, dos seus eloquentes elogios a ela, da sua disposição a descrevê-la e do brilho que os iluminava quando falavam da sua morte, que finalmente me cansei da conversa e prossegui até a própria pira, passando a cavalo de um lado ao outro, a inspecionar suas dimensões monumentais.

É, gasta-se muita lenha e carvão para queimar um ser humano totalmente.

Contemplei-a com o pavor de sempre, perguntando-me por que fui escolher esse tipo de atividade se nunca entro numa cidadezinha como esta, com suas estéreis construções de pedra, sua antiga catedral de três campanários, sem ouvir a algazarra da multidão, o crepitar do fogo, a tosse, os arquejos e, afinal, os berros de quem morre na fogueira. Você sabe que, não importa quantas vezes eu presencie essas execuções abomináveis, não consigo me acostumar a elas. Então, o que é que na minha alma me faz procurar insistentemente esse mesmo horror?

Será que estou me penitenciando por algum crime, Stefan? E quando estará cumprida essa minha penitência? Não pense que estou divagando. Tudo o que digo tem seu sentido, como você logo verá e entenderá. Pois vim me deparar com uma jovem que outrora amei mais do que a qualquer outra, e mais do que seus encantos, lembro-me com clareza do vazio no seu rosto quando a avistei pela primeira vez, acorrentada a uma carroça numa solitária estrada da Escócia, apenas horas após ter presenciado a morte da própria mãe na fogueira.

Talvez, se você dela tem alguma recordação, já tenha adivinhado a verdade.

Não leia mais adiante. Tenha paciência. Pois enquanto passeava de um lado para outro diante da pira, ouvindo a estupidez e a tolice de um par de vinhateiros do local que se vangloriavam de terem visto outras execuções semelhantes, como se isso fosse motivo de orgulho, eu ainda não sabia toda a história da condessa. Agora sei.

Afinal, por volta das cinco, fui até a melhor das estalagens da cidade, a mais antiga, que fica bem em frente à igreja, e que de todas as suas janelas frontais tem uma bela visão das portas da catedral de Saint-Michel e do local da execução que acabo de descrever.

Como a cidadezinha estava obviamente se enchendo para o evento, eu imaginava não conseguir lugar. Você pode imaginar minha surpresa quando descobri que os ocupantes dos melhores aposentos da frente do estabelecimento estavam sendo despejados, porque, apesar dos seus belos trajes e dos seus ares, havia sido descoberto que eles não tinham um vintém. Eu imediatamente paguei a pequena fortuna pedida por aqueles "finos aposentos" e pedi uma boa quantidade de velas para poder escrever até tarde da noite, como estou mesmo fazendo. Subi pela escadinha torta e descobri que o lugar era tolerável, com um colchão de palha razoável, não imundo em demasia, levando-se tudo em consideração, e em especial que isto aqui não é Amsterdã, uma pequena lareira; que não será necessária, pois estamos em setembro, e janelas que, apesar de pequenas, de fato proporcionam uma vista direta para a pira.

– Pode-se ver tudo muito bem daqui – disse o estalajadeiro, com orgulho, e eu me perguntei quantas vezes ele não teria visto um espetáculo desses e qual seria sua opinião sobre o método de execução, mas ele começou a falar espontaneamente de como a condessa Deborah era linda, sacudindo a cabeça com tristeza, como faziam todos ao falar dela e do que estava por acontecer.

– Disse que o nome dela é Deborah?
– É – respondeu ele. – Deborah de Montcleve, nossa linda condessa, embora ela não seja francesa, sabe? E se ao menos ela tivesse sido uma bruxa mais poderosa... – Ele se calou, cabisbaixo.

Digo-lhe, Stefan, que havia uma faca no meu peito. Eu adivinhava quem ela era e mal podia suportar a ideia de pressioná-lo mais. Mesmo assim, pressionei:

– Continue, por favor.

– Ao ver o marido morrendo, ela disse que não podia ajudá-lo, que estava acima dos seus poderes... – A essa altura, com suspiros de tristeza, ele se calou mais uma vez.

Stefan, já presenciamos inúmeros casos semelhantes. A curandeira da aldeia passa a ser uma bruxa só quando seus poderes para a cura não funcionam. Até então ela é a boa benzedeira de todos, e não se ouve a menor referência a demônios. E aqui se repetia essa história.

Arrumei minha escrivaninha, à qual estou agora sentado, guardei as velas e me encaminhei, então, para os salões do andar inferior, onde ardia um pequeno fogo para combater a umidade e a escuridão desse recinto de pedra. Em torno desse fogo, alguns filósofos do local estavam se aquecendo ou secando seus corpos encharcados de bebida, ou as duas coisas juntas. Sentei-me a uma mesa confortável e pedi a ceia, tentando afastar da mente a curiosa obsessão que tenho com todas as lareiras, a de que os condenados sentem primeiro esse calorzinho agradável, antes que ele se transforme em agonia e seus corpos sejam consumidos.

– Traga-me o melhor vinho que tiver – disse eu – e permita-me compartilhá-lo com esses cavalheiros, na esperança de que me falem da tal bruxa, pois muito tenho a aprender.

Meu convite foi imediatamente aceito, e fiz minha refeição no centro de uma assembleia em que todos começaram a falar ao mesmo tempo, de tal modo que eu pude escolher em momentos diferentes a quem queria prestar atenção e para quem meus ouvidos se fechariam.

– Como surgiu a acusação? – perguntei de imediato.

E o coro começou suas descrições variadas e heterogêneas, de que o conde estava cavalgando na floresta quando, após cair do cavalo, ele chegou em casa cambaleante. Depois de uma boa refeição e de um bom sono, ele acordou bem recuperado e estava se preparando para ir caçar quando uma dor o atingiu e teve de voltar para a cama.

A noite inteira a condessa ficou sentada à sua cabeceira, ao lado da sogra, ouvindo seus gemidos.

– O ferimento foi muito fundo, dentro do corpo – declarou a esposa. – Não posso fazer nada para ajudá-lo. Logo o sangue chegará aos lábios. Precisamos lhe dar alguma coisa para amenizar a dor.

E em seguida, como previsto, o sangue apareceu de fato na sua boca, seus gemidos ficaram mais fortes e ele gritava para que sua mulher, que a tantos havia curado, trouxesse seus melhores remédios para ele. Mais uma vez a condessa confidenciou à sogra e aos filhos que esse mal estava além da sua magia. As lágrimas subiam-lhe aos olhos.

– Agora, eu lhe pergunto, as bruxas choram? – disse o estalajadeiro, que estava prestando atenção enquanto limpava a mesa.

Confessei achar que não.

Eles passaram, então, a descrever a lenta agonia do conde e finalmente como ele berrava à medida que as dores aumentavam, muito embora sua esposa lhe houvesse dado vinhos e ervas em quantidade para amortecer seu sofrimento e dar alívio à sua mente.

– Salve-me, Deborah! – gritava ele, recusando-se a receber o padre quando este vinha visitá-lo. Foi então que, na sua última hora, pálido e febril, sangrando pela boca e pelos intestinos, ele puxou o padre para bem perto e declarou que sua mulher era bruxa e que sempre havia sido, que a mãe dela havia morrido na fogueira por bruxaria e que ele estava sofrendo pelos pecados delas.

Horrorizado, o padre recuou, na crença de que isso fosse delírio de um moribundo. Durante todos os seus anos ali, ele sempre admirou a condessa e viveu de sua generosidade, mas a velha condessa pegou o filho pelos ombros e o ajeitou de novo no travesseiro, com uma ordem:

– Fale, meu filho.

– Bruxa é o que ela é e sempre foi. Tudo isso ela me confessou, me enfeitiçando com suas astúcias de recém-casada, chorando no meu peito. E com esses meios ela me prendeu a si mesma e às suas trapaças. Na cidade de Donnelaith, na Escócia, sua mãe lhe ensinou a arte da magia, e lá sua mãe foi queimada diante dos seus próprios olhos. – Voltava-se, então, para a esposa, ajoelhada, com o rosto escondido nos braços, a soluçar ao lado da cama, e implorava: – Deborah, pelo amor de Deus! Estou agonizando! Você salvou a mulher do padeiro; salvou a filha do moleiro. Por que não quer me salvar?!

Ele estava tão enlouquecido que o padre não lhe pôde dar a comunhão, e ele morreu proferindo maldições, uma morte realmente horrível.

A jovem condessa perdeu o controle quando seus olhos se fecharam, chamando por ele e jurando amá-lo, e então caiu como se ela também estivesse morta. Seus filhos, Chrétien e Philippe, reuniram-se à sua volta, bem como sua bela filha, Charlotte, e os três procuraram consolá-la e abraçá-la enquanto ainda estava prostrada no próprio chão.

A velha condessa, no entanto, não havia perdido o controle e dera ouvidos ao que o filho dissera. Correu para os aposentos particulares da nora e descobriu nos armários não só inúmeros unguentos, óleos e poções para a cura de doenças e envenenamentos, mas também uma estranha boneca entalhada grosseiramente em madeira com a cabeça feita de osso; os olhos e a boca desenhados no osso, cabelos negros presos à cabeça e pequeninas flores de seda nos cabelos. Horrorizada, a velha condessa deixou cair a imagem ao perceber que ela só poderia ser maléfica e que se parecia demais com as bonecas de milho feitas pelos camponeses nos antigos rituais celtas de Beltane contra os quais os padres não param de pregar. E, ao abrir as outras portas, viu joias e ouro em quantidades incontáveis, em pilhas e arcas, bem como em pequenas bolsas de seda, que, segundo a velha condessa, a mulher sem dúvida pretendia roubar quando o marido morresse.

A jovem condessa foi presa naquela mesma hora, enquanto a avó levava para seus aposentos particulares os netos, para poder instruí-los a respeito da natureza desse mal terrível, para que eles pudessem ficar ao seu lado contra a bruxa, sem correr nenhum risco.

– Mas era público e notório – disse o filho do estalajadeiro, que falava mais do que qualquer outra pessoa presente – que as joias eram de propriedade da jovem condessa, que as trouxera de Amsterdã, onde havia sido viúva de um homem rico; e que nosso conde, antes de sair à procura de uma mulher rica, possuía pouco mais do que uma carinha bonita, roupas puídas e as terras e o castelo do pai.

Ah, Stefan, você não pode imaginar como essas palavras me magoaram. Espere e ouça minha história.

Tristes suspiros de todos os integrantes do pequeno grupo.

– E com seu ouro ela era tão generosa – disse um deles –, pois bastava que se fosse a ela para pedir uma ajuda, e o ouro era seu.

– Ora, ela era uma bruxa poderosa, sem a menor dúvida – disse um outro –, pois de que outra maneira teria conseguido atrair tantos para si como atraiu o conde? – No entanto, até mesmo essas palavras foram ditas sem ódio ou medo.

Eu tremia, Stefan.

– Pois agora a velha condessa ficou com o dinheiro para si – comentei, vendo as intenções por trás da história. – E digam-me, por favor, o destino da boneca.

– Desapareceu – disseram todos em uníssono, como se estivessem respondendo à ladainha na catedral. – Desapareceu.

Chrétien jurou, porém, ter visto o horrendo objeto e saber que ele era de Satã, revelando ainda em depoimento que sua mãe conversava com a boneca como se fosse um ídolo.

E por aí continuavam, voltando a cair numa Babel, com invectivas conflitantes. Que sem dúvida era mais do que provável que a bela Deborah havia assassinado o marido de Amsterdã antes de conhecer o conde, pois era assim que as bruxas agiam, não era? E quem podia negar que ela fosse bruxa, se era conhecida a história da sua mãe?

– Mas essa história da mãe foi comprovada? – pressionei.

– Do Parlamento de Paris, ao qual a senhora apelou, escreveram-se cartas para o Conselho Privado da Escócia, e eles receberam confirmação de que de fato uma bruxa escocesa havia sido queimada em Donnelaith há mais de vinte anos; e que uma filha sua chamada Deborah havia sobrevivido e sido levada do lugar por um sacerdote.

Como meu coração se confrangeu ao ouvir isso, pois agora eu sabia não haver mais nenhuma esperança. Pois que prova mais grave poderia haver contra ela além do fato de sua mãe ter sido queimada diante dela? E eu nem precisei perguntar se o Parlamento de Paris havia negado seu recurso.

— Negaram, e com a carta oficial de Paris veio também um folheto ilustrado, ainda em grande circulação na Escócia, que falava da perversa bruxa de Donnelaith, que havia sido parteira e benzedeira de grande renome até suas práticas demoníacas serem reveladas.

Stefan, se você ainda não reconheceu a filha da bruxa escocesa a partir deste meu relato é porque não se lembra da história. Eu, porém, não tinha mais nenhuma dúvida. "Minha Deborah", eu sussurrava no fundo do meu peito. Não havia nenhuma possibilidade de eu estar enganado.

Alegando ter presenciado muitas execuções no passado e esperando presenciar mais, perguntei o nome da bruxa escocesa, pois talvez eu tivesse lido os anais do seu processo nos meus próprios estudos.

— Mayfair – disseram. – Suzanne de Mayfair, que se intitulou Suzanne Mayfair por lhe faltar outro nome.

Deborah. Não podia ser nenhuma outra, a não ser a criança que salvei das regiões montanhosas da Escócia há tantos anos.

— Mas, padre, há verdades tão apavorantes nesse livrinho da bruxa escocesa que hesito em repeti-las.

— Esses livros não são as Escrituras – respondi em tom desafiador. Eles, no entanto, prosseguiram, passando-me a informação de que o processo inteiro de Suzanne de Mayfair havia sido enviado através do Parlamento de Paris, e estava agora nas mãos do inquisidor.

— Encontraram veneno nos aposentos da condessa? – perguntei, procurando obter alguma migalha da verdade, se possível.

Responderam que não, mas que eram tão fortes as provas contra ela que isso não importava, pois sua sogra a havia ouvido dirigir-se a seres invisíveis, seu filho Chrétien havia visto isso também, assim como seu filho Philippe, e até mesmo Charlotte, embora essa houvesse preferido fugir a responder perguntas contra a mãe. Havia ainda outras pessoas que haviam testemunhado os poderes da condessa, que conseguia mover objetos sem tocar neles, prever o futuro e descobrir inúmeras coisas impossíveis.

— E ela não confessa nada?

— Foi o demônio quem a pôs em transe quando estava sendo torturada – disse o filho do estalajadeiro. – Pois de que outra forma um ser humano poderia conservar-se como que entorpecido quando um ferro quente lhe fosse aplicado à carne?

Com isso, senti que enjoava, que estava cansado e quase arrasado. Mesmo assim, continuei a questioná-los.

— E não deu o nome de nenhum cúmplice? – perguntei. – Pois sempre se insiste muito que deem o nome de comparsas.

– Ah, mas ela é a bruxa mais poderosa de que já se ouviu falar nessa região, padre – disse o taberneiro. – Que necessidade teria ela de outros? Ao ouvir os nomes dos que ela havia curado, o inquisidor a comparou às grandes feiticeiras da mitologia, e à própria pitonisa de Endor.

– Quisera que houvesse um Salomão por aqui – disse eu – para que ele pudesse concordar.

Essas minhas palavras, no entanto, eles não ouviram.

– Se havia mais alguma bruxa, era Charlotte – disse o velho taberneiro. – Nunca se viu nada igual aos seus escravos, entrando com ela na própria igreja para a missa de domingo, com belas perucas e trajes de cetim! E as três babás negras de pele clara para seu filhinho pequeno. E o marido, alto e claro, como um salgueiro, e que sofre de uma enorme fraqueza que o aflige desde a infância e que nem mesmo a mãe de Charlotte conseguiu curar. E ver Charlotte dar ordens aos negros para carregar o senhor pela aldeia, escada acima e escada abaixo, para lhe servir o vinho, levar o copo até sua boca e o guardanapo ao seu queixo. Em volta desta mesma mesa eles se sentavam, o homem macilento como um santo na parede da igreja e os rostos negros e reluzentes ao seu redor, e o mais alto e mais retinto de todos eles, Reginald, como o chamavam, lia um livro para o senhor com sua voz retumbante. Imaginar que Charlotte viveu entre esse tipo de gente desde os 18 anos, pois se casou com esse Antoine Fontenay da Martinica assim tão nova.

– Sem dúvida, foi Charlotte quem roubou a boneca do armário – disse o filho do estalajadeiro – antes que o padre pudesse pôr as mãos nela, pois quem mais naquela casa apavorante teria tocado num objeto desses?

– Mas vocês disseram que a mãe não curou a enfermidade do marido, certo? – perguntei com delicadeza. – E está claro que a própria Charlotte não conseguiu curá-la. Talvez essas mulheres não sejam bruxas.

– Ah, mas curar e amaldiçoar são duas coisas diferentes – disse o taberneiro. – Quem dera que elas tivessem aplicado seus talentos apenas à cura! E o que a boneca maligna tinha a ver com o ato de curar?

– E o que dizer da fuga de Charlotte? – perguntou mais um, que havia acabado de se juntar ao grupo e que parecia profundamente interessado. – O que isso pode significar, a não ser que as duas eram bruxas? Bastou que a mãe fosse presa para Charlotte fugir com o marido, o filho e os escravos, de volta para as Antilhas, de onde vieram. Mas não antes de Charlotte visitar a mãe na prisão e ficar mais de uma hora trancada com ela a sós, sendo esse pedido concedido apenas porque os guardas foram tolos o suficiente para acreditar que Charlotte convenceria a mãe a confessar, o que é claro que ela não fez.

– Pareceu ser o melhor caminho a tomar – disse eu. – E para onde foi Charlotte?

– Dizem que voltou para a Martinica, com o marido pálido e inválido, que fez fortuna lá na agricultura, mas ninguém sabe se isso é verdade. O inquisidor escreveu para a Martinica solicitando às autoridades que interroguem Charlotte, mas não recebeu resposta, embora já tenha passado tempo suficiente, e que esperança ele pode ter que a justiça seja feita num lugar daquele?

Por mais de meia hora ouvi essa tagarelice, enquanto me descreviam o julgamento, como Deborah alegou inocência, mesmo diante dos juízes e das pessoas da aldeia que tiveram permissão para assistir; como a própria Deborah havia escrito a Sua Majestade, o rei Luís; e como eles haviam mandado buscar em Dole o marcador de bruxas, e como a desnudaram na cela, cortaram-lhe os longos cabelos negros, rasparam-lhe a cabeça em seguida e a revistaram à procura da marca do diabo.

– E será que a encontraram? – perguntei, tremendo por dentro com asco por essas atitudes e tentando não me recordar da menina de que me lembrava do passado.

– Encontraram duas marcas – disse o estalajadeiro, que agora havia se reunido a nós com uma terceira garrafa de vinho branco paga por mim e servida para o prazer de todos. – E essas marcas ela alegou ter desde que nasceu e que eram iguais às que inúmeras pessoas têm no corpo, pedindo, então, que a cidade inteira fosse revistada à procura de tais marcas, se é que elas provavam alguma coisa; mas ninguém acreditou nela. Ela a essa altura já estava pálida e magra com a tortura e a fome, e mesmo assim sua beleza não se apagou.

– Como assim não se apagou? – perguntei.

– Ora, hoje ela parece um lírio – disse o velho taberneiro, com tristeza –, muito branca e pura. Até seus carcereiros a adoram. Tão grande é seu poder de encantar a todos. E o padre chora ao lhe dar a comunhão, pois, embora ela não confesse, ele não se dispõe a lhe negar o sacramento.

– É, mas a verdade é que ela conseguiria enfeitiçar o próprio Satã, e é por isso que a chamam de sua noiva.

– No entanto, ela não poderia seduzir o juiz das bruxas – disse eu. Todos concordaram, sem parecer perceber que meu tom era de amarga ironia. – E a filha? – perguntei. – O que disse acerca da culpa da mãe antes de fugir?

– Nem uma única palavra a ninguém. E na calada da noite, ela se foi.

– É bruxa – declarou o filho do estalajadeiro. – Ou então como poderia ter deixado a mãe aqui para morrer sozinha, com os filhos contra ela?

Essa ninguém pôde responder, mas eu bem imaginei.

A essa altura, Stefan, eu não tinha vontade de mais nada, a não ser de sair da estalagem e ir falar com o padre da paróquia, embora, como você sabe, essa seja a parte mais perigosa. Pois, e se o inquisidor resolvesse se levantar de onde quer que estivesse se banqueteando e bebendo com o dinheiro ganho à custa dessa loucura, e ele me reconhecesse de algum outro lugar e, horror dos horrores, conhecesse minha atividade e minhas imposturas?

Enquanto isso, meus novos amigos bebiam ainda mais do meu vinho e comentavam que a jovem condessa havia sido retratada por famosos artistas de

Amsterdã, tão grande era sua beleza. Mas nesse caso eu é que lhes poderia ter contado essa parte da história, e assim preferi me silenciar, angustiado, e paguei mais uma garrafa para o grupo antes de me despedir.

A noite estava quente e cheia de conversas e risos aparentemente por toda parte, com as janelas abertas e algumas pessoas ainda entrando e saindo da catedral; outras acampadas ao longo das paredes e prontas para o espetáculo; e nenhuma luz na janela alta e gradeada da prisão ao lado do campanário, onde a mulher estava encarcerada.

Passei por cima dos que estavam sentados a conversar na escuridão ao me dirigir à sacristia, que ficava do outro lado da imensa construção, e lá bati a aldrava da porta até uma velha vir me atender e chamar o vigário da paróquia. Imediatamente surgiu um homem grisalho e encurvado que me cumprimentou dizendo que gostaria de ter sabido que havia um padre em visita à cidade e que eu devia me mudar da estalagem e me hospedar com ele.

No entanto, ele aceitou bem rápido minhas desculpas, bem como minhas explicações acerca das dores nas mãos que me impediam agora de rezar a missa, motivo pelo qual eu estava dispensado de fazê-lo, e todas as outras mentiras que preciso contar.

Por sorte, o inquisidor estava hospedado em grande estilo no château da velha condessa, fora dos portões da cidade. E, como toda a gente importante do lugar ia até lá para jantar com ele, não apareceria por aqui hoje.

No que dizia respeito a esse ponto, o vigário estava obviamente ofendido, e também com todos os outros procedimentos, já que tudo havia sido retirado do seu controle pelo juiz das bruxas, pelo marcador de bruxas e por todo esse lixo eclesiástico que cai como uma chuva sobre casos semelhantes.

Que felicidade a sua, pensei enquanto ele me conduzia aos seus escuros aposentos, pois se ela houvesse cedido à tortura e mencionado nomes, metade da sua cidade estaria na cadeia e todos estariam aterrorizados. Mas ela preferiu morrer só, embora eu não consiga imaginar o que lhe deu forças.

Stefan, você sabe, porém, que há sempre aqueles que resistem, apesar de não sentirmos outra coisa, a não ser compaixão, por aqueles que descobrem que é impossível resistir.

– Entre e sente-se comigo um pouco – disse o padre –, e eu lhe direi o que sei dela.

Imediatamente fiz minhas duas perguntas mais importantes, com a tênue esperança de que a gente da cidade pudesse estar enganada. Houve um recurso ao bispo? Houve, e ele a condenou. E ao Parlamento de Paris? Houve, e eles se negaram a examinar o caso.

– O senhor mesmo viu esses documentos?

Ele respondeu que sim com um gesto grave de cabeça e de uma gaveta do armário tirou o odioso panfleto do qual me haviam falado, com sua horrenda gravura de Suzanne Mayfair perecendo em meio a belas labaredas. Afastei de mim esse lixo.

– A condessa é mesmo uma bruxa tão terrível? – perguntei.

– Era de conhecimento geral – disse ele, com um sussurro e erguendo muito as sobrancelhas –, só que ninguém tinha coragem de dizer a verdade. E assim o conde moribundo falou, como que para aliviar a consciência; e a velha condessa, ao ler o livro sobre demonologia escrito pelo inquisidor, lá encontrou a descrição correta de todos os fatos estranhos que ela e seus netos há muito presenciavam. – Ele deu um forte suspiro. – E vou lhe contar mais um segredo odioso. – Baixou sua voz para não mais do que um sussurro: – O conde tinha uma amante, uma dama importante e poderosa cujo nome não pode ser associado a esse processo. Mas soubemos por seus próprios lábios que o conde morria de medo da condessa e que se esforçava ao máximo para tirar da cabeça todo e qualquer pensamento sobre a amante quando estava na presença da esposa, pois ela era capaz de ler esse tipo de coisa em seu coração.

– Muitos homens casados poderiam seguir esse conselho – disse eu, com repulsa. – E o que isso prova? Nada.

– Ah, mas não está entendendo? Foi esse o motivo para que ela envenenasse o marido, depois que ele caiu do cavalo. Ela achou que em virtude da queda ninguém a culparia.

Eu não disse nada.

– Mas aqui nas redondezas todos sabem – disse ele, com ar matreiro. – E amanhã, quando a multidão estiver reunida, observe os olhos das pessoas e para quem eles se dirigem. Verá que é para a condessa de Chamillart, de Carcassonne, no palanque diante da prisão. Contudo, veja bem. Não estou dizendo que seja ela.

Eu não disse nada, mas afundei mais na desesperança.

– Não se pode imaginar o poder que o demônio tem sobre a bruxa – continuou ele.

– Conte-me, por favor.

– Mesmo depois de ser cruelmente torturada no cavalete, depois de seu pé ser esmagado pela bota, e de os ferros serem aplicados às solas dos seus pés, ela nada confessou, mas gritava pela mãe em meio ao tormento, e chamava "Roelant, Roelant" e depois "Petyr", que sem dúvida devem ser os nomes dos seus demônios, já que não pertencem a ninguém do nosso conhecimento por aqui, e imediatamente, com o auxílio desses espíritos, ela começava a delirar e não se conseguia fazer com que sentisse a menor dor.

Eu não suportava mais ouvir aquilo.

– Posso vê-la? – perguntei. – Para mim é tão importante ver a mulher com meus próprios olhos, fazer-lhe perguntas, se me for permitido. – A essa altura, mostrei-lhe meu grande livro de observações eruditas em latim, que o velho mal conseguia ler, e passei a tagarelar sobre os julgamentos que havia presenciado em

Bramberg, sobre a casa das bruxas naquela cidade, onde tantas haviam sido torturadas e muitas outras coisas que impressionaram o padre o suficiente.

– Vou levá-lo até ela – disse ele, afinal –, mas já lhe aviso que é perigosíssimo. Ao vê-la, compreenderá.

– Como assim? – perguntei, enquanto ele me conduzia escada abaixo com uma vela.

– Ora, porque ela ainda é lindíssima. Para mostrar o quanto o demônio a ama. É por isso que a chamam de noiva do demônio.

Ele então me conduziu até um túnel que passava por baixo da nave da catedral, onde os romanos costumavam enterrar seus mortos antigamente nesta região, e por ali passamos para a prisão do outro lado. E por escadas sinuosas subimos ao piso mais alto, onde ela estava encarcerada atrás de uma porta tão grossa que os próprios carcereiros mal puderam abri-la, e segurando a vela bem no alto o padre indicou o canto mais distante de uma longa cela.

Apenas uma réstia de luz passava pelas grades. A luz restante vinha da vela.

E ali, num monte de feno, eu a vi, careca, magra e arrasada, num manto esfarrapado de pano grosseiro, e no entanto pura e luminosa como um lírio, como seus admiradores a haviam descrito. Até mesmo as sobrancelhas lhe haviam sido raspadas, e a forma perfeita da sua cabeça sem cabelos conferia um fulgor sobrenatural aos seus olhos e à sua expressão quando ela olhou cuidadosamente de um para outro, com um leve e indiferente gesto de cabeça.

Era o rosto que se espera ver no centro de uma auréola, Stefan. E você também já viu esse rosto, em óleo sobre tela, como logo ficará esclarecido.

Ela não chegou a se mexer, apenas nos olhou com calma e em silêncio.

Tinha os joelhos encolhidos junto ao corpo, e seus braços envolviam as pernas como se estivesse com frio.

Agora você sabe, Stefan, que já que eu conhecia essa mulher, havia a forte possibilidade de que nesse instante ela me reconhecesse, que falasse comigo, me implorasse algo ou até mesmo me amaldiçoasse de modo a provocar um questionamento da minha identidade, mas digo-lhe que nem cheguei a pensar nisso no meu açodamento.

Permita-me, porém, interromper aqui meu relato daquela noite infeliz para contar toda a história antes de passar a relatar o pouco que ali aconteceu.

Antes de ler mais uma palavra escrita por mim, saia do seu aposento, desça a escada até o saguão principal da casa-matriz e olhe para o retrato da mulher morena de Rembrandt van Rijn que está pendurado bem ao pé da escada. Essa é minha Deborah Mayfair, Stefan. É essa a mulher, agora desprovida dos longos cabelos escuros, que está sentada trêmula na prisão do outro lado da praça agora, enquanto estou escrevendo.

Estou no meu quarto na estalagem, tendo-a deixado há pouco. Disponho de uma boa quantidade de velas, como lhe disse, muito vinho para beber e um pouco de fogo para afastar o frio. Estou sentado à mesa voltada para a janela, e no nosso código comum passo a lhe contar tudo.

Pois foi há 25 anos que conheci essa mulher, como lhe disse.

Eu era um rapaz de 18 e ela, apenas uma menina de 12.

Isso foi antes do seu tempo no Talamasca, Stefan, e eu só estava na Ordem há uns seis anos, como criança órfã. Parecia que as piras de bruxas estavam ardendo de um canto a outro da Europa, e por isso larguei cedo meus estudos para acompanhar Junius Paulus Keppelmeister, nosso velho estudioso de feiticeiras, em suas viagens por toda a Europa. Ele apenas começara a me revelar seus parcos métodos para tentar salvar as bruxas, defendendo-as onde fosse possível e instruindo-as em segredo a indicar como cúmplices seus próprios acusadores, bem como as mulheres dos cidadãos mais importantes da cidade, de tal modo que toda a investigação ficasse desacreditada e que as acusações originais fossem retiradas.

E eu apenas recentemente havia compreendido, enquanto viajava com ele, que sempre estávamos à procura da pessoa verdadeiramente mágica – de quem lesse pensamentos, de quem movesse objetos, de quem comandasse os espíritos, embora raramente, se é que isso um dia aconteceu, mesmo nas perseguições mais cruéis, fosse encontrado um autêntico feiticeiro.

Eu estava com 18 anos, como lhe disse, e essa era minha primeira incursão fora da casa-matriz desde que eu ali havia começado minha formação, e quando Junius adoeceu e morreu em Edimburgo, fiquei completamente desnorteado. Estávamos a caminho de investigar o julgamento de uma curandeira escocesa, famosa por seu poder de cura, que havia amaldiçoado uma ordenhadora e sido acusada de feitiçaria apesar de nada de mau ter acontecido à moça.

Na sua última noite neste mundo, Junius me ordenou que prosseguisse até a aldeia nas montanhas escocesas sem ele e me disse que não abandonasse o disfarce de estudioso calvinista suíço. Eu era jovem demais para que alguém pudesse me chamar de pastor, e por isso não podia usar os documentos que Junius usava, mas eu viajava na sua companhia, com trajes simples de protestante, e assim prossegui sozinho.

Você não pode imaginar meu medo, Stefan.

E as execuções na Escócia me apavoravam. Como você sabe, os escoceses são e foram tão cruéis e terríveis quanto os alemães e os franceses, não tendo aprendido nada dos ingleses mais misericordiosos e moderados. E tanto medo eu sentia nessa minha primeira viagem que nem mesmo a beleza das montanhas conseguiu me encantar.

Em vez disso, quando vi que a aldeia era pequena e a enorme distância da vizinhança mais próxima, e que era habitada por pastores de ovelhas, senti um pavor ainda maior pela sua ignorância e pela ferocidade da sua superstição. E ao aspecto melancólico do todo, somavam-se as ruínas próximas do que deveria ter sido outrora uma enorme catedral, erguendo seu esqueleto do capim alto como um leviatã. E mais adiante, do outro lado de um vale profundo, a triste imagem de um castelo de torres arredondadas e minúsculas janelas, que poderia também ser uma ruína vazia, ao que me era dado ver.

Eu me perguntava como poderia ser útil naquelas circunstâncias, sem o auxílio de Junius. E ao entrar na aldeia mesmo, logo descobri que havia chegado tarde demais, pois a bruxa havia sido queimada naquele mesmo dia, e as carroças começavam a chegar para levar o que sobrou da pira.

Encheu-se uma carroça atrás da outra com cinzas e fragmentos carbonizados de madeira, ossos e carvão, e então o cortejo saiu da cidadezinha, com sua gente parada por ali com ar solene, e voltou para os campos verdes. Foi nesse instante que pus os olhos em Deborah Mayfair, a filha da bruxa.

Com as mãos amarradas, o vestido sujo e esfarrapado, ela havia sido levada para testemunhar o lançamento das cinzas da mãe aos quatro ventos.

Ela estava ali, muda, com os cabelos negros repartidos ao meio e caindo pelas costas em belas ondas. Nenhuma lágrima nos olhos azuis.

– A prova de que ela é bruxa – disse uma velha que estava por ali, assistindo – é que não consegue chorar.

Ah, mas eu bem conhecia a expressão vazia daquela criança. Eu conhecia seu andar de sonâmbula, sua lenta indiferença ao que via quando as cinzas foram descarregadas no chão e os cavalos passaram por cima delas para espalhá-las. Eu conhecia porque eu me conheci na infância, órfão a perambular pelas ruas de Amsterdã depois da morte do meu pai. E eu me lembrava de que, quando homens e mulheres falavam comigo, nunca me passava pela cabeça responder, desviar o olhar ou mudar meu jeito por qualquer motivo. E, mesmo quando eu era esbofeteado ou sacudido, mantinha essa extraordinária tranquilidade, só me perguntando sem ansiedade por que eles se davam ao trabalho de fazer algo tão curioso. Talvez fosse melhor olhar para a luz do sol batendo oblíqua na parede por trás dessas pessoas, do que ver a expressão furiosa no seu rosto, ou dar ouvidos aos rosnados que lhes saíam da boca.

Essa menina alta e majestosa de 12 anos havia sido açoitada enquanto queimavam sua mãe. Eles haviam virado sua cabeça de modo a forçá-la a ver, enquanto o açoite caía.

– O que vão fazer com ela? – perguntei à velha.

– Deveriam queimá-la, mas estão com medo. Ela é muito nova e filha bastarda, e ninguém se dispõe a fazer mal a uma bastarda. Sabe-se lá quem pode ser seu pai. – Com essas palavras, a velha voltou a cabeça e lançou um olhar severo na direção do castelo que ficava a quilômetros de distância, do outro lado do vale verdejante, empoleirado em rochas altas e áridas.

Você sabe, Stefan, muitas crianças já foram executadas nessas perseguições.

Mas cada aldeia é diferente. E aqui era a Escócia. Além do mais, eu não sabia o que era ser uma filha bastarda, nem quem morava no castelo, ou mesmo o significado de tudo aquilo.

Fiquei olhando em silêncio quando eles puseram a menina numa carroça e a conduziram de volta à cidade. Seus cabelos escuros voavam com o vento à medida que os cavalos ganhavam velocidade. Ela não olhava nem para a esquerda nem para a direita, mas direto à sua frente, e o brutamontes ao seu lado a segurava firme para impedir que ela caísse quando as duras rodas de madeira saltavam nos sulcos da estrada.

— É, mas deviam queimá-la e acabar com essa história — disse a velha, então, como se eu estivesse discutindo com ela, quando na verdade eu nada dissera. Prosseguiu, depois de cuspir para um lado. — Se o duque não der um passo para detê-los — e a essa altura ela olhou para o castelo distante — acho que vão mesmo queimá-la.

Foi nesse instante que tomei minha decisão. Eu a levaria embora, recorrendo a algum ardil se fosse possível.

Deixando a velha que ia voltar a pé para sua casa, acompanhei a menina na carroça até a aldeia, e somente uma vez pude vê-la despertar do seu aparente estupor. Isso ocorreu quando passamos pelas pedras antiquíssimas na periferia da aldeia. Estou aqui falando daquelas enormes pedras arrumadas em círculo, desde tempos imemoriais, sobre as quais você sabe mais do que eu jamais virei a saber. Ela olhou com curiosidade forte e prolongada para um desses círculos, embora não me fosse possível entender o motivo.

Pois não havia nada, a não ser um homem só, parado ao longe no campo, bem no meio das pedras, olhando fixamente para ela, com a forte luz do vale por trás dele: um homem talvez da minha idade, alto e magro, com cabelos escuros, mas eu mal pude vê-lo, pois o horizonte estava tão luminoso que ele parecia transparente, e eu achei que talvez fosse um espírito, não um homem.

Pareceu-me que seus olhares se encontraram quando a carroça passou com a menina, mas de nada disso tenho certeza, só de que alguma pessoa ou ser esteve momentaneamente ali. Notei isso apenas porque ela estava muito desanimada, e porque poderia ter alguma influência na nossa história. Agora, creio que na verdade isso tem importância. Mas esse ponto fica para ser estabelecido por nós dois daqui a algum tempo. Prossigo.

Fui imediatamente ao ministro da Igreja e à comissão designada pelo Conselho Privado Escocês, que ainda estava reunida, pois nesse exato instante estavam se banqueteando, como era o costume, com uma bela refeição proporcionada pelos bens da bruxa morta. Na sua cabana, ela possuía muito ouro, disse-me o estalajadeiro quando entrei, e esse ouro havia pago o processo, a tortura, o marcador de bruxas, o juiz de bruxas que a condenou, a lenha e o carvão usados para queimá-la e até mesmo as carroças que levaram embora suas cinzas.

— Venha comer conosco — disse o camarada, ao me explicar tudo isso. — É a bruxa quem está pagando. E ainda sobrou ouro.

Recusei. E não me pressionaram a dar nenhuma explicação, graças a Deus.

Dirigi-me aos homens certos à mesa, declarando-me um estudioso da Bíblia e homem temente a Deus. Eu poderia levar a filha da bruxa comigo para a Suíça, para entregá-la nas mãos de um ministro calvinista que a abrigaria, a educaria e faria dela uma cristã, apagando-lhe da mente a recordação da sua mãe?

Falei demais com aqueles homens. Pouco teria bastado. Para ser franco, apenas o nome da Suíça já era suficiente. Pois eles queriam se ver livres da menina, disseram logo; e o duque queria que se livrassem dela, mas sem queimá-la. E ela era bastarda, o que dava ainda mais medo aos aldeões.

– E por favor me digam o que quer dizer isso – pedi.

Explicaram-me então que o povo das aldeias das montanhas ainda era ligadíssimo aos velhos costumes e que na véspera de 10 de maio armavam enormes fogueiras nos capinzais, acendendo-as apenas com o fogo do pobre, que é o fogo criado por eles mesmos com varinhas, e dançavam a noite inteira em volta das fogueiras, divertindo-se pra valer. E nessa farra, a mãe da menina, Suzanne, a mais bonita da aldeia e Rainha da Primavera daquele ano, havia concebido Deborah, a menina que sobreviveu a ela.

Ela era filha bastarda e, portanto, muito querida, pois ninguém sabia quem era seu pai e poderia ter sido qualquer um dos homens da aldeia. Poderia ter sido alguém de sangue nobre. E nos tempos de antigamente, que eram os tempos dos pagãos e era melhor esquecê-los, embora ninguém conseguisse fazer com que os aldeões os esquecessem, os filhos bastardos eram considerados filhos dos deuses.

– Leve-a, então, irmão – disseram eles –, a esse bom ministro na Suíça, e o duque se alegrará com isso, mas coma e beba antes de partir, pois a bruxa já pagou e há grande fartura para todos.

Uma hora depois, eu saía da aldeia a cavalo levando comigo a menina à minha frente. Passamos direto pelas cinzas na encruzilhada e, ao que eu pudesse notar, ela não lhes deu sequer um olhar de relance. Para o círculo de pedras, ela não olhou nem uma vez que eu visse. Tampouco despediu-se do castelo enquanto descíamos pela estrada que acompanha as margens de Loch Donnclaith.

Assim que chegamos à primeira estalagem onde devíamos nos hospedar, eu já sabia muito bem o que havia feito. A garota estava nas minhas mãos, calada, indefesa, lindíssima e desenvolvida como uma mulher sob alguns aspectos; e ali estava eu, pouco mais do que um menino, mas o bastante para fazer a diferença. E eu a havia pegado sem nenhuma permissão do Talamasca, podendo ter de enfrentar uma terrível tempestade de reprimendas quando chegasse de volta.

Instalamo-nos em dois quartos, como seria correto, já que ela parecia mais mulher do que criança. No entanto, eu receava deixá-la sozinha, pois poderia fugir e, enrolando-me no manto de viagem, como se ele de algum modo pudesse me impedir, deitei-me no feno em frente a ela, com os olhos fixos nela, e procurei pensar no que fazer.

Observei então à luz da vela fedida que ela usava algumas mechas dos cabelos negros formando dois pequenos nós em cada lado da cabeça, bem no alto, de modo a manter preso para trás o volume maior da cabeleira, e que seus olhos pareciam os olhos de um gato. Com isso, quero dizer que eles eram ovalados, estreitos e voltados ligeiramente para cima nos cantos externos, e que tinham um brilho especial. Abaixo dos olhos, suas bochechas eram redondas, porém delicadas. Não era um rosto de camponesa, de modo algum. Era refinado demais para isso. E por baixo do camisão esfarrapado havia os seios empinados e volumosos de uma mulher, e seus tornozelos que cruzou diante de si ao se sentar no chão eram realmente muito bem-feitos. Eu não conseguia olhar para sua boca sem ter vontade de beijá-la, e sentia vergonha intimamente por essas fantasias.

Eu não havia pensado em nada, a não ser em salvá-la. E agora meu coração batia forte de desejo por ela. E ela, uma menina de 12 anos, ficava simplesmente ali sentada a me olhar.

Perguntei-me sobre o que poderia estar pensando, e procurei ler seus pensamentos, mas ela aparentemente percebeu isso e trancou sua mente para mim.

Afinal, ocorreram-me as coisas simples, que ela precisava de alimentos e de roupas decentes. Isso me pareceu como se eu houvesse descoberto que o sol nos aquece e a água sacia a sede. Saí, portanto, para providenciar para ela comida e vinho, também um vestido razoável, um balde de água morna para um banho e uma escova para o cabelo.

Ela olhou para essas coisas como se não soubesse para que serviam. E agora eu podia ver, à luz da vela, que ela estava coberta de sujeira e de marcas de açoite, e que seus ossos apareciam à flor da pele.

Stefan, será preciso um holandês para se horrorizar diante de uma coisa dessas? Juro-lhe que eu estava dominado pela piedade enquanto a despia e a banhava, mas o homem em mim ardia no inferno. Sua pele era clara e macia ao toque, e ela estava pronta para procriar, mas não me ofereceu nenhuma resistência enquanto eu a limpava, a vestia e finalmente penteava seus cabelos.

Ora, a essa altura eu já havia aprendido alguma coisa sobre as mulheres, mas não tanto quanto eu sabia dos livros. E essa criatura me parecia ainda mais misteriosa apesar da sua nudez e do seu silêncio desamparado. No entanto, o tempo todo ela me vigiava de dentro da prisão do próprio corpo com olhos ferozes e mudos que de certo modo me assustavam e me faziam crer que, se minhas mãos tocassem seu corpo de algum jeito inconveniente, eu seria um homem morto.

Ela não recuou nem quando lavei as marcas do açoite nas suas costas. Dei-lhe comida com uma colher de pau, Stefan, e, embora ela aceitasse cada porção que lhe oferecia, ela própria não fazia menção de querer pegar nada ou de ajudar em nada.

Durante a noite, acordei com um sonho de que a havia possuído, e fiquei extremamente aliviado ao descobrir que isso não havia ocorrido. Ela, no entanto, estava acordada e me vigiava, com aqueles olhos de gato. Mantive o olhar fixo nela por algum tempo, tentando mais uma vez adivinhar seus pensamentos. O luar entrava em cheio pela janela nua, junto com uma boa quantidade de ar frio e revigorante, e àquela luz percebi que ela havia perdido a expressão vazia, que agora parecia maligna e irada, o que me apavorava. Ela parecia um animal selvagem, presa no vestido azul com toucado e pala branca engomada.

Num tom tranquilizador, tentei dizer-lhe em inglês que comigo ela estava em segurança, que ia levá-la para um lugar em que ninguém iria acusá-la de bruxaria e que aqueles que haviam perseguido sua mãe eram eles próprios cruéis e perversos.

Ela pareceu intrigada com isso, mas não disse nada. Contei-lhe ter ouvido falar da sua mãe, de que sua mãe era uma curandeira que ajudava os aflitos; que esse tipo de pessoa sempre existiu e que ninguém as chamava de bruxas até esses nossos tempos terríveis. Agora, porém, corria por toda a Europa uma tremenda superstição. E, enquanto nos velhos tempos advertiam-se os homens no sentido de que não acreditassem que as pessoas pudessem conversar com demônios, agora a própria Igreja acreditava nessas coisas e saía à procura de bruxas em cada lugarejo e em cada cidadezinha.

Dela não veio nada, mas seu rosto pareceu adquirir uma expressão menos aterradora, como se minhas palavras tivessem amenizado sua raiva. Novamente, percebi sua expressão de perplexidade.

Disse que eu pertencia a uma Ordem de boas pessoas que não queriam prejudicar nem queimar os antigos curandeiros. E que eu a levaria à nossa casa-matriz, onde as pessoas riam das coisas nas quais os caçadores de bruxas acreditavam.

— Ela não fica na Suíça, como eu disse àqueles homens perversos na sua aldeia, mas em Amsterdã. Já ouviu falar nessa cidade? É um lugar realmente maravilhoso.

Pareceu-me, então, que uma frieza voltava a dominá-la. Sem dúvida ela havia compreendido minhas palavras. Ela deu um risinho irônico para mim, e eu a ouvi sussurrar baixinho, em inglês:

— Você não pertence a nenhuma igreja. É um mentiroso!

Imediatamente fui até ela e segurei sua mão. Estava imensamente feliz de ver que ela compreendia o inglês, não apenas aqueles dialetos impossíveis encontrados nessas aldeias, pois agora eu podia lhe falar com mais coragem. Expliquei-lhe ter contado aquelas mentiras para salvá-la e disse que ela precisava acreditar que eu era bom.

Foi então que sua expressão começou a desaparecer diante dos meus olhos, afastando-se de mim, como uma flor que se fecha.

Durante todo o dia seguinte ela não me disse nada, agindo da mesma forma na noite seguinte, embora agora comesse bem e sem auxílio e parecesse estar recuperando as forças.

Quando chegamos a Londres, acordei no meio da noite na estalagem, ouvindo sua voz. Levantei-me da palha e a vi olhando pela janela. Dizia alguma coisa em inglês, com um forte sotaque escocês.

— Afaste-se de mim, demônio! Não quero vê-lo mais!

Quando ela se voltou, havia lágrimas nos seus olhos. Mais do que nunca, tinha a aparência de uma mulher, mais alta do que eu, com suas costas para a janela e a luz do meu toco de vela iluminando seu rosto de baixo para cima. Ela me viu sem surpresa e com a mesma frieza que havia demonstrado antes. Deitou-se e virou o rosto para a parede.

— Mas com quem você estava falando? – insisti. Ela nada me disse. Sentei-me no escuro para falar com ela, sem saber se ela ouvia ou não. Disse que, se ela havia visto algo, fosse um fantasma, fosse um espírito, não era necessariamente o demônio. Pois quem podia dizer o que eram esses seres invisíveis? Implorei que me falasse da sua mãe e me dissesse o que a mãe havia feito para ser acusada de bruxaria, pois agora eu tinha certeza de que ela possuía certos poderes e de que sua mãe também os havia possuído, mas se recusou a dizer uma palavra sequer.

Levei-a a uma casa de banhos e lhe comprei mais um vestido. Nada disso lhe despertava o interesse. Ela observava com frieza as multidões e as carruagens que passavam. E eu, na pressa de sair dali e voltar para casa, deixei de lado meu traje negro de religioso e adotei as vestes de um cavalheiro holandês, pois essas apresentavam maior probabilidade de despertar respeito e obter bons serviços.

No entanto, essa minha mudança proporcionou-lhe algum divertimento secreto e sinistro, e mais uma vez ela zombava de mim, como se quisesse demonstrar conhecer algum sórdido objetivo meu. Eu, porém, não fazia nada para confirmar essa sua suspeita além do que havia feito no passado. Perguntei-me se ela estaria lendo meus pensamentos e sabendo que em todos os instantes em que estava acordado eu a imaginava como a havia visto ao banhá-la. Eu esperava que não.

Eu pensava como estava bonita com seu vestido novo.

Nunca havia visto nenhuma moça mais bonita do que ela. Já que ela se recusava a fazê-lo, eu havia trançado uma parte dos seus cabelos, tendo enrolado essa trança em volta da cabeça de modo a impedir que seus longos cachos lhe caíssem sobre o rosto, como havia visto em outras mulheres, e ela ficou linda de se ver.

Stefan, para mim é uma agonia escrever sobre essas coisas, mas creio que o faço não só em prol dos nossos volumosos arquivos, mas também porque a noite aqui em Montcleve está tão silenciosa, embora ainda não seja meia-noite, e meu coração dói tanto. Quero ficar olhando as feridas que não posso curar. Você, no entanto, não precisa aceitar minhas palavras quanto à beleza da mulher. Você mesmo já viu seu retrato, como eu disse antes.

Lá fomos nós para Amsterdã, ela e eu, passando por um casal de ricos irmãos holandeses, aos olhos de todos. E, como eu havia esperado e sonhado, nossa cidade conseguiu acordá-la do seu torpor, com seus belos canais de margens arborizadas, com todas as embarcações elegantes e as finas casas de quatro e cinco andares, que ela examinava com novo vigor.

E, ao chegar à imponente casa-matriz, com o canal aos seus pés, e ver que essa era "a minha casa" e que viria a ser a dela, não pôde ocultar seu assombro. Pois o que essa criança havia visto do mundo, a não ser uma pobre aldeia de pastores e as estalagens imundas nas quais nos havíamos hospedado? É assim que se pode entender perfeitamente sua reação ao ver uma cama decente, num límpido quarto holandês. Ela não pronunciou uma palavra sequer, mas o leve sorriso nos seus lábios disse tudo.

Fui diretamente aos meus superiores, Roemer Franz e Petrus Lancaster, dos quais você se lembra com carinho, e confessei tudo o que havia feito.

Caí em prantos ao explicar que a criança estava só e que eu havia me responsabilizado por ela; que não havia nenhuma outra razão para eu ter gasto tanto dinheiro, a não ser a de que o gastei; e, para surpresa minha, eles me perdoaram. Mas também riram, pois conheciam meus segredos mais íntimos.

– Petyr – disse Roemer –, você cumpriu uma tal penitência no trajeto da Escócia até aqui que sem dúvida merece um aumento na mesada, e quem sabe um melhor aposento na casa.

Mais risos acompanharam essas palavras. Eu próprio tive de sorrir, pois estava imerso em fantasias da beleza de Deborah mesmo naquelas circunstâncias. Logo, porém, a animação me abandonou, e eu voltei à dor.

Deborah não se dispunha a responder nenhuma pergunta feita a ela.

No entanto, quando a mulher de Roemer, que morou conosco sua vida inteira, aproximou-se dela, pondo-lhe nas mãos a agulha e o bordado, Deborah começou a trabalhar, com alguma habilidade.

Antes de se passar uma semana, a esposa de Roemer e as outras esposas lhe haviam ensinado por meio da demonstração a fazer renda, e ela se ocupava o dia inteiro desse serviço, aparentando não entender nada do que lhe fosse dito, mas olhando espantada para os que a cercavam sempre que erguia os olhos do trabalho, para voltar a ele sem dizer palavra.

Pelos membros do sexo feminino, que não fossem esposas, mas, sim, estudiosas e que tivessem seus próprios poderes, ela parecia devotar uma evidente aversão. Comigo não falava nada, mas havia parado de me lançar aqueles olhares cheios de ódio; e, quando eu a convidava a passear, ela aceitava e logo estava deslumbrada pela cidade. Ela me permitia pagar-lhe uma bebida na taberna, embora o espetáculo de mulheres de respeito bebendo e comendo ali parecesse surpreendê-la, como surpreende outros estrangeiros muito mais viajados do que ela.

O tempo todo em que descrevia para ela nossa cidade falava-lhe da sua história e da sua tolerância, de como os judeus haviam vindo para cá para fugir à perseguição na Espanha, de como aqui havia até católicos vivendo em paz em meio aos protestantes, de como não havia mais execuções em decorrência da bruxaria. Levei-a também a conhecer as gráficas e as livrarias. E à casa de Rembrandt van Rijn fomos para uma visita rápida, já que ele era sempre extremamente amável com as visitas e havia sempre alunos por lá.

Sua amada Hendrickje, de quem sempre gostei, já se fora havia dois anos, mas Titus, seu filho, ainda vivia com ele. Quanto a mim, prefiro os quadros desse período da sua vida àqueles anteriores, quando ele estava no auge, pois apresentam uma interessante melancolia. Tomamos um copo de vinho com os jovens pintores que estavam sempre ali reunidos para estudar com o mestre, e foi então que Rembrandt viu Deborah pela primeira vez, embora só viesse a pintá-la mais tarde.

Esse tempo todo, minha intenção era a de diverti-la, dela afastar seus pensamentos torturantes e lhe mostrar o mundo do qual ela agora podia fazer parte.

Ela se mantinha calada, mas eu via que apreciava os pintores. Atraíam-na especialmente os retratos de Rembrandt, da mesma forma que ele próprio, tão gentil e simpático. Fomos a outros estúdios e falamos com outros artistas. Fomos ver Emmanuel de Witte e outros que na época pintavam na nossa cidade, alguns nossos amigos então como ainda hoje. E ela parecia reagir bem a isso, como se estivesse se reanimando, com a expressão do rosto suave e delicada em alguns momentos.

Foi, porém, ao passarmos pelas lojas dos joalheiros que ela me pediu que parasse, com um leve toque dos seus dedos brancos no meu braço. Dedos brancos. Escrevi isso porque me lembro tão bem da mão luminosa e delicada como a mão de uma dama quando me tocou, e o leve desejo que senti por ela com aquele toque.

Ela demonstrou imenso fascínio por aqueles que lapidavam e poliam diamantes, pelo alvoroço dos comerciantes e pelos ricos clientes que vinham de toda a Europa, não, de todo o mundo, para ali comprar suas belas joias. Desejei possuir o dinheiro necessário para comprar algo bonito para ela; e é claro que os comerciantes, seduzidos pela sua beleza e pelo seu fino traje, pois a mulher de Roemer a havia arrumado com esmero, começaram a se exibir para ela e a perguntar se queria ver sua mercadoria.

Uma linda esmeralda brasileira estava sendo mostrada a um rico inglês, e isso chamou sua atenção. Quando o inglês a recusou em virtude do preço, ela se sentou à mesa para examiná-la, como se tivesse condições de comprá-la ou como se eu pudesse comprá-la para ela, e me pareceu que ela ficou como que encantada, com os olhos fixos na pedra retangular, montada numa filigrana de ouro velho. Em seguida, ela perguntou em inglês o preço e não pestanejou ao ouvi-lo.

Afirmei ao vendedor que iríamos estudar com carinho, pois era óbvio que a senhorita desejava a joia e, com um sorriso, acompanhei-a até a rua. Entristeci-me, então, por não ter como comprá-la para ela.

– Não fique triste. Pois quem iria esperar de você uma joia daquelas? – disse ela, enquanto caminhávamos ao longo do cais, de volta a casa, e pela primeira vez sorriu para mim e apertou minha mão. Meu coração deu um salto, mas ela mergulhou novamente na frieza e no silêncio, não querendo dizer mais nada.

Confessei tudo isso a Roemer, que me lembrou que nós não havíamos feito votos de castidade, mas que eu estava me comportando com grande dignidade, que era o que ele esperava de mim. Recomendou, ainda, que eu agora me dedicasse mais aos livros de inglês, pois redigia muito mal nesse idioma, e com isso ocuparia minha mente.

No sétimo dia da chegada de Deborah à casa-matriz, um membro da nossa Ordem, de quem você muito ouviu e sobre quem muito estudou, embora já esteja morta há muitos anos, voltou de Haarlem, onde havia ido visitar seu irmão, um homem sem nada de extraordinário. Já ela não tinha nada de comum, e estou falando da grande bruxa, Geertruid van Stolk. Ela era na época o membro mais poderoso da Ordem, entre homens e mulheres. Imediatamente contaram-lhe a história de Deborah, pedindo que falasse com a menina e tentasse ler seus pensamentos.

– Ela não quer nos dizer se sabe ler ou escrever – disse Roemer. – Na realidade, ela não nos diz nada, e nós não conseguimos imaginar o que ela interpreta do que lê nas nossas mentes ou o que sabe das nossas intenções. Não sabemos o que fazer. Acreditamos no fundo que ela tenha poderes, mas disso não temos certeza. Ela nos trancou sua mente.

Geertruid foi imediatamente até ela, mas Deborah, só de ouvir que se aproximava, levantou-se do banco, derrubando-o, jogou ao chão o que costurava e recuou encostando-se na parede. Ali, ela encarou Geertruid com uma expressão do mais puro ódio no rosto, e depois procurou sair do aposento, arranhando as paredes como se quisesse atravessá-las e, afinal, encontrando a porta e descendo apressada pelo corredor na direção da rua.

Roemer e eu impedimos sua fuga, implorando-lhe que se acalmasse e garantindo que ninguém tinha a intenção de machucá-la.

– Precisamos romper o silêncio dessa criança – disse Roemer, afinal. Enquanto isso, Geertruid me passava um bilhete, rabiscado às pressas, que dizia em latim "A criança é uma bruxa poderosa", e essa nota eu passei a Roemer sem dizer uma palavra.

Imploramos a Deborah que viesse conosco até o escritório de Roemer, um aposento amplo e confortável, como você deve saber, já que o herdou. No tempo dele, porém, o escritório era cheio de relógios, objetos que ele adorava, e desde então eles foram espalhados pelo restante da casa.

Roemer sempre mantinha abertas as janelas que davam para o canal, e a impressão era de que todos os ruídos saudáveis da cidade entravam naquela sala. O ambiente ali tinha algo de alegre. E quando ele levou Deborah a um ponto onde o sol brilhava e lhe pediu que se sentasse e se acalmasse, ela pareceu tranquila e aliviada. Então se recostou na cadeira e, com uma atitude de cansaço e dor, encarou-o nos olhos.

Dor. Vi tanta dor naquele instante a ponto de quase me levar as lágrimas aos olhos. Pois a máscara de indiferença havia desaparecido totalmente, e seus próprios lábios tremiam.

– Quem são vocês, homens e mulheres daqui? Em nome de Deus, o que querem de mim? – disse ela em inglês.

– Deborah – disse Roemer, dirigindo-se a ela num tom ameno. – Ouça minhas palavras, e eu falarei com franqueza. Todo esse tempo estivemos procurando descobrir o quanto você poderia entender.

– E o que é que eu deveria entender? – perguntou ela, cheia de ódio. Parecia a voz vibrante de uma mulher que vinha do seu peito arquejante e, quando seu rosto enrubesceu, ela se tornou uma mulher, fria e cruel por dentro, além de amarga com os horrores que havia presenciado. Perguntei-me freneticamente onde estaria a criança nela; e ela então se voltou, dardejou o olhar na minha direção e novamente na de Roemer, que ficou intimidado, se é que eu algum dia o vi assim, mas ele conseguiu se recuperar rapidamente e voltou a falar:

– Somos uma Ordem de estudiosos, e é nosso objetivo estudar aquelas pessoas dotadas de poderes singulares, poderes como os que sua mãe possuía, que erroneamente eram considerados como obra do demônio, e poderes que você mesma talvez possua. Não é verdade que sua mãe sabia curar? Minha filha, um poder desses não vem do demônio. Está vendo esses livros à sua volta? Estão cheios de histórias de pessoas desse tipo, chamadas num lugar de feiticeiras, no outro de bruxas, mas o que o diabo tem a ver com tudo isso? Se você possui esses poderes, confie em nós para que possamos lhe ensinar o que eles podem e o que não podem fazer.

Roemer ainda falou de como havíamos ajudado bruxas a escapar dos seus perseguidores, a vir para cá e viver conosco em segurança. E ele falou até mesmo de duas das mulheres entre nós que eram poderosas videntes de espíritos e de Geertruid, que podia fazer o vidro vibrar nas janelas apenas com o poder da mente, se assim desejasse.

Os olhos da menina cresceram, mas seu rosto continuava impassível. Ela apertou as mãos nos braços da cadeira e inclinou a cabeça para a esquerda enquanto focalizava o olhar em Roemer e o examinava da cabeça aos pés. Vi a expressão de ódio voltar ao seu rosto.

– Ela está lendo nossos pensamentos, Petyr – sussurrou Roemer. E consegue ocultar os seus de nós.

Isso lhe deu um sobressalto, mas ela ainda não disse nada.

– Minha filha – disse Roemer –, o que presenciou no passado é terrível, mas sem dúvida você não acreditou nas acusações feitas contra sua mãe. Diga-nos, por favor, com quem estava falando aquela noite na estalagem, quando Petyr a ouviu? Se você consegue ver espíritos, pode nos contar. Não lhe acontecerá nenhum mal.

Não houve resposta.

– Minha filha, deixe que lhe mostre meu próprio poder. Ele não vem de Satã, e não é preciso invocá-lo para seu uso. Eu não acredito em Satã. Agora, olhe para os relógios à sua volta: o alto relógio de pé ali, o de pêndulo à sua esquerda, aquele sobre o consolo da lareira e o outro naquela escrivaninha.

Ela olhou para todos eles, o que muito nos aliviou, já que ao menos ela compreendia, e ficou olhando consternada quando Roemer, sem mover uma partícula do seu corpo físico, fez com que todos eles parassem abruptamente. O interminável tique-taque desapareceu da sala, deixando um imenso silêncio, que pareceu forte o suficiente no seu vazio para calar até mesmo os ruídos do canal lá embaixo.

— Minha filha, confie em nós, pois temos os mesmos poderes — disse Roemer e, apontando para mim, falou que voltasse a pôr em funcionamento os relógios com o poder da minha mente. Fechei os olhos e ordenei aos relógios que funcionassem. Eles me obedeceram e a sala voltou a se encher dos seus tique-taques.

O rosto de Deborah passou da fria suspeita para um súbito desdém, enquanto ela olhava de mim para Roemer. Ela saltou da cadeira. Foi se afastando de encontro aos livros, com o olhar malévolo fixo em mim e em Roemer.

— Ah, bruxos! — gritou. — Por que não me disseram? Vocês todos são bruxos! São uma Ordem de Satã. — E soluçava enquanto as lágrimas se derramavam pelo seu rosto. — É verdade, é verdade, é verdade!

Ela se envolveu com os braços para cobrir os seios e cuspia sobre nós em meio à sua fúria. Nada que disséssemos a acalmava.

— Somos todos amaldiçoados! E vocês se escondem aqui nesta cidade de bruxas onde não podem ser queimados! — gritava. — Bruxos muito espertos na casa do demônio!

— Não, menina, não temos nada a ver com o demônio! Procuramos entender o que outros condenam.

— Deborah — exclamei —, esqueça as mentiras que lhe disseram. Não há ninguém na cidade de Amsterdã que a queimaria. Pense na sua mãe. O que ela dizia do que fazia, antes que a torturassem e a fizessem repetir o que queriam?

Ah, mas essas foram as palavras erradas. Eu não tinha como saber, Stefan. Eu não sabia. Só com o impacto na sua expressão, quando ela cobriu os ouvidos com as mãos, foi que percebi meu erro. Sua mãe havia acreditado ser do mal. E então da boca trêmula de Deborah vieram outras acusações:

— Perversos, vocês são? Bruxos, vocês são? Vocês conseguem parar relógios? Bem, vou lhes mostrar o que o demônio pode fazer nas mãos desta bruxa!

Ela foi até o centro da sala e olhou para cima e para o alto pela janela, aparentemente para o céu azul.

— Venha agora, meu Lasher. Mostre a esses pobres bruxos o poder de uma grande bruxa e do seu demônio. Quebre todos os relógios de uma vez!

E imediatamente uma enorme sombra escura apareceu na janela, como se o espírito invocado por ela se houvesse adensado para ficar menor e mais forte dentro da sala.

Espatifou-se o vidro fino dos mostradores; abriram-se seus finos estojos de madeira colada, deixando sair as próprias molas. Os relógios que estavam no consolo da lareira e na escrivaninha caíram ao chão, e o alto relógio de pé desmoronou com estrondo.

Roemer ficou alarmado, pois raramente ele havia visto um espírito tão poderoso; e nós todos o sentíamos em nosso meio, por assim dizer, roçando nos nossos trajes, enquanto passava por nós e lançava seus tentáculos invisíveis para obedecer às ordens da bruxa.

– Que vão para o inferno com suas bruxarias! Eu não vou ser sua bruxa! – gritou Deborah e, enquanto os livros começavam a cair ao nosso redor, ela mais uma vez fugiu. A porta se fechou ruidosamente atrás dela, e nós não conseguimos abri-la, por mais que tentássemos.

No entanto, o espírito não estava mais ali. Não havia mais o que temer da criatura. E após um longo silêncio a porta pôde ser aberta e nós saímos a esmo, perplexos ao descobrir que Deborah já há muito havia deixado a casa.

Ora, Stefan, você sabe que naquela época Amsterdã era uma das grandes cidades de toda a Europa, e talvez tivesse 150 mil habitantes ou mais. E nessa enorme cidade, Deborah havia desaparecido. Não tivemos sucesso com nenhuma das nossas investigações em tabernas e bordéis. Chegamos a procurar a duquesa Anna, a prostituta mais rica de Amsterdã, pois lá seria sem dúvida um lugar onde uma menina linda como Deborah poderia encontrar refúgio e, embora a duquesa como sempre demonstrasse prazer em nos ver, em conversar conosco e em nos servir um bom vinho, ela nada sabia dessa misteriosa criança.

Eu agora estava num estado de aflição tão profunda que não fazia nada, a não ser ficar deitado na cama, com o rosto nos braços, a chorar, embora todos me dissessem que isso era bobagem e Geertruid jurasse que iria encontrar a menina.

Roemer instruiu-me a relatar por escrito o que havia acontecido com essa moça como parte do meu trabalho intelectual, mas posso lhe garantir, Stefan, que o que escrevi foi curtíssimo e de dar pena, e é esse o motivo pelo qual não lhe pedi que consultasse os antigos registros. Quando eu retornar a Amsterdã, se Deus quiser, substituirei meus antigos relatos por esta crônica mais detalhada.

Continuando, porém, com o pouco que ainda resta dizer, uma quinzena mais tarde um jovem aluno de Rembrandt, recém-chegado de Utrecht, veio a mim e disse que a menina que eu estivera procurando estava agora vivendo com o retratista Roelant, que era conhecido apenas por esse nome. Ele havia estudado muitos anos na Itália na sua juventude, e ainda havia muitos que procuravam pela sua obra, embora ele estivesse extremamente doente e inválido, e mal pudesse saldar suas dívidas.

Talvez você não se lembre de Roelant, Stefan, mas permita que eu lhe diga que era um bom pintor, cujos retratos sempre manifestavam a felicidade de um Caravaggio e, não fosse a enfermidade que atingiu seus ossos, deixando-o inválido antes do tempo, ele poderia ter recebido melhor consideração do que recebeu.

Nessa época, ele era viúvo, com três filhos, e um homem de bom coração. Fui imediatamente visitar Roelant, que era meu conhecido e que sempre fora cordial comigo, mas agora encontrei a porta fechada à minha pessoa. Ele não tinha tempo para receber visitas de nós, "uns intelectuais malucos", como nos chamou, e me advertiu em termos candentes de que mesmo em Amsterdã quem fosse tão estranho quanto nós podia ser expulso.

Roemer determinou que eu não me preocupasse tanto com o acontecido por algum tempo, e você sabe, Stefan, nós sobrevivemos porque evitamos chamar atenção. Por isso, preferimos nos retrair. Nos dias que se seguiram, porém, vimos que Roelant pagou todas as suas dívidas atrasadas, que eram muitas, e que ele e os filhos da primeira esposa agora se vestiam em trajes finos, que só poderiam ser descritos como extremamente ricos.

Dizia-se que Deborah, uma menina escocesa de grande beleza que ele acolhera para cuidar dos seus filhos, havia preparado um unguento para seus dedos enrugados que aparentemente os havia aquecido e relaxado de modo que ele conseguia segurar novamente o pincel. Supunha-se que ele estivesse sendo muito bem pago pelos seus novos retratos, mas teria de pintar três ou quatro num dia, Stefan, para poder ganhar o dinheiro necessário para pagar os móveis e as roupas que chegavam àquela casa.

Logo se soube que a escocesa era rica, sendo filha ilegítima de um nobre daquele país que, embora não pudesse reconhecê-la, lhe mandava dinheiro à vontade. Este ela dividia com a família Roelant, que havia tido a bondade de acolhê-la.

E eu me perguntava: quem poderia ser essa pessoa? O nobre que morava naquele enorme e deselegante castelo escocês que pairava ameaçador como uma rocha natural acima do vale de onde a tirei? Ela seria sua filha bastarda, descalça, imunda e açoitada até aparecerem os ossos, incapaz até mesmo de se alimentar sozinha? Que história mal contada.

Roemer e eu observávamos com apreensão essas extravagâncias, pois você sabe tão bem quanto eu a razão de ser de nossa própria norma de não empregar nossos poderes para ganhos pessoais. E nos perguntávamos como estava sendo formada essa fortuna, se não fosse por meio daquele espírito que entrara com violência nos aposentos de Roemer para quebrar os relógios de acordo com as ordens de Deborah.

Tudo agora era alegria, porém, na residência de Roelant, e o velho se casou com a menina antes de terminado o ano. No entanto, dois meses antes desse casamento, o mestre Rembrandt já havia pintado seu retrato, e um mês após a cerimônia ele estava exposto no salão de Roelant para quem quisesse ver.

E nesse retrato, pendurada no pescoço de Deborah, estava aquela mesma esmeralda brasileira que ela tanto havia desejado no dia em que a levei a passear. Ela já algum tempo a havia comprado do joalheiro, junto com qualquer outra joia ou peça de baixela que lhe agradasse, assim como os quadros de Rembrandt, Hals e Judith Leyster, que tanto admirava.

Afinal, não consegui me manter nem mais um instante afastado. A casa estava aberta para a exibição do retrato de Rembrandt, do qual Roelant sentia um orgulho justificado. E, quando atravessei a soleira para ver o quadro, o velho Roelant não fez nenhum gesto para impedir minha entrada, mas aproximou-se de mim mancando com sua bengala e me ofereceu um copo de vinho com suas próprias mãos. Mostrou-me ainda a querida Deborah, na biblioteca da casa, aprendendo com um professor particular a ler e escrever em latim e francês, pois esse era seu maior desejo. Ela aprendia tão rápido, disse Roelant, que ele estava pasmo. E recentemente ela vinha se dedicando à obra de Anna Maria van Schurman, que afirmava que as mulheres eram de fato tão abertas ao estudo quanto os homens.

Como ele me pareceu transbordar de alegria.

Duvidei do que sabia da idade de Deborah ao vê-la. Adornada com joias e vestida em veludo verde, ela parecia ser uma moça de talvez 17 anos. Eram enormes suas mangas e volumosas as saias; e uma fita verde com rosetas de cetim prendia seus cabelos negros. Os olhos também pareciam verdes refletindo o tecido maravilhoso que a cercava. E de repente me ocorreu que o próprio Roelant desconhecia sua pouca idade. Nem uma palavra sequer havia saído da minha boca para expor qualquer uma das mentiras que circulavam a seu respeito, e eu fiquei parado, paralisado pela sua beleza como se ela me houvesse atingido com uma chuva de golpes sobre a cabeça e os ombros. O golpe fatal atingiu meu coração quando ela ergueu os olhos e sorriu.

Agora terei de ir embora, pensei, fazendo menção de deixar o copo de vinho. Ela veio, no entanto, na minha direção, ainda sorrindo e segurou minhas mãos.

– Petyr, venha comigo – disse ela, levando-me a um pequeno aposento de armários onde se guardava a roupa branca da casa.

Quanto refinamento ela demonstrava agora, e quanta graça. Uma dama da corte não poderia ter se comportado melhor. No entanto, enquanto pensava nisso, também considerava minha recordação dela na carroça naquele dia na encruzilhada, e como na ocasião se parecia com uma pequena princesa.

Não obstante, ela estava mudada sob todos os aspectos. À luz dos poucos feixes que penetravam na pequena rouparia, pude examiná-la em detalhe e vi que estava robusta, perfumada e corada, e que no seu colo alto e roliço repousava a enorme esmeralda brasileira na sua filigrana de ouro.

– Por que você não disse para ninguém o que sabe a meu respeito? – perguntou ela, como se não soubesse a resposta.

– Deborah, nós dissemos a verdade sobre nós mesmos. Queríamos apenas lhe oferecer abrigo e nossos conhecimentos sobre os poderes que você possui. Pode nos procurar sempre que quiser.

– Você é um bobo, Petyr – disse ela, rindo. – Mas foi você quem me trouxe da desgraça e da escuridão para este lugar maravilhoso. – Ela enfiou a mão direita no bolso disfarçado da sua saia imensa e dali retirou um punhado de esmeraldas e rubis. – Fique com essas, Petyr.

Recuei, abanando a cabeça.

– Você diz que não pertence ao demônio – disse ela. – E seu líder diz que ele nem mesmo acredita em Satã, não foram essas as suas palavras? Mas então em que parte da Igreja e de Deus vocês acreditam para serem forçados a viver como monges, em retiro com seus livros, jamais experimentando os prazeres do mundo? Por que você não me possuiu na estalagem, Petyr, quando a oportunidade estava à sua frente? Você estava morrendo de vontade. Aceite meu agradecimento porque hoje é só isso o que pode ter, e essas pedras que o tornarão rico. Você não precisará mais depender dos seus irmãos monacais. Vamos, estique a mão.

– Deborah, como você obteve essas joias? Já imaginou se você for acusada de roubá-las?

– Meu demônio é esperto demais para isso, Petyr. Elas vêm de muito longe. E eu só preciso pedir para tê-las. E com uma pequena fração desse estoque ilimitado, comprei essa esmeralda que trago ao pescoço. O nome do meu demônio está inscrito no verso do engaste de ouro, Petyr. Mas você conhece o nome dele. Estou lhe avisando, Petyr, nunca o invoque, pois ele serve a mim somente e destruirá qualquer outra pessoa que procure dar-lhe ordens invocando seu nome.

– Deborah, volte para nós – implorei –, só durante o dia, se quiser, por algumas horas esporádicas, para conversar conosco em horários que seu marido sem dúvida permitiria. Esse seu espírito não é nenhum demônio, mas ele é poderoso, e pode fazer o mal por ser irresponsável e travesso, característica de todos os espíritos. Deborah, ele não é um brinquedo, você sem dúvida sabe disso.

Eu via, porém, que essas preocupações estavam longe da sua mente. Pressionei-a um pouco mais. Expliquei-lhe que a primeira e a principal norma da nossa Ordem era a de que nenhum de nós, independentemente dos nossos poderes, jamais daria ordens a um espírito para obter lucro.

– Pois existe uma antiga lei no mundo, Deborah, entre todos os feiticeiros e os que recorrem a poderes invisíveis. A de que aqueles que procuram usar o invisível com objetivos perversos só podem atrair sua própria desgraça.

– Mas, Petyr, por que o lucro seria perverso? – perguntou ela, como se nós dois tivéssemos a mesma idade. – Pense bem no que está dizendo. A riqueza não é o mal. Quem saiu prejudicado com o que meu demônio me traz? E todos os familiares de Roelant se beneficiaram.

– Há riscos no que você faz, Deborah! Essa criatura fica mais forte quanto mais você fala com ela...

Deborah fez com que eu me calasse. Sentia agora por mim apenas desdém. Mais uma vez, tentou me pressionar a aceitar as joias. Disse abertamente que eu era um idiota, pois não sabia usar meus poderes. Agradeceu-me depois por tê-la levado para a cidade perfeita para as bruxas e, com uma expressão maliciosa, deu uma risada.

– Deborah, nós não acreditamos em Satã, mas acreditamos no mal. E o mal é o que destrói a humanidade. Peço-lhe que tenha cuidado com esse espírito. Não acredite no que ele disser sobre si mesmo e sobre suas intenções. Pois ninguém sabe ao certo o que essas criaturas são.

– Pare com isso, Petyr, está me aborrecendo. O que o faz pensar que esse espírito me diz alguma coisa? Sou eu que falo com ele. Consulte as demonologias,

Petyr, os antigos livros escritos por religiosos irados que realmente acreditam em demônios, pois esses livros contêm mais conhecimentos reais sobre como controlar esses seres invisíveis do que você poderia imaginar. Eu os vi nas suas estantes. A única palavra em latim que eu conhecia era demonologia, pois havia visto livros semelhantes antes.

Os livros estavam cheios de verdades e de mentiras, e eu lhe disse isso. Afastei-me dela, entristecido. Mais uma vez, ela me pressionou a aceitar as joias. Eu me recusei. Ela as enfiou no meu bolso e me deu um beijo carinhoso no rosto. Saí daquela casa.

Roemer proibiu-me de ir procurá-la depois disso. O que ele fez com as pedras, nunca perguntei. Os imensos tesouros do Talamasca nunca me interessaram muito. Naquela época, eu só sabia o que sei agora: que minhas contas eram pagas, minhas roupas, compradas, que eu tenho nos bolsos as moedas necessárias.

Mesmo quando Roelant adoeceu, e isso não foi obra de Deborah, Stefan, posso lhe assegurar, continuaram me proibindo de visitá-la.

O estranho, porém, era que com muita frequência em lugares inesperados, Stefan, eu a via sozinha, ou de mãos dadas com um dos filhos de Roelant, a me observar de longe. Foi assim que a vi nas ruas, uma vez passando pela casa do Talamasca, abaixo da minha janela, e quando fui fazer uma visita a Rembrandt van Rijn, lá estava ela sentada a costurar, com Roelant ao seu lado, olhando para mim com aquele seu olho inclinado.

Houve ocasiões em que cheguei a acreditar que ela me perseguia. Pois eu seguia sozinho, caminhando e pensando nela, relembrando nossos primeiros momentos juntos quando eu lhe dera alimentos e a banhara como se fosse uma criança. Não posso fingir, porém, que a imaginava criança quando pensava nisso. De repente, eu interrompia meu passo, dava meia-volta e ali estava ela, caminhando atrás de mim, no seu rico manto com capuz de veludo, e ela costumava me encarar antes de entrar por algum beco.

Ah, Stefan, imagine o que eu sofri. E Roemer dizia: não a procure, eu o proíbo. Além disso, Geertruid não parava de me avisar com insistência de que esse seu tremendo poder ficaria forte demais para que ela o dominasse.

Um mês antes de Roelant falecer, uma jovem pintora de refinado talento, Judith de Wilde, veio residir sob seu teto com Deborah, com o propósito de permanecer morando na casa com seu pai idoso, Anton de Wilde, quando Roelant se fosse.

Os irmãos de Roelant levaram os sobrinhos para morar no campo, e a viúva Roelant e Judith de Wilde passaram a manter a casa, cuidando com extremo carinho do velho, mas vivendo uma vida de alegria e diversões, pois a casa ficava aberta dia e noite para os escritores, poetas, intelectuais e pintores que ali quisessem vir; além dos alunos de Judith, que a admiravam tanto quanto qualquer pintor homem, visto que ela era tão boa quanto eles e era membro da Guilda de São Lucas, igual aos homens.

Segundo a proibição de Roemer, eu não podia entrar. Muitas, porém, foram as vezes que ali passei, e posso lhe jurar que, se me demorasse o suficiente, Deborah apareceria à janela do andar superior, um vulto por trás do vidro. Às vezes eu não via nada além de um súbito lampejo da esmeralda verde. E outras vezes ela abria a janela e acenava, em vão, para que eu entrasse.

O próprio Roemer foi vê-la, mas ela simplesmente o mandou embora. – Ela acha que sabe mais do que nós – disse ele, com tristeza. – Mas ela não sabe nada, ou não estaria brincando com essa criatura. É sempre esse o erro da feiticeira, sabe? O de imaginar ser total seu poder sobre as forças invisíveis que cumprem suas ordens, quando na verdade ele não o é. E o que dizer da sua determinação, da sua consciência, da sua ambição? Como a criatura a corrompe! Não é natural, Petyr, e é realmente perigoso.

– Eu poderia invocar uma criatura dessas, Roemer, se eu quisesse?

– Ninguém sabe a resposta, Petyr. Se você tentasse, talvez pudesse. E talvez não conseguisse se livrar dela, depois de invocá-la, e aí reside a velha cilada. Não será com minha bênção que você irá invocar uma coisa dessas, Petyr. Você está prestando atenção?

– Estou, Roemer – respondi, obediente como sempre. No entanto, ele sabia que meu coração havia sido corrompido e conquistado por Deborah, com uma certeza igual a se ela me houvesse enfeitiçado. Só que não era feitiço. Era muito mais forte.

– Essa mulher está agora fora do alcance da nossa ajuda – disse ele. – Tente pensar em outras coisas.

Fiz o possível para obedecer à sua ordem. Mesmo assim, não pude deixar de saber que Deborah estava sendo cortejada por muitos cavalheiros da Inglaterra e da França. Sua fortuna era agora tão grande e tão sólida que ninguém mais pensava em questionar sua origem, ou em perguntar se houve uma época em que não era rica. Sua formação prosseguia a grande velocidade, e ela demonstrava pura devoção por Judith de Wilde e seu pai, não revelando nenhuma pressa para se casar enquanto permitia a visita de diversos pretendentes.

Bem, um desses pretendentes afinal a levou embora.

Eu nunca soube com quem ela se casou ou onde a cerimônia se realizou. Vi Deborah somente mais uma vez, e na época não sabia o que sei agora: que aquela era talvez sua última noite antes de deixar a cidade.

Fui acordado no escuro da noite com um ruído na minha janela e, ao perceber que era uma batida uniforme no vidro, como não poderia ter sido obra da natureza, fui ver se algum velhaco não havia subido pelo telhado. Afinal, eu estava no quinto andar, sendo pouco mais do que um menino na Ordem e recebendo, portanto, um quarto simples porém confortável.

A janela estava trancada e intacta, como deveria estar. No entanto, lá embaixo no cais havia uma mulher num manto de tecido negro, que parecia estar olhando para mim e, quando abri a vidraça, ela fez um gesto com o braço, para que eu descesse.

Eu sabia que se tratava de Deborah, mas estava enlouquecido, como se um súcubo houvesse entrado no meu quarto, arrancado os lençóis e começado a trabalhar com sua boca.

Saí da casa, esgueirando-me, para evitar quaisquer perguntas, e ela estava parada à minha espera, com a esmeralda verde piscando no escuro, como um grande olho no seu colo. Ela me levou consigo pelas ruas estreitas até sua casa.

Ora, Stefan, a essa altura eu achava que estava sonhando, mas não queria que o sonho terminasse. Ela não estava com nenhuma criada, criado ou quem quer que fosse. Havia vindo até mim sozinha, o que devo dizer não é tão perigoso em Amsterdã quanto em outros lugares, mas era o suficiente para atiçar meu coração vê-la tão desprotegida, tão determinada e misteriosa, agarrando-se a mim e insistindo para que eu me apressasse.

Como era rico o ambiente dessa senhora, como eram altos seus inúmeros tapetes, como eram bonitos seus assoalhos! E passando por prata e fina porcelana guardadas atrás de vidraças impecáveis, ela me levou escada acima até seus aposentos particulares, e ali a uma cama com cortinas de veludo verde.

— Vou me casar amanhã, Petyr — disse ela.

— Então, por que me trouxe até aqui, Deborah? — perguntei, mas eu tremia de desejo, Stefan. Quando ela desatou o manto, deixando-o cair ao chão, e eu vi seus seios roliços apertados pelos laços do vestido, fiquei louco para tocá-los, embora não me mexesse. Mesmo sua cintura tão marcada me atiçava, assim como a visão do seu pescoço pálido e dos ombros oblíquos. Não havia uma partícula suculenta do seu corpo pela qual eu não ansiasse. Eu era um animal enfurecido preso numa jaula.

— Petyr — disse ela, olhando-me nos olhos —, sei que você entregou as pedras preciosas à sua Ordem, e que não ficou com nada como agradecimento meu. Por isso, quero lhe dar agora o que você quis de mim na longa viagem até aqui e que por excesso de delicadeza não quis tomar à força.

— Mas, Deborah, por que está fazendo isso? — perguntei, determinado a não me aproveitar de nenhuma forma dela. Pois ela estava em profunda aflição. Isso eu podia ler nos seus olhos.

— Porque quero, Petyr — disse ela de repente e, envolvendo-me nos seus braços, cobriu-me de beijos. — Deixe o Talamasca, Petyr, e venha comigo. Case-se comigo e eu não me casarei com esse outro homem.

— Mas, Deborah, por que você quer isso de mim?

Ela riu com tristeza e ironia.

— Sinto falta da sua compreensão, Petyr. Sinto falta de alguém de quem eu não precise esconder nada. Somos bruxos, Petyr, quer pertençamos a Deus ou ao demônio, nós somos bruxos, você e eu.

Ah, como seus olhos cintilavam ao dizer isso, como era evidente a sua vitória, e ao mesmo tempo como era amarga. Cerrou os dentes por um instante. Depois, pôs as mãos em mim e acariciou meu rosto e minha nuca, deixando-me ainda mais enlouquecido.

– Você sabe que me deseja, Petyr, como sempre desejou. Por que não se entrega? Venha comigo. Sairemos de Amsterdã se o Talamasca não lhe permitir a liberdade. Iremos embora juntos, e não há nada que eu não possa conseguir para você, nada que eu não lhe dê, basta que fique comigo e que me deixe ficar junto de você, sem sentir mais medo. Com você posso falar de quem eu sou e do que aconteceu à minha mãe. Posso falar de tudo que me atormenta, Petyr, e de você nunca sinto medo.

A essa altura, seu rosto se entristeceu e as lágrimas vieram aos seus olhos.

– Meu jovem pretendente é lindo, e tudo o que sempre sonhei quando ficava sentada, suja e descalça, à porta da nossa cabana. Ele é o senhor que passava por ali a caminho do seu castelo, e a um castelo ele me levará agora, embora ele fique em outro país. É como se eu estivesse entrando nos contos de fada que minha mãe me contava. Agora serei a condessa, e todos aqueles versos e canções irão se tornar realidade.

"Mas, Petyr, eu o amo e não o amo. Você é o primeiro homem que amei, você que me trouxe para cá, você que viu a pira na qual minha mãe morreu, você que me banhou, me alimentou e me vestiu quando eu não conseguia fazer nada disso sozinha."

Eu já havia perdido as esperanças de sair daquele quarto sem tê-la. Eu sabia.

No entanto, eu estava tão fascinado pela menor curva dos seus cílios ou pela minúscula covinha no seu rosto que deixei que ela me puxasse não para a cama, mas para o tapete diante do pequeno braseiro, e ali, no calor oscilante, ela começou a me falar das suas aflições.

– Meu passado é como se fossem sombras para mim – disse ela, chorando baixinho, com os olhos se dilatando de assombro. – Será que eu algum dia vivi num lugar daqueles, Petyr? Eu assisti à morte da minha mãe?

– Não traga isso de volta, Deborah. Deixe que as imagens passadas desvaneçam.

– Mas, Petyr, você se lembra de quando falou comigo pela primeira vez e me disse que minha mãe não era perversa, que os homens haviam sido perversos com ela. Por que você acreditava naquilo?

– Você então me diga, Deborah, se ela era bruxa e o que é uma bruxa, pelo amor de Deus!

– Ai, Petyr, eu me lembro de sair pelos campos com ela, sob um céu sem lua, até onde ficavam as pedras.

– E o que acontecia, querida? O diabo chegava com seus cascos fendidos?

Ela abanou a cabeça e fez um gesto para que eu prestasse atenção, ficasse calado e me comportasse.

— Petyr – disse ela –, foi um juiz de bruxas que ensinou a ela a arte da magia. Ela me mostrou o próprio livro. Ele havia passado por nossa aldeia quando eu era bem pequena, ainda engatinhando, e veio até nossa cabana para curar um corte na sua mão. Junto ao fogo, se sentou com ela e lhe falou de todos os lugares em que havia estado e trabalhado e nas bruxas que havia queimado. "Tenha cuidado, minha filha", disse ele, ou pelo menos foi o que ela me contou depois. Em seguida, ele tirou da sua bolsa de couro o livro terrível. *Demonologie* era o seu título, e ele o leu para ela, já que ela não sabia ler latim, ou qualquer outra língua, para falar a verdade, e as ilustrações mostrava a ela à luz do fogo para que visse melhor.

— Uma hora atrás da outra ele ensinava essas coisas para ela, o que as bruxas haviam feito, e o que podiam fazer. "Tenha cuidado, minha filha, para que o demônio não consiga tentá-la, pois o demônio ama a parteira e a benzedeira", dizia ele, virando mais uma página.

"Naquela noite, enquanto estava deitado com ela, ele lhe falou das casas de torturas, das execuções na fogueira e dos gritos das condenadas. 'Tenha cuidado, minha filha', repetiu ele, novamente, ao ir embora.

"E todas essas coisas ela mais tarde me contou. Eu tinha 6, talvez 7 anos, quando me contou a história. Estávamos sentadas junto ao fogo da cozinha. 'Agora, venha', disse ela, 'e você verá.' Lá saímos nós para os campos, tateando para descobrir as pedras à nossa frente, até encontrar o próprio centro do círculo e ficar ali imóveis, sentindo o vento.

"Digo-lhe que não se ouvia nenhum som na noite. Nem um cintilar de luz. Nem mesmo as estrelas que nos mostrassem as torres do castelo, ou o distante trecho de água que ali se podia ver do Loch Donnelaith.

"Eu a ouvia cantarolar de mãos dadas comigo. Depois dançamos em círculos, formando pequenos círculos à medida que rodávamos. Ela passou a cantarolar mais alto e disse então as palavras em latim que usava para invocar o espírito. Depois, abrindo os braços com violência, ela gritou para que ele viesse.

"A noite estava vazia. Não houve resposta. Eu me aproximei das suas saias e segurei sua mão fria. Depois, senti que ele vinha sobre as pastagens. Parecia uma brisa e depois um vento ao ganhar força junto a nós. Senti que ele tocava meu cabelo e minha nuca. Senti que nos envolvia como se fosse o ar. Ouvi-o, então, falar, só que não com palavras, mas eu o ouvi e ele dizia: 'Estou aqui, Suzanne!'

"Ah, como minha mãe ria de felicidade. Como dançava. Ela torcia as mãos como uma criança e ria de novo, jogando o cabelo para trás. 'Você também o vê, querida?', perguntou-me ela. E eu respondi que o sentia e o ouvia muito perto.

"Mais uma vez ele falou: 'Chame-me pelo meu nome, Suzanne.'

"'Lasher', disse ela, 'pelo vento que você cria que açoita os capinzais, pelo vento que arranca as folhas das árvores. Venha agora, meu Lasher, crie uma tempestade sobre Donnelaith! E assim eu saberei que sou uma bruxa poderosa e que você faz isso por amor a mim!'

"Na hora em que chegamos à cabana, o vento uivava sobre os campos e na chaminé quando fechamos a porta. Junto ao fogo, ficamos sentadas rindo juntas, como duas crianças. 'Você viu, você viu, eu consegui', dizia ela, baixinho. E olhando nos seus olhos, vi o que sempre havia visto e que sempre veria mesmo na sua última hora de agonia e dor: os olhos de uma boba, de uma menina desmiolada escondendo com uma das mãos o riso e com doce roubado na outra. Para ela, era uma brincadeira, Petyr. Era um brinquedo."

— Compreendo, meu amor.

— Agora, venha me dizer que Satã não existe. Diga-me que ele não veio atravessando a escuridão para seduzir a bruxa de Donnelaith e levá-la à fogueira. Era Lasher quem encontrava para ela os objetos que os outros perdiam. Era Lasher quem trazia ouro para ela; ouro que tomaram dela. Era Lasher que lhe revelava os segredos de traições que ela transmitia a ouvidos interessados. E foi Lasher quem fez chover granizo sobre a ordenhadora que brigou com ela. Lasher quem procurava castigar seus inimigos, e que, assim, tornou conhecidos seus poderes.

"Ela não conseguiu lhe ensinar nada, Petyr. Ela não sabia como usá-lo. E, como uma criança que brinca com uma vela, ela ajudou a acender o próprio fogo que a matou."

— Não cometa o mesmo erro, Deborah! — sussurrei, enquanto beijava seu rosto. — Ninguém consegue ensinar nada a um espírito, pois é isso o que ele é.

— Ah, não, ele é mais do que isso — disse ela, baixinho. — Você está enganadíssimo. Mas não tema por mim, Petyr. Não sou minha mãe. Não há motivo.

Ficamos, então, sentados em silêncio diante do braseiro, embora eu não pudesse imaginar que ela quisesse ficar perto dele e, quando inclinou a cabeça sobre as pedras acima dele, beijei-a novamente no rosto macio e afastei as longas mechas rebeldes dos seus cabelos úmidos.

— Petyr, eu nunca vou viver na fome e na imundície como minha mãe. Eu nunca vou ficar à mercê dos imbecis.

— Não se case, Deborah. Não vá embora. Venha comigo. Entre para o Talamasca, e nós, juntos, descobriremos a natureza dessa criatura...

— Não, Petyr. Você sabe que eu não vou fazer isso. — A essa altura, ela deu um sorriso de tristeza. — É você quem deve vir comigo, para que nós dois escapemos. Fale agora comigo com aquela sua voz secreta, a voz em você que ordena aos relógios que parem ou aos espíritos que venham. E fique comigo, seja meu noivo, e esta será a noite da união dos bruxos.

Quis lhe responder com mil protestos, mas ela cobriu minha boca com a mão e depois com sua própria boca, começando a me beijar com tanto ardor e sedução que eu já não sabia mais de nada, a não ser que eu tinha de lhe arrancar os trajes que a prendiam, e possuí-la ali naquela cama com as cortinas de veludo verde fechadas ao nosso redor, esse delicado corpo de menina com os seios e segredos de mulher, que eu havia banhado e vestido.

Por que me forço à tortura de escrever isso? Estou confessando meu antigo pecado, Stefan. Estou lhe relatando tudo o que fiz, pois não consigo escrever sobre essa mulher sem essa confissão. Prossigo, portanto.

Nunca celebrei os ritos com tanto abandono. Nunca experimentei o prazer e a doçura que descobri nela.

Pois ela acreditava ser bruxa, Stefan, e era, portanto, perversa, e para ela esses eram os ritos do demônio que celebrava com tanta obstinação. No entanto, seu coração era terno e carinhoso, juro a você, e isso resultava numa combinação rara e explosiva.

Não deixei sua cama até o amanhecer. Dormi no abrigo dos seus seios perfumados. Chorava de vez em quando como um menino. Com seu talento para seduzir, ela despertou todo o meu corpo. Descobriu meus anseios mais secretos, brincou com eles e os satisfez. Tornei-me seu submisso. Ela sabia, porém, que eu não ficaria com ela, que eu tinha de voltar para o Talamasca e ficou, afinal, horas a fio deitada, olhando triste para o teto de madeira da cama, enquanto a luz penetrava pelas costuras das cortinas e a cama se aquecia com o sol.

Vesti-me exausto, e sem querer mais nada neste mundo do que sua alma e seu corpo. Mesmo assim, eu a estava deixando. Ia voltar para casa para contar a Roemer o que havia feito. Ia voltar para a casa-matriz, que era na realidade minha mãe e meu pai, e eu não conhecia nenhuma outra opção.

Pensei então que ela fosse me mandar embora debaixo de maldições, mas não foi isso o que aconteceu. Mais uma vez, implorei que ficasse em Amsterdã, que viesse comigo.

– Adeus, meu padrezinho –, disse ela. – Que seja feliz e que o Talamasca o recompense por sua renúncia a mim.

Ela chorou; eu beijei, faminto, suas mãos abertas antes de deixá-la, e enfiei o rosto mais uma vez nos seus cabelos.

– Agora vá, Petyr – disse ela, por fim. – Não se esqueça de mim.

Talvez tenha se passado um dia ou dois antes que eu soubesse que ela havia partido. Fiquei desconsolado, prostrado a chorar, procurando prestar atenção a Roemer e Geertruid, mas sem conseguir ouvir o que eles tinham a dizer. Eles não estavam tão zangados comigo quanto eu havia imaginado. Isso pelo menos eu sabia.

E foi Roemer que procurou Judith de Wilde para comprar dela o retrato de Deborah por Rembrandt van Rijn que está até hoje na nossa casa.

Talvez tenha se passado um ano inteiro até eu conseguir recuperar a verdadeira sanidade de corpo e alma. E daí em diante nunca mais desrespeitei as normas do Talamasca como naquele tempo. Voltei a viajar pelos estados alemães, pela França e mesmo até a Escócia para realizar meu trabalho de salvar as bruxas e de escrever sobre elas e sua aflições, como sempre fizemos.

Portanto, Stefan, agora você conhece a história de Deborah por inteiro. E meu choque ao me deparar com a tragédia da condessa de Montcleve, tantos anos depois, nesta cidadela nas montanhas Cévennes do Languedoc, e descobrir que se tratava de Deborah Mayfair, a filha da bruxa escocesa.

Ah, se ao menos essa parte da informação – a de que a mãe havia sido queimada – não tivesse chegado ao conhecimento da gente da cidade. Se ao menos a jovem noiva não tivesse contado seus segredos ao jovem fidalgo enquanto chorava no seu peito. E seu rosto, depois de tantos anos, ainda está gravado na minha memória enquanto me dizia: "Petyr, posso falar com você sem medo."

Você agora percebe com quanto receio e aflição entrei na cela da prisão; e como, na minha pressa, não cheguei a imaginar até o último instante que a senhora ali agachada, em trapos, numa cama de palha, pudesse erguer os olhos, me reconhecer, gritar meu nome e, no seu desespero, denunciar meu disfarce.

Isso, no entanto, não aconteceu.

Quando entrei na cela, erguendo a bainha da minha batina preta para dar a impressão de ser um clérigo que não desejava se sujar com aquela imundície, lancei os olhos sobre ela e não vi em seu rosto nenhum sinal de reconhecimento.

Alarmou-me, porém, o fato de ela não tirar os olhos de mim, e de imediato disse ao tolo vigário que eu precisava examiná-la a sós. Ele relutou em me deixar com ela, mas eu lhe disse que já havia visto muitas bruxas, que ela não me assustava nem um pouco, que eu precisava lhe fazer muitas perguntas e que, se ele se dispusesse a me esperar na casa paroquial, eu logo estaria de volta.

A porta foi imediatamente trancada e, embora eu ouvisse muitos cochichos no corredor, estávamos sozinhos. Coloquei a vela sobre a única peça de mobília do local, um banco de madeira. Enquanto me esforçava para não ceder às lágrimas diante dela, ouvi sua voz baixa, pouco mais do que um sussurro:

– Petyr, é possível que seja mesmo você?

– Sim, Deborah.

– Ah, mas você não veio me salvar, veio? – perguntou ela, exausta.

Meu coração recebeu um golpe do próprio tom da sua voz, pois era a mesma com a qual me havia falado no seu quarto em Amsterdã naquela última noite. Ela revelava apenas uma ínfima ressonância mais grave e talvez uma entoação mais sombria conferida pelo sofrimento.

– Não posso, Deborah. Mesmo que tente, sei que não conseguirei.

Isso não foi surpresa para ela. Mesmo assim, sorriu para mim. Pegando novamente a vela, aproximei-me dela e me ajoelhei no feno à sua frente para poder olhar nos seus olhos. Vi aqueles mesmos olhos de que me lembrava, e o mesmo rosto quando sorriu. Parecia que essa forma pálida e minguada não era outra senão minha Deborah já transformada em espírito, com toda sua beleza intacta.

Ela não fez nenhum movimento na minha direção, mas examinou meu rosto como se estivesse olhando para um quadro. Em seguida, com uma enxurrada de palavras débeis e deploráveis, eu lhe disse que não sabia da sua desgraça, mas que havia vindo para cá, sozinho, a serviço do Talamasca, descobrindo com imensa dor que ela era aquela de quem tanto ouvira falar. Eu já me havia certificado de sua apelação ao bispo e ao Parlamento de Paris, mas neste ponto ela me silenciou com um gesto simples.

– Vou morrer amanhã, e não há nada que você possa fazer.

— É, mas posso lhe fazer um pequeno favor, pois disponho de um pó que, ingerido misturado à água, a deixará entorpecida e você não sofrerá tanto. E mais, posso lhe dar uma quantidade tal que, se for seu desejo, você morrerá, livrando-se, assim, das chamas. Sei que posso fazer com que isso chegue às suas mãos. O velho padre é um tonto.

Ela pareceu estar profundamente comovida com meu oferecimento, embora se recusasse a aceitá-lo.

— Petyr, preciso estar consciente quando for levada para a praça. Estou lhe avisando, não esteja na cidade na hora em que acontecer. Ou esteja em local seguro, por trás de janelas fechadas, se precisar ficar para ver com seus próprios olhos.

— Você está falando em fuga, Deborah? — perguntei, pois devo admitir que minha imaginação foi atiçada de imediato. Se eu ao menos pudesse salvá-la, provocar enorme confusão e depois levá-la embora de algum modo... Mas como realizar isso?

— Não, não, Petyr, isso está além dos meus poderes e do poder daquele que me obedece. É simples para um espírito transportar uma pequena joia ou uma moeda de ouro até as mãos de uma bruxa, mas abrir portas de prisões, dominar guardas armados? Isso não está ao seu alcance.

Em seguida, como se estivesse aturdida, com o olhar vagando enlouquecido ao seu redor, ela prosseguiu:

— Você sabe que meus próprios filhos testemunharam contra mim? Que meu amado Chrétien chamou a própria mãe de bruxa?

— Creio que foi forçado a isso, Deborah. Quer que eu vá visitá-lo? O que posso fazer que seja de ajuda?

— Ah, meu caro e gentil Petyr. Por que não me deu ouvidos quando lhe pedi que viesse comigo? Mas isso, tudo isso, não é culpa sua. É minha.

— Como assim, Deborah? Nunca duvidei da sua inocência. Se você pudesse ter curado seu marido, não teria havido grito de "bruxa".

— A história é tão mais complicada — disse ela, sacudindo a cabeça. — Quando ele morreu, acreditava que era inocente. Mas passei muitos longos meses nesta cela pensando no assunto, Petyr. A fome e a dor aguçam a mente.

— Deborah, não acredite no que seus inimigos dizem de você, por mais que insistam e por mais eloquentes que sejam suas palavras.

Ela não me respondeu. Parecia indiferente ao que eu dissera. Voltou-se, então, novamente para mim.

— Petyr, faça o seguinte por mim. Se amanhã me trouxerem amarrada para a praça, que é o meu pior medo, exija que meus braços e minhas pernas sejam desamarrados para que eu possa carregar o círio da penitência, como sempre foi costume nesta região. Não permita que meus pés definhados deem pena, Petyr. Tenho mais medo dos grilhões do que das chamas!

— Eu farei isso, mas não há motivo para você se preocupar. Eles vão fazer com que carregue o círio e com que atravesse a cidade inteira. Vão forçá-la a levar o círio até a escadaria da catedral e só ali irão amarrá-la e levá-la para a pira. — Eu mal podia continuar.

— Ouça, tenho mais a lhe pedir.

— Prossiga.

— Quando tudo terminar e você deixar esta cidade, escreva o que vou dizer à minha filha Charlotte Fontenay, mulher de Antoine Fontenay, em Saint-Domingue, que fica em Hispaniola, aos cuidados do mercador Jean-Jacques Toussaint, Port-au-Prince.

Repeti para ela o nome e o endereço completo.

— Diga a Charlotte que eu não sofri na fogueira, mesmo que não seja verdade.

— Farei com que ela acredite.

— Talvez não consiga — disse ela, com um sorriso amargo. — Mas faça o possível, por mim.

— O que mais?

— Transmita mais uma mensagem, e desta você deve se lembrar ao pé da letra. Diga que aja com cuidado. Que aquele que estou enviando para que lhe obedeça às vezes faz para nós aquilo que ele *acredita* que nós queiramos que ele faça. E diga que aquele que lhe estou enviando deduz o que acredita ser nossa intenção tanto das palavras cuidadosas que lhe dizemos quanto dos nossos pensamentos aleatórios.

— Ah, Deborah!

— Você compreende o que estou contando e por que precisa dizer isso a ela?

— Compreendo. Entendo tudo. Você desejou a morte do seu marido, devido à traição. E o espírito o derrubou.

— É mais profundo do que isso. Não procure aprender tudo. Nunca desejei sua morte. Eu o amava. E nem tinha conhecimento da sua traição. Mas você precisa fazer com que Charlotte tenha conhecimento do que eu disse, para sua própria proteção, pois meu servo invisível não tem como lhe falar da sua própria natureza mutante. Ele não pode lhe falar daquilo que ele próprio não compreende.

— Mas...

— Não fique com a consciência pesada, Petyr. Era melhor você não ter vindo, se isso acontecer. Ela já está com a esmeralda. Ele irá até ela quando eu morrer.

— Não o deixe ir, Deborah!

Ela suspirou, com enorme decepção e desespero.

— Por favor, imploro que faça o que lhe pedi.

— O que aconteceu com seu marido, Deborah?

Parecia que ela não ia responder.

— Meu marido já estava morrendo quando meu Lasher apareceu e me informou ter armado uma cilada para meu marido, fazendo com que caísse no bosque.

"Como você foi fazer uma coisa dessas, que nunca mandei que fizesse?", perguntei. Veio, então, sua resposta: "Mas, Deborah, se você tivesse lido o coração dele como eu li, *seria isso o que você teria me ordenado fazer.*"

Senti um calafrio me percorrer até nos ossos, Stefan, e peço que, quando esta carta for copiada nos nossos arquivos, que essas palavras sejam sublinhadas. Pois, quando já se ouviu falar de tanta cumplicidade e determinação, de tanta esperteza e estupidez num demônio invisível?

Eu via esse diabrete, como se recém-liberto de uma garrafa, fazendo travessuras e espalhando destruição à vontade. Lembrei-me das antigas advertências de Roemer. Lembrei-me de Geertruid e das coisas que dissera. Isso era, porém, ainda pior do que o que eles poderiam ter imaginado.

– É, você tem razão – disse ela, triste, tendo lido meus pensamentos. – Você deve escrever isso para Charlotte – insistiu. – E cuidado com as palavras, caso a carta caia em mãos erradas. Mas escreva, escreva para que Charlotte compreenda tudo o que você tem a dizer.

– Deborah, pare a criatura. Permita que eu diga a Charlotte, a pedido de sua mãe, que jogue a esmeralda no mar.

– É tarde demais para isso agora, Petyr. E, sendo o mundo como é, eu enviaria meu Lasher a Charlotte mesmo que você não chegasse aqui hoje para ouvir esse meu último desejo. Meu Lasher é poderoso, muito mais do que se pode imaginar de um espírito, e ele aprendeu muito.

– Aprendeu – repeti, perplexo. – Como aprendeu, Deborah? Se ele é um espírito, e eles são eternamente tolos. E aí está o perigo, pois, ao nos conceder nossos desejos, eles não compreendem a complexidade dos mesmos e acabam provocando nossa desgraça. Há milhares de histórias que comprovam isso. Isso não aconteceu antes? O que você quer dizer com "aprendeu"?

– Petyr, reflita bem sobre o que lhe disse. Garanto que meu Lasher aprendeu muito, e seu erro não resultou da sua simplicidade imutável, mas do seu sentido mais aguçado de objetivo. Prometa-me, porém, por tudo que se passou entre nós um dia, que escreverá para minha filha querida. Isso você tem de fazer por mim!

– Muito bem – declarei, torcendo as mãos. – Eu o farei, mas também lhe relatarei tudo o que acabei de dizer.

– É justo, meu bom padre, meu bom estudioso – disse ela, com um tom amargo e um sorriso. – Agora vá, Petyr. Não consigo suportar sua presença aqui mais um instante. Meu Lasher está perto de mim, e nós dois queremos conversar. E amanhã, eu lhe peço, procure estar num abrigo seguro ao ver que minhas mãos e meus pés estão livres e que cheguei às portas da igreja.

– Deus é testemunha, Deborah, se eu ao menos pudesse tirá-la daqui, se fosse possível por algum meio... – Aqui, Stefan, as palavras me faltaram. Perdi toda a consciência. – Deborah, se seu servo Lasher puder realizar uma fuga com minha ajuda, você só precisa me dizer de que modo isso poderia ser feito.

Eu me imaginava arrancando-a das multidões enfurecidas que nos cercavam e conseguindo fazer com que ela saísse furtiva pelas muralhas e chegasse aos bosques.

Como Deborah sorriu para mim naquela hora, com que ternura e tristeza! Foi o mesmo jeito de sorrir da nossa despedida anos antes.

– Quanta fantasia, Petyr. – Seu sorriso ampliou-se, então, dando-lhe a aparência de semilouca à luz de vela, ou talvez a de um anjo ou de uma santa louca. Seu rosto pálido era tão lindo quanto a própria chama. – Minha vida terminou, mas já viajei muito, fora desta cela. Agora vá. Vá e mande minha mensagem para Charlotte, mas só quando estiver a uma distância segura deste lugar.

Beijei suas mãos. Eles lhe haviam queimado as palmas durante a tortura. Havia grossas cascas nelas, e essas eu beijei também. Nada me importava.

– Eu sempre a amei – declarei. Disse muitas outras coisas também, tolas e ternas, que não escreverei aqui. Tudo isso ela aceitou com perfeita resignação. E ela sabia o que eu havia acabado de descobrir: que me *arrependia* de não ter fugido com ela, que eu desprezava a mim mesmo, ao meu trabalho e a toda a minha vida.

Isso irá passar, Stefan. Eu sei. Eu já sabia ali, há horas apenas ao sair da sua cela. É, porém, real neste momento; e estou como São João da Cruz em sua poesia "A Noite Escura da Alma". Digo-lhe que não me resta nenhum consolo. E por que motivo?

O de que a amo, nada mais do que isso. Pois sei que seu demônio a destruiu, com a mesma certeza que destruiu a sua mãe. E que as advertências de Roemer e Geertruid, bem como de todos os sábios de todos os tempos, aqui se revelaram válidas.

Eu não podia a deixar sem que a abraçasse e beijasse. Senti, porém, sua agonia quando a segurei: a agonia das queimaduras e contusões no seu corpo e dos seus músculos estirados pelo cavalete. E essa havia sido minha bela Deborah, esses escombros que se agarravam a mim, a chorar de repente como se houvesse aberto uma fechadura.

– Perdoe-me, querida – disse eu, culpando-me pelas lágrimas.

– É bom abraçá-lo – sussurrou ela. E depois fez com que eu me afastasse. – Vá agora e não se esqueça de tudo o que lhe disse.

Saí dali enlouquecido. A praça ainda se enchia com aqueles que chegavam para ver a execução. Alguns instalavam suas barracas à luz de tochas, e outros dormiam debaixo de cobertores ao longo das paredes.

Disse ao velho padre que não estava totalmente convencido de que a mulher era bruxa, e que queria ver o inquisidor imediatamente. Digo-lhe, Stefan, que eu me sentia disposto a mover céus e terra por ela.

No entanto, você sabe o que aconteceu.

Chegamos ao château e fomos recebidos. Aquele padre idiota estava muito feliz de estar com alguém importante, invadindo o banquete para o qual não havia sido convidado. Já eu me esmerei e adotei meu comportamento de maior impacto, interrogando o inquisidor diretamente em latim, assim como a velha condessa, uma mulher de pele bronzeada, de aparência espanhola, que me recebeu com extraordinária paciência se considerarmos a atitude com a qual comecei a falar.

O inquisidor, o padre Louvier, elegante e bem nutrido, com barba e o cabelo bem tratados e olhos negros cintilantes, não percebeu nada de suspeito no meu procedimento e foi obsequioso comigo, como se eu pertencesse ao Vaticano, o que poderia ser verdade ao que ele soubesse. Ele apenas procurou me tranquilizar quando eu disse que talvez estivessem a ponto de queimar uma inocente.

– Nunca se viu uma bruxa igual – disse a condessa, que deu uma risada feia, do fundo da garganta, e me ofereceu um pouco de vinho. Ela então me apresentou à condessa de Chamillart, que estava sentada ao seu lado, e a todos os nobres das redondezas que estavam hospedados no château para ver a bruxa arder.

Todas as perguntas que eu fazia, objeções que levantava e sugestões que propunha eram recebidas com a mesma convicção despreocupada por parte dos convivas. Para eles, a batalha estava encerrada e ganha. Tudo o que restava era a festividade que se realizaria na manhã do dia seguinte.

É verdade que os meninos estavam chorando nos seus aposentos, mas eles se recuperariam. E não havia nada a temer de Deborah; pois, se seu espírito fosse forte o suficiente para libertá-la, ele já o teria feito a essa altura. E não era assim com todas as bruxas? Uma vez acorrentada, o diabo as abandonava ao seu próprio destino.

– Mas essa mulher não confessou – declarei. – E o marido caiu do cavalo na floresta, o que ele próprio admitiu. Sem dúvida, não se pode condenar com base no depoimento delirante de um moribundo.

Era como se eu estivesse atirando folhas secas aos seus rostos pelo efeito que se via.

– Eu amava meu filho acima de tudo nesse mundo – disse a velha condessa com seus pequenos olhos pretos inflexíveis e a boca crispada. Em seguida, como se quisesse melhorar seu tom, ela prosseguiu com total hipocrisia: – Pobre Deborah, algum dia eu disse que não gostava de Deborah, que não lhe perdoei milhares de coisas?

– A senhora perdoou demais! – declarou Louvier, com ar de santarrão e com um gesto exagerado, pois o canalha estava bêbado.

– Não estou falando de bruxarias – disse a velha, sem se perturbar com as maneiras do padre. – Falo da minha nora e de todas as suas fraquezas e segredos. Pois quem nesta cidade não sabe que Charlotte nasceu cedo demais após o casamento? E no entanto, meu filho era tão obcecado pelos encantos dessa mulher, adorava tanto Charlotte, era tão grato a Deborah pelo seu dote e era tão tolo sob todos os aspectos...

– Será que precisamos falar disso! – sussurrou a condessa de Chamillart, que pareceu estremecer. – Charlotte não está mais entre nós.

– Ela será encontrada e queimada, como a mãe – declarou Louvier, e houve gestos e manifestações de concordância de todos os presentes.

E continuaram assim, conversando entre si sobre como ficariam todos felizes depois das execuções. Quando eu tentava fazer qualquer pergunta, eles apenas me faziam um gesto para que me calasse, para que bebesse, para que não me preocupasse.

Foi horrível o jeito com que passaram a me ignorar então, como seres num sonho que não ouvem nossos berros. Mesmo assim, insisti em falar que eles não tinham provas de voos noturnos, de sabás, de relações com demônios e todas as outras provas tolas que em outras partes mandam essas criaturas para a fogueira. Quanto à capacidade de curar, o que era isso a não ser o talento da benzedeira, e por que condená-la por esse motivo? A boneca talvez não passasse de algum instrumento para a cura.

Tudo em vão.

Como se sentiam tranquilos e sociáveis enquanto jantavam à mesa que havia sido dela, com prataria que havia sido dela! E Deborah, naquela cela miserável.

Afinal, implorei que ela morresse por estrangulamento antes de ser queimada.

– Quantos de vocês presenciaram com os próprios olhos a morte de uma pessoa pelo fogo? – Mas essa minha sugestão foi recebida com a indiferença mais entediada.

– A bruxa não se arrependeu – disse a condessa de Chamillart, a única entre eles que parecia sóbria e até mesmo atingida por um ligeiro medo.

– Ela vai sofrer o quê? No máximo uns quinze minutos? – perguntou o inquisidor, limpando a boca com seu guardanapo imundo. – O que é isso diante do fogo eterno do inferno?

Afinal fui embora, atravessando de volta a praça apinhada de gente, onde parecia estar se realizando uma festa embriagada em volta da cada uma das pequenas fogueiras que ardiam. Parei para olhar a pira sinistra e o poste no alto com suas algemas de ferro, e por acaso me flagrei olhando à sua esquerda, para os arcos triplos das portas da igreja. E ali, nos entalhes grosseiros de épocas passadas, estavam os diabinhos do inferno sendo empurrados para as chamas por São Miguel Arcanjo, com seu tridente atravessando o ventre do demônio.

As palavras do inquisidor ressoavam nos meus ouvidos enquanto eu contemplava essa feia imagem à luz das fogueiras. "Ela vai sofrer o quê? No máximo uns quinze minutos? E o que é isso diante do fogo eterno do inferno?"

Ah, Deborah, que nunca prejudicou ninguém, que proporcionou sua arte medicinal ao mais pobre e ao mais rico, e que se foi tão imprudente!

E onde estava seu espírito vingador, seu Lasher, que procurou poupar-lhe dor destruindo seu marido, e que a levou àquela cela miserável? Estaria com ela, segundo o que ela mesma disse? Não foi seu nome o que gritou ao ser torturada. Foi o meu e o do seu velho e bom marido, Roelant.

Stefan, estou escrevendo ainda esta noite tanto para que fique registrado quanto para afugentar a loucura. Agora estou exausto. Fiz minha mala e estou pronto para sair desta cidade assim que tiver presenciado o final dessa história. Lacrarei esta carta e a colocarei na mala com a nota costumeira, de que, na eventualidade da minha morte, uma recompensa estará à sua espera em Amsterdã, caso ela seja entregue, e assim por diante.

Pois não sei o que a luz do dia vai trazer. E continuarei esta tragédia com uma nova carta, se amanhã à noite estiver instalado numa outra cidade.

O sol mal começa a entrar pelas janelas. Rezo para que de algum modo Deborah possa se salvar, mas sei que isso está fora de cogitação. E, Stefan, eu invocaria a mim seu demônio, se achasse que ele me daria ouvidos. Eu tentaria dar-lhe ordens para alguma ação desesperada. Mas sei que não tenho esse poder, e por isso espero.

Seu fiel companheiro no Talamasca,

Petyr van Abel
Montcleve
Dia de São Miguel, 1689

Michael havia terminado a primeira transcrição. Retirou a segunda do envelope de papel pardo e ficou ali sentado um tempo, com as mãos firmes sobre o documento, torcendo estupidamente para que de algum modo Deborah não fosse queimada.

E então, incapaz de permanecer ali sentado quieto mais um minuto sequer, ele pegou o telefone, chamou a telefonista e pediu para falar com Aaron.

– Aquele quadro em Amsterdã, Aaron, o que foi pintado por Rembrandt, vocês ainda o possuem?

– Claro, ele ainda está lá, Michael, na matriz de Amsterdã. Já pedi que me fosse enviada uma foto dos arquivos. Vai levar algum tempo.

– Aaron, você sabe que ela é a mulher de cabelos escuros. Você sabe que é. E a esmeralda deve ser a joia que eu vi. Eu poderia jurar que conheço Deborah. Ela deve ser a mulher que me apareceu, e trazia a esmeralda ao pescoço. E Lasher foi a palavra que eu disse ao abrir os olhos no barco.

– Mas você não se lembra realmente dela?

– Não, mas tenho certeza... E Aaron...

– Michael, procure não interpretar, nem analisar. Prossiga com a leitura. Não temos muito tempo.

– Preciso de lápis e papel para fazer anotações.

– O que você precisa é de um caderno no qual possa registrar tudo o que lhe ocorra, assim como qualquer coisa que volte à sua mente acerca das visões.

— Isso mesmo. Gostaria de ter usado um caderno desde o início.

— Já vou providenciar um. Permita-me recomendar que você registre a data de cada anotação, como faria num diário informal. Mas continue, por favor. Daqui a pouco, vai chegar mais café fresco. Qualquer outra coisa, pode me chamar.

— Tudo bem. Aaron, há tantas coisas...

— Eu sei, Michael. Procure se manter calmo. Leia apenas.

Michael desligou, acendeu um cigarro, bebeu um pouco mais do café velho e ficou olhando a capa do segundo arquivo.

Ao ouvir baterem à porta, ele foi até lá.

A mulher simpática que ele havia visto mais cedo no corredor estava ali com mais café, algumas canetas e um belo caderno com capa de couro e papel pautado muito branco. Ela deixou a bandeja sobre a escrivaninha, retirou a anterior e saiu em silêncio.

Michael sentou-se novamente, serviu uma xícara de café puro e abriu imediatamente o caderno, registrando a data e fazendo sua primeira anotação.

"Após ler a primeira pasta de arquivo, sei que Deborah é a mulher que vi nas visões. Eu a conheço. Conheço seu rosto e sua personalidade. Se tentar, poderei ouvir a sua voz.

"E é mais seguro que um palpite afirmar que a palavra que disse a Rowan quando acordei foi Lasher. Mas Aaron tem razão. Não me lembro realmente disso. Só sei.

"E é claro que o poder das minhas mãos está relacionado. Mas de que modo ele deverá ser usado? Certamente, não para tocar objetos aleatoriamente, como venho fazendo, mas para tocar algo específico...

"Mas ainda é cedo demais para tirar conclusões..."

Se ao menos eu tivesse algo que pertenceu a Deborah para tocar, pensou ele. Pressentiu, porém, que não havia nada, ou Aaron também teria mandado buscar o que houvesse. Examinou as fotocópias das cartas de Petyr van Abel. Era só isso o que eram: fotocópias. Não serviam para suas mãos ansiosas.

Pensou um pouco, se é que se podia chamar de pensamento aquela confusão na sua mente, e depois desenhou no caderno um colar, com uma gema retangular no centro, cercada por uma filigrana, suspensa de uma corrente de ouro. Fez o desenho como fazia desenhos arquitetônicos, com linhas retas muito nítidas e detalhes levemente sombreados.

Examinou a ilustração, com os dedos enluvados da mão esquerda passando nervosos pelo cabelo e depois se fechando num punho quando ele pousou a mão sobre a mesa. Estava a ponto de riscar o desenho, quando decidiu mantê-lo. Abriu, então, o segundo arquivo e começou a ler.

14

O ARQUIVO SOBRE AS BRUXAS MAYFAIR

CAPÍTULO II

>Marselha, França
>4 de outubro de 1689

Caro Stefan,

Cá estou em Marselha, após alguns dias de viagem de Montcleve, durante os quais descansei em Saint-Rémy e segui meu caminho dali com muita lentidão, devido ao ferimento no meu ombro e na minha alma.

Já retirei dinheiro com nosso agente aqui e enviarei esta carta menos de uma hora após terminá-la. Você irá, assim, recebê-la logo após minha carta anterior, que enviei ao chegar ontem à noite.

Estou infeliz, Stefan. Os confortos de uma estalagem grande e razoável aqui significam pouco ou nada para mim, embora esteja satisfeito de me encontrar fora das pequenas aldeias e numa cidade de certo porte, onde não posso deixar de me sentir à vontade e com alguma segurança.

Se chegaram notícias aqui do ocorrido em Montcleve, eu ainda não as ouvi.

E, como guardei meus trajes de religioso na periferia de Saint-Rémy e desde então sou um próspero viajante holandês, creio que ninguém vai me perturbar a respeito desses recentes acontecimentos nas montanhas, pois o que eu poderia saber dessas coisas? Mais uma vez escrevo para afugentar a loucura tanto quanto para mantê-lo informado, o que é minha obrigação, e dar continuidade ao assunto.

A execução de Deborah começou de modo semelhante a muitas outras, pois, assim que a luz da manhã caiu sobre a praça diante das portas da catedral de Saint-Michel, toda a cidade ali se reuniu, com os vendedores de vinho fazendo bons negócios, e a velha condessa, vestida de preto, apresentando-se com os dois meninos trêmulos, ambos de pele bronzeada e cabelos escuros para provar o sangue espanhol nas suas veias, mas com uma altura e uma delicadeza óssea que denunciavam o sangue da sua mãe. Os dois estavam assustadíssimos quando foram levados até o alto do palanque diante da cadeia, voltado para a pira.

O pequeno Chrétien pareceu começar a chorar e a se agarrar à avó, diante do que sussurros nervosos se espalharam pela multidão: "Chrétien, olhem para Chrétien." Seus lábios tremiam quando fizeram com que se sentasse, mas seu irmão mais velho, Philippe, demonstrava apenas medo e talvez ódio do que via ao seu redor. A velha condessa abraçou e consolou os dois, e do seu outro lado deu as boas-vindas à condessa de Chamillart e ao inquisidor, o padre Louvier, com dois jovens clérigos em finos trajes.

Mais quatro padres, não sei vindos de onde, também ocupavam os lugares mais altos, e um pequeno bando de homens armados estava a postos aos pés do palanque, sendo estes as autoridades locais, ao que pude supor.

Outras importantes personalidades, ou uma enorme coleção daqueles que se creem importantes, ocuparam o restante dos lugares com grande rapidez e, se havia alguma janela em qualquer canto que não estivesse aberta antes, ela agora estava aberta e cheia de rostos ansiosos. Os que se encontravam a pé chegavam tão perto da pira que não pude deixar de me perguntar como se livrariam de serem queimados.

Um pequeno grupo de homens armados, trazendo consigo uma escada, apareceu em meio à multidão e encostou a escada na pira. O pequeno Chrétien viu isso e mais uma vez se voltou cheio de medo para a avó, soluçando enquanto chorava, mas o jovem Philippe continuou como antes. Afinal, abriram-se com violência as portas de Saint-Michel, e apareceu abaixo do arco, na própria soleira, o vigário e alguma autoridade desprezível, provavelmente o prefeito do local, que trazia na mão um pergaminho enrolado. Um par de guardas armados apresentou-se à direita e à esquerda.

E entre eles, surgiu minha Deborah diante de uma plateia silenciada e pasma. Ereta e com a cabeça alta, o corpo magro coberto por uma túnica branca que caía até os pés descalços, e nas mãos a vela de três quilos que ela segurava à sua frente enquanto seus olhos esquadrinhavam a multidão.

Nunca vi tanto destemor na minha vida, Stefan, embora, quando olhava da janela da estalagem ali em frente e meus olhos encontraram os de Deborah, minha visão ficasse nublada com lágrimas.

Não posso dizer ao certo o que se seguiu, a não ser que no exato momento em que as cabeças poderiam ter se voltado para ver essa pessoa que a "bruxa" encarava tão fixamente, Deborah desviou o olhar e mais uma vez examinou o cenário à sua frente, detendo-se com igual cuidado nas barracas dos vendedores de vinho e dos ambulantes, nos grupos aleatórios de pessoas que recuavam diante do seu olhar, e afinal no alto palanque armado ali: na velha condessa, que se enrijeceu com essa acusação muda; na condessa de Chamillart, que imediatamente se contorceu no seu lugar, com o rosto enrubescido ao se voltar em pânico para a velha condessa que permanecia tão inabalável quanto antes.

Enquanto isso, o padre Louvier, o grande e vitorioso inquisidor, gritava em voz rouca para que o prefeito lesse a proclamação que trazia na mão e para que "desse início à solenidade".

Surgiu um alvoroço entre os presentes, e o prefeito pigarreou para começar a leitura. Foi então que me certifiquei do que já havia visto, mas que não havia notado; de que os pés e as mãos de Deborah estavam livres.

Era agora minha intenção deixar a janela e abrir caminho, à força, se necessário, até a primeira fileira da multidão para que eu pudesse estar ao seu lado, sem me importar com o perigo que isso poderia representar.

E eu estava prestes a me afastar da janela quando o prefeito começou a ler o texto em latim, com uma lentidão torturante, e a voz de Deborah ressoou, fazendo com que ele se calasse e exigindo o silêncio da multidão.

– Nunca lhes fiz mal, nem ao mais pobre de vocês! – declarou ela, falando devagar e bem alto, com a voz ecoando nas paredes de pedra. E, quando o padre Louvier se levantou e pediu silêncio, ela ergueu ainda mais a voz e afirmou que iria falar.

– Silenciem essa mulher! – determinou a velha condessa, agora enfurecida, e mais uma vez Louvier ordenou aos berros que o prefeito lesse a proclamação. O vigário, apavorado, recorreu aos seus guardas armados, mas eles haviam se afastado aparentando temor enquanto observavam Deborah e a multidão assustada.

– Vocês hão de me ouvir! – gritou Deborah, tão alto quanto antes. E, ao dar um passo à frente, para se colocar por inteiro à luz do sol, a multidão recuou como uma imensa massa que surgia. – Fui condenada injustamente por bruxaria! – continuou. – Pois não sou herege, não idolatro Satã e não prejudiquei nenhum ser humano daqui!

E antes que a velha condessa pudesse reagir, Deborah prosseguiu:

– Vocês, meus filhos, testemunharam contra mim e por isso eu os renego! E a senhora, minha querida sogra, se condenou ao inferno com suas mentiras!

– Bruxa! – gritou, histérica, a condessa de Chamillart, agora em pânico. – Vamos queimá-la! Joguem-na na fogueira!

Com isso, alguns pareceram vir à frente, tanto por medo quanto por um desejo de heroísmo, talvez para obter favores ou talvez mesmo por pura confusão. Os guardas armados, no entanto, não se mexeram.

– Bruxa, vocês me chamam! – respondeu Deborah imediatamente. E, com um largo gesto, jogou o círio sobre o chão de pedras e lançou as mãos aos céus diante dos homens que a teriam agarrado, mas que não o fizeram. – Ouçam! Vou mostrar-lhes bruxarias que nunca mostrei antes!

A multidão estava agora totalmente apavorada. Alguns deixavam a praça; outros se acotovelavam para alcançar as ruas estreitas que saíam dali. E até mesmo os convidados no palanque estavam em pé. O pequeno Chrétien enfiou o rosto no vestido da velha condessa e mais uma vez tremia ao soluçar.

Mesmo assim, os olhos de centenas de pessoas naquele local estreito permaneciam fixos em Deborah, que havia erguido os braços magros e machucados. Seus lábios se mexeram, mas eu não pude ouvir suas palavras, pois gritos agudos subiam de alguma janela mais baixa e em seguida ouviu-se um ronco acima dos telhados, muito mais fraco do que o do trovão e, por isso, mais terrível. Formava-se uma forte ventania e com ela surgiu mais um ruído, um som baixo de coisas estalando e quebrando, que a princípio não reconheci e depois me lembrei de muitas tempestades: os velhos telhados do local estavam entregando ao vento suas telhas soltas e quebradas.

Imediatamente as telhas começaram a cair dos parapeitos como chuva, aqui uma a uma, mais ali em grupos de meia dúzia, e o vento uivava e ganhava forças sobre a praça. As venezianas de madeira das estalagens começavam a bater forçando as dobradiças, e minha Deborah gritou novamente, mais alto do que esse barulho e do que os gritos frenéticos da multidão:

– Venha agora, meu Lasher, venha me vingar! Destrua meus inimigos! – Curvando-se ao meio, ela ergueu as mãos, com o rosto vermelho e enfurecido. – Eu o vejo, Lasher. Eu o conheço. Eu o chamo! – E voltando a ficar ereta, com os braços abertos. – Destrua meus filhos, destrua quem me acusou! Destrua os que vieram para me ver morrer!

E as telhas caíam com estrondo dos telhados da igreja, da prisão, da sacristia e das estalagens, atingindo a cabeça dos que berravam ali embaixo. E, com o vento, o palanque construído de tábuas frágeis, varas e cordas com uma argamassa grosseira começou a oscilar enquanto os que se agarravam a ele berravam por suas vidas. Apenas o padre Louvier mantinha-se firme.

– Queimem a bruxa! – gritou ele, tentando passar por entre os homens e mulheres em pânico que caíam uns sobre os outros na tentativa de escapar. – Queimem a bruxa, e a tempestade passará!

Ninguém se mexeu para obedecer sua ordem. E embora apenas a igreja pudesse oferecer abrigo numa tormenta daquelas, ninguém ousava se aproximar dela, já que Deborah ocupava a porta com seus braços esticados. Os guardas armados haviam fugido dela em pânico. O padre da paróquia estava encolhido ao longe. O prefeito não era visto em parte alguma.

O próprio céu acima da cidade havia escurecido, e as pessoas lutavam, xingavam e caíam na praça apinhada. Com a cruel chuva de telhas, a velha condessa foi atingida, caiu para a frente, perdeu o equilíbrio e, passando por cima dos corpos que se contorciam à sua frente, bateu direto nas pedras. Os dois meninos estavam abraçados quando uma saraivada de pedras soltas da fachada da igreja caiu sobre eles. Chrétien inclinou-se sob o ataque das pedras como uma árvore numa tempestade de granizo, recebendo, então, um golpe que o deixou inconsciente, de joelhos. Agora, o próprio palanque desmoronou, trazendo consigo os dois meninos e umas vinte pessoas ou mais que ainda lutavam para se proteger.

Ao que eu pudesse ver, todos os guardas haviam abandonado a praça, e o vigário não estava mais ali. Vi, então, minha Deborah recuar para as sombras da igreja, embora seus olhos continuassem nos céus.

– Eu o vejo, Lasher! – exclamou. – Meu belo e forte Lasher! – E desapareceu na escuridão da nave.

Diante disso, saí correndo da janela, desci as escadas e entrei no tumulto da praça. Não poderia lhe dizer o que estava na minha cabeça, a não ser que fosse algum meio de alcançá-la e, protegidos pelo pânico à nossa volta, tirá-la a salvo daquele lugar.

No entanto, enquanto atravessava correndo o espaço aberto, com as telhas voando em todas as direções, uma delas atingiu meu ombro e uma outra minha mão esquerda. Eu não via sombra de Deborah, apenas as portas da igreja que, apesar de serem imensamente pesadas, balançavam com o vento.

Algumas venezianas haviam se soltado, caindo sobre o povo enlouquecido que não conseguia fugir pelas ruelas estreitas. Havia corpos empilhados em cada arco, em cada portal. A velha condessa jazia morta, com os olhos abertos para os céus, enquanto homens e mulheres tropeçavam nos seus membros. E nos destroços do palanque estava o corpo de Chrétien, o menor, tão retorcido que não podia nele restar vida.

Philippe, o mais velho, estava engatinhando à procura de abrigo, aparentemente com a perna quebrada, quando uma veneziana de madeira o atingiu no pescoço, quebrando-o de tal modo que ele caiu morto.

Foi então que alguém perto de mim, recuando intimidado contra a parede, gritou enquanto apontava para o alto:

— A condessa!

Lá estava ela, bem alto nos parapeitos da igreja, pois havia entrado ali para subir. Equilibrando-se perigosamente sobre a muralha, mais uma vez ergueu as mãos para os céus e invocou o espírito. No entanto, com o uivar do vento, os gritos dos aflitos, o barulho das telhas, das pedras e das madeiras quebradas, eu não podia ter esperança de discenir suas palavras.

Corri na direção da igreja e, uma vez dentro dela, procurei em pânico pela escada. Louvier também estava lá, a correr de um lado para outro. Ele descobriu a escada antes de mim e começou a subir à minha frente.

Eu corri atrás dele, subindo cada vez mais, sempre vendo suas saias negras bem no alto e ouvindo o estalar dos seus sapatos nas pedras. Ah, Stefan, se ao menos eu tivesse uma adaga, mas não tinha.

Quando chegamos aos parapeitos abertos e ele saiu correndo à minha frente, vi o corpo magro de Deborah como a sair voando do telhado. Aproximei-me da beira, olhando para a carnificina lá embaixo, e a vi caída, destruída, nas pedras. Seu rosto estava voltado para cima, um dos braços debaixo da cabeça e o outro, inerte sobre o peito, e seus olhos estavam fechados como se ela estivesse dormindo.

Louvier praguejou ao vê-la.

— Queimem a bruxa! Ponham seu corpo no alto da pira! — gritou ele, mas em vão. Ninguém o ouvia. Consternado, ele se voltou, talvez com a intenção de descer e continuar a coordenar a solenidade. Foi então que me viu ali, parado.

E, com uma expressão de imenso espanto, ele me olhou indefeso e confuso quando eu, sem hesitação, o empurrei para trás, pondo toda minha força no seu peito, até ele sair voando da beira do telhado.

Ninguém presenciou isso, Stefan. Estávamos no ponto mais alto de Montcleve. Nenhum outro telhado se erguia mais alto do que o da igreja. Nem mesmo o distante château tinha visão desse parapeito; e aqueles que se encontravam lá embaixo não poderiam ter me visto, já que o próprio Louvier me servia de escudo enquanto eu o empurrava.

No entanto, mesmo que eu possa me enganar quanto a essa possibilidade, o fato é que ninguém me viu.

Recuei imediatamente, certificando-me de que ninguém me havia seguido até ali, desci e fui até a porta da igreja. Lá estava minha obra, Louvier, tão morto quanto minha Deborah, caído muito perto dela, com o crânio esmagado sangrando e os olhos abertos naquela expressão obtusa que os mortos têm e que quase nunca um ser humano com vida consegue se aproximar.

Quanto tempo a tormenta continuou, não sei dizer. Só que ela já estava amainando quando cheguei à porta da igreja. Talvez uns quinze minutos, o tempo exato que o maldito havia concedido a Deborah para sua morte na fogueira.

Das sombras da entrada da igreja, vi a praça vazia, afinal, com as últimas pessoas pulando sobre os corpos que agora bloqueavam as ruas laterais. Vi o céu clarear. Ouvi a tormenta passar. Fiquei ali imóvel, olhando em silêncio para o corpo da minha Deborah, e vi que o sangue escorria da sua boca e que sua túnica branca estava também manchada de sangue.

Depois de um tempo considerável, grande quantidade de pessoas voltou ao espaço aberto da praça, a examinar os corpos dos mortos e os daqueles que ainda estavam vivos e choravam, implorando ajuda. Aqui e ali os feridos eram recolhidos e levados embora. O estalajadeiro saiu correndo, com o filho ao lado, e se ajoelhou junto ao corpo de Louvier.

Foi o filho quem me viu, se aproximou de mim e me disse, totalmente perturbado, que o vigário da paróquia estava morto, bem como o prefeito. O filho tinha um ar atarantado, como se não pudesse acreditar que ainda estivesse vivo e que houvesse testemunhado um fenômeno semelhante.

– Eu lhe disse que ela era uma bruxa terrível – afirmou ele, baixinho, para mim. E, enquanto estava ao meu lado, olhando espantado para ela, vimos os guardas armados que se reuniam, muito abalados, machucados e temerosos, obedecendo as ordens de um jovem clérigo cuja testa sangrava. Eles levantaram o corpo de Deborah e, olhando ao redor como se temessem a volta da tormenta, o que não aconteceu, levaram-no para a pira. A lenha e o carvão começaram a ruir à medida que eles subiam pela escada ali encostada. Eles depositaram o corpo com cuidado e se afastaram às pressas.

Outros se reuniram quando o jovem clérigo, de batina rasgada e com a cabeça ainda sangrando, acendeu as tochas, e rapidamente a estrutura inteira estava em chamas. O jovem clérigo ficou ali muito perto, olhando a madeira queimar para depois recuar cambaleante e cair desmaiado, ou talvez morto.

Eu tinha esperança de que estivesse morto.

Mais uma vez, subi a escadaria. Saí até o telhado da igreja. Olhei lá embaixo o corpo da minha Deborah, morto, imóvel, livre de qualquer dor, enquanto ele era consumido pelas chamas. Passei os olhos pelos telhados, agora todos esburacados nos lugares em que as telhas haviam sido arrancadas, e pensei no espírito de Deborah, perguntando-me se ele havia subido pelas nuvens acima.

Só quando a fumaça que subia se tornou tão espessa e seu cheiro tão forte com a lenha, o carvão e a resina a ponto de eu não conseguir mais respirar, foi que me afastei. De volta à estalagem, onde os homens bebiam e tagarelavam sem parar, confusos, espiando o fogo lá fora e depois recuando da porta intimidados, peguei minha maleta e desci à procura do meu cavalo. Com o tumulto, ele havia fugido.

Ao ver um outro animal, aos cuidados de um apavorado menino de estábulo e pronto para ser montado, consegui comprá-lo pelo dobro do que valia, embora fosse grande a probabilidade de ele não pertencer a quem o vendeu. Saí, assim, da cidade.

Depois de muitas horas de lenta viagem através da floresta, com muita dor no ombro e dor muito maior no meu íntimo, cheguei a Saint-Rémy e ali caí num sono profundo.

Naquela cidade ainda não havia chegado a notícia do acontecido, e eu parti bem cedo para o sul, na direção de Marselha.

Há duas noites que fico deitado na cama, meio dormindo, meio sonhando, e pensando nas coisas que vi. Chorei por Deborah até não ter mais lágrimas dentro de mim. Refleti sobre meu crime e percebi que não sentia culpa, apenas a convicção de que o teria cometido outra vez.

Durante toda a minha vida no Talamasca, nunca ergui a mão para outro homem. Conversei, procurei convencer, fiz vista grossa e menti, esforçando-me ao máximo para derrotar as forças das trevas, como as conhecia, e servir as forças do bem. Em Montcleve, porém, meu sangue subiu, e com ele, minha integridade e minha vingança. Alegro-me por ter jogado aquele maldito do telhado da igreja, se é que essa satisfação silenciosa pode ser chamada de alegria.

Mesmo assim, cometi assassinato, Stefan. Você tem em seu poder minha confissão. E não espero outra coisa, a não ser sua condenação e a da Ordem, pois desde quando nossos estudiosos saíram por aí a assassinar, a empurrar juízes de bruxas dos telhados das igrejas como eu fiz?

Tudo o que posso alegar em minha defesa é que o crime foi cometido num momento de paixão e de irracionalidade. No entanto, não me arrependo. Você saberá disso assim que puser os olhos em mim. Não tenho mentiras a contar para tornar as coisas mais simples.

No momento em que escrevo, no entanto, meu pensamento não está nesse assassinato. Está, sim, na minha Deborah, no espírito Lasher e no que vi com meus próprios olhos em Montcleve. Está em Charlotte Fontenay, a filha de Deborah, que viajou não para a Martinica, como creem seus inimigos, mas para Port-au-Prince, em Saint-Domingue, como talvez só eu saiba.

Stefan, não posso deixar de prosseguir na minha investigação desse caso.

Não posso largar a pena, cair de joelhos, dizer que matei um padre e que, por isso, devo renunciar ao mundo e ao meu trabalho. Por isso, eu, o assassino, prossigo, como se nunca houvesse conspurcado a questão com meu próprio crime ou minha própria confissão.

O que devo fazer agora é procurar essa infeliz Charlotte – não importa quão longa seja a viagem – e abrir meu coração para ela, contando-lhe tudo o que vi e tudo o que sei.

Não pode se tratar de uma simples exposição; de nenhum apelo à sanidade; nenhuma súplica sentimental, como as que fiz na juventude a Deborah. Meus argumentos precisarão ter substância. É necessário que haja uma conversa entre nós, para que essa mulher me permita examinar com ela essa coisa surgida do invisível e do caos para fazer maiores estragos do que qualquer demônio ou espírito de que eu tenha ouvido falar.

Pois esse é o cerne da questão, Stefan. O ser é apavorante, e toda e qualquer bruxa que procurar dominá-lo acabará perdendo o controle sobre ele. Disso não tenho dúvida. Mas qual será a trajetória dele mesmo?

É fato que ele destruiu o marido de Deborah com base no que sabia a seu respeito. Por que não contou à própria bruxa? E o que queriam dizer as afirmações de Deborah de que esse ser estava aprendendo, declarações que ela me fez duas vezes, a primeira há muitos anos, em Amsterdã, a segunda há pouco, antes desses trágicos acontecimentos?

O que pretendo fazer é examinar a natureza do ser, o fato de ele querer poupar sofrimento a Deborah ao destruir o marido por ela, sem dizer os motivos, embora tivesse de confessá-los quando interrogado. Ou ele teria apenas se adiantado, fazendo por ela o que ela teria feito, para demonstrar que era um espírito valoroso e inteligente.

Qualquer que seja a resposta, esse é um espírito raríssimo e extremamente interessante. E imagine sua força, Stefan, pois em nada exagerei o que ocorreu à população de Montcleve. Logo você ouvirá falar nisso, pois foi surpreendente e horrível demais para que a história não se espalhe por toda parte.

Agora, nessas longas horas de tormento e desgosto que passei ditado aqui, estudei meticulosamente na lembrança tudo o que li um dia acerca dos antigos conhecimentos sobre espíritos, demônios e semelhantes.

Refleti sobre as obras dos magos, suas advertências, os episódios e ensinamentos dos padres da Igreja; pois não importa o quanto sejam tolos sob certos aspectos, os padres da Igreja conhecem alguma coisa a respeito dos espíritos, tema sobre o qual revelam concordar com os antigos; e essa concordância já é um ponto significativo.

Pois se o romanos, os gregos, os estudiosos hebreus e os cristãos descrevem todos as mesmas entidades, fazem as mesmas advertências e ensinam as mesmas fórmulas para seu controle, então, sem dúvida, isso é algo que não se deve descartar.

E, ao que eu saiba, não houve nação ou tribo que não reconhecesse a existência de muitos serem invisíveis, classificando-os em espíritos bons e maus, de acordo com seu efeito sobre os homens.

Nos primórdios do cristianismo, os padres da Igreja acreditavam que esses espíritos tratava-se na realidade de antigos deuses pagãos. Ou seja, eles acreditavam que esses deuses existiam e que eram criaturas com poderes inferiores, crença que sem dúvida a Igreja não aceita mais.

No entanto, os juízes de bruxas persistem com essa crença, de modo primitivo e ignorante, pois, quando acusam a bruxa de sair cavalgando pela noite, eles a estão acusando, com palavras tolas, da antiga crença na deusa Diana, que era realmente disseminada pela Europa antes do advento do cristianismo; e o diabo em forma de bode que a bruxa beija não é outro a não ser o deus pagão Pã.

O juiz de bruxas não sabe, porém, que é isso o que faz. De forma dogmática, ele crê apenas em Satã, "o diabo", e nos seus demônios. E o historiador precisa salientar para ele, mesmo que nada resulte disso, que as invenções encontradas nas demonologias provêm da cultura camponesa pagã.

Voltando, porém, ao raciocínio principal, todos os povos sempre acreditaram nos espíritos. E todos os povos nos disseram algo sobre os espíritos; e é o que eles nos deixaram que devo examinar aqui. E se a memória ainda me vale, devo declarar que o que concluímos das lendas, dos livros de magia e das demonologias é que existe uma legião de entidades que podem ser invocadas pelo nome e comandadas por bruxas ou feiticeiros. Na realidade, o Livro de Salomão as descreve como numerosas e fornece não só os nomes e características desses seres, como também a forma sob a qual preferem aparecer.

E, embora nós do Talamasca há muito sustentemos que a maioria desses relatos é pura fantasia, sabemos que essas entidades existem, e sabemos que os livros contêm algumas advertências válidas quanto ao perigo inerente à invocação desses seres, pois eles podem nos conceder nossos desejos em termos que nos fazem clamar aos céus em desespero, como fica explícito na antiga lenda do rei Midas e na história popular dos três pedidos.

Na verdade, em qualquer idioma, define-se a sabedoria do mago como o conhecimento necessário para conter e usar com cuidado o poder dessas criaturas invisíveis, de tal modo que esse poder não se volte contra o mago de alguma forma imprevista.

No entanto, não importa o quanto se leia a respeito do aprendizado sobre os espíritos, onde é que se ouviu falar de ensinar os espíritos a aprender? Onde se ouviu falar de que eles se modifiquem? Que se fortaleçam através da invocação, sim, mas que se modifiquem?

E por duas vezes Deborah me falou exatamente disso, da instrução do seu espírito, Lasher, o que significa que a criatura pode mudar.

Stefan, o que percebo é que esse ser, invocado da invisibilidade e do caos pela tola Suzanne, é um total mistério nesse estágio da sua existência como servo dessas bruxas, e que ele se aperfeiçoou por meio da orientação de Deborah, passando de um mero espírito do ar, capaz de criar tempestades, a um horrendo demônio capaz de matar os inimigos da bruxa segundo suas ordens. E para mim há ainda mais na história, que Deborah não teve tempo nem forças para me relatar, mas que eu preciso levar ao conhecimento de Charlotte, embora não com o objetivo de guiá-la na sua devoção a esse ser, mas na esperança de me interpor entre ela e o demônio e conseguir sua dissolução de algum modo.

Pois, Stefan, quando examino as palavras do ser a mim mencionadas por Deborah, acredito que esse espírito tem não só características a serem aprendidas pela bruxa, mas também uma *personalidade* através da qual ele aprende. Em suma, não apenas uma natureza a ser compreendida, mas talvez uma alma com a qual ele compreende.

Além disso, também estou disposto a apostar que essa Charlotte Fontenay não sabe praticamente nada acerca do espírito; que ela não aprendeu a arte da magia com Deborah; que somente no último instante Deborah revelou seus segredos a Charlotte, exigiu a lealdade da filha e a mandou embora com sua bênção para que Charlotte pudesse sobreviver a ela, sem presenciar seu sofrimento na fogueira. "Minha filha querida", ela a chamou, do que me lembro bem.

Stefan, *preciso* ter permissão para ir até Charlotte. Não posso recuar, como fiz há anos afastando-me de Deborah sob as ordens de Roemer Franz. Pois, se eu tivesse discutido com Deborah e estudado com ela, talvez tivesse conseguido conquistar alguma confiança, e esse ser poderia ter sido renegado.

Finalmente, Stefan, considere meu pedido para esta missão à luz de mais dois motivos. O primeiro sendo que amei Deborah e que não obtive sucesso no seu caso; e que, portanto, devo procurar sua filha, pois isso é o mínimo que se exige de mim em virtude do que se passou entre mim e sua mãe no passado.

E o segundo, que tenho comigo dinheiro suficiente para ir até Saint-Domingue e posso retirar mais com nosso agente aqui, que me adiantará mais do que o suficiente. Além de que posso ir mesmo que vocês não me permitam.

Mas, por favor, não me faça desrespeitar as normas da Ordem. Dê-me sua permissão. Mande-me para Saint-Domingue.

Pois acontece que é para lá que vou.

Seu fiel companheiro no Talamasca,

Petyr van Abel
Marselha

O Talamasca
Amsterdã

Petyr van Abel
Marselha

Caro Petyr,
    Suas cartas nunca deixam de nos surpreender, mas você superou todos os seus triunfos passados com essas duas últimas de Marselha.
    Todos aqui as leram, palavra por palavra. Reuniu-se o conselho, e são as seguintes as nossas recomendações:
    Que você volte imediatamente para Amsterdã.
    Compreendemos muito bem suas razões para querer viajar até Saint-Domingue, mas não podemos permitir tal viagem. E pedimos que compreenda que, por sua própria confissão, você se tornou parte do mal do demônio de Deborah Mayfair. Ao empurrar o padre Louvier do telhado, você realizou os desejos da mulher e do seu espírito.
    O fato de você ter violado as normas do Talamasca com esse ato irrefletido nos preocupa profundamente, pois tememos por você. Todos estamos de acordo quanto à necessidade de que você volte para casa para se aconselhar com os que aqui estão e para recuperar sua consciência e seu discernimento.
    Petyr, você está recebendo ordens sob o risco de excomunhão. Volte imediatamente para nós.
    À história de Deborah Mayfair devotamos muito estudo, levando em consideração suas cartas a nós, bem como as pouquíssimas observações que Roemer Franz achou por bem deixar por escrito. (Nota do Tradutor: até a presente data, esses comentários não foram encontrados.) E concordamos com você quanto ao fato de que essa mulher e o que ela fez com seu espírito são de considerável interesse para o Talamasca. Por favor, compreenda que pretendemos descobrir o que for possível a respeito de Charlotte Fontenay e da sua vida em Saint-Domingue.
    Não é algo improvável que no futuro mandemos às Antilhas um enviado para falar com essa mulher e aprender o que for possível. Agora, porém, isso está fora de cogitação.
    A prudência determina que, após seu retorno a Amsterdã, você escreva a essa mulher e leve ao seu conhecimento as circunstâncias da morte da sua mãe, omitindo seu crime contra o padre Louvier, pois não haveria nenhum bom motivo para divulgar sua culpa, e contando a Charlotte Fontenay tudo o que sua mãe disse. Seria mais do que aconselhável que a convidasse a manter uma correspondência com você; e é possível que você talvez exercesse sobre ela uma influência benéfica, sem correr nenhum risco.
    Isso é tudo o que você pode fazer com relação a Charlotte Fontenay. Mais uma vez, ordeno-lhe que retorne imediatamente. Venha por terra ou por mar, o mais rápido possível.

Não tenha dúvida, porém, do nosso amor e nossa alta consideração por você, bem como da nossa preocupação. Somos da opinião de que, caso você desobedeça, somente a aflição o aguarda nas Antilhas, se não algo pior. Chegamos a essa conclusão tanto por suas próprias palavras e confissões quanto por nossas premonições a respeito do assunto. Colocamos as mãos nas suas cartas. Vemos escuridão e tragédia no futuro.

Alexander, que, como você sabe, tem entre nós o maior poder de visão pelo tato, garante que, se você for até Port-au-Prince, nunca mais o veremos. Ele está de cama por esse motivo e fica ali deitado, recusando-se a comer e falando apenas frases estranhas, quando resolve falar.

Devo ainda dizer que Alexander foi até o saguão ao pé da escadaria e pôs as mãos sobre o retrato pintado por Rembrandt van Rijn. Ele recuou quase desmaiando, sem querer falar, e voltou ao seu quarto com a ajuda dos criados.

– Qual é o objetivo desse silêncio? – perguntei-lhe. Ao que ele me respondeu que o que via deixava claro que falar era em vão. Enfureci-me e exigi que ele me contasse.

– Vi apenas morte e destruição. Não havia imagens, números, nem palavras. O que você quer de mim? – prosseguiu dizendo que, se eu quisesse saber como era, bastava olhar de novo para o retrato, para a escuridão da qual emergem eternamente seus temas, e ver como a luz atinge o rosto de Deborah apenas parcialmente, pois essa era a única luz que ele conseguia vislumbrar na história dessas mulheres, uma luz parcial e frágil, devorada para sempre pelas trevas. Rembrandt van Rijn captou apenas um momento, nada mais.

– Pode-se dizer o mesmo de qualquer vida, de qualquer história – insisti.

– Não. Trata-se de uma profecia – declarou ele. – E, se Petyr for para as Antilhas, ele desaparecerá nas trevas das quais Deborah Mayfair surgiu apenas por um instante.

Entenda como quiser essa agradável conversa. Não posso esconder de você que Alexander ainda adiantou que você *iria* para as Antilhas, que você ignoraria nossas ordens e nosso pronunciamento de excomunhão. Com isso, a escuridão cairia.

Você pode desafiar essa previsão e, se realmente for contra ela, estará fazendo imenso bem à saúde de Alexander, que está definhando. Volte para casa, Petyr!

Como homem sensato, você sem dúvida sabe que nas Antilhas não é preciso encontrar demônios ou bruxas para se arriscar a própria vida. As febres, a peste, as rebeliões de escravizados e os animais da selva esperam por você lá, depois de todos os perigos da viagem marítima.

Deixemos, porém, a questão dos motivos comuns contra essa viagem e a questão dos nossos poderes pessoais, para examinar os documentos que você nos enviou.

Realmente, uma história interessante. Há muito sabemos que a "bruxaria" é uma criação de juízes, padres, filósofos e homens supostamente eruditos. Que, por meio da palavra impressa, eles disseminaram essa fantasia por toda a Europa, pela região montanhosa da Escócia e talvez até pelo Novo Mundo afora.

Também há muito sabemos que os camponeses dos distritos rurais agora consideram suas benzedeiras e parteiras como bruxas; e toda a miscelânea dos costumes e das superstições que outrora eram motivo de alta estima entre eles está agora mesclada com fantasias de diabos de pés de bode, sacrilégios e sabás ridículos.

No entanto, onde percebemos um exemplo mais perfeito de como as fantasias desses homens criaram uma bruxa do que no caso da tola Suzanne Mayfair, que, se orientando diretamente nas demonologias, fez o que apenas uma em um milhão de mulheres conseguiria fazer: conjurou sozinha um verdadeiro espírito, e um espírito de poder formidável, um ser maldito que passou para Deborah, sua filha inteligente e amargurada, que foi além, praticando a magia sombria para aperfeiçoar seu domínio sobre esse ser e que agora o transmitiu, sem dúvida junto com suas superstições, à sua filha no Novo Mundo?

Quem entre nós não desejaria ter estado com você em Montcleve para presenciar o imenso poder desse espírito, e a destruição dos inimigos da sua senhora? E decerto, se algum de nós estivesse ao seu lado, seria ele quem deteria sua mão, permitindo que o bom padre Louvier encontrasse o próprio destino sem sua ajuda, Petyr.

Eu diria ainda que nenhum de nós deixa de compreender seu desejo de perseguir esse ser perverso e sua bruxa até Saint-Domingue. O que eu não daria para falar com uma pessoa como essa Charlotte e perguntar o que ela aprendeu com a mãe e o que pretende fazer?

Petyr, você mesmo descreveu o poder desse espírito. Você relatou com fidelidade as estranhas declarações feitas a respeito dele pela falecida condessa Deborah Mayfair de Montcleve. Você deve saber que essa criatura procurará impedir que você se intrometa entre ela e Charlotte; e que ela é capaz de apressar seu fim, como fez com o falecido conde de Montcleve.

Você só pode estar certo quando conclui que a criatura é mais inteligente do que a maioria dos espíritos, se não pelos seus atos, ao menos pelo que disse à bruxa.

É, é perfeitamente irresistível essa trágica história. Mas você precisa voltar para casa e escrever suas cartas à filha de Deborah, na segurança de Amsterdã, permitindo que os navios holandeses as levem pelos mares.

Pode ser do seu interesse saber, enquanto se prepara para voltar, que acabamos de tomar conhecimento de que notícias da morte do padre Louvier chegaram à corte francesa.

Você não se surpreenderá ao saber que uma tempestade atingiu a cidade de Montcleve no dia da execução de Deborah de Montcleve. Você talvez se interesse em ter a informação de que ela foi enviada por Deus para demonstrar seu desgosto com a disseminação da bruxaria na França e, em especial, sua condenação dessa mulher impenitente que não quis confessar mesmo sob tortura.

E sem dúvida seu coração se comoverá com o fato de o padre Louvier ter falecido enquanto tentava proteger outras pessoas de cacos de tijolos que caíam. Os mortos foram quinze, ao que soubemos, e a brava gente de Montcleve queimou a bruxa, terminando, assim, com a tempestade, pela vontade de Deus. E a lição a tirar disso tudo é que Nosso Senhor Jesus Cristo quer ver mais bruxas descobertas e queimadas. Amém.

Eu me pergunto daqui a quanto tempo estaremos vendo tudo isso num panfleto recheado com os desenhos de costume e uma ladainha de inverdades. Sem dúvida, as gráficas, que vivem alimentando as chamas nas quais ardem as bruxas, já estão se esforçando ao máximo.

E onde, será que pode me dizer, está o juiz de bruxas que passou uma noite agradável junto à lareira da benzedeira de Donnelaith e que lhe mostrou os desenhos sinistros da sua demonologia? Estará morto e ardendo no inferno? Nunca saberemos.

Petyr, não perca tempo escrevendo para nós. Basta que volte para casa.

Saiba que nós o amamos e que não o condenamos por nada que tenha feito ou que venha a fazer. Dizemos o que acreditamos dever dizer!

Seu fiel companheiro no Talamasca,

Stefan Franck
Amsterdã

Caro Stefan,

Escrevo às pressas por já estar a bordo do navio francês *Sainte-Hélène*, com destino ao Novo Mundo, e um menino está aqui à espera para levar esta carta para lhe ser enviada.

Antes que sua carta chegasse às minhas mãos, eu já havia retirado dos nossos agentes tudo o que precisava para a viagem. Comprei as roupas e os medicamentos que receio vir a precisar.

Vou ao encontro de Charlotte, pois não posso fazer outra coisa. Isso não o surpreenderá, e por favor diga a Alexander por mim que eu sei que ele agiria do mesmo modo se estivesse no meu lugar.

Mesmo assim, Stefan, você se engana quando diz que eu estou enredado no mal desse espírito.

É verdade que desrespeitei as normas da Ordem só por Deborah Mayfair, tanto no passado quanto no presente; mas o espírito nunca fez parte do meu amor por Deborah. Quando matei o juiz de bruxas, fiz o que queria fazer.

Matei-o por Deborah e por todas as pobres mulheres ignorantes que vi aos berros nas chamas, pelas mulheres que expiraram no cavalete ou nas frias celas das prisões, pelas famílias destruídas e pelas aldeias abandonadas em decorrência dessas terríveis mentiras.

Gasto meu tempo fazendo essa defesa de mim mesmo. Você é generoso ao não me condenar, pois, apesar de tudo, foi assassinato.

Permita-me também contar rapidamente que a história da tempestade em Montcleve chegou aqui há algum tempo e que está muito deturpada. Numa fala, ela é atribuída ao poder da bruxa; em outra, à pura natureza. Considera-se que a morte de Louvier foi um acidente em meio ao tumulto, e há discussões intermináveis e cansativas acerca do que realmente ocorreu.

 Agora posso falar do que mais me preocupa, que é o que soube recentemente de Charlotte Fontenay. Ela é muito lembrada aqui, pois foi a Marselha que veio e de Marselha que partiu. E o que me foi dito por várias pessoas é que ela é muito rica, belíssima e muito clara, com uma ondulante cabeleira loura e sedutores olhos azuis. Que seu marido sofre de fato de uma grave invalidez decorrente de uma enfermidade infantil que provocou uma fraqueza progressiva nos seus membros. Ele é a sombra de um homem. Foi por esse motivo que Charlotte o trouxe a Montcleve, com um enorme séquito de escravos para cuidar dele, a fim de pedir à mãe que o curasse e que também procurasse algum sinal da doença no filhinho pequeno de Charlotte. Na verdade, Deborah declarou o menino sadio. E mãe e filha criaram para o marido um bálsamo para seus membros que lhe proporcionou grande alívio, mas não conseguiu restaurar neles a sensibilidade. Acredita-se que ele logo estará tão incapacitado quanto o pai, que sofre do mesmo mal. Embora sua mente esteja lúcida e ele possa dirigir os negócios da fazenda, diz-se que ele fica deitado inerte numa cama esplêndida, com outros a alimentá-lo e a limpá-lo como se fosse um bebê. Esperava-se que a doença avançasse com mais lentidão em Antoine, que fazia bela figura na corte quando Charlotte o conheceu e aceitou sua proposta de casamento, apesar de na época ainda ser muito nova.

 É também de conhecimento geral aqui que Charlotte e o jovem Antoine estavam apreciando sua visita a Deborah e que já se encontravam lá há algumas semanas, quando a família foi atingida pela tragédia da morte do conde, e o resto você já sabe. A não ser talvez pelo fato de as pessoas em Marselha não acreditarem tanto em bruxarias e atribuírem a loucura dessa perseguição à superstição dos montanheses. Mas o que seria dessa superstição sem o famoso juiz de bruxas a atiçá-la?

 É facílimo fazer perguntas sobre os dois, já que ninguém aqui sabe que estive nas montanhas. E as pessoas que convido para tomar um copo de vinho comigo parecem realmente adorar falar em Charlotte e Antoine Fontenay, como os habitantes de Montcleve adoravam falar da família inteira.

 Grande comoção causaram aqui Charlotte e o jovem Fontenay, pois os dois aparentemente vivem com muita extravagância e generosidade para com todos, distribuindo moedas como se fossem nada. Eles ainda compareceram à igreja daqui para a missa, com um séquito de escravos, como faziam em Montcleve, o que atraía todos os olhares. Diz-se também que eles pagaram muito bem a cada médico daqui que consultaram acerca do mal que acomete Antoine, e fala-se muito sobre a causa da sua enfermidade, se ela se origina do calor intenso das Antilhas, ou se é uma antiga doença da qual muitos europeus sofriam em tempos passados.

 Entre essas pessoas não há a menor dúvida quanto à fortuna da família Fontenay; e é certo que tinham agentes comerciais nesta cidade até há pouco tempo. No entanto, como partiram daqui com uma pressa incrível, antes que chegasse ao conhecimento geral a prisão de Deborah, eles cortaram seus vínculos com os agentes locais, e ninguém sabe para onde foram.

Agora, tenho algo mais a lhe dizer. Mantendo-me como um rico mercador holandês, com grandes despesas, consegui descobrir o nome de uma jovem muito graciosa e bonita, de boa família, que foi amiga de Charlotte Fontenay. Seu nome é associado ao de Charlotte sempre que esta última é mencionada em qualquer tipo de conversa. Ao declarar apenas ter conhecido e amado Deborah de Montcleve na sua juventude em Amsterdã, consegui conquistar a confiança dessa senhora, e tive acesso a mais informações através dela.

Seu nome é Jeanne Angélique de Roulet, e ela estava na corte na época em que Charlotte lá estava. As duas foram apresentadas juntas a Sua Majestade.

Jeanne de Roulet, nada temendo das superstições das montanhas, afirma que Charlotte é uma pessoa de temperamento doce e encantador, que nunca poderia ser uma bruxa. Ela também atribui à ignorância dos montanheses a possibilidade de alguém poder acreditar numa coisa dessas e mandou rezar uma missa pela alma da infeliz condessa.

Quanto a Antoine, a impressão que teve dele é a de que suporta sua doença com grande força de espírito, que ama de fato sua esposa e que, levando-se tudo em consideração, não é uma companhia desagradável para ela. No entanto, o motivo para sua longa viagem de volta a Deborah reside no fato de o jovem não poder mais gerar filhos, tão grave é sua fraqueza, e de seu filho único, embora forte e saudável, talvez herdar a enfermidade. Ninguém sabe.

Foi ainda declarado que o pai de Antoine, o senhor da fazenda, estava a favor da viagem em virtude de sua ansiedade por netos homens, filhos de Antoine, e de sua condenação aos outros filhos, que são extremamente dissolutos e coabitam com amantes negras, raramente se dando ao trabalho de entrar na casa do pai.

Essa jovem mulher, por sinal, mantém uma grande devoção a Charlotte e lamenta que a mesma não tenha podido se despedir dela antes de partir de Marselha. No entanto, em virtude dos horrores ocorridos nas montanhas Cévennes, tudo está perdoado.

Ao ser perguntado por que ninguém se apresentou para defender Deborah no recente processo, a mulher teve de confessar que o conde de Montcleve jamais havia se apresentado à corte, da mesma forma que sua mãe; que houve um período na história em que eles eram huguenotes; que ninguém em Paris conhecia a condessa; que a própria Charlotte estivera naquela cidade por uma curta temporada; e que, quando se divulgou a história de que Deborah de Montcleve era na realidade a filha ilegítima de uma bruxa escocesa, uma simples camponesa sob todos os aspectos, a indignação com sua desgraça transformou-se em piedade e afinal se reduziu a nada.

– Ah – diz a jovem senhora –, essas montanhas e essas cidadezinhas!

Ela própria está determinada a voltar a Paris, pois o que existe fora de Paris? E quem pode esperar obter favores ou auxílio se não estiver em contato direto com o rei?

Isso é tudo o que tenho tempo para escrever. Embarcaremos dentro de uma hora. Stefan, será que preciso deixar mais explícito? Preciso ver a moça; preciso adverti-la contra o espírito; e de onde, pelo amor de Deus, você imagina que essa criança, nascida oito meses depois de Deborah se despedir de mim em Amsterdã, de onde ela foi tirar sua pele clara e seus cabelos louros?

Voltaremos a nos ver. Meu amor a todos vocês, irmãos e irmãs no Talamasca. Vou para o Novo Mundo cheio de expectativa. Verei Charlotte. Conquistarei essa criatura, Lasher, e talvez eu próprio me comunique com esse ser que tem voz e um poder imenso, e descubra com que objetivos ele aprende conosco.

Seu fiel companheiro de sempre no Talamasca,

Petyr van Abel
Marselha

15

O ARQUIVO SOBRE AS BRUXAS MAYFAIR

CAPÍTULO III

Port-au-Prince
Saint-Domingue

Stefan,

Depois de duas breves missivas que lhe enviei dos portos em que fundeamos antes da nossa chegada, agora dou início ao diário encadernado das minhas viagens, no qual todos os registros serão dirigidos a você.

Se o tempo permitir, copiarei os registros e os mandarei sob a forma de cartas. Senão, você receberá de mim o diário completo.

Encontro-me, ao escrever, em acomodações extremamente confortáveis, se não luxuosas, aqui em Port-au-Prince. Passei duas horas caminhando por essa cidade colonial, deslumbrado com suas belas casas, esplêndidos prédios públicos, incluindo um teatro para a apresentação da ópera italiana, bem como com os fazendeiros e suas esposas ricamente trajados e com a enorme quantidade de escravos.

Nenhum lugar por onde passei se equipara a Port-au-Prince no que diz respeito às suas qualidades exóticas, e não creio que haja nenhuma cidade na África que ofereça tanto aos olhos.

Pois não é só o fato de haver negros aqui desempenhando todo tipo de tarefa por toda parte, mas há uma multidão de estrangeiros dedicados a todos os ofícios. Descobri também uma numerosa e próspera população de "miscigenados", composta exclusivamente pelos filhos dos fazendeiros com suas concubinas africanas, a maioria dos quais recebeu dos pais brancos a liberdade e passou a ganhar bem a vida como músicos, artífices, comerciantes e sem dúvida mulheres de má reputação. As mulheres que vi são de uma beleza incomparável. Não posso culpar os homens por sua preferência por elas para amantes ou companheiras noturnas. Muitas têm a pele dourada e imensos olhos negros, e é óbvio que têm consciência do seu encanto. Vestem-se com grande ostentação e possuem seus próprios e numerosos escravos.

Essa classe cresce a cada dia, ao que me disseram. E é difícil deixar de imaginar qual poderá ser seu destino com o passar dos anos.

Quanto aos escravos, eles são importados aos milhares. Assisti ao terrível desembarque de dois desses navios. O mau cheiro era indescritível. Era apavorante ver as condições em que esses seres humanos haviam sido mantidos. Diz-se que são forçados a trabalhar até a morte nas fazendas, já que é mais barato importá-los do que mantê-los vivos.

Eles são submetidos a castigos cruéis pelos crimes mais ínfimos. A ilha inteira vive atemorizada com a possibilidade de levantes; e os senhores e senhoras nas casas-grandes vivem com medo de serem envenenados, pois essa é a arma deles, ao que me informaram.

Quanto a Charlotte e seu marido, todos os conhecem aqui, mas ninguém tem nenhum conhecimento da família de Charlotte na Europa. Eles compraram uma das fazendas maiores e mais prósperas da ilha, muito perto de Port-au-Prince e também perto do mar. Talvez fique a uma hora de carruagem da periferia da cidade, e seus limites vão até enormes penhascos sobre as praias. Ela é famosa por sua grande casa e por outras belas construções, pois contém uma cidade inteira com ferreiro, curtume, tecelão, costureira e carpinteiro, tudo dentro dos limites de suas terras plantadas com café e índigo e que rendem uma bela fortuna a cada colheita.

Essa fazenda enriqueceu três diferentes proprietários no curto período em que os franceses estão por aqui, sempre envolvidos em batalhas intermináveis com os espanhóis que ocupam a região sudeste da ilha. Dois desses proprietários voltaram para Paris com seus lucros, enquanto o terceiro morreu com uma febre. Ela agora pertence à família Fontenay, Antoine Père e Antoine Fils, mas todos sabem que é Charlotte quem administra a fazenda. Ela é conhecida por todos como Madame Charlotte, e cada comerciante desta cidade procura agradá-la, enquanto as autoridades locais imploram por um favor seu e por seu dinheiro, do qual parece haver uma quantidade incalculável.

Diz-se que ela tomou as rédeas da fazenda nas próprias mãos até os detalhes mais ínfimos; que percorre os campos a cavalo com seu feitor – Stefan, aqui ninguém é mais desdenhado do que esses feitores – e que sabe o nome de todos os seus escravos. Não poupa nada para lhes fornecer o que comer e o que beber e, com isso, consegue deles um vínculo de extraordinária lealdade. Ela examina suas casas, encanta-se com seus filhos e procura ver no fundo da alma dos acusados antes de impor o castigo. No entanto, sua sentença para os culpados de traição já é lendária, pois não existe aqui limite ao poder dos senhores. Eles podem açoitar um escravo até a morte se quiserem.

Quanto à criadagem da residência, eles são educados, exageradamente bem-vestidos, privilegiados e insolentes, se dermos ouvidos aos comerciantes do local. Cinco criadas só para Charlotte. Uns dezesseis cuidam da cozinha. E ninguém sabe quantos mantêm os salões, as salas de música e de baile da casa. O célebre Reginald acompanha o senhor onde quer que ele vá, se é que ele vai a algum lugar. E, como têm muito tempo livre, esses escravos aparecem com frequência em Port-au-Prince, com ouro nos bolsos, ocasião em que as portas de todas as lojas se abrem para eles.

É Charlotte que quase nunca é vista fora dessa imensa reserva, que por sinal tem o nome de Maye Faire, sempre escrito em inglês, como grafei acima, e nunca em francês.

A senhora já organizou dois bailes esplêndidos desde sua chegada, durante os quais seu marido ocupou uma cadeira para observar a dança e até mesmo o velho compareceu, embora estivesse muito fraco. A sociedade local, que não pensa em nada, a não ser no prazer, já que não há muito mais em que se pensar aqui, adora Charlotte por essas duas festas e anseia por outras, com a certeza de que Charlotte não os decepcionará.

Seus próprios músicos negros proporcionaram a música; o vinho jorrou sem cessar; foram oferecidos exóticos pratos da região, assim como carnes e aves à moda tradicional. A própria Charlotte dançou com todos os senhores presentes, à exceção, é claro, do marido, que observava com olhar aprovador. Ela mesma levava o copo de vinho aos seus lábios.

Ao que eu pude saber, essa senhora só é chamada de bruxa pelos seus escravos, e isso com admiração e respeito em virtude dos seus poderes para a cura que já lhe conquistaram uma reputação, mas permita-me repetir que *ninguém aqui tem nenhum conhecimento do ocorrido na França*. O nome Montcleve nunca é pronunciado por ninguém. A história dessa família consiste em ter vindo da Martinica.

Diz-se que Charlotte está entusiasmadíssima para que todos os fazendeiros se reúnam para construir uma refinaria de açúcar aqui, para que possam auferir lucros maiores com seus canaviais. Há também muita conversa de expulsar nossos navios holandeses do Caribe, pois aparentemente ainda somos os mais prósperos, e os franceses e os espanhóis nos invejam. Mas sem dúvida você sabe mais a respeito disso do que eu, Stefan. Vi muitos navios holandeses no porto, e não tenho dúvidas de que minha volta a Amsterdã será fácil de resolver, assim que tiver cumprido minha missão aqui. Na qualidade de "mercador holandês", sou certamente tratado com extrema cortesia.

Esta tarde, quando me senti cansado de vaguear, voltei para meus aposentos, onde há dois escravos para me despir e me dar banho, se eu o permitisse, e escrevi para a senhora dizendo que gostaria de visitá-la, que tenho uma mensagem para ela da máxima importância e enviada por pessoa muito cara a ela, talvez mais cara do que qualquer outra, que me confiou seu endereço correto na noite anterior à sua morte. Disse ainda que vim pessoalmente por ser a mensagem importante demais para ser transmitida por carta. Assinei meu nome completo.

Pouco antes de eu começar a fazer esse registro, a resposta chegou. Eu deveria ir a Maye Faire nesta mesma noite. Na verdade, uma carruagem estará à minha espera à porta da estalagem pouco antes de escurecer. Devo levar o que necessitar para passar a noite, ou mais tempo, se me convier. É o que pretendo fazer.

Stefan, sinto enorme expectativa e nenhum medo. Sei agora, depois de muito refletir, que vou conhecer minha própria filha. Mas, como lhe transmitir esse conhecimento – ou mesmo se devo fazê-lo – é algo que me preocupa profundamente.

Tenho a forte convicção de que a tragédia das mulheres da família Mayfair se encerrará neste lugar estranho e fértil, nesta terra rica e exótica. Ela terá seu fim aqui com essa jovem forte e inteligente que tem o mundo nas mãos e que, sem dúvida, já viu o suficiente para reconhecer o quanto sua mãe e sua avó sofreram nas suas vidas curtas e trágicas.

Vou agora me banhar e me vestir adequadamente, preparando-me para essa aventura. Estou bem feliz por poder visitar uma grande fazenda colonial. Stefan, como poderei descrever o que me passa pelo coração? É como se minha vida antes disso fosse algo pintado em cores pálidas, mas agora ela apresenta o vigor de um Rembrandt van Rijn.

Sinto a escuridão junto a mim. Sinto a luz brilhando. E com maior nitidez, sinto o contraste entre as duas.

Até que eu tome novamente da pena,

Seu criado,
Petyr

Pós-escrito: copiada e enviada por carta a Stefan Franck nesta mesma noite. PVA

Port-au-Prince
Saint-Domingue

Caro Stefan,
    Passou-se toda uma quinzena desde que lhe escrevi pela última vez. Como posso descrever tudo o que aconteceu? Receio não ter tempo, meu querido amigo, que essa trégua seja curta, mas preciso escrever tudo. Preciso lhe relatar o que vi, o que sofri e o que fiz.
    Já é quase meio-dia quando lhe escrevo. Consegui dormir duas horas ao voltar para esta estalagem. Também comi, mas só para recuperar minhas forças. Espero e rogo que o ser que me seguiu até aqui e que me atormentou na longa estrada desde Maye Faire tenha afinal voltado para sua bruxa, que o mandou atrás de mim, para me enlouquecer e me destruir, o que não permiti que fizesse.
    Stefan, se o maldito não está derrotado, se o ataque à minha pessoa for renovado com um vigor mortal, interromperei minha narrativa e lhe darei os elementos mais importantes em frases simples. Fecharei e lacrarei a carta, guardando-a na caixa de ferro. Nesta mesma manhã, falei com o estalajadeiro no sentido de que ele se certificasse de enviar essa caixa a Amsterdã, caso eu desapareça. Também falei com nosso agente aqui, primo e amigo do nosso agente em Marselha, e ele está instruído para procurar pela caixa.
    Permita-me dizer, porém, que, em virtude da minha aparência, os dois acreditam que enlouqueci. Só meu ouro conseguiu atrair sua atenção, e eu lhes prometi uma rica recompensa mediante a entrega da caixa e desta carta às suas mãos, Stefan.
    Você tinha razão em todos os seus avisos e pressentimentos. Estou afundando cada vez mais nesse mal. Já não há mais salvação para mim. Eu deveria ter voltado para casa. Pela segunda vez na vida, experimento a amargura do arrependimento.
    Nem sei como estou vivo. Minhas roupas estão esfarrapadas; meus sapatos, arrebentados e inúteis; minhas mãos, arranhadas por espinhos. Dói-me a cabeça pela longa noite em que corri em meio à escuridão. Não há, porém, tempo para um repouso melhor. Não ouso partir num navio neste exato instante, pois, se a coisa quiser me perseguir, ela o fará aqui ou no mar. E é melhor que seu ataque seja em terra firme para que minha caixa de ferro não se perca.
    Devo usar o tempo que me resta para relatar tudo o que ocorreu...
    ... Estava começando a anoitecer no dia em que lhe escrevi pela última vez, quando deixei a estalagem. Havia vestido minhas melhores roupas e desci para encontrar a carruagem na hora marcada. Tudo o que havia visto nas ruas de Port-au-Prince me havia preparado para um esplêndido veículo, embora este superasse minha imaginação: tratava-se de uma delicada carruagem envidraçada com lacaio, cocheiro e dois guardas armados a cavalo, todos eles de origem africana, de libré, com perucas empoadas e trajes de cetim.
    A viagem pelos montes foi agradabilíssima. No céu empilhavam-se altas nuvens brancas. Os próprios montes eram cobertos de belos bosques e elegantes

residências coloniais, muitas com jardins floridos, bem como de bananeiras, que nascem aqui em abundância.

Não creio que você seja capaz de imaginar a exuberância dessa paisagem, pois as flores mais delicadas de estufa vicejam aqui em grande profusão o ano inteiro. Imensas touceiras de bananeiras surgem por toda parte. Da mesma forma que gigantescas flores vermelhas no alto de caules finos que chegam à altura de árvores.

Não menos deslumbrantes eram os rápidos vislumbres do mar azul ao longe. Se existe algum mar tão azul quanto o do Caribe, eu nunca o vi. E quando se olha para ele ao anoitecer, é ainda mais espetacular. No entanto, você vai ouvir falar mais disso adiante, pois tive muito tempo para contemplar a cor deste mar.

Na estrada também passamos por duas sedes de fazendas menores, construções muito simpáticas, recuadas da estrada, ao fundo de vastos jardins. E também, logo ao lado de um rio estreito, havia um cemitério com belos monumentos de mármore gravados com nomes franceses. Enquanto passávamos lentamente pela pequena ponte, tive tempo para contemplá-lo e pensar naqueles que vieram viver e morrer nesta terra selvagem.

Falo desses pontos por dois motivos, e deles o importante a ser revelado agora é que meus sentidos iam sendo embalados pelas belezas que vi nessa viagem, pelo crepúsculo úmido e pesado, pela longa extensão de campos plantados e pelo súbito espetáculo da casa-grande de Charlotte diante de mim, mais imponente do que qualquer outra que eu já houvesse visto, ao final de uma estrada calçada.

Trata-se de uma gigantesca mansão em estilo colonial, e com isso quero dizer que ela possui um imenso telhado de cumeeira com muitas águas-furtadas e que abaixo as varandas se estendem ao longo da casa inteira, sustentadas por colunas de tijolos de barro que receberam um acabamento de modo a lembrar um pouco o mármore.

Todas as suas numerosas janelas vão até o chão e são decoradas com venezianas de madeira pintadas de um verde muito vivo, que podem ser aferrolhadas para proteção contra ataques do inimigo e contra tempestades.

Uma estonteante profusão de luzes vinha da casa à medida que nos aproximávamos. Nunca vi tantas velas, nem mesmo na corte francesa. Havia lanternas suspensas dos galhos das árvores. E, quando chegamos ainda mais perto, pude ver que todas as janelas estavam abertas para as varandas tanto no andar superior quanto no inferior, e era possível ver os candelabros, a fina mobília e outros fragmentos de cor reluzindo na escuridão.

Tão atordoado eu estava com tudo isso que foi com espanto que vi a senhora da casa, que havia saído até o jardim para me ver e estava parada entre as plantas, à espera, com seu vestido de cetim cor de limão a se confundir com as flores que a cercavam e com os olhos a me fitar sem delicadeza e talvez com alguma frieza no seu rosto jovem e terno de tal modo que ela lembrava uma criança alta e zangada.

Quando desci, com o auxílio do lacaio, até as lajes roxas, ela se aproximou, e só então percebi que sua altura era exagerada para uma mulher, embora fosse bem mais baixa do que eu.

Loura e linda, eu a considerei, o que teria feito qualquer um que a visse, mas as descrições dela não haviam conseguido me preparar para sua imagem viva. Ah, se Rembrandt a tivesse visto, ele a teria pintado. Tão nova e no entanto tão parecida com o duro metal. Estava ricamente trajada, com um vestido ornamentado com rendas e pérolas e exibindo um busto empinado e volumoso, quase nu, alguém poderia dizer, e seus braços estavam perfeitamente modelados em mangas justas com acabamento de renda.

Ah, eu me detenho em cada detalhe no esforço de compreender minha própria fraqueza e de que vocês venham a perdoá-la. Estou furioso, Stefan, furioso com o que fiz. Peço-lhe, porém, quando você e os outros forem me julgar, que levem em consideração tudo que escrevi aqui.

– Ah, Petyr van Abel – disse ela em inglês, com um leve sotaque escocês –, quer dizer que você veio.

Juro a você, Stefan, era a voz de Deborah quando jovem. Quanto elas não deviam ter conversado juntas em inglês! Ora, essa poderia ter sido uma língua secreta para elas duas.

– Minha filha – respondi no mesmo idioma –, obrigado por me receber. Fiz uma longa viagem para vê-la, mas nada teria podido me impedir de vir.

O tempo todo, no entanto, ela estava me avaliando friamente, como se eu fosse um escravo sendo leiloado, sem disfarçar sua inspeção, como eu me havia esforçado para disfarçar a minha. E fiquei chocado com o que vi em seu rosto, nariz fino e olhos fundos, que apesar do seu tamanho eram muito parecidos com os meus. As bochechas, um pouco baixas, e cheias, como as minhas. E o cabelo, embora formasse uma juba magnífica de um ouro claro, puxado para trás desde a testa e preso por um enorme pente enfeitado com pedras, na cor e na textura era muito semelhante ao meu.

Uma grande tristeza me consumiu. Ela era minha filha. Eu sabia que era. E mais uma vez me ocorreu aquele terrível arrependimento que havia experimentado em Montcleve. Vi minha Deborah, uma boneca de cera branca quebrada nas pedras diante da igreja de Saint-Michel.

Talvez Charlotte houvesse sentido minha tristeza, pois uma sombra lhe passou pelo rosto e ela pareceu determinada a lutar contra esse sentimento enquanto falava, meio divagando, meio entredentes, com uma sobrancelha ligeiramente erguida:

– Você é tão bonito quanto minha mãe disse. É alto, ereto, forte e goza de perfeita saúde, certo?

– *Mon Dieu,* minha senhora. Que palavras estranhas! – Ri meio sem graça. – Não sei se está me elogiando ou não.

– Gostei da sua aparência – disse ela. E um sorriso misterioso inundou seu rosto, cheio de inteligência, desdém e ao mesmo tempo de uma doçura infantil. Ela pareceu juntar os lábios, quase fazendo beicinho como uma criança, e eu achei isso de um encanto indescritível. Depois, pareceu me contemplar perdidamente e, afinal, falou: – Venha comigo, Petyr van Abel. Diga-me o que sabe da minha mãe. Diga-me o que sabe da sua morte. E não importa qual seja o motivo, não minta para mim.

Parecia haver nela uma imensa vulnerabilidade, como se eu pudesse magoá-la de repente, e ela soubesse disso e sentisse medo.

– Não, não vim aqui para dizer mentiras – respondi, enternecido. – Você não soube de nada?

Ela a princípio se calou, e depois disse friamente não ter sabido de nada, como se estivesse mentindo. Percebi que ela me perscrutava do mesmo jeito que eu examino os outros quando procuro descobrir seus pensamentos secretos.

Ela me conduziu na direção da casa, com uma levíssima inclinação da cabeça ao pegar meu braço. Até mesmo a graça dos seus movimentos me perturbava, assim como o roçar das suas saias na minha perna. Ela sequer olhava para os escravos dispostos ao longo do caminho, um verdadeiro regimento deles, todos segurando lanternas para iluminar nossa passagem. Atrás deles, as flores refulgindo na escuridão e as árvores frondosas diante da casa.

Estávamos quase chegando à escadaria da frente quando nos desviamos e seguimos as lajes que penetravam entre as árvores, procurando ali um banco de madeira.

Sentei-me a pedido seu. A escuridão nos envolvia, e as lanternas suspensas aqui e ali ardiam num amarelo brilhante enquanto da própria casa emanava um grande fulgor.

– Diga-me como quer que eu comece – disse eu. – Estou às suas ordens. Como quer ouvir a história?

– Sem enrolação – respondeu ela, com os olhos fixos em mim. Sentou-se tranquila e se voltou ligeiramente para mim, com as mãos no colo.

– Ela não morreu na fogueira. Jogou-se do campanário da igreja e morreu ao bater nas pedras.

– Ah, graças a Deus! – disse ela, baixinho. – Ouvir isso de um ser humano.

Refleti um momento sobre essas palavras. Ela estava querendo dizer que o espírito Lasher lhe havia dito isso, e que ela não havia acreditado? Ela demonstrava extremo abatimento, e eu não tinha certeza se devia prosseguir. Mesmo assim, continuei:

– Uma terrível tormenta atingiu Montcleve, provocada por sua mãe. Seus irmãos morreram, bem como a velha condessa.

Ela não disse nada, mas olhava direto à sua frente, acabrunhada de tristeza e talvez desespero. Parecia uma menina e não uma mulher.

Prossegui, só que dessa vez voltei alguns passos atrás no meu relato e lhe disse como havia chegado à cidade, como me havia encontrado com sua mãe e todas as coisas que sua mãe me havia dito acerca do espírito Lasher: que ele tinha provocado a morte do conde, sem o conhecimento de Deborah, que ela o havia repreendido por isso e o que o espírito lhe havia dito para se defender. E como Deborah queria que ela soubesse disso e ficasse alerta.

Sua expressão foi ficando sombria enquanto ela me ouvia. Mesmo assim, ela mantinha o olhar afastado. Expliquei o que eu achava ser o significado das advertências da sua mãe e, em seguida, o que eu pensava desse espírito e como nenhum mago jamais escreveu sobre algum espírito que conseguisse aprender.

Ainda assim, ela não se mexeu nem falou. Seu rosto estava tão sombrio agora que ela parecia estar furiosa. Afinal, quando eu procurava retomar o assunto, declarando conhecer alguma coisa sobre os espíritos, ela me interrompeu:

— Não fale mais disso. E nunca toque nesse assunto com ninguém daqui.

— É claro que eu não faria isso — apressei-me a responder. Passei a descrever o que se seguiu ao meu encontro com Deborah e o dia da sua morte nos mínimos detalhes, omitindo apenas o fato de eu ter empurrado Louvier do telhado. Disse apenas que ele morreu.

— Morreu como, Petyr van Abel? — perguntou ela, voltando-se para mim com um sorriso sinistro. — Você não o empurrou do telhado?

Seu sorriso era frio e cheio de raiva, embora eu não soubesse dizer se ela era voltada contra mim ou contra tudo o que havia ocorrido. Pareceu-me que estava defendendo seu espírito, que para ela eu o havia insultado, que era essa sua lealdade para com ele, pois sem dúvida ele lhe havia falado do meu ato. No entanto, não sei se estou correto nessa minha conjectura. Sei apenas que, só de imaginar que ela sabia do meu crime, fiquei um pouco assustado, e talvez mais do que quis admitir.

Não respondi sua pergunta. Ela ficou muito tempo calada. Deu a impressão de que fosse chorar, mas não chorou.

— Eles achavam que abandonei minha mãe — sussurrou ela, afinal. — Você sabe que não foi isso.

— Sei sim. Sua mãe a mandou para cá.

— Ela me ordenou que partisse! — protestou em tom de súplica. — Ordenou. — Parou apenas para recuperar o fôlego. — "Vá, Charlotte, pois se eu tiver de vê-la morrer diante de mim ou comigo, minha vida não terá valido de nada. Não quero que fique aqui, Charlotte. Se eu for para a fogueira, não posso suportar a ideia de que você veja ou que sofra o mesmo castigo." E por isso eu fiz o que ela me mandou. — Sua boca mais uma vez se contorceu, numa espécie de beicinho, e novamente ela me deu a impressão de que fosse chorar. No entanto, rangeu os dentes, arregalou os olhos, levando tudo em consideração, e voltou à sua raiva de sempre.

— Eu amei sua mãe.

— É, sei que amou. Eles se voltaram contra ela, o marido e meus irmãos.

Percebi que ela não falou do homem como seu pai, mas nada disse. Eu não sabia se algum dia deveria sequer tocar nesse assunto.

— O que posso dizer para tranquilizar seu coração? — perguntei-lhe. — Eles já foram punidos. Não gozam mais da vida que tiraram de Deborah.

— É, você disse bem. — Com isso, ela me deu um sorriso amargo e mordeu o lábio. Seu rosto parecia tão suave, tão tenro, tão parecido com algo que se pode machucar, que eu me inclinei e lhe dei um beijo. Isso ela permitiu, com os olhos baixos.

Pareceu-me intrigada. E eu também, pois foi de uma doçura indescritível beijá-la, sentir o perfume da sua pele, estar tão perto dos seus seios, que fiquei num estado de pura consternação. Imediatamente, disse que desejava voltar a falar desse espírito, pois minha única salvação parecia ser esse assunto.

— Devo dizer o que penso acerca desse espírito, acerca dos perigos desse ser. Você sem dúvida sabe como conheci sua mãe. Ela não lhe contou a história toda?

— Você está acabando com a minha paciência — disse ela de repente. Olhei para ela e vi mais uma vez a raiva.

— Como assim?

— Você sabe de coisas que eu preferia que não soubesse.

— O que sua mãe lhe disse? Fui eu quem a salvou de Donnelaith.

Ela considerou minhas palavras, mas sua raiva não se abrandou.

— Responda-me uma coisa. Você sabe como a mãe dela chegou a invocar seu espírito, como você o chama?

— Do livro que o juiz de bruxas lhe mostrou, ela tirou sua ideia — respondi. — Aprendeu tudo com o juiz de bruxas, pois antes ela era a benzedeira, a parteira, como tantas, e nada mais.

— Ah, mas ela poderia ter sido mais, muito mais. Todos nós somos mais do que aparentamos. Aprendemos apenas o que precisamos aprender. Pense no que me tornei aqui, depois de sair da casa de minha mãe. E ouça o que lhe digo, era a casa de minha mãe. Era dela o ouro que a mobiliou, que punha os tapetes nos pisos de pedra e a lenha nas lareiras.

— A gente da cidade falou nisso. Disseram que o conde não tinha nada além do título antes de conhecê-la.

— É, e dívidas. Mas agora tudo isso faz parte do passado. Ele morreu. E eu sei que você me disse tudo o que minha mãe queria. Você me disse a verdade. Só não sei se quero contar o que você não sabe e não pode adivinhar. E penso no que minha mãe dizia de você, de que para você ela podia confessar qualquer coisa.

— Fico feliz com ela ter dito isso de mim. Nunca traí sua confiança com ninguém.

— À exceção da sua Ordem. O Talamasca.

— Ah, mas isso nunca foi traição.

Ela afastou o olhar de mim.

— Minha querida Charlotte, eu amei sua mãe, como já disse. Implorei que ela tivesse cuidado com o espírito e com o poder dele. Não digo que previ o que lhe aconteceu. Não previ. Mas temia por ela. Temia pela sua ambição de usar o espírito para vantagens pessoais...

– Não quero ouvir mais nada. – Ela estava novamente furiosa.

– O que quer que eu faça?

Ela refletiu, mas aparentemente não sobre a minha pergunta, e depois falou:

– Eu nunca vou passar pelo que minha mãe sofreu, ou pelo que a mãe dela sofreu antes.

– Espero que não. Atravessei o oceano para...

– Não, mas seus avisos e sua presença não têm nada a ver com isso. Eu nunca vou me sujeitar a certas coisas. Havia algo de triste na minha mãe, triste e magoado por dentro, algo que nunca se curou desde sua infância.

– Compreendo.

– Eu não tenho nenhum problema semelhante. Já era mulher quando esses horrores se abateram sobre ela. Conheci outros horrores, e você os verá hoje à noite quando puser os olhos em meu marido. Não há médico, nem benzedeira no mundo que possa curá-lo. Só tenho dele um filho saudável, e isso não basta.

Suspirei.

– Mas venha, vamos conversar mais.

– Claro, por favor, precisamos conversar.

– Agora estão à nossa espera. – Ela se levantou, e eu também. – Não diga nada sobre minha mãe diante dos outros. Não diga nada. Você veio me visitar.

– Porque sou comerciante e penso em me instalar em Port-au-Prince. E preciso de alguns conselhos seus.

– Quanto menos falar, melhor – disse ela, concordando, com um gesto entediado. Voltou-se e começou a se dirigir para a escada.

– Charlotte, por favor, não feche seu coração para mim – afirmei, tentando segurar sua mão.

Ela enrijeceu e depois, com um sorriso falso, muito doce e tranquilo, ela me levou pela escada até o piso principal da casa.

Eu estava aflito, como você pode imaginar. O que eu devia entender das suas estranhas palavras? E ela própria me desconcertava, pois num instante parecia uma criança e no outro, uma velha. Eu não sabia dizer se ela chegou a levar em consideração meus avisos ou mesmo as próprias advertências que Deborah havia implorado que eu lhe transmitisse. Teria eu acrescentado um excesso de conselhos meus aos dela?

– Madame Fontenay – disse eu, quando chegamos ao alto da escada e à porta do piso principal. – Precisamos conversar mais. Tenho uma promessa sua?

– Quando levarem meu marido para dormir, ficaremos a sós. – Ela pousou em mim o olhar enquanto pronunciava essa última frase, e eu receio ter corado ao contemplá-la e ver a cor subir também ao seu rosto. Depois, o beicinho e um sorriso brincalhão.

Entramos por um saguão central muito espaçoso, embora nada que se comparasse ao de um château francês, é claro, mas com muita decoração em gesso, um belo candelabro iluminado com velas de pura cera e uma porta aberta para a varanda dos fundos, para além da qual eu mal podia discernir a borda de um penhasco, onde lanternas estavam suspensas dos galhos das árvores, como no jardim da frente. E pude perceber aos poucos que o bramido que ouvia não era o vento, mas o suave ruído do mar.

A sala de jantar, na qual entramos à direita, proporcionava uma vista ainda maior dos penhascos e das águas negras para além deles que vi enquanto acompanhava Charlotte, pois esse aposento ocupava toda a largura da casa. Alguma luz ainda se refletia na água, ou eu não teria podido discerni-la. Os sons do mar invadiam deliciosamente a sala, e a brisa era úmida e de um calor agradável.

Quanto à própria sala, ela era esplêndida, tendo todo tipo de objetos europeus sido acrescentado à simplicidade colonial. A mesa estava posta com o linho mais fino e baixelas trabalhadas elegantes e pesadíssimas.

Em nenhum lugar da Europa eu vi prataria mais fina. Os candelabros eram pesados e bem trabalhados em alto-relevo. Cada lugar tinha seu guardanapo rendado, e as próprias cadeiras eram primorosamente estofadas com um belíssimo veludo, com acabamento de franjas. Acima da mesa, uma imensa ventarola de madeira estava suspensa por dobradiças, sendo movimentada de um lado para outro por meio de uma corda que atravessava o teto e descia pela parede passando por ganchos, ao final da qual, num canto distante, ficava sentada uma pequena criança africana.

Tanto pela ventarola quanto pelas inúmeras portas abertas para a varanda a sala tinha um frescor e uma doce fragrância, o que era extremamente convidativo, embora as chamas das velas lutassem para se manter acesas. Mal eu havia sido instalado na cadeira à esquerda da cabeceira, surgiu uma grande quantidade de escravos, todos finamente trajados em sedas e rendas europeias, e os pratos começaram a ser postos na mesa. Ao mesmo tempo, o jovem marido, de quem eu tanto havia ouvido falar, apareceu.

Ele estava ereto e realmente arrastava os pés no chão, mas todo o seu peso era sustentado por um homem negro, grande e musculoso que mantinha um dos braços em volta da sua cintura. Quanto aos braços, eles pareciam tão fracos quanto as pernas, com os punhos frouxos e os dedos, caídos. Mesmo assim, era um belo rapaz.

Antes do avanço dessa enfermidade, ele deveria ter feito uma bela figura em Versalhes, onde conquistou sua noiva. E com seus trajes principescos e bem-feitos, com os dedos cobertos de anéis de pedras preciosas e com a cabeça adornada por uma linda e enorme peruca parisiense, ele de fato tinha uma bela aparência. Seus olhos eram de um cinza penetrante; a boca, muito larga e de lábios finos; e o queixo, muito forte.

Uma vez instalado na cadeira, ele se esforçou como se quisesse se sentar mais para trás para ficar mais confortável. Quando não conseguiu realizar seu objetivo, o vigoroso homem o ajeitou na cadeira, dispondo-a como o senhor desejava, e assumiu então seu lugar atrás do senhor.

Charlotte agora havia tomado assento não à cabeceira da mesa, mas à direita do marido, bem em frente a mim, para poder alimentar e auxiliar o marido. Chegaram mais duas pessoas, os irmãos Pierre e André, logo eu viria a descobrir, ambos embriagados e cheios do humor obtuso e enrolado dos bêbados; bem como quatro senhoras, finamente trajadas, duas jovens e duas velhas, aparentemente primas que residiam permanentemente na casa. As velhas mantinham-se em silêncio, a não ser por eventuais perguntas confusas, já que as duas eram meio surdas e um pouco decrépitas. As mais jovens, embora já maduras, eram bem-educadas e animadas.

Pouco antes de ser servido o jantar, apareceu um médico, que acabava de chegar a cavalo de uma fazenda vizinha. Homem já bem velho e alcoolizado, usando um sombrio traje negro, como eu. Ele foi imediatamente convidado a se juntar a nós. Sentou-se e começou a beber o vinho em grandes goles.

Estava assim composta a mesa, cada um de nós com um escravo atrás da sua cadeira, pronto para estender a mão e nos servir das travessas diante de nós e para encher nossos copos se bebêssemos um golinho que fosse.

O jovem marido foi muito simpático em sua conversa comigo, e logo ficou perfeitamente claro que sua mente não havia sido absolutamente afetada pela doença e que ele ainda tinha apetite pela boa comida, que lhe era oferecida tanto por Charlotte quanto por Reginald. Charlotte, segurando a colher para ele; Reginald, partindo seu pão. Na realidade, o homem demonstrava nitidamente seu desejo de viver. Ele comentou que o vinho era excelente e que recebia sua aprovação. E, enquanto conversava educadamente com todos os presentes, ele consumiu dois pratos de sopa.

A comida era muitíssimo temperada e deliciosa. Sendo a sopa um ensopado de frutos do mar bem apimentado; e as carnes acompanhadas de bananas e inhames fritos, muito arroz e feijão e outros pratos saborosos.

Durante a refeição, todos conversavam com vigor, à exceção das duas velhas, que, mesmo assim, pareciam estar se divertindo.

Charlotte falou do tempo e dos negócios da fazenda; de como seu marido precisava sair amanhã com ela para ver as lavouras; de como a pequena escrava comprada no inverno passado estava agora se saindo bem com a costura; e assim por diante. Essa conversa era em francês na maior parte do tempo, e o marido dava respostas espirituosas, interrompendo-a para me fazer muitas perguntas sociáveis sobre as condições da minha viagem, se eu estava gostando de Port-au-Prince, quanto tempo ia ficar com eles, e outros comentários gentis sobre a hospitalidade do país, sobre como haviam prosperado em Maye Faire e como pretendiam comprar a fazenda limítrofe assim que seu proprietário, um jogador beberrão, pudesse ser convencido a vendê-la.

Os irmãos embriagados eram os únicos com propensão a discussões e algumas vezes fizeram comentários desdenhosos, pois parecia ao mais novo, Pierre, que não tinha a boa aparência do irmão enfermo, que a família já possuía uma extensão suficiente de terra, não precisando, portanto, da fazenda vizinha, e que Charlotte sabia mais sobre os negócios do que uma mulher deveria saber.

Essas palavras foram recebidas com gritos de aplauso pelo barulhento e desagradável André, que derramava sua comida pela pala de renda da camisa, comia com a boca cheia demais e deixava uma mancha gordurosa no copo quando bebia. Ele era a favor de vender tudo quando o pai morresse e de voltar para a França.

– Não fale na sua morte – declarou o mais velho, Antoine, o inválido. Com isso os outros riram, ironicamente.

– E como está ele hoje? – indagou o médico, dando um arroto. – Tenho medo de perguntar se está melhor ou pior.

– O que se pode esperar? – comentou uma das primas, que havia sido linda e que ainda era agradável de se olhar. Podia se dizer que era bonita. – Se ele pronunciar uma palavra no dia de hoje, ficarei surpresa.

– E por que ele não falaria? – protestou Antoine. – Sua cabeça está como sempre foi.

– É – disse Charlotte –, ele comanda com pulso firme.

Seguiu-se uma tremenda discussão, com todos falando ao mesmo tempo, e uma das senhoras idosas exigindo que lhe dissessem o que estava acontecendo.

Finalmente, a outra velha, uma perfeita megera, que o tempo todo havia beliscado a comida com a atenção concentrada de um inseto ocupado, levantou de repente a cabeça e gritou para os irmãos beberrões:

– Nenhum de vocês dois tem condições de administrar esta fazenda. – Palavras que tiveram como resposta risadas de fanfarronice, embora as duas primas mais novas considerassem o assunto com muita seriedade, passando, temerosas, seus olhos por Charlotte para depois os pousarem delicadamente sobre o marido inútil e quase paralisado, cujas mãos jaziam como aves mortas ao lado do prato.

A velha, então, aparentando aprovar a reação às suas palavras, fez mais uma declaração:

– É Charlotte quem manda aqui! – Isso produziu nas mulheres olhares ainda mais receosos, mais risadas e deboches dos irmãos embriagados e um sorriso sedutor do inválido Antoine.

O pobre rapaz ficou, então, extremamente agitado, de tal modo que chegou a começar a tremer, mas Charlotte apressou-se a mudar para assuntos agradáveis. Mais uma vez, fui interrogado sobre minha vida em Amsterdã, sobre o atual estado de coisas na Europa, que se relacionava à importação do café e do índigo, e também me disseram que eu me entediaria com a vida na fazenda, pois ninguém fazia nada, a não ser comer, beber e procurar o prazer, e assim por diante, até Charlotte interromper delicadamente a conversa, dando a ordem ao escravo Reginald para que fosse buscar o velho, trazendo-o para baixo.

– Ele conversou comigo o dia inteiro – disse ela em voz baixa aos outros, com um vago ar de triunfo.

– Um verdadeiro milagre! – declarou André, bêbado, comendo agora como um porco, sem usar garfo ou faca.

O velho médico contraiu os olhos ao encarar Charlotte, sem se importar com a comida que havia sujado sua gola de renda ou com o vinho derramado do copo que ele segurava com a mão pouco firme. Havia a nítida possibilidade de que ele deixasse cair o copo. O jovem escravo atrás dele observava ansioso.

– O que você quer dizer com "conversou o dia inteiro"? – perguntou o médico. – A última vez que o vi, ele estava inconsciente.

– Ele muda a cada hora – disse uma das primas.

– Ele não vai morrer nunca! – bramiu a velha, que voltara a beliscar sua comida.

E então Reginald entrou na sala, segurando um homem alto, grisalho e emaciado, com um braço magro jogado sobre os ombros do escravo e a cabeça pendente, embora seus olhos vivazes fixassem todos nós, um a um.

Ele foi posto na cadeira oposta à cabeceira da mesa, um mero esqueleto. Como não podia se sentar ereto, foi amarrado a ela com fitas de seda. Em seguida, Reginald, que parecia um verdadeiro artista sob esse aspecto, ergueu o queixo do homem, já que ele não conseguia manter a cabeça firme sozinho.

Imediatamente, as primas começaram a conversar com ele, a dizer que era bom vê-lo tão disposto. No entanto, elas estavam perplexas, da mesma forma que o médico e, quando o velho começou a falar, da mesma forma que eu.

Uma das mãos ergueu-se da mesa num movimento desengonçado e irregular e caiu com estrondo. No mesmo instante, ele abriu a boca, embora seu rosto permanecesse tão imóvel que somente o maxilar inferior se abaixou, e dali saíram palavras ocas e mecânicas:

– Não estou nem um pouco perto da morte, e não quero ouvir falar nisso! – E mais uma vez a mão flácida subiu num espasmo e desceu ruidosamente.

Charlotte examinava o velho o tempo todo, com seus olhos contraídos e cintilantes. Na realidade, eu percebia pela primeira vez sua capacidade de concentração, e como cada partícula da sua atenção estava dirigida ao rosto do homem e à sua única mão desajeitada.

– *Mon Dieu,* Antoine – exclamou o médico. – Você não pode nos culpar por nossa preocupação.

– Minha cabeça está como sempre foi! – declarou o velho, com a mesma voz mecânica, e depois, virando a cabeça bem devagar, como se ela fosse de madeira e tivesse de se mover num encaixe, ele olhou da direita para a esquerda e afinal para Charlotte, dando-lhe um sorriso torto.

Só então, quando me inclinei para a frente, fugindo ao ofuscamento das velas mais próximas e admirado com esse estranho comportamento, percebi que seus olhos estavam injetados, que seu rosto parecia de fato congelado e que as expressões que nele apareciam eram como fendas no gelo.

– Confio em você, minha querida nora – disse ele a Charlotte, e dessa vez sua total falta de modulação resultou num enorme barulho.

– É, *mon père* – disse Charlotte com doçura –, e eu vou cuidar do senhor, eu lhe prometo.

Aproximando-se mais do marido, ela deu um pequeno beliscão na sua mão inerte. Quanto ao marido, ele examinava o pai com suspeita e medo.

– Pai, está sentindo alguma dor? – perguntou, então, com delicadeza.

– Não, meu filho – disse o pai. – Nenhuma dor, nunca sinto dor. – E isso pareceu tanto uma resposta quanto uma afirmação tranquilizadora, pois esse quadro era sem dúvida algo que o filho via como uma profecia. Ou não?

Pois, enquanto eu contemplava a criatura, quando o vi virar a cabeça daquele jeito estranho novamente, muito parecido com uma boneca feita de pedaços de madeira, percebi que não era absolutamente o homem quem falava conosco, mas algo dentro dele que o havia dominado. E, no instante em que percebi isso, também vi o verdadeiro Antoine Fontenay preso dentro do próprio corpo, incapaz de comandar suas cordas vocais e olhando para mim com olhos de pavor.

Foi apenas de relance, mas eu o vi. E no mesmo instante voltei-me para Charlotte, que me encarava com frieza, provocante, como se me desafiasse a reconhecer o que eu havia percebido. O próprio velho me encarava e, com uma rapidez que espantou a todos, ele deu uma risada forte, gargalhante.

– Ai, pelo amor de Deus, Antoine – disse a prima bonita.

– Pai, tome um pouco de vinho – sugeriu o fraco filho mais velho.

O negro Reginald estendeu a mão para pegar o copo, mas o velho de repente ergueu as duas mãos, deixando-as cair sobre a mesa com estrépito e depois ergueu-as de novo, com os olhos brilhando, pegou o copo de vinho como se tivesse duas patas e, ao levá-lo à boca, derramou o líquido sobre o rosto, de modo que ele escorresse para a boca e pelo queixo abaixo.

Os convivas estavam pasmos. Reginald estava pasmo. Só Charlotte deu um pequeno sorriso falso ao ver o truque.

– Muito bem, pai, agora para a cama – disse ela, levantando-se da mesa. Reginald tentou segurar o copo quando ele foi largado de supetão e a mão do velho caiu ao seu lado. No entanto, o copo caiu, respingando vinho por toda a toalha.

Mais uma vez, a boca congelada abriu-se numa fenda e a voz oca se fez ouvir:

– Estou cansado dessa conversa. Quero ir agora.

– Isso mesmo, para a cama – disse Charlotte, aproximando-se da cadeira – e nós iremos vê-lo daqui a pouco.

Será que ninguém mais percebia o horror daquilo tudo? Que os membros paralisados do velho estavam sendo acionados pela força demoníaca? As primas contemplavam o homem em silêncio e com repulsa enquanto ele era retirado da cadeira, com o queixo batendo contra o peito, e levado embora. Reginald agora estava inteiramente responsável pelos movimentos do velho e o levou na direção da porta. Os irmãos beberrões pareciam zangados e petulantes, e o velho médico, que acabava de esvaziar mais um copo cheio de vinho tinto, apenas abanava a cabeça. Charlotte observou tudo isso em silêncio, e depois voltou para seu lugar à mesa.

Nossos olhos se encontraram. Eu poderia jurar que era ódio por mim o que eu via no seu olhar. Ódio pelo que eu acabara de descobrir. Sem graça, tomei mais um gole do vinho, que era uma delícia, embora eu começasse a notar que ele era extraordinariamente forte, ou que estava excepcionalmente fraco.

– Não o vejo mexer assim com as mãos há anos – disse muito alto, para todos e para ninguém, a velha surda que lembrava um inseto.

– Bem, ele me pareceu o próprio demônio – disse a prima bonita.

– O maldito não vai morrer nunca – sussurrou André, adormecendo, então, com o rosto enfiado no prato e o copo virado rolando da mesa ao chão. – Ah, mas ele ainda está longe de morrer – disse Charlotte, observando tudo isso com perfeita calma e dando uma risada discreta.

Foi então que um som horrendo assustou todos os presentes, pois do alto das escadas, ou de algum ponto próximo ao seu topo, o velho deu mais uma risada alta e terrível.

O rosto de Charlotte enrijeceu. Dando um tapinha suave na mão do marido, ela se despediu com extrema pressa, mas não com tanta que deixasse de olhar para mim antes de sair da sala.

Finalmente, o velho médico, que a essa altura estava quase bêbado demais para se levantar da mesa, o que se propunha a fazer de vez em quando e depois desistia, declarou com um suspiro que precisava ir para casa. Nesse instante, chegaram mais duas visitas, dois franceses bem-vestidos, recebidos imediatamente pela prima mais velha e bonita, enquanto as três outras se levantavam e saíam da sala, com a megera resmungando e lançando um olhar de condenação ao irmão bêbado que tinha caído com o rosto no prato. O outro irmão, enquanto isso, havia se levantado para ajudar o médico embriagado, e os dois saíram cambaleando para a varanda.

Sozinho com Antoine e um exército de escravos que limpavam a mesa, perguntei-lhe se me acompanharia num charuto, pois eu havia comprado dois excelentes em Port-au-Prince.

– Ah, mas você precisa fumar dos meus, do tabaco que planto aqui – declarou ele. Um jovem escravo trouxe-nos os charutos e os acendeu, e esse rapaz ficou ali parado para tirar o charuto da boca do senhor e colocá-lo de volta, conforme necessário.

– Você precisa perdoar meu pai – disse Antoine em voz baixa, como se não quisesse que o escravo ouvisse. – Ele tem a cabeça em perfeito funcionamento. Essa doença é um horror.

– Posso bem imaginar – disse eu. Vinham muitos risos e conversa do salão, do outro lado do saguão, onde as mulheres haviam se instalado, aparentemente com as visitas e possivelmente com o irmão embriagado e o médico.

Dois meninos escravos tentaram, enquanto isso, levantar o outro irmão, que subitamente se pôs de pé, indignado e brigão, e bateu num dos meninos de tal modo que ele começou a chorar.

— Não seja idiota, André — disse Antoine, cansado. — Venha cá, meu pobre menino.

O escravo obedeceu enquanto o irmão saía enfurecido.

— Tire a moeda do meu bolso — disse o senhor. O escravo, familiarizado com o ritual, obedeceu; e seus olhos brilharam quando ele exibiu a recompensa.

Afinal, Reginald e a senhora da casa apareceram. Dessa vez, com o bebê rosado, um perfeito cordeirinho, com duas babás negras pairando atrás deles como se a criança fosse de porcelana e pudesse a qualquer momento ser lançada ao chão.

O cordeirinho riu e mexeu com seus pequenos braços e pernas ao ver o pai.

E que triste espetáculo o de que o pai não pudesse sequer erguer suas pobres mãos.

No entanto, ele sorriu para o filhinho, que foi posto no seu colo por um instante, e ele se inclinou e beijou seus cabelos louros.

A criança não dava nenhum sinal da enfermidade, mas posso apostar que naquela tenra idade Antoine também não revelava nada. E, sem dúvida, a criança herdou a beleza tanto da mãe quanto do pai, pois era mais bela do que qualquer outra criança da sua idade que eu houvesse visto um dia.

Afinal, as babás, as duas muito bonitas, receberam permissão de pegar o bebê e levá-lo embora.

O marido despediu-se então de mim, pedindo-me que permanecesse em Maye Faire pelo tempo que me agradasse. Tomei mais um gole de vinho, apesar de estar determinado a que seria o último, pois já me sentia tonto.

Imediatamente, encontrei-me sendo levado para a varanda sombreada pela bela Charlotte, para poder contemplar o jardim da frente com suas lanternas melancólicas, nós dois totalmente sós quando nos sentamos num banco de madeira.

Minha cabeça estava agora como que flutuando devido ao vinho, embora eu não pudesse realmente descobrir como havia conseguido beber tanto e, quando implorei a Charlotte que não me servisse mais, ela não quis me ouvir e insistiu que eu tomasse mais um copo.

— É o meu melhor vinho, trouxe da França.

Para ser gentil, bebi, sentindo então uma onda de embriaguez. Lembrando-me com imagens vagas dos irmãos bêbados e querendo manter minha cabeça desanuviada, levantei-me, firmei-me na balaustrada de ferro e olhei para o pátio ali embaixo. Parecia que a noite estava cheia de pessoas escuras, talvez escravos que se movimentavam entre as folhagens, e eu cheguei a ver uma criatura de belas formas e pele clara que me deu um sorriso ao passar. Como num sonho, ouvi Charlotte falar comigo:

— Pois bem, meu belo Petyr, o que mais queria me dizer?

Estranhas palavras, pensei, entre pai e filha, pois é certo que ela sabe. Ela não pode deixar de saber. E no entanto talvez não saiba. Voltei-me para ela e comecei a desfiar minhas advertências. Ela não compreendia que esse espírito não era nenhum espírito comum? Que essa criatura que podia se apossar do corpo do velho e fazer com que ele agisse de acordo com os desejos de Charlotte poderia se voltar contra ela? Que o ser estava na realidade extraindo a própria força dela, que ela precisava procurar compreender o que são os espíritos, mas pediu que me calasse.

E então pareceu-me estar vendo imagens grotescas pela janela da sala de jantar iluminada, pois os meninos escravos nos seus trajes de cetim azul aparentavam estar dançando enquanto varriam a sala e tiravam o pó, dançando como diabretes.

– Que ilusão interessante – exclamei. Só para perceber que os meninos que tiravam o pó dos assentos das cadeiras e que recolhiam os guardanapos caídos, estavam apenas brincando e saltando, sem saber que alguém os observava.

Depois, voltando o olhar a Charlotte, vi que ela havia soltado os cabelos sobre os ombros e que me encarava com olhos lindos e frios. Pareceu-me também que ela havia forçado para baixo as mangas do seu vestido, como uma criada de taberna faria, para melhor revelar seus magníficos ombros e o alto dos seus seios. Era uma depravação que um pai contemplasse sua filha como eu a contemplava.

– Ah, você acha que sabe tanto – disse ela, referindo-se obviamente à conversa que eu, na confusão em que me encontrava, praticamente havia esquecido. – Mas você é como um padre, como minha mãe me contou. Você só conhece normas e ideias. Quem lhe disse que os espíritos são perversos?

– Você me entendeu mal. Eu não digo perversos; digo perigosos. Digo que talvez sejam hostis aos homens e impossíveis de serem controlados. Não digo infernais, digo desconhecidos.

Eu sentia minha língua áspera na minha boca. Mesmo assim, prossegui.

Expliquei-lhe que, segundo os ensinamentos da Igreja Católica, qualquer coisa "desconhecida" era demoníaca; e que essa era a maior diferença entre a Igreja e o Talamasca. Foi com base nessa enorme diferença que nossa Ordem foi fundada há muito tempo.

Mais uma vez, vi os meninos dançando. Eles rodopiavam pela sala, saltando, gritando, aparecendo e desaparecendo às janelas. Pisquei para desanuviar a cabeça.

– E o que o faz pensar que eu não conheça profundamente esse espírito e que não consiga controlá-lo? Você realmente acha que minha mãe não o controlava? Será que não vê que existe uma evolução aqui de Suzanne a Deborah e desta a mim?

– Claro que vejo. Eu vi o velho, não vi? – disse eu, mas estava perdendo o fio do raciocínio. Não conseguia formar as palavras corretamente. E a lembrança do velho perturbava minha lógica. Tive vontade de beber mais vinho, mas não queria mais e não bebi.

— É – disse ela, parecendo ficar mais alerta e tirando o copo da minha mão, graças a Deus. – Minha mãe não sabia que Lasher podia se incorporar numa pessoa, embora qualquer padre pudesse lhe ter dito que os demônios se apossam dos humanos o tempo todo, apesar de ser em vão.

— Como em vão?

— É que acabam tendo de sair. Eles não podem se transformar naquela pessoa, não importa o quanto o desejem. Ah, se Lasher pudesse ser o velho...

Isso me horrorizou, e eu via que ela ria da minha reação. Pediu para que me sentasse ao seu lado.

— Mas o que é mesmo que você queria me contar? – insistiu.

— Minha recomendação no sentido de que desista desse ser, de que se afaste dele, de que não baseie a vida nos poderes da criatura, pois ela é misteriosa, e de que pare de lhe ensinar coisas. Pois ele não sabia que podia se apossar de um ser humano até você lhe ensinar isso, certo?

Com isso, ela fez uma pausa, recusando-se a responder.

— Ora, então você o está ensinando a ser um espírito aperfeiçoado para seu próprio proveito. Pois bem, se Suzanne soubesse ler o livro de demonologia que o juiz de bruxas lhe mostrou, ela teria sabido que é possível fazer com que um espírito se apossa de uma pessoa. Deborah também teria sabido isso se tivesse lido o suficiente. Mas não, foi preciso deixar que você se encarregasse de lhe ensinar isso para que o juiz de bruxas fosse confirmado na terceira geração. O que mais você vai ensinar a essa criatura que se incorpora em seres humanos, que cria tempestades e que se apresenta como um belo fantasma num campo aberto?

— Como assim? O que você quer dizer com fantasma?

Contei-lhe do que havia visto em Donnelaith, a figura etérea do ser entre as pedras antigas, e de como eu sabia que não era real. Percebi imediatamente que nada do que eu havia dito havia despertado tanto interesse quanto isso.

— Você o viu? – perguntou ela, incrédula.

— É, eu de fato o vi, e também percebi que sua mãe o viu.

— Ah, mas ele nunca apareceu assim para mim – sussurrou ela. – Mas você notou o erro? Suzanne, a tola, achava que ele era o sinistro, o diabo, como o chamam, e ele era isso para ela.

— Não havia nada de monstruoso na sua aparência. Pelo contrário, ele se apresentou como um homem atraente.

Diante dessas palavras, ela deu uma risada travessa, e seus olhos se encheram de súbita vitalidade.

— Quer dizer que ela imaginava o diabo atraente, e para ela Lasher se fez atraente? Pois você sabe que tudo o que ele é provém de nós.

— Talvez, senhora, talvez. – Olhei para o copo vazio. Estava com sede, mas não queria me sentir embriagado de novo. – Mas talvez não.

– É, e é isso o que o torna tão interessante para mim. O fato de que, sozinho, ele não consegue pensar, você percebe? Ele não consegue concatenar as ideias. Foi a invocação de Suzanne que fez com que se concentrasse; foi a invocação de Deborah que fez com que se concentrasse ainda mais e lhe deu o objetivo para provocar a tempestade. E eu o invoquei para que entrasse no velho. Ele adora esses truques, espia através dos olhos como se fosse humano e se diverte muitíssimo. Você não compreende? Eu amo esse ser por suas mutações, por seu desenvolvimento, por assim dizer.

– Ele é perigoso! – disse eu, baixinho. – Ele mente.

– Não, isso é impossível. Obrigada pelos conselhos, mas eles são tão inúteis que chegam a ser ridículos. – A essa altura, ela pegou a garrafa e encheu meu copo novamente.

Eu, porém, não o aceitei.

– Charlotte, eu lhe imploro...

– Petyr, deixe-me ser franca com você, pois é o que você merece. Nós nos esforçamos por muitas coisas na vida. Lutamos contra muitos obstáculos. Para Suzanne, o obstáculo era sua mente simples e sua ignorância. Para Deborah, o fato de ela ter sido criada como uma camponesa esfarrapada. Mesmo no seu castelo, ela sempre foi aquela aldeã assustada, considerando Lasher como o único motivo para sua fortuna e nada mais.

– Ora, eu não sou nenhuma benzedeira de aldeia, nenhuma filha bastarda apavorada, mas uma mulher que nasceu em berço de ouro e que recebeu instrução desde suas lembranças mais remotas, além de ter tido tudo o que lhe ocorresse desejar. E agora, aos 22 anos, já mãe e talvez em breve viúva, eu comando essa fazenda. Eu já mandava em tudo antes que minha mãe me passasse seus segredos e seu formidável guardião Lasher. Pretendo estudar essa criatura, fazer uso dela e permitir que ela aumente sua força já considerável.

– Ora, você sem dúvida me compreende, Petyr van Abel, já que somos semelhantes, você e eu, e com razão. Você é forte, como eu sou. Quero que compreenda também que sinto amor por esse espírito, amor, está me ouvindo? Pois ele se tornou minha vontade.

– Ele matou sua mãe, minha linda filha. – E a partir daí eu lhe relembrei tudo o que se conhece das travessuras do sobrenatural em contos e fábulas e que a moral era que essa criatura não pode ser plenamente compreendida pela razão e que não pode pela razão ser controlada.

– Minha mãe é que o conhecia bem – disse ela com tristeza, sacudindo a cabeça e me oferecendo o vinho, que não aceitei. – Vocês do Talamasca estão tão errados quanto os católicos e os calvinistas, no final das contas.

– Não – protestei. – Somos de natureza totalmente diferente. Extraímos nosso conhecimento da observação e da experiência. Pertencemos a esta era, e nos assemelhamos aos seus cirurgiões, médicos e filósofos, não aos homens da batina.

– E daí? – perguntou ela, desdenhosa.

– Os sacerdotes contam com a palavra revelada, como se fosse as Escrituras. Quando eu lhe falo de antigas histórias de espíritos, é para atrair sua atenção para um conhecimento destilado. Não estou dizendo para você aceitar a *Demonologia* ao pé da letra, pois ela é um veneno. Digo-lhe que leia o que valer a pena e ignore o resto.

Ela não respondeu.

– Você diz que é educada, minha filha, pois então considere o meu pai, um cirurgião na Universidade de Leiden, um homem que viajou a Pádua para estudar e depois à Inglaterra para ouvir as conferências de William Harvey, que aprendeu francês para poder ler a obra de Paré. Os grandes médicos deixam de lado as "escrituras" de Aristóteles e de Galeno. Eles aprendem com a dissecção de cadáveres e com a vivissecção de animais. Eles aprendem com o que observam. É esse o nosso método. Estou pedindo que olhe para essa criatura, que veja o que ela já fez. Estou dizendo que ela destruiu Deborah com suas travessuras. Ela destruiu Suzanne.

Silêncio.

– Dê-me, então, os meios para melhor estudar a criatura. Você me diz para abordá-la como um médico a abordaria. E para dar um fim em encantamentos e coisas semelhantes.

– É, por isso vim para cá – disse eu, com um suspiro.

– Você veio por coisas melhores do que isso – retrucou ela, dando-me um sorriso encantador e demoníaco. – Venha, vamos ser amigos. Beba comigo.

– Gostaria de ir dormir agora.

– Eu também – disse ela, com uma risadinha suave. – Daqui a pouco.

Ela mais uma vez empurrou o copo na minha direção, e eu, para ser educado, o peguei e bebi. Imediatamente voltou a embriaguez como se ela fosse um pequeno gênio esperando dentro da garrafa.

– Chega – disse eu.

– Ora, meu melhor clarete, você tem de beber. – E mais uma vez ela empurrou o copo na minha direção.

– Está bem, está bem – concordei, bebendo.

Será que eu sabia, Stefan, o que estava por acontecer? Eu não estava, bem naquela hora, espiando por cima do copo sua boquinha suculenta e seus bracinhos deliciosos?

– Ah, minha doce e bela Charlotte. Você sabe o quanto a amo? Nós falamos de amor, mas eu não lhe disse...

– Eu sei – sussurrou ela, em tom carinhoso. – Não se perturbe, Petyr. Eu sei. – Ela se ergueu e me deu o braço.

– Olhe – disse eu, pois a impressão era a de que as luzes ali embaixo estavam dançando nas árvores, dançando como se fossem vaga-lumes. E as próprias árvores pareciam vivas, a nos observar. O céu da noite afastava-se cada vez mais alto, e as nuvens enluaradas estavam mais distantes do que as estrelas.

— Venha, meu querido – disse ela, puxando-me escada abaixo, pois eu lhe digo, Stefan, que minhas pernas estavam enfraquecidas pelo vinho. Eu cambaleava.

Enquanto isso, uma música discreta havia começado, se é que se podia chamar de música, pois era totalmente composta de tambores africanos e alguma espécie de trompa, melancólica e fantasmagórica, que a princípio me agradou e depois não.

— Solte-me, Charlotte – disse, pois ela me puxava na direção dos penhascos. – Eu preferia ir dormir agora.

— É o que vai fazer.

— Então, querida, por que estamos indo na direção dos penhascos? Você não vai querer me atirar lá embaixo?

Ela riu.

— Você é tão bonito, apesar de toda a sua correção e do seu comportamento holandês! – Ela saiu dançando à minha frente, com o cabelo voando na brisa, uma silhueta graciosa em contraste com o mar escuro e cintilante.

Ah, quanta beleza. Mais bela ainda do que minha Deborah. Baixei os olhos e estranhei ver o copo ainda na minha mão esquerda. Ela o enchia mais uma vez, e eu sentia tanta sede que bebi o vinho como se fosse cerveja.

Tomando novamente o meu braço, ela indicou o caminho por uma trilha íngreme que descia perigosamente próxima à beira do penhasco, mas eu via um telhado mais além, luz e o que me pareceu uma parede caiada.

— Você acha que não sinto gratidão pelo que você me disse? – indagou ela no meu ouvido. – Sinto sim. Precisamos conversar mais sobre seu pai, o médico, e os costumes daqueles homens.

— Posso contar muitas coisas, mas não para que você as use para o mal. Olhei ao meu redor, ainda trôpego, procurando ver os escravos que tocavam os tambores e a trompa, pois sem dúvida eles estavam muito perto. A música parecia reverberar das rochas e dos troncos das árvores.

— Ah, quer dizer que você acredita mesmo no mal – disse ela, rindo. – Você é um homem de anjos e demônios; e preferia ser anjo, como o arcanjo Miguel, que empurrou os demônios para o inferno. – Ela me abraçou para que eu não caísse. Seus seios, apertados contra meu corpo; e seu rosto macio, tocando meu ombro.

— Não gosto dessa música. Por que eles precisam tocá-la?

— Ora, ela os deixa felizes. Os fazendeiros por aqui não pensam o suficiente no que faz essa gente feliz. Se pensassem, conseguiriam mais deles. Mas agora estamos voltando às observações, não é? Venha. Os prazeres que o esperam...

— Prazeres? Não estou interessado em prazeres – disse eu, e minha língua estava mais uma vez áspera, minha cabeça oscilava e eu não conseguia me acostumar à música.

— Que história é essa de não se interessar por prazeres – zombou. – Como é possível alguém não se interessar por prazeres?

Havíamos chegado a uma pequena construção, e ao luar percebi que se tratava de alguma espécie de casa, com o costumeiro telhado de cumeeira, só que havia sido construída direto na beira do penhasco. Na verdade, a luz que eu havia visto provinha da sua frente, que talvez estivesse aberta, mas só podíamos ter acesso através de uma pesada porta que Charlotte destrancou por fora.

Ela ainda ria de mim, pelo que eu havia dito, quando eu a interrompi:

– O que é isso, uma prisão?

– Você é que está preso, dentro do próprio corpo – respondeu ela, empurrando-me porta adentro.

Tentei me recompor e pensei em sair, mas a porta estava fechada e sendo trancada por outras pessoas. Ouvi o ruído do ferrolho. Olhei à minha volta, confuso e furioso.

Vi um aposento espaçoso, com uma enorme cama de dossel, que serviria para o rei da Inglaterra, embora fosse adornada de musselina, em vez de veludo, e tivesse o filó que usam aqui para proteção contra os mosquitos. Dos dois lados, velas ardiam. Tapetes cobriam o piso de cerâmica, e de fato a frente da pequena casa estava totalmente aberta, com suas venezianas afastadas, mas logo descobri a razão para isso, pois com dez passos chegava-se a uma balaustrada. Vi após uma investigação desajeitada, já que Charlotte precisava segurar meu braço para me firmar, que depois dela não havia nada a não ser um enorme mergulho até a praia lá embaixo com suas marolas.

– Não gostaria de passar a noite aqui – disse. – Se você não quiser me fornecer uma carruagem, voltarei a pé até Port-au-Prince.

– Explique-me essa história de você não gostar de prazeres – disse ela em tom delicado, puxando meu casaco. – Sem dúvida, você deve estar com calor nessa sua roupa horrível. É isso o que todos os holandeses usam?

– Mande parar os tambores, por favor. Não suporto esse barulho. – A música parecia atravessar as paredes. Havia agora nela uma melodia, e isso era um pouco tranquilizador, embora a melodia não parasse de enfiar em mim seus ganchos e de me arrastar mentalmente com ela, de tal modo que na minha cabeça eu dançava contra minha própria vontade.

E não sei bem como fui parar ao lado da cama, com Charlotte tirando minha camisa. Na mesa, a pequena distância de nós, uma bandeja de prata com garrafas de vinho e copos finíssimos. Ela se dirigiu a essa mesa, serviu um copo cheio de clarete, trouxe-o e o colocou na minha mão. Eu ia atirá-lo ao chão, mas ela o segurou, encarando-me nos olhos.

– Petyr, beba um pouco só para poder dormir. Quando quiser ir embora, pode ir.

– Você está mentindo – disse eu. Nesse instante, senti outras mãos sobre mim, e outras saias roçando minhas pernas. Duas mulheres negras majestosas haviam conseguido entrar no aposento, não sei de que modo. Ambas eram de uma beleza delicada e voluptuosa nas suas saias recém-passadas e suas blusas de babados, movimentando-se à vontade sem dúvida no anuviamento geral que encobria minhas percepções, afofando os travesseiros, alisando o mosquiteiro, tirando-me as botas e a calça.

Poderiam ter sido princesas hindus com aqueles seus olhos e cílios escuros, seus braços retintos e sorrisos inocentes.

– Charlotte, isso eu não posso tolerar – disse eu. No entanto eu bebi o vinho que ela me trouxe até a boca e novamente senti a tontura. – Ah, Charlotte, por quê? O que é isso?

– Certamente você quer observar o prazer – sussurrou ela, acariciando meu cabelo de um modo que me perturbava muito. – Estou falando sério. Ouça o que digo. Você precisa experimentar o prazer para ter certeza de não se interessar por ele, se sabe do que estou falando.

– Não sei. Quero ir embora.

– Não, Petyr. Agora não – disse ela como se estivesse falando com uma criança. Ajoelhou-se diante de mim, olhando para mim, com o vestido apertando seus seios com tanta força que senti vontade de soltá-los. – Beba um pouco mais, Petyr.

Fechei meus olhos e perdi imediatamente o equilíbrio. A música dos tambores e da trompa estava agora mais lenta e mesmo mais melódica, lembrando-me os madrigais, embora fosse muito mais primitiva. Lábios roçaram meu rosto e minha boca e, quando abri os olhos, espantado, vi que as mulheres estavam nuas e se ofereciam para mim, pois de que outra forma seus gestos poderiam ser descritos?

A alguma distância dali, Charlotte estava em pé, com uma das mãos sobre a mesa, um quadro na paisagem imóvel, embora tudo agora estivesse para além da minha compreensão. Ela parecia uma estátua em contraste com a sombria luz azul do céu. As velas quase se apagavam com a brisa. A música estava mais forte do que nunca. E eu me descobri imerso na contemplação das duas mulheres nuas, dos seus seios enormes e dos seus pelos escuros e felpudos.

Ocorreu-me, então, que nesse calor eu não me importava nem um pouco de estar nu, o que raramente havia acontecido na minha vida. Parecia-me perfeito que eu estivesse assim e que as mulheres também estivessem. Deixei-me contemplar seus vários segredos, como eram diferentes de outras mulheres e como todas as mulheres são parecidas.

Uma delas me beijou novamente, tocando-me com sua pele e seu cabelo muito sedosos, e dessa vez eu abri a boca.

Mas a essa altura, sabe, Stefan, eu já estava perdido.

Fui, então, coberto de beijos por essas duas, que me fizeram deitar nos travesseiros. Não houve parte da minha anatomia que não recebesse suas experientes atenções, e cada gesto era prolongado e tornado ainda mais intenso pela minha embriaguez. Elas me pareciam tão amorosas e alegres, tão inocentes, essas duas mulheres, e o acetinado da pele delas estava me enlouquecendo.

Eu sabia que Charlotte observava o que estava acontecendo, mas isso não parecia mais ter tanta importância quanto minha vontade de beijar essas mulheres e de tocar seu corpo inteiro como as duas me tocavam, pois a poção que eu havia bebido estava sem dúvida eliminando toda a timidez e ao mesmo tempo retardando o ritmo natural de homem nessas circunstâncias, já que me parecia termos todo o tempo do mundo.

O quarto ficou mais escuro; a música, mais amena. Eu, mais arrebatado, consumido aos poucos, deliciosa e totalmente pelas sensações mais extraordinárias. Uma das mulheres, muito madura e entregue nos meus braços, mostrou-me então uma faixa de seda negra e, enquanto eu me perguntava o que aquela fita larga podia ser, ela cobriu meus olhos com a fita enquanto a outra a amarrava bem apertada atrás da minha cabeça.

Como posso explicar de que modo essa súbita servidão atiçou a chama em mim? Como eu, vendado como Cupido, perdi qualquer decência que me restava enquanto nos jogávamos juntos na cama?

Nessa escuridão inebriante, eu afinal montei a vítima, sentindo minhas mãos tocarem delicadamente numa cabeleira abundante.

Uma boca me chupava e braços fortes me puxaram para baixo para um verdadeiro campo macio de seios, ventre e carne docemente perfumada. E, quando gritei no auge da paixão, alma absolutamente perdida que era, a venda me foi arrancada e eu vi ali embaixo, à luz fraca, o rosto de Charlotte, com os olhos recatadamente fechados, os lábios entreabertos e o rosto inundado de um êxtase igual ao meu.

Não havia ninguém além de nós dois na cama. Ninguém, além de nós dois na pequena casa.

Como um louco, levantei-me, afastando-me dela. Mas o mal estava feito.

Eu havia chegado à borda do penhasco quando ela me alcançou.

– O que você vai fazer? – gritou em desespero. – Pular no mar?

Não soube responder, mas grudei-me a ela para não cair. Se ela não me houvesse puxado para trás, eu teria caído.

E tudo em que eu podia pensar era que ela era minha filha, minha filha!

O que eu fiz?!

No entanto, quando eu soube, minha filha, e repeti, minha filha, e encarei de frente o acontecido, descobri que me voltava para ela, que a segurava e a puxava para mim. Eu iria castigá-la com beijos? Como a fúria e a paixão podiam se mesclar assim? Nunca fui soldado num cerco, mas será que eles sentem esse tipo de excitação ao rasgar as vestes das cativas que gritam?

Eu só sabia que a esmagaria com meu desejo.

– Minha filha – murmurei, quando ela jogou a cabeça para trás e suspirou. Mergulhei, então, meu rosto nos seus seios nus.

Tão intensa era minha paixão que era como se eu nunca a houvesse esgotado. Ela me arrastou para o quarto, pois eu a teria possuído na própria areia. Minha brutalidade não provocava medo nela. Ela me puxou para a cama, e nunca desde aquela noite com Deborah em Amsterdã eu conheci tanto prazer. Não, aqui nem cheguei a me conter pela ternura que sentia então.

– Sua bruxinha imunda! – gritei, e ela aceitou como se fosse um beijo. Ela se contorcia na cama, debaixo de mim, subindo para vir ao meu encontro, enquanto eu descia sobre ela.

Afinal, joguei-me no travesseiro. Eu queria morrer, e tê-la novamente nesse instante.

Mais duas vezes antes do amanhecer, eu a possuí, a não ser que já estivesse completamente louco. Eu estava tão bêbado que mal sabia o que estava fazendo, mas sabia que tudo o que um dia quis numa mulher estava ali nas minhas mãos.

Próximo ao amanhecer, lembro-me de ter ficado deitado com ela, a examiná-la como se quisesse conhecê-la e à sua beleza, pois ela dormia e nada se interpunha entre mim e minhas observações – ah, sim, lembrei-me com amargor do seu escárnio, pois era isso o que elas eram, Stefan, observações – e aprendi numa hora mais sobre uma mulher do que pude aprender na vida inteira.

Como era lindo seu corpo tão jovem! Como eram firmes e macias ao tato suas pernas e sua pele fresca! Eu não queria que ela acordasse e me olhasse com os olhos experientes e astutos de Charlotte. Eu queria chorar por tudo o que havia acontecido.

Pareceu-me que ela acordou e que conversamos algum tempo, mas eu me lembro com mais nitidez do que vi do que das palavras que trocamos.

Ela mais uma vez me importunou com a bebida, seu veneno, e acrescentou a ele um atrativo ainda maior, pois agora me parecia entristecida, pensativa e mais disposta do que nunca a saber o que eu pensava.

Sentada ali, com os cabelos dourados caindo à sua volta, a Lady Godiva dos ingleses, ela mais uma vez demonstrou estar intrigada por eu ter visto Lasher no círculo de pedras em Donnelaith.

E num aparente efeito da poção, Stefan, eu estava agora lá. Pois ouvi o gemido da carroça mais uma vez e vi minha pequena Deborah tão querida e, ao longe, a imagem tênue do homem misterioso.

– Ah, mas você sabe que ele queria aparecer para Deborah – ouvi-me explicando – e isso prova que qualquer um poderia vê-lo, que ele havia conseguido reunir uma forma física, por algum meio desconhecido.

– É, e como foi que fez isso?

Mais uma vez, retirei do arquivo da minha mente os ensinamentos dos antigos.

– Se essa criatura consegue recolher joias para você...

– Isso ele faz.

– ... então ele pode reunir partículas minúsculas para criar uma forma humana.

E então, num piscar de olhos, eu me encontrava em Amsterdã na cama com Deborah, e todas as suas palavras daquela noite foram repetidas, como se eu estivesse com ela naquele mesmo quarto. E tudo isso eu então contei a minha filha, a feiticeira nos meus braços, que servia o vinho para mim e que eu pretendia ter mil vezes antes de me sentir satisfeito.

— Mas, se você sabe que eu sou seu pai, por que fez isso? — perguntei, ao mesmo tempo que procurava lhe dar mais um beijo.

Ela me manteve afastado como se eu fosse uma criança.

— Preciso da sua altura e da sua força, pai. Preciso de um filho seu, um filho que não herde a doença de Antoine ou uma filha que veja Lasher, pois Lasher não se mostrará a um homem. — Ela refletiu um pouco e prosseguiu. — E veja bem, você não é apenas um homem para mim, mas um homem ligado a mim pelo sangue.

Quer dizer que tudo foi planejado.

— Mas isso não para por aí. Você sabe como é para mim a sensação de um homem de verdade me abraçando? A sensação de um homem de verdade em cima de mim? E por que não deveria ser meu pai, se meu pai é o homem mais atraente de todos os que conheci?

Lembrei-me de você, Stefan. Lembrei-me dos seus avisos. Lembrei-me de Alexander. Estaria ele ainda nesse instante chorando minha perda na casa-matriz?

Sem dúvida devo ter chorado, pois lembro-me de que ela me consolou, e de como era comovente sua aflição. Depois se agarrou a mim, ela própria enrodilhada como uma criança ao meu lado, e disse que nós dois sabíamos de coisas que ninguém mais sabia a não ser Deborah, e Deborah estava morta. Chorou, então. Chorou por Deborah.

— Quando ele veio a mim e me disse que ela estava morta, eu chorei sem parar. Não conseguia parar. Os outros batiam nas portas pedindo que eu saísse. Até aquele instante, eu não o havia visto ou conhecido. Minha mãe me havia dito para usar o colar da esmeralda, e que pela sua luz ele me encontraria. Mas ele não precisou do colar. Agora eu sei. Eu estava deitada sozinha no escuro quando ele veio. Vou contar um segredo terrível. Até aquele momento, eu não acreditava nele. Não mesmo. Eu não havia segurado a pequena boneca que ela me deu, a boneca da sua mãe...

— Ela me foi descrita em Montcleve.

— Ora, essa boneca é feita dos ossos e do cabelo de Suzanne, ou pelo menos era isso o que minha mãe afirmava, pois segundo ela Lasher lhe havia trazido o cabelo depois que cortaram o de Suzanne na cadeia, e os ossos depois que ela foi queimada. E com isso ela fez uma boneca como Suzanne lhe havia ensinado. Ela segurava a boneca e invocava Suzanne.

— Agora a boneca estava comigo, e eu agi de acordo com suas instruções, mas Suzanne não apareceu! Não ouvi nada, não senti nada e me perguntei sobre todas as coisas que minha mãe acreditava. Ele veio então, como lhe disse. Senti que ele vinha na escuridão. Senti suas carícias.

– Como assim, carícias?

– Ele me tocou como você me tocou. Eu estava deitada no escuro, e havia lábios nos meus seios. Lábios na minha boca. Entre as minhas pernas, ele me afagou. Acordei, pensando que isso devia ser um sonho, um sonho de quando Antoine ainda era homem. Mas *ele estava ali!* "Minha linda Charlotte, você não precisa de Antoine", disse ele. Foi então que passei a usar a esmeralda. Eu usei como minha mãe havia dito.

– Ele lhe contou que ela estava morta?

– Contou que ela havia caído das ameias da catedral e que você havia jogado o padre perverso para a morte. É, mas ele fala de uma forma estranhíssima. Não se pode imaginar como são estranhas suas falas. Como se ele as houvesse pegado em todo o mundo do mesmo jeito que pega joias e ouro aleatoriamente.

– Diga-me como é.

– Não consigo – disse ela, com um suspiro. Em seguida, ela tentou, e agora farei o possível para ser fiel: – "Estou aqui, Charlotte. Sou Lasher e estou aqui. O espírito de Deborah subiu do seu corpo; ele não me viu; ele deixou a terra. Seus inimigos correm da direita para a esquerda e de volta à direita, em pânico. Veja-me, Charlotte, e me ouça, pois eu existo para servi-la, e só por servi-la existo." – Ela deu mais um suspiro. – Mas é ainda mais estranho do que isso quando ele conta uma história mais longa. Pois eu lhe perguntei o que aconteceu com minha mãe e ele disse: "Eu vim e reuni forças. Eu levantei as telhas dos telhados e fiz com que voassem pelo ar. Eu levantei o pó do chão e fiz com que voasse pelo ar."

– E o que mais esse espírito diz a respeito da sua própria natureza?

– Só que ele sempre existiu. Antes dos homens e das mulheres, ele já existia.

– Ah, e você acredita nisso?

– Por que eu não deveria acreditar?

Não respondi, mas no fundo da minha alma eu não acreditava e não sabia dizer por quê.

– Como ele foi aparecer perto das pedras de Donnelaith? – perguntei. – Pois foi lá que Suzanne o invocou pela primeira vez, não foi?

– Ele não estava em nenhuma parte quando ela chamou por ele. Ele surgiu com seu chamado. Ou seja, ele não tem conhecimento de si mesmo antes daquela hora. Sua consciência de si mesmo começa a partir do conhecimento que ela teve a seu respeito, e se fortalece com o meu.

– É, mas você sabe que tudo isso pode ser adulação.

– Você fala como se ele não tivesse sentimentos. Isso não é verdade. Digo-lhe que o ouvi chorar.

– Conte-me, por favor, o motivo.

— Pela morte de minha mãe. Se ela houvesse permitido, ele poderia ter destruído todos os cidadãos de Montcleve. Os inocentes e os culpados teriam sido castigados. Minha mãe, no entanto, não conseguia imaginar uma coisa dessas. Ela procurou apenas sua libertação quando se jogou das ameias. Se ela tivesse sido mais forte...

— E você é mais forte.

— Usar esses poderes para a destruição não é nada.

— Devo confessar que nesse ponto você tem razão.

Refleti sobre tudo isso, tentanto gravar na memória o que foi dito, o que creio ter conseguido. E talvez ela me compreendesse, pois em seguida falou, com tristeza.

— Ah, como posso permitir que saia daqui se você sabe essas coisas dele e de mim?

— Então você me mataria? — perguntei. Ela chorou e virou a cabeça no travesseiro.

— Fique comigo. Minha mãe lhe pediu isso, e você disse não. Fique comigo. De você, eu poderia ter filhos fortes.

— Sou seu pai. Você está louca de me pedir isso.

— Que importa isso? À nossa volta não há nada, a não ser escuridão e mistério. Que diferença faz? — E a sua voz me encheu de tristeza.

Parece que eu também chorava, porém mais baixo. Beijei seu rosto e procurei acalmá-la. Disse aquilo em que acreditamos no Talamasca, que, com Deus ou sem Deus, nós, homens e mulheres, precisamos ser honestos, precisamos ser santos, pois só como santos triunfamos. Mas isso só fez com que chorasse com uma tristeza ainda maior.

— Toda a sua vida foi em vão. Você desperdiçou. Você renegou o prazer, em troca de nada.

— É, mas você deixou de ver em profundidade. Pois minha leitura e meus estudos foram os meus prazeres, como a cirurgia e o estudo foram os prazeres do meu pai; e esses prazeres são duradouros. Não preciso dos prazeres da carne. Nunca precisei. Não preciso da riqueza, e por isso sou livre.

— Está mentindo para mim ou para si mesmo? Você tem medo da carne. O Talamasca oferece a segurança a vocês como os conventos a oferecem às freiras. Você sempre fez o que era seguro...

— Era seguro ir a Donnelaith? Era seguro ir a Montcleve?

— Não, é verdade que nisso você demonstrou coragem. E também coragem ao vir até aqui. No entanto, não estou falando desse seu aspecto, mas daquele seu eu secreto e íntimo que poderia ter conhecido o amor e conhecido a paixão, e que recuou por medo, sentindo repulsa pela própria chama. Você deve perceber que o pecado, como o que cometemos hoje, só pode nos fortelecer e fazer com que sejamos mais solitários, mais determinados e mais frios com os outros, como se nossos segredos fossem escudos.

– Minha querida, não quero ser solitário, determinado e frio com os outros. Já sou tudo isso o suficiente quando entro nas cidades em que bruxas vão ser queimadas. Quero que minha alma esteja em harmonia com as outras almas. E esse pecado fez de mim um monstro aos meus próprios olhos.

– E daí, Petyr?

– Eu não sei. Não sei. Mas você é mesmo minha filha. Você pensa no que faz, isso devo admitir. Você reflete e considera. Só não sofre o suficiente.

– E por que eu deveria sofrer? – Ela deu uma risada de pura inocência. – Por que eu deveria! – exclamou, encarando-me nos olhos.

E, incapaz de responder essa pergunta, enojado da minha culpa e da minha embriaguez, caí num sono profundo.

Antes do amanhecer, acordei.

O céu da manhã encheu-se de imensas nuvens matizadas de rosa, e o bramido do mar era um som maravilhoso. Charlotte não estava em parte alguma. Eu via que a porta para o mundo lá fora estava fechada, e sabia, sem experimentá-la, que estava trancada por fora. Quanto às pequenas janelas nas paredes a cada lado de mim, elas não eram largas o bastante para permitir a passagem de uma criança. Estavam fechadas com venezianas, pelas quais a brisa entrava, cantando. E o pequeno quarto estava cheio de ar fresco do mar.

Atordoado, fiquei olhando a claridade cada vez mais luminosa. Queria estar de volta a Amsterdã, embora me sentisse imundo, sem condições de me redimir. E, quando tentei me levantar, para ignorar o desconforto na minha cabeça e no meu estômago, percebi uma forma fantasmagórica à esquerda das portas abertas, no canto sombrio do quarto.

Examinei-a por algum tempo, para saber se não resultava da droga que eu havia ingerido, ou mesmo de um jogo de luz e sombras. Mas não era. Parecia ser um homem alto e de cabelos escuros, que olhava para mim, ali deitado, querendo falar comigo ou era o que parecia.

– Lasher – sussurrei.

– Tolo de ter vindo aqui – disse a criatura. Mas seus lábios não se mexiam, e eu não ouvi a voz pelos ouvidos. – Tolo de ter procurado se intrometer entre mim e a bruxa que eu amo, mais uma vez.

– E o que você fez com minha querida Deborah?

– Você sabe, mas não sabe.

Eu ri.

– Eu deveria ficar honrado de você me julgar? – Sentei-me na cama. – Mostre-se melhor.

E diante dos meus olhos a forma ficou mais densa e mais nítida, e eu pude ver as características de um homem específico. De nariz fino, de olhos escuros, e trajando exatamente as mesmas roupas que eu vislumbrara por um instante anos atrás na Escócia, um gibão de couro, culotes mal cortados e uma camisa de mangas bufantes de fio cru.

No entanto, no instante em que captava esses detalhes, pareceu-me que o nariz ficava mais nítido, os olhos escuros, mais vívidos, e o couro de gibão, mais semelhante ao couro.

– Quem é você, espírito? Diga-me seu nome verdadeiro, não o nome que minha Deborah lhe deu.

Uma expressão de dor terrível cobriu seu rosto, ou não, era só a ilusão que começava a se desfazer. O ar encheu-se de lamento e de um espantoso choro silencioso. E a criatura desapareceu.

– Volte, espírito! Ou melhor, se ama Charlotte, vá embora! Volte para o caos de onde veio e deixe minha Charlotte em paz. – E eu poderia ter jurado que num sussurro o ser voltou a falar:

– Eu sou paciente, Petyr van Abel. Vejo muito longe. Estarei bebendo o vinho, comendo a carne e conhecendo o calor da mulher quando de você não restarem nem os ossos.

– Volte! – gritei. – Explique-me o significado das suas palavras. Eu o vi, Lasher, tão nítido quanto a bruxa o viu, e eu posso torná-lo forte.

Seguiu-se apenas o silêncio. E eu me joguei de novo no travesseiro, com a certeza de que esse era o espírito mais forte que eu já havia visto. Nenhuma assombração nunca foi tão clara, tão perfeitamente visível. E as palavras pronunciadas pelo espírito não tinham nada a ver com a vontade da bruxa.

Ah, se ao menos eu estivesse com meus livros. Se ao menos estivesse com eles naquela hora.

Vejo mais uma vez na imaginação o círculo de pedras em Donnelaith.

Digo-lhe que há algum motivo para que o espírito surgisse daquele local! Esse não é um espírito qualquer, nenhum guardião, nenhum Ariel pronto para se curvar diante da vara de condão de Próspero! Eu estava tão agitado que acabei bebendo mais vinho para abrandar minha dor.

Pois aí, Stefan, você tem apenas o primeiro dia do meu cativeiro e da minha desgraça.

Como vim a conhecer bem aquela pequena casa! Como vim a conhecer bem o penhasco ali adiante, pelo qual não descia nenhuma trilha até a praia. Mesmo que eu dispusesse de uma corda de marinheiro e que amarrasse à balaustrada, não teria conseguido realizar aquela descida apavorante.

Continuo, porém, com meu relato.

Talvez já passasse do meio-dia quando Charlotte chegou. Quando vi as duas mulheres negras entrarem com ela, soube que não as havia criado na minha imaginação, e só fiquei olhando com frieza e em silêncio enquanto elas punham flores frescas em todo o quarto. Traziam minha camisa limpa e passada, bem como mais roupas, dos tecidos mais leves que se usam nesta região. Trouxeram também uma grande tina, deslizando-a pela terra arenosa como se fosse um barco. Dois escravos muito musculosos vinham como guardas, caso eu saísse correndo pela porta.

A tina elas encheram com água quente e disseram que eu podia tomar banho quando quisesse.

Tomei o banho, na esperança de eliminar meus pecados, acho. Depois, quando estava limpo, vestido, com a barba e o bigode bem aparados, sentei-me e comi o alimento deixado para mim, sem olhar para Charlotte, que havia ficado sozinha.

– Quanto tempo pretende me manter neste lugar? – perguntei finalmente, afastando o prato.

– Até conceber um filho seu. E posso ter um aviso muito em breve.

– Bem, você teve sua oportunidade – disse eu, mas mal as palavras me saíam da boca eu voltei a sentir o desejo da noite anterior e me vi, como num sonho, rasgando seu belo vestido de seda, soltando seus seios para que eu pudesse sugá-los com o ímpeto de um bebê. Ocorreu-me novamente a deliciosa ideia de que ela era depravada e, portanto, eu podia fazer qualquer coisa a ela e com ela, e eu deveria aproveitar essa chance assim que pudesse.

Ela sabia. Sem a menor dúvida, ela sabia. Veio sentar-se ao meu colo e me olhou nos olhos. Sem pensar quase nada.

– Rasgue a seda, se quiser. Você não pode sair daqui. Faça então o que puder nessa sua prisão.

Tentei agarrar seu pescoço e fui de imediato lançado ao chão. A cadeira, virada.

Só que não havia sido ela. Charlotte havia apenas se afastado para não ser ferida.

– Ah, quer dizer que ele está aqui – disse eu, com um suspiro. Eu não o via, mas via, sim, um adensamento do ar acima de mim e depois a dispersão à medida que sua presença encapelada ia se alargando, se rarefazendo e desaparecendo. – Mostre-se como homem, como fez hoje pela manhã. Fale comigo como falou hoje de manhã, seu covardezinho!

Toda a prataria no quarto começou a chacoalhar. O mosquiteiro formou uma grande onda. Eu ri.

– Diabinho idiota – disse eu, pondo-me de pé e espanando a poeira das roupas. A coisa atingiu-me de novo, mas eu me segurei nas costas da cadeira. – Diabinho imbecil, e que belo covarde você é.

Ela assistia pasma a tudo isso. Eu não conseguia identificar a expressão no seu rosto, se era de suspeita ou de medo. E então ela sussurrou algumas palavras entre os dentes, e eu vi o filó pendurado nas janelas se movimentar como se a coisa tivesse saído voando por ali. Estávamos a sós.

Ela voltou o rosto para longe de mim, mas eu vi que sua pele ardia e que havia lágrimas nos seus olhos. Ela me pareceu tão desprotegida. Eu me odiava por desejá-la.

– Sem dúvida você não me culpa por tentar feri-la – disse a ela, educadamente. – Pois me mantém aqui contra minha vontade.

– Não o desafie novamente – disse ela, apavorada, com os lábios trêmulos. – Eu não gostaria que ele o ferisse.

— Ah, e será que a poderosa bruxa não consegue impedi-lo?

Ela me parecia perdida, agarrada à coluna da cama, cabisbaixa. E tão encantadora! Tão sedutora! Ela não precisava ser feiticeira para me enfeitiçar.

— Você me quer – disse ela, baixinho. – Pois tome posse de mim. E eu lhe direi algo que aquecerá seu sangue mais do que qualquer droga que eu possa lhe dar. – A essa altura ela ergueu os olhos, com os lábios tremendo como se quisesse chorar.

— E o que você diria?

— Que eu o quero. Que o acho lindo. Que anseio por você quando estou deitada ao lado de Antoine.

— Azar o seu, filha – disse eu, friamente, mas que mentira!

— Será?

— Torne-se insensível. Lembre-se de que um homem não precisa considerar a mulher linda para atacá-la. Seja fria como um homem. É uma atitude mais coerente, já que você me mantém aqui contra minha vontade.

Ela não disse nada por algum tempo e em seguida aproximou-se de mim e começou novamente sua sedução, com delicados beijos filiais, com sua mão a me explorar o corpo e seus beijos se tornando mais ardentes. E eu fui o mesmo tolo de antes. Só minha raiva queria permitir aquilo, e por isso eu a enfrentei.

— O seu espírito gosta? – perguntei, olhando o vazio acima de nós e ao nosso redor. – Ele gosta que você me deixe tocá-la quando ele é que queria a estar tocando?

— Não o provoque! – exclamou, temerosa.

— Ah, apesar de todas as carícias, de todos os beijos que ele lhe dá, ele não tem como engravidá-la, certo? Ele não é o íncubo das demonologias que rouba o sêmen de homens adormecidos. É por isso que ele tolera que eu continue vivo até que você conceba.

— Ele não o machucará, Petyr, pois isso eu não vou permitir. Eu o proibi de atingi-lo.

Seu rosto mais uma vez enrubesceu quando olhou para mim, e agora ela examinava o vazio à sua volta.

— Não tire esse pensamento da cabeça, filha. Lembre-se de que ele pode ler seus pensamentos. E pode lhe dizer que faz o que você deseja, mas na verdade faz o que *ele* deseja. Ele mesmo apareceu hoje de manhã. Veio me provocar.

— Não minta para mim, Petyr.

— Eu nunca minto, Charlotte. Ele veio, sim. – E eu descrevi para ela todo o episódio da aparição e revelei suas estranhas palavras. – Agora, o que isso pode significar, minha linda? Você acha que ele não possui vontade própria? Está sendo tola, Charlotte. Deite-se com ele em vez de comigo! – Eu ri dela, e ao ver a dor nos seus olhos, ri ainda mais. – Eu gostaria de ver você e seu demônio. Deite-se ali e ordene que ele apareça agora.

Ela me deu um tapa. Eu ri ainda mais, com a ardência do golpe de repente me parecendo um carinho. Ela me estapeou novamente e ainda mais uma vez, e então senti o que queria, a raiva para segurá-la pelos punhos e atirá-la sobre a cama. Ali arranquei o seu vestido e as fitas que prendiam seu cabelo. Ela agiu com a mesma violência com os finos trajes nos quais as criadas me haviam vestido, e nós nos entregamos com o ardor de antes.

Finalmente, após alcançarmos o climax três vezes, e enquanto eu estava meio adormecido, ela me deixou calada, só com o ruído do mar a me fazer companhia.

Antes do final da tarde, eu já sabia que não havia como sair da casa, pois tentara. Tentei derrubar a porta, batendo nela com a única cadeira que havia ali. Tentei escalar as beiradas das paredes. Tentei me enfiar nas pequenas janelas. Tudo em vão. Esse lugar havia sido cuidadosamente construído para servir de prisão. Cheguei a tentar alcançar o telhado, mas essa possibilidade também havia sido examinada e resolvida. A inclinação era íngreme demais; as telhas, escorregadias; e a escalada, impossivelmente longa e difícil. E quando caiu o crepúsculo, trouxeram-me uma ceia, que foi oferecida prato a prato através de uma das janelas estreitas e que, após grande hesitação, resolvi aceitar mais por tédio e quase loucura do que por fome.

E quando o sol mergulhou no mar, eu estava sentado junto à balaustrada, bebendo vinho e olhando o pôr do sol e o azul-escuro das ondas que quebravam com sua espuma muito branca na praia límpida lá embaixo.

Ninguém nunca apareceu naquela praia durante todo o meu cativeiro.

Suspeito de que seja um local de acesso apenas por mar. E qualquer um que chegasse por mar teria morrido ali, pois não havia nenhum caminho para subir o penhasco, como já disse.

Mesmo assim, a paisagem era lindíssima. E enquanto eu me embriagava cada vez mais, passei a observar as cores do mar e a mudança da luz, como se estivesse enfeitiçado.

Quando o sol desapareceu, uma enorme faixa de fogo cobriu o horizonte de uma ponta do mundo à outra. Isso talvez tenha durado uma hora. Depois, o céu passou a um rosa-claro e afinal um azul profundo, azul como o mar.

Resolvi, naturalmente, que não deveria voltar a tocar em Charlotte, não importando a provocação que ela fizesse. Ao descobrir que eu lhe era inútil, ela logo me permitiria ir embora. Eu suspeitava, porém, que ela de fato me mataria, ou que o espírito o faria. E não tinha a menor dúvida quanto à sua impossibilidade de impedi-lo.

Não sei quando adormeci. Ou que horas eram quando despertei e vi que Charlotte havia vindo e que estava sentada ali dentro junto à vela. Levantei-me para tomar mais um copo de vinho, pois eu agora estava completamente dominado pela bebida e sentia uma sede insuportável apenas minutos depois do último gole.

Não lhe disse nada, mas assustei-me com a beleza que ela me revelava. Ao primeiro olhar que dei, meu corpo já se acelerou de desejo, na expectativa do começo do jogo conhecido. Eu me passava severas repreensões em silêncio; mas meu corpo não é nenhum menino de escola.

Ele meio que ria abertamente de mim. E eu nunca me esquecerei da expressão no seu rosto quando ela olhou para mim e enxergou fundo no meu coração.

Fui até ela enquanto ela vinha até mim. E esse afeto humilhava a nós dois. Afinal, quando havíamos terminado mais uma vez, ela se sentou tranquila e começou a falar comigo.

— Não existem leis para mim – disse ela. – Os homens e as mulheres não são só amaldiçoados com fraquezas. Alguns de nós são amaldiçoados também com virtudes. E a minha virtude é a força. Consigo dominar os que me cercam. Já sabia disso quando era criança. Eu dominava meus irmãos e, quando minha mãe foi acusada, implorei para ficar em Montcleve, pois tinha certeza de conseguir alterar seu depoimento de modo a beneficiá-la.

"Mas ela não quis permitir. E ela eu nunca dominei. Domino meu marido desde o nosso primeiro encontro. Comando a fazenda com tanta habilidade que os outros fazendeiros fazem comentários e me procuram para pedir conselhos. Talvez fosse possível se dizer que mando na paróquia, já que sou a fazendeira mais rica da região. E sei que poderia governar a colônia, se quisesse.

"Sempre tive essa força e percebo que você também a tem. É essa força que lhe permite desafiar toda autoridade civil e eclesiástica, entrar em aldeias e cidades com um monte de mentiras e acreditar no que faz. Você só se submeteu a uma autoridade na Terra, que foi o Talamasca, mas mesmo a eles você não se submeteu por inteiro."

Eu nunca havia pensado nisso, mas era verdade. Você sabe, Stefan, que temos membros que não podem fazer trabalho de campo por não possuírem o ceticismo necessário quanto à pompa e às formalidades. Ela estava, portanto, certa.

Eu, porém, não lhe disse isso. Bebi o vinho e fiquei olhando para o mar ao longe. A lua havia nascido, formando um caminho de luz na água.

Refleti que havia passado pouquíssimo tempo na minha vida a contemplar o mar.

Parecia que eu estava há muito tempo nessa minha pequena prisão à beira do penhasco, e nela não havia agora nada de notável.

— Vim para o exato lugar em que minha força pode ser mais bem aproveitada – disse Charlotte, dando prosseguimento à conversa. – E pretendo ter muitos filhos antes que Antoine morra. Quero ter muitos. Se você continuar comigo como meu amante, não há nada que não possa ter.

— Não fale assim. Você sabe que isso não pode ser.

— Pense bem. Imagine. Você aprende através da observação. Bem, o que aprendeu observando as coisas por aqui? Eu poderia construir uma casa para você nas minhas terras, uma biblioteca do tamanho que lhe agradasse. Você poderia receber seus amigos da Europa. Você poderia ter tudo o que desejasse.

Pensei muito antes de responder, já que era essa sua vontade.

— Eu preciso de mais do que você pode me oferecer, Charlotte. Mesmo que eu pudesse aceitar o fato de você ser minha filha e de nós, por assim dizer, estarmos desrespeitando as leis da natureza.

— Que leis? — zombou ela.

— Permita-me terminar, e eu lhe direi. Preciso de mais do que os prazeres da carne, ainda mais do que a beleza do mar, e mais do que a satisfação de todos os meus desejos. Preciso de mais do que dinheiro.

— Por quê?

— Porque tenho medo da morte — disse eu. — Não acredito em nada e, portanto, como muitos que não acreditam em nada, preciso criar algo, e esse algo é o significado que atribuo à minha vida. A salvação das bruxas, o estudo do sobrenatural, esses são meus prazeres duradouros. Eles fazem com que eu me esqueça de que não sei por que nascemos, por que morremos ou por que o mundo existe.

"Se meu pai não houvesse morrido, eu talvez houvesse me tornado cirurgião, estudado o funcionamento do corpo e feito belos desenhos dos meus estudos, como ele fez. E se o Talamasca não houvesse me encontrado após a morte de meu pai, eu talvez houvesse me tornado pintor, pois eles criam universos de significados sobre a tela. Agora, porém, eu não posso ser essas coisas, já que não tenho formação para elas e é tarde demais para aprender. Por isso, devo voltar para a Europa e fazer o que sempre fiz. Eu preciso. Não é uma questão de escolha. Eu enlouqueceria neste lugar selvagem. Eu acabaria odiando-a mais do que já a odeio."

Isso a deixou extremamente intrigada, embora também a magoasse e a decepcionasse. Seu rosto assumiu a expressão da tragédia leve enquanto ela me perscrutava. E nunca meu coração se enterneceu tanto por ela quanto nesse momento em que ela ouviu minha resposta e ficou ali sentada em reflexão, sem dizer palavra.

— Fale comigo — disse ela. — Conte-me sua vida.

— Isso eu não farei.

— Por que não?

— Porque você quer e porque me mantém aqui contra minha vontade.

Ela refletiu mais um pouco, em silêncio, com os olhos belíssimos na sua tristeza, como antes.

— Você veio para cá para me influenciar e para me ensinar, não foi?

— Tudo bem, filha — disse eu, sorrindo para ela, pois era verdade. — Vou contar tudo o que sei. Será que vai resolver o problema?

E nesse instante, no meu segundo dia de cativeiro, tudo mudou. Tudo mudou até a hora, muitos dias depois, em que alcancei a liberdade. Eu ainda não percebia, mas tudo estava mudado.

É que depois dessa conversa eu nunca mais briguei com ela. Também deixei de lutar contra meu amor e meu desejo por ela, que nem sempre estavam associados, mas que tinham sempre grande força.

Não importava o que acontecesse nos dias que se seguiram, nós conversávamos o tempo todo: eu, na minha embriaguez, e ela, com sua sobriedade marcante. Assim, toda a história da minha vida foi exposta para que ela a examinasse e a discutisse, bem como uma boa quantidade dos meus conhecimentos do mundo.

Parecia-me, então, que minha vida não era nada mais do que beber, fazer amor com ela e conversar, além daqueles longos períodos de devaneio em que eu continuava meus estudos do mar inconstante.

Algum tempo depois, não sei dizer quando, talvez uns cinco dias, talvez mais, ela me trouxe pena e papel e me pediu que eu escrevesse para ela tudo o que sabia da minha linhagem, da família do meu pai, de como ele havia se tornado médico como seu próprio pai, de como os dois haviam estudado em Pádua e o que haviam aprendido e escrito. Pediu também os títulos das obras do meu pai.

Esse pedido eu atendi com prazer, embora estivesse tão bêbado que a tarefa consumiu horas. Depois, fiquei deitado, tentando me lembrar do meu eu de antes, enquanto ela levava embora o que eu havia escrito.

Nesse meio-tempo, ela mandou confeccionar belos trajes para mim e fazia com que as criadas me vestissem todos os dias, embora eu agora sentisse uma indiferença com relação a essas coisas. E com essa mesma indiferença permiti que elas cortassem minhas unhas e aparassem meu cabelo.

Não senti nenhuma suspeita, considerando que aquilo apenas fazia parte das meticulosas atenções às quais já estava acostumado. Ela então me mostrou um bonequinho de pano feito com a camisa que eu estava usando no dia em que ali cheguei, e explicou que no meio dos seus vários nós estavam as aparas das minhas unhas, e que o cabelo preso à cabeça era meu próprio cabelo.

Fiquei perplexo, como sem dúvida era sua intenção. E observei em silêncio quando ela fez um talho no meu dedo com sua faca, deixando meu sangue pingar no corpo do boneco. Mais do que isso, ela o manchou por inteiro com meu sangue até ele ser apenas um objeto vermelho com o cabelo louro.

— O que você pretende fazer com essa coisa horrenda?

— Você sabe o que pretendo fazer.

— Ah, então minha morte é certa.

— Petyr — disse ela, em tom de súplica, com as lágrimas subindo-lhe aos olhos —, podem se passar anos até que você morra, mas esse boneco me confere poder.

Eu não disse nada.

Quando ela se foi, peguei o rum que sempre havia estado ali à minha disposição e que, naturalmente, era muito mais forte do que o vinho e me embriaguei com ele ao ponto de ter sonhos horrendos.

Tarde da noite, porém, esse pequeno incidente do boneco gerou em mim um enorme pavor. Por isso, fui mais uma vez até a mesa, tomei da pena e escrevi para ela tudo o que eu sabia acerca de espíritos, e dessa vez sem a menor esperança de adverti-la, mas, sim, com a intenção de orientá-la.

Considerei que ela precisava saber de algumas coisas:

- que os antigos acreditavam em espíritos como nós, mas também acreditavam que eles envelheciam e morriam; e que havia em Plutarco a história do Grande Pã, que afinal morreu, deixando todos os espíritos do mundo em pranto ao perceberem que eles também um dia morreriam.
- que, quando um povo da Antiguidade era conquistado, acreditava-se que seus deuses caídos se tornavam espíritos que assombravam as ruínas das cidades e dos templos. E ela precisava se lembrar de que Suzanne havia invocado o espírito Lasher naquelas pedras antigas na Escócia, embora não soubesse que povo teria reunido aquelas pedras.
- que os cristãos dos primeiros tempos acreditavam que os deuses pagãos eram espíritos e que podiam ser conjurados por maldições e feitiços.

E que, para resumir, todas essas crenças têm alguma coerência, pois sabemos que espíritos se fortalecem a partir da nossa crença neles. Portanto, é natural que eles se tornassem semelhantes a deuses para aqueles que os invocavam e que, quando seus fiéis eram conquistados e divididos, esses espíritos caíssem de volta no caos ou se transformassem em entidades inferiores submissas ao chamado do mago eventual.

Escrevi mais sobre o poder dos espíritos. Que eles podem criar ilusões para nós; que podem penetrar nos corpos como nos casos de possessão; que podem mover objetos; que podem aparecer para nós, embora não saibamos a partir do que eles conseguem concentrar seu corpo.

Quanto a Lasher, eu era da opinião de que seu corpo era composto de matéria, mantida agregada através do seu poder, mas isso ele só conseguia realizar por um período curtíssimo.

Descrevi, ainda, como o espírito me havia aparecido e as estranhas palavras que havia me dito. Como essas palavras me haviam deixado intrigado, e como Charlotte precisava ter em mente que essa criatura poderia ser o fantasma de alguma pessoa falecida há muito tempo, presa à Terra e vingativa, pois todos os antigos acreditavam que os espíritos dos que morriam na juventude, ou de forma violenta, podiam se tornar espíritos vingativos, enquanto os espíritos dos bons partiam deste mundo.

O que mais eu escrevi, e não foi pouco, já não me lembro, pois estava totalmente entregue à bebida. E talvez o que coloquei nas suas mãos delicadas no dia seguinte não tenha sido mais do que lamentáveis garranchos. No entanto, muitas coisas tentei explicar, apesar dos seus protestos e alegações de que eu já havia dito aquilo tudo antes.

Quanto às palavras de Lasher naquela manhã, sua estranha profecia, ela só deu um sorriso; e me dizia sempre que eu mencionava o assunto de que Lasher colhia sua fala de nós em fragmentos e que grande parte do que dizia não fazia sentido.

– Isso é apenas parte da verdade – avisei. – Ele não está acostumado à fala, mas o mesmo não ocorre com o pensamento. É aí que você se engana.

Cada vez mais, com o passar dos dias, eu me entregava ao rum e ao sono.

Abria meus olhos apenas para ver se ela estava ali.

E, exatamente quando eu estava enlouquecido pela sua ausência, pior, pronto para espancá-la num acesso de fúria, ela aparecia sem falta. Linda, dócil, deliciosa nos meus braços, a encarnação de toda a poesia, o rosto que eu pintaria incessantemente, se fosse Rembrandt, o corpo exato que o súcubo assumiria para me conquistar por inteiro para o demônio.

Eu estava saciado sob todos os aspectos, e mesmo assim faminto por mais.

De vez em quando, chegava a me arrastar da cama para olhar o mar. E acordava com frequência para ver e estudar a chuva que caía.

Pois neste lugar a chuva é amena e nem um pouco fria. Eu adorava ouvir sua música ao bater no telhado e seu jeito de refletir a luz quando a brisa fazia com que caísse inclinada logo adiante das portas.

Muitos pensamentos me ocorriam, Stefan, pensamentos fomentados pela solidão, pelo calor, pelo canto dos pássaros ao longe e pelo ar perfumado pelas ondas que batiam suaves na praia lá embaixo.

Na minha pequena prisão, pude entender o que havia desperdiçado na vida, mas é tão tolo e triste colocar isso em palavras. Às vezes eu me imaginava como Lear, louco nas charnecas, enfiando flores no cabelo, tendo se transformado em rei de nada, a não ser da natureza selvagem.

Pois eu, neste lugar primitivo, havia me simplificado, tornando-me o feliz estudioso do mar e da chuva.

Afinal, num cair da tarde, quando a luz estava quase desaparecendo, fui despertado pelo aroma apetitoso de um jantar quente, e soube que havia passado vinte e quatro horas embriagado, e que ela não havia vindo.

Devorei a refeição, pois a bebida nunca prejudica minha fome. Vesti roupas limpas e me sentei a refletir no que havia acabado e a tentar calcular há quanto tempo estava naquele lugar.

Eu imaginava que fossem doze dias.

Resolvi então que não beberia mais, não importava quão deprimido eu ficasse. Que eu seria libertado ou enlouqueceria.

E, sentindo repulsa por toda a minha fraqueza, calcei minhas botas, nas quais não havia tocado aquele tempo todo, vesti o casaco novo que Charlotte me trouxera há muito tempo, e fui até a balaustrada para olhar o mar. Imaginei que era mais certo que ela me matasse do que me deixar partir. Mas isso eu precisava descobrir de uma forma ou de outra. Essa situação eu não podia mais tolerar.

Muitas horas se passaram. Eu nada bebi. Charlotte chegou, então. Estava exausta do seu longo dia cavalgando, a cuidar da fazenda, e ao ver que eu estava vestido, ao ver que usava minhas botas e meu casaco, ela se deixou cair na cadeira e chorou.

Eu não disse nada, pois sem dúvida era dela, não minha, a decisão de eu poder sair daquele lugar ou não.

– Estou grávida – disse ela, então. – Estou esperando um filho.

Mais uma vez, nada falei. Mas eu sabia. Sabia que esse era o motivo pelo qual ela havia ficado afastada tanto tempo.

Finalmente, quando vi que ela nada fazia, a não ser ficar ali sentada, deprimida, triste, cabisbaixa, a chorar, resolvi falar:

– Charlotte, deixe-me partir.

Ela afinal disse que eu precisava jurar que deixaria a ilha imediatamente. E que não contaria a ninguém o que sabia acerca da sua mãe ou de tudo que havia se passado entre nós.

– Charlotte, volto para Amsterdã no primeiro navio holandês que encontrar no porto, e você nunca mais me verá.

– Mas você tem de jurar que não contará a ninguém, nem mesmo aos seus irmãos do Talamasca.

– Eles sabem – disse eu. – E eu vou relatar tudo o que ocorreu. Eles são meu pai e minha mãe.

– Petyr, será que você não tem o bom senso de mentir para mim?

– Charlotte, deixe-me ir ou mate-me de uma vez.

Ela voltou a chorar, mas eu sentia frieza em relação a ela e em relação a mim mesmo. Eu me recusava a olhar para ela para que minha paixão não despertasse novamente. Por fim, ela enxugou as lágrimas.

– Eu o fiz jurar que nunca lhe fará mal. Ele sabe que eu retirarei todo o amor que sinto por ele e toda a confiança que tenho nele se desobedecer à minha ordem.

– Você fez um pacto com o vento.

– Mas ele alega que você revelará nossos segredos.

– É o que farei.

– Petyr, faça-me essa promessa! Faça um juramento para que ele possa ouvir.

Esse pedido eu levei em consideração por querer tanto me ver livre daquele lugar e viver minha vida, além de acreditar que esses dois desejos ainda eram possíveis. Então, falei:

– Charlotte, nunca vou lhe fazer mal. Meus irmãos e irmãs no Talamasca não são padres nem juízes. Nem são bruxos. O que souberem a seu respeito permanece em segredo, no verdadeiro sentido da palavra.

Ela encarou com olhos tristes e lacrimosos. Aproximou-se, então, de mim e me beijou. Embora eu quisesse fazer de mim uma estátua de madeira, não consegui.

Comecei a beijá-la novamente, pois acreditava que ela me deixaria partir. Acreditava que ela me amava. E acreditava, pelo menos durante aquela última hora em que nos deitamos juntos, que talvez não existissem leis para nós, como Charlotte havia dito, e que havia entre nós um amor que talvez ninguém mais pudesse compreender.

– Eu a amo, Charlotte – disse baixinho enquanto ela estava deitada ao meu lado e beijei sua testa. Ela não quis me responder. Não queria olhar para mim. E enquanto eu voltava a me vestir, ela virou a cabeça no travesseiro e chorou.

Fui até a porta e descobri que ela não havia sido trancada após a entrada de Charlotte. Perguntei-me quantas vezes o mesmo havia acontecido.

Agora, porém, isso já não importava. O que importava era que eu fosse embora, se aquele espírito maldito não me impedisse, que eu não olhasse para trás, que não lhe dirigisse a palavra, que não sentisse o doce perfume da sua pele, que não pensasse na maciez dos seus lábios ou das suas mãos.

Por esse motivo, não lhe pedi montaria ou carruagem que me conduzisse a Port-au-Prince, decidido a partir simplesmente sem me despedir.

A cavalo, era uma viagem de uma hora. Por isso, como ainda não era meia-noite, imaginei que chegaria facilmente à cidade antes do amanhecer. Ah, Stefan, graças a Deus eu não sabia o que seria a viagem! Se soubesse, jamais teria tido a coragem de iniciá-la!

Interrompo aqui minha história para informar que estou escrevendo há doze horas. Já é novamente meia-noite, e a criatura está por perto.

Por esse motivo, trancarei na caixa de ferro esta e todas as outras páginas que escrevi, de modo que pelo menos essa parte da história possa chegar a você, se o que eu escrever de agora em diante se perder.

Eu o amo, meu caro amigo, e não espero o seu perdão. Basta que guarde meus registros. Guarde-os, pois essa história não está acabada e pode ser que não se encerre em muitas gerações. Isso ouvi da própria voz do espírito.

Seu no Talamasca,

Petyr van Abel
Port-au-Prince

16

O ARQUIVO SOBRE AS BRUXAS MAYFAIR

CAPÍTULO IV

Stefan,
    Após um breve descanso, recomeço. A criatura está aqui. Há apenas um instante ele se fez visível, com sua forma humana, a dois centímetros de mim, como é seu costume, e fez com que minha vela se apagasse, embora não tenha nenhuma respiração própria para conseguir tal feito.
    Precisei descer para providenciar mais luz. Ao voltar, encontrei minhas janelas abertas, batendo com a brisa. Tive de trancá-las novamente. Minha tinta estava derramada. Mas eu tenho mais tinta. Os lençóis haviam sido arrancados da cama, e meus livros estavam espalhados por toda parte.
    Graças a Deus a caixa de ferro já está a caminho de Amsterdã. Basta dizer isso, pois talvez a criatura saiba ler.
    Neste espaço fechado, ele produz o som de asas batendo, e depois de risos. Eu me pergunto se lá longe, no seu quarto em Maye Faire, Charlotte dorme e se é por isso que sou vítima dessas travessuras.
    Somente os bordéis e as tabernas estão abertos. Todo o restante desta pequena cidade colonial está em silêncio.
    Passo, porém, a relatar os acontecimentos da noite passada com a rapidez que me é possível...
    ... Saí pela estrada a pé. A lua estava alta. O caminho estava iluminado à minha frente com todas as suas curvas e voltas, com suas subidas e descidas suaves aqui e ali pelo que dificilmente poderiam ser considerados montes.
    Eu caminhava rapidamente, com grande vigor, quase tonto com minha liberdade e com a percepção de que o espírito não me havia impedido de seguir, de que eu estava respirando o ar fresco à minha volta e pensando em chegar a Port-au-Prince bem antes do alvorecer.
    Estou vivo, eu pensava. Estou fora da minha prisão e talvez sobreviva para chegar a ver a casa-matriz novamente.
    A cada passo eu acreditava mais nisso, e me maravilhava, pois durante meu cativeiro eu havia perdido toda a esperança de que isso pudesse acontecer.
    Repetidas vezes, porém, meu pensamento era dominado pela imagem de Charlotte, como se eu estivesse enfeitiçado, e eu me lembrava dela na cama, onde eu a havia deixado. Com isso eu fraquejava, chegando a pensar que era um tolo de abandonar tanta beleza e tanta paixão, pois na realidade eu a amava. Eu a amava loucamente! E eu me perguntava que importância teria se eu ficasse e me tornasse

seu amante, presenciasse o nascimento de um filho após outro e vivesse no luxo, como havia sido sua sugestão. O fato de que dentro de horas eu deveria estar separado dela para sempre era mais do que eu podia suportar.

Por isso, eu me recusava a pensar no assunto. Expulsava esses pensamentos da cabeça sempre que percebia que eles haviam voltado, sorrateiros.

Eu caminhava sem parar. De quando em quando, vislumbrava uma luz nos campos escurecidos a cada lado da estrada. E uma vez um cavaleiro passou num tropel pela estrada, como se estivesse numa missão importante. Ele nem chegou a me ver. E eu prossegui sozinho, apenas com a lua e as estrelas como testemunhas, planejando a carta que lhe escreveria e de que modo descreveria o que havia ocorrido.

Eu já estava a caminho há uns 45 minutos quando vi um homem a certa distância à minha frente, apenas parado, aparentemente olhando enquanto eu me aproximava. E o que era mais notável era o fato de se tratar de um holandês, o que pude ver pelo seu enorme chapéu preto.

Ora, meu próprio chapéu eu havia deixado para trás. Eu o estava usando como sempre quando cheguei a Maye Faire, mas não havia visto desde o instante em que o entreguei aos escravos antes do jantar na minha primeira noite ali.

E agora, ao ver esse homem alto à minha frente, pensei no chapéu, lamentei sua perda e também me perguntei quem seria esse holandês parado ao lado da estrada, voltado para mim e parecendo me encarar, um ser sombrio, com barba e cabelo louros.

Moderei meu passo, pois, à medida que me aproximava, a criatura não se mexia. E, quanto mais perto eu chegava, mais percebia como era estranho que um homem ficasse assim parado na escuridão, tão despreocupado. Ocorreu-me, então, que eu estava sendo tolo, pois se se tratava apenas de um outro homem ali, por que eu deveria me sentir mais indefeso no escuro da noite?

No entanto, mal essa ideia me passou pela cabeça, eu cheguei perto o suficiente para ver o rosto do homem. No mesmo instante em que percebi que era meu próprio duplo que estava ali em pé, a criatura saltou para cima de mim, parando a dois centímetros, enquanto minha própria voz saía da sua boca.

– Ah, Petyr, mas você esqueceu seu chapéu! – exclamou o ser, dando uma terrível gargalhada.

Caí para trás sobre a estrada, com o coração batendo forte no peito. Ele se inclinou sobre mim como um abutre.

– Ora, vamos, Petyr, pegue seu chapéu, já que o deixou cair na terra!

– Afaste-se de mim! – berrei, aterrorizado. Virando-lhe as costas, cobri minha cabeça e, como um caranguejo aflito, me arrastei para escapar da criatura. Em seguida, levantei-me e ataquei, como um touro poderia ter feito, só para descobrir que investia contra o vazio.

Não havia nada naquela estrada, a não ser minha desgraçada pessoa e meu chapéu preto jogado esmagado no pó.

Tremendo como criança, peguei-o e tentei limpá-lo.

– Maldito espírito! – exclamei. – Conheço seus truques.

– Conhece? – perguntou-me uma voz, e dessa vez era uma mulher que falava. Virei-me para ver a criatura. E ali vislumbrei minha Deborah, com a aparência da sua infância, mas apenas num relance.

– Não é ela – declarei. – Seu mentiroso dos infernos!

Stefan, aquele mero relance dela foi uma espada a me atravessar. Pois pude discernir seu sorriso de menina e seus olhos brilhantes. Um suspiro veio-me à garganta.

– Espírito maldito – sussurrei, procurando por ela nas trevas. Eu queria vê-la, fosse ela real, fosse ilusão. E me senti um tolo.

A noite estava tranquila, mas eu não confiava na sua quietude. Só aos poucos fui parando de tremer e pus meu chapéu.

Segui em frente, mas não tão rápido quanto antes. Para qualquer lugar que olhasse, imaginava ver um rosto, uma silhueta, só para descobrir que era uma ilusão da escuridão: as bananeiras que se movimentavam com a brisa, ou aquelas gigantescas flores vermelhas cochilando nos seus frágeis caules, debruçadas sobre as cercas ao longo da estrada.

Resolvi olhar direto para a frente. Foi quando ouvi passos atrás de mim.

Ouvi a respiração de um outro homem. Os passos vinham firmes, fora do ritmo da minha própria marcha. E, quando resolvi ignorá-los, senti o hálito morno da criatura na minha própria nuca.

– Maldito seja! – gritei, voltando-me, só para ver uma imagem de perfeito horror caindo sobre mim, a visão monstruosa de mim mesmo, mas sem nada, a não ser o crânio nu e em brasa no lugar do rosto.

Chamas saltavam das órbitas vazias dos olhos, abaixo do cabelo louro e do enorme chapéu holandês.

– Vá para o inferno! – berrei, empurrando-o com toda minha força quando ele se jogava por cima de mim, com o fogo a me chamuscar. E ali onde eu tinha certeza de não encontrar nada, havia um sólido tórax.

Eu mesmo, rugindo como um monstro, lutei com a criatura, forçando-a a recuar cambaleante. Só então ela desapareceu, com uma grande explosão de calor.

Descobri que havia caído sem nem perceber. Eu estava de joelhos e havia rasgado meu calção. Não conseguia pensar em nada, a não ser no crânio em chamas que acabava de ver. Mais uma vez, meu corpo tremia de modo irracional e incontrolável. A noite estava mais escura agora que a lua não estava mais no alto, e só Deus sabia o quanto eu ainda precisava andar por essa estrada até chegar a Port-au-Prince.

– Tudo bem, criatura do mal, não acreditarei nos meus olhos, não importa o que eles me revelem.

E, sem hesitar mais, voltei-me para a direção certa e comecei a correr. Corri, com os olhos baixos, até perder o fôlego e, baixando a velocidade até a da marcha normal, segui obstinado, olhando apenas para a terra sob meus pés.

Não demorou muito para que eu visse pés ao lado dos meus, descalços, sangrando, mas não prestei atenção a eles, pois não podiam ser reais. Senti o cheiro de carne queimando, mas não me importei, pois sabia que não podia ser real.

– Conheço seu jogo – disse eu. – Você se comprometeu a não me machucar, e por isso está seguindo literalmente o compromisso. Prefere me enlouquecer, não é? – E então, ao me lembrar das normas dos antigos, de que eu só o estava fortalecendo ao conversar com ele, parei de falar e passei a repetir as antigas orações.

– Que todas as forças do bem me protejam. Que os espíritos superiores me protejam. Que não me aconteça nenhum mal. Que a luz branca brilhe sobre mim e afaste de mim essa criatura.

Os pés que haviam me acompanhado agora haviam desaparecido, do mesmo modo que o cheiro de carne queimando. No entanto, na distância à minha frente, eu ouvia um ruído sinistro. Era o barulho de madeira quebrando e talvez de coisas sendo arrancadas do chão.

Isso não é ilusão, pensei. A criatura arrancou pelas raízes as próprias árvores e agora as lançará no meu caminho.

Prossegui, confiante de poder me desviar desses perigos, e me relembrando que a coisa estava apenas brincando comigo, e que eu não devia cair na sua armadilha. Foi então que vi a ponte logo adiante e percebi que havia chegado ao pequeno rio e que os barulhos que ouvia vinham do cemitério. A criatura estava arrebentando as sepulturas!

Fui dominado por um pavor muito pior do que qualquer medo que houvesse sentido antes. Todos nós temos nossos temores secretos, Stefan. Um homem pode enfrentar tigres e recuar diante de um besouro. Outro pode abrir caminho em meio a um regimento inimigo e não conseguir ficar trancado com um cadáver num quarto.

No meu caso, os lugares dos mortos sempre significaram algo terrível.

E agora, ao descobrir o que o espírito pretendia fazer, e que eu precisava atravessar a ponte e passar pelo cemitério, eu me senti petrificado e suando excessivamente. E, ao ouvir cada vez mais alto o barulho da destruição e ver as árvores acima dos túmulos oscilando, eu não sabia como poderia readquirir a capacidade do movimento.

No entanto, permanecer ali seria loucura. Forcei-me a andar, a me aproximar, passo a passo, da ponte. Contemplei, então, o cemitério destruído. Vi os caixões arrancados da terra úmida e macia. Vi as coisas que saíam de dentro deles, ou melhor, que eram puxadas de dentro deles, já que não tinham vida, sem dúvida não tinham vida, e a criatura apenas as acionava como acionaria títeres!

– Petyr, corra! – gritei e tentei obedecer à minha própria ordem. Atravessei a ponte num instante, mas eu os via subindo pelas encostas dos dois lados. Eu os ouvia! Ouvia o ruído dos caixões apodrecidos que se quebravam sob seus pés. Ilusão, embustes, eu repetia para mim mesmo. No entanto, quando o primeiro desses horrendos cadáveres me impediu o caminho, eu berrei como uma mulher apavorada:

— Afaste-se de mim! — Descobri, então, que era incapaz de tocar nos braços pútridos que me açoitavam, e que apenas me desviava cambaleante desse ataque para dar um encontrão em outro cadáver fétido como o primeiro, até que afinal caí de joelhos.

Rezei, Stefan. Chamei em voz alta pelos espíritos de meu pai e de Roemer Franz, para que me ajudassem. As criaturas agora me cercavam e apertavam o cerco cada vez mais. O fedor era insuportável, pois alguns eram corpos recém-enterrados, outros apenas parcialmente decompostos e outros já com o cheiro puro da própria terra.

Meus braços e meu cabelo estavam encharcados com aquela sua umidade repulsiva. Trêmulo, cobri minha cabeça com os dois braços. Foi então que ouvi uma voz que se dirigia a mim, com total nitidez, e eu soube que era a voz de Roemer:

— Petyr, eles não têm vida! São como frutos caídos no chão do pomar. Levante-se e abra caminho, empurrando-os. Você não tem como machucá-los!

Encorajado, segui seu conselho.

Voltei a correr, dando encontrões neles, tropeçando e depois cambaleando de um lado para outro para recuperar o equilíbrio e poder prosseguir. Afinal, arranquei o casaco para golpeá-los com ele e, ao descobrir que eram fracos e que não conseguiam sustentar uma investida contra mim, bati com o casaco para que recuassem, e assim pude me livrar do cemitério. Ajoelhei-me mais uma vez para descansar.

Eu ainda os ouvia lá atrás. Ouvia o ruído abafado dos seus pés mortos desnorteados. Relanceando o olhar por cima do ombro, vi, então, que se esforçavam por me acompanhar, uma legião de cadáveres horrendos, como que acionados por fios.

Voltei a me levantar. Segui meu caminho mais uma vez. Agora, porém, carregava meu casaco, pois ele estava imundo da refrega, e meu chapéu, meu inestimável chapéu, eu havia perdido. Em minutos eu estava fora do alcance dos mortos. Imagino que a criatura finalmente os tenha deixado cair.

E à medida que prosseguia, com os pés doloridos e o peito ardendo dos meus esforços, vi que minhas mangas estavam cobertas de manchas da luta. Havia carne podre presa ao meu cabelo. Também minhas botas estavam lambuzadas com ela. E aquele cheiro me acompanharia o caminho todo até Port-au-Prince. No entanto, à minha volta tudo estava quieto e tranquilo. A criatura descansava! Devia ter ficado exausta. Portanto, essa não era a hora certa para eu me preocupar com fedores e acessórios. Eu precisava me apressar.

Na minha loucura, comecei a falar com Roemer:

— O que devo fazer, Roemer? Pois você sabe que essa criatura irá me seguir até os confins da Terra.

Não houve, porém, resposta, e eu pensei ter imaginado sua voz quando a ouvi antes. O tempo todo eu sabia que o espírito poderia assumir sua voz, se eu pensasse em Roemer por muito tempo e com muita intensidade. E isso me deixaria louco, ainda mais louco do que eu já estava.

A paz persistia. O céu estava clareando. Eu ouvi carroças vindo pela estrada atrás de mim e vi que os campos ganhavam vida à direita e à esquerda da estrada. Na verdade, ao chegar ao topo de uma ladeira, vi a cidade colonial lá embaixo e respirei com um grande suspiro.

Aproximou-se, então, uma daquelas carroças, uma pequena carroça de madeira desengonçada, carregada de frutas e legumes para o mercado, e conduzida por dois homens negros de pele clara. Os dois pararam e me olharam espantados. Nesse instante, eu disse no meu melhor francês que precisava da sua ajuda e que Deus os abençoasse caso eles pudessem me auxiliar. E então, ao me lembrar de que tinha dinheiro comigo, ou de que havia tido, enfiei as mãos nos bolsos à procura e lhes ofereci algumas libras, que eles aceitaram com gratidão, permitindo que eu subisse na parte traseira da carroça.

Recostei-me numa enorme pilha de frutas e legumes e adormeci. A carroça me balançava e me jogava de um lado para outro, mas era como se eu estivesse na mais luxuosa das carruagens.

Então, enquanto eu era dominado por um sonho em que imaginava estar de volta a Amsterdã, senti uma mão tocar na minha. Mão delicada. Ela afagou minha mão esquerda, e eu ergui minha mão direita para tocá-la da mesma forma suave. Ao abrir meus olhos e virar a cabeça para a esquerda, porém, vi o corpo queimado e enegrecido de Deborah a me contemplar, careca e enrugada, só com os dois olhos azuis demonstrando vida e os dentes rindo para mim por trás dos lábios queimados.

Dei um berro tão alto que assustei os condutores da carroça e o cavalo. Mas não fazia diferença. Eu havia caído na estrada. O cavalo fugiu, e os dois não conseguiram pará-lo. Logo desapareceram mais adiante, depois de chegar ao topo de uma ladeira.

Fiquei sentado, chorando, de pernas cruzadas.

— Espírito maldito! O que você quer de mim? Diga-me! Por que não me mata? Sem dúvida tem poder para tal, se consegue fazer esse tipo de coisa.

Ninguém me respondeu. Mas eu sabia que ele estava ali. Ao erguer os olhos, eu o vi; e dessa vez, sob nenhum disfarce apavorante. Apenas como o homem de cabelos escuros, de gibão de couro, o homem bonito que eu havia visto duas vezes antes.

Ele me parecia bem sólido, tanto que a luz do sol batia nele, ali sentado despreocupado sobre a cerca à beira da estrada. Ele me contemplou, aparentemente com ar pensativo, pois seu rosto não tinha expressão.

E eu me descobri a encará-lo, examinando-o como se ele não fosse nada a ser temido. E percebi então algo que era importantíssimo que eu entendesse.

O corpo queimado de Deborah, aquilo havia sido uma ilusão! Do fundo da minha mente ele havia tirado essa imagem, fazendo com que vicejasse. Meu duplo, aquilo também havia sido ilusão! Era tão perfeito quanto minha imagem no espelho. E o outro acompanhante demoníaco com quem lutei – seu peso havia sido uma ilusão.

E é claro que os cadáveres haviam sido de verdade; e eram cadáveres e nada mais.

Isso aqui, porém, não era nenhuma ilusão, esse homem sentado na cerca. Era um corpo que a criatura havia feito.

– É – disse ele, e também dessa vez seus lábios não se mexeram. E eu compreendi o motivo. Ele ainda não conseguia fazer com que se mexessem. – Mas vou conseguir – disse ele. – Vou conseguir.

Continuei a examiná-lo. Talvez de tão exausto eu tivesse perdido o juízo, mas eu não sentia nenhum medo. E à medida que o sol da manhã ficou mais forte, eu vi que a luz o atravessava. Vi as partículas das quais ele era composto turbilhonando na luz, como o pó.

– Tu és pó – sussurrei, pensando na frase bíblica. Mas naquele exato instante ele começou a se dissolver. Ficou pálido e depois não havia nada ali. O sol subiu iluminando os campos, mais lindo do que qualquer sol da manhã que eu já houvesse visto.

Teria Charlotte acordado? Teria ela impedido a mão da criatura? Não sei a resposta. Posso nunca vir a saber. Cheguei aos meus aposentos aqui menos de uma hora depois, após me reunir com o agente e falar novamente com o estalajadeiro, como lhe relatei anteriormente.

E agora já passa muito da meia-noite pelo meu bom relógio, que acertei pelo da estalagem hoje ao meio-dia. E já há algum tempo que o espírito malévolo não sai do quarto.

Há mais de uma hora, ele aparece e desaparece em sua forma humana, a me observar. Fica sentado num canto; depois no outro. Uma vez, eu o vi no espelho, olhando para mim aqui fora. Stefan, como o espírito faz esse tipo de coisa? Ele ilude meus olhos? Pois é certo que não pode estar dentro do espelho. Mas eu me recusei a erguer os olhos para vê-lo, e por fim a imagem desapareceu.

Ele agora começou a mexer a mobília de um lado para outro e voltou a fazer o ruído de asas batendo. Preciso sair deste quarto. Vou enviar esta carta com as restantes.

Seu no Talamasca,
Petyr

Stefan,

É madrugada, e todas as minhas cartas para você já estão a caminho, tendo o navio partido há uma hora. E, por mais que eu tivesse vontade de ir com ele, eu sabia que não deveria. Pois, se essa criatura pretende me destruir, melhor que se divirta comigo aqui, enquanto minhas cartas são levadas em segurança.

Receio também que ele tenha a força suficiente para afundar um navio, pois mal eu pus os pés no mesmo, para falar com o comandante e me certificar de que minhas cartas seriam transportadas em segurança, um vento começou a soprar, a chuva atingiu as janelas e o próprio barco começou a se movimentar.

Meu raciocínio diz que o espírito não tem a força que seria necessária para afundar a embarcação, mas seria o horror dos horrores, se eu estivesse errado. Não posso expor outras pessoas a tanto risco.

Por isso, permaneço aqui numa taberna lotada de Port-au-Prince, a segunda à qual vou nesta manhã – pois receio ficar sozinho.

Há pouco tempo, quando eu voltava do cais, a criatura me assustou tanto com a imagem de uma mulher caindo diante de uma carruagem que eu me joguei à frente dos cavalos para salvá-la, só para descobrir que não havia mulher nenhuma e que eu próprio quase fui pisoteado. Como me amaldiçoou o cocheiro, chamando-me de louco.

E é isso, sem dúvida, o que aparento ser. Na primeira taberna, adormeci talvez por uns quinze minutos e fui despertado por chamas à minha volta, só para ver que a vela havia caído no conhaque derramado. Fui culpado pelo acidente e me mandaram procurar outra freguesia. E lá estava a criatura, nas sombras atrás da chaminé. Ele teria sorrido se conseguisse movimentar os músculos do seu rosto de cera.

Observe bem o que vou dizer sobre seus poderes. Quando ele quer ser ele mesmo, é um corpo artificial sobre o qual exerce pouquíssimo controle.

Mesmo assim, minha compreensão dos seus artifícios é imperfeita. E estou tão cansado, Stefan. Voltei ao meu quarto para tentar dormir, mas ele me atirou para fora da cama.

Mesmo aqui, num lugar público, lotado de gente que bebe até tarde da noite e dos que acordam cedo para viajar, ele faz suas brincadeiras comigo e ninguém percebe. Pois ninguém sabe que a imagem de Roemer sentado junto à lareira não está lá realmente. Ou que a mulher que apareceu por um instante na escada, sem que quase ninguém percebesse, era Geertruid, morta já há vinte anos. A criatura arranca essas imagens da minha mente, sem dúvida, e depois as expande, mas não consigo adivinhar como.

Tentei conversar com o espírito. Na rua, implorei-lhe que me revelasse seu objetivo. Existe alguma chance de que eu viva? O que eu poderia fazer por ele para que parasse com seus truques malévolos? Que ordens Charlotte lhe havia dado?

Depois, quando me sentei aqui e pedi o vinho, pois voltei a sentir sede pelo vinho e ando bebendo demais, vi quando ele movimentou minha pena e rabiscou algo no meu papel que dizia: "Petyr vai morrer."

Estou anexando esse papel à minha carta, já que se trata da escrita de um espírito. Eu mesmo não tive nada a ver com isso. Talvez Alexander pudesse pôr as mãos sobre o papel e descobrir alguma coisa. Pois eu não consigo aprender nada com essa criatura idiota, a não ser que nós dois juntos conseguimos criar imagens que teriam expulsado Jesus do deserto, enlouquecido.

Agora sei que só existe um meio de salvação para mim. Assim que eu terminar esta carta e a deixar com o agente, irei procurar Charlotte e implorar que faça com que o espírito maligno pare com isso. Não há outra coisa que possa surtir efeito, Stefan. Só Charlotte pode me salvar. E rezo para chegar a Maye Faire ileso.

Alugarei uma montaria para a viagem e contarei com o fato de no meio da manhã a estrada estar bem movimentada, e Charlotte, acordada e com o espírito sob controle.

Tenho, porém, um terrível medo, meu amigo, o de que Charlotte saiba o que esse demônio faz comigo e que lhe haja dado ordens para agir assim. Que Charlotte seja a autora de todo esse plano diabólico.

Se você não receber mais nada de mim – permita-me relembrar-lhe que partem navios holandeses todos os dias daqui para nossa bela cidade –, siga estas instruções.

Escreva para a bruxa, informando-lhe do meu desaparecimento. Certifique-se, porém, de que a carta não revele sua origem na casa-matriz e de que não seja fornecido nenhum endereço do remetente, que possibilitasse ao espírito maligno penetrar em nosso meio.

Imploro-lhe que não mande ninguém atrás de mim. Pois ele só se defrontará com um destino pior do que o meu.

Aprenda o que puder sobre a evolução dessa mulher a partir de outras fontes, e não se esqueça de que a criança que ela der à luz daqui a nove meses será sem dúvida minha.

O que mais posso dizer?

Após minha morte, tentarei alcançá-lo ou alcançar Alexander, se me for possível. Entretanto, meu caríssimo amigo, receio que não haja nenhum "após". Que apenas as trevas esperem por mim, e que meu tempo na luz esteja encerrado.

Não lamento nada nestas minhas últimas horas. O Talamasca foi minha vida, e passei muitos anos na defesa dos inocentes e na pura busca do conhecimento. Eu os amo, meus irmãos e irmãs. Lembrem-se de mim, não pelas minhas fraquezas, não pelos meus pecados, nem pela minha falta de juízo. Mas pelo meu amor por vocês.

Ah, permitam-me contar o que acabou de acontecer, pois foi realmente muito interessante.

Vi Roemer novamente, meu amado Roemer, o primeiro diretor da nossa Ordem que conheci e amei. E Roemer me parecia tão jovem e bonito e eu senti tanta alegria ao vê-lo que chorei, sem querer que a imagem desaparecesse.

Pensei em brincar com a imagem, já que ela se originava da minha própria mente, não é? E o espírito maligno não sabe o que faz. Por isso, falei com Roemer: – Meu querido Roemer, você não sabe como sinto falta sua. Por onde esteve? O que andou aprendendo?

E a figura bela e forte de Roemer vem na minha direção. Eu sei que ninguém mais o vê, pois estão todos olhando para mim, o louco que fala sozinho, mas não ligo para isso.

– Sente-se, Roemer, beba comigo – insisti.

Esse meu amado mestre senta-se, debruça-se sobre a mesa e me diz as obscenidades mais imundas. Vocês nunca ouviram nada parecido. Ele me diz que arrancaria minhas roupas bem no meio da taberna, o prazer que ia me dar, como sempre teve vontade de fazer isso quando eu era menino, e que chegou mesmo a fazê-lo, entrando no meu quarto à noite, rindo depois do acontecido, e permitindo que outros olhassem.

Devo ter parecido uma estátua, olhando espantado para esse monstro que, com o sorriso de Roemer, sussurrava tanta sujeira para mim como um velho devasso. Finalmente, a boca dessa criatura para de se mexer, mas apenas cresce cada vez mais, e a língua dentro dela se transforma em algo negro, grande e lustroso como a corcova de uma baleia.

Como um fantoche, pego a pena, mergulho-a na tinta e começo a escrever a descrição que acabo de fazer. Agora a criatura se foi.

Mas, Stefan, você sabe o que ele fez? Ele virou minha cabeça pelo avesso.

Deixe-me contar-lhe um segredo. É claro que meu querido Roemer nunca tomou esse tipo de liberdade comigo! Mas eu costumava desejar que ele o fizesse. E o maldito extraiu de mim essa informação, de que quando menino eu ficava deitado na minha cama na matriz, sonhando que Roemer chegava, puxava os lençóis e se deitava comigo. Eu sonhei essas coisas!

Se você no ano passado me houvesse perguntado se eu um dia tive um sonho desses, eu teria dito nunca. Mas tive, e o maldito fez com que eu me lembrasse dele. Eu deveria agradecer?

Parto agora. O sol já subiu no horizonte. A criatura não está por perto.

Confiarei esta carta ao nosso agente antes de seguir na direção de Maye Faire; quer dizer, se eu não for detido pelos guardas locais e jogado na cadeia. Eu realmente tenho a aparência de um vagabundo e de um louco. Charlotte irá me ajudar. Ela controlará esse espírito.

O que mais há a dizer?

Petyr

NOTA AOS ARQUIVOS:

Essa foi a última carta recebida de Petyr van Abel.

Sobre a morte de Petyr van Abel

RESUMO DE 23 CARTAS E DE NUMEROSOS RELATÓRIOS ENVIADOS AOS ARQUIVOS
(VER RELAÇÃO)

Duas semanas após o recebimento da última carta de Petyr pela casa-matriz, recebeu-se uma comunicação de um certo Jan van Clausen, mercador holandês em Port-au-Prince, no sentido de informar da morte de Petyr. Essa carta havia sido escrita apenas vinte e quatro horas após a última carta de Petyr. Seu corpo havia sido descoberto umas doze horas depois de ele ter reconhecidamente alugado um cavalo nos estábulos e de ter partido de Port-au-Prince.

A suposição das autoridades locais era a de que Petyr havia sido vítima de algum crime na estrada, talvez tendo sido surpreendido por um bando de escravos fugidos no início da manhã, que talvez estivessem ocupados em profanar um cemitério no qual haviam provocado grandes estragos apenas um dia ou dois antes. A primeira profanação havia provocado enorme perturbação entre os escravos dali, que, para grande consternação dos seus senhores, relutavam em participar da restauração do local, que ainda se apresentava num estado de considerável desordem quando ocorreu a violência contra Petyr.

Aparentemente, Petyr foi espancado e forçado a entrar numa grande cripta de alvenaria, onde ficou encurralado por uma árvore caída e por destroços muito pesados. Ao ser encontrado, os dedos da sua mão direita estavam emaranhados no entulho como se ele estivesse tentando cavar para conseguir sair. Dois dedos da sua mão esquerda haviam sido decepados e nunca mais foram encontrados.

Nunca foram descobertos os responsáveis pela profanação e pelo assassinato. O fato de o dinheiro de Petyr, seu relógio de ouro e seus documentos não haverem sido roubados aumentava o mistério que envolvia sua morte.

As obras em andamento para a recuperação do local propiciaram a descoberta precoce dos restos mortais de Petyr. Apesar de grandes ferimentos na cabeça, Petyr foi reconhecido com facilidade e de modo inegável por Van Clausen, bem como por Charlotte Fontenay, que veio até Port-au-Prince ao ter notícia do ocorrido e que ficou violentamente perturbada pela morte de Petyr, "acamando-se" de tristeza.

Van Clausen devolveu os objetos pertencentes a Petyr à casa-matriz e, a pedido da Ordem, realizou uma investigação maior sobre a morte de Petyr.

Os arquivos contêm cartas não só de Van Clausen e a ele enviadas, mas também cartas recebidas e enviadas por alguns padres da colônia, bem como por outras pessoas.

Essencialmente, nada de verdadeira importância foi descoberto, a não ser o fato de que Petyr foi considerado louco no seu último dia e noite em Port-au-Prince, tanto por seus repetidos pedidos para que fossem despachadas cartas para Amsterdã quanto pelas suas repetidas instruções no sentido de que a casa-matriz fosse avisada na eventualidade da sua morte.

Foram feitas algumas menções ao fato de ele ter sido visto na companhia de um estranho rapaz de cabelos escuros, com quem conversava incessantemente.

É difícil saber como interpretar essas afirmações. No entanto, uma análise mais detalhada de Lasher e dos seus poderes está contida nos últimos capítulos destes arquivos. Basta dizer que outros viram Lasher com Petyr e acreditaram que Lasher fosse um ser humano.

Por meio de Jan van Clausen, Stefan Franck escreveu uma carta a Charlotte Fontenay que não poderia ter sido compreendida por ninguém mais, detalhando o que Petyr escreveu nas suas últimas horas e implorando que ela desse ouvidos ao que Petyr lhe havia dito.

Essa carta nunca recebeu resposta.

A profanação do cemitério, acompanhada do assassinato de Petyr, levou ao seu abandono. Nunca mais houve enterros no local, e alguns corpos foram transferidos para outros cemitérios. Mesmo cem anos depois, o lugar ainda era considerado "mal-assombrado".

Antes que as últimas cartas de Petyr chegassem a Amsterdã, Alexander informou aos outros membros da casa-matriz que Petyr havia morrido. Pediu também que o retrato de Deborah Mayfair pintado por Rembrandt fosse retirado da parede.

Stefan Franck concordou, e o quadro foi guardado nos cofres. Alexander pôs as mãos sobre o pedaço de papel em que Lasher havia escrito as palavras "Petyr vai morrer" e disse apenas que as palavras eram verdadeiras, mas que o espírito era "um mentiroso".

Não pôde afirmar mais nada. Ele avisou a Stefan Franck que cumprisse o desejo de Petyr de que ninguém fosse enviado a Port-au-Prince para falar com Charlotte, já que tal pessoa estaria se dirigindo com toda a certeza para a morte.

Stefan Franck procurou com frequência entrar em contato com o espírito de Petyr van Abel. Com alívio, ele relatou em repetidas notas aos arquivos que suas tentativas haviam sido em vão e que ele estava confiante de que o espírito de Petyr houvesse "passado para um plano superior".

Histórias de assombrações relacionadas àquele trecho da estrada onde Petyr morreu foram copiadas nos nossos arquivos até mesmo em 1956. No entanto, nenhuma delas está ligada a qualquer personagem reconhecível nesta história.

E assim chega à sua conclusão a história da investigação de Petyr das Bruxas Mayfair, que podem ser com segurança consideradas suas descendentes com base no seu próprio relato.

A história continua... Favor passar ao Capítulo V.

17

O ARQUIVO SOBRE AS BRUXAS MAYFAIR

CAPÍTULO V
A FAMÍLIA MAYFAIR DE 1689 A 1900
RESUMO NARRATIVO DE AUTORIA DE AARON LIGHTNER

Após a morte de Petyr, Stefan Franck tomou a decisão de que nenhum outro contato direto com as bruxas Mayfair seria empreendido enquanto fosse vivo. Esse seu critério foi mantido pelos seus sucessores, Martin Geller e Richard Kramer, respectivamente.

Embora numerosos membros solicitassem à Ordem permissão para tentar o contato, a decisão da junta diretora contrária a qualquer tentativa foi sempre unânime, e a proibição formal, de natureza acauteladora, permaneceu em vigor até o século XX.

No entanto, a Ordem continuou sua investigação das bruxas Mayfair de longe. Procurou-se com frequência obter informações com pessoas na colônia que jamais souberam o motivo para as perguntas ou o significado das informações que transmitiam.

MÉTODOS DE PESQUISA

O Talamasca, ao longo desses séculos, foi desenvolvendo toda uma rede de "observadores" no mundo inteiro, que enviavam para a casa-matriz recortes de jornais e relatos de boatos. Em Saint-Domingue, contava-se com algumas pessoas para a obtenção desses dados, entre elas alguns mercadores holandeses que imaginavam serem as consultas de natureza estritamente financeira e várias pessoas da colônia a quem se dizia que havia gente na Europa que pagaria bem por informações relacionadas à família Mayfair. Não existia nessa época nada parecido com os investigadores profissionais semelhantes aos "detetives particulares" do século XX. Mesmo assim, reuniu-se uma espantosa quantidade de informações.

As notas aos arquivos eram curtas e frequentemente apressadas, às vezes nada mais do que uma pequena introdução ao material a ser transcrito.

As informações sobre o legado Mayfair foram obtidas de modo sub-reptício e provavelmente ilegal, por meio de funcionários dos bancos envolvidos que eram subornados para revelar esses dados. O Talamasca sempre fez uso desses métodos para obter informações e no passado foi somente um pouco menos inescrupuloso do que é hoje em dia. A alegação corrente na época, como ainda hoje, consiste em que os registros obtidos dessa forma são geralmente vistos por dezenas de pessoas em várias funções. Nunca foram roubadas cartas pessoais, ou violados lares ou locais de trabalho por meios criminosos.

Quadros da sede da fazenda e de vários membros da família foram obtidos por diversos meios. Uma pintura de Jeanne Louise Mayfair foi adquirida de um pintor irritado depois que a retratada rejeitou a obra. Um daguerreótipo de Katherine e do marido, Darcy Monahan, foi obtido de modo semelhante, já que a família comprou apenas cinco das dez poses da sessão.

De tempos em tempos, houve indícios de que a família Mayfair sabia da nossa existência e das nossas observações. Pelo menos um dos observadores, um francês que trabalhou algum tempo como capataz na fazenda Mayfair em Saint-Domingue, sofreu uma morte violenta e suspeita. Isso levou a maior sigilo, maior cautela e menos informações nos anos que se seguiram.

A maior parte dos originais é muito frágil. Foram, porém, tiradas inúmeras fotocópias e fotografias do material, e esse trabalho continua sendo feito com extremo cuidado.

A PRESENTE NARRATIVA

A história que se segue é um resumo narrativo baseado em todos os materiais e notas compilados, incluindo-se algumas narrativas fragmentadas anteriores, em francês, em latim e no latim do Talamasca. Uma relação completa desses materiais está anexada às caixas de documentos localizadas nos Arquivos em Londres.

Comecei a me familiarizar com essa história em 1945, quando me tornei membro do Talamasca e antes de me envolver diretamente com as bruxas Mayfair. Terminei a primeira "versão completa" desse material em 1956. Desde então, atualizei e revisei o material num processo contínuo, acrescentando o que fosse necessário. A revisão completa foi feita por mim em 1979, quando a história inteira, incluindo os relatórios de Petyr van Abel, foi passada para o sistema de computação do Talamasca. Desde então, tornou-se extremamente fácil realizar atualizações completas.

Só cheguei a me envolver diretamente com as bruxas Mayfair no ano de 1958. Irei me apresentar no momento adequado.

Aaron Lightner, janeiro de 1989

A HISTÓRIA PROSSEGUE

Charlotte Mayfair Fontenay viveu quase até os 76 anos, tendo morrido em 1743, época em que tinha cinco filhos e dezessete netos. Durante toda a sua vida, Maye Faire continuou sendo a fazenda mais próspera de Saint-Domingue. Alguns dos seus netos voltaram para a França e seus descendentes pereceram na Revolução no final do século.

O primogênito de Charlotte, de seu marido Antoine, não herdou a enfermidade do pai, mas cresceu saudável, casou-se e teve sete filhos. No entanto, a fazenda chamada Maye Faire passou para ele apenas no nome. Ela de fato foi herdada pela filha de Charlotte, Jeanne Louise, nascida nove meses após a morte de Petyr.

Toda a sua vida, Antoine Fontenay III foi submisso a Jeanne Louise e ao seu irmão gêmeo, Peter, que nunca foi chamado pela versão francesa do nome, Pierre. Há poucas dúvidas quanto ao fato de eles serem filhos de Petyr van Abel. Tanto Jeanne Louise quanto Peter tinham a pele alva, cabelos castanhos muito claros e olhos claros.

Charlotte ainda deu à luz mais dois meninos antes da morte do marido inválido. Os rumores na colônia citavam dois indivíduos diferentes como pais. Os dois meninos chegaram à idade adulta e emigraram para a França. Eles usavam o sobrenome Fontenay.

Jeanne Louise aparecia apenas com o sobrenome Mayfair em todos os documentos oficiais e, embora ela se casasse muito jovem com um homem dissoluto e beberrão, seu companheiro de toda a vida foi seu irmão, Peter, que nunca se casou. Ele morreu apenas horas antes de Jeanne Louise, em 1771. Ninguém questionou a legalidade do seu uso do sobrenome Mayfair, aceitando sua palavra de que se tratava de um costume na família. Mais tarde, sua única filha mulher, Angélique, agiria da mesma forma.

Charlotte usou o colar com a esmeralda dado por sua mãe até a morte. Daí em diante, Jeanne Louise o usou e o passou à sua quinta filha, Angélique, que nasceu em 1725. Na época em que essa menina nasceu, o marido de Jeanne Louise estava louco e confinado numa "pequena casa" na propriedade, que de acordo com todas as descrições parece ser a casa em que Petyr ficou preso anos antes.

É duvidoso que esse homem tenha sido pai de Angélique. E parece razoável, embora de modo algum se possa afirmar, que Angélique era filha de Jeanne Louise e do seu irmão Peter.

Angélique chamava Peter de "papá" na frente de todos, e era opinião dos criados que ela acreditava ser Peter seu pai, já que nunca havia conhecido o louco na construção afastada, que nos seus últimos anos viveu acorrentado como uma fera selvagem. Deve-se observar que o tratamento dado a esse louco não era considerado cruel ou anormal por aqueles que conheciam a família.

Dizia-se também que Jeanne Louise e Peter compartilhavam um apartamento com salas de estar e quartos intercomunicantes que foi acrescido à velha sede da fazenda pouco depois do casamento de Jeanne Louise.

Por maiores que fossem os rumores acerca dos hábitos secretos da família, Jeanne Louise exerceu o mesmo poder sobre todos que Charlotte havia exercido no passado, mantendo o domínio sobre seus escravos por meio de imensa generosidade e atenção pessoal numa época célebre exatamente pelo procedimento oposto.

Jeanne Louise é descrita como uma mulher de beleza excepcional, muito admirada e requisitada. Ela nunca foi descrita como perversa, sinistra ou como bruxa.

As pessoas contatadas pelo Talamasca durante a vida de Jeanne Louise não sabiam nada sobre as origens europeias da família.

Escravos fugidos costumavam procurar Jeanne Louise para implorar sua mediação com algum senhor ou senhora cruel. Era frequente que ela comprasse esses infelizes, despertando neles uma lealdade feroz. Em Maye Faire, era ela quem fazia a lei, e chegou a executar mais de um escravo por traição. No entanto, era bem conhecida a boa vontade dos seus escravos para com ela.

Angélique foi a filha preferida de Jeanne Louise. Ela adorava a avó, Charlotte, e estava com a velha quando ela faleceu.

Uma violenta tempestade cercou Maye Faire na noite da morte de Charlotte, e não amainou até o amanhecer, hora em que foi encontrado morto um dos irmãos de Angélique.

Angélique casou-se com um fazendeiro muito bonito e rico chamado Vincent St. Christophe no ano de 1755, dando à luz cinco anos depois Marie Claudette Mayfair, que mais tarde se casou com Henri Marie Landry e foi a primeira das bruxas Mayfair a vir para a Louisiana. Angélique também teve dois filhos, um dos quais morreu na infância, e o outro, Lestan, chegou a atingir a velhice.

Tudo indica que Angélique amava Vincent St. Christophe e que foi fiel a ele a vida inteira. Marie Claudette também o adorava, e parece não haver dúvidas quanto a ser ele seu pai.

As imagens que possuímos de Angélique revelam que ela não era tão linda quanto a mãe ou quanto a filha, sendo seus traços menores e seus olhos também menores. Mesmo assim, ela era muito atraente, com o cabelo castanho-escuro muito cacheado, e era considerada uma beldade na sua juventude.

Marie Claudette era de uma beleza extraordinária, lembrando tanto seu belo pai, Vincent St. Christophe, quanto sua mãe. Tinha o cabelo muito escuro e os olhos azuis, e era extremamente pequena e delicada. Seu marido, Henri Marie Landry, também tinha boa aparência. Na realidade, dizia-se naquela época que na família os casamentos eram sempre pela beleza, nunca por amor ou por dinheiro.

Vincent St. Christophe era uma criatura doce e delicada que gostava de pintar e de tocar guitarra. Ele passava muito tempo junto a um pequeno lago construído na fazenda para ele, compondo canções que mais tarde cantava para Angélique. Após sua morte, Angélique teve alguns amantes, mas não quis se casar de novo. Esse também era um procedimento padrão entre as mulheres da família Mayfair. Elas geralmente se casavam uma vez apenas, ou apenas uma vez que desse certo.

O que caracteriza a família durante as vidas de Charlotte, Jeanne Louise, Angélique e Marie Claudette é a respeitabilidade, a fortuna e o poder. A riqueza da família Mayfair era lendária no mundo caribenho, e quem entrava em disputas com a família enfrentava violência com frequência bastante para que se falasse nisso. Dizia-se que "dava azar" brigar com a família Mayfair.

Os escravos consideravam Charlotte, Jeanne Louise, Angélique e Marie Claudette poderosas feiticeiras. Eles as procuravam para curar suas doenças e acreditavam que suas senhoras "sabiam" de tudo.

Existem, porém, pouquíssimos indícios de que alguém além dos escravos levasse essas histórias a sério. Ou de que as bruxas Mayfair despertassem suspeita ou medo "irracional" entre seus pares. A primazia da família permaneceu incontestada. As pessoas disputavam convites para Maye Faire. A família recebia com frequência e prodigalidade. Tanto os homens quanto as mulheres eram muito requisitados como bons partidos.

Não há certeza com relação a quanto os outros membros da família estavam inteirados do poder das bruxas. Angélique teve tanto um irmão quanto uma irmã que emigraram para a França, além de um outro irmão, Maurice, que permaneceu junto à família, teve dois filhos, Louis-Pierre e Martin, que também se casaram e continuaram a fazer parte da família de Saint-Domingue. Eles mais tarde foram para a Louisiana com Marie Claudette. Maurice e seus filhos usavam o sobrenome Mayfair, como fazem seus descendentes na Louisiana até os dias de hoje.

Dos seis filhos de Angélique, duas meninas morreram cedo e dois homens emigraram para a França, sendo que o outro filho, Lestan, foi para a Louisiana com sua irmã Marie Claudette.

Os homens da família nunca tentaram reivindicar o controle da fazenda ou do dinheiro, muito embora, segundo a lei francesa, eles tivessem direito ao controle de ambos. Pelo contrário, eles apresentavam uma tendência a aceitar a ascendência das mulheres escolhidas; e os registros financeiros, assim como os rumores, revelam que eles possuíam imensas fortunas.

Talvez alguma compensação lhes fosse paga pela sua anuência. Ou talvez eles fossem submissos por natureza. Nunca foi transmitido nenhum relato de rebeliões ou brigas. O irmão de Angélique que morreu durante a tempestade na noite da morte de Charlotte era um menino considerado gentil e de índole aquiescente. Seu irmão, Maurice, era reconhecidamente simpático e amável e participava da administração da fazenda.

Alguns descendentes dos que emigraram para a França durante o século XVIII foram executados na Revolução Francesa. Nenhum dos que emigraram antes de 1770 usava o sobrenome Mayfair. E o Talamasca perdeu de vista todas essas linhagens.

Durante todo esse período, a família permaneceu católica. Ela apoiou a Igreja Católica em Saint-Domingue, e um filho de Pierre Fontenay, cunhado de Charlotte, tornou-se padre. Duas mulheres da família tornaram-se freiras carmelitas. Uma foi executada na Revolução Francesa, junto com todos os membros da sua comunidade.

O dinheiro da família na colônia era frequentemente depositado em bancos estrangeiros, durante todos esses anos em que seu café, açúcar e tabaco eram exportados para a Europa e para a América do Norte. Seu nível de prosperidade era altíssimo mesmo para os multimilionários de Hispaniola, e a família parece sempre ter possuído quantidades fantásticas de ouro e de joias. Isso não é nada típico para uma família de agricultores, cuja sorte está geralmente vinculada à terra e é facilmente exposta à falência.

Consequentemente, a família Mayfair sobreviveu à revolução do Haiti com uma enorme fortuna, muito embora todos os seus imóveis na ilha fossem irrecuperavelmente perdidos.

Foi Marie Claudette quem estabeleceu o legado Mayfair em 1789, logo antes da revolução que forçou a família a deixar Saint-Domingue. A essa altura, seus pais já estavam mortos. O legado foi mais tarde aperfeiçoado e refinado por Marie Claudette, depois que se encontrava instalada na Louisiana, época em que ela transferiu grande parte do seu dinheiro depositado em bancos da Holanda e de Roma para bancos de Londres e de Nova York.

O LEGADO

O legado consiste em uma série de disposições imensamente complicadas e quase judiciais, efetuadas principalmente por meio dos bancos que detêm o dinheiro, que cria uma fortuna que não pode ser atingida pela legislação sobre a transmissão de heranças de nenhum país. Em essência, ele conserva a parte principal do dinheiro e das propriedades da família Mayfair nas mãos de uma única pessoa a cada geração, sendo esse herdeiro designado pela beneficiária ainda em vida. Caso a beneficiária morra sem ter designado ninguém, o dinheiro vai para sua filha mais velha. Somente se não houver nenhuma descendente do sexo feminino o legado poderá passar para um homem. No entanto, a beneficiária pode designar um filho homem, se assim desejar.

Ao que tenha chegado ao conhecimento do Talamasca, nunca houve uma beneficiária do legado que morresse sem designar uma herdeira, e o legado jamais passou para um filho homem. Rowan Mayfair, a bruxa Mayfair mais jovem e viva, foi designada ao nascer por sua mãe, Deirdre, que também foi designada ao nascer por sua mãe, Antha, que foi designada por Stella, e assim por diante.

Houve, porém, épocas na história da família em que a herdeira designada foi trocada. Marie Claudette, por exemplo, designou sua primeira filha, Claire Marie, e mais tarde passou a designar Marguerite, sua terceira filha, e não há indícios de que Claire Marie soubesse que havia um dia sido designada, embora Marguerite soubesse que era a herdeira muito tempo antes da morte de Marie Claudette.

O legado também estipula enormes benefícios para os outros filhos da beneficiária (os irmãos da herdeira) a cada geração, sendo o valor destinado às mulheres o dobro do destinado aos homens. No entanto, nenhum membro da família poderia fazer jus ao legado se ele ou ela não usasse o sobrenome Mayfair em termos oficiais e particulares. Sempre que a lei proibisse o herdeiro de usar o sobrenome, ele era ainda assim usado como costume e jamais questionado legalmente.

Esse dispositivo serviu para preservar o sobrenome Mayfair até o século atual. E em inúmeros casos os membros da família transmitiam a norma a seus descendentes junto com suas fortunas, embora em termos legais nada os obrigasse a fazê-lo se eles estivessem afastados um grau do legado.

O documento original também contém algumas cláusulas complexas relativas a membros carentes da família Mayfair que peçam ajuda, desde que eles sempre tenham usado o sobrenome e descendam de membros que o usaram. O beneficiário principal pode ainda deixar até dez por cento do legado para outros parentes que não sejam seus filhos, mas, também nesse caso, o nome Mayfair precisa ser usado comprovadamente por esse parente, ou as cláusulas do testamento estarão nulas e canceladas.

No século XX, uma grande quantidade de "primos" recebeu dinheiro do legado, principalmente por meio de Mary Beth Mayfair e de sua filha, Stella, mas alguns também por meio de Deirdre, sendo a fortuna administrada para ela por Cortland Mayfair. Muitas dessas pessoas estão agora "ricas", já que a doação era frequentemente vinculada a investimentos ou empreendimentos aprovados pela beneficiária ou pelo seu administrador.

O Talamasca tem conhecimento hoje da existência de cerca de 550 descendentes, todos usando o sobrenome Mayfair. É mais do que provável que metade dessas pessoas conheça o núcleo da família em Nova Orleans e saiba algo sobre o legado, muito embora estejam muitos graus afastados da herança original.

Stella reuniu cerca de quatrocentos membros da família Mayfair e de famílias aparentadas em 1927 na casa da First Street, e há indícios substanciais de que ela estaria interessada nos outros membros da família detentores de poderes paranormais, mas a história de Stella será relatada mais adiante.

DESCENDENTES

O Talamasca investigou uma grande quantidade de descendentes e descobriu que entre eles é comum a ocorrência de poderes paranormais moderados. Alguns exibem poderes extraordinários. É também comum que se fale dos antepassados de Saint-Domingue como "bruxos", que se diga que eram "amantes do demônio", que venderam a alma ao diabo e que foi ele quem enriqueceu a família.

Essas histórias são atualmente contadas sem maiores preocupações, muitas vezes com humor, assombro e curiosidade. A maioria dos descendentes com os quais o Talamasca teve um contato limitado não sabe realmente nada de concreto acerca da história da família. Não chegam nem a saber os nomes das "bruxas". Nunca ouviram falar em Suzanne ou Deborah, embora brinquem com frases como "nossos antepassados foram queimados na fogueira na Europa" ou "temos uma longa tradição de feitiçaria na família". Sua ideia quanto ao legado é extremamente vaga, pois sabem apenas que uma pessoa é o beneficiário principal, sabem o nome dessa pessoa e pouco mais do que isso.

No entanto, os descendentes da região de Nova Orleans têm grande conhecimento do núcleo da família. Eles comparecem a velórios e enterros, e foram reunidos em inúmeras ocasiões por Mary Beth e Stella, como veremos. O Talamasca possui grande quantidade de retratos dessas pessoas, em grupos familiares e sozinhas.

Não são de modo algum raras entre essas pessoas histórias de aparições, de premonição, de "telefonemas dos mortos" e de telecinesia moderada. Alguns membros da família que não sabem quase nada acerca do núcleo de Nova Orleans estiveram envolvidos em nada menos de dez histórias diferentes de assombrações, incluídas em vários livros publicados. Três diferentes membros da família, parentes distantes entre si, revelaram poderes enormes. Não existe, porém, nenhuma comprovação de eles terem compreendido ou usado esses poderes com alguma finalidade. Ao que nos foi dado saber, eles não têm nenhuma ligação com as bruxas, com o legado, com o colar da esmeralda ou com Lasher.

Diz-se que todos os membros da família Mayfair "sentem" quando o beneficiário do legado morre.

Os descendentes da família temem Carlotta Mayfair, a guardiã de Deirdre Mayfair, a atual beneficiária, e a consideram uma "bruxa", mas o termo nesse caso está mais relacionado ao significado de mulher desagradável do que a qualquer ligação com o sobrenatural.

RESUMO DOS MATERIAIS RELACIONADOS AOS ANOS PASSADOS EM SAINT-DOMINGUE

Voltando a uma avaliação da família durante o século XVII, ela se caracteriza inegavelmente pela força, pelo sucesso e pela prosperidade, bem como pela longevidade e por relacionamentos duradouros. As bruxas desse período devem ser consideradas extremamente bem-sucedidas. Pode-se supor com segurança que elas controlaram Lasher completamente. *No entanto, honestamente, não sabemos se isso é verdade ou não.* Simplesmente não temos provas do contrário. Não há aparições específicas de Lasher. Não há indícios de tragédia na família.

Acidentes ocorridos com inimigos da família, a contínua acumulação de joias e de ouro, bem como as inúmeras histórias contadas pelos escravos quanto à onipotência ou infalibilidade das suas senhoras são a única evidência de intervenção sobrenatural, e nenhum deles constitui uma prova confiável.

Uma observação mais atenta pelos investigadores treinados poderia ter resultado numa história diferente.

A FAMÍLIA MAYFAIR NA LOUISIANA
NO SÉCULO XIX

Alguns dias antes da revolução do Haiti (o único levante de escravizados a ter sucesso na história), Marie Claudette foi avisada pelos seus escravos de que ela e a família talvez fossem massacradas. Ela e os filhos, seu irmão Lestan, esposa e filhos, seu tio Maurice, com os dois filhos, noras e netos escaparam com aparente facilidade e uma espantosa quantidade de bens pessoais, numa verdadeira caravana de carroças que deixou Maye Faire para o porto próximo. Cerca de cinquenta dos escravos pessoais de Marie Claudette, metade dos quais era de sangue mestiço, sendo alguns deles inegavelmente descendentes de homens de sobrenome Mayfair, acompanharam a família para a Louisiana. Podemos supor que inúmeros livros e registros escritos também os acompanharam, e que alguns desses materiais foram vistos de relance desde então, como este relatório demonstrará.

Logo após a sua chegada na Louisiana, o Talamasca pôde obter mais informações sobre as bruxas Mayfair. Alguns dos nossos contatos na Louisiana já estavam estabelecidos em virtude de dois casos dramáticos de assombrações, ocorridos em Nova Orleans. E pelo menos dois dos nossos membros haviam visitado a cidade, um para investigar um caso de assombração e o outro, a caminho de outros locais no Sul.

Uma outra razão para o aumento de informações era que a própria família Mayfair parece ter se tornado mais "visível" às pessoas. Arrancada da sua posição de isolamento e de poder quase feudal em Saint-Domingue, ela se viu forçada ao contato com inúmeras pessoas desconhecidas, incluindo-se entre elas comerciantes, clérigos, mercadores de escravos, corretores, autoridades da colônia e outros semelhantes. E a fortuna da família Mayfair, bem como sua súbita entrada em cena, por assim dizer, despertou uma curiosidade imensa.

Todo tipo de história começou a ser espalhado desde o instante em que chegaram. E o fluxo de informações foi se enriquecendo com o passar do tempo.

O progresso do século XIX também contribuiu, inevitavelmente, para o aumento do fluxo de informações. O crescimento de jornais e periódicos, a expansão da manutenção de registros detalhados, a invenção da fotografia, tudo isso facilitou a compilação de uma história mais detalhada da família Mayfair.

Na realidade, o desenvolvimento de Nova Orleans, que a transformou numa cidade portuária próspera e movimentada, criou um ambiente no qual dezenas de pessoas podiam ser indagadas acerca da família Mayfair sem que ninguém jamais percebesse nossa existência ou a de nossos detetives.

Portanto, o que precisa ser salientado à medida que prosseguimos no estudo da família Mayfair é que, *embora a família pareça ter sofrido transformações dramáticas no século XIX, pode ser que ela não tenha mudado em absolutamente nada.* A única mudança pode ter sido a dos nossos métodos de investigação. Nós descobrimos mais coisas sobre o que acontecia atrás de portas fechadas.

Em outras palavras, se soubéssemos mais acerca dos anos passados em Saint-Domingue, talvez houvéssemos percebido uma continuidade maior. Mas talvez não.

Qualquer que seja o caso, as bruxas do século XIX – à exceção de Mary Beth Mayfair, que só veio a nascer em 1872 – *parecem* ter sido muito mais fracas do que as que governavam a família durante os anos passados em Saint-Domingue. E, com base em nossos indícios fragmentários, pode-se concluir que a decadência das bruxas Mayfair, que se tornou tão acentuada no século XX, teria começado antes da Guerra de Secessão. O quadro é, porém, mais complexo do que isso, como veremos.

Mudanças nas atitudes e nos tempos em geral podem ter desempenhado um papel significativo na decadência das bruxas. Ou seja, à medida que a família se tornava menos aristocrática e feudal e passava a ser mais "civilizada" ou "burguesa", seus membros podem talvez ter ficado mais confusos com relação à herança e aos seus poderes, tornando-se mais inibidos. Pois, embora a classe de fazendeiros da Louisiana se referisse a si mesma como "a aristocracia", ela decididamente não era aristocrática no sentido europeu da palavra, e se caracterizava pelo que hoje chamamos de "valores da classe média".

A "psiquiatria moderna" também parece ter exercido um papel no sentido de inibir e confundir as bruxas Mayfair, e nós examinaremos esse aspecto em detalhe quando tratarmos da família Mayfair no século XX.

No entanto, na maior parte das vezes só podemos especular acerca dessas coisas. Mesmo quando houve contato direto entre a Ordem e as bruxas Mayfair no século XX, nós não conseguimos aprender tudo o que esperávamos.

Levando-se tudo isso em consideração...

A HISTÓRIA CONTINUA...

Assim que chegou a Nova Orleans, Marie Claudette instalou a família numa casa espaçosa na Rue Dumaine e adquiriu de imediato uma enorme fazenda em Riverbend, ao sul da cidade, ali construindo uma sede maior e mais luxuosa do que sua similar em Saint-Domingue. Essa fazenda chamou-se La Victoire, em Riverbend, e mais tarde passou a ser conhecida simplesmente como Riverbend. Ela foi destruída pelo rio em 1896. No entanto, grande parte das terras por ali ainda é de propriedade da família Mayfair e é atualmente ocupada por uma refinaria de petróleo.

Maurice Mayfair, o tio de Marie Claudette, acabou seus dias nessa fazenda, mas seus dois filhos adquiriram fazendas limítrofes, onde viviam em grande intimidade com a família de Marie Claudette. Alguns descendentes desses homens permaneceram na terra até 1890, e muitos outros descendentes se mudaram para Nova Orleans. Eles ajudaram a compor o número sempre crescente de "primos" que foi um fator constante na vida da família Mayfair durante os cem anos seguintes.

Há uma boa quantidade de desenhos publicados da sede da fazenda de Marie Claudette e até mesmo algumas fotografias em livros antigos, hoje esgotados. Ela era grande mesmo para aquela época e, por ser anterior à ostentação do estilo do renascimento grego, apresentava uma estrutura colonial singela, com colunas simples, arredondadas, telhado de cumeeira e varandas, muito parecida com a casa de Saint-Domingue. Sua largura era a de dois aposentos. Ela era cortada por corredores que iam de norte a sul e de leste a oeste e tinha um andar inferior amplo e aberto, bem como um sótão muito alto e espaçoso.

A fazenda ainda incluía duas enormes *garçonnières*, nas quais moravam os homens da família, incluindo-se Lestan quando ficou viúvo e seus quatro filhos, todos eles de sobrenome Mayfair. (Maurice sempre viveu na casa principal.)

Marie Claudette teve tanto sucesso na Louisiana quanto ela própria e suas antepassadas haviam tido em Saint-Domingue. Ali também plantou açúcar, mas desistiu do café e do fumo. Ela comprou fazendas menores para cada um dos filhos de Lestan, e dava presentes exagerados aos seus filhos e netos.

Desde as primeiras semanas da sua chegada, a família foi vista com respeito e suspeita. Marie Claudette assustava as pessoas e entrou numa série de disputas ao instalar seus negócios na Louisiana. Ela era bem capaz de ameaçar qualquer um que estivesse impedindo seu caminho. Para suas lavouras, adquiriu quantidades incríveis de escravos e, seguindo a tradição das suas antepassadas, tratava eles muito bem. Já os mercadores ela não tratava bem e os expulsou mais de uma vez de sua propriedade com um chicote na mão, insistindo em afirmar que haviam tentado enganá-la.

Ela foi descrita por testemunhas locais como "espantosa" e "desagradável", embora fosse uma bela mulher. Além disso, seus escravos domésticos e criados livres de sangue mestiço eram imensamente temidos pelos outros adquiridos na Louisiana.

Pouco tempo depois, ela já era considerada uma feiticeira pelos escravos nas suas próprias terras. Dizia-se ser impossível enganá-la, que ela sabia pôr mau-olhado e que possuía um demônio o qual mandava atrás de quem quer que a irritasse. Seu irmão Lestan era mais apreciado por todos, e aparentemente logo se adaptou à classe de fazendeiros beberrões e jogadores da região.

Henri Marie Landry, seu marido, parece ter sido um indivíduo afável, porém passivo, que deixava absolutamente tudo nas mãos da mulher. Ele lia revistas especializadas em botânica da Europa e colecionava flores raras de todo o Sul dos Estados Unidos. Ele projetou e cultivou um imenso jardim em Riverbend.

Morreu na cama, em 1824, após receber os sacramentos.

Em 1799, Marie Claudette deu à luz sua última filha, Marguerite, que mais tarde seria a beneficiária da herança e que viveu à sombra da mãe até a morte de Marie Claudette, em 1831.

Falava-se muito da vida familiar de Marie Claudette. Dizia-se que sua filha mais velha, Claire Marie, teria deficiência intelectual. Há inúmeras histórias sobre essa jovem vagueando de um lado para outro de camisola, e dizendo coisas estranhas, embora muitas vezes agradáveis, às pessoas. Ela via fantasmas e conversava com eles o tempo todo, às vezes bem no meio do jantar, diante de convidados perplexos.

Ela também "sabia" coisas sobre as pessoas e costumava deixar escapar esses segredos nos momentos mais impróprios. Era sempre mantida em casa e, apesar de mais de um rapaz se apaixonar por ela, Marie Claudette nunca permitiu que Claire Marie se casasse. Na velhice, após a morte do marido, Henri Marie Landry, Marie Claudette dormia com Claire Marie para vigiá-la e impedir que saísse perambulando e se perdesse.

Ela era vista com frequência nas varandas, de camisola.

O único filho de Marie Claudette, Pierre, tampouco recebeu permissão para se casar. Ele se apaixonou duas vezes, mas nas duas ocasiões cedeu à vontade da mãe quando ela lhe negou a permissão para se casar. Sua segunda "noiva secreta" tentou o suicídio ao ser rejeitada por Pierre. A partir de então, ele passou a sair raramente, mas era visto mais fazendo companhia à mãe.

Pierre era uma espécie de médico dos escravos, curando-os com diversas poções e medicamentos. Ele chegou a estudar medicina algum tempo com um velho médico bêbado em Nova Orleans. Mas isso não deu em nada. Ele também gostava de botânica e passava muito tempo trabalhando no jardim e desenhando as plantas. Alguns esboços feitos por Pierre existem ainda hoje na famosa casa da família Mayfair na First Street.

Não era nenhum segredo que, por volta de 1820, Pierre passou a ter uma amante mestiça em Nova Orleans, uma jovem de grande beleza que poderia ter passado por branca, segundo os rumores. Com ela, Pierre teve dois filhos: uma menina, que foi para o Norte e foi considerada de raça branca, e um menino, François, nascido em 1825, que permaneceu na Louisiana e mais tarde viria a cuidar de toda a papelada da família em Nova Orleans. Um escriturário sofisticado era como ele parece ter sido considerado carinhosamente pelos brancos da família, especialmente pelos homens que íam à cidade realizar negócios.

Todos na família pareciam adorar Marguerite. Quando estava com 10 anos, seu retrato foi pintado, mostrando-a com o famoso colar da esmeralda. É um quadro estranho, pois a criança é pequena e o colar, grande. Em 1927, esse quadro estava pendurado numa parede da casa da First Street em Nova Orleans.

Marguerite era de compleição delicada, de cabelos escuros e olhos negros ligeiramente amendoados. Era considerada linda e chamada de "a ciganinha" por suas babás, que adoravam escovar seus cabelos compridos e ondulados. Ao contrário da irmã com deficiência intelectual e do irmão submisso, Marguerite tinha um gênio feroz e um senso de humor violento e imprevisível.

Aos 20 anos, contra a vontade de Marie Claudette, ela se casou com Tyrone Clifford McNamara, um cantor lírico, e mais um homem "muito bonito" e de índole pouquíssimo prática, que viajava por todos os Estados Unidos, estrelando óperas em Nova York, Boston, St. Louis e outras cidades. Foi só depois de ele partir numa turnê dessas que Marguerite voltou de Nova Orleans para Riverbend e foi mais uma vez recebida pela mãe. Em 1827 e 1828, ela deu à luz dois meninos, Rémy e Julien. McNamara voltava para casa com frequência durante esse período, mas apenas para visitas curtas. Em Nova York, Boston, Baltimore e em outros lugares onde se apresentava, ele era célebre por ser mulherengo, beberrão e por gostar de brigar. Era, porém, um "tenor irlandês" muito popular e esgotava bilheterias onde quer que se apresentasse.

Em 1829, Tyrone Clifford McNamara e uma irlandesa, supostamente sua amante, foram encontrados mortos depois de um incêndio numa pequena casa no French Quarter, que havia sido comprada para a mulher por McNamara.

Relatórios da polícia e reportagens de jornais da época revelam que o casal foi sufocado pela fumaça enquanto procurava, em vão, escapar. A fechadura da porta da frente estava quebrada. Houve, aparentemente, um filho dessa união, que não se encontrava na casa no momento do incêndio. Ele mais tarde migrou para o Norte.

Esse incêndio gerou uma quantidade considerável de boatos em Nova Orleans, e foi nessa época que o Talamasca pôde obter mais informações pessoais sobre a família do que havia conseguido em anos a fio.

Um comerciante do French Quarter disse a uma das nossas "testemunhas" que Marguerite havia mandado seu demônio cuidar "daqueles dois" e que Marguerite sabia mais de vodu do que qualquer pessoa negra no estado da Louisiana. Dizia-se que Marguerite tinha um altar de vodu em casa, que trabalhava com unguentos e poções para curar e para o amor, e que andava por toda parte acompanhada de duas belas criadas mestiças, Marie e Virginie, e de um cocheiro negro chamado Octavius. Dizia-se que Octavius era filho ilegítimo de um dos filhos de Maurice Mayfair, Louis-Pierre, mas essa história não era muito divulgada.

Marie Claudette ainda vivia nessa época, mas raramente saía. Dizia-se também que ela havia ensinado à filha as artes da magia aprendidas no Haiti. Era Marguerite quem chamava a atenção por onde quer que fosse, especialmente considerando-se que seu irmão Pierre levava uma vida bastante respeitável, sendo muito discreto quanto à sua amante mestiça, e que os filhos do tio Lestan eram também perfeitamente respeitáveis e admirados.

Já antes dos 30 anos, Marguerite havia se tornado uma figura lúgubre e algo assustadora, muitas vezes com os cabelos desgrenhados e os olhos escuros ameaçadores, além de sua risada súbita e desconcertante. Ela sempre usava a esmeralda Mayfair.

Marguerite recebia mercadores, corretores e visitas num enorme escritório coberto de livros em Riverbend, que era cheio de coisas "horríveis e repulsivas", como crânios humanos, animais dos pântanos empalhados e armados, cabeças de animais de safáris na África e tapetes de peles. Ela possuía inúmeros potes e vidros misteriosos, e as pessoas alegavam ter visto partes de corpos humanos nesses recipientes. Ela era conhecida por ser ávida colecionadora de amuletos e quinquilharias feitas pelos escravizados, em especial por aqueles recém-chegados da África.

Houve alguns casos de "possessão" entre seus escravos nessa época, o que resultava na fuga de testemunhas apavoradas e na vinda de padres à fazenda. Em todos os casos, a vítima era acorrentada e o exorcismo era tentado em vão. A criatura "possuída" acabava morrendo de fome por não conseguir ser forçada a comer ou de algum ferimento provocado durante as violentas convulsões.

Houve rumores de que um desses escravos possuídos foi acorrentado no sótão, mas as autoridades locais nunca tomaram providências para a investigação.

Pelo menos quatro testemunhas diferentes mencionam o "misterioso amante de cabelos escuros" de Marguerite, homem que foi visto nos seus aposentos particulares por escravos, na sua suíte no St. Louis Hotel quando ela ía a Nova Orleans e no seu camarote na ópera. Muitos boatos cercavam a questão desse seu amante ou companheiro. Todos ficavam intrigados com a forma misteriosa de ele aparecer e desaparecer.

– Num instante, ele está ali. No outro, não está mais – dizia-se.

Essas são as primeiras menções a Lasher em mais de cem anos.

Marguerite casou-se, quase imediatamente após a morte de Tyrone Clifford McNamara, com um apostador alto e sem vintém, chamado Arlington Kerr, que desapareceu por completo seis meses após o casamento. Nada se sabe dele, a não ser que era "lindo como uma mulher", que bebia e que jogava cartas a noite inteira na *garçonnière* com vários convidados bêbados e com o cocheiro negro. Vale ressaltar que se ouviu falar desse homem mais do que se viu sua pessoa. Ou seja, a maioria das histórias a seu respeito são de terceira ou de quarta mão. É interessante a especulação de que essa pessoa talvez não haja existido.

Ele foi, no entanto, o pai legítimo de Katherine Mayfair, nascida em 1830, que se tornou a próxima beneficiária do legado e a primeira das bruxas Mayfair em muitas gerações a não conhecer a avó, já que Marie Claudette faleceu no ano seguinte.

Os escravos rio abaixo e rio acima circulavam a história de que Marguerite havia assassinado Arlington Kerr e colocado seu corpo em pedaços em vários potes, mas ninguém jamais chegou a investigar essa história, e a versão divulgada pela família era a de que Arlington Kerr não conseguiu se adaptar à vida na fazenda, tendo por isso deixado a Louisiana, sem vintém, como havia chegado, e Marguerite havia dito que bons ventos o levassem.

Aos 20 anos, Marguerite era famosa por comparecer às danças dos escravos e até mesmo por dançar com eles. Ela sem dúvida tinha o poder de cura dos Mayfair, e ajudava a fazer partos com regularidade. No entanto, com o tempo ela começou a ser acusada de roubar os bebês das escravas; e essa foi a primeira bruxa Mayfair que os escravos não só temiam como também odiavam.

Após completar 35 anos, ela deixou de administrar diretamente a fazenda, colocando tudo nas mãos do seu primo Augustin, filho do seu tio Lestan, que se provou um administrador mais do que capaz. Pierre, irmão de Marguerite, ajudava até certo ponto nas decisões; mas era basicamente Augustin, que se reportava apenas a Marguerite, quem comandava os negócios.

Augustin era temido pelos escravos, mas eles pareciam considerá-lo previsível e equilibrado.

Seja como for, a fazenda durante esses anos gerou uma fortuna. E a família Mayfair continuou a fazer enormes depósitos em bancos estrangeiros e da região Norte dos Estados Unidos, além de distribuir dinheiro à vontade por onde quer que fossem.

Aos 40 anos, Marguerite já era uma "velha megera", segundo alguns observadores, embora pudesse ainda ter sido bonita, se tivesse se dado ao trabalho de prender o cabelo ou de dar a mais ínfima atenção às suas roupas.

Quando seu filho mais velho, Julien, completou 15 anos, ele começou a administrar a fazenda ao lado do primo Augustin, e aos poucos Julien assumiu totalmente o controle da administração. No jantar do seu aniversário de 18 anos, ocorreu um trágico "acidente" com uma pistola nova, ocasião em que o "pobre tio Augustin" recebeu de Julien um tiro na cabeça e morreu.

Esse pode ter sido um acidente legítimo, já que todos os relatos indicam que Julien ficou "prostrado de dor" depois. Mais de uma história afirma que os dois estavam lutando pela posse da arma quando o acidente ocorreu. Uma versão afirma que Julien questionou a honestidade de Augustin, que Augustin ameaçou dar um tiro na própria cabeça por esse motivo, e que Julien estava tentando impedi-lo. Ainda uma outra versão declara que Augustin acusou Julien de um "crime contra a natureza" com outro rapaz, que por esse motivo os dois começaram a brigar, Augustin sacou a arma e Julien tentou tirá-la das suas mãos.

Seja qual for a verdade, ninguém nunca foi acusado de nenhum crime, e Julien passou a ser o administrador incontestado da fazenda. E mesmo à tenra idade de 15 anos, Julien provou ser talhado para a função, restaurando a ordem entre os escravos e dobrando a produção da fazenda na década que se seguiu. Durante toda a sua vida, Julien continuou a ser o verdadeiro administrador da propriedade, embora Katherine, sua irmã mais nova, fosse a herdeira do legado.

Marguerite passou as últimas décadas da sua longuíssima vida lendo o tempo todo na biblioteca abarrotada de coisas "horríveis e repulsivas". Ela conversava em voz alta consigo mesma a maior parte do tempo. Costumava ficar parada diante de espelhos, mantendo longas conversas em inglês com sua própria imagem. Conversava também demoradamente com as plantas, muitas das quais eram provenientes do jardim original criado por seu pai, Henri Marie Landry.

Ela apreciava muito seus numerosos primos, filhos e netos de Maurice Mayfair e de Lestan Mayfair, e eles nutriam por ela uma lealdade inabalável, embora ela desse continuamente motivos para falatórios.

Os escravos chegaram a odiar Marguerite e se recusavam a se aproximar dela, à exceção das mestiças Virginie e Marie. Dizia-se que Virginie a maltratou um pouco durante a velhice.

Uma escrava fugida em 1859 contou ao vigário que Marguerite lhe havia roubado o bebê e que o retalhara para o demônio. O padre notificou as autoridades locais e houve investigações, mas parece que Julien e Katherine, que eram apreciados e admirados por todos e que administravam Riverbend com perfeita competência, explicaram que a escrava havia sofrido um aborto natural e que não havia nenhum bebê de que se pudesse falar, mas que o feto havia sido batizado e enterrado da forma correta.

Independentemente do que mais pudesse estar acontecendo, Rémy, Julien e Katherine cresceram em aparente felicidade e imersos no luxo, aproveitando tudo o que a Nova Orleans de antes da Guerra de Secessão tinha a oferecer no seu apogeu, incluindo-se o teatro, a ópera e diversões incontáveis.

Os três íam com frequência juntos à cidade, acompanhados por uma governanta mestiça para vigiá-los, hospedando-se numa luxuosa suíte no St. Louis Hotel e acabando com o estoque das lojas da moda antes de voltar para o campo. Nessa época, circulou uma história escandalosa de que Katherine quis assistir aos famosos bailes das quadraronas, nos quais moças de sangue mestiço dançavam com seus pretendentes de raça branca. Ela foi, portanto, com sua criada mestiça e enganou a todos. Seu cabelo e seus olhos eram muito escuros e a pele, clara, não tendo a menor aparência de africana, mas, se fosse por isso, muitas das mestiças verdadeiras também não tinham. Julien teve seu dedo na história, pois apresentou a irmã a alguns brancos que não a conheciam e que acreditaram que ela fosse mestiça.

A história deixou a velha guarda perplexa. Os jovens brancos que haviam dançado com Katherine, acreditando que ela fosse negra, sentiram-se humilhados e indignados. Katherine, Julien e Rémy acharam o caso engraçado. Julien bateu-se pelo menos em um duelo por esse motivo, ferindo gravemente seu adversário.

Em 1857, quando Katherine estava com 17 anos, ela e os irmãos compraram uma área na First Street, no Garden District de Nova Orleans, e contrataram Darcy Monahan, o arquiteto irlandês, para ali construir uma casa, que é a atual residência da família Mayfair. É provável que a aquisição tenha sido ideia de Julien, que desejava uma residência permanente na cidade.

Qualquer que tenha sido o caso, Katherine e Darcy Monahan apaixonaram-se profundamente, e Julien revelou um ciúme irracional da irmã, não querendo permitir que ela se casasse tão jovem. Seguiu-se uma enorme briga na família. Julien saiu da casa de Riverbend e passou algum tempo num apartamento no

French Quarter com um companheiro de quem pouco se sabe, a não ser que era de Nova York, que era reputadamente muito bonito e dedicado a Julien de um modo que fazia com que as pessoas fizessem comentários quanto ao fato de eles serem amantes.

Os rumores diziam ainda que Katherine escapou para Nova Orleans para ficar sozinha com Darcy na casa inacabada da First Street e que ali os dois namorados fizeram promessas de amor em aposentos destelhados ou no mato do jardim incompleto. Julien foi ficando cada vez mais infeliz com sua raiva e implorou à mãe, Marguerite, que interferisse na história, mas Marguerite não se interessou pelo caso.

Afinal, Katherine ameaçou fugir se seus desejos não fossem atendidos; e Marguerite deu seu consentimento oficial para um casamento reservado na igreja. Num daguerreótipo feito após a cerimônia, Katherine está usando a esmeralda Mayfair.

Katherine e Darcy mudaram-se para a casa da First Street em 1858, e Monahan se tornou o arquiteto e construtor mais procurado da parte alta de Nova Orleans. Muitas testemunhas do período mencionam a beleza de Katherine, a simpatia de Darcy e como era um prazer comparecer aos bailes que os dois davam na sua nova casa. A esmeralda Mayfair é mencionada inúmeras vezes.

Não era segredo, porém, que Julien Mayfair havia se oposto tanto ao casamento que sequer visitava a irmã. Ele chegou a voltar para Riverbend, mas passava a maior parte do tempo no seu apartamento do French Quarter. Em Riverbend, em 1863, Julien, Darcy e Katherine tiveram uma briga violenta. Diante dos criados e de alguns convidados, Darcy implorou a Julien que o aceitasse, que fosse carinhoso com Katherine e que fosse "razoável".

Julien ameaçou matar Darcy. E Katherine e Darcy foram embora, nunca mais voltando a Riverbend juntos.

Katherine deu à luz um menino chamado Clay em 1859, e daí em diante mais três crianças, que morreram ainda bebês. Depois, em 1865, ela deu à luz mais um menino, chamado Vincent, e duas outras crianças, que morreram cedo.

Dizia-se que esses filhos que ela perdeu partiram seu coração, que ela considerou essas mortes como uma condenação divina e que mudou um pouco, deixando de ser a moça alegre e animada para se tornar uma mulher confusa e hesitante. Mesmo assim, sua vida com Darcy parece ter sido intensa e satisfatória. Ela o amava muito e fazia tudo para apoiá-lo em seus diversos empreendimentos no ramo da construção.

Deveríamos mencionar a esse respeito que a Guerra de Secessão não prejudicou em nada a família Mayfair ou sua fortuna. Nova Orleans foi conquistada e ocupada bem no início, com a consequência de não ter sofrido bombardeios de canhões nem incêndios. E a família Mayfair tinha mesmo muito dinheiro investido na Europa para ser afetada pela ocupação ou pelos subsequentes ciclos de prosperidade e decadência na Louisiana.

As tropas federais nunca se aquartelaram na propriedade da família, e eles entabularam negócios com os "ianques" praticamente assim que teve início a ocupação de Nova Orleans. Na verdade, Katherine e Darcy Monahan convidavam ianques para a casa da First Street para grande revolta de Julien, Rémy e de outros membros da família.

Essa vida feliz chegou ao fim quando o próprio Darcy morreu em 1871, de febre amarela. Katherine, prostrada e quase enlouquecida, implorou ao irmão Julien que fosse vê-la. Na ocasião ele estava no seu apartamento no French Quarter e veio imediatamente, pondo os pés na casa da First Street pela primeira vez desde que havia sido terminada.

Julien permaneceu, então, com Katherine noite e dia, enquanto os criados cuidavam dos filhos esquecidos. Ele dormia com ela no quarto principal, acima da biblioteca, no lado norte da casa, e mesmo as pessoas que passavam na rua ali embaixo ouviam o choro ininterrupto de Katherine e seus trágicos gritos de dor por Darcy e pelos filhinhos mortos.

Por duas vezes, Katherine tentou o suicídio por meio de venenos. Os criados contavam histórias de médicos que chegavam apressados à casa, da administração de antídotos a Katherine e de como a forçavam a caminhar, embora ela estivesse semi-inconsciente e pronta para cair. Falavam também de um Julien tresloucado, que não conseguia conter as lágrimas enquanto cuidava da irmã.

Afinal, Julien trouxe Katherine e os dois meninos de volta para a casa de Riverbend, onde, em 1872, ela deu à luz Mary Beth Mayfair, que foi batizada e registrada como filha de Darcy Monahan, muito embora pareça extremamente improvável que Mary Beth fosse filha de Darcy, já que nasceu dez meses e meio após a morte do pai. É quase certo que Julien seja o pai de Mary Beth.

Ao que o Talamasca pôde determinar, foram os criados que espalharam a história de que Julien seria o pai, da mesma forma que várias babás que cuidaram das crianças. Era de conhecimento geral que Julien e Katherine dormiam na mesma cama, a portas fechadas, e que Katherine não poderia ter tido um amante depois da morte de Darcy, já que nunca saiu da casa a não ser para a viagem de volta à fazenda.

Essa história, porém, apesar de amplamente divulgada entre a classe dos criados, nunca foi aceita ou reconhecida pelos pares da família Mayfair.

Katherine não era apenas inteiramente respeitável sob todos os aspectos, ela era também imensamente rica, generosa e admirada por isso, tendo com frequência dado dinheiro à vontade a parentes e amigos arruinados pela guerra. Suas tentativas de suicídio haviam despertado somente compaixão. E as velhas histórias de quando comparecia aos bailes para mestiças já estavam totalmente apagadas da memória do público. Além do mais, a influência financeira da família era tão extensa naquela época ao ponto de ser quase incomensurável. Julien era muito popular na sociedade de Nova Orleans. O rumor logo se extinguiu, e é duvidoso que ele tenha exercido qualquer tipo de impacto sobre a vida pública ou íntima da família Mayfair.

Katherine foi descrita em 1872 como ainda bela, apesar de precocemente grisalha. Dizia-se que tinha uma atitude saudável e simpática que facilmente conquistava as pessoas. Uma bela e bem conservada ferrotipia daquele período mostra Katherine sentada numa poltrona com o bebê no colo, dormindo, e os dois meninos ao seu lado. Ela aparenta saúde e serenidade, uma mulher atraente com uma leve sombra de tristeza nos olhos. Ela não está usando a esmeralda Mayfair.

Enquanto Mary Beth e seus irmãos mais velhos, Clay e Vincent, cresciam no campo, o irmão de Julien, Rémy Mayfair, e sua mulher – uma prima, neta de Lestan Mayfair – tomaram posse da casa da família e ali viveram durante anos, tendo ali três filhos, todos de sobrenome Mayfair, dois dos quais com descendentes na Louisiana.

Foi durante esse período que Julien começou a visitar a casa e a montar um escritório para si na biblioteca. (Essa biblioteca e o quarto principal acima dela fazem parte de uma ala acrescentada à estrutura original por Darcy em 1867.) Julien mandou instalar estantes em duas paredes do aposento e as encheu com muitos dos registros da família Mayfair que sempre haviam sido mantidos na fazenda. Sabemos que vários desses livros eram muito antigos e que alguns eram escritos em latim. Julien também trouxe inúmeros quadros antigos para a casa, incluindo-se "pinturas do século XVII".

Julien apreciava os livros e encheu a biblioteca também com os clássicos e com romances populares. Ele adorava Nathaniel Hawthorne, Edgar Allan Poe e Charles Dickens.

Há alguns indícios de que foram brigas com Katherine que teriam forçado Julien a voltar para a cidade, afastando-o de Riverbend, embora ele nunca negligenciasse seus deveres no campo. No entanto, se Katherine o repelia, sem dúvida sua sobrinha (ou filha) Mary Beth o atraía de volta, pois ele estava sempre aparecendo de repente com carroças cheias de presentes e sequestrando-a para passar semanas a fio em Nova Orleans. Essa devoção não o impediu de se casar, em 1875, com uma prima, descendente de Maurice Mayfair e mulher reconhecidamente bela.

Seu nome era Suzette Mayfair, e Julien gostava tanto dela ao ponto de encomendar nada menos do que dez retratos seus durante os primeiros anos do casamento. Eles viviam juntos na First Street, aparentemente em perfeita harmonia com Rémy e sua família, talvez porque sob todos os aspectos Rémy sempre se submetesse a Julien.

Suzette parece ter amado a pequena Mary Beth, apesar de ela mesma ter tido quatro filhos nos cinco anos seguintes, três meninos e uma menina, chamada Jeannette.

Katherine nunca voltou por sua própria vontade para a casa da First Street. Ela lhe trazia muitas lembranças de Darcy. Quando na sua velhice ela foi forçada a voltar para essa casa, isso a desequilibrou. Na virada do século, ela havia se tornado uma trágica figura, eternamente trajando luto e perambulando pelos jardins, à procura de Darcy.

De todas as bruxas Mayfair estudadas até hoje, Katherine foi talvez a mais fraca e a menos importante. Seus filhos, Clay e Vincent, foram perfeitamente respeitáveis, sem nada de extraordinário. Clay e Vincent casaram-se cedo e constituíram famílias numerosas. Seus descendentes vivem agora em Nova Orleans.

O que sabemos parece indicar que a morte de Darcy "acabou com" Katherine. Daí em diante ela só foi descrita como uma pessoa "doce", "amável" e "paciente". Ela nunca participou da administração de Riverbend, mas deixou tudo a cargo de Julien, que acabou passando a responsabilidade para Clay e Vincent Mayfair e capatazes contratados.

Katherine passava cada vez mais tempo com sua mãe, Marguerite, que a cada década ia se tornando mais estranha. Uma visita na década de 1880 descreve Marguerite como uma "criatura impossível", uma velhota a vaguear noite e dia em roupas de renda branca manchada e que passava horas na biblioteca lendo em voz alta numa horrível cantilena monótona. Diz-se que ela insultava as pessoas distraída e aleatoriamente. Ela gostava da sobrinha Angeline (filha de Rémy) e de Katherine. Confundia constantemente os filhos de Katherine, Clay e Vincent, com seus tios, Julien ou Rémy. Dizia-se que Katherine estava grisalha e envelhecida e que estava sempre ocupada com um bordado.

Na idade avançada, Katherine parece ter sido uma católica praticante. Ela ia à missa todos os dias na igreja da paróquia, e as festas dos batizados de todos os filhos de Clay e de Vincent foram suntuosas.

Marguerite veio a falecer aos 92 anos, época na qual Katherine já estava com 61.

No entanto, afora os rumores de incesto, que caracterizam a história da família Mayfair desde o tempo de Jeanne Louise e Pierre, não há nenhuma história secreta sobre Katherine.

Os criados negros, escravizados ou livres, nunca tiveram medo de Katherine.

Na sua vida, não houve aparições de nenhum misterioso amante de cabelos escuros. E não há nenhum indício de que Darcy Monahan não tenha morrido de outra coisa a não ser da boa e velha febre amarela.

Houve mesmo a especulação entre os membros do Talamasca de que Julien foi de fato "o bruxo" de todo esse período; de que talvez nenhum outro médium natural se apresentasse nessa geração e, à medida que Marguerite envelhecia, Julien passasse a exibir seu poder. Também houve a especulação de que Katherine seria uma médium natural, mas que rejeitou esse papel ao se apaixonar por Darcy. E que esse foi o motivo para Julien tanto se opor ao casamento, já que Julien conhecia os segredos da família.

Na realidade, dispomos de farto material que comprova que Julien foi um bruxo, se não *o* bruxo da família Mayfair.

É, portanto, imperioso que estudemos Julien mais detalhadamente. Na década de 1950, ainda conseguimos obter informações fascinantes a seu respeito. Em algum ponto, a história de Julien deve ser ampliada por meio de investigações mais profundas e de maior exame e cotejo dos documentos existentes. Ao longo dessas décadas nossos relatórios sobre a família Mayfair foram volumosos e repetitivos. Há inúmeras menções públicas e registradas a Julien e também a três retratos seus a óleo em museus americanos e um em Londres.

Os cabelos negros de Julien ficaram completamente brancos quando ele ainda era muito jovem, e suas numerosas fotografias, bem como os quadros a óleo, revelam que ele era um homem de considerável presença e encanto, além de beleza física. Houve quem dissesse que ele lembrava muito seu pai, o cantor lírico Tyrone Clifford McNamara.

No entanto, ocorreu a alguns membros do Talamasca que Julien apresentava forte semelhança com seus antepassados Deborah Mayfair e Petyr van Abel, que naturalmente não se pareciam um com o outro. Julien aparenta ser uma notável combinação desses seus dois ancestrais. Ele tem de Petyr a altura, o perfil e os olhos azuis; e de Deborah, a boca e as maçãs do rosto delicadas. Sua expressão em alguns dos retratos é espantosamente parecida com a de Deborah.

Seria como se o retratista do século XIX houvesse visto o Rembrandt de Deborah – o que seria naturalmente impossível, já que ele sempre esteve guardado nos nossos porões – e procurasse conscientemente imitar a "personalidade" captada por Rembrandt. Podemos apenas supor que Julien deixava transparecer essa personalidade. É também digno de nota que na maioria das fotografias, apesar da pose séria e de outros aspectos formais da obra, Julien aparece sorrindo.

É um sorriso de Mona Lisa, mas não deixa de ser um sorriso; e ele dá uma impressão estranha, já que está em total desacordo com as convenções fotográficas do século XIX. Cinco ferrotipias de Julien que se encontram em nosso poder mostram o mesmo sorrisinho sutil. E sorrisos em ferrotipias daquela época eram totalmente desconhecidos. É como se Julien considerasse divertido "ser retratado". Fotografias tiradas mais para o fim da sua vida, já no século XX, também mostram um sorriso, mas nelas ele é largo e mais generoso. Vale observar que nessas imagens mais recentes ele dá a impressão de extremo bom humor e de pura felicidade.

Julien foi sem dúvida a pessoa mais influente da família durante toda a sua vida, como se dominasse seus sobrinhos e sobrinhas, assim como sua irmã, Katherine, e seu irmão, Rémy.

Que ele despertava medo e confusão nos seus inimigos era fato bem conhecido. Foi relatado por um furioso corretor de algodão que Julien, durante uma discussão, havia feito com que as roupas de um outro homem se incendiassem. O fogo foi apagado às pressas, e o homem se recuperou de queimaduras de alguma gravidade. Não se tomou nenhuma medida contra Julien por causa disso. Na realidade, muitos dos que ouviram a história – incluindo-se aí a polícia local – não acreditaram nela. Julien ria sempre que lhe faziam alguma pergunta a respeito do ocorrido. No entanto, também existe uma história, relatada apenas por uma testemunha, de que Julien podia fazer qualquer coisa queimar só pelo poder da sua vontade, e que sua mãe o provocava por esse motivo.

Num outro incidente famoso, Julien fez com que todos os objetos de um aposento voassem descontrolados, durante um acesso de raiva, e depois não conseguiu fazer a confusão parar. Ele saiu, fechou a porta trancando, assim, a pequena tormenta, e caiu a rir sem parar. Há também uma história isolada, relatada por uma única testemunha, de que Julien na infância teria assassinado um dos seus mentores.

Até essa época, nenhum Mayfair havia frequentado nenhuma escola comum. Todos eram bem instruídos na própria casa. Julien não foi exceção, tendo tido alguns mentores na juventude. Um deles, um belo ianque de Boston, foi encontrado afogado num braço de rio próximo a Riverbend. Comentou-se que Julien o estrangulou e o atirou dentro d'água. Mais uma vez, isso nunca foi investigado, e toda a família Mayfair ficou indignada com o rumor. Os criados que espalharam a história imediatamente a desmentiram.

Esse mentor de Boston havia sido uma grande fonte de informações sobre a família. Ele costumava tagarelar sempre sobre os estranhos hábitos de Marguerite e sobre como os escravizados a temiam. Foi com ele que obtivemos nossas descrições dos potes e vidros cheios de partes de corpos e de objetos. Ele alegava ter rechaçado assédio sexual por parte de Marguerite. Na verdade, seus rumores eram tão maliciosos e imprudentes que mais de uma pessoa avisou a família a seu respeito.

Não se pode descobrir se Julien matou ou não o homem, mas se o fez, considerando-se as atitudes daqueles tempos, ele pelo menos tinha alguma razão.

Dizia-se que Julien costumava distribuir moedas estrangeiras de ouro como se fossem mocinhas de cobre. Os garçons nos restaurantes da moda competiam entre si para servir sua mesa. Ele era um cavaleiro admirável e mantinha alguns cavalos próprios, bem como duas carruagens e parelhas nos estábulos perto da First Street.

Mesmo na velhice, ele costumava passear com sua égua castanha ao longo da St. Charles Avenue até Carrolton, voltando pelo mesmo caminho. Costumava jogar moedas para as crianças pobres por onde passasse.

Depois da sua morte, quatro testemunhas diferentes alegaram ter visto seu fantasma cavalgando na névoa na St. Charles Avenue, e essas histórias foram publicadas nos jornais da época.

Julien também foi um grande admirador do Carnaval, que começou a adquirir a forma que conhecemos hoje por volta de 1872. Ele dava festas suntuosas na casa da First Street durante o período dessa festa.

Também foi relatado inúmeras vezes que Julien possuía o dom de estar em dois lugares ao mesmo tempo. Essa história era amplamente divulgada entre os criados. Julien parecia estar na biblioteca, mas quase imediatamente ele era visto nos fundos do jardim. Ou uma criada via Julien sair pela porta da frente e se voltava para descobrir que ele estava descendo pela escada interna.

Mais de um criado abandonou o serviço na casa da First Street por não conseguir entender o "estranho Monsieur Julien".

Houve especulações no sentido de que as aparições de Lasher talvez fossem responsáveis por essa confusão. Qualquer que tenha sido o caso, descrições mais recentes dos trajes de Lasher apresentam uma notável semelhança com os usados por Julien em dois retratos diferentes. Lasher, conforme foi visto em todo o século XX, está invariavelmente vestido como se fosse Julien nas décadas de 1870 ou de 1880.

Julien enfiava punhados de notas nos bolsos dos padres que vinham à casa das irmãs de caridade em visita ou de qualquer pessoa semelhante. Ele era pródigo em suas doações à paróquia e a qualquer fundo de caridade cujos responsáveis procurassem por ele. Costumava dizer que o dinheiro não tinha importância para ele. No entanto, foi um incansável acumulador de fortunas.

Sabemos que amava sua mãe, Marguerite, e que, embora não passasse muito tempo ao seu lado, comprava livros para ela o tempo todo em Nova Orleans e os encomendava de Nova York e da Europa. Só uma vez houve entre eles uma briga que chamasse a atenção, e ela foi a respeito do casamento de Katherine com Darcy Monahan, ocasião na qual Marguerite o golpeou algumas vezes diante dos criados. Segundo todos os relatos, ele ficou profundamente magoado e simplesmente se afastou, chorando, da companhia da mãe.

Após a morte da sua esposa, Suzette, Julien passava cada vez menos tempo em Riverbend. Seus filhos foram criados na First Street. Julien, que sempre havia sido uma figura afável, assumiu um papel mais ativo na sociedade. Muito antes disso, porém, ele aparecia na ópera e no teatro com sua pequena sobrinha (ou filha) Mary Beth. Ele dava muitos bailes de caridade e apoiava ativamente jovens músicos amadores, apresentando-os em pequenos concertos íntimos no salão duplo da First Street.

Julien não só gerou enormes lucros com Riverbend, mas também entrou no ramo de comercialização de mercadorias com dois novos sócios de Nova York, gerando uma fortuna considerável com esse seu empreendimento. Ele adquiriu propriedades por toda Nova Orleans, que deixou para sua sobrinha Mary Beth, muito embora ela fosse a beneficiária do legado Mayfair, fazendo jus, portanto, a herdar uma fortuna maior do que a de Julien.

Parece haver pouquíssima dúvida quanto ao fato de Suzette, esposa de Julien, ter sido uma decepção para ele. Criados e amigos falavam de muitas discussões amargas. Dizia-se que Suzette, apesar de toda a sua beleza, era profundamente religiosa, e que a natureza animada de Julien a incomodava. Ela evitava as joias e roupas finas que ele queria que ela usasse. Ela não gostava de sair à noite. Não apreciava música alta. Embora fosse uma linda criatura, de pele clara e olhos brilhantes, Suzette estava sempre adoentada e morreu cedo, após quatro partos em rápida sucessão. Não restam dúvidas de que a única menina, Jeannette, tivesse algum tipo de "sexto sentido" ou poder paranormal.

Mais de uma vez, os criados viram Jeannette gritar num pânico incontrolável ao ver algum fantasma ou assombração. Seus súbitos pavores e loucas fugas de casa para a rua se tornaram bem conhecidos no Garden District e chegaram a ser relatados em jornais. Na realidade, foi Jeannette que deu ensejo às primeiras "histórias de fantasmas" da First Street.

Há alguns relatos de ocasiões em que Julien ficou extremamente impaciente com Jeannette e a trancou num quarto. No entanto, ao que tudo indica, ele amava os filhos. Seus três filhos homens foram para Harvard e voltaram para Nova Orleans para exercer a advocacia e acumular enormes fortunas próprias. Seus descendentes usam o sobrenome Mayfair até os nossos dias, independentemente do sexo e do estado civil. E é o consultório de advocacia fundado pelos filhos de Julien que há décadas administra o legado Mayfair.

Temos no mínimo sete fotografias diferentes de Julien com seus filhos, incluindo-se algumas com Jeannette (que morreu cedo). Em todas elas, a família dá uma impressão de extrema alegria, e Barclay e Cortland demonstram uma forte semelhança com o pai. Embora Barclay e Garland tenham morrido já quase aos 70 anos, Cortland viveu até os 80, falecendo no final de outubro de 1959. Este membro do Talamasca entrou em contato direto com Cortland no ano anterior, mas chegaremos a esse assunto na hora adequada.

(Ellie Mayfair, mãe adotiva de Rowan Mayfair, *a atual beneficiária do legado*, descende de Julien Mayfair, por ser neta do seu filho Cortland, filha única de Sheffield Mayfair e de sua mulher, uma prima que falava francês chamada Eugenie Mayfair, que morreu quando Ellie estava com 7 anos. Sheffield morreu antes de Cortland, de um grave ataque cardíaco nos escritórios da família na Camp Street em 1952, aos 45 anos. Na época, sua filha, Ellie, era estudante universitária em Stanford, em Palo Alto, na Califórnia, onde já estava noiva de Graham Franklin, com quem mais tarde se casou. Depois disso, ela nunca mais residiu em Nova Orleans, embora voltasse para visitas frequentes e para adotar Rowan Mayfair em 1959.)

Alguns dos testemunhos mais interessantes acerca do próprio Julien estão relacionados a Mary Beth e ao nascimento de Belle, sua primeira filha. A Mary Beth, Julien deu tudo o que ela um dia pudesse desejar, e realizou para ela bailes na First Street que estavam à altura do melhor que Nova Orleans oferecia. Os caminhos no jardim, as balaustradas e as fontes da casa da First Street foram todos projetados e instalados para o aniversário de 15 anos de Mary Beth.

Aos 15 anos, Mary Beth já era alta e, nas suas fotografias da época, ela parece majestosa, séria e de uma beleza sombria, com grandes olhos negros e sobrancelhas bem definidas e de belo formato. Seu ar, porém, é de declarada indiferença. E essa aparente ausência de narcisismo ou de vaidade viria a caracterizar suas fotografias por toda a vida. Por vezes sua postura masculinizada é de uma informalidade quase desafiadora nessas imagens. É, porém, extremamente duvidoso que ela algum dia tenha sido desafiadora mais do que simplesmente distraída. Dizia-se com frequência que ela lembrava a avó Marguerite, não a mãe, Katherine.

Em 1887, Julien levou consigo numa viagem a Nova York sua sobrinha de 15 anos. Ali Julien e Mary Beth visitaram um dos netos de Lestan, Corrington Mayfair, que era advogado e sócio de Julien na comercialização de mercadorias. Julien e Mary Beth prosseguiram até a Europa em 1888, permanecendo fora por um ano e meio, período durante o qual Nova Orleans foi informada por inúmeras cartas a parentes e amigos que Mary Beth, aos 16 anos, havia se casado com um Mayfair escocês – um primo do Velho Mundo – e que dera à luz uma menina chamada Belle. Esse casamento, realizado numa igreja católica na Escócia, foi descrito em detalhes minuciosos numa carta que Julien escreveu para uma amiga do French Quarter, uma célebre fofoqueira, que fez passar a carta por todos. Outras cartas tanto de Julien quanto de Mary Beth descreviam o casamento em estilo mais abreviado para outros parentes e amigos tagarelas.

Vale salientar que Katherine, ao saber do casamento da filha, caiu de cama e se recusou a falar e a comer por cinco dias. Só quando foi ameaçada com a internação num asilo é que ela concordou em se sentar e tomar um pouco de sopa. "Julien é o demônio", disse ela entredentes. Diante disso, Marguerite expulsou todo mundo do quarto.

Infelizmente, o misterioso Lorde Mayfair morreu de uma queda da sua torre ancestral na Escócia dois meses antes do nascimento de sua filhinha. Mais uma vez, Julien escreveu relatos detalhados de tudo o que havia acontecido. Mary Beth escreveu cartas lacrimosas às suas amigas.

Esse Lorde Mayfair é quase sem dúvida um personagem fictício. Mary Beth e Julien visitaram mesmo a Escócia. Chegaram a passar algum tempo em Edimburgo e até visitaram Donnelaith, onde compraram aquele mesmo castelo no alto do monte acima da cidade descrito em detalhe por Petyr van Abel. Só que esse castelo, que um dia foi o lar do clã de Donnelaith, era uma ruína abandonada desde o final do século XVII. Não existe em parte alguma da Escócia nenhum registro de qualquer lorde ou lordes Mayfair.

No entanto, investigações realizadas pelo Talamasca neste século revelaram fatos assombrosos acerca da ruína de Donnelaith. Um incêndio destruiu seu interior no ano de 1689, no outono, aparentemente muito perto da data da execução de Deborah em Montcleve, França. Pode até ter sido exatamente no mesmo dia, mas isso não conseguimos descobrir. No incêndio, pereceram os últimos membros do clã de Donnelaith: o velho lorde, seu filho mais velho e seu jovem neto.

É tentadora a suposição de que o velho lorde tenha sido pai de Deborah. É também tentador imaginar que ele era um covarde miserável, que não ousou interferir na execução da pobre e tola camponesa, Suzanne, mesmo quando sua "filha bastarda" Deborah corria o risco de ter o mesmo destino cruel.

Não temos como saber ao certo. Tampouco podemos descobrir se Lasher teve algum papel em provocar o incêndio que erradicou a família Donnelaith. A história nos conta que somente o corpo do velho queimou, enquanto o neto ainda bebê foi sufocado pela fumaça e algumas mulheres da família saltaram das ameias para a morte. O filho mais velho parece ter morrido quando uma escada de madeira ruiu sob seus pés.

A história também nos conta que Julien e Mary Beth compraram o castelo de Donnelaith após passarem uma única tarde nas ruínas. Ele continua sendo propriedade da família Mayfair até a presente data, e outros membros da família já o visitaram.

Ele nunca foi ocupado ou restaurado, mas é mantido limpo de todo tipo de escombros e em boas condições de segurança. Durante a vida de Stella, no século XX, ele foi aberto ao público.

Nunca se soube por que Julien adquiriu o castelo, o que ele sabia a respeito do mesmo e o que pretendia fazer com ele. Ele sem sombra de dúvida tinha algum conhecimento da existência de Deborah e de Suzanne, fosse pela história da família, fosse por meio de Lasher.

O Talamasca devotou muitíssima atenção a toda essa questão – quem sabia o quê e quando –, porque há fortes indícios de que a família Mayfair no século XIX não conhecia sua história por inteiro. Katherine confessou em mais de uma ocasião que realmente não sabia grande coisa acerca dos primórdios da família, só que haviam chegado da Martinica a Saint-Domingue em algum ponto no século XVII. Muitos outros parentes faziam comentários semelhantes.

E até mesmo Mary Beth, ainda em 1920, dizia aos padres da igreja de Santo Afonso que tudo estava "perdido nas cinzas". Ela chegava a dar a impressão de estar algo confusa ao falar com estudantes de arquitetura a respeito de quem construiu Riverbend e quando. Livros da época indicam ter sido Marguerite a construtora, quando na realidade Marguerite nasceu em Riverbend. Quando os criados lhe pediam que identificasse certas pessoas nos antigos quadros a óleo na First Street, Mary Beth dizia não saber quem eram. Ela desejava que alguém naquela época houvesse tido a presença de espírito de escrever os nomes no verso dos quadros.

Até onde pudemos verificar, os nomes estão no verso de pelo menos alguns dos quadros.

Talvez Julien, e só Julien, tenha lido os velhos registros, pois eles sem dúvida existiam. E Julien começou a transportá-los de Riverbend para a First Street já em 1872.

Seja qual for o caso, Julien foi até Donnelaith em 1888 e comprou o castelo em ruínas. E Mary Beth Mayfair contou até o final dos seus dias a história de que Lorde Mayfair era o pai da sua pobre e doce Belle, que se revelou ser exatamente o oposto da sua mãe enérgica.

Em 1892, um pintor foi contratado para fazer um quadro das ruínas, e essa pintura a óleo está exposta na casa da First Street.

Voltando à cronologia, os pretensos tio e sobrinha voltaram para casa com a pequena Belle no final de 1889, época na qual Marguerite, com 90 anos e extremamente decrépita, demonstrou um interesse especial pela bebê.

Na verdade, Katherine e Mary Beth precisavam vigiar a criança o tempo todo em que ela estava em Riverbend, para que Marguerite não saísse a caminhar com ela, se esquecesse do que estava fazendo e deixasse a criança cair ao chão, ou a depusesse num degrau de escada ou em cima de uma mesa. Julien ria de todas essas precauções e disse várias vezes diante dos criados que a bebê tinha um anjo da guarda especial que cuidaria dela.

Nessa época, parece não ter havido nenhuma menção ao fato de Julien ter sido o pai de Mary Beth, e absolutamente nenhuma suposição de que ele seria o pai de Belle, com sua própria filha.

No entanto, para este registro, podemos afirmar que ele foi o pai de Mary Beth e o pai da sua filha Belle.

Mary Beth, Julien e Belle viveram todos felizes na First Street, e Mary Beth, embora gostasse de dançar, de ir ao teatro e a festas, não demonstrou nenhum interesse imediato em encontrar "outro" marido.

Ela acabou se casando mais uma vez, como veremos adiante, com um homem chamado Daniel McIntyre, dando à luz mais três filhos: Carlotta, Lionel e Stella.

Na noite anterior à morte de Marguerite, em 1891, Mary Beth acordou no seu quarto na First Street aos gritos. Ela insistia em que tinha de ir imediatamente para Riverbend, pois sua avó estava morrendo. Por que ninguém havia mandado buscá-la? Os criados encontraram Julien sentado imóvel na biblioteca do térreo, aparentemente chorando. Ele parecia não ver nem ouvir Mary Beth enquanto ela lhe implorava que a levasse até Riverbend.

Uma jovem criada irlandesa ouviu então a velha governanta mestiça comentar que talvez não fosse Julien quem estava ali sentado à escrivaninha e que era melhor ir procurá-lo. Isso apavorou a criada, especialmente porque a governanta começou a chamar por "sinhozinho Julien" pela casa toda enquanto aquele indivíduo permanecia à escrivaninha, imóvel, chorando, com o olhar perdido, como se não a estivesse ouvindo.

Afinal, Mary Beth saiu a pé mesmo, instante no qual Julien deu um salto da escrivaninha, passou os dedos pelos cabelos brancos e ordenou aos criados que trouxessem a berlinda. Ele alcançou Mary Beth antes que ela chegasse à Magazine Street.

Vale ressaltar que Julien estava com 63 anos nessa ocasião, e era descrito como um homem muito bonito, com a aparência e as atitudes bombásticas de um ator dramático. Mary Beth tinha 19 anos e era lindíssima. Belle tinha 2 anos apenas e não foi mencionada nessa história.

Julien e Mary Beth chegaram a Riverbend bem na hora em que mensageiros estavam saindo para buscá-los. Marguerite estava quase inconsciente, agarrando com seus dedos ossudos uma estranha boneca, que chamava de *mamã*, para perplexidade do médico e da enfermeira, que depois relataram essa história a toda Nova Orleans. Havia ainda ali um padre, e seu detalhado relato de todo o acontecido foi também aproveitado nos nossos registros.

A boneca era, ao que se disse, uma coisa medonha, com ossos humanos no lugar dos membros, amarrados por meio de um fio preto de arame, e uma horrenda juba de cabelos brancos presa à sua cabeça de trapos, na qual as feições haviam sido toscamente desenhadas.

Katherine, então com 61 anos, e seus dois filhos estavam sentados ao lado da cama, há horas. Rémy também estava lá, tendo chegado à fazenda um mês antes de sua mãe adoecer.

O sacerdote, padre Martin, havia acabado de dar a Marguerite a extrema-unção e as velas consagradas ardiam no altar.

Quando Marguerite deu o último suspiro, o padre observou com curiosidade a atitude de Katherine de se levantar da cadeira, ir até o porta-joias na cômoda que ela sempre compartilhara com a mãe, e tirar dali o colar de esmeralda, dando-o a Mary Beth, que o recebeu com ar de gratidão, colocou-o no pescoço e continuou a chorar.

O sacerdote observou, então, que havia começado a chover e que o vento em volta da casa era de extrema violência, fazendo as janelas baterem e caírem as folhas das árvores. Julien pareceu apreciar tudo isso e chegou a rir.

Katherine dava a impressão de estar exausta e assustada. Mary Beth chorava, inconsolável. Clay, um rapaz bem-apessoado, parecia estar fascinado com o que estava acontecendo. Seu irmão Vincent apenas olhava, com indiferença.

Julien abriu então as janelas para deixar entrar o vento e a chuva, o que amedrontou um pouco o padre e sem dúvida lhe causou algum desconforto, pois era inverno. Mesmo assim, ele permaneceu ao lado da cama, como considerava correto, embora a chuva estivesse caindo direto sobre a mesma. As árvores batiam na casa com estrondo. O padre teve medo de que um dos galhos pudesse entrar pela janela mais próxima.

Julien, em total tranquilidade e com os olhos cheios de lágrimas, beijou a falecida Marguerite, fechou seus olhos, tirou da mão a boneca e a enfiou no seu casaco. Ele então pôs as mãos sobre o peito da morta e fez um discurso ao padre, explicando que sua mãe havia nascido no final do "velho século" e que havia vivido quase 100 anos, que ela havia visto e conhecido coisas que nunca poderia contar a ninguém.

— Na maioria das famílias — declarou Julien em francês —, quando morre uma pessoa, tudo o que aquela pessoa sabe morre com ela. Isso não acontece com a família Mayfair. Seu sangue corre em nós, e tudo o que ela sabia nos foi transmitido e nos deixa mais fortes.

Katherine apenas concordou, triste, com um movimento de cabeça. Mary Beth continuava a chorar. Clay estava parado num canto, de braços cruzados, a observar.

Quando o padre perguntou timidamente se a janela podia ser fechada, Julien respondeu que os céus estavam chorando por Marguerite e que seria um desrespeito fechar a janela. Ele então derrubou as velas consagradas do altar católico ao lado da cama, o que ofendeu o sacerdote e também surpreendeu Katherine.

— Ora, Julien, comporte-se! — sussurrou Katherine. Palavras que fizeram Vincent rir contra a própria vontade. Clay também não conseguiu conter um sorriso. Todos olharam envergonhados para o padre, que estava horrorizado. Julien deu então a todos um sorriso brincalhão e encolheu os ombros. Olhou novamente para a mãe, entristeceu-se, ajoelhou-se ao lado da cama e escondeu o rosto nas colchas ao lado da falecida.

Clay saiu em silêncio do quarto.

Quando estava se despedindo, o padre perguntou a Katherine a respeito da esmeralda. Num tom despreocupado, ela disse que se tratava de uma joia que havia herdado da mãe, mas que nunca apreciou muito por ser tão grande e tão pesada. Mary Beth podia ficar com ela.

O padre saiu então da casa e descobriu que a algumas centenas de metros dali não caía chuva e não havia vento. O céu estava perfeitamente límpido. Ele topou com Clay, que estava sentado numa cadeira branca de espaldar reto junto à cerca de estacas bem no final da frente do terreno da fazenda. Clay estava fumando e observando a tempestade ao longe, que ainda era bem visível na escuridão. O padre cumprimentou Clay, mas Clay pareceu não ouvi-lo.

Esse é o primeiro relato detalhado da morte de uma bruxa Mayfair que possuímos desde a descrição feita por Petyr van Abel da morte de Deborah.

Há muitas outras histórias acerca de Julien que poderiam ser incluídas aqui e talvez no futuro elas o sejam mesmo. Ouviremos mais a seu respeito à medida que a história de Mary Beth for se desenrolando.

No entanto, não devemos passar a Mary Beth sem tratar de mais um aspecto de Julien, ou seja, da sua bissexualidade. Vale a pena relatar em detalhe as histórias importantes sobre Julien relatadas por um dos seus amantes, Richard Llewellyn.

Como mencionado anteriormente, Julien foi associado a um "crime contra a natureza" muito cedo na sua vida, ocasião na qual matou, acidental ou deliberadamente, um dos seus tios. Também mencionamos seu companheiro no French Quarter perto do final da década de 1850.

Julien viria a ter esse tipo de companheiro durante toda a sua vida, mas da maioria deles nada sabemos.

Dois daqueles acerca dos quais temos algum registro são um mestiço chamado Victor Gregoire e um inglês chamado Richard Llewellyn.

Victor Gregoire trabalhou para Julien na década de 1880 como uma espécie de secretário particular e até mesmo algum tipo de criado pessoal. Ele vivia nas dependências dos criados na First Street. Era um homem de notável beleza, como foram todos os companheiros de Julien, do sexo masculino ou feminino. Dizia-se também que descendia de um Mayfair.

Investigações confirmaram o fato de que ele era bisneto de uma empregada mestiça que emigrou de Saint-Domingue com a família, uma possível descendente de Peter Fontenay Mayfair, irmão de Jeanne Louise e filho de Charlotte e Petyr van Abel.

Fosse como fosse, Victor foi muito amado por Julien, mas os dois tiveram uma briga por volta de 1885, mais ou menos na época da morte de Suzette. A única história pouco consistente que temos a respeito da briga indica que Victor acusou Julien de não tratar Suzette com suficiente compaixão nos últimos dias da sua doença. E Julien, indignado, espancou Victor com violência. Houve primos que repetiram essa história dentro da família o suficiente para que estranhos soubessem dela.

O consenso parecia ser o de que Victor talvez estivesse certo e, como Victor era um criado devotadíssimo a Julien, ele tinha o direito de criado de dizer a verdade ao seu patrão. Era de conhecimento geral nessa época que ninguém era mais íntimo de Julien do que Victor e que Victor fazia tudo por Julien.

Também deveria ser acrescentado, no entanto, que há fortes indícios de que Julien amava Suzette, por mais decepcionado que se sentisse com ela, e que ele cuidava bem dela. Os filhos consideravam sem dúvida que o pai amava a mãe. E, no enterro de Suzette, Julien estava tresloucado. Ele consolou o pai e a mãe de Suzette durante horas após a cerimônia, e se afastou de todos os seus negócios para ficar com sua filha Jeannette, que "nunca se recuperou" da morte da mãe.

Deveríamos também ressaltar que Julien quase chegou à histeria no funeral de Jeannette, que ocorreu anos mais tarde. Na realidade, a certa altura, ele se agarrou firmemente ao caixão, recusando-se a permitir que ele fosse colocado na cripta. Garland, Barclay e Cortland tiveram de apoiar o corpo do pai enquanto o sepultamento se realizava.

Descendentes dos irmãos e irmãs de Suzette afirmam atualmente que a "tia-bisavó Suzette", que antigamente morava na First Street, foi na verdade levada à loucura pelo seu marido Julien, que era perverso, cruel e malicioso num nível que indicava a insanidade congênita. No entanto, essas histórias são vagas e não demonstram nenhum verdadeiro conhecimento daquele período.

Prosseguindo com a história de Victor, o rapaz morreu tragicamente enquanto Julien e Mary Beth estavam na Europa.

Atravessando o Garden District, de volta a casa, numa noite, Victor invadiu o caminho de uma carruagem veloz na esquina de Philip e Prytania, e sofreu uma queda horrível e um golpe na cabeça. Dois dias depois, ele sucumbiu em decorrência de extensas lesões cerebrais. Julien soube da notícia ao voltar a Nova York. Ele mandou erigir um belo monumento para Victor no cemitério de St. Louis nº 3.

O que indica ter sido essa uma relação homossexual circunstancial, a não ser por uma declaração mais recente de Richard Llewellyn, o último companheiro de Julien. Julien comprava enormes quantidades de roupas para Victor. Também comprou para ele belos cavalos de sela e lhe deu valores exorbitantes em dinheiro. Os dois passavam dias e noites juntos, viajavam juntos de e para Riverbend e até para Nova York. E Victor dormia frequentemente no sofá na biblioteca na First Street, em vez de se recolher ao seu quarto nos fundos da casa.

Quanto à declaração de Llewellyn, ele nunca chegou a conhecer Victor, mas confessou pessoalmente a este membro da Ordem que Julien havia tido um dia um amante negro chamado Victor.

O DEPOIMENTO DE RICHARD LLEWELLYN

Richard Llewellyn é o único observador de Julien a ser entrevistado por um membro da Ordem, e ele foi mais do que um observador eventual.

O que tinha a dizer a respeito de Julien, bem como a respeito de outros membros da família, torna seu depoimento de grande interesse, muito embora suas afirmações fiquem em sua maioria sem corroboração. Ele nos forneceu uma das visões mais íntimas que possuímos da família Mayfair.

Consideramos, portanto, ser valioso aqui incluir nossa reconstituição das suas palavras na íntegra.

Richard Llewellyn chegou a Nova Orleans em 1900, aos 20 anos, e se tornou empregado de Julien, como Victor havia sido, pois Julien, embora estivesse com 72 anos, ainda mantinha enormes interesses em comercialização, na corretagem do algodão, no ramo imobiliário e nas finanças. Até a semana da sua morte, cerca de catorze anos mais tarde, Julien trabalhou em expediente normal na biblioteca da First Street.

Llewellyn trabalhou para Julien até sua morte, e admitiu francamente para mim, em 1958, quando comecei minhas investigações de campo sobre as bruxas Mayfair, que havia sido amante de Julien.

Llewellyn já passava dos 77 anos em 1958. Era homem de altura mediana, aparência saudável, com os cabelos negros cacheados, com muitas faixas grisalhas, e olhos azuis muito grandes e ligeiramente protuberantes.

A essa altura, ele havia adquirido o que eu poderia chamar de sotaque de Nova Orleans, não mais parecendo um ianque ou um bostoniano, embora haja semelhanças bem definidas entre as formas de falar dos habitantes de Boston e de

Nova Orleans. Seja como for, ele era inconfundivelmente um nova-orleanês e representava bem esse papel.

Ele possuía uma livraria no French Quarter, na Charles Street, especializada em livros sobre música, especificamente sobre a ópera. Havia sempre discos de Caruso tocando na loja, e Llewellyn, que ficava invariavelmente sentado a uma escrivaninha nos fundos do estabelecimento, usava sempre terno e gravata.

Uma doação testamentária de Julien havia permitido que ele adquirisse o imóvel, onde também morava no apartamento do segundo andar, e ele trabalhou na loja até um mês antes do seu falecimento, em 1959.

Visitei-o algumas vezes no verão de 1958, mas só consegui convencê-lo a falar à vontade numa única ocasião. Devo confessar que o vinho que ele bebeu, a meu convite, teve muito a ver com isso. É claro que venho usando despudoradamente esse método – almoço, vinho e depois mais vinho – com muitas das testemunhas da família Mayfair. Parece funcionar melhor ainda em Nova Orleans no verão. Creio ter sido um pouco atrevido e insistente demais com Llewellyn, mas suas informações se revelaram inestimáveis.

Um encontro inteiramente "fortuito" com Llewellyn ocorreu quando eu apareci na sua livraria numa tarde de julho, e nós começamos a falar dos grandes cantores líricos *castrati*, especialmente Farinelli. Não foi difícil persuadir Llewellyn a trancar a loja para uma sesta caribenha, às duas e meia, e vir comigo para um almoço tardio no Galatoire's.

Não abordei o tema da família Mayfair por algum tempo e, quando o fiz, foi apenas timidamente, falando da antiga casa da First Street. Disse com franqueza que sentia interesse pela casa e pelas pessoas que ali viviam. A essa altura, Llewellyn estava agradavelmente "alto" e mergulhou em reminiscências dos seus primeiros dias em Nova Orleans.

A princípio, ele não disse nada sobre Julien, mas de repente começou a falar nele como se eu soubesse tudo a seu respeito. Forneci várias datas e fatos bem conhecidos, e isso ajudou a acelerar a conversa. Saímos do Galatoire's para um café tranquilo e discreto na Bourbon Street, onde prosseguimos nossa conversa até bem depois das oito e meia da noite.

A certa altura dessa conversa, Llewellyn percebeu que eu não tinha absolutamente nenhum preconceito contra ele em decorrência das suas preferências sexuais, na verdade nada do que ele me dizia me escandalizava, e isso estimulou sua atitude de despreocupação quanto à história que relatava.

Isso ocorreu muito antes do uso de gravadores, e eu reconstituí a conversa da melhor maneira possível assim que voltei ao hotel, procurando manter as expressões características de Llewellyn. Mesmo assim, trata-se de uma reconstituição. Ao longo de toda a transcrição, omiti minhas próprias perguntas insistentes. Creio que o conteúdo esteja exato.

De fato, Llewellyn apaixonou-se profundamente por Julien Mayfair, e um dos primeiros choques da sua vida foi o de descobrir que Julien era pelo menos entre dez e quinze anos mais velho do que Llewellyn jamais imaginou, descoberta esta que só se realizou quando Julien sofreu seu primeiro derrame no início de 1914. Até então, Julien havia sido um amante bastante romântico e vigoroso de Llewellyn, que permaneceu com Julien até sua morte, quatro meses mais tarde. Julien sofria de uma paralisia parcial nessa época, mas ainda conseguia passar uma hora ou duas no escritório todos os dias.

Llewellyn forneceu uma nítida descrição de Julien no início do século XX, como um homem magro que havia perdido parte da sua altura, mas que era ágil e cheio de energia, bom humor e imaginação.

Llewellyn admitiu francamente que Julien o havia iniciado nos segredos eróticos da vida. E ele não só havia ensinado Llewellyn a ser um amante atencioso, mas também levava o rapaz consigo até Storyville – o famoso bairro de prostituição de Nova Orleans –, apresentando-o às melhores casas que ali operavam.

Passemos, porém, diretamente ao relato.

– Ah, as artimanhas que ele me ensinou – disse Llewellyn, referindo-se ao seu relacionamento amoroso – e o senso de humor que tinha. Era como se o mundo inteiro fosse para ele uma piada, e não havia nele a menor sombra de rancor. Vou contar algo muito íntimo a respeito de Julien. Ele fazia amor comigo como se eu fosse uma mulher. Se você não sabe do que estou falando, nem adianta explicar. E a sua voz, com aquele sotaque francês. Posso lhe dizer que quando ele começava a falar no meu ouvido...

"E ele me contava histórias divertidíssimas das suas palhaçadas com seus outros amantes, como eles enganavam a todos. Na verdade, um dos seus rapazes, que se chamava Aleister, costumava se vestir de mulher e ir à ópera com Julien, e ninguém tinha a menor suspeita disso. Julien tentou me convencer a fazer o mesmo, mas eu lhe disse que nunca iria conseguir, nunca! Ele compreendeu. Era extremamente jovial. Na realidade, era impossível envolvê-lo numa briga. Ele dizia que para ele tudo isso estava acabado. Além do mais, dizia que tinha um gênio terrível e não tinha mais condições de se zangar, porque acabava exausto.

"A única vez em que lhe fui infiel e voltei dois dias depois, com a plena certeza de enfrentar uma terrível discussão, ele me tratou com, como poderia dizer? Uma cordialidade perplexa. Ficou claro que ele sabia de tudo o que eu havia feito e com quem, e me perguntou no seu tom mais agradável e sincero por que eu havia sido tão bobo. Foi realmente assustador. Eu acabei chorando e confessando que minha intenção era a de mostrar independência. Afinal de contas, ele era um homem tão assoberbante! Mas a essa altura eu já estava disposto a fazer qualquer coisa para voltar às suas boas graças. Não sei o que teria feito se ele me houvesse mandado embora!

"Ele aceitou tudo isso com um sorriso. Deu um tapinha no meu ombro e disse para eu não me preocupar. Vou lhe contar, isso me curou de querer variar para sempre. Não foi nem um pouco divertido eu me sentir tão mal enquanto ele estava tão calmo e compreensivo. Aprendi algumas coisas ali, aprendi mesmo.

"Em seguida, ele começou a falar de que tinha o poder de ler os pensamentos dos outros e de que era capaz de ver o que estava acontecendo em outros lugares. Ele falava muito a esse respeito. Nunca pude saber se era a sério, ou se era apenas mais uma das suas piadas. Seus olhos eram muito bonitos. Era um velho muito atraente, mesmo. E tinha um jeito elegante de se vestir. Imagino que se possa dizer que ele foi uma espécie de dândi. Quando estava todo arrumado, num belo terno branco de linho com um colete de seda amarela e um panamá branco, tinha uma aparência esplêndida.

"Acho que o imito até hoje. Não é triste? Ando por aí tentando me parecer com Julien Mayfair.

"Ah, mas isso me fez lembrar uma história que vou lhe contar. Uma vez ele fez uma coisa estranhíssima para me assustar! E até hoje eu não sei o que aconteceu. Na noite anterior, estávamos falando da aparência de Julien quando jovem, de como ele saía bem em todas as fotografias, e sabe que era realmente como se acompanhássemos a história da fotografia. As primeiras imagens eram daguerreótipos, depois vieram as ferrotipias, mais tarde autênticas fotografias em sépia sobre papelão e afinal o tipo de fotografia em preto e branco que conhecemos hoje. Seja como for, ele me mostrou um monte delas, e eu disse: 'Sabe, eu queria ter conhecido você quando era moço. Imagino que fosse realmente lindo.' Parei de falar de repente. Senti tanta vergonha. Achei que talvez o houvesse magoado. Mas lá estava ele, apenas sorrindo para mim. Nunca vou me esquecer disso. Ele estava sentado na outra ponta do sofá de couro, com as pernas cruzadas, só olhando para mim através da fumaça do cachimbo, e disse: 'Bem, Richard, se você gostaria de saber como eu era naquela época, talvez eu lhe mostre. Vou lhe fazer uma surpresa.'

"Naquela noite, fui ao centro da cidade. Não me lembro do motivo pelo qual saí. Talvez simplesmente precisasse sair. Sabe, aquela casa às vezes era tão sufocante. Ela era cheia de crianças e de velhos, e Mary Beth Mayfair estava sempre por ali. E ela, para ser delicado, era uma senhora presença. Não me compreenda mal. Eu gostava de Mary Beth. Todos gostavam dela. E eu gostava muito dela, pelo menos até Julien morrer. Era fácil conversar com ela, de verdade. Ela realmente prestava atenção ao que se dizia, e isso é uma característica que eu sempre considerei extraordinária. Mas, quando ela entrava numa sala, era como se ocupasse o espaço todo. Talvez se pudesse dizer que ela ofuscava todos ao seu redor. E depois havia o marido, o juiz McIntyre.

"Esse era um tremendo beberrão. Estava sempre embriagado. E que bêbado mais brigão! Digo-lhe que tive de sair à sua procura mais de uma vez e trazê-lo para casa tirando-o dos bares de irlandeses da Magazine Street. Sabe, a família Mayfair não era mesmo do seu tipo de gente. Ele era instruído, de família irlandesa que aspirava alcançar a classe média, sem dúvida. No entanto, Mary Beth fazia com que ele se sentisse inferior. Ela estava sempre lhe dizendo coisinhas, como que ele devia pôr o guardanapo no colo, que não devia fumar na sala de jantar, ou que estava batendo com os dentes no talher ao comer e que o barulho a irritava. Ele era eternamente ofendido por ela, mas creio que realmente a amava. Era por isso que ela conseguia magoá-lo com tanta facilidade. Ele de fato a amava. Você precisaria tê-la conhecido para entender. Ela não era linda. Não era esse o caso. Mas era absolutamente cativante! Eu poderia lhe falar dela e dos rapazes, mas não quero falar naquilo tudo. O que eu estava tentando dizer era que eles ficavam sentados à mesa horas depois do jantar, Mary Beth, o juiz McIntyre, Julien, é claro, e Clay Mayfair, também, enquanto viveu ali. Nunca vi gente que gostasse tanto de conversar depois do jantar.

"Julien conseguia enxugar mais de um quarto de litro de conhaque. E a pequena Stella adormecia no seu colo. Ah, Stella, com seus cachinhos, a querida Stella. E a linda criança que era Belle. Ela costumava vir passear na sala com sua boneca. E Millie Dear. Na época eles a chamavam de Millie Dear, mas mais tarde pararam. Ela era mais nova do que Belle, mas, sabe, de certa forma cuidava de Belle. Levou muito tempo para que se descobrisse o problema de Belle. A princípio, só se pensava que ela era um doce de menina, um anjo, se é que me entende. Havia alguns outros primos que costumavam vir. Parece que um filho de Julien, Garland, aparecia muito por ali depois que voltou da faculdade. E Cortland, eu realmente gostava de Cortland. Por algum tempo ouviu-se dizer que ele se casaria com Millie, mas ela era sua prima em primeiro grau, por ser filha de Rémy, e as pessoas não faziam mais esse tipo de coisa. Millie nunca se casou. Que tristeza...

"Mas, sabe, o juiz McIntyre era o tipo de irlandês que não aguenta ficar muito tempo junto da mulher, se está me entendendo. Ele sentia necessidade de estar com homens, bebendo e discutindo o tempo todo. Não com homens como Julien, mas como ele mesmo, irlandeses beberrões e brigões. Ele passava uma boa parte do tempo no seu clube no centro, mas muitas noites ele frequentava aqueles lugares menos refinados da Magazine Street.

"Quando ele estava em casa, fazia sempre muito barulho. Era, porém, um bom juiz. Ele não bebia até chegar em casa vindo do tribunal e, como sempre chegava cedo, tinha tempo suficiente para estar totalmente bêbado antes das dez da noite. Era então que saía a perambular, e por volta da meia-noite Julien costumava dizer: 'Richard, acho melhor você ir procurá-lo.'

"Julien não se perturbava com nada. Ele achava o juiz McIntyre engraçado. Costumava rir de qualquer coisa que o juiz dissesse. O juiz discorria sem parar sobre a Irlanda e a situação política naquele país; e Julien esperava que ele terminasse e dizia alegre, com um brilho especial nos olhos: 'Pouco me importa se eles todos acabarem se matando.' O juiz McIntyre ficava louco. Mary Beth ria, sacudia a cabeça e chutava a perna de Julien por baixo da mesa. Mas nos últimos anos o juiz estava tão decaído. Não posso imaginar como ele conseguiu viver tanto tempo. Só foi morrer em 1925, três meses depois da morte de Mary Beth. Disseram que foi pneumonia. Pois sim que foi! Sabe, ele foi encontrado na sarjeta. Era véspera de Natal e fazia tanto frio que a água congelava nos canos. Pneumonia. Eu soube que quando Mary Beth estava à beira da morte ela sentia tanta dor que lhe davam morfina quase a ponto de matá-la. Ela estava ali deitada, fora de si, e ele chegava, embriagado, e a acordava dizendo: 'Mary Beth, preciso de você.' Que bêbado mais idiota ele era. E ela lhe respondia: 'Venha, Daniel. Deite-se ao meu lado, Daniel.' E imaginar que ela sofria tanta dor. Foi Stella quem me contou isso... da última vez que a vi. Quer dizer, viva. Depois, voltei lá uma última vez, para o enterro de Stella. E lá estava ela no caixão. Um milagre o jeito que Lonigan deu naquele tiro. Ela estava linda, ali deitada, e com todos os parentes naquela sala. Mas foi na última vez em que a vi com vida, como eu estava dizendo... E as coisas que ela disse de Carlotta, de como Carlotta agia com frieza com relação a Mary Beth naqueles meses finais, puxa, era de arrepiar os cabelos.

"Imagine uma filha tratar com frieza uma mãe que está morrendo daquele jeito. Mary Beth, no entanto, não percebia nada. Ficava só ali, deitada, sentindo dor, meio inconsciente, sem saber onde estava, às vezes falando em voz alta com Julien como se pudesse vê-lo no quarto, e é claro que Stella estava ao seu lado noite e dia. Disso você pode ter certeza. Como Mary Beth adorava Stella.

"Pois Mary Beth não me disse uma vez que podia enfiar todos os seus outros filhos num saco e jogá-los no rio Mississippi, que pouco se importava? Stella era a única que importava. É claro que estava brincando. Ela nunca foi cruel com os filhos. Lembro-me de como Mary Beth lia em voz alta para Lionel o tempo todo quando ele era pequeno e de como o ajudava com os estudos. Quando ele não quis frequentar a escola, ela contratou os melhores professores. Nenhuma das crianças se deu bem na escola, à exceção, é claro, de Carlotta. Creio que Stella foi expulsa de três escolas diferentes. Carlotta foi a única que realmente se saiu bem nos estudos, e grande coisa ela ganhou com isso.

"Mas o que eu estava dizendo? Ah, sim. Às vezes eu tinha a impressão de não haver lugar para mim naquela casa. Fosse como fosse, eu saí. Fui até o Quarter. Eram os tempos de Storyville, sabe, quando a prostituição era legal aqui. Julien havia ele próprio me levado ao Salão de Mogno de Lulu White uma noite e a outros lugares da moda, e ele não se importava se eu fosse sozinho.

"Bem, eu disse que ia sair naquela noite. E Julien não se incomodou. Ele estava bem aconchegado no quarto do terceiro andar com seus livros, seu chocolate quente e sua vitrola. Além do mais, ele sabia que eu estava só olhando. Por isso, fui até lá, passando por todas aquelas casas tão pequenas, costumava-se chamá-las de cubículos, sabia? Todas com as garotas à porta da frente acenando para que eu entrasse, e é claro que eu não tinha a menor intenção de entrar.

"Foi quando me deparei com um lindo rapaz, quer dizer, um rapaz simplesmente lindo. Ele estava parado num dos becos por ali, de braços cruzados, encostado na parede de uma casa, só me olhando. '*Bon soir*, Richard', disse ele, e eu reconheci a voz de imediato, o sotaque francês. Era de Julien. E eu vi que o rapaz era Julien! Só que ele não podia estar com mais de 20 anos! Digo-lhe que nunca levei um susto daqueles. Quase gritei. Foi pior do que ver um fantasma. E o camarada não estava mais lá. Desapareceu num piscar de olhos.

"Peguei um táxi o mais rápido possível e voltei direto para casa na First Street. Julien abriu a porta da frente para mim. Estava usando seu robe, fumando seu cachimbo detestável e rindo. 'Eu lhe disse que ia lhe mostrar como eu era aos 20 anos!' Ele ria sem parar.

"Lembro-me de tê-lo acompanhado até o salão. E naquela época ele era tão bonito; nada do que é hoje, você deveria ter visto. Era mobília francesa absolutamente maravilhosa, a maioria Luís XV, que Julien havia comprado na Europa quando da sua viagem com Mary Beth. Era tudo tão leve, elegante e simplesmente lindo. Essa mobília art déco foi tudo obra de Stella. Ela achava que era o máximo, ainda mais com vasos de palmeiras por toda parte! A única peça de mobília de valor era aquele piano Bözendorfer. O lugar parecia uma perfeita loucura quando fui até lá para o enterro, e é claro que você sabe que o enterro de Stella saiu de casa. Nada de capela funerária para Stella. Ora, ela foi velada na mesma sala em que recebeu o tiro, sabia disso? Eu não parava de olhar ao redor, tentando descobrir exatamente onde havia sido. E sabe que todo mundo estava fazendo a mesma coisa? E é claro que já haviam internado Lionel. Eu não podia acreditar. Lionel havia sido um menino tão dócil e tão bonito. Ele e Stella costumavam ir para todos os lugares juntos. Mas o que eu estava dizendo?

"Ah, sim, aquela noite incrível. Eu acabava de ter visto Julien no centro da cidade, o jovem e belo Julien, que se dirigiu a mim em francês, e agora estava de volta a casa, entrando no salão atrás do velho Julien, que se sentou no sofá e esticou as pernas. 'Ah, Richard', disse ele, 'são tantas as coisas que eu podia lhe contar, tantas as coisas que eu podia lhe mostrar. Mas agora estou velho. E de que adianta? Um dos melhores consolos da velhice reside em não se precisar mais ser compreendido. Instala-se uma espécie de resignação com o inevitável endurecimento das artérias.'

"É claro que eu ainda estava perturbado. 'Julien', disse eu, 'quero saber como você conseguiu aquilo'. Ele não quis responder. Era como se eu não estivesse ali. Ele estava olhando para o fogo. No inverno, sempre mantinha as duas lareiras acesas naquela sala. Há duas lareiras na sala, sabia, sendo uma ligeiramente menor do que a outra.

"Pouco depois, ele despertou do seu devaneio e me relembrou de que estava escrevendo sua autobiografia. Eu talvez a pudesse ler depois que ele morresse. Ele não tinha certeza.

"'Aproveitei a vida', disse ele. 'Talvez uma pessoa não devesse aproveitar tanto a vida quanto eu aproveitei a minha. É, há tanta desgraça no mundo, e eu sempre me diverti tanto! Parece injusto, não é? Eu deveria ter feito mais pelos outros, muito mais. Deveria ter sido mais criativo! Mas tudo isso está no meu livro. Você pode lê-lo mais tarde.'

"Mais de uma vez ele me disse que estava escrevendo sua autobiografia. Ele realmente teve uma vida interessantíssima, sabe, por ter nascido muito antes da Guerra de Secessão e por ter visto tantas coisas. Eu costumava cavalgar com ele até a Cidade Alta, passando pelo Audubon Park. Ele falava dos tempos em que toda aquela terra havia pertencido a uma fazenda. Falava de pegar o vapor em Riverbend. Falava do antigo teatro da ópera e dos bailes de mestiças. Falava sem parar. Eu deveria ter feito anotações. Ele costumava contar a Lionel e Stella quando pequenos as mesmas histórias, e como os dois prestavam atenção! Ele os levava até o centro na carruagem conosco, apontava para eles os lugares no French Quarter e contava histórias fantásticas.

"Digo-lhe que eu queria ler aquela autobiografia. Lembro-me de algumas ocasiões em que entrei na biblioteca e ele estava escrevendo e me dizia que era a autobiografia. Escrevia à mão, embora tivesse uma máquina de escrever. E não se incomodava nem um pouco de que as crianças estivessem por perto. Lionel poderia estar lendo junto à lareira, ou Stella, brincando com a boneca no sofá, nada disso importava nem um pouco. Ele simplesmente continuava escrevendo sua autobiografia.

"E sabe da maior? Quando ele morreu, não havia autobiografia nenhuma. Foi o que Mary Beth me disse. Implorei-lhe que me deixasse ver o que ele houvesse escrito. Ela disse em tom neutro que não havia nada. Não me deixou tocar em nada que estivesse na escrivaninha de Julien. Não me deixou entrar na biblioteca. Ah, como eu a odiei por isso, como a detestei. E sua atitude era tão despreocupada. Ela teria convencido qualquer outra pessoa de que estava dizendo a verdade, tão firme era sua atitude. Mas eu havia visto o original manuscrito. Ela me deu, no entanto, algo que pertencia a Julien, e eu sempre fui grato por isso."

A essa altura, Llewellyn mostrou-me um belo anel de granada. Cumprimentei-o pela joia e disse que sentia curiosidade acerca dos tempos de Storyville. Como havia sido frequentar o lugar com Julien? Sua resposta foi longa:

– Ah, Julien adorava Storyville, realmente adorava. E as mulheres no Salão dos Espelhos de Lulu White também o adoravam, posso garantir. Elas o tratavam como a um rei. O mesmo acontecia onde quer que ele fosse. Muitas coisas aconteciam ali, porém que eu não gosto muito de mencionar. Não era que eu tivesse ciúmes de Julien. É que era simplesmente chocante demais para um rapaz ianque de vida limpa, como eu havia sido. – Llewellyn riu. – Mas você entenderá melhor o que eu quero dizer se eu contar.

"A primeira vez que Julien me levou lá era inverno, e ele fez com que o cocheiro nos deixasse bem à porta da frente de uma das melhores casas. Naquela ocasião, havia um pianista que tocava ali. Não me lembro ao certo de quem era, talvez Manuel Perez, talvez Jelly Roll Morton. Nunca admirei o jazz e o ragtime tanto quanto Julien. Ele simplesmente adorava aquele pianista. Eles sempre chamavam esses pianistas de 'professor', sabia? Pois ficamos sentados no salão, ouvindo a música e bebendo champanhe, e era um champanhe muito bom. E é claro que as garotas vieram com toda aquela sua elegância barata e suas tolas afetações. Uma era a duquesa disso, outra era a condessa daquilo. Elas tentaram seduzir Julien, e ele foi perfeitamente encantador com todas elas. Afinal, fez sua escolha. Era uma mulher mais velha, bem sem graça, e isso me intrigou. E ele disse que nós dois íamos subir juntos. É claro que eu não queria ficar com ela. Nada teria conseguido me convencer a ficar com ela, mas Julien só deu um sorriso e disse que eu deveria observar e, assim, aprenderia alguma coisa sobre o mundo. Típico de Julien.

"E o que você acha que aconteceu quando entramos no quarto? Bem, não era na mulher que Julien estava interessado. Era nas suas duas filhas, de 9 e 11 anos. Elas meio que ajudavam com os preparativos: o exame de Julien, para ser delicado, a fim de verificar que ele não tinha, você sabe... e o banho. Digo-lhe que fiquei perplexo de ver aquelas crianças realizando tarefas tão íntimas. E você sabe que, quando Julien se deitou com a mãe, as duas meninas estavam na cama com eles? Elas eram muito bonitas as duas, uma de cabelo escuro, a outra, de cachos louros. Elas usavam pequenas camisolas e meias compridas, dá para se imaginar? E eram muito sedutoras, até mesmo para mim. Pois a gente até via seus peitinhos por baixo das camisolas. Peitinhos que não eram praticamente nada. Não sei por que eram tão excitantes. Elas ficavam sentadas recostadas na cabeceira alta e entalhada da cama. Sabe, a cama era uma daquelas monstruosidades feitas em série que ia direto ao teto, com um meio dossel com acabamento. E as duas até o beijaram como anjinhos quando ele... quando ele... cobriu a mãe, por assim dizer.

"Nunca me esquecerei daquelas crianças, do jeito que tudo lhes parecia tão natural! E como parecia natural a Julien!

"É claro que o tempo todo ele se comportou com a maior elegância possível à situação. Daria para se pensar que ele era Dario, rei da Pérsia, e que essas damas eram seu harém; nele não havia o menor indício de constrangimento ou de grosseria. Depois, ele bebeu um pouco mais de champanhe com elas, e até mesmo as meninas beberam. A mãe tentou lançar seus encantos para meu lado, mas eu não quis saber dela. Julien teria ficado ali a noite inteira se eu não lhe houvesse pedido para ir embora. Ele estava ensinando às meninas um novo poema. Parece que ele lhes ensinava um poema cada vez que vinha ali. E elas recitaram três ou quatro das suas últimas lições, sendo uma um soneto de Shakespeare. O novo era de Elizabeth Barrett Browning.

"Eu não podia esperar mais para sair daquele lugar. A caminho de casa, eu realmente me exaltei. 'Julien, não importa o que nós sejamos, somos adultos. Aquelas meninas eram só crianças', disse eu. Julien reagiu com seu costumeiro jeito bonachão. 'Ora, Richard, não seja tolo', disse ele. 'Aquelas são o que se chama de filhas do prazer. Nasceram num bordel e vão viver a vida inteira assim. Não fiz com elas nada que as machucasse. E se eu não estivesse com a mãe delas hoje, outro homem estaria com ela e com as pequenas. Mas vou dizer o que me surpreende, Richard, em toda essa história. É como a vida descobre um jeito de se afirmar, sejam quais forem as circunstâncias. É claro que deve ser uma desgraça de vida. Como poderia não ser? Mesmo assim, aquelas meninas conseguem viver, respirar, se divertir. Elas riem e são cheias de curiosidade e ternura. Elas se ajustam, acredito que esse seja o termo correto. Elas se ajustam e tentam alcançar as estrelas, ao seu modo. Digo-lhe que para mim isso é fantástico. Elas me fazem pensar nas flores do mato que nasce nas fendas do calçamento, forçando-se na direção do sol, não importa quantos pés as esmaguem.'

"Não discuti mais com ele. Lembro-me, porém, de que ele continuou falando interminavelmente. Disse que havia crianças em todas as cidades do país que eram mais desgraçadas do que aquelas. É claro que isso não justificava nada.

"Eu sei que ele ia com frequência a Storyville, e não me levava junto. Mas vou lhe contar uma outra coisa muito estranha... – (A essa altura, ele hesitou, e foi preciso que eu o instigasse.) – Ele costumava levar Mary Beth. Ele a levava à casa de Lulu White e ao Arlington. E a forma para conseguir isso consistia em Mary Beth se vestir de homem.

"Eu vi que eles saíam juntos em mais de uma ocasião, e é claro que, se conhecesse Mary Beth, você compreenderia. Ela não era feia sob nenhum aspecto, mas não era delicada. Era alta, de aparência forte e feições grandes. Usando um dos ternos de colete do marido, ela parecia um homem de excelente aparência. Ela costumava enrolar o cabelo comprido, escondendo-o debaixo de um chapéu; usava uma echarpe no pescoço e às vezes óculos, embora eu não saiba por quê, e lá saía ela com Julien.

"Lembro-me de isso ter acontecido pelo menos cinco vezes. E eu os ouvia conversando mais tarde a respeito de como Mary Beth enganava a todos. E às vezes o juiz McIntyre ia com eles, mas acho que no fundo Julien e Mary Beth não queriam sua companhia.

"Um dia, então, Julien me contou que foi assim que o juiz McIntyre conheceu Mary Beth Mayfair, que havia sido em Storyville dois anos antes de eu chegar. Ele ainda não era o juiz McIntyre na época. Era apenas Daniel McIntyre. Ele conheceu Mary Beth naquele lugar e passou a noite jogando com ela e com Julien, sem saber até a manhã do dia seguinte que Mary Beth era uma mulher. E, quando descobriu, não a deixou mais em paz.

"Julien me contou a história toda. Eles haviam ido ao centro só para espairecer e ouvir o que pudessem da Razzy Dazzy Spasm Band. Bem, imagino que você tenha ouvido falar dessa banda. Eles eram bons, bons mesmo. Não sei bem como Julien e Mary Beth, que adotava o nome de Jules nessas incursões, entraram no Willie's Plaza e lá se encontraram por acaso com Daniel McIntyre. Dali eles perambularam de um lugar para o outro, à procura de um bom salão de sinuca, já que Mary Beth jogava sinuca muito bem, sempre jogou.

"Fosse como fosse, já devia ter amanhecido quando eles resolveram voltar para casa, e o juiz McIntyre falara muito sobre os negócios com Julien, já que naturalmente ele ainda não era juiz. Era advogado. Ficou então combinado que eles se encontrariam na cidade alta para almoçar e que talvez Julien desse alguma ajuda para que McIntyre entrasse para um escritório de advocacia. Foi nessa hora, quando o juiz estava dando em Jules um forte abraço de despedida, que Mary Beth tirou o chapéu, deixando cair a cabeleira negra e dizendo que era mulher. Ele quase caiu para trás.

"Acho que se apaixonou por ela daquele dia em diante. Eu cheguei a casa um ano após o casamento, e eles já tinham Miss Carlotta, um bebê no berço, Lionel chegou dentro de dez meses e, um ano e meio mais tarde, Stella, a mais bonita das crianças.

"Para lhe ser franco, o juiz McIntyre nunca deixou de ser apaixonado por Mary Beth. Esse era o seu problema. O último ano inteiro que passei naquela casa foi 1913, e a essa altura ele já era juiz há mais de oito anos, graças à influência de Julien, e posso dizer que ele era tão apaixonado por Mary Beth quanto sempre. E a seu próprio modo, ela também era apaixonada por ele. Não imagine que ela o toleraria se não o amasse.

"É claro que havia os rapazes. As pessoas falavam dos rapazes. Sabe, os cavalariços e os mensageiros, todos bem-apessoados, realmente bonitos. Costumava-se vê-los descendo a escada dos fundos, sabe, com uma aparência meio assustada, ao sair pela porta de trás. Mas ela amava o juiz McIntyre, amava mesmo. E vou dizer mais uma. Acho que ele nunca imaginou. Ele vivia tão bêbado o tempo todo. E Mary Beth agia com tanta frieza a esse respeito quanto acerca de qualquer outro assunto. Sob um certo aspecto, Mary Beth foi a pessoa mais calma que eu conheci. Nada a perturbava, pelo menos não por muito tempo. Ela não tinha muita paciência com quem a contrariava, mas não lhe interessava fazer inimizade com ninguém, sabe. Ela não era de brigar com os outros ou de opor sua vontade contra a de qualquer outra pessoa.

"Sempre me surpreendeu seu jeito de tolerar Carlotta. Carlotta estava com 13 anos quando eu fui embora. Aquela criança era uma bruxa! Queria ir estudar longe de casa, e Mary Beth tentou convencê-la a não ir, mas a menina estava decidida. Mary Beth afinal simplesmente deixou que ela fosse embora.

"Ela dispensava as pessoas desse jeito, assim mesmo, e seria possível dizer que dispensou Carlotta. Suponho que fizesse parte da sua frieza, e sei que era de exasperar. Quando Julien morreu, nunca vou me esquecer de como Mary Beth me impediu de entrar na biblioteca e no quarto do terceiro andar. Ela não chegou a demonstrar nenhuma irritação. 'Vamos, Richard, desça e tome um café. Depois é melhor fazer suas malas', disse ela, como se estivesse falando com uma criança. Ela comprou um prédio aqui para mim, com a maior rapidez. Quero dizer que Julien ainda não estava enterrado quando ela comprou o prédio e fez minha mudança para o centro. É claro que o dinheiro era de Julien.

"Mas não, ela nunca se perturbava. A não ser na hora em que eu lhe disse que Julien havia morrido. Nessa hora, ela se alterou. Para dizer a verdade, ficou enlouquecida. Mas por pouquíssimo tempo. Quando percebeu que ele realmente não existia mais, ela simplesmente reassumiu sua atitude normal e começou a ajeitá-lo e a arrumar os lençóis. E nunca mais eu a vi chorar uma lágrima que fosse.

"Vou contar uma coisa estranha que Mary Beth fez no velório de Julien. Estávamos no salão da frente, é claro, e o caixão estava aberto. Julien foi um belo defunto, e todos os parentes da Louisiana estavam presentes. Pois não havia carruagens e automóveis enfileirados ao longo de quarteirões da First e da Chestnut Street? E chovia, como chovia! Pensei que não fosse parar nunca. A chuva era tão forte que parecia um véu em volta da casa. Mas o principal foi o seguinte. Estavam velando Julien, sabe, e não era realmente o que se poderia chamar de um velório irlandês, é claro, pois eles eram muito requintados para isso, mas havia o que comer e o que beber, e o juiz estava caindo de tão bêbado. E a certa altura, com toda aquela gente na sala e todo o movimento, gente em todos os corredores, na sala de jantar, na biblioteca e até na escada, bem, com tudo isso, Mary Beth levou uma cadeira de espaldar reto até bem junto do caixão, pôs a mão no caixão para segurar a mão de Julien e adormeceu ali mesmo, na cadeira, com a cabeça caída para um lado, agarrada à mão de Julien enquanto os primos iam e vinham para vê-lo, ajoelhavam-se no genuflexório e assim por diante.

"Foi carinhoso esse gesto. Por mais ciúmes que eu sempre tivesse sentido dela, eu a adorei por isso. Queria poder ter feito o mesmo. Julien sem dúvida estava com uma bela aparência no caixão. E no dia seguinte você precisava ver os guarda-chuvas no cemitério de Lafayette! Digo-lhe que, quando puseram o caixão dentro do jazigo, eu mesmo morri por dentro. E Mary Beth se aproximou de mim naquele exato momento, envolveu meus ombros com um braço e sussurrou de um jeito que eu ouvisse: *Au revoir, mon cher Julien!* Ela fez isso por mim, sei que foi. Fez isso por mim, mas foi o gesto mais carinhoso que teve. E até sua morte ela sempre negou que ele um dia houvesse escrito uma autobiografia."

A essa altura, eu o instiguei, perguntando-lhe se Carlotta havia chorado durante o enterro.

– Na verdade, não. Nem me lembro de tê-la visto lá. Ela era uma criança tão desagradável. Tão mal-humorada e hostil com todos. Mary Beth não se importava, mas Julien costumava se irritar tanto com ela. Era Mary Beth quem o acalmava. Julien disse uma vez que Carlotta ia desperdiçar a vida do mesmo modo que sua irmã, Katherine, havia desperdiçado.

"E que algumas pessoas não gostam de viver", disse ele. Isso não era estranho? "Elas simplesmente não suportam a vida. Tratam a vida como se fosse uma terrível doença." Eu ri com isso. E desde então muitas vezes penso no assunto. Julien adorava estar vivo. Realmente adorava. Ele foi o primeiro da família a comprar um automóvel. Um Stutz Bearcat, realmente incrível! E saíamos a passear naquele troço por toda Nova Orleans. Ele achava fantástico!

"Costumava se sentar no banco dianteiro ao meu lado (é claro que eu é que tinha de dirigir), todo enrolado numa manta de viagem, com óculos de proteção, só rindo e se divertindo com tudo, ainda mais quando eu tinha de descer do carro para girar a manivela! Era divertido, sim, era mesmo. Stella também adorava aquele carro. Eu gostaria que ele hoje fosse meu. Sabe, Mary Beth tentou dá-lo para mim, e eu o recusei. Acho que não queria a responsabilidade. Eu deveria tê-lo aceitado.

"Mais tarde, Mary Beth deu o carro para um dos seus homens, um rapaz irlandês que ela havia contratado para cocheiro. Não sabia nada acerca de cavalos, ao que eu me lembre. Também não precisava saber. Acho que mais tarde ele voltou a ser policial. Mas ela lhe deu o carro. Sei porque um dia eu o vi nele. Nós conversamos, e ele me contou. É claro que ele não disse uma palavra sequer contra ela. Não ia fazer uma bobagem dessas. Mas imagine uma patroa lhe dando um carro daqueles. Ouça o que lhe digo, algumas das coisas que Mary Beth fazia simplesmente deixavam os primos furiosos. Só que eles não ousavam tocar no assunto. E era a atitude dela que sustentava tudo. Ela agia como se as coisas mais estranhas que fizesse fossem perfeitamente normais.

"No entanto, apesar de toda sua calma, sabe, pode-se dizer que ela adorava estar viva tanto quanto Julien. Adorava mesmo. É, Julien amava a vida. Ele nunca envelheceu de verdade.

"Julien me contou tudo sobre como era sua irmã Katherine nos anos antes da guerra. Ele armava com ela as mesmas brincadeiras que depois armou com Mary Beth. Só que naquela época não existia Storyville. Eles iam à Gallatin Street, aos bares mais turbulentos da beira-rio. Katherine ia fantasiada de marinheiro, e punha uma atadura na cabeça para encobrir o cabelo.

"'Ela era encantadora', disse Julien. 'Você devia ter visto. Depois, aquele Darcy Monahan a destruiu. Ela vendeu sua alma a ele. Ouça o que lhe digo, Richard; se você algum dia se dispuser a vender sua alma, não se dê ao trabalho de entregá-la a outro ser humano. É um mau negócio sequer chegar a cogitar essa possibilidade.'

"Julien dizia muitas coisas estranhas. É claro que, quando eu cheguei por aqui, Katherine já era uma velha louca, acabada. Simplesmente louca, é o que lhe digo, daquele tipo de louca teimosa e repetitiva que dá nos nervos dos outros.

"Ela costumava ficar sentada num banco nos fundos do jardim a conversar com seu falecido marido, Darcy. Isso deixava Julien revoltado. Da mesma forma que sua religião. E para mim ela teve alguma influência sobre Carlotta, mesmo sendo Carlotta tão criança. Apesar de que eu nunca tive certeza disso. Carlotta costumava ir à missa na catedral com Katherine.

"Lembro-me de que uma vez Carlotta teve um briga horrível com Julien, mas eu nunca soube o motivo. Julien era um homem tão agradável; era tão fácil gostar dele. Mas aquela menina não o suportava. Ela não tolerava ficar perto dele. Foi um dia em que um gritava com o outro na biblioteca a portas fechadas. Gritavam em francês, e eu não conseguia entender uma só palavra. Afinal, Julien saiu e subiu a escada. Estava com os olhos cheios de lágrimas, e havia um corte no seu rosto. Ele segurava um lenço junto ao corte. Acho que a pequena fera chegou a atacá-lo. Foi essa a única vez em que eu o vi chorar.

"E aquela terrível Carlotta era uma criaturinha tão fria e tão cruel. Ela só ficou ali parada olhando enquanto ele subia a escada e depois disse que ia esperar o pai chegar em casa nos degraus da frente da casa.

"Mary Beth estava ali e disse: 'Bem, você vai esperar muito tempo mesmo, porque seu pai neste instante está bêbado no clube, e o pessoal só vai carregá-lo até uma carruagem lá para as dez da noite. Melhor você vestir um casaco quando for lá para fora.'

"Isso ela não disse com maldade, não. Foi num tom neutro, do jeito que dizia tudo, mas você devia ter visto o olhar que a menina lançou para a mãe. Acho que ela culpava a mãe pelas bebedeiras do pai e, se isso for verdade, ela era uma criança muito boba mesmo. Um homem como Daniel McIntyre teria sido um bêbado se tivesse se casado com a Virgem Maria ou com a Prostituta da Babilônia. Não fazia a menor diferença. Ele mesmo me contou que seu pai havia morrido de tanto beber, e o seu avô também. E os dois, aos 48 anos, acredita? Ele tinha medo de morrer aos 48 também. Não sei se ele passou dessa idade ou não. E sabe, a família dele tinha dinheiro. Muito dinheiro. Se quer saber, Mary Beth manteve o juiz McIntyre em plena atividade por muito mais tempo do que qualquer outra pessoa teria conseguido.

"Mas Carlotta nunca entendeu. Nunca, nem por um instante. Acho que Lionel entendia, e Stella também. Os dois amavam os pais, pelo menos foi essa a impressão que sempre tive. Talvez Lionel sentisse um pouco de vergonha do juiz de vez em quando, mas era um bom menino, um menino afetuoso. E Stella, ora, Stella adorava a mãe e o pai.

"Ah, e Julien. Lembro-me de que no último ano ele fez uma coisa incrível. Levou Lionel e Stella até o French Quarter para ver as indecências, por assim dizer, quando eles não tinham mais de 10 e 11 anos. Não estou brincando! E sabe do que mais, acho que essa não foi a primeira vez. Foi apenas a primeira vez que ele não conseguiu esconder de mim a travessura que estava armando. E sabe que ele vestiu Stella como um pequeno grumete, e ela estava tão engraçadinha. Eles passearam a noite toda por lá, com Julien mostrando para eles os clubes elegantes, embora naturalmente ele não pudesse fazer com que as crianças entrassem. Nem mesmo Julien teria conseguido realizar essa proeza, creio eu. Mas eles andaram bebendo, isso posso afirmar.

"Eu estava acordado quando eles chegaram em casa. Lionel estava calado, estava sempre calado. Mas Stella estava toda animada com o que havia visto naqueles cubículos, sabe, com as mulheres direto na rua. E nós ficamos sentados nos degraus da frente, Stella e eu, conversando baixinho muito tempo depois de Lionel ter ajudado Julien a subir até o terceiro andar e de tê-lo posto na cama.

"Stella e eu saímos e abrimos uma garrafa de champanhe na cozinha. Ela disse que já tinha idade suficiente para beber um pouco, e é claro que não me obedecia, e quem era eu para impedi-la. Ela, Lionel e eu acabamos dançando lá no pátio dos fundos quando o dia amanhecia. Stella tentava uns passos de ragtime que havia visto lá em Storyville. Ela disse que Julien ia levá-los para conhecer a Europa e o mundo inteiro, mas é claro que isso não aconteceu. Acho que eles não sabiam ao certo a idade de Julien, como eu também não sabia. Quando vi o ano de 1828 inscrito naquela laje, fiquei chocado, acredite em mim. Foi então que muitas coisas acerca de Julien começaram a fazer sentido para mim. Não era de admirar que ele tivesse uma perspectiva tão diferente. Havia, no fundo, visto a passagem de um século inteiro.

"Stella deveria ter vivido muito, deveria mesmo. Lembro-me de que ela me disse uma coisa de que nunca vou me esquecer. Foi muito depois da morte de Julien. Nós almoçamos juntos aqui no Court of Two Sisters. Àquela altura ela já havia tido Antha, e é claro que nem se dera ao trabalho de se casar ou de sequer revelar a identidade do pai. Pois eu lhe digo que aquela foi uma história e tanto. Ela simplesmente deixou a sociedade furiosa com sua atitude. Mas o que eu estava dizendo? Nós estávamos almoçando, e Stella me disse que ia chegar à idade de Julien. Disse que Julien leu sua mão e fez esse prognóstico. Sua vida seria muito longa.

"E imaginar que ela foi assassinada a tiros por Lionel quando ainda não tinha 30 anos. Meu Deus! Mas você sabe que foi Carlotta o tempo todo, não sabe?"

A essa altura, Llewellyn estava quase incoerente. Pressionei-o a respeito de Carlotta e do assassinato, mas ele se recusou a falar mais sobre o assunto. Toda a história começou a deixá-lo apavorado. Voltou, então, ao tema da "autobiografia" de Julien e de quanto ele a queria. E o que ele não daria para entrar naquela casa um dia desses e se apoderar daquelas páginas, se elas ainda estivessem naquele quarto do andar superior. Mas enquanto Carlotta estivesse por lá, ele não teria a mínima chance de fazê-lo.

— Você sabe que há depósitos lá em cima, ao longo de toda a frente da casa, debaixo do telhado. Da rua, não dá para se ver a inclinação do telhado, mas esses depósitos existem. Julien tinha arcas lá dentro. Aposto que foi ali que ela pôs a autobiografia. Ela não se deu ao trabalho de queimá-la. Não Mary Beth. Ela só não queria que os escritos caíssem nas minhas mãos. Mas e aquela fera da Carlotta, quem sabe o que ela fez com tudo aquilo?

Não querendo perder a oportunidade, perguntei-lhe se alguma vez aconteceu algo de estranho na casa, algo sobrenatural. (Quer dizer, além da capacidade de

Julien de provocar aparições.) Esse era naturalmente o tipo da pergunta capciosa que procuro não fazer, mas eu estava com ele há horas, e ele não havia mencionado nada a esse respeito além de suas estranhas experiências com Julien. Eu estava à procura de algo mais.

Sua reação a minha pergunta sobre um fantasma foi muito forte.

— Ah, aquilo — disse ele. — Aquilo era horrível, simplesmente horrível. Não dá para eu falar nisso. Além do mais, deve ter sido imaginação minha.

Ele estava quase desmaiando. Ajudei-o a voltar para o apartamento acima da livraria na Chartres Street. Repetiu algumas vezes a menção ao fato de Julien lhe ter deixado o dinheiro para a aquisição do prédio e para a abertura de uma loja. Julien sabia que Llewellyn adorava poesia e música e realmente desprezava seu serviço de escriturário. Julien procurou lhe dar a liberdade, e conseguiu. Só que o único livro que Llewellyn desejava possuir era a biografia de Julien.

Nunca mais pude obter outra entrevista tão longa e tão profunda. Quando tentei falar com Llewellyn, alguns dias mais tarde, ele foi muito educado, mas demonstrou cautela. Pediu desculpas por ter bebido tanto e falado tanto, embora afirmasse ter gostado. E eu nunca mais consegui convencê-lo a almoçar comigo ou a falar uma palavra que fosse sobre Julien Mayfair.

Parei na sua loja algumas vezes depois dessa ocasião. Fiz-lhe muitas perguntas sobre a família e seus vários membros. Não consegui, porém, reconquistar sua confiança. Uma vez, perguntei-lhe novamente se a casa da First Street era assombrada, como as pessoas diziam. Havia tantas histórias a seu respeito.

Dominou-o exatamente a mesma expressão que eu havia visto na primeira noite em que conversei com ele. Ele desviou os olhos espantados e estremeceu.

— Eu não sei. Poderia ter sido o que se costuma chamar de fantasma. Não gosto de pensar nessas coisas. Sempre achei que fosse a minha... culpa, sabe, que eu estivesse imaginando aquilo.

Quando me flagrei insistindo talvez com um pouco de exagero, ele me disse que a família Mayfair era difícil e estranha.

— Ninguém quer arrumar confusão com aquela gente. Essa Carlotta Mayfair é um monstro, um verdadeiro monstro.

Ele dava a impressão de se sentir pouco à vontade. Perguntei se ela alguma vez lhe havia causado algum tipo de problema, ao que ele respondeu sumariamente que ela causava problemas a todo mundo. Ele parecia preocupado, perturbado. Em seguida, disse algo interessantíssimo, que eu anotei assim que voltei para meu quarto de hotel. Afirmou nunca ter acreditado na vida após a morte, mas, quando pensava em Julien, tinha certeza de que Julien ainda existia em algum lugar.

— Sei que você pensa que estou maluco por dizer uma coisa dessas, mas eu poderia jurar que é a verdade. Na noite após nosso primeiro encontro, eu poderia jurar que sonhei com Julien e que Julien me contou muitas coisas. Quando acordei, não consegui me lembrar com nitidez do sonho, mas tive a impressão de que Julien não queria que voltássemos a conversar. Nem gosto de estar falando nisso agora, mas... bem, achei que devia lhe dizer.

Disse que acreditava nele. Ele passou, então, a afirmar que Julien no sonho não era o Julien de quem ele se lembrava. Alguma coisa estava mudada sem a menor dúvida.

— Ele parecia mais sábio, mais gentil, exatamente o que se espera de alguém que tenha feito a passagem para o outro lado. E não parecia velho. No entanto, também não aparentava ser jovem. Nunca me esquecerei desse sonho. Foi... absolutamente real. Eu poderia jurar que ele estava parado aos pés da minha cama. E me lembro de algo que ele disse. *Disse que certas coisas eram determinadas pelo destino, mas que podiam ser evitadas.*

— Que tipo de coisa? — perguntei.

Ele sacudiu a cabeça. Não quis dizer mais nada daí em diante, por mais que eu o pressionasse. Admitiu, porém, que não conseguia se lembrar de nenhuma censura por parte de Julien com relação à nossa conversa. Mas a ideia do ressurgimento de Julien fez com que ele se sentisse desleal. Não consegui nem mesmo que ele repetisse a história da vez seguinte em que lhe perguntei a respeito dela.

A última vez que o vi foi no final de agosto de 1959. Era óbvio que ele havia estado doente. Um tremor intenso afetava tanto sua boca quanto sua mão esquerda, e sua fala já não era mais totalmente inteligível. Eu o compreendia, mas com dificuldade. Disse francamente que o que ele me havia contado acerca de Julien significava muito para mim e que eu continuava interessado na história da família Mayfair.

A princípio, achei que ele não se lembrava de mim ou do que eu estava falando, tão distraída era sua atitude. Em seguida, ele pareceu me reconhecer e ficou entusiasmado.

— Venha até os fundos comigo — disse ele. E, enquanto ele se esforçava para se levantar da escrivaninha, dei-lhe uma ajuda. Seus pés não estavam firmes. Passamos por um portal com cortinas empoeiradas e entramos num pequeno depósito. Ali, ele parou como se estivesse de olhos fixos em alguma coisa, mas eu não vi nada.

Ele deu um risinho estranho e fez um gesto de desdém com a mão. Pegou, então, uma caixa e retirou, trêmulo, um maço de fotografias. Todas de Julien. Entregou-as a mim. Parecia querer dizer alguma coisa, mas não conseguia encontrar as palavras.

— Não sei dizer o que isso representa para mim — afirmei.

— Eu sei — respondeu ele. — É por isso que quero que fique com elas. Você é a única pessoa que chegou a entender essa história de Julien.

Senti então uma tristeza, uma tristeza tremenda. Será que eu havia entendido? Imagino que sim. Llewellyn havia conseguido infundir vida na figura de Julien Mayfair para mim, e essa figura me pareceu sedutora.

— Minha vida poderia ter sido diferente se eu não tivesse conhecido Julien. Sabe, depois nunca mais ninguém pôde chegar aos pés dele. E com a loja, bem, eu meio que me acomodei na loja e não realizei grande coisa ao longo dos anos.

Ele então pareceu encolher os ombros, não se importando com tudo aquilo, e sorriu.

Fiz-lhe algumas perguntas, mas ele também não se importou com elas. Afinal, uma atraiu sua atenção.

— Julien sofreu ao morrer? — perguntei. Ele ficou absorto e depois abanou a cabeça.

— Não, não sofreu de verdade. É claro que ele não gostava de estar paralítico. Quem gostaria? Mas ele adorava os livros. Eu lia para ele o tempo todo. Ele morreu bem cedo de manhã. Sei porque estive com ele até as duas da madrugada, apaguei a vela e desci.

"Pois bem, por volta das seis fui acordado por uma tempestade. Chovia tanto que a água entrava pelo peitoril das janelas. E os galhos do bordo lá fora faziam muito barulho. Corri imediatamente lá para cima para cuidar de Julien. Sua cama ficava bem junto à janela.

"E você nem imagina. Não sei como ele havia conseguido se sentar e abrir a janela. E lá estava ele, morto, no peitoril, com os olhos fechados e uma expressão serena, como se apenas tivesse querido respirar um pouco de ar puro e, satisfeito, desistiu da vida, como mágica, morrendo como quem adormece, com a cabeça para um lado. Teria sido uma cena de grande tranquilidade, se não fosse pela tempestade, pela chuva que caía torrencial sobre ele e pelas folhas que o vento soprava pelo quarto adentro.

"Disseram mais tarde que foi um derrame fulminante. Não conseguiram descobrir como ele havia conseguido abrir a janela. Eu não disse nada, mas você sabe que me ocorreu..."

— O quê?

Ele encolheu os ombros e prosseguiu, com a fala praticamente ininteligível:

— Mary Beth ficou louca quando eu a chamei. Ela o arrastou da janela de volta para o travesseiro. Chegou mesmo a esbofeteá-lo. "Acorde, Julien", dizia ela. "Julien, não me deixe agora!" Eu tive uma dificuldade enorme para fechar a janela. E quando a fechei, uma das vidraças se espatifou. Foi assustador.

"E aquela horrível Carlotta se aproximou. Todos os outros vinham para beijá-lo, sabe, e prestar as últimas homenagens. Millie Dear, sabe, a filha de Rémy, estava ajudando a arrumar as cobertas. Mas aquela perversa da Carlotta não queria chegar perto dele, não queria nem nos ajudar. Ficou ali parada no patamar da escada, com as mãos unidas, como uma freirinha, só olhando fixamente para a porta.

"E Belle, a querida Belle, o anjinho. Ela entrou com sua boneca e começou a chorar. Depois Stella subiu na cama e se deitou ao lado dele com a mão no seu peito.

"Belle dizia: 'Acorde, *oncle* Julien.' Acho que ela ouviu sua mamãe dizer o mesmo. E Julien, coitado. Ele era a imagem da serenidade, afinal, com a cabeça sobre o travesseiro e os olhos fechados."

Llewellyn sorriu e sacudiu a cabeça. Começou, então, a rir entredentes como se estivesse se lembrando de algo que despertasse ternura nele. Disse alguma coisa que não entendi. Pigarreou, então, com dificuldade. "Aquela Stella", disse ele. "Todo mundo adorava Stella. Com exceção de Carlotta. Carlotta nunca amou a irmã..." Sua voz foi sumindo.

Pressionei-o um pouco mais, fazendo novamente o tipo de pergunta capciosa que para mim era norma evitar. Abordei o tema do fantasma. Tantas pessoas diziam que a casa era assombrada.

– Imaginei que, se ela fosse mesmo, você saberia – disse eu.

Não pude saber se ele me compreendia. Ele voltou para a escrivaninha, sentou-se e, quando eu tinha certeza total de que estava esquecido de mim, ele disse que havia alguma coisa naquela casa, mas que ele não sabia como explicar. – Havia coisas – disse ele, e aquele ar de repulsa o dominou novamente.

– E eu poderia jurar que todos sabiam da sua existência. Às vezes, era apenas uma impressão... uma impressão de alguém sempre vigiando.

– Não havia nada além disso? – insisti, por ser ainda jovem, implacável e cheio de curiosidade, e por ainda não saber o que significa envelhecer.

– Eu falei com Julien a respeito disso. Disse que havia algo no quarto conosco, sabe, que não estávamos sozinhos, que essa coisa estava... nos observando. Mas ele simplesmente ria, como ria de tudo. Ele costumava me dizer para não ser tão envergonhado. Mas eu podia jurar que a criatura estava lá! Ela vinha, sabe, quando Julien e eu estávamos... juntos.

– Era alguma coisa que você via?

– Só no final – disse ele. Disse também mais alguma coisa que não consegui entender. Quando insisti com ele, ele sacudiu a cabeça e pressionou os lábios para dar mais ênfase. Depois, baixou a voz até não passar de um sussurro: – Eu devo ter imaginado. Mas poderia jurar que nos últimos dias, quando Julien estava tão mal, a criatura estava lá, sem a menor dúvida. Estava no quarto de Julien. Estava na cama com ele.

Llewellyn olhou para mim para avaliar minha reação. Os cantos da sua boca estavam voltados para baixo e seu cenho, cerrado. Um olhar feroz vinha de debaixo das sobrancelhas densas.

– Coisa horrenda, horrenda – disse ele, trêmulo, sacudindo a cabeça.

– Você viu essa coisa?

Ele desviou o olhar. Fiz-lhe mais algumas perguntas, mas sabia que o perdera. Quando ele voltou a me responder, captei algo a respeito de os outros saberem da coisa, saberem e fingirem nada saber. Ele, então, ergueu os olhos para mim mais uma vez.

— Eles não queriam que eu soubesse que eles sabiam. Todos sabiam. Eu disse a Julien: "Nesta casa há mais alguém, e você sabe disso. Sabe também como ele é e o que quer, e se recusa a me confessar que sabe." Ele, então, me dizia: "Ora, Richard", e usava toda sua... capacidade de persuasão, por assim dizer, para, sabe, fazer com que eu me esquecesse. Depois, naquela última semana, naquela terrível semana final, a criatura estava lá, naquela cama. Sei que estava. Eu acordava na poltrona e a via. Via sim. Era o fantasma de um homem e fazia amor com Julien. Meu Deus, que coisa horrível de se ver. Porque eu sabia que não era real. Não era absolutamente real. Não podia ser. E, no entanto, eu o estava vendo.

Ele desviou o olhar, com o tremor na boca ficando mais intenso. Tentou tirar o lenço do bolso, mas apenas se atrapalhou com ele. Eu não sabia se devia ajudá-lo ou não.

Fiz mais perguntas com a maior delicadeza possível. Ou ele não me ouviu ou não quis responder. Ficou ali jogado na cadeira, dando a impressão de que morreria de velhice a qualquer instante.

Depois ele sacudiu a cabeça e disse que não podia falar mais. Parecia mesmo totalmente exausto. Disse que não ficava mais o dia inteiro na loja e que logo iria se recolher. Agradeci profusamente pelas fotografias, e ele murmurou que sim, que estava feliz por eu ter vindo, que ele estivera esperando por mim para me dar aquelas fotos.

Nunca mais vi Richard Llewellyn. Ele morreu cerca de cinco meses após nossa última conversa, no início de 1959. Foi enterrado no cemitério de Lafayette, não longe de Julien.

Há muitas outras histórias sobre Julien que poderiam ser incluídas aqui. Há muito mais que talvez possa ser descoberto.

Dentro dos objetivos desta narrativa não é necessário acrescentar mais nada a esta altura, além do fato de Julien ter tido outro companheiro do sexo masculino, do nosso conhecimento, um homem a quem ele esteve intimamente ligado, e que esse era a pessoa já descrita neste relato como o juiz Daniel McIntyre, que mais tarde se casou com Mary Beth Mayfair.

No entanto, podemos examinar Daniel McIntyre através de sua ligação com Mary Beth. É portanto conveniente que passemos agora à própria Mary Beth, a última grande bruxa Mayfair do século XIX, e a única Mayfair do sexo feminino a se equiparar em poder às suas antecessoras do século XVIII.

Eram duas e dez da madrugada. Michael parou só porque tinha de parar. Seus olhos estavam se fechando, e não havia nada a fazer, a não ser dar-se por vencido e dormir um pouco.

Ele ficou sentado imóvel por algum tempo, com os olhos fixos na pasta, que havia acabado de fechar. Sobressaltou-se com uma batida à porta.

— Entre — disse ele.

Aaron entrou sem fazer barulho. Usava pijama e um robe acolchoado amarrado à cintura.

– Você parece cansado, Michael. Deveria ir para a cama agora.

– É o que preciso fazer – respondeu Michael. – Quando eu era jovem, conseguia continuar bebendo cada vez mais café. Mas as coisas já não são mais as mesmas. Meus olhos estão se fechando contra minha vontade. – Ele se recostou na cadeira de couro, procurou no bolso por um cigarro e o acendeu. A necessidade de dormir ficou de repente tão forte que ele fechou os olhos e quase deixou o cigarro escorregar dos dedos. Pensou em Mary Beth. Preciso avançar até Mary Beth. Tantas perguntas...

Aaron se instalou na poltrona *bergère* no canto do quarto.

– Rowan cancelou seu voo da meia-noite. Amanhã ela pegará um voo com escala e não chega a Nova Orleans antes da tarde.

– Como vocês descobrem esse tipo de coisa? – perguntou Michael, sonolento. Mas essa era a pergunta de menor importância que lhe ocorria. Tragou mais uma vez o cigarro, com preguiça, e olhou espantado para a travessa cheia de sanduíches intactos. Agora, uma escultura. Ele não havia querido jantar. – Isso é bom – comentou. – Se eu acordar às seis e ler direto, terminarei antes de anoitecer.

– E aí precisamos conversar – disse Aaron. – Devíamos conversar muito antes de você ir vê-la.

– Eu sei. Acredite que eu sei. Aaron, por que diabos estou envolvido nesta história? Por quê? Por que eu vejo esse homem desde que era menino? – Ele deu mais uma tragada. – Você tem medo dessa história de espírito?

– Claro que tenho – respondeu Aaron sem a menor hesitação, surpreendendo Michael.

– Então, você acredita nisso tudo? E você mesmo já o viu?

– Vi – disse Aaron, concordando com um gesto de cabeça.

– Graças a Deus. Cada palavra dessa história tem um significado diferente para nós do que teria para alguém que não o viu! Alguém que não saiba como é ver uma assombração dessas.

– Eu acreditei antes de ver – disse Aaron. – Meus companheiros o viram. Eles relataram o que viram. E, na qualidade de membro experiente do Talamasca, aceitei seu depoimento.

– Então, você aceita a ideia de que essa criatura possa matar pessoas.

Aaron refletiu por um momento.

– Olhe, é melhor que eu afirme isso agora. E procure não se esquecer. Essa coisa pode fazer o mal, mas ela enfrenta uma dificuldade dos diabos para isso. – Ele sorriu. – Nenhum jogo de palavras, não. O que eu quero dizer é que Lasher na maioria das vezes mata por meio de armadilhas. Ele sem dúvida pode provocar efeitos físicos: mover objetos, fazer galhos de árvores caírem, fazer pedras voarem, esse tipo de coisa. Mas ele exerce esse poder de um modo desastrado e, com frequência, lentamente. As artimanhas e a ilusão são suas armas mais poderosas.

– Ele forçou Petyr van Abel a entrar numa cripta – disse Michael.

– Não. Petyr caiu numa cilada. Provavelmente o que aconteceu foi que ele próprio entrou na cripta num estado de loucura tal que não mais distinguia a realidade da ilusão.

– Mas por que Petyr iria fazer isso se ele tinha pavor de...

– Ora, Michael, é comum que os homens sejam irresistivelmente atraídos exatamente pelo que lhes provoca medo.

Michael não disse nada. Deu mais uma tragada, vendo em pensamento a arrebentação que batia nas rochas em Ocean Beach. Lembrando-se também do momento em que estava ali parado, com a echarpe voando ao vento, com os dedos congelados de frio.

– Para falar sem enrolação – disse Aaron –, nunca superestime esse espírito. Ele é fraco. Se não fosse, não precisaria da família Mayfair.

– Dá para repetir isso? – pediu Michael, erguendo os olhos.

– Se ele não fosse fraco, não precisaria da família Mayfair. Ele precisa da sua energia. E quando ataca, ele usa a energia da própria vítima.

– Você acabou de me fazer lembrar algo que eu disse a Rowan. Quando ela me perguntou se esses espíritos que eu vi poderiam ou não ter causado minha queda do rochedo no oceano. Respondi que eles não poderiam fazer nada desse tipo. Não tinham toda essa força. Se eles tivessem força suficiente para derrubar um homem no mar e fazer com que ele se afogasse, não precisariam aparecer para as pessoas em visões. Não precisariam me confiar uma missão importantíssima.

Aaron não respondeu.

– Você aceita meu ponto de vista? – perguntou Michael.

– Aceito. Mas também aceito a pergunta de Rowan.

– Ela me perguntou por que eu partia do pressuposto de eles serem bons, aqueles espíritos. Fiquei chocado com isso, mas ela achou que a pergunta era lógica.

– Talvez seja.

– Ah, mas eu sei que eles são bons. – Michael apagou o cigarro. – Eu sei. Eu sei que foi Deborah quem eu vi. E que ela quer que eu enfrente esse espírito, Lasher. Sei disso com tanta certeza quanto sei... quem eu sou. Você se lembra do que Llewellyn disse? Acabei de ler essa parte. Llewellyn disse que, quando Julien apareceu a ele num sonho, Julien estava diferente. Estava mais sábio do que quando estava vivo. Bem, foi assim que aconteceu com Deborah na minha visão. Deborah quer parar essa criatura que ela e Suzanne trouxeram para este mundo e para essa família!

– Surge então a pergunta: por que Lasher se mostrou a você?

– É. Estamos dando voltas.

Aaron desligou a luz do canto e o abajur na escrivaninha. Com isso, só ficou aceso o abajur na mesinha de cabeceira.

— Vou pedir que o despertem às oito. Acho que poderá terminar o arquivo todo antes do final da tarde, talvez um pouco mais cedo. Depois, podemos conversar, e você pode chegar a algum tipo de... digamos... decisão.

— Peça que me chamem às sete. Essa é uma vantagem de se ter minha idade. Sinto mais sono, mas durmo menos. Estarei muito bem se me acordarem às sete. E Aaron...

— Sim?

— Você nunca me respondeu sobre ontem à noite. Você viu a criatura quando ela estava parada bem diante de mim, do outro lado da cerca? Viu ou não viu?

Aaron abriu a porta. Parecia relutar em falar.

— Vi, Michael, vi sim. Eu o vi com muita clareza e nitidez. Com mais clareza e nitidez do que nunca antes. E ele estava sorrindo para você. Parecia mesmo que ele estava estendendo as mãos para você. Pelo que vi, eu diria que ele estava dando as boas-vindas a você. Agora preciso ir, e você precisa dormir. Conversamos pela manhã.

— Espere um pouco.

— Toque de recolher, Michael.

Ele acordou com o toque do telefone. O sol se derramava pelas janelas a cada lado da cabeceira da cama. Por um instante, se sentiu totalmente desnorteado. Rowan estivera conversando com ele, dizendo alguma coisa sobre como queria que ele aparecesse lá antes de fecharem a tampa. Que tampa? Ele viu uma mão branca e morta descansando sobre seda negra.

Sentou-se, então, e viu a escrivaninha, a maleta e as pastas ali empilhadas. — A tampa do caixão da sua mãe — disse, num sussurro. Ficou olhando, sonolento, o telefone que tocava. Tirou-o então do gancho. Era Aaron.

— Desça para o café da manhã, Michael.

— Ela já está no avião, Aaron?

— Acabou de sair do hospital. Como acho que lhe disse ontem à noite, ela vai fazer um voo com escala. Duvido que chegue ao hotel antes das duas. O enterro começa às três. Olhe, se você não quiser descer, posso mandar alguma coisa aí para cima, mas você precisa comer.

— Está bem, pode mandar para cá. E Aaron? De onde sai o enterro?

— Michael, não vá fugir no instante em que terminar. Isso não seria justo.

— Não vou fazer nada disso, Aaron. Acredite em mim. Só quero saber. Onde vai ser?

— Lonigan and Sons. Magazine Street.

— Ah, isso mesmo. Conheço bem essa funerária. — A avó, o avô e o pai também, todos enterrados pela Lonigan and Sons. — Não se preocupe, Aaron, não vou sair daqui. Suba para me fazer companhia, se quiser. Mas preciso começar a ler.

Ele tomou um rápido banho de chuveiro, vestiu roupas limpas e saiu do banheiro para encontrar o café da manhã à sua espera sob uma fileira de domos de prata bem polida numa bandeja com toalha de renda. Os antigos sanduíches não estavam mais ali. E a cama estava feita. Havia flores frescas junto à janela. Ele sorriu e abanou a cabeça. Teve um vislumbre de Petyr van Abel em algum pequeno aposento elegante na casa-matriz de Amsterdã no século XVII. Michael agora era um membro também? Será que eles iam envolvê-lo com todo esse aparato de segurança, proteção e legitimidade? E o que Rowan pensaria de tudo isso? Havia tanta coisa que ele precisava explicar a Aaron acerca de Rowan...

Bebendo sua primeira xícara de café, distraído, ele abriu a pasta seguinte e começou a ler.

18

Eram 5h30 quando Rowan afinal saiu para o aeroporto, com Slattery dirigindo o Jaguar para ela. Seus olhos estavam injetados e vidrados enquanto ela observava o trânsito instintiva e ansiosamente, insatisfeita por ter passado o comando do carro a uma outra pessoa. Mas Slattery havia concordado em ficar com o carro durante sua ausência, e ela calculava que ele devesse se acostumar ao veículo. Além do mais, tudo o que ela queria agora era estar em Nova Orleans. O resto que fosse para o inferno.

Sua última noite no hospital havia transcorrido quase como o planejado. Passou horas fazendo rondas de inspeção com Slattery, apresentando-o a pacientes, enfermeiras, internos e residentes, fazendo o possível para tornar a transição menos traumatizante para todos os envolvidos. Não havia sido fácil. Slattery era um homem inseguro e invejoso. Ele fazia constantes comentários depreciativos entredentes, ridicularizando pacientes, enfermeiras e outros médicos de um modo que sugeria que Rowan estava totalmente de acordo com ele, quando isso não era verdade. Havia nele uma profunda falta de delicadeza para com aqueles que julgava serem seus inferiores. Mesmo assim, ele era ambicioso demais para ser um mau médico. Era cuidadoso e inteligente.

E, por mais que não agradasse a Rowan transferir tudo para ele, ela estava feliz por ele estar ali. Era cada vez mais forte nela a sensação de que não iria voltar. Ela tentou ter em mente que não havia motivos para uma sensação dessas. No entanto, não conseguia se livrar da impressão. Seu sexto sentido dizia que preparasse Slattery para assumir seu lugar indefinidamente, e era isso o que ela havia feito.

Depois, às onze da noite, quando estava programado que ela saísse para o aeroporto, um dos seus pacientes, um caso de aneurisma, começou a se queixar de violentas dores de cabeça e de cegueira repentina. Isso só podia significar que o homem estava tendo mais uma hemorragia. A operação que havia sido marcada para a terça-feira seguinte, sob a responsabilidade de Lark, teve de ser realizada por Rowan e Slattery naquele mesmo instante.

Rowan nunca entrou para uma cirurgia tão preocupada com outras coisas. No momento em que estavam amarrando seu avental esterilizado, ela estava pensando no atraso do seu voo para Nova Orleans, no enterro, na possibilidade de ficar horas presa na escala em Dallas, até depois de sua mãe já estar enterrada.

Em seguida, ela olhou ao redor da sala de cirurgia, pensativa. Esta é a última vez. Nunca mais pisarei nesta sala, embora não saiba por quê.

Afinal, a cortina de costume caiu, isolando-a do passado e do futuro. Durante cinco horas, ela operou com Slattery ao seu lado, recusando-se a permitir que ele assumisse seu lugar apesar de saber que era isso o que ele queria.

Rowan ficou com o paciente na recuperação por mais 45 minutos. Não lhe agradava a ideia de deixá-lo. Ela pôs as mãos algumas vezes sobre os seus ombros e acionou a pequena mágica mental de visualizar o que estava acontecendo no interior do seu cérebro. Ela estaria ajudando o paciente ou apenas se acalmando? Não fazia a menor ideia. Mesmo assim, ela trabalhou mentalmente no caso, com tanta intensidade quanto jamais havia usado, chegando até a sussurrar para ele que agora ele precisava se recuperar, que a fragilidade na parede da artéria estava corrigida.

– Muitos anos de vida, Sr. Benjamin – disse ela, baixinho. De olhos fechados, ela viu os circuitos do cérebro. Um leve tremor passou por ela. Em seguida, deslizando a mão sobre a do paciente, ela soube que ele se recuperaria.

Slattery estava à porta, barbeado e de banho tomado, pronto para levá-la ao aeroporto.

– Vamos, Rowan, saia daqui antes que aconteça mais alguma coisa.

Ela foi para sua sala, tomou um banho de chuveiro no pequeno banheiro particular, vestiu seu blazer de linho, resolveu que era cedo demais para ligar para a Lonigan and Sons, mesmo com a diferença de fusos horários, e depois saiu do hospital universitário com um nó na garganta. Tantos anos da sua vida, pensou, à beira das lágrimas. Mas não permitiu que elas aflorassem.

– Tudo bem com você? – perguntou Slattery ao sair do estacionamento.

– Tudo bem – disse ela. – Só estou cansada. – Estava mesmo cansada de chorar. Havia chorado mais nos últimos dias do que em toda a sua vida.

Agora, enquanto ele fazia a curva à esquerda para sair da rodovia para o aeroporto, ela se flagrou pensando que Slattery era o médico mais ambicioso que ela já conhecera. Sabia muito bem que ele a desprezava, e por todos os motivos simples e entediantes: ela era uma cirurgiã extraordinária, era dela o emprego que ele desejava, ela logo poderia estar de volta.

Ela teve um calafrio debilitante. Sabia que estava captando os pensamentos dele. Se houvesse um desastre com seu avião, ele poderia assumir seu lugar definitivamente. Ela olhou para ele de relance, seus olhos se encontraram por um segundo e ela viu que ele enrubescia, sem jeito. É, eram os pensamentos dele.

Quantas vezes no passado isso não havia acontecido assim mesmo, e com maior frequência quando ela estava muito cansada? Talvez ela estivesse com a guarda aberta em virtude da sonolência, e esse pequeno poder telepático pudesse se afirmar com maior audácia, proporcionando-lhe esse amargo conhecimento, quer ela o desejasse, quer não. Isso a magoava. Ela não queria estar perto dele.

No entanto, era bom que ele quisesse seu posto, era bom que ele estivesse ali para assumi-lo, a fim de que ela pudesse partir.

Ocorria-lhe agora com extrema clareza que, por mais que ela adorasse o hospital universitário, não era importante onde ela exercia a medicina. Poderia ser em qualquer centro médico bem equipado, no qual enfermeiras e técnicos proporcionassem a infraestrutura de que ela precisava.

Então, por que não contar a Slattery que não voltaria mais? Por que não acabar com o conflito no seu íntimo em benefício dele mesmo? O motivo era simples. Ela não sabia por que tinha essa impressão tão forte de que essa era uma despedida final. Era algo relacionado a Michael; relacionado à sua mãe; mas era mais irracional do que qualquer sensação que já houvesse tido.

Antes mesmo que Slattery parasse junto à calçada, ela já estava com a porta aberta. Desceu do carro e pegou a bolsa a tiracolo.

Flagrou-se, então, olhando fixamente para Slattery enquanto ele lhe entregava a mala tirada do porta-malas do carro. Sentiu novamente um calafrio, lento, desagradável. Viu o rancor nos seus olhos. Que tortura a noite havia sido para ele. Ele era tão ansioso, e a detestava tanto. Nada na atitude de Rowan, em termos pessoais ou profissionais, poderia fazer surgir nele uma reação melhor a ela. Ele simplesmente não gostava dela. Ela sentiu isso quando pegou a mala da sua mão.

– Boa sorte, Rowan – disse ele, com falsa animação. *Espero que não volte mais.*

– Slat – disse ela –, muito obrigada por tudo. Tem mais uma coisa que eu quero falar. Acho que não... Bem, existe uma boa probabilidade de que eu não volte para cá.

Ele mal pôde esconder sua alegria. Ela quase sentiu pena dele ao observar o movimento tenso dos seus lábios enquanto ele tentava manter uma expressão neutra. Ela também sentia um prazer imenso, fantástico.

– É só uma impressão – disse ela. (E é maravilhosa!) – É claro que terei de comunicar isso a Lark na hora adequada e em termos oficiais...

– É claro.

– Mas você já pode ir pendurando seus quadros na sala – prosseguiu ela. – E aproveite o carro. Acho que vou mandar buscá-lo mais cedo ou mais tarde. Provavelmente mais tarde. Se quiser comprá-lo, fará o melhor negócio da sua vida.

– O que você acha de dez mil, à vista. Sei que...

– Fechado. Mande-me um cheque quando eu comunicar meu novo endereço.

– Com um aceno despreocupado, ela se afastou na direção das portas de vidro.

Uma agradável animação a inundou como a luz do sol. Mesmo com os olhos irritados e com um cansaço entorpecedor, um grande entusiasmo a dominava. No balcão, ela especificou primeira classe, só ida.

Perambulou pela loja de presentes o tempo suficiente para comprar um par de grandes óculos escuros, que lhe pareceu muito charmoso, e um livro, uma absurda fantasia masculina de espionagem impossível e riscos implacáveis, que também lhe pareceu ligeiramente charmoso.

O *New York Times* dizia que estava fazendo calor em Nova Orleans. Era bom que estivesse usando seu linho branco, e ela se sentia bonita no traje. Por alguns instantes, demorou-se no banheiro, escovando os cabelos e aplicando com cuidado o batom claro e o blush cremoso que não usava há anos. Em seguida, pôs os óculos escuros.

Sentada na cadeira de plástico no embarque, ela se sentiu absolutamente desenraizada. Sem emprego, sem ninguém na casa em Tiburon. E Slat arranhando a embreagem do carro de Graham o tempo todo até San Francisco. Pode ficar com ele, doutor. Sem arrependimentos, sem preocupações. É todo seu.

Pensou, então, na mãe, morta e fria sobre a mesa na funerária de Lonigan and Sons, fora do alcance da intervenção dos bisturis, e a velha escuridão se abateu sobre ela, bem ali entre as monótonas e fantasmagóricas luzes fluorescentes e os reluzentes passageiros dos aviões da madrugada, com suas pastas e seus ternos azuis para todas as ocasiões. Ela pensou no que Michael havia dito sobre a morte. Sobre ela ser o único acontecimento sobrenatural que a maioria de nós vivencia. E ela achava que era verdade.

As lágrimas brotaram novamente, mudas. Foi bom ter comprado os óculos. Parentes no enterro, uma enorme quantidade de parentes...

Rowan adormeceu assim que se instalou no avião.

19

O ARQUIVO SOBRE AS BRUXAS MAYFAIR

CAPÍTULO VI
A família Mayfair de 1900 a 1929

MÉTODOS DE PESQUISA NO SÉCULO XX

Como mencionado anteriormente, em nossa apresentação à família no século XIX, nossas fontes de informação acerca da família Mayfair foram se tornando cada vez mais numerosas e esclarecedoras com a passagem de cada década.

À medida que a família se aproximava do século XX, o Talamasca manteve seus investigadores tradicionais, mas também contratou pela primeira vez detetives profissionais. Uma quantidade desses profissionais trabalhou para nós em Nova Orleans, e ainda trabalha. Eles se revelaram excelentes não só na coleta de rumores de todos os tipos, mas também na investigação de questões específicas em registros volumosos, bem como ao entrevistar dezenas de pessoas acerca da família Mayfair, de modo bastante semelhante ao de um autor interessado em escrever sobre um "crime verdadeiro".

Esses homens raramente sabem quem nós somos, se é que chegam a saber. Eles se reportam a uma agência em Londres. E embora ainda mandemos nossos próprios investigadores especialmente treinados até Nova Orleans em virtuais excursões "para coleta de rumores", e embora mantenhamos correspondência com uma infinidade de observadores, como sempre fizemos desde o século XIX, esses detetives particulares aperfeiçoaram imensamente a qualidade da nossa informação.

Ainda mais uma fonte de informações tornou-se disponível desde o final do século XIX, que nós chamaremos, por falta de um termo mais adequado, de lendas de família. De fato, embora os membros da família Mayfair com frequência mantenham absoluto segredo acerca dos seus contemporâneos, e relutem muito em revelar uma palavra que seja sobre o legado da família a desconhecidos, já na década de 1890 eles começavam a repetir historinhas, anedotas e relatos fantásticos sobre figuras no passado remoto.

Podemos citar especificamente um descendente de Lestan que se recusou a dizer o que quer que fosse sobre sua querida prima Mary Beth, quando instado por um desconhecido numa festa a bisbilhotar a seu respeito, e mesmo assim repetiu diversas histórias curiosas sobre a tia-avó Marguerite, que costumava dançar com os escravos. E mais tarde o neto desse mesmo primo repetiu histórias curiosas sobre a velha Miss Mary Beth, que ele não chegou a conhecer.

É claro que grande parte dessas lendas de família é vaga demais para ser do nosso interesse, e que muito do que se diz está relacionado à "magnífica vida nas fazendas", que se tornou mítica em muitas famílias da Louisiana e que não esclarece os temas com que nos preocupamos. No entanto, às vezes essas lendas de família se harmonizam de forma espantosa com fragmentos de informação que obtivemos de outras fontes.

E, sempre que elas nos pareceram especialmente esclarecedoras, eu as incluí. O leitor deve, porém, compreender que as "lendas de família" sempre se referem a algo que nos foi relatado recentemente acerca de alguém ou de algo pertencente ao "passado remoto".

Ainda mais um tipo de rumor que se salientou no século XX é o que podemos chamar de "boataria jurídica", ou seja, os comentários de secretárias, escriturários, advogados e juízes que conheceram a família Mayfair ou que trabalharam para ela, bem como dos parentes e amigos de todas essas diversas pessoas que não têm o sangue Mayfair.

Como todos os filhos de Julien, Barclay, Garland e Cortland se tornaram advogados de renome, como Carlotta Mayfair é advogada e como muitos netos de Julien também abraçaram essa carreira, a rede de contatos legais apresentou a tendência a se ampliar mais do que poderíamos supor. No entanto, mesmo que não fosse esse o caso, as transações financeiras da família Mayfair foram tão vastas que sempre envolveram muitos advogados.

Quando a família começou a entrar em disputas no século XX; quando Carlotta começou a lutar pela custódia da filha de Stella; quando houve divergências quanto ao controle do legado, essa boataria jurídica passou a ser uma generosa fonte de detalhes interessantes.

Permitam-me acrescentar, ao concluir, que em termos gerais o século XX presenciou a manutenção de registros mais amplos e mais detalhados do que o século passado. E nossos investigadores contratados no século XX aproveitaram a abundância de registros públicos acerca da família. Além disso, com o passar do tempo, a família foi cada vez mais mencionada na imprensa.

O CARÁTER ÉTNICO DA FAMÍLIA EM EVOLUÇÃO

À medida que nossa narrativa se aproxima do ano de 1900, deveríamos ressaltar que o caráter étnico da família Mayfair estava se alterando.

Embora a família houvesse começado com uma mistura de escocês e francês, incorporando na geração seguinte o sangue do holandês Petyr van Abel, ela depois disso passou a ser quase exclusivamente francesa.

Em 1826, porém, com o casamento de Marguerite Mayfair com o cantor lírico Tyrone Clifford McNamara, a família do legado começou a se casar com anglo-saxões com certa regularidade.

Outras linhagens, notadamente os descendentes de Lestan e de Maurice, permaneceram inflexivelmente franceses e, se e quando se mudaram para Nova Orleans, sempre preferiram morar no "centro" com outros falantes do francês, no French Quarter, nas suas cercanias ou na Esplanade Avenue.

A família do legado, com o casamento de Katherine com Darcy Monahan, firmou-se ainda mais no Garden District, na parte alta e "americana" da cidade. E, embora Julien Mayfair (que era ele próprio meio irlandês) falasse francês a vida inteira, e se casasse com uma prima falante do francês, Suzette, ele deu aos seus três meninos nomes nitidamente americanos ou ingleses, e se certificou de que eles recebessem uma formação americana. Seu filho Garland casou-se com uma descendente de alemães e irlandeses, com as bênçãos de Julien. Também Cortland se casou com uma moça de origem anglo-saxônica. E, finalmente, Barclay agiu da mesma forma.

Como já salientamos, Mary Beth viria a se casar com um irlandês, Daniel McIntyre em 1899.

Apesar de os filhos de Katherine, Clay e Vincent, falarem francês sua vida inteira, os dois se casaram com moças de origem irlandesa-americana. Clay, com a filha de um próspero hoteleiro; e Vincent, com a filha de um cervejeiro germano-irlandês. Uma das filhas de Clay tornou-se membro da ordem católica irlandesa das Irmãs da Misericórdia, Ordem para a qual a família contribui até os dias de hoje. E uma bisneta de Vincent entrou para a mesma ordem.

Enquanto os Mayfair de origem francesa frequentavam a catedral de São Luís no French Quarter, a família do legado começava a frequentar a igreja paroquial de Notre-Dame, na Jackson Avenue, pertencente a um conjunto de três templos mantidos pelos padres redentoristas que procuravam atender as necessidades dos imigrantes alemães e irlandeses da beira-rio bem como as das antigas famílias francesas. Quando essa igreja foi fechada, na década de 1920, instalou-se uma capela paroquial na Prytania Street, no Garden District, obviamente para os ricos que não quisessem frequentar a igreja irlandesa de Santo Afonso, nem a igreja alemã de Santa Maria.

A família Mayfair assistia à missa nessa capela e, na realidade, os moradores da casa da First Street ainda vão à missa lá até os dias de hoje. No entanto, já em 1899 a família Mayfair começava a usar a igreja irlandesa de Santo Afonso, um belo prédio, de proporções impressionantes, para as ocasiões importantes.

Mary Beth casou-se com Daniel McIntyre na igreja de Santo Afonso, em 1899, e todos os batizados de algum Mayfair da First Street foram realizados ali desde então. As crianças da família Mayfair, depois de expulsas das melhores escolas particulares, estudavam na escola paroquial de Santo Afonso por curtos períodos.

Depois da morte de Julien, em 1914, raramente se ouviu Mary Beth falar francês, mesmo com os primos franceses. E pode ser que essa língua tenha desaparecido na família do legado. Nunca se soube que Carlotta Mayfair falasse francês; e é duvidoso que Stella, Antha ou Deirdre soubessem mais do que algumas palavras de qualquer língua estrangeira.

Nossos investigadores observaram em inúmeras ocasiões que a fala da família Mayfair no século XX – de Carlotta, de sua irmã Stella; da filha de Stella, Antha; e da filha de Antha, Deirdre – revelava nítidas características irlandesas. À semelhança de muitos outros habitantes de Nova Orleans, elas não apresentavam sotaques franceses ou do Sul dos Estados Unidos que fossem perceptíveis. Tinham uma tendência, no entanto, a chamar as pessoas pelo nome completo, como, por exemplo, na pergunta: "E aí? Como tem andado, Ellie Mayfair?", e a falar com uma certa melodia e certas repetições propositais que pareciam irlandesas aos ouvintes. Um típico exemplo seria o seguinte fragmento ouvido num enterro da família em 1945: "Ora, não me venha com essa história, Gloria Mayfair, você sabe que eu não vou acreditar numa coisa dessas e que é uma vergonha que você a repita! E a pobre da Nancy, com todas as preocupações que tem. Pois ela é uma santa, você sabe que ela é, se é que algum dia existiu uma!"

No que diz respeito à aparência, a família Mayfair é uma tamanha salada de genes que qualquer combinação de coloração, compleição física e traços faciais pode aparecer em qualquer geração. Não existe uma aparência típica. No entanto, alguns membros do Talamasca sustentam que um estudo de todas as fotografias, esboços e reproduções de pinturas existentes nos nossos arquivos revela de fato uma série de tipos recorrentes.

Há, por exemplo, um grupo de gente alta e loura (incluindo-se aí Lionel Mayfair) que lembram Petyr van Abel e que têm olhos verdes e queixo bem marcado.

Há também um grupo de pessoas muito claro e de estrutura delicada, que invariavelmente têm olhos azuis e são baixas. Esse grupo inclui não só Deborah, mas também Deirdre Mayfair, a atual beneficiária e "bruxa", mãe de Rowan.

Um terceiro grupo de pessoas de olhos e cabelos escuros, de membros bem grandes, inclui Mary Beth Mayfair, seus irmãos Clay e Vincent e Angélique Mayfair de Saint-Domingue.

Ainda outro grupo de gente mais baixa, de olhos e cabelos negros, dá a impressão declarada de ser de origem francesa. Todos os integrantes desse grupo têm a cabeça pequena e redonda, olhos meio saltados e cabelo exageradamente cacheado.

Finalmente, há um grupo de pele muito clara e aparente frieza, todos louros, com olhos cinzentos e de aparência delicada, embora sejam altos, e esse grupo inclui Charlotte de Saint-Domingue (a filha de Petyr van Abel); Marie Claudette, que trouxe a família para a Louisiana; a filha de Stella, Antha Mayfair; e sua neta, a Dra. Rowan Mayfair.

Alguns membros da Ordem também ressaltaram algumas semelhanças muito específicas. A Dra. Rowan Mayfair, de Tiburon, Califórnia, por exemplo, lembra muito mais seu antepassado Julien Mayfair do que qualquer outro parente seu louro.

E Carlotta Mayfair na juventude lembrava muito sua antepassada Charlotte. (Este investigador sente-se na obrigação de salientar, quanto a todo esse tema das aparências, que ele próprio não vê tudo isso nessas imagens. Há semelhanças, mas as diferenças as superam de longe. A família não tem uma nítida aparência irlandesa, francesa, escocesa ou seja lá qual for.)

Em qualquer exame da influência irlandesa ou de seus traços, devemos ter em mente que a história dessa família é tal que nunca se pode ter certeza de quem é o pai de nenhuma criança. E como revelarão as "lendas" posteriores, repetidas no século XX pelos descendentes, as ligações incestuosas em cada geração não eram realmente um segredo. Mesmo assim, uma influência cultural irlandesa é decididamente perceptível.

Devemos também observar – sem qualquer garantia – que a família no final do século XIX começou a empregar cada vez maior número de criados irlandeses, e esses se revelaram fontes de informações inestimáveis para o Talamasca. O quanto eles podem ter contribuído para nossa percepção da família como irlandesa não é fácil de determinar.

A contratação de criados irlandeses não tinha nada a ver com a identidade irlandesa da família em si. Era a tendência do bairro naquele período, e muitos desses irlandeses-americanos moravam no chamado Irish Channel, o bairro ribeirinho localizado entre os desembarcadouros do Mississippi e da Magazine Street, tendo como sua fronteira sul o Garden District. Alguns deles eram domésticas e cavalariços que residiam na casa dos patrões; outros vinham trabalhar diariamente ou apenas em certas ocasiões. Em geral, eles não eram tão leais à família Mayfair quanto os criados negros ou mestiços. Da mesma forma, falavam muito mais abertamente do que se passava na First Street do que os criados de décadas anteriores.

No entanto, embora a informação que eles forneceram ao Talamasca seja de extremo valor, trata-se de informação de natureza específica e deve ser examinada com cuidado.

Os criados irlandeses que trabalhavam dentro e ao redor da casa apresentavam a tendência a acreditar em fantasmas, no sobrenatural e no poder das mulheres da família Mayfair no sentido de fazerem as coisas acontecerem. Eles eram o que deveríamos chamar de extremamente supersticiosos. Por isso, suas histórias acerca do que viam ou ouviam às vezes beiram o fantástico e, com frequência, contêm passagens com descrições fortes e horripilantes.

Mesmo assim, por motivos óbvios, esse material é altamente significativo. E grande parte do que foi relatado pelos criados irlandeses soa familiar aos nossos ouvidos.

Considerando-se todos os aspectos, não é incorreto dizer, em resumo, que já na primeira década deste século a família Mayfair da First Street se considerava irlandesa, tecendo frequentes comentários a esse respeito; e que seus membros apareciam ao consciente de muitos dos que os conheciam – tanto criados quanto pessoas do seu mesmo nível social – como irlandeses quase estereotipados na sua loucura, excentricidade e queda para o mórbido. Alguns críticos da família os chamavam de "irlandeses loucos furiosos". E um padre alemão da igreja de Santo Afonso uma vez os descreveu como se existissem num "estado perpétuo de melancolia céltica". Alguns vizinhos e amigos se referiam ao filho de Mary Beth, Lionel, como um "irlandês beberrão delirante", e seu pai, Daniel McIntyre, era sem dúvida considerado do mesmo modo por praticamente todos os balconistas de bar na Magazine Street.

Talvez seja possível dizer que, com a morte de "Monsieur Julien" (que era na verdade meio irlandês), a casa da First Street perdeu seu último traço do caráter francês ou de origem francesa. A irmã de Julien, Katherine, e seu irmão, Rémy, já o haviam precedido na morte, da mesma forma que sua filha, Jeannette. Daí em diante, apesar das enormes reuniões de família que incluíam primos falantes do francês às centenas, o núcleo da família era americano, católico, de origem irlandesa.

À medida que os anos se passavam, os ramos falantes do francês perderam também sua identidade crioula, à semelhança de tantas outras famílias da Louisiana. O idioma francês está praticamente extinto em todos os ramos conhecidos.

E, à medida que entramos na última década do século XX, é difícil encontrar um descendente da família Mayfair que seja um verdadeiro falante do francês.

Isso nos leva a uma outra observação de crucial importância, que é ignorada com extrema facilidade quando se prossegue com a narrativa:

Com a morte de Julien, a família Mayfair pode ter perdido o último membro seu que realmente conhecia sua história. Não podemos ter certeza disso, mas parece mais do que provável. E, à medida que conversamos mais com os descendentes e coletamos mais das suas ridículas lendas sobre os tempos da vida na fazenda, isso passa a parecer uma certeza.

Consequentemente, a partir de 1914 qualquer membro do Talamasca que investigasse a família Mayfair não podia deixar de ter em mente que ele ou ela sabia mais acerca da família do que a própria família parecia saber sobre si mesma. E isso gerou considerável confusão e estresse em nossos investigadores.

Antes mesmo da morte de Julien, a questão de tentar ou não um contato com a família havia se tornado premente para a Ordem.

Após a morte de Mary Beth, ela se tornou uma questão angustiosa.

Por agora, porém, devemos continuar com nossa história, voltando ao ano de 1891, para podermos focalizar melhor Mary Beth Mayfair, que nos levará até o século XX e que talvez tenha sido a última das bruxas Mayfair com o verdadeiro poder.

Sabemos mais a respeito de Mary Beth Mayfair do que sobre qualquer outra bruxa Mayfair desde Charlotte. Mesmo assim, quando se examinam todas as informações, Mary Beth permanece sendo um mistério, que se nos revela apenas em ofuscantes vislumbres através de histórias contadas por criados e amigos da família. Somente Richard Llewellyn nos proporcionou um retrato verdadeiramente íntimo e, como já vimos, Richard sabia muito pouco acerca dos interesses comerciais de Mary Beth ou dos seus poderes ocultos. Ela parece tê-lo enganado, como enganou todos ao seu redor, fazendo com que acreditassem que era simplesmente uma mulher forte, quando a verdade é muito mais complexa.

O PROSSEGUIMENTO DA HISTÓRIA DE MARY BETH MAYFAIR

Na semana que se seguiu à morte de Marguerite em 1891, Julien transferiu todos os objetos pessoais de Marguerite de Riverbend para a casa da First Street. Contratando duas carroças para o transporte da mudança, ele levou inúmeros potes e vidros, todos cuidadosamente acondicionados em caixotes, alguns baús de cartas e outros documentos, e cerca de 25 caixas de livros, bem como alguns baús com uma miscelânea de objetos.

Sabemos que os potes e os vidros foram enfurnados no terceiro andar da casa da First Street, e nunca mais ouvimos falar deles por parte de nenhuma testemunha contemporânea.

Julien tinha seu quarto no terceiro andar nessa época, e foi nesse quarto que morreu, como descreveu Richard Llewellyn.

Muitos dos livros de Marguerite, incluindo-se textos obscuros em alemão e em francês tratando de magia sombria, foram arrumados nas estantes da biblioteca do térreo.

Mary Beth ficou com o antigo quarto principal da casa, na ala norte, acima da biblioteca, que desde então sempre foi ocupado pela beneficiária do legado. A pequena Belle, talvez jovem demais para demonstrar sinais de deficiência mental, ficou com o primeiro quarto do outro lado do corredor, mas Belle frequentemente dormia com a mãe nos primeiros anos de vida.

Mary Beth começou a usar a esmeralda Mayfair com regularidade. E pode-se dizer que ela assumiu nessa época seu destino de adulta e de senhora da casa. A sociedade de Nova Orleans certamente passou a tomar maior conhecimento dela, e é nessa época que aparecem os primeiros documentos públicos de transações comerciais com sua assinatura.

Ela aparece numa série de fotografias usando a esmeralda, e muitas pessoas falavam da joia, demonstrando admiração. Em muitas dessas fotografias, Mary Beth está usando roupas masculinas. Na realidade, dezenas de testemunhas comprovam a afirmação de Richard Llewellyn de que Mary Beth se vestia de homem e que era normal que ela saísse, assim trajada, com Julien. Antes do seu casamento com Daniel McIntyre, esses passeios incluíam não só os bordéis do French Quarter, como também todo um leque de atividades sociais. Mary Beth chegou mesmo a aparecer em bailes usando o elegante "fraque e gravata branca" que um homem usaria.

Embora a sociedade em geral ficasse escandalizada com esse comportamento, a família Mayfair continuava a preparar o terreno para isso com seu dinheiro e seu charme. Eles emprestavam dinheiro à vontade aos que dele precisavam durante as várias depressões do pós-guerra. Faziam contribuições quase ostentosas para instituições de caridade e, sob o comando de Clay Mayfair, Riverbend continuava a gerar fortunas com uma abundante produção de açúcar atrás da outra.

Nesses primeiros anos, a própria Mary Beth parece ter despertado pouca inimizade em desconhecidos. Nem mesmo seus detratores chegaram a descrevê-la como perversa ou cruel, embora ela fosse muito criticada por sua atitude fria, sistemática, insensível aos sentimentos alheios e masculinizada.

No entanto, apesar de toda a sua altura e força, Mary Beth não era masculinizada. Grande quantidade de pessoas a descreveu como sensual, e ocasionalmente ela foi considerada linda. Inúmeras fotografias confirmam as descrições. Ela, vestida de homem, causava uma bela impressão, especialmente naqueles primeiros tempos. Mais de um membro do Talamasca observou que, enquanto Stella, Antha e Deirdre Mayfair – sua filha, neta e bisneta, respectivamente – eram delicadas mulheres do tipo de beldade sulina, Mary Beth apresentava uma profunda semelhança com as surpreendentes estrelas do cinema americano que vieram depois dela, divas como Ava Gardner e Joan Crawford. Mary Beth também revelava uma forte semelhança, em fotografias, com Jenny Churchill, a famosa mãe de Winston Churchill.

Os cabelos de Mary Beth permaneceram totalmente negros até sua morte, aos 54 anos. Não sabemos sua altura exata, mas podemos supor que chegasse perto de 1,80 metro. Nunca foi uma mulher pesadona, mas tinha membros grandes e era muito forte. Caminhava com passos largos. O câncer que a matou só foi descoberto seis meses antes da sua morte, e ela continuou sendo uma mulher "atraente" até as semanas finais, quando afinal se recolheu ao seu quarto para não mais sair.

Não pode haver, porém, a menor dúvida quanto ao fato de Mary Beth ter tido pouquíssimo interesse por sua beleza física. Embora sempre se arrumasse bem, e às vezes surpreendesse num vestido de baile e estola de peles, ninguém jamais a descreveu como sedutora. Na realidade, os que a chamavam de pouco feminina detinham-se a descrever seus modos diretos e bruscos e sua aparente indiferença aos seus consideráveis dotes físicos.

Vale ressaltar que quase todas essas características – a franqueza, a atitude eficiente, a honestidade e a frieza – foram mais tarde associadas à sua filha Carlotta Mayfair, que não é e nunca foi beneficiária do legado.

Quem gostava de Mary Beth e fazia bons negócios com ela a elogiava por ser uma pessoa prática e generosa, incapaz de mesquinhez. Quem não se dava bem com ela a considerava insensível e desumana. É esse também o caso com Carlotta Mayfair.

Os interesses comerciais de Mary Beth e seu apetite para o prazer serão tratados em detalhe posteriormente. Basta aqui dizer que, nos primeiros tempos, ela determinou o que acontecia na casa da First Street tanto quanto Julien. Muitos jantares em família foram totalmente planejados por ela, e ela convenceu Julien a fazer sua última viagem à Europa em 1896, época em que os dois passearam pelas capitais, desde Madri a Londres.

Mary Beth desde a infância compartilhou com Julien o seu amor pelos cavalos, e frequentemente saía a cavalgar com ele. Os dois adoravam o teatro e assistiam a qualquer tipo de peça, desde as grandes produções shakespearianas até insignificantes apresentações de teatro amador das redondezas. E ambos eram apaixonados pela ópera. Em anos mais recentes, Mary Beth tinha uma vitrola de algum tipo em praticamente todos os cômodos da casa, e nelas tocava discos de ópera o tempo todo.

Mary Beth parece também ter gostado de morar com muitas pessoas sob o mesmo teto. Seu interesse pela família não se limitava a festas e reuniões informais. Pelo contrário, ela manteve a vida inteira as portas abertas às visitas de primos.

Algumas eventuais descrições da sua hospitalidade sugerem que ela apreciava exercer o poder sobre as pessoas, que gostava de ser o centro das atenções. No entanto, mesmo nas histórias em que esse tipo de opinião é expressa abertamente, Mary Beth aparece como uma pessoa mais interessada nos outros do que em si mesma. Na verdade, a total ausência de narcisismo ou de vaidade nessa mulher continua a surpreender os que leem os arquivos. A generosidade, em vez de um desejo de poder, parece ser uma explicação mais acertada para seu relacionamento com a família.

(Permitam-nos ressaltar aqui que Nancy Mayfair, filha ilegítima de uma descendente de Maurice Mayfair, foi adotada por Mary Beth e criada com Antha Mayfair como filha de Stella. Nancy morou na casa da First Street até 1888. Era crença geral, mesmo por parte de dezenas de parentes, de que ela era mesmo filha de Stella.)

Em 1891, residiam na First Street Rémy Mayfair, que parecia ser anos mais velho do que seu irmão Julien, embora não o fosse, e de quem se dizia que estava morrendo de tuberculose, o que realmente aconteceu em 1897; os filhos de Julien, Barclay, Garland e Cortland, que foram os primeiros membros da família Mayfair a ir estudar em colégios internos na Costa Leste, onde se saíram bem; Millie Mayfair, a única filha de Rémy que nunca se casou; e finalmente, além de Julien e Mary Beth, sua filhinha Belle, que, como já mencionamos, era deficiente.

No final do século, já moravam também na casa Clay Mayfair, irmão de Mary Beth, e a inconsolável e renitente Katherine Mayfair, depois da destruição de Riverbend, bem como outros primos de tempos em tempos.

Durante todo esse tempo, Mary Beth foi a senhora incontestável da casa, e foi Mary Beth quem inspirou e realizou uma grande reforma do prédio antes de 1900, ocasião na qual foram acrescentados três banheiros e a iluminação a gás foi levada até o terceiro andar, bem como até as dependências dos domésticos e a duas grandes construções isoladas, uma das quais era um estábulo com acomodações no andar superior.

Embora Mary Beth vivesse até 1925, tendo morrido de câncer em setembro daquele ano, podemos dizer com alguma segurança que ela pouco mudou com o tempo; que suas paixões e prioridades no final do século XIX eram praticamente as mesmas no último ano da sua vida.

Se ela algum dia teve uma amiga íntima ou confidente fora da família, não temos notícia disso. E é bastante difícil descrever seu caráter. É certo que ela nunca foi a pessoa alegre e brincalhona que Julien foi. Ela parecia não ter nenhum desejo de grandes emoções. E, mesmo nas inúmeras reuniões familiares em que dançava e supervisionava as fotografias a serem tiradas e o serviço dos garçons, ela nunca foi descrita como "a alma da festa". Ela parece, sim, ter sido uma mulher forte, tranquila, com objetivos bem definidos. E é possível que ninguém realmente chegasse a ter intimidade com ela, a não ser sua filha Stella. Mas logo chegaremos a essa parte da história.

Até que ponto os poderes ocultos de Mary Beth facilitaram a realização dos seus objetivos é uma pergunta muito significativa. Existe uma variedade de provas que nos ajudam a embasar uma série de suposições acerca do que acontecia nos bastidores.

Para os criados irlandeses que iam e vinham na First Street, ela sempre foi uma "bruxa" ou uma pessoa com poderes do vodu. No entanto, suas histórias divergem substancialmente de outros relatos que possuímos e devem ser consideradas com alguma reserva.

Mesmo assim...

Os criados relatavam com frequência que Mary Beth descia até o French Quarter para consultar as especialistas em vodu e que possuía no seu quarto um altar em que idolatrava o demônio. Diziam que Mary Beth sabia quando lhe contavam uma mentira, sabia onde a pessoa havia estado, sabia onde estava cada membro da família Mayfair, mesmo aqueles que haviam se transferido para o Norte, e sabia a qualquer momento o que essas pessoas estavam fazendo. Diziam que Mary Beth não fazia nenhum esforço no sentido de manter isso em segredo.

Diziam também que era a Mary Beth que os criados negros recorriam quando enfrentavam algum problema com as praticantes de vodu da cidade, que Mary Beth sabia que pó usar ou que vela acender para desfazer um feitiço e que ela sabia comandar os espíritos. E Mary Beth declarou mais de uma vez que era nisso que se resumia o vodu: no comando dos espíritos. Todo o resto era só para encher os olhos.

Uma cozinheira irlandesa que trabalhou na casa de quando em quando, entre 1895 e 1902, contou despreocupadamente a um dos nossos investigadores que Mary Beth lhe disse que havia no mundo todos os tipos de espíritos, mas que os inferiores eram os mais fáceis de serem comandados e que qualquer um poderia invocá-los, se a isso estivesse decidido. Mary Beth tinha espíritos vigiando todos os aposentos da casa e todos os objetos que neles se encontravam. No entanto, Mary Beth recomendou à cozinheira que não tentasse chamar espíritos por si só. Era algo que tinha seus perigos e era melhor que ficasse a cargo de pessoas como Mary Beth, que tivessem a capacidade de ver e de sentir os espíritos.

– Dava para se sentir os espíritos direitinho naquela casa – disse a cozinheira. – E bastava entrecerrar os olhos para vê-los. Mas Miss Mary Beth não precisava fazer isso. Ela os via claros como o dia, o tempo todo. Ela conversava com eles e os chamava pelo nome.

A cozinheira também declarou que Mary Beth bebia conhaque direto da garrafa, mas que não havia problema nenhum nisso porque Mary Beth era uma verdadeira dama, e uma dama podia fazer o que quisesse. Além do mais, ela era gentil e generosa. O mesmo valia para o velho Monsieur Julien, mas esse nem teria pensado em beber conhaque, ou qualquer outra bebida, direto da garrafa. Ele sempre apreciou seu xerez num copo de cristal.

Uma lavadeira relatou que Mary Beth fazia com que as portas se fechassem atrás de si sem que se incomodasse em tocá-las, quando ia passando pela casa. Uma vez pediram à lavadeira que levasse uma cesta de roupa branca dobrada até o segundo andar, mas ela se recusou a subir de tão assustada que estava. Foi então que Mary Beth a repreendeu de um jeito bem-humorado por ser tão boba, e a lavadeira perdeu o medo.

Existem pelo menos quinze relatos diferentes do altar de vodu de Mary Beth, no qual ela queimava incenso e acendia velas de várias cores, e ao qual, de vez em quando, ela acrescentava santos de gesso. Não há, porém, um relato sequer que indique a localização exata desse altar. (É interessante ressaltar que nenhum criado negro a quem se perguntou sobre esse altar jamais pronunciou uma palavra sequer sobre ele.)

Algumas das outras histórias que temos são muito fantasiosas. Disseram-nos algumas vezes, por exemplo, que Mary Beth não se vestia apenas de homem, que ela se transformava em homem quando saía de terno, com a bengala e o chapéu. E que nessas ocasiões ela era forte o suficiente para derrotar qualquer outro homem que a atacasse.

Um dia, bem cedo pela manhã, quando ela estava cavalgando na St. Charles Avenue sozinha (Julien estava enfermo nessa época e logo morreria), um homem tentou puxá-la de cima do cavalo, instante no qual ela se transformou em homem, quase matou o agressor a socos e depois o arrastou amarrado a uma corda atrás do seu cavalo até a delegacia de polícia. Dizem-nos que muita gente presenciou esse fato. A história era repetida no Irish Channel ainda em 1935. É fato que os registros policiais da época indicam a agressão, e a detenção realmente ocorreu em 1914. O homem morreria na cela algumas horas mais tarde.

Há uma outra história sobre uma criada tola que roubou um dos anéis de Mary Beth e acordou na mesma noite no seu quartinho sufocante na Chippewa Street para descobrir Mary Beth debruçada sobre ela, vestida de homem, exigindo que lhe devolvesse o anel imediatamente, o que a mulher fez, só para morrer antes das três horas da tarde do dia seguinte com o choque da experiência.

Essa história nos foi contada uma vez em 1898, e mais uma vez em 1910. Revelou-se impossível investigá-la.

De longe, a história mais valiosa que temos do período mais remoto nos foi contada por um motorista de táxi em 1910. Ele disse que um dia, em 1908, buscou Mary Beth no centro, na Rue Royale, e que, embora tivesse certeza de que ela entrou no táxi sozinha (tratava-se de um fiacre puxado por cavalos), ele percebeu que ela conversava com alguém durante todo o percurso até a Cidade Alta. Quando ele abriu a porta para ela diante da parada para veículos na First Street, ele viu um homem bonito com ela no táxi. Ela parecia estar imersa em conversa com ele, mas parou de falar ao ver o motorista, dando um risinho. Ela entregou duas belas moedas de ouro ao motorista e lhe disse que elas valiam muito mais do que a corrida e que ele as gastasse rapidamente. Quando o motorista procurou o homem para ver se ele saía do táxi na sua companhia, viu que não havia ninguém por ali.

Há grande quantidade de outras histórias de criados relacionadas aos poderes de Mary Beth nos nossos arquivos, mas todas têm um tema em comum – o de que era uma bruxa e revelava seus poderes sempre que ela, seus bens ou sua família estivessem sendo ameaçados. Mais uma vez, porém, devemos ressaltar que as histórias dos criados divergem acentuadamente dos outros materiais de que dispomos.

Mesmo assim, se considerarmos todos os campos de atuação de Mary Beth, concluiremos que existem provas convincentes de bruxaria, vindas de outras fontes.

Ao que nos é dado deduzir, Mary Beth tinha três paixões dominantes.

Em primeiro lugar, mas não sendo a de maior importância, estava o desejo de Mary Beth de fazer dinheiro e de envolver membros da sua própria família na construção de uma fortuna imensa. Dizer que ela teve sucesso nisso seria minimizar a verdade.

Quase a partir do início da sua vida, ouvimos histórias de tesouros de joias, de bolsas cheias de moedas de ouro que nunca se esvaziam, e de Mary Beth jogando moedas de ouro aos pobres ao acaso.

Dizia-se que ela recomendou a muitas pessoas que "gastassem rápido as moedas", alegando que o que saía da sua bolsa mágica sempre voltava para ela.

Considerando-se as joias e as moedas, pode ser que um estudo meticuloso de todas as finanças da família Mayfair, a partir de registros de domínio público submetidos à análise de especialistas nessas questões, indicasse que infusões misteriosas e inexplicáveis de dinheiro desempenharam um papel em toda a sua história financeira. No entanto, com base no que sabemos, não podemos fazer essa suposição.

Tem maior pertinência a questão do uso por parte de Mary Beth da sua premonição ou de conhecimentos ocultos nos investimentos que fazia.

Mesmo um exame superficial das realizações financeiras de Mary Beth sugere que ela era um gênio das finanças. Ela era muito mais interessada em fazer dinheiro do que Julien já fora, e possuía um óbvio dom para saber o que ia acontecer antes que acontecesse. Muitas vezes ela advertiu todos os seus colegas acerca de iminentes crises e quebras de bancos, embora eles raramente lhe dessem ouvidos.

Na realidade, a diversificação dos investimentos de Mary Beth desafia as explicações convencionais. Como se diz, ela estava "em todas". Estava diretamente envolvida na intermediação do algodão, em imóveis, transporte marítimo, estradas de ferro, bancos, importação e exportação e, mais tarde, contrabando de bebidas alcoólicas. Ela investia constantemente em iniciativas altamente improváveis que se revelavam de um sucesso espantoso. Ela estava presente como uma das pioneiras em diversas invenções e produtos químicos que lhe renderam fortunas incalculáveis.

Pode-se ir ao ponto de dizer que sua história, no papel, não faz sentido. Ela sabia demais num excesso de ocasiões e tirou vantagem exagerada disso.

Enquanto os sucessos de Julien, por estupendos que fossem, podiam ser atribuídos ao conhecimento e talento de um homem, é quase impossível explicar o sucesso de Mary Beth em termos tão simplistas. Julien não tinha nenhum interesse, por exemplo, em invenções modernas, no que dissesse respeito a investimentos. Mary Beth tinha uma paixão definida por equipamentos e tecnologia, e jamais cometeu um erro nessa área. O mesmo valia para o transporte marítimo, ramo sobre o qual Julien conhecia pouco e Mary Beth, muito. Embora Julien adorasse comprar prédios, incluindo-se fábricas e hotéis, ele jamais adquiriu terras nuas. Já Mary Beth comprou enormes áreas não urbanizadas em todos os Estados Unidos, revendendo-as com lucros inacreditáveis. Na realidade, seu conhecimento de quando e onde cidades grandes e pequenas iriam surgir é totalmente inexplicável.

Mary Beth era muito cautelosa quanto a causar uma imagem favorável da sua fortuna aos outros. Ela ostentava apenas o suficiente para seus próprios objetivos. Consequentemente, ela nunca inspirou o pasmo ou a descrença que teriam resultado inevitavelmente se seus sucessos tivessem sido divulgados em sua totalidade. Ela teve, ainda, o cuidado de evitar a publicidade durante toda sua vida. Seu estilo de vida na First Street nunca foi de uma ostentação extraordinária, a não ser pelo fato de ser uma aficionada por automóveis e chegar numa ocasião a ter tantos deles que precisou alugar garagens em toda a vizinhança. Em resumo, a imagem que ela apresentou a Richard Llewellyn, citada em detalhe no capítulo anterior, é praticamente a mesma imagem que apresentava a todos. Pouquíssimas pessoas sabiam quanto dinheiro ou poder possuía.

Existem, de fato, algumas provas de que Mary Beth tinha toda uma atividade empresarial da qual as pessoas não tinham conhecimento, no sentido de que ela comandava uma equipe de funcionários dedicados às finanças com quem se encontrava em escritórios no centro da cidade e que nunca sequer se aproximavam do seu escritório na First Street. Ainda hoje, fala-se em Nova Orleans dos homens que trabalhavam "no centro" para Mary Beth e de como sua remuneração era generosa. Tratava-se de um "emprego de luxo", no entender de um senhor de idade que se lembra de que um amigo seu costumava fazer longas viagens para Mary Beth, a Londres, Paris, Bruxelas e Zurique, às vezes transportando consigo somas vultosas. As passagens marítimas e a acomodação em hotéis eram sempre de primeira classe, disse esse senhor.

E Mary Beth distribuía bônus com regularidade. Uma outra fonte insiste que a própria Mary Beth fazia tais viagens com frequência, sem conhecimento da família, mas não temos como investigar a veracidade disso.

Temos também cinco histórias diferentes de como Mary Beth se vingou de quem tentou enganá-la. Uma história conta como seu secretário, Landing Smith, fugiu com trezentos mil dólares em dinheiro vivo de Mary Beth, embarcando num vapor para a Europa sob identidade falsa, perfeitamente convencido de não ter sido descoberto. Três dias depois de partir de Nova York, ele acordou no meio da noite para descobrir Mary Beth sentada ao seu lado na cama. Ela não só tirou dele o dinheiro, como também o surrou energicamente com seu chicote de cavalgar, deixando-o sangrando e meio enlouquecido no chão do camarote, onde o camareiro de bordo o encontrou mais tarde. Ele confessou tudo imediatamente, mas Mary Beth não foi encontrada no navio, nem o dinheiro. Essa história saiu nos jornais locais, embora a própria Mary Beth se recusasse a confirmar ou a negar que houvesse ocorrido algum roubo.

Uma outra história, relatada por dois senhores idosos no ano de 1955, descreve uma reunião que foi realizada em uma das empresas de Mary Beth com o objetivo de que a firma se tornasse independente dela e a ludibriasse com uma série de manobras perfeitamente legais. A reunião já havia passado da metade quando todos à mesa perceberam que Mary Beth estava sentada ali entre eles. Mary Beth disse simplesmente o que pensava deles, cortou seus laços com a empresa, que logo faliu. Os descendentes dos envolvidos desprezam a família Mayfair até os dias de hoje por essa tragédia.

Uma ramificação da família Mayfair, descendentes de Clay Mayfair que atualmente vivem em Nova York, não quer ter nada a ver com os Mayfair de Nova Orleans em decorrência de uma complicação semelhante com Mary Beth, ocorrida em 1919.

Mary Beth estava aparentemente investindo muito no setor bancário em Nova York nessa época. Surgiu, porém, uma divergência entre ela e um primo. Para resumir, ele não acreditava que o plano de ação de Mary Beth fosse dar certo. Ela achava que daria. Ele procurou sabotar seu plano sem que soubesse. Ela apareceu em Nova York, no escritório desse primo, arrancou das mãos dele os documentos pertinentes e os jogou para o alto. Eles se incendiaram no ar e queimaram antes de tocarem o chão. Ela então avisou ao primo que, se ele tentasse enganar gente do seu próprio sangue outra vez, ela o mataria. Ele passou a partir daí a contar essa história compulsivamente a qualquer um que quisesse ouvir, destruindo sua reputação e sua vida profissional. As pessoas achavam que ele havia enlouquecido. Ele cometeu suicídio saltando da janela do seu escritório três meses após a visita de Mary Beth. Até os dias de hoje, a família culpa Mary Beth pela morte e fala dela e dos seus descendentes com ódio.

Deve-se salientar que esses parentes de Nova York têm excelente situação. Stella procurou uma aproximação amigável com eles em diversas ocasiões. Eles, porém, insistem que Mary Beth usava a magia sombria em todas as suas transações. No entanto, quanto mais eles falam com nossos representantes, mais fica claro para nós que eles realmente conhecem muito pouco a família de Nova Orleans, da qual se originam, e que têm uma ideia muito mesquinha das transações de Mary Beth.

É claro que é comum ter-se uma noção muito reduzida das transações de Mary Beth. Como mencionei anteriormente, ela era muito eficiente em manter em segredo seu imenso poder e influência.

Para o Talamasca, no entanto, certas histórias de Mary Beth amaldiçoando um lavrador que não quis lhe vender um cavalo parecem de um total absurdo quando se sabe que na mesma época Mary Beth estava comprando ferrovias na América do Sul e investindo em chá da Índia, além de estar adquirindo enormes áreas de terra em volta da cidade de Los Angeles, Califórnia.

Algum dia, quem sabe, alguém escreva um livro sobre Mary Beth Mayfair. Está tudo ali nos arquivos. No ponto em que se encontram as coisas, porém, o Talamasca parece ser o único grupo de pessoas estranhas à família que sabe que Mary

Beth Mayfair ampliou sua influência e poder financeiros em termos globais; que ela construiu um império financeiro tão vasto, tão forte e tão diversificado que sua lenta demolição ainda está em curso nos dias de hoje.

Contudo, todo o assunto das finanças da família Mayfair merece mais atenção do que podemos lhe dar. Se aqueles que conhecem bem essas questões fossem fazer um estudo meticuloso da história completa da família Mayfair – e aqui estamos nos referindo a documentos públicos à disposição de qualquer um com dedicação suficiente para procurar por eles –, é possível que percebessem argumentos muito fortes no sentido de terem sido usados poderes ocultos através dos séculos para o acúmulo e a expansão da fortuna. As joias e as moedas de ouro poderiam representar uma parte ínfima nisso.

Infelizmente, não dispomos do conhecimento necessário para esse tipo de estudo. E, considerando-se o que já sabemos, Mary Beth se revela muito superior a Julien como empresária; e é quase certo que nenhum ser humano poderia ter realizado, sozinho, sem o auxílio do sobrenatural, tudo o que ela realizou.

Concluindo, Mary Beth deixou sua família muito mais rica do que a maioria dos seus membros chegou, aparentemente, a saber ou a avaliar. E essa fortuna permanece até os dias de hoje.

A segunda paixão de Mary Beth era a família. Desde o início da sua vida empresarial ativa, ela envolveu seus primos (ou irmãos) Barclay, Garland, Cortland e outros parentes nas suas transações. Ela os admitia nas empresas que formava e usava advogados e banqueiros da família nos seus negócios. Na realidade, ela usou parentes nas suas atividades empresariais sempre que pôde, em lugar de desconhecidos. Ela também exercia enorme pressão sobre outros membros da família Mayfair para que agissem da mesma forma. Quando sua filha Carlotta Mayfair foi trabalhar para um escritório de advocacia que não pertencia à família, ela ficou decepcionada e não aprovou a ideia, mas não adotou nenhuma atitude punitiva ou restritiva em decorrência dessa decisão de Carlotta. Ela deixou que se soubesse que Carlotta estava sendo vítima de falta de visão.

Com relação a Lionel e Stella, Mary Beth era de uma tolerância notória, e permitia que seus amigos se hospedassem na casa por dias ou semanas a fio. Ela os mandava à Europa com preceptores e governantas sempre que ela própria estava ocupada demais para ir. E comemorava seus aniversários com festas extravagantes, de enormes dimensões, para as quais eram convidados inúmeros primos. Era igualmente generosa com sua filha Belle, sua filha adotiva Nancy e com Millie Dear, sua sobrinha, que continuaram todas vivendo na First Street após a morte de Mary Beth, embora elas próprias fossem beneficiárias de grandes fundos que lhes proporcionavam uma inquestionável independência financeira.

Mary Beth mantinha contato com parentes espalhados por todo o país e promoveu numerosas reuniões informais com os primos da Louisiana. Mesmo após a morte de Julien e até bem perto do crepúsculo da sua vida, serviam-se nessas ocasiões bebidas e comidas deliciosas, com Mary Beth supervisionando pessoalmente o cardápio e a prova do vinho. Era frequente que se contratassem músicos para animar as festas.

Eram muito comuns na First Street imensos jantares de família. E Mary Beth pagava salários fabulosos para obter as melhores profissionais para sua cozinha. Muitos relatos indicam que os primos adoravam ir à First Street, que adoravam as longas conversas após o jantar (descritas por Richard Llewellyn) e que devotavam grande afeto a Mary Beth, que possuía um misterioso talento para se lembrar de aniversários, de aniversários de casamento e datas de formatura, e que mandava presentes em dinheiro adequados à comemoração e muito bem-vindos.

Como mencionado anteriormente, quando era jovem Mary Beth gostava de dançar com Julien nessas festas de família, e estimulava a dança entre os jovens e os velhos, contratando às vezes professores para ensinar os últimos passos aos primos. Ela e Julien divertiam as crianças com suas lépidas palhaçadas. E às vezes os conjuntos musicais que traziam do Quarter escandalizavam os parentes mais sérios. Após a morte de Julien, Mary Beth já não dançava tanto, mas adorava ver os outros dançando e quase sempre proporcionava alguma música. Nos seus últimos anos de vida, essas festas eram organizadas por sua filha Stella e seu filho Lionel, que eram animadíssimos.

Os parentes não eram apenas convidados para essas reuniões; esperava-se que comparecessem. E Mary Beth foi às vezes desagradável com quem se recusava a aceitar seus convites. Existem duas histórias de Mary Beth ter ficado profundamente irritada com membros da família que abandonaram o sobrenome Mayfair, trocando-o pelo sobrenome do pai.

Algumas histórias que recolhemos entre amigos da família indicam que Mary Beth tanto era amada quanto temida pelos primos. Enquanto Julien, especialmente na velhice, era considerado terno e encantador, Mary Beth era considerada uma pessoa ligeiramente difícil.

Algumas histórias revelam que Mary Beth podia prever o futuro, mas que não gostava de usar esse poder. Quando lhe pediam que fizesse uma previsão ou que ajudasse alguém a tomar uma decisão, ela costumava prevenir os parentes envolvidos no sentido de que a "intuição" não era uma coisa simples. E que a previsão do futuro podia ser "complexa". Mesmo assim, de vez em quando ela fazia prognósticos. Ela disse, por exemplo, a Maitland Mayfair, filho de Clay, que ele morreria se começasse a voar de avião, e ele morreu. A mulher de Maitland, Therese, culpou Mary Beth pela sua morte. Mary Beth não deu a mínima importância.

— Eu avisei, não avisei? Se ele não tivesse entrado no maldito avião, não estaria lá para sofrer o acidente.

Os irmãos de Maitland ficaram tresloucados com sua morte e imploraram a Mary Beth que tentasse impedir esse tipo de acontecimento se pudesse, ao que ela respondeu que poderia tentar e que o faria na próxima vez que alguma coisa desse tipo lhe chamasse a atenção. Mais uma vez, ela avisou que essas forças são complexas. Em 1921, o filho de Maitland, Maitland Júnior, queria participar de uma expedição na selva africana, desejo contra o qual sua mãe, Therese, demonstrava forte oposição. Esta recorreu a Mary Beth pedindo-lhe que convencesse o rapaz a não ir ou que fizesse uma previsão.

Mary Beth considerou a questão por muito tempo e depois explicou com seu estilo simples e direto que o futuro não era predeterminado, mas apenas previsível. Sua previsão era de que o rapaz morreria se fosse para a África, mas, se ficasse, algo pior poderia acontecer. Maitland Júnior mudou sozinho de ideia quanto à expedição, ficou em casa e morreu num incêndio daí a seis meses. (Ele estava alcoolizado e fumava na cama.) No enterro, Therese aproximou-se de Mary Beth e quis saber por que Mary Beth não impedia que esses horrores acontecessem. Mary Beth respondeu, num tom quase despreocupado, que ela previu a história toda, sim, mas que não havia muito o que pudesse fazer para alterar a previsão. Para alterá-la, ela teria de modificar Maitland Júnior e não era essa sua missão na vida. Além do mais, ela havia tentado, sem sucesso, conversar com Maitland inúmeras vezes, mas ela sem dúvida lamentava muito o acontecido e desejava que os primos parassem de lhe pedir que previsse o futuro.

— Quando examino o futuro — alega-se ter Mary Beth dito —, tudo o que vejo é como a maioria das pessoas é fraca e como se esforça pouco para lutar contra o destino ou a má sorte. Cada um pode lutar, sabia? Pode mesmo. Mas Maitland não ia mudar nada mesmo. — Ela então deu de ombros, ao que diz a história, e saiu do cemitério de Lafayette com seus característicos passos largos.

Therese ficou horrorizada com essas palavras. Ela nunca perdoou Mary Beth pelo seu "envolvimento" (?) na morte do marido e do filho. E até o dia da sua morte, ela afirmava que uma aura de maldade cercava a casa da First Street, e que, qualquer que fosse o poder da família Mayfair, ele só funcionava para os escolhidos.

(Essa história nos foi contada por uma amiga da irmã de Therese, Emilie Blanchard, que morreu em 1935. Uma versão abreviada nos foi transmitida por uma pessoa estranha à família que por acaso ouviu a conversa no cemitério e procurou se inteirar do assunto. Ainda uma terceira versão foi repetida para nós por uma freira que estava presente no cemitério. E a concordância entre as três versões quanto ao que Mary Beth teria dito torna essa uma das imagens mais vigorosas dela, embora reduzida. As duas mortes envolvidas foram noticiadas nos jornais.)

Existem inúmeras outras histórias sobre Mary Beth, suas previsões, conselhos e atos semelhantes. Todas são muito parecidas. Mary Beth desaconselhava certos casamentos, e seu conselho sempre se revelava correto. Ou Mary Beth aconselhava as pessoas a entrarem em certos empreendimentos, e tudo funcionava às mil maravilhas. No entanto, tudo aponta para o fato de ser Mary Beth muito cautelosa quanto a esse poder e de ela não gostar de previsões diretas. Dispomos de uma outra citação sua a respeito dessa questão, feita ao vigário da paróquia, que mais tarde a relatou a seu irmão, um policial, que aparentemente se lembrou dela por ter considerado a ideia interessante.

Mary Beth teria dito ao padre que qualquer indivíduo forte poderia mudar o futuro para inúmeros outros, que isso acontecia o tempo todo. Dado o número de seres humanos vivos neste mundo, essas pessoas eram tão raras que a previsão do futuro se tornava ilusoriamente simples.

– Quer dizer que possuímos o livre-arbítrio, pelo menos isso a senhora admite – disse o padre.

– Claro que possuímos – retrucou Mary Beth. – Na realidade, é absolutamente crucial que exerçamos nosso livre-arbítrio. Nada é predeterminado. E graças a Deus não há muita gente forte que desestabilize o esquema previsível, pois são tantos os mal-intencionados que provocam a guerra e a catástrofe quantos são os visionários que fazem o bem aos outros.

Quanto às atitudes da família com relação a Mary Beth, muitos parentes, aos olhos dos seus amigos tagarelas, percebiam haver algo de estranho entre Mary Beth e Monsieur Julien, e a decisão de recorrer ou não a eles em tempos difíceis era uma questão presente em todas as gerações. Considerava-se que recorrer a eles tinha vantagens, mas sem dúvida envolvia riscos.

Uma descendente de Lestan Mayfair, por exemplo, que engravidou sendo solteira, pediu ajuda a Mary Beth e, embora recebesse muito dinheiro para ajudá-la com a criança, mais tarde se convenceu de que Mary Beth provocou a morte do pai irresponsável.

Dizia-se que um outro parente, um dos favoritos de Mary Beth, que foi condenado por agressão depois de uma briga de bêbados numa boate do French Quarter, tinha mais medo da censura e da punição de Mary Beth do que de qualquer tribunal. Ele recebeu um tiro fatal quando tentava escapar da cadeia. E Mary Beth não permitiu que ele fosse enterrado no cemitério de Lafayette.

Mais uma parente infeliz, Louise Mayfair, que era mãe solteira e deu à luz Nancy Mayfair (que Mary Beth adotou e acolheu como filha de Stella) na First Street, morreu dois dias após o parto, e circularam muitas histórias de que Mary Beth, revoltada com o comportamento da moça, a deixou morrer sozinha e sem atendimento médico.

No entanto, as histórias dos poderes ocultos, ou de perversidades, de Mary Beth voltados contra a família são relativamente poucas. Mesmo quando se considera a reserva da família, a relutância da maioria dos parentes de fazer qualquer tipo de comentário sobre a família do legado fosse com quem fosse, simplesmente não há muitos indícios de que Mary Beth fosse uma bruxa ao lidar com gente do seu próprio sangue. Mais do que isso, ela era uma matriarca. Quando usava seus poderes, era quase sempre com relutância. E temos inúmeras indicações de que muitos parentes não acreditavam naquelas "superstições bobas" repetidas acerca de Mary Beth por criados, vizinhos e ocasionalmente por parentes. Eles consideravam ridícula a história da bolsa de moedas de ouro. Culpavam criados supersticiosos por essas histórias, considerando que elas eram um resquício dos românticos tempos da fazenda, e se queixavam dos rumores da vizinhança e da paróquia.

Sempre vale ressaltar que a grande maioria das histórias acerca dos poderes de Mary Beth realmente provém dos criados.

Levando-se tudo em consideração, a crença familiar indica que Mary Beth era amada e respeitada por sua família e que ela não dominava a vida ou as decisões das pessoas, a não ser para exercer alguma pressão no sentido de que demonstrassem alguma lealdade familiar; que ela, apesar de alguns erros dignos de nota, escolheu entre os parentes excelentes candidatos para iniciativas empresariais, e que eles confiavam nela, a admiravam e gostavam de trabalhar com ela. Aqueles com quem trabalhava eram mantidos na ignorância das suas realizações absurdas; e é possível que tenha mantido outros na ignorância dos seus poderes ocultos também. Ela gostava de estar com a família num estilo simples e descomplicado.

Vale também ressaltar que as crianças pequenas da família adoravam Mary Beth. Ela foi fotografada dezenas de vezes com Stella, Lionel, Belle, Millie Dear, Nancy e uma infinidade de outras criancinhas ao seu redor. E todos os domingos, durante anos a fio, o gramado sul da propriedade da First Street ficou coberto de crianças caindo, jogando bola e brincando de pique enquanto os adultos cochilavam lá dentro após o almoço.

A terceira grande paixão ou obsessão da vida de Mary Beth, ao que pudéssemos determinar, foi sua procura do prazer. Como vimos anteriormente, ela e Julien gostavam de dançar, de festas, do teatro e assim por diante. Mary Beth teve também muitos amantes.

Embora os membros da família mantenham absoluta reserva a respeito desse assunto, os rumores de criados, que muitas vezes nos chegam de segunda ou terceira mão através de amigos da família do criado, são a maior fonte desse tipo de informação. Os vizinhos também falavam de "rapazes bem-apessoados", que estavam sempre por ali sem fazer nada, supostamente empregados em funções para as quais eram totalmente desqualificados.

E a história de Richard Llewellyn acerca do jovem cocheiro irlandês presenteado com um Stutz Bearcat foi confirmada pela simples verificação dos registros de licenciamento. A doação de outros presentes caros, às vezes saques bancários de somas generosas, também indica que esses rapazes de bela aparência fossem amantes de Mary Beth. Pois não há outra explicação do motivo pelo qual ela daria cinco mil dólares de presente de Natal a um cocheiro que na realidade não conseguia controlar uma parelha; ou para um quebra-galho incapaz de martelar um prego sem ajuda.

É interessante ressaltar que, quando todas as informações sobre Mary Beth são examinadas como um todo, temos mais histórias sobre seus apetites sensuais do que sobre qualquer outro aspecto da sua vida. Em outras palavras, histórias sobre seus amantes, sua predileção pelo vinho, pela boa mesa e pela dança superam de longe (de dezessete a um) as histórias sobre seus poderes ocultos ou sobre sua capacidade para ganhar dinheiro.

No entanto, quando se observam todas as numerosas descrições do amor de Mary Beth pelo vinho, pela boa mesa, pela música, pela dança e pelos seus parceiros na cama, vê-se que ela se comportava mais como um homem daquela época no que dizia respeito a esses aspectos, apenas satisfazendo seus desejos como um homem faria, sem pensar muito nas convenções ou na respeitabilidade. Em suma, não há nada de estranho no seu comportamento se ele for encarado a partir desse ponto de vista. É claro, porém, que as pessoas não o encaravam assim, e consideravam sua busca do prazer misteriosa e até mesmo sinistra. Ela ainda aumentava essa impressão de mistério com sua atitude despreocupada para com o que fazia, bem como com sua recusa a dar importância às reações superficiais dos outros. Mais de um primo mais chegado implorou que ela se "comportasse" (ou foi isso o que os criados disseram), e mais de uma vez Mary Beth não fez caso da sugestão.

Quanto ao seu hábito de se travestir, ela fez isso por tanto tempo e tão bem que praticamente todo mundo se acostumou. Nos seus últimos anos de vida, ela costumava sair com seu terno de tweed e sua bengala para caminhar pelo Garden District por horas a fio. Ela nem se incomodava mais em prender o cabelo para cima, ou escondê-lo com um chapéu. Apenas fazia um coque ou torcia o cabelo; e as pessoas nem prestavam atenção à sua aparência. Ela era Miss Mary Beth para criados e vizinhos num raio de quarteirões de casa, caminhando com a cabeça ligeiramente baixa e com passos muito largos, e acenando com indiferença para todos os que a cumprimentavam.

Quanto aos seus amantes, o Talamasca praticamente não descobriu nada sobre eles. Aquele de quem mais sabemos foi um jovem primo, Alain Mayfair, e nem é certo que ele tenha sido amante de Mary Beth. Ele trabalhou para ela como secretário ou motorista, ou nas duas funções, de 1911 até 1913, mas esteve frequentemente na Europa por longos períodos. Tinha vinte e poucos anos na época. Era muito bonito e falava francês muito bem, mas não com Mary Beth, que preferia o inglês. Houve algum desentendimento entre ele e Mary Beth em 1914, mas aparentemente ninguém sabe o que foi. Ele partiu, então, para a Inglaterra, juntou-se às forças que combatiam na Primeira Guerra Mundial e morreu em combate. Seu corpo nunca foi encontrado. Mary Beth realizou um imenso serviço fúnebre em sua memória na casa da First Street.

Kelly Mayfair, um outro primo, também trabalhou para Mary Beth em 1912 e 1913 e continuou a seu serviço até 1918. Era um rapaz de surpreendente beleza, ruivo, de olhos verdes (sua mãe era irlandesa de nascimento). Ele cuidava dos cavalos de Mary Beth e, ao contrário de outros rapazes que Mary Beth mantinha, realmente sabia o que fazia na sua função. A alegação de ele ter sido amante de Mary Beth baseia-se totalmente no fato de eles dançarem juntos em muitas reuniões da família e de mais tarde terem muitas brigas ruidosas que eram ouvidas por criadas, lavadeiras e até mesmo limpadores de chaminés.

Mary Beth também doou uma imensa soma em dinheiro a Kelly para que ele pudesse tentar a sorte como escritor. Ele foi para Greenwich Village, em Nova

York, com esse dinheiro, trabalhou algum tempo como repórter para o *New York Times*, e morreu congelado num apartamento sem calefação enquanto estava bêbado, no que pareceu ser um acidente. Era seu primeiro inverno em Nova York, e ele podia não ter compreendido os perigos. Fosse qual fosse o caso, Mary Beth ficou tresloucada com sua morte, mandou que o corpo fosse trazido de volta a Nova Orleans e enterrado corretamente, embora os pais de Kelly estivessem tão desgostosos com o ocorrido que se recusaram a comparecer ao enterro. Ela mandou inscrever três palavras na sua lápide: "Não receies mais." E essa pode ser uma referência aos famosos versos de Shakespeare em *Cymbeline*, "Não receies mais o calor do sol, nem os ataques furiosos do inverno". No entanto, não sabemos ao certo. Ela se recusou a explicar os dizeres ao agente funerário e mesmo aos gravadores da lápide.

Os outros "rapazes bem-apessoados" que provocaram tantos rumores nos são desconhecidos. Dispomos apenas de descrições superficiais que indicam serem todos eles muito bonitos e o que se poderia chamar de "violentos". As criadas e cozinheiras permanentes sempre desconfiavam desses rapazes e demonstravam ressentimento com relação a eles. A maioria dos relatos sobre eles não diz nada em essência quanto ao fato de serem ou não amantes de Mary Beth. Esses relatos são aproximadamente como se segue. "E então lá estava um daqueles rapazes dela, você sabe, um daqueles bonitões que ela sempre mantinha por perto, e não me pergunte para quê. Ele estava sentado na escada da cozinha, sem fazer nada, a não ser passar o tempo, em lamúrias, sabe, e eu lhe pedi que levasse a cesta de roupas sujas para baixo, mas ele não ia se rebaixar a isso, você bem pode imaginar, só que é claro que ele teve de pegar a cesta porque ela entrou na cozinha bem nessa hora, e ele não ia ousar fazer nada para se indispor com ela, disso você pode ter certeza. E ela lhe deu um dos seus sorrisos, sabe, e disse 'Olá, Benjy'."

Quem sabe? Talvez Mary Beth só gostasse de olhar para eles.

O que sabemos ao certo é que a partir do dia em que conheceu Daniel McIntyre, ela o amou e cuidou dele, embora ele tenha certamente começado seu papel na história da família como amante de Julien.

Apesar da história de Llewellyn, sabemos que Julien conheceu Daniel McIntyre por volta de 1896 e que ele começou a entregar um grande volume de negócios importantes nas mãos de Daniel, que era um advogado promissor num escritório da Camp Street fundado pelo tio de Daniel uns dez anos antes.

Quando Garland Mayfair se formou em direito em Harvard, foi trabalhar nesse mesmo escritório, sendo mais tarde seguido por Cortland, e os dois trabalharam com Daniel McIntyre até este último ser nomeado juiz em 1905.

As fotografias de Daniel dessa época revelam que ele era claro, magro e de cabelo louro-avermelhado. Ele era quase bonito, não muito diferente de um amante mais recente de Julien, Richard Llewellyn, e não muito diferente do moreno Victor, que morreu ao cair debaixo das rodas de uma carruagem. A estrutura facial dos três homens era extraordinariamente bela e dramática, e Daniel ainda tinha a vantagem dos olhos verdes de um brilho notável.

Mesmo nos últimos anos da sua vida, quando estava muito mais pesado e tinha o rosto constantemente vermelho de tanto beber, Daniel McIntyre ainda recebia elogios pelos olhos verdes.

O que sabemos do início da sua vida não apresenta nenhuma originalidade. Ele era descendente dos "irlandeses antigos", ou seja, os imigrantes que vieram para a América muito antes da grande escassez de batatas da década de 1840, e é duvidoso que algum dos seus antepassados tenha sido pobre.

Seu avô, um corretor de apostas que se tornou milionário por seu próprio esforço, construiu uma casa esplêndida na Julia Street na década de 1830, na qual cresceu o pai de Daniel, Sean McIntyre, caçula de quatro filhos. Sean McIntyre era um médico de renome, até morrer de repente, de um ataque cardíaco, aos 48 anos.

A essa altura, Daniel já exercia a advocacia e havia se mudado com a mãe e uma irmã solteira para uma mansão na St. Charles Avenue, na parte alta da cidade, onde morou até a morte da mãe. Nenhuma das duas residências da família McIntyre continua de pé.

Daniel era, na opinião de todos, um brilhante advogado empresarial, e numerosos registros dão conta de que ele aconselhou bem Julien numa variedade de negócios. Ele também representou Julien com sucesso em alguns processos cíveis de importância crucial. Temos uma pequena história muito interessante que nos foi contada anos depois por um escriturário da firma, segundo a qual num desses processos Julien e Daniel tiveram uma discussão horrível, durante a qual Daniel teria repetido muitas vezes: "Ora, Julien, deixe-me tratar esse assunto pelas vias legais!" E Julien teria retrucado repetidamente: "Está bem, se você está tão decidido a agir assim. Mas eu lhe digo que eu poderia sem muito esforço fazer esse homem desejar não ter nascido."

Os registros públicos também indicam que Daniel era extremamente imaginativo em encontrar meios para Julien fazer as coisas que queria e para ajudá-lo a descobrir informações sobre as pessoas que a ele se opunham nos negócios.

No dia 11 de fevereiro de 1897, quando a mãe de Daniel morreu, ele se mudou da mansão da St. Charles Avenue, na Cidade Alta, deixando sua irmã aos cuidados de enfermeiras e criadas, e passou a residir numa suíte de quatro aposentos luxuosa e cheia de ostentação no antigo St. Louis Hotel. Ali ele começou a viver "como um rei", segundo os mensageiros, garçons e motoristas de táxi que recebiam enormes gorjetas de Daniel e lhe serviam caríssimas refeições no seu salão com vista para a rua.

Julien Mayfair era a visita mais frequente a Daniel McIntyre e muitas vezes passava a noite na sua suíte.

Se essa ligação gerou inimizade ou censura por parte de Garland ou de Cortland, não temos notícia disso. Os dois entraram como sócios da firma de McIntyre, Murphy, Murphy & Mayfair, e, após a aposentadoria dos dois irmãos Murphy e a nomeação de Daniel para juiz, Garland e Cortland ficaram com a firma Mayfair & Mayfair. Nas décadas mais recentes, eles dedicaram todas as suas energias à administração da fortuna Mayfair e foram quase sócios de Mary Beth em muitos empreendimentos, embora houvesse outros negócios nos quais Mary Beth se envolveu sobre os quais Garland e Cortland aparentemente nada sabiam.

A essa altura, Daniel já bebia em excesso, e há inúmeros relatos de que membros da equipe do hotel tiveram de ajudá-lo a chegar à sua suíte. Cortland também o mantinha sob vigilância constante e, anos mais tarde, quando Daniel comprou um automóvel, era Cortland quem sempre se oferecia a levar Daniel para casa, para que ele não se matasse nem matasse alguma outra pessoa. Cortland parece ter gostado muito de Daniel e foi seu defensor diante do restante da família, papel que, com o passar dos anos, exigiu cada vez mais dele.

Não temos nenhuma comprovação de que Mary Beth tivesse conhecido Daniel durante esse período inicial. Ela já era uma empresária em atividade, mas a família possuía uma infinidade de advogados e contatos, e nós não dispomos de nenhum testemunho de que Daniel tivesse um dia ido à casa da First Street. Pode ter sido que ele se sentisse envergonhado pelo seu relacionamento com Julien e fosse um pouquinho mais puritano a respeito dessas coisas do que os outros amantes de Julien haviam sido.

Ele foi sem dúvida o único dos amantes de Julien de que tivemos notícia que teve uma carreira profissional própria.

Seja qual for a explicação, ele conheceu Mary Beth Mayfair no final de 1897, e a versão de Richard Llewellyn desse encontro, em Storyville, é a única que temos. Não sabemos se os dois se apaixonaram ou não, como insistia Llewellyn, mas sabemos, sim, que Mary Beth e Daniel começaram a aparecer juntos em numerosas reuniões sociais.

Mary Beth a essa altura estava com cerca de 25 anos e era de extrema independência. Não era também nenhum segredo que a pequena Belle, a filha do misterioso Lorde Mayfair da Escócia, tinha alguma deficiência mental. Embora fosse muito meiga e amável, era óbvio que Belle não conseguia aprender as coisas mais simples e apresentava reações emocionais ao longo de toda a sua vida como se tivesse apenas 4 anos, ou era assim que os primos descreviam seu caso. As pessoas hesitavam em usar o termo débil mental.

Todos sabiam naturalmente que Belle não seria uma beneficiária adequada para o legado, pois não poderia se casar. E os primos naquela época debatiam essa questão abertamente.

Uma outra tragédia também era assunto para conversas: a destruição, pelo rio, da fazenda de Riverbend.

A casa, construída por Marie Claudette antes do início do século, estava situada num cabo que se projetava no caminho do rio, e em algum momento do ano de 1896 ficou claro que o rio estava determinado a arrastá-lo. Tudo foi tentado, mas nada pôde ser feito. O dique teve de ser construído por trás da casa e, afinal, ela teve de ser abandonada. O terreno à sua volta foi se encharcando lentamente.

E então, numa noite, a própria casa desmoronou no terreno pantanoso; e uma semana depois havia desaparecido como se nunca tivesse existido.

Era óbvio que Mary Beth e Julien consideravam o fato uma tragédia. Houve em Nova Orleans muitos comentários sobre os engenheiros que consultaram, no esforço de impedir a catástrofe. E um papel importante nisso tudo era o de Katherine, a mãe idosa de Mary Beth, que não queria se mudar para Nova Orleans para a casa que Darcy Monahan havia construído para ela décadas antes.

Finalmente, Katherine teve de ser sedada para a mudança para a cidade e, como mencionado anteriormente, ela nunca se recuperou do choque, e logo enlouqueceu, passando a perambular pelos jardins da First Street, a conversar o tempo todo com Darcy, à procura de sua mãe, Marguerite, e revirando sem parar as gavetas para tentar encontrar objetos que alegava ter perdido.

Mary Beth a tolerava. Ouviu-se uma vez ela dizer, para grande espanto do médico ali presente, que ela fazia com prazer o que podia pela mãe, mas que não considerava a mulher ou sua aflição "de interesse especial", e desejava que houvesse algum medicamento que pudesse acalmá-la.

Julien estava ali na hora em que isso foi dito, e naturalmente achou essa atitude divertida, caindo num dos seus desconcertantes ataques de riso. Ele compreendia, porém, o espanto do médico e explicou que a principal virtude de Mary Beth era que ela sempre dizia a verdade, sem se importar com as consequências.

Se realmente deram algum "medicamento" a Katherine, não temos notícia disso. Ela começou a perambular pelas ruas por volta de 1898, e um jovem negro foi contratado apenas para segui-la. Morreu na cama, na casa da First Street, num quarto dos fundos, em 1905, na noite do dia 2 de janeiro, para ser exato, e ao que pudemos saber nenhuma tormenta, nem nenhum acontecimento extraordinário assinalaram sua morte. Ela estava em coma há dias, segundo os criados, e Mary Beth e Julien estavam ao seu lado quando expirou.

No dia 15 de janeiro de 1899, numa grande cerimônia realizada na igreja de Santo Afonso, Mary Beth casou-se com Daniel McIntyre. É interessante ressaltar que até essa ocasião a família havia frequentado a igreja de Notre-Dame (a igreja francesa da paróquia de três igrejas), mas para o casamento optou pela igreja irlandesa e daí em diante usou a igreja de Santo Afonso para todos os serviços.

Daniel parece ter mantido um bom relacionamento com os padres irlandeses-americanos da paróquia e ter sido generoso em seu apoio à igreja. Ele também tinha uma prima na Ordem das Irmãs da Misericórdia que ensinava na escola paroquial.

Parece seguro, portanto, supor que a mudança para a igreja irlandesa teria sido ideia de Daniel. É também seguro supor que Mary Beth era quase indiferente quanto a essa questão, embora ela costumasse frequentar a igreja com seus filhos, sobrinhos e sobrinhos-netos, apesar de não se poder saber qual era sua opinião a respeito. Julien nunca ia à igreja, a não ser para os casamentos, cerimônias fúnebres e batizados de costume. Ele também parece ter preferido Santo Afonso ao templo mais modesto de Notre-Dame.

O casamento de Daniel e Mary Beth foi, como já mencionamos, um enorme acontecimento. Realizou-se uma recepção deslumbrante na casa da First Street, com primos vindo até de Nova York. A família de Daniel, embora muito menor do que a família Mayfair, também estava presente; e, segundo disseram todos, o casal estava profundamente apaixonado e feliz. Dançou-se e cantou-se até altas horas da noite.

O casal viajou para Nova York em lua de mel, e de lá para a Europa, onde permaneceu quatro meses, interrompendo a viagem em maio porque Mary Beth já estava grávida.

Na verdade, Carlotta Mayfair nasceu sete meses e meio após o casamento dos pais, em 1º de setembro de 1899.

Em 2 de novembro do ano seguinte, 1900, Mary Beth deu à luz Lionel, seu único filho homem. E finalmente, em 10 de outubro de 1901, nasceu sua última filha, Stella.

É claro que essas crianças eram todas filhas legítimas de Daniel McIntyre, mas no âmbito deste relato podemos perguntar justificadamente quem teria sido seu verdadeiro pai.

Há provas inquestionáveis, tanto de registros médicos quanto de fotografias, que indicam ter Daniel McIntyre sido pai de Carlotta Mayfair. Não foram só os olhos verdes que ela herdou de Daniel. Ela também herdou dele seus lindos cabelos cacheados, de um louro-avermelhado.

Quanto a Lionel, ele também apresentava o mesmo tipo sanguíneo de Daniel McIntyre e também lembrava Daniel, embora tivesse grande semelhança com sua mãe, com os mesmos olhos escuros dela e sua "expressão", especialmente à medida que foi crescendo.

Quanto a Stella, seu tipo sanguíneo, segundo os registros da autópsia superficial a que foi submetida em 1929, indicam que ela não poderia ter sido filha de Daniel McIntyre. Sabemos que essa informação chegou ao conhecimento de sua irmã Carlotta na ocasião. Na verdade, foram os comentários acerca do pedido de Carlotta para saber o tipo sanguíneo da irmã que chamaram a atenção do Talamasca para a questão.

Talvez seja supérfluo acrescentar que Stella não apresentava nenhuma semelhança com Daniel. Pelo contrário, ela lembrava Julien, com seus membros delicados, cabelos negros encaracolados e olhos escuros muito brilhantes, se não cintilantes.

Como não temos a informação do tipo sanguíneo de Julien, nem sabemos se ele algum dia foi registrado, não podemos somar esse fragmento de informação ao caso.

Stella poderia ser filha de qualquer um dos amantes de Mary Beth, embora não saibamos se ela teve algum amante no ano que antecedeu o nascimento de

Stella. É fato que os rumores acerca dos amantes de Mary Beth surgiram mais tarde, mas isso pode significar apenas que ela foi ficando mais descuidada sob esse aspecto, com o passar dos anos.

Uma outra possibilidade explícita seria Cortland Mayfair, o segundo filho de Julien, que na época do nascimento de Stella estava com 22 anos e era um rapaz muito atraente. (Seu tipo sanguíneo foi afinal obtido em 1959 e é compatível.) Ele residia esporadicamente na casa da First Street, já que estava estudando direito em Harvard e só se formaria em 1903. Era do conhecimento de todos que ele gostava muito de Mary Beth e que ele toda a sua vida teve um interesse especial pela família do legado.

Infelizmente para o Talamasca, Cortland foi durante a maior parte da sua vida um homem muito reservado e misterioso. Mesmo entre seus irmãos e seus filhos, ele era conhecido como uma pessoa solitária que detestava qualquer tipo de fofoca fora da família. Ele adorava ler e tinha uma espécie de gênio para os investimentos. Ao que saibamos, ele nunca teve um confidente. Mesmo as pessoas que lhe eram mais íntimas dão versões contraditórias acerca do que Cortland fez, quando e por que motivo.

O único aspecto desse homem a respeito do qual todos têm certeza é o da sua dedicação à administração do legado e a fazer dinheiro para si mesmo, para seus irmãos e filhos e para Mary Beth. Seus descendentes estão entre os mais ricos do clã Mayfair até os dias de hoje.

Quando Mary Beth morreu, foi Cortland quem impediu Carlotta Mayfair de praticamente desmantelar o império financeiro da sua mãe, ao assumir total controle sobre ele em nome de Stella, que era de fato a beneficiária, e não estava se importando com o que acontecesse com ele desde que pudesse agir ao seu bel-prazer. A própria Stella confessou que não "dava a mínima para o dinheiro". E, ignorando os desejos de Carlotta, ela colocou todos os seus interesses nas mãos de Cortland. Cortland e seu filho, Sheffield, continuaram a administrar o grosso da fortuna em nome de Antha, após a morte de Stella.

Eu deveria salientar aqui, no entanto, que, depois da morte de Mary Beth, seu império começou a desmoronar. Nenhum indivíduo poderia jamais assumir seu lugar. E embora Cortland tenha feito um magnífico trabalho de consolidação, investimentos e conservação, aquela expansão vertiginosa dos tempos de Mary Beth realmente chegou ao fim.

Voltando, porém, à nossa preocupação principal aqui, há outros indícios de que Cortland teria sido pai de Stella. A mulher de Cortland, Amanda Grady Mayfair, sentia uma profunda aversão por Mary Beth e pela família Mayfair inteira, e nunca acompanhava Cortland em suas visitas à casa da First Street. Isso não impedia Cortland de fazer visitas ali o tempo todo; ele também levava seus cinco filhos até lá, de tal modo que eles cresceram conhecendo muito bem a família do pai.

Amanda acabou se separando de Cortland quando seu filho caçula, Pierce Mayfair, terminou Harvard em 1935, deixando Nova Orleans para sempre e indo viver com sua irmã mais nova, Mary Margaret Grady Harris, em Nova York.

Em 1936, Amanda contou a um dos nossos investigadores num coquetel (havia sido organizado um encontro "casual") que a família do marido era voltada para o mal, que se ela fosse dizer a verdade sobre a família, as pessoas a considerariam louca, e que ela nunca mais voltaria ao Sul para ficar com aquela gente, por mais que seus filhos implorassem que o fizesse. Algum tempo depois, naquela mesma noite, quando estava totalmente embriagada, ela perguntou ao nosso investigador, cujo nome ela desconhecia, se ele acreditava que as pessoas pudessem vender a alma ao diabo. Ela disse que era isso o que o marido havia feito, que ele era "mais rico do que o Rockfeller", da mesma forma que ela e os filhos.

– Eles irão todos arder no inferno um dia – disse ela. – Disso pode ter certeza.

Quando nosso investigador perguntou se ela realmente acreditava nesse tipo de coisa, respondeu que havia bruxas vivas no mundo moderno com a capacidade de lançar feitiços.

– Eles podem fazer com que você acredite que está em algum lugar quando não está, que está vendo coisas quando não há nada a ser visto. Fizeram isso com meu marido. E sabe por quê? Porque meu marido é um bruxo, um bruxo poderosíssimo. Não use termos mais amenos, como "mago". Não faz diferença. O homem é mesmo um bruxo. Eu vi o que ele pode fazer.

Ao ser perguntado à queima-roupa se o marido lhe havia causado algum mal, a mulher de Cortland disse (a esse suposto desconhecido) que não, que tinha de confessar que não. Era mais a conduta que ele tolerava nos outros, tudo a que ele fechava os olhos e em que acreditava. Ela começou então a chorar e a dizer que sentia falta do marido e que não queria mais falar nisso.

– Mas vou dizer o seguinte – prosseguiu ela, quando estava ligeiramente recuperada. – Se eu quisesse que meu marido viesse ter comigo hoje à noite, ele viria. Não posso afirmar como conseguiria, mas ele poderia se materializar bem nesta sala. Toda a família dele consegue fazer esse tipo de coisa. Eles podiam enlouquecer uma pessoa com isso. Mas eu lhe digo que ele apareceria nesta mesma sala. Às vezes, ele aparece para mim em algum lugar quando não quero que esteja ali. E eu não consigo fazer com que vá embora.

A essa altura, a senhora foi socorrida por uma sobrinha da família Grady, e mais nenhum contato foi realizado até alguns anos mais tarde.

Mais uma circunstância atesta um vínculo muito próximo entre Cortland e Stella. É que, após a morte de Julien, Cortland levou Stella e seu irmão Lionel para a Inglaterra e em visita à Ásia por bem mais de um ano. Cortland já tinha cinco filhos na época, e todos eles ele deixou com sua mulher. No entanto, parece ter sido dele a ideia da viagem. Ele se encarregou inteiramente dos preparativos e prolongou enormemente o passeio, de tal modo que o grupo ficou ausente de Nova Orleans por um ano e meio.

Depois da Guerra Mundial, Cortland mais uma vez deixou mulher e filhos para viajar um ano inteiro com Stella. E ele parece ter sempre estado do lado de Stella nas brigas de família.

Em suma, essas evidências naturalmente não são conclusivas, mas indicam sem dúvida que Cortland poderia ter sido o pai de Stella. Mas, afinal de contas, Julien, apesar da sua idade avançada, também podia ter sido o pai. Simplesmente não sabemos.

Fosse o caso qual fosse, Stella foi a "filha preferida" desde o instante do seu nascimento. Daniel McIntyre certamente parece tê-la amado como se fosse sua própria filha, e é perfeitamente possível que ele nunca tenha sabido que não era.

Da primeira infância das três crianças sabemos muito pouco que seja específico, e o relato de Richard Llewellyn é o que temos de mais íntimo.

À medida que as crianças cresciam, no entanto, havia cada vez mais comentários sobre desavenças. Quando Carlotta quis estudar interna no Sagrado Coração, aos 14 anos, todos sabiam que era contra a vontade de Mary Beth e que Daniel ficou inconsolável e queria que a filha viesse para casa mais vezes do que ela costumava vir. Carlotta nunca foi descrita como uma criança feliz por ninguém. Até os dias de hoje, porém, é difícil obter informações a seu respeito porque ela ainda vive e muitas pessoas que a conheceram há cinquenta anos têm um medo extremo dela e da sua influência, revelando muita relutância em dizer absolutamente qualquer coisa a seu respeito.

As pessoas que se dispõem a falar são as que mais a detestam. Possivelmente, se as outras não sentissem tanto medo, nós pudéssemos ouvir algo que equilibrasse sua imagem.

Seja como for, Carlotta era admirada pela sua inteligência desde quando era apenas uma menina. Ela chegou a ser chamada de gênio pelas freiras que lhe davam aulas. Estudou interna no Sagrado Coração até o ensino médio, e foi estudar direito em Loyola quando ainda era muito jovem.

Enquanto isso, Lionel começou a frequentar a escola tradicional aos 8 anos. Ele parece ter sido um menino tranquilo e bem comportado que nunca deu trabalho a ninguém. As pessoas pareciam gostar dele. Ele dispunha de um preceptor para ajudá-lo com os deveres de casa e, com o passar do tempo, se tornou algo como um aluno extraordinário. No entanto, ele nunca fez amizades fora da família. Seus primos eram seus únicos companheiros quando ele não se encontrava na escola.

A história de Stella teve diferenças acentuadas desde o início. Ao que todos diziam, Stella era uma criança especialmente encantadora e interessante. Tinha os cabelos negros, sedosos e ondulados, e olhos escuros enormes. Quando se observam as inúmeras fotografias dela desde 1901 até sua morte, em 1929, parece impossível imaginar que ela vivesse em qualquer outra época, tão adequados ao seu tempo eram seus quadris finos, de menino, sua boca pequena, vermelha, formando biquinho, e seu cabelo cortado curto.

Nas primeiras fotos, ela é a imagem da bela criança dos anúncios do sabonete Pears, uma pequena tentação de pele muito branca, com um olhar profundo, apesar de brincalhão, para o espectador. Aos 18 anos, ela já era Clara Bow.

Na noite da sua morte, de acordo com muitas testemunhas oculares, ela era uma *femme fatale* de uma força inesquecível, a dançar animada o charleston no seu vestido curto de franjas e meias cintilantes, dardejando os olhos enormes brilhantes como pedras preciosas para todos e para ninguém enquanto atraía a atenção de cada homem ali presente.

Quando Lionel passou a frequentar a escola, Stella implorou permissão para ir também, ou foi isso o que ela mesma contou às freiras do Sagrado Coração. No entanto, três meses após sua admissão como aluna externa, ela foi expulsa de forma discreta e não oficial. Os comentários davam conta de que ela assustava as outras alunas. Ela lia seus pensamentos e se divertia demonstrando esse poder. Ela também conseguia empurrar as pessoas de um lado para outro sem tocar nelas. Tinha ainda um senso de humor imprevisível e costumava rir daquilo que as freiras diziam que ela considerasse mentiras deslavadas. Sua conduta acabrunhava Carlotta, que não conseguia controlá-la, embora todos afirmassem que Carlotta também gostava de Stella e fazia todos os esforços possíveis para convencer Stella a se adequar aos modelos aceitos.

Pode ser surpreendente descobrir que, apesar de tudo isso, as freiras e as crianças do Sagrado Coração gostavam de fato de Stella. Muitas colegas de classe lembram-se dela com carinho e até mesmo com prazer.

Quando não estava armando alguma brincadeira, ela era "encantadora", "meiga", absolutamente "adorável", uma "doçura de menina". Mas ninguém aguentava ficar perto dela muito tempo.

Em seguida, Stella frequentou a academia das ursulinas o tempo suficiente para fazer sua primeira comunhão com a turma, mas foi expulsa imediatamente depois, no mesmo estilo discreto e informal e mais ou menos pelas mesmas queixas. Dessa vez, ela aparentemente ficou arrasada por ter sido mandada para casa, pois considerava a escola muito divertida e não gostava de ficar em casa o dia inteiro com a mãe e tio Julien sempre dizendo que estavam ocupados. Ela queria brincar com outras crianças. Suas governantas a irritavam. Ela queria sair.

Stella frequentou, então, outras quatro escolas particulares, passando não mais de três ou quatro meses em cada uma antes de terminar na escola paroquial de Santo Afonso, onde ela era a única, em meio ao corpo de alunos do proletariado irlandês-americano, a chegar todos os dias à escola numa limusine Packard com motorista.

A irmã Bridget Marie – uma freira nascida na Irlanda que viveu no Hospital da Misericórdia, em Nova Orleans, até completar 90 anos – lembrava-se nitidamente de Stella, mesmo cinquenta anos mais tarde, e contou a este investigador em 1969 que Stella Mayfair era indubitavelmente algum tipo de bruxa.

Mais uma vez, Stella foi acusada de ler o pensamento, de rir quando as pessoas mentiam para ela, de lançar objetos ao ar apenas com a força da sua mente, e de conversar com um amigo invisível, "um espírito protetor", segundo a irmã Bridget Marie, que obedecia a Stella, o que compreendia encontrar objetos perdidos e fazer coisas voarem pelo ar afora.

No entanto, a manifestação desses poderes por parte de Stella não era de forma alguma constante. Ela muitas vezes tentava se comportar por longos períodos. Gostava de ler, de história e de inglês. Gostava de brincar com as outras meninas no pátio da escola na St. Andrew Street, e gostava muito das freiras.

As irmãs descobriam que se deixavam seduzir por Stella. Elas permitiam que a menina entrasse no jardim do convento para cortar flores com elas; ou deixavam que ela viesse ao salão depois da escola para lhe ensinarem bordado, o que Stella fazia muito bem.

– Você sabe o que ela pretendia? Pois eu lhe conto. Cada irmã naquele convento acreditava que Stella era sua amiguinha especial. Ela levava as pessoas a acreditar nisso. Ela contava pequenos segredos seus como se nunca os houvesse contado a mais ninguém. E ela sabia tudo sobre cada uma, sabia sim. Sabia de coisas que nunca se havia contado a ninguém, e costumava conversar com as pessoas sobre seus segredos, seus medos e coisas que sempre se quis contar a alguém, e com isso ela fazia com que as pessoas se sentissem melhor. E mais tarde, horas depois, ou talvez até dias depois, quando a pessoa pensava naquilo tudo, lembrava-se de como havia sido estar ali sentada no jardim, conversando baixinho com ela, tinha-se certeza de que era uma bruxa! Ela era do demônio. E o que pretendia não podia ser bom.

"Mas não era malvada, isso eu devo confessar. Não era má. Se fosse, teria sido um monstro, aquela ali. Só Deus sabe o mal que poderia ter feito. Não creio que realmente quisesse causar problemas. Era só que ela sentia um prazer secreto em possuir aqueles poderes, se o senhor me compreende. Ela gostava de saber nossos segredos. Gostava de ver a expressão de perplexidade que fazíamos quando ela nos dizia o sonho que havíamos tido na noite anterior.

"E como Stella mergulhava fundo nas coisas. Ela costumava passar semanas a fio fazendo desenhos o dia todo e um dia jogava fora os lápis e nunca mais desenhava nada. Depois, o negócio era o bordado. Ela precisava aprender a bordar, fazia um trabalho belíssimo, irritando-se com o mais ínfimo dos erros, para depois abandonar as agulhas e não querer mais saber de bordar. Nunca vi uma criança tão instável. Era como se estivesse procurando alguma coisa, alguma coisa a que se pudesse entregar, e nunca a encontrava. Pelo menos não enquanto era menina.

"Vou contar uma coisa que ela gostava de fazer, da qual nunca se cansava: era de contar histórias para as outras meninas. Todas se reuniam ao seu redor durante o recreio, e ela mantinha sua atenção presa a cada palavra que dizia até a campainha soar. E as histórias que ela lhes contava! Histórias de assombrações das velhas casas de fazenda, cheias de segredos horríveis, pessoas assassinadas de forma abominável e vodu nas ilhas muitos anos atrás. Ela conhecia histórias de piratas. Ai, essas eram as piores, as coisas que ela contava dos piratas. Era decididamente chocante. E tudo isso parecia verdade quando se ouvia Stella contar. Mas nós sabíamos que ela devia estar inventando. O que ela podia saber dos pensamentos e sentimentos de um grupo de pobres coitados num galeão capturado nas horas antes de um pirata brutal mandar que eles se jogassem ao mar?

"Mas ouça o que lhe digo, algumas das coisas que ela dizia eram interessantíssimas, e eu sempre quis perguntar a uma outra pessoa acerca do assunto, sabe, alguém que tivesse lido os livros de história e realmente soubesse. — Mas as meninas tinham pesadelos com as coisas que ela lhes contava, e não era de imaginar que os pais viessem nos perguntar: 'E agora, irmã, onde foi que minha menina ouviu falar numa coisa dessas!'

"Vivíamos chamando Miss Mary Beth. Pedíamos que segurasse a menina em casa alguns dias. Pois era esse o caso com Stella. Ninguém a aguentava o tempo todo. Ninguém aguentava.

"E graças a Deus ela costumava se cansar da escola e desaparecer por sua própria vontade por meses a fio.

"Às vezes, demorava tanto que achávamos que ela nunca mais fosse voltar. Ouvíamos falar que ela corria solta lá para os lados da First e da Chestnut, brincando com os filhos dos criados e fazendo um altar de vodu com o filho da cozinheira, esse aí preto como carvão, pode ter certeza, e nós pensávamos: bem, alguém devia ir até lá falar com Miss Mary Beth a respeito da menina.

"E de repente o que acontece um dia de manhã, talvez por volta das dez? Porque a menina nunca se importou com a hora de vir para a escola. A limusine aparece na esquina de Constance e Saint Andrew e dela salta Stella, de uniforme, uma perfeita boneca, se é que o senhor pode imaginar, com uma enorme fita no cabelo. E o que ela trazia a não ser uma bolsa cheia de presentes bem embrulhados para cada uma das irmãs que ela conhecia pelo nome, e abraços para todas nós, sim, pode ter certeza. 'Irmã Bridget Marie', sussurrava ela no meu ouvido. 'Senti saudades suas.' E pode acreditar em mim, eu abria a caixa, posso dizer que isso aconteceu mais de uma vez, e ali estava alguma coisinha que eu queria do fundo do coração. Ora, uma vez foi um pequeno Menino Jesus de Praga que ela me deu, todo vestido em cetim e seda; e outra vez, um rosário lindíssimo de prata e cristal. Ah, que criança! Que criança estranha!

"Mas Deus quis que ela parasse de frequentar a escola com o passar dos anos. Uma mentora dava aulas para ela o tempo todo, e eu acho que ela se cansou da escola de Santo Afonso. Diziam que podia mandar o motorista levá-la para onde bem entendesse. Ao que eu me lembre, Lionel também não fez o ensino médio. Ele começou a sair por aí com Stella, e parece que foi nessa época ou pouco depois que o velho Sr. Julien faleceu.

"Como aquela menina chorou no enterro! Nós não fomos ao cemitério, é claro, nenhuma das irmãs ia naquele tempo. Mas comparecemos à missa, e lá estava Stella, debruçada no banco da igreja, só soluçando, e Carlotta abraçada com ela. Sabe, depois que Stella morreu, diziam que Carlotta jamais gostou da irmã. Mas Carlotta nunca foi má com Stella. Nunca. E eu me lembro da missa por Julien, do jeito que Carlotta abraçava a irmã, e Stella só fazia chorar.

"Miss Mary Beth, essa parecia estar em algum tipo de transe. Era uma dor profunda o que se via nos seus olhos quando ela acompanhou o caixão na saída da igreja. Os filhos estavam com ela, mas seu olhar era distante. Claro que o marido não estava com ela, não, aquele não. O juiz McIntyre nunca estava ao seu lado quando ela precisava dele, ou pelo menos foi o que eu soube. Ele estava bêbado como um gambá quando o Sr. Julien se foi. Não conseguiram nem acordá-lo, apesar de o sacudirem, de lhe jogarem água fria e de o arrancarem da cama para pô-lo de pé. E no dia do enterro o homem não estava em canto algum. Eu soube depois que ele foi carregado para casa de uma taberna na Magazine Street. É incrível que aquele homem tenha vivido tanto quanto viveu."

A visão da irmã Bridget Marie do afeto de Carlotta por Stella foi corroborada por outras testemunhas, embora é claro que Richard Llewellyn teria discordado. Dispomos de alguns relatos do enterro de Julien, e em todos eles menciona-se que Carlotta estava abraçada à irmã e que até lhe enxugava as lágrimas.

Nos meses que se seguiram à morte de Julien, Lionel abandonou de vez a escola, e ele e Stella foram para a Europa, com Cortland e Barclay, fazendo a travessia do Atlântico num grande vapor de luxo apenas meses antes da eclosão da Primeira Guerra.

Como um passeio pelo continente europeu era praticamente impossível, o grupo passou algumas semanas na Escócia, visitando o castelo de Donnelaith, e depois partiu em direção a climas mais exóticos. Expondo-se a riscos consideráveis, eles foram para a África, passaram algum tempo no Cairo e em Alexandria e seguiram dali para a Índia, mandando para casa inúmeros caixotes de tapetes, imagens e outras relíquias à medida que iam avançando.

Em 1915, Barclay, sentindo muita saudade da família e cansado de tanto viajar, deixou o grupo e fez a perigosa travessia de volta a Nova York. O *Lusitania* acabava de ser afundado por um submarino alemão, e a família ficou aflita pela sua segurança, mas ele logo apareceu na casa da First Street com histórias fabulosas para contar.

As condições não eram nem um pouco melhores seis meses depois, quando Cortland, Stella e Lionel resolveram voltar para casa. No entanto, vapores de luxo faziam a travessia, apesar de todos os perigos, e os três conseguiram fazer a viagem sem problemas, chegando a Nova Orleans pouco antes do Natal de 1916.

Na época, Stella estava com 15 anos.

Numa fotografia tirada naquele ano, Stella está usando a esmeralda Mayfair. Era de conhecimento geral que ela era a beneficiária do legado. Mary Beth parecia sentir por ela um orgulho extraordinário e a chamava de "intrépida" por suas ousadias. E, embora ficasse decepcionada por Lionel não querer voltar a estudar para poder chegar a Harvard, Mary Beth parecia aceitar seus filhos como eram. Carlotta tinha um apartamento só para ela num dos anexos da First Street e ia para a Loyola University todos os dias num automóvel com motorista.

Qualquer um que passasse pela Chestnut Street à noite podia ver, pela janela, a família sentada à mesa de jantar, uma enorme reunião servida por muitos criados e que sempre durava até bem tarde.

A lealdade familiar sempre tornou muito difícil para que nós determinássemos o que os primos realmente achavam de Stella, ou o que eles de fato sabiam sobre seus problemas na escola.

A essa altura, porém, há muitas menções registradas de Mary Beth comentando quase distraidamente com criados que Stella era a herdeira, ou que "Stella era a que ia herdar tudo", e até mesmo a surpreendente afirmação, uma das mais notáveis de todos os nossos arquivos, citada duas vezes e fora de contexto: *"Stella viu o homem."*

Não temos nenhuma indicação de Mary Beth ter explicado essa estranha declaração. Sabemos apenas que ela a fez a uma lavadeira chamada Mildred Collins e a uma criada irlandesa chamada Patricia Devlin, e os relatos nos chegaram por meio de terceiros. Ainda chegamos à conclusão de não existir concordância entre os descendentes dessas duas mulheres quanto ao que a famosa Miss Mary Beth quis dizer com essas palavras. Uma pessoa acreditava que "o homem" fosse o diabo. Já uma outra, que ele era um "fantasma" que assombrava a família há centenas de anos.

Fosse o caso qual fosse, parece estar claro que Mary Beth fazia esses comentários em tom bastante indiferente em momentos de intimidade com suas criadas. Temos a impressão de que ela estava lhes fazendo uma confidência, talvez num momento de entendimento com elas, que não podia ou não queria fazer a pessoas do seu próprio nível social.

E é muito possível que Mary Beth tenha feito comentários semelhantes a outras pessoas, pois já em 1920 os velhos no Irish Channel sabiam da existência "do homem". Eles falavam "do homem". Duas fontes simplesmente não são suficientes para explicar a extensão dessa suposta "superstição" acerca das mulheres da família Mayfair, a de que elas teriam um misterioso "aliado ou espírito masculino" que as ajudava com seu vodu, suas bruxarias ou suas artimanhas.

Sem dúvida, consideramos ser essa uma referência inconfundível a Lasher, cujas implicações são perturbadoras. Isso nos lembra como compreendemos pouco acerca das bruxas Mayfair e o que acontecia, por assim dizer, entre elas.

Seria possível, por exemplo, que a herdeira a cada geração tivesse de manifestar seu poder ao ver o homem sozinha? Ou seja, ela teria de ver o homem quando estivesse só e afastada da bruxa mais velha que poderia atuar como um canal? E seria exigido que ela por sua própria vontade mencionasse o que havia visto?

Mais uma vez, devemos confessar que não temos como saber.

O que realmente sabemos é que as pessoas que tinham conhecimento "do homem" e que falavam dele aparentemente não o associavam a nenhuma figura antropomórfica de cabelos escuros que houvessem visto pessoalmente. Elas nem mesmo associavam "o homem" ao ser misterioso visto uma vez com Mary Beth num táxi, pois as histórias vêm de fontes totalmente distintas e nunca foram reunidas por ninguém, ao que saibamos, a não ser por nós.

E o mesmo ocorre com grande parte do material sobre a família Mayfair. As referências que surgem mais tarde ao misterioso homem de cabelos escuros da First Street não são associadas a esses comentários anteriores sobre "o homem". Na verdade, nem mesmo pessoas que sabiam "do homem" e que mais tarde viram o desconhecido de cabelos escuros por ali não fizeram essa associação, acreditando que essa pessoa que haviam visto fosse simplesmente algum estranho ou algum parente que não conheciam.

Observe-se o depoimento da irmã Bridget Marie em 1969, quando lhe perguntei especificamente sobre "o homem":

– Ah, isso. Bem, esse era o companheiro invisível que acompanhava aquela criança dia e noite. O diabo em pessoa, eu poderia acrescentar, que mais tarde acompanhava sua filha Antha, sempre ali para atender os pedidos da menina. E ainda mais tarde, a pobrezinha da Deirdre, a mais doce e inocente de todas elas. Não me pergunte se eu de fato vi a criatura. Deus é testemunha de que eu não sei se algum dia o vi, mas posso dizer, o que já repeti ao padre muitas vezes, que eu sabia quando ele estava por perto!

É muito provável, porém, que naquela época Lasher não tivesse muita vontade de ser visto por gente de fora da família. E é certo que não temos nenhum relato de ele se mostrar deliberadamente a ninguém nessa época, enquanto mais tarde, como já mencionei, temos uma boa quantidade desse tipo de relato.

Voltando à ordem cronológica. Após a morte de Julien, Mary Beth chegou ao topo das suas realizações e da sua influência financeira. Era como se a perda de Julien a houvesse deixado compulsiva, e por algum tempo os boatos e os comentários diziam que ela estava "infeliz". Isso, porém, não durou. Ela parece ter recuperado sua serenidade característica muito antes de as crianças voltarem da viagem.

Sabemos que ela teve uma briga curta e áspera com Carlotta antes que essa entrasse para o escritório de advocacia da Byrnes, Brown & Blake, no qual ela trabalha até os dias de hoje. No entanto, Mary Beth afinal aceitou a decisão de Carlotta de ir trabalhar "fora da família", e o pequeno apartamento de Carlotta nos altos da estrebaria foi totalmente reformado para ela. Ali ela viveu muitos anos, entrando e saindo sem ter de passar pela casa.

Sabemos também que Carlotta fazia suas refeições todos os dias com sua mãe: o café da manhã no terraço dos fundos quando o tempo permitia, e o jantar na sala de jantar às sete.

Quando lhe perguntavam por que não entrou para o escritório da Mayfair & Mayfair, com os filhos de Julien, sua resposta era geralmente tensa e curta, dizendo que queria ser independente.

Desde o início da sua carreira, ela foi conhecida como advogada brilhante, mas jamais teve o desejo de entrar num tribunal e até hoje trabalha à sombra dos homens do escritório.

Seus difamadores a descreveram como nada mais do que uma escriturária de luxo. Já depoimentos mais amenos parecem indicar que ela se tornou a "espinha dorsal" da Byrnes, Brown & Blake. É ela quem sabe de tudo e, na sua falta, o escritório vai enfrentar dificuldades para encontrar alguém que a substitua.

Muitos advogados de Nova Orleans alegam ter Carlotta lhes ensinado mais do que eles aprenderam na Faculdade de Direito. Em suma, pode-se dizer que ela começou como advogada cível brilhante e eficiente, o que continua sendo, com um conhecimento tremendo e totalmente confiável do direito comercial.

Afora sua desavença com Carlotta, a vida de Mary Beth seguiu seu curso previsível quase até o final. Nem mesmo o alcoolismo de Daniel McIntyre parece tê-la afetado muito.

As histórias da família atestam que Mary Beth foi extremamente gentil com Daniel nos últimos anos das suas vidas.

A partir deste ponto, a história das bruxas Mayfair passa a ser realmente a história de Stella, e nós trataremos da doença terminal de Mary Beth e de sua morte no momento adequado.

CONTINUAÇÃO DA HISTÓRIA DE STELLA E MARY BETH

Mary Beth continuou a aproveitar seus três principais interesses na vida, bem como a extrair muito prazer das loucuras de sua filha Stella, que aos 16 anos se tornou uma espécie de escândalo na sociedade de Nova Orleans, dirigindo automóveis a toda velocidade, bebendo em bares clandestinos e dançando até o dia clarear.

Durante oito anos, Stella levou a vida de uma melindrosa ou de uma jovem sulista irresponsável, totalmente desligada de preocupações empresariais, de ideias de casamento ou de qualquer outro futuro. E embora Mary Beth fosse a bruxa mais calada e misteriosa já originada pela família, Stella parece ter sido a mais despreocupada, a mais solta, a mais ousada e a única bruxa Mayfair totalmente voltada para "a diversão".

As lendas de família dão conta de que Stella era detida o tempo todo por excesso de velocidade ou por perturbação da ordem com suas cantorias e danças no meio da rua, e de que "Miss Carlotta sempre dava um jeito", indo buscar Stella, para trazê-la para casa. Há alguns boatos no sentido de que Cortland às vezes se impacientava com sua "sobrinha", exigindo que ela se corrigisse e prestasse mais atenção às suas "responsabilidades", mas Stella não sentia o menor interesse pelo dinheiro ou pelos negócios.

Uma secretária da firma Mayfair & Mayfair descreve em detalhes uma das visitas de Stella ao escritório, quando ela apareceu num exuberante casaco de peles e saltos muito altos, com uma garrafa de uísque clandestino num saco de papel pardo, da qual ela bebia durante a reunião, rindo descontroladamente com todos aqueles estranhos termos jurídicos que estavam sendo lidos em voz alta para ela, relacionados à transação em pauta.

Cortland parecia estar encantado, mas também um pouco cansado. Afinal, num tom complacente, ele disse a Stella que seguisse para seu almoço, pois ele se encarregaria de tudo.

Se algum dia existiu uma pessoa que não considerasse Stella "atraente" e "fascinante" nesse período, à exceção de Carlotta Mayfair, não ouvimos falar dessa pessoa.

Em 1921, Stella aparentemente "engravidou", mas de quem ninguém jamais viria a saber. Poderia ter sido de Lionel, e é certo que as lendas de família indicam ter sido essa a suspeita de todos.

Seja qual for o caso, Stella declarou que não precisava de marido, não se interessava pelo casamento como instituição, e teria seu bebê com toda a pompa e cerimônia, já que estava felicíssima com a perspectiva de ser mãe. Ela chamaria o bebê de Julien, se fosse menino, ou Antha, se fosse menina.

Antha nasceu em novembro de 1921, uma menina saudável de quase quatro quilos. Exames de sangue indicam que Lionel poderia ter sido o pai. Antha, porém, não lembrava Lionel de forma alguma, se é que a semelhança prova alguma coisa. E há simplesmente algo de errado com a ideia de Lionel ser o pai. Falaremos mais disso à medida que prossigamos.

Em 1922, a Primeira Guerra estava terminada, e Stella declarou que pretendia fazer a excursão por toda a Europa, que lhe havia sido negada antes. Com uma babá para o bebê, Lionel a reboque com grande relutância (estava estudando direito com Cortland e não queria viajar) e Cortland, feliz de tirar uma folga do escritório, embora sua mulher não aprovasse sua decisão, o grupo viajou em primeira classe para a Europa e passou um ano inteiro passeando por lá.

Stella era agora uma moça de beleza extraordinária com uma reputação de fazer o que bem entendesse. Cortland, à medida que ia envelhecendo, parecia-se cada vez mais com seu pai, Julien, com a diferença de que seus cabelos permaneceram negros até o final da sua vida. Nas fotografias, Cortland aparece esguio e bonito nessa época. Eram frequentes os comentários sobre a semelhança entre ele e Stella.

De acordo com os rumores dos descendentes de Cortland, a viagem pela Europa foi uma bebedeira só do início ao fim, com Stella e Lionel jogando nos cassinos de Monte Carlo por semanas a fio. Por toda a Europa eles passaram pelos hotéis de luxo, pelos museus e ruínas antigas, frequentemente levando suas garrafas de bourbon em saquinhos de papel pardo. Até hoje, os netos de Cortland falam das cartas que ele escrevia para casa, cheias de descrições humorísticas das suas palhaçadas. Chegava também uma infinidade de presentes para Amanda, a mulher de Cortland, e para seus filhos.

As lendas de família também sustentam que o grupo passou por uma tragédia enquanto estava no estrangeiro. A babá que os acompanhava para cuidar de Antha ainda bebê foi acometida por algum tipo de "colapso" enquanto eles estavam na Itália e sofreu uma queda fatal numa das colinas de Roma. Ela morreu no hospital horas após a queda.

Apenas recentemente nossos investigadores conseguiram lançar alguma luz sobre esse incidente, com a descoberta de um simples registro escrito (em italiano) sobre o ocorrido, encontrado no Hospital da Sacra Família, em Roma.

O nome da mulher era Bertha Marie Becker. E nós verificamos que ela era meio irlandesa, meio alemã, nascida em Nova Orleans, no Irish Channel, em 1905. Ela deu entrada com graves ferimentos na cabeça e entrou em coma cerca de duas horas depois, do qual não mais acordou.

Antes disso, no entanto, ela falou bastante com o médico que sabia falar inglês que foi chamado para atendê-la e com o padre, que também falava a mesma língua, que chegou mais tarde.

Ela declarou aos médicos que Stella, Lionel e Cortland eram "bruxos" e "perversos"; que eles haviam feito um feitiço contra ela e que "um fantasma" viajava com eles, um homem moreno e mau que aparecia ao lado do berço da bebê a qualquer hora do dia ou da noite. Disse que a bebê tinha a capacidade de fazer o homem aparecer e que ria deliciada quando ele se debruçava sobre ela. Disse ainda que o homem não queria que Bertha o visse, e que ele havia levado Bertha à morte, perseguindo-a em meio à multidão no alto da colina.

O médico e o padre concordaram entre si que Bertha, uma criada analfabeta, estava louca. Na verdade, o registro termina com a observação do médico de que os patrões da moça, gente muito rica e gentil, ficaram inconsoláveis com a deterioração do seu estado e tomaram as providências para que o corpo fosse mandado de volta para casa.

Ao que tenha chegado ao nosso conhecimento, ninguém em Nova Orleans soube dessa história. Somente a mãe de Bertha estava viva na ocasião da morte da moça, e ela aparentemente de nada suspeitou quando soube que a filha morrera numa queda. Stella deu-lhe uma enorme soma em dinheiro, como uma indenização pela perda da filha, e os descendentes da família Becker ainda falavam nisso em 1955.

O que nos interessa nessa história é que o homem moreno é obviamente Lasher. E a não ser por uma menção de um homem misterioso num táxi com Mary Beth, não temos nenhuma outra menção a ele no século XX até essa ocasião.

O ponto realmente notável nessa história é o fato de a babá afirmar que a bebê fazia com que o homem aparecesse. É de perguntar se Stella tinha algum controle sobre isso. E qual teria sido a opinião de Mary Beth sobre o assunto? Mais uma vez, nunca saberemos. A pobre Bertha Marie Becker enfrentou isso totalmente só, ou é o que o registro parece indicar.

Apesar da tragédia, o grupo não voltou para casa. Cortland escreveu uma "carta triste" a respeito de todo o acontecido para sua mulher e filhos, explicando que haviam contratado uma "italiana adorável", que cuidava melhor de Antha do que a pobre Bertha jamais conseguiu cuidar.

Essa italiana, que estava com uns trinta e poucos anos na época, chamava-se Maria Magdalene Gabrielli e voltou com a família para ser babá de Antha até os 9 anos.

Se ela algum dia viu Lasher, não temos notícia disso. Ela residiu na First Street até seu falecimento e nunca falou com ninguém de fora da família ao que nos foi dado saber. As lendas de família afirmam que ela era muito instruída, que sabia ler e escrever em francês e inglês, além do italiano, e que tinha "um escândalo no seu passado".

Cortland deixou afinal o grupo em 1923, quando os três chegaram a Nova York. Ali, Stella e Lionel, com Antha e a babá, ficaram em Greenwich Village, onde Stella logo fez amizade com diversos intelectuais e artistas e chegou mesmo a pintar quadros, que considerava "atrozes", a escrever textos "horrendos" e a fazer esculturas "que eram puro lixo". Ela finalmente se contentou em apreciar a companhia de indivíduos verdadeiramente criativos.

Todas as fontes de rumores em Nova York afirmam que Stella era extremamente generosa. Ela fez enormes "doações" a vários pintores e poetas. Comprou uma máquina de escrever para um amigo sem um centavo; para outro, um cavalete; e para um poeta idoso ela chegou a comprar um carro.

Durante esse período, Lionel voltou aos seus estudos, dedicando-se ao direito constitucional com um dos parentes de Nova York (um descendente de Clay Mayfair, que havia entrado em sociedade com descendentes de Lestan Mayfair num escritório em Nova York). Lionel também passava um tempo considerável nos museus da cidade, e frequentemente arrastava Stella para a ópera, que começava a entediá-la, para os concertos, que ela apreciava só um pouquinho mais, e para o balé, de que ela realmente gostava.

As lendas de família entre os parentes de Nova York (à nossa disposição somente agora, já que na época ninguém queria falar) descrevem Lionel e Stella como pessoas encantadoras, totalmente irresponsáveis, cheias de uma energia incansável, que davam festas constantemente e muitas vezes acordavam outros membros da família ao baterem muito cedo às suas portas.

Duas fotografias tiradas em Nova York mostram Stella e Lionel como uma dupla feliz e sorridente. Lionel foi, durante toda sua vida, um homem esguio e, como já mencionamos, ele herdou do juiz McIntyre notáveis olhos verdes e cabelos ruivos. Ele não se parecia com Stella sob nenhum aspecto, e foi comentado mais de uma vez pelos que os conheciam que às vezes algum recém-chegado ao círculo ficava escandalizado ao descobrir que Lionel e Stella eram irmãos. A suposição era a de que eles fossem outra coisa.

Se Stella teve algum namorado específico, não temos notícia disso. Na realidade, o nome de Stella nunca esteve associado ao de nenhuma outra pessoa (até essa altura), à exceção de Lionel, muito embora se acreditasse que Stella não se preocupava absolutamente com os favores que concedia no que dissesse respeito a rapazes. Temos relatos de dois jovens pintores que se apaixonaram por ela, mas Stella "se recusava a ficar amarrada".

O que sabemos de Lionel realça insistentemente que ele era calado e um pouco reservado. Ele parece ter apreciado ver Stella dançar, rir e se divertir com os amigos. Ele próprio gostava de dançar com ela, o que fazia o tempo todo e muito bem, mas ficava nitidamente à sombra da irmã. Parecia obter sua vitalidade de Stella. Quando ela não estava por perto, ele era "como um espelho vazio". Mal se percebia sua presença.

Houve alguns comentários de que ele estaria escrevendo um romance durante sua estada em Nova York, de que era totalmente vulnerável a respeito dessa questão e um romancista mais velho teria destruído sua segurança ao lhe dizer que seu texto era "pura baboseira".

Da maioria das fontes, porém, temos notícia de que Lionel apreciava as artes, que era um ser humano satisfeito e que tudo estava bem desde que ninguém se intrometesse entre ele e Stella.

Finalmente, em 1924, Stella, Lionel, a pequena Antha e sua babá, Maria, voltaram para casa. Mary Beth organizou uma enorme reunião da família na casa da First Street, e os descendentes ainda mencionam com tristeza que essa foi a última festa antes de Mary Beth adoecer.

Foi nessa ocasião que ocorreu algo muito estranho.

Como mencionamos, o Talamasca dispunha de uma equipe de investigadores profissionais trabalhando em Nova Orleans, detetives particulares que nunca perguntavam por que estavam sendo requisitados a colher informações sobre uma determinada família ou uma determinada casa. Um desses investigadores, especialista em casos de divórcio, há muito espalhou entre os fotógrafos de renome de Nova Orleans que pagaria bem por qualquer foto rejeitada da família Mayfair, especialmente das pessoas que residiam na casa da First Street.

Um desses fotógrafos, Nathan Brand, que tinha um concorrido estúdio na St. Charles Avenue, foi chamado à casa da First Street para essa grande festa de boas-vindas e ali tirou uma série de fotos de Mary Beth, Stella e Antha, bem como fotos de outros parentes durante a tarde inteira, como agiria um fotógrafo de casamento.

Uma semana mais tarde, quando ele trouxe as fotografias até a casa para que Mary Beth e Stella escolhessem as que queriam, as duas selecionaram um bom número e deixaram algumas de lado.

De repente, Stella pegou uma das fotos rejeitadas – em que ela aparecia com sua mãe e sua filha e Mary Beth segurava um colar com uma grande esmeralda em volta do pescoço da pequena Antha. No verso, ela escreveu: "Para o Talamasca, com amor, Stella! P.S. Há outros que observam também", e depois, entregando-a ao fotógrafo, ela começou a rir e lhe explicou que seu amigo detetive compreenderia o significado do que escrevera.

O fotógrafo ficou sem jeito. Alegou inocência e depois pediu desculpas pelo seu acordo com o detetive, mas não importava o que ele dissesse, Stella apenas ria. Em seguida, ela falou com ele num tom encantador para tranquilizá-lo:

– Sr. Brand, assim o senhor vai ter um ataque. Entregue apenas a foto ao detetive. – E foi isso o que o Sr. Brand fez.

Ela nos alcançou um mês depois. E viria a ter um efeito decisivo na nossa abordagem da família Mayfair.

Aquela altura, o Talamasca não tinha nenhum membro específico designado à investigação do caso Mayfair, e as informações eram acrescentadas aos registros por diversos arquivistas à medida que chegavam. Arthur Langtry, um extraordinário conhecedor e brilhante estudioso da bruxaria, estava familiarizado com todos os dados, mas havia dedicado sua vida adulta a três outros casos, que seriam sua obsessão até o dia da sua morte.

Mesmo assim, a história completa da família havia sido debatida muitas vezes pelo conselho geral, mas nunca fora revogada a decisão de não fazer contato. E na verdade é duvidoso que algum de nós na época conhecesse toda a história.

Essa fotografia, com sua mensagem óbvia, provocou grande comoção. Um jovem membro da Ordem, um americano do Texas chamado Stuart Townsend (que se havia anglicizado por anos de residência em Londres), pediu para fazer um estudo das bruxas Mayfair, com o objetivo de chegar a uma investigação direta. Após cuidadosa reflexão, o arquivo inteiro foi posto nas suas mãos.

Arthur Langtry concordou em reler todo o material, mas questões urgentes o impediram de fazê-lo, embora ele fosse responsável por aumentar o número de investigadores em Nova Orleans de três detetives particulares para quatro e por descobrir mais um excelente contato: um homem chamado Irwin Dandrich, filho sem um tostão de uma família extraordinariamente rica, que se movimentava nos círculos mais altos enquanto vendia em segredo informações para quem as quisesse, desde detetives, advogados em casos de divórcio, investigadores de companhias de seguros e até mesmo jornais escandalosos.

Permitam-me relembrar aos leitores que o arquivo naquela época não incluía esta narrativa, pois nenhuma compilação semelhante havia sido realizada até então. Ele continha o diário e as cartas de Petyr van Abel e um gigantesco compêndio de depoimentos de testemunhas, bem como fotografias, artigos de jornais e similares. Havia uma ordem cronológica, atualizada periodicamente pelos arquivistas, mas ela era muito superficial, para não dizer pior.

Stuart estava na época envolvido em algumas outras investigações significativas e levou três anos para completar seu estudo dos materiais sobre a família Mayfair. Voltaremos a ele e a Arthur Langtry no momento adequado.

Após sua volta, Stella começou a levar uma vida bem semelhante à que levava antes de viajar para a Europa, ou seja, ela frequentava bares clandestinos, dava festas para os amigos, era convidada para inúmeros bailes de Carnaval, que geralmente era a sensação, e Stella se comportava como a *femme fatale* incorrigível de antes.

Nossos detetives não tinham nenhuma dificuldade para reunir informações a seu respeito, porque ela era extremamente visível e era assunto de boatos por toda a cidade. De fato, Irwin Dandrich escreveu a nossa agência de detetives em Londres (ele nunca soube para quem iam essas informações ou qual era sua finalidade) afirmando que tudo o que tinha de fazer era entrar num salão de baile para saber tudo o que Stella estava tramando. Alguns telefonemas numa manhã de sábado também forneciam grande quantidade de informações.

(Vale aqui ressaltar que Dandrich, ao que tudo indica, não era um homem maldoso. Suas informações se revelaram exatas em noventa e nove por cento dos casos. Ele foi nossa testemunha mais íntima e mais prolixa com relação a Stella; e, embora nunca fizesse essa afirmação, pode-se facilmente inferir dos seus relatos que ele foi para a cama com ela em diversas ocasiões. No entanto, ele não a conhecia realmente. E ela permanece distante mesmo nos momentos mais dramáticos e trágicos descritos nos seus relatos.)

Graças a Dandrich e a outros, a imagem de Stella após sua volta da Europa passou a ser muito mais detalhada.

As lendas de família indicam que Carlotta reprovava totalmente a conduta de Stella nesse período, e discutia com Mary Beth a respeito disso, exigindo insistentemente, e em vão, que Stella tomasse juízo. Boatos de criados (e de Dandrich) corroboravam essa descrição, mas diziam que Mary Beth não dava quase nenhuma atenção ao problema e considerava Stella uma pessoa agradavelmente despreocupada que não devia ser tolhida.

Há mesmo uma citação de Mary Beth a uma amiga da sociedade (que imediatamente a transmitiu a Dandrich):

– Stella é o que eu seria se pudesse começar minha vida de novo. Trabalhei demais para quase nada. Ela que se divirta.

Devemos salientar que Mary Beth já estava gravemente enferma e possivelmente muito cansada ao dizer essas palavras. Ela era também uma mulher inteligente demais para não valorizar as diversas revoluções culturais da década de 1920, valorização que pode ser difícil para os leitores desta narrativa agora que o século XX se aproxima do final.

A verdadeira revolução sexual do século XX teve início na sua tumultuada terceira década, com uma das mudanças mais drásticas nos trajes femininos que o mundo já presenciou. Mas as mulheres não abandonaram só os espartilhos e as saias compridas; elas descartaram com eles os costumes antiquados, passando a dançar e a beber em bares clandestinos de um jeito que teria sido impensável apenas dez anos antes. A adoção universal do automóvel fechado permitiu a todos uma privacidade sem precedentes, bem como uma liberdade de movimento. O rádio entrava nos lares dos Estados Unidos, no campo e na cidade. O cinema fornecia imagens de "charme e perversidade" às pessoas no mundo inteiro. As revistas, a literatura, o teatro, todos foram radicalmente transformados por uma nova franqueza, liberdade, tolerância e expressão pessoal.

Mary Beth sem dúvida captou tudo isso em algum grau. Não temos absolutamente nenhuma indicação da sua reprovação à "mudança dos tempos". Embora ela jamais cortasse o cabelo comprido ou abandonasse as saias longas (quando não estava vestida de roupas masculinas), ela não negava nada a Stella. E Stella foi, mais do que qualquer outro membro da família, a perfeita encarnação do seu tempo.

Em 1925, foi diagnosticado um câncer incurável em Mary Beth, e ela teve apenas mais cinco meses de vida, a maior parte dos quais sofrendo dores tão fortes que não saía mais da casa.

Retirando-se para o quarto norte acima da biblioteca, ela passou seus últimos dias de razoável conforto lendo os romances que nunca havia tido tempo para ler na juventude. Na verdade, muitos primos vinham visitá-la, trazendo diversos exemplares dos clássicos. E Mary Beth demonstrava um interesse especial pelas irmãs Brontë, por Dickens, que Julien costumava ler para ela quando era pequena, e por outros clássicos da literatura inglesa que ela parecia estar determinada a ler antes de morrer.

Daniel McIntyre ficou apavorado com a perspectiva de que sua mulher o deixasse. Quando conseguiram fazer com que ele compreendesse que ela não se recuperaria, ele deu início à sua bebedeira final e, de acordo com os rumores da época e as lendas mais recentes, nunca mais foi visto sóbrio.

Outros contaram a mesma história contada por Llewellyn, de que Daniel acordava Mary Beth constantemente nos seus últimos dias, nervosíssimo, querendo descobrir se ela ainda estava viva. As lendas de família confirmam que Mary Beth tinha com ele uma paciência infinita, que o chamava para se deitar ao seu lado e que o consolava por horas a fio.

Durante esse período, Carlotta mudou-se de volta para a casa para poder estar perto da mãe e, na verdade, passou sentada ao seu lado muitas longas noites. Quando Mary Beth sentia dor demais para ler, ela pedia a Carlotta que lesse para ela. As lendas de família alegam que Carlotta leu para ela *O morro dos ventos uivantes* inteiro e parte de *Jane Eyre*.

Stella também era uma presença constante. Ela parou de todo com suas farras e passava o tempo preparando refeições para a mãe, que com frequência estava se sentindo mal demais para comer, e consultando médicos do mundo inteiro, por telefone e por carta, em busca da cura.

Uma leitura dos parcos registros médicos que existem sobre o caso de Mary Beth indica que seu câncer já tinha metástases antes mesmo de ter sido descoberto. Ela não sofreu até os três últimos meses, a partir daí sofreu muito.

Afinal, na tarde de 11 de setembro de 1925, Mary Beth perdeu a consciência. O padre ali presente comentou que houve um enorme estrondo de trovão. Começou a chover forte. Stella saiu do quarto, desceu até a biblioteca e começou a ligar para os parentes de toda a Louisiana, e até mesmo para os de Nova York.

De acordo com o padre, os criados e muitos vizinhos, os parentes começaram a chegar às quatro e continuaram chegando ao longo das doze horas seguintes. Os automóveis estavam parados ao longo da First Street até a St. Charles Avenue, e na Chestnut Street desde a Jackson até a Washington.

O temporal continuou, abrandando durante algumas horas, transformado em chuvinha fina para depois voltar como chuva normal. Na realidade, chovia em todo o Garden District, embora não estivesse chovendo em nenhuma outra parte da cidade. No entanto, ninguém deu muita atenção a esse fato.

Por outro lado, a maioria dos parentes de Nova Orleans já chegava equipada com guarda-chuvas e capas, como se tivessem certeza de que haveria uma tempestade.

As criadas se apressavam a servir café e vinho contrabandeado da Europa aos parentes que enchiam os salões, a biblioteca, o corredor, a sala de jantar e até se sentavam na escada.

À meia-noite, o vento começou a uivar. Os enormes carvalhos de sentinela diante da casa começaram a se agitar com tanta violência que alguns recearam que os galhos se quebrassem. As folhas caíam como se fossem uma chuva.

O quarto de Mary Beth estava aparentemente lotado com seus filhos, suas sobrinhas e sobrinhos, e mesmo assim era mantido um silêncio respeitoso. Carlotta e Stella estavam sentadas no lado da cama mais distante da porta, enquanto os primos entravam e saíam na ponta dos pés.

Daniel McIntyre não estava em nenhum lugar à vista. As lendas de família afirmam que ele "desmaiara" antes e que estaria no apartamento de Carlotta, acima dos estábulos lá fora.

Antes de uma da madrugada, havia parentes de ar grave parados nas varandas da frente e, mesmo com o vento e a chuva, no caminho da entrada, sob guarda-chuvas precários. Muitos amigos da família haviam vindo apenas para ficar parados sob os carvalhos, com jornais cobrindo a cabeça e as golas viradas para cima para protegê-los do vento. Outros permaneciam nos seus carros estacionados em fila dupla ao longo da Chestnut e da First.

À 1h35, o médico-assistente, o Dr. Lyndon Hart, sofreu algum tipo de desnorteamento. Ele mais tarde confessou a alguns dos seus colegas que "algo estranho" aconteceu no quarto.

Ele fez o seguinte relato confidencial a Irwin Dandrich em 1929:

— Eu sabia que ela estava quase morta. Já havia parado de medir seu pulso. Parecia tão humilhante eu me levantar tantas vezes só para fazer um gesto de cabeça para os outros, indicando que ela ainda estava viva. E a cada vez que eu me aproximava da cama, era natural que os parentes percebessem, e dava para ouvir os cochichos ansiosos no corredor.

"Por isso, durante mais ou menos a última hora, eu não fiz nada. Apenas esperei e observei. Somente a família próxima estava ao lado da cama, à exceção de Cortland e seu filho Pierce. Ela estava ali deitada, com os olhos semicerrados e a cabeça voltada para Stella e Carlotta. Carlotta segurava sua mão. Sua respiração era muito irregular. Eu lhe dera tanta morfina quanto ousei dar.

"E de repente aconteceu algo. Talvez eu tivesse cochilado e estivesse sonhando, mas me pareceu real demais na ocasião. Havia ali um grupo de pessoas totalmente diferentes: uma velha, por exemplo, que eu conhecia, mas não conhecia, estava debruçada sobre Mary Beth, e havia também no quarto um senhor de idade, muito alto, que me pareceu bem conhecido. Havia realmente todos os tipos de gente. E depois um rapaz, um rapaz claro que estava muito bem-vestido, com roupas antiquadas, debruçou-se também sobre ela. Ele beijou seus lábios e fechou seus olhos.

"Pus-me de pé, sobressaltado. Os parentes choravam no corredor. Alguém soluçava. Cortland Mayfair chorava. E a chuva agora voltava a cair forte. Na verdade, as trovoadas eram ensurdecedoras. E à luz de um súbito relâmpago, vi Stella com os olhos fixos em mim, com uma expressão tristíssima e desanimada. Carlotta chorava. E eu soube que minha paciente estava morta, sem dúvida. De fato, seus olhos estavam fechados.

"Nunca encontrei uma explicação. Examinei Mary Beth imediatamente e confirmei que tudo estava acabado. Mas eles já sabiam. Todos eles sabiam. Olhei à minha volta procurando desesperadamente ocultar minha confusão momentânea, e vi a pequena Antha num canto, logo atrás da sua mãe, e aquele rapaz alto estava com ela. E de repente ele sumiu. Na verdade, ele sumiu tão de repente que eu nem tenho certeza se o vi.

"Mas posso dizer por que acho que ele estava ali. Uma outra pessoa também o viu. Foi Pierce Mayfair, o filho de Cortland. Eu me voltei assim que o rapaz desapareceu, e percebi que Pierce estava olhando fixamente para aquele mesmo ponto. Ele contemplava a pequena Antha e depois olhou para mim. Imediatamente ele tentou assumir um ar natural, como se não houvesse nenhum problema, mas eu sei que ele viu o homem.

"Quanto ao resto do que vi, agora sem dúvida não havia nenhuma velhinha por ali e o senhor alto não estava à vista. Mas sabe quem ele era? Acho que era Julien Mayfair. Não cheguei a conhecer Julien, mas vi um retrato seu mais tarde naquela mesma manhã na parede do corredor, em frente à porta da biblioteca.

"Para dizer a verdade, acho que ninguém presente no quarto da doente prestou a menor atenção em mim. As criadas começaram a limpar o rosto de Mary Beth e a ajeitá-la para que os primos entrassem e a vissem pela última vez. Alguém estava acendendo velas novas. E a chuva, a chuva estava apavorante. Ela simplesmente caía nas janelas como um dilúvio.

"Em seguida, eu me lembro de estar abrindo caminho entre uma fila de primos para chegar ao andar inferior. Encontrava-me, então, na biblioteca com o padre McKenzie, e estava preenchendo o atestado de óbito. O padre McKenzie estava sentado no sofá de couro com Belle, procurando consolá-la, com as mesmas palavras de costume, que sua mãe havia ido para o céu e que ela um dia veria a mãe novamente. Coitadinha. Ela não parava de dizer: 'Não quero que ela vá para o céu. Quero ver a mamãe agora.' Como uma pessoa assim poderia compreender?

"Foi só quando eu estava de saída que vi o retrato de Julien Mayfair e percebi com espanto que eu o havia visto. Na verdade, aconteceu algo muito interessante. Fiquei tão surpreso ao ver o retrato que disse sem pensar: 'Esse é o homem.'

"E havia alguém parado no corredor, fumando, acho, e essa pessoa ergueu os olhos, me viu, olhou para o retrato à sua esquerda na parede e disse com um risinho: 'Não, esse não é o homem. Esse aí é Julien.'

"É claro que nem me incomodei em discutir. Não posso imaginar o que aquela pessoa imaginou que estivesse querendo dizer. E certamente não sei o que ele queria dizer com suas palavras. Por isso, deixei pra lá. Nem mesmo sei quem era essa pessoa. Um Mayfair, disso você pode ter certeza. Mas afora isso eu não tentaria adivinhar.

"Mais tarde falei com Cortland a respeito disso tudo, quando achei que já havia passado um tempo razoável. Ele não ficou nem um pouco impressionado. Prestou atenção a tudo que eu disse e declarou estar feliz por eu lhe ter contado. Mas disse não ter visto nada de especial naquele quarto.

"Agora, você não pode contar essa história para todo mundo. Os fantasmas são bem comuns em Nova Orleans, mas médicos que os vejam não são! E eu creio que Cortland não gostaria de saber que contei essa história. E é claro que nunca toquei no assunto com Pierce. Quanto a Stella, bem, francamente duvido que Stella dê a mínima para esse tipo de coisa. Se Stella se preocupa com alguma coisa, eu gostaria de saber o que é."

Essas assombrações incluem inegavelmente mais um aparecimento de Lasher, mas não podemos deixar esse relato vívido e digno de nota sem examinar a estranha troca de palavras à porta da biblioteca. O que o membro da família Mayfair quis dizer com "Não, esse não é o homem"? Ele teria se enganado pensando que o médico estivesse se referindo a Lasher? E ele teria feito o pequeno comentário sem pensar, antes de perceber que o médico era um estranho? E nesse caso, isso quer dizer que membros da família Mayfair sabiam de tudo sobre "o homem" e tinham o costume de falar a respeito dele? Talvez sim.

O enterro de Mary Beth foi pomposo, exatamente como havia sido seu casamento vinte e seis anos antes. Devemos o relato completo da cerimônia ao agente funerário David O'Brien, que se aposentou um ano depois, deixando sua firma para o sobrinho Red Lonigan, cuja família nos forneceu muitos depoimentos desde então.

Dispomos também de algumas lendas de família a respeito do evento, e de uma boa quantidade de boatos das senhoras da paróquia que compareceram ao enterro e que não tinham absolutamente nenhuma inibição em criticar a família Mayfair.

Todos concordam quanto ao fato de Daniel McIntyre não conseguir acompanhar a cerimônia. Ele foi levado da missa de corpo presente para casa por sua filha Carlotta, que depois voltou a se reunir à família antes da saída da igreja.

Antes do enterro no cemitério de Lafayette, foram feitos alguns breves discursos. Pierce Mayfair falou em Mary Beth como uma grande orientadora; Cortland elogiou seu amor pela família e sua generosidade para com todos. E Barclay Mayfair disse que Mary Beth era insubstituível; que ela nunca seria esquecida pelos que a conheceram e a amaram. Lionel estava mais do que ocupado consolando Belle, arrasada, e Millie Dear, aos prantos.

A pequena Antha não estava presente, como também não estava a pequena Nancy (uma Mayfair adotada mencionada anteriormente, que Mary Beth apresentava a todos como filha de Stella).

Stella estava prostrada, mas não tanto que deixasse de chocar dezenas de primos, o agente funerário e muitos amigos da família, ao se sentar num túmulo próximo durante os discursos finais, com as pernas penduradas e bebendo da sua famosa garrafa no saco de papel pardo. Quando Barclay estava terminando sua fala, ela disse bem alto:

— Barclay, vamos apressar isso aí! Você sabe que ela detestava esse tipo de coisa. Ela vai acabar ressuscitando dos mortos para mandar que você se cale, se você não parar logo!

O agente funerário observou que muitos dos primos riram dessas suas palavras, e outros tentaram conter o riso. Barclay também riu, e Cortland e Pierce apenas sorriram. Na verdade, a família pode ter estado dividida, quanto a essa reação, de acordo com características étnicas. Uma versão diz que os primos franceses ficaram mortificados com a conduta de Stella, mas que os parentes de sangue irlandês riram.

— Adeus, minha amada — disse então Barclay, limpando o nariz. Ele beijou o caixão, recuou para ser abraçado por Cortland e Garland, e começou a soluçar.

Stella saltou, então, do túmulo, foi até o caixão e o beijou.

— Muito bem, padre, prossiga — disse ela.

Durante as últimas palavras em latim, Stella arrancou uma rosa de uma das coroas, quebrou sua haste para que ficasse mais fácil de usar e a enfiou no cabelo.

Depois, os parentes mais próximos foram para a casa da First Street, e antes da meia-noite o piano e a cantoria eram tão altos no salão que os vizinhos ficaram escandalizados.

Quando o juiz McIntyre morreu, o enterro foi bem menos concorrido, mas extremamente triste. Ele havia sido muito amado por grande número de parentes da família, e houve lágrimas.

Antes de continuar, permitam-nos salientar mais uma vez que, ao que saibamos, Mary Beth foi a última bruxa de verdadeiro poder que a família originou. Podemos apenas imaginar o que ela teria feito com seus poderes se não fosse tão voltada para a família, tão perfeitamente prática, e tão indiferente à vaidade ou à notoriedade de qualquer espécie. Sendo Mary Beth como era, tudo o que ela fez acabou beneficiando a família. Até mesmo sua busca de prazer se expressava nas reuniões que ajudaram a família a formar uma identidade e a manter uma imagem forte de si mesma em tempos instáveis.

Stella não tinha esse amor pela família, nem era uma pessoa prática. Ela não se incomodava com a notoriedade e adorava o prazer. No entanto, o segredo para a compreensão de Stella está na sua falta de ambição. Ela parecia ter poucos objetivos reais.

"Viver" poderia ter sido o lema de Stella.

A partir deste ponto até 1929, essa história pertence a ela e à pequena Antha, sua filhinha de rosto pálido e voz delicada.

CONTINUA A HISTÓRIA DE STELLA

As lendas de família, os boatos dos vizinhos e dos paroquianos parecem todos concordar num ponto: Stella ficou sem controle após a morte dos pais.

Enquanto Cortland e Carlotta lutavam pela fortuna do legado e pela forma pela qual deveria ser administrada, Stella começou a dar festas escandalosas para seus amigos na First Street. E as poucas festas que realizou para a família em 1926 foram igualmente escandalosas, tanto pela clandestinidade do bourbon e da cerveja quanto pelas bandas de Dixieland e pelas pessoas dançando charleston até o amanhecer. Muitos dos primos mais velhos saíam cedo dessas festas, e alguns nunca voltaram à casa da First Street.

Muitos deles nunca mais foram convidados. Entre 1926 e 1929, Stella aos poucos desfez aquela numerosa família criada por sua mãe. Ou melhor, ela simplesmente se recusou a ser sua líder, e a família aos poucos foi se desfazendo. Um grande número de primos perdeu totalmente o contato com a casa da First Street, criando filhos que sabiam muito pouco ou nada sobre ela. Esses descendentes sempre foram para nós a melhor fonte de lendas e histórias.

Outros primos foram afastados, mas permaneceram envolvidos. Todos os descendentes de Julien, por exemplo, continuaram íntimos da família do legado, se não houvesse nenhum outro motivo, pelo de estarem vinculados em termos legais e financeiros, e também porque Carlotta não conseguiu um meio eficaz de afastá-los.

– Foi o começo do fim – na opinião de um dos primos.

— Stella simplesmente não queria se preocupar com nada – disse um outro.

— Nós sabíamos coisas demais a seu respeito, e ela sabia disso. Não queria nos ver por perto – disse um terceiro.

A imagem que temos de Stella durante esse período é a de uma pessoa muito ativa e feliz que se importava menos com a família do que sua mãe havia se importado, mas que mesmo assim se interessava apaixonadamente por outras coisas. Em especial, Stella apreciava jovens pintores e escritores, e dezenas de pessoas "interessantes" íam à First Street, incluindo-se aí escritores e pintores que Stella havia conhecido em Nova York. Alguns amigos mencionaram que ela incentivou Lionel a voltar a escrever, e que chegou a mandar reformar um escritório para ele num dos anexos, mas não se sabe se Lionel algum dia escreveu mais uma linha sequer.

Um grande número de intelectuais comparecia às festas de Stella. Na realidade, ela fazia sucesso com aqueles que não tinham medo de se arriscar socialmente. A sociedade da velha guarda, do tipo na qual Julien circulava, estava essencialmente fechada a ela, ou pelo menos era o que afirmava Irwin Dandrich. É porém duvidoso que Stella tivesse conhecimento desse fato ou que se importasse com ele.

O French Quarter de Nova Orleans vinha passando por uma espécie de renascimento desde o início da década de 1920. Na realidade, William Faulkner, Sherwood Anderson, Edmund Wilson e outros escritores famosos ali viveram em várias épocas.

Não temos nenhum indício que vincule qualquer indivíduo a Stella, mas ela era familiarizada com a vida boêmia do Quarter, frequentava os cafés e as galerias de arte e trazia para sua casa na First Street os músicos, a fim de que tocassem para ela, além de abrir suas portas a poetas e pintores sem um tostão, exatamente como havia feito em Nova York.

Para os criados, isso representava o caos. Para os vizinhos, barulho e escândalo. No entanto, Stella não era nenhuma beberrona desvairada, como seu pai legítimo havia sido. Pelo contrário, apesar de beber tanto, ela nunca é descrita em estado de embriaguez; e durante esses anos um considerável bom gosto e raciocínio parecem ter estado bem presentes nela.

Ao mesmo tempo, ela iniciou uma reforma na casa, gastando fortunas em tinta, gesso, cortinas e mobília delicada e caríssima no estilo art déco. O salão duplo ficou repleto de palmeirinhas em vasos, como descreveu Richard Llewellyn. Foi comprado um piano de cauda Bözendorfer, um elevador acabou sendo instalado (1927) e, antes disso, uma piscina imensa foi construída junto aos fundos do gramado. Do lado sul dessa piscina, erigiu-se uma cabana para que os convidados pudessem tomar banho e se vestir sem se incomodar em entrar na casa.

Tudo isso, os novos amigos, as festas e a reforma escandalizavam os parentes mais conservadores, mas o que realmente fez com que eles se voltassem contra Stella, criando assim inúmeras lendas que nós mais tarde recuperamos, foi o fato de que, um ano após a morte de Mary Beth, Stella abandonou por completo as grandes reuniões de família.

Por mais que tentasse, Cortland não conseguiu convencer Stella a dar mais nenhuma festa de família depois de 1926. E apesar de Cortland muitas vezes comparecer a suas *soirées*, bailes ou seja lá o que fossem, e de seu filho Pierce frequentemente acompanhá-lo, outros primos que eram convidados se recusavam a comparecer.

Na época do Carnaval de 1927, Stella deu um baile de máscaras que gerou comentários em Nova Orleans por seis meses a fio. Ali estavam pessoas de todas as classes sociais; a casa da First Street apresentava uma iluminação esplêndida; champanhe de contrabando era servido em engradados. Uma banda de jazz tocava na varanda lateral. (Essa varanda só foi fechada com tela mais tarde para abrigar Deirdre Mayfair quando esta se tornou inválida.) Dezenas de convidados foram nadar nus, e antes do amanhecer já havia uma orgia em grande escala, ou pelo menos foi o que teriam dito os vizinhos estonteados. Primos que não haviam sido convidados ficaram furiosos. Na verdade, Irwin Dandrich declara que eles teriam recorrido a Carlotta à procura de explicações, mas todos sabiam o único motivo: Stella não queria um monte de primos chatos por ali.

A criadagem comentou que Carlotta Mayfair ficou indignada com o barulho e a duração da festa, para não falar nos seus custos. Em algum momento antes da meia-noite, ela deixou a casa, levando consigo as pequenas Antha e Nancy (a adotada), e não voltou até a tarde do dia seguinte.

Essa foi a primeira briga de conhecimento público entre Stella e Carlotta, mas os primos logo souberam que as duas haviam se reconciliado. Lionel havia feito as pazes entre as irmãs, e Stella havia concordado em ficar mais em casa com Antha, em não gastar tanto dinheiro e em não fazer tanto barulho. O dinheiro parecia ter sido objeto de uma preocupação especial por parte de Carlotta, que considerava "um crime" encher uma piscina inteira com champanhe.

(É interessante salientar que a fortuna de Stella nessa época estava na casa das centenas de milhões de dólares. Carlotta possuía quatro fabulosos fundos em seu nome. É possível que Carlotta reprovasse o excesso de despesas. Na verdade, muitas pessoas indicaram ter sido esse o caso.)

No final daquele ano, realizou-se o primeiro de uma série de eventos sociais misteriosos. O que nos dizem as lendas de família é que Stella procurou certos primos de sobrenome Mayfair e os reuniu "numa noite interessante", na qual eles deveriam debater a história da família e os seus exclusivos "dons psíquicos". Houve quem dissesse que se realizou uma sessão espírita na casa da First Street; outros, que o vodu estaria envolvido.

(Os comentários de criados estavam cheios de histórias do envolvimento de Stella com o vodu. Ela própria disse a alguns amigos que sabia tudo sobre o vodu. Tinha amigos negros no Quarter que lhe ensinavam tudo a esse respeito.) Ficou óbvio que muitos primos não compreenderam o motivo para essa reunião, não levaram a sério essa conversa de vodu e ficaram ressentidos por terem sido rejeitados.

Na realidade, essa reunião espalhou verdadeiras ondas de choque pela família afora. Por que Stella estaria se incomodando em pesquisar árvores genealógicas e em chamar esse e aquele primo que ninguém via já há algum tempo, quando não tinha nem a cortesia de convidar os que haviam conhecido e amado tanto Mary Beth? As portas da First Street haviam sempre estado abertas a todos. Agora Stella estava sendo seletiva. Logo Stella que não se dava ao trabalho de comparecer a formaturas ou de mandar presentes nos batizados e casamentos; Stella, que se comportava como "uma perfeita você sabe o quê".

Foi alegado que Lionel concordava com os primos, que ele achava que Stella estava indo longe demais. Era de extrema importância realizar reuniões de família, e um descendente mais tarde nos disse que Lionel se queixou amargamente com seu tio Barclay de que as coisas nunca mais seriam as mesmas, agora que sua mãe se fora.

No entanto, apesar de todo o falatório, não conseguimos descobrir quem esteve presente a essa estranha reunião noturna. Só sabemos que Lionel compareceu, assim como Cortland e seu filho Pierce. (Pierce tinha apenas 17 anos na ocasião e estudava com os jesuítas. Ele já havia sido aceito para estudar em Harvard.)

Sabemos também, pelos rumores da família, que a reunião durou a noite inteira e que em algum momento antes do seu encerramento Lionel "saiu cheio de repulsa". Os primos que compareceram e que se recusaram a revelar o que aconteceu foram muito criticados pelos outros. Já o disse me disse da sociedade, que nos chegou por meio de Dandrich, considerava que Stella estava tirando proveito do seu "passado ligado à magia sombria" e que tudo era muito arriscado.

Seguiram-se algumas reuniões semelhantes, mas elas foram propositalmente envoltas em segredo, com todos os presentes jurando não divulgar nada do que nelas ocorria.

Os comentários nos meios jurídicos diziam que Carlotta Mayfair discutia com Cortland sobre essas reuniões e que ela queria tirar as pequenas Antha e Nancy da casa. Já Stella não queria concordar em mandar Antha para um colégio interno, e "todo mundo sabia disso".

Entrementes, Lionel estava tendo brigas com Stella. Um anônimo ligou para um dos nossos detetives particulares que havia deixado claro estar interessado em boatos relacionados à família, e lhe disse que Stella e Lionel haviam tido uma discussão num restaurante e que Lionel havia ido embora.

Rapidamente, Dandrich também relatou histórias semelhantes. Lionel e Stella estavam brigando. Será que afinal havia um outro homem?

Quando o investigador começou a fazer perguntas a esse respeito, ele descobriu que era de conhecimento geral na cidade que a família estava em pé de guerra pela pequena Antha. Stella ameaçava voltar para a Europa com a filha e implorava a Lionel que as acompanhasse, enquanto Carlotta dizia a Lionel que não fosse.

Nesse meio-tempo, Lionel começou a aparecer na catedral de São Luís para a missa com uma das primas do centro, uma sobrinha-neta de Suzette Mayfair, chamada Claire Mayfair, cuja família vivia numa linda casa antiga na Esplanade Avenue, de propriedade dos descendentes até os dias de hoje. Dandrich insiste que isso gerou bastante falatório.

Os rumores de criados falavam de inúmeras brigas na família. Batiam-se portas. As pessoas gritavam umas com as outras.

Carlotta proibiu outras "reuniões de vodu". Stella mandou Carlotta sair da casa.

– Nada mais é igual sem mamãe – disse Lionel. – Tudo começou a desmoronar com a morte de Julien, mas sem mamãe está impossível. Carlotta e Stella naquela casa são como água e óleo.

Parece ter sido de inteira responsabilidade de Carlotta o fato de Antha e Nancy terem um dia frequentado uma escola. Na realidade, os poucos registros que pudemos examinar com relação a Antha indicam que Carlotta a matriculou e compareceu às reuniões subsequentes nas quais lhe pediam que tirasse Antha da escola.

Antha era, na opinião de todos, totalmente incompatível com o regime escolar. Em 1928, Antha já havia sido mandada de volta para casa da escola de Santo Afonso.

A irmã Bridget Marie, que se lembra de Antha talvez tão bem quanto se lembre de Stella, conta a seu respeito histórias parecidíssimas às que contava sobre sua mãe. No entanto, vale a pena citar por inteiro seu depoimento sobre esse período e suas várias consequências. Eis o que ela me contou em 1969:

– O amigo invisível estava sempre com Antha. Ela costumava se voltar e falar com ele sussurrando, como se não houvesse mais ninguém por ali. É claro que ele lhe soprava as respostas que ela não sabia. Todas as irmãs sabiam que isso acontecia.

"E se quiser saber o pior, algumas das crianças chegaram a vê-lo com seus próprios olhos. Eu não teria acreditado se não tivessem sido tantas. Mas quando quatro crianças contam todas a mesma história, e cada uma delas está preocupada e com medo, e seus pais estão preocupados, bem, o que se pode fazer a não ser acreditar?

"Era no pátio da escola que elas costumavam vê-lo. Agora, posso dizer que a menina era tímida. Pois ela ia até o muro de tijolos bem no fundo do pátio e ali ficava sentada, lendo um livro num pequeno trecho em que o sol passava pelas árvores. E logo em seguida ele costumava vir até ela. Diziam que era um homem, dá para imaginar? E o senhor me pergunta se eu conheço o significado das palavras 'o homem'?

"Pois saiba que foi um choque para todos quando se revelou que se tratava de um homem adulto. É que todos imaginavam até então que fosse uma criança pequena, alguma espécie de espírito infantil, se o senhor está me entendendo. Mas era um homem, um homem alto de cabelos escuros. E isso deu início ao falatório. O fato de ser um homem.

"Não, eu nunca o vi. Nenhuma das irmãs jamais o viu. Mas as crianças viam. E as crianças contaram para o padre Lafferty. Eu contei ao padre Lafferty. E foi ele quem ligou para Carlotta e lhe disse que tirasse a menina da escola.

"Agora, eu não critico os padres, nunca. Mas vou dizer uma coisa. O padre Lafferty não era um homem que pudesse ser comprado com uma bela doação para a igreja, e ele disse: 'Miss Carlotta, a senhora tem de tirá-la da escola.'

"Não adiantava ligar para Stella naquela época. Todos sabiam que Stella estava praticando bruxaria. Ela descia até o French Quarter e comprava as velas pretas para o vodu. E sabe de uma coisa? Ela estava aliciando os parentes. É, é o que estava fazendo. Eu soube disso muito tempo depois, que ela havia saído à procura dos outros primos que eram bruxos e que os havia convidado para ir à sua casa.

"Foi uma sessão espírita o que fizeram naquela casa. Acenderam velas pretas, queimaram incenso, entoaram hinos ao demônio e pediram aos antepassados que aparecessem. Foi isso o que aconteceu, ao que me disseram. Não consigo me lembrar de onde foi que ouvi isso, mas sei que ouvi. E acredito que seja verdade."

No verão de 1928, Pierce Mayfair, filho de Cortland, cancelou seus planos de ir para Harvard e resolveu entrar para a Tulane University, embora seu pai e seus tios se opusessem totalmente a essa decisão. Pierce havia comparecido a todas as festas secretas de Stella, informava Dandrich, e os dois começavam a ter seus nomes associados pelas bisbilhoteiras. Pierce ainda não tinha 18 anos.

Antes do final de 1928, o falatório nos meios jurídicos indicava que Carlotta teria declarado que Stella era uma mãe incapaz e que alguém deveria lhe tirar a filha "na justiça". Cortland negava esses boatos aos amigos. Mas todos sabiam que ia dar nisso, segundo Dandrich. Os comentários nos meios jurídicos falavam de reuniões de família nas quais Carlotta exigia que os irmãos Mayfair a apoiassem.

Enquanto isso, Stella e Pierce andavam juntos para cima e para baixo, dia e noite, muitas vezes com a pequena Antha a reboque. Stella comprava bonecas para Antha constantemente. Ela levava a menina para tomar o café da manhã cada dia num hotel diferente no French Quarter. Pierce foi com Stella comprar um prédio na Decatur Street, que Stella pretendia transformar num apartamento onde pudesse ficar só.

– Millie Dear, Belle e Carlotta que fiquem com a casa – disse Stella ao corretor de imóveis. Pierce ria de tudo que Stella dizia. Antha, magra aos 7 anos, com uma pele de porcelana e doces olhos azuis, ficava por perto agarrada a um enorme ursinho de pelúcia. Foram todos almoçar juntos, até mesmo o corretor de imóveis, que mais tarde fez comentários a Dandrich:

– Ela é encantadora, absolutamente encantadora. Acho que aquele pessoal lá da First Street é simplesmente melancólico demais para ela.

Quanto a Nancy Mayfair, a menina atarracada adotada ao nascer por Mary Beth e apresentada a todos como irmã de Antha, a ela Stella não dava a menor atenção. Um descendente da família diz, ferino, que Nancy não era mais do que um "bichinho de estimação" para Stella. No entanto, não há nenhum indício de Stella já ter sido cruel com Nancy. Na verdade, ela comprava quantidades absurdas de roupas e brinquedos para a menina. Nancy parece, porém, sempre ter sido uma criança emburrada e geralmente apática.

Enquanto isso, Carlotta levava sozinha Antha e Nancy à missa aos domingos. E foi Carlotta quem se encarregou de mandar Nancy para a Academia do Sagrado Coração.

Em 1928, dizia-se que Carlotta havia tomado a escandalosa medida legal de tentar ganhar a custódia de Antha, aparentemente com o objetivo de mandá-la para um colégio interno. Certos documentos foram assinados e o processo teve início.

Cortland ficou horrorizado com o fato de Carlotta levar as coisas até esse ponto. Afinal, Cortland, que até então mantinha relações cordiais com Carlotta, ameaçou recorrer legalmente contra ela se ela não abandonasse a questão. Barclay, Garland, o jovem Sheffield e outros membros da família concordaram em apoiar Cortland. Ninguém iria levar Stella aos tribunais para tirar dela sua filha enquanto Cortland fosse vivo.

Também Lionel concordou em apoiar Cortland. Soube-se que ele ficou torturado por todo o incidente. Chegou mesmo a sugerir que ele e Stella fossem embora juntos para a Europa e deixassem Antha sob a responsabilidade de Carlotta.

Finalmente, Carlotta retirou seu pedido de guarda da criança.

No entanto, as coisas nunca mais foram as mesmas entre ela e os descendentes de Julien. Eles passaram a discordar quanto ao dinheiro, e continuam essa briga até os dias de hoje.

Em algum ponto de 1927, Carlotta havia convencido Stella a assinar uma procuração para que ela pudesse tratar de certas questões com as quais Stella não queria se preocupar.

Carlotta agora tentava usar essa procuração para tomar grandes decisões envolvendo o enorme legado Mayfair, que desde a morte de Mary Beth estivera inteiramente nas mãos de Cortland.

As lendas de família e os comentários nos meios jurídicos da época, bem como o disse me disse da sociedade, concordam todos quanto ao fato de que os irmãos Mayfair – Cortland, Garland e Barclay, e mais tarde Pierce, Sheffield e outros – se recusaram a honrar esse documento. Eles se recusaram a obedecer às ordens de Carlotta no sentido de liquidar os investimentos ousados e extremamente lucrativos que vinham fazendo com enorme sucesso em nome do legado já havia anos. Eles se apressaram a trazer Stella aos escritórios para que ela revogasse a tal procuração e confirmasse que tudo deveria ser tratado por eles.

Mesmo assim, seguiram-se brigas intermináveis entre os irmãos e Carlotta, brigas estas que persistem até hoje. Carlotta parece nunca mais ter confiado nos filhos de Julien após a luta pela custódia, e nem mesmo ter gostado deles. Ela fazia inúmeros pedidos de informações, exigências de informes detalhados, relatórios e explicações minuciosos do que estavam fazendo, com a constante insinuação de que, se não lhe prestassem boas contas, ela os processaria em nome de Stella (mais tarde em nome de Antha e ainda mais tarde em nome de Deirdre, até os dias de hoje).

Eles ficavam magoados e perplexos com essa desconfiança. Já em 1928, haviam gerado somas incalculáveis para Stella, cujos negócios estavam, é claro, completamente entrelaçados com os deles. Eles não conseguiam entender a atitude de Carlotta, e aparentemente continuaram a levá-la ao pé da letra com o decorrer dos anos.

Ou seja, eles respondiam pacientemente todas as suas perguntas e insistiam em suas tentativas de explicar o que estavam fazendo, quando estava claro que Carlotta só queria fazer mais perguntas, exigir mais respostas, apresentar novos tópicos para exame, convocar mais reuniões, dar mais telefonemas e fazer mais ameaças veladas.

É interessante observar que praticamente todos os escriturários ou secretárias que um dia trabalharam para a Mayfair & Mayfair pareciam compreender esse "jogo". No entanto, os filhos de Julien continuavam sempre a ficar magoados e ressentidos, como se não percebessem o âmago da questão.

Só com relutância foi que eles permitiram seu afastamento da casa da First Street, onde todos haviam nascido.

Já em 1928, estavam sendo forçados a se afastar, mas não percebiam. Vinte e cinco anos mais tarde, quando Pierce e Cortland Mayfair pediram para examinar parte dos pertences de Julien no sótão, não tiveram permissão para passar da porta da frente. Em 1928, porém, uma coisa dessas teria sido inimaginável.

Cortland Mayfair talvez nunca tenha descoberto que a luta pela custódia de Antha foi a última batalha pessoal com Carlotta que ele chegaria a vencer.

Enquanto isso, Pierce praticamente morou na casa da First Street durante o outono de 1928. Na verdade, já na primavera de 1929, ele ia a toda parte com Stella e se havia tornado seu "secretário pessoal, motorista, saco de pancadas e ombro amigo". Cortland tolerava a situação, mas não gostava dela. Disse a parentes e amigos que Pierce era um bom rapaz, que ele se cansaria daquela história toda e iria estudar na Costa Leste, como todos os outros haviam feito.

O que acabou acontecendo foi que Pierce nunca teve a oportunidade de se cansar de Stella. Agora, porém, chegamos ao ano de 1929 e devemos interromper esta história para, mais adiante, incluir o estranho caso de Stuart Townsend, nosso irmão no Talamasca, que tanto quis entrar em contato com Stella no verão daquele ano.

20

O ARQUIVO SOBRE AS BRUXAS MAYFAIR

CAPÍTULO VII
O desaparecimento de Stuart Townsend

Em 1929, Stuart Townsend, que vinha estudando todo o material sobre a família Mayfair há anos, solicitou ao conselho permissão para tentar um contato com a família.

Era forte sua sensação de que a mensagem lacônica de Stella no verso da fotografia significava que ela desejava um contato desses.

E Stuart estava também convencido de que os três últimos bruxos – Julien, Mary Beth e Stella – não eram assassinos nem seres malévolos sob nenhum aspecto; que seria perfeitamente seguro contatá-los e que de fato "coisas maravilhosas" poderiam resultar.

Isso forçou o conselho a examinar a sério toda a questão e também a reexaminar, como faz constantemente, as normas e os objetivos do Talamasca.

Embora exista uma quantidade imensa de materiais escritos nos nossos arquivos relacionados a nossas normas e objetivos, àquilo que consideramos aceitável e inaceitável, e embora esse seja um constante tópico tratado nas nossas reuniões de conselhos em todo o mundo, permitam-me resumir, *expressamente para esta narrativa,* as questões que aqui se aplicam, todas elas levantadas por Stuart Townsend em 1929.

Em primeiríssimo lugar, nós havíamos criado com o Arquivo sobre as Bruxas Mayfair uma história valiosa e impressionante de uma família com poderes paranormais. Havíamos provado a nós mesmos, sem sombra de dúvida, que a família Mayfair mantinha contato com o reino do invisível e que sabia manipular forças ocultas para obter vantagens. Havia, porém, muitas coisas sobre o que eles faziam que nós simplesmente não sabíamos.

E se fosse possível convencê-los a conversar conosco? A compartilhar nossos segredos? O que poderíamos descobrir?

Stella não era a pessoa misteriosa ou reservada que Mary Beth havia sido. Se ela pudesse se convencer da nossa discrição e de nossos propósitos de estudiosos, talvez ela nos revelasse algo. Era possível que Cortland Mayfair também falasse conosco.

Em segundo lugar, e talvez com menos importância, nós certamente havíamos ao longo dos anos invadido a privacidade da família Mayfair com nossa vigilância. De acordo com Stuart, nós havíamos espionado todos os aspectos da vida da família. Na realidade, havíamos estudado essa gente como se fossem cobaias. Repetidamente, justificamos nossa atuação alegando que iremos colocar nossos registros à disposição das pessoas que estudamos, e é isso o que fazemos.

Bem, jamais havíamos agido assim com a família Mayfair. E talvez não houvesse agora desculpas para não tentar.

Em terceiro lugar, nosso relacionamento com a família Mayfair era absolutamente exclusivo, já que o sangue de Petyr van Abel, nosso irmão, corria em suas veias. Seria possível dizer que eles "eram aparentados" nossos. Não deveríamos procurar esse contato mesmo que fosse apenas para lhes falar desse antepassado? E quem sabe o que poderia resultar disso?

Em quarto lugar, ao entrarmos em contato, poderíamos estar fazendo algo positivo. E aqui é claro que estamos abordando um dos nossos principais objetivos. Será que a irresponsável Stella poderia ser beneficiada ao saber de outras pessoas semelhantes a ela mesma? Ela não gostaria de saber que havia gente que estudava essas pessoas com a intenção de compreender o reino do invisível? Em outras palavras, Stella não gostaria de conversar conosco e não gostaria de saber o que nós sabemos sobre os poderes paranormais em geral?

Stuart argumentava com veemência que era nossa obrigação entrar em contato. Ele também levantou uma questão interessante: o que Stella já sabia? Ele também repetiu insistente que ela precisava de nós, que todo o clã Mayfair precisava de nós, que especialmente a pequena Antha precisava de nós e que já era hora de nos apresentarmos e de lhes oferecer o que sabíamos.

O conselho levou tudo o que Stuart dissera em consideração. Refletiu sobre o que já sabia das Bruxas Mayfair e concluiu que as alegações a favor do contato superavam de longe os motivos contrários a ele. *A ideia de perigo logo foi descartada.* E assim foi dito a Stuart que ele podia viajar até os Estados Unidos e que podia estabelecer contato com Stella.

Em grande agitação, Stuart embarcou para Nova York no dia seguinte. O Talamasca recebeu dele duas cartas remetidas de Nova York. Ele escreveu ainda uma vez, ao chegar a Nova Orleans, em papel do St. Charles Hotel, dizendo que havia entrado em contato com Stella, que ele a havia considerado extremamente receptiva e que iam se encontrar para almoçar no dia seguinte.

Nunca mais se viu Stuart Townsend ou se ouviu falar dele. Não sabemos onde, quando ou mesmo se sua vida terminou. Sabemos apenas que em algum momento de junho de 1929 ele desapareceu sem deixar pistas.

Quando voltamos a examinar essas reuniões do conselho, quando lemos as atas, é muito fácil ver que o Talamasca cometeu um trágico engano. Stuart não estava realmente preparado para essa missão. Deveria ter sido redigida uma narrativa que abrangesse todos os materiais para que a história da família pudesse ser vista como um todo. Do mesmo modo, a questão do perigo deveria ter sido avaliada com maior cuidado. Em todo o histórico da família Mayfair ocorrem referências à violência sofrida por inimigos das Bruxas Mayfair.

Para ser justo, porém, deve-se admitir que não havia nenhuma história semelhante associada a Stella ou a sua geração. E decerto nenhuma história semelhante com relação a outros residentes contemporâneos da casa da First Street. (As exceções são, naturalmente, as histórias do pátio da escola envolvendo Stella e Antha. Elas foram acusadas de usar seu amigo invisível para machucar outras crianças. Mas em Stella na idade adulta não há nada que se compare a isso.)

Além do mais, a história completa da babá de Antha que morreu de uma queda em Roma não era do conhecimento do Talamasca na época. E é possível que Stuart não soubesse absolutamente nada a respeito desse incidente.

Mesmo assim, Stuart não estava plenamente preparado para uma missão daquelas. E, quando se examinam seus comentários ao conselho e aos outros membros, fica óbvio que Stuart estava apaixonado por Stella Mayfair. Ele se apaixonou por ela na pior das circunstâncias, ou seja, ele se apaixonou pela sua imagem em fotografias e pela Stella que surgia das descrições que as pessoas faziam dela. Ela havia se tornado um mito para ele. E assim, cheio de entusiasmo e paixão, ele foi se encontrar com ela, deslumbrado não só pelos seus poderes mas pelos seus encantos proverbiais.

Fica também óbvio para quem observa o caso imparcialmente que Stuart não era a pessoa mais adequada para essa missão por uma série de motivos.

E antes de irmos com Stuart até Nova Orleans permitam-nos explicar sucintamente quem Stuart foi. Existe nos nossos arquivos uma pasta completa sobre Stuart e sem dúvida ela merece ser lida por si mesma. Durante cerca de doze anos, ele foi um membro dedicado e consciencioso da Ordem, e suas investigações de casos de possessão cobrem cento e quatorze registros diferentes.

A VIDA DE STUART TOWNSEND

Até que ponto a vida de Stuart Townsend está relacionada ao que lhe aconteceu ou à história das Bruxas Mayfair, não sei dizer. Sei, sim, que estou incluindo nesta narrativa mais do que precisaria incluir. E especialmente tendo em vista o pouco que falo de Arthur Langtry devo explicações.

Creio ter incluído aqui este material como uma espécie de homenagem póstuma a Stuart e como uma espécie de advertência. Seja lá o que for...

A atenção da Ordem foi chamada para Stuart quando ele estava com 22 anos. Nossos escritórios de Londres receberam de um dos nossos numerosos investigadores nos Estados Unidos um pequeno artigo de jornal sobre Stuart Townsend ou "O garoto que foi outra pessoa durante dez anos".

Stuart nasceu numa pequena cidade do Texas em 1895. Seu pai era o médico da localidade, um homem amplamente respeitado e profundamente estudioso. A mãe de Stuart era de uma família próspera e se dedicava às obras de caridade do tipo que cai bem a uma mulher da sua posição, tendo duas babás para cuidar dos seus sete filhos, dos quais Stuart era o primogênito. Viviam numa grande casa vitoriana com uma sacada com gradil na única rua elegante da cidade.

Stuart foi para o colégio interno na Nova Inglaterra quando tinha 6 anos. Ele foi desde cedo um aluno extraordinário, e durante suas primeiras férias de verão ficou em casa meio como um recluso, lendo no seu quarto no sótão até tarde da noite. Ele realmente tinha alguns amigos entre a aristocracia reduzida porém vigorosa da cidadezinha – filhos e filhas de funcionários públicos, de advogados e de ricos fazendeiros. Parecia ser benquisto.

Aos 10 anos, Stuart foi acometido por uma febre forte que não pôde ser diagnosticada. Seu pai acabou por concluir que ela deveria ter origem infecciosa, mas nenhuma explicação concreta jamais foi encontrada. Stuart entrou numa crise na qual delirou dois dias seguidos.

Quando se recuperou, não era mais Stuart. Era uma outra pessoa. Essa outra pessoa alegava ser uma jovem chamada Antoinette Fielding, que falava com um sotaque francês e tocava piano maravilhosamente. Ela aparentava estar confusa quanto à idade, ao lugar em que morava ou ao que estava fazendo na casa de Stuart.

O próprio Stuart sabia um pouco de francês, mas não sabia tocar piano. E, quando ele se sentou ao empoeirado piano de cauda na sala de estar e começou a tocar Chopin, a família achou que estava enlouquecendo.

Quanto ao fato de ele acreditar ser uma moça e chorar de tristeza ao ver sua imagem no espelho, sua mãe não pôde suportar isso e saiu correndo do quarto. Depois de uma semana de comportamento em parte histérico, em parte melancólico, Stuart-Antoinette foi convencido a parar de pedir vestidos, a aceitar o fato de que seu corpo era de menino agora e a acreditar que ela agora era Stuart e devia voltar a fazer o que se esperava que Stuart fizesse.

No entanto, estava totalmente fora de cogitação qualquer volta à escola. E Stuart-Antoinette, que passou a ser chamado pela família de Tony, para simplificar, passava seus dias tocando piano sem parar e escrevendo suas memórias num enorme diário enquanto ele/ela tentava resolver o mistério da sua identidade.

O Dr. Townsend, ao ler essas memórias, percebeu que o francês no qual elas estavam escritas era muitíssimo superior ao nível de conhecimento alcançado por Stuart aos 10 anos. Ele também começou a perceber que as lembranças da criança eram todas de Paris, e de Paris na década de 1840, como revelavam com clareza as referências a óperas, peças e meios de transporte.

Descobriu-se a partir desses documentos que Antoinette Fielding havia sido filha de uma união entre um francês e uma inglesa, que seu pai francês não havia se casado com sua mãe inglesa – Louisa Fielding – e que a menina havia levado uma vida estranha e reclusa em Paris, como a filha mimada de uma prostituta de alta classe que procurava proteger sua filha única da imoralidade das ruas. Seu grande talento e consolo era a música.

O Dr. Townsend, fascinado e garantindo à mulher que chegariam à raiz do mistério, começou uma investigação por correspondência com a intenção de descobrir se essa pessoa Antoinette Fielding havia existido um dia em Paris.

Esse esforço o ocupou por cerca de cinco anos.

Todo esse tempo, "Antoinette" permaneceu no corpo de Stuart, tocando piano obsessivamente, ousando sair só para se perder ou para entrar em alguma briga terrível com os valentões das redondezas. Por fim, Antoinette passou a não mais sair de casa, tornando-se algo como uma inválida histérica, exigindo que suas refeições fossem deixadas à sua porta e só descendo para tocar piano à noite.

Afinal, por meio de um detetive particular em Paris, o Dr. Townsend pôde se certificar de que uma certa Louisa Fielding havia sido assassinada em Paris em 1865. Ela era na realidade uma prostituta, mas não havia absolutamente nenhuma prova de que tivesse uma filha. E assim o Dr. Townsend acabou chegando a um beco sem saída. A essa altura, ele já estava exausto de tentar resolver o mistério. Resolveu aceitar a situação da melhor maneira possível.

Seu belo e jovem Stuart estava perdido para sempre, e no seu lugar havia um inválido deformado e abatido, um rapaz de rosto muito branco, olhos ardentes e uma estranha voz neutra, que agora vivia o tempo todo com as janelas fechadas. O médico e a esposa se acostumaram a ouvir os concertos noturnos. De quando em quando, o médico subia para falar com a criatura "feminina" e de rosto pálido que morava no sótão. Ele não podia deixar de notar uma deterioração mental. A criatura já não conseguia mais se lembrar muito do "seu passado". Mesmo assim, eles mantinham uma conversa agradável por algum tempo. E então aquele jovem emaciado e perturbado se voltava para os livros como se o pai não estivesse ali, e o pai ia embora.

É interessante ressaltar que ninguém jamais aventou a possibilidade de Stuart estar "possuído". O médico era ateu; os filhos frequentavam a igreja metodista. A família não conhecia nada a respeito dos católicos, dos ritos de exorcismo dessa religião ou de sua crença em espíritos demoníacos e possessões. E, ao que tenha chegado ao nosso conhecimento, o vigário local, que não tinha a simpatia da família, nunca foi consultado pessoalmente acerca do caso.

Essa situação persistiu até Stuart completar 20 anos. Uma noite, então, ele caiu da escada, sofrendo uma grave concussão. O médico, meio acordado e esperando que a inevitável música subisse da sala de estar, descobriu o filho inconsciente no patamar da escada e correu para o hospital, onde Stuart passou duas semanas em coma.

Quando acordou, ele era Stuart. Não tinha absolutamente nenhuma lembrança de ter sido outra pessoa. Na verdade, ele acreditava ter 10 anos e, quando ouviu uma voz masculina sair da sua boca, ficou horrorizado. Quando descobriu que tinha o corpo de um adulto, ficou pasmo com o choque.

Estarrecido, ele ficou sentado na cama do hospital ouvindo as histórias do que lhe acontecera durante os dez últimos anos. É claro que ele não compreendia o francês. Havia tido muita dificuldade com esse idioma na escola. E é claro que não sabia tocar piano. Ora, todo mundo sabia que ele não possuía talento musical. Não tinha ouvido para a música.

Nas semanas seguintes, ele ficava sentado à mesa de refeições olhando espantado para seus irmãos e irmãs "enormes", seu pai agora grisalho e sua mãe, que não conseguia olhar para ele sem cair em lágrimas. Os telefones e os automóveis, que praticamente não existiam em 1905, quando ele havia deixado de ser Stuart, agora o assustavam o tempo todo. A luz elétrica o enchia de insegurança. No entanto, a fonte mais intensa de agonia era seu próprio corpo adulto. E a compreensão cada vez mais profunda de que sua infância e sua adolescência haviam desaparecido sem deixar rastros.

Ele então começou a enfrentar os problemas inevitáveis. Tinha 20 anos, mas suas emoções e sua instrução eram as de um menino de 10. Ele começou a ganhar peso; melhorou da palidez; saía a cavalgar nas fazendas próximas com seus antigos amigos. Contrataram-se professores particulares para sua instrução. Ele lia os jornais e as revistas nacionais o tempo todo. Dava grandes caminhadas durante as quais ensaiava os movimentos e os pensamentos de um adulto.

Vivia, porém, num estado de perpétua ansiedade. Sentia uma atração apaixonada pelas mulheres, mas não sabia como lidar com esse sentimento. Magoava-se com facilidade. Como homem, ele se sentia irremediavelmente inadequado. Afinal, começou a brigar com todos e, ao descobrir que podia beber impunemente, passou a "encher a cara" nos bares do lugarejo.

Logo, toda a cidadezinha conhecia a história. Algumas pessoas se lembravam da primeira vez, quando do nascimento de Antoinette. Outros apenas sabiam da história, ouvindo sua retrospectiva. Fosse o caso qual fosse, havia um falatório incessante. E embora, por deferência ao médico, o jornal local nunca fizesse menção a essa história absurda, um repórter de Dallas, Texas, veio a saber dela por diversas fontes e, sem a cooperação da família, escreveu um longo artigo que saiu publicado na edição de domingo de um jornal de Dallas em 1915. Outros jornais aproveitaram a história, e ela acabou sendo enviada para nós em Londres cerca de dois meses após sua publicação.

Enquanto isso, caçadores de curiosidades caíam sobre Stuart. Um escritor da região quis escrever um romance sobre ele. Representantes de revistas nacionais tocavam a campainha da sua porta. A família ficou furiosa. Mais uma vez, Stuart era forçado a permanecer dentro de casa. Ele ficava sentado no quarto do sótão, refletindo, olhando para os objetos queridos dessa pessoa estranha, Antoinette, e sentindo que dez anos da sua vida lhe haviam sido roubados e que ele era agora um desajustado irremediável, levado a brigar com todos os que conhecia.

Sem dúvida alguma, a família recebia uma grande quantidade de correspondência indesejada. Por outro lado, as comunicações naquela época não eram o que são hoje. Fosse o caso qual fosse, uma remessa do Talamasca chegou às mãos de Stuart no final de 1916, contendo dois livros famosos sobre casos de "possessão", acompanhados de uma carta nossa na qual lhe informávamos que dispúnhamos de vastos conhecimentos sobre essas coisas e que gostaríamos de conversar com ele a esse respeito e a respeito de outras pessoas que haviam passado pela mesma experiência.

Stuart respondeu imediatamente. Ele se encontrou com nosso representante Louis Daly em Dallas no verão de 1917 e concordou, cheio de gratidão, em vir conosco para Londres. O Dr. Townsend, a princípio preocupadíssimo, foi finalmente conquistado por Louis, que lhe garantiu que nossa abordagem desses fenômenos era totalmente acadêmica. Stuart chegou afinal a nós em 1º de setembro de 1917.

Ele foi aceito pela Ordem na qualidade de noviço no ano seguinte e ficou conosco daí em diante.

Seu primeiro projeto foi naturalmente o de fazer um estudo meticuloso do seu próprio caso, bem como um estudo de todos os outros casos conhecidos de possessão nos nossos arquivos. Sua conclusão final, que foi a mesma a que chegaram outros estudiosos do Talamasca designados para essa área de pesquisa, foi a de que ele de fato havia sido possuído pelo espírito de uma mulher morta.

A partir daí ele sempre acreditou que o espírito de Antoinette Fielding poderia ter sido expulso do seu corpo, se qualquer pessoa familiarizada tivesse sido consultada, até mesmo um padre católico. Pois, embora a Igreja Católica afirme que tais casos são estritamente demoníacos, com o que nós não concordamos, não há dúvida de que suas técnicas para exorcizar essas presenças estranhas realmente funcionem.

Durante os cinco anos seguintes, Stuart não fez outra coisa se não investigar casos anteriores de possessão no mundo inteiro. Ele entrevistou dezenas de vítimas, fazendo anotações volumosas.

Ele chegou à conclusão, há muito sustentada pelo Talamasca, de que há uma enorme variedade de entidades envolvidas na possessão. Algumas podem ser fantasmas; outras podem ser entidades que nunca foram humanas; e outras ainda podem ser "outras personalidades" inerentes ao hospedeiro. No entanto, ele não abandonou a convicção de que Antoinette Fielding havia sido um ser humano real e que, à semelhança de muitos fantasmas desse tipo, ela não sabia ou não compreendia que estava morta.

Em 1920, ele foi a Paris à procura de provas da existência de Antoinette Fielding. Não conseguiu descobrir absolutamente nada. No entanto, as parcas informações acerca da falecida Louisa Fielding combinavam com o que Antoinette havia escrito sobre a própria mãe. Há muito, porém, o tempo havia apagado qualquer traço dessas pessoas. E Stuart continuou para sempre insatisfeito sob esse aspecto.

No final de 1920, ele se resignou à possibilidade de nunca chegar a saber quem foi Antoinette e resolveu se voltar para o trabalho de campo em nome do Talamasca. Ele saía com Louis Daly a fim de intervir em casos de possessão, realizando com ele uma forma de exorcismo que Daly empregava com muita eficácia para expulsar da vítima-hospedeiro essas presenças estranhas.

Daly estava muito impressionado com Stuart Townsend. Ele se tornou orientador de Stuart, que durante todos esses anos se salientou por sua compaixão, paciência e eficácia nessa área. Nem mesmo Daly conseguia consolar a vítima depois do exorcismo como Stuart conseguia. Afinal, Stuart havia passado por aquilo. Ele sabia.

Stuart trabalhou incansavelmente nessa atividade até 1929, lendo o Arquivo sobre as Bruxas Mayfair apenas quando sua movimentada programação o permitia. Então, ele apresentou sua solicitação ao conselho e foi atendido.

Àquela altura, Stuart estava com 34 anos. Tinha um metro e oitenta, cabelos de um loiro-acinzentado e olhos cinzentos. Era de compleição esguia e pele clara. Costumava se vestir com elegância e era um desses norte-americanos que admiram profundamente os modos e as atitudes dos ingleses e que procuram imitá-los. Era um rapaz atraente. No entanto, sua maior qualidade, para amigos e conhecidos, era uma espécie de inocência e espontaneidade de menino. Faltavam realmente dez anos na vida de Stuart, e esses ele nunca recuperou.

Ele era às vezes capaz de agir com impetuosidade, de perder a cabeça, de ficar furioso ao se deparar até mesmo com obstáculos ínfimos aos seus planos. No entanto, controlava isso muito bem quando saía em campo. E quando tinha alguma crise dentro da casa-matriz sempre pudemos fazê-lo voltar ao normal.

Ele era também capaz de se apaixonar profundamente, o que aconteceu com Helen Kreis, também membro do Talamasca, que morreu num acidente automobilístico em 1924. Ele pranteou a morte de Helen excessivamente e até com algum perigo para si mesmo durante dois anos.

Podemos nunca vir a saber o que houve entre ele e Stella Mayfair. Mas é possível fazer a conjectura de que ela foi o único outro amor da sua vida.

Gostaria, a esta altura, de acrescentar minha opinião pessoal no sentido de que Stuart Townsend nunca deveria ter sido enviado a Nova Orleans. Não era só por ele estar muito envolvido emocionalmente com Stella. Era que lhe faltava experiência naquele campo específico.

Durante seu noviciado, ele havia tratado de diversos tipos de fenômenos paranormais; e sem dúvida havia lido muito sobre o lado oculto em toda a sua vida. Ele examinou uma grande variedade de casos com outros membros da Ordem. E chegou a passar algum tempo com Arthur Langtry.

Na realidade, porém, ele não sabia nada sobre bruxas, em si. E à semelhança de tantos outros membros da nossa Ordem que só trataram de assombrações, possessões ou reencarnação, ele simplesmente não sabia do que as bruxas são capazes.

Ele não sabia que as manifestações mais fortes de entidades desencarnadas surgem por meio de bruxas mortais. Há mesmo algumas insinuações de que ele considerava o Talamasca arcaico e tolo por chamar de bruxas essas mulheres. E é muito provável que, apesar de aceitar as descrições do século XVII de Deborah Mayfair e da sua filha Charlotte, ele não conseguisse "associar" esse material a uma "boneca do jazz" do século XX, esperta e moderna como Stella, que parecia estar acenando para ele lá do outro lado do Atlântico com um sorriso e uma piscada de olho.

É claro que o Talamasca enfrenta uma certa incredulidade em todos os que trabalham recentemente no campo das bruxarias. O mesmo se aplica à investigação de vampiros. Mais de um membro da Ordem precisou ver essas criaturas em ação para acreditar na sua existência. A solução para esse problema é, porém, a de introduzir nossos membros no trabalho de campo sob a orientação de pessoas experientes e em casos que não envolvam contato direto.

Mandar um homem inexperiente como Townsend para entrar em contato com as Bruxas Mayfair é como mandar uma criancinha direto ao inferno para entrevistar o demônio.

Em suma, Stuart Townsend partiu para Nova Orleans despreparado e sem precauções. Com todo o respeito pelos que comandavam a Ordem em 1929, não creio que uma coisa dessas acontecesse nos nossos dias.

Finalmente, permitam-me acrescentar que Stuart Townsend, ao que nos fosse dado saber, não possuía nenhum poder extraordinário. Ele não era um "paranormal", como costumam dizer. Não dispunha, portanto, de nenhuma arma extrassensorial quando teve de enfrentar o inimigo que ele nem percebia como seu inimigo.

O desaparecimento de Stuart foi comunicado à polícia de Nova Orleans em 25 de julho de 1929. Isso foi um mês inteiro após sua chegada à cidade. O Talamasca tentou entrar em contato com ele por telegrama e por telefone. Irwin Dandrich tentou em vão encontrá-lo. O St. Charles Hotel, do qual Stuart alegava ter escrito sua única carta de Nova Orleans, negava ter registrado alguém com esse nome.

Nossos investigadores particulares não conseguiram descobrir nada que provasse que Townsend um dia havia chegado a Nova Orleans. E a polícia logo começou a duvidar dessa sua chegada.

No dia 28 de julho, as autoridades informaram aos nossos investigadores locais que não havia mais nada que pudessem fazer. Mesmo assim, sob forte pressão tanto por parte de Dandrich quanto por parte do Talamasca, a polícia concordou afinal em ir até a casa da família Mayfair e perguntar a Stella se ela havia visto o rapaz ou falado com ele. O Talamasca já não tinha mais esperanças a essa altura, mas Stella surpreendeu a todos, lembrando-se imediatamente de Stuart.

É, de fato, ela havia conhecido Stuart, o texano alto vindo da Inglaterra. Como poderia se esquecer de uma pessoa tão interessante? Eles haviam almoçado juntos, jantado juntos e passado a noite inteira conversando.

Não, ela não podia imaginar o que havia acontecido com ele. Na realidade, ela ficou de imediato visivelmente aflita com a possibilidade de ele ter sido vítima de algum crime.

É, ele estava hospedado no St. Charles Hotel. Ele mencionou o hotel para ela, e por que diabos mentiria? Ela começou a chorar. Ah, ela esperava que nada lhe houvesse acontecido. Na verdade, ela ficou tão perturbada que a polícia quase deu por terminada a entrevista. Ela, porém, os manteve ali fazendo-lhes perguntas. Eles haviam conversado com o pessoal do Court of Two Sisters? Ela havia levado Stuart até lá, e ele havia gostado do lugar. Podia ser que ele tivesse voltado lá. E havia um bar clandestino na Bourbon Street onde eles haviam conversado na manhã do dia seguinte, depois que algum outro estabelecimento mais respeitável -- lugar horrendo! – os havia mandado ir embora.

A polícia cobriu esses estabelecimentos. Todos conheciam Stella. É, era possível que Stella tivesse vindo ali com um homem. Stella estava sempre ali com algum homem. Mas ninguém tinha uma lembrança específica de Stuart Townsend.

Outros hotéis da cidade foram investigados, mas nenhum objeto de Stuart Townsend pôde ser encontrado. Motoristas de táxi foram inquiridos, mas com os mesmos resultados frustrantes.

Por fim, o Talamasca resolveu tomar as rédeas da investigação. Arthur Langtry embarcou de Londres para descobrir o que havia acontecido a Stuart. Ele sentia um peso na consciência por ter consentido que Stuart se encarregasse do caso sozinho.

CONTINUA A HISTÓRIA DE STELLA
Relatório de Arthur Langtry

Arthur Langtry foi certamente uma dos investigadores mais capazes que o Talamasca criou. O estudo de algumas importantes "famílias de bruxas" foi o trabalho de toda a sua vida. A história da sua carreira de cinquenta anos com o Talamasca é uma das histórias mais interessantes e espantosas contidas nos nossos arquivos, e os estudos minuciosos das famílias de bruxas às quais se dedicou estão entre os documentos mais valiosos que possuímos.

É uma enorme tristeza para aqueles de nós que se preocuparam a vida inteira com as Bruxas Mayfair o fato de Langtry nunca ter podido devotar atenção prolongada à sua história. E, nos anos que antecederam o envolvimento de Stuart Townsend, Langtry expressou seu pesar em relação a isso.

Langtry, no entanto, não devia desculpas a ninguém por não ter tempo nem vida suficiente para todas as famílias de bruxas nos nossos arquivos.

Mesmo assim, quando Stuart Townsend desapareceu, Langtry se sentiu responsável, e nada poderia tê-lo impedido de viajar para a Louisiana em agosto de 1929. Como já foi mencionado, ele se culpava pelo desaparecimento de Stuart, por não ter se oposto à indicação do mesmo para a missão. E no fundo do coração ele sabia que Stuart não devia ter ido.

– Eu estava tão ansioso para que alguém fosse até lá – confessou ele antes de sair de Londres. – Eu estava tão ansioso para que alguma coisa acontecesse. E é claro que eu achava que não podia ir. E por isso, pensei, bem, talvez esse estranho rapaz texano consiga abrir uma brecha.

Langtry estava beirando os 74 anos naquela época. Era um homem alto, com os cabelos cinza-chumbo, rosto retangular e olhos fundos. Tinha uma voz extremamente agradável e perfeita educação. Sofria das costumeiras enfermidades da velhice, mas, levando-se tudo em consideração, tinha boa saúde.

Durante seus anos de serviço, ele havia visto de "tudo". Era um médium poderoso; e não sentia absolutamente nenhum medo quando se tratava de alguma manifestação do sobrenatural. No entanto, nunca foi descuidado ou imprudente. Ele nunca subestimou nenhum tipo de fenômeno. Era, como suas próprias investigações demonstram, extremamente confiante e forte.

Assim que soube do desaparecimento de Stuart, ele se convenceu de que o rapaz estava morto. Com uma rápida leitura do material sobre a família Mayfair, ele percebeu o erro que a Ordem havia cometido.

Langtry chegou a Nova Orleans no dia 28 de agosto de 1929, registrando-se imediatamente no St. Charles Hotel e enviando uma carta para casa como Stuart havia feito. Ele deu o nome, o endereço e o número do seu telefone em Londres para algumas pessoas na recepção do hotel para que mais tarde não houvesse dúvidas quanto à sua presença ali. Ele deu um telefonema internacional para a casa-matriz, do seu quarto, informando o número do quarto e mais alguns detalhes sobre sua chegada.

Depois, ele foi se encontrar com um dos nossos investigadores, o mais competente dos detetives particulares, no bar do hotel, mandando cobrar a despesa na conta do quarto.

Pôde confirmar pessoalmente tudo o que a Ordem já sabia. Foi também informado de que Stella não queria mais cooperar com as investigações no pé em que estavam. Insistindo em que não sabia de nada e não podia ser de ajuda, ela afinal perdeu a paciência e se recusou a voltar a falar com os investigadores.

"Quando me despedi desse senhor", escreveu Langtry no seu relatório, "eu já tinha certeza de estar sendo vigiado. Não era mais do que uma sensação, mas uma sensação profunda. Também pressenti que isso estava associado ao desaparecimento de Stuart, embora eu mesmo não houvesse feito nenhuma pergunta acerca de Stuart para ninguém no hotel.

"A essa altura, senti uma forte tentação de percorrer as instalações, procurando detectar alguma indicação latente da presença de Stuart em um ou em outro. Mas era minha profunda convicção a de que Stuart não havia sofrido nada neste hotel. Pelo contrário, as pessoas que estavam me vigiando, na verdade, anotando todos os meus movimentos e atos, só o faziam porque alguém lhes havia pago para tal. Resolvi entrar em contato com Stella Mayfair imediatamente."

Langtry ligou para Stella do seu quarto. Embora já passasse das quatro horas, era óbvio que ela acabava de acordar ao atender seu telefone particular. Só com muita relutância ela permitiu que se falasse novamente no assunto. E logo ficou evidente que era genuína sua irritação.

– Olhe, não sei o que aconteceu a ele! – disse ela, começando a chorar. – Eu gostei dele. Gostei mesmo. Era um homem tão estranho. Nós fomos para a cama, sabia?

Langtry não conseguiu pensar em nada que pudesse dizer diante de uma confissão tão franca. Mesmo a voz de Stella sem a presença do corpo tinha algo de encantador. E Langtry se convenceu de que suas lágrimas eram sinceras.

– Bem, fomos mesmo – continuou ela, impávida. – Levei-o a algum lugarzinho horrível no Quarter. Contei isso para a polícia. Seja como for, gostei dele muito mesmo! Disse para não se aproximar desta família. Eu o avisei! Suas ideias sobre as coisas eram estranhíssimas. Ele não sabia de nada. Disse a ele para ir embora. Talvez ele tenha ido mesmo. Foi isso o que pensei que houvesse acontecido, sabe, que ele simplesmente havia seguido meu conselho e ido embora.

Langtry implorou a Stella que o ajudasse a descobrir o que havia acontecido. Explicou que era uma das pessoas que trabalhavam com Townsend e que se conheciam profundamente.

– Trabalhou com ele? O senhor quer dizer que pertence àquele grupo.

– Pertenço, se está falando do Talamasca...

– Psiu, preste atenção. Seja quem for, o senhor pode vir até aqui se quiser. Mas terá de ser amanhã à noite. É que vou dar uma festa, entende? O senhor pode simplesmente ser mais um convidado. Se alguém lhe perguntar quem o senhor é, o que é pouco provável, basta dizer que Stella o convidou. Peça para falar comigo. Mas, pelo amor de Deus, não diga nada a respeito de Townsend e não pronuncie o nome do seu... sei lá como se chama...

– Talamasca...

– Isso! Por favor, ouça o que estou lhe dizendo. Haverá centenas de pessoas aqui, desde gente de fraque até esmolambados, sabe, e seja discreto. Basta que se aproxime de mim e, ao me beijar, sussurre seu nome no meu ouvido. Como é mesmo seu nome?

— Langtry. Arthur.

— Hum, hum. Certo. É bem simples para eu me lembrar, não é? Agora, tenha muito cuidado. Não posso falar mais. Posso contar com a sua presença? Olhe, o senhor precisa vir!

Langtry afirmou que nada o impediria de comparecer. Perguntou-lhe se ela se lembrava da fotografia na qual havia escrito "Para o Talamasca, com amor, Stella! P.S. Há outros que observam, também".

— É claro que eu me lembro. Olhe, não posso falar sobre isso neste instante. Escrevi aquele recado há muitos e muitos anos. Minha mãe estava viva na época. Veja bem, não dá para imaginar como as coisas estão péssimas para mim agora. Nunca estive numa situação pior. E não sei o que aconteceu a Stuart. Realmente não sei. Por favor, não deixe de vir amanhã à noite.

— Claro que irei — respondeu Langtry, esforçando-se em silêncio para determinar se estava sendo atraído para alguma cilada ou não. — Mas por que precisamos ser tão cautelosos sobre tudo isso? Não vejo...

— Querido, ouça o que digo — insistiu ela, abaixando a voz. — Tudo bem com essa sua organização, sua biblioteca e suas maravilhosas investigações de fenômenos paranormais. Mas não seja tolo. Nosso mundo não é um mundo de sessões espíritas, mediunidade e parentes mortos nos dizendo para procurar entre as páginas da Bíblia a escritura da propriedade da rua tal ou coisa semelhante. Quanto àquela bobagem de vodu, aquilo foi só uma brincadeira. E, por sinal, não temos nenhum antepassado escocês. Éramos todos franceses. Meu tio Julien inventou uma história de um castelo escocês que ele comprou quando foi à Europa. Por isso, por favor esqueça tudo isso. Mas há outras coisas que posso lhe contar! E é essa a questão. Venha cedo. Chegue por volta das oito, está bem? Mas seja pelo motivo que for, não seja o primeiro a chegar. Agora preciso desligar. Não pode imaginar como tudo está horrível agora. Vou dizer francamente, nunca pedi para nascer nesta família de loucos! Verdade! Amanhã à noite serão trezentos os convidados, e eu não tenho um único amigo neste mundo.

Ela desligou.

Langtry, que havia taquigrafado a conversa inteira, copiou-a imediatamente de próprio punho, com uma cópia em carbono, que remeteu para Londres, indo diretamente ao correio para fazê-lo, já que não mais confiava na situação no hotel.

Em seguida, foi alugar um fraque e uma camisa de peitilho engomado para a festa da noite seguinte.

"Estou inteiramente confuso", ele havia escrito na carta. "Eu tinha certeza de ela estar envolvida no desaparecimento de Stuart. Agora não sei o que pensar. Ela não estava mentindo para mim, disso tenho certeza. Mas por que sente tanto medo? É claro que não posso fazer uma avaliação inteligente da sua pessoa antes de conhecê-la."

No final daquela tarde, ele ligou para Irwin Dandrich, o espião pago da alta sociedade, convidando-o para jantar num restaurante da moda no French Quarter, a alguns quarteirões do hotel.

Embora Dandrich não tivesse nada a dizer com relação ao desaparecimento de Townsend, ele pareceu apreciar muito a refeição, tagarelando sem parar sobre Stella. Dizia-se que Stella estava se acabando.

– Não se pode beber mais de um quarto de litro de conhaque francês por dia e querer viver para sempre – disse Dandrich, com gestos de tédio e escárnio, como se quisesse sugerir que o assunto fosse enfadonho, quando na verdade ele o adorava. – E o seu caso com Pierce Mayfair é revoltante. Ora, o menino acabou de fazer 18 anos. Realmente é uma tamanha idiotice de Stella agir assim! Ora, Cortland era seu principal aliado contra Carlotta, e agora ela foi e seduziu o filho predileto de Cortland! Acho que Barclay e Garland também não aprovam muito essa situação. E só Deus sabe qual é a posição de Lionel. Lionel é um monomaníaco, e o nome da sua monomania é Stella, é claro.

E Dandrich iria à festa?

– Eu não a perderia por nada neste mundo. Sem dúvida vai ser um espetáculo interessante. Stella proibiu Carlotta de tirar Antha da casa durante essas reuniões. Carlotta está bufando. Ameaçou chamar a polícia se os desordeiros não se comportarem.

– Como é Carlotta? – perguntou Langtry.

– Ela é Mary Beth com vinagre nas veias em vez de vinhos finos. Tem uma inteligência brilhante, mas sem imaginação. É rica, mas não existe nada que ela queira mesmo. É cansativamente prática, meticulosa e trabalhadeira. Enfim, uma chata insuportável. É claro que ela cuida de absolutamente tudo. Millie Dear, Belle, a pequena Nancy e Antha. E eles têm uns dois criados antigos lá que nem sabem mais quem são ou o que estão fazendo aqui. Carlotta cuida deles como de todos os outros. Stella só pode culpar a si mesma por isso tudo. Foi ela quem sempre deixou Carlotta contratar e dispensar, fazer os cheques e gritar. E agora então, com Lionel e Cortland se voltando contra ela, bem, o que ela pode fazer? Não, eu não perderia essa festa se eu fosse você. Pode ser a última por um bom tempo.

Langtry passou o dia seguinte explorando os bares clandestinos e o pequeno hotel do French Quarter (uma espelunca) onde Stella havia levado Stuart. Ele era perseguido constantemente pela forte sensação de que Stuart havia mesmo estado naqueles lugares, que o relato de Stella das suas perambulações era a pura verdade.

Às sete da noite, vestido e pronto para a noite, ele escreveu mais uma brevíssima carta para a casa-matriz, que enviou da agência dos correios em Lafayette Square, já a caminho da festa.

"Quanto mais penso na nossa conversa ao telefone, mais fico preocupado. Do que essa mulher tem tanto medo? Considero difícil acreditar que sua irmã Carlotta possa lhe fazer algum mal. Por que ninguém contrata uma babá para a criança atormentada? Digo-lhe que me sinto como se estivesse sendo atraído descontroladamente pela situação. Sem dúvida era assim que Stuart se sentia."

Langtry pediu ao táxi que o deixasse na esquina de Jackson e Chestnut para que ele pudesse caminhar os dois últimos quarteirões até a casa, chegando pelos fundos.

"As ruas estavam totalmente tomadas de automóveis. As pessoas se amontoavam entrando pelo portão dos fundos do jardim, e todas as janelas da casa estavam iluminadas. Eu ouvia os berros agudos do saxofone muito antes de chegar à escada da entrada.

"Não havia ninguém à porta da frente, ao que eu pudesse perceber. Eu simplesmente entrei, abrindo caminho em meio a um verdadeiro congestionamento de jovens no corredor. Todos fumavam, riam e se cumprimentavam, sem nem notarem minha presença."

A festa realmente admitiu qualquer tipo de traje, exatamente como Stella havia prometido. Havia até uma boa quantidade de gente idosa ali. E Langtry se sentia num confortável anonimato quando se dirigia ao bar na sala de estar, onde lhe serviram champanhe de excelente qualidade.

"A cada minuto chegava mais gente. Uma multidão dançava na parte frontal do salão. Na verdade, havia tanta gente por todos os cantos, tagarelando, rindo e bebendo numa espessa nuvem azulada da fumaça dos cigarros que eu mal pude ter uma impressão razoável da mobília do aposento. Luxuosa, suponho, e bastante parecida com a do salão de um grande navio, com seus vasos de palmeirinhas, seus torturados lustres em estilo art déco e suas cadeiras delicadas, vagamente helênicas.

"A banda, instalada na varanda lateral, logo atrás de duas portas-janelas, era ensurdecedora. Eu não podia imaginar como as pessoas chegavam a conversar com o barulho. Eu próprio não conseguia sequer manter a coerência do raciocínio.

"Eu estava a ponto de me afastar daquilo tudo quando meus olhos foram atraídos pelos casais que dançavam diante das janelas da frente, e logo percebi que estava olhando direto para Stella: uma mulher muito mais teatral do que qualquer retrato seu conseguiria ser. Ela estava usando seda dourada, um vestidinho de nada, pouco mais do que uma combinação, aparentemente com camadas de franjas, e que mal lhe cobria os joelhos bem-feitos. Minúsculas lantejoulas douradas cobriam suas meias finas, bem como o próprio vestido, e havia uma faixa de cetim dourado com flores amarelas nos seus cabelos negros, curtos e ondulados. Nos pulsos, ela usava delicadas pulseiras de ouro, e no pescoço, a esmeralda Mayfair, absurdamente antiquada, no entanto deslumbrante na sua velha filigrana, pousada no colo nu.

"Uma mulher-criança, ela parecia. Esguia, sem seios, e no entanto perfeitamente feminina, com os lábios pintados de um vermelho ousado e os enormes olhos negros cintilando como pedras preciosas enquanto ela recebia o olhar de adoração de todos, sem nunca perder o ritmo da dança. Seus pequenos pés em frágeis sapatos de salto alto batiam impiedosamente no assoalho encerado e, jogando a cabeça para trás, ela ria deliciada, dando uma pequena volta, a requebrar os ínfimos quadris, com os braços totalmente abertos.

"'É isso aí, Stella!' urrou alguém; e um outro, 'Isso mesmo, Stella!' E tudo isso sem sair do ritmo, se é que se pode imaginar. E Stella conseguia dar uma atenção carinhosa aos seus adoradores e, ao mesmo tempo, se entregar totalmente à dança, com o corpo flexível e delicado.

"Se eu um dia cheguei a ver uma pessoa que apreciasse a música e a atenção com um abandono tão inocente, naquela hora não me lembrei, como não me lembro agora. Não havia nada de cinismo ou de vaidade na sua exibição. Pelo contrário, ela dava a impressão de estar muito acima dessas idiotices egoístas e de pertencer tanto aos que a admiravam quanto a si mesma.

"Já seu parceiro, só o vi mais tarde, embora, em qualquer outra circunstância, eu o houvesse notado imediatamente, dado que ele era muito jovem e no fundo notavelmente parecido com ela, a mesma pele clara, os mesmos olhos e cabelos negros. Mas ele era pouco mais do que um menino. Seu rosto ainda tinha uma pureza de porcelana, e sua altura parecia estar levando vantagem sobre seu peso.

"Ele explodia com a mesma vitalidade despreocupada de Stella. E, quando a música terminou, ela jogou as mãos para o alto e se deixou cair, com total confiança, direto de costas para os braços que a esperavam. Ele a abraçou com uma intimidade escandalosa, deslizando as mãos pelo seu torso de menino e depois a beijando carinhosamente na boca. No entanto, isso foi feito sem nada de teatral. Na verdade, creio que ele não via mais ninguém no mundo a não ser ela.

"As pessoas fecharam o círculo ao seu redor. Alguém derramava champanhe na boca de Stella enquanto ela como que se pendurava no rapaz, e a música voltava a tocar. Outros casais, todos muito modernos e alegres, começaram a dançar.

"Essa não era uma boa hora para abordá-la, raciocinei. Eram só oito e dez, e eu apenas queria tirar alguns momentos para dar uma olhada na casa. Além disso, fiquei temporariamente desconcertado com sua presença. Uma enorme lacuna havia sido preenchida. Tive certeza de que ela não havia feito nenhum mal a Stuart. E assim, ouvindo seu riso ainda mais alto do que a nova investida da banda, retomei minha caminhada na direção das portas do salão.

"Permitam-me dizer aqui que essa casa é provida de um corredor extraordinariamente longo e de uma escada bem longa e reta. Eu calcularia que ela deve ter uns trinta degraus. (São na verdade vinte e sete.) O segundo andar parecia estar inteiramente às escuras, e a escada estava deserta, embora dezenas de pessoas passassem acotovelando-se por ela na direção de uma sala feericamente iluminada no final do corredor do térreo.

"Eu pretendia seguir seu exemplo, e assim fazer uma pequena exploração do local; mas, quando toquei o balaústre do pé da escada, vi alguém lá em cima. Percebi subitamente que se tratava de Stuart. Meu choque foi tal que quase gritei seu nome. Foi quando notei que havia nele algo de muito errado.

"Ele me parecia absolutamente real, isso vocês precisam entender. Na verdade, o jeito que a luz o atingia, vindo de baixo, não podia ser mais realista. No entanto, sua expressão me alertou imediatamente para o fato de eu estar vendo algo que não podia ser real. Pois, embora ele olhasse direto para mim e fosse óbvio que estava me reconhecendo, não havia no seu rosto nenhuma expressão de urgência, apenas uma tristeza profunda, uma dor imensa e extenuada.

"Ele pareceu se demorar até se certificar de que eu o havia visto, e então abanou a cabeça, numa proibição exausta. Ele então ergueu a mão direita e fez um gesto nítido para que eu fosse embora.

"Não ousei me mexer. Permaneci totalmente calmo, como sempre faço nesses momentos, resistindo ao inevitável delírio, concentrando-me no barulho, na pressão da multidão, até mesmo nos gritos agudos da música. E com muito cuidado gravei o que estava vendo. Suas roupas estavam sujas e desarrumadas. O lado direito do seu rosto estava machucado ou pelo menos desbotado.

"Afinal, cheguei ao pé da escada e comecei a subir. Só então o fantasma despertou da sua aparente lassidão. Mais uma vez, ele abanou a cabeça e gesticulou para que eu fosse embora.

"– Stuart – sussurrei. – Fale comigo, homem, se puder!

"Continuei a subir, com os olhos fixos nele, enquanto sua expressão demonstrava pavor cada vez maior. Vi que ele estava coberto de poeira; que seu corpo, mesmo enquanto ele me encarava, demonstrava os primeiros sinais de apodrecimento. Pior, eu sentia o cheiro! E então aconteceu o inevitável. A imagem começou a se apagar. Implorei desesperadamente que não se fosse. Mas a figura escureceu, e de dentro dela, sem a menor consciência da sua presença, saiu uma mulher de carne e osso, de extraordinária beleza, que veio descendo a escada na minha direção e passou por mim, numa lufada de seda cor de pêssego e de joias a tilintar, trazendo com ela uma nuvem de perfume adocicado.

"Stuart não estava mais ali. O cheiro de carne em decomposição desapareceu. A mulher pediu desculpas baixinho ao passar por mim. Parecia que ela estava gritando para uma quantidade de pessoas no saguão lá embaixo.

"Ela se voltou então e enquanto eu estava ali parado olhando lá para cima, totalmente esquecido dela, e com os olhos perdidos em nada a não ser nas sombras senti sua mão agarrar meu braço.

"– Ei, a festa é aqui embaixo – disse ela, dando-me um pequeno puxão.

"– Estou procurando o banheiro – disse eu, pois naquele instante não pude pensar em nenhum outro motivo.

"– Fica aqui embaixo, querido. Logo ali na biblioteca. Vou lhe mostrar onde é, bem atrás da escada.

"Acompanhei-a desajeitado escada abaixo, demos a volta e entramos num aposento muito amplo, porém pouco iluminado, voltado para o norte. Era a biblioteca, sim, sem nenhuma dúvida, com estantes que alcançavam o teto, mobília de couro escuro e apenas uma luz acesa, num canto distante da porta, ao lado de uma cortina vermelho-sangue. Um imenso espelho escuro estava suspenso acima da lareira de mármore, refletindo a luz do abajur como se fosse uma luz de santuário.

"– É aqui – disse ela, indicando uma porta fechada e saindo rapidamente. Eu de repente percebi um homem e uma mulher, abraçados no sofá de couro, que se levantaram e se apressaram a sair. A festa, com sua alegria constante, parecia evitar esse aposento. Tudo aqui era poeira e silêncio. Dava para se sentir o cheiro do couro e do papel se desfazendo em pó. E eu senti imenso alívio por estar só.

"Joguei-me na poltrona *bergère* diante da lareira, de costas para a multidão que passava pelo corredor, olhando para o seu reflexo no espelho, sentindo-me temporariamente em total segurança e rezando para que mais nenhum casal de namorados procurasse o abrigo dessas sombras.

"Peguei meu lenço e limpei o rosto. Eu suava terrivelmente e me esforçava para lembrar cada detalhe do que havia visto.

"Agora, vocês sabem que todos nós temos nossas teorias acerca de assombrações: quanto ao motivo pelo qual assumem essa ou aquela aparência ou por que fazem o que fazem. E é provável que as minhas não estejam de acordo com as de mais ninguém. Mas, sentado ali, eu tinha certeza de um ponto. Stuart havia optado por me aparecer num estado desarrumado e em decomposição por uma razão muito especial – seus restos estavam nessa casa! Mesmo assim, estava me implorando que fosse embora! Ele estava me avisando para sair.

"Seria esse aviso para o Talamasca como um todo? Ou apenas para Arthur Langtry? Fiquei meditando, sentindo minha pulsação voltar ao normal e sentindo, como sempre acontece depois de experiências dessa natureza, uma onda de adrenalina, uma disposição a descobrir tudo o que está por trás do leve cintilar do sobrenatural que eu acabava de vislumbrar.

"Eu estava também furioso, de uma forma profunda e rancorosa, com a pessoa ou a coisa que havia terminado com a vida de Stuart.

"O que fazer a seguir era a pergunta crucial. É claro que eu devia falar com Stella. Mas até onde eu poderia explorar essa casa antes de me apresentar a ela? E o aviso de Stuart? Exatamente qual era o perigo para o qual eu devia estar preparado?

"Estava considerando tudo isso, sem perceber nenhuma mudança na confusão no corredor às minhas costas, quando de repente fui dominado pela impressão de que algo no meu ambiente imediato havia passado por uma mudança radical e significativa. Ergui os olhos lentamente. Havia no espelho o reflexo de alguém, aparentemente de uma figura solitária. Sobressaltado, olhei para trás por cima do ombro. Não havia ninguém ali. Voltei, então, ao espelho fosco, sombrio.

"Um homem olhava cá para fora, da região incorpórea por trás do vidro. E, enquanto eu o examinava, com a adrenalina subindo e meus sentidos se aguçando, sua imagem foi ficando mais clara e brilhante, até que ele apresentou a aparência nítida e inquestionável de um rapaz de pele clara e olhos de um castanho-escuro, que me encarava aqui embaixo com raiva e maldade inconfundíveis.

"Por fim, a imagem atingiu sua força plena. E era tão cheia de vitalidade que parecia que um homem mortal havia se introduzido em algum aposento por trás do espelho e, tendo retirado o vidro, me espiava de dentro de uma moldura vazia.

"Nunca em todos os meus anos no Talamasca eu havia visto uma assombração tão perfeita. O homem parecia ter talvez uns 30 anos. Sua pele era deliberadamente impecável, embora meticulosamente colorida, com um rubor nas faces e um ligeiro empalidecimento nas olheiras. Seu traje era extremamente antiquado, com uma gola branca virada para cima e uma bela gravata de seda. Quanto ao cabelo, ele era ondulado e levemente despenteado, como se o homem tivesse acabado de passar os dedos por ele. A boca parecia carnuda, jovem e um pouco avermelhada. Dava para eu ver as linhas finíssimas nos lábios. Na verdade, eu via a ínfima sombra de uma barba recém-feita no seu queixo.

"No entanto, o efeito era horrendo, porque não se tratava de ser humano, pintura ou reflexo; mas de algo infinitamente mais brilhante do que qualquer um desses e, apesar disso, de algo silenciosamente vivo.

"Os olhos castanhos estavam cheios de ódio e, enquanto eu observava a criatura, sua boca sofreu um tremor levíssimo de raiva e, afinal, de fúria.

"Bem devagar e deliberadamente, levei meu lenço à boca.

"– Você matou meu amigo, espírito? – sussurrei. Raras vezes eu me senti tão estimulado, tão preparado para o confronto. – E então, espírito? – perguntei novamente.

"Vi que ele se enfraquecia. Vi que perdia sua solidez; na verdade, sua própria animação. O rosto, modelado com tanta beleza e exprimindo tanta emoção negativa, ia aos poucos perdendo a expressão.

"– Não vai se livrar de mim assim tão facilmente, espírito – disse entredentes. – Agora temos duas contas a acertar ou não temos? Petyr van Abel e Stuart Townsend, concordamos quanto a esse ponto?

"A ilusão pareceu incapaz de me responder. E de súbito o espelho estremeceu por inteiro, voltando a ser apenas um vidro escuro quando a porta do corredor se fechou com violência.

"Ouvi passos no chão nu para lá da borda do tapete chinês. O espelho estava decididamente vazio, refletindo nada mais do que mobília e livros.

"Voltei-me e vi uma mulher jovem que avançava pelo tapete, com os olhos fixos no espelho e toda a sua expressão revelando raiva, confusão, aflição. Era Stella. Ela parou diante do espelho, de costas para mim, examinando-o e depois se voltou.

"– Bem, você pode descrever isso para seus amigos de Londres, certo? – Ela parecia estar à beira da histeria. – Pode lhes contar o que viu!

"Percebi que seu corpo todo tremia. O leve vestido dourado com suas fileiras de franjas tremia. E, ansiosa, ela agarrou a esmeralda monstruosa junto à garganta.

"Esforcei-me para me levantar, mas ela me disse que ficasse sentado e imediatamente ocupou um lugar no sofá à minha esquerda, com a mão firme no meu joelho. Ela se aproximou muito de mim, tão perto que eu pude ver a máscara nos seus cílios longos e o pó no seu rosto. Ela era como uma enorme boneca a me olhar, uma deusa do cinema, nua na sua seda transparente.

"– Ouça, pode me levar daqui? Para a Inglaterra, para essas pessoas, esse Talamasca? Stuart disse que poderia!

"– Você me diz o que aconteceu com Stuart, e eu a levo para onde você quiser.

"– Eu não sei! – disse ela, e seus olhos logo se encheram de lágrimas. – Olhe, preciso ir embora. Eu não fiz nada contra ele. Não faço esse tipo de coisa com as pessoas. Nunca fiz! Meu Deus, o senhor não está acreditando em mim? Não tem condição de saber que estou dizendo a verdade?

"– Está bem. O que quer que eu faça?

"– Basta que me ajude! Leve-me para a Inglaterra. Olhe, tenho passaporte, tenho bastante dinheiro... – A essa altura, ela se interrompeu, abriu uma gaveta na mesa de canto do sofá e tirou dela um verdadeiro maço de notas de vinte dólares. – Pronto. Pode comprar as passagens. Vou me encontrar com o senhor. Hoje à noite.

"Antes que eu pudesse responder, ela ergueu os olhos, sobressaltada. A porta se abriu e por ela entrou o rapaz com quem ela estivera dançando antes, muito afogueado e cheio de preocupação.

"– Stella, estive procurando por você...

"– Ora, querido, já vou – disse ela, levantando-se de imediato e me lançando, por cima do ombro, um olhar significativo. – Agora volte lá fora e pegue uma bebida para mim, querido. – Ela ajeitou sua gravata enquanto falava com ele e depois fez com que se virasse, com pequenos gestos rápidos que de fato o empurraram na direção da porta.

"O rapaz demonstrava muita suspeita, mas tinha evidentemente boas maneiras. Fez o que ela disse que fizesse. Assim que fechou a porta, ela voltou para perto de mim. Estava ruborizada, quase febril e absolutamente convincente. Na verdade, minha impressão dela era a de que ela era uma pessoa algo inocente, que acreditava em todo o otimismo e rebeldia dos 'filhos do jazz'. Ela parecia autêntica, se é que me entendem.

"– Vá para a estação – implorou-me. – Compre as passagens. Vou me encontrar com o senhor no trem.

"– Mas que trem? De que horário?

"– Não sei que trem! – Ela torcia as mãos. – Não sei que horário! Preciso ir embora. Olhe, vou com o senhor.

"– Esse me parece um plano melhor. Você poderia esperar por mim no táxi enquanto eu busco minhas coisas no hotel.

"– É, é uma ideia excelente! – sussurrou. – E sairemos daqui no primeiro trem que estiver partindo. Sempre podemos mudar nossa passagem mais adiante.

"– E ele?

"– Que ele? – perguntou, irritada. – Está falando de Pierce? Pierce não vai causar nenhum problema! Pierce é um amor de criatura. Posso me encarregar de Pierce.

"– Você sabe que não estou falando de Pierce – disse eu. – Estou falando do homem que vi há alguns instantes no espelho, o homem que você forçou a desaparecer.

"Ela parecia totalmente desesperada. Era um animal acuado, mas não creio que fosse eu que a estivesse acuando. Eu não conseguia compreender.

"– Olhe, eu não fiz com que ele desaparecesse – disse ela, entredentes. Foi o senhor! – Ela fez um esforço consciente para se acalmar, pousando a mão por um momento no peito arquejante. – Ele não nos impedirá – prosseguiu. – Por favor, acredite no que lhe digo.

"Nesse instante, Pierce voltou, abrindo a porta mais uma vez e deixando entrar a imensa cacofonia lá de fora. Grata, ela tomou da mão dele a taça de champanhe e bebeu metade de um gole.

"– Vou conversar com você daqui a pouco – disse ela com uma doçura intencional. – Daqui a um pouquinho. Você vai estar bem aqui, não vai? Não, por sinal, por que não toma um pouco de ar fresco? Vá lá para a varanda da frente, querido, e eu vou conversar com você lá.

"Pierce sabia que ela estava tramando alguma coisa. Ele olhou de mim para ela, mas era óbvio que se sentia totalmente incapaz de fazer qualquer coisa. Ela o pegou pelo braço e o levou consigo adiante de mim. Olhei para o tapete de relance. As notas de vinte dólares haviam caído e estavam espalhadas por toda parte. Eu as recolhi, apressado, pondo-as de volta na gaveta, e saí para o corredor.

"Bem em frente à porta da biblioteca, vislumbrei um retrato de Julien Mayfair, uma tela muito bem pintada em óleos pesados e escuros ao estilo de Rembrandt. Desejei ter tempo para poder apreciá-lo.

"Mas saí rápido de trás da escada e comecei a abrir caminho com a maior delicadeza possível na direção da porta da frente.

"Três minutos deviam ter se passado, e eu só havia conseguido chegar ao balaústre do pé da escada, quando vi *o homem* novamente, ou achei que o vi por um terrível instante, o homem de cabelos castanhos que eu havia visto no espelho. Dessa vez, ele me fitava por cima do ombro de alguém, parado no canto da frente do corredor.

"Tentei discerni-lo mais uma vez, mas não consegui. As pessoas faziam pressão contra mim como se tivessem a intenção, que é claro que não tinham, de impedir meu avanço.

"Percebi, então, que alguém à minha frente estava apontando para a escada. Eu agora já havia passado dela e me encontrava a uns dois metros da porta. Voltei-me e vi uma criança no patamar, uma menininha loura muito bonita. Sem dúvida era Antha, embora me parecesse bem pequena para ter 8 anos. Estava descalça e usava uma camisola de flanela. Estava chorando e olhava por cima da balaustrada para o salão da frente.

"Eu também me voltei e olhei para o salão da frente, momento no qual alguém sufocou um grito, e a multidão se abriu, com as pessoas ficando à direita e à esquerda da porta, aparentando medo. Um homem ruivo estava parado no portal, um pouco à minha esquerda, voltado para o salão. E, enquanto eu olhava com horror e repulsa, ele levantou uma pistola com sua mão direita e atirou. O estrondo ensurdecedor fez tremer a casa. Seguiu-se o pânico. Encheu-se o ar de berros. Alguém havia caído junto à porta da frente, e os outros simplesmente pisoteavam o pobre coitado. Algumas pessoas procuravam escapar voltando para o saguão.

"Vi Stella caída no chão, no meio do salão da frente. Estava deitada de costas, com a cabeça virada para o lado, com os olhos fixos no saguão. Corri para lá, mas não a tempo de impedir o homem ruivo de ficar parado junto a ela e atirar novamente. Seu corpo teve espasmos quando o sangue jorrou do lado da sua cabeça.

"Agarrei o braço do filho da mãe, e ele atirou novamente quando minha mão apertou seu punho. Essa bala, no entanto, não acertou nela e atravessou o piso. Parecia que os gritos se redobravam. Vidros se quebravam. Na realidade, as janelas estavam se espatifando. Alguém tentou pegar o homem por trás, e eu nem sei como tirei a arma da sua mão, embora estivesse acidentalmente pisando em Stella, tropeçando de fato nos seus pés.

"Caí de joelhos com a arma e depois a empurrei com determinação para o outro lado do chão da sala. O assassino lutava agora em vão com uma meia dúzia de homens. Estilhaços de vidro das janelas caíam sobre todos nós. Vi que eles caíam como chuva sobre Stella. O sangue escorria do seu pescoço e sujava a esmeralda Mayfair que estava jogada de lado no seu colo.

"A primeira coisa que percebi foi uma trovoada monstruosa que superou os berros e gritos ensurdecedores vindos de todos os cantos. E senti que a chuva entrava em rajadas. Depois eu a ouvi caindo em todas as varandas ao redor. Em seguida, as luzes se apagaram.

"Relâmpagos repetidos me permitiram ver os homens arrastando o assassino para fora da sala. Uma mulher se ajoelhou ao lado de Stella, ergueu seu punho sem vida e deu um grito agonizante.

"Quanto à criança, ela havia entrado na sala e estava parada, descalça, olhando fixamente para a mãe. E então também ela começou a berrar. Sua voz se erguia aguda e penetrante acima das outras. 'Mamãe, mamãe, mamãe', como se a cada repetição sua percepção do ocorrido aprofundasse seu desamparo.

"– Alguém leve a criança daqui! – exclamei. E de fato outras pessoas haviam se reunido em volta dela e tentavam afastá-la dali. Saí da frente, apenas me pondo em pé quando cheguei à janela que dava para a varanda lateral. À luz de mais um relâmpago, vi alguém pegar a arma, que foi entregue a uma outra pessoa, que a passou a ainda uma outra, que a segurou como se ela estivesse viva. As impressões digitais não tinham mais nenhuma importância, se é que em algum momento tiveram, e havia inúmeras testemunhas. Não havia nenhum motivo para eu não ir embora enquanto podia. Voltando-me, saí para a varanda lateral e enfrentei o aguaceiro ao pisar no gramado.

"Dezenas de pessoas estavam ali abraçadas. As mulheres, chorando; os homens, fazendo o possível para proteger os cabelos das mulheres com seus paletós. Todos, encharcados, trêmulos e perplexos. A luz tremeluziu por um segundo, mas um outro relâmpago violento assinalou a interrupção do serviço. Quando uma janela do andar superior estourou de repente numa chuva de estilhaços cintilantes, o pânico mais uma vez dominou a todos.

"Corri na direção dos fundos da propriedade, pretendendo sair por ali sem ser observado. Isso implicou uma pequena corrida pelo caminho de lajes, a subida de dois degraus até o pátio ao redor da piscina e dali pude ver a alameda lateral até o portão.

"Mesmo com a chuva pesada, pude ver que ele estava aberto e vi, para além dele, as pedras reluzentes da pavimentação da rua. Os trovões reverberavam acima dos telhados, e num instante um relâmpago iluminou apavorante todo o jardim, com suas balaustradas e altas camélias, com suas toalhas jogadas sobre o esqueleto de inúmeras cadeiras de ferro preto. Tudo era açoitado irremediavelmente pelo vento.

"De repente, ouvi sirenes. E, quando me apressava a chegar à calçada, vislumbrei um homem parado imóvel, como que rígido, numa grande moita de bananeiras ao lado do portão.

"Ao me aproximar, olhei para a direita, direto no rosto do homem. Era o espírito, mais uma vez visível aos meus olhos, embora por que motivo juro que não faço a menor ideia. Meu coração se acelerou perigosamente, e eu senti uma tontura momentânea e uma contração das têmporas como se a circulação do meu sangue estivesse sendo bloqueada.

"Ele me apresentou a mesma figura de antes. Vi o inconfundível brilho do cabelo e dos olhos castanhos bem como os trajes escuros, que não chamavam a atenção, a não ser pela sua formalidade e por uma certa indefinição do conjunto. No entanto, gotas de chuva brilhavam ao tocar nos seus ombros e lapelas. Também brilhavam no seu cabelo.

"Foi, porém, o rosto da criatura que me deixou fascinado. Estava monstruosamente transformado pela dor; e suas faces, molhadas com um pranto mudo enquanto ele me encarava nos olhos.

"– Por Deus, fale se puder – disse eu. Praticamente as mesmas palavras que havia dito ao desesperado espírito de Stuart. E eu estava tão descontrolado por tudo que havia visto que investi contra ele, procurando agarrá-lo pelos ombros e fazer o possível para que me respondesse.

"Ele desapareceu. Só que dessa vez eu o senti sumir. Senti o calor e o súbito movimento no ar. Foi como se alguma coisa tivesse sido aspirada dali, e as bananeiras balançaram com violência. Mas também o vento e a chuva as estavam castigando. De repente, eu não sabia o que havia visto ou o que havia sentido. Meu coração saltava perigosamente. Senti mais um acesso de tontura. Era hora de sair dali.

"Fui apressado pela Chestnut Street, passando por dezenas de indivíduos que vagueavam, estarrecidos, a chorar, e desci pela Jackson Avenue já fora do alcance do vento e da chuva, entrando num trecho bastante claro e ameno, em que o trânsito seguia tranquilo, aparentemente sem o menor conhecimento do que havia acontecido a apenas alguns quarteirões dali. Em questão de segundos, peguei um táxi até o hotel.

"Assim que ali cheguei, arrumei meus pertences, carregando tudo com dificuldade até o andar térreo sem a ajuda de nenhum porteiro e imediatamente encerrei minha conta. Eu tinha o táxi que me levaria até a estação ferroviária, onde tomei o trem da meia-noite para Nova York, e agora estou no vagão dormitório.

"Vou enviar esta carta assim que puder. E até essa ocasião terei sempre a carta comigo, na minha roupa, na esperança de que, se algo me acontecer, a carta seja encontrada.

"No entanto, agora que escrevi isso, não creio que nada me aconteça! Este capítulo está encerrado. Chegou a um final horrendo e sangrento. Stuart participou dele. E só Deus sabe o papel que o espírito desempenhou. Mas eu não vou oferecer mais tentações ao espírito voltando para lá. Todos os impulsos no meu ser me dizem para escapar daqui. E se por um instante eu me esqueço disso tenho a recordação obsessiva de Stuart a me guiar, Stuart, do alto da escada, fazendo um gesto para que eu fosse embora.

"Se não voltarmos a conversar em Londres, por favor sigam o conselho que lhes estou dando. Não mandem mais ninguém a este lugar. Pelo menos, não por enquanto. Observem, aguardem, como está no nosso lema. Considerem as provas. Procurem extrair alguma lição do que já ocorreu. E acima de tudo estudem o arquivo Mayfair. Estudem-no em profundidade e ponham em ordem seus diversos componentes.

"Minha opinião, se é que vale alguma coisa, é que nem Lasher nem Stella tiveram influência na morte de Stuart. No entanto, seus restos mortais estão debaixo daquele teto.

"O conselho pode, porém, examinar as provas demoradamente. Não enviem mais ninguém para cá.

"Não podemos esperar pela justiça dos homens no que diz respeito a Stuart. Não podemos ter esperança nas decisões legais. Mesmo na investigação que inevitavelmente se seguirá aos horrores desta noite não haverá nenhuma busca na casa da família Mayfair ou no seu terreno. E como poderíamos exigir que uma medida dessas fosse tomada?

"Nunca nos esqueceremos de Stuart, porém. E eu sou homem o bastante, mesmo no crepúsculo da minha vida, para acreditar que deve haver um ajuste de contas, tanto no caso de Stuart quanto no de Petyr, embora eu não saiba com que ou com quem esse ajuste será feito.

"Não estou falando de desforra. Não estou falando de vingança. Falo de esclarecimento, compreensão e, acima de tudo, solução do problema. Falo da definitiva luz da verdade.

"Essas pessoas, a família Mayfair, não sabem mais quem são. Digo-lhes que a moça era inocente. Eu estou convicto disso. Mas nós sabemos. Nós sabemos. E Lasher sabe. E quem é Lasher? Quem é esse espírito que decidiu me revelar sua dor, que optou por me mostrar suas próprias lágrimas?"

Arthur enviou essa carta de St. Louis, Missouri. Uma péssima cópia em carbono foi enviada dois dias depois, de Nova York, com um breve pós-escrito, explicando que Arthur havia reservado a passagem para voltar para casa e que iria embarcar no final da semana.

Depois de dois dias no mar, Arthur ligou para o médico de bordo, queixando-se de dores no peito e pedindo um medicamento comum para má digestão. Meia hora depois, o médico encontrou Arthur morto, aparentemente de um ataque cardíaco. Eram seis e meia da noite de 7 de setembro de 1929.

Arthur havia escrito a bordo mais uma carta bem curta no dia anterior à sua morte. Ela foi encontrada no bolso do roupão que ele usava.

Nela, ele dizia que não se sentia bem, que sofria de enjoos terríveis, o que não lhe acontecia há anos. Havia horas em que ele temia estar realmente enfermo e não voltar a ver a casa-matriz.

"Há tantas coisas que eu quero debater com vocês acerca da família Mayfair, tantas ideias que me passam pela cabeça. E se nós atraíssemos esse espírito? Quer dizer, e se nós o convidássemos a vir a nós?

"Seja qual for sua decisão, não mandem outro investigador a Nova Orleans. Pelo menos, não agora, não enquanto aquela mulher, Carlotta Mayfair, estiver viva."

21

Ele a beijava enquanto acariciava seus seios. O prazer era tão intenso. Paralisante. Ela tentou erguer a cabeça, mas não conseguiu se mexer. O ronco ininterrupto das turbinas a embalava. É, isso era um sonho. No entanto, parecia tão real, e ela já estava voltando a cair nele. Faltavam apenas quarenta e cinco minutos para o pouso no aeroporto internacional de Nova Orleans. Ela devia tentar acordar. Mas ele já a beijava de novo, forçando a língua delicadamente entre seus lábios, com tanta delicadeza e com tanta força. E os dedos lhe tocavam os bicos dos seios, beliscando-os como se ela estivesse nua por baixo da pequena manta de lã. Ah, ele sabia fazer isso, beliscar devagar mas com firmeza. Ela se voltou mais para a janela, suspirando, encolhendo os joelhos para encostá-los na parede da cabine. Ninguém a observava. Primeira classe, meio vazia. Faltava pouco.

Mais uma vez, ele lhe apertou os bicos dos seios, só um pouco mais cruel, hum, que gostoso. A verdade é que a brutalidade nunca é demais. Beije com mais força. Encha minha boca com essa sua língua. Ela abriu os lábios encostados nos dele, e então ele lhe afagou os cabelos, fazendo brotar mais uma sensação inesperada, um leve formigamento. Estava aí o milagre, que houvesse uma tamanha variedade de sensações, como uma mescla de cores suaves e vibrantes, os calafrios que lhe percorriam as costas e os braços, além do fogo a pulsar entre as pernas. *Entre em mim! Eu quero que me preencha com a sua língua e com você. Com mais força!* Ele era enorme, mas entrou suave, lubrificado pelos seus fluidos.

Ela gozou em silêncio, estremecendo por baixo da manta, com o cabelo caído sobre o rosto, só com a vaga consciência de que não estava nua, de que ninguém podia estar tocando seu corpo, de que ninguém podia estar criando esse prazer. No entanto, ele se prolongava, o coração parecendo parar, o sangue latejando no seu rosto, os espasmos que desciam pelas suas coxas e pernas.

Você vai morrer se isso não parar, Rowan. A mão dele lhe acariciou o rosto. Ele beijou suas pálpebras. *Te amo...*

De repente, ela abriu os olhos. Por um instante, não reconheceu nada. Depois viu a cabine. A janelinha estava fechada, e tudo à sua volta parecia ser de um cinza luminoso, imerso no ruído dos motores. Os espasmos ainda a percorriam. Ela se recostou na ampla poltrona do avião e se entregou a eles, como se fossem surtos brandos e maravilhosamente modulados de eletricidade. Seus olhos passeavam lânguidos pelo teto enquanto se esforçava para mantê-los abertos, para acordar.

Meu Deus, qual não seria sua aparência depois dessa pequena orgia? Seu rosto devia estar ruborizado.

Ela foi se sentando bem devagar, ajeitando o cabelo para trás com as duas mãos. Tentou relembrar o sonho, não pela sensualidade, mas pela informação.

Tentou voltar ao centro do sonho, saber quem era o homem. Não era Michael. Não. Isso era desagradável.

Meu Deus, pensou Rowan. Fui infiel a Michael com ninguém. Que estranho. Ela levou as mãos ao rosto. Estava muito quente. Ainda sentia aquele prazer surdo, vibrante, debilitante até mesmo agora.

– Falta quanto para o pouso em Nova Orleans? – perguntou à aeromoça que passava.

– Meia hora. Está com o cinto afivelado?

Ela se recostou, tateando à procura do cinto e depois se entregando a uma deliciosa lassidão. Pensou em como um sonho podia provocar aquilo. Como um sonho podia levar a coisa tão longe?

Aos 13 anos, costumava ter esse tipo de sonho, antes de saber que eram naturais ou o que devia fazer a respeito deles. No entanto, sempre acordava antes de terminar. Não conseguia agir de outro modo. Dessa vez, porém, o sonho havia chegado ao final. E o mais estranho era que ela se sentia violentada, como se o amante onírico a houvesse estuprado. Ora, isso era realmente o cúmulo do absurdo. Mas a sensação não era agradável e era de extrema intensidade.

Violentada...

Ela levou as mãos aos seios por baixo do cobertor, protegendo-os com carinho. Mas isso era tolice, não era? Além do mais, não se tratou de estupro.

– Aceita um drinque antes do pouso?

– Não. Um café. – Ela fechou os olhos. Quem havia sido esse seu amante do sonho? Nenhum rosto, nenhum nome. Só a sensação de alguém mais delicado do que Michael, alguém quase etéreo, ou pelo menos era essa a palavra que agora lhe ocorria. O homem havia falado alguma coisa. Tinha certeza disso. Mas tudo lhe havia escapado a não ser a lembrança do prazer.

Só quando voltou a se sentar ereta para tomar o café, foi que percebeu uma leve sensibilidade entre as pernas Talvez uma consequência das fortes contrações musculares. Graças a Deus não havia ninguém por perto; ninguém ao seu lado ou do outro lado do corredor. Também ela nunca teria deixado a coisa ir tão longe se não estivesse escondida por baixo da manta. Isto é, se tivesse conseguido se forçar a acordar. Se tivesse tido escolha.

Estava com tanto sono!

Bebeu devagar um gole do café e levantou a janelinha de plástico branco.

Lá embaixo, um pântano verdejante ao sol polarizado da tarde. E o rio marrom-escuro, sinuoso, acompanhando as curvas da cidade a distância. Ela sentiu uma súbita exultação. Faltava pouco. O ruído dos motores ficou mais forte, mais alto, com a descida do avião.

Ela não queria mais pensar no sonho. Desejava honestamente que ele nunca houvesse acontecido. Na realidade, ele lhe pareceu de repente terrivelmente repugnante. Ela se sentia suja, cansada e furiosa. Até um pouco enojada. Queria pensar na mãe e em ver Michael.

Havia ligado para Jerry Lonigan de Dallas. A funerária estava aberta. E os primos já chegavam. Haviam telefonado a manhã inteira. A missa estava marcada para as três da tarde, e ela não devia se preocupar. Bastava que viesse do Pontchartrain assim que chegasse.

– Aonde vai estar, Michael? – sussurrou ela, ao se recostar mais uma vez e fechar os olhos.

22

O ARQUIVO SOBRE AS BRUXAS MAYFAIR

CAPÍTULO VIII
A família de 1929 a 1956

O PERÍODO IMEDIATAMENTE POSTERIOR À MORTE DE STELLA

Em outubro e novembro de 1929 ocorreu o colapso da Bolsa de Valores, e o mundo entrou na Grande Depressão. A exuberância da década de 1920 chegara ao fim. Gente rica de todo o mundo perdeu sua fortuna. Multimilionários saltavam do alto de prédios. E, numa época de uma austeridade nova e indesejável, surgiu uma inevitável reação cultural aos excessos da década de 1920. Saíram da moda as saias curtas, as figuras da sociedade que bebiam demais, os livros e os filmes eróticos sofisticados.

Na casa da família Mayfair, bem na esquina de First e Chestnut, em Nova Orleans, as luzes quase se apagaram com a morte de Stella e nunca mais voltaram a se acender. Velas iluminaram o velório de Stella, com o caixão aberto no salão duplo. E quando Lionel, seu irmão, que a havia assassinado com duas balas diante de dezenas de testemunhas, foi enterrado pouco tempo depois, o enterro não saiu da casa, mas de uma impessoal agência funerária na Magazine Street, a alguns quarteirões dali.

Menos de seis meses após a morte de Lionel, a mobília art déco de Stella, seus inúmeros quadros modernos, todos os seus discos de jazz, ragtime e blues, tudo desapareceu dos aposentos da First Street. O que não foi para o imenso sótão da casa foi jogado fora.

Uma enorme quantidade de sólidas peças vitorianas, guardadas desde a destruição de Riverbend, voltou a encher os aposentos. As janelas que davam para a Chestnut Street foram trancadas e nunca mais se abriram.

Essas mudanças, no entanto, não estavam relacionadas ao final da louca década de 1920, ao colapso da Bolsa de Valores ou à Grande Depressão.

A firma Mayfair & Mayfair havia há muito tempo retirado enormes somas investidas nas ferrovias e também no mercado de ações perigosamente inflacionado. Já em 1924, a empresa havia vendido suas extensas propriedades na Flórida, com lucros fantásticos. Ela manteve, porém, os imóveis na Califórnia para a corrida para o oeste que ainda estava por acontecer. Com milhões investidos em ouro, em francos suíços, nas minas de diamantes da África do Sul e em inúmeros outros empreendimentos lucrativos, a família estava mais uma vez numa posição que lhe permitia emprestar dinheiro a amigos e primos distantes que haviam perdido tudo o que tinham.

E emprestar dinheiro a torto e a direito foi o que a família fez, injetando sangue novo no organismo de dimensões incalculáveis dos seus contatos políticos e sociais, e se protegendo ainda mais de qualquer tipo de interferência, como sempre foi seu costume.

Lionel Mayfair nunca foi interrogado por um único policial que fosse quanto a seus motivos para atirar em Stella. Duas horas após a morte da irmã, ele já estava internado num sanatório particular onde, nos dias que se seguiram, médicos entediados quase cochilavam ouvindo Lionel falar sem parar sobre o demônio que percorria os corredores da casa da First Street, sobre a pequena Antha, que levava o diabo consigo para a cama.

— E lá estava ele com Antha, e eu sabia. Estava tudo acontecendo de novo. E mamãe não estava por perto, entende, não havia mais ninguém por perto. Só Carlotta brigando o tempo todo com Stella. Ah, não dá para se imaginar o quanto batiam as portas e o quanto gritavam. Éramos um lar só de crianças sem mamãe. Minha irmã mais velha, Belle, vivia agarrada à sua boneca, chorando. E Millie Dear, coitadinha, rezando o terço na varanda lateral no escuro, abanando a cabeça. E Carlotta lutando para assumir o lugar de mamãe, mas sem conseguir. Em comparação com mamãe, ela é um soldadinho de chumbo! Stella atirava coisas nela. "Você acha que vai me trancafiar!" Stella ficava histérica.

— Crianças, é o que lhe digo. É o que nós éramos. Eu batia à porta do seu quarto, e Pierce estava lá dentro com ela! Eu sabia, e tudo em plena luz do dia. Ela mentia para mim; e *ele*, com Antha. Eu o via. Eu o via o tempo todo! Eu o via. Eu os vi juntos no jardim. Mas ela sabia. Sempre soube que ele estava com Antha, mas ela deixou que acontecesse.

— "Você vai permitir que ele fique com ela?", foi o que Carlotta perguntou. De que jeito eu poderia impedir isso? Ela mesma não conseguia impedir. Antha estava lá fora debaixo das árvores cantando com ele. Ela jogava flores para o alto, e ele fazia com que flutuassem no ar. Eu vi isso. Vi isso tantas vezes! Eu a ouvia rir. Era assim que Stella costumava rir! E o que mamãe chegou algum dia a fazer, pelo amor de Deus? Vocês não entendem. Uma casa só de crianças. E por que éramos crianças? Porque não sabíamos fazer o mal. Será que mamãe sabia? Será que Julien sabia?

– Sabem por que Belle é idiota? Consanguinidade! E Millie Dear não é nem um pouco melhor! Meu Deus, vocês sabem que Millie Dear é filha de Julien? Pois é mesmo. Deus é testemunha de que ela é. E também ela o vê, e mente! Eu sei que ela o vê.

– "Deixe-a em paz", é o que Stella me diz. "Não faz diferença." Mas eu sei que Millie consegue vê-lo. Sei que sim. O pessoal estava carregando engradados de champanhe para a festa. Uma enorme quantidade de engradados, e Stella estava lá em cima dançando ao som dos seus discos. "Procure estar apresentável na festa, Lionel, por favor." Pelo amor de Deus, será que ninguém sabia o que estava acontecendo?

– E Carl falando de mandar Stella para a Europa! Como alguma pessoa poderia forçar Stella a fazer qualquer coisa? E que diferença faria o fato de Stella estar na Europa? Procurei falar com Pierce. Agarrei-o pelo pescoço e disse: "Vou fazer você me ouvir." Eu teria atirado também nele, se tivesse conseguido. É o que eu teria feito, meu Deus. Por que me impediram? "Você não está percebendo? É com Antha que ele está agora! Estão cegos?" Foi o que falei. E vocês me digam! Será que todos eles estão cegos?

Ao que nos relataram, ele permaneceu assim dias a fio. No entanto, o trecho citado é o único fragmento anotado ao pé da letra na sua ficha médica, após o que somos apenas informados de que o "paciente continua a falar de alguma mulher e de algum homem, sendo que uma dessas pessoas é supostamente o demônio". Ou, então, "Delirando de novo, incoerente, insinuando que alguém o levou ao ato criminoso, mas sem deixar claro quem é essa pessoa".

Na véspera do enterro de Stella, três dias após o assassinato, Lionel tentou fugir. Daí em diante, ele foi mantido permanentemente sob controle.

– Como conseguiram arrumar o rosto de Stella, eu nunca vou saber – disse um dos primos, muito tempo depois. – Mas ela estava linda.

– Essa foi realmente a última festa de Stella. Ela havia deixado instruções detalhadas sobre como tudo deveria ser, e sabe o que eu ouvi dizer mais tarde? Que tudo aquilo ela escreveu aos 13 anos! Imagine, as ideias românticas de uma menina de 13 anos!

Os comentários nos meios jurídicos indicavam algo bem diferente. As instruções para o enterro de Stella (que não representavam absolutamente uma obrigação legal) haviam sido incluídas no testamento feito por ela em 1925, após a morte de Mary Beth. E, apesar de todo o seu efeito romântico, elas eram de extrema simplicidade. Stella deveria ser velada em casa. As floriculturas deveriam ser informadas de que a "flor preferida" seria o copo-de-leite ou algum outro lírio branco. O andar principal da casa deveria ser iluminado apenas por velas. Seria servido vinho. O velório deveria se estender desde a colocação do corpo no caixão até sua remoção para a missa de corpo presente na igreja.

Acabou sendo romântico para os padrões de qualquer pessoa, com Stella vestida de branco num caixão aberto na extremidade frontal do longo salão e dúzias de velas de cera emitindo uma luz fantástica.

— Vou contar como foi — comentou um dos parentes muito depois. — Como as procissões do mês de maio. Exatamente. Com todos aqueles lírios, todo aquele perfume, e Stella, de branco, como a rainha da primavera.

Cortland, Garland e Barclay cumprimentavam os primos que chegavam às centenas. Foi permitido a Pierce prestar suas últimas homenagens, embora ele fosse imediatamente despachado para a família da sua mãe, em Nova York. Os espelhos estavam cobertos ao velho estilo irlandês, embora ninguém parecesse saber de quem havia partido a ordem.

Havia ainda mais gente na missa de corpo presente, já que alguns primos que Stella não havia convidado para a casa da First Street enquanto estava viva foram direto para a igreja. A multidão no cemitério era tão numerosa quanto a que compareceu ao enterro de Miss Mary Beth.

— É, mas você precisa compreender que se tratava de um escândalo! — disse Irwin Dandrich. — Foi o assassinato de 1929! E Stella era Stella, sabe? Não poderia ter sido mais interessante para certo tipo de gente. Você sabia que, na própria noite do assassinato, dois rapazes que conheço se apaixonaram por ela? Dá para imaginar? Nenhum dos dois a conhecia antes. Estavam brigando por sua causa, um exigindo que o outro o deixasse ter uma oportunidade com ela, e o outro dizendo que havia falado com ela primeiro. Meu caro, a festa começou às sete. E, às oito e meia, ela já estava morta!

— Ele está ali, ele não quer me deixar em paz! — Lionel acordou no hospício, aos gritos, na noite após o enterro de Stella.

Antes do final da semana, ele já estava numa camisa de força e, finalmente, no dia 4 de novembro, foi preso numa cela acolchoada. Enquanto os médicos debatiam se tentavam o tratamento de eletrochoque ou se apenas o mantinham sedado, Lionel ficava agachado num canto, sem poder soltar os braços da camisa de força, gemendo e procurando afastar a cabeça do seu torturador invisível.

As enfermeiras contaram a Irwin Dandrich que ele gritava para que Stella o ajudasse.

— Ele está me enlouquecendo, Stella. Em nome de Deus, por que ele não me mata? Stella, me ajude. Stella, diga a ele que me mate. — Seus gritos ecoavam nos corredores.

— Eu não quis mais lhe dar injeções — disse uma das enfermeiras a Dandrich. — Ele nunca chegava a dormir mesmo. Ficava lutando com seus demônios, resmungando e xingando. Acho que para ele foi pior assim.

"Consideram-no total e irremediavelmente louco", escreveu um dos nossos detetives particulares. "É claro que, na hipótese da sua cura, ele talvez tivesse de ser julgado por assassinato. Só Deus sabe o que Carlotta disse às autoridades. É possível que não tenha dito nada. É possível que ninguém tenha feito perguntas."

Na manhã do dia 6 de novembro, só e desacompanhado, Lionel entrou aparentemente em convulsões e morreu sufocado com a própria língua. Não houve velório algum na casa funerária da Magazine Street. Os primos não foram recebidos na manhã do enterro, sendo orientados a ir direto para a missa na igreja de Santo Afonso. Lá foram avisados por organizadores contratados a não prosseguirem até o cemitério, já que Miss Carlotta queria tudo discreto.

Mesmo assim, eles se reuniram nos portões da Prytania Street do cemitério de Lafayette nº 1, assistindo de longe enquanto o caixão de Lionel era posto junto ao de Stella.

Lendas de família:

"Estava tudo acabado. Todos sabiam. Pierce, coitado, acabou conseguindo se recuperar. Estudou algum tempo em Columbia e entrou para Harvard no ano seguinte. No entanto, até o dia da sua morte, ninguém nunca pronunciou o nome de Stella diante dele. E como odiava Carlotta. A única vez que eu o ouvi tocar no assunto, ele disse que ela foi a responsável. Ela devia ter puxado o gatilho com as próprias mãos."

Pierce não só se recuperou, mas se tornou um advogado extremamente capaz, que desempenhou um papel importante na orientação e expansão da fortuna Mayfair ao longo das décadas. Morreu em 1986. Seu filho, Ryan Mayfair, nascido em 1936, é a espinha dorsal do escritório da Mayfair & Mayfair atualmente. O jovem Pierce, filho de Ryan, é no momento o rapaz mais promissor da firma.

Mas aqueles primos que disseram que "estava tudo acabado" tinham razão.

Com a morte de Stella, o poder das Bruxas Mayfair foi efetivamente destruído. Stella foi a primeira das herdeiras dos dons de Deborah a morrer jovem. Ela foi a primeira a sofrer morte violenta. E nunca mais uma Bruxa Mayfair "governaria" a casa da First Street ou assumiria a administração direta do legado. Na verdade, a atual beneficiária é uma catatônica muda, e sua filha, Rowan Mayfair, é uma jovem neurocirurgiã, que mora a quase quatro mil quilômetros da First Street e não sabe nada da sua mãe, da sua história de família, da sua herança ou da sua própria casa.

Como tudo chegou a esse ponto? E será que se pode atribuir a culpa a uma única pessoa? São perguntas a respeito das quais poderíamos nos angustiar eternamente. Mas antes de as considerarmos em detalhe recuemos no tempo e examinemos a posição do Talamasca após a morte de Arthur Langtry.

O ESTADO DA INVESTIGAÇÃO EM 1929

Não foi realizada autópsia em Arthur Langtry. Seus restos mortais foram enterrados na Inglaterra no cemitério do Talamasca, como há muito tempo ele havia decidido que seriam. Não há nenhum indício de que ele houvesse sofrido morte violenta. Na verdade, sua última carta, em que descreve o assassinato de Stella, demonstra que ele já estava com algum problema cardíaco. Pode-se dizer, porém, com alguma justificativa, que o estresse do que viu em Nova Orleans teve seu efeito nocivo. Arthur poderia ter vivido mais se nunca tivesse ido até lá. Por outro lado, ele não estava aposentado, e poderia ter se deparado com a morte, em atividade em algum outro caso.

Para o conselho diretor do Talamasca, no entanto, Arthur Langtry foi mais uma vítima das Bruxas Mayfair. E a rápida visão do espírito de Stuart por Arthur foi plenamente aceita por estes experientes investigadores como uma prova de que Stuart morreu dentro da residência da família Mayfair.

O Talamasca queria, porém, saber exatamente como Stuart morreu. Teria sido Carlotta? E, em caso afirmativo, por quê?

O argumento mais evidente em defesa de Carlotta talvez já esteja óbvio e ficará ainda mais com o prosseguimento desta narrativa. Carlotta havia sido a vida inteira uma católica praticante, uma advogada escrupulosamente honesta e uma cidadã cumpridora da lei. Suas críticas acirradas a Stella aparentemente se baseavam nas suas próprias convicções morais ou pelo menos foi essa a suposição da família, de amigos e até mesmo de observadores informais.

Por outro lado, dezenas de pessoas afirmam que Carlotta levou Lionel a atirar em Stella, que fez tudo para isso menos pôr a arma nas suas mãos.

Mesmo que Carlotta tivesse mesmo posto a arma nas mãos de Lionel, um ato público e carregado de emoção, como o assassinato de Stella, é muito diferente da eliminação em segredo e a sangue-frio de um estranho que mal se conhece.

Teria Lionel talvez sido o assassino de Stuart Townsend? E o que dizer da própria Stella? E como podemos ignorar a possibilidade de ter sido Lasher? Se considerarmos que essa criatura tem uma personalidade, uma história, na verdade um perfil como se diz no mundo moderno, o assassinato de Townsend não combina em termos mais lógicos com o *modus operandi* do espírito do que com o de qualquer outro morador da casa?

Infelizmente, nenhuma dessas hipóteses justifica a tentativa de encobrimento, e certamente houve essa tentativa, com os funcionários do St. Charles Hotel sendo pagos para dizer que Stuart Townsend nunca se hospedou ali.

Talvez uma possibilidade aceitável seja uma que abrace todos os suspeitos envolvidos. Por exemplo, e se Stella realmente convidou Townsend para vir à First Street, onde ele encontrou a morte por meio de alguma intervenção violenta por parte de Lasher? E se uma Stella em pânico recorresse, então, a Carlotta, a Lionel ou mesmo a Pierce para ajudá-la a ocultar o corpo e a se certificar de que ninguém no hotel dissesse uma palavra sequer?

Infelizmente, essa possibilidade, como outras semelhantes, deixa um excesso de perguntas sem resposta. Por que, por exemplo, Carlotta teria participado de uma trapaça dessas? Ela não poderia ter usado a morte de Townsend para se livrar da sua irmãzinha de uma vez por todas? Quanto a Pierce, é extremamente improvável que um jovem tão inocente pudesse se envolver numa coisa dessas. (Dali em diante, Pierce levou uma vida muito respeitável.) E, quando pensamos em Lionel, devemos nos fazer a seguinte pergunta: Se ele teve algum conhecimento da morte ou do desaparecimento de Stuart, o que o impediu de dizer algo a respeito disso, quando ficou "louco delirante"? Ele sem dúvida falou o suficiente sobre tudo o mais que ocorreu na First Street ou é o que os registros demonstram.

Afinal, deveríamos ainda nos perguntar: se uma dessas pessoas improváveis ajudou Stella a enterrar o corpo no quintal, por que se incomodaria de retirar todos os pertences de Townsend do hotel e de subornar os funcionários para que dissessem que ele nunca esteve lá?

Talvez o Talamasca esteja errado, em retrospectiva, por não trabalhar mais a questão de Stuart, por não exigir uma investigação em larga escala, por não forçar a polícia a fazer alguma coisa. O fato é que realmente pressionamos. Como também pressionou a família de Stuart, ao ser informada do seu desaparecimento. No entanto, como declarou ao Dr. Townsend um renomado escritório de advocacia de Nova Orleans: "Nós não temos absolutamente nada em que nos basear. Não conseguimos provar nem que o rapaz um dia esteve aqui!"

Nos tempos que se seguiram ao assassinato de Stella, ninguém se dispunha a "incomodar" a família com ainda mais perguntas sobre um misterioso texano, vindo da Inglaterra. Nossos investigadores, incluindo-se alguns dos melhores do ramo, jamais conseguiram romper o silêncio dos funcionários do hotel, nem obter uma pista por menor que fosse de quem os teria subornado. É irracional imaginar que a polícia pudesse ter melhores resultados.

Existe, porém, uma opinião interessantíssima a ser levada em consideração antes de deixarmos esse crime sem solução. Trata-se das palavras finais de Irwin Dandrich sobre o assunto, em conversa com um dos nossos detetives particulares num bar do French Quarter perto do Natal de 1929.

– Vou contar o segredo para compreender essa família – disse Dandrich. – E olhe que eu os observo há anos. Não só para aqueles esquisitões de Londres, veja bem. Eu os observo como todo mundo os observa: perguntando-me sempre o que se passa por trás das janelas fechadas. O segredo reside em perceber que Carlotta Mayfair não é a mulher católica virtuosa e pura que sempre fingiu ser. Aquela mulher tem algo de misterioso e de maligno. Ela é destrutiva e rancorosa. Ela preferia ver a pequena Antha enlouquecer a vê-la crescer para ser parecida com Stella. Ela prefere ter a casa escura e deserta a ver as pessoas se divertindo.

Superficialmente, esses comentários parecem simplistas, mas pode haver neles bem mais verdade do que as pessoas percebiam na época. Aos olhos do mundo, Carlotta Mayfair certamente representava a probidade, a sanidade, a virtude e coisas semelhantes. A partir de 1929, ela passou a ir à missa diariamente na capela de

Nossa Senhora do Perpétuo Socorro em Prytania, fazia doações generosas à igreja e a todas as suas organizações e, embora estivesse envolvida numa guerra particular com a firma Mayfair & Mayfair quanto à administração do dinheiro de Antha, sempre foi extremamente generosa com seu próprio dinheiro. Ela emprestava dinheiro voluntariamente a todo e qualquer parente que dele necessitasse; enviava presentes discretos nos aniversários, casamentos, batizados e formaturas; comparecia a enterros e de vez em quando se encontrava com parentes fora da casa para almoçar ou tomar chá.

Para aqueles que haviam sido tão ofendidos por Stella, Carlotta era uma boa pessoa, o esteio da casa da First Street, quem cuidava com capacidade e interminável sacrifício da filha louca de Stella, Antha, e das outras dependentes, Millie Dear, Nancy e Belle.

Ela nunca foi criticada por não mais abrir a casa à família. Ou por sua decisão de não voltar a fazer reuniões e festinhas de qualquer tipo. Pelo contrário, todos compreendiam que "ela já tinha muito trabalho nas mãos". Ninguém queria exercer nenhuma pressão sobre ela. Na verdade, ela se tornou para a família uma espécie de santa rabugenta com o passar dos anos.

Depois de quarenta anos de exame da família, a minha opinião, se é que tem valor, é de que há muita verdade na avaliação de Carlotta feita por Dandrich. Tenho a convicção pessoal de que ela representa um mistério tão grande quanto o de Mary Beth ou o de Julien. E nós apenas arranhamos a superfície do que ocorre ali.

MAIS ESCLARECIMENTOS ACERCA DA POSIÇÃO DA ORDEM

Com relação ao futuro, foi decidido pelo Talamasca em 1929 que nenhuma outra tentativa de contato pessoal seria feita.

Nosso diretor, Evan Neville, acreditava que em primeiríssimo lugar deveríamos seguir o conselho de Arthur Langtry e, em segundo, deveríamos levar a sério o aviso do espectro de Stuart Townsend. Deveríamos nos afastar da família Mayfair por algum tempo.

Alguns membros mais jovens do conselho eram, porém, da opinião de que devíamos procurar estabelecer contato com Carlotta Mayfair por correspondência. Que mal poderia resultar disso?, argumentavam eles. *E que direito nós tínhamos de não colocar nossas informações à sua disposição?* Com que finalidade havíamos reunido todos esses dados? Devíamos preparar para ela um resumo sucinto das informações por nós compiladas. Sem dúvida, nossos registros mais antigos, as cartas de Petyr van Abel, deveriam ser colocados à sua disposição, assim como as árvores genealógicas por nós elaboradas.

Isso redundou em um debate cáustico e violento. Os membros mais velhos da Ordem relembraram aos mais novos que Carlotta Mayfair era com toda a probabilidade responsável pela morte de Stuart Townsend e que era mais do que provável que fosse responsável pela morte de sua irmã, Stella. Que obrigação poderíamos sentir para com uma pessoa dessas? Antha era a pessoa a quem devíamos revelar nossos dados, e uma atitude dessas não podia sequer ser cogitada enquanto ela não completasse 21 anos.

Além do mais, por não existir nenhum contato pessoal que nos orientasse, como essa informação seria passada a Carlotta Mayfair e quais informações poderíamos pensar em lhe dar?

A história da família Mayfair, na apresentação que tinha em 1929, não estava de modo algum pronta para "olhos estranhos". Um resumo meticuloso teria de ser preparado, com a eliminação total dos nomes de testemunhas e de investigadores, e mais uma vez qual seria a finalidade de entregar isso a Carlotta? O que ela faria com ele? De que modo ela poderia usá-lo no tocante a Antha? Qual seria sua reação inicial? E, se íamos dar essa história a Carlotta, por que não dá-la também a Cortland e seus irmãos? Na verdade, por que não dá-la a cada membro da família Mayfair? E, se realmente agíssemos assim, quais seriam os efeitos dessas informações sobre essas pessoas? Que direito nós tínhamos de imaginar uma interferência tão espetacular nas suas vidas?

Na realidade, a natureza da história era muito especial, ela incluía um material tão absurdo e aparentemente misterioso que sua revelação não podia ser cogitada arbitrariamente.

... E assim prosseguia aceso o debate.

Como sempre ocorre em tais ocasiões, as normas, os objetivos e a conduta ética do Talamasca foram totalmente reavaliados. Fomos forçados a reafirmar para nós mesmos que a história da família Mayfair, devido à sua extensão e seus detalhes, era inestimável para nós, estudiosos do oculto, e que iríamos continuar a colher informações sobre a família, sem nos importar com o que dissessem os membros mais jovens do conselho acerca da ética e de tudo o mais. No entanto, nossa tentativa de "contato" havia sido um enorme fracasso. Esperaríamos até Antha completar 21 anos, e então pensaríamos numa abordagem cuidadosa, dependendo de quem da Ordem estivesse disponível para uma missão dessas na ocasião.

Ficou também claro, enquanto o conselho prosseguia com suas querelas, que quase ninguém ali, nem mesmo Evan Neville, conhecia a fundo a história completa das Bruxas Mayfair. Houve, de fato, discussões consideráveis não só sobre o que fazer e como deveria ser feito, mas sobre o que havia acontecido e em que época na família Mayfair. É que o arquivo havia simplesmente crescido demais, ficando muito complexo para qualquer pessoa examinar com eficácia num período razoável de tempo.

Era óbvio que o Talamasca precisava encontrar um membro disposto a assumir as Bruxas Mayfair como uma missão de dedicação integral. Alguém capaz de estudar o arquivo detalhadamente e depois tomar decisões inteligentes e responsáveis sobre o que fazer no trabalho de campo. Considerando-se a trágica morte de Stuart Townsend, ficou estabelecido que essa pessoa deveria ter excelente reputação como estudiosa, assim como ampla experiência prática. Na verdade, ele deveria provar seu conhecimento do arquivo, organizando todos os materiais numa longa narrativa, coerente e inteligível. Então, e só então, essa pessoa receberia permissão para ampliar seu estudo das Bruxas Mayfair por meio de investigações mais diretas com a intenção de um dia um contato acabar sendo feito.

Em suma, a enorme tarefa de transpor o arquivo para o formato de narrativa era considerada como uma preparação necessária para o envolvimento no campo. E havia grande sabedoria nessa abordagem.

A única triste falha no plano como um todo residiu no fato de essa pessoa só ter sido encontrada pela Ordem em 1953. E, a essa altura, a trágica vida de Antha Mayfair já estava terminada. A beneficiária do legado era agora uma menina de 12 anos, de rosto abatido, que já havia sido expulsa da escola por "conversar com seu amigo invisível", por fazer flores voarem pelo ar, por encontrar objetos perdidos e por ler o pensamento dos outros.

— Seu nome é Deirdre — disse Evan Neville, com o rosto marcado de preocupação e tristeza — e está crescendo naquela casa velha e sombria exatamente como sua mãe cresceu, sozinha com aquelas velhas. E só Deus sabe o que elas conhecem ou pensam da história da família, dos poderes da menina e desse espírito que já foi visto ao lado da criança.

O jovem membro, profundamente instigado por essas palavras, por outras conversas anteriores e por leituras aleatórias dos documentos da família Mayfair, resolveu que seria melhor agir logo.

Como é óbvio que eu sou esse membro, faço aqui uma pausa antes de relatar a história breve e triste de Antha Mayfair para me apresentar.

ENTRA EM CENA O AUTOR DESTA NARRATIVA, AARON LIGHTNER

Uma completa biografia minha pode ser encontrada sob o título Aaron Lightner. Para os objetivos desta narrativa, o que se segue é mais do que suficiente.

Nasci em Londres em 1921. Tornei-me membro efetivo da Ordem em 1943, depois de terminar meus estudos em Oxford. Eu já vinha, porém, trabalhando com o Talamasca desde os 7 anos e vivia na casa-matriz desde os 15.

Na realidade, eu havia sido levado à Ordem em 1928 por meu pai inglês (tradutor e estudioso do latim) e minha mãe americana (professora de piano), quando estava com 6 anos. Foi uma assustadora capacidade telecinética que fez com que procurassem ajuda externa. Eu conseguia mover objetos apenas ao concentrar sobre eles minha atenção ou ao lhes dar ordens para que se movessem. E, embora esse poder nunca fosse muito forte, ele se revelou muito perturbador para quem o viu em ação.

Meus pais preocupados suspeitavam que esse poder fosse acompanhado por outros traços paranormais, que eles de fato ocasionalmente vislumbravam. Fui levado a alguns psiquiatras em virtude dos meus estranhos talentos e por fim um deles disse que me levassem até o Talamasca, que meus poderes eram autênticos e que eles eram os únicos que saberiam trabalhar com alguém como eu.

O Talamasca estava mais do que disposto a examinar a questão com meus pais, que sentiram imenso alívio.

– Se tentarem sufocar esse poder no seu filho – disse Evan Neville –, não chegarão a lugar nenhum. Na realidade, estarão pondo em risco seu bem-estar. Permitam que trabalhemos com ele. Permitam que o ensinemos a controlar e a usar seus dons paranormais. – Meus pais concordaram, relutantes.

Comecei a passar todos os sábados na casa-matriz na periferia de Londres, e aos 10 anos já passava os fins de semana e as férias de verão também. Meu pai e minha mãe faziam visitas frequentes. Na realidade, meu pai começou a fazer traduções para o Talamasca a partir dos seus antigos registros em latim, que já se desfaziam, em 1935, e trabalhou para a Ordem até sua morte em 1972, época na qual já era viúvo e morava na casa-matriz. Meus pais adoravam a biblioteca geral da casa-matriz e, embora nunca procurassem ser membros efetivos da Ordem, fizeram parte dela, num sentido bastante concreto, até o fim das suas vidas. Eles não fizeram nenhuma objeção quando viram que eu era atraído para a Ordem, insistindo apenas para que eu terminasse minha instrução e não permitisse que meus "poderes especiais" me afastassem precocemente do "mundo normal".

Meu poder telecinético nunca se tornou muito forte, mas, com o auxílio dos meus amigos da Ordem, percebi nitidamente que, sob certas circunstâncias, eu conseguia ler a mente de outras pessoas. Aprendi também a encobrir meus pensamentos e sentimentos dos outros. Aprendi ainda a apresentar meus poderes às pessoas no momento e no local mais adequados e a reservá-los essencialmente para uso construtivo.

Nunca fui o que as pessoas chamariam de um poderoso paranormal. Na verdade, minha limitada capacidade para a leitura da mente tem maior utilidade para mim na minha função de investigador de campo para o Talamasca, especialmente em situações que envolvam risco. E minha capacidade telecinética raramente se presta a qualquer ato de natureza prática.

Quando atingi os 18 anos, já estava totalmente devotado ao estilo de vida da Ordem e aos seus objetivos. Era difícil conceber um mundo em que o Talamasca não existisse. Meus interesses eram os interesses da Ordem, e eu me sentia perfeitamente harmonizado com o seu espírito. Não importava onde eu fosse estudar, não importava para onde eu viajasse com meus pais ou com colegas de escola, a Ordem havia se tornado meu verdadeiro lar.

Ao completar meus estudos em Oxford, fui aceito como membro efetivo, mas já pertencia realmente à Ordem muito antes dessa época. As grandes famílias de bruxas sempre haviam sido meu campo preferido. Eu havia estudado amplamente a história das perseguições às bruxas. E as pessoas que se adequavam à definição específica de bruxa exerciam sobre mim enorme fascínio.

Meu primeiro trabalho de campo foi relacionado a uma família de bruxas da Itália sob a orientação de Elaine Barrett, que na época e ainda durante muitos anos foi a melhor investigadora de bruxas da Ordem.

Foi ela quem primeiro me falou das Bruxas Mayfair, em uma conversa informal ao jantar, contando-me logo o que havia acontecido a Petyr van Abel, Stuart Townsend e Arthur Langtry e me sugerindo que começasse minha leitura dos materiais da família Mayfair nas minhas horas vagas. Foram muitas as noites durante o verão e o inverno de 1945 em que adormeci com os papéis do caso Mayfair espalhados por todo o chão do meu quarto. Em 1946, eu já estava fazendo anotações para uma narrativa.

O ano de 1947, no entanto, afastou-me completamente da casa-matriz e do Arquivo sobre as Bruxas Mayfair para o trabalho de campo com Elaine. Só mais tarde percebi que esses anos me proporcionaram exatamente a folha de serviços de que eu precisaria para minha aventura com as Bruxas Mayfair e que se tornaria a missão da minha vida.

Recebi a indicação oficialmente em 1953: comece a narrativa; quando ela estiver pronta num formato aceitável, examinaremos a questão de enviá-la a Nova Orleans para ver pessoalmente os moradores da casa da First Street.

Lembraram-me repetidas vezes que, não importa quais fossem minhas aspirações, eu só teria permissão para agir com cautela. Antha Mayfair havia sofrido uma morte violenta. O mesmo havia ocorrido com o pai de sua filha, Deirdre. Como também com um parente de Nova York, o Dr. Cornell Mayfair, que veio até Nova Orleans em 1945 expressamente para ver a pequena Deirdre, com 4 anos na época, e investigar a alegação de Carlotta de que Antha teria sido louca de nascença.

Aceitei os termos da indicação. Pus-me a trabalhar traduzindo o diário de Petyr van Abel. Nesse meio-tempo, recebi um orçamento ilimitado para expandir a pesquisa em toda e qualquer direção. Foi assim que também comecei uma investigação "a distância" para descobrir o atual estado das coisas com Deirdre Mayfair, a filha única de Antha, de 12 anos.

Gostaria de acrescentar, para concluir, que dois fatores parecem desempenhar um grande papel em qualquer investigação que eu empreenda. O primeiro deles parece ser o de que minha aparência e minhas maneiras deixam as pessoas à vontade, de uma forma quase inexplicável. Elas falam comigo com mais liberdade do que talvez falassem com outras. Para mim é muito difícil ou impossível determinar o quanto controlo esse aspecto por meio de algum tipo de "persuasão telepática".

Em retrospectiva, eu diria que isso está mais relacionado ao fato de eu parecer ser um "senhor europeu" e de as pessoas imaginarem que sou fundamentalmente bom. Eu também me solidarizo intensamente com aqueles que entrevisto. Não sou um ouvinte antagônico.

Espero e rogo que, apesar das mentiras que tive de contar relacionadas ao meu trabalho, eu não tenha realmente traído a confiança de ninguém. Fazer o bem com o que sei é o lema da minha vida.

O segundo fator que influencia minhas entrevistas e meu trabalho de campo é minha leve capacidade de ler a mente. É frequente que eu capte nomes e detalhes a partir do pensamento das pessoas. Em geral, não incluo essas informações nos meus relatórios. Ela é excessivamente falível. No entanto, minhas descobertas telepáticas sem dúvida me forneceram "pistas" significativas ao longo dos anos. E essa característica está decididamente ligada à minha aguda capacidade para pressentir o perigo, como a narrativa que se segue acabará revelando...

Já é hora de voltarmos à narrativa e de reconstituir a trágica história da vida de Antha e do nascimento de Deirdre.

AS BRUXAS MAYFAIR DE 1929 ATÉ O PRESENTE
Antha Mayfair

Com a morte de Stella, encerrou-se uma era para a família Mayfair. E a trágica história da filha de Stella, Antha, da filha única dela, Deirdre, permanece envolta em mistério até os dias de hoje.

À medida que os anos foram passando, a criadagem na residência da First Street reduziu-se a um par de empregados mudos, inacessíveis e totalmente leais. Os anexos, não mais necessários para criadas, cocheiros e cavalariços, caíram aos poucos em ruínas.

As mulheres da First Street mantinham uma existência reclusa, sendo que Belle e Millie Dear se tornaram "doces velhinhas" do Garden District, caminhando diariamente para ir à missa na capela da Prytania Street ou parando sua jardinagem incessante e inútil para bater papo com os vizinhos que passavam pela cerca de ferro.

Apenas seis meses após a morte da mãe, Antha foi expulsa de um colégio interno no Canadá, que foi a última instituição pública que ela frequentaria. Foi surpreendentemente simples para um detetive particular descobrir a partir das conversas das professoras que Antha assustava as pessoas ao ler seus pensamentos, ao conversar com um amigo invisível e ao ameaçar quem risse dela ou falasse mal dela pelas costas. Ela era descrita como uma menina nervosa, sempre chorando, queixando-se do frio em todos os tipos de temperatura e sujeita a longas febres e calafrios inexplicáveis.

Carlotta Mayfair levou Antha para casa de trem desde o Canadá; e, ao que saibamos, Antha nunca mais passou uma noite sequer fora da casa da First Street até os 17 anos.

Nancy, moça atarracada e mal-humorada, apenas dois anos mais velha do que Antha, continuou a frequentar a escola todos os dias até completar 18 anos. Com essa idade, foi trabalhar como arquivista no escritório de advocacia de Carlotta, onde ficou quatro anos. Todas as manhãs, sem falta, ela e Carlotta caminhavam da esquina da First e Chestnut até a St. Charles Avenue, onde pegavam o bonde de St. Charles para o centro.

A essa altura, a casa da First Street já tinha assumido um ar de perpétua tristeza. Suas janelas nunca se abriam. Sua pintura de um lilás acinzentado começava a descascar, e seu jardim crescia desordenado ao longo das cercas de ferro, com os louros-cerejas e as sapucaias brotando em meio às velhas camélias e gardênias, que anos antes eram tão bem cuidadas. Quando o antigo estábulo desocupado foi destruído por um incêndio em 1938, o mato logo ocupou o espaço aberto nos fundos da propriedade. Pouco depois, mais uma construção em ruínas foi demolida, e não sobrou nada além da antiga *garçonnière* e de um carvalho belíssimo e imenso, com seus galhos voltados significativamente por cima do capim alto para a distante casa principal.

Em 1934, começamos a receber os primeiros relatos de operários que consideravam impossível realizar consertos ou outras pequenas obras na casa. Os irmãos Molloy contaram a todo mundo no Corona's Bar na Magazine Street que não tinham condição de pintar aquela casa porque, todas as vezes que se viravam, as escadas tombavam, a tinta derramava ou os pincéis acabavam jogados na terra não se sabe como.

– Deve ter acontecido umas seis vezes – disse Davey Molloy. – Minha lata de tinta simplesmente virou, de cima da escada, derramando inteirinha no chão. Ora, eu sei que nunca na minha vida derrubei uma lata cheia de tinta! E foi isso o que ela me disse, a Miss Carlotta. "Foi você mesmo quem a derrubou." Pois bem, quando a escada virou comigo em cima, dei um basta. Larguei o serviço.

Thompson Molloy, o irmão de Davey, tinha uma suspeita de quem seria o responsável.

– É aquele cara de cabelo escuro, aquele que está sempre nos vigiando. Eu disse a Miss Carlotta: "A senhora não acha que ele pode estar fazendo tudo isso? Aquele cara que está sempre ali debaixo daquela árvore?" Pois ela agiu como se não soubesse do que eu estava falando. Mas ele estava sempre vigiando. Estávamos tentando consertar a parede da Chestnut Street, e eu vi que ele nos olhava pela veneziana da biblioteca. Me deu um calafrio daqueles. Quem é esse cara? É um dos tais primos? Eu não trabalho mais lá. Não me importa a dificuldade que eu esteja enfrentando. Não trabalho mais naquela casa.

Um outro operário, contratado apenas para pintar de preto os gradis de ferro fundido, relatou os mesmos "problemas". Ele desistiu depois de meio dia de trabalho em que caía entulho do telhado sobre ele e folhas não paravam de aparecer boiando na tinta.

Em 1935, já era de conhecimento geral no Irish Channel que nada podia ser feito "naquela casa velha". Quando dois rapazes foram chamados para limpar a piscina naquele mesmo ano, um deles foi jogado na água estagnada e quase se afogou. O outro teve uma dificuldade enorme para tirá-lo dali.

– Era como se eu não pudesse ver nada. Eu estava segurando firme e berrava para alguém vir ajudar. Mas nós dois estávamos afundando naquela água imunda e de repente, graças a Deus, ele conseguiu se segurar no lado da piscina e era ele quem estava me salvando. Aquela velha negra, tia Easter, veio até ali fora com uma toalha para nós e só dizia: "Saiam de perto da piscina. Esqueçam a limpeza. Saiam já daí."

Até Irwin Dandrich ouviu os comentários.

– Estão dizendo que a casa está assombrada, que o espírito de Stella não quer deixar ninguém tocar em nada. É como se tudo estivesse de luto por Stella. – E Dandrich tinha ouvido falar num homem misterioso, de cabelos castanhos? – Eu ouço todos os tipos de coisas. Há quem diga ser o fantasma de Julien. Que ele veio proteger Antha. Bem, se for verdade, ele não está sendo muito eficaz.

Pouco depois, foi publicada uma reportagem no *Times-Picayune* que descrevia vagamente uma "misteriosa mansão da cidade alta", na qual era impossível a realização de qualquer trabalho. Dandrich recortou o artigo e o enviou a Londres com as palavras "Minha língua comprida" escritas na margem.

Um dos nossos detetives convidou a repórter para um almoço. Ela se dispôs a falar no assunto, e de fato se tratava da casa da família Mayfair. Todo mundo sabia. Um bombeiro declarou ter ficado preso horas a fio debaixo daquela casa quando tentava consertar um cano. Ele chegou a perder a consciência. Quando afinal voltou a si e conseguiu sair dali, teve de ser levado para o hospital. Houve também o caso do homem do suporte da linha telefônica que foi chamado para consertar um aparelho na biblioteca. Ele disse que nunca mais poria os pés naquela casa. Um dos quadros na parede olhou de verdade para ele. E ele estava certo de ter visto um fantasma naquele mesmo aposento.

– Eu poderia ter escrito muito mais – disse a moça. – Mas o pessoal do jornal não quer se indispor com Carlotta Mayfair. Eu lhe contei a história do jardineiro? Ele vai lá regularmente para cortar a grama, sabe, e ele me disse uma coisa estranhíssima quando o procurei. "Ah, *ele* nunca me incomoda. Ele e eu nos damos muito bem. Ele e eu somos amigos." Agora, a quem você supõe que esse homem estava se referindo? Quando eu lhe fiz essa pergunta, ele me disse para ir até lá. "Pode ir que vai vê-lo. Ele está lá desde sempre. Meu avô costumava vê-lo. Ele não faz nada. Não consegue se mexer nem falar. Ele só fica ali parado, nas sombras, olhando para as pessoas. Num minuto ele está ali. No outro, já se foi. Ele não me incomoda. Por mim, tudo bem. Recebo bem para trabalhar lá. Sempre trabalhei lá. Ele não me assusta."

O falatório em família no período descartava as "histórias de fantasmas". Da mesma forma agia a sociedade local, segundo Dandrich, embora ele também insinuasse que as pessoas eram ingênuas.

– Acho que a própria Carlotta começou todas essas histórias bobas de fantasmas – disse um dos primos, anos depois. – Ela queria manter as pessoas afastadas. Nós só ríamos quando ouvíamos alguma história.

– Fantasmas na casa da First Street? Foi nas mãos de Carlotta que a casa se transformou numa ruína. Aquela ali sempre fez economia. Essa é a diferença entre ela e a mãe.

No entanto, quaisquer que fossem as atitudes dos primos e da sociedade local, os padres na casa paroquial redentorista ouviam inúmeras histórias de fantasmas e de misteriosas diabruras na casa da First Street. O padre Lafferty costumava visitar a família regularmente, e o que se dizia era que ele não aceitava não ser recebido. Sua irmã conversou com um dos nossos detetives.

– Meu irmão sabia muita coisa sobre o que acontecia, mas ele nunca falava nisso. Eu perguntava como Antha estava, e ele não me respondia. Mas eu sabia que visitava Antha. Ele entrava naquela casa. Depois da morte dela, ele veio aqui um domingo e só enfiou a cabeça nas mãos, sentado à mesa de jantar, e chorou. Foi essa a única vez que vi meu irmão, o padre Thomas Lafferty, perder o controle e chorar.

A família continuava preocupada com Antha durante todo esse período. A história oficial dizia que ela era "desequilibrada" e que Carlotta sempre a levava a psiquiatras, mas que "isso não dava nenhum resultado". A criança havia sofrido um trauma irreparável com o assassinato da mãe. Ela vivia num mundo de fantasia povoado por fantasmas e companheiros invisíveis. Não podia ser deixada sozinha. Não podia sair da casa.

Os comentários nos meios jurídicos indicam que os primos costumavam ligar para Cortland Mayfair para lhe pedir que fosse ver Antha, mas Cortland já não era mais bem-vindo na First Street. Os vizinhos afirmam tê-lo visto diversas vezes não receber permissão para entrar.

– Ele costumava vir até aqui toda véspera de Natal – disse uma das vizinhas muito tempo depois. – O carro estacionava junto ao portão da frente, o motorista saltava, abria a porta e depois tirava todos os presentes da mala. Uma infinidade de presentes. Carlotta vinha, então, cá fora e lhe dava um aperto de mãos na própria escada. Ele nunca entrava na casa.

O Talamasca nunca descobriu registros de médicos que teriam examinado Antha. É duvidoso que ela tenha sido tirada da casa, a não ser para ir à missa de domingo. Os vizinhos diziam vê-la com frequência no jardim da First Street.

Ela lia livros debaixo do grande carvalho nos fundos da propriedade. Ficava sentada horas na varanda lateral com os cotovelos nos joelhos.

Uma criada que trabalhava do outro lado da rua relatou que a via conversando com "aquele homem o tempo todo. Sabe? Aquele homem de cabelos castanhos que está sempre lá visitando? Deve ser um dos primos. E ele sabe se vestir bem".

Quando Antha estava com uns 15 anos, já saía às vezes pelo portão.

Um carteiro mencionou o fato de vê-la com frequência, uma moça magra, com um ar sonhador, que andava pelas ruas sozinha e às vezes com um "cara bonito". "O cara bonito" tinha cabelos e olhos castanhos, e sempre usava paletó e gravata.

– Eles gostavam de me dar cada susto – disse um entregador de leite. – Uma vez, eu estava só, assobiando sozinho, saindo do portão da casa do Dr. Milton na Second Street, e lá estavam os dois bem diante de mim, nas sombras, debaixo de uma magnólia. E ela estava totalmente imóvel. Ele, parado ao seu lado. Quase dei um encontrão neles. Acho que estavam só cochichando, e pode ser que eles tenham se assustado tanto quanto eu.

Nos nossos arquivos, não há nenhuma fotografia desse período, mas todas essas testemunhas e outras pessoas dizem que Antha era bonita.

– Antha tinha um ar distante – disse uma mulher que costumava vê-la na capela. – Não era vibrante como Stella. Parecia estar sempre imersa em sonhos e, para dizer a verdade, eu sentia pena dela, totalmente só naquela casa com aquelas mulheres. Não mencione que eu disse isso, mas aquela Carlotta é uma criatura cruel. É mesmo. Minha empregada e minha cozinheira sabem de tudo a respeito dela. Diziam que ela costumava agarrar a menina pelo punho e enfiar as unhas no seu braço.

Irwin Dandrich relatou que antigos amigos de Stella procuravam visitar a menina de tempos em tempos só para não serem recebidos. "Ninguém passa por Nancy ou pela criada negra, tia Easter", escreveu Dandrich aos investigadores de Londres. "E o que se comenta é que Antha é uma verdadeira prisioneira naquela casa."

Além desses raros relances, não sabemos praticamente nada sobre Antha durante os anos de 1930 a 1938, e aparentemente ninguém na família sabia grande coisa. Podemos, porém, concluir que todas as referências ao "homem de cabelos castanhos" se aplicam a Lasher. E, se for esse o caso, *temos maior quantidade de aparecimentos de Lasher nesse período do que em todas as décadas anteriores.*

Na realidade, são tão numerosos os exemplos de aparecimento de Lasher que nossos investigadores se habituaram a apenas fazer anotações simples, como "Criada que trabalha na Third Street diz ter visto Antha e o homem passeando juntos" ou "Mulher na esquina de First com Prytania viu Antha parada debaixo do carvalho conversando com o homem".

A casa da First Street apresentava agora um ar de mistério sinistro até para os descendentes de Rémy Mayfair e dos irmãos e irmãs de Suzette, que haviam sido muito íntimos no passado.

Foi então que, em abril de 1938, os vizinhos presenciaram uma violenta briga de família na First Street. Janelas se quebraram, as pessoas ouviram gritos, e afinal uma jovem desvairada, carregando apenas uma bolsa a tiracolo, foi vista saindo correndo pelo portão da frente, na direção da St. Charles Avenue. Sem sombra de dúvida, tratava-se de Antha. Até mesmo os vizinhos sabiam disso, e ficaram olhando por trás de cortinas de renda quando um carro da polícia estacionou apenas alguns instantes depois e Carlotta veio até a beira da calçada para falar com os dois policiais, que partiram de imediato, com a sirene soando, aparentemente à caça da menina fujona.

Naquela noite, parentes em Nova York receberam telefonemas de Carlotta com a informação de que Antha havia fugido de casa e de que estava seguindo para Manhattan. Eles ajudariam a procurá-la? Foram esses primos de Nova York que contaram à família de Nova Orleans. Primos ligaram para primos. Poucos dias depois, Irwin Dandrich escrevia a Londres que a "pobrezinha da Antha" havia dado um salto para a liberdade. Havia fugido para a cidade de Nova York. Mas até onde conseguiria chegar?

Como acabou se revelando, Antha chegou longe.

Durante meses a fio, ninguém soube onde estava Antha Mayfair. A polícia, detetives particulares e membros da família não conseguiram uma pista sequer do seu paradeiro. Carlotta fez três viagens de trem a Nova York durante esse período e ofereceu recompensas substanciais a qualquer funcionário da polícia da cidade que pudesse lhe oferecer ajuda na busca. Ela telefonou para Amanda Grady Mayfair, que há pouco tempo havia deixado o marido, Cortland, e lhe fez ameaças.

– Foi simplesmente horrível – disse Amanda a um nosso "espião" na sociedade. – Ela me convidou para almoçar no Waldorf. Bem, é claro que eu não queria ir. Era parecido com um convite para passear na jaula do leão no zoológico e almoçar com ele. Mas eu sabia que ela estava perturbada com o caso de Antha e achei que queria dizer umas verdades. Eu queria dizer que ela mesma havia afastado Antha, que nunca deveria ter isolado a pobre criança dos seus tios, tias e primos que a amavam.

– Mas, assim que me sentei à mesa, ela começou a me ameaçar. "Ouça o que digo, Amanda. Se você estiver abrigando Antha, posso criar problemas que você nem acreditaria." Tive vontade de jogar minha bebida em cima dela. Eu estava furiosa. "Carlotta Mayfair, nunca mais tente falar comigo. Nunca mais me escreva, me telefone ou apareça em minha casa. Eu já estava cheia de você em Nova Orleans. Já estava cheia do que sua família fez com Pierce e com Cortland. Nunca mais volte a se aproximar de mim." Posso lhe garantir que eu estava soltando fumaça pelas orelhas quando saí do Waldorf. Mas, sabe, essa é uma tática normal de Carlotta. Ela faz uma acusação assim que vê a outra pessoa. Aliás, ela vem fazendo isso há anos. Desse jeito, a pessoa não tem a oportunidade de fazer sua acusação contra ela.

No inverno de 1939, nossos detetives localizaram Antha por um método muito simples. Elaine Barrett, nossa especialista em bruxaria, numa reunião de rotina com Evan Neville, insinuou que Antha devia ter financiado sua fuga com as famosas joias e moedas de ouro da família Mayfair. Por que não procurar as lojas de Nova York onde esses objetos podiam ser trocados rapidamente por dinheiro? Antha foi localizada em menos de um mês.

Ela vinha, de fato, vendendo moedas de ouro raras e belíssimas com certa regularidade para se sustentar desde a chegada, em 1939. Todos os negociantes de moedas de Nova York a conheciam: uma linda jovem, bem-educada e de sorriso franco que sempre trazia mercadorias raríssimas, da coleção da sua família na Virgínia, dizia ela.

— A princípio, achei que o material era roubado — disse um negociante de moedas. — Quer dizer, aquelas eram três das melhores moedas francesas que eu já havia visto. Paguei apenas uma fração do que valiam e fiquei só esperando. Mas não aconteceu absolutamente nada. Quando fiz a venda, guardei uma porcentagem para ela. E, quando me trouxe umas moedas romanas maravilhosas, paguei-lhe o preço justo. Agora ela já é da minha absoluta confiança. Prefiro trabalhar com ela a trabalhar com algumas das outras pessoas que vêm aqui, isso eu lhe garanto.

Foi simples seguir Antha de uma dessas lojas até um amplo apartamento na Christopher Street, em Greenwich Village, onde ela estava morando com Sean Lacy, um pintor jovem e bonito, de origem irlandesa-americana, que se revelava bastante promissor e que já havia feito exposições com obras suas, tendo obtido algumas críticas favoráveis. A própria Antha havia se tornado escritora. Todo mundo no prédio e no quarteirão conhecia o jovem casal. Nossos detetives recolheram montanhas de informações quase que da noite para o dia.

Antha era o único meio de sustento de Sean Lacy, diziam abertamente os amigos. Ela comprava qualquer coisa de que precisasse, e ele a tratava como uma rainha.

— Na verdade, ele a chama de "minha beldade sulina" e faz tudo por ela. Mas também, por que não faria?

O apartamento era "um lugar maravilhoso", cheio de estantes até o teto e de grandes poltronas estofadas, muito confortáveis.

— Sean nunca pintou tão bem. Ele fez três retratos dela, todos muito interessantes. E dá para se ouvir a máquina de escrever de Antha o tempo todo. Eu soube que ela vendeu um conto para alguma revistinha literária do Ohio. Eles deram uma festa por isso. Ela estava tão feliz. No fundo é um pouco ingênua, mas é ótima pessoa.

— Ela seria boa escritora se escrevesse sobre o que conhece — disse num bar uma jovem que alegava ter sido namorada de Sean. — Mas ela escreve essas fantasias mórbidas sobre uma velha casa lilás em Nova Orleans e sobre um fantasma que mora na tal casa. Tudo muito solene. Difícil de vender. Ela realmente deveria esquecer essa droga e escrever sobre suas experiências aqui em Nova York.

Os vizinhos gostavam do jovem casal.

– Ela não sabe cozinhar, nem fazer nada de prático – informou uma pintora que morava um andar acima deles. – Mas também, para que precisaria? Não é ela quem paga as contas? Uma vez perguntei a Sean onde ela arranjava dinheiro. Ele disse que ela tem uma bolsa sem fundo. Tudo que ela precisa fazer é enfiar a mão. Ele então riu.

Finalmente, no verão de 1940, Elaine Barrett, escrevendo de Londres, recomendou a nosso detetive particular mais responsável em Nova York que tentasse entrevistar Antha. Elaine queria desesperadamente ir até Nova York em pessoa, mas isso estava fora de cogitação. Por isso, ela falou por telefone com Allan Carver, homem amável e sofisticado, que já trabalhava conosco há muitos anos. Carver era um senhor em seus 50 anos, bem-vestido e de boas maneiras. Ele considerou simples a tarefa de entrar em contato com Antha. Um prazer, na verdade.

"Eu a segui até o Metropolitan Museum of Art e depois me deparei com ela quando ela estava sentada diante de um dos quadros de Rembrandt, com os olhos fixos na pintura, perdida nos seus pensamentos. Ela é bonita, muito bonita, mas muito boêmia. Naquele dia estava toda envolta em lã, com os cabelos soltos. Sentei-me ao seu lado, deixei que visse um exemplar de contos de Hemingway e comecei uma conversa a respeito dele. É, ela havia lido Hemingway e gostava dele. Ela gostava de Rembrandt? Gostava. E de Nova York como um todo? Ah, ela adorava morar aqui. Ela não queria nunca estar em nenhum outro lugar. A cidade de Nova York era como uma pessoa para ela. Nunca antes ela havia sido tão feliz quanto estava sendo agora.

"Não havia a menor chance de tirá-la do museu comigo. Ela era muito reservada, muito respeitável. Por isso, tentei aproveitar a oportunidade ao máximo.

"Consegui que falasse sobre si mesma, sua vida, seu marido e seus escritos. É, ela queria ser escritora. E Sean também queria. Sean não se sentiria feliz se ela também não se realizasse. 'Sabe, a única profissão que posso seguir é a de escritora. Sou totalmente despreparada para qualquer outra coisa. Quando se levou o tipo de vida que eu levei, não se serve para nada. Só escrever pode salvar a pessoa.' Era no fundo muito comovente seu jeito de falar nisso. Ela parecia totalmente indefesa e absolutamente autêntica. Acho que, se eu tivesse uns trinta anos a menos, eu teria me apaixonado por ela.

"'Mas que tipo de vida você levou?' insisti. 'Não consigo definir seu sotaque. Mas sei que não é de Nova York.'

"'Sou de lá do Sul', disse ela. 'Trata-se de um outro mundo.' Ela entristeceu instantaneamente, ficando mesmo agitada. 'Quero me esquecer daquilo tudo. Não quero parecer grosseira, mas criei essa norma para mim mesma. Eu me disponho a escrever sobre o meu passado, mas não a falar sobre ele. Vou transformá-lo em arte, se puder, mas não vou falar dele. É que não quero lhe conferir vida aqui, fora do universo da arte, se o senhor me entende.'

"Considerei sua decisão inteligente e interessante. Estava gostando da moça. Não posso dizer o quanto estava gostando dela. E sabe, no meu ramo de atividade, a gente se acostuma tanto a só usar as pessoas.

"'Pois então me fale do que você escreve', pedi. 'Basta que me conte um dos seus contos, por exemplo, supondo-se que escreva contos, ou me fale de um poema seu.'

"'Se eles tiverem algum valor, o senhor vai lê-los um dia desses', disse ela, dando-me um sorriso de despedida antes de ir embora. Acho que ela começou a suspeitar de alguma coisa. Realmente não sei. Ela olhava para os lados de um jeito defensivo o tempo todo em que conversamos. A certa altura, cheguei a lhe perguntar se estava esperando alguém. Ela disse que realmente não, mas que 'nunca se sabe'. Sua atitude era a de quem acha que está sendo vigiada. E é claro que meu pessoal a estava vigiando o tempo todo. Eu me senti numa situação bem desagradável naquela hora, posso garantir."

Durante meses, continuaram a chegar relatos da felicidade de Antha e Sean. Sean, um indivíduo grande e corpulento com um senso de humor contagiante, montou uma mostra individual no Village que foi um sucesso total. Antha teve um poema curto seu (de sete versos) publicado na revista *The New Yorker*. O casal estava extasiado. Só em abril de 1941 os comentários mudaram de tom.

– Bem, ela está grávida – disse a pintora do andar de cima. – E ele não quer o filho, sabe? E é claro que ela quer, e só Deus sabe o que vai acontecer. Ele conhece um médico que pode cuidar do caso, sabe? Mas ela não quer ouvir falar nisso. Detesto que ela esteja passando por tudo isso, de verdade. Ela é frágil demais. Eu a ouço chorar aqui embaixo a noite inteira.

No dia 1º de julho, Sean Lacy morreu num acidente de automóvel (causado por defeito mecânico) quando voltava de uma visita à sua mãe enferma na região norte do estado de Nova York. Antha foi hospitalizada, histérica, em Bellevue.

– Nós simplesmente não sabíamos o que fazer com ela – disse a pintora. – Ela berrou sem parar durante oito horas seguidas. Afinal, chamamos Bellevue. Nunca vou saber se essa foi a melhor maneira de agir.

Os registros de Bellevue indicam que Antha parou de berrar ou na verdade de emitir qualquer som ou de fazer qualquer movimento assim que foi admitida. Permaneceu catatônica durante mais de uma semana. Escreveu, então, o nome "Cortland Mayfair" em um pedaço de papel, com as palavras "Advogado, Nova Orleans". Entraram em contato com a firma de Cortland às dez e meia da manhã seguinte. Cortland ligou imediatamente para sua ex-esposa, Amanda Grady Mayfair, em Nova York, e lhe pediu que fosse até Bellevue e cuidasse de Antha até que ele próprio pudesse chegar.

Seguiu-se, então, uma batalha horrenda entre Cortland e Carlotta. Cortland, insistindo no ponto de que ele deveria se encarregar de Antha, já que ela própria havia mandado chamá-lo. Rumores da época afirmam que Carlotta e Cortland pegaram juntos o trem para Nova York, a fim de ir buscar Antha.

Num almoço em que se embriagou e se emocionou, Amanda Grady Mayfair contou toda a história ao seu amigo (e nosso informante) Allan Carver, que sempre fazia questão de perguntar pela sua velha família sulina e suas estripulias góticas. Amanda falou da sua pobre sobrinha internada em Bellevue.

– ... Foi simplesmente horrível. Antha não conseguia falar. Não conseguia. Ela tentava dizer alguma coisa e só gaguejava. Estava tão fragilizada. A morte de Sean a havia arrasado. Ela demorou vinte e quatro horas para escrever o endereço do apartamento em Greenwich Village. Fui até lá imediatamente com Ollie Mayfair, sabe quem é? Uma das netas de Rémy. E pegamos as coisas de Antha. Ai, foi tão triste. É claro que os quadros de Sean pertenciam a Antha, já que ela era sua esposa, imaginei. Mas os vizinhos vieram e nos contaram que Antha não havia se casado com Sean. A mãe e o irmão dele já haviam vindo ali e iam voltar com um caminhão para levar tudo embora. Parece que a mãe de Sean não gostava de Antha por acreditar que Antha havia levado seu filho a essa vida de artista em Greenwich Village.

"Eu disse a Ollie, bem, eles podem levar tudo, mas não vão levar os retratos de Antha. Peguei esses quadros e todas as roupas e objetos de Antha, além de uma velha bolsa de veludo cheia de moedas de ouro. Agora, eu já havia ouvido falar nessa bolsa, e, se você conhece a família Mayfair, não me diga que nunca ouviu falar dela. E os seus escritos, isso mesmo, seus textos. Embrulhei tudo: seus contos, capítulos de um romance e uns poemas que ela havia escrito. E sabe que mais tarde eu descobri que um poema seu havia saído no *New Yorker*? *The New Yorker*. Mas isso eu só soube quando meu filho, Pierce, me contou. Ele foi à biblioteca para procurá-lo. Era muito curto, algo sobre a neve caindo e o museu no parque. Nada que realmente se pudesse chamar de poema. Era mais como um fragmento de vida, por assim dizer. Mas saiu no *New Yorker*. Isso era o que contava. Foi tão triste tirar tudo de dentro daquele apartamento. Como desmanchar uma vida, sabe?

"Quando voltei ao hospital, Carlotta e Cortland já estavam lá. Estavam brigando no corredor. Mas você precisava ver e ouvir uma briga entre Carl e Cort para poder acreditar. Tudo se resumia a sussurros, gestos mínimos e lábios comprimidos. Era digno de se ver. Mas lá estavam os dois, falando um com o outro desse jeito, e eu sabia que um estava pronto para matar o outro. 'Vocês sabem que essa menina está grávida?', perguntei. 'Os médicos lhes disseram?' 'Ela tem de se livrar do bebê', declarou Carlotta. Achei que Cortland fosse morrer. Eu mesma fiquei tão chocada que não sabia o que dizer.

"Como eu odeio Carlotta! Não me importa quem saiba disso. Eu a detesto. E sempre a detestei a minha vida inteira. Tenho pesadelos só de pensar nela a sós com Antha. Disse a Cortland ali mesmo diante dela: 'A menina precisa ser bem cuidada.'

"Mas Cortland já havia tentado obter a guarda de Antha. Isso ele havia tentado bem no início, e Carlotta havia ameaçado brigar com ele, expor todo tipo de coisa a nosso respeito, sabe? Ah, ela é medonha. E Cortland havia desistido. Acho que ele sabia que agora também não ia conseguir ficar com Antha. 'Olhe, Antha agora é uma mulher', afirmei. 'Pergunte a ela para onde quer ir. Se ela quiser ficar em Nova York, pode ficar comigo. Pode ir morar com Ollie.' Nem morta!

"Carlotta entrava para conversar com os médicos. Ela fazia seu papel. Conseguiu alguma espécie de transferência oficial de Antha para um hospital psiquiátrico em Nova Orleans. Ela ignorou Cortland como se ele nem existisse. Eu telefonei para todos os primos em Nova Orleans. Liguei para todos eles. Liguei até para Beatrice Mayfair da Esplanade Avenue, a neta de Rémy. Contei que Antha estava doente, que estava grávida e que precisava de atenção e carinho.

"E aí aconteceu uma coisa tristíssima. Estavam levando Antha para a estação ferroviária. Ela fez um gesto para eu me aproximar e cochichou no meu ouvido, 'Guarde as minhas coisas para mim, tia Mandy. Ela vai jogar tudo fora, se a senhora não guardar.' E imaginar que eu já havia despachado tudo para Nova Orleans. Liguei para meu filho Sheffield e falei com ele sobre isso. Pedi que Sheffield fizesse o possível por ela quando ela chegasse."

Antha voltou para a Louisiana de trem com seu tio e sua tia e foi imediatamente internada no sanatório de Santa Ana, onde permaneceu um mês e meio. Inúmeros parentes vinham visitá-la. As conversas em família indicavam que ela estava muito pálida e que às vezes era incoerente, mas que estava se recuperando.

Em Nova York, nosso detetive Allan Carver providenciou mais um encontro casual com Amanda Grady Mayfair.

– E a sobrinha, como vai indo?

– Ai, é a pior história que posso contar! – lamentou-se Amanda. – Você não pode imaginar. Sabe que a tia da garota disse aos médicos do hospício que queria que eles fizessem um aborto nela? Que ela era louca de nascença e que nunca se deveria permitir que tivesse um filho? Você alguma vez ouviu alguma história pior do que essa? Quando meu marido me contou isso, eu lhe disse que, se ele não fizesse alguma coisa imediatamente, nunca o perdoaria. É claro que ele disse que ninguém ia tocar no bebê. Os médicos não fariam uma coisa dessas, não a pedido de Carlotta, nem a pedido de ninguém. E então, quando eu liguei para Beatrice Mayfair na Esplanade Avenue e contei tudo a ela, Cortland ficou furioso. "Não me ponha todo mundo em pé de guerra", disse ele. Mas é exatamente isso o que eu pretendia fazer. Eu disse a Bea que fosse visitá-la, que não deixasse ninguém a impedir de entrar.

O Talamasca nunca pôde corroborar a história do aborto sugerido. Mas enfermeiras do sanatório mais tarde contaram a detetives nossos que dezenas de parentes vieram visitar Antha no hospício.

"Eles simplesmente não aceitam uma resposta negativa", escreveu Irwin Dandrich. "Eles insistem em vê-la e, ao que todos dizem, ela está bem. Está entusiasmada com o bebê, e é claro que eles a estão inundando com presentes. Sua jovem prima, Beatrice, trouxe umas roupinhas de neném de renda antiga que pertenceram à tia-avó Suzette. É claro que é do conhecimento geral que Antha não se casou com o pintor de Nova York. Mas também, que diferença isso faz, quando seu sobrenome é, e sempre será, Mayfair."

Os parentes se revelaram tão ativos quanto antes quando Antha recebeu alta do sanatório e veio para a casa na First Street para convalescer no antigo quarto de Stella no lado norte da casa. Enfermeiras lhe faziam companhia o dia inteiro, e obter informações delas foi muito simples para nossos investigadores.

O lugar era descrito como "insuportavelmente lúgubre". Mas Millie Dear e Belle cuidavam muito bem de Antha. Na verdade, elas não deixavam sobrar muita coisa para as enfermeiras. Millie Dear costumava ficar sentada com Antha o tempo todo na pequena sacada do quarto. E Belle tricotava lindas roupinhas para o bebê. Cortland passava por lá todas as noites após o trabalho.

— A dona da casa não queria que ele viesse, é o que eu acho — disse uma das enfermeiras. — Mas ele vinha. Sem falta. Ele e um mais moço, acho que seu nome era Sheffield. Todas as noites, eles se sentavam com a paciente para conversar um pouco.

Os comentários na família diziam que Sheffield havia lido parte dos textos de Antha dos tempos em Nova York e que Antha era "muito boa". As enfermeiras falavam nas caixas de Nova York, caixotes cheios de livros e papéis, que Antha só olhava, mas que estava ainda fraca demais para desempacotar.

— Eu no fundo não vejo nada de errado com ela em termos mentais — disse uma das enfermeiras. — A tia nos leva até o corredor para fazer perguntas estranhíssimas. Ela dá a entender que a moça é louca de nascença e que pode machucar alguém. Mas os médicos não nos disseram nada disso. Ela é calada e melancólica. Ela dá a impressão de ser muito mais nova do que é. Mas não é o que eu chamaria de louca.

Deirdre Mayfair nasceu no dia 4 de outubro de 1941, no antigo Hospital da Misericórdia junto ao rio, que mais tarde foi demolido. O parto parece não ter apresentado nenhuma dificuldade especial, e Antha estava profundamente anestesiada, como era costume naquela época. Os parentes encheram os corredores do hospital durante as horas de visita nos cinco dias em que Antha ali esteve. Seu quarto estava repleto de flores. O bebê era uma menina bonita e saudável.

No entanto, aquele fluxo de informações, que havia aumentado tanto com o envolvimento de Amanda Grady Mayfair, sofreu uma interrupção abrupta duas semanas depois de Antha voltar para casa. Os primos descobriam que a porta lhes era fechada pela criada, tia Easter, ou por Nancy, quando vinham fazer sua segunda ou terceira visita. Na realidade, Nancy deixou o emprego de arquivista para cuidar do bebê ("Ou para impedir que entremos!", disse Beatrice a Amanda num telefonema interurbano) e ela era inflexível ao dizer que a mãe e a criança não podiam ser perturbadas.

Quando Beatrice ligou para perguntar sobre o batizado, disseram-lhe que o bebê já havia sido batizado na igreja de Santo Afonso. Indignada, ela ligou para Amanda em Nova York. Uns vinte primos "invadiram" a casa numa tarde de domingo.

– Antha ficou felicíssima ao vê-los! – disse Amanda a Allan Carver. – Ela estava simplesmente emocionada. Não fazia a menor ideia de que eles tivessem ligado para ela e aparecido para visitar. Ninguém chegara a lhe dizer nada. Ela não sabia que era costume dar festas para celebrar batizados. Carlotta havia organizado tudo. Ficou magoada quando percebeu o acontecido, e todos mudaram de assunto imediatamente. Mas Beatrice ficou furiosa com Nancy, que só está fazendo o que Carlotta mandou.

No dia 30 de outubro daquele ano, Antha foi oficialmente declarada beneficiária e administradora-geral do legado Mayfair. Ela assinou uma procuração em que nomeava Cortland e Sheffield Mayfair seus representantes legais para todas as questões financeiras; e solicitou que eles estabelecessem imediatamente um crédito vultoso destinado à administração da "restauração" da casa da First Street. Ela demonstrava preocupação com as condições da propriedade inteira.

Comentários nos meios jurídicos dão conta de que Antha ficou perplexa ao descobrir que era proprietária do imóvel. Isso nunca lhe havia passado pela cabeça. Ela queria redecorar, pintar, restaurar tudo.

Carlotta não estava presente à reunião de Antha com os tios. Carlotta havia exigido que o escritório de advocacia da Mayfair & Mayfair lhe fornecesse, em nome de Antha, uma auditoria completa de tudo que havia sido feito desde a morte de Stella, alegando que os registros atuais eram insuficientes. Recusou-se, portanto, a participar de qualquer entendimento legal até receber essa auditoria "para exame".

Sheffield contou mais tarde à mãe, Amanda, que Antha havia sido propositalmente enganada no que dizia respeito ao legado. Ela pareceu magoada e até um pouco chocada quando tudo lhe foi explicado. E era Carlotta quem a havia magoado. Mas tudo o que ela dizia era que Carlotta provavelmente estivesse apenas pensando no seu bem o tempo todo.

O grupo foi almoçar tarde no Galatoire's para celebrar a ocasião. Antha estava ansiosa por não estar com o bebê, mas pareceu estar se divertindo. Quando estavam saindo, Sheffield ouviu Antha fazer a seguinte pergunta ao seu pai.

– Quer dizer que ela não poderia ter me mandado embora se quisesse? Ela não poderia ter me posto no olho da rua?

— A casa é sua, *ma chérie* — respondeu Cortland. — Ela tem permissão para morar ali, mas isso depende totalmente da sua aprovação. — Antha pareceu ficar tão triste.

— Ela costumava me ameaçar — disse, baixinho. — Costumava dizer que me poria na rua se eu não fizesse o que ela mandava.

Cortland, então, afastou Antha do grupo e a levou sozinha para casa. Antha e o bebê foram almoçar alguns dias depois com Beatrice Mayfair em outro restaurante da moda no French Quarter. Uma babá estava à disposição para levar o bebê a passear no seu belo carrinho de vime branco enquanto as duas mulheres apreciavam o peixe e o vinho. Quando Beatrice descreveu tudo isso para Amanda mais tarde, disse que Antha estava realmente amadurecida. Estava escrevendo novamente. Estava trabalhando num romance. E ia mandar reformar a casa da First Street inteira.

Ela queria consertar a piscina. E chegou a falar um pouco sobre a mãe, sobre como a mãe gostava de dar festas. Ela parecia estar cheia de vida.

Na verdade, diversos empreiteiros foram procurados para dar orçamentos para uma "restauração completa, incluindo-se pintura, carpintaria e algum trabalho de pedreiro". Os vizinhos ficaram felizes de ouvir essa notícia dos criados. Dandrich escreveu que um famoso escritório de arquitetura havia sido consultado quanto à reconstrução do galpão de carruagens.

Antha escreveu uma breve carta a Amanda Grady Mayfair em meados de novembro, agradecendo-lhe por toda a ajuda em Nova York. Ela agradeceu também por Amanda estar enviando toda a correspondência de Greenwich Village. Dizia estar escrevendo contos e trabalhando mais uma vez no seu romance.

Quando o carteiro, o Sr. Bordreaux, passou por ali como de costume às nove da manhã no dia 10 de dezembro, Antha estava à sua espera no portão. Trazia com ela alguns envelopes grandes de papel pardo, prontos para seguir para Nova York. Será que podia comprar os selos com ele? Os dois calcularam o peso aproximadamente (ela disse que não podia deixar o bebê para ir até o correio) e ele levou os envelopes. Antha também lhe entregou um maço de correspondência simples para vários endereços em Nova York.

— Ela estava toda entusiasmada — disse o carteiro. — Ela ia ser escritora. Uma menina tão meiga. Nunca vou me esquecer. Comentei alguma coisa sobre o bombardeio de Pearl Harbor, disse que meu filho havia se alistado no dia anterior, e que agora afinal estávamos na guerra. E sabe de uma coisa? Ela nunca havia ouvido uma palavra sobre o assunto. Não sabia nada do bombardeio ou da guerra. Como se estivesse vivendo no meio de um sonho.

A "menina meiga" morreria naquela mesma tarde. Quando o mesmo carteiro passou com a correspondência da tarde às três e meia, caía um temporal sobre aquela área do Garden District. Choviam "canivetes". Mesmo assim, uma multidão estava reunida no jardim da família Mayfair, e o rabecão estava no meio da rua. O vento soprava "feroz". O Sr. Bordreaux ficou por ali apesar da tempestade.

— Miss Belle estava na varanda, soluçando. E Miss Millie tentou me dizer o que estava acontecendo, mas não conseguiu dizer sequer uma palavra. Miss Nancy veio, então, até a beira da varanda e gritou para mim, "Pode ir, Sr. Bordreaux. Tivemos uma morte aqui. Pode ir, e saia dessa chuva".

O Sr. Bordreaux atravessou a rua e procurou abrigo na varanda de uma casa vizinha. A governanta lhe disse pela porta de tela que Antha Mayfair era quem havia morrido. Parecia que ela havia caído do telhado da sacada do terceiro andar.

Era fortíssima a tempestade, segundo o carteiro, um verdadeiro furacão. Mesmo assim, ele ficou ali para ver enquanto um corpo era colocado no rabecão. Red Lonigan estava lá, com seu primo Leroy Lonigan. Então, o veículo foi embora. O Sr. Bordreaux voltou, afinal, a entregar a correspondência, e logo, mais ou menos ao chegar à Prytania Street, o tempo já estava limpo. No dia seguinte, quando passou por ali, a calçada estava coberta de folhas.

Ao longo dos anos, o Talamasca recolheu muitas histórias relacionadas à morte de Antha, mas o que realmente aconteceu na tarde do dia 10 de dezembro pode nunca ser revelado. O Sr. Bordreaux foi o último "estranho" a ver ou a falar com Antha. Naquele dia, a babá da criança, uma senhora idosa chamada Alice Flanagan, não foi trabalhar por estar doente.

O que se sabe, a partir dos registros da polícia e de conversas reservadas extraídas da família Lonigan e dos padres da paróquia, é que Antha saltou ou caiu do telhado da sacada, abaixo da janela do sótão do antigo quarto de Julien em algum momento antes das três da tarde.

A versão de Carlotta, compilada a partir dessas mesmas fontes, foi como se segue. Ela vinha discutindo muito com Antha a respeito da criança, já que Antha havia chegado a um ponto de degeneração tal que nem alimentava o bebê.

— Ela ainda não estava preparada para ser mãe – disse Miss Carlotta ao policial. Antha passava horas batendo à máquina cartas, contos e poesia, e Nancy e as outras precisavam bater com força na porta do quarto para fazer com que ela percebesse que Deirdre estava chorando e que precisava que a amamentassem ou que lhe dessem uma mamadeira.

Antha ficou "histérica" durante essa última discussão. Ela subiu correndo os dois lances de escada até o sótão, gritando que a deixassem em paz. Carlotta, receando que ela se machucasse, o que acontecia com frequência, segundo Carlotta, entrou atrás de Antha no antigo quarto de Julien. Ali, Carlotta descobriu que Antha havia tentado arrancar os próprios olhos e que havia de fato conseguido fazer brotar muito sangue.

Quando Carlotta procurou controlá-la, Antha se soltou com violência, caindo para trás pela janela em cima do telhado da sacada de ferro fundido. Ali ela pareceu conseguir engatinhar até a beirada, quando perdeu o equilíbrio ou pulou. Morreu instantaneamente quando sua cabeça atingiu as lajes três andares abaixo.

Cortland ficou fora de si quando soube da morte da sobrinha. Foi imediatamente para a First Street. O que contou a sua mulher em Nova York mais tarde foi que Carlotta estava absolutamente tresloucada. O padre estava com ela, um certo padre Kevin, da paróquia redentorista. Carlotta não parava de repetir que ninguém compreendia como Antha era frágil.

– Eu tentei impedir! – disse Carlotta. – Em nome de Deus, o que se esperava que eu fizesse?

Millie Dear e Belle estavam perturbadas demais para falar. Belle parecia estar confundindo tudo com a morte de Stella. Só Nancy tinha coisas abertamente desagradáveis a dizer. Queixava-se de que Antha havia sido mimada e protegida a vida inteira, que sua cabeça estava cheia de sonhos tolos.

Quando Cortland entrou em contato com Alice Flanagan, a babá, ela pareceu receosa. Já tinha alguma idade e era parcialmente cega. Disse não saber nada de Antha ter se machucado, de ficar histérica, ou qualquer coisa parecida. Ela recebia ordens de Miss Carlotta. Miss Carlotta havia sido boa com sua família. Miss Flanagan não queria perder o emprego.

– Só quero cuidar daquele lindo bebê – disse ela à polícia. – Aquele pequeno bebê precisa de mim agora. – E ela de fato cuidou de Deirdre até a menina completar 5 anos.

Afinal, Cortland disse a Beatrice e a Amanda que deixassem Carlotta em paz. Carlotta era a única testemunha do que havia acontecido. E, não importa o que houvesse acontecido naquela tarde, sem dúvida a morte de Antha havia sido um acidente horrível. O que se podia fazer?

Nenhuma investigação séria se seguiu à morte de Antha. Não houve autópsia. Quando o agente funerário teve suspeitas após examinar o cadáver e concluir que os arranhões no rosto de Antha não poderiam ter sido feitos por ela mesma, ele entrou em contato com o médico da família e recebeu o conselho, ou a ordem, de deixar para lá. Antha era louca. Esse era o diagnóstico informal. Durante toda a sua vida, ela fora desequilibrada. Ela havia sido internada em Bellevue e no sanatório de Santa Ana. Dependia dos outros para cuidar de si mesma e da sua filha.

Depois da morte de Stella, a esmeralda Mayfair nunca mais havia sido mencionada em associação ao nome de Antha. Nenhum parente ou amigo jamais relatou tê-la visto. Sean Lacy nunca pintou Antha com a joia. Ninguém em Nova York ouviu falar nela.

No entanto, quando Antha morreu, estava com a esmeralda no pescoço. A pergunta é óbvia. Por que estaria Antha usando a esmeralda justo naquele dia? Teria sido o fato de estar usando a joia que precipitou a discussão fatal? E se os arranhões no rosto de Antha não haviam sido feitos por ela mesma teria Carlotta tentado arrancar os olhos de Antha? E, se for o caso, por quê?

Qualquer que tenha sido o caso, a mansão da First Street estava mais uma vez envolta em mistério. Os planos de Antha para uma restauração nunca foram concretizados. Depois de violentas discussões nos escritórios da Mayfair & Mayfair (Carlotta uma vez saiu furiosa, batendo a porta com tanta força que quebrou o vidro), Cortland chegou a requerer a guarda de Deirdre, ainda bebê. Alexander, neto de Clay Mayfair, também se ofereceu. Ele e a mulher, Eileen, tinham uma linda mansão em Metairie. Poderiam adotar a criança oficialmente ou apenas recebê-la informalmente, dependendo da decisão de Carlotta.

– Cortland quer que eu volte para casa para cuidar do bebê. Eu lhe digo que sinto tanta pena da criança. Mas não posso voltar para Nova Orleans depois de todos esses anos – disse Amanda Grady Mayfair ao nosso espião na sociedade nova-iorquina, Allan Carver.

Carlotta quase riu diante de todas essas "almas caridosas", como os chamou. Ela disse ao juiz, e na verdade a qualquer um da família que lhe fizesse a pergunta, que Antha havia sido uma pessoa muito doente. Era loucura congênita sem a menor dúvida, e poderia aparecer também na sua filhinha. Carlotta não tinha nenhuma intenção de tirar Deirdre da casa da sua mãe ou afastá-la da querida Miss Flanagan, da doce Belle ou da meiga Millie, que todas elas adoravam a menina e tinham tempo para cuidar dela dia após dia como nenhuma outra pessoa.

Quando Cortland se recusou a recuar, Carlotta o ameaçou diretamente. Sua mulher o havia deixado, não era verdade? Será que a família não ia querer saber depois de todos esses anos exatamente que tipo de homem Cortland era? Os primos ficaram pensando nas suas críticas e insinuações. O juiz se "impacientou". Na sua opinião, Carlotta Mayfair era mulher de virtude impecável e de excelente discernimento. Por que a família não podia aceitar a situação? Pelo amor de Deus, se cada bebê órfão tivesse tias tão boas quanto Millie, Belle e Carlotta este mundo seria muito melhor.

O legado ficou nas mãos da Mayfair & Mayfair, e a criança, nas mãos de Carlotta. E a questão foi encerrada abruptamente.

Apenas uma vez ocorreu outra investida contra a autoridade de Carlotta. Foi em 1945.

Cornell Mayfair, um dos primos de Nova York e descendente de Lestan, acabava de terminar sua residência no Massachusetts General. Estava se formando em psiquiatria. Ele havia ouvido "histórias incríveis" sobre a casa da First Street da sua prima (por afinidade) Amanda Grady Mayfair. E também de Louisa Ann Mayfair, a neta mais velha de Garland, que estudou em Radcliffe e teve um caso com Cornell enquanto estava lá. Que história era essa de loucura congênita? Cornell estava fascinado. Ele também estava ainda apaixonado por Louisa Ann, que havia voltado para Nova Orleans, em vez de se casar com ele para morar em Massachusetts, e ele não conseguia entender a adoração da moça pela cidade natal. Teve vontade de visitar Nova Orleans e a família da First Street, e os primos de Nova York acharam que era uma boa ideia.

— Quem sabe? — perguntou ele a Amanda num almoço no Waldorf. — Talvez eu goste da cidade, e pode ser que Louisa Ann e eu consigamos descobrir um jeito de resolver as coisas.

No dia 11 de fevereiro, Cornell chegou a Nova Orleans, registrando-se num hotel no centro. Ele pediu a Carlotta que conversasse com ele, e ela concordou com uma visita sua à First Street.

Como Cornell mais tarde relatou a Amanda num telefonema, ele permaneceu na casa talvez umas duas horas, tendo ficado sozinho com a pequena Deirdre, de 4 anos, por uma parte desse tempo.

— Não posso dizer o que descobri, mas essa criança precisa ser retirada daquele ambiente. E, para ser franco, não quero envolver Louisa Ann nisso. Conto-lhe a história toda quando chegar a Nova York.

Amanda insistiu com ele para que ligasse para Cortland, a fim de transmitir a Cortland todas as suas preocupações. Cornell confessou que Louisa Ann lhe havia feito a mesma sugestão.

— Não quero fazer isso neste exato instante — disse Cornell. — Acabei de me encher com a tal Carlotta. Não quero conhecer mais nenhuma dessas pessoas hoje.

Com a certeza de que Cortland poderia ser útil, Amanda telefonou para ele e contou o que estava acontecendo. Cortland apreciou o interesse do Dr. Mayfair e ligou para Amanda naquela mesma tarde para dizer que havia marcado um encontro com Cornell para jantar no Kolb's no centro. Ele voltaria a ligar para ela depois dessa conversa, mas até agora estava gostando do jovem médico. Estava ansioso para ouvir o que Cornell tinha a dizer.

Cornell não apareceu para o jantar. Cortland esperou uma hora no Kolb's Restaurant e ligou para o quarto de Cornell. Não houve resposta. Na manhã do dia seguinte, a camareira encontrou o corpo de Cornell. Estava completamente vestido deitado na cama desarrumada, com os olhos meio abertos e um copo meio vazio de bourbon na mesa de cabeceira. Não foi encontrada nenhuma causa imediata da sua morte.

Quando foi feita a autópsia, a pedido da mãe de Cornell bem como do médico-legista de Nova Orleans, descobriu-se nas veias do rapaz uma pequena quantidade de um poderoso narcótico, misturado ao álcool. O caso foi classificado como uma dose excessiva acidental, sem haver maiores investigações. Amanda Grady Mayfair nunca se perdoou por ter mandado o jovem Dr. Cornell Mayfair até Nova Orleans. Louisa Ann "nunca se recuperou" do choque e continua solteira até hoje. Cortland, perturbadíssimo, acompanhou o caixão na viagem de volta a Nova York.

Teria sido Cornell vítima das Bruxas Mayfair? Mais uma vez somos forçados a admitir que não sabemos. Um detalhe, porém, nos dá alguma indicação de que Cornell não morreu da pequena quantidade de narcótico e álcool no seu sangue. O médico-legista que examinou o corpo antes que ele fosse retirado do quarto do hotel salientou que os olhos do morto estavam cheios de vasos sanguíneos estourados. Hoje sabemos que esse é um sintoma da asfixia. É possível que alguém tenha deixado Cornell completamente indefeso ao pôr uma droga na sua bebida (foi encontrado bourbon no copo sobre a mesa) e depois o sufocou com um travesseiro quando ele não podia mais se defender.

Quando o Talamasca procurou investigar o caso (por um renomado detetive particular), as pistas já haviam se dissipado. Ninguém no hotel conseguiu se lembrar se Cornell Mayfair recebeu ou não visitas naquela tarde. Ele teria pedido o bourbon no serviço de copa? Ninguém jamais havia feito essas perguntas antes. Impressões digitais? Nem uma sequer havia sido tirada. Afinal, não se tratava de assassinato...

Agora, porém, já é hora de nos voltarmos para Deirdre Mayfair, a atual herdeira do legado Mayfair, órfã aos 2 meses, deixada nas mãos de tias idosas.

Deirdre Mayfair

A casa da First Street continuou a se deteriorar após a morte de Antha. A essa altura, a piscina já se havia transformado numa poça pantanosa e fétida cheia de lentilha-d'água e de íris silvestre, com seus chafarizes enferrujados a lançar jatos de água verde no caldo imundo. Mais uma vez foram aferrolhadas as janelas do quarto principal voltado para o norte. A tinta lilás-acinzentada continuou a descascar nas paredes de alvenaria.

A velha Miss Flanagan, quase totalmente cega no seu último ano, cuidou da pequena Deirdre até pouco antes do seu quinto aniversário. De vez em quando ela levava o bebê para uma volta ao quarteirão num carrinho de vime, mas nunca atravessava a rua.

Cortland vinha no Natal. Ele tomava xerez no longo salão da frente com Millie Dear, Belle e Nancy.

– Eu lhes disse que desta vez iam ter de me permitir entrar – explicou ele ao filho, Pierce, que mais tarde contou a sua mãe. – Não, senhor. Eu queria ver aquela criança com meus próprios olhos no dia do seu aniversário e no Natal. Eu ia segurá-la nos meus braços. – Cortland fez declarações semelhantes às suas secretárias no escritório da Mayfair & Mayfair, que eram frequentemente quem comprava os presentes que Cortland levava para a First Street.

Anos mais tarde, Ryan Mayfair, neto de Cortland, tocou nesse assunto com um "conhecido" simpático numa festa de casamento.

– Meu avô detestava ir até lá. Nossa casa em Metairie sempre foi tão cheia de alegria. Meu pai dizia que vovô voltava para casa chorando. Quando Deirdre estava com 3 anos, vovô fez com que elas armassem sua primeira árvore de Natal em anos. Ele levou para lá uma caixa de enfeites para ela. Comprou as lâmpadas na Katz and Bestoff e ele mesmo as instalou. É tão difícil imaginar as pessoas morando num ambiente tão lúgubre. Eu gostaria de ter realmente conhecido meu avô. Ele nasceu naquela casa. Já pensou? E o pai dele, Julien, havia nascido antes da Guerra de Secessão.

A essa altura, Cortland já era o retrato do seu pai, Julien. Fotografias dele, mesmo as de meados da década de 1950, mostram-no um homem alto, esguio, com cabelos negros, grisalhos apenas nas têmporas. Seu rosto de rugas profundas era extraordinariamente parecido com o do pai, a não ser pelo fato de seus olhos serem muito maiores, lembrando os olhos de Stella, embora ele tivesse a expressão amável de Julien e muitas vezes o mesmo sorriso alegre do pai.

Na opinião de todos, a família de Cortland o adorava. Seus empregados o idolatravam; e, embora o houvesse deixado anos antes, até mesmo Amanda Grady Mayfair parecia tê-lo amado sempre, ou foi o que ela disse a Allan Carver em Nova York no ano em que morreu. Amanda chorou no ombro de Allan pelo fato de seus filhos nunca terem compreendido por que ela abandonou o pai deles; e o pior era que ela não tinha nenhuma intenção de lhes contar.

Ryan Mayfair, que conheceu seu avô Cortland superficialmente, era extremamente afeiçoado a ele. Para ele e para seu pai, Cortland era um herói. Ele jamais conseguiu entender como sua avó pôde "desertar", indo para Nova York.

Como era Deirdre durante esse período inicial? Foi-nos impossível descobrir uma única descrição dela nos seus cinco primeiros anos de vida, a não ser a lenda corrente na família de Cortland de que ela era uma menina muito bonita.

Seus cabelos negros eram finos e ondulados, como os de Stella. Os olhos eram grandes e de um azul-escuro.

A casa da First Street estava, porém, mais uma vez fechada para o mundo exterior. Uma geração de transeuntes havia se acostumado à sua fachada descuidada e ameaçadora. Novamente, os operários não conseguiam realizar consertos no imóvel. Um especialista em telhados caiu duas vezes da escada e se recusou a voltar ali. Somente o velho jardineiro e seu filho se dispunham a vir ocasionalmente para limpar o jardim coberto de mato.

À medida que foram morrendo os paroquianos, com eles morriam certas lendas acerca da família Mayfair. Outras histórias sofreram uma transformação tão infeliz com o tempo ao ponto de se tornarem irreconhecíveis. Novos detetives substituíam os antigos. Logo, ninguém a quem se fizesse uma pergunta acerca da família Mayfair citava mais os nomes de Julien, Katherine, Rémy ou Suzette.

Barclay, filho de Julien, faleceu em 1949. Seu irmão Garland, em 1951. Um filho de Cortland, Grady, morreu no mesmo ano de Garland, depois de cair de um cavalo no Audubon Park. Sua mãe, Amanda Grady Mayfair, faleceu pouco tempo depois, como se a morte do seu querido Grady tivesse sido mais do que ela pudesse suportar. Dos dois filhos de Pierce, somente Ryan Mayfair "conhece a história da família" e regala os sobrinhos mais novos, muitos dos quais não sabem absolutamente nada, com estranhas histórias.

Irwin Dandrich morreu em 1952. Seu papel já havia sido preenchido, no entanto, por uma "espiã de sociedade", uma mulher chamada Juliette Milton, que recolheu inúmeras histórias ao longo dos anos com Beatrice Mayfair e outros primos do centro da cidade, muitos dos quais almoçavam com Juliette com regularidade e não pareciam se importar com o fato de ela ser uma bisbilhoteira que lhes contava tudo sobre todo mundo e contava a todo mundo tudo sobre eles. Como Dandrich, Juliette não era uma pessoa realmente maliciosa. Na verdade, ela nem mesmo parece ter sido pouco gentil. Ela adorava o melodrama, porém, e escrevia cartas incrivelmente longas aos nossos advogados em Londres, que lhe pagavam uma soma anual equivalente à pensão que antes havia sido sua única fonte de sustento.

Como também ocorreu com Dandrich, Juliette nunca soube a quem estava fornecendo todas essas informações sobre a família Mayfair. E, embora tocasse no assunto pelo menos uma vez por ano, ela nunca insistiu.

Em 1953, quando comecei a me dedicar integralmente à tradução das cartas de Petyr van Abel, eu lia os relatos acerca de Deirdre, que estava com 12 anos, à medida que eles chegavam. Mandei detetives buscarem qualquer informação, por mínima que fosse.

– Pesquisem – dizia eu. – Contem-me tudo a seu respeito desde o início. Não há nada que eu não queira saber. – Liguei para Juliette Milton pessoalmente. Disse que pagaria bem por qualquer coisa nova que ela descobrisse.

Pelo menos, durante os primeiros anos da sua vida, Deirdre seguiu o exemplo da sua mãe, sendo expulsa de uma escola após a outra por suas "travessuras" e "comportamento estranho", por suas interrupções nas aulas e por estranhas crises de choro que nada conseguia acalmar.

Mais uma vez, a irmã Bridget Marie, então com seus 60 anos, viu o "amigo invisível" em ação no pátio da escola de Santo Afonso, encontrando objetos para a pequena Deirdre e fazendo flores voarem pelos ares. O Sagrado Coração, o das Ursulinas, o São José, o Nossa Senhora dos Anjos. Todos esses colégios expulsaram a pequena Deirdre em poucas semanas. A menina ficava em casa meses a fio. Os vizinhos a viam "correndo solta" no jardim ou subindo no grande carvalho nos fundos do terreno.

Já não havia mais uma criadagem na casa da First Street. A filha de tia Easter, Irene, era quem cuidava da cozinha e da limpeza de tudo com afinco. Todos os dias de manhã ela varria as calçadas ou o passeio, como se chamava na época. Às três da tarde, via-se Irene torcendo o esfregão na torneira junto ao portão dos fundos do jardim.

Nancy Mayfair era na realidade a dona da casa, comandando tudo com um jeito brusco e ofensivo, ou pelo menos era o que diziam os entregadores e padres que de vez em quando apareciam por lá.

Millie Dear e Belle, duas velhinhas pitorescas, se não bonitas, cuidavam das poucas rosas junto à varanda lateral, que haviam sido salvas do mato que agora cobria a propriedade inteira, desde a cerca da frente até o muro dos fundos.

Toda a família comparecia à missa das nove aos domingos na capela. A pequena Deirdre, linda no seu vestido azul-marinho em estilo marinheiro e chapéu de palha com fitas; Carlotta, num terno escuro, formal, e blusa de gola alta; e as duas velhinhas, Millie Dear e Belle, trajadas com perfeição nos seus vestidos de gabardine com renda, sapatos pretos de amarrar e luvas escuras.

Miss Millie e Miss Belle costumavam fazer compras juntas às segundas, pegando um táxi da First Street até Gus Mayer ou Godchaux's, as melhores lojas de Nova Orleans, onde compravam seus vestidos cinza-pérola, seus chapéus floridos com véus e outros acessórios elegantes. As atendentes do balcão de cosméticos as conheciam pelo nome. Vendiam-lhes pó de arroz, ruge cremoso e perfume Christmas Night. As duas velhinhas almoçavam na lanchonete da D. H. Holmes antes de pegar um táxi para voltar para casa. E elas, e somente elas, representavam a família da First Street em enterros, ocasionalmente em batizados e até mesmo raras vezes num casamento ou outro, embora quase nunca fossem à recepção após a missa nupcial.

Millie e Belle chegavam mesmo a comparecer a enterros de outros paroquianos e costumavam ir ao velório se fosse ali perto, na Lonigan and Sons. Frequentavam a novena de terça-feira à noite na capela e às vezes no verão traziam debaixo da asa a pequena Deirdre, orgulhosas da menina, dando-lhe pedacinhos de chocolate durante o serviço para que ela ficasse quieta.

Ninguém mais se lembrava de algum dia ter havido algo de "errado" com Miss Belle.

Na verdade, as duas senhoras conquistaram com facilidade o respeito e a benevolência do Garden District, especialmente entre as famílias que nada sabiam das tragédias e segredos da família Mayfair. A casa da First Street não era a única mansão que se reduzia a pó por trás de uma cerca enferrujada.

Nancy Mayfair, por outro lado, parecia ter nascido e crescido numa classe totalmente diferente. Suas roupas sempre foram desmazeladas. Não lavava os cabelos castanhos e só os penteava superficialmente. Teria sido fácil confundi-la com uma criada contratada. Mas ninguém jamais questionou o fato de ela ser irmã de Stella, o que naturalmente ela não era. Nancy começou a usar sapatos pretos de amarrar só quando tinha 30 anos. Resmungando, ela pagava aos entregadores tirando o dinheiro de uma carteira gasta. Ou gritava da varanda de cima para mandar embora algum ambulante que estivesse junto ao portão.

Era com essas mulheres que a pequena Deirdre passava seus dias quando não estava se esforçando para prestar atenção numa sala de aula superlotada, o que sempre terminava em fracasso e rejeição.

Repetidamente as bisbilhoteiras da paróquia comparavam Deirdre à mãe. Os primos diziam que talvez fosse "loucura congênita", embora no fundo ninguém soubesse. No entanto, para aqueles que observavam a família mais de perto, apesar da distância de muitos quilômetros, certas diferenças entre mãe e filha ficaram aparentes desde cedo.

Enquanto Antha sempre foi magra e tímida por natureza, havia em Deirdre algo de rebelde e de inegavelmente sensual desde o início. Os vizinhos a viam com frequência correr como "um menino" pelo jardim. Aos 5 anos, ela conseguia subir no enorme carvalho até o alto. Às vezes, ela se escondia nos arbustos ao longo da cerca para poder assustar de propósito quem passasse por ali.

Aos 9 anos, ela fugiu pela primeira vez. Carlotta ligou para Cortland em pânico. Chamaram, então, a polícia. Finalmente, uma Deirdre tremendo de frio apareceu no alpendre do Orfanato de Santa Isabel na Napoleon Avenue, dizendo às irmãs que ela era "amaldiçoada" e "possuída pelo demônio". Precisaram chamar um padre para ela. Cortland veio com Carlotta para levá-la para casa.

– Excesso de imaginação – disse Carlotta. A frase iria se tornar um chavão. Um ano depois, a polícia encontrou Deirdre perambulando na tempestade pelo Bayou St. John, tremendo e chorando, a dizer que tinha medo de voltar para casa. Durante duas horas, ela contou à polícia mentiras sobre seu nome e sua condição social. Ela era uma cigana que chegou à cidade com um circo. Sua mãe havia sido assassinada pelo domador de animais. Ela havia tentado "cometer suicídio com um veneno raro", mas havia sido levada para um hospital na Europa, onde tiraram todo o sangue das suas veias.

– Havia uma coisa tão triste e tão doida naquela criança – disse depois o policial a um investigador nosso. – Ela falava absolutamente a sério e uma expressão louquíssima aparecia nos seus olhos azuis. Ela nem ergueu os olhos quando o tio e a tia vieram buscá-la. Fingiu não os conhecer. Depois, disse que eles a mantinham acorrentada num quarto no segundo andar.

Aos 10 anos, Deirdre foi mandada para a Irlanda, para um colégio interno recomendado por um padre de origem irlandesa, da catedral de São Patrício, o padre Jason Power. Os comentários em família diziam que a ideia havia sido de Cortland.

– Vovô queria tirá-la daqui – comentou Ryan Mayfair alguns anos mais tarde.

Mas as irmãs em County Cork mandaram Deirdre de volta para casa em menos de trinta dias.

Durante dois anos, Deirdre estudou com uma mentora chamada Miss Lampton, uma velha amiga de Carlotta, do Sagrado Coração. Miss Lampton disse a Beatrice Mayfair (da Esplanade Avenue, no centro da cidade) que Deirdre era uma menina encantadora e muito inteligente.

– Ela tem uma imaginação exagerada. E só isso que está errado com ela, e passa tempo demais sozinha.

Quando Miss Lampton se mudou para o Norte para se casar com um viúvo que havia conhecido nas férias de verão, Deirdre chorou dias a fio.

Mesmo durante esses anos, houve brigas na casa da First Street. As pessoas ouviam os gritos. Deirdre muitas vezes saía de dentro de casa chorando. Ela costumava subir no carvalho até ficar fora do alcance de Irene ou de Miss Lampton. Às vezes ficava lá em cima até depois do anoitecer.

Com a adolescência, porém, Deirdre sofreu uma mudança. Ela se tornou reservada, cheia de segredos, sem mais nada da menina levada. Aos 13 anos, ela era muito mais sensual do que Antha havia sido na idade adulta. Usava os cabelos negros e ondulados compridos e repartidos ao meio, presos por uma fita lilás. Seus grandes olhos azuis pareciam eternamente desconfiados e um pouco tristes. Na verdade, a menina tinha uma aparência oprimida, segundo as bisbilhoteiras que a viam na missa dominical.

— Ela já era uma linda mulher — disse uma das senhoras que frequentavam a capela normalmente. — E aquelas velhinhas não percebiam. Costumavam vesti-la como se ainda fosse criança.

Os comentários nos meios jurídicos revelavam outros problemas. Uma tarde, Deirdre entrou correndo na sala de espera do escritório de Cortland.

— Ela estava histérica — disse mais tarde a secretária. — Durante uma hora inteira, ela gritou e chorou lá dentro com o tio. E vou contar mais uma coisa, uma coisa que só notei na hora em que ela estava indo embora. Os sapatos dela não formavam par! Estava com um mocassim marrom num pé e um sapato preto sem salto no outro. Acho que nem ela percebeu. Cortland levou-a para casa. Não sei se ele chegou a perceber. Nunca mais a vi depois disso.

No verão antes do aniversário de 14 anos de Deirdre, ela foi levada às pressas para o novo Hospital da Misericórdia. Havia tentado cortar os pulsos. Beatrice foi visitá-la.

— Aquela menina tem uma disposição que Antha simplesmente não tinha — disse Beatrice a Juliette Milton. — Mas ela precisa de conselhos femininos. Ela queria que eu lhe comprasse cosméticos. Disse que só entrou numa farmácia uma vez na vida inteira.

Beatrice trouxe os cosméticos para o hospital só para ser informada de que Carlotta havia proibido todas as visitas. Quando Beatrice ligou para Cortland, este confessou não saber por que Deirdre cortara os pulsos.

— Pode ser que ela só quisesse sair daquela casa.

Naquela mesma semana, Cortland conseguiu que Deirdre fosse para a Califórnia. Ela foi de avião para Los Angeles para ficar com Andrea Mayfair, que havia se casado com um médico da equipe do Hospital Cedros do Líbano. Mas Deirdre estava de volta a casa, ao final de duas semanas.

Os parentes de Los Angeles não disseram nada a ninguém quanto ao que aconteceu, mas anos mais tarde seu único filho, Elton, contou a detetives que sua pobre prima de Nova Orleans era louca. Que ela acreditava ser amaldiçoada por algum tipo de herança; que ela havia falado em suicídio com ele, o que horrorizou seus pais. Que eles a haviam levado a médicos que afirmavam que ela nunca seria normal.

– Meus pais queriam ajudá-la, especialmente minha mãe. Mas a família ficou muito fragilizada. Acho que o que realmente deu um basta na história foi que eles a viram no quintal uma noite com um homem, e ela não quis confessar. Insistia em negar isso. E meus pais tiveram medo de que alguma coisa acontecesse. Acho que ela estava com uns 13 anos, e era muito bonita. Eles a mandaram de volta para casa.

Beatrice contou mais ou menos a mesma história para Juliette Milton.

– Acho que Deirdre parece adulta demais para a idade – disse ela. Mesmo assim, não quis acreditar que Deirdre tivesse mentido acerca de companhias masculinas. – Ela só está confusa. – E Beatrice negava rigorosamente que houvesse loucura congênita. Aquilo era só uma lenda iniciada por Carlotta, uma lenda que deveria ser esquecida.

Beatrice foi até a First Street para ver Deirdre e levar alguns presentes. Nancy não permitiu que entrasse.

A mesma misteriosa companhia masculina foi responsável pela expulsão mais traumatizante para Deirdre, a do colégio interno de Santa Rosa de Lima, quando estava com 16 anos. Deirdre permaneceu nessa escola todo um semestre sem nenhum problema e estava no meio do trimestre da primavera quando ocorreu o incidente. Os rumores em família diziam que Deirdre estava felicíssima no Santa Rosa, que ela havia dito a Cortland que não queria nunca voltar para casa. Mesmo no Natal, Deirdre havia ficado no colégio, só saindo com Cortland para uma ceia antecipada na véspera de Natal.

Deirdre adorava os balanços no pátio dos fundos, que eram grandes o suficiente para as crianças maiores, e ao entardecer ela costumava ficar ali cantando com uma outra menina, Rita Mae Dwyer (mais tarde Lonigan), que se lembrava de Deirdre como uma pessoa rara e especial; elegante e inocente; romântica e meiga.

Recentemente, em 1988, foram obtidos mais dados sobre essa expulsão diretamente com Rita Mae Dwyer Lonigan, em conversa com este investigador.

O "amigo misterioso" de Deirdre se encontrou com ela no jardim das freiras ao luar e falou baixinho, mas alto o suficiente para Rita ouvir.

– Ele a chamou de "minha amada" – disse Rita Mae. Ela nunca havia ouvido palavras tão românticas a não ser no cinema.

Indefesa e soluçando de tristeza, Deirdre não pronunciou uma só palavra quando as freiras a acusaram de "trazer um homem para o recinto da escola". Elas haviam vigiado Deirdre e seu companheiro, espiando, pelas venezianas da cozinha do convento, o jardim onde os dois se encontravam no escuro.

– Não era nenhum menino – disse mais tarde uma das freiras, furiosa, às internas reunidas. – Era um homem! Um homem adulto!

Os registros da época são quase cruéis nas suas acusações.

– A menina é fingida. Ela permitiu que o homem a tocasse com indecência. Sua inocência é apenas de fachada.

Não pode haver nenhuma dúvida quanto a esse companheiro misterioso ser Lasher. Ele é descrito pelas freiras e mais tarde pela Sra. Lonigan como alguém de cabelos e olhos castanhos e belos trajes antiquados.

No entanto, o ponto digno de nota reside no fato de que Rita Mae Lonigan, a menos que esteja exagerando, realmente ouviu Lasher falar.

Uma outra informação surpreendente que nos foi transmitida pela Sra. Lonigan é a de que Deirdre tinha a esmeralda Mayfair com ela no colégio interno, que a mostrou a Rita Mae e que lhe mostrou uma palavra gravada nas costas da joia: "Lasher." Se a história de Rita Mae for verdadeira, Deirdre sabia muito pouco sobre sua mãe ou sobre sua avó. Ela compreendia que a esmeralda lhe chegara às mãos por meio das duas, mas nem sabia direito como Stella ou Antha haviam morrido.

Era de conhecimento geral da família em 1956 que Deirdre ficou arrasada com sua expulsão do Santa Rosa de Lima. Ela ficou internada no sanatório de Santa Ana durante seis semanas. Embora tenha se revelado impossível obter os registros, as enfermeiras comentavam que Deirdre implorava que lhe dessem o tratamento de choque, ao qual foi submetida duas vezes. Nessa época, ela estava com quase 17 anos.

A partir do que sabemos a respeito dos métodos desse período, podemos concluir com segurança que esses tratamentos envolviam uma voltagem maior do que a que é usada atualmente. Eles eram provavelmente muito perigosos e deviam resultar numa perda da memória de algumas horas, se não de dias.

Não sabemos por que motivo o tratamento completo não foi realizado como era costume na época. Cortland se opunha totalmente aos choques ou pelo menos foi o que disse a Beatrice Mayfair. Ele não podia acreditar num tratamento tão drástico para alguém tão jovem.

– O que essa menina tem de errado? – perguntou Juliette a Beatrice por fim.

– Ninguém sabe, querida – respondeu Beatrice. – Ninguém sabe.

Carlotta trouxe Deirdre do sanatório para casa, onde ela passou mais um mês totalmente abatida.

Investigações sem trégua indicaram que uma figura sombria era vista com frequência com Deirdre no jardim. Um entregador da mercearia Solari's ficou "apavorado" quando estava saindo da propriedade e viu "aquela moça de olhos enormes e aquele homem" na moita de bambu alto junto à velha piscina.

Uma solteirona que morava na Prytania Street viu o casal na capela depois de escurecer.

– Falei com Miss Belle. Parei no portão na manhã do dia seguinte. Achei que não estava certo. Aconteceu de noite, depois de escurecer. Entrei na capela para acender uma vela e rezar meu terço como sempre, e lá estava ela no último banco com aquele homem. A princípio eu mal os vi. Fiquei um pouco assustada. Depois, quando ela se levantou e saiu às pressas, eu a vi nitidamente à luz do poste. Era Deirdre Mayfair. Não sei o que aconteceu com o rapaz.

Diversas outras pessoas relataram visões semelhantes. As imagens eram sempre as mesmas: Deirdre e o rapaz misterioso em algum lugar sombreado. Deirdre e o rapaz misterioso saindo assustados de onde estavam ou olhando fixamente para o desconhecido de um jeito perturbador. Temos quinze versões diferentes desses dois temas. Algumas dessas histórias chegaram aos ouvidos de Beatrice na Esplanade Avenue.

— Não sei se alguém está tomando conta dela. E ela é tão... tão desenvolvida fisicamente — disse Beatrice a Juliette. Juliette a acompanhou numa visita a First Street.

— A menina perambulava pelo jardim. Beatrice foi até a cerca e a chamou. Durante alguns instantes ela pareceu não saber quem era Bea. Depois foi buscar a chave do portão. É claro que daí em diante só Bea falou. Mas a menina é de uma beleza espantosa. Tem mais a ver com a estranheza da sua personalidade do que com qualquer outra coisa. Ela parece rebelde e profundamente desconfiada das pessoas; e ao mesmo tempo demonstra um enorme interesse pelas coisas que a cercam. Ela se apaixonou por um camafeu que eu estava usando. Dei-lhe o camafeu, e seu prazer foi absolutamente infantil. Hesito em dizer que ela estava descalça e que usava um vestido de algodão imundo.

À medida que se aproximava o outono, houve mais relatos de brigas e de gritos. Os vizinhos chegaram a ponto de chamar a polícia em duas ocasiões. Pude obter pessoalmente, dois anos depois, um relato completo da primeira chamada, no dia 1º de setembro.

— Não gostei da ideia de ir lá — disse o policial. — Sabe, incomodar essas famílias do Garden District não é meu estilo. E aquela senhora realmente nos pôs à prova à porta da frente. Era Carlotta Mayfair, a que chamam de Miss Carl, a que trabalha para o juiz.

— "Quem mandou vocês aqui? O que querem? Quem são vocês? Quero ver sua identificação. Vou ter de contar para o juiz Byrnes se vocês vierem aqui outra vez." Afinal, meu colega disse que alguém ouviu a moça da casa gritar e que nós gostaríamos de falar com ela para nos certificarmos de que estava tudo bem. Achei que Miss Carl ia matá-lo ali mesmo. Mas ela foi e trouxe a moça, Deirdre Mayfair, aquela de quem falam tanto. Ela chorava e tremia inteira. E disse ao meu colega, C. J.: "Faça com que ela me dê as coisas da minha mãe. Ela pegou as coisas da minha mãe."

— Miss Carl disse que para ela já chegava de "intromissão", que aquela era uma discussão de família e que a presença da polícia não era necessária. Se não fôssemos embora, ela iria chamar o juiz Byrnes. Foi então que a moça, Deirdre, saiu correndo da casa na direção da nossa viatura. "Levem-me daqui!", berrava.

– Nesse instante aconteceu alguma coisa com Miss Carl. Ela estava olhando para a mocinha parada na sarjeta junto ao nosso carro e começou a chorar. Ela tentou esconder. Tirou o lenço e depois cobriu o rosto. No entanto, dava para ver que aquela senhora estava chorando. A menina havia deixado os seus nervos à flor da pele.

"C. J. perguntou a Miss Carl o que ela queria que nós fizéssemos. Ela passou direto por ele, foi até a calçada e pôs a mão na menina, dizendo, 'Deirdre, você quer voltar para o sanatório? Por favor, Deirdre, por favor'. E então ela simplesmente desistiu. Não conseguia mais falar. A mocinha olhava para ela, com os olhos assustados, desvairada, e começou a soluçar. Miss Carl então a enlaçou e a levou escada acima para dentro de casa."

– Tem certeza de que era Miss Carl? – perguntei ao policial.

– Claro, todo mundo a conhece. Cara, eu nunca vou esquecer aquela mulher. No dia seguinte ela ligou para o comandante e tentou fazer com que C. J. e eu fôssemos expulsos.

Uma outra viatura policial atendeu ao chamado do vizinho uma semana mais tarde. Tudo o que sabemos sobre essa ocasião é que Deirdre estava tentando sair da casa quando a polícia chegou. Os policiais a convenceram a esperar sentada na escada da varanda até que seu tio Cortland chegasse.

Deirdre fugiu no dia seguinte. Comentários nos meios jurídicos dão conta de numerosos telefonemas de um lado para o outro, de Cortland a sair correndo para a First Street e do pessoal da Mayfair & Mayfair ligando para os primos de Nova York à procura de Deirdre, como haviam feito quando Antha desapareceu anos antes.

Amanda Grady Mayfair estava morta. A mãe do Dr. Cornell Mayfair, Rosalind Mayfair, não queria ter nada a ver com "aquela gente da First Street", como costumava chamar a família. Mesmo assim, ela ligou para os outros primos de Nova York. Depois, a polícia entrou em contato com Cortland em Nova Orleans. Deirdre havia sido encontrada vagando descalça e sem dizer coisa com coisa em Greenwich Village. Havia indícios de que ela teria sido violentada. Cortland pegou um avião para Nova York naquela mesma noite. Na manhã seguinte, ele trouxe Deirdre de volta.

A repetição da história completou o ciclo com a nova internação de Deirdre no sanatório de Santa Ana. Ela recebeu alta uma semana depois e foi morar com Cortland na sua antiga residência em Metairie.

Os comentários em família diziam que Carlotta estava arrasada e desanimada. Ela disse ao juiz Byrnes e à sua mulher que havia fracassado com a sobrinha. Ela receava que a menina "nunca seria normal".

Quando Beatrice Mayfair foi visitar Carlotta um sábado, encontrou-a sentada sozinha no salão da First Street com todas as cortinas fechadas. Carlotta se recusava a conversar.

– Mais tarde percebi que ela não tirava os olhos do local exato onde os caixões eram colocados antigamente, quando os velórios ainda eram em casa. Tudo o que ela me dizia era sim, não ou hum-hum, quando eu lhe fazia alguma pergunta. Afinal, aquela mulher horrível, Nancy, veio me oferecer um chá gelado. Deu a impressão de se irritar quando aceitei. Eu lhe disse que eu mesma me servia, e ela disse que não, que tia Carl não ia permitir isso.

Quando Beatrice concluiu já ter aturado o suficiente de tristeza e de grosseria, ela foi embora. Então dirigiu-se a Metairie a fim de visitar Deirdre na casa de Cortland em Country Club Lane.

Essa casa pertencia à família Mayfair desde que Cortland a havia construído quando ainda jovem. Uma mansão de tijolos com colunas brancas e portas-janelas, além de todos os "confortos modernos", ela mais tarde passou para Ryan Mayfair, filho de Pierce, que agora mora ali. Durante anos, Sheffield e Eugenie Mayfair viveram nela com Cortland. Sua filha única, Ellie Mayfair, a mulher que mais tarde adotaria a filha de Deirdre, Rowan, havia nascido naquela casa.

Nessa época, Sheffield Mayfair morreu de um ataque cardíaco. Eugenie já estava morta há anos. Ellie morava na Califórnia, onde acabava de se casar com um advogado chamado Graham Franklin. E Cortland vivia sozinho na mansão de Metairie.

Na opinião de todos, a casa era extremamente alegre, cheia de cores vivas, com papel de parede vistoso, mobília tradicional e livros. Grande quantidade de portas-janelas se abria para o jardim, para a piscina e para o gramado da frente.

A família inteira parece ter considerado ser esse o melhor lugar para Deirdre. Metairie não tinha nada da melancolia do Garden District. Cortland garantiu a Beatrice que Deirdre estava descansando, que os problemas da menina haviam sido exacerbados por muito mistério e decisões erradas por parte de Carlotta.

– Mas ele não me diz no fundo o que está acontecendo – queixou-se Beatrice a Juliette. – Ele nunca diz. O que ele queria dizer com "mistério"?

Beatrice fazia perguntas à criada por telefone sempre que podia. Deirdre ia muito bem, dizia a criada. Estava com uma cor ótima. Havia até recebido uma visita, um rapaz de excelente aparência. A criada o havia visto apenas por um segundo ou dois, ele e Deirdre estavam no jardim, mas ele era um rapaz bonito, educado.

– Pois é, quem poderia ser esse aí? – perguntava-se Beatrice, durante um almoço com Juliette Milton. – Não aquele mesmo canalha que entrou se esgueirando no jardim das freiras para importuná-la no Santa Rosa de Lima!

"Parece-me", escreveu Juliette ao seu contato em Londres, "que essa família não percebe que a mocinha tem um amante. Estou falando de um único amante, muito distinto e fácil de ser reconhecido, que é visto repetidamente na sua companhia. Todas as descrições desse rapaz são idênticas!"

O ponto significativo nesse relato está no fato de Juliette Milton nunca ter ouvido nenhum rumor sobre fantasmas, bruxas, maldições ou coisa semelhante em associação à família Mayfair. Ela e Beatrice realmente acreditavam que essa pessoa misteriosa era um ser humano.

No entanto, nessa mesma época, os velhos no Irish Channel fofocavam à mesa da cozinha sobre "Deirdre e o homem". E quando diziam "o homem" não estavam se referindo a um ser humano. A irmã idosa do padre Lafferty sabia da existência do "homem". Ela tentou tocar no assunto com o irmão, porém, ele não quis lhe fazer confidências. Ela conversou com um amigo também idoso chamado Dave Collins e conversou com um detetive nosso, que a acompanhou pela Constance Street no seu caminho da missa de domingo para casa.

Miss Rosie, que trabalhava na sacristia, trocando as toalhas do altar e cuidando do vinho dos sacramentos, também conhecia os fatos espantosos sobre a família Mayfair e "o homem".

– Primeiro, foi Stella, depois Antha e agora Deirdre – disse ela ao sobrinho, universitário em Loyola, que a considerou uma tola cheia de superstições.

Uma velha criada negra que morava no mesmo quarteirão sabia tudo sobre "aquele homem". Ele era o fantasma da família. Era isso o que era. E também o único fantasma que ela havia visto em plena luz do dia, sentado com a menina nos fundos do jardim. Aquela menina ia para o inferno quando morresse.

Foi a essa altura, no verão de 1958, que me preparei para ir até Nova Orleans. Eu acabava de reunir toda a história da família Mayfair numa primeira versão da narrativa precedente, que em essência era igual à que o leitor acaba de ler. E eu estava preocupado com Deirdre Mayfair de uma forma profunda e impulsiva.

Eu acreditava que seus poderes paranormais, e especialmente sua capacidade de ver espíritos e de se comunicar com eles, a estavam enlouquecendo.

Depois de inúmeras conversas com Scott Reynolds, nosso novo diretor, e de algumas reuniões com todo o conselho, ficou decidido que eu faria a viagem e que eu usaria meu próprio discernimento para julgar se Deirdre Mayfair tinha maturidade suficiente ou era suficientemente equilibrada para ser abordada.

Elaine Barrett, um dos membros mais velhos e experientes do Talamasca, havia morrido no ano anterior, e eu era agora considerado (imerecidamente) o maior especialista em famílias de bruxas do Talamasca. Nunca foram questionadas minhas qualificações. E, na verdade, aqueles que haviam mais se apavorado com as mortes de Stuart Townsend e de Arthur Langtry – e que teriam maior probabilidade de proibir minha ida a Nova Orleans – já não viviam mais.

23

O ARQUIVO SOBRE AS BRUXAS MAYFAIR

CAPÍTULO IX
A história de Deirdre Mayfair
Totalmente revista – 1989

Cheguei a Nova Orleans em julho de 1958 e imediatamente me registrei num hotel pequeno e simples do French Quarter. Comecei, então, a me reunir com nossos detetives profissionais mais capazes, a consultar alguns registros públicos e a obter respostas para outras questões.

Ao longo dos anos, nós havíamos conseguido os nomes de diversas pessoas íntimas da família Mayfair. Procurei entrar em contato com elas. Com Richard Llewellyn tive pleno sucesso, como já foi descrito, e somente seu relato me ocupou alguns dias.

Também consegui "me encontrar por acaso" com uma jovem professora leiga do Santa Rosa de Lima que havia conhecido Deirdre durante os meses que passou na escola e que lançou alguma luz sobre os motivos para a expulsão. Lamentavelmente, essa moça acreditava que Deirdre teria tido um caso com "um homem mais velho" e que era uma menina depravada e falsa. Outras alunas tinham conhecimento da esmeralda Mayfair. Concluiu-se que Deirdre a teria roubado da sua tia. Por que outro motivo ela estaria com uma joia tão valiosa na escola?

Quanto mais eu conversava com a mulher, mais eu percebia que a aura de sensualidade de Deirdre havia impressionado os que a cercavam.

– Ela era tão... madura, sabe. Uma menina não tem por que ter seios enormes daquele jeito aos 16 anos.

Pobre Deirdre. Descobri-me a ponto de perguntar se a professora considerava ou não que nessas circunstâncias a mutilação seria aconselhável, mas encerrei a entrevista. Voltei para o hotel, tomei um conhaque puro e me repreendi quanto aos perigos do envolvimento emocional.

Infelizmente, eu não estava nem um pouco menos emotivo quando visitei o Garden District no dia seguinte e no outro, quando passei horas caminhando pelas ruas tranquilas e observando a casa da First Street de todos os ângulos. Depois de anos passados lendo a respeito dessa casa e dos seus moradores, essa observação era para mim extremamente emocionante. Mas, se algum dia existiu uma casa com emanações malignas, essa era ela.

Por quê?, perguntei-me.

A essa altura, ela estava muito descuidada. A tinta lilás havia desbotado da alvenaria. Mato e samambaias minúsculas nasciam em rachaduras nos parapeitos. Trepadeiras floridas cobriam as varandas laterais de tal forma que mal se viam os gradis ornamentais; e os louros-cerejas exuberantes ocultavam o jardim de quem passasse.

Mesmo assim, devia ter sido uma casa fantástica. No entanto, apesar do calor opressivo do verão, com o sol a brilhar preguiçoso e empoeirado através das árvores, a casa parecia úmida, sombria e decididamente desagradável. Durante as horas ociosas que passei a contemplá-la, observei que os transeuntes invariavelmente atravessavam a rua quando se aproximavam dela. E, embora sua calçada de lajes de pedra estivesse escorregadia do musgo e rachada em decorrência das raízes dos carvalhos, no mesmo estado se encontravam outras calçadas do bairro que as pessoas não procuravam evitar.

Algo de maligno vivia nessa casa, vivia e meio que respirava; esperava e talvez chorasse seus mortos.

Acusando-me novamente, e com razão, de estar dominado pela emoção, defini meus termos. Essa coisa era maligna porque era destrutiva. "Vivia e respirava" no sentido de que influenciava o ambiente e de que sua presença podia ser sentida. Quanto à minha crença de que essa "coisa" chorava seus mortos, bastava que eu me lembrasse do fato de nenhum operário conseguir fazer qualquer conserto na casa desde a morte de Stella. Desde essa morte, a decadência havia sido progressiva, sem interrupções. Será que a criatura queria que a casa fosse se desfazendo ao mesmo tempo em que o corpo de Stella se decompunha no túmulo?

Ah, tantas perguntas sem resposta. Fui até o cemitério de Lafayette e visitei a cripta da família Mayfair. Um zelador simpático me forneceu a informação de que havia sempre flores novas nos vasos de pedra diante do jazigo, apesar de ninguém nunca ter visto quem as punha ali.

– Você acha que é algum antigo namorado de Stella Mayfair? – perguntei.

– Não – disse o velhote, com uma sonora risada. – Claro que não. É ele, sabe quem? O fantasma Mayfair. É ele quem põe as flores ali. E quer saber de uma coisa? Às vezes ele as rouba do altar da capela. Sabe qual? A capela na esquina de Prytania e Third. Uma tarde o padre Morgan chegou aqui bufando de raiva. Parece que ele havia acabado de arrumar as palmas-de-santa-rita, e lá estavam elas nos vasos diante do jazigo da família Mayfair. Ele passou pela casa da First Street e tocou a campainha. Eu soube que Miss Carl o mandou ir para o inferno.
– O homem ria e não parava de rir dessa ideia... de alguém mandar um padre ir para o inferno.

Aluguei um carro, desci a estrada ribeirinha até Riverbend, examinei o que sobrou da fazenda e depois liguei para nossa espiã na sociedade, Juliette Milton, convidando-a para almoçar.

Ela teve o maior prazer em me apresentar a Beatrice Mayfair. Beatrice aceitou almoçar comigo, sem questionar em nada minha explicação superficial de que eu tinha interesse na história do Sul e na história da família Mayfair.

Beatrice Mayfair tinha 35 anos. Era uma mulher de cabelos escuros, muito bem-vestida, com um sotaque encantador que era uma mistura do sotaque do Sul com o de Nova Orleans (Brooklyn, Boston). No que dizia respeito à família, ela era uma espécie de "rebelde".

Durante três horas ela falou comigo sem parar, no Galatoire's, despejando todo tipo de historinha sobre a família Mayfair e confirmando o que eu já suspeitava: que pouco ou nada se sabia na atualidade sobre o passado remoto da família. Era a espécie mais vaga de lenda de família, na qual os nomes são confundidos e os escândalos haviam se tornado ridículos.

Beatrice não sabia quem havia construído Riverbend ou quando se realizou a obra. Nem sabia quem havia construído a casa da First Street. Ela achava que Julien havia construído a casa. Quanto às histórias de fantasmas e lendárias bolsas cheias de moedas de ouro, ela acreditava em tudo isso quando era criança, mas agora não. Sua mãe havia nascido na First Street (tratava-se de Alice Mayfair, a penúltima filha de Rémy Mayfair; Millie Dear, ou Miss Millie, como era conhecida, era a filha caçula de Rémy e, portanto, tia de Beatrice) e ela havia dito coisas estranhíssimas sobre a casa. No entanto, saiu dali com apenas 17 anos para se casar com Aldrich Mayfair, um bisneto de Maurice Mayfair, e Aldrich não gostava quando a mãe de Beatrice falava sobre a casa.

— Meus pais são tão cheios de mistério – disse Beatrice. – Acho que meu pai já não se lembra de muita coisa mais. Ele já passou dos 80, e minha mãe simplesmente se recusa a me contar essas coisas. Eu mesma não me casei com um Mayfair, sabe? (Observação: o marido de Beatrice morreu de câncer na garganta na década de 1970.) – Não me lembro de Mary Beth. Só tinha 2 anos quando ela morreu. Tenho algumas fotos minhas aos seus pés numa daquelas reuniões, sabe, com todos os outros pequenos bebês da família. Mas eu me lembro de Stella. Eu adorava Stella. Adorava mesmo.

"Fico mortificada de não poder mais ir lá. Há anos parei de visitar tia Millie Dear. Ela é um amor de criatura, mas não sabe ao certo quem eu sou. Todas as vezes eu preciso dizer, sou filha de Alice, neta de Rémy. Ela se lembra por um curtíssimo espaço de tempo e logo se esquece. Além do mais, Carlotta não quer me ver por lá. Ela não quer ver ninguém. Ela é simplesmente horrível. Ela matou aquela casa! Tirou da casa toda a sua vida. Não me importo com o que digam. A culpa é dela."

— Você acredita que a casa seja assombrada, que talvez haja algo de maligno...

— Ora, Carlotta! Ela é maligna! Mas, sabe, se é esse tipo de coisa que procura, bem, é uma pena que não possa conversar com Amanda Grady Mayfair. Foi mulher de Cortland. Morreu há anos. Ela acreditava em coisas bem fantásticas! Mas no fundo era interessante... Bem, sob um certo aspecto. Dizem que foi por isso que ela deixou Cortland. Ela dizia que Cortland sabia que a casa era assombrada. Que ele via espíritos e conversava com eles. Sempre fiquei chocada de que uma mulher adulta acreditasse nesse tipo de coisa. Mas ela estava totalmente convencida de alguma espécie de trama satânica. Acho que foi Stella quem provocou tudo isso, inadvertidamente. Na época, eu era muito nova para saber mesmo. Mas Stella não era uma pessoa má. Não era nenhuma rainha do vodu. Stella ia para a cama com qualquer um e com todos; e, se isso for bruxaria, então metade da cidade de Nova Orleans devia arder na fogueira.

... E assim ela prosseguia, com os comentários ficando cada vez mais íntimos e irresponsáveis enquanto Beatrice comia aos pouquinhos e fumava cigarros Pall Mall.

– Deirdre é sensual demais – disse ela. – É só esse o problema da menina. Ela foi absurdamente protegida. Não é de estranhar que ande com homens desconhecidos. Confio em Cortland para cuidar dela. Cortland se tornou o venerável ancião da família. E sem dúvida ele é o único que pode enfrentar Carlotta. Olhe, essa é uma bruxa para mim. Carlotta. Ela me dá calafrios. Deviam afastar Deirdre dela.

Havia na verdade alguns comentários sobre uma escola no Texas, uma pequena universidade para a qual Deirdre poderia entrar no outono. Aparentemente, Rhonda Mayfair, uma bisneta de uma irmã de Suzette, Marianne (tia de Cortland, portanto), havia se casado com um rapaz no Texas que ensinava nessa faculdade. Tratava-se de fato de uma pequena instituição estadual para mulheres, muito bem subsidiada, e com muitas das tradições e confortos de uma caríssima escola particular. A questão era saber se aquele monstro da Carlotta deixaria Deirdre ir.

– Agora, Carlotta? Essa, sim, é uma bruxa!

Mais uma vez, Beatrice ficou toda nervosa ao mencionar Carlotta. Suas críticas iam desde o jeito de Carlotta se vestir (tailleur de mulher de negócios) até seu jeito de falar (direto ao assunto), quando de repente Beatrice se debruçou na mesa.

– E você sabe que aquela bruxa matou Irwin Dandrich, não sabe?

Eu não só não sabia, como nunca tinha ouvido a menor referência a uma coisa dessas. Em 1952 recebemos a notícia de que Dandrich havia morrido de um ataque cardíaco no seu apartamento em algum momento após as quatro da tarde. Era de conhecimento geral que ele sofria do coração.

– Eu conversei com ele – disse Beatrice, num tom de grande empáfia e drama pouquíssimo disfarçado. – Conversei com ele no dia em que morreu. Ele me contou que Carlotta havia telefonado. Carlotta o acusara de espionar a família e lhe dissera: "Bem, se você quer nos conhecer, venha até a First Street. Vou contar mais coisas do que você vai querer ouvir." Eu disse a ele que não fosse. "Ela vai processá-lo. Ela vai fazer alguma coisa terrível com você. Ela está fora de si." Mas ele não quis me dar ouvidos. "Vou ver aquela casa com meus próprios olhos", disse ele. "Ninguém que eu conheça entrou ali desde a morte de Stella." Fiz com que ele prometesse me ligar assim que voltasse para casa. Pois ele nunca me ligou. Morreu naquela mesma tarde. Ela o envenenou. Sei que foi ela quem o envenenou, e disseram que foi ataque do coração quando o encontraram. Ela o envenenou de um jeito que desse para ele chegar em casa sozinho para morrer na sua própria cama.

— O que a faz ter tanta certeza?

— O fato de não ser a primeira vez que acontece uma coisa dessas. Deirdre contou a Cortland que havia um corpo no sótão daquela casa da First Street. Isso mesmo, um corpo.

— Foi Cortland quem lhe contou isso? — Ela fez que sim com a cabeça, circunspecta. — Pobre Deirdre. Ela conta essas coisas aos médicos, e eles receitam eletrochoque! Cortland acha que ela está vendo coisas! — Beatrice abanou a cabeça. — Cortland é assim. Ele acredita que a casa é assombrada, que há ali fantasmas com os quais se pode conversar! Mas um corpo no sótão? Não, nisso ele não acredita! — Ela riu baixinho, e depois ficou extraordinariamente séria. — Mas eu aposto que é verdade. Eu me lembro de alguma coisa sobre um rapaz que desapareceu pouco antes de Stella morrer. Ouvi falar nisso anos depois. Tia Millie falou alguma coisa a respeito à minha prima Angela. Mais tarde, Dandrich me falou nisso. A polícia esteve à procura do rapaz. Detetives particulares também o procuraram. Um texano que veio da Inglaterra, disse Irwin, um rapaz que chegou a passar a noite com Stella e depois simplesmente desapareceu.

"Vou dizer quem mais sabia dessa história. Amanda sabia. Da última vez que a vi em Nova York, nós estávamos reexaminando a história toda e ela disse: 'E o que me diz daquele homem que desapareceu como por encanto!' É claro que ela fez uma associação com o caso de Cornell, sabe, o rapaz que morreu no hotel no centro depois de uma visita a Carlotta. Ouça o que lhe digo, ela os envenena, eles vão para casa e morrem. É algum produto químico com efeito retardado. Esse texano era algum tipo de historiador da Inglaterra. Conhecia o passado da nossa família..."

De repente, ela percebeu a ligação. Eu era um historiador da Inglaterra. Ela riu.

— Sr. Lightner, melhor tomar cuidado! — Ela se recostou na cadeira, rindo baixinho.

— Imagino que tenha razão. Mas não creio que acredite nisso tudo, Miss Mayfair.

Ela pensou um pouco.

— Acredito e não acredito. — Ela riu mais uma vez. — Eu acho que Carlotta seria capaz de qualquer coisa. Mas, para ser sincera, ela é muito lerda para chegar a envenenar alguém. Mas eu cheguei a pensar nisso! Isso me ocorreu quando Irwin Dandrich morreu. Eu adorava Irwin. E ele morreu logo depois de fazer uma visita a Carlotta. Espero que Deirdre vá para a faculdade no Texas. E, se Carlotta o convidar para um chá, não vá!

— Quanto ao fantasma especificamente... — disse eu. (Durante toda essa entrevista, raramente foi necessário que eu terminasse uma frase.)

— Qual deles? Tem o fantasma de Julien. Todo mundo já viu esse. Eu achei que o vi uma vez. E há também o fantasma que derruba a escada dos operários. Esse é invisível mesmo.

— Mas não há um que chamam de "o homem"?

Ela nunca havia ouvido falar nisso. Mas eu devia conversar com Cortland. Quer dizer, se Cortland se dispusesse a falar comigo. Não lhe agradava que estranhos fizessem perguntas. Cortland vivia num universo da família.

Nos despedimos numa esquina enquanto eu a ajudava a entrar no táxi.

— Se conseguir falar com Cortland, não lhe diga que conversou comigo. Ele me considera uma terrível faladeira. Mas não deixe de perguntar sobre o texano. Nunca se sabe o que ele pode dizer.

Assim que o táxi foi embora, liguei para Juliette Milton, nossa espiã na sociedade.

— Nunca chegue perto daquela casa – disse. – Nunca tenha nada a tratar pessoalmente com Carlotta Mayfair. Não volte a almoçar com Beatrice. Nós lhe daremos um cheque substancial. Basta que se afaste elegantemente.

— Mas o que foi que eu fiz? O que foi que eu disse? Beatrice fala demais. Ela conta essas histórias a todo mundo. Nunca disse nada que não fosse do conhecimento geral.

— Você fez bem seu trabalho. Mas existem perigos. Perigos bem definidos. Faça o que estou dizendo.

— Ai, ela lhe disse que Carlotta matou alguém. Isso é tolice. Carlotta é só uma chata. De ouvir Beatrice falar, daria para imaginar que Carlotta foi até Nova York e matou o pai de Deirdre, Sean Lacy. Ora, isso é pura bobagem.

Repeti meus avisos ou ordens, se é que tinham algum valor.

No dia seguinte, fui até Metairie, estacionei o carro e dei uma caminhada pelas ruas tranquilas nas cercanias da casa de Cortland. A não ser pelos grandes carvalhos e pelo delicado veludo verde dos gramados, o bairro não tinha nada da atmosfera de Nova Orleans. Poderia muito bem ter sido um subúrbio de ricos perto de Houston, Texas, ou de Oklahoma City. Muito bonito, muito repousante, aparentando muita segurança. Não vi sinal de Deirdre. Esperava que ela estivesse feliz nesse lugar saudável.

Eu tinha a convicção de que devia vê-la de longe antes de tentar lhe dirigir a palavra. Enquanto isso, procurei entrar em contato direto com Cortland, mas ele não me telefonou de volta. Afinal, sua secretária me disse que ele não queria falar comigo, que ele soube que eu havia conversado com seus primos e que desejava que eu deixasse sua família em paz.

Fiquei indeciso quanto a insistir com Cortland. As mesmas velhas perguntas que sempre nos assolam nessas ocasiões. Quais eram minhas obrigações? Minhas metas? Deixei, finalmente, um recado de que eu possuía grande quantidade de informações sobre a família Mayfair, remontando ao século XVII, e gostaria de conversar com ele. Nunca recebi resposta.

Na semana seguinte, soube por meio de Juliette Milton que Deirdre acabava de viajar para a Texas Woman's University, em Denton, Texas, onde o marido de Rhonda Mayfair, Ellis Clement, ensinava inglês para pequenas turmas de moças de fina educação. Carlotta se opôs terminantemente. Tudo foi feito sem sua permissão, e ela agora não falava mais com Cortland.

Cortland levou Deirdre para o Texas de automóvel e ficou lá o tempo necessário para se certificar de que ela estava bem na casa de Rhonda Mayfair e Ellis Clement, voltando então para Nova Orleans.

Não nos foi difícil verificar que Deirdre havia sido aceita como uma "aluna especial", que havia estudado apenas em casa. Designaram-lhe um quarto particular no dormitório das calouras, e ela foi matriculada num curso de rotina em tempo integral.

Cheguei a Denton dois dias depois. A Texas Woman's University era uma bela instituição escolar, localizada em colinas verdes e ondulantes, com prédios de tijolos aparentes cobertos de trepadeiras e gramados cuidados com perfeição. Era totalmente impossível acreditar que se tratasse de uma universidade pública.

Aos 36 anos, com os cabelos precocemente grisalhos e com a mania de usar ternos de linho, de bom corte, descobri que não precisava fazer nenhum esforço para passear pelo campus, provavelmente passando por professor a alguém que prestasse atenção. Eu ficava sentado em bancos por longos períodos escrevendo no meu caderno. Eu folheava os livros da pequena biblioteca. Perambulava pelos corredores dos velhos prédios, trocando gentilezas com algumas professoras idosas e com moças ingênuas, de saias pregueadas e blusas.

Vislumbrei Deirdre pela primeira vez inesperadamente no segundo dia após minha chegada. Ela saiu do dormitório das calouras, um prédio simples em estilo georgiano, e caminhou cerca de uma hora pelo campus. Era uma linda moça de cabelos negros longos e soltos que passeava pelos caminhos sinuosos à sombra das velhas árvores. Usava o traje de todas, saia e blusa de algodão.

O fato de afinal vê-la me encheu de perplexidade. Eu estava olhando para uma grande celebridade. E enquanto eu a seguia de longe sofri uma agonia inesperada quanto ao que eu estava fazendo. Não deveria deixá-la em paz? Não deveria lhe contar o que eu sabia da sua história inicial? Que direito eu tinha de estar aqui?

Em silêncio, eu a observei voltar para o dormitório. Na manhã do dia seguinte, eu a segui até a primeira das suas aulas. E depois até uma ampla área de cantina no subsolo, onde ela bebeu café sozinha numa pequena mesa e enfiou moedas na vitrola automática repetidamente para ouvir uma única música de novo: uma canção melancólica de Gershwin na voz de Nina Simone.

Parecia-me que ela estava aproveitando sua liberdade. Ela leu um pouco e depois ficou ali sentada, olhando à sua volta. Descobri que eu era totalmente incapaz de me mexer da cadeira para ir na sua direção. Eu temia assustá-la. Que terrível descobrir que se está sendo seguido! Saí antes dela e voltei para meu pequeno hotel no centro.

Naquela tarde, voltei a perambular pelo campus. Assim que me aproximei do seu dormitório, ela apareceu. Dessa vez, usava um vestido de algodão branco, de mangas curtas, corpete perfeitamente ajustado e saia ampla e rodada.

Ela parecia estar novamente andando a esmo. No entanto, dessa vez, ela pegou um caminho inesperado na direção do que se poderia chamar de fundos do campus, para longe dos gramados manicurados e do movimento das pessoas, e eu logo me vi seguindo-a por um vasto jardim botânico, muito descuidado, um lugar tão sombrio, selvagem e coberto de mato que temi por ela enquanto ela prosseguia, muito à minha frente, por uma trilha irregular.

Afinal, imensos bambuzais esconderam qualquer sinal dos distantes dormitórios e apagaram o ruído das ruas ainda mais distantes. O ar estava pesado como me parecia em Nova Orleans, só que ligeiramente mais seco.

Desci por uma pequena passagem acima de uma pequena ponte e, ao erguer os olhos, dei com Deirdre me encarando, imóvel, parada debaixo de uma grande árvore florida. Ela levantou a mão direita e acenou para que eu me aproximasse. Os meus olhos estariam me enganando? Não. Ela estava olhando direto para mim.

– Sr. Lightner, o que o senhor quer? – Sua voz era grave e ligeiramente trêmula. Ela não aparentava nem raiva nem medo. Não consegui responder. Percebi de repente que ela trazia no pescoço a esmeralda Mayfair. A joia devia estar escondida pelo vestido quando ela saiu do dormitório. Agora estava bem à vista.

Dentro de mim soou um pequeno aviso de perigo. Esforcei-me por dizer algo simples, franco e prudente.

– Estive seguindo você, Deirdre – confessei, apesar do esforço.

– É – respondeu ela. – Eu sei.

Ela me voltou as costas, acenando para que eu a seguisse, e desceu por uma escada estreita coberta pelo mato até um lugar quase secreto onde bancos de cimento formavam um círculo, praticamente escondido da trilha principal. O bambu estalava suavemente com a brisa. O cheiro do laguinho próximo era desagradável. Mas o lugar tinha uma beleza inegável.

Ela se acomodou no banco, com o vestido branco refulgindo nas sombras e a esmeralda cintilando no seu colo.

Perigo, Lightner, disse a mim mesmo. Você está correndo perigo.

– Sr. Lightner – disse enquanto eu me sentava à sua frente. – Basta que me diga o que quer.

– Deirdre, tenho conhecimento de muitas coisas. De coisas que dizem respeito a você, à sua mãe, à mãe da sua mãe e à mãe dela. Histórias, segredos, rumores, árvores genealógicas... realmente todos os tipos de informação. Numa casa em Amsterdã, existe um quadro de uma mulher, sua antepassada. O nome dela era

Deborah. Foi ela quem comprou essa esmeralda de um joalheiro na Holanda há centenas de anos.

Nada disso a surpreendeu. Ela estava me estudando, obviamente à procura de mentiras e de más intenções. Eu mesmo estava inexplicavelmente abalado. Estava conversando com Deirdre Mayfair. Estava, finalmente, sentado com Deirdre Mayfair.

– Deirdre, diga-me se você quer saber o que eu sei. Você quer ver as cartas de um homem que amou sua antepassada, Deborah? Você quer saber de que forma ela morreu na França e como sua filha cruzou o oceano para chegar até Saint-Domingue? No dia em que ela morreu, Lasher provocou uma tempestade na aldeia...

Eu me interrompi. Era como se as palavras tivessem secado na minha boca. Seu rosto havia sofrido uma mudança espantosa. Por um instante, achei que fosse uma raiva que a dominava. Percebi, depois, que era um dilema íntimo que a consumia.

– Sr. Lightner – disse, baixinho –, não quero saber. Quero me esquecer do que já sei. Vim para cá para fugir disso tudo.

– Ah! – falei, calando-me por algum tempo.

Eu sentia que ela estava se acalmando. Era eu quem não sabia o que fazer.

– Sr. Lightner – disse ela, então, com a voz muito firme, porém cheia de emoção –, minha tia diz que vocês nos estudam porque acreditam que somos especiais. Que, com sua curiosidade, vocês incentivariam o mal em nós, se pudessem. Não, não me compreenda mal. Ela quer dizer que, ao falar no demônio, vocês o estariam nutrindo. Ao estudá-lo, vocês lhe conferem mais vida. – Seus doces olhos azuis imploravam que eu compreendesse. Que notável serenidade ela aparentava ter! Que calma surpreendente!

– Entendo o ponto de vista da sua tia – afirmei. Na realidade, eu estava pasmo. Pasmo com o fato de Carlotta saber quem nós éramos ou de compreender nossos objetivos até aquele ponto. Foi quando me lembrei de Stuart. Stuart devia ter conversado com ela. Era essa a prova. Essa ideia e milhares de outras se amontoavam na minha cabeça.

– É como os espíritas, Sr. Lightner – disse Deirdre, no mesmo tom gentil e compreensivo. – Eles querem falar com os espíritos de antepassados mortos e, apesar de todas as suas boas intenções, apenas fortalecem entidades das quais nada entendem...

– É, sei do que está falando. Acredite que sei mesmo. Eu só queria lhe passar as informações; fazer você saber que, se você...

– Veja bem, eu não quero saber. Quero deixar o passado para trás. – Sua voz vacilou um pouco. – Não quero nunca mais voltar para casa.

– Muito bem. Compreendo perfeitamente. Mas você me fará um favor? Grave meu nome. Fique com esse cartão meu. Guarde de cabeça os telefones que estão nele. Ligue para mim se algum dia precisar.

Ela pegou o cartão. Examinou-o algum tempo e depois o enfiou num bolso.

Descobri-me olhando para ela em silêncio, mergulhando nos seus olhos azuis grandes e inocentes, e procurando não me deter na beleza do seu corpo jovem, nos seios perfeitamente modelados no vestido de algodão. Seu rosto nas sombras me parecia cheio de tristeza.

– Ele é o diabo, Sr. Lightner. É mesmo.

– Então, minha cara, por que está usando a esmeralda? – perguntei num impulso.

Um sorriso surgiu no seu rosto. Ela segurou a joia, encerrando-a na mão direita, e puxou com força arrebentando a corrente.

– Por um motivo bem definido, Sr. Lightner. Era o modo mais simples de trazê-la até aqui, e eu pretendo entregá-la ao senhor. – Ela estendeu o braço e deixou a joia cair na minha mão. Olhei para ela, mal acreditando que a joia estivesse realmente comigo.

– Ele vai me matar, sabia? – disse de improviso. – Ele vai me matar para reavê-la.

– Não, ele não pode fazer isso! – disse ela, olhando para mim, sem qualquer expressão, como em estado de choque.

– É claro que pode – disse eu, apesar de estar envergonhado de fazer essa afirmação. – Deirdre, deixe-me contar o que eu sei sobre esse espírito. Deixe-me dizer o que eu sei sobre outras pessoas que veem esse tipo de coisa. Nessa história, você não está só. Você não precisa lutar sozinha contra essa criatura.

– Ai, meu Deus – disse ela, baixinho, fechando os olhos por um instante. – Ele não pode fazer isso – repetiu, mas sem grande convicção. – Não acredito que ele possa fazer uma coisa dessas.

– Vou me arriscar com ele – afirmei. – Vou ficar com a esmeralda. Algumas pessoas têm suas próprias armas, por assim dizer. Posso ajudá-la a compreender as suas. A sua tia faz isso? Diga-me o que quer de mim.

– Que vá embora – disse ela, aflita. – Que o senhor... nunca mais fale comigo sobre essas coisas.

– Deirdre, ele pode fazer com que você o veja mesmo quando você não quer que ele apareça?

– Quero que pare com isso, Sr. Lightner. Se eu não pensar nele, se eu não falar nele – ela levou as mãos às têmporas –, se eu me recusar a olhar para ele, talvez...

– O que você quer? Para você mesma?

– A vida, Sr. Lightner. Uma vida normal. Não pode imaginar o que essas palavras representam para mim! Uma vida normal. Uma vida como a que as garotas lá do dormitório levam. Uma vida com ursinhos de pelúcia, namorados e beijos no banco de trás dos carros. Simplesmente viver!

Ela agora estava tão descontrolada que eu também estava me descontrolando rapidamente. E tudo isso oferecia um perigo imperdoável. Mesmo assim, ela havia posto a joia na minha mão. Eu a tateei, passando meu polegar por ela. Era tão fria, tão dura.

– Lamento, Deirdre. Lamento mesmo tê-la perturbado. Perdoe-me...

– Sr. Lightner, o senhor não tem como fazer com que ele desapareça? Vocês não conseguiriam fazer isso? Minha tia diz que não, que só um padre tem esse poder, mas nenhum padre acredita nele, Sr. Lightner. Não se pode exorcizar um espírito quando não se tem fé.

– Ele não aparece para o padre, aparece, Deirdre?

– Não – disse ela, com uma sombra de um sorriso irônico. – De que adiantaria se ele aparecesse? Ele não é nenhum espírito inferior que pode ser espantado com água benta e ave-marias. Ele os faz de bobos. – Começou a chorar. Estendeu a mão para pegar a esmeralda, puxou-a dos meus dedos pela corrente e depois a atirou o mais longe possível, pelo mato adentro. Ouvi quando atingiu a água com um ruído curto, grave. Deirdre tremia violentamente. – Ela vai voltar – declarou. – Vai voltar! Sempre volta!

– Talvez você possa exorcizá-lo! Você e só você!

– Ah, sim. É isso o que ela diz; o que sempre disse. "Não olhe para ele, não fale com ele, não permita que ele a toque!" Mas ele sempre volta. Ele não pede minha permissão! E...

– Sim?

– Quando estou só, quando estou triste...

– Ele aparece.

– É. Ele aparece.

Era um tormento para essa moça. Alguma coisa precisava ser feita!

– E se ele vem, Deirdre? O que estou perguntando é o que acontece se você não se opõe a ele, se o deixa vir, se permite que ele se torne visível. O que acontece?

– O senhor não sabe do que está falando – disse ela, perplexa e magoada, olhando para mim.

– Sei que você está enlouquecendo na tentativa de combatê-lo. O que acontece se você não resiste a ele?

– Eu morro – respondeu ela. – E o mundo à minha volta morre, e só existe ele. – Ela limpou a boca com as costas da mão.

Pensei no tempo que ela havia vivido com essa aflição. Em como era forte, indefesa e cheia de medo.

– É, Sr. Lightner, é verdade. Tenho medo. Mas não vou morrer. Vou combatê-lo. E vou vencer. O senhor vai me deixar. Nunca mais vai se aproximar de mim. E eu nunca mais vou pronunciar o nome dele, olhar para ele ou chamá-lo. E ele me deixará. Irá embora. Encontrará outra pessoa para vê-lo. Outra pessoa... para amar.

– Ele a ama, Deirdre?

— Ama — respondeu ela, baixinho. Estava escurecendo. Eu não via mais suas feições com nitidez.

— O que ele quer, Deirdre?

— O senhor sabe o que ele quer! Ele me quer, Sr. Lightner. A mesma coisa que o senhor quer! Porque eu faço com que ele apareça. — Ela tirou do bolso um pequeno lenço amarfanhado e limpou o nariz. — Ele me disse que o senhor viria. E disse uma coisa estranha, uma coisa de que não me lembro bem. Era como uma maldição o que ele disse. Era assim: "Estarei comendo a carne, bebendo o vinho e tendo a mulher quando ele estiver apodrecendo no túmulo."

— Já ouvi essas palavras antes — disse.

— Quero que vá embora. O senhor é uma boa pessoa. Gosto do senhor. Não quero que lhe faça mal. Direi a ele que não pode... — Ela parou, confusa.

— Deirdre, acredito que posso ajudá-la...

— Não!

— Posso ajudá-la a combatê-lo, se for essa sua decisão. Conheço pessoas na Inglaterra que...

— Não!

Esperei um pouco e depois falei com delicadeza.

— Se algum dia precisar de mim, pode ligar. — Ela não me respondeu. Eu percebia que estava totalmente exausta. Estava quase desesperada. Disse onde estava hospedado em Denton, que ficaria lá até o dia seguinte e que, se não tivesse notícias dela, iria embora. Eu me sentia um fracasso total, mas não podia magoá-la ainda mais! Afastei o olhar na direção dos bambus sussurrantes. Estava cada vez mais escuro. E não havia iluminação naquele jardim exuberante.

— Mas sua tia está enganada a nosso respeito — disse, incerto da sua atenção. Contemplei o pedacinho de céu lá em cima, que agora estava bem branco. — Queremos contar o que sabemos. Queremos lhe dar o que temos. É verdade que nos interessamos por você porque você é uma pessoa especial, mas nos interessamos muito mais por você do que por ele. Você poderia vir até nossa casa em Londres. Poderia ficar lá o tempo que quisesse. Nós a apresentaríamos a outras pessoas que viram coisas semelhantes, que lutaram com elas. Nós a ajudaríamos. E, quem sabe, talvez conseguíssemos fazer com que ele desaparecesse. E a qualquer hora que você queira ir, nós a ajudaremos a ir. — (Ela não respondeu.) — Você sabe que estou dizendo a verdade. E eu sei que você sabe.

Olhei para ela, morrendo de medo de ver a dor no seu rosto. Ela olhava para mim com exatamente a mesma expressão de antes, com os olhos tristes e vidrados, e as mãos inertes no colo. E imediatamente atrás dela *estava ele*, a uns dois centímetros se tanto, perfeitamente real, fixando seus olhos castanhos em mim.

Dei um grito antes de me controlar. Como um tolo, levantei-me de um salto.

— O que foi! — exclamou Deirdre, apavorada. Ela também se levantou de repente e se jogou nos meus braços. — Diga-me. O que foi?

Ele havia desaparecido. Uma brisa aquecida movimentou os brotos altíssimos do bambu. Não havia nada ali a não ser a escuridão. Nada a não ser a proximidade do jardim selvagem. E uma lenta queda da temperatura. Como se a porta de uma fornalha acabasse de se fechar.

Fechei meus olhos, segurando-a com a maior firmeza possível, procurando não tremer demais e consolá-la, enquanto gravava na memória o que havia visto. Um rapaz maldoso, sorrindo com frieza ali parado atrás dela, com as roupas escuras e formais sem muitos detalhes como se toda a energia da criatura estivesse sendo consumida pelos olhos brilhantes, pelos dentes brancos e pela pele reluzente. Em tudo o mais, era o homem que tantos outros haviam descrito.

Ela agora estava totalmente histérica. Sua mão cobria a boca, e ela sufocava soluços. Afastou-se de mim com violência e subiu correndo pela pequena escada coberta de mato até a trilha.

– Deirdre! – gritei. Mas ela já estava fora do meu alcance visual na escuridão. Vislumbrei um borrão branco em meio às árvores ao longe, e em seguida deixei de ouvir suas passadas.

Eu estava só no jardim botânico, já era noite, e eu senti um medo terrível pela primeira vez na minha vida. Senti tanto medo que fiquei com raiva. Comecei a segui-la, ou melhor, a seguir a trilha tomada por ela, e me forcei a não correr, mas a dar um passo firme após o outro até que afinal vi ao longe as luzes dos dormitórios, a estradinha por trás deles e ouvi o trânsito, sentindo-me mais uma vez em segurança.

Entrei no dormitório das calouras e perguntei à mulher grisalha na recepção se Deirdre Mayfair havia acabado de entrar. Havia, sim. Sã e salva, imaginei.

– Esta é a hora do jantar, senhor. Se quiser, pode deixar um recado.

– Ah, é claro. Eu ligo para ela mais tarde. – Peguei um pequeno envelope em branco, escrevi nele o nome de Deirdre e depois escrevi um bilhete explicando mais uma vez que eu estava no hotel se ela quisesse entrar em contato comigo. Enfiei meu cartão no envelope junto com o bilhete, fechei o envelope, entreguei-o à mulher e fui embora.

Cheguei ao hotel sem maiores percalços, fui para meu quarto e liguei para Londres. Demorou uma hora para que a ligação fosse completada, tempo durante o qual fiquei ali deitado na cama, com o telefone ao meu lado, e tudo em que podia pensar era que eu o havia visto. Vi o homem. Eu mesmo vi o homem. Vi o que Petyr viu e o que Arthur viu. Vi Lasher com meus próprios olhos.

Scott Reynolds, nosso diretor, estava calmo mas irredutível quando finalmente consegui a ligação.

– Saia já daí. Volte para cá.

– Acalme-se, Scott. Eu não vim até aqui para ser espantado por um espírito que estudamos de longe há trezentos anos.

— É assim que você usa seu discernimento, Aaron? Você, que conhece a história das Bruxas Mayfair do começo ao fim? Essa coisa não está querendo assustá-lo. Ela está tentando atraí-lo. Ela quer que você atormente a moça com suas perguntas. A criatura a está perdendo, e você é sua única esperança de reavê-la. Não importa o que a tia seja, ela está farejando a verdade. Você faça com que a moça lhe fale de tudo que sofreu e estará dando ao espírito a energia que ele quer.

— Não estou tentando forçá-la a nada, Scott. Mas acho que ela não está tendo sucesso na sua luta. Vou voltar para Nova Orleans. Quero estar por perto.

Scott estava a ponto de me dar a ordem de voltar quando eu lhe lembrei minha antiguidade. Eu era mais velho do que ele. Eu havia recusado a indicação para diretor. Por isso, ele havia sido indicado. Eu não ia aceitar ordens de abandonar esse caso.

— Bem, o que vou dizer é meio como oferecer um tranquilizante a alguém que está morrendo queimado, mas não volte para Nova Orleans de carro. Pegue um trem.

Essa sugestão foi surpreendentemente agradável. Nada de estradas escuras, desoladas, sem acostamento, atravessando os pântanos da Louisiana. Mas um belo trem alegre e cheio de gente.

No dia seguinte, deixei um bilhete para Deirdre dizendo que estaria no Royal Court em Nova Orleans. Levei o carro alugado até Dallas e peguei naquela cidade o trem de volta. Foi uma viagem de oito horas, e eu pude escrever no meu diário durante todo o percurso.

Considerei, afinal, o que havia acontecido. A moça havia renunciado à sua história e aos seus poderes paranormais. A tia a havia criado para rejeitar o espírito, Lasher. No entanto, era óbvio que há anos ela vinha perdendo essa guerra. Mas e se nós oferecêssemos nossa ajuda? Será que a cadeia hereditária poderia ser rompida? Será que o espírito abandonaria a família como um espírito que foge de uma casa em chamas que assombrou durante anos a fio?

Mesmo enquanto punha no papel esses pensamentos, eu era perseguido pela lembrança da aparição. A criatura era tão poderosa! Era aparentemente mais concreta e forte do que qualquer outra assombração que eu já tivesse visto. No entanto, a imagem havia sido incompleta.

Pela minha experiência, somente os fantasmas de pessoas que acabaram de morrer aparecem com tanta aparente substância. Por exemplo, o fantasma de um piloto morto em combate pode aparecer no exato dia da sua morte na sala de estar da sua irmã, e ela dirá mais tarde, "Puxa, ele era tão real! Eu vi até a lama nos seus sapatos!".

Aparições dos que já se foram há muito nunca apresentam essa densidade ou nitidez.

E entidades incorpóreas? Elas podiam se apoderar, sim, dos corpos dos vivos e dos mortos, mas aparecer sozinhas com tanta solidez e intensidade?

Essa criatura gostava de aparecer, certo? É claro que sim. Era por esse motivo que tanta gente a via. Ela gostava de ter um corpo, mesmo que fosse por um átimo de segundo. Por isso, ela não se contentava em falar com uma voz silenciosa só com a bruxa ou em criar uma imagem que existisse exclusivamente na sua cabeça. Não, a criatura conseguia de algum modo se materializar para que outros pudessem vê-la e até ouvi-la. E com grande esforço, talvez com um esforço imenso, ela conseguia dar a impressão de estar sorrindo ou chorando.

E então qual era o objetivo dessa criatura? Ganhar forças para poder fazer aparições de duração e perfeição cada vez maiores? E, acima de tudo, qual era o significado da maldição, que na carta de Petyr dizia, "Estarei bebendo o vinho, comendo a carne e conhecendo o calor da mulher quando de você não restarem nem os ossos"?

E, afinal de contas, por que não me atormentava, nem me instigava agora? Teria ele usado a energia de Deirdre ou a minha para fazer sua aparição? (Eu havia visto poucos espíritos na minha vida. Não era um médium poderoso. Na realidade, àquela altura, eu nunca havia visto uma aparição que não pudesse ser explicada como algum tipo de ilusão criada pelo jogo de luz e sombra ou pelo excesso de imaginação.)

Talvez por ingenuidade tive a impressão de que, enquanto me mantivesse afastado de Deirdre, a criatura não poderia me fazer mal. O que havia acontecido a Petyr van Abel estava relacionado aos seus poderes de mediunidade e à forma pela qual a criatura os manipulou. Eu possuía pouquíssimos poderes daquela natureza.

No entanto, seria um grave erro subestimar a criatura. Eu precisava me acautelar de agora em diante.

Cheguei a Nova Orleans às oito da noite, e coisinhas estranhas e desagradáveis começaram a acontecer imediatamente. Quase fui atropelado por um táxi em frente à Union Station. Em seguida, o táxi que ia me levar ao hotel quase bateu em outro carro quando parou junto à calçada.

No pequeno saguão do Royal Court, um turista embriagado deu um encontrão em mim e depois quis começar uma briga. Felizmente, sua mulher desviou sua atenção, pedindo desculpas repetidamente, enquanto os carregadores a ajudavam a levar o homem para o quarto. Mesmo assim, contundi o ombro nesse pequeno incidente. Eu já estava abalado com os acidentes por um fio envolvendo os táxis.

Pensei que fosse imaginação. No entanto, quando subi a escada para meu quarto no primeiro andar, um pedaço fraco do velho corrimão de madeira se soltou na minha mão. Eu quase perdi o equilíbrio. O carregador pediu desculpas imediatamente. Uma hora depois, enquanto estava anotando todos esses acontecimentos no meu diário, houve um princípio de incêndio no terceiro andar do hotel.

Fiquei parado na rua apertada do French Quarter com outros hóspedes aflitos por quase uma hora antes de ficar esclarecido que se tratava de uma pequena labareda que havia sido apagada sem fumaça e sem que a água danificasse nenhum outro quarto.

– O que provocou o fogo? – perguntei. Envergonhado, o funcionário disse alguma coisa sobre lixo num depósito e me garantiu que tudo estava bem agora.

Durante muito tempo, refleti sobre a situação. Realmente tudo isso poderia ter sido coincidência. Eu não havia sofrido nada, da mesma forma que todos os outros envolvidos nesses pequenos incidentes, e o que se exigia de mim era uma disposição de espírito inabalável. Resolvi me movimentar pelo mundo só um pouco mais devagar, olhar à minha volta com mais cuidado e procurar ter consciência de tudo que estivesse acontecendo ao meu redor o tempo todo.

A noite passou sem outros inconvenientes, embora eu dormisse com dificuldade e acordasse muitas vezes. No dia seguinte, após o café da manhã, liguei para nossa agência de investigações em Londres, pedi que contratassem um detetive no Texas e que descobrissem o que pudessem sobre Deirdre Mayfair, com a máxima discrição.

Sentei-me, então, e escrevi uma longa carta a Cortland. Expliquei-lhe quem eu era, o que era o Talamasca e como vínhamos acompanhando a história da família Mayfair desde o século XVII, época em que um representante nosso salvou Deborah Mayfair de sério perigo na sua cidade natal de Donnelaith. Falei do Rembrandt de Deborah, em Amsterdã. Passei a esclarecer que tínhamos interesse nos descendentes de Deborah porque eles possuíam autênticos poderes paranormais, que se manifestavam em todas as gerações. Que desejávamos entrar em contato com a família com a intenção de compartilhar nossos registros com aqueles que se interessassem por eles e oferecer essas informações a Deirdre Mayfair, que parecia ser uma pessoa profundamente prejudicada por sua capacidade de ver um espírito que em tempos passados se chamava Lasher e que talvez ainda fosse Lasher até os dias de hoje.

"Nosso enviado, Petyr van Abel, vislumbrou esse espírito pela primeira vez em Donnelaith no século XVII. Ele foi visto inúmeras vezes na proximidade da residência da família na First Street. Eu só o vi uma vez, num outro local, com meus próprios olhos."

Copiei então uma carta idêntica para Carlotta Mayfair e, depois de muito refletir, escrevi o endereço e o número do telefone do hotel. Afinal de contas, qual seria o sentido de me esconder por trás de uma caixa postal?

Fui até a casa da First Street, pus a carta de Carlotta na caixa do correio e, em seguida, me dirigi até Metairie, onde enfiei a carta de Cortland na fenda de sua porta. Depois disso, senti-me dominado por presságios e, embora voltasse ao hotel, não subi para meu quarto. Preferi dizer ao pessoal da recepção que me encontraria no bar do primeiro andar, onde permaneci boa parte da noite, saboreando lentamente uma boa marca de uísque do Kentucky e escrevendo no meu diário sobre todo o caso.

O bar era pequeno e tranquilo, e dava para um pátio encantador. Embora eu estivesse de costas para essa vista, voltado para as portas do saguão por motivos que não sei explicar direito, eu estava gostando do lugar. A sensação de perigo estava se desfazendo lentamente.

Mais ou menos às oito, ergui os olhos do diário para perceber que alguém estava parado muito perto da minha mesa. Era Cortland.

Eu acabava de completar minha narrativa do arquivo Mayfair, como mencionei anteriormente. Havia examinado inúmeras fotografias de Cortland, mas não foi uma fotografia sua que me veio à mente quando nossos olhos se encontraram.

O homem alto de cabelos negros que sorria para mim era a imagem de Julien Mayfair, que faleceu em 1914. As diferenças pareciam não ter importância. Era Julien, sim, com olhos maiores, cabelos mais escuros e talvez lábios mais generosos. Mas, mesmo assim, Julien. De repente o sorriso pareceu grotesco. Uma máscara.

Anotei mentalmente essas impressões estranhas enquanto o convidava a sentar.

Ele usava um terno de linho, muito parecido com o meu, com uma camisa clara, cor de limão, e uma gravata também clara.

Graças a Deus não é Carlotta, pensei. Instante no qual ele falou.

– Não creio que vá ter notícias da minha prima Carlotta. Mas acho que já é hora de nós dois termos uma conversa. – Uma voz muito agradável e totalmente falsa. Profundamente sulino o sotaque, mas com um toque exclusivo de Nova Orleans. O brilho nos olhos escuros era simpático e ao mesmo tempo levemente desagradável. Ou esse homem me detestava, ou me considerava uma maldita amolação. Ele se voltou e chamou o garçom. – Mais um drinque para o Sr. Lightner, por favor. E um xerez para mim. – Ele estava sentado diante de mim à pequena mesa de mármore, com as longas pernas cruzadas e viradas para um lado. – Não se incomoda que eu fume, certo, Sr. Lightner? Obrigado. – Ele tirou do bolso uma bela cigarreira de ouro, colocou-a sobre a mesa, ofereceu-me um cigarro e, quando eu recusei, acendeu um para si mesmo. Mais uma vez seu ar simpático me pareceu totalmente fingido. Perguntei-me que impressão uma pessoa normal teria.

– Fico feliz que tenha vindo, Sr. Mayfair.

– Ora, pode me chamar de Cortland. Além do mais existem tantos senhores Mayfair.

Eu sentia o perigo emanando daquela pessoa e fiz um esforço consciente para ocultar meus pensamentos.

– Se quiser me chamar de Aaron, eu o chamarei de Cortland com prazer.

Ele fez um pequeno gesto de concordância. Depois, deu um sorriso descuidado para a moça que trouxe nossos drinques e imediatamente tomou um golinho do xerez.

Era uma pessoa irresistivelmente atraente. Seus cabelos negros tinham brilho, e ele usava um resquício de um bigode fino, meio grisalho. Parecia que as rugas do seu rosto eram uma forma de adorno. Pensei em Llewellyn e nas suas descrições de Julien, que eu havia ouvido poucos dias antes. Mas eu tinha de tirar tudo isso completamente da cabeça. Estava correndo perigo. Essa era minha intuição dominante, e o charme discreto do homem fazia parte dela. Ele se considerava muito atraente e muito esperto. E era as duas coisas.

Fiquei olhando a nova dose de bourbon com água. E de repente fiquei chocado com a posição da sua mão na cigarreira de ouro, a um centímetro ou dois do meu copo. Eu soube, com certeza absoluta, que esse homem pretendia me fazer algum mal. Como isso era inesperado! O tempo todo, imaginei que se tratasse de Carlotta.

– Ah, peço que me perdoe – disse ele com uma súbita expressão de surpresa, como se tivesse acabado de se lembrar de alguma coisa. – Um remédio que preciso tomar. Quer dizer, se eu conseguir encontrá-lo. – Ele tateou nos bolsos e depois tirou algo do paletó. Um pequeno frasco com comprimidos. – Que chateação – disse ele, abanando a cabeça. – Está gostando da estada em Nova Orleans? – Ele se voltou e pediu um copo d'água. – É claro que esteve também no Texas para ver minha sobrinha. Disso eu sei. Mas sem dúvida passeou pela cidade. O que acha desse jardim daqui? – Ele apontou para o pátio às minhas costas. – Uma senhora história a desse jardim. Já lhe contaram?

Virei minha cadeira um pouco e olhei para trás para ver o jardim. Vi o calçamento de lajes irregulares, uma fonte desgastada pela ação do tempo e mais adiante, em meio às sombras, um homem parado diante da porta com bandeira em semicírculo. Um homem magro e alto, com a luz vindo de trás. Sem rosto. Imóvel. O calafrio que me percorreu a espinha foi quase delicioso. Eu continuei a olhar para o homem, e aos poucos a figura desapareceu completamente.

Esperei pela corrente de ar morno, mas não senti nada. Talvez estivesse longe demais da criatura. Ou talvez eu estivesse totalmente enganado quanto a quem ou a que eu havia visto. Aparentemente, passou-se um século.

– Uma mulher cometeu suicídio nesse pequeno jardim – disse Cortland, quando eu me voltei para a mesa. – Dizem que a fonte fica vermelha uma vez por ano com o seu sangue.

– Interessante – afirmei, bem baixo. Fiquei olhando enquanto ele erguia o copo d'água e bebia a metade. Estaria engolindo os comprimidos? O pequeno frasco havia desaparecido. Olhei para meu bourbon com água. Eu não o teria tocado por nada neste mundo. Olhei, distraído, para minha caneta, ali ao lado do diário, e a enfiei no bolso. Eu estava tão absorto por tudo o que via e ouvia que não sentia o menor impulso de dizer uma palavra sequer.

– E então, Sr. Lightner, vamos ao assunto. – Mais uma vez o sorriso, aquele sorriso radiante.

— Claro — respondi. O que eu estava sentindo? Estava curiosamente emocionado. Estava aqui sentado com o filho de Julien, Cortland, e ele havia acabado de derramar uma droga, sem dúvida fatal, no meu copo. Ele achava que não descobririam sua culpa. De repente, refulgiu na minha cabeça toda aquela história sinistra. Eu estava nela. Não estava lendo a seu respeito na Inglaterra. Eu estava aqui.

Talvez eu tivesse sorrido para ele. Sabia que uma aflição esmagadora se seguiria a esse estranho clímax de emoção. O maldito filho da puta estava tentando me matar.

— Estive examinando essa questão do Talamasca etc. — disse ele num tom animado, artificial. — Não há nada que se possa fazer a respeito de vocês. Não podemos forçá-los a revelar suas informações sobre nossa família porque aparentemente são dados inteiramente particulares, não havendo nenhuma intenção sua de torná-los públicos ou de usá-los com fins nocivos. Também não podemos forçá-los a parar de compilar essas informações desde que não desrespeitem a lei.

— É, imagino que seja verdade.

— No entanto, podemos causar inconvenientes, grandes inconvenientes, a vocês e seus enviados. Podemos tornar impossível seu acesso a tantos metros de propriedades nossas ou de membros da nossa família. Mas isso seria dispendioso, e na realidade não seria obstáculo para vocês, não se vocês são o que dizem ser. — Ele parou de falar, deu uma tragada no seu cigarro fino e escuro e olhou para o bourbon com água. — Será que pedi o drinque errado, Sr. Lightner?

— Não pediu nenhum drinque. O garçom trouxe mais um do que eu estive bebendo a tarde toda. Eu deveria tê-lo impedido. Já havia bebido o suficiente.

Seu olhar ficou mais duro enquanto ele me observava. Na realidade, sua máscara de sorriso sumiu totalmente. E, num instante de falta de expressão e de falta de fingimento, ele pareceu quase jovem.

— O senhor não deveria ter feito aquela viagem ao Texas, Sr. Lightner — disse com frieza. — Não deveria ter perturbado minha sobrinha.

— Concordo. Eu não deveria tê-la perturbado. Eu estava preocupado com ela. Queria lhe oferecer ajuda.

— Muita presunção sua e dos seus amigos de Londres.

Um toque de raiva. Ou seria simplesmente irritação por eu não estar bebendo o bourbon. Contemplei-o por algum tempo, com minha mente se esvaziando até não haver a intromissão de nenhum som, nenhum movimento, nenhuma cor. Só seu rosto ali, e uma pequena voz na minha cabeça me dizendo o que eu queria saber.

— É. É presunção, não é? Mas sabe, foi nosso enviado Petyr van Abel quem foi o pai de Charlotte Mayfair, nascida na França em 1664. Quando ele mais tarde viajou até Saint-Domingue para ver a filha, ficou prisioneiro dela. E, antes que seu espírito, Lasher, o levasse à morte numa estrada solitária perto de Port-au-Prince, ele teve relações com a própria filha Charlotte, tornando-se pai de Jeanne Louise. Isso quer dizer que ele era o avô de Angélique e bisavô de Marie Claudette, que construiu Riverbend e criou o legado que o senhor hoje administra para Deirdre. Está me acompanhando?

Era claro que ele não conseguia me responder. Estava imóvel, olhando-me, com o cigarro esquecido na mão. Não percebi nenhuma emanação de maldade ou de raiva. Prossegui, observando-o com atenção.

— Seus antepassados são descendentes do nosso enviado, Petyr van Abel. Estamos ligados, as Bruxas Mayfair e o Talamasca. Além disso, há outras questões que nos aproximam depois de tantos anos. Stuart Townsend, nosso enviado que desapareceu aqui em Nova Orleans depois de visitar Stella em 1929. Lembra-se de Stuart Townsend? O caso do seu desaparecimento nunca foi resolvido.

— Vocês estão loucos, Sr. Lightner — disse ele, sem qualquer mudança perceptível na expressão. Deu uma tragada e apagou o cigarro no cinzeiro, embora ele estivesse apenas pela metade.

— Esse seu espírito, Lasher, foi quem matou Petyr van Abel — disse calmamente. — Foi Lasher que vi há um instante? Logo ali? — Fiz um gesto indicando o jardim. — Ele está enlouquecendo sua sobrinha, não está?

Uma mudança notável ocorria agora em Cortland. Seu rosto, perfeitamente emoldurado pelos cabelos escuros, pareceu de uma inocência total com sua perplexidade.

— O senhor está falando sério, não está? — Essas foram suas primeiras palavras sinceras desde que ele entrou no bar.

— Claro que estou. Por que eu ia querer tentar enganar pessoas que conseguem ler o pensamento dos outros? Seria uma tolice, não? — Olhei para o copo. — Meio parecido com o senhor esperar que eu beba esse bourbon e morra com o veneno que pôs nele, como Stuart Townsend morreu ou como Cornell Mayfair, mais tarde.

Ele procurou ocultar seu espanto com uma expressão neutra, apática.

— A acusação que o senhor faz é muito grave — disse ele entredentes.

— Todo esse tempo achei que fosse Carlotta. Nunca foi ela, não é? Era o senhor.

— Quem se importa com o que o senhor acha? Como ousa me fazer esse tipo de acusação! — Ele então dominou a raiva. Mexeu-se um pouco na cadeira, com os olhos fixos em mim enquanto abria a cigarreira e tirava mais um cigarro. Toda a sua atitude se modificou de repente para uma de questionamento franco. — Afinal, Sr. Lightner, o que deseja? — perguntou com sinceridade, baixando a voz. — A sério, o que é que o senhor quer?

Refleti por um instante. Eu vinha me fazendo essa mesma pergunta há semanas. O que nós realmente queríamos? O que eu queria?

— Queremos conhecê-los! — respondi, bastante surpreso ao ouvir minhas palavras. — Conhecê-los porque sabemos tanto a seu respeito e no entanto não sabemos absolutamente nada. Queremos lhes contar o que sabemos: todos os fragmentos de informações que recolhemos, tudo o que descobrimos do seu passado remoto.

Queremos lhes dizer tudo o que sabemos sobre o mistério de quem vocês são e do que ele é. E gostaríamos que vocês conversassem conosco. Gostaríamos que vocês confiassem em nós e se abrissem conosco! E, para concluir, queremos estender a mão a Deirdre Mayfair para lhe dizer que existem outras pessoas iguais a ela: outras pessoas que veem espíritos. Que sabemos que ela está sofrendo e podemos ajudá-la. Que ela não está só.

Ele me examinava como os olhos aparentemente abertos, o rosto já fora do alcance do fingimento. Depois, retraindo-se um pouco e afastando o olhar, ele bateu a cinza do cigarro e fez um gesto pedindo mais um drinque.

– Por que não toma o bourbon? Não cheguei a tocar nele. – Mais uma vez eu me surpreendia, mas deixei a pergunta em suspenso. Ele olhou para mim.

– Não gosto de bourbon. Obrigado.

– O que pôs nele?

Ele se recolheu aos seus pensamentos. Parecia ligeiramente angustiado.

Ficou olhando quando um rapaz trouxe seu drinque. Xerez, como antes, num copo de cristal.

– É verdade – perguntou, com os olhos fixos em mim – o que disse na carta? Sobre o retrato de Deborah Mayfair em Amsterdã?

Fiz que sim com a cabeça.

– Temos retratos de Charlotte, Jeanne Louise, Angélique, Marie Claudette, Marguerite, Katherine, Mary Beth, Julien, Stella, Antha e Deirdre...

Ele fez um gesto impaciente para que eu parasse.

– Olhe, vim aqui pensando em Deirdre. Vim porque ela está enlouquecendo. A moça com quem falei no Texas está à beira de um colapso nervoso.

– O senhor acha que a ajudou?

– Não, e lamento profundamente não ter conseguido ajudar. Compreendo que o senhor não queira nenhum contato conosco. Para que iria querer? Mas nós podemos ajudar Deirdre. Podemos mesmo.

Não houve resposta. Ele bebeu o xerez. Procurei encarar a situação a partir do seu ponto de vista. Não consegui. Eu nunca tentei envenenar ninguém. Não fazia a menor ideia de quem ele era de fato. O homem que eu conhecia dos relatos não era essa pessoa.

– Será que seu pai, Julien, teria falado comigo?

– De jeito nenhum – disse ele, erguendo os olhos como se estivesse despertando dos seus pensamentos. Por um instante, ele pareceu profundamente perturbado. – Mas vocês não descobriram com todas as suas observações que ele era *um deles*? – Novamente, aparentava uma franqueza total, com os olhos examinando meu rosto como se quisesse se certificar de que eu também estava sendo honesto.

– E o senhor não é *um deles*?

– Não – disse ele com uma ênfase surda, abanando a cabeça. – Não de verdade. Nunca fui! – Ele de repente ficou triste, e a tristeza o fez parecer velho. – Olhe, vigiem-nos se quiserem. Tratem-nos como se fôssemos a família real..

– Isso mesmo.

– Vocês são historiadores. É o que me dizem meus contatos em Londres. Historiadores, estudiosos, totalmente inofensivos, perfeitamente respeitáveis...

– Sinto-me honrado.

– Mas deixem minha sobrinha em paz. Ela agora tem uma oportunidade de ser feliz. E essa história precisa ter um fim, entende? Precisa terminar. Talvez ela possa se encarregar disso.

– E ela é *um deles*? – perguntei, imitando sua entoação anterior.

– Claro que não! É exatamente essa a questão. Não existe *nenhum deles* nos dias de hoje! Será que não compreendem isso? Qual tem sido o tema do seu estudo da nossa família? Vocês não perceberam a desagregação do poder? Stella também não era *um deles*. A última foi Mary Beth. Julien, quer dizer, meu pai, e depois Mary Beth.

– Isso eu percebi. Mas o que dizer do seu amigo espectral? Será que ele vai permitir que tudo se acabe?

– O senhor acredita nele? – Ele inclinou a cabeça com um leve sorriso, com as rugas se formando em volta dos olhos escuros num riso mudo. – Ora, Sr. Lightner! Não me diga que acredita em Lasher!

– Eu o vi – respondi simplesmente.

– Imaginação sua. Minha sobrinha me disse que era um jardim muito escuro.

– Ora, por favor. Será que chegamos tão longe para dizer esse tipo de coisa? Eu o vi, Cortland. Ele sorriu quando eu o vi. Ele conseguiu se apresentar com muita substância e nitidez.

O sorriso de Cortland se estreitou, ficou mais irônico. Ele ergueu as sobrancelhas e deu um pequeno suspiro.

– É, ele apreciaria sua escolha de palavras, Sr. Lightner.

– Deirdre tem condição de fazer com que ele desapareça e a deixe em paz?

– Claro que não. Mas ela consegue ignorá-lo. Ela consegue viver sua vida como se ele não existisse. Antha não conseguia. Stella não queria. Mas Deirdre é mais forte do que Antha, e mais forte do que Stella também. Deirdre tem nela muito de Mary Beth. É isso o que os outros muitas vezes não percebem... – Ele deu a impressão de estar de repente se flagrando no ato de dizer mais do que havia pretendido.

Ele me contemplou por algum tempo e depois, pegando sua cigarreira e seu isqueiro, levantou-se lentamente.

– Não vá ainda – implorei.

– Mande-me sua história. Mande-me, e eu a lerei. Talvez depois possamos conversar de novo. Mas nunca mais se aproxime da minha sobrinha, Sr. Lightner. Quero que compreenda que eu faria qualquer coisa para protegê-la daqueles que pretendem explorá-la ou magoá-la. Absolutamente qualquer coisa!

Ele se virou para ir embora.

— E quanto à bebida? – perguntei, levantando-me e indicando o bourbon. – Imagine se eu chamo a polícia e lhes forneço o drinque envenenado como prova?

— Sr. Lightner. Estamos em Nova Orleans! – Ele sorriu e piscou para mim, extremamente sedutor. – Agora, por favor, volte para sua torre de observação e para seu telescópio e nos observe de longe!

Fiquei olhando enquanto ele se afastava. Caminhava com elegância, a passos largos e relaxados. Olhou para trás de relance ao chegar à porta e me deu um aceno rápido e simpático.

Sentei-me, ignorando o bourbon envenenado, e escrevi um relato do caso todo no meu diário. Tirei, então, do bolso um pequeno frasco de aspirina, descartei os comprimidos e derramei um pouco do drinque nele. Tampei o frasco e o guardei.

Eu estava a ponto de pegar meu diário e minha caneta e me dirigir para a escada quando ergui os olhos e vi o carregador parado no saguão logo depois da porta. Ele se apresentou.

— Suas malas estão prontas, Sr. Lightner. Seu carro está esperando. – Um rosto simpático, agradável. Ninguém lhe havia dito que ele estava pessoalmente me expulsando da cidade.

— Verdade? Bem, e você arrumou tudo? – Olhei para as duas malas. É claro que meu diário estava comigo. Passei para o saguão. Pude ver uma velha limusine negra parando na estreita rua do French Quarter como uma rolha gigantesca.

— Sim, senhor. O Sr. Cortland me disse para eu me certificar de que o senhor não perdesse o voo das dez para Nova York. Disse que alguém estaria esperando pelo senhor no aeroporto com a passagem. O senhor deve ter tempo suficiente.

— Quanta consideração! – Procurei umas notas no meu bolso, mas o rapaz as recusou.

— O Sr. Cortland já cuidou de tudo, senhor. É melhor se apressar. Não vai querer perder seu avião.

— É verdade. Mas eu tenho uma superstição com carros grandes e pretos. Arranje um táxi para mim e por favor aceite isso pelo trabalho.

O táxi me levou não ao aeroporto, mas à estação ferroviária. Consegui um leito para St. Louis e de lá viajei para Nova York. Quando falei com Scott, ele foi irredutível. Esses dados exigiam uma reavaliação. Não faça mais nenhuma pesquisa em Nova York. Volte para casa.

No meio da travessia do Atlântico, senti-me mal. Quando cheguei a Londres, já estava com febre alta. Uma ambulância me aguardava para me levar a um hospital, e Scott estava lá para me fazer companhia. Eu perdi e recobrei a consciência diversas vezes.

— Procurem algum veneno – disse eu.

Essas foram minhas últimas palavras durante oito horas. Quando finalmente acordei, ainda estava febril e me sentindo mal, mas bastante tranquilizado por estar vivo e por ver Scott e mais dois bons amigos no quarto.

— Você foi mesmo envenenado, mas o pior já passou. Consegue se lembrar da última coisa que bebeu antes de entrar no avião?

— Aquela mulher..

— Fale.

— Eu estava no bar no aeroporto de Nova York e estava tomando um uísque com soda. Ela vinha cambaleando sozinha com uma bolsa enorme e me pediu que fosse buscar um carregador para ela. Ela tossia como se estivesse com tuberculose. Uma criatura de aparência pouquíssimo saudável. Sentou-se à minha mesa enquanto eu ia buscar o carregador. Provavelmente alguém contratado ali nas ruas.

— Ela colocou no seu copo um veneno chamado ricina, que é extraído da mamona. É poderosíssimo e extremamente comum. O mesmo que Cortland pôs no seu bourbon. O perigo já passou, mas você ainda vai se sentir mal por uns dois dias. – Meu Deus. – As cólicas voltavam a me atacar o estômago.

— Eles nunca vão querer conversar conosco, Aaron – disse Scott. – Como poderiam conversar? Eles matam as pessoas. Está encerrado. Pelo menos, por enquanto.

— Eles sempre mataram as pessoas, Scott – afirmei, ainda um pouco fraco.

— Mas Deirdre Mayfair não mata gente. Preciso do meu diário. – As cólicas se tornaram insuportáveis. O médico veio e começou a me preparar para uma injeção, que eu recusei.

— Aaron, ele é o chefe da toxicologia aqui. Tem uma reputação impecável. Já verificamos as enfermeiras. Nosso pessoal está aqui no quarto.

Só no final da semana, pude voltar para a casa-matriz. Eu mal conseguia me forçar a comer. Estava convicto de que toda a casa-matriz logo seria envenenada. O que impediria aquela gente de contratar alguém que contaminasse nossos alimentos com toxinas comuns. A comida podia estar envenenada antes mesmo de chegar à nossa cozinha.

E, embora nada de semelhante acontecesse, demorou um ano para que eu me visse livre desse tipo de pensamento, de tão abalado que fiquei com o ocorrido.

Durante aquele ano, uma grande quantidade de notícias espantosas nos chegou de Nova Orleans...

Enquanto eu convalescia, repassei toda a história da família Mayfair. Revisei uma parte dela, acrescentando o depoimento de Richard Llewellyn e o de algumas outras pessoas que eu havia entrevistado antes de ir ao Texas para ver Deirdre.

Concluí que Cortland havia acabado com a vida de Stuart Townsend e provavelmente com a de Cornell. Tudo fazia sentido. No entanto, restavam tantos mistérios. O que Cortland estaria protegendo ao cometer esses crimes? E por que ele vivia em constante confronto com Carlotta?

Nesse meio-tempo, recebemos notícias de Carlotta: uma verdadeira enxurrada de cartas ameaçadoras do seu escritório de advocacia para o nosso em Londres, exigindo que "cessemos e abandonemos" nossa "invasão" da sua privacidade, que "revelemos" toda e qualquer informação obtida sobre ela e sobre sua família, "que nos mantenhamos a uma distância de cem metros de qualquer pessoa da sua família, ou de qualquer propriedade da mesma, e que não façamos nenhuma tentativa de entrar em contato, por qualquer meio ou forma, com Deirdre Mayfair", e assim por diante, *ad nauseam,* sendo que nenhuma dessas ameaças ou exigências tinha o menor valor legal.

Nossos representantes legais receberam instruções no sentido de não dar nenhuma resposta. Debatemos, porém, a questão com o conselho reunido.

Mais uma vez, havíamos tentado entrar em contato e havíamos sido repelidos. Continuaríamos a investigar, e para essa finalidade eu poderia receber plenos poderes, mas ninguém iria se aproximar da família no futuro previsível. – Se é que algum dia isso poderá ocorrer – acrescentou Reynolds com grande ênfase.

Não discuti. Eu ainda não conseguia beber um copo de leite sem me perguntar se ele ia causar minha morte. E não conseguia tirar da cabeça a lembrança do sorriso artificial de Cortland.

Dobrei a quantidade de detetives em Nova Orleans e no Texas, mas também avisei a essas pessoas pessoalmente, por telefone, que os alvos da sua observação eram hostis e potencialmente muito perigosos. Dei a cada um dos investigadores toda oportunidade de recusar a missão.

Acabou que não perdi nenhum investigador; mas alguns elevaram seu preço.

Quanto a Juliette Milton, nossa espiã infiltrada na sociedade, nós a aposentamos com uma pensão informal, apesar dos seus protestos. Fizemos tudo o que podíamos para que percebesse que certos membros dessa família eram capazes de violência. Relutante, ela parou de nos escrever, implorando em sua carta de 10 de dezembro de 1958 para saber no que havia errado. No entanto, ainda teríamos notícias suas algumas vezes, ao longo dos anos. Ela está viva, *em 1989*, numa caríssima pensão para idosos em Mobile, Alabama.

CONTINUA A HISTÓRIA DE DEIRDRE

Meus investigadores no Texas eram três detetives altamente profissionais, dois dos quais haviam trabalhado para o governo dos Estados Unidos. Todos os três foram alertados para nunca perturbar ou assustar Deirdre com o que estávamos fazendo de nenhuma forma.

– Eu me importo muito com a felicidade dessa moça e com sua paz de espírito. Compreendam, porém, que ela tem o poder da telepatia. Se vocês chegarem a quinze metros dela, é provável que ela saiba que está sendo vigiada. Por favor, tomem cuidado.

Quer tenham acreditado em mim, quer não, eles seguiram minhas instruções. Mantiveram-se a uma distância segura, colhendo informações a seu respeito por meio de funcionários da faculdade e dos comentários das alunas; de senhoras que cuidavam da recepção no dormitório e de professores que falavam abertamente sobre ela enquanto tomavam café. Se Deirdre algum dia soube que estava sendo vigiada, nós nunca descobrimos.

No semestre do outono, Deirdre se saiu bem na Texas Woman's University. Tirou notas excelentes. As colegas gostavam dela. Os professores gostavam dela. A cada seis semanas ela saía do dormitório para jantar com sua prima Rhonda Mayfair e o marido, o professor Ellis Clement, que na época lhe ensinava inglês. Há também um registro de um encontro no dia 10 de dezembro com um rapaz chamado Joey Dawson, mas ele só durou uma hora se formos acreditar no livro de registro.

O mesmo livro indica que Cortland visitava Deirdre com frequência, muitas vezes se responsabilizando por levá-la numa sexta-feira ou sábado para uma noite em Dallas, da qual ela voltava antes de uma da manhã, última hora para registro de entrada.

Sabemos que Deirdre foi passar o Natal em Metairie na casa de Cortland, e os rumores em família davam conta de que ela se recusou a ver Carlotta quando essa veio fazer uma visita.

Os comentários nos meios jurídicos dão sustentação à ideia de que Cortland e Carlotta ainda não se falavam. Carlotta não respondia às ligações rotineiras de Cortland. Cartas cáusticas eram trocadas entre os dois acerca das mínimas questões financeiras que envolvessem Deirdre.

— Ele está tentando obter o controle completo para o próprio bem da moça — disse uma secretária a uma amiga. — Porém, a velha não quer aceitar. Ela está ameaçando levá-lo aos tribunais.

Quaisquer que tenham sido os detalhes dessa disputa, sabemos que o estado de Deirdre começou a se deteriorar durante o semestre da primavera. Começou a faltar às aulas. Companheiras de dormitório diziam que ela às vezes chorava a noite inteira, mas não atendia quando elas batiam à sua porta. Numa noite, ela foi recolhida pelos seguranças do campus num pequeno parque do centro da cidade, aparentando estar confusa quanto ao lugar onde estava.

Finalmente, ela foi chamada à reitoria para alguma punição disciplinar. Estava com um excesso de faltas. Foi colocada na lista de comparecimento obrigatório, e, apesar de conseguir aparecer na sala de aula, os professores diziam que estava dispersiva e talvez doente.

Em abril, então, Deirdre começou a ter náuseas todas as manhãs. As outras alunas do corredor ouviam seu sofrimento com os enjoos no banheiro comunitário. Foram falar com a encarregada do dormitório.

— Ninguém queria delatar Deirdre. Nós estávamos com medo. E se ela tentasse se machucar?

Quando a encarregada afinal sugeriu que ela pudesse estar grávida, Deirdre caiu a soluçar e teve de ser hospitalizada até Cortland poder vir buscá-la, o que ele fez no dia 1º de maio.

O que aconteceu depois permaneceu um mistério até os nossos dias. Os registros do novo Hospital da Misericórdia em Nova Orleans indicam que Deirdre foi provavelmente levada para lá assim que chegou do Texas e que teria ficado num quarto particular. Comentários entre as velhas freiras, muitas das quais eram professoras aposentadas da escola de Santo Afonso e se lembravam de Deirdre, confirmaram rapidamente que foi o médico de Carlotta, o Dr. Gallagher, quem visitou Deirdre e declarou que ela ia mesmo ter um filho.

– Agora, essa moça vai se casar – disse ele às irmãs. – Não quero que digam nenhuma maldade. O pai é um professor universitário de Denton, Texas, e ele está agora vindo para Nova Orleans.

Quando Deirdre foi levada de ambulância para a casa da First Street três semanas mais tarde, fortemente sedada e com uma enfermeira formada para assisti-la, já cobriam toda a paróquia redentorista os comentários de que ela estava grávida, que logo ia se casar e que o marido, o professor universitário, era um "homem casado".

Um perfeito escândalo para aqueles que vinham observando a família há gerações. As velhinhas cochichavam nos degraus da igreja. Deirdre Mayfair e um homem casado! As pessoas lançavam olhares furtivos a Miss Millie e Miss Belle quando elas passavam. Alguns diziam que Carlotta não queria saber da história. E então Miss Belle e Miss Millie levaram Deirdre até Gus Mayer e ali compraram para ela um lindo vestido azul, com sapatos azuis de cetim para o casamento, e uma bolsa e chapéu brancos.

– Ela estava tão dopada que acho que nem sabia onde estava – disse uma das vendedoras. – Miss Millie escolheu tudo para ela. Ela só ficou ali sentada, branca como um fantasma, dizendo, "Está bem, tia Millie", com a voz enrolada.

Juliette Milton não pôde deixar de nos escrever. Recebemos uma longa carta sua contando em detalhes que Beatrice Mayfair foi à First Street para ver Deirdre e lhe levou uma bolsa de compras cheia de presentes.

"Por que diabos ela foi voltar logo para aquela casa em vez de ir para a de Cortland?", escreveu Juliette.

Existem algumas indicações de que Deirdre não teve muita escolha nesse caso. A medicina naquela época acreditava que a placenta protegia o bebê dos medicamentos administrados à mãe. E algumas enfermeiras disseram que Deirdre estava tão dopada ao sair do hospital que nem mesmo sabia o que estava acontecendo. Carlotta chegou no início da tarde, num dia de semana, e conseguiu sua alta.

– Pois não é que Cortland Mayfair veio procurar por ela naquela mesma noite? – confidenciou-me a irmã Bridget Marie. – E ele não ficou como um louco ao descobrir que a menina não estava mais lá!

O disse me disse nos meios jurídicos aprofundava o mistério. Cortland e Carlotta estariam berrando um com o outro ao telefone a portas fechadas. Cortland disse enfurecido à sua secretária que Carlotta achava que podia impedi-lo de entrar na casa em que ele havia nascido. Bem, ela estava fora de si, se acreditava que podia fazer isso!

— Diziam que simplesmente trancaram a casa para meu avô — comentou Ryan Mayfair anos mais tarde. — Ele foi até a First Street, e Carlotta veio se encontrar com ele no portão com ameaças. "Você, entre aqui, e eu chamo a polícia", disse ela.

No primeiro dia de julho, mais uma torrente de informações agitou as bisbilhoteiras da paróquia. O futuro marido de Deirdre, o "professor universitário" que estava deixando a mulher para se casar com ela, havia morrido quando vinha para Nova Orleans na estrada ribeirinha. A barra de direção do seu carro quebrou, e o carro saiu desgovernado para a direita em alta velocidade, bateu num carvalho e explodiu em chamas imediatamente. Deirdre Mayfair, solteira e ainda antes de completar os 18 anos, ia entregar o bebê. Seria uma adoção dentro da família, e Miss Carlotta estava organizando tudo.

— Meu avô ficou indignado quando ouviu falar na adoção — disse Ryan Mayfair muitos anos mais tarde. — Ele quis conversar com Deirdre, ouvir dos seus próprios lábios que ela queria renunciar a essa criança. Mas ele ainda não conseguia entrar na casa da First Street. Por fim, ele procurou o padre Lafferty, o vigário, mas ele havia sofrido a influência de Carlotta. Estava totalmente a favor dela.

Tudo isso parece extremamente trágico. Parece que Deirdre quase teria escapado da maldição da First Street se ao menos o pai da criança, que vinha de carro do Texas para se casar com ela, não houvesse morrido. Durante anos, essa história triste e escandalosa foi repetida exaustivamente na paróquia redentorista. Mesmo em 1988, ela me foi recontada por Rita Mae Lonigan. Tudo indica que o padre Lafferty acreditava na história do pai texano da criança. E inúmeros relatos dão conta de que os parentes também acreditavam. Beatrice Mayfair acreditava. Pierce Mayfair, também. Até mesmo Rhonda Mayfair e seu marido Ellis Clement, em Denton, Texas, pareceram acreditar nela ou pelo menos na vaga versão que acabou chegando a eles.

Mas a história não era verdadeira.

Praticamente desde o início, nossos investigadores abanaram a cabeça, perplexos. Professor universitário com Deirdre Mayfair? Quem poderia ser? A vigilância constante eliminava totalmente a possibilidade de se tratar do marido de Rhonda Mayfair, Ellis Clement. Esse mal conhecia Deirdre.

Na realidade, não havia nenhum homem semelhante em Denton, Texas, que se encontrasse com Deirdre Mayfair ou que já houvesse sido visto na sua companhia por quem quer que fosse. Também não houve nenhum professor daquela universidade ou de qualquer outra instituição de ensino superior das vizinhanças que houvesse morrido num acidente de carro na estrada ribeirinha em 1959. Na verdade, ninguém morreu em acidente semelhante na estrada ribeirinha durante o ano de 1959.

Haveria por trás dessa invencionice uma história ainda mais escandalosa e mais trágica? Demoramos para montar o quebra-cabeça. De fato, na ocasião em que soubemos do acidente automobilístico na estrada ribeirinha, a adoção do bebê de Deirdre já estava sendo providenciada. Quando soubemos que não havia ocorrido nenhum acidente na estrada, a adoção já era um *fait accompli*.

Registros oficiais indicam que, em algum ponto do mês de agosto, Ellie Mayfair voou até Nova Orleans para assinar os documentos da adoção no escritório de Carlotta, embora ninguém da família parecesse ter conhecimento da presença de Ellie na cidade na época.

Graham Franklin, marido de Ellie, contou anos depois a um sócio que a adoção havia sido uma terrível confusão.

— Minha mulher teve de parar de falar com o avô de uma hora para a outra. Ele não queria que adotássemos Rowan. Felizmente o velho filho da mãe morreu antes mesmo de a criança nascer.

O padre Lafferty disse à sua irmã idosa no Irish Channel que aquela história toda era um pesadelo, mas que Ellie Mayfair era boa pessoa e levaria a criança para a Califórnia, onde ela teria uma oportunidade de uma nova vida. Todos os netos de Cortland aprovaram a decisão. Era só Cortland que insistia.

— Aquela menina não pode ficar com a criança. Ela é maluca — dizia o velho padre. Sentado à mesa da cozinha da irmã, ele comia feijão-vermelho com arroz e bebia seu pequeno copo de cerveja. — Estou falando sério. Ela é maluca. Simplesmente tem de ser assim.

— Não vai funcionar — disse a velha mais tarde a um representante nosso. — Não se pode fugir de uma maldição de família com uma mudança para longe.

Miss Millie e Miss Belle compraram lindas camisolas e *liseuses* para Deirdre na loja Gus Mayer. As vendedoras perguntavam pela "pobre Deirdre".

— Ah, ela está se esforçando ao máximo — disse Miss Millie. — Foi uma coisa terrível, terrível. — Já Miss Belle contou a uma mulher na capela que Deirdre estava tendo "aquelas crises de novo".

— Metade do tempo ela nem sabe onde está! — resmungou Nancy, que estava varrendo a calçada quando uma das senhoras do Garden District passou pelo portão.

O que aconteceu mesmo nos bastidores durante todos esses meses na First Street? Pressionamos nossos investigadores para que descobrissem tudo o que pudessem. Somente uma pessoa que saibamos viu Deirdre durante os últimos meses da sua gravidez, que passou em isolamento, mas só entrevistamos essa pessoa em 1988.

Naquela época, o médico que a atendia ia e vinha em silêncio. Da mesma forma que a enfermeira que a acompanhava oito horas por dia.

O padre Lafferty disse que Deirdre estava resignada à ideia da adoção. Beatrice Mayfair foi informada de que não poderia ver Deirdre quando veio lhe fazer uma visita, mas tomou um copo de vinho com Millie Dear, que declarou que tudo aquilo era de partir o coração.

No entanto, no dia 1º de outubro, Cortland já estava desesperado de preocupação com a história. Suas secretárias relatam que ele fez diversas ligações para Carlotta, que pegou um táxi até a First Street e que foi mandado embora repetidas vezes. Por fim, na tarde do dia 20 de outubro, ele disse à secretária que entraria naquela casa e veria sua sobrinha mesmo que tivesse de demolir a porta.

Às cinco da tarde, uma vizinha se deparou com Cortland sentado na sarjeta na esquina de First e Chestnut. Suas roupas estavam em desalinho e escorria sangue de um corte na sua cabeça.

– Chame uma ambulância – disse ele. – Ele me empurrou escada abaixo!

Embora a vizinha ficasse sentada com ele até a chegada da ambulância, ele não quis dizer mais nada. Foi levado às pressas da First Street para um ambulatório próximo. O médico de plantão verificou rapidamente que Cortland estava coberto de contusões graves, que seu punho estava quebrado e que sangrava pela boca.

– Esse homem sofreu ferimentos internos – disse ele, pedindo ajuda imediata.

Cortland segurou então a mão desse interno, pediu-lhe que prestasse atenção, que era muito importante que ele ajudasse Deirdre Mayfair, que estava sendo mantida em cativeiro na sua própria casa.

– Vão levar embora seu bebê contra a sua vontade. Ajude-a! – disse Cortland, e então morreu.

Uma autópsia superficial indicou grande hemorragia interna e golpes fortes na cabeça. Quando o interno insistiu em algum tipo de investigação policial, os filhos de Cortland o silenciaram imediatamente. Eles haviam conversado com sua prima Carlotta Mayfair. Seu pai caiu escada abaixo e recusou assistência médica, deixando a casa sozinho. Carlotta nunca imaginou que seus ferimentos fossem tão graves. Ela não sabia que ele ficou sentado na sarjeta. Ela estava fora de si de tristeza. A vizinha devia ter tocado a campainha.

No enterro de Cortland, uma enorme cerimônia em Metairie, a família ouviu a mesma história. Enquanto Miss Belle e Miss Millie ficavam sentadas em silêncio em segundo plano, Pierce, filho de Cortland, dizia a todos que Cortland estava confuso quando fez uma declaração vaga à vizinha sobre o fato de um homem tê-lo empurrado escada abaixo. Na realidade, não havia na First Street nenhum homem que pudesse ter feito uma coisa dessas. A própria Carlotta o viu cair. Da mesma forma que Nancy, que se apressou para tentar segurá-lo, mas não conseguiu.

Quanto à adoção, Pierce apoiava a ideia com firmeza. Sua sobrinha Ellie proporcionaria ao bebê o ambiente exato para que tivesse as melhores oportunidades. Era trágico que Cortland tivesse se oposto à adoção, mas Cortland estava com 80 anos. Seu discernimento já estava prejudicado há algum tempo.

A cerimônia prosseguiu, majestosa e sem incidentes, embora o agente funerário anos mais tarde se lembrasse de que alguns primos, homens de mais idade, em pé nos fundos do salão durante o "pequeno discurso" de Pierce, houvessem feito piadas amargas e sarcásticas entre si.

— Claro, naquela casa não tem nenhum homem – disse um deles.

— Não, de jeito nenhum. Nenhum homem. Só aquelas velhinhas simpáticas.

— Eu nunca vi homem nenhum lá, você viu? – E assim continuavam.

— Não, nenhum homem na casa da First Street. Não, senhor!

Quando os primos vinham fazer uma visita a Deirdre, ouviam mais ou menos a mesma história que Pierce contou na cerimônia fúnebre. Deirdre estava muito mal para vê-los. Ela nem quis ver Cortland naquele dia, de tão mal que estava. E ela não sabia, nem podia saber, que Cortland havia morrido.

— E olhe para essa escada escura – disse Millie Dear a Beatrice. – Cortland deveria ter usado o elevador. Mas ele nunca usava o elevador. Se ao menos o tivesse usado, não teria sofrido uma queda daquelas.

As lendas da família hoje em dia indicam que todos estavam de acordo quanto à adoção ser a melhor escolha. Cortland deveria ter ficado de fora.

— A coitada da Deirdre – disse Ryan, neto de Cortland – era tão talhada para ser mãe quanto a Louca de Chaillot. Mas acho que meu avô se sentia responsável. Ele havia levado Deirdre para o Texas. Acho que ele se culpava. Ele queria ter certeza de que ela queria mesmo entregar o bebê. Mas talvez o que Deirdre queria não tivesse importância.

Nessa época, eu temia cada notícia que chegava da Louisiana. Eu ficava deitado na cama à noite na casa-matriz pensando sem parar em Deirdre, perguntando a mim mesmo se não haveria alguma forma de descobrir o que ela queria ou sentia realmente. Scott Reynolds estava mais inflexível do que nunca na sua determinação de que não interferíssemos mais. Deirdre sabia como entrar em contato conosco. Cortland também. E Carlotta Mayfair também, se é que isso valia alguma coisa. Não havia nada mais que se pudesse fazer.

Somente em janeiro de 1988, quase trinta anos mais tarde, eu vim a saber numa entrevista com Rita Mae Dwyer Lonigan, uma ex-colega de escola de Deirdre, que Deirdre tentou desesperadamente entrar em contato comigo e não conseguiu.

Em 1959, Rita Mae acabava de se casar com Jerry Lonigan, da casa funerária Lonigan and Sons. Quando ela soube que Deirdre estava em casa, grávida, e que já havia perdido o pai do bebê, Rita Mae reuniu a coragem que tinha e foi fazer uma visita. Como aconteceu com tantos outros, ela não passou da porta, mas não antes de ver Deirdre no alto da escada. Deirdre gritou em desespero para Rita Mae.

— Rita Mae, eles vão levar meu bebê! Rita Mae, me ajude. – Enquanto Miss Nancy procurava forçar Deirdre a voltar para o segundo andar, Deirdre jogou um pequeno cartão branco para Rita Mae. – Entre em contato com esse homem. Faça com que ele me ajude. Diga-lhe que vão levar embora meu bebê.

Carlotta Mayfair atacou Rita Mae fisicamente e tentou arrancar o cartão dela, mas Rita, mesmo tendo os cabelos puxados e o rosto arranhado, não o soltou enquanto saía correndo pelo portão em meio a uma chuva de folhas.

Ao chegar em casa, descobriu que o cartão estava praticamente ilegível. Carlotta havia rasgado uma parte dele; e Rita inadvertidamente o prendeu na palma úmida da sua mão. Apenas se discerniam a palavra Talamasca e meu nome, escrito à mão no verso.

Só em 1988, quando conheci Rita Mae no enterro de Nancy Mayfair e lhe dei um cartão idêntico ao destruído em 1959, foi que ela reconheceu os nomes e me chamou no hotel para relatar o que se lembrava daquele dia remoto.

Foi doloroso para este pesquisador saber do vão apelo de Deirdre por ajuda. Foi doloroso recordar aquelas noites trinta anos antes quando eu ficava deitado na cama em Londres pensando que não podia ajudá-la, mas que deveria tentar. Mas como ousaria fazê-lo? E como seria possível ter sucesso?

O fato é que eu provavelmente não conseguiria fazer nada por Deirdre, por mais que tivesse me esforçado. Se Cortland não conseguiu impedir a adoção, é razoável supor que eu também não teria conseguido impedi-la. No entanto, nos meus sonhos eu me vejo tirando Deirdre da casa da First Street para levá-la para Londres. Vejo-a hoje uma mulher normal, saudável.

A realidade é completamente diferente.

No dia 7 de novembro de 1959, Deirdre deu à luz, às cinco da manhã, Rowan Mayfair, uma menina loura, saudável, de quatro quilos e duzentos gramas. Horas mais tarde, ao acordar da anestesia geral, Deirdre se descobriu cercada por Ellie Mayfair, pelo padre Lafferty, Carlotta Mayfair e duas das irmãs da Misericórdia, que mais tarde descreveram a cena em detalhe à irmã Bridget Marie.

O padre Lafferty segurava o bebê nos braços. Explicou que acabava de batizá-la na capela do hospital da Misericórdia, com o nome de Rowan Mayfair. Ele mostrou a Deirdre a certidão de batismo assinada.

— Agora, Deirdre, dê um beijo na sua filhinha – disse o padre Lafferty –, e a entregue a Ellie. Ellie está pronta para partir.

Os rumores na paróquia dão conta de que Deirdre obedeceu. Ela havia insistido para que a criança tivesse o sobrenome Mayfair e, uma vez cumprida essa condição, ela liberou a criança. Chorando tanto que mal conseguia enxergar, beijou o neném e deixou que Ellie Mayfair o tirasse dos seus braços. Depois, enfiou a cabeça no travesseiro, soluçando.

— Melhor deixá-la em paz – disse o padre Lafferty.

Mais de uma década depois, a irmã Bridget Marie explicou o significado do nome de Rowan.

— Carlotta foi madrinha da criança. Creio que chamaram algum médico da enfermaria para ser o padrinho, tão decididos estavam a batizá-la logo. E Carlotta disse ao padre Lafferty que o nome da criança seria Rowan, ao que ele lhe respondeu que aquele não era um nome de santa. Que lhe parecia mais um nome pagão.

— E ela retrucou ao seu modo, sabe do jeito que ela era, "Padre, o senhor não sabe que *rowan* é o nome de uma árvore que era usada para afastar as bruxas e o mal de qualquer natureza? Não há uma choupana na Irlanda em que a dona da casa não ponha um galho dessa árvore por cima da porta para proteger a família de bruxas e de bruxarias, e isso sempre ocorreu durante toda a era cristã. Rowan será o nome da menina!". E Ellie Mayfair, indecisa que só ela, simplesmente concordou com um gesto de cabeça.

— Isso era verdade? — perguntei. — Costumavam pôr um galho dessa árvore acima da porta na Irlanda?

A irmã Bridget Marie fez que sim com a cabeça, com seriedade.

— E grande coisa adiantava!

Quem foi o pai de Rowan Mayfair?

Exames de rotina para determinar o tipo sanguíneo indicam que o tipo de sangue do bebê combinava com o de Cortland Mayfair, que havia morrido menos de um mês antes. Permitam-nos repetir aqui que Cortland também pode ter sido pai de Stella Mayfair e que informações recentes obtidas no Bellevue Hospital afinal confirmam que Antha Mayfair também podia ter sido sua filha.

Deirdre "enlouqueceu" antes mesmo de deixar o Hospital da Misericórdia depois do nascimento de Rowan. As freiras diziam que ela chorava o tempo todo e depois berrava sozinha no quarto: "Você o matou!" Um dia ela entrou por acaso na capela do hospital durante a missa, gritando novamente: "Você o matou. Você me deixou sozinha com meus inimigos. Você me traiu!" Ela teve de ser retirada à força, sendo rapidamente internada no Sanatório de Santa Ana, onde ficou catatônica antes de terminar o mês.

— Era o amante invisível — acredita a irmã Bridget Marie até hoje. — Ela gritava com ele e o amaldiçoava. Sabe por quê? Porque ele matou seu professor. Ele o matou porque a queria só para si. O amante demoníaco, é isso o que ele era, bem aqui na cidade de Nova Orleans. Passeando pelas ruas do Garden District à noite.

Um depoimento bonito e eloquente, mas como é mais do que provável que o professor universitário nunca tenha existido, que outro significado podemos extrair das palavras de Deirdre? Teria sido Lasher quem empurrou Cortland escada abaixo ou que o assustou tanto que ele caiu? E, em caso positivo, por quê?

No fundo, foi esse o fim da vida de Deirdre Mayfair. Durante dezessete anos ela foi encarcerada em várias instituições para tratamento mental, recebeu doses cavalares de medicamentos e séries impiedosas de eletrochoques, com apenas uma breve trégua quando voltava para casa, uma sombra da moça que havia sido.

Afinal, em 1976, ela foi trazida de volta à First Street para sempre, uma inválida muda e de olhos assustados, num perpétuo estado de alerta, embora sem absolutamente nenhuma memória sequencial.

A varanda lateral do térreo foi telada para ela. Durante anos, ela vem sendo levada até ali todos os dias, faça chuva ou faça sol, para ficar sentada imóvel numa cadeira de balanço, com o rosto ligeiramente voltado para a rua distante.

— Ela não consegue nem ter uma vaga lembrança de nada — declarou um médico. — Vive inteiramente no presente, de uma forma que simplesmente não podemos imaginar. Seria possível se dizer que ali não existe mais o pensamento. — Trata-se de uma condição descrita em pessoas muito idosas que atingem esse mesmo estado na senilidade avançada e ficam sentadas, com os olhos parados, em hospitais geriátricos do mundo inteiro. Mesmo assim, drogas pesadas lhes são administradas para prevenir crises de "agitação", ou pelo menos foi o que disseram a vários médicos e enfermeiras.

Como Deirdre Mayfair se tornou essa "idiota desmiolada", como as fofoqueiras do Irish Channel costumam chamá-la, esse "belo vegetal" sentado na sua cadeira? Os tratamentos com choques sem dúvida contribuíram para essa situação, séries e mais séries deles, aplicados por todos os hospitais em que ficou internada desde 1959. Além disso, as drogas, doses maciças de tranquilizantes fortíssimos, administradas em combinações espantosas, ou pelo menos é o que revelam os registros, à medida que continuamos a conseguir acesso a elas.

Como justificar tais tratamentos? Deirdre Mayfair deixou de falar com coerência já em 1962. Quando não estava sob o efeito de tranquilizantes, ela gritava ou chorava sem cessar. De vez em quando, quebrava objetos. Às vezes, ficava simplesmente deitada, revirando os olhos e berrando.

Com o passar dos anos, nós continuamos a recolher informações sobre Deirdre Mayfair. Praticamente todos os meses conseguimos "entrevistar" algum médico ou enfermeira, ou alguma outra pessoa que tenha estado na casa da First Street. No entanto, nossa compilação do que realmente aconteceu permanece incompleta. Naturalmente, os arquivos dos hospitais são de natureza confidencial e extremamente difíceis de serem obtidos. No entanto, em pelo menos dois dos sanatórios em que Deirdre foi tratada, nós agora sabemos não existir nenhum registro do seu tratamento.

A um desconhecido que lhe perguntou, um dos médicos admitiu claramente e de espontânea vontade ter destruído as fichas do caso de Deirdre. Um outro médico se aposentou pouco depois de tratar de Deirdre, deixando apenas algumas notas enigmáticas numa ficha sucinta. "Incurável. Trágico. Tia exige medicação permanente, mas descrição do comportamento pela tia não confiável."

Por motivos óbvios, continuamos a depender de relatos informais para nossa avaliação da história de Deirdre.

Apesar de Deirdre ter vivido num crepúsculo induzido por drogas toda a sua vida adulta, inúmeras vezes aqueles que a cercavam viram um "misterioso homem de cabelos castanhos". As enfermeiras no sanatório de Santa Ana alegavam ter visto" algum homem entrando no quarto dela! Agora, eu sei que vi". Num hospital do Texas, em que ela esteve confinada por pouco tempo, um médico alegou ter visto "um visitante misterioso" que sempre "parecia desaparecer de alguma forma quando eu pretendia lhe perguntar quem ele era".

Pelo menos uma enfermeira num sanatório no norte da Louisiana insistiu com seus superiores que havia visto um fantasma. Serventes negros nos diversos hospitais viam "aquele homem o tempo todo".

– Aquele não é humano. Percebi assim que o vi. Eu vejo espíritos. Eu chamo espíritos. Eu conheço aquele. Ele me conhece e não chega perto de mim.

A maioria dos operários não consegue trabalhar hoje na casa da First Street do mesmo jeito que não conseguia no tempo em que Deirdre era menina. São as mesmas velhas histórias. Ouviu-se até a conversa de que há "um homem por ali" que não quer que se façam consertos.

Apesar disso, alguns consertos foram feitos. Foi instalado ar-condicionado em alguns quartos e foi realizada alguma reforma da instalação elétrica, sendo essas tarefas cumpridas quase invariavelmente sob a supervisão constante de Carlotta Mayfair.

O velho jardineiro ainda trabalha e de vez em quando pinta a cerca enferrujada.

Não fosse por isso, a casa da First Street cochila à sombra dos carvalhos. Os sapos coaxam à noite em volta da piscina de Stella, com seus nenúfares e íris silvestres. O balanço de madeira de Deirdre já há muito caiu do carvalho nos fundos da propriedade. O assento de madeira, apenas um pedaço de tábua, está jogado no capim alto, desbotado e empenado.

Muita gente que parava para olhar Deirdre sentada na cadeira de balanço na varanda lateral chegava a vislumbrar "um primo elegante" fazendo uma visita. Algumas enfermeiras largaram o serviço por causa "daquele homem que entra e sai como se fosse um fantasma", porque não paravam de ver alguma coisa com o canto dos olhos ou porque lhes parecia que estavam sendo vigiadas.

– Tem algum tipo de fantasma em volta dela – disse uma auxiliar de enfermagem que declarou à agência que nunca mais voltaria àquela casa. – Eu o vi uma vez, em plena luz do dia. Foi a coisa mais apavorante que já vi.

Quando, num almoço, perguntei a essa enfermeira sobre o fantasma, ela teve poucos detalhes a acrescentar.

– Só um homem. Um homem com cabelos castanhos, olhos castanhos, usando um paletó elegante e uma camisa branca. Deus do céu, nunca vi nada mais assustador na minha vida! Ele estava só ali parado ao sol ao lado dela, olhando para mim. Deixei cair a bandeja e gritei sem parar.

Muitos outros profissionais da saúde deixaram o serviço abruptamente. Um médico foi dispensado em 1976. Nós continuamos a procurar localizar essas pessoas, a tomar seu depoimento e a registrá-lo. Procuramos revelar o mínimo possível sobre os motivos que nos levam a querer saber o que eles viram e quando.

O que se conclui desses dados é uma possibilidade aterradora: a de que a mente de Deirdre tenha sido destruída a tal ponto que ela não consiga controlar sua evocação de Lasher. Ou seja, que no seu inconsciente ela lhe dê o poder de aparecer ao seu lado com um aspecto bem convincente, mas que ela não esteja consciente o bastante para controlá-lo a partir daí, ou para afastá-lo, se em algum nível não mais desejasse sua presença.

Em suma, ela é uma médium inconsciente; uma bruxa tornada inoperante e talvez à mercê do seu espírito, que está sempre por ali.

Existe uma outra possibilidade: a de que Lasher esteja ali para consolá-la, para cuidar dela e para mantê-la feliz em termos que talvez não possamos compreender.

Em 1980, há mais de oito anos, pude obter uma peça de roupa de Deirdre, um quimono, ou qualquer peça larga, de algodão que havia sido jogado na lixeira nos fundos da casa. Levei essa peça comigo para a Inglaterra e a coloquei nas mãos de Lauren Grant, a pessoa de poder psicométrico mais forte na Ordem nos nossos dias.

Lauren não conhecia nada sobre as Bruxas Mayfair, mas não se pode descartar a possibilidade de telepatia nesses casos. Procurei me afastar ao máximo em pensamento.

– Vejo felicidade – disse ela. – Essa roupa pertence a alguém de uma felicidade indescritível. Ela vive em sonhos. Sonhos com jardins verdejantes, céus ao crepúsculo e pores do sol lindíssimos. Lá há galhos baixos de árvores. Há um balanço suspenso de uma bela árvore. Será uma criança? Não, é uma mulher. A brisa é agradável. – Lauren amassou ainda mais a peça e apertou o tecido contra a pele do rosto. – É, e ela tem um lindo namorado. Que namorado! Parece um quadro. Steerforth, de *David Copperfield,* esse tipo de homem. Ele é tão delicado. E, quando ele a toca, ela se entrega totalmente. Quem é essa mulher? Todo mundo gostaria de ser assim. Pelo menos por algum tempo.

Seria essa a vida subconsciente de Deirdre Mayfair? Ela própria nunca vai poder dizer.

Para concluir, permitam-me acrescentar alguns detalhes. Desde 1976, Deirdre Mayfair, quer usando sua camisola de flanela branca, quer usando um quimono de algodão, sempre teve a esmeralda Mayfair ao pescoço.

Desde 1976, eu próprio vi Deirdre algumas vezes a certa distância. Naquele ano, eu já havia feito três visitas a Nova Orleans para coleta de informações. Desde então, voltei muitas outras vezes.

Eu invariavelmente passo algum tempo caminhando pelo Garden District nessas visitas. Compareci aos enterros de Miss Belle, Miss Millie e Miss Nancy, bem como ao de Pierce, o último dos filhos de Cortland, que morreu do coração em 1984.

Em todos os enterros, vi Carlotta Mayfair. Nossos olhares se cruzaram. Por três vezes nesta década pus meu cartão na sua mão ao passar por ela. Carlotta nunca entrou em contato comigo. Nunca mais fez ameaças por meios legais.

Ela está muito velha, de cabelos brancos e extremamente magra. Mesmo assim, ainda vai trabalhar todos os dias. Ela não consegue mais subir no estribo do bonde de St. Charles. Por isso, usa um táxi comum. Somente uma criada negra trabalha na casa normalmente, sem mencionar a dedicada enfermeira de Deirdre.

A cada visita, descubro alguma nova "testemunha" que pode me falar do "homem de cabelos castanhos" e dos mistérios que cercam a casa da First Street. As histórias são todas muito parecidas. Mas chegamos de fato ao fim da história de Deirdre, embora ela própria não tenha morrido.

É hora de examinar em detalhe sua única filha e herdeira, Rowan Mayfair, que nunca pôs os pés na sua cidade natal desde o dia em que foi levada dali, seis horas após seu nascimento, num avião a jato que atravessou o país.

E, embora seja cedo demais para tentar dar alguma forma coerente às informações que temos sobre Rowan, já fizemos algumas anotações de importância crucial a partir de materiais aleatórios, e são consideráveis os indícios de que Rowan Mayfair, que não conhece nada da sua família, da sua história ou da sua herança, pode ser a bruxa mais poderosa gerada pela família Mayfair.

24

Era gostoso o ar-condicionado depois do calor da rua. No entanto, enquanto parou um instante no vestíbulo da Lonigan and Sons, despercebida e portanto anônima, ela notou que o calor lhe havia causado um leve mal-estar. A corrente gelada de ar era agora um choque para ela. Ela sentiu aquele tipo de calafrio que se sente quando se tem febre. A enorme quantidade de gente que circulava lentamente a apenas alguns metros dali dava uma estranha impressão de pertencer a um sonho.

A princípio, quando ela saiu do hotel, a úmida tarde de verão lhe pareceu suportável. No entanto, quando passou pela casa escura na esquina de Chestnut e First, já sentia uma fraqueza e uma espécie de calafrio embora o próprio ar estivesse úmido, quente e denso, repleto do cheiro forte de terra e de plantas.

É, tudo isso parecia um sonho – essa sala agora, com suas paredes brancas adamascadas, seus pequenos lustres de cristal e aquelas pessoas ruidosas, bem-vestidas, em grupos que sempre se modificavam. Tudo parecia um sonho, como o universo sombreado daquelas casas antigas com cercas de ferro pelo qual ela acabava de passar.

De onde estava, ela não conseguia ver o interior do caixão. Ele estava instalado junto à parede mais distante da segunda sala. À medida que a multidão barulhenta se movimentava lentamente aqui e ali, ela teve vislumbres da madeira muito bem lustrada, das alças prateadas e do cetim basteado na face interna da tampa aberta.

Sentiu uma contração involuntária dos músculos do rosto. Dentro daquele caixão, pensou. Você precisa atravessar esta sala, depois a outra, e olhar. Ela sentia uma estranha rigidez no rosto. No corpo também. Basta que vá até o caixão. Não é assim que as pessoas fazem?

Ela via as pessoas agindo assim. Via que, um após o outro, eles se aproximavam do caixão e olhavam para a mulher ali dentro.

E mais cedo ou mais tarde, alguém iria perceber sua presença mesmo. Alguém talvez lhe perguntasse quem ela era. "Você me diga. Quem é toda essa gente? Será que eles sabem? Quem é Rowan Mayfair?"

Por enquanto, porém, ela estava invisível, a observar todos os outros: os homens nos seus ternos claros, as mulheres com vestidos bonitos, e tantas delas usando chapéu e até mesmo luvas. Havia anos que ela não via mulheres em vestidos coloridos com a cintura marcada e saias rodadas. Devia ter umas duzentas pessoas por ali, gente de todas as idades.

Ela viu velhos de carecas rosadas, de terno de linho branco e bengala; e meninos ligeiramente incomodados pelos colarinhos apertados e gravatas. As nucas dos velhos, como as dos meninos, pareciam igualmente nuas e vulneráveis. Havia até mesmo crianças pequenas brincando em volta dos adultos, bebês vestidos em renda branca quicando nos colos adultos, bebês um pouco maiores engatinhando no tapete vermelho-escuro.

E uma menina, talvez com seus 12 anos, olhava fixamente para ela, com uma fita nos cabelos ruivos. Nunca em todos os seus anos na Califórnia ela havia visto uma menina daquela idade ou, por sinal, uma criança de qualquer idade, com uma fita de verdade na cabeça. E essa aqui formava um grande laço de cetim cor de pêssego.

Todos com a melhor roupa de domingo, pensou. Era assim que se dizia? E a conversa era quase festiva. Como um casamento, pareceu-lhe de repente, embora fosse preciso confessar que ela nunca havia comparecido a um casamento semelhante. Uma sala sem janelas, apesar de haver cortinas de damasco branco aqui e ali ocultando totalmente o que talvez pudesse ser uma janela.

A multidão se mexeu. Abriu-se um caminho, de tal modo que ela pôde ver o caixão quase inteiro. Um velhinho alquebrado num terno cinza de anarruga estava parado sozinho olhando para a morta. Com enorme esforço, ele se ajoelhou num estranho banquinho de veludo. Como é que era mesmo o nome que Ellie lhe havia dito? *Quero um genuflexório junto ao meu caixão.* Rowan nunca havia visto um terno de anarruga na sua vida. Mas ela sabia que era esse o tecido porque o havia visto no cinema, nos antigos filmes em preto e branco, em que os ventiladores giravam, o papagaio cacarejava no poleiro e Sidney Greenstreet dizia algo sinistro a Humphrey Bogart.

E a impressão era essa mesmo. Não o traço sinistro, apenas a localização no tempo. Ela havia voltado ao passado, a um mundo atualmente enterrado nas profundezas da Califórnia. E era por isso que ele lhe parecia reconfortante de uma forma tão inesperada, bem parecida com a daquele episódio de um seriado da televisão, o *Além da imaginação*, em que um estressado homem de negócios salta do seu trem de luxo numa cidadezinha alegremente imobilizada no século XIX.

Nossos velórios em Nova Orleans eram do jeito que deve ser. Convide meus amigos. No entanto, a árida e desagradável cerimônia fúnebre de Ellie não havia sido em nada parecida com essa, com suas amigas magérrimas, bronzeadas, envergonhadas pela morte, sentadas cheias de indignação na borda das cadeiras dobráveis. *Ela não queria que nós mandássemos flores, queria?* E Rowan tinha dito: "Acho que seria terrível se não houvesse flores..." A cruz de aço inoxidável, as palavras sem sentido, o homem que as pronunciava um perfeito desconhecido.

Ah, e essas flores daqui! Para qualquer lugar que olhasse, ela as via: ramos imensos e deslumbrantes de rosas, lírios, palmas-de-santa-rita. Ela não sabia os nomes de algumas dessas flores. Grandes coroas apoiadas em suportes de ferro se aninhavam entre as pequenas cadeiras de pernas recurvas, por trás das cadeiras e amontoadas em grupos de cinco ou seis pelos cantos. Salpicadas com cintilantes gotículas de água, elas estremeciam no ar gélido, cheias de fitas e laços brancos, e algumas dessas fitas traziam o nome Deirdre gravado em prateado. Deirdre.

De repente, ele estava para onde quer que olhasse. Deirdre, Deirdre, Deirdre, as fitas chorando em silêncio o nome de sua mãe, enquanto as senhoras de vestidos bonitos bebiam vinho branco em copos de pé, a menina com a fita no cabelo não tirava os olhos dela, e uma freira, até mesmo uma freira, num vestido azul-escuro, com véu branco e meias pretas, estava sentada na borda de uma cadeira, apoiando-se numa bengala, com um homem cochichando algo no seu ouvido. Sua cabeça estava inclinada, seu pequeno nariz aquilino reluzia e algumas menininhas se reuniam à sua volta.

Estavam trazendo mais flores agora, pequenas árvores de arame exibindo rosas vermelhas e cor-de-rosa em meio a trêmulas samambaias. Um doce perfume pairava no recinto. Agora Rowan compreendia. Era doce como o ar lá fora era quente e a brisa, úmida. Parecia que todas as cores à sua volta ficavam cada vez mais vibrantes.

No entanto, ela novamente sentia náuseas, e o perfume forte piorava a situação. O caixão estava longe. A multidão o encobria totalmente. Ela pensou mais uma vez na casa, a casa alta e sombria, na "esquina do lado do rio e do centro da cidade", como o recepcionista do hotel lhe havia descrito. Tinha de ser a casa que Michael não parava de ver. A menos que existissem milhares iguais a ela, milhares com um desenho de rosas no ferro da cerca e com a buganvília formando uma imensa cascata escura em contraste com a parede de um cinza desbotado. Ah, que casa mais linda!

A casa da minha mãe. A minha casa? Onde estava Michael? Houve uma súbita abertura na multidão, permitindo que ela mais uma vez visse a longa lateral do caixão. De onde ela estava, estaria vendo o perfil de uma mulher delineado no travesseiro de cetim? O caixão de Ellie não apareceu aberto. Graham não teve velório. Seus amigos se reuniram num bar no centro.

Você vai ter de ir até aquele caixão. Você vai ter de olhar ali dentro para vê-la. Foi para isso que veio. Foi por isso que quebrou sua promessa a Ellie e ignorou o documento no cofre: para ver com seus próprios olhos o rosto da sua mãe. Mas será que tudo isso está mesmo acontecendo ou estou só sonhando? Olhe para aquela menina com o braço nos ombros daquela velha. O vestido da menina tem uma faixa com um laço! Ela está usando meias brancas.

Se ao menos Michael estivesse aqui. Este era o mundo de Michael. Se Michael ao menos tirasse a luva e tocasse a mão da morta... Mas o que ele veria? Um embalsamador injetando nas suas veias o líquido para embalsamar? Ou o sangue escorrendo pelo ralo da mesa branca? Deirdre. Deirdre estava escrito em letras prateadas na fita branca suspensa na coroa de crisântemos. Deirdre, na fita sobre o enorme buquê de rosas cor-de-rosa...

Pois bem, o que você está esperando? Por que não se mexe? Ela recuou, encostando-se no batente da porta, a observar uma velha de cabelos de um amarelo pálido abrir os braços para três criancinhas. Uma após a outra, elas beijaram as bochechas flácidas da velha. Ela abaixou a cabeça. Seriam todas essas pessoas da família da minha mãe?

Ela visualizou novamente a casa, desprovida de detalhes, escura e de um tamanho fantástico. Ela entendia por que Michael adorava aquela casa, adorava aquele lugar. E ele não sabia que era a casa da sua mãe. Michael não sabia que tudo isso estava acontecendo. Michael havia desaparecido. E talvez tudo ficasse naquilo mesmo, só naquele fim de semana, e para sempre essa sensação de algo inacabado...

Preciso voltar para casa. Não é só a história das visões; é também que este aqui não é mais meu lugar. Eu soube disso no dia em que fui olhar o oceano...

Abriu-se a porta atrás dela. Ela saiu da frente em silêncio. Um casal mais velho passou por ela como se ela não estivesse ali: uma mulher imponente com um lindo cabelo cinza-chumbo preso para trás num coque, usando um impecável *chemisier* de seda, e um homem num terno branco amarfanhado, um homem de pescoço forte e voz suave, falando com a mulher.

– Beatrice! – Alguém a cumprimentou. Um belo rapaz veio beijar a mulher bonita com seu cabelo cinza-chumbo.

– Querida, entre – disse uma voz feminina. – Não, ninguém a viu. Ela deve chegar a qualquer instante. – Vozes como a de Michael, mas diferentes. Dois homens, numa conversa sussurrada enquanto bebiam seu vinho, vieram se colocar entre ela e o casal à medida que eles se dirigiam para o segundo salão. Abria-se mais uma vez a porta da frente. Uma lufada quente. O trânsito.

Ela conseguiu chegar ao canto dos fundos, e agora via o caixão com clareza, via que metade da tampa estava fechada cobrindo a parte inferior do corpo, e não soube dizer por que isso lhe pareceu grotesco. Havia um crucifixo na seda basteada acima da cabeça da mulher, não que ela estivesse vendo a cabeça, apenas sabia que estaria ali. Via somente uma pincelada de cor em contraste com o branco reluzente. Vamos, Rowan, vá até lá.

Aproxime-se do caixão. Será que isso era mais difícil do que entrar na sala de cirurgia? É claro que todos irão vê-la, mas não saberão quem você é. Voltou a contração, a tensão dos músculos do rosto e da garganta. Ela não conseguia se mexer.

E de repente alguém estava falando com ela, e ela sabia que devia virar a cabeça e responder, mas não o fez. A menina com a fita a observava. Por que ela não respondia, perguntou-se a menina.

– ... Jerry Lonigan, posso ajudar? A senhora não é a Dra. Mayfair, é?

Ela olhou para ele, embasbacada. O homem corpulento, com o queixo forte e uns olhos lindos de um azul de porcelana. Não, eles eram mais como bolas de gude perfeitamente redondas e azuis.

– Dra. Mayfair?

Ela baixou os olhos até a mão do homem. Uma pata grande, pesada. Aperte a mão. Responda de algum jeito se não consegue abrir a boca. A tensão no seu rosto piorou. Agora afetava seus olhos. O que está acontecendo? Seu corpo estava paralisado de medo enquanto seu pensamento estava em transe, nesse transe horrível. Ela fez um pequeno gesto com a cabeça na direção do caixão distante. Eu quero... mas as palavras não queriam sair. Vamos, Rowan, você não voou quase quatro mil quilômetros para isso!

O homem a enlaçou com delicadeza. Uma pressão nas costas.

– A senhora quer vê-la, Dra. Mayfair?

Vê-la, conversar com ela, conhecê-la, amá-la, ser amada por ela... Parecia que seu rosto era esculpido no gelo. E ela sabia que seus olhos deviam estar abertos demais.

Ela olhou de relance para os olhinhos azuis do homem e fez que sim, com a cabeça. Parecia que um silêncio caía sobre todos. Ela havia falado tão alto assim? Mas não havia dito absolutamente nada. Era certo que eles não a conheciam e, no entanto, todos se voltavam para olhar enquanto ela e esse homem atravessavam o primeiro salão. E a notícia era transmitida aos sussurros. Ela olhou com atenção para a menina ruiva com a fita quando passou por ela. Na realidade, até parou sem querer, paralisada na entrada do segundo salão, com esse homem simpático, Jerry Lonigan, ao seu lado.

Até as crianças pararam de brincar. O salão pareceu ficar escuro com as pessoas se movimentando em silêncio, bem devagar, apenas alguns passos.

– A senhora quer se sentar, Dra. Mayfair? – perguntou Jerry Lonigan.

Ela estava com os olhos fixos no tapete. O caixão estava a uns seis metros de distância. Não erga os olhos, não erga os olhos até chegar mesmo ao caixão. Não veja nada de horrível de longe. Mas o que era tão horrível nisso tudo? Em que isso podia ser mais horrível do que a mesa de autópsias, a não ser pelo fato de se tratar... da sua mãe.

Uma mulher veio se postar atrás da menina, pousando a mão no seu ombro.

– Rowan? Rowan. Sou Alicia Mayfair. Eu era prima em quarto grau de Deirdre. Esta é Mona, minha filha.

– Rowan, eu sou Pierce Mayfair – disse o belo rapaz à sua direita, estendendo a mão de repente. – Sou bisneto de Cortland.

– Querida, sou Beatrice, sua prima. – Um cheiro de perfume. A mulher com o cabelo cinza-chumbo. A pele macia tocando o rosto de Rowan. Enormes olhos cinzentos.

– ... Cecilia Mayfair, neta de Barclay, meu avô foi o segundo filho de Julien e nasceu na casa da First Street. E aqui, irmã, venha. Esta é a irmã Marie Claire. Irmã, essa é Rowan, a filha de Deirdre!

Não havia algo especialmente respeitoso que se devia dizer a freiras? Mas essa freira não poderia ter ouvido. Estavam gritando para que ela entendesse.

– A filha de Deirdre, Rowan!

– ... Timothy Mayfair, seu primo em quarto grau, estamos felizes de conhecê-la, Rowan...

– ... um prazer conhecê-la nesta triste...

– Peter Mayfair, conversamos mais tarde. Garland era meu pai. Ellie alguma falou de Garland?

Meu Deus, eles eram todos parentes. Polly Mayfair, Agnes Mayfair, as filhas de Philip Mayfair e Eugenie Mayfair, e aquilo não tinha fim. Quantos eles seriam ao todo? Não uma família, mas um exército. Ela apertava uma mão após a outra, e ao mesmo tempo se apoiava na solidez do Sr. Lonigan, que a segurava com tanta firmeza. Ela tremia? Não, sentia calafrios. Lábios roçavam seu rosto.

– ... Clancy Mayfair, bisneta de Clay. Clay nasceu na casa da First Street antes da Guerra de Secessão. Minha mãe é Trudy Mayfair, aqui, mamãe, venha. Deixem mamãe passar...

– ... um prazer conhecê-la. Já esteve com Carlotta?

– Miss Carlotta está se sentindo mal – disse o Sr. Lonigan. – Ela irá nos encontrar na igreja...

– ... já está com 90 anos, sabe?

– ... aceita um copo d'água? Ela está pálida como cera. Pierce, pegue um copo d'água para ela.

– Magdalene Mayfair, bisneta de Rémy. Rémy morou na casa da First Street durante anos. Este é meu filho, Garvey, e minha filha, Lindsey. Ei, Dan, Dan venha cumprimentar a Dra. Mayfair. Dan é bisneto de Vincent. Será que Ellie falou de Clay e Vincent e...

Não, nunca me falou de ninguém. *Prometa que nunca irá lá, que nunca tentará descobrir.* Mas por quê, em nome de Deus, por quê? Toda essa gente... Por que aquele papel? Por que o segredo?

– ... Gerald está com ela. Pierce deu uma passada por lá. Ele a viu. Ela está bem. Virá até a igreja.

– Quer se sentar, querida?

– Você está se sentindo bem?

– Lily, meu amor, Lily Mayfair. Você não vai conseguir se lembrar dos nomes de nós todos. Nem tente.

– Robert, querida. Mais tarde conversamos.

– ... à disposição se você precisar de nós. Você está mesmo bem?

Estou. Estou muito bem. É só que não consigo falar. Não consigo me mexer. Eu...

Mais uma vez tencionou os músculos do seu rosto. Ela estava rígida. Toda rígida. Apertou mais a mão do Sr. Lonigan. Ele lhes dizia alguma coisa, que ela agora ia prestar suas homenagens. Ele estava dizendo para as pessoas se afastarem? Um homem tocou sua mão esquerda.

– Meu nome é Guy Mayfair, filho de Andrea, e esta é minha mulher, Stephanie. Ela é filha de Grady. Era prima em primeiro grau de Ellie.

Ela queria demonstrar alguma reação. Estaria apertando o suficiente cada mão? Estaria balançando a cabeça o suficiente? Estaria beijando direito a velhinha que a beijava? Um outro homem estava falando com ela, mas sua voz era baixa demais. Ele era velho e estava dizendo alguma coisa sobre Sheffield. O caixão estava no máximo a uns seis metros. Ela não ousava erguer os olhos, ou desviá-los dos parentes, com medo de vê-lo sem querer.

Mas foi para isso que você veio, e é o que precisa fazer. E eles estão aqui, às centenas...

– Rowan – disse alguém à sua esquerda –, este é Fielding Mayfair, filho de Clay. – Um homem tão velho, tão velho que ela conseguia ver todos os ossos do crânio através da pele clara, via os dentes inferiores e superiores e os sulcos em volta dos olhos fundos. Ele estava apoiado nos outros. Não conseguia ficar em pé sem ajuda. E todo esse sacrifício, para poder vê-la? Ela estendeu a mão.

– Ele quer lhe dar um beijo, querida. – Ela roçou o rosto do velho com os lábios.

Ele falava baixo. Seus olhos pareceram amarelados quando a olhou. Ela procurou entender o que ele estava dizendo, algo sobre Lestan Mayfair e Riverbend. O que era Riverbend? Ela concordou, com um gesto de cabeça. Ele era velho demais para ser tratado sem delicadeza. Ela precisava dizer alguma coisa! O homem era velho demais para estar se esforçando tanto só para lhe dar os pêsames. Quando ela apertou sua mão, sentiu que era macia, sedosa, nodosa e forte.

— Acho que ela vai desmaiar — sussurrou alguém. Sem dúvida não estavam falando *dela*.

— Você quer que eu a leve até o caixão? — Mais uma vez o rapaz, o rapaz bonito, com o rosto limpo de menino bem-comportado e os olhos brilhantes. — Sou o Pierce. Acabei de me apresentar. — Um vislumbre de dentes perfeitos. — Primo de Ellie em primeiro grau.

É, até o caixão. Já é hora, não? Ela olhou naquela direção e alguém pareceu dar um passo atrás para que ela pudesse ver melhor. E então seus olhos subiram instantaneamente para além do rosto no travesseiro inclinado. Ela viu as flores agrupadas ao redor da tampa levantada, toda uma selva de flores, e bem à direita, aos pés do caixão, um homem de cabeça branca que ela conhecia. A mulher morena ao seu lado chorava e rezava seu terço, e os dois estavam olhando para ela, mas como seria possível que ela conhecesse aquele homem ou qualquer outra pessoa aqui? No entanto, ela o conhecia! Sabia que ele era inglês, fosse ele quem fosse. E sabia exatamente como seria o som da sua voz quando lhe dirigisse a palavra.

Jerry Lonigan a ajudou a dar um passo à frente. O belo Pierce estava ao seu lado.

— Ela está se sentindo mal, Monty — disse a senhora ainda bonita. — Vá buscar água para ela.

— Meu bem, talvez fosse bom você se sentar...

Ela abanou a cabeça, formando na boca a palavra não. Olhou novamente para o inglês de cabelos brancos, o que estava com a mulher que rezava. Ellie havia pedido o terço na última semana de vida. Rowan precisou ir a uma loja em San Francisco para comprar um. A mulher abanava a cabeça, chorava e limpava o nariz, e o homem de cabeça branca cochichava no seu ouvido, apesar de ter os olhos fixos em Rowan. *Eu o conheço.* Ele olhou para ela como se ela houvesse falado com ele, e então lhe ocorreu a lembrança do cemitério de Sonoma County, onde estavam enterrados Graham e Ellie. Era esse o homem que ela havia visto junto ao túmulo. *Conheço sua família em Nova Orleans.* E de uma forma totalmente inesperada, mais uma peça do mesmo quebra-cabeça se encaixava. Esse era o homem que estava parado em frente à casa de Michael duas noites antes na Liberty Street.

— Querida, não quer um copo d'água? — perguntou Jerry Lonigan.

Mas como isso podia estar acontecendo? Como podia ser que esse homem estivesse lá e aqui? O que tudo isso tinha a ver com Michael, que havia descrito a casa com as rosas no gradil de ferro?

— Vamos deixar que ela se sente aqui mesmo. — Pierce disse que ia buscar uma cadeira.

Ela precisava se mexer. Não podia simplesmente ficar aqui olhando para aquele inglês de cabelos brancos, querendo que ele se explicasse, que explicasse o que estava fazendo na Liberty Street. E com o canto do olho, algo que ela não conseguia aguentar ver, algo no caixão à espera.

– Pronto, Rowan, isso aqui está bem gelado. – Cheiro de vinho. – Beba um pouco, querida.

Eu gostaria, realmente gostaria, mas não consigo mexer minha boca. Ela abanou a cabeça, procurou sorrir. Acho que não consigo movimentar minha mão. E vocês todos estão esperando que eu me mexa. Eu realmente deveria me mexer. Ela costumava achar que os médicos que desmaiavam numa autópsia eram na verdade uns bobos. Como uma coisa dessas poderia afetar alguém tanto em termos físicos? Se alguém me atingir com um bastão de beisebol, sou capaz de desmaiar. Meu Deus, o que você não sabe da vida está apenas começando a se revelar nesta sala. E sua mãe está naquele caixão.

O que você estava pensando, que ela fosse esperar aqui, viva, até você chegar? Até você afinal perceber... Bem aqui, nesta terra estranha! Ora, isso aqui era como um outro país, era sim!

O inglês de cabeça branca veio na sua direção. É, quem é o senhor? Por que está por aqui? Por que me parece deslocado de uma forma tão drástica e grotesca? Por outro lado, ele não estava deslocado. Ele era exatamente como os outros, os habitantes deste país estranho, tão correto e delicado, sem uma sombra de ironia, de constrangimento ou de sentimentos falsos no seu rosto simpático. Ele se aproximou dela, fazendo com que o belo rapaz lhe cedesse o lugar.

Você se lembra daquelas expressões torturadas na cerimônia fúnebre por Ellie. Não havia ninguém ali que tivesse menos de 60 anos, e no entanto não havia um fio de cabelo grisalho, um músculo flácido. Nada semelhante a isso aqui. Ora, é isso o que querem dizer quando falam do "povo".

Ela baixou os olhos. Fileiras de flores a cada lado do genuflexório de veludo. Deu um passo à frente, com as unhas cravadas no braço do Sr. Lonigan antes que pudesse se controlar. Fez um esforço enorme para relaxar a mão e, para total espanto seu, sentiu que ia cair. O inglês a segurou pelo braço esquerdo, enquanto o Sr. Lonigan a sustentava pelo direito.

– Rowan, preste atenção – disse o inglês, baixinho, no seu ouvido, naquele seu sotaque apocopado, apesar de melodioso. – Michael estaria aqui se fosse possível. Vim no seu lugar. Michael chegará hoje à noite, assim que puder.

Ela olhou para ele, espantada, com um alívio que quase a fez estremecer. Michael viria. Michael estava em algum lugar por perto. Mas como isso poderia estar acontecendo?

– É, muito perto. E sua ausência foi inevitável – disse o homem com tanta sinceridade, como se acabasse de inventar essas palavras. – Ele ficou realmente aborrecido de não poder estar aqui...

Ela viu novamente a casa da First Street sombria, sinistra, descaracterizada. A casa sobre a qual Michael vinha falando o tempo todo. E, quando ela o viu pela primeira vez no mar, ele lhe pareceu um pontinho minúsculo de roupas boiando, não podia ser um afogado, não aqui tão longe, a tantas milhas da terra...

– Em que posso ajudá-la agora? – perguntou o inglês, em voz baixa, misteriosa e de uma solicitude perfeita. – Você quer se aproximar do caixão?

É, por favor, leve-me até ele. Por favor, me ajude. Faça com que minhas pernas se mexam. Mas elas já estavam se mexendo. Ele havia passado o braço pela sua cintura e a estava conduzindo, sem nenhum esforço, e graças a Deus a conversa havia recomeçado, embora fosse apenas um murmúrio em tom respeitoso, do qual ela conseguia extrair fiapos à vontade.

– ... ela simplesmente não quis vir até a funerária. A verdade é essa. Ela está furiosa por nós todos estarmos aqui.

– Não diga isso. Ela está com 90 anos nas costas, e está fazendo quase quarenta graus lá fora.

– Eu sei, eu sei. Bem, todo mundo pode vir para minha casa depois, foi o que eu disse...

Ela não tirava os olhos das alças prateadas, das flores, do genuflexório de veludo agora bem à sua frente. Náuseas novamente. Náuseas do calor e desse ar fresco e imóvel com o perfume das flores pairando à sua volta como uma névoa invisível. Mas você tem de fazer isso. Tem de agir com calma e em silêncio. Não pode perder a oportunidade. *Prometa que nunca voltará para lá. Que nunca tentará descobrir nada.*

O inglês a estava segurando. *Michael virá.* Sua mão direita, encostada no braço de Rowan num gesto tranquilizador. A mão esquerda firmava seu punho esquerdo quando ela tocou a lateral coberta de veludo do ataúde.

Lentamente, ela se forçou a erguer os olhos do chão até ver o rosto da morta, pousado bem ali no travesseiro de cetim. E bem devagar sua boca foi se abrindo, foi se abrindo até a rigidez se transformar num espasmo. Ela lutou com todas forças para não abrir a boca. Cerrou os dentes. E o tremor que a atingiu foi tão violento que o inglês apertou mais seu braço. Ele também estava olhando. Ele a havia conhecido!

Olhe para ela. Nada mais importa agora. Não é uma hora para se apressar, para pensar em outras coisas ou para se preocupar. Basta que olhe para ela, olhe para o seu rosto com todos os seus segredos agora guardados para sempre.

E o rosto de Stella estava tão lindo no caixão. Seus cabelos negros eram lindos...

– Ela vai desmaiar. Ajudem! Pierce, ajude.

– Não. Nós estamos com ela. Ela está bem – disse Jerry Lonigan.

Morta, tão perfeita e horrivelmente morta, e tão linda. Estava arrumada para a eternidade: com o batom cor-de-rosa cintilando na sua boca bem-feita, blush no rosto impecável de menina, os cabelos negros bem escovados sobre o cetim, como os de uma menina, soltos e belos, e as contas do rosário, é, contas de rosário, enfiadas nos dedos, que pareciam de massa de pão, ali pousados sobre o peito. Não tinham nada de mãos humanas, mas de alguma escultura grosseira.

Em todos esses anos, Rowan nunca havia visto nada semelhante. Ela havia visto cadáveres de afogados, de esfaqueados e dos que haviam morrido dormindo nas enfermarias. Ela os havia visto já sem cor e cheios de produtos químicos, sendo retalhados após semanas, meses e até mesmo anos para a aula de anatomia. Ela os havia visto durante a autópsia, com os órgãos ensanguentados sendo retirados pelas mãos enluvadas do médico.

Mas nunca uma coisa dessas. Nunca essa coisa morta e bela usando seda azul e renda, cheirando a pó facial, com as mãos unidas sobre as contas do rosário. Ela aparentava não ter idade, quase como uma gigantesca menininha, com seus cabelos inocentes, seu rosto desprovido de rugas e até mesmo o batom, da cor de pétalas de rosa.

Ah, se ao menos fosse possível abrir seus olhos! Gostaria de poder ver os olhos da minha mãe! E nesta sala, repleta de pessoas idosíssimas, ela ainda é tão jovem...

Rowan se inclinou um pouco. Com a maior delicadeza, soltou as mãos das do inglês. Pôs as suas sobre as pálidas mãos da morta, aquelas mãos que se derretiam lentamente. Duras! Duras como as contas do rosário. Duras e frias. Ela fechou os olhos e pressionou aquela carne branca e inflexível. Tão irremediavelmente morta, tão distante de qualquer sopro de vida, tão decididamente acabada.

Se Michael estivesse aqui, será que ele poderia saber ao tocar suas mãos se ela havia morrido sem dor ou sem medo? Ele poderia ter descoberto o motivo para tantos segredos? Ele poderia tocar essa carne horrenda e sem vida, e ouvir ainda nela a canção da vida? Oh, Deus, quem quer que ela fosse, não importa o motivo pelo qual ela tenha me dado, espero que tenha morrido sem medo ou dor. Em paz, tão serena quanto seu rosto. Veja os seus olhos, a sua testa límpida.

Bem devagar, ela ergueu a mão e enxugou as lágrimas do rosto, percebendo que ele agora estava relaxado. Percebeu também que podia falar se quisesse, e que à sua volta outros também choravam, que a mulher de cabelo cinza-chumbo chorava, que a pobre mulher de cabelos negros que estivera chorando o tempo todo agora soluçava em silêncio encostada no peito do homem ao seu lado, e que a expressão no rosto daqueles que não estavam chorando – para onde quer que olhasse na claridade mais além do caixão – havia se tornado serena e pensativa, muito parecida com aqueles rostos em famosos quadros florentinos, nos quais criaturas passivas, ligeiramente tristes, contemplam o mundo daqui de fora da moldura, como se estivessem num sonho, espiando lânguidas com o canto dos olhos.

Rowan recuou, mas seus olhos permaneceram fixos na mulher no caixão. Ela deixou que o inglês a conduzisse novamente, dessa vez para uma saleta à sua espera. O Sr. Lonigan dizia que estava na hora de todos se aproximarem, um a um, que o padre havia chegado e que ele estava pronto.

Perplexa, Rowan viu um velho alto curvar-se com elegância e beijar a testa da morta. Beatrice, a senhora bonita de cabelos cinzentos, veio em seguida e sussurrou alguma coisa enquanto beijava a morta do mesmo jeito. Uma criança foi erguida para fazer o mesmo. E o velho careca chegou, com sua barriga enorme e pesada o atrapalhando, mas conseguiu se inclinar para dar o beijo.

– Até logo, querida – sussurrou ele, com a voz rouca, para que todos o ouvissem.

O Sr. Lonigan a empurrou delicadamente para que se sentasse. Quando ele se virou, a mulher chorosa de cabelos negros se aproximou de repente, inclinou-se e olhou dentro dos seus olhos.

– Ela não queria renunciar a você – disse ela, numa voz tão fraca e rápida que parecia mais ter sido um pensamento.

– Rita Mae! – exclamou irado o Sr. Lonigan, voltando-se para ela e a segurando pelo braço, levando-a dali.

– Isso é verdade? – perguntou Rowan, estendendo a mão para tentar pegar a mão de Rita, que se afastava. O rosto do Sr. Lonigan enrubesceu. Seus maxilares tremiam ligeiramente. Ele empurrou para longe a mulher de cabelos negros, saindo por uma porta que dava para um pequeno corredor.

O inglês estava olhando para ela da porta do salão. Ele fez que sim com um pequeno gesto de cabeça e com as sobrancelhas se erguendo como se esse fato o enchesse de tristeza e assombro.

Aos poucos, Rowan afastou o olhar dele. Ficou observando a fila, que ainda chegava, um de cada vez, cada um se curvando como se quisesse beber no esguicho gelado de um bebedouro baixo.

– Adeus, Deirdre querida.

Será que todos sabiam? Será que todos se lembravam, os mais velhos, os que tinham se aproximado primeiro dela? Será que todas as crianças ouviram falar, de uma forma ou de outra, num momento ou noutro? O rapaz bonito a observava de longe.

– Adeus, minha querida... – E eles não paravam de chegar, em quantidades aparentemente intermináveis, com os salões parecendo escuros e apinhados à medida que a fila pressionava.

Não queria renunciar a você.

Como devia ser beijar aquela pele lisa e dura? E eles beijavam como se fosse a coisa mais natural do mundo, a mais simples, com o bebê erguido no alto, a mãe a se inclinar, o homem chegando tão rápido e depois uma velha com as mãos manchadas e o cabelo raleando.

– Ajude-me a subir, Cecil. – Com o pé no genuflexório de veludo. A menina de 12 anos com a fita no cabelo estava nas pontas dos pés.

– Rowan, você quer ficar a sós com ela? – Era a voz de Lonigan. – Quando todos tiverem passado, será a sua vez no final. O padre espera. Mas você não é obrigada.

Ela olhou nos olhos cinzentos e amenos do inglês. Mas não era ele quem estava falando. Era Lonigan, com seu rosto ruborizado e reluzente e seus olhinhos de porcelana. No fundo do pequeno corredor estava sua mulher, Rita Mae, agora sem coragem para se aproximar.

– É, a sós, mais uma vez – respondeu Rowan, baixinho. Seus olhos procuraram os de Rita Mae nas sombras do final daquele pequeno corredor.

– Verdade – disseram sem voz os lábios de Rita Mae, enquanto ela balançava a cabeça com seriedade.

É. Para lhe dar um beijo de despedida. Isso mesmo, como os outros a estão beijando...

25

O ARQUIVO SOBRE AS BRUXAS MAYFAIR

CAPÍTULO X
Rowan Mayfair

RESUMO ESTRITAMENTE CONFIDENCIAL, ATUALIZADO EM 1989

VEJA ARQUIVO CONFIDENCIAL: ROWAN MAYFAIR, LONDRES, PARA QUAISQUER DADOS RELACIONADOS OBRIGATÓRIO USO DE SENHA PARA ACESSO

Rowan Mayfair foi legalmente adotada por Ellen Louise Mayfair e seu marido Graham Franklin, no dia do seu nascimento, 7 de novembro de 1959.

Naquela ocasião, Rowan foi levada de avião para Los Angeles, onde viveu com seus pais adotivos até os 3 anos. A família mudou-se então para San Francisco, Califórnia, onde moraram em Pacific Heights durante dois anos.

Quando Rowan estava com 5 anos, a família fez sua mudança definitiva para uma casa no litoral de Tiburon, Califórnia – do outro lado da baía de San Francisco –, que havia sido projetada pelos arquitetos Trammel, Porter e Davis expressamente para Graham, Ellie e sua filha. A casa é um prodígio de paredes de vidro, vigas expostas de sequoia e instalações hidráulicas e equipamentos modernos. Ela inclui deques enormes, um quebra-mar particular e um canal de navegação que é dragado duas vezes ao ano. Ela tem uma vista de Sausalito, do outro lado da baía de Richardson, e de San Francisco ao sul. Rowan agora mora sozinha nessa casa.

No momento em que escrevo, Rowan está com quase 30 anos. Ela tem um metro e setenta e cinco de altura. Usa o cabelo louro cortado curto em estilo pajem e tem olhos grandes de um cinza-claro. É inegável que seja atraente, com sua pele de uma beleza notável, sobrancelhas retas, cílios escuros e boca extremamente bem-feita. No entanto, para se fazer uma comparação, não se pode dizer que ela tenha nada do encanto de Stella, da suavidade de Antha ou da sombria sensualidade de Deirdre. Rowan é delicada, mas tem algo de menino. Em alguns dos seus retratos, sua expressão, em decorrência das sobrancelhas escuras e retas, lembra a de Mary Beth.

Na minha opinião, ela se parece com Petyr van Abel, mas existem diferenças nítidas. Ela não tem os olhos fundos de Petyr. E os cabelos de Rowan são de um loiro-acinzentado em vez de dourado. No entanto, seu rosto é estreito como o de Petyr. E Rowan tem algo de nórdico, exatamente como Petyr nos seus retratos.

Rowan dá às pessoas a impressão de ser fria. Sua voz, porém, é afetuosa, grave e ligeiramente rouca, o que nos Estados Unidos se chama de "voz de uísque". As pessoas dizem que é preciso conhecê-la bem para se gostar dela. O que é estranho, já que nossas investigações indicam que pouquíssimas pessoas a conhecem, mas que quase todo mundo gosta dela.

RESUMO DOS DADOS SOBRE OS PAIS ADOTIVOS DE ROWAN: ELLIE MAYFAIR E GRAHAM FRANKLIN

Ellen Louise Mayfair foi a única filha de Sheffield, filho de Cortland Mayfair. Nasceu em 1923 e tinha 6 anos quando Stella morreu. Ellie viveu quase que exclusivamente na Califórnia desde a época em que entrou para a Universidade de Stanford aos 18 anos. Ela se casou com Graham Franklin, formado em direito por Stanford, aos 31 anos. Graham era oito anos mais novo do que Ellie. Ellie parece ter tido pouquíssimo contato com a família mesmo antes de ir para a Califórnia, já que foi mandada para um colégio interno no Canadá aos 8 anos, seis meses após a morte da sua mãe.

Seu pai, Sheffield Mayfair, parece nunca ter se recuperado da perda da mulher e, embora visitasse Ellie com frequência, levando-a em viagens para compras em Nova York, ele a manteve afastada da cidade natal. Ele foi o mais calado e recluso dos filhos de Cortland, e possivelmente o mais decepcionante, já que trabalhava com afinco no escritório da família, mas nunca se sobressaiu ou participou de decisões importantes. Todos contavam com ele, disse Cortland após sua morte.

O que nos interessa nesta narrativa é que, após os 8 anos, Ellie esteve por pouquíssimo tempo com os parentes da família Mayfair e que seus amigos da vida inteira na Califórnia eram pessoas que ela havia conhecido naquele estado, assim como algumas ex-alunas do colégio interno canadense com quem ela se mantinha em contato. Ignoramos o que ela sabia da vida e da morte de Antha ou mesmo da vida de Deirdre.

Seu marido, Graham Franklin, aparentemente não sabia nada a respeito da família de Ellie, e alguns dos comentários feitos por ele ao longo dos anos são pura fantasia. "Ela vem de uma enorme fazenda lá no Sul." "São daquele tipo de gente que guarda ouro debaixo do assoalho." "Acho que eles provavelmente descendem de piratas." "Ah, a família da minha mulher? Eles eram traficantes de escravos, não eram, querida? Todos eles têm sangue mestiço."

Os comentários em família na época da adoção davam conta de que Ellie havia assinado documentos para Carlotta Mayfair declarando que jamais deixaria Rowan descobrir algo sobre seus verdadeiros antecedentes e que nunca permitiria que ela voltasse à Louisiana.

Na realidade, esses documentos fazem parte dos registros oficiais da adoção, representando acordos formalizados entre as partes e envolvendo incríveis transferências de dinheiro.

Durante o primeiro ano da vida de Rowan, mais de cinco milhões de dólares foram transferidos da conta de Carlotta Mayfair em Nova Orleans para as contas de Ellie Mayfair na Califórnia, no Bank of America e no Wells Fargo Bank.

Ellie, que já era rica, pelos fundos deixados para ela por seu pai, Sheffield, e mais tarde pelo avô, Cortland (talvez Cortland houvesse alterado esse dispositivo, se houvesse tido tempo, mas a papelada já estava pronta há décadas), abriu um imenso fundo em custódia para sua filha adotiva, Rowan, ao qual metade dos cinco milhões foi acrescida durante os dois anos seguintes.

A outra metade foi transferida, à medida que chegava, diretamente para Graham Franklin, que investiu o dinheiro com prudência e sucesso, principalmente em imóveis (uma mina de ouro na Califórnia), e que continuou a investir o dinheiro de Ellie – pagamentos regulares do seu próprio fundo – em bens e investimentos em nome do casal ao longo dos anos. Embora recebesse muito bem como advogado bem-sucedido, Graham não tinha nenhuma herança de família, e a enorme fortuna acumulada até a hora da sua morte, em comunhão com a mulher, resultou do seu talento para aplicar o dinheiro herdado por ela.

Existem indícios substanciais de que Graham se ressentia da mulher e de sua dependência financeira e emocional em relação a ela. Com sua renda, ele não poderia nunca ter sustentado aquele estilo de vida: iates, carros esportivos, férias extravagantes, uma mansão moderna em Tiburon. E ele drenava quantias enormes do dinheiro de Ellie diretamente da sua conta conjunta para as mãos das diversas amantes que teve ao longo dos anos.

Algumas dessas mulheres nos disseram que Graham era um homem vaidoso e ligeiramente sádico. Elas, no entanto, o consideravam irresistível, desistindo dele apenas quando percebiam que ele realmente amava Ellie. Não era só o dinheiro dela. Ele não conseguia viver sem ela.

– Ele precisa de vez em quando compensar essa inferioridade, e é por isso que a engana.

Graham explicou uma vez a uma aeromoça, para quem mais tarde custeou a faculdade, que sua mulher o consumia e que ele precisava ter "alguma coisa a mais" (querendo dizer uma mulher) ou se sentia um nada, uma total nulidade.

Quando descobriu que Ellie estava com um câncer incurável, ele entrou em pânico. Tanto seus sócios quanto seus amigos descreveram em detalhe sua "total incapacidade" para lidar com a doença de Ellie. Ele não tocava no assunto com ela; não queria ouvir o que diziam os médicos; recusava-se a entrar no seu quarto no hospital. Mudou sua amante para um apartamento na Jackson Street, bem em frente ao seu escritório em San Francisco, e ia até lá para vê-la até três vezes ao dia.

Forjou imediatamente um plano complicado para tirar de Ellie todos os bens da família, que agora somavam uma fortuna imensa; e estava tentando declarar Ellie incapaz para poder vender a casa de Tiburon para sua amante, quando morreu repentinamente, dois meses antes de Ellie, de um derrame. Ellie herdou todos os bens.

A última amante de Graham, Karen Garfield, uma belíssima modelo de Nova York, lamentou sua desgraça para um dos nossos detetives enquanto tomavam coquetéis. Ela havia ficado com meio milhão, e isso era razoável, mas ela e Graham haviam planejado toda uma vida juntos: "as Ilhas Virgens, a Riviera, tudo enfim."

A própria Karen morreu de uma série de graves ataques cardíacos, sendo que o primeiro deles ocorreu uma hora depois de Karen visitar a casa de Graham em Tiburon para tentar "explicar as coisas" para sua filha Rowan.

– Aquela vaca! Ela não quis nem que eu pegasse as coisas dele! Tudo o que eu queria era umas lembranças. Ela me disse: "Saia já da casa da minha mãe."

Karen ainda viveu duas semanas após a visita, tempo suficiente para dizer muitas coisas indelicadas sobre Rowan, mas Karen parece nunca ter relacionado sua súbita e inexplicável deterioração cardíaca àquela visita. Por que ela faria essa associação?

Nós, porém, a fizemos como será revelado no resumo que se segue.

Quando Ellie morreu, Rowan disse às amigas mais íntimas da mãe que havia perdido sua única amiga neste mundo. Isso era provavelmente verdade. Ellie Mayfair foi durante toda a vida um ser humano muito meigo e algo frágil, amada pela filha e por inúmeras amigas. De acordo com essas amigas, dela sempre emanou uma espécie de encanto de mocinha do Sul, embora ela fosse uma mulher moderna e atlética, típica da Califórnia, passando facilmente por vinte anos a menos do que tinha, o que não era incomum entre as suas contemporâneas. Na verdade, a aparência jovem pode ter sido sua única obsessão, além do bem-estar da sua filha, Rowan.

Ela se submeteu a cirurgia plástica duas vezes entre os 50 e os 60 anos (para esticar o rosto); frequentava caríssimos salões de beleza e tingia o cabelo. Em fotografias com o marido, tiradas um ano antes da sua morte, ela parece ser a pessoa mais jovem dos dois. Totalmente dedicada a Graham e dependente dele, ela ignorava seus casos, e com razão.

– Ele sempre está em casa às seis para o jantar – disse ela a uma amiga. – E sempre está ali quando apago a luz.

Na verdade, a origem do encanto de Graham para Ellie e para outras, além da sua bela aparência, parecia estar no seu enorme entusiasmo pela vida e no carinho que ele dispensava à vontade àqueles que o cercavam, incluindo-se sua mulher.

Um dos seus amigos de toda a vida, um advogado mais velho, deu a seguinte explicação a um dos nossos detetives:

– Ele saía impune daqueles casos todos porque nunca foi desatencioso com Ellie. Alguns dos outros caras por aqui deveriam extrair daí uma lição. O que as mulheres odeiam é o fato de você demonstrar frieza. Se você as tratar como rainhas, elas deixarão que você tenha uma concubina ou duas fora do palácio.

A esta altura, simplesmente não sabemos se é importante colher maiores informações sobre Graham Franklin e Ellie Mayfair. O que parece nos interessar aqui é o fato de que eles eram californianos normais da classe média alta e que viviam em extrema felicidade apesar das traições de Graham até o último ano das suas vidas. Frequentavam a ópera nas noites de terça, concertos sinfônicos aos sábados e o balé de vez em quando. Possuíram uma deslumbrante sucessão de Bentleys, Rolls-Royces, Jaguars e outros carros de luxo. Chegavam a gastar dez mil dólares em roupas num mês. Nos deques da sua linda casa em Tiburon, costumavam receber amigos em reuniões modernas e pródigas. Viajavam de avião até a Ásia ou a Europa para férias curtas e luxuosas. Tinham um orgulho desmesurado "da nossa filha, médica", como se referiam a Rowan, alegremente, para seus numerosos amigos.

Embora Ellie tivesse o dom da telepatia, ele era mais no nível de brincadeiras. Ela sabia quem estava chamando quando o telefone tocava. Conseguia dizer que carta do baralho a pessoa estava segurando. Fora isso, não havia nada de excepcional nessa mulher, a não ser talvez o fato de ela ser muito bonita, lembrando muitos outros descendentes de Julien Mayfair, e de ter herdado do bisavô seu jeito insinuante e seu sorriso sedutor.

A última vez que vi Ellie foi no enterro de Nancy Mayfair em Nova Orleans em janeiro de 1988. Na época ela estava com 63 ou 64 anos. Era uma mulher linda, com cerca de um metro e setenta de altura, a pele muito bronzeada e os cabelos muito negros. Seus olhos azuis estavam ocultos por trás de óculos de sol de armação branca. Seu elegante vestido de algodão realçava sua silhueta esbelta, e na realidade havia nela algo do glamour de uma atriz de cinema, ou seja, um certo brilho da Califórnia. Seis meses depois, ela estaria morta.

Quando Ellie faleceu, Rowan herdou tudo, incluindo-se o fundo de família de Ellie e mais um fundo que havia sido constituído no seu nascimento, do qual Rowan nada sabia.

Como Rowan era na época, como continua sendo, uma médica extremamente dedicada ao trabalho, essa herança praticamente não fez uma diferença apreciável na sua rotina diária. Falaremos mais sobre isso no momento propício.

ROWAN MAYFAIR
DA INFÂNCIA AO MOMENTO PRESENTE

Uma vigilância discreta de Rowan indicou que essa criança foi extremamente precoce desde o início, e que pode ter tido uma variedade de poderes paranormais que seus pais adotivos pareciam ignorar. Há também alguns indícios de que Ellie Mayfair se recusava a reconhecer qualquer coisa "estranha" a respeito da filha. Seja qual for o caso, Rowan parece ter sido "o orgulho e a alegria" tanto de Ellie quanto de Graham.

Como indicado anteriormente, o vínculo entre mãe e filha foi extremamente íntimo até a morte de Ellie. No entanto, Rowan nunca teve o mesmo amor de sua mãe por festas, almoços, compras e outros interesses semelhantes; e nunca foi atraída para o amplo círculo de amizades femininas de Ellie, nem mesmo no final da adolescência e início da idade adulta.

Rowan compartilhou com os pais sua paixão pelo mar. Ela acompanhava a família em passeios de barco desde muito pequena e aprendeu a manobrar o pequeno veleiro de Graham, *The Wind Singer*, sozinha aos 14 anos. Quando Graham comprou uma lancha-cruzeiro, chamada *Great Angela*, a família inteira fazia longas viagens algumas vezes por ano.

Quando Rowan completou 16 anos, Graham já havia comprado para ela seu próprio iate, bimotor, com casco de deslocamento, que Rowan chamou de *Sweet Christine*. O *Great Angela* foi aposentado nessa ocasião, e a família inteira passou a usar o *Sweet Christine*, mas Rowan era o comandante incontestado. E, apesar dos conselhos e objeções de todos, Rowan frequentemente tirava a enorme embarcação da enseada sozinha.

Durante anos, foi hábito seu chegar em casa direto da escola e sair da baía de San Francisco para o mar aberto pelo menos por umas duas horas. Só eventualmente ela convidava uma amiga íntima para lhe fazer companhia.

– Nunca a vemos antes das oito – costumava dizer Ellie. – E eu me preocupo! Ah, como me preocupo! Mas tirar aquele barco de Rowan seria o mesmo que matá-la. Eu simplesmente não sei o que fazer.

Embora seja excelente nadadora, Rowan não é uma navegadora ousada, por assim dizer. O *Sweet Christine* é uma lancha-cruzeiro de 40 pés, lenta e pesada, de construção holandesa, projetada para ter estabilidade em mares revoltos, mas não para a velocidade.

O que parece dar prazer a Rowan é o fato de estar só no barco, sem nenhuma visão da terra, em qualquer tipo de tempo. Como muitas pessoas que reagem bem ao tempo do norte da Califórnia, ela parece gostar da névoa, do vento e do frio.

Todos os que observaram Rowan parecem concordar quanto a ela ser uma pessoa solitária, uma pessoa extremamente calada que prefere o trabalho à diversão. Na escola, ela foi uma aluna compulsiva; e na universidade, uma pesquisadora compulsiva. Embora seu guarda-roupa fosse motivo de inveja entre suas colegas, ela sempre dizia que ele era obra de Ellie. Ela própria praticamente não tinha interesse algum por roupas. Seu traje característico de lazer é há anos tipicamente náutico: jeans, sapatos de iatismo, suéteres enormes, gorros de lã e um casaco de lã azul-marinho.

No mundo da medicina, especialmente no da neurocirurgia, os hábitos compulsivos de Rowan chamam menos atenção, considerando-se a natureza da profissão. No entanto, mesmo nesse campo, Rowan já foi considerada "obsessiva". Parece de fato ter nascido para ser médica, embora sua opção pela cirurgia em detrimento da pesquisa tenha surpreendido muita gente que a conhecia.

– Quando ela estava no laboratório – disse um dos seus colegas –, sua mãe tinha de ligar para ela para que se lembrasse de que precisava reservar tempo para dormir ou para comer.

Uma das professoras de Rowan na escola primária anotou na ficha, quando tinha 8 anos, que "essa criança acredita ser um adulto. Ela se identifica com os adultos. Ela se impacienta com as outras crianças. Mas é bem-comportada demais para deixar transparecer. Parece ser terrivelmente só".

PODERES TELEPÁTICOS

Os poderes paranormais de Rowan começaram a surgir na escola a partir dos 6 anos. Na realidade, eles podem ter surgido muito antes, mas nós não conseguimos descobrir provas antes dessa época. Professoras interrogadas informalmente (ou sub-repticiamente) acerca de Rowan contam histórias espantosas sobre a capacidade da menina para ler a mente.

No entanto, nada que tenhamos descoberto indica que Rowan tenha sido considerada um pária, um fracasso ou uma desajustada. Em todos os seus anos de estudo, ela sempre superou as expectativas e teve um sucesso ilimitado. Seus retratos escolares mostram que ela sempre foi uma criança muito bonita, com a pele bronzeada e os cabelos louros descorados pelo sol. Nesses retratos, ela dá uma impressão de mistério, como se não estivesse gostando da invasão da câmera, mas nunca parece afetada ou constrangida.

A capacidade telepática de Rowan se tornou conhecida dos professores, em vez de dos outros alunos. Essa descoberta segue um padrão digno de nota.

– Minha mãe havia falecido – disse uma professora da primeira série. – Eu não podia voltar para Vermont para o enterro e me sentia péssima. Ninguém estava a par disso, entende? Mas Rowan chegou perto de mim no intervalo. Ela sentou ao meu lado e pegou minha mão. Eu quase explodi em lágrimas com sua ternura. "Lamento o que aconteceu com sua mãe", disse ela e ficou ali sentada em silêncio. Mais tarde, quando eu lhe perguntei como soube, ela disse: "Foi uma ideia que apareceu de repente." Creio que aquela criança sabia todo tipo de coisa desse jeito. Ela sabia quando as outras crianças sentiam inveja dela. Como sempre foi uma criança só!

Numa outra ocasião, quando uma menina faltou à aula três dias seguidos sem explicação e os funcionários da escola não conseguiram entrar em contato com a família, Rowan disse calmamente à diretora que não havia motivos para preocupação. A avó da menina havia morrido e a família havia viajado para o enterro em outro estado, esquecendo-se totalmente de avisar a escola. Essa era mesmo a verdade. Mais uma vez Rowan não conseguiu explicar de que jeito soube, a não ser dizendo que a explicação surgiu de repente na sua cabeça.

Temos cerca de duas dúzias de histórias semelhantes a essa, e o que caracteriza quase todas elas é o fato de envolverem não só a telepatia, mas a empatia e a solidariedade por parte de Rowan: *um nítido desejo de consolar uma pessoa em sofrimento ou confusa ou de prestar auxílio a ela.* Essa pessoa era invariavelmente um adulto. A capacidade telepática nunca está associada a brincadeiras, a dar sustos nas pessoas ou em brigas de qualquer natureza.

Em 1966, quando Rowan estava com 8 anos, ela usou essa sua capacidade telepática pela última vez, *ao que nós saibamos*. Durante um semestre da quarta série numa escola particular em Pacific Heights, ela disse à diretora que uma outra menina estava muito doente e precisava ir a um médico, mas Rowan não sabia para quem poderia falar isso. A menina ia morrer.

A diretora ficou horrorizada. Chamou a mãe de Rowan e insistiu para que Rowan fosse levada a um psiquiatra. Só uma criança muito perturbada diria "uma coisa daquelas". Ellie prometeu conversar com Rowan. Rowan não disse mais nada.

No entanto, a menina em questão uma semana depois recebeu o diagnóstico de uma forma rara de câncer ósseo. Morreu antes do final do semestre.

A diretora já contou essa história em jantares inúmeras vezes. Ela lamentou profundamente ter repreendido Rowan. Especialmente gostaria de não ter chamado a Sra. Mayfair, já que esta ficou terrivelmente contrariada.

Pode ter sido essa preocupação por parte de Ellie que pôs fim a esse tipo de incidente na vida de Rowan. Todas as amigas de Ellie sabiam do caso.

– Ellie por pouco não ficou histérica. Ela queria que Rowan fosse normal. Disse que não queria uma filha com dons estranhos.

Graham considerou a história toda uma coincidência, na opinião da diretora. Ele lhe repreendeu por ligar e contar para Ellie quando a pobrezinha morreu.

Coincidência ou não, toda essa história parece ter posto um fim nas demonstrações do poder de Rowan. É segura a suposição de que ela decidiu espertamente manter em segredo esse seu dom. Ou até mesmo que ela tenha reprimido deliberadamente esse poder a tal ponto que ele tivesse se tornado inexistente ou extremamente fraco. Por mais que procuremos, nada encontramos sobre sua capacidade telepática daí em diante. As recordações que as pessoas têm dela estão relacionadas à sua inteligência serena, à sua energia infatigável e ao seu amor pela ciência e pela medicina.

— Ela era aquela menina da escola que colecionava insetos e pedras, chamando tudo por um enorme nome em latim.

— Assustadora, absolutamente assustadora – disse seu professor de química no ensino médio. – Eu não teria ficado surpreso se ela reinventasse a bomba de hidrogênio durante o lazer do fim de semana.

Dentro do Talamasca, surgiram especulações no sentido de que a repressão do poder telepático por parte de Rowan talvez estivesse relacionada à expansão do seu poder telecinético; que de algum modo ela teria redirecionado a energia; e que os dois poderes representam os dois lados de uma mesma moeda. Expressando a mesma ideia em termos diferentes, Rowan abandonou a mente para se voltar para a matéria. A ciência e a medicina se tornaram suas obsessões a partir do início da adolescência.

O único verdadeiro namorado de Rowan durante a adolescência também era inteligentíssimo e fechado. Ele parece ter sido incapaz de suportar a rivalidade com ela. Quando ela conseguiu entrar para a Universidade de Berkeley e ele não, o namoro terminou de uma forma desagradável. Os amigos culpavam o namorado. Ele mais tarde foi para o Leste e se tornou um cientista dedicado à pesquisa em Nova York.

Ele "por acaso conheceu" um dos nossos investigadores na inauguração de um museu, e a conversa foi conduzida para o tema dos paranormais e de pessoas que conseguem ler a mente. O homem falou abertamente da sua ex-namorada do tempo de colégio, que era uma paranormal. Ele ainda tinha algum ressentimento.

— Eu adorava aquela garota. Gostava mesmo dela. Seu nome era Rowan Mayfair, e ela era bem diferente. Não era bonita segundo os padrões. Mas ela era impossível. Sabia o que eu estava pensando antes mesmo que eu soubesse. Sabia se eu havia saído com outra. E ela era tão calada a esse respeito que dava para apavorar. Soube que agora é neurocirurgiã. Isso é assustador. O que vai acontecer se o paciente tiver algum pensamento negativo sobre ela antes de ser anestesiado? Será que ela não vai querer cortar aquele pensamento direto do cérebro dele?

O fato é que ninguém que falasse de Rowan chegou a mencionar qualquer mesquinhez por parte dela. Descrevem-na como uma pessoa "tremenda", exatamente como Mary Beth foi descrita um dia, mas nunca mesquinha, vingativa ou indevidamente agressiva em termos pessoais.

Na época em que Rowan entrou para a Universidade de Berkeley em 1976, ela já sabia que queria ser médica. Ela tirou "A" em todas as matérias do programa preparatório para medicina, fez cursos de verão (apesar de ainda sair frequentemente de férias com Graham e Ellie), pulou um ano inteiro e se formou em primeiro lugar em 1979. Entrou para a Faculdade de Medicina aos 20 anos, aparentemente acreditando que dedicaria sua vida à pesquisa neurológica.

Sua carreira acadêmica durante esse período foi considerada fenomenal. Muitos professores falam dela como "a maior inteligência a quem já ensinei". – Não é só que ela é inteligente. Ela usa a intuição! Faz associações espantosas. Ela não lê simplesmente um livro. Ela o devora e aparece com seis deduções diferentes a partir da teoria básica do autor com as quais o próprio autor nunca sonhou.

– Os alunos apelidaram ela de Dra. Frankenstein em virtude da sua conversa sobre transplantes de cérebros e sobre a criação de cérebros inteiros a partir de pedaços. Mas o ponto principal com Rowan é que ela é um ser humano. Nenhuma necessidade de se preocupar com uma inteligência sem emoção.

– Ah, Rowan. Se eu me lembro de Rowan? Você deve estar brincando! Rowan podia estar dando a aula no meu lugar. Quer saber uma história engraçada? Mas não vá me contar isso para mais ninguém! Eu precisei sair da cidade no final do semestre e dei a Rowan os trabalhos da turma inteira para ela corrigir. Ela deu notas para sua própria turma! Bem, se alguém souber disso, estou acabado, mas foi um acordo, sabe? Ela queria a chave do laboratório para usá-lo no período do Natal. E eu sugeri que corrigisse os trabalhos. E o pior de tudo é que foi a primeira vez que nenhum aluno sequer se queixou de uma nota. Rowan, gostaria de poder me esquecer dela. Gente como Rowan faz com que o resto de nós se considere uns idiotas.

– Ela não é inteligente. É isso o que as pessoas acham, mas a questão é outra. Ela é uma espécie de mutante. Não, estou falando sério. Ela consegue examinar os animais das pesquisas e dizer o que vai acontecer com eles. Costumava pôr as mãos neles e dizer: "Esse medicamento não vai resolver." Vou dizer mais uma coisa que ela fazia. Ela conseguia curar aqueles bichinhos. Conseguia, sim. Um dos médicos mais antigos me disse uma vez que, se ela não prestasse atenção, Rowan poderia prejudicar as experiências com seu poder de cura. E acredito. Saí com ela uma vez, e ela não me curou de nada não, mas, cara, como era quente. Estou falando quente mesmo. Foi como fazer amor com uma pessoa com febre. E é isso o que se diz das curandeiras, sabe, das que foram estudadas. Dá para se sentir um calor que emana das suas mãos. Acredito nisso. Só acho que ela não devia ter optado pela cirurgia. Deveria ter escolhido a oncologia. Nessa especialidade, ela realmente poderia ter curado as pessoas. A cirurgia? Qualquer um pode cortar os outros.

(Permitam-nos acrescentar que esse médico é ele próprio um oncologista, e que é frequente que médicos não cirurgiões teçam comentários extremamente pejorativos sobre os cirurgiões, chamando-os de encanadores e termos semelhantes. Os cirurgiões, por seu lado, fazem observações de igual teor depreciativo a respeito dos não cirurgiões, dizendo coisas como "tudo o que eles fazem é preparar os pacientes para nós".)

O PODER DE ROWAN PARA A CURA

Assim que Rowan entrou para o hospital como interna (no seu terceiro ano da Faculdade de Medicina), relatos acerca dos seus poderes para a cura e para o diagnóstico se tornaram tão comuns que os nossos investigadores podiam escolher à vontade o que queriam anotar.

Em suma, Rowan é a primeira bruxa Mayfair a ser descrita como curandeira desde Marguerite Mayfair em Riverbend, antes de 1835.

Praticamente qualquer enfermeira a quem se tenham feito perguntas sobre Rowan tem alguma história "fantástica" para contar. Rowan diagnosticava qualquer coisa. Rowan sabia exatamente o que fazer. Rowan remendava pessoas que pareciam estar prontas para o necrotério.

– Ela consegue sustar hemorragias. Eu a vi fazendo isso. Ela segurou a cabeça de um menino e olhou para o seu nariz. "Pare", sussurrou ela. Eu a ouvi. E depois disso o menino simplesmente não sangrou mais.

Seus colegas mais céticos, incluindo-se aí alguns médicos e médicas, atribuem suas realizações ao "poder da sugestão".

– Ora, ela praticamente recorre ao vodu, sabe, quando diz a um paciente, que agora vamos fazer essa dor parar! É claro que a dor para. Ela hipnotizou o paciente.

Enfermeiras negras mais antigas no hospital sabem que Rowan tem "o poder", e às vezes lhe pedem abertamente que "ponha as mãos" sobre elas quando estão sofrendo de uma crise de artrite ou outras dores desse tipo. Elas têm total confiança em Rowan.

– Ela olha nos olhos da gente e diz para a gente falar onde é que dói. Ela esfrega o lugar com as mãos, e *não dói mais!*. É a pura verdade!

Na opinião geral, Rowan parece ter adorado trabalhar no hospital e ter passado por um conflito imediato entre sua devoção ao laboratório e seu entusiasmo recém-descoberto pelas enfermarias.

– Dava para se ver a cientista pesquisadora sendo seduzida! – comentou com tristeza uma das suas professoras. – Eu sabia que nós a estávamos perdendo. E, quando ela pisou na sala de cirurgia, aí tudo se acabou. Por mais que digam que as mulheres são emotivas demais para serem neurocirurgiãs, ninguém jamais diria uma coisa dessas de Rowan. Ela tem as mãos mais frias da especialidade.

(Observem a coincidência do uso de "frio" e "quente" com referência às mãos.)

Há indícios de que a decisão de Rowan de abandonar a pesquisa pela cirurgia teria sido difícil, se não traumática. Durante o outono de 1983, ela parece ter passado um tempo considerável com um certo Dr. Karl Lemle, do Instituto Keplinger de San Francisco, que estava pesquisando curas para a doença de Parkinson.

Rumores no hospital davam conta de que o Dr. Karl Lemle estaria tentando atrair Rowan, tirando-a do hospital universitário, com um salário altíssimo e condições ideais de trabalho, mas que ela não se sentia pronta para deixar o setor de emergência, a sala de cirurgia ou as enfermarias.

Durante o Natal de 1983, Rowan parece ter tido uma séria desavença com Lemle e, daí em diante, ela não atendeu mais seus telefonemas. Ou pelo menos era o que todos diziam no hospital universitário durante os meses seguintes.

Nunca pudemos saber o que aconteceu entre Rowan e Lemle. Aparentemente, Rowan aceitou um encontro para almoço com ele na primavera de 1984. Testemunhas viram os dois na lanchonete do hospital, onde se envolveram numa grande discussão. Uma semana mais tarde, Lemle deu entrada no hospital particular do Keplinger, tendo sofrido um pequeno derrame. Seguiu-se um outro, mais outro, e um mês depois ele estava morto.

Alguns dos colegas de Rowan lhe fizeram críticas severas pelo fato de não ter ido visitar Lemle. O assistente de Lemle, que mais tarde assumiu seu posto no Instituto, disse a um dos nossos detetives que Rowan era extremamente competitiva e que invejava seu chefe. Isso parece improvável.

Ninguém que tenha chegado ao nosso conhecimento associou a morte de Lemle a Rowan. Nós, no entanto, fizemos essa associação.

Independentemente do que possa ter acontecido entre Rowan e seu guru – costumava descrevê-lo assim antes da desavença –, ela passou a se dedicar à neurocirurgia pouco depois de 1983 e começou a operar exclusivamente cérebro após completar sua residência em 1985. No momento em que escrevo, ela está terminando sua residência de especialização em neurocirurgia. Ela sem dúvida obterá seu registro no conselho e provavelmente será contratada como médica-assistente do hospital universitário ainda este ano.

O histórico de Rowan como neurocirurgiã até o presente momento – embora ela ainda seja residente e opere oficialmente sob a supervisão do assistente – é tão exemplar quanto seria de se esperar.

São inúmeras as histórias de vidas que ela salvou na mesa de operações, da sua excepcional capacidade para saber ainda no setor de emergência se uma cirurgia irá ou não salvar um paciente, das vezes em que ela consertou ferimentos de machados, tiros e fraturas de crânio resultantes de quedas ou de acidentes automobilísticos, de como ela operou dez horas seguidas sem desmaiar, do seu jeito sereno e eficaz de tratar internos assustados e enfermeiras irritadiças, bem como da censura de colegas e administradores que a aconselham de vez em quando a se arriscar menos.

Rowan, a que faz milagres, passou a ser uma forma comum de se referir a ela. Apesar do seu sucesso como residente na cirurgia, as pessoas continuam a gostar muito de Rowan. Ela é uma médica com a qual os outros podem contar. Da mesma forma, ela consegue despertar uma dedicação extraordinária nas enfermeiras com quem trabalha. Na realidade, seu relacionamento com essas mulheres (existem alguns enfermeiros do sexo masculino, mas as mulheres ainda predominam na profissão) é tão excepcional que exige uma explicação.

E a explicação parece ser a de que Rowan se esforça ao máximo para criar um relacionamento pessoal com as enfermeiras e que, de fato, ela demonstra a mesma empatia extraordinária com relação aos problemas pessoais dessas profissionais que demonstrava para com suas professoras anos antes. Embora nenhuma dessas enfermeiras relate incidentes envolvendo telepatia, elas afirmam repetidamente que Rowan parece saber quando elas não estão bem, parece se solidarizar com suas dificuldades em família e que Rowan sempre encontra uma forma de expressar sua gratidão por serviços especiais, e isso vindo de uma médica intransigente que espera da sua equipe o mais alto nível de desempenho.

A conquista das enfermeiras da sala de cirurgia por parte de Rowan, incluindo-se aquelas famosas por não cooperarem com mulheres cirurgiãs, é uma espécie de lenda no hospital. Enquanto outras cirurgiãs são criticadas por "serem implicantes", por agirem "com excesso de superioridade" ou por serem "simplesmente insolentes" – comentários que parecem refletir um preconceito considerável, no final das contas –, as mesmas enfermeiras falam de Rowan como se fosse um anjo.

– Ela nunca grita ou tem um ataque, como os homens fazem. Ela é boa demais para isso.

– Ela é tão franca quanto um homem.

– Eu prefiro trabalhar ali com ela a com alguns desses médicos, isso eu posso afirmar.

– É lindo trabalhar com ela. Ela é o que há de melhor. Adoro só vê-la trabalhando. É como um artista.

– Ela é a única médica que eu deixaria um dia abrir minha cabeça, posso garantir.

Para colocar essas declarações numa perspectiva mais clara, ainda estamos vivendo num mundo em que as enfermeiras da sala de cirurgia às vezes se recusam a entregar os instrumentos a cirurgiãs; e em que os pacientes no setor de emergência se recusam a receber tratamento de médicas e insistem em que jovens internos os atendam enquanto médicas mais velhas, mais preparadas e mais competentes são forçadas a ceder lugar e ficar observando.

Rowan parece ter ultrapassado totalmente esse tipo de preconceito. Se existe alguma queixa contra ela entre os membros da sua profissão, é a de que é calada demais. Ela não fala o suficiente sobre o que está fazendo para os médicos mais novos que precisam aprender com ela. É muito difícil para ela. No entanto, ela se esforça ao máximo.

A partir de 1984, parecia ter escapado incólume da maldição da família Mayfair, sem ser atingida pelas experiências medonhas que perseguiram sua mãe e sua avó, e estar a caminho de uma carreira brilhante.

Uma investigação exaustiva da sua vida não havia descoberto nenhum indício da presença de Lasher ou na realidade nenhuma ligação entre Rowan e fantasmas, espíritos ou assombrações.

E seus fortes poderes para a telepatia e para a cura pareciam ter sido aplicados numa atividade extraordinariamente produtiva, sua carreira como cirurgiã.

Embora todos à sua volta a admirassem por seus dons excepcionais, ninguém a considerava "estranha" ou "esquisita" sob nenhum aspecto ligado ao sobrenatural. Como disse um médico, ao lhe pedirem que explicasse a reputação de Rowan.
– Ela é um gênio. O que mais se pode dizer?

DESCOBERTAS RECENTES

Existem, porém, mais elementos na história de Rowan que só se revelaram nos últimos anos. Uma parte dessa história é exclusivamente pessoal e não diz respeito ao Talamasca. A outra parte nos alarmou muito além das nossas expectativas mais fantasiosas quanto ao que pode acontecer a Rowan no futuro.

Permitam-nos tratar em primeiro lugar da parte insignificante.

Em 1985, a total inexistência de uma vida social por parte de Rowan despertou nossa curiosidade. Pedimos aos nossos detetives que intensificassem sua vigilância.

Em poucas semanas, eles descobriram que Rowan, longe de não ter vida social, tem uma vida social de uma natureza muito específica, que inclui homens muito viris da classe operária, que ela conhece de vez em quando em qualquer um de quatro bares de San Francisco que frequenta.

Entre esses homens predominam os bombeiros ou os policiais fardados. Eles são invariavelmente solteiros. Têm sempre uma belíssima aparência e o corpo extremamente bem-feito. Rowan os recebe apenas no *Sweet Christine,* no qual às vezes saem para o mar e outras permanecem atracados. E ela raramente vê qualquer um deles mais de três vezes.

Embora Rowan seja discreta e reservada, ela foi alvo de alguns comentários nos bares que frequenta. Pelo menos dois homens ficaram melindrados com sua inevitável rejeição e falaram abertamente com nossos investigadores, mas ficou evidente que eles não sabiam quase nada a respeito dela. Achavam que ela era uma "menina rica de Tiburon", que os havia desprezado ou que os havia usado. Não faziam a menor ideia de que fosse médica. Um deles descreveu repetidamente o *Sweet Christine* como "o barco extravagante do papai".

Outros homens que conheceram Rowan foram mais objetivos.

– Ela é um lobo solitário. Só isso. Na verdade, eu gostei. Ela não queria nenhum compromisso. Eu também não. Talvez eu quisesse estar com ela mais uma vez ou duas, mas isso tem de ser de interesse mútuo. Eu a compreendo. Ela é uma moça instruída que gosta de homens à antiga.

Uma investigação superficial de doze homens diferentes vistos deixando a casa de Rowan entre 1986 e 1987 indicou que todos eram bombeiros ou policiais extremamente respeitados, alguns com fichas excelentes e condecorações. Todos eram considerados "caras legais" pelos seus colegas e futuras namoradas.

Investigações mais profundas também confirmaram que os pais de Rowan conheciam sua preferência por esse tipo de homem desde antes de se formar na faculdade. Graham comentou com uma secretária que Rowan se recusava até a falar com um rapaz de nível superior de instrução. Que ela só saía com "uns caras estranhos, de peito peludo" e que um dia desses ela ia descobrir que esses idiotas eram perigosos.

Ellie também mencionou sua preocupação com as amigas.

– Ela diz que eles todos são policiais e bombeiros, e que esse tipo de homem só salva vidas. Acho que ela não sabe o que está fazendo. Mas, desde que não se case com um deles, acho que tudo bem. Você precisava ver o que ela trouxe para casa ontem à noite. Eu o vi de relance no deque lateral. Uns cabelos ruivos lindos e sardas. O policial irlandês mais bonitinho que já se viu.

No pé em que estão as coisas agora, interrompi essa investigação. Creio que não temos nenhum motivo para pesquisar mais esse aspecto da vida de Rowan. E, na realidade, os bares em que ela conhece policiais e bombeiros são tão poucos que fazer perguntas a seu respeito no fundo viola a sua privacidade, ao chamar a atenção para sua pessoa. E em alguns casos nossas perguntas estimularam conversas bastante degradantes por parte de homens grosseiros, que dela não sabiam nada, mas que alegavam ter ouvido de uma outra pessoa esse ou aquele detalhe vulgar.

Não creio que esse aspecto da vida de Rowan seja da nossa conta, a não ser para salientar que seu gosto parece ser semelhante ao de Mary Beth Mayfair, e que um estilo desses de contatos aleatórios e limitados reforça a ideia de que ela é um ser solitário e um mistério para todos os que a conhecem. É óbvio que ela não fala de si mesma com esses parceiros sexuais. Talvez ela não consiga falar de si mesma com ninguém, e isso pode ser uma das chaves para a compreensão das suas compulsões e ambições.

O PODER TELECINÉTICO DE ROWAN

O outro aspecto da vida de Rowan, descoberto apenas recentemente, é muito mais importante e representa um dos capítulos mais perturbadores em toda a história da família Mayfair. Nós estamos somente agora começando a documentar esse segundo aspecto misterioso de Rowan e nos sentimos forçados a prosseguir nossas investigações e a considerar a possibilidade de um contato com Rowan no futuro próximo, embora tenhamos uma profunda preocupação com o fato de estarmos interferindo na sua ignorância quanto aos seus antecedentes familiares. E não podemos em sã consciência entrar em contato com ela sem perturbar essa ignorância. A responsabilidade envolvida é imensa.

Em 1988, quando Graham Franklin morreu de hemorragia cerebral, nosso investigador na área nos mandou uma breve descrição do ocorrido, acrescentando somente alguns detalhes, em especial que o homem morreu nos braços de Rowan.

Como sabíamos da profunda dissensão entre Graham Franklin e sua mulher prestes ao fim, Ellie, lemos esse relato com alguma reserva. Seria possível que Rowan tivesse de alguma forma provocado a morte de Graham? Estávamos curiosos por saber.

À medida que nossos detetives iam procurando maiores informações sobre o plano de Graham no sentido de se divorciar, eles entraram em contato com a amante dele, Karen Garfield, e com o tempo informaram que Karen havia sofrido vários ataques cardíacos. Eles, então, relataram sua morte, dois meses após a morte de Graham.

Sem dar absolutamente nenhuma importância ao fato, eles também haviam nos informado de um encontro entre Rowan e Karen no dia em que Karen foi levada às pressas para o hospital com seu primeiro ataque.

– Você é um cara legal. Gostei de você – havia dito Karen ao nosso investigador apenas horas depois de estar com Rowan. Ela na realidade estava conversando com ele quando teve de interromper a conversa por não estar passando bem.

Os investigadores não fizeram a associação, mas nós fizemos. Karen Garfield tinha somente 27 anos. Os registros da sua autópsia, que obtivemos com bastante facilidade, indicaram que ela aparentemente sofria de uma fraqueza congênita do músculo cardíaco e de uma fraqueza congênita da parede da artéria. Ela sofreu uma hemorragia na artéria seguida de colapso cardíaco; e, depois do dano inicial ao músculo cardíaco, ela simplesmente não conseguiu se recuperar. Colapsos cardíacos subsequentes a debilitaram aos poucos até ela afinal falecer.

Somente um transplante poderia ter sido sua salvação e, como Karen tinha um tipo sanguíneo raro, ele ficou fora de cogitação. Além do mais, não havia tempo para isso.

O caso nos pareceu muito estranho, especialmente tendo em vista que a saúde de Karen nunca lhe havia causado preocupações antes. Quando estudamos a autópsia de Graham, descobrimos que ele também havia morrido de um aneurisma ou enfraquecimento da parede da artéria. Uma forte hemorragia interna o matou quase instantaneamente.

Demos ordens aos nossos investigadores para que voltassem a examinar a vida de Rowan com a maior profundidade possível, à procura de quaisquer mortes súbitas em decorrência de colapso cardíaco, acidente cerebrovascular ou qualquer outro caso de trauma interno. Resumindo, isso significava fazer uma série de perguntas despreocupadas e discretas a professores que pudessem se lembrar de Rowan e dos seus colegas de turma, bem como a estudantes da Universidade de Berkeley ou do hospital universitário que pudessem se lembrar de um acontecimento dessa natureza. Nada de tão fácil, mas mais fácil do que as pessoas não familiarizadas com os nossos métodos possam imaginar.

Na verdade, eu esperava que a investigação não revelasse nada.

As pessoas que possuem esse tipo de poder telecinético – o poder de provocar graves danos internos – são praticamente inexistentes, mesmo nos anais do Talamasca. E sem dúvida nós nunca havíamos visto ninguém na família Mayfair que pudesse causar a morte com esse tipo de força.

Muitos integrantes da família Mayfair moviam objetos, batiam portas, faziam com que as janelas tremessem. Mas em quase todos os casos, poderia ter sido pura bruxaria, ou seja, a manipulação de Lasher ou de outros espíritos inferiores, em vez de telecinesia pura. E se fosse telecinesia seria do tipo corriqueiro, nada mais do que isso.

Na verdade, a história da família Mayfair era uma história de bruxaria, com apenas leves toques de telepatia, poderes de cura ou outras capacidades paranormais acrescidos a ela.

Nesse meio-tempo, estudei todas as informações que tínhamos sobre Rowan. Eu não podia deixar de acreditar que Deirdre Mayfair ficaria feliz se lesse essa história, se pudesse saber que sua filha era tão profundamente admirada e tão realizada em tudo o que fazia. Jurei a mim mesmo nunca fazer nada que pudesse perturbar a felicidade ou a paz de espírito de Rowan Mayfair. Se a história da família Mayfair, como a conhecíamos e a compreendíamos, ia se encerrar na figura liberada de Rowan, nós só podíamos nos alegrar por ela e não devíamos fazer nada para afetar a história sob nenhum aspecto.

Afinal de contas, um ínfimo fragmento de informação do passado poderia mudar o curso da vida de Rowan. Não podíamos nos arriscar a fazer uma intervenção dessas. Eu acreditava de fato que tínhamos de estar preparados para encerrar o arquivo sobre Rowan, e sobre as Bruxas Mayfair, assim que Deirdre falecesse. Por outro lado, tínhamos de nos preparar para fazer alguma coisa se, quando Ellie morresse, Rowan voltasse a Nova Orleans para descobrir seu passado.

Duas semanas após o enterro de Ellie, sabíamos que Rowan não pretendia voltar. Ela acabava de começar seu último ano de residência em neurocirurgia e seria impossível arranjar tempo para a viagem. Além disso, nossos investigadores haviam descoberto que Ellie havia pedido a Rowan que assinasse um documento em que jurava formalmente nunca ir a Nova Orleans ou procurar saber quem eram seus verdadeiros pais. Rowan havia assinado o documento. Não havia nenhum indício de que ela não pretendesse honrá-lo.

Talvez ela nunca pusesse os olhos na casa da First Street. Talvez, de algum modo, "a maldição" fosse interrompida. E Carlotta Mayfair sairia, afinal, vitoriosa.

Por outro lado, era cedo demais para se saber. E o que iria impedir Lasher de se mostrar a essa jovem altamente paranormal que conseguia ler o pensamento dos outros talvez com maior precisão do que sua mãe ou do que sua avó, e cuja enorme força e ambição repercutiam a de antepassados como Marie Claudette, Julien ou Mary Beth, de quem ela nada sabia, mas sobre quem ela poderia em breve descobrir muitas coisas.

Enquanto eu fazia essas ponderações, eu também me flagrei pensando em Petyr van Abel, Petyr, cujo pai havia sido um grande cirurgião e anatomista em Leiden, com seu nome nos livros de história até os nossos dias. Eu ansiava por poder dizer a Rowan Mayfair: "Está vendo esse nome? O desse médico holandês famoso por seus estudos de anatomia? Ele é um antepassado seu. Seu sangue e seu talento talvez tenham chegado até você por meio de todos esses anos e essas gerações."

Eram esses os meus pensamentos quando no outono de 1988 nossos detetives começaram a nos informar de descobertas espantosas relacionadas a mortes traumáticas no passado de Rowan. Aparentemente, uma menina que brigava com Rowan no pátio em San Francisco havia sofrido uma violenta hemorragia cerebral, morrendo a poucos metros de Rowan, que estava histérica, antes mesmo que uma ambulância pudesse ser chamada.

Depois, em 1974, quando Rowan era adolescente, ela foi salva de uma agressão por parte de um estuprador condenado quando o homem sofreu um ataque cardíaco fatal enquanto Rowan lutava para escapar das suas mãos.

Em 1984, na tarde em que se queixou pela primeira vez de uma dor de cabeça fortíssima, o Dr. Karl Lemle, do Instituto Keplinger, disse à sua secretária, Berenice, que tinha acabado de encontrar Rowan por acaso e que não compreendia a animosidade que ela demonstrava com relação a ele. Ficou tão furiosa quando ele tentou falar com ela que se recusou a cumprimentá-lo diante dos outros médicos no hospital universitário. Na verdade, ela lhe havia provocado uma terrível dor de cabeça. Ele precisava tomar uma aspirina. Naquela noite, ele foi hospitalizado devido à primeira de uma série de hemorragias e morreria em questão de semanas.

Isso representava cinco mortes por acidente cardiovascular ou cerebrovascular entre pessoas íntimas de Rowan. Três dessas pessoas haviam morrido na sua presença. Duas haviam estado com ela horas antes de adoecerem.

Instruí meus detetives a fazerem uma verificação exaustiva de cada um dos colegas de trabalho e de estudo de Rowan e a verificarem cada um desses nomes nos registros de óbitos de San Francisco e da cidade de nascimento de cada um. É claro que a tarefa levaria meses.

No entanto, algumas semanas depois, eles se depararam com mais uma morte. Foi Owen Gander quem me ligou, um homem que trabalha diretamente com o Talamasca há vinte anos. Ele não é membro da Ordem, mas visitou a casa-matriz; é um dos nossos confidentes mais fiéis e um dos melhores investigadores que temos.

Foi o seguinte o seu relatório. Na Universidade de Berkeley em 1978, Rowan teve uma terrível discussão com uma colega em virtude de algum trabalho no laboratório. Rowan achou que a outra havia mexido propositadamente no seu equipamento. Rowan perdeu o controle – algo extremamente raro de ocorrer –, jogou uma peça do equipamento no chão e voltou as costas para a garota, que começou a ridicularizar Rowan até outros alunos interferirem insistindo para que ela parasse.

A aluna foi para casa naquela noite em Palo Alto, Califórnia, já que as férias de primavera começavam no dia seguinte. Antes do final das férias, ela havia morrido de hemorragia cerebrovascular. Não havia o menor indício de que Rowan *soubera*.

Quando li essas palavras, liguei imediatamente para Gander, de Londres.

– O que o faz pensar que Rowan não soube? – perguntei.

– Nenhum dos seus colegas soube. Depois que eu descobri a morte da moça nos óbitos de Palo Alto, fiz uma pesquisa sobre ela com amigos de Rowan. Todos se lembravam da briga, mas ninguém sabia o que aconteceu depois com a colega. Não houve um único que soubesse. Perguntei diretamente. "Nunca mais a vi." "Acho que largou a faculdade." "Nunca a conheci muito bem. Não sei o que aconteceu com ela. Pode ser que tivesse voltado para Stanford." E é isso aí. Berkeley é uma universidade enorme. Poderia ter acontecido exatamente assim.

Aconselhei, então, ao investigador que prosseguisse com a máxima discrição e descobrisse se Rowan tinha conhecimento do que havia acontecido com a amante de Graham, Karen Garfield.

– Ligue para ela em alguma hora da noite. Peça para falar com Graham Franklin. Quando ela lhe disser que Graham morreu, explique que você está à procura de Karen Garfield. Tente incomodá-la o mínimo possível e não fique muito tempo na linha.

Na noite seguinte, o investigador ligou de volta.

– Você tem razão.

– Sobre o quê?

– Ela não sabe o que está fazendo! Não faz a menor ideia da morte de Karen Garfield. Ela me disse que Karen morava em algum lugar na Jackson Street em San Francisco. Sugeriu que eu ligasse para a antiga secretária de Graham. Aaron, ela não sabe.

– Como pareceu sua voz?

– Exausta, ligeiramente irritada, mas educada. Ela tem realmente uma bela voz. Uma voz extraordinária. Perguntei se conhecia Karen. Eu estava mesmo forçando um pouco. Ela disse que não a conheceu de verdade, que havia sido amiga do seu pai. Acredito que estivesse sendo perfeitamente sincera!

– É, mas ela devia saber a respeito do pai adotivo e da menina no pátio da escola. E ela sem dúvida soube no caso do estuprador.

– Concordo, Aaron, mas é provável que nenhum desses tenha sido proposital. Você não percebe? Ela estava histérica quando a menininha morreu; estava histérica depois da tentativa de estupro. Quanto ao pai adotivo, ela estava fazendo tudo para ressuscitá-lo quando a ambulância chegou. Ela não sabe. Ou, se sabe, não tem controle sobre isso. Pode ser que isso a esteja deixando totalmente apavorada.

Dei instruções a Gander no sentido de que reexaminasse a questão dos rapazes com maior profundidade. Que procurasse por qualquer tipo de morte aplicável ao caso de Rowan entre policiais ou bombeiros de San Francisco ou de Marin County. Que voltasse aos bares frequentados por Rowan. Que entabulasse conversa com um ex-namorado seu, dizendo que estava à procura de Rowan Mayfair. Alguém a teria visto? Alguém a conhece? Seja discreto e procure não chamar a atenção. Mas pesquise.

Gander ligou quatro dias depois. Não havia encontrado nenhuma morte suspeita entre os rapazes das duas corporações que pudesse estar remotamente associada a Rowan. No entanto, um ponto importante havia surgido a partir da conversa do detetive no bar. Um jovem bombeiro, que confessou conhecer Rowan e gostar dela, disse que ela não era nenhum mistério para ele; que era mais como um livro aberto.

– "Ela é médica. Gosta de salvar vidas e aprecia nossa companhia porque nós fazemos o mesmo que ela."

– Rowan realmente disse isso para o rapaz?

– É, foi isso o que ela disse. Ele até fez piada sobre a história. "Imagine, eu fui para a cama com uma neurocirurgiã. Ela se apaixonou pelas minhas condecorações. Foi maravilhoso enquanto durou. Acha que, se eu salvar alguém de um prédio em chamas, ela me dá mais uma chance?" – Gander riu. – Aaron, ela não sabe. Sua obsessão é salvar vidas, e talvez ela nem saiba bem por quê.

– Ela tem de saber. É competente demais como médica para não saber – disse eu. – Lembre-se, ela é um gênio para diagnósticos. Ela deve ter sabido no caso do pai adotivo. A não ser, é claro, que estejamos redondamente enganados.

– Não estamos enganados, Aaron. O que temos nesse caso é uma brilhante neurocirurgiã, descendente de uma família de bruxas, que consegue matar com o olhar. E, até certo ponto, ela sabe disso, tem de saber e passa todos os dias da sua vida procurando compensar esse seu lado na sala de cirurgia. E, quando ela sai para se divertir, é com algum herói que acabou de salvar um menino de um sótão em chamas ou com um policial que impediu um bêbado de esfaquear a própria mulher. Ela é meio louca, essa moça. Talvez tão louca quanto todas as outras.

Em dezembro de 1988, fui à Califórnia. Eu estivera nos Estados Unidos em janeiro daquele ano para comparecer ao enterro de Nancy Mayfair, e muito me arrependi de não ter seguido até a Costa Oeste naquela ocasião para ver Rowan mesmo de relance. Mas naquela época ninguém podia imaginar que tanto Ellie quanto Graham estariam mortos dentro de seis meses.

Rowan estava agora sozinha na casa de Tiburon. Eu queria dar uma olhada nela, mesmo que fosse de longe. Eu queria fazer algum tipo de avaliação que dependia de eu vê-la em carne e osso.

A essa altura, graças a Deus, não havíamos encontrado mais nenhuma morte no passado de Rowan. No seu último ano de residência em neurocirurgia, Rowan cumpria no hospital horários impossíveis, se não desumanos, e eu descobri ser muito mais difícil conseguir um relance dela do que jamais havia imaginado. Para sair do hospital, ela tirava o carro de um estacionamento coberto e, em casa, entrava numa garagem coberta. O *Sweet Christine*, atracado quase à soleira da sua porta, ficava totalmente oculto por uma alta cerca de sequoias.

Por fim, entrei no hospital universitário, procurei a lanchonete dos médicos e fiquei por ali por perto numa pequena área para visitas durante sete horas. Ao que eu percebesse, Rowan nunca passou por ali.

Resolvi segui-la na saída do hospital, só para descobrir que não havia nenhum meio de descobrir a hora em que sairia. Sua hora de chegada era também um mistério. Não havia nenhuma forma discreta para eu insistir com alguém que me desse detalhes. Eu não podia me arriscar a ficar perambulando na área próxima às salas de cirurgia. O acesso era vedado ao público. A sala de espera para os membros da família dos pacientes submetidos a cirurgia era monitorada com rigor. E o restante do hospital me parecia um labirinto. Eu não sabia afinal o que fazer.

Fiquei consternado. Eu queria ver Rowan, mas receava perturbá-la. Não podia suportar a ideia de trazer as trevas até sua vida, de toldar aquele isolamento do passado que aparentava ter-lhe sido tão benéfico. Por outro lado, se ela realmente havia sido responsável pela morte de seis seres humanos! Bem, eu precisava vê-la antes de tomar uma decisão. Eu tinha de vê-la.

Incapaz de chegar a uma solução, convidei Gander para um drinque no hotel. Gander considerava Rowan profundamente perturbada. Ele a vinha observando esporadicamente há mais de quinze anos. A morte dos pais lhe havia tirado o entusiasmo, disse ele. E ele podia afirmar com bastante certeza que seus contatos aleatórios com os "rapazes de farda", como Gander chamava os namorados de Rowan, haviam se reduzido a nada nos últimos meses.

Eu disse a Gander que não deixaria a Califórnia sem pelo menos vê-la de vislumbre, mesmo que tivesse de ficar à espreita no estacionamento subterrâneo perto do seu carro (o pior meio possível para se conseguir ver alguém) até que ela aparecesse.

– Eu não tentaria fazer isso, meu velho – disse Gander. – Os estacionamentos subterrâneos podem ser extremamente fantasmagóricos. As pequenas antenas paranormais de Rowan irão detectá-lo de imediato. Ela pode, então, se enganar quanto à intensidade do seu interesse por ela, e você vai sentir uma súbita pontada na lateral da cabeça. Em seguida, você de repente...

– Já entendi, Owen – respondi, desanimado. – Mas eu preciso dar uma boa olhada nela em algum lugar público onde ela não perceba minha pessoa.

– Ora, faça com que isso aconteça – disse Gander. – Recorra um pouco à bruxaria. Sincronização? Não é assim que se chama?

No dia seguinte, resolvi fazer um serviço de rotina. Fui até o cemitério onde estavam enterrados Graham e Ellie para fotografar as inscrições nas lápides. Eu havia pedido duas vezes a Gander que fizesse isso, mas não sei bem como, ele nunca chegou a ir lá. Creio que ele gostava muito mais dos outros aspectos da investigação.

Enquanto eu estava lá, aconteceu uma coisa incrível. Rowan Mayfair apareceu.

Eu estava ajoelhado ao sol, fazendo algumas anotações sobre as inscrições, depois de ter tirado as fotografias, quando percebi uma moça alta de jeans e casaco desbotados, subindo a ladeira. Por um instante, ela pareceu ser apenas pernas e cabelos esvoaçantes, uma linda jovem de rosto limpo. Impossível acreditar que já tivesse 30 anos.

Pelo contrário, seu rosto praticamente não tinha rugas. Ela parecia exatamente igual às suas fotografias tiradas anos antes, e no entanto ela lembrava muito uma outra pessoa. Por um instante, essa semelhança me perturbou tanto que eu não consegui pensar em quem seria. Depois o nome da pessoa me ocorreu. Era Petyr van Abel. Rowan tinha a mesma aparência loura, de olhos claros, quase escandinava. Ela também parecia extremamente independente e forte.

Ela se aproximou do túmulo e parou a poucos metros de onde eu estava ajoelhado, obviamente fazendo anotações sobre a lápide da sua mãe adotiva.

Comecei imediatamente a falar com ela. Não consigo me lembrar exatamente do que disse. Eu estava tão agitado que não sabia o que devia dizer para explicar minha presença ali. E aos poucos pressenti o perigo, com a mesma certeza que o havia pressentido com Cortland tantos anos antes. Pressenti um perigo imenso. Na realidade, seu rosto liso com os enormes olhos cinzentos de repente parecia cheio de pura maldade. E então sua expressão ficou escondida atrás de uma muralha. Ela estava se fechando, como um gigantesco receptor que é desligado de repente e em silêncio.

Percebi com horror que eu estivera falando da sua família. Eu lhe havia dito que conhecia sua família em Nova Orleans. Essa era minha desculpa capenga para o que estava fazendo ali. Ela queria tomar um drinque? Conversar sobre velhas histórias da família? Meu Deus! E se ela aceitasse?

Mas ela não disse nada. Absolutamente nada, pelo menos não em palavras. Eu poderia ter jurado, porém, que o receptor desligado de repente estava transformado num transmissor bem sintonizado, e ela me comunicava com bastante determinação que não podia aceitar meu convite, alguma coisa sinistra, terrível e dolorosa a impedia de aceitar. Em seguida ela pareceu estar totalmente confusa, perdida na sua tristeza. De fato, raramente se é que alguma vez na minha vida percebi uma dor tão pura.

Ocorreu-me num lampejo mudo que ela sabia ter matado pessoas. Sabia que era diferente, de um jeito horrível e mortal. Ela sabia, e esse conhecimento a isolava como se ela estivesse enterrada viva dentro de si mesma.

Talvez não tivesse sido maldade o que senti apenas momentos antes. Mas não importa o que fosse, o encontro estava encerrado. Eu a estava perdendo. Ela se voltou para ir embora. Eu nunca iria saber por que ela havia vindo, o que pretendia fazer.

Imediatamente, ofereci meu cartão. Coloquei-o na sua mão, mas ela o devolveu. Não com grosseria. Apenas o devolveu. Colocou-o de volta na minha mão. Saltou dela um rancor como um feixe de luz que sai por um buraco de fechadura. Depois ela se apagou. Seu corpo ficou tenso, e ela deu a volta e foi embora.

Eu estava tão abalado que por algum tempo não consegui me mexer. Fiquei ali parado no cemitério, observando enquanto ela descia a ladeira. Vi que ela entrava num Jaguar verde. Saiu sem olhar para trás.

Eu estaria doente? Não estava sentindo uma dor forte em algum lugar? Eu estava a um passo da morte? É claro que não. Não havia acontecido nada disso. Mesmo assim, eu sabia o que ela podia fazer. Eu sabia, ela sabia e me havia contado! Mas por quê?

Na hora em que finalmente cheguei ao Campton Place Hotel em San Francisco, eu já estava completamente confuso. Resolvi que não faria mais nada por enquanto.

— Mantenha a vigilância — disse eu a Gander quando me encontrei com ele. — Chegue o mais próximo que ousar. Esteja alerta para qualquer indício de que ela esteja usando o poder. Avise-me imediatamente.

— Quer dizer que você não vai estabelecer contato?

— Por enquanto, não. Não tenho como justificá-lo. Não até que aconteça mais alguma coisa, e isso poderia ser das duas uma: ela mata mais alguém, por acidente ou por sua própria vontade; ou a mãe morre em Nova Orleans, e ela resolve voltar para lá.

— Aaron, isso é loucura! Você tem de estabelecer contato. Não pode esperar até ela voltar para Nova Orleans. Olhe, meu caro, você praticamente me contou a história inteira ao longo dos anos. E eu não quero dar a impressão de saber mais do que vocês sabem. Mas, a partir de tudo o que você me contou, essa é a paranormal mais poderosa que essa família já gerou. Quem vai negar que ela não é também uma bruxa poderosa? Quando a mãe por fim se for, por que esse espírito, Lasher, iria perder uma oportunidade dessas?

Não tive resposta, a não ser para dizer o que Owen já sabia. Não havia absolutamente nenhum vislumbre de Lasher na história da vida de Rowan.

— É porque ele está esperando a hora certa. A outra ainda está viva. Está com o colar. Quando ela morrer, porém, terão de entregá-lo a Rowan. Pelo que você me disse, é essa a lei.

Liguei para Scott Reynolds em Londres. Scott já não é mais nosso diretor, mas é, depois de mim, a pessoa mais familiarizada na Ordem com o tema das Bruxas Mayfair.

— Concordo com Owen. Você precisa estabelecer contato. Precisa mesmo. O que disse a ela no cemitério foi exatamente o que devia ter dito, e em algum nível você tem consciência disso. Foi por isso que lhe falou da família. Foi por isso que lhe ofereceu o cartão. Converse com ela. É o que tem de fazer.

– Não, não concordo com vocês. Não há justificativa.

– Aaron, essa mulher é uma médica conscienciosa e no entanto sai matando as pessoas! Você acha que ela quer que esse tipo de coisa aconteça? Por outro lado...

– ... O quê?

– Se ela realmente sabe, esse contato poderá ser perigoso. Devo confessar que não sei como me sentiria a respeito de toda essa história se estivesse aí, no seu lugar.

Refleti muito. Resolvi que não entraria em contato com ela. Tudo o que Owen e Scott me haviam dito era verdade. Mas não passava de conjecturas. Nós não sabíamos se Rowan algum dia havia matado alguém de propósito. Era possível que ela não fosse responsável pelas seis mortes.

Não tínhamos como saber se ela algum dia poria as mãos no colar de esmeralda. Não sabíamos se ela um dia voltaria a Nova Orleans. Não sabíamos se os poderes de Rowan incluíam a capacidade de ver um espírito ou de ajudar Lasher a se materializar... É, mas é claro que podíamos muito bem supor que Rowan pudesse fazer tudo isso... Mas era essa exatamente a questão. Tratava-se de conjecturas. Nada mais do que conjecturas.

E aqui estava essa médica esforçada, salvando vidas diariamente num hospital de uma grande cidade. Uma mulher que não havia sido sequer tocada pelas trevas em que a casa da First Street se encontrava. É verdade que ela dispunha de um poder medonho e que poderia voltar a usá-lo, proposital ou acidentalmente. Se isso acontecesse, só então eu estabeleceria contato.

– Ah, já entendi, você quer mais um corpo no necrotério – brincou Owen.

– Não acredito que apareça mais um – disse eu, irritado. – Além do mais, se ela não sabe o que está fazendo, por que iria acreditar em nós? – Conjecturas – disse Owen. – Como tudo o mais.

RESUMO

Até janeiro de 1989, não houve nenhuma associação do nome de Rowan com outras mortes suspeitas. Pelo contrário, ela vem trabalhando incansavelmente no hospital universitário, "fazendo milagres", e tem toda a probabilidade de ser nomeada médica-assistente na neurocirurgia antes do final do ano.

Em Nova Orleans, Deirdre Mayfair continua sentada na sua cadeira de balanço, com os olhos fixos no jardim abandonado. A última aparição de Lasher, "um belo rapaz parado de pé ao seu lado", foi comunicada há duas semanas.

Carlotta Mayfair está chegando aos 90 anos. Seu cabelo está totalmente branco, embora o penteado não tenha se alterado nos últimos cinquenta anos. Sua pele é opaca, e seus tornozelos aparecem permanentemente inchados acima dos sapatos simples de couro preto. Sua voz, porém, continua firme. E ela ainda comparece ao escritório todas as manhãs, trabalhando lá quatro horas. Às vezes, ela almoça com os advogados mais novos antes de tomar o táxi de sempre de volta a casa.

Aos domingos, ela caminha até a capela de Nossa Senhora do Perpétuo Socorro para assistir à missa. Outros paroquianos já se ofereceram para levá-la de automóvel à missa e, na realidade, a qualquer outro lugar que ela gostaria de ir. Mas ela responde que gosta de caminhar. Que precisa do ar puro. Que isso a mantém em boas condições de saúde.

Quando a irmã Bridget Marie faleceu, no outono de 1987, Carlotta compareceu à cerimônia fúnebre com seu sobrinho (na verdade, seu primo) Gerald Mayfair, um bisneto de Clay Mayfair. Dizem que ela gosta de Gerald. Dizem que ela tem medo de não conseguir viver o suficiente para ver Deirdre em paz. Talvez Gerald tenha de cuidar de Deirdre quando Carlotta se for.

Ao que saibamos, Rowan não conhece nenhuma dessas pessoas. Atualmente, ela não sabe sobre sua família nada além do que sabia quando era pequena.

— Ellie tinha tanto medo de que Rowan procurasse descobrir quem eram seus pais verdadeiros — disse uma amiga recentemente a Gander. — A impressão que eu tenho é que se trata de uma história horrível. Mas Ellie nunca se dispunha a falar nela, a não ser para dizer que Rowan precisava ser protegida do passado, a qualquer custo.

Eu me contento em manter vigilância e esperar.

A minha sensação, talvez irracional, é a de que isso eu devo a Deirdre. É para mim líquido e certo que ela não queria renunciar a Rowan. Não há a menor sombra de dúvida de que ela teria desejado para a filha uma vida normal. Há ocasiões em que eu me sinto tentado a destruir nosso arquivo sobre as Bruxas Mayfair. Será que alguma outra história nos envolveu em tanta violência e tanta dor? É claro que uma atitude dessas é impensável. O Talamasca jamais permitiria. E jamais perdoaria, se eu agisse à sua revelia.

Ontem à noite, depois de terminar meu rascunho final desse resumo, sonhei com Stuart Townsend, a quem vi apenas uma vez quando era menino. No sonho, ele estava no meu quarto e conversava comigo há horas. No entanto, quando acordei, só consegui recordar suas últimas palavras.

— Você entende o que eu estou dizendo? É tudo planejado! — Ele estava tremendamente irritado comigo.

— Não entendo! — disse em voz alta quando acordei. Na verdade, foi o som da minha voz que me acordou. Fiquei pasmo ao descobrir que estava num quarto vazio, que estivera sonhando, que Stuart não estava realmente ali.

Não entendo. Essa é a pura verdade. Não sei por que Cortland tentou me matar. Não sei por que um homem daqueles chegaria a um extremo tão medonho. Não sei o que realmente aconteceu a Stuart. Nem mesmo sei por que Stella estava tão desesperada para que Arthur Langtry a levasse embora. Não sei o que Carlotta fez com Antha ou se Cortland foi o pai de Stella, de Antha e do bebê de Deirdre. Simplesmente não entendo!

Existe, porém, um ponto sobre o qual tenho certeza. Um dia, independentemente do que tenha prometido a Ellie Mayfair, Rowan pode voltar para Nova Orleans. E, se ela o fizer, vai querer algumas respostas. Dezenas e mais dezenas de respostas. E eu receio que atualmente eu seja o único – nós do Talamasca somos os únicos – que tenha condições de reconstituir para ela essa triste história.

Aaron Lightner,
Talamasca
Londres
15 de janeiro de 1989

26

E aquilo continuava sem parar, exótico e irreal na sua estranheza, um ritual de algum outro povo, esquisito e de uma beleza sinistra, à medida que toda aquela gente se derramava até o ar quente lá fora e depois entrava numa frota de limusines que os levava silenciosamente por ruas estreitas, lotadas, nuas de árvores.

Diante de uma alta igreja de tijolos, a da Assunção de Santa Maria, a longa fila de carros reluzentes e lentos foi parando, esquecida dos prédios abandonados da escola com suas janelas quebradas e do mato a brotar vitorioso em cada fenda e rachadura.

Carlotta estava parada na escadaria da igreja, alta, rígida, com a mão magra cheia de manchas segurando firme a curva da sua lustrosa bengala de madeira. Ao seu lado, um homem atraente, de cabelos brancos e olhos azuis, talvez não muito mais velho do que Michael, que a velha dispensou com um gesto frágil enquanto acenava para Rowan acompanhá-la.

O homem mais velho recuou para ficar com o jovem Pierce, depois de apertar rapidamente a mão de Rowan. Havia algo de furtivo no seu jeito de sussurrar seu nome, "Ryan Mayfair", enquanto olhava ansioso para a velha. Rowan compreendeu que ele era o pai do jovem Pierce.

E entraram todos na imensa nave da igreja, todo o grupo acompanhando o caixão na sua mesa com rodinhas. Os passos ecoavam suaves e altos sob os graciosos arcos góticos, com a luz batendo brilhante nas magníficas janelas de vitral e nas estátuas dos santos delicadamente pintadas.

Raras vezes, mesmo na Europa, ela havia visto tanta elegância e grandiosidade. As palavras de Michael voltaram vagamente à sua lembrança: algo sobre a velha paróquia da sua infância, sobre as igrejas lotadas que eram grandes como catedrais. Teria sido esse o lugar?

Devia haver umas mil pessoas ali reunidas agora, crianças com seus gritos agudos antes que as mães as calassem e as palavras do padre reverberando no amplo vazio como se fossem uma canção.

A velha de costas rígidas ao seu lado não lhe dizia nada. Nas suas mãos definhadas, frágeis, ela segurava com maravilhosa destreza um livro pesado, cheio de imagens coloridas dos santos. Seus cabelos brancos, puxados para trás num coque, pareciam grossos e pesados junto à cabeça pequena, abaixo do seu chapéu preto de feltro sem abas. Aaron Lightner ficou lá atrás, nas sombras, junto às portas da frente, embora Rowan tivesse preferido que ele se sentasse ao seu lado. Beatrice Mayfair chorava baixinho no segundo banco. Pierce estava do outro lado de Rowan, de braços cruzados, olhando sonhador para as imagens do altar, para os anjos pintados lá no alto. Seu pai parecia ter caído no mesmo tipo de transe, apesar de uma vez ele ter se virado e fixado seus penetrantes olhos azuis em Rowan, deliberadamente e sem constrangimento.

Eles se levantaram às centenas para receber a comunhão, os velhos, os moços e as criancinhas. Carlotta recusou ajuda ao se dirigir até a frente e depois voltar ao seu lugar, com a ponta de borracha da sua bengala batendo surda no chão. Deixou-se então cair no banco, com a cabeça baixa, enquanto dizia suas preces. Ela estava tão magra que o terno escuro de gabardine parecia vazio, como um traje num cabide, sem nenhum contorno de um corpo dentro dele. Suas pernas pareciam gravetos enfiados nos grossos sapatos de cadarço.

O cheiro de incenso subiu do turíbulo de prata enquanto o padre circundava o caixão. Afinal, a procissão saiu para a frota que aguardava na rua sem árvores. Dezenas de pequenas crianças negras, algumas descalças, algumas sem camisa, olhavam das calçadas quebradas diante de um ginásio esportivo abandonado, em péssimo estado. Mulheres negras estavam paradas de braços cruzados e cara amarrada, ao sol.

Será que isso aqui era mesmo nos Estados Unidos da América?

Em seguida, a caravana mergulhou, um veículo quase grudado ao da frente, pelas densas sombras do Garden District, com dezenas de pessoas a acompanhando a pé, as crianças saltitando à frente, todos avançando por aquela profunda luz verde.

O cemitério murado era uma verdadeira cidade de túmulos com telhados em cumeeira, alguns com seus próprios jardins minúsculos, com os caminhos passando de um lado para o outro por essa cripta em ruínas ou por esse grande monumento aos bombeiros de uma outra era, aos órfãos desse ou daquele orfanato, ou aos ricos que tinham o dinheiro e o tempo para mandar gravar poesia nessas lápides, palavras agora cheias de pó e em lento desgaste.

O próprio jazigo da família Mayfair era enorme e cercado de flores. Uma pequena cerca de ferro encerrava a pequena construção, com urnas de mármore nos quatro cantos do seu peristilo de inclinação delicada. Seus três vãos continham doze criptas do tamanho de um caixão, e de uma delas havia sido removida a tampa de mármore liso, de tal forma que ela estava aberta, escura e vazia, para que o caixão de Deirdre Mayfair fosse ali colocado como uma enorme fôrma de pão.

Instada delicadamente a ficar lá na frente, Rowan estava parada ao lado da velha. O sol cintilava nos seus pequenos óculos prateados e redondos, enquanto ela olhava com ar lúgubre para a palavra "Mayfair", gravada em letras gigantescas dentro do triângulo achatado do peristilo.

E Rowan também olhou para ali, deslumbrada mais uma vez com as flores e os rostos à sua volta, quando numa voz respeitosa e contida o jovem Pierce lhe explicou que, apesar de haver apenas doze criptas, inúmeros membros da família Mayfair haviam sido ali enterrados, como revelavam as lápides da frente. Com o tempo, os caixões mais antigos eram abertos para ceder lugar a novos mortos. E os pedaços, bem como os ossos, eram jogados numa catacumba abaixo do jazigo. Rowan respirou levemente ofegante.

– Quer dizer que eles estão todos ali embaixo? – perguntou ela, baixinho, meio perplexa. – Todos misturados?

– Não, eles estão no céu ou no inferno – disse Carlotta Mayfair, com a voz firme e atemporal como seus olhos. Ela nem mesmo voltou a cabeça para os dois.

Pierce recuou, como se tivesse medo de Carlotta, com um rápido sorriso constrangido lhe iluminando o rosto. Ryan olhava espantado para a velha.

Agora, porém, o caixão estava sendo trazido, com os carregadores o sustentando nos ombros. Seus rostos estavam vermelhos com o esforço; o suor escorria das suas testas quando eles depositaram o enorme peso no carrinho.

Era a hora das últimas orações. O padre estava novamente ali com seu coroinha. O calor de repente pareceu impossível e imóvel. Beatrice enxugava as bochechas ruborizadas com um lenço dobrado. Os mais idosos, à exceção de Carlotta, estavam se sentando onde podiam, nas saliências em volta dos túmulos menores.

Rowan deixou seus olhos vaguearem até o alto do jazigo, até o peristilo ornamentado com a palavra "Mayfair", e acima desse nome, em baixo-relevo, uma porta aberta ao longe. Ou seria um grande buraco de fechadura aberto? Ela não soube dizer.

Quando uma brisa leve e úmida começou a soprar, fazendo mexer as folhas rígidas das árvores ao longo do caminho, pareceu um milagre. Ao longe, junto aos portões da frente, com os súbitos lampejos de cor do trânsito às suas costas, Aaron Lightner estava parado ao lado de Rita Mae Lonigan, que havia esgotado as lágrimas e parecia simplesmente consternada como alguém que trabalhou a noite inteira em enfermarias de hospital com pacientes moribundos.

Mesmo o toque final deu a Rowan uma impressão de loucura pitoresca. Pois, à medida que saíam pelo portão principal, ficou claro que um pequeno grupo ia agora entrar num elegante restaurante bem do outro lado da rua.

O Sr. Lightner despediu-se dela discretamente, prometendo-lhe que Michael viria. Ela queria pressioná-lo, mas a velha o encarava com frieza e raiva; e estava óbvio que ele havia percebido essa atitude e que estava ansioso para se afastar. Desnorteada, Rowan deu um aceno de adeus. O calor novamente fazia com que se sentisse mal. Rita Mae Lonigan sussurrou uma despedida pesarosa. Centenas disseram adeus enquanto passavam rapidamente; centenas vieram abraçar a velha. Aquilo parecia não ter fim, o calor tornando o ar pesado e depois leve, as árvores gigantescas fornecendo uma sombra malhada. "Vamos nos ver outras vezes, Rowan." "Você vai ficar, Rowan?" "Até logo, tia Carl. A senhora cuidou dela." "Logo iremos visitá-la, tia Carl. A senhora precisa vir até Metairie." "Tia Carl, eu ligo para você na semana que vem." "Tia Carl, a senhora está bem?"

Por fim, a rua ficou vazia a não ser pelo fluxo constante de veículos coloridos, barulhentos, indiferentes, e por algumas pessoas bem-vestidas que saíam do restaurante obviamente fino e espremiam os olhos com a luz forte do sol.

– Não quero entrar – disse a velha, olhando com frieza para os toldos brancos e azuis.

– Ora, tia Carl, por favor, só um pouquinho – disse Beatrice Mayfair.

– Por que não entramos por alguns minutos? – disse um rapaz esguio, chamado Gerald, que segurava o braço da velha. – Depois eu a levo para casa.

– Agora quero ficar sozinha – disse a velha. – Quero ir para casa a pé sozinha. – Seus olhos se fixaram em Rowan. Espectrais, com sua inteligência imutável saindo em faíscas do rosto desgastado, encovado. – Fique com eles quanto tempo quiser – disse ela, como se fosse uma ordem – e depois venha me procurar. Estarei à sua espera. Na casa da First Street.

– Quando a senhora quer que eu vá? – perguntou Rowan, com delicadeza.

Um sorriso frio, irônico tocou os lábios da velha, um sorriso atemporal como os olhos e a voz.

– Quando você quiser vir. Será uma boa hora. Tenho uma coisa para contar. Estarei lá.

– Vá com ela, Gerald.

– Vou levá-la, tia Bea.

– Se quiser, você pode me acompanhar de carro – disse Carlotta, inclinando a cabeça e pousando a bengala no chão à sua frente. – Mas eu vou caminhar sozinha.

Quando as portas de vidro do restaurante chamado Commander's Palace haviam se fechado às suas costas, e Rowan percebeu que agora estavam num mundo levemente familiar de garçons uniformizados e toalhas de mesa brancas, ela olhou para trás através do vidro para o muro caiado do cemitério e para os pequenos telhados pontiagudos visíveis acima do muro.

Os mortos estão tão perto que podem nos ouvir, pensou ela.

— É, mas você sabe — disse Ryan, o homem alto de cabelos brancos, como se tivesse lido seu pensamento —, aqui em Nova Orleans nós nunca os deixamos totalmente de lado.

27

Um crepúsculo cinzento caía sobre Oak Haven. Já quase não se via o céu. Os carvalhos estavam negros e densos, com as suas sombras se ampliando de modo a engolir o último resquício da luz quente do verão que se aferrava à estrada de cascalho.

Michael estava sentado na larga varanda da frente, com a cadeira inclinada para trás, os pés na balaustrada de madeira, um cigarro na boca. Ele havia acabado a história da família Mayfair, e estava se sentindo inexperiente, entusiasmado e cheio de uma tranquila animação. Sabia que ele e Rowan constituíam agora o novo capítulo ainda por escrever, ele e Rowan, que haviam sido personagens dessa narrativa já há algum tempo.

Quase em desespero, ele se agarrou ao prazer do cigarro e à observação das mudanças no céu crepuscular. A escuridão ia se adensando por toda parte agora na paisagem extensa, com a barragem sumindo de tal jeito que não conseguia mais divisar os carros que passavam pela estrada, mas apenas ver o brilho amarelo das suas luzes. Cada som, cada perfume, cada nuança de cor despertavam nele uma enxurrada de recordações agradáveis, algumas deslocadas e sem qualquer identificação. Era simplesmente a certeza da familiaridade, de que esse era o seu chão, que era aqui que as cigarras cantavam como em nenhum outro lugar.

No entanto, era uma agonia esse silêncio, essa espera, essa quantidade de pensamentos amontoados na cabeça.

As lâmpadas acesas no quarto atrás dele ficaram mais fortes à medida que o dia terminava ao seu redor. Agora, a luz suave caía sobre as pastas de papel pardo no seu colo.

Por que Aaron não havia ligado para ele? Sem dúvida, o enterro de Deirdre Mayfair já havia terminado. Aaron devia estar voltando, e talvez Rowan estivesse com ele. Talvez ela houvesse perdoado Michael instantaneamente por não ter comparecido — já que ele próprio não se havia perdoado — e estava vindo para cá para ficar com ele. Os dois iriam conversar esta noite, falar sobre tudo isso neste lugar seguro e saudável.

Havia, porém, mais uma pasta a ser lida, mais um apanhado de anotações, obviamente destinado aos seus olhos. Melhor acabar isso de uma vez. Ele apagou o cigarro, esmagando-o no cinzeiro sobre a pequena mesinha dobrável ao seu lado e, levantando a pasta para que a luz a atingisse, ele a abriu.

Papéis soltos, alguns manuscritos, alguns datilografados, alguns impressos. Ele começou a ler.

CÓPIA DE AEROGRAMA ENVIADO À CASA-MATRIZ DO TALAMASCA EM LONDRES POR AARON LIGHTNER

Agosto de 1989:
Parker Meridien Hotel
Nova York.

Acabei de completar a entrevista obtida por meio de um de encontro casual com o médico de Deirdre Mayfair (de 1983) aqui em Nova York, como planejado. Diversas surpresas.

Enviarei a transcrição completa manuscrita da entrevista (fita perdida; médico a solicitou e eu a entreguei a ele), que completarei durante o voo até a Califórnia.

Quero, porém, comunicar uma novidade extremamente interessante e pedir uma busca nos arquivos e um estudo dos mesmos.

Esse médico alega ter visto Lasher não só junto a Deirdre, mas a certa distância da casa da First Street, em duas ocasiões. E pelo menos numa dessas ocasiões, num bar na Magazine Street, está claro que Lasher se materializou. (Observem-se o calor, o deslocamento de ar, tudo perfeitamente descrito pelo homem.)

Além disso, o médico se convenceu de que Lasher estava tentando impedi-lo de dar a Deirdre a medicação tranquilizante. E que, quando Lasher mais tarde lhe apareceu, ele estava tentando conseguir que o médico voltasse à First Street e de algum modo ajudasse Deirdre.

O médico só chegou a essas interpretações numa época mais recente. Quando estavam ocorrendo as aparições, ele ficou assustadíssimo. Ele não ouvia palavras de Lasher; ele não recebia nenhuma mensagem telepática nítida. Pelo contrário, ele achava que o espírito estava procurando desesperadamente se comunicar e só conseguia fazê-lo por meio dessas aparições silenciosas.

Esse médico não demonstra absolutamente nenhuma evidência de ser algum tipo de médium natural.

Conduta recomendada: pinçar todas as aparições de Lasher desde 1958 e estudar cada uma cuidadosamente. Procurar qualquer aparição em que Deirdre não estivesse por perto. Preparar uma lista de todas as aparições, informando a distância aproximada de Deirdre.

No pé em que está o caso agora, antes da investigação solicitada, só posso concluir que Lasher pode ter acumulado uma força considerável nos últimos vinte anos, ou sempre teve mais força do que percebemos, e pode na verdade se materializar onde bem entenda.

Não quero me precipitar em chegar a essa conclusão. Mas isso me parece mais do que provável. E o fato de Lasher não conseguir implantar sugestões ou palavras claras na mente do médico só reforça minha opinião de que o próprio médico não era um médium natural e não poderia estar auxiliando essas materializações.

Como bem sabemos, no caso de Petyr van Abel, Lasher estava trabalhando com a energia e a imaginação de uma psique poderosa, com profundos conflitos e culpas morais. Com Arthur Langtry, Lasher estava tratando com um médium experiente, e aquelas aparições e/ou materializações ocorreram apenas na propriedade da First Street, na proximidade de Antha e de Stella.

Será que Lasher pode se materializar quando e onde deseja? Ou será que ele simplesmente tem a força para tal feito a maiores distâncias da bruxa?

É o que temos de descobrir.

Seu no Talamasca,
Aaron

P.S. Não procurarei ver Rowan Mayfair em San Francisco. Nesta viagem, a tentativa de contato com Michael Curry é prioritária. A ligação de Gander hoje cedo, antes que eu deixasse Nova York, indica que Curry está agora quase inválido dentro de casa. No entanto, mantenham-me informado no Saint Francis Hotel de qualquer novidade no caso Mayfair. Permanecerei em San Francisco o tempo necessário para entrar em contato com Curry e lhe oferecer ajuda.

Notas aos arquivos, agosto de 1989
(Caprichosamente manuscritas, tinta preta em papel pautado)

Estou a bordo de um 747, a caminho da Costa Oeste. Acabei de reler a transcrição. Tenho a firme opinião de que há algo de extraordinário na história desse médico. Enquanto repasso apressadamente o arquivo Mayfair, o que me chama a atenção é o seguinte:

Rita Mae Dwyer Lonigan ouviu a voz de Lasher em 1955-1956.

Esse médico alega ter visto Lasher a enorme distância da casa da First Street.

Talvez devêssemos tentar um encontro casual entre Gander e Rowan, para que Gander pudesse procurar determinar se Rowan viu ou não viu Lasher. Mas parece tão improvável...

Não posso tentar fazer isso eu mesmo. Não tenho nenhuma condição de fazer isso agora. Situação de Curry de extrema importância.

Impressões sobre Curry... Continuo a acreditar que há algo de muito especial nesse homem, além da sua experiência angustiante.

Ele precisa de nós, sem a menor dúvida. Gander tem razão quanto a esse ponto. Mas minha impressão tem a ver com ele e conosco. Creio que talvez queira se tornar um de nós.

Como posso justificar essa sensação?

1) Reli todos os artigos relacionados à sua experiência diversas vezes; e há algo ali que não foi dito, algo relacionado com o fato de sua vida estar num ponto de estase quando ele se afogou. Tenho a forte impressão de que ele era um homem à espera de alguma coisa.

2) O currículo de Curry é notável, especialmente sua educação superior. Gander confirma sua formação em história, especialmente na história europeia. Precisamos desesperadamente de alguém assim.

Ele é fraco em línguas, mas hoje em dia todo mundo é.

3) Mas a questão principal com relação a Curry é descobrir como vou conseguir vê-lo. Gostaria que toda a família Mayfair desaparecesse por algum tempo. Não quero pensar em Rowan enquanto trabalho com Curry...

Michael folheou rapidamente o restante da última pasta. Só artigos a seu respeito, e artigos que ele havia lido antes. Duas grandes fotos lustrosas suas da United Press International. Uma biografia datilografada, compilada principalmente a partir dos artigos anexos.

Bem, o arquivo sobre Michael Curry ele conhecia. Pôs tudo aquilo de lado, acendeu mais um cigarro e voltou ao relato manuscrito do encontro de Aaron com o médico no Parker Meridien.

A bela letra de Aaron era muito fácil. As descrições das aparições de Lasher estavam perfeitamente sublinhadas. Ele acabou de ler o relato, concordando com os comentários de Aaron.

Levantou-se, então, da cadeira da varanda, levando consigo a pasta, e entrou, dirigindo-se à escrivaninha. Seu caderno de capa de couro estava ali, onde o havia deixado. Sentou-se, olhando sem ver o quarto por um instante, sem realmente perceber que a brisa do rio enfunava as cortinas ou que a noite lá fora já era uma total escuridão. Sem notar que a bandeja do jantar estava no escabelo diante da poltrona *bergère,* da mesma forma de quando havia chegado, com os alimentos intactos debaixo das diversas cúpulas de prata.

Ele tomou a caneta e começou a escrever.

"Eu tinha 6 anos quando vi Lasher na igreja no Natal, atrás do presépio. Isso deve ter sido em 1947. Deirdre devia ter essa mesma idade e talvez estivesse na igreja. Mas eu tenho a forte impressão de que ela não estava lá.

"Quando Lasher apareceu para mim no Auditório Municipal, ela também podia estar presente. Mas, por outro lado, não temos como saber, para citar a expressão preferida de Aaron.

"No entanto, as aparições em si não têm nada a ver com Deirdre. Nunca vi Deirdre no jardim da First Street, nem em lugar algum que eu soubesse.

"Indubitavelmente, Aaron já escreveu o que lhe contei. E a mesma insinuação se aplica aqui: Lasher aparecia para mim quando ele não estava perto da bruxa. É provável que ele se materialize onde queira.

"A questão é saber por que o faz. Por que eu? E outras associações são ainda mais torturantes e exasperadoras.

"Por exemplo, isso pode não ter muita importância, mas eu conheço Rita Mae Dwyer Lonigan. Eu estava com ela e Marie Louise no barco na noite em que ela se embriagou com seu namorado, Terry O'Neill. Por esse motivo, ela foi estudar interna no Santa Rosa, onde conheceu Deirdre Mayfair. Eu me lembro de quando Rita Mae entrou para o Santa Rosa.

"Será que isso significa alguma coisa?

"E mais um ponto. E se meus antepassados trabalharam no Garden District? Não sei se trabalharam ou não. Sei que a mãe de meu pai foi uma órfã criada no orfanato de Santa Margarida. Acho que ela não tinha um pai legítimo. Imaginemos que sua mãe tivesse sido criada na casa da First Street... mas acho que estou ficando louco.

"Afinal de contas, olhem o que essas pessoas fizeram em termos de reprodução. O uso desse método com cavalos ou com cães é chamado de procriação por endogamia ou em linha direta.

"Repetidamente, os melhores machos procriaram com as bruxas, de forma a reforçar na combinação genética certas características que indubitavelmente incluíam traços paranormais, mas e o que dizer de outros traços? Se eu compreendi corretamente o que li, Cortland não foi apenas o pai de Stella e de Rowan. Ele também poderia ter sido o pai de Antha, embora todos imaginassem que fosse Lionel.

"Ora, se Julien foi pai de Mary Beth, ah... tinham de fazer alguma espécie de estudo no computador só sobre esse aspecto, o da endogamia. Criar um mapa. E, se eles dispõem das fotografias, podem se aprofundar mais na ciência genética. Preciso contar tudo isso a Rowan. Ela compreenderá tudo isso. Quando estávamos conversando, falou alguma coisa sobre o motivo pelo qual a pesquisa genética era tão impopular. As pessoas não querem admitir o que podem determinar nos seres humanos em termos genéticos. O que me leva ao livre-arbítrio. E minha crença no livre-arbítrio faz parte dos motivos pelos quais estou ficando louco.

"Seja como for, Rowan é a beneficiária genética de tudo isso: alta, esguia, sexy, extremamente saudável, inteligentíssima, forte e bem-sucedida. Um gênio da medicina com um poder telecinético para matar, que prefere, em vez disso, salvar vidas. E aí está o livre-arbítrio, mais uma vez. O livre-arbítrio.

"Mas, de que modo eu me encaixo nessa história com meu livre-arbítrio intacto? Quer dizer, o que está 'tudo planejado', para usar as palavras de Townsend no sonho? Meu Deus!

"Será que eu de algum modo não sou parente dessas pessoas por meio de criados irlandeses que trabalharam para eles? Ou será que eles simplesmente procuram sangue novo quando precisam de energia? Mas qualquer um dos heróis policiais/bombeiros de Rowan teria cumprido a missão. Por que eu? Por que precisei me afogar, se de fato foram eles que me afogaram, o que ainda não acredito que tenham sido? E, depois, a história de Lasher se revelar sozinho para mim todo esse tempo desde o início da minha infância.

"Meu Deus, não existe uma interpretação única para nenhum aspecto dessa história. Talvez eu tenha sido destinado para Rowan desde o início, e meu afogamento não estivesse previsto, sendo por isso que aconteceu o salvamento. Não posso aceitar a hipótese de o afogamento ter sido predeterminado! Porque, se ele realmente foi, então praticamente tudo foi. É apavorante.

"Não posso ler essa história e concluir que as terríveis tragédias nela contidas eram inevitáveis – como Deirdre morrer daquele jeito.

"Eu poderia ir escrevendo assim durante três dias seguidos, divagando, examinando esse ponto ou algum outro. Mas estou ficando louco. Ainda não tenho a menor pista do significado do portal. Não houve uma palavra no que li que esclarecesse essa imagem única. Também não percebo o envolvimento de nenhum número na história. A não ser que o número treze esteja num portal e que isso tenha algum significado.

"Agora, o portal pode ser simplesmente o da entrada da casa da First Street ou a própria casa poderia ser alguma espécie de portal. Mas estou forçando a conclusão. O que digo não me transmite nenhuma impressão de acerto.

"Quanto ao poder psicométrico das minhas mãos, ainda não sei como devo usá-lo, a não ser que seja para tocar Lasher quando ele se materializar e descobrir assim o que esse espírito é realmente, de onde vem e o que quer das bruxas. Mas como poderei tocar Lasher se ele precisa querer ser tocado?

"É claro que vou tirar as luvas e pôr as mãos em objetos relacionados a essa história, à casa da First Street, se Rowan, que agora é a proprietária, me permitir. Não sei por que a perspectiva de fazê-lo me enche de pavor. Não consigo considerar esse poder a realização do meu objetivo. Considero-o como uma intimidade com inúmeros objetos, superfícies e imagens. Além disso, pela primeira vez, tenho medo de tocar objetos que pertenceram aos mortos. Mas preciso tentar. Preciso tentar tudo!

"Quase nove horas. E Aaron ainda não chegou. Aqui, longe da cidade, está escuro, silencioso e arrepiante. Eu não quero imitar Marlon Brando em *Sindicato de ladrões,* mas os grilos me deixam nervoso também no campo. E estou meio assustado neste quarto, mesmo com suas belas luminárias de latão. Não quero olhar para os quadros na parede ou para os espelhos com medo de que alguma coisa me apavore.

"Detesto me sentir assustado.

"E não estou aguentando esperar aqui. Talvez seja injusto esperar que Aaron chegue no instante em que terminei a leitura. Mas o enterro de Deirdre já terminou, e aqui estou sentado à espera de Aaron com um monte de Mayfairs na cabeça e apertando meu coração, mas espero! Espero porque prometi que esperaria, Aaron não ligou e eu preciso estar com Rowan.

"Aaron vai ter de confiar em mim. Vai mesmo. Podemos conversar hoje, amanhã e depois, mas esta noite vou passar com Rowan.

"Uma nota final: se eu me sento aqui, fecho os olhos e volto meu pensamento para as visões; se eu evoco aquela sensação, pois todos os fatos se perderam, ainda me descubro acreditando na bondade das pessoas que vi. Fui mandado de volta por um objetivo maior. E a escolha era minha – o livre-arbítrio – de aceitar a missão.

"Agora, não consigo associar nenhum sentimento positivo ou negativo à ideia do portal ou do número treze. E isso é angustiante, profundamente angustiante. Continuo, porém, a acreditar que aquele meu pessoal lá em cima era bom.

"Acredito que Lasher não seja bom. Decididamente. As provas parecem indiscutíveis de que ele teria destruído algumas dessas mulheres. Talvez ele tenha destruído cada uma que lhe ofereceu resistência. E a pergunta de Aaron, *Quais são os planos desse ser,* é o que importa. Essa criatura age por si só. Mas por que o estou chamando de criatura? Quem o criou? O mesmo que criou a mim? E quem haveria de ser, é o que me pergunto. Passo a chamá-lo de entidade.

"Essa entidade é má.

"Então, por que ela sorriu para mim na igreja quando eu tinha 6 anos? Certamente não pode estar querendo que eu a toque e descubra seus planos. Ou será que pode?

"Mais uma vez, as palavras 'predestinado' e 'planejado' estão me deixando louco. Em mim tudo se revolta contra uma ideia dessas. Posso acreditar numa missão, num destino, num objetivo importante. Todas essas expressões estão relacionadas à coragem, ao heroísmo e ao livre-arbítrio. Mas 'predestinado' e 'planejado' me enchem de desespero.

"Seja qual for o caso, não me sinto em desespero agora. Sinto-me transtornado, incapaz de ficar neste quarto muito mais tempo, desesperado para chegar até Rowan. Desesperado para armar o quebra-cabeça, para cumprir a missão que me foi confiada lá em cima, porque acredito que foi a melhor parte de mim que aceitou essa missão.

"Por que estou ouvindo aquele cara lá de San Francisco, Gander ou sei lá qual era seu nome, dizendo, 'Conjecturas'?

"Queria que Aaron estivesse aqui. Que fique registrado que gosto dele. Que gosto deles. Entendo o que fizeram nesse caso. Entendo, sim. Nenhum de nós aprecia saber que está sendo vigiado, espionado, que escrevem a seu respeito, esse tipo de coisa. Mas eu compreendo. Rowan compreenderá. Ela tem de compreender.

"O resultado dessa observação é simplesmente único, de enorme importância. E, quando penso em como estou profundamente implicado em tudo isso, em como fui envolvido desde o momento em que a entidade olhou para mim através da grade de ferro, bem, agradeço a Deus por eles existirem, por eles 'observarem', como costumam dizer. Por eles saberem o que sabem.

"Porque, se não fosse isso... e Rowan irá compreender. Rowan irá compreender talvez melhor do que eu, porque ela vê coisas que eu não vejo. E talvez seja isso o que está planejado, mas lá vou eu novamente.

"Aaron! Volte logo!"

28

Ela ficou parada diante do portão de ferro enquanto o táxi se afastava devagar, com o silêncio farfalhante cercando-a por todos os lados. Impossível imaginar uma casa mais desolada ou ameaçadora. A luz impiedosa do poste se derramava como a lua cheia através dos galhos das árvores, caindo sobre as lajes rachadas e a escada de mármore coberta de folhas secas, sobre as pilastras caneladas altas e grossas, com sua tinta branca descascada e manchas pretas de apodrecimento, sobre as tábuas frágeis que seguiam irregulares até a porta aberta e a palidez opaca lá de dentro, com um levíssimo tremeluzir.

Aos poucos, ela deixou que seus olhos passeassem pelas janelas trancadas, pelo jardim denso e descuidado. Uma chuva fina havia começado a cair no instante em que saiu do hotel. E agora ela estava tão leve que parecia pouco mais do que uma neblina, emprestando seu brilho ao asfalto da rua, pairando sobre as folhas reluzentes acima da cerca, mal roçando seu rosto e seus ombros.

Aqui minha mãe acabou seus dias, pensou. E aqui a mãe dela nasceu, assim como sua mãe, anteriormente. Aqui nesta casa, onde Ellie se sentou junto ao caixão de Stella.

Pois certamente só podia ter sido ali, embora durante a tarde inteira, com os coquetéis, a salada e a comida extremamente condimentada, eles só houvessem falado de temas superficiais. "Carlotta vai querer lhe contar..." "... depois de você conversar com Carlotta."

Estaria a porta agora aberta para ela? Haviam deixado o portão entreaberto para melhor recebê-la? O imenso batente de madeira da porta parecia um gigantesco buraco de fechadura que se adelgaçava de uma base mais aberta para o topo mais estreito. Onde será que ela havia visto aquele mesmo portal com o formato de um buraco de fechadura? Esculpido no jazigo no cemitério de Lafayette. Que ironia, pois essa casa havia sido o túmulo da sua mãe.

Nem mesmo a chuva suave, silenciosa, havia conseguido amenizar o calor. Mas vinha agora uma brisa, a brisa do rio era como as pessoas a chamavam ao se despedir apenas a alguns quarteirões do hotel. E a brisa, com cheiro de chuva, envolveu Rowan tão deliciosa quanto a água. E o que era esse perfume de flores no ar, tão profundo e selvagem, tão diferente dos perfumes de floricultura que a haviam cercado mais cedo?

Ela não lhe ofereceu resistência. Ficou ali parada, sentindo-se leve e quase nua nos frágeis trajes de seda que acabara de vestir, procurando enxergar a casa escura, procurando respirar fundo, procurando represar a corrente de tudo que havia acontecido, tudo que havia testemunhado e compreendido apenas parcialmente.

Minha vida está partida ao meio, pensou. Todo o passado é a parte abandonada, que se afasta, como um barco que se desamarrou, como se a água fosse o tempo, e o horizonte, a fronteira demarcada do que continuaria tendo importância.

Ellie, por quê? Por que fomos afastadas? Por que, se todos eles sabiam? Sabiam meu nome, sabiam o seu, sabiam que eu era filha dela! Que história era aquela daquela gente toda, às centenas, pronunciando tantas vezes aquele nome, Mayfair?

– Depois de conversar com ela, venha ao escritório no centro – dissera o jovem Pierce. Pierce, com suas bochechas rosadas e já sócio da firma fundada há tanto tempo pelo seu bisavô.

– Avô de Ellie, também, sabe? – disse Ryan, o de cabelos brancos e feições cuidadosamente esculpidas, que havia sido primo em primeiro grau de Ellie. Ela não sabia. Não sabia quem era quem, de onde todos vinham, o que aquilo significava e, acima de tudo, por que ninguém nunca lhe disse nada. Um lampejo de raiva. Porque Cortland isso e Cortland aquilo... e Julien e Clay e Vincent e Mary Beth e Stella e Antha e Katherine.

Ah, que doce melodia sulina, as palavras ricas e profundas como a fragrância que respirava agora, como o calor que se grudava a ela, e que fazia até mesmo sua fina saia de seda parecer de repente pesada.

Será que todas as respostas estariam atrás daquela porta aberta? Estará o futuro além daquela porta? Pois, afinal de contas, por que, apesar de tudo, este não podia se tornar um mero capítulo da sua vida, realçado e raramente relido, depois que ela voltasse para o mundo lá fora, onde havia sido mantida todos aqueles anos, fora do alcance dos sortilégios e encantamentos que agora a resgatavam? É, mas não ia ser assim. Porque, quando se cai presa de um encantamento tão forte, nunca mais se é a mesma pessoa. E cada instante neste estranho mundo da família, do Sul, da história, do parentesco, da oferta de amor, a afastava mais um milênio de quem ela havia sido ou de quem ela queria ser.

Eles saberiam, imaginavam por um segundo sequer, como tudo aquilo era sedutor? A que ponto ela havia se sentido inexperiente, enquanto eles lhe faziam convites, prometiam visitas e conversas futuras, prometiam o conhecimento, a lealdade e a intimidade da família?

Os parentes. Será que eles conseguiam adivinhar como aquilo tudo era indescritivelmente exótico depois daquele mundo árido e egoísta em que ela havia passado a vida, como uma planta de vaso que nunca viu um sol de verdade, nunca esteve na própria terra, nem ouviu a chuva a não ser quando batia nas janelas de vidraças duplas?

— Eu costumava às vezes olhar ao meu redor — havia dito Michael acerca da Califórnia — e tudo me parecia tão árido aqui. — Ela compreendia. Compreendia antes de chegar a sonhar com uma cidade como esta, na qual cada textura, cada cor meio que saltavam aos olhos, na qual cada fragrância era inebriante e o próprio ar era algo vivo, que respirava.

Fui estudar medicina para encontrar o mundo visceral, pensou ela, e só nas salas de espera e nos corredores próximos ao setor de emergência cheguei a vislumbrar as reuniões de clãs, as gerações a chorar, a rir, a sussurrar, enquanto o anjo da morte passa sobre eles.

— Você está dizendo que Ellie nunca lhe disse o nome do seu pai? Ela nunca lhe falou de Sheffield, Ryan, Grady ou...? — Repetidamente ela havia respondido que não.

No entanto, Ellie havia voltado para assistir naquele mesmo cemitério ao enterro de tia Nancy, quem quer que fosse essa tia, e depois naquele mesmo restaurante ela lhes havia mostrado a fotografia de Rowan que trazia na carteira! *Nossa filha, médica!*

— Gostaria que me mandassem de volta para casa, mas não podem fazer isso. Eles não podem fazer isso — havia dito Ellie, à beira da morte, sob o efeito da morfina, a Rowan.

Depois que a deixaram no hotel e depois que ela subiu para tomar um banho e trocar de roupa em virtude do excesso de calor, houve um momento em que sentiu tanto rancor que não conseguiu raciocinar, racionalizar ou sequer chorar. E é claro que ela sabia, sabia tão bem quanto qualquer outra coisa, que devia haver um enorme número deles que teria adorado nada mais, nada menos do que fugir daquilo tudo, daquela imensa teia de laços de sangue e de recordações. No entanto, ela não conseguia realmente imaginar essa sensação.

Tudo bem, aquele havia sido o lado agradável, irresistível como o perfume dessa flor na escuridão, todos eles ali de braços abertos.

Mas quais seriam as verdades que a aguardavam atrás dessa porta? Sobre a mulher criança no ataúde? Durante muito tempo, enquanto eles falavam, com as vozes salpicando umas nas outras como champanhe, ela havia pensado: *Será que algum de vocês por algum milagre sabe o nome do meu pai?*

— Carlotta vai querer... bem... dar a sua versão.

— ... tão nova quando você nasceu.

— Papai nunca chegou a nos contar...

Daqui, ao luar elétrico sobre as lajes quebradas, ela não conseguia ver a varanda lateral que Ryan e Bea haviam descrito para ela, a varanda na qual sua mãe havia ficado sentada numa cadeira de balanço treze anos a fio.

– Acho que ela não sofria.

Mas, tudo o que tinha de fazer agora era abrir esse portão de ferro, subir os degraus de mármore, atravessar as tábuas apodrecidas e empurrar mais a porta que havia sido deixada aberta. Por que não? Ela queria tanto experimentar aquela escuridão lá dentro que nem sentia saudade de Michael naquele instante. Ele não poderia acompanhá-la nessa missão.

De repente, como se houvesse sonhado, ela viu a luz clarear atrás da porta. Viu que a própria porta era afastada, e surgia ali a silhueta da velha senhora, pequena, magra. Sua voz pareceu firme e nítida na escuridão, quase com uma entonação irlandesa, sombria e grave.

– Você vai entrar ou não, Rowan Mayfair?

Ela empurrou o portão, que resistiu, e passou por ele assim mesmo. Os degraus estavam escorregadios. Subiu devagar e sentiu as tábuas gastas da varanda de madeira cederem ligeiramente sob seu peso.

Carlotta havia desaparecido, mas quando Rowan entrou no corredor viu sua pequena silhueta mal iluminada longe, bem longe, na entrada de uma sala imensa onde brilhava a única luz que iluminava toda aquela amplidão, de pé-direito alto, diante dela.

Caminhou lentamente atrás da velha senhora.

Passou por uma escada, que subia reta e com uma altura impossível até um segundo andar sombrio, do qual ela nada podia ver, e por portas à sua direita que davam para uma ampla sala de estar. A iluminação da rua entrava pelas janelas desse aposento, tornando-as esfumaçadas e de um branco lunar, enquanto revelava um longo trecho de assoalho reluzente e algumas peças espalhadas de mobília não identificáveis.

Por fim, após uma porta fechada à esquerda, ela entrou numa área iluminada e viu que estava numa grande sala de jantar.

Havia duas velas sobre a mesa oval, e era a suave dança das suas chamas que fornecia a iluminação interior da sala toda. Parecia mesmo surpreendente que elas se erguessem finas de modo a revelar os murais nas paredes, imensas paisagens rurais de carvalhos adornados com musgos e de terras aradas. As portas e janelas altíssimas chegavam a mais de três metros e meio de altura. E, de fato, quando ela olhou para trás pelo corredor, a porta da frente lhe pareceu imensa, com seus batentes cobrindo a parede inteira até o teto sombrio.

Voltou-se, então, olhando fixamente para a mulher sentada à cabeceira da mesa. Seus cabelos densos e ondulados estavam muito brancos na escuridão, emoldurando o rosto com mais suavidade do que antes, e as velas refletiam duas chamas distintas e assustadoras nos seus óculos redondos.

– Sente-se, Rowan Mayfair. Tenho muitas coisas para contar.

Teria sido uma teimosia sua que a fez lançar mais um longo olhar ao seu redor, ou teria sido apenas seu fascínio que não queria ser interrompido? Ela via que as cortinas de veludo estavam quase esfarrapadas em alguns lugares e que o chão estava coberto com um tapete gasto. Um cheiro de poeira ou de mofo emanava dos assentos estofados das cadeiras torneadas. Ou seria do tapete, talvez, ou das tristes cortinas?

Não importava. Estava por toda parte. Havia, porém, mais um cheiro, um perfume delicioso que a fazia pensar em madeira, sol e, por mais estranho que fosse, em Michael. Era bom. E Michael, o carpinteiro, compreenderia qual era. O cheiro da madeira na casa antiga e o calor que nela se havia acumulado o dia inteiro. Incorporava-se ligeiramente ao todo o cheiro das velas de cera.

O lustre escuro lá no alto captava a luz das velas e a refletia em centenas de gotas de cristal.

– Ele é para velas – disse a velha. – Já não tenho idade para subir para trocá-las. E Eugenia também está velha demais. Não tem mais condição de fazer isso. – Com um ínfimo gesto de cabeça, ela indicou um canto distante da mesa.

Sobressaltada, Rowan percebeu que uma mulher negra estava parada ali, um espectro de criatura com cabelo ralo e braços cruzados, aparentemente muito magra, embora fosse difícil saber naquela escuridão. Das suas roupas nada se via a não ser um avental sujo.

– Pode ir agora, querida – disse Carlotta à mulher. – A não ser que minha sobrinha queira aceitar algo para beber. Mas você não quer, não é, Rowan?

– Não, obrigada, senhorita Mayfair.

– Chame-me de Carlotta ou Carl se quiser. Não importa. Existem milhares de senhoritas Mayfair.

A velha negra foi embora, passando pela lareira, pela mesa e saindo pela porta para o longo corredor. Carlotta ficou observando sua saída, como se quisesse estar totalmente a sós com Rowan antes de dizer mais uma palavra.

De repente, ouviu-se um ruído metálico, estranhamente familiar e no entanto, para Rowan, impossível de definir. Em seguida, o estalido de uma porta sendo fechada e a vibração surda e profunda de um enorme motor se esforçando nas profundezas da casa.

– Um elevador – disse Rowan, baixinho.

A velha dava a impressão de estar acompanhando o som. Seu rosto parecia murcho e pequeno abaixo do grosso cabelo. O ruído da parada do elevador pareceu satisfazê-la. Ela ergueu os olhos para Rowan e fez um gesto indicando uma cadeira solitária junto à longa lateral da mesa.

Rowan foi até ela e se sentou, de costas para a janela que dava para o quintal. Ela virou a cadeira de modo a poder olhar para Carlotta.

À medida que foi levantando os olhos, teve uma visão maior dos murais. Uma casa de fazenda com colunas brancas e colinas ondulantes ao fundo.

Ela olhou para a velha adiante das velas e sentiu alívio ao não ver mais o reflexo das chamas minúsculas nas lentes dos óculos. Apenas o rosto encovado, os óculos reluzindo límpidos, o tecido escuro florido do vestido de mangas compridas da mulher e suas mãos magras que surgiam da renda nas mangas, segurando com dedos nodosos o que parecia um porta-joias de veludo.

Foi isso o que ela empurrou grosseiramente na direção de Rowan.

– É seu – disse ela. – É um colar com uma esmeralda. É seu, como esta casa é sua e o terreno em que ela foi construída, além de tudo o mais de qualquer valor que esteja aqui dentro. Afora isso, é sua uma fortuna cerca de cinquenta vezes maior do que a que você já possui, talvez cem vezes maior, embora hoje em dia isso já esteja fora do alcance dos meus cálculos. Mesmo assim, ouça o que vou dizer antes de reivindicar o que é seu. Ouça bem o que tenho de contar.

Ela parou e examinou o rosto de Rowan. Aprofundou-se em Rowan a sensação da atemporalidade da voz da mulher, na verdade de toda a sua atitude. Era quase fantasmagórico, como se o espírito de alguém mais jovem estivesse ocupando aquele corpo idoso e lhe conferindo uma animação violenta e contraditória.

– Não – disse a mulher. – Estou velha, muito velha. O que me manteve viva foi esperar pela morte dela e pelo instante que eu mais temia, o instante em que você chegasse aqui. Pedi a Deus que Ellie tivesse uma vida muito longa, que se agarrasse a você durante todos aqueles anos até que Deirdre tivesse apodrecido no túmulo e a corrente estivesse rompida. Mas o destino me aprontou mais uma pequena surpresa. A morte de Ellie. Ellie, morta, e eu sem uma palavra sequer que me avisasse.

– Foi como Ellie quis – disse Rowan.

– Eu sei – suspirou a velha. – Sei que o que você diz é verdade. Mas não foi o fato de não me contarem; foi a própria morte de Ellie que foi o golpe. Mas está acabado, e não havia como impedir.

– Ela fez o que pôde para me manter longe daqui – disse Rowan, com simplicidade. – Ela insistiu comigo para que eu assinasse uma promessa de que nunca viria. Preferi quebrar essa promessa.

A velha ficou em silêncio algum tempo.

– Eu quis vir – disse Rowan e depois perguntou com o máximo de delicadeza, como que implorando: – Por que quiseram me manter afastada? A história era tão terrível assim?

– Você é uma mulher forte – disse a velha, depois de contemplá-la algum tempo em silêncio. – Você é forte como minha mãe era forte.

Rowan não respondeu.

– Você tem os olhos dela, alguém já disse isso? Será que alguém lá era velho o suficiente para se lembrar dela?

– Não sei – respondeu Rowan.

– O que você viu com esses seus olhos? – perguntou a velha. – O que você viu que sabia que não devia estar ali?

Rowan teve um sobressalto. A princípio, ela achou que entendeu mal as palavras. Depois, num átimo, percebeu que não; e se lembrou instantaneamente do fantasma que lhe havia aparecido às três da manhã, confundindo-o de repente e de forma inexplicável com seu sonho no avião, de alguém invisível que a tocava e a violentava.

Perplexa, ela viu o sorriso que se abria no rosto da velha. Mas não era um sorriso amargo ou vitorioso. Era apenas de resignação. Em seguida, o rosto voltou a ficar neutro, triste e pensativo. Com aquela iluminação fraca, a cabeça da velha pareceu uma caveira por um instante.

– Quer dizer que ele foi até você – disse ela, com um suspiro – e pôs as mãos em você.

– Não sei – disse Rowan. – Explique-me essa história.

Mas a velha apenas olhava para ela e esperava.

– Era um homem, um homem magro e elegante. Ele apareceu às três horas da manhã. Na hora em que minha mãe morreu. Eu o vi tão nitidamente quanto estou vendo a senhora, mas só por um instante.

A mulher baixou os olhos. Rowan teve a impressão de que ela havia fechado os olhos, mas viu, então, um pequeno brilho abaixo das pálpebras. A mulher cruzou as mãos diante de si sobre a mesa.

– Era o homem – disse ela. – O homem que enlouqueceu sua mãe e enlouqueceu sua avó. O homem que serviu minha mãe, que dominava todos os que a cercavam. Comentaram dele, os outros? Eles deram algum aviso a você?

– Não me falaram nada – disse Rowan.

– É porque não sabem e afinal perceberam que não sabem. Agora deixam os segredos conosco, como sempre deveria ter sido.

– Mas o que foi que eu vi? Por que ele apareceu para mim? – Mais uma vez, ela pensou no sonho no avião, e não conseguia encontrar nenhum motivo para associar os dois.

– Porque ele acredita que agora você é dele – disse a velha. – Dele para ser tocada, para ser amada e dominada com suas promessas de servidão.

Rowan sentiu novamente a confusão, e um calor difuso no rosto. Dele para ser tocada. A atmosfera obsessiva do sonho retornou.

– Ele dirá que é o contrário – disse a velha. – Quando ele falar no seu ouvido para que ninguém o ouça, dirá que é seu servo, que passou de Deirdre para você. Mas é mentira, querida, uma perversa mentira. Ele irá se apoderar de você e a levará à loucura se você se recusar a fazer o que ele quer. Foi o que fez com todas elas. – Ela fez uma pausa, franzindo as sobrancelhas enrugadas, com os olhos perdidos na superfície empoeirada da mesa. – À exceção daquelas que foram fortes o suficiente para impedi-lo e fazer dele o servo que ele alegava ser, usando-o para atingir suas próprias metas... – Sua voz foi baixando. – Sua própria maldade infinita.

– Explique-me esse ponto.
– Ele a tocou, não é verdade?
– Não sei.
– Ah, sabe, sim. Seu rosto fica todo vermelho, Rowan Mayfair. Bem, permita-me fazer uma pergunta, minha menina, minha menina independente que já teve tantos homens da sua própria escolha, foi tão bom quanto um homem mortal? Pense antes de falar. Ele dirá que nenhum mortal poderia proporcionar a você o prazer que ele proporciona. Mas será verdade? Ele tem um preço terrível, esse prazer.
– Pensei que fosse um sonho.
– Mas você o viu.
– Isso foi na noite anterior. Ele me tocou durante um sonho. Foi diferente.
– Ele a tocava até o final – disse a velha. – Não importava a quantidade de tranquilizantes que dessem a ela. Por mais idiota que fosse seu olhar, por mais apático que fosse seu caminhar. Quando ela estava deitada na cama à noite, ele vinha, ele a tocava. Ela se retorcia na cama como uma prostituta vulgar, sob o efeito do seu toque... – Ela conteve suas palavras, e depois o sorriso roçou seus lábios como a luz roçava. – Isso a deixa zangada? Você tem raiva de mim por eu contar isso? Você acha que era bonito de se ver?
– Acho que ela estava doente e fora de si; e que era humano.
– Não, minha cara, suas relações nunca foram humanas.
– A senhora quer que eu acredite que o que eu vi foi um fantasma, que ele tocava minha mãe, que eu de algum modo o herdei?
– É, e trate de engolir essa sua raiva. Essa sua raiva perigosa.
Rowan ficou espantada. Uma onda de medo e confusão a atingiu.
– A senhora está lendo meus pensamentos. E esteve lendo o tempo todo.
– Ah, é claro. Na medida do possível, eu os leio. Eu gostaria de poder ler melhor. Sua mãe não era a única pessoa nesta casa com o poder. Três gerações antes, eu estava destinada ao colar. Eu o vi quando tinha 3 anos, com tanta nitidez e força que ele conseguia segurar minha mão com a sua, morna, e me levantar no ar, é, levantar meu corpo, mas eu o recusei. Dei-lhe as costas. Disse que voltasse para o inferno de onde havia vindo. E usei meu poder para combatê-lo.
– E esse colar agora vem para mim porque eu o vejo?
– Ele vai para você porque você é a única filha mulher, e não há possibilidade de escolha. Ele seria seu por mais fracos que fossem os seus poderes. Mas isso não importa. Porque seus poderes são fortes, muito fortes, e sempre foram. – Ela se calou, examinando Rowan novamente, com o rosto por um instante indecifrável, talvez isento de qualquer opinião específica. Imprecisos, sim; incoerentes, é claro; talvez incontroláveis; mas fortes.
– Não os superestime – disse Rowan, em voz baixa. – Eu nunca o faço.
– Há muito tempo, Ellie me contou tudo – disse a velha. – Ellie me disse que você conseguia fazer com que as flores murchassem. Que podia fazer a água

ferver. "Ela é uma bruxa mais poderosa do que Antha ou do que Deirdre", foi o que ela me disse, chorando e me implorando um conselho sobre o que devia fazer. "Mantenha a menina afastada!", alertei. "Certifique-se de que ela nunca volte para cá. De que ela nunca saiba! De que ela nunca aprenda a usar seus poderes."

Rowan suspirou. Ela ignorou a dor surda com a menção do nome de Ellie, com o fato de Ellie conversar com essas pessoas sobre ela. Totalmente isolada. E todos os outros aqui. Até mesmo essa velha desgraçada.

– É, e estou sentindo sua raiva de novo, sua raiva de mim, sua raiva pelo que você acha que sabe que eu fiz à sua mãe!

– Não quero ter raiva da senhora – disse Rowan, com a voz contida. Só quero compreender o que está dizendo. Quero saber por que fui levada daqui...

Mais uma vez, a velha mergulhou num silêncio pensativo. Seus dedos adejaram sobre o porta-joias e depois o envolveram e ficaram imóveis, excessivamente parecidos com as flácidas mãos de Deirdre no ataúde.

Rowan desviou o olhar. Olhou para a parede mais distante, para o panorama do céu pintado acima da lareira.

– Mas será que minhas palavras não proporcionam um mínimo consolo? Todos esses anos, você não se perguntou se era a única pessoa no planeta que lia o pensamento dos outros, a única que sabia quando alguém por perto ia morrer? A única que conseguia afastar uma pessoa de você só com a raiva que sentia? Olhe para aquelas velas. Você pode apagá-las e pode acendê-las de novo. Faça isso.

Rowan não fez nada. Ficou olhando fixamente para as pequenas chamas. Sentia que estava tremendo. *Se a senhora soubesse de fato, se realmente soubesse o que eu podia fazer agora...*

– Mas eu sei. Veja, eu sinto sua força, porque eu também sou forte, mais forte do que Antha ou do que Deirdre. Foi assim que eu pude mantê-lo sob controle nesta casa; foi assim que impedi que ele me machucasse. Foi assim que consegui colocar trinta anos entre ele e a filha de Deirdre. Faça com que as velas se apaguem. Acenda-as de novo. Quero vê-la fazer isso.

– Não vou fazer nada. E quero que pare de brincar comigo. Fale o que tem a dizer. Mas pare com essas brincadeiras. Pare de me torturar. Nunca fiz nada para você. Diga-me quem ele é e por que a senhora me separou da minha mãe.

– Mas já disse. Separei vocês duas para poder afastar você dele, deste colar, desta herança de maldições e da fortuna criada a partir do poder e da interferência dele. – Ela estudou a expressão de Rowan e prosseguiu, com a voz mais grave, embora com a mesma nitidez. – Separei você dela para alquebrar sua vontade e para afastá-la de uma muleta na qual ela poderia se apoiar, de um ouvido no qual ela pudesse derramar sua alma torturada, de uma companhia que ela poderia deformar e perverter com sua fraqueza e sua aflição.

Paralisada de raiva, Rowan não deu nenhuma resposta. Entristecida, ela via mentalmente a mulher de cabelos negros no caixão. Via também o cemitério de Lafayette, só que envolto pela escuridão da noite, tranquilo e deserto.

– Trinta anos você teve para crescer forte e direita, longe desta casa, longe do mal dessa história. E o que você se tornou? Uma médica incomparável até para seus colegas de profissão; e, quando praticou o mal com seu poder, você recuou numa virtuosa condenação de si mesma, com uma vergonha que a impulsionou para um sacrifício ainda maior.

– Como a senhora sabe essas coisas?

– Eu vejo. O que vejo é impreciso, mas vejo. Vejo o mal, embora não consiga ver os atos em si, pois eles estão ocultos pela própria culpa e vergonha que os anunciam.

– Então, o que quer de mim? Uma confissão? A senhora mesma disse que voltei as costas ao que fiz de errado. Procurei alguma outra coisa, algo infinitamente mais exigente, algo superior.

– "Não matarás" – sussurrou a velha.

Um choque de pura dor trespassou Rowan e, consternada, ela viu que os olhos da velha se dilatavam, escarnecendo dela. Confusa, Rowan compreendeu o estratagema e se sentiu indefesa. Pois, num átimo de segundo, a mulher, com suas palavras, havia feito surgir na mente de Rowan a imagem exata daquilo que estava procurando.

Você matou. Em acessos de raiva e fúria, você tirou a vida. Foi proposital. É essa a força que você tem.

Rowan mergulhou mais fundo em si mesma, espiando os óculos redondos e planos que captavam a luz e a liberavam, e os olhos escuros difíceis de divisar por trás deles.

– Será que eu lhe ensinei alguma coisa? – perguntou a mulher.

– A senhora está pondo minha paciência à prova. Permita-me relembrar que não fiz nada para você. Não vim aqui exigir respostas suas. Não fiz nenhuma censura. Não vim para reivindicar essa joia, esta casa ou qualquer objeto que nela se encontre. Vim ver o enterro da minha mãe, e entrei pela porta da frente porque a senhora me convidou. Estou aqui para ouvir, mas não vou aceitar ser seu brinquedo muito tempo mais. Nem por todos os segredos deste mundo. Também não tenho medo desse seu fantasma, mesmo que ele ostente o pau de um arcanjo.

A velha a encarou um instante. Depois, ergueu as sobrancelhas e riu, uma risadinha curta, repentina, com uma nota surpreendentemente feminina. Ela prosseguiu, sorrindo.

– Palavras acertadas, minha cara – disse ela. – Há setenta e cinco anos minha mãe me disse que ele poderia fazer os deuses gregos chorarem de inveja, tão lindo era ao entrar no seu quarto. – Ela relaxou lentamente, na cadeira, tencionando os lábios e depois voltando a sorrir. – Mas ele nunca a afastou dos seus lindos mortais. Ela gostava do mesmo tipo de homem que você aprecia.

– Ellie contou isso também?

– Ela me contou muitas coisas, mas nunca me disse que estava doente. Nunca me disse que estava à beira da morte.

– Quando as pessoas estão morrendo, elas ficam com medo – disse Rowan. – Estão inteiramente sós. Ninguém pode morrer no lugar delas.

A velha baixou os olhos. Ficou imóvel por algum tempo. Depois suas mãos afagaram o tampo macio do porta-joias e, segurando-o com força, ela o abriu. Ela o virou ligeiramente para que a luz das velas refulgisse na esmeralda que estava ali dentro, presa num emaranhado de corrente de ouro. Era a maior pedra preciosa que Rowan já havia visto.

– Eu costumava sonhar com a morte – disse Carlotta, contemplando a pedra. – Já a pedi nas minhas orações. – Ela ergueu os olhos lentamente, avaliando Rowan, e mais uma vez eles se dilataram, com a pele frágil e macia da sua testa se enrugando excessivamente acima das sobrancelhas grisalhas. Sua alma parecia agora fechada e imersa na tristeza. Foi como se por um instante ela houvesse se esquecido de se ocultar de algum modo de Rowan, por trás da crueldade e da inteligência. Ela apenas a contemplava.

– Venha – disse a velha, endireitando-se com dificuldade. – Deixe-me mostrar o que tenho de mostrar. Acho que não resta muito tempo agora.

– Por que diz isso? – disse Rowan em voz baixa, com um tom insistente. – Por que me olha desse jeito?

A mulher apenas sorriu.

– Venha. Traga a vela se quiser. Algumas das lâmpadas ainda acendem. Outras estão queimadas ou os fios já há muito se desgastaram e se soltaram. Acompanhe-me.

Levantou-se da cadeira, tirou cuidadosamente a bengala de madeira que estava enganchada no encosto e caminhou com uma firmeza surpreendente, passando por Rowan, que a observava parada, protegendo a chama frágil com a mão esquerda em curva.

A luz ínfima cresceu parede acima enquanto as duas seguiam pelo corredor. Ela brilhou um instante na superfície reluzente de um velho retrato de um homem que de repente pareceu estar vivo, olhando para Rowan. Ela parou, voltando a cabeça de maneira brusca, para olhar e ver que havia sido apenas uma ilusão.

– O que foi? – perguntou Carlotta.

– Só que eu pensei... – Rowan olhou para o retrato, muito bem pintado, que mostrava um homem sorridente, de olhos negros, decididamente ninguém vivo, soterrado por baixo de camadas de verniz quebradiço, todo rachado.

– Pensou o quê?

– Nada de importante – disse Rowan, prosseguindo, com a mão a proteger a vela como antes. – A luz fez com que ele parecesse ter se movimentado.

A mulher voltou o olhar, fixando-o no retrato, com Rowan parada ao seu lado.

– Você verá muitas coisas estranhas nesta casa – disse ela. – Poderá passar por aposentos vazios só para dar meia-volta porque acha que viu uma silhueta em movimento ou uma pessoa olhando para você.

Rowan examinou seu rosto. Carlotta agora não parecia perversa, nem brincalhona, apenas solitária, pensativa, abismada.

– Você não tem medo do escuro? – perguntou Carlotta.

– Não.

– Então enxerga bem no escuro.

– Enxergo. Melhor do que a maioria das pessoas.

A mulher voltou a andar, dirigindo-se para a porta alta ao pé da escada, e ali apertou o botão. Com um estrépito abafado, o elevador desceu até o térreo e parou pesado, aos trancos. A mulher virou a maçaneta, abrindo a porta e revelando uma porta pantográfica, que abriu com esforço.

Entraram, pisando num retalho de tapete gasto, cercadas por paredes forradas de um tecido escuro, com uma lâmpada fraca acesa no teto.

– Feche as portas – disse a mulher, e Rowan obedeceu, estendendo a mão para puxar a maçaneta e fechando a porta pantográfica. – É bom que aprenda a usar o que é seu – acrescentou a velha.

Uma fragrância delicada emanava das suas roupas, algo doce como Chanel, misturada ao perfume inconfundível de pó de arroz. Ela apertou um pequeno botão preto de borracha, à sua direita. E lá foram subindo, velozes, com um impulso que surpreendeu Rowan.

O corredor do segundo andar estava imerso numa escuridão ainda mais impenetrável do que o do térreo. O ar estava mais aquecido. Nenhuma porta ou janela deixava passar um feixe de luz que fosse da rua, e a luz da vela lançava uma claridade fraca sobre as inúmeras portas de almofadas brancas e mais uma escada que subia.

– Entre aqui – disse a velha, abrindo uma porta à esquerda e seguindo à frente, com a bengala batendo de leve no espesso tapete florido.

Cortinas, escuras e podres, como as da sala de jantar lá embaixo, e uma cama estreita de madeira, com um dossel, aparentemente entalhado com a imagem de uma águia. A cabeceira também era entalhada com um desenho semelhante, simétrico.

– Foi nesta cama que sua mãe morreu – disse Carlotta.

Rowan olhou para o colchão nu. Viu uma enorme mancha escura no pano listrado que tinha um brilho quase cintilante na escuridão. Insetos! Minúsculos insetos pretos se alimentavam diligentemente na mancha. Quando ela deu um passo adiante, a luz fez que fugissem em disparada para os quatro cantos do colchão. Ela arfou e quase deixou cair a vela.

A velha parecia mergulhada nos seus pensamentos, de algum modo protegida daquele horror.

– Isso é repugnante – disse Rowan entredentes. – Alguém devia limpar este quarto!

– Você pode mandar limpá-lo se quiser – respondeu a velha. – Ele agora é seu.

O calor e a visão das baratas fizeram com que Rowan se sentisse mal. Ela recuou e encostou a cabeça no batente da porta. Outros cheiros subiam, ameaçando provocar-lhe náuseas.

– O que mais quer me mostrar? – perguntou, com calma. Domine sua raiva, dizia a si mesma, enquanto seus olhos corriam as paredes desbotadas, a mesinha de cabeceira apinhada de imagens de gesso e velas. Tudo lúgubre, feio, imundo. Morta nesta imundície. Morreu aqui. No abandono.

– Não – disse a velha. – Não no abandono. E o que é que ela percebia do ambiente à sua volta no final da vida? Leia você mesma os registros médicos. – A velha passou mais uma vez por ela, voltando ao corredor. E agora precisamos subir essa escada, porque o elevador só vem até aqui.

Reze para não precisar de ajuda minha, pensou Rowan. Ela se retraía só de se imaginar tocando a velha. Procurou respirar fundo para acalmar o tumulto no seu íntimo. O ar, pesado, viciado e cheio de levíssimos indícios de cheiros ainda piores parecia estar grudado a ela, às suas roupas, ao seu rosto.

Ficou olhando a mulher subir, galgando cada degrau lentamente mas com competência.

– Venha comigo, Rowan Mayfair – disse ela, olhando para trás. – Traga a vela. As antigas luminárias a gás daqui de cima foram desligadas há muito tempo.

Rowan a acompanhou. O ar ficava cada vez mais quente. Parada no pequeno patamar, ela viu mais um lance curto de degraus e depois o último patamar, no terceiro andar. Enquanto subia, parecia que todo o calor da casa devia estar concentrado ali.

Através de uma janela nua à sua direita entrava o clarão incolor da luz do poste da rua lá embaixo. Havia duas portas, uma à esquerda e uma diretamente à sua frente. Foi a porta da esquerda que a velha abriu.

– Está vendo ali dentro o lampião sobre a mesa? Acenda-o.

Rowan largou a vela e ergueu a camisa do lampião. O cheiro do óleo era ligeiramente desagradável. Ela tocou com a vela acesa o pavio queimado. A chama grande e brilhante ficou ainda mais forte quando ela baixou a camisa. Rowan segurou a lâmpada no alto para iluminar um aposento espaçoso, de pé-direito baixo, cheio de pó, umidade e teias de aranha. Mais uma vez, pequenos insetos fugiram da luz. Um farfalhar seco a assustou, mas o cheiro agradável do calor e da madeira era forte ali, ainda mais forte do que o cheiro de mofo e de panos estragados.

Ela viu que havia baús encostados nas paredes, que caixotes de mudança estavam apinhados sobre uma cama de latão no canto mais distante abaixo de uma das duas janelas quadradas. Um denso emaranhado de trepadeiras encobria metade da vidraça, com a luz refletindo nas gotas de chuva ainda agarradas às folhas, tornando-as ainda mais visíveis. As cortinas haviam caído há muito tempo e estavam ainda amontoadas no peitoril das janelas.

Livros forravam a parede à direita, cercando a lareira e seu pequeno consolo de madeira, em prateleiras que chegavam ao teto. Havia livros espalhados a esmo nas velhas poltronas estofadas que agora pareciam macias, esponjosas com a umidade e a idade. A luz do lampião reluziu no latão opaco da velha cama. Refletiu também no couro embaçado de um par de sapatos, aparentemente jogados junto a um tapete comprido e grosso, amarrado num rolo irregular e empurrado de encontro à lareira desativada.

Havia algo de estranho nesses sapatos, algo de estranho naquele rolo cheio de saliências. Seria o fato de o tapete estar preso por uma corrente enferrujada em vez da corda que pareceria mais provável?

Rowan percebeu que a velha a observava.

– Este foi o quarto de meu tio Julien – disse a mulher. – Foi por aquela janela que sua avó Antha saiu para o telhado da varanda e caiu para morrer lá embaixo nas lajes.

Rowan firmou o lampião, segurando-o melhor pela cintura marcada da sua base de vidro. Não disse nada.

– Abra o primeiro baú aí à sua direita – disse a velha.

Hesitando por um instante, embora não soubesse dizer por quê, Rowan se ajoelhou no piso nu e empoeirado, pôs o lampião ao lado do baú e examinou a tampa e a tranca arrombada. O baú era de lona reforçada com couro e tachas de latão. Ela ergueu a tampa sem esforço e a encostou delicadamente na parede para não arranhar o reboco.

– Está vendo o que está aí dentro?

– Bonecas – respondeu Rowan. – Bonecas feitas de... de cabelo e osso.

– É, ossos e cabelos humanos, de pele humana e aparas de unhas. Bonecas das suas antepassadas tão antigas que não se sabem os nomes das mais velhas, e elas se desfarão em pó se você as tocar.

Rowan examinou todas elas, dispostas cuidadosamente em fileiras numa camada de morim ralo, cada boneca com seu rosto meticulosamente desenhado e sua longa mecha de cabelo, algumas com varinhas para lhes servir de braços e pernas, outras molengas e quase amorfas. A mais nova e mais elegante de todas era feita de seda com uma pérola costurada ao vestido. Seu rosto era de osso reluzente, com os olhos, o nariz e a boca desenhados com tinta de um marrom-escuro, talvez mesmo com sangue.

– É – disse a velha. – É sangue. E essa é sua bisavó Stella.

A bonequinha pareceu sorrir para Rowan. Alguém havia grudado os cabelos negros à cabeça de osso com cola. Saíam ossos da bainha do tubinho de seda.

– De onde vieram esses ossos?

– De Stella.

Rowan estendeu a mão e recuou, com os dedos se retraindo. Ela não conseguia se forçar a tocar a boneca. Hesitante, ela ergueu a ponta do morim, para ver ali embaixo mais uma camada, e nessa as bonecas estavam rapidamente se transformando em pó. Elas haviam afundado no pano, e era bem provável que não pudessem ser tiradas intactas dali.

– Elas remontam aos tempos da Europa. Enfie a mão. Pegue a mais velha. Você consegue ver qual é?

– Não adianta. Ela se desfará se eu a tocar. Além do mais, nem sei qual delas é a mais velha. – Ela recolocou o pano no lugar, acertando a camada superior com cuidado. E, quando seus dedos tocaram nos ossos, ela sentiu uma vibração súbita e desagradável. Era como se uma luz forte houvesse lampejado diante dos seus olhos. Sua mente registrou as possibilidades médicas... convulsão, perturbação do lobo temporal. No entanto, o diagnóstico parecia tolo, por pertencer a um outro universo.

Ela olhou fixamente para as pequenas carinhas.

– Qual é a finalidade? Por que isso?

– Para falar com elas, se você quiser, e para invocar sua ajuda, de tal modo que elas saiam do inferno para satisfazer sua vontade. – A mulher tencionou os lábios enrugados numa leve expressão de escárnio, com a luz, de baixo, deformando seu rosto grotescamente. – Como se elas fossem sair das chamas do inferno para satisfazer um pedido de quem quer que fosse.

Rowan deu um longo suspiro depreciativo, olhando novamente para as bonecas, para o rosto horrendo e nítido de Stella.

– Quem fez essas coisas?

– Todos eles, o tempo todo. Cortland veio se esgueirando à noite e cortou o pé da minha mãe, Mary Beth, enquanto ela jazia no caixão. Foi Cortland quem tirou os ossos de Stella. Stella queria ser enterrada em casa. Ela sabia o que ele faria, porque sua avó Antha era pequena demais para isso.

Rowan estremeceu. Baixou a tampa do baú, levantou-se, erguendo cuidadosamente o lampião, e espanou o pó dos joelhos.

– Esse Cortland, o homem que fez essas coisas, quem ele era? Não era avô do Ryan que conheci no enterro?

– É, minha querida, o próprio – disse a velha. – Cortland, o belo, Cortland, o perverso, Cortland, o instrumento daquele que conduz esta família há séculos. Cortland, que violentou sua mãe quando ela se agarrou a ele à procura de ajuda. Estou falando do homem que copulou com Stella para gerar Antha, que por sua vez deu à luz Deirdre, que dele concebeu você. Ao mesmo tempo, filha e bisneta.

Rowan ficou calada, visualizando a disposição dos nascimentos e dos entrelaçamentos.

– E quem fez uma boneca da minha mãe? – perguntou, olhando fixamente para o rosto da velha, que agora parecia medonho no jogo de luz e sombra do lampião.

– Ninguém. A não ser que você mesma queira ir até o cemitério, soltar a lápide e tirar as mãos dela de dentro do caixão. Você acha que conseguiria fazer uma coisa dessas? Ele a ajudará, sabia, o homem que você já viu. Ele aparecerá se você puser o colar e o invocar.

– A senhora não tem nenhum motivo para querer me magoar. Não faço parte disso tudo.

– Estou dizendo o que sei. Magia sombria era o negócio deles. Sempre foi. Eu digo o que você precisa saber para fazer sua escolha. Você se curvaria a essa imundície? Você daria continuidade a isso tudo? Você ergueria aqueles fragmentos deploráveis e invocaria os espíritos dos mortos para que todos os demônios no inferno fizessem de você um brinquedinho?

– Eu não acredito nisso – disse Rowan. – E não creio que a senhora acredite.

– Eu acredito no que vi. Acredito no que sinto quando toco nessas bonecas. Elas são dotadas de perversidade, como as relíquias sacras são dotadas de santidade. Mas as vozes que falam por elas são todas dele, a voz do demônio. Você não acredita no que viu quando ele apareceu?

– Vi um homem de cabelos escuros. Não era um ser humano. Era algum tipo de alucinação.

– Era Satã. Ele dirá que isso não é verdade. Ele lhe dará um lindo nome. Ele dirá poesia para você. Mas ele é o diabo dos infernos por um simples motivo. Ele mente e destrói. E ele destruirá você e seus descendentes se conseguir, pois seus objetivos, os objetivos dele são o que importa.

– E quais são esses objetivos?

– Ter vida, como nós temos vida. Realizar-se, ver e sentir o que nós vemos e sentimos. – A mulher lhe voltou as costas e, meneando a bengala à sua frente, caminhou até a parede da esquerda, junto à lareira, parando diante do tapete mal enrolado e depois olhando para os livros que forravam as estantes dos dois lados da chaminé revestida de lambri acima do consolo da lareira.

"Histórias – prosseguiu ela. – Histórias de todos os que vieram antes de nós, escritas por Julien. Este foi o quarto de Julien, o retiro de Julien. Aqui dentro, ele escreveu suas confissões. De como com sua irmã Katherine ele gerou minha mãe Mary Beth; e depois com Mary Beth gerou minha irmã Stella. E, quando ele quis se deitar comigo, eu cuspi na sua cara. Tentei arrancar seus olhos com minhas unhas. Ameacei matá-lo. – Ela se voltou e olhou fixamente para Rowan.

"Magia sombria, feitiços maléficos, registros de suas pequenas vitórias de quando castigava seus inimigos e seduzia seus amantes. Nem todos os serafins nos céus poderiam saciar sua luxúria. Não a de Julien."

— Tudo isso está registrado aí?

— Tudo isso e algo mais. Mas eu nunca li seus livros, nem nunca vou ler. Já me bastava ler seus pensamentos quando ele ficava sentado um dia após o outro na biblioteca lá embaixo, mergulhando a pena no tinteiro e rindo consigo mesmo enquanto dava asas à fantasia. Isso foi há muitas décadas. Esperei tanto tempo por este momento.

— E por que os livros ainda estão aqui? Por que não os queimou?

— Porque eu sabia que, se um dia você viesse, teria de ver com seus próprios olhos. Nenhum livro tem a força de um livro incinerado! Não... Você precisa ler sozinha o que ele era, pois o que ele diz com suas próprias palavras não pode ter outro efeito a não ser o de culpá-lo e condená-lo. — Ela fez uma pausa. — Leia e escolha. Antha não tinha condições de escolher. Deirdre não tinha condições de escolher. Mas você tem. Você é forte, inteligente e sábia, apesar da pouca idade, sábia. Isso eu vejo em você.

Ela pousou as duas mãos sobre o cabo da bengala e olhou para outro lado com o canto dos olhos, meditando. Mais uma vez, seu capacete de cabelo branco parecia pesar sobre o rosto pequeno.

— Eu fiz minha escolha — disse ela, baixinho, quase triste. — Fui até a igreja depois que Julien tocou em mim, depois que ele cantou suas canções e disse suas mentiras. Acredito francamente que ele imaginava conseguir me seduzir com seus encantos. Fui até o altar de Nossa Senhora do Perpétuo Socorro e ali me ajoelhei e rezei. E uma verdade poderosíssima me foi revelada. Não importava se Deus no céu fosse católico, protestante ou hindu. O que importava era alguma coisa mais profunda, mais antiga e mais forte do que qualquer imagem dessas: um conceito do bem baseado na afirmação da vida, na repulsa à destruição, à perversidade, ao uso e abuso do homem pelo homem. Era a afirmação do humano e do natural. — Ela ergueu os olhos para Rowan. — Pedi a Deus que me ajudasse. Que Nossa Senhora me amparasse. Que me permitissem usar meu poder para combatê-los, para derrotá-los, para vencê-los.

Mais uma vez, seus olhos se desfocaram, talvez contemplando o passado. Pairaram por algum tempo sobre o tapete aos seus pés, com seus círculos apertados de corrente enferrujada.

— Eu sabia o que me esperava, mesmo naquela época. Anos depois, aprendi o que precisava. Aprendi os mesmos feitiços e segredos que eles empregavam. Aprendi a invocar os mesmos espíritos inferiores que eles comandavam. Aprendi a lutar com *ele*, em toda a sua glória, com espíritos fiéis a mim, que eu depois podia dispensar com um estalar de dedos. Em suma, usei suas armas contra eles mesmos.

Ela parecia taciturna, distante, estudando as reações de Rowan apesar de aparentar indiferença com relação a elas.

— Eu disse a Julien que não teria nenhum filho incestuoso dele. Que não me descrevesse fantasias do futuro. Que não aplicasse seus truques comigo, transformando-se num rapaz nos meus braços, quando eu podia sentir sua carne murcha e sabia que ela estava ali o tempo todo. "Você acha que eu me importo com você ser o homem mais lindo do mundo? Você ou seu guardião maléfico? Você acha que eu tomo minhas decisões com tanta vaidade e complacência?" Foi o que eu disse a ele. Se ele me tocasse novamente, eu usaria o poder de que dispunha para afastá-lo. Eu não precisaria de mãos humanas para me ajudar. E eu vi medo nos seus olhos; medo, muito embora eu mesma ainda não houvesse aprendido o suficiente para fazer valer minhas ameaças; medo de um poder que ele sabia existir mesmo que eu ainda não me sentisse segura dele. Mas talvez fosse apenas medo de alguém que ele não conseguia seduzir, não conseguia confundir, não conseguia conquistar. – Ela sorriu, com os lábios finos revelando uma reluzente dentadura perfeitamente nivelada. – Sabe, isso é terrível para alguém que vive exclusivamente pela sedução.

Ela silenciou, talvez dominada pelas lembranças.

Rowan respirou fundo, ignorando o suor grudado ao seu rosto e o calor do lampião. Ao olhar para a mulher, o que sentia era angústia, desperdício e longos anos de solidão. Anos vazios, anos de uma rotina enfadonha, de rancor e de uma crença feroz, uma crença com o potencial para matar...

– É, matar – suspirou a mulher. – Também fiz isso. Para proteger os vivos daquele que nunca viveu e que se apossaria deles se pudesse.

– Por que nós? – perguntou Rowan. – Por que nós somos os brinquedinhos desse espírito de que a senhora fala? Por que logo nós no mundo inteiro? Não somos os únicos que conseguem ver espíritos.

A velha deu um longo suspiro.

– A senhora alguma vez falou com ele? Disse que ele apareceu quando ainda era criança, que falava no seu ouvido palavras que ninguém ouvia. Alguma vez a senhora perguntou quem ele era e o que realmente queria?

– Você acha que ele teria me contado a verdade? Ele não lhe dirá a verdade, lembre-se do que falo. Você só o alimenta quando faz perguntas a ele. Você lhe dá combustível como se ele fosse a chama no lampião.

A velha de repente se aproximou ainda mais de Rowan.

– Ele retirará da sua mente a resposta mais adequada para enganá-la, para deixá-la fascinada. Ele tecerá uma teia de falsidades tão densa que você não conseguirá ver o mundo através dela. Ele quer sua força e dirá o que for preciso dizer para obtê-la. Quebre a corrente, menina! Você é a mais forte de todas elas! Quebre a corrente, e ele terá de voltar para o inferno, pois ele não tem mais nenhum lugar para onde ir no mundo inteiro para encontrar uma força como a sua. Você não percebe? Foi ele quem criou essa força. Cruzando irmão com irmã, tio com sobrinha e filho com mãe, é, até isso, quando precisava, para criar uma bruxa ainda mais poderosa, só fracassando de vez em quando, e reconquistando o que havia perdido numa geração com um poder ainda maior na próxima. Qual foi o custo de Antha e Deirdre se ele podia ter uma Rowan?

– Bruxa? A senhora disse a palavra bruxa?

– Todas eram bruxas, todas elas, está me entendendo? – Os olhos da velha esquadrinhavam o rosto de Rowan. – Sua mãe, sua avó, sua bisavó e até Julien, aquele ser desprezível, pai de Cortland, que foi seu pai. Eu também estava destinada a isso até me rebelar.

Rowan cerrou o punho esquerdo, enfiando as unhas na palma da mão, encarando a velha nos olhos, com repulsa por ela e no entanto incapaz de se afastar.

– O incesto, minha cara, foi o menor dos seus pecados, mas seu projeto mais importante: incesto para fortalecer a linhagem, para multiplicar os poderes, para purificar o sangue, para dar à luz uma bruxa terrível e esperta a cada geração, há tanto tempo que os primórdios se perderam na história da Europa. O inglês que fale a esse respeito, o inglês que veio com você à igreja, o inglês que estava segurando seu braço. Deixe que ele diga os nomes das mulheres cujas bonecas estão naquele baú. Ele venderá sua especialidade na magia sombria, sua genealogia.

– Quero sair deste quarto – disse Rowan, baixinho. Ela se voltou, lançando o feixe de luz no patamar da escada.

– Você sabe que é verdade – disse a velha atrás dela. – No fundo você sempre soube que vivia em você o mal.

– A senhora foi infeliz na sua escolha de palavras. Está querendo dizer o potencial para o mal.

– Bem, saiba que pode dar um basta nisso! Esse pode ser o significado da sua força superior, o de que você pode agir como eu agi, voltando sua força contra ele. Voltando-a contra eles todos!

A velha passou bruscamente por Rowan, com a bainha do seu vestido roçando-lhe o tornozelo, e a bengala batendo surda no chão enquanto ela saía para o patamar e fazia um gesto para que Rowan a seguisse.

Entraram na única porta remanescente no andar, dela saindo um cheiro fortíssimo e revoltante. Rowan recuou, praticamente sem poder respirar, e então fez o que sabia que devia fazer. Respirou fundo aquela fedentina e engoliu em seco, pois não havia nenhum outro modo para tolerá-la.

Erguendo bem alto o lampião, ela viu que aquele era um depósito estreito. Estava cheio de frascos e vidros em prateleiras improvisadas, e os frascos e vidros estavam cheios de um líquido escuro, turvo. Havia espécimes nesses recipientes. Coisas pútridas, estragadas. O cheiro forte do álcool e de outros produtos químicos, e acima de todos o de carne em putrefação. Era insuportável a ideia de que esses recipientes de vidro fossem abertos e do horrível fedor do seu conteúdo.

– Pertenceram a Marguerite – disse a velha –, que foi a mãe de Julien e de Katherine, que foi minha avó. Não espero que você guarde todos esses nomes. Você vai encontrá-los nos registros lá do outro quarto. Mas preste atenção ao que eu digo. Marguerite encheu esses vidros com coisas horrorosas. Você verá quando derramar o conteúdo. E, veja bem, faça isso você mesma se não quiser ter problemas. Coisas horrendas nesses frascos... e logo ela, a curandeira! – Ela quase cuspiu a palavra, com desprezo. – Com o mesmo dom poderoso que você tem agora, de pôr as mãos sobre os enfermos e de reunir as células para consertar a fratura ou o câncer. E foi isso o que ela fez com seu dom. Traga o lampião mais para perto.

– Não quero ver isso agora.

– Não? Você é médica, não é? Você não dissecou os mortos de todas as idades? Você não corta as pessoas agora?

– Sou cirurgiã. Opero para preservar e prolongar a vida. Não quero ver essas coisas agora...

No entanto, mesmo enquanto falava, estava examinando os frascos, olhando para o maior deles no qual o líquido ainda estava claro o suficiente para permitir ver a coisa macia, vagamente arredondada que nele flutuava, meio oculta pelas sombras. Mas era impossível o que estava vendo. Aquilo parecia ser exatamente uma cabeça humana. Ela recuou como se tivesse se queimado.

– Diga-me o que viu.

– Por que está fazendo isso comigo? – perguntou, em voz baixa, com os olhos fixos no frasco, nos olhos escuros apodrecidos, boiando no líquido, e nos cabelos de alga. Ela voltou as costas ao frasco e encarou a velha. – Foi hoje o enterro da minha mãe. O que a senhora quer de mim?

– Já falei para você.

– A senhora está me castigando por ter vindo, está me punindo só por eu querer saber, por eu ter estragado seus planos.

Teria sido aquilo um sorriso no rosto da velha?

– A senhora não compreende que agora eu estou totalmente só lá na Califórnia? Quero conhecer minha família. A senhora não pode fazer com que eu me curve à sua vontade.

Silêncio. Aquilo ali era uma fornalha. Rowan não sabia quanto tempo mais iria aguentar.

– Foi isso o que fez com minha mãe? – perguntou, com a voz como que se extinguindo de raiva. – A senhora fez com que ela cumprisse a sua vontade?

Ela deu um passo atrás, como se sua raiva a forçasse a se afastar da velha; com a mão segurando desconfortavelmente o lampião de vidro, que agora estava quente com o pavio aceso, tão quente que ela mal conseguia mantê-lo na mão.

– Vou passar mal neste quarto.

– Pobrezinha – disse a velha. – O que você viu no frasco era uma cabeça de homem. Pois olhe com cuidado para ele quando chegar a hora. Olhe também para os outros que encontrar ali.

– Estão todos podres, deteriorados. São tão velhos que já não servem para nada, se é que algum dia serviram. Quero sair daqui.

Mesmo assim, seus olhos voltavam ao frasco, dominados pelo pavor. Sua mão esquerda tapou sua boca, como se de algum modo pudesse protegê-la. E, olhando para o líquido turvo, ela viu mais uma vez o buraco escuro da boca na qual os lábios estavam se deteriorando lentamente e os dentes brancos reluziam com perfeição. Viu o brilho gelatinoso dos olhos. Não, não olhe mais. Mas o que era aquilo dentro do vidro? Havia coisas que se mexiam no líquido, vermes. A vedação havia sido quebrada.

Ela se voltou e saiu do quarto, apoiando-se na parede, de olhos fechados, com o lampião a lhe queimar a mão. Seu coração batia forte nos ouvidos, e por um instante pareceu que as náuseas iam dominá-la. Ela ia vomitar no próprio chão no alto dessa escada imunda, com essa mulher desgraçada e perversa ao seu lado. Anestesiada, ouviu a mulher passar novamente por ela. Ouviu seu movimento ao descer a escada, dando passos mais lentos do que antes e somente recuperando um pouco a velocidade ao chegar ao patamar.

– Desça, Rowan Mayfair. Apague o lampião, mas acenda a vela antes e depois a traga com você.

Rowan foi se recuperando lentamente. Passou a mão esquerda pelos cabelos. Lutando contra uma outra crise de náusea, ela entrou devagar no quarto. Pôs o lampião na pequena mesa junto à porta de onde o havia tirado, bem no momento em que achou que seus dedos não aguentariam mais a temperatura, e ficou segurando a mão direita junto à boca, procurando aliviar a sensação de queimadura. Depois, ergueu a vela devagar e a mergulhou na camisa de vidro do lampião, pois sabia que o vidro estaria quente demais para ser tocado. O pavio acendeu, com um pouco de cera escorrendo, e então ela apagou o lampião. Ficou ali parada um pouco, com os olhos sobre o tapete enrolado e o par de sapatos de couro jogado junto a ele.

Não, não estavam jogados, pensou. Não. Foi lentamente na direção dos sapatos. Estendeu, devagar, seu próprio pé esquerdo até tocar num dos sapatos e deu um chute nele. Percebeu que ele estava preso em alguma coisa, no mesmo instante em que ele se soltou, deixando ver o osso branco e reluzente da perna que saía da calça dentro do tapete enrolado.

Ficou paralisada, olhando espantada para o osso. Para o próprio tapete enrolado. E então, indo até a outra extremidade, ela viu ali o que não via antes, o brilho escuro de cabelos castanhos. Alguém embrulhado no tapete. Alguém morto, morto há muito tempo, e olhe, a mancha no piso, a mancha escura no lado do tapete, perto do chão, onde os fluidos escorreram e secaram há muito. E veja, até mesmo os minúsculos insetos esmagados, presos no líquido viscoso há tanto tempo.

Rowan, prometa que nunca voltará para lá, prometa.

De algum lugar distante lá embaixo, ela ouviu a voz da velha, tão fraca que parecia mais um pensamento seu.

– Desça, Rowan Mayfair.

Rowan Mayfair, Rowan Mayfair, Rowan Mayfair...

Recusando-se a se apressar, ela saiu, com apenas um último olhar ao morto escondido no tapete, à vareta de osso branco que dele saía. Ela fechou, então, a porta, e desceu a escada, apática.

A velha estava parada diante do elevador aberto, apenas observando, com a feia luz dourada da lâmpada do elevador a iluminá-la em cheio.

– A senhora sabe o que encontrei – disse Rowan, endireitando-se ao chegar ao pé da escada. A pequena vela tremeluziu um instante, lançando pálidas sombras translúcidas no teto.

– Você encontrou o cadáver enrolado no tapete.

– Pelo amor de Deus, o que andou acontecendo nesta casa?! – exclamou Rowan, ofegante. – Vocês são todos loucos?

Como a velha parecia fria e controlada. Como parecia totalmente indiferente. Ela indicou o elevador aberto.

– Venha comigo – disse ela. – Não há nada mais a ser visto e só um pouco mais a ser dito...

– Ah, mas muitas coisas ainda precisam ser ditas – contestou Rowan. – Diga-me, a senhora contou essas coisas à minha mãe? A senhora mostrou a ela aqueles frascos e aquelas bonecas horríveis?

– Eu não enlouqueci sua mãe, se é isso o que quer dizer.

– Acho que qualquer um que crescesse nesta casa poderia ficar louco.

– Sou da mesma opinião. Por isso, mandei você para longe. Agora, venha.

– Diga-me o que aconteceu com minha mãe.

Ela entrou atrás da velha na pequena cabine empoeirada, fechando a porta de madeira e a pantográfica com raiva. Enquanto desciam, ela se voltou e examinou o perfil da mulher. Velha, velhíssima. A pele amarelada como pergaminho. O pescoço, tão fino e fraco, com as veias saltadas sob a pele frágil. É, tão frágil.

– Diga-me o que aconteceu – insistiu Rowan, com os olhos fixos no chão, sem ousar olhar a mulher de perto de novo. – Não me fale de como ele a tocava quando dormia, mas o que aconteceu, o que aconteceu realmente!

O elevador parou com um tranco. A mulher abriu a porta pantográfica, empurrou a de madeira e saiu para o corredor.

Quando Rowan fechou a porta, a lâmpada se apagou como se o elevador e sua lâmpada nua nunca houvessem existido. A escuridão pareceu envolvê-la com um leve frescor, recendendo a chuva para além da porta aberta. A noite reluzia lá fora, com seus ruídos tranquilizadores.

– Diga-me o que aconteceu – insistiu Rowan, em voz baixa, amarga.

Atravessaram o longo salão da frente, com a velha servindo de guia, ligeiramente inclinada para a esquerda acompanhando sua bengala e Rowan, seguindo, paciente, atrás dela.

A luz fraca da vela ia se arrastando devagar pelo salão inteiro, mal chegando a iluminar o teto. Mesmo abandonado, era um lindo salão, com suas lareiras de mármore e os altos espelhos acima dos consolos refulgindo em meio às sombras lúgubres. Todas as janelas iam até o chão. Nas duas extremidades, havia espelhos que se olhavam cobrindo toda a extensão do aposento. Rowan percebeu vagamente que os lustres eram refletidos infinitamente. Sua própria silhueta pequena estava lá, repetida inúmeras vezes até finalmente desaparecer na escuridão.

– É – disse a velha. – É uma ilusão interessante. Darcy Monahan comprou esses espelhos para Katherine. Darcy Monahan tentou afastar Katherine de todo o mal que a cercava. Mas ele morreu nesta casa, de febre amarela. Katherine chorou pelo resto da sua vida. Mas os espelhos continuam até hoje, de um lado e do outro, e acima das lareiras, como Darcy os instalou.

Ela suspirou, mais uma vez descansando as mãos no cabo da bengala.

– Todos nós... de tempos em tempos... estivemos refletidos nesses espelhos. E agora você está se vendo neles, enquadrada na mesma moldura.

Rowan não respondeu. Entristecida, distante, ela ansiava por ver aquele salão iluminado, ver os entalhes nas lareiras de mármore, ver o estado das longas cortinas de seda, ver os florões de gesso no teto altíssimo.

A velha avançou até a mais próxima, entre duas janelas laterais que vinham até o chão.

– Levante-a para mim – disse a velha. – Ela desliza para cima. Você tem força suficiente. – Ela pegou a vela que Rowan levava e a colocou numa mesinha junto à lareira.

Rowan estendeu a mão para soltar a trava simples e ergueu a pesada janela de nove vidraças, empurrando-a com facilidade até que ela estivesse quase acima da sua cabeça.

Ali ficava a varanda telada. A noite lá fora, o ar tão puro quanto agradável e cheio da promessa de mais chuva. Rowan sentiu uma onda de gratidão e ficou parada em silêncio, deixando que o ar beijasse seu rosto e suas mãos. Ela abriu caminho quando a velha passou.

A vela, esquecida, lutou com uma corrente de ar erradia e se apagou. Rowan saiu para a escuridão. Mais uma vez, aquele perfume forte veio com a brisa, com sua doçura inundante.

– O jasmim da noite – disse a velha.

Em toda a volta do gradil dessa varanda cresciam trepadeiras, com suas gavinhas dançando com a brisa, folhinhas minúsculas parecendo inúmeras asas de insetos batendo na tela. Flores tremeluziam no escuro, brancas, delicadas, lindas.

– Era aqui que sua mãe ficava sentada, um dia após o outro – disse a velha. – E ali, ali naquelas lajes, foi onde sua avó morreu. Morreu ao cair daquele quarto lá de cima que havia sido de Julien. Eu mesma a forcei a sair pela janela. Creio que a teria empurrado com minhas próprias mãos se ela não tivesse pulado. Com minhas próprias mãos, eu havia tentado arranhar seus olhos, como também havia feito com Julien.

Fez uma pausa. Ela estava olhando para a noite lá fora através da tela oxidada, talvez contemplasse as formas altas e indistintas das árvores em contraste com o céu mais claro. A luz fria do poste da rua se estendia iluminando a parte da frente do jardim. Brilhava sobre a grama alta, abandonada. Refletia até mesmo no espaldar alto da cadeira de balanço de vime branco.

A noite parecia terrível e desamparada aos olhos de Rowan. Medonha e lúgubre, esta casa, um lugar apavorante e devorador. Ah, viver e morrer aqui, passar uma vida inteira nesses cômodos tristes, assustadores. Morrer naquela imundície lá em cima. Era execrável. E o horror subia dentro de Rowan como um volume negro e denso, ameaçando impedir sua respiração. Ela não tinha palavras para descrever o que sentia. Não tinha palavras para o ódio que sentia em seu íntimo pela velha.

– Eu matei Antha – disse a velha, de costas para Rowan, com a voz baixa, as palavras confusas. – Eu a matei tanto quanto se a tivesse empurrado. Eu queria que ela morresse. Ela estava balançando Deirdre no berço, e ele estava ali, ao seu lado. Ele olhava para o bebê e fazia o bebê rir! E Antha estava deixando. Ela conversava com ele com sua vozinha fraca, afetada, e falava para ele que era seu único amigo agora que seu marido estava morto, que era seu único amigo no mundo inteiro. Ela me disse que a casa era dela, que podia me pôr para fora se quisesse. Disse isso para mim. E eu disse que arrancaria seus olhos fora se ela não desistisse dele. "Sem olhos, você não o verá. Não deixará que o bebê o veja."

A velha fez uma pausa. Cheia de repugnância e tristeza, Rowan esperou naquele silêncio abafado dos ruídos noturnos, de coisas que se mexiam e cantavam no escuro.

– Você alguma vez viu um olho humano arrancado da órbita, pendurado no rosto de uma mulher por fios ensanguentados? Foi o que fiz com ela. Ela gritava e soluçava como uma criança, mas eu fiz isso. Arranquei seu olho e a persegui escada acima enquanto ela fugia de mim tentando segurar seu precioso olho nas mãos. E você acha que ele procurou me impedir?

– Eu teria tentado – disse Rowan, em voz baixa, amarga. – Por que está me contando essa história?

– Porque você quis saber! E para saber o que aconteceu com uma, você precisa saber o que aconteceu com a que veio antes dela. E você precisa saber, acima de tudo, que foi isso o que fiz para quebrar a corrente.

A mulher se voltou e encarou Rowan, com a fria luz branca refletindo nos seus óculos e os transformando momentaneamente em espelhos cegos.

– Isso eu fiz por você, por mim e por Deus, se é que Deus existe. Eu a fiz sair pela janela. "Vamos ver se você, cega, ainda o vê", gritei. "Vamos ver se você o faz aparecer!" E sua mãe... sua mãe berrava no berço naquele exato quarto. Eu deveria ter tirado a sua vida. Deveria tê-la sufocado naquele momento, quando Antha jazia morta lá fora nas lajes. Como eu queria ter tido a coragem!

Mais uma vez a velha se calou, erguendo ligeiramente o queixo, com os lábios finos mais uma vez se abrindo num sorriso.

– Sinto sua raiva. Sinto sua condenação.

– Dá para ser diferente?

A velha inclinou a cabeça. A luz da rua caía sobre os cabelos brancos, deixando o rosto sombreado.

– Eu não poderia matar uma coisinha tão pequena – disse ela, exausta. Não consegui me forçar a pegar um travesseiro e tapar com ele o rosto de Deirdre. Lembrei-me das histórias antigas a respeito de bruxas que haviam sacrificado bebês, que haviam derretido a gordura do bebê no caldeirão nos sabás. Nós da família Mayfair somos bruxos. E era eu quem ia sacrificar essa coisinha tão pequena, como os antigos faziam? Eu estava ali parada, pronta para tirar a vida de um bebê, uma criancinha que chorava, e eu não conseguia me forçar a fazer o que os outros haviam feito.

Mais uma vez, o silêncio.

– É claro que ele sabia que eu não conseguiria fazer aquilo! Ele teria destruído a casa para me impedir se eu tivesse tentado.

Rowan esperou até não conseguir esperar mais, até que o ódio e a raiva dentro dela a estivessem sufocando.

– E mais tarde – perguntou ela, com a voz embargada –, o que a senhora fez com a minha mãe para quebrar a corrente, como a senhora disse?

Silêncio.

– Fale.

A velha suspirou. Voltou a cabeça muito de leve, olhando através da tela oxidada.

– Desde quando era muito pequena e brincava ali no jardim, eu implorava que lutasse contra ele. Dizia para ela não olhar para ele. Eu lhe ensinei a rejeitá-lo! E eu havia vencido minha luta, havia superado seus ataques de melancolia, de loucura e de choro, bem como suas revoltantes confissões das batalhas que havia perdido e de como havia permitido que ele entrasse na cama com ela. Eu havia vencido até Cortland a violentar! E então fiz o que tinha de fazer para me certificar de que ela renunciaria a você e nunca a procuraria.

"Fiz o que tive de fazer para garantir que ela nunca recuperasse forças para fugir, para ir à sua procura, para buscá-la de volta e trazê-la para o meio da sua loucura, da sua culpa e da sua histeria. Quando se recusavam a lhe dar tratamento com choques num hospício, eu a levava para outro. E eu dizia aos médicos o que tinha de dizer para fazer com que a amarrassem na cama, dessem tranquilizantes, aplicassem choques. Dizia a ela o que era preciso para fazer com que ela berrasse e os convencesse a fazer o que eu queria!

– Não me diga mais nada!

– Por que não? Você queria saber, não queria? E também, quando ela se contorcia debaixo dos lençóis como uma gata no cio, eu mandava que lhe dessem injeções, que dessem...

– Pare!

– ... duas ou três vezes ao dia. Não me importa que ela morra. Podem aplicar. Não quero que ela fique aí deitada, como um brinquedinho dele, contorcendo-se no escuro, não quero...

– Pare. Pare com isso.

– Por quê? Até o dia em que morreu, ela foi dele. Sua última e única palavra foi o nome dele. De que valeu tudo isso, a não ser por você, por você, Rowan?

– Pare com isso! – disse Rowan, sibilando, com as mãos erguidas no ar, impotentes, os dedos muito abertos. – Pare com isso. Eu poderia matá-la pelo que está me dizendo! Como a senhora ousa falar em Deus e na vida, quando fez isso com uma menina, uma menina que criou nesta casa imunda? E fez isso com ela quando estava indefesa, doente... Deus que a perdoe! A senhora é a bruxa, uma velha doente e cruel! Como pôde fazer isso com ela? Deus que a perdoe! Deus que a perdoe! Que o diabo a leve!

Um choque sombrio passou pelo rosto da velha. Por um segundo, à luz fraca, ela pareceu perder a expressão, com seus olhos de vidro redondo brilhando como dois botões e sua boca, frouxa, vazia.

Rowan gemia. Apertou a cabeça com as mãos, enfiando-as no cabelo. Seus lábios estavam cerrados com força para reter suas palavras, para reter a dor e a mágoa.

– Que vá arder no inferno pelo que fez! – exclamou, engolindo em parte as palavras, com o corpo curvado por uma raiva que não conseguia dominar.

A velha franziu o cenho. Estendeu o braço, e a bengala caiu da sua mão. Deu um único passo arrastando o pé para a frente. E então sua mão direita fraquejou e mergulhou na direção do braço esquerdo da cadeira de balanço à sua frente. Seu corpo frágil foi virando lentamente e afundou na cadeira. Quando sua cabeça bateu no espaldar alto, ela parou de se mexer. Sua mão escorregou do braço da cadeira e ficou pendurada ao lado.

Não havia o menor barulho na noite. Só um chiado constante e indefinido como se os insetos e as rãs estivessem cantando, e os carros e motores distantes, onde quer que estivessem, também acompanhassem a melodia. Um trem pareceu passar ali por perto, com seus estalidos rítmicos e velozes abafados pela música. E ecoou o ruído longínquo e surdo de um apito, como um soluço gutural na escuridão.

Rowan estava paralisada, com os braços caídos, inertes e inúteis, a olhar espantada pela malha oxidada da tela para o delicado movimento rendilhado das árvores em contraste com o céu. O canto grave das rãs aos poucos se isolou dos outros sons noturnos e desapareceu. Um carro veio pela rua vazia do outro lado da cerca da frente, com os faróis devassando a folhagem densa e molhada.

Rowan sentiu a luz na sua pele. Viu a luz passar de relance sobre a bengala de madeira, caída no chão da varanda, sobre o sapato preto e fechado de Carlotta, dolorosamente torcido como se seu tornozelo magro estivesse quebrado.

Será que alguém viu através dos arbustos cerrados a mulher morta na cadeira? E a figura loura e alta logo atrás dela?

Rowan estremeceu toda. Esticou-se para trás, com a mão esquerda subindo e agarrando um punhado do seu cabelo para puxá-lo até a dor no couro cabeludo ficar tão forte que ela mal pudesse suportar.

A fúria havia desaparecido. Mesmo o traço mais leve da raiva estava extinto. Rowan estava parada, sozinha e com frio, no escuro, agarrando-se à dor enquanto segurava firme o cabelo com os dedos trêmulos; sentindo frio como se o calor da noite não existisse; sozinha como se aquela escuridão fosse a escuridão abissal na qual não haviam restado nenhuma esperança de luz, nenhuma promessa de esperança ou de felicidade. O mundo acabado. O mundo com toda a sua história, toda a sua lógica inútil, todos os seus sonhos e realizações.

Lentamente, ela limpou a boca com as costas da mão, de um jeito desleixado, como uma criança, e ficou ali parada olhando a mão inerte da morta, com os dentes matraqueando à medida que o frio se aprofundava nela, realmente congelante. Ajoelhou-se, então, e segurou a mão para procurar sentir a pulsação, que sabia não estar lá. Pousou a mão no colo da velha e viu o sangue que lhe escorria do ouvido, pelo pescoço abaixo, e entrava pela gola branca.

– Eu não queria... – sussurrou, mal conseguindo formar as palavras.

Atrás dela, a casa escura bocejava, à espera. Rowan não conseguia suportar a ideia de se voltar. Espantou-se com algum ruído distante, não identificável, que a encheu de medo. Estava com um medo verdadeiro, o pior medo que já havia sentido de um lugar em toda a sua vida. E, quando pensava nos cômodos escuros, não conseguia dar meia-volta. Não conseguia voltar a entrar na casa. E a varanda fechada era para ela uma armadilha.

Ergueu-se devagar e olhou lá para fora por cima da grama alta, para além de uma trepadeira emaranhada que se agarrava à tela e que estremecia ali com suas minúsculas folhas pontiagudas. Olhou para as nuvens que se movimentavam mais além das árvores e ouviu um som baixo e terrível que saía dos seus próprios lábios, uma espécie de gemido desesperado, apavorante.

– Eu não queria... – repetiu.

É numa hora dessas que se reza, pensou ela, aflita, em silêncio. É numa hora dessas que se reza para que o nada e ninguém eliminem o pavor do que se fez, deem um jeito, façam com que nunca nunca se houvesse vindo até aqui.

Ela viu o rosto de Ellie no leito do hospital. *Prometa que você nunca, nunca...*

– Eu não queria fazer isso! – Sua voz saiu tão baixa que só Deus poderia tê-la ouvido. – Meu Deus, eu não queria. Juro. Eu não queria fazer isso mais uma vez.

Muito ao longe, em algum ponto de um outro universo, havia outras pessoas. Michael, o inglês, Rita Mae Lonigan e os parentes reunidos à mesa do restaurante. Até mesmo Eugenia, perdida em algum canto daquela casa, dormindo e talvez sonhando. Todos esses outros.

E ela parada ali sozinha. Ela, que havia matado essa velha cruel e perversa. Que a havia matado com tanta crueldade quanto a que a própria velha havia usado para matar. Que Deus a mandasse para o inferno por aquilo tudo. Que fosse arder no inferno por tudo o que disse e fez. Que fosse para o inferno. Mas não era minha intenção, juro...

Mais uma vez, ela passou a mão pela boca. Cruzou os braços sobre os seios, encolheu os ombros e estremeceu. Tinha de se voltar e perpassar a casa sombria. Voltar até a porta e sair dali.

Ah, mas não conseguia fazê-lo. Precisava chamar alguém, contar a alguém, gritar por aquela mulher, Eugenia, e fazer o que devia ser feito, o que era correto.

No entanto, a agonia de ter de falar com desconhecidos agora, de ter de pronunciar mentiras oficiais, era mais do que ela poderia suportar.

Deixou a cabeça pender, frouxa, para um lado. Ficou olhando fixamente para o corpo inútil, caído e quebrado dentro do saco do vestido. Os cabelos brancos tão limpos e aparentemente sedosos. Toda aquela vida mesquinha e desgraçada vivida nesta casa, toda a sua vida mal-humorada e infeliz. E assim tudo termina para ela.

Ela fechou os olhos, exausta, erguendo as mãos até o rosto, e as preces surgiram. Ajude-me porque não sei o que fazer, não sei o que fiz e não sei desfazer o que está feito. E tudo o que a velha disse era verdade, e eu sempre soube, soube que o mal estava dentro de mim e dentro deles, e que foi por isso que Ellie me levou embora. O mal.

Ela viu o fantasma pálido e magro do lado de fora da vidraça em Tiburon. Sentiu as mãos invisíveis que a tocavam, como no avião.

O mal.

– E onde é que está você? – sussurrou ela na escuridão. – Por que eu deveria ter medo de voltar para dentro desta casa?

Ela ergueu a cabeça. De dentro do longo salão atrás dela, veio outro leve estalido. Como uma tábua velha cedendo sob o peso de alguém. Ou teria sido apenas o som de um caibro? Tão baixo que poderia ter sido um rato no escuro, esgueirando-se pelo assoalho com suas patinhas repugnantes. Mas ela sabia que não era. Com todos os seus instintos, ela sentia ali uma presença, alguém por perto, alguém na escuridão, alguém no salão. Não a velha negra. Não era o arrastar dos seus chinelos.

– Apareça para mim – disse ela, baixinho, com seu último resquício de medo se transformando em raiva. – Apareça agora.

Mais uma vez, ela ouviu o ruído. E foi se voltando lentamente. Silêncio. Olhou uma última vez para a velha sentada. E depois entrou no longo salão da frente. Os espelhos altos e estreitos se encaravam na calma sombria. Os lustres empoeirados atraíam a luz para si mesmos, soturnos na escuridão.

– Não estou com medo de você. Não estou com medo de nada aqui neste lugar. Apareça como já fez antes.

Os próprios móveis pareceram vivos por um instante, carregados de perigo, como se as pequenas cadeiras recurvas a estivessem observando, como se as estantes com suas portas de vidro tivessem ouvido seu vago desafio e quisessem testemunhar qualquer coisa que ocorresse.

– Por que você não vem? – disse ela, sussurrando, mais uma vez. – Está com medo de mim? – O nada. Um estalido surdo de algum lugar lá em cima.

Com passos silenciosos e uniformes, ela se dirigiu até o corredor, aguçadamente consciente do som da sua própria respiração difícil. Contemplou calada a porta da frente aberta. Era leitosa a luz que vinha da rua; eram escuras e reluzentes as folhas gotejantes dos carvalhos. Ela deu um longo suspiro, quase involuntário, e depois se voltou, afastando-se dessa luz tranquilizadora, atravessando de volta o corredor, mergulhando nas sombras mais densas para chegar à sala de jantar vazia, onde a esmeralda estava à espera, no porta-joias de veludo.

Ele estava aqui. Tinha de estar.

– Por que você não aparece? – sussurrou, surpresa com a fragilidade da própria voz. As sombras pareceram se mexer, mas nenhuma forma se materializou. Talvez uma brisa ínfima houvesse atingido as cortinas empoeiradas. Ouviu-se um estalo seco no assoalho onde ela pisava.

Ali sobre a mesa estava o porta-joias. Cheiro de cera pairando no ar. Seus dedos tremiam quando ela abriu a tampa e tocou a própria pedra.

– Vamos, seu demônio – disse ela, erguendo a esmeralda, vagamente impressionada pelo seu peso, apesar da sua aflição. Ela a ergueu cada vez mais até que a luz atingisse a pedra e a pendurou no pescoço, manejando com facilidade o fecho pequeno e forte na sua nuca.

Depois, num momento estranhíssimo, ela se viu fazendo isso. Viu a si mesma, Rowan Mayfair, arrancada do passado, que havia sido tão distante de tudo isso que agora parecia ter perdido os detalhes, parada como um caminhante perdido nesta casa escura e estranhamente familiar.

E era familiar ou não era? Essas portas altas e afiladas eram suas conhecidas. Parecia que seus olhos já haviam passeado milhares de vezes por esses murais. Ellie havia caminhado por aqui. Sua mãe havia vivido e morrido aqui. E como lhe parecia pertencer irrecuperavelmente a um outro mundo aquela casa de sequoia e vidro lá na distante Califórnia. Por que ela havia esperado tanto para voltar?

Ela havia entrado por um desvio na trajetória sombria e reluzente do seu destino. E o que eram todas as suas vitórias passadas em comparação com o confronto com esse mistério? E pensar que esse mistério com todo o seu esplendor sinistro lhe pertencia por direito. Ele havia esperado todos esses anos para que ela viesse reivindicá-lo; e agora ela, afinal, estava aqui.

A esmeralda pesava sobre a seda macia da sua blusa. Seus dedos pareciam incapazes de resistir a ela, pairando sobre ela como se fosse um ímã.

– É isso o que você quer? – perguntou ela, baixinho.

Ali atrás no corredor, um ruído inconfundível lhe deu resposta. A casa inteira ressoou com ele, como a caixa de um grande piano ressoa com o menor toque a uma corda que seja. E, logo em seguida, ele se repetiu. Um ruído suave, porém definido. Havia alguém ali.

Seu coração batia quase com dor. Ela estava parada, sem saber o que fazer, com a cabeça baixa e, como num sonho, ela se voltou e ergueu os olhos. Distinguiu a poucos passos uma figura sombria e indistinta: o que parecia ser um homem alto.

Todos os sons mais ínfimos da noite pareceram desaparecer, deixando-a num vazio enquanto ela se esforçava para discernir aquela criatura da escuridão espessa em que estava enredada. Rowan estaria se iludindo ou aquilo não seria o esboço de um rosto? Pareceu-lhe que um par de olhos escuros a observava, que ela mal vislumbrava o contorno de uma cabeça. Talvez até estivesse vendo a curva branca de um colarinho duro.

– Não me venha com brincadeiras – disse ela, baixinho. Mais uma vez, a casa inteira reverberou com seus estalidos e suspiros aleatórios. E então, de uma forma assombrosa, a figura se iluminou, confirmou sua presença mágica e, no entanto, no momento em que Rowan arfava de surpresa, ela começou a se desfazer.

– Não, não vá! – implorou Rowan, de repente duvidando de ter visto alguma coisa.

E, enquanto não tirava os olhos daquela confusão de luz e sombra, numa procura desesperada, uma forma mais escura surgiu subitamente em contraste com a luz fraca e opaca da porta distante. Aproximava-se cada vez mais em meio aos turbilhões de poeira, a passos pesados, nítidos. Sem a menor possibilidade de engano, ela viu os ombros poderosos, os cabelos negros, cacheados.

– Rowan? É você quem está aí, Rowan?

Sólido, conhecido, humano.

– Ah, Michael – exclamou Rowan, com a voz baixa, embargada. Ela foi até os braços que a esperavam. – Michael, graças a Deus.

29

Bem, pensava ela consigo mesma, em silêncio, sentada debruçada sozinha à mesa de jantar, suposta vítima dos horrores desta casa sinistra, estou me tornando uma dessas mulheres que simplesmente se jogam nos braços de um homem e deixam que ele se encarregue de tudo.

No entanto, era bonito ver Michael em ação. Ele fez as ligações para Ryan Mayfair, para a polícia e para a Lonigan and Sons. Ele falava a mesma língua dos policiais à paisana que vinham subindo pela escada. Se alguém percebeu suas luvas pretas, ninguém disse nada, talvez porque ele estivesse falando rápido demais, dando explicações e facilitando as coisas para apressar as conclusões inevitáveis.

– Ora, ela acabou de chegar aqui. Não faz a menor ideia de quem seja esse cara lá no sótão. A velha não lhe contou. E ela está em estado de choque agora. A velha simplesmente morreu ali fora. Agora, esse corpo no sótão já está lá há muito tempo; e o que eu peço a vocês é que não mexam em mais nada no quarto, se for possível tirar apenas os restos mortais; e ela quer saber quem era esse homem tanto quanto vocês querem saber. E olhe, Ryan Mayfair está chegando. Ryan, Rowan está ali dentro. Está péssima. Antes de morrer, Carlotta mostrou a ela um corpo lá em cima.

– Um corpo. Você está falando sério?

– Precisam removê-lo. Será que você ou Pierce poderia ir até lá para se certificar de que eles não mexam em todos aqueles registros antigos e todas aquelas coisas? Rowan está ali na sala. Está exausta. Ela conversa com vocês amanhã.

Pierce aceitou imediatamente a missão. Tropel pela velha escada acima.

Michael e Ryan conversavam com a voz contida. Cheiro de fumaça de cigarro no corredor. Ryan entrou na sala de jantar e falou, baixinho, com Rowan.

– Amanhã, ligo para você no hotel. Tem certeza de que não quer vir comigo e com Pierce para ficar em Metairie?

– Tenho de ficar por perto. Quero vir aqui amanhã de manhã.

– Seu amigo da Califórnia é simpático; é daqui.

– É. Gentileza sua.

Mesmo com a velha Eugenia, Michael agiu como o protetor, pondo o braço no seu ombro enquanto a acompanhava para ver "a velha Miss Carl" antes que Lonigan tirasse o corpo da cadeira de balanço. Pobre Eugenia, que chorava sem emitir nenhum som.

– Querida, você quer que eu chame alguém para vir buscá-la? Você não vai querer passar a noite na casa sozinha, vai? É só dizer o que quer que eu faça. Posso conseguir alguém para vir para cá passar a noite com você.

Com Lonigan, seu velho amigo, ele logo se entendeu. Perdeu tudo o que era da Califórnia na sua voz para falar igualzinho a Jerry e a Rita, que acompanhava o marido no rabecão. Velhos amigos, Jerry bebia cerveja com o pai de Michael na frente de casa trinta e cinco anos atrás; e Rita e Michael saíam em grupos de quatro para namorar nos tempos de Elvis Presley. Rita lhe deu um abraço.

– Michael Curry.

Chegando até a frente da casa, Rowan os havia visto iluminados pelas luzes intermitentes. Pierce estava falando ao telefone na biblioteca. Ela ainda nem havia visto a biblioteca. Agora uma luz opaca inundava o aposento, iluminando o couro antigo e os tapetes chineses.

– ... pois bem, Mike – dizia Lonigan –, você precisa falar com a Dra. Mayfair que essa mulher estava com 90 anos, que só havia uma coisa que a mantinha viva, Deirdre. O que eu quero dizer é que era apenas uma questão de tempo depois que Deirdre se foi e que ela não deve se culpar por nada que possa ter acontecido aqui nesta noite. O que eu estou dizendo, Mike, é que ela é médica, mas não faz milagres.

Não, não muitos, pensou Rowan.

– Mike Curry? Você não é o filho de Tim Curry? – perguntou o policial uniformizado. – Me disseram que era você. Você sabia que meu pai e seu pai eram primos em terceiro grau? Pois eram. Meu pai conhecia bem o seu. Costumavam beber cerveja juntos no Corona's.

Por fim, o cadáver do sótão, embalado e etiquetado, foi levado embora; e o pequeno corpo ressequido da velha foi colocado na maca branca acolchoada como se ainda estivesse vivo, embora estivesse apenas sendo transportado para o rabecão, talvez para jazer na mesma mesa de embalsamamento onde Deirdre estivera um dia antes.

Nenhum velório, nem cerimônia fúnebre, nada, informou Ryan. Isso ela mesma havia dito a ele um dia antes. Também havia feito a mesma recomendação a Lonigan, disse o homem.

– Haverá uma missa em sua memória daqui a uma semana – disse Ryan. – Você ainda estará por aqui?

Para onde eu poderia ir? Por quê? Descobri meu lugar. Nesta casa. Sou uma bruxa. Sou uma assassina. E dessa vez agi deliberadamente.

– ... E sei como tudo isso foi terrível para você.

Perambulando de volta à sala de jantar, Rowan ouviu o jovem Pierce na porta da biblioteca.

– Agora, ela não está pensando em passar a noite nesta casa, está?

– Não, nós vamos voltar para o hotel – disse Michael.

– É só que ela não devia ficar aqui sozinha. Esta casa pode ser muito perturbadora. Uma casa verdadeiramente perturbadora. Você acharia que eu sou louco se eu dissesse que agorinha mesmo quando entrei na biblioteca havia um retrato de alguém acima da lareira e que agora o que há ali é um espelho?

– Pierce – disse Ryan, irado.

– Desculpe, papai, mas...

– Agora não, meu filho, por favor.

– Acredito em você – disse Michael, com um risinho. – Vou ficar com ela.

– Rowan? – Ryan a abordava mais uma vez com cuidado. Ela, a órfã, a vítima, quando na realidade era a assassina. Agatha Christie teria sabido. Mas nesse caso eu teria de ter usado um castiçal.

– Sim, Ryan.

Ele se sentou à mesa, procurando não tocar a superfície empoeirada com a manga do seu terno de corte impecável. O terno do enterro. A luz atingiu seu rosto bem-educado, seus frios olhos azuis, de um azul muito mais claro do que os de Michael.

– Você sabe que esta casa é sua?

– Ela me disse.

O jovem Pierce estava parado, no portal, em atitude de respeito.

– Bem, há muito mais na história.

– Dívidas, hipotecas?

– Não – disse ele, abanando a cabeça. – Acho que você nunca vai precisar se preocupar com esse tipo de coisa enquanto viver. Mas a questão é que, quando você quiser, pode vir até o centro para examinar tudo.

– Meu Deus – exclamou Pierce –, essa aí é a esmeralda? – Ele havia vislumbrado o porta-joias nas sombras do outro lado da mesa. – E com toda essa gente passando por aqui!

Seu pai lhe lançou um olhar paciente, contido.

– Ninguém vai roubar essa esmeralda, meu filho – disse ele com um suspiro. Olhou, então, ansioso para Rowan. Pegou o porta-joias e olhou para ele como se não soubesse ao certo o que devia fazer.

– O que há de errado? – perguntou Rowan. – Qual é o problema?

– Ela contou sobre o colar?

– E alguém algum dia falou sobre ele *com você*? – perguntou Rowan, sem nenhum tom de desafio.

– Uma história e tanto – disse ele, com um sorriso sutil, forçado. Ele pôs o porta-joias diante dela, dando-lhe um tapinha. Ela se levantou.

– Já sabem quem era o homem no sótão? – perguntou ela.

– Logo saberão. Havia um passaporte e outros documentos no cadáver ou no que restou dele.

– Michael está aonde?

– Aqui, querida, bem aqui. Olhe, você está querendo ficar sozinha? – No escuro, suas mãos enluvadas estavam quase invisíveis.

– Estou cansada, podemos voltar para o hotel? Ryan, posso ligar para você amanhã?

– Quando você quiser, Rowan.

À porta, Ryan hesitou um pouco. Olhou de relance para Michael. Michael fez menção de sair. Rowan estendeu a mão e conseguiu agarrar a dele, espantando-se com o couro.

– Rowan, ouça o que vou dizer – disse Ryan. – Não sei o que tia Carl acabou lhe contando. Não sei como aquele corpo foi aparecer lá em cima ou o que isso significa; nem mesmo sei o que ela disse a respeito do legado. Mas você precisa limpar essa velharia, tem de queimar aquele lixo todo lá de cima, arrumar gente para vir aqui, Michael pode ajudá-la nisso, para jogar as coisas fora, todos aqueles livros velhos, aqueles frascos. Você precisa arejar a casa e fazer uma avaliação. Você não precisa examinar a casa inteira, inspecionando cada partícula de poeira, de sujeira, de feiura. Ela é uma herança, mas não é uma maldição. Pelo menos, não precisa ser.

– Eu sei – disse ela.

Barulho à porta da frente.

Os dois rapazes negros que vieram buscar a avó Eugenia estavam agora parados no corredor. Michael subiu para ajudá-la. Ryan e depois Pierce se abaixaram para beijar o rosto de Rowan. Pareceu-lhe de repente que era igual a quando beijavam um defunto. Percebeu então que era exatamente o contrário. Aqui beijavam os mortos da mesma forma que beijavam os vivos.

O calor das mãos e o sorriso de despedida de Pierce que lampejou no escuro. Amanhã, telefone, almoço, conversa e tudo o mais.

Ruído do elevador na sua descida infernal. Era verdade que no cinema as pessoas iam para o inferno de elevador.

– E você tem sua chave, Eugenia. Você pode vir amanhã, pode entrar como sempre entrou, se precisar de alguma coisa. Agora, querida, você precisa de algum dinheiro?

– Recebi meu pagamento, Sr. Mike. Obrigada, Sr. Mike.

– Muito obrigado, Sr. Curry – disse o rapaz negro. Voz educada, gentil.

O policial mais velho voltou. Ele devia estar no saguão de entrada porque ela mal o ouvia.

– É, Townsend.

– ... passaporte, carteira, tudo bem ali na camisa.

Portas fechadas. Escuridão. Silêncio.

Michael, vindo pelo corredor.

E agora somos só nós dois, e a casa está vazia. Ele parou no portal da sala de jantar olhando para ela.

Silêncio. Ele tirou um cigarro do bolso, enfiando o maço de volta de qualquer jeito. Não podia ser fácil com aquelas luvas, mas elas não pareciam atrapalhá-lo.

– E o que você acha de sairmos de uma vez daqui? – perguntou ele.

Bateu o cigarro no mostrador do relógio. Explosão de um fósforo, e o brilho da luz nos olhos azuis quando ele olhou para cima, observando novamente a sala de jantar, os murais.

Existem olhos azuis e olhos azuis. Será que o seu cabelo poderia ter crescido tanto em tão pouco tempo? Ou seria apenas a umidade do ar quente que o tornava tão denso e cacheado?

O silêncio ecoava nos seus ouvidos. Todos haviam ido embora mesmo.

E a casa inteira estava ali vazia e vulnerável ao toque de Rowan, com suas inúmeras gavetas, cômodas, armários, potes e caixas. No entanto, era repugnante a ideia de tocar em qualquer coisa. Nada era dela. Tudo aquilo pertencia à velha; úmido, estragado e horrível, como a velha. E Rowan não tinha nenhum ânimo de se mexer, nenhum ânimo para subir novamente as escadas, para ver absolutamente nada.

– O nome dele era Townsend? – perguntou.

– É, Stuart Townsend.

– Você faz alguma ideia de quem ele podia ser?

Michael pensou um pouco, limpou um cisco de fumo do lábio, mudou o peso de uma perna para a outra. Belo corpo musculoso, pensou ela. Decididamente pornográfico.

– Sei quem ele era – disse Michael, com um suspiro. – Aaron Lightner, está lembrada dele? Ele sabe tudo a respeito de Townsend.

– Do que é que você está falando?

– Você quer conversar aqui? – Seus olhos passearam mais uma vez pelo teto, parecendo antenas. – Estou com o carro de Aaron aí fora. Podemos voltar para o hotel ou ir a algum lugar no centro.

Seus olhos se detinham carinhosos no florão de gesso, no lustre. Havia algo de furtivo, de culpado, no seu jeito de admirar a casa mesmo em meio a uma crise dessas. Mas ele não precisava esconder isso dela.

– É esta a casa, não é? A casa da qual você me falou na Califórnia?

Os olhos se voltaram para ela. Os dois se encararam.

– É, é esta a casa. – Ele deu um sorrisinho triste e abanou a cabeça. – É esta mesmo. – Ele bateu a cinza na palma da mão, formando uma concha com ela, e foi devagar da mesa na direção da lareira. O movimento pesado dos quadris, do seu grosso cinto de couro, tudo perturbadoramente erótico. Ela o observou enquanto ele jogava as cinzas na lareira vazia, as pequenas cinzas invisíveis que possivelmente não fariam nenhuma diferença se lhes fosse permitido cair no assoalho empoeirado.

– O que você quis dizer com o Sr. Lightner saber quem aquele homem era?

Ele pareceu constrangido. Extremamente sexy e muito constrangido. Deu mais uma tragada no cigarro e olhou em volta, refletindo.

– Lightner pertence a uma organização – disse, por fim. Procurou no bolso da camisa e tirou um cartãozinho que pôs sobre a mesa. – Eles a consideram uma Ordem. Como uma Ordem religiosa, mas ela não é religiosa. O nome é Talamasca.

– Amantes da magia sombria?

– Não.

– Foi o que a velha me disse.

– Pois foi uma mentira. Eles acreditam na magia sombria, mas não são nem amantes nem praticantes.

– Ela me disse um monte de mentiras. Havia verdade no que ela dizia também, mas o tempo todo a verdade estava emaranhada no ódio, na perversidade, na virulência e em mentiras horrendas, horrendas. – Ela estremeceu. – Estou com calor e estou com frio – disse ela. – Vi um desses cartões antes. Ele me deu um na Califórnia. Ele contou isso? Eu o conheci na Califórnia.

– Junto ao túmulo de Ellie – acrescentou Michael, envergonhado.

– Bem, como isso é possível? Que você seja amigo dele e que ele saiba toda a história do homem no sótão? Estou cansada, Michael. Tenho a impressão de que poderia começar a gritar sem conseguir nunca mais parar. Tenho a sensação de que, se você não começar a me contar... – Ela se interrompeu, olhando apática para a mesa. – Não sei o que estou dizendo.

– Esse homem, esse Townsend – disse Michael, apreensivo –, ele era membro da Ordem. Ele veio para cá em 1929 para tentar entrar em contato com a família Mayfair.

– Por quê?

– Eles vêm observando essa família há trezentos anos, compilando sua história. Vai ser difícil para você compreender tudo isso...

– E só por coincidência esse homem é seu amigo?

– Não. Não se precipite. Nada disso foi coincidência. Eu o conheci aqui na frente desta casa na noite em que cheguei aqui. Eu o vi em San Francisco também. Você o viu, você se lembra, na noite em que me buscou para ir até sua casa, mas nós dois pensamos que ele fosse um repórter. Eu nunca havia falado com ele e, antes daquela noite, eu nunca o havia visto.

– Eu me lembro.

– E então, ele estava ali fora. Eu estava bêbado. Bebi no avião. Você se lembra de que eu prometi que não beberia, mas foi o que eu fiz. Cheguei aqui e vi esse... esse outro homem no jardim. Só que não era um homem de verdade. Pensei que fosse, e depois percebi que não era. Eu costumava ver esse cara quando eu era pequeno. Eu o via todas as vezes que passei por esta casa. Já falei dele, você se lembra? Pois bem, o que eu preciso explicar de alguma forma é que... ele não é real.

– Eu sei – disse ela. – Eu mesma o vi. – Uma sensação eletrizante passou por ela. – Continue, por favor. Vou contar tudo quando você terminar.

Só que ele não conseguia prosseguir. Olhava, ansioso, para ela. Estava frustrado, preocupado. Encostado no consolo da lareira, olhava para ela, com a luz do corredor iluminando parte do seu rosto, e os olhos dardejando pela mesa até voltarem finalmente a ela. Uma ternura imensa brotava em Rowan quando via em Michael tal sentido de proteção, ao ouvir na sua voz a delicadeza e o medo de magoá-la.

– Conte-me o resto – disse ela. – Olhe, você não está entendendo? Tenho coisas horríveis para contar, porque você é a única pessoa com quem posso falar. Por isso, conte-me logo sua história porque, com isso, estará facilitando as coisas para mim. Porque eu nem sabia como ia lhe falar de ter visto o tal homem. Eu o vi depois que você foi embora, no deque lá em Tiburon. Eu o vi no momento exato em que minha mãe morria em Nova Orleans. E eu nem sabia que ela estava morrendo. Não sabia absolutamente nada a respeito dela.

Ele assentiu com a cabeça, mas ainda se sentia confuso, sem saída.

– Se eu não puder confiar em você, para o que der e vier, não quero falar com mais ninguém. O que você está me escondendo? Basta que fale. Diga-me por que aquele homem, Aaron Lightner, foi gentil comigo hoje à tarde no enterro quando você não pôde vir? Quero saber quem ele é e como você o conheceu. Tenho direito a essa pergunta?

– Meu amor, você pode confiar em mim. Não se zangue comigo, por favor.

– Ora, não se preocupe. É preciso mais do que uma briga de namorados para eu fazer explodir a carótida de uma pessoa.

– Rowan, não foi isso...

– Eu sei, eu sei! – disse ela, sussurrando. – Mas você sabe que eu matei aquela velha.

Ele fez um pequeno gesto de negação e abanou a cabeça.

– Você sabe que fui eu. – Ela olhou para ele. – Você é a única pessoa que sabe. – De repente, ocorreu-lhe uma terrível suspeita. – Você não contou a Lightner as coisas que eu lhe disse? Sobre o que eu posso fazer?

– Não – respondeu ele, sacudindo a cabeça com veemência, implorando-lhe em silêncio que acreditasse nele. – Eu não disse nada, mas ele sabe, Rowan.

– Sabe o quê?

Ele não respondeu. Encolheu os ombros de leve, pegou mais um cigarro e ficou ali parado, com o olhar perdido, aparentemente refletindo, enquanto pegava a carteirinha de fósforos e, sem perceber, fazia aquele maravilhoso truque de dobrar um fósforo, fechar a carteirinha, curvar o fósforo, riscá-lo e levar a chama ao cigarro, usando apenas uma das mãos.

– Não sei por onde começar – disse ele. – Talvez pelo início. – Soltou a fumaça, voltando a encostar o cotovelo na lareira. – Amo você. Amo mesmo. Não sei como tudo isso foi acontecer. Tenho um monte de suspeitas e estou apavorado. Mas amo você. Se isso foi predeterminado, quer dizer, se foi o destino, bem, então, sou um homem perdido. Realmente perdido, porque não posso aceitar essa história de destino. Mas não vou renunciar ao amor. Não me importa o que aconteça. Você ouviu o que eu disse?

Ela fez que sim.

– Você tem de me falar tudo sobre essas outras pessoas – disse ela, mas também falou sem palavras: *Você sabe o quanto eu o amo e o desejo?*

Ela se virou de lado na cadeira para olhar melhor para ele. Esfregou as costas dos braços, novamente, e descansou o salto do sapato na travessa da cadeira.

Erguendo os olhos até ele, ela viu seus quadris de novo, a inclinação do cinto, a camisa apertada no peito. Não conseguia parar de desejá-lo fisicamente. Melhor acabar logo com isso, não era? Ah, é claro, vamos comer esse sorvete delicioso inteirinho só para nos livrarmos dele. E assim você pode me dizer do que está falando com tudo isso, e eu posso falar também. Do homem no avião. E da pergunta da velha. Foi melhor do que com um mortal?

Seu rosto se anuviou ao olhar para ela. Ele a amava. Amava, sim. Esse homem, simplesmente o melhor homem que ela já havia conhecido, tocado ou desejado. Como teria sido tudo isso sem ele?

– Michael, fale comigo sem enrolação, por favor.

– Claro, Rowan. Mas não vá me dar uma de louca. Ouça com atenção o que eu tenho a dizer.

Ele pegou uma das cadeiras da sala de jantar que estavam encostadas na parede, virou-a de modo que o encosto ficasse de frente para ela e montou a cadeira em estilo vaqueiro, cruzando os braços sobre o encosto, enquanto olhava para ela. Isso também era pornográfico.

– Os dois últimos dias, estive enfurnado num lugar a uns cem quilômetros daqui, lendo a história da família Mayfair compilada por esse pessoal.

– O Talamasca.

– Isso. Agora, deixe-me explicar. Há uns trezentos anos, viveu um homem chamado Petyr van Abel. O pai dele havia sido um cirurgião famoso na Universidade de Leiden, na Holanda. Existem ainda livros de autoria desse médico, Jan van Abel.

– Esse eu conheço – disse ela. – Ele era anatomista.

Ele sorriu e abanou a cabeça.

– Pois é, querida, ele é seu antepassado. Você se parece com o filho dele. Pelo menos é o que Aaron diz. Ora, quando Jan van Abel morreu, Petyr ficou órfão e se tornou membro do Talamasca. Ele conseguia ler a mente das pessoas. Ele via fantasmas. Era o que outras pessoas poderiam ter considerado um bruxo, mas o Talamasca lhe deu abrigo. Ele acabou trabalhando para eles, e parte do seu trabalho consistia em salvar pessoas acusadas de bruxaria em outros países. E, se essas pessoas tivessem dons reais, sabe, os dons que você e eu temos e que Petyr van Abel tinha, ele ajudaria essas pessoas a chegarem à casa-matriz do Talamasca em Amsterdã.

"Ora, esse Petyr van Abel foi à Escócia procurar interferir no julgamento de uma bruxa chamada Suzanne Mayfair. Só que ele chegou tarde demais, e tudo o que pôde fazer, que acabou se revelando ser bastante, foi tirar sua filha Deborah da cidadezinha, onde ela poderia acabar sendo também queimada, e trazê-la para a Holanda. Antes, porém, de fazer isso, ele viu esse homem, esse espírito. Percebeu também que a menina Deborah o viu. E Petyr levantou a hipótese de que Deborah havia feito com que a criatura aparecesse, o que se revelou ser verdade.

"Deborah não ficou na Ordem. Ela acabou seduzindo Petyr e teve dele uma filha chamada Charlotte. Charlotte foi para o Novo Mundo, e foi ela quem fundou a família Mayfair. No entanto, quando Deborah morreu na França, condenada por bruxaria, o homem de cabelos castanhos, aquele mesmo espírito, foi até Charlotte. Da mesma forma, a esmeralda que está bem aí no porta-joias. Ela passou, junto com o espírito, para Charlotte.

"Todos os Mayfair desde então são descendentes de Charlotte. E, a cada geração desses descendentes até os nossos tempos, pelo menos uma mulher herdou os poderes de Suzanne e de Deborah, que incluem, entre outras coisas, a capacidade de ver esse homem de cabelos castanhos, esse espírito. E elas todas são o que o Talamasca chama de Bruxas Mayfair."

Ela emitiu um barulhinho, meio de surpresa, meio de nervosismo divertido. Ajeitou-se na cadeira e ficou olhando as ínfimas mudanças no seu rosto enquanto ele organizava tudo o que queria dizer. Depois, decidiu não dizer nada.

– O Talamasca – disse ele, escolhendo as palavras com cuidado. – Eles são estudiosos, historiadores. Eles documentaram milhares de ocorrências de aparecimento desse homem de cabelos castanhos dentro e por perto desta casa. Há trezentos anos em Saint-Domingue, quando Petyr van Abel foi até lá para conversar com sua filha Charlotte, esse espírito o enlouqueceu. E acabou por matá-lo.

Ele deu mais uma tragada no cigarro, com os olhos passeando pela sala novamente, mas dessa vez sem ver a sala, mas vendo alguma outra coisa, e depois voltando a ela.

– Pois bem, como expliquei antes, eu vejo esse homem desde que eu tinha uns 6 anos. Eu o vi todas as vezes que passei por esta casa. E, ao contrário das inúmeras pessoas entrevistadas pelo Talamasca ao longo dos anos, eu também o vi em outros lugares. Mas a questão é que... no outro dia, quando voltei aqui à noite, depois de tantos anos, vi o homem de novo. E quando contei a Aaron o que vi. Quando contei que via esse homem desde que era desse tamanho e disse que você me havia salvado do mar, bem, aí ele resolveu me mostrar o arquivo do Talamasca sobre as Bruxas Mayfair.

– Ele não sabia que era eu quem o havia resgatado do mar?

Michael abanou a cabeça.

– Ele veio a San Francisco para me ver por causa das minhas mãos. É esse o campo de ação deles, por assim dizer, pessoas que têm poderes especiais. Era uma viagem de rotina. Ele estava vindo me oferecer ajuda, talvez da mesma forma que Petyr van Abel foi tentar interferir na execução de Suzanne Mayfair. Foi aí que ele a viu diante da minha casa. Viu que você veio me buscar, e sabe que ele imaginou que você me havia contratado para vir até aqui? Pensou que você havia contratado um paranormal para voltar aqui e investigar seus antecedentes.

Michael deu uma última tragada no cigarro e o atirou na lareira.

– Bem, pelo menos por algum tempo, foi isso o que ele pensou. Até eu dizer o motivo real pelo qual você veio me ver; como você nunca havia visto esta casa, nem mesmo em fotografia. Pois aí está, você me entende?

"E agora o que você precisa fazer é ler o Arquivo sobre as Bruxas Mayfair. Mas ainda há outros aspectos... no que me diz respeito. Quer dizer, os outros aspectos têm mais a ver comigo."

– As visões.

– Exatamente. – Ele sorriu, com uma expressão afetuosa, linda. – Exatamente! Porque você se lembra de eu dizer que vi uma mulher e que havia uma joia...

– E você está dizendo que é essa esmeralda.

– Não sei, Rowan, não sei. E de repente sei. Sei com a mesma certeza que tenho de estar sentado aqui que foi Deborah Mayfair que eu vi lá do outro lado, Deborah, e que ela estava usando a esmeralda no pescoço, e que eu fui enviado aqui para fazer alguma coisa.

– Para lutar com esse espírito?

Ele abanou a cabeça.

– É mais complicado do que isso. É por isso que você precisa ler o arquivo. E Rowan, você precisa ler. Você não pode se ofender com a existência de um arquivo desses. Você tem de lê-lo.

– E qual é o interesse do Talamasca nisso tudo? – perguntou ela.

– Nenhum – respondeu ele. – Saber. É, eles gostariam de saber. Eles gostariam de compreender. É como se eles fossem investigadores paranormais.

– E suponho que sejam podres de ricos.

– Ah, são – disse ele, concordando com a cabeça. – Podres de rico.

– Você está brincando.

– Não. Eles têm dinheiro como você tem. Têm dinheiro como a Igreja Católica. Como o Vaticano. Olhe, isso não tem nada a ver com a possibilidade de eles quererem alguma coisa de você...

– Está bem. Eu acredito. É só que você é ingênuo, Michael. É mesmo. Você é realmente ingênuo.

– O que a faz dizer isso, Rowan? Por Deus, onde você foi arrumar a ideia de que eu sou ingênuo? Você já disse isso antes, e é um verdadeiro absurdo!

– Michael, você é. É mesmo. Está bem, diga-me a verdade, você ainda acredita que aquelas visões eram boas? Que as pessoas que apareceram eram seres superiores?

– Acredito – respondeu ele.

– Essa mulher de cabelos negros, condenada por bruxaria, como você disse, com a joia, era boa... a mesma que o derrubou da rocha para dentro do oceano Pacífico, onde...

– Rowan, ninguém pode provar uma cadeia de acontecimentos controlados desse jeito! Tudo o que sei...

– Você viu esse espírito quando estava com 6 anos? Pois vou dizer uma coisa, Michael, esse homem não é bom. E você o viu aqui há duas noites? E essa mulher de cabelos negros também não é boa.

– Rowan, é cedo demais para que você faça essas interpretações.

– Está bem. Concordo. Não quero deixá-lo furioso. Não quero que se zangue nem por um segundo. Estou tão feliz por você estar aqui. Você não imagina como estou feliz com a sua presença aqui nesta casa, comigo aqui, feliz por você entender tudo isso e por você... ah, é uma coisa horrível de dizer, mas estou feliz por não estar nisso sozinha. E quero você aqui, essa é a pura verdade.

– Eu sei, eu compreendo. O que importa é que estou aqui e que você não está sozinha.

– No entanto, não vá você também fazer suas interpretações. Existe aqui alguma coisa terrivelmente perversa, algo que eu posso sentir como sinto o mal em mim. Não, não diga nada. Apenas me escute. Há algo tão maligno aqui que poderia transbordar e machucar muita gente. Mais do que machucou no passado. E você parece um cavaleiro idealista que acabou de sair do castelo pela ponte levadiça!

– Rowan, isso não é verdade.

– Tudo bem, tudo bem. Eles não o afogaram lá na Califórnia. Eles não fizeram nada disso. E o fato de você conhecer todas essas pessoas, Rita Mae e Jerry Lonigan, isso não tem nenhuma relação com nada.

– Tem relação, sim, mas a questão é saber que tipo de relação. É essencial não chegar a conclusões precipitadas.

Ela se virou de novo para a mesa, descansando os cotovelos nela e segurando a cabeça nas mãos. Não fazia ideia de que horas seriam. A noite parecia mais quieta do que antes. De vez em quando alguma coisa na casa estalava ou rangia. Mas eles estavam a sós. Totalmente a sós.

– Sabe – disse ela. – Eu penso naquela velha, e é como se caísse sobre mim uma nuvem de perversidade. Estar com ela foi como caminhar com o mal. E ela achava que pertencia ao bem. Ela achava que estava combatendo o demônio. Tudo está emaranhado, mas de um modo ainda mais obscuro do que esse.

– Ela matou Townsend – disse Michael.

– Você tem certeza disso? – perguntou Rowan, voltando-se de novo para ele.

– Pus minhas mãos nele. Senti nos ossos. Foi ela. Ela o amarrou naquele tapete. Pode ser que ele estivesse dopado na hora, não sei. Mas ele morreu no tapete. Disso tenho certeza. Ele abriu um buraco no tapete com os dentes.

– Meu Deus! – Ela fechou os olhos, com a imaginação compreendendo as implicações com um excesso de nitidez.

– E havia gente na casa o tempo todo, mas ninguém o ouvia. Não sabiam que ele estava morrendo lá em cima. Ou, se sabiam, não fizeram nada a respeito.

– Por que razão ela faria uma coisa dessas?

– Porque ela nos detestava. Quer dizer, ela detestava o Talamasca.

– Você disse "nos detestava".

– Foi um lapso, mas um lapso muito esclarecedor. Sinto-me como se pertencesse à Ordem. Eles me procuraram e me convidaram para entrar, mais ou menos. Eles confiaram em mim. Mas talvez o que eu quisesse dizer era que ela detestava qualquer um de fora que soubesse alguma coisa. Ainda há perigos para as pessoas de fora. Aaron corre perigo. Você me perguntou o que o Talamasca leva nisso tudo. Bem, ele corre o risco de perder mais um membro.

– Explique melhor.

– A caminho de casa, voltando do enterro para o interior para me buscar, Aaron viu um homem na estrada e se desviou dele, capotou duas vezes e mal havia saído do carro quando este explodiu. Foi aquele espírito. Sei que foi. Aaron também acha que foi. Imagino que, qualquer que seja esse plano maior, esse emaranhado, Aaron já cumpriu sua função.

– Ele está machucado?

Michael assentiu.

– Ele sabia o que estava acontecendo, no instante em que tudo estava se passando. Mas não podia correr o risco. Imagine se não fosse uma assombração e ele tivesse atropelado uma pessoa de verdade. Simplesmente não podia correr esse risco. Ele também estava usando o cinto. Acho que bateu forte com a cabeça.

– Levaram-no a um hospital?

– Sim, doutora. Ele está bem. Foi por isso que demorei tanto para chegar aqui. Ele não queria que eu viesse. Queria que você fosse para lá, para o campo, e lesse o arquivo lá. Mas eu vim de qualquer jeito. Eu sabia que essa coisa não ia me matar. Eu ainda não cumpri minha missão.

– O objetivo das visões.

– Não. Ele tem seu objetivo. Elas têm o delas. E os dois não se completam. Um trabalha contra o outro.

– O que acontece se você fugir para o Tibete?

– Quer vir junto?

– Se eu for com você, você não estará fugindo. Mas, sério, o que aconteceria se você realmente fugisse?

– Não sei. Não pretendo fugir; por isso, não dá para calcular. O pessoal das visões quer que eu o combata, que eu lute contra ele e essa maquinação que ele vem preparando o tempo todo. Disso estou convencido.

– Querem que você quebre a corrente – disse ela. – Foi isso o que a velha falou. Ela me disse para quebrar a corrente, ou seja, interromper esse legado que vem desde o tempo de Charlotte, acho, apesar de ela não ter falado de ninguém no passado tão remoto. Ela disse que ela própria tentou. E que eu poderia conseguir.

– Essa é a resposta óbvia, é claro. Mas nisso aí há ainda outros aspectos, coisas relacionadas ao homem e aos motivos pelos quais ele apareceu para mim.

– Pois bem – disse ela. – Agora você me ouça. Vou ler aquele arquivo, página por página. Mas eu vi também essa criatura. E ela não aparece simplesmente. Ela afeta a matéria.

– Quando você o viu?

– Na noite em que minha mãe morreu, no exato instante. Tentei ligar para você. Telefonei para o hotel, mas você não atendia. Fiquei apavorada. Mas a aparição não é a parte importante. O que aconteceu a mais, sim. Ele afetou a água em volta da casa. Causou uma tamanha turbulência na água que a casa oscilava nas estacas. Não houve absolutamente nenhuma tempestade naquela noite na baía de Richardson ou na de San Francisco. Não houve nenhum terremoto ou qualquer outro motivo natural para que aquilo acontecesse. E ainda tem mais uma coisa. Na vez seguinte, senti essa criatura me tocar.

– Quando foi isso?

– No avião. Achei que era um sonho. Mas não era. Fiquei dolorida depois, como se eu tivesse tido relações com um homem grande.

– Você não quer dizer que a criatura...?

– Eu achava que estava dormindo, mas a distinção que estou tentando fazer é que essa coisa não se limita a aparecer. Ela está envolvida com o físico de algum modo específico. E o que eu preciso compreender são seus parâmetros.

– Bem, essa é uma elogiável atitude científica. Eu posso saber se esse seu contato provocou alguma outra reação menos científica?

– Claro que provocou. Foi agradável porque eu estava meio adormecida. Mas, quando acordei, eu me senti como se tivesse sido estuprada. Odiei.

– Maravilha – exclamou Michael, ansioso. – Maravilha. Bem, você tem o poder para fazer essa coisa parar com esse tipo de violação.

– Eu sei, e agora que eu sei que é isso vou fazer com que pare. Mas se anteontem alguém tivesse tentado me dizer que algum ser invisível ia se enfiar por baixo das minhas roupas num voo até Nova Orleans, eu não teria estado nem um pouco mais preparada, porque não teria acreditado. Mas nós sabemos que ele não quer me machucar. E temos quase certeza de que ele não quer machucar você. O que precisamos ter em mente é que ele realmente ataca qualquer um que pareça interferir com seus planos, e que agora seu amigo Aaron está incluído nessa categoria.

– Certo – disse Michael.

– Mas você parece estar cansado, como se fosse você quem precisasse ser levado de volta ao hotel para ser posto na cama. Por que não vamos agora?

Ele não respondeu. Sentou-se ereto e esfregou a nuca com as mãos.

– Tem uma coisa que você não está dizendo.
– O quê?
– E que eu também não estou dizendo.
– Então fale – disse ela, baixinho, com paciência.
– Você não quer falar com ele? Você não quer perguntar quem e o que ele é? Não acha que pode se comunicar com ele melhor e com maior franqueza talvez do que qualquer uma das outras? Talvez você, não. Mas eu, sim. Eu quero conversar com ele. Quero saber por que ele aparecia para mim quando eu era menino. Quero saber por que chegou tão perto de mim naquela noite em que eu quase o toquei, quase toquei seu sapato. Quero saber o que ele é. E eu sei, não importa o que Aaron tenha me dito ou o que Aaron vá me dizer, acho que sou inteligente o suficiente para me comunicar com essa coisa, para ponderar com ela, e talvez seja exatamente esse tipo de soberba que a criatura espera encontrar em todos os que chegam a vê-la. Pode ser que ela já conte com isso.

"Agora, se isso não lhe ocorreu, bem, então, você é muito mais forte e inteligente do que eu, mas muito mesmo. Nunca cheguei a falar com um fantasma ou espírito, ou seja lá o que for. E a verdade é que eu não perderia essa oportunidade, nem mesmo sabendo o que eu sei e sabendo o que ele fez com Aaron."

Ela concordou.

– É, você realmente compreendeu bem o caso. E pode ser que ele conte mesmo com isso, com a vaidade que existe em alguns de nós, de que não agiremos como os outros. Mas existe mais uma coisa entre mim e esse ser. Ele me tocou. E me deixou com a sensação de ter sido violentada. Eu não gostei.

Ficaram ali sentados em silêncio por um instante. Ele olhava para ela, e ela quase conseguia ouvir o funcionamento das engrenagens na cabeça dele.

Ele se levantou e estendeu o braço para pegar o porta-joias, deslizando-o pela superfície lisa da mesa. Abriu-o e contemplou a esmeralda.

– Vamos – disse ela. – Toque a joia com a mão.

– Ela não é parecida com o desenho que eu fiz – sussurrou ele. – Eu a estava imaginando, quando fiz o desenho. Não era uma lembrança. – Ele abanou a cabeça. Parecia estar a ponto de fechar a tampa do porta-joias de novo, quando tirou a luva e pôs os dedos sobre a pedra.

Calada, ela esperava. Mas podia dizer, só pela expressão dele, que ele estava decepcionado e ansioso. Quando ele suspirou e fechou o porta-joias, ela não o pressionou.

– Vi uma imagem sua – disse ele. – Você punha a esmeralda no pescoço. Eu me vi parado diante de você. – Ele calçou a luva cuidadosamente.

– Foi quando você chegou.

– É – disse ele, concordando. – Eu nem percebi que você estava com ela.

– Estava escuro.

– Eu só via você.

— Que diferença faz? – disse ela, encolhendo os ombros. – Eu a tirei e guardei no estojo.

— Não sei.

— E logo agora, quando a tocou, viu mais alguma coisa?

Ele abanou a cabeça.

— Só que você me ama – disse ele, com a voz tímida. – Me ama de verdade.

— Basta tocar em mim, para saber isso.

Ele sorriu, mas um sorriso triste, confuso. Enfiou as mãos nos bolsos, como se estivesse tentando se livrar delas, e abaixou a cabeça. Ela esperou algum tempo, detestando vê-lo angustiado.

— Venha, vamos embora – disse ela. – Esta casa o está afetando mais do que a mim. Vamos voltar para o hotel.

Ele concordou.

— Preciso beber água – disse ele. – Será que tem água gelada nesta casa? Estou com sede e com calor.

— Não sei. Nem sei se ela tem cozinha. Talvez, um poço com um balde coberto de musgo. Quem sabe, uma fonte mágica.

Ele riu baixinho.

— Venha, vamos procurar a água.

Ela se levantou e o acompanhou pela porta dos fundos da sala de jantar. Um espécie de copa, ali, com uma pequena pia e altos armários envidraçados repletos de porcelana. Ele passou devagar. Parecia estar medindo a espessura das paredes com as mãos.

— É aqui atrás – disse ele, passando pela porta seguinte. Ele apertou um antigo interruptor preto de parede. Acendeu-se uma lâmpada suja no teto, fraca e lúgubre, revelando um longo aposento de dois níveis: a parte superior, um árido local de trabalho; a parte inferior, dois degraus abaixo, uma pequena copa para o café da manhã, provida de lareira.

Uma longa série de portas envidraçadas permitia a visão do quintal coberto pelo mato lá fora. Parecia que o canto das rãs aqui era mais forte, mais nítido. A silhueta escura de uma árvore imensa impedia totalmente a visão do canto norte da paisagem.

A própria copa e a cozinha eram muito limpas e aerodinâmicas, num estilo antiquado. De grande eficiência.

A geladeira embutida ocupava metade da parede interna, com uma porta enorme e pesada, como as portas de câmaras frigoríficas de restaurantes.

— Não diga nada se houver um corpo aí dentro. Eu não quero saber – disse ela, exausta.

— Não, só alimentos – respondeu ele, sorrindo – e água gelada. – Ele pegou a garrafa de vidro transparente. – Vou contar uma coisa sobre o Sul. Aqui sempre se tem uma garrafa de água gelada. – Ele saiu a procurar num dos armários acima da pia do canto, e pegou dois copos de geleia com a mão direita, pondo-os sobre o balcão limpíssimo.

A água gelada estava deliciosa. Ela então se lembrou da velha. A casa era realmente dela; talvez, o copo também. Um copo usado pela velha. Rowan foi dominada pela repulsa e pôs o copo na pequena pia de aço à sua frente.

É, como num restaurante, pensou, distanciando-se lentamente, com rebeldia. A casa foi muito bem equipada há muito, muito tempo, quando alguém mandou arrancar as instalações vitorianas tão veneradas atualmente em San Francisco, substituindo-as por todo esse aço reluzente.

– O que vamos fazer, Michael? – perguntou ela.

Ele olhou para o copo na sua mão. Depois olhou para ela, e imediatamente a ternura e o desejo de proteger que transpareciam nos olhos de Michael a enterneceram.

– Vamos nos amar, Rowan. Vamos nos amar. Você sabe, com a mesma certeza que tenho a respeito das visões, tenho certeza de que o fato de que nós realmente nos amamos não estava nos planos de ninguém.

Ela se aproximou dele e o abraçou. Sentiu as mãos que subiam pelas suas costas e que se fechavam com amor e carinho na sua nuca e no seu cabelo. Era delicioso o seu jeito de abraçá-la apertado. Ele enfurnou o rosto no pescoço de Rowan e depois deu um beijo delicado na sua boca.

– Quero que você me ame, Rowan. Que confie em mim e me ame – disse ele, com uma voz dolorosamente sincera. Ele se afastou e pareceu mergulhar em si mesmo um pouco. Pegou, então, a mão de Rowan e a levou lentamente na direção da porta envidraçada. Ficou ali parado, olhando para a escuridão lá fora. Abriu a porta. Não havia tranca. Talvez não houvesse tranca em nenhuma delas. – Podemos ir ali fora? – perguntou.

– Claro que podemos. Por que está me perguntando?

Ele olhou para ela como se quisesse beijá-la, mas não a beijou. E então ela o beijou, mas bastou sentir como era delicioso para que todo o resto voltasse à sua mente. Ela se aconchegou junto a ele por algum tempo. E depois foi a primeira a sair.

Descobriram que a cozinha dava para uma varanda telada, muito menor do que aquela na qual a velha havia morrido, e saíram por mais uma porta, igual a muitas portas antiquadas de tela, até mesmo com a mola que fazia com que se fechasse após sua passagem. Desceram pelos degraus de madeira até as lajes.

– Tudo isso aqui está bem. No fundo, não está em mau estado.

– Mas e a casa em si? Ela pode ser salva ou já se deteriorou demais?

– Esta casa? – Ele sorriu, abanando a cabeça, com os olhos azuis lindos, brilhantes, ao olhar para ela e depois para a estreita varanda aberta lá no alto. – Querida, esta casa está perfeita, simplesmente perfeita. Ela estará aqui quando você e eu já não estivermos mais vivos. Nunca entrei numa casa dessas. Mesmo em todos os meus anos em San Francisco. Amanhã, vamos voltar aqui, e eu vou mostrar para você esta casa à luz do dia. Vou mostrar a espessura dessas paredes. Se você quiser, mostro os caibros debaixo dela. – Ele se calou, envergonhado por se deliciar tanto, e mais uma vez envolvido pela tristeza e respeito pela morte da velha, exatamente como acontecera a Rowan.

Além disso, ainda havia Deirdre e tantas perguntas ainda sem resposta sobre ela. Tantas coisas nessa história descrita por ele, e no entanto parecia que a jornada mais sombria... Muito melhor olhar para ele e ver nele o entusiasmo ao examinar as paredes, ao inspecionar os batentes das portas, os peitoris e os degraus.

– Você a adora, não?

– Sempre a adorei desde que era menino. Eu a amei quando a vi dois dias atrás. E a amo agora muito embora eu saiba todos os tipos de coisas que aconteceram nela, mesmo o que aconteceu àquele cara no sótão. Eu amo esta casa porque ela é sua. E porque... porque é linda, não importa o que as pessoas tenham feito dentro dela ou com ela. Ela era linda quando foi construída. E será linda daqui a cem anos.

Ele a enlaçou novamente, e ela se grudou a ele, aconchegando-se nele e sentindo que ele beijava seu cabelo. Os dedos enluvados tocavam seu rosto. Ela teve vontade de arrancar aquelas luvas. Mas não disse nada.

– Sabe – disse ele. – É uma coisa engraçada. Em todos os anos que passei na Califórnia, trabalhei em muitas casas. E gostei de todas elas. Mas nenhuma me fez sentir minha mortalidade. Elas nunca faziam com que eu me sentisse pequeno. Esta casa me dá essa sensação. Ela me passa essa sensação porque *vai* estar aqui depois que eu me for.

Eles se voltaram e se embrenharam mais no jardim, descobrindo as lajes apesar do mato que procurava encobri-las, e das bananeiras tão densas e baixas que as grandes folhas laminares roçavam nos seus rostos.

Os arbustos encobriram a luz da cozinha atrás deles à medida que eles iam subindo por uma escada baixa de pedra. Aqui estava escuro, escuro como no campo.

Subiu um cheiro fétido, forte, como o cheiro de um pântano, e Rowan percebeu que estava olhando para uma longa piscina. Estavam parados à borda dessa enorme piscina negra. O mato a encobria tanto que a superfície da água só aparecia em vagos vislumbres. Os nenúfares refulgiam despudorados à ínfima luz do céu distante. Insetos zumbiam, invisíveis, em grande número. As rãs coaxavam, e havia coisas que se mexiam dentro d'água fazendo com que a luz tocasse de repente a superfície, mesmo em meio ao mato alto. Ouvia-se um som contínuo de gotejamento, como se a poça fosse alimentada por fontes. E, quando forçou os olhos, Rowan viu os bicos que derramavam seus jatinhos cintilantes.

– Foi Stella quem a construiu – disse Michael. – Há mais de cinquenta anos. Não era para ser nada parecido com isso aqui. Era uma piscina. E agora o jardim tomou conta. A terra voltou a ocupá-la.

Como ele parecia estar triste. Era como se ele houvesse visto a confirmação de algo em que não acreditava totalmente. E imaginar o impacto desse nome nela quando Ellie o pronunciou nas semanas finais de febre e delírio. "Stella no caixão."

Agora estava olhando para a frente da casa; e, quando ela seguiu a direção do olhar, viu a alta cumeeira do terceiro andar com suas duas chaminés flutuando com o céu como pano de fundo, e o lampejo da lua ou das estrelas, ela não sabia dizer qual, nas janelas quadradas lá em cima, no quarto onde o homem havia morrido e de onde Antha havia fugido de Carlotta. Daquela altura ela havia caído, passando pelas varandas de ferro, até atingir as lajes, até seu crânio rachar nas lajes e o tecido delicado do cérebro ser esmagado, com o sangue escorrendo.

Ela se encostou mais em Michael. Juntou as duas mãos atrás dele, descansando seu peso contra ele.

Olhou direto para o céu pálido lá em cima e suas poucas estrelas espalhadas porém nítidas, e então a lembrança da velha voltou. Era como se a nuvem maléfica não quisesse soltá-la. Ela pensou na expressão no rosto da velha ao morrer. Pensou nas palavras. E o rosto da sua mãe no ataúde, cochilando para sempre sobre o cetim branco.

– O que foi, querida? – Um ruído baixo no seu tórax.

Ela apertou o rosto de encontro à camisa de Michael. Começou a tremer como estivera tremendo a intervalos a noite inteira e, quando sentiu que os braços dele a abraçavam apertado, quase com força, ela adorou.

Aqui as rãs cantavam, aquela canção alta, repetitiva, do mato, e ao longe uma ave gritou na noite. Impossível acreditar que havia ruas bem ali perto e que outras pessoas viviam logo depois das árvores, que as luzinhas amarelas e distantes que cintilavam aqui e ali através das folhas lustrosas eram as luzes das casas de outras pessoas.

– Amo você, Michael. Amo de verdade.

No entanto, ela não conseguia se livrar da sensação maligna. Ela parecia fazer parte do céu e da árvore gigantesca que se erguia acima da sua cabeça, bem como da água reluzente no fundo do mato viçoso e selvagem. Mas não fazia parte de nenhum lugar específico. Estava nela, era parte dela. E Rowan percebeu, com a cabeça imóvel sobre o peito de Michael, que não se tratava apenas da lembrança da velha e de sua maldade frágil e individual, mas de um presságio. Os esforços de Ellie haviam sido em vão, pois Rowan tinha esse presságio já há muito tempo. Talvez, mesmo durante a vida inteira, ela soubesse que um segredo sinistro e medonho esperava por ela, e que ele era um segredo enorme, imenso, voraz e cheio de camadas, que, uma vez aberto, continuaria a se desenrolar para sempre. Era um segredo que se transformaria no mundo, com suas revelações encobrindo a própria luz da vida de rotina.

Este longo dia na agradável cidade tropical, cheio de rituais e cortesias antiquadas, havia sido apenas o primeiro desdobramento. Até mesmo os segredos da velha não passavam de um começo.

E esse grande segredo tira sua força, da mesma raiz da qual eu extraio a minha, tanto para o bem quanto para o mal, porque no final eles não podem ser separados.

— Rowan, deixe-me tirá-la deste lugar. Nós já devíamos ter saído. A culpa é minha.

— Não, não faz diferença sair daqui. Gosto daqui. Não faz diferença para onde eu vá. Então, por que não ficar aqui, onde está escuro, tranquilo e lindo?

Surgiu novamente o perfume daquela flor, aquela que a velha havia chamado de jasmim da noite.

— Ah, você está sentindo esse perfume, Michael? — Ela olhava para os nenúfares brancos na escuridão.

— Esse é o perfume das noites de verão em Nova Orleans — respondeu ele. — De caminhar sozinho, assobiando e batendo nas grades de ferro com uma varinha. — Ela adorava a vibração profunda da sua voz de dentro do peito. — Esse é o perfume de caminhar por todas essas ruas. — Ele baixou o olhar até ela, parecendo se esforçar para discernir seu rosto. — Rowan, não importa o que aconteça, não abandone essa casa. Mesmo que você tenha de sair dela e nunca mais voltar a vê-la, mesmo que você venha a detestá-la. Não se desfaça dela. Nunca a deixe cair nas mãos de quem não a ame. Ela é bonita demais. Tem de sobreviver a tudo isso, exatamente como nós.

Ela não respondeu. Não confessou o medo sinistro de que não iriam sobreviver, de que, de algum modo, tudo que lhe havia servido de lenitivo seria perdido. Lembrou-se, então, do rosto da velha, lá em cima no quarto da morte, onde o homem havia morrido anos e anos atrás, e das suas palavras: "Você pode escolher. Pode romper a corrente!" A velha, tentando transpor sua própria casca de maldade, perversidade e frieza. Procurando oferecer a Rowan algo que ela considerava puro e brilhante. E no mesmo quarto em que o homem havia morrido, amarrado indefeso no tapete, enquanto a vida prosseguia normal na casa abaixo dele.

— Vamos embora, querida. Vamos para o hotel. Tenho de insistir. Vamos nos enfiar numa daquelas camas enormes e macias e nos aconchegar um ao outro.

— Podemos ir a pé, Michael? Podemos ir bem devagar no escuro?

— Claro, querida, se você preferir.

Não tinham chaves para trancar nada. Deixaram as lâmpadas acesas por trás de janelas imundas ou providas de cortinas. Desceram pelo caminho e saíram pelo portão enferrujado.

Michael abriu o carro e tirou uma maleta, que mostrou a Rowan. Era a história inteira, disse ele, mas ela não podia ler antes de ele explicar alguns pontos. Havia coisas ali dentro que a chocariam, que talvez a perturbassem. Amanhã, conversariam a respeito durante o café da manhã. Ele havia prometido a Aaron que não lhe entregaria o arquivo sem explicações, e era por ela que ele estava fazendo isso. Aaron queria que ela compreendesse.

Ela concordou. Não sentia nenhuma desconfiança de Aaron Lightner. Era impossível que alguém a enganasse, e Lightner não tinha necessidade de enganar ninguém. E, ao pensar nele agora, ao se lembrar da sua mão no seu braço na cerimônia fúnebre, ela teve a sensação desagradável de que ele também era um inocente, inocente como Michael. E o que os tornava inocentes era o fato de eles realmente não compreenderem a maldade nas pessoas.

Ela estava tão cansada agora. Não importa o quanto se veja, se sinta ou se venha a descobrir, o cansaço acaba chegando. Não se pode sofrer sem parar, uma hora após a outra, um dia após o outro. No entanto, olhando de volta para a casa, ela pensou na velha, fria, pequena e morta na cadeira de balanço, uma morte que nunca seria compreendida ou vingada.

Se eu não a houvesse matado, poderia tê-la odiado com tanta liberdade! Mas agora sinto essa culpa por causa dela, além de todas as outras dúvidas e desgraças que ela trouxe à tona.

Michael estava parado, olhando fixamente para a porta da frente. Ela deu um pequeno puxão na sua manga ao se aproximar mais dele.

– Parece um enorme buraco de fechadura, não é? – disse ela.

Ele fez que sim, mas parecia distante, perdido nos seus pensamentos.

– Era assim que costumavam chamar esse estilo de portal. Fazia parte da mixórdia de estilos egípcio, grego e romano que adoravam tanto quando construíram esta casa.

– Bem, até que o resultado foi bom – disse ela, exausta. Quis contar que a porta estava entalhada no jazigo no cemitério, mas estava cansada demais.

Caminharam juntos, devagar, seguindo até a Philip Street, depois até Prytania e de lá até a Jackson Avenue. Passaram por lindas casas na escuridão. Passaram por muros de jardins. Desceram, então, pela St. Charles, pelas lojas e bares fechados e por enormes prédios de apartamentos na direção do hotel, com apenas um carro ou outro passando veloz; e o bonde aparecendo apenas uma vez com um enorme estrondo metálico quando fez a curva e seguiu barulhento até desaparecer, com as janelas vazias cheias de uma luz amarela como manteiga.

No chuveiro, fizeram amor, apressados e desajeitados nos seus beijos e carícias. A sensação das luvas de couro excitava Rowan quase até a loucura quando tocavam nos seus seios e desciam entre suas pernas. Não havia mais casa, nem velha, nem a pobre e linda Deirdre. Só Michael existia, só esse peito rijo com o qual ela andava sonhando, e esse pau grosso nas suas mãos, a se erguer do seu ninho de pelos escuros, lustrosos, crespos.

Anos antes alguma amiga idiota lhe havia dito, tomando café na universidade, que as mulheres não achavam bonito o corpo do homem, que o que importava era o que o homem fazia. Pois bem, ela sempre havia gostado dos homens tanto pelo que faziam quanto pelo corpo que tinham. Ela adorava esse corpo, adorava sua firmeza e seus mamilos minúsculos, macios e sedosos; seu abdome rijo e esse pau, que ela punha na boca. Ela adorava sentir essas coxas fortes sob seus dedos, os pelos macios na curva das nádegas. Firmes e sedosos, era isso o que os homens eram.

Ela desceu as mãos pelas coxas de Michael, arranhando a parte traseira do joelho e apertando os músculos das pernas. Tão fortes. Ela o empurrou contra os azulejos, sugando com movimentos mais longos e deliciosos, com as mãos em concha para segurar as bolas e suspendê-las de encontro à base do pau.

Ele tentou levantá-la com delicadeza, mas ela queria que ele gozasse na sua boca. Ela puxou seus quadris mais para perto de si. Não quis soltá-lo, e então ele gozou, e o gemido foi tão bom quanto tudo o mais.

Mais tarde, quando se enfiaram na cama, já secos e aquecidos, com o ar-condicionado soprando de leve, Michael tirou as luvas. E começaram de novo.

– Não consigo parar de tocar em você – disse ele. – Não dá para aguentar, e tenho vontade de perguntar como foi quando aconteceu aquilo, mas sei que não devia fazer essa pergunta. E você sabe, é como se eu conhecesse o rosto do homem que tocou em você...

Ela estava deitada no travesseiro, olhando para ele no escuro, adorando a sensação deliciosa do seu peso sobre ela e das suas mãos quase lhe puxando o cabelo. Ela fez um punho com a mão direita e roçou os nós dos dedos no seu queixo escuro e cheio de sombras com a barba por fazer.

– Foi como fazer sozinha – disse ela, baixinho, esticando-se para segurar sua mão esquerda e puxando-a para baixo para poder beijar sua palma. Ele se enrijeceu encostado na sua coxa. – Não foi a turbulência de uma outra pessoa. Não eram células vivas contra células vivas.

– Uummmm, adoro essas células vivas – disse ele, rouco, no seu ouvido, beijando-a com violência. Ele a machucava com seus beijos; e Rowan revidava com o mesmo desrespeito, a mesma fome e insistência.

Quando acordou, às quatro da manhã. *Hora de ir para o hospital. Não.* Michael dormia profundamente. Ele nem sentiu o beijo delicadíssimo que ela lhe deu no rosto. Ela vestiu o pesado roupão branco de toalha que encontrou pendurado no armário e saiu em silêncio para a sala de estar da suíte. A única luz vinha da avenida.

Estava um deserto lá embaixo. Tranquilo como um cenário de teatro. Ela adorava as ruas de madrugada, quando ficavam desse jeito, quando a impressão era a de que seria possível descer e sair dançando nelas, se quisesse, como se fossem um palco, porque as linhas brancas e os sinais de trânsito não significavam nada.

Ela se sentia bem, lúcida e em segurança aqui. A casa estava à espera, mas a casa já esperava há muito tempo.

A telefonista lhe disse que ainda não havia café. Havia, porém, um recado para ela e para o Sr. Curry, de um certo Sr. Lightner, no sentido de que ele voltaria para o hotel mais tarde naquele mesmo dia e que poderia ser encontrado pela manhã no retiro. Ela anotou o número.

Entrou na pequena cozinha, encontrou utensílios e café e o preparou ela mesma. Voltou e fechou com cuidado a porta do quarto e a porta do pequeno corredor entre o quarto e a sala de estar.

Onde estava o Arquivo sobre as Bruxas Mayfair? O que Michael havia feito com a maleta tirada do carro?

Ela examinou a pequena sala, com seu sofá e suas poltronas. Olhou no pequeno banheiro, nos armários e até na cozinha. Depois voltou para o corredor e ficou apreciando Michael adormecido à luz que vinha da janela. Cabelos cacheados na nuca dele.

No armário, nada. No banheiro, nada.

Muito esperto, Michael. Mas eu vou encontrá-la. Foi quando viu a ponta da maleta. Ele a enfiara atrás da poltrona.

Ele não demonstra grande confiança, mas também estou fazendo exatamente o que mais ou menos prometi que não faria.

Ela pegou a maleta, parando para ouvir o ritmo da sua respiração profunda, e depois fechou a porta. Foi na ponta dos pés pelo corredor, fechou a segunda porta e pôs a maleta na mesa de centro à luz do abajur.

Pegou, então, seu café e seus cigarros e se sentou no sofá, olhando para o relógio. Eram quatro e quinze. Ela adorava essa hora do dia, simplesmente adorava. Era uma boa hora para ler. Havia sido, também, sua hora preferida para dirigir até o hospital, varando um sinal vermelho após o outro no enorme vácuo silencioso, com a cabeça repleta de pensamentos detalhados e organizados das operações à sua espera. Mas essa hora era ainda melhor para a leitura.

Rowan abriu a maleta e retirou a grande pilha de pastas, cada uma com seu estranho título: Arquivo sobre as Bruxas Mayfair. Isso a fez sorrir. Era tão literal.

– Inocentes – sussurrou. – São todos inocentes. O homem no sótão, provavelmente inocente. E aquela velha, uma bruxa até os ossos. – Ela parou, deu a primeira tragada no cigarro e se perguntou como compreendia aquilo tão perfeitamente e por que tinha tanta certeza de que eles, Aaron e Michael, não compreendiam.

Essa convicção se manteve.

Folheando rapidamente as pastas, ela avaliou o original, como sempre fazia com os textos científicos que queria devorar de uma assentada. Depois inspecionou uma página qualquer para verificar a proporção de abstrações para termos concretos e concluiu que essa proporção era confortável, sendo que estes últimos superavam as abstrações num grau extremamente alto.

Uma brincadeira cobrir tudo em quatro horas. Se tivesse sorte, Michael dormiria o tempo necessário. O mundo dormiria. Ela se aconchegou no sofá, pôs os pés descalços na beirada da mesinha de centro e começou a ler.

* * *

Às nove, ela vinha caminhando lentamente de volta à First Street até chegar à esquina de Chestnut. O sol da manhã já estava alto no céu, e os pássaros cantavam quase com fúria no túnel folhoso dos galhos lá em cima. O grito agudo de um corvo sobressaiu do coro mais suave. Esquilos corriam apressados ao longo dos galhos grossos e pesados que se estendiam longe por cima das cercas e dos muros. As calçadas de tijolos bem varridas estavam desertas; e o lugar todo parecia pertencer às suas flores, árvores e casas. Até mesmo o barulho do trânsito eventual era engolido pela vegetação e pela quietude envolventes. O céu azul e límpido brilhava através da folhagem alta, e a luz, mesmo na sombra, parecia de algum modo pura e brilhante.

Aaron Lightner já estava à sua espera junto ao portão, um homem de ossos pequenos, usando leves trajes tropicais, com uma aparência britânica formal, até a bengala na sua mão.

Ela havia ligado para ele às oito, pedindo esse encontro. E mesmo a distância percebia que ele estava profundamente preocupado com sua reação ao que havia lido.

Ela atravessou o cruzamento com calma. Aproximou-se dele devagar, com os olhos baixos, a cabeça ainda tonta com a longa história e todos os detalhes que havia absorvido com tanta rapidez.

Quando se encontrou parada diante dele, ela pegou sua mão. Não havia ensaiado o que pretendia dizer. Seria uma tortura para ela. Mas era bom estar aqui, estar segurando sua mão, apertando-a afetuosamente, enquanto examinava a expressão no seu rosto franco e simpático.

– Obrigada – disse ela, com a voz lhe parecendo fraca e inadequada. – Vocês responderam a todas as perguntas mais terríveis e torturantes da minha vida. Na realidade, vocês não podem saber o que fizeram por mim. O senhor e seus observadores. Eles descobriram minha parte mais sombria. E o senhor sabia qual era e a iluminou, fazendo sua ligação a algo maior, mais antigo e tão verdadeiro quanto ela. – Ela abanou a cabeça, ainda segurando sua mão, num esforço para prosseguir. – Não sei como dizer o que quero dizer – confessou. – Não me sinto mais sozinha! Estou falando de mim, de meu eu total, não apenas o nome e a parte que a família quer. Estou falando de quem eu sou. – Ela deu um suspiro. As palavras eram tão toscas, e o sentimento por trás delas, tão enorme, enorme como seu alívio. – Eu agradeço por não terem guardado segredo. Agradeço do fundo do coração.

Ela percebia o assombro de Lightner e sua ligeira confusão. Bem devagar, ele abaixou a cabeça. E ela sentiu sua bondade, e acima de tudo sua disposição de confiar.

– Em que posso ajudá-la agora? – perguntou ele, com um tom afável de franqueza total.

– Entre – disse ela. – Vamos conversar.

30

Onze horas. Ele se sentou na cama no escuro, olhando espantado para o relógio digital na mesa. Como foi que conseguiu dormir tanto? Havia deixado as cortinas abertas para que a luz o acordasse. Mas alguém as havia fechado. E as luvas? Onde estavam suas luvas? Ele as encontrou e as calçou para só depois sair da cama.

A maleta havia sumido. Ele soube antes de olhar atrás da poltrona. Frustrado.

Imediatamente, vestiu o roupão e saiu pelo corredor até a sala de estar. Ninguém ali. Só o cheiro chamuscado de café velho que vinha da cozinha, e o aroma remanescente de um cigarro fez com que ele quisesse fumar um logo.

E ali, na mesinha de centro, a maleta vazia e o arquivo: pastas de papel pardo em duas pilhas bem-arrumadas.

— Ah, Rowan — gemeu ele. E Aaron nunca o iria perdoar. E Rowan havia lido a parte a respeito de Karen Garfield e do Dr. Lemle, que morreram depois de estar com ela. Ela havia lido todos os deliciosos comentários compilados ao longo dos anos com Ryan Mayfair, com Beatrice e com outros que ela com toda a certeza havia conhecido no enterro. Isso e milhares de outras coisas que ele não conseguia imaginar naquele instante.

Se ele entrasse no quarto e descobrisse que todas as roupas dela haviam desaparecido... Mas as roupas de Rowan não estavam aqui mesmo; estavam no seu próprio quarto.

Ele ficou ali coçando a cabeça, sem saber o que faze; ligar para o quarto dela, telefonar para Aaron, enlouquecer de vez. Foi quando viu o bilhete.

Estava bem ao lado das duas pilhas de pastas de papel pardo: uma única folha de papel de carta do hotel, coberta com uma letra muito nítida e retilínea.

Oito e meia da manhã.
Michael,

Li o arquivo. Amo você. Não se preocupe. Vou me encontrar às nove com Aaron. Você pode vir me ver na casa às três? Preciso passar algum tempo sozinha lá. Estarei esperando por você por volta das três. Se não puder, deixe um recado para mim aqui.

A pitonisa de Endor

— A pitonisa de Endor. — Quem seria a pitonisa de Endor? Ah, sim, a mulher que o rei Saul procurou para conjurar o rosto dos seus ancestrais? Não exagere na interpretação. Isso só quer dizer que ela sobreviveu ao arquivo. A menina-prodígio. A neurocirurgiã. Li o arquivo! Ele havia levado dois dias. Li o arquivo!

Ele tirou a luva da mão direita e pôs a mão no bilhete. Relance de Rowan, vestida, curvando-se diante da escrivaninha na saleta junto à sala de estar. Em seguida, relance de alguém que havia posto o papel de carta ali já há dias, uma arrumadeira de uniforme, e outras coisas tolas, chegando aos borbotões, nenhuma com qualquer importância. Ele ergueu os dedos e esperou até que o formigamento parasse.

– Quero Rowan – disse, tocando novamente o papel. Rowan, e Rowan sem raiva, mas profundamente misteriosa e... o quê? No meio de uma aventura?

É, o que ele estava sentindo era um entusiasmo estranho, cheio de desafio. E isso compreendia perfeitamente. Ele a viu novamente, com uma nitidez chocante, só que em algum outro lugar, mas imediatamente a imagem ficou confusa, ele a perdeu e calçou de novo a luva.

Ficou ali sentado um instante, mergulhado em si mesmo, odiando instintivamente esse poder, mas mesmo assim pensando na questão do entusiasmo. Lembrou-se do que Aaron lhe havia dito na noite anterior.

– Posso ensiná-lo a usar esse poder, mas ele nunca será exato. Sempre haverá confusão.

Meu Deus, como Michael o detestava. Odiava até mesmo a forte sensação de Rowan que o invadira e que não o largava. Ele teria preferido muito mais as lembranças viscerais do quarto e da sua voz grave e aveludada falando com tanta delicadeza, tanta franqueza e simplicidade. Preferia muito mais ouvi-la dizer com seus próprios lábios. Entusiasmo!

Chamou o serviço de copa.

– Mandem-me um café da manhã, ovos, aveia, sim, um bom prato de aveia, uma porção extra de presunto, torradas e um bule de café. Diga ao garçom para usar a chave mestra. Vou estar me vestindo. E por favor some uma gorjeta de vinte por cento para o garçom. E que ele traga água bem gelada.

Ele leu o bilhete mais uma vez. Aaron e Rowan estavam juntos agora. Isso o enchia de apreensão. E agora compreendia o medo de Aaron quando Michael começou a ler o arquivo. E naquela hora ele não queria dar ouvidos a Aaron. Só queria ler. Bem, ele não podia culpar Rowan.

Também não conseguia se livrar dessa sensação incômoda. Rowan não compreendia Aaron. E Aaron sem sombra de dúvida não a compreendia. E ela achava que ele era ingênuo. Ele abanou a cabeça. E ainda havia Lasher. O que Lasher estaria pensando?

– Era o homem – disse Aaron, na noite anterior, antes de Michael sair de Oak Haven. – Eu o vi iluminado pelos faróis. Sabia que era uma artimanha. Mas não podia me arriscar.

– E então o que vai fazer? – perguntou Michael.

– Vou tomar cuidado – disse Aaron. – O que mais eu poderia fazer?

E agora Rowan queria que ele fosse se encontrar com ela na casa às três da tarde porque precisava passar algum tempo ali sozinha. Com Lasher? Como Michael iria represar suas emoções até as três da tarde?

Bem, companheiro, você está em Nova Orleans, não está? Ainda não esteve no seu velho bairro. Talvez já seja hora de ir até lá.

Ele saiu do hotel às quinze para o meio-dia, e o calor envolvente foi uma surpresa agradável no instante em que pisou lá fora. Depois de trinta anos em San Francisco, ele havia se preparado instintivamente para o frio e o vento.

E, enquanto caminhava na direção da cidade alta, descobriu que, no mesmo nível subconsciente, havia se preparado para uma subida ou uma descida. As calçadas largas e planas lhe pareciam maravilhosas. Era como se tudo fosse mais fácil: cada vez que se respirava a brisa agradável, cada passo que se dava, cada travessia de rua, olhar despreocupado para os velhos carvalhos de casca preta que modificavam a paisagem urbana no instante em que ele atravessou a Jackson Avenue. Nenhum vento cortante no rosto; nenhum brilho desagradável do céu da costa do Pacífico a ofuscá-lo.

Para a caminhada até o Irish Channel, ele preferiu a Philip Street, e seguiu por ali sem pressa como teria feito nos velhos tempos, sabendo que o calor ficaria mais intenso, que suas roupas ficariam pesadas e que até mesmo o interior dos seus sapatos ficaria úmido em pouquíssimo tempo. Mais cedo ou mais tarde, teria de tirar seu blusão safári para pendurá-lo num dos ombros.

No entanto, ele logo se esqueceu disso tudo. Este era o cenário de muitas recordações felizes. Ele conseguia afastar da sua mente a preocupação com Rowan, a preocupação com o homem. Ele estava só voltando ao passado, perambulando por esses muros antigos, cobertos de hera, e pelas extremosas jovens, crescendo esguias em meio ao mato, cheias de flores oscilantes. Ele precisava afastá-las à medida que avançava. Ocorreu-lhe novamente, com a mesma força de antes, que a saudade não havia embelezado nada. Graças a Deus, muita coisa ainda estava ali! As altas casas vitorianas no estilo Queen Anne, tão maiores do que as de San Francisco, permaneciam em pé ao lado das casas anteriores à Guerra de Secessão com suas colunas e paredes de alvenaria, sólidas e magníficas como a casa da First Street.

Ele por fim atravessou Magazine, alerta para o trânsito veloz, e foi entrando no Irish Channel. As casas pareceram encolher. Colunas cederam lugar a esteios de madeira. Já não havia mais carvalhos; até mesmo os olmos imensos desapareciam depois da esquina da Constance Street. Mas até aí tudo bem; tudo bem mesmo. Esta era a sua parte da cidade. Ou pelo menos havia sido.

A Annunciation Street o deixou desconsolado. As boas restaurações e pinturas recentes que havia visto em Constance e Laurel eram raras nessa rua maltratada. Os terrenos baldios estavam cheios de lixo e de pneus velhos. A casa geminada em que ele havia crescido estava abandonada, com grandes pedaços de compensado velho cobrindo todas as portas e janelas. E o quintal no qual ele havia brincado estava agora coberto por mato e cercado com uma feia tela de arame. Ele não viu sombra das velhas maravilhas que floriam perfumadas, em tons de rosa, no inverno e no verão. Também haviam sumido as bananeiras que ficavam junto ao velho barracão nos fundos da entrada lateral. A pequena mercearia da esquina estava deserta e trancada a cadeado. E o velho bar da esquina não demonstrava o menor sinal de vida.

Aos poucos, ele percebeu que era o único homem branco à vista.

Pareceu ir mergulhando cada vez mais nessa tristeza e nessa sujeira. De longe em longe, via-se uma casa com pintura recente. Uma bonita criança negra com os cabelos trançados e olhos redondos e serenos estava agarrada a um portão, olhando fixamente para ele. Mas todas as pessoas que ele poderia ter conhecido haviam ido embora muito tempo atrás.

E ver a lamentável decadência da Jackson Avenue nessa região o deixou magoado. Mesmo assim, prosseguia na direção das moradias de tijolo do St. Thomas Project. Aqui já não morava mais nenhum branco. Ninguém precisava lhe dizer isso.

Aqui ficava a cidade do homem negro, e ele sentia frios olhos a observá-lo quando virou a esquina da Josephine Street na direção das velhas igrejas e da velha escola. Mais chalés de madeira vedados com tábuas; o piso inferior de um prédio totalmente esvaziado. Móveis quebrados e inchados, empilhados junto à sarjeta.

Apesar do que já havia visto antes, o estado lamentável dos prédios abandonados da escola foi um choque para ele. Havia vidraças quebradas nas janelas das salas nas quais ele havia estudado tantos anos antes. Além disso, o ginásio que ele havia ajudado a construir parecia tão envelhecido, tão obsoleto, tão absolutamente esquecido.

Somente as igrejas de Santa Maria e de Santo Afonso permaneciam orgulhosas e aparentemente indestrutíveis. Mas suas portas estavam trancadas. E, no pátio da sacristia de Santo Afonso, o mato alcançava a altura dos seus joelhos. Ele viu as antigas caixas de luz, abertas e enferrujadas, com os fusíveis arrancados.

– Quer ver a igreja? – Ele se voltou. Um pequeno homem com um início de careca, uma barriga arredondada e um rosto rosado e suarento estava falando com ele. – Pode ir até a casa paroquial, e eles o deixarão entrar – disse o homem.

Michael fez que sim.

Até mesmo a casa paroquial estava trancada. Era preciso tocar uma campainha e esperar. E a mulherzinha de lentes grossas e cabelo castanho curto falou por trás de uma vidraça.

– Gostaria de fazer uma doação – disse ele, tirando um maço de notas de vinte dólares. – Gostaria de ver as duas igrejas se possível.

– Não poderá ver a de Santo Afonso. Não é mais usada. Não é segura. O reboco está caindo.

O reboco! Ele se lembrava dos maravilhosos afrescos no teto, com os santos olhando para ele de um céu azul. Debaixo daquele teto, ele havia sido batizado, havia feito a primeira comunhão e, mais tarde, havia sido crismado. E, naquela sua última noite em Nova Orleans, ele vinha pelo corredor central de Santo Afonso, com sua beca e chapéu brancos, com os outros formandos, nem mesmo pensando em dar uma última olhada ao seu redor, com todo aquele entusiasmo por estar indo com a mãe para a Costa Oeste.

– Para onde foi todo mundo? – perguntou Michael.

– Mudaram-se daqui – disse ela, fazendo um gesto para que ele a acompanhasse. Ela ia levá-lo até o interior da igreja de Santa Maria, passando por dentro da própria casa paroquial. – E os negros não frequentam.

– Mas por que está tudo trancado?

– Tivemos um roubo atrás do outro.

Ele não conseguia conceber essa história de não se poder entrar à vontade numa igreja silenciosa e sombreada a qualquer hora do dia. Não se poder fugir à rua barulhenta e causticante, para sentar na quietude escurecida, a conversar com os anjos e com os santos, enquanto velhas de vestidos floridos e chapéus de palha rezavam seus terços sussurrando com lábios murchos.

Ela o conduziu, passando pelo altar. Ele havia sido coroinha aqui. Havia preparado o vinho do sacramento. Sentiu um pequeno espasmo de felicidade quando viu as fileiras de santos de madeira, quando viu a nave longa e alta com seus sucessivos arcos góticos. Tudo esplêndido, tudo intacto.

Graças a Deus, ela ainda estava em pé. Ele estava a ponto de chorar. Enfiou as mãos nos bolsos e baixou a cabeça, só olhando para cima bem devagar por baixo das sobrancelhas. Estavam totalmente embaralhadas suas recordações de missas aqui e de missas do outro lado da rua na igreja de Santo Afonso. No seu tempo já não havia mais nenhuma briga entre irlandeses e alemães; eram só os nomes de origem alemã ou irlandesa misturados de qualquer jeito. A escola primária usava a outra igreja para a missa matinal. A de Santa Maria ficava cheia com os alunos do ensino médio.

Não era preciso nenhuma imaginação para voltar a ver os estudantes uniformizados saindo enfileirados dos bancos para comungar. As meninas, de blusa branca e saia de lã azul; os meninos, de calças e camisa cáqui. No entanto, a memória continuava a esquadrinhar todos aqueles anos. Aos 8 anos, ele havia balançado o turíbulo fumegante aqui, nessa escada, para a bênção.

– Pode ficar o tempo que quiser – disse a mulherzinha. – Basta que volte por dentro da casa paroquial quando terminar.

Durante uma meia hora, ele ficou sentado no primeiro banco. Não sabia exatamente o que estava fazendo. Talvez gravando na memória os detalhes que não teria conseguido extrair das suas lembranças. Para nunca mais se esquecer dos nomes entalhados no piso de mármore daqueles que haviam sido enterrados debaixo do altar. Para nunca mais se esquecer talvez dos anjos pintados lá em cima. Ou do vitral lá à sua direita no qual os anjos e os santos usavam sapatos de madeira!

Que estranho! Será que alguém poderia ter uma explicação para isso? E imaginar que ele nunca havia percebido o detalhe antes... e quando pensava em todas aquelas horas passadas nesta igreja...

Pensar em Marie Louise, com seus seios grandes por baixo da blusa branca engomada do uniforme, lendo seu missal. E Rita Mae Dwyer, que já parecia uma mulher adulta aos 14 anos. Ela usava saltos muito altos e enormes brincos dourados com o vestido vermelho aos domingos. O pai de Michael era um dos homens que passava pelos bancos com a cesta da coleta num cabo comprido, enfiando-a numa fileira após a outra, com a expressão adequadamente solene. Naquele tempo, você nem cochichava numa Igreja Católica, a menos que fosse absolutamente necessário.

O que ele estava achando, que todos estariam aqui à sua espera? Uma dúzia de Rita Maes em vestidos floridos, fazendo uma visita ao meio-dia?

– Não volte lá, Mike – Rita Mae havia dito ontem à noite. – Guarde a lembrança do jeito que era antes.

Ele finalmente se pôs de pé. Caminhou pelo corredor na direção dos velhos confessionários de madeira. Encontrou na parede a placa com a relação daqueles que haviam contribuído para a restauração no passado recente. Fechou os olhos, e só por um instante imaginou ouvir crianças brincando nos pátios da escola, aquele burburinho de vozes misturadas ao meio-dia.

Não havia nenhum ruído semelhante. Nenhum chiado pesado das portas abertas à medida que os paroquianos entravam e saíam. Apenas o lugar vazio e imponente. E a Virgem com sua coroa no altar-mor.

Pequena, distante, parecia a imagem. Ocorreu-lhe em termos racionais que deveria rezar para ela. Deveria perguntar à Virgem ou a Deus por que havia sido trazido de volta; qual era o significado de ser arrancado das frias garras da morte. Mas ele não tinha nenhuma fé nas imagens no altar. Não lhe voltava nenhuma recordação da fé infantil.

Em vez disso, a lembrança que lhe ocorreu foi específica e incômoda; suja e mesquinha. Ele e Marie Louise haviam se encontrado para conversar em segredo bem atrás daquelas altas portas da frente. Chovia a cântaros. E Marie Louise havia confessado, com certa relutância, que não estava grávida. Ela estava furiosa por ser forçada a confessar, furiosa por ele estar tão aliviado.

– Você não quer se casar? Por que entramos nessa brincadeira idiota?

O que teria acontecido com ele se houvesse se casado com Marie Louise? Ele via seus olhos castanhos, grandes e emburrados. Sentia sua irritação, sua decepção. Não conseguia imaginar uma coisa dessas. A voz de Marie Louise voltou.

– Você sabe que vai se casar comigo mais cedo ou mais tarde. Estamos destinados um ao outro.

Destinados. Teria sido o destino que o havia tirado daqui, o destino que o levou a fazer as coisas que fez na sua vida, o destino que o fez ir tão longe? Estaria ele destinado a cair do rochedo no mar e a ser lentamente carregado para longe, para longe das luzes da terra?

Pensou em Rowan, não apenas na imagem visual, mas em tudo o que significava para ele agora. Pensou na sua doçura, na sua sensualidade, no seu mistério. No seu corpo esguio, em boa forma, aconchegado ao dele debaixo dos lençóis; na sua voz aveludada e nos seus olhos frios. Pensou no jeito de Rowan olhar para ele antes de fazerem amor, tão despreocupada, totalmente esquecida do seu próprio corpo, absorta no dele. Olhando para ele, enfim, como um homem olharia para uma mulher. Com a mesma fome e a mesma agressividade e, no entanto, entregando-se como por mágica nos seus braços.

Ele ainda olhava fixamente para o altar, para toda a igreja ampla e profusamente ornamentada.

Ele gostaria de acreditar em alguma coisa. Percebeu, então, que acreditava. Ainda acreditava nas visões, na bondade das visões. Acreditava nelas e na sua bondade com tanta firmeza quanto outras pessoas acreditam em Deus ou em santos, na correção divina de um certo caminho, tanto quanto acreditam numa vocação.

E isso lhe pareceu tão tolo quanto as outras crenças. "Mas eu vi, mas eu achei, mas eu me lembro, mas eu sei..." Pura baboseira. Afinal de contas, ele não conseguia se lembrar. Nada em toda a história da família Mayfair havia realmente feito com que voltasse àqueles momentos preciosos, a não ser a imagem de Deborah. E, apesar de toda a sua certeza de que havia sido ela quem se aproximara dele, não possuía nenhum detalhe verdadeiro, não se lembrava realmente de momentos ou de palavras.

Num impulso, com os olhos ainda fixos no altar, ele fez o sinal da cruz.

Quantos anos haviam se passado desde a época em que ele fazia esse sinal todos os dias, três vezes ao dia? Curioso, pensativo, ele repetiu o gesto.

— Em nome do Pai, e do Filho, e do Espírito Santo. — Seus olhos ainda fixos na Virgem. — O que eles querem de mim? — perguntou, baixinho. E ao tentar reinvocar o pouco que conseguia das visões percebeu em desespero que a imagem da mulher de cabelos escuros havia sido substituída pela imagem de Deborah descrita na história. Uma havia eliminado a outra! Com a leitura, em vez de obter mais alguma coisa, ele havia perdido.

Depois de mais algum tempo, parado ali em silêncio, com as mãos enluvadas enfiadas nos bolsos, ele voltou lentamente pelo corredor central, até chegar à mesa da comunhão, subiu os degraus de mármore, atravessou o altar e encontrou o caminho de saída passando pela casa paroquial.

O sol batia sobre Constance Street como sempre. Feio e impiedoso. Não havia árvores aqui. E o jardim da casa paroquial estava escondido por trás de um muro alto de tijolos; e o gramado ao lado da igreja de Santa Maria ardia, cansado e empoeirado.

A loja de artigos religiosos na esquina ao longe, com todas as suas imagens pequenas e bonitas e seus santinhos, não existia mais. Tábuas cobriam as vitrines. Uma placa de imobiliária na parede de madeira pintada.

O homenzinho careca de rosto vermelho e suarento estava sentado na escada da casa paroquial, com os braços cruzados sobre os joelhos, os olhos acompanhando uma revoada de pombos de asas cinzentas diante da lamentável fachada descascada da igreja de Santo Afonso.

– Deviam envenenar esses pombos – disse ele. – Eles deixam tudo imundo.

Michael acendeu um cigarro e o ofereceu ao homem, que o aceitou, e também lhe deu a carteirinha de fósforos quase vazia.

– Filho, por que você não tira esse relógio de ouro e guarda num bolso? Não saia por aqui com esse negócio no pulso, está me entendendo?

– Quem quiser meu relógio leva junto meu pulso e o punho que está preso a ele.

O homem apenas encolheu os ombros e abanou a cabeça.

Já na esquina de Magazine e Jackson, Michael entrou num bar escuro, de aparência desagradável, num prédio velho e miserável de ripas desengonçadas. Em todos os seus anos em San Francisco, ele nunca havia visto um estabelecimento tão degradado. Um homem branco parecia uma sombra ao fundo, olhando para ele com olhos que cintilavam num rosto encovado e cheio de rugas. O balconista do bar também era branco.

– Dê-me uma cerveja – disse Michael.

– Que marca?

– Tanto faz.

Sua cronometragem foi perfeita. Faltando três minutos para as três, ele estava atravessando Camp Street, caminhando lentamente, para que o calor não o matasse, e mais uma vez se sentindo acalmado pela sombra agradável e pela beleza aleatória do Garden District. É, tudo isso era como sempre havia sido. E imediatamente ele se sentiu bem; sentiu imediatamente que estava onde queria estar e talvez mesmo onde deveria estar, se fosse possível a cada um determinar sua trajetória.

Exatamente às três da tarde, ele estava diante do portão aberto. Era a primeira vez que via a casa à luz do dia, e seus batimentos se aceleraram. *Aqui, aqui mesmo.* Mesmo no seu estado de abandono, ela era majestosa, imponente, apenas hibernando por trás das cortinas de trepadeiras, com suas janelas altas cobertas de tinta verde descascada e no entanto ainda perfeitamente aprumadas nas suas dobradiças de ferro. À espera...

Uma tontura o dominou enquanto olhava para ela, um súbito prazer por ter voltado, pelos motivos que fossem. *Por estar fazendo o que devia estar fazendo...*

Ele subiu a escada de mármore e empurrou a porta. Quando ela se abriu, ele entrou no corredor longo e amplo. Nunca em San Francisco ele havia estado numa construção com uma estrutura dessas; nunca havia estado em aposentos com o pé-direito tão elevado ou visto portais tão graciosos e altos.

Um brilho profundo aparecia no assoalho de cerne de pinho apesar da margem de poeira grudenta ao longo das paredes. A tinta estava descascando das sancas lá no alto, mas as próprias sancas estavam perfeitas. Ele sentia amor por tudo o que via: pela perfeita execução dos portais em formato de buraco de fechadura e a beleza da balaustrada da longa escada interna. Estava gostando de sentir o chão sólido sob seus pés. E o perfume bom da madeira da casa o encheu com uma satisfação súbita e agradável. Uma casa tinha um cheiro desses só num único lugar no mundo inteiro.

– Michael? Entre, Michael.

Ele caminhou até a primeira das duas portas da sala de estar. Ainda escura e sombria, embora Rowan tivesse aberto todas as cortinas. A luz entrava em listras pelas lâminas das venezianas e chegava abrandada pela tela suja da varanda para onde davam as janelas laterais. Uma aragem de madressilva. Tão doce e agradável. E aquela seria uma coroa-imperial explodindo numa infinidade de raminhos cor-de-rosa ao longo da tela? Ele não havia visto essa linda trepadeira em todo o tempo que passou fora.

Ela estava sentada, pequena e muito bonita, no longo sofá de veludo marrom, de costas para a frente da casa. Era lindo o jeito do seu cabelo cair junto ao rosto. Ela estava usando um daqueles camisões soltos de algodão enrugado, leve como a seda, e seu rosto e seu pescoço pareciam ter um forte bronzeado em contraste com a camiseta branca que usava por baixo. Suas pernas muito longas nas calças brancas; os dedos dos pés nus e surpreendentemente sexys, com um leve relance de esmalte vermelho, nas sandálias brancas.

– A pitonisa de Endor – disse ele, abaixando-se para beijar seu rosto e segurá-lo na mão esquerda, com ternura e carinho.

Ela o agarrou pelos punhos, grudando-se a ele, beijando-o na boca com violência e doçura. Ele sentia o tremor nos braços de Rowan, a febre.

– Você ficou aqui sozinha?

Ela se recostou quando ele se sentou ao seu lado.

– E por que não? – perguntou ela, com a voz baixa, grave. – Larguei o hospital oficialmente hoje à tarde. Vou procurar um emprego por aqui. Vou ficar aqui, nesta casa.

Ele deu um suspiro longo e assobiante e sorriu.

– Está falando sério?

– Bem, o que você acha?

– Não sei. Todo o caminho até aqui... voltando do Irish Channel, eu não parava de pensar que talvez você já estivesse aqui com as malas prontas para voltar.

– Não. Não há a menor chance. Já considerei três ou quatro hospitais diferentes aqui com meu ex-chefe em San Francisco. Ele vai dar uns telefonemas para mim. Mas o que me diz de você?

– O que você está querendo dizer com isso? Rowan, você sabe por que estou aqui. Para onde poderia pensar em ir? As visões me trouxeram para cá. Não estão me mandando ir para nenhum outro lugar. Na verdade, não estão me dizendo nada. Eu ainda não consegui me lembrar. Li quatrocentas páginas da história, mas não me lembro. Foi Deborah quem eu vi, até aí eu sei. Mas realmente não sei o que ela disse.

– Você está cansado e com calor – disse ela, tocando-lhe a testa com uma das mãos. – Não está falando coisa com coisa.

Ele deu um risinho de surpresa.

– Ouçam só o que ela diz, a pitonisa de Endor. Você não leu a história? O que está acontecendo? Você não leu aquilo tudo? Estamos numa gigantesca teia de aranha e não sabemos quem a teceu. – Ele estendeu as mãos enluvadas, olhando para os dedos. – Simplesmente não sabemos!

Ela lhe lançou um olhar sereno, distante, que fez seu rosto parecer frio, muito embora ele estivesse corado e seus olhos cinzentos estivessem maravilhosamente iluminados.

– Bem, você leu, não leu? O que pensou quando leu? O que achou?

– Michael, acalme-se. Você não está me perguntando o que pensei. Está me perguntando como estou me sentindo. O que estive dizendo é o que eu penso. Não estamos presos em nenhuma teia, e ninguém a está tecendo. E, se quer um conselho, esqueça essas pessoas. Esqueça o que elas querem, essas pessoas que apareceram nas suas visões. Esqueça-as a partir de agora.

– O que você quer dizer com "esquecer"?

– Está bem, ouça o que digo. Estou aqui sentada pensando há horas, pensando nisso tudo. Minha decisão é a seguinte. Vou ficar aqui, vou ficar aqui porque esta casa é minha e porque gosto dela. Gosto também da família que conheci ontem. Gosto deles. Quero conhecê-los. Quero ouvir suas vozes, reconhecer seus rostos e aprender o que eles tiverem a me ensinar. Além do mais, eu sei que não seria capaz de me esquecer daquela velha e do que lhe fiz, não importa para onde eu fosse. – Ela fez uma pausa, com o rosto transfigurado por um instante num súbito lampejo de emoção, que logo desapareceu, deixando-a tensa e fria. Ela cruzou os braços levemente com um dos pés na beira da mesinha de centro. – Você está prestando atenção?

– Claro que estou.

– Pois bem, eu também quero que você fique aqui. Espero que você fique e torço para isso. Mas não por causa desse modelo, dessa teia, ou seja lá o que for. Não por causa das visões ou por causa do homem. Já que não existe absolutamente nenhum meio de se descobrir o que essas coisas querem dizer, Michael, ou de se descobrir o que foi predeterminado, para usar a palavra que você escreveu nas suas anotações, ou mesmo por que você e eu acabamos nos conhecendo. Não há meios de se saber. – Ela parou, examinando a expressão de Michael atentamente e depois prosseguiu. – Por isso, tomei uma decisão – declarou, falando mais devagar – com base no que posso saber, no que posso ver, definir e compreender; e ela é que este é o meu lugar porque quero que o seja.

– Estou entendendo – disse ele, fazendo que sim com a cabeça.

– O que estou dizendo é que vou ficar aqui apesar desse homem e do seu aparente projeto, dessa coincidência de eu o salvar do afogamento, sendo você quem é.

Ele concordou novamente, um pouco hesitante, e depois se recostou no sofá, respirando fundo, sem tirar os olhos dela.

– Mas você não pode me dizer que não quer se comunicar com essa criatura, que não quer compreender o significado disso tudo...

– Claro que quero compreender – disse ela. – Quero mesmo, mas apenas isso não me manteria aqui. Além do mais, para essa criatura não importa se estamos em Montcleve, na França, em Tiburon, na Califórnia, ou em Donnelaith, na Escócia. E, quanto ao que importa para aqueles seres que você viu, eles vão ter de voltar e dizer o que interessa! Você simplesmente não sabe.

Ela fez uma pausa, procurando deliberada e obviamente abrandar suas palavras como se temesse que elas fossem ferinas demais.

– Michael, se você quiser ficar, tome essa decisão com base em alguma outra coisa. Como talvez querer ficar aqui por minha causa, porque foi aqui que nasceu, ou por acreditar que será feliz aqui. Porque esse bairro foi o primeiro que você amou e talvez pudesse voltar a amar.

– Nunca deixei de amar esse lugar, Rowan.

– Mas não faça nada mais para obedecer às visões! Faça as coisas apesar de elas existirem.

– Rowan, estou aqui agora nesta sala por causa delas. Não perca esse fato de vista. Nós não nos conhecemos no iate clube, Rowan.

Ela fez uma longa expiração.

– Insisto que perca isso de vista.

– Aaron conversou com você sobre tudo isso? Foi esse o conselho que ele deu?

– Não pedi conselhos a ele – respondeu ela, cheia de paciência. – Encontrei com ele por dois motivos. Em primeiro lugar, eu queria conversar com ele mais uma vez e me certificar de que ele era honesto.

– E então?

– Ele é tudo o que você disse. Mas eu precisava vê-lo mais uma vez, para conversar de verdade com ele. – Ela se interrompeu. – Ele tem um jeito fascinante de falar.

– Eu sei.

– Senti isso quando o vi no velório; e houve também aquela outra vez quando o vi junto ao túmulo de Ellie.

— E você agora está tranquila quanto a ele?

— Agora eu o conheço – disse ela, concordando. – Ele não é tão diferente de mim e de você.

— Como assim?

— Ele é dedicado – disse ela, encolhendo um pouco os ombros. – Do mesmo jeito que eu sou dedicada à cirurgia e que você é dedicado quando está devolvendo a vida a uma casa como esta. – Ela pensou um pouco. – Ele tem ilusões, como você e eu as temos.

— Compreendo.

— O segundo motivo consistia em eu querer dizer que sentia gratidão por tudo o que ele me havia dado na história. Que ele não precisava se preocupar com ressentimentos ou com revelações indevidas de minha parte.

Michael estava tão aliviado que nem a interrompeu, mas estava intrigado.

— Ele preencheu a lacuna maior e mais crucial da minha vida – disse ela. – Creio que nem mesmo ele compreenda o que isso significou para mim. Ele é muito desconfiado. E no fundo não conhece a solidão. Está com o Talamasca desde quando era menino.

— Sei do que você está falando. Mas acho que ele realmente compreende.

— Mesmo assim, ele desconfia. Essa coisa, essa encantadora aparição de cabelos castanhos, seja lá o que for, tentou matá-lo de verdade, sabia?

— Eu sei.

— Mas eu tentei fazer com que ele entendesse minha gratidão. Que eu não o criticava sob nenhum aspecto. Há dois dias, eu era uma pessoa sem família e sem passado. E agora tenho tanto uma quanto o outro. As questões mais torturantes da minha vida foram respondidas. Creio que ainda não absorvi o significado total. Não paro de me lembrar da minha casa em Tiburon e a cada vez percebo que não preciso mais voltar para lá, que não preciso mais ficar lá sozinha. E o impacto maravilhoso se repete.

— Nunca imaginei que sua reação fosse essa. Tenho de confessar. Imaginei que você se zangasse, que talvez se sentisse ofendida.

— Michael, não estou ligando para o que Aaron fez a fim de obter as informações. Não me importo com o que os seus colaboradores tenham feito ou com o que fizeram desde o princípio. A questão é que a informação seria absolutamente inexistente se ele não a houvesse compilado. A mim restariam aquela velha e as coisas nocivas que ela disse. E todos os primos radiantes, sorridentes e oferecendo solidariedade, mas incapazes de contar a história toda por não a conhecerem. Eles só conhecem pequenos trechos cintilantes. – Ela respirou fundo. – Sabe, Michael, algumas pessoas não sabem receber presentes. Elas não sabem tomar posse e fazer uso deles. Eu preciso aprender a receber presentes. Esta casa é um presente. A história foi outro. E a história torna possível que eu aceite a família! E, meu Deus, eles são o maior presente de todos.

Mais uma vez, ele sentiu alívio, um profundo alívio. As palavras dela meio que o fascinavam. Mesmo assim, ele não conseguia superar a surpresa.

— E a parte do arquivo a respeito de Karen Garfield? E o Dr. Lemle? Tive tanto medo por você quando lesse isso.

A centelha de dor no seu rosto dessa vez foi mais forte, mais clara. Ele imediatamente lamentou sua falta de tato. De repente, pareceu imperdoável ter falado sem pensar.

— Você não me compreende — disse ela, com a voz tão neutra quanto antes. — Não entende o tipo de pessoa que eu sou. Eu queria saber se tinha aquele poder ou não! Fui procurá-lo porque imaginei que, se você me tocasse com as suas mãos, poderia me dizer se esse poder realmente existia. Bem, você não pôde dizer isso. Mas Aaron me disse. Aaron me deu uma confirmação. E nada, nada poderia ter sido pior do que suspeitar e não ter certeza.

— Compreendo.

— Será? — Ela engoliu em seco, com o rosto de repente se esforçando muito para conservar sua expressão de tranquilidade. E então seus olhos ficaram baços por um instante e só voltaram a brilhar com um óbvio ato de determinação. Ela prosseguiu, num sussurro áspero. — Odeio o que aconteceu a Karen Garfield. Detesto mesmo. Já Lemle? Lemle já estava doente. Ele havia sofrido um derrame no ano anterior. Sobre Lemle não tenho certeza, mas com Karen Garfield... ali fui eu, sim. E Michael, aconteceu porque eu não sabia!

— Entendo — disse ele, baixinho.

Por algum tempo, ela se esforçou em silêncio para reconquistar a serenidade. Quando voltou a falar, sua voz estava exausta e um pouco rouca. — Eu ainda tinha mais um motivo para querer ver Aaron.

— Qual era?

Ela pensou um pouco antes de responder.

— Não estou em comunicação com esse espírito, e isso quer dizer que não tenho como controlá-lo. Ele ainda não se revelou a mim, não de verdade. E pode ser que não o faça.

— Rowan, você já o viu, e além do mais ele está à sua espera.

Ela refletia, com a mão mexendo à toa num pequeno fio de linha na barra da camisa.

— Eu sou hostil a ele, Michael. Não gosto dele. E acho que ele sabe. Estive aqui sentada horas a fio, sozinha, convidando-o a se achegar e, ainda assim, sentindo ódio e medo dele.

Michael ficou intrigado com isso.

— Talvez ele tenha exagerado — disse ela.

— Você está se referindo ao jeito com que ele tocou em você...

— Não. Estou querendo dizer que ele pode ter exagerado em *mim*. Ele pode ter ajudado a criar exatamente a médium que não pode ser seduzida por ele ou enlouquecida por ele. Michael, se com esse meu poder invisível eu posso matar um ser humano de carne e osso, como você imagina o impacto da minha hostilidade sobre Lasher?

Ele apertou os olhos, olhando atento para ela.

— Não sei — confessou ele.

A mão de Rowan tremia ligeiramente quando ela empurrou para trás o cabelo que caía sobre o rosto. A luz do sol se refletiu nele por um instante, tornando-o realmente louro.

— Minhas aversões são muito profundas. Sempre foram. Elas não mudam com o tempo. Sinto uma aversão arraigada por essa criatura. Ah, eu me lembro do que você disse ontem à noite, a respeito de querer conversar com a criatura, argumentar com ela, descobrir o que ela quer. Mas neste exato momento a repulsa é o que há de mais forte.

Michael ficou observando Rowan por algum tempo, em silêncio. Ele sentiu uma aceleração estranha, quase inexplicável, do seu amor por ela.

— Sabe, você estava certa no que disse antes. Eu realmente não a compreendo, nem compreendo que tipo de pessoa você é. Eu a amo, mas não a entendo.

— É que você pensa com o coração — disse ela, tocando delicadamente no seu tórax com o punho fechado. — É isso o que o faz tão bom. E tão ingênuo. Já eu não ajo assim. Existe em mim algo de mau igual ao mal das pessoas ao meu redor. Elas raramente me surpreendem. Mesmo quando me deixam furiosa.

Ele não quis discutir com ela. Mas não era ingênuo, não!

— Estou há horas pensando em tudo isso — disse ela. — Nesse poder de romper vasos sanguíneos e aortas, provocando a morte como que por uma praga rogada. Se esse poder que tenho servir para alguma coisa, talvez ele sirva para destruir essa entidade. Talvez ele possa atuar sobre a energia controlada pela criatura, da mesma forma que atua sobre as células de seres vivos.

— Isso nunca chegou a me passar pela cabeça.

— É por isso que temos de pensar com independência — disse ela. — Antes de mais nada, sou médica. Sou mulher e pessoa, em segundo lugar. E para mim, na qualidade de médica, é perfeitamente fácil ver que essa entidade existe em alguma espécie de relação contínua com o mundo físico. É cognoscível o que esse ser é. Cognoscível como o enigma da eletricidade era cognoscível no ano 700 da era cristã, embora ninguém o conhecesse.

Michael concordou.

— Seus parâmetros. Você usou essa palavra ontem à noite. Não paro de me perguntar sobre seus parâmetros. Se ele é sólido o suficiente quando se materializa para que eu o toque.

— Isso. Exatamente. O que ele é quando se materializa? Tenho de descobrir seus parâmetros. Meu poder também funciona de acordo com as normas do nosso mundo físico. E eu tenho de aprender os parâmetros do meu poder também.

A dor voltou ao seu rosto, mais uma vez como um lampejo de luz, algo que deformava sua expressão e que depois se ampliava até que o rosto liso parecesse ameaçado de murchar como o de uma boneca no fogo. Só aos poucos ela voltava a uma expressão neutra, calma, bonita e calada. Sua voz era um fio quando ela prosseguiu.

– Essa é a minha cruz, o meu poder. Da mesma forma que a sua cruz é o poder que tem nas mãos. Nós vamos aprender a controlar essas coisas para podermos decidir quando e onde usá-las.

– É, é isso mesmo o que temos de fazer.

– Quero dizer uma coisa sobre aquela velha, Carlotta, e sobre meu poder...

– Você não precisa falar se não quiser.

– Ela sabia que eu ia fazer aquilo com ela. Ela previu e, calculista, me provocou. Eu poderia jurar que foi isso o que fez.

– Por quê?

– Fazia parte dos planos dela. Eu não paro de pensar nisso. Talvez ela pretendesse me deixar abatida, destruir minha confiança. Ela sempre usou a culpa para magoar Deirdre, e é provável que a tenha usado também com Antha. Mas não vou me deixar atrair pelas longas articulações dos seus planos. Seria errado que agíssemos assim agora, que falássemos neles, em Lasher, nas visões e na velha, e no que eles querem. Eles traçaram um monte de círculos para nós, e eu não quero andar em círculos.

– É... Entendo bem o que você quer dizer.

Devagar, ele deixou de olhar para ela e tentou pegar cigarros no bolso. Restavam três. Ele lhe ofereceu um, mas ela recusou. Estava a observá-lo.

– Algum dia – disse ela – vamos poder sentar à mesa e beber vinho branco, cerveja, seja o que for, juntos, e falar neles. Conversar sobre Petyr van Abel, Charlotte, Julien e tudo o mais. Mas não agora. Agora eu quero separar o que vale a pena do que não vale, o que tem substância do que é místico. E eu gostaria que você fizesse o mesmo.

– Estou seguindo seu raciocínio – disse ele, procurando os fósforos. Ah, não tinha nenhum. Dera os fósforos àquele velho.

Ela enfiou a mão no bolso da calça, tirou dali um delicado isqueiro de ouro e acendeu o cigarro.

– Obrigado – disse ele.

– Sempre que focalizamos a atenção neles, o efeito é o mesmo. Ficamos passivos e confusos.

– Você tem razão, Rowan. – Ele estava pensando em todo o tempo que havia passado no quarto escurecido em Liberty Street, tentando se lembrar, tentando compreender. Mas aqui estava ele, afinal, nesta casa. E ainda não havia tirado as luvas, a não ser por duas situações na noite anterior, quando havia tocado nos restos mortais de Townsend e na esmeralda. A simples ideia já o apavorava. Tocar os batentes das portas, as mesas e as cadeiras que haviam pertencido à família Mayfair, tocar os objetos mais antigos, o baú de bonecas no sótão, que Rowan lhe havia descrito, e os frascos, aqueles frascos fedorentos...

— Nós nos tornamos passivos e confusos – disse ela novamente, exigindo sua atenção. – E não pensamos mais com independência, que é exatamente o que devemos fazer.

— Concordo com você – disse ele. – Só gostaria de ter a sua calma. Gostaria de saber todas essas meias-verdades e não sair feito um tonto em meio à escuridão, procurando compreender tudo.

— Não seja brinquedinho de ninguém, Michael. Procure a atitude que dê a você o máximo de força e de dignidade, não importa o que possa estar acontecendo por fora.

— Você está querendo dizer que devemos lutar pela perfeição.

— O quê?

— Na Califórnia, você disse que achava que todos nós deveríamos ter como alvo a perfeição.

— É, eu disse isso mesmo? Bem, acredito nisso aí. Estou tentando descobrir qual é o procedimento perfeito nesse caso. Por isso, não aja como se eu fosse uma louca só porque não estou chorando, Michael. Não pense que eu não saiba o que fiz a Karen Garfield, ao Dr. Lemle ou àquela garotinha. Eu sei. Sei mesmo.

— Eu não quis dizer...

— Ah, quis, quis, sim – retrucou ela com uma leve aspereza. – Não goste de mim mais quando eu choro do que quando eu não choro.

— Rowan, eu não...

— Chorei um ano inteiro antes de conhecer você. Comecei a chorar quando Ellie morreu. Depois chorei nos seus braços. Chorei quando recebi o telefonema de Nova Orleans com a notícia da morte de Deirdre, e eu nem a havia conhecido, falado com ela ou posto meus olhos sobre ela. Chorei sem parar. Chorei quando a vi no caixão ontem. Chorei por ela ontem à noite. E chorei também pela velha. Pois bem, não quero continuar chorando. O que eu tenho aqui é a casa, a família e a história que Aaron me entregou. Tenho você. Uma verdadeira oportunidade com você. E que motivos tenho para chorar, é o que gostaria de saber.

Ela olhava para ele, séria, obviamente frigindo de raiva e do conflito em seu íntimo, com os olhos cinzentos faiscando na direção dele na penumbra.

— Você vai me fazer chorar, Rowan, se não parar.

Ela riu apesar de si mesma. Sua expressão se abrandou maravilhosamente, com a boca formando um sorriso involuntário.

— Está bem – disse ela. – E tem mais uma coisa que poderia me fazer chorar. Acho que devo dizer isso para ser perfeitamente franca. É que... eu choraria se perdesse você.

— Que bom – disse ele, baixinho, beijando-a rapidamente antes que ela o impedisse.

Ela fez um pequeno gesto para que ele voltasse a se sentar, para que ficasse sério e ouvisse com atenção. Ele fez que sim e deu de ombros.

– Quero que me diga o que *você* quer fazer. Ou melhor, o que você *quer* fazer? Não estou me referindo ao que aqueles seres querem de você. O que está aí na sua cabeça agora?

– Quero ficar aqui. Como gostaria de não ter morado longe tanto tempo! Não sei por que fiz isso.

– Certo, agora você está falando. Está falando de alguma coisa real.

– Sem a menor dúvida – disse ele. – Estive andando lá pelas ruas onde cresci. Já não é mais o mesmo bairro. Nunca foi bonito, mas agora está miserável, em ruínas... destruído.

Ele viu imediatamente a preocupação nos olhos de Rowan.

– É, bem, está tudo mudado – prosseguiu ele, com um pequeno gesto cansado de aceitação. – Mas Nova Orleans nunca foi para mim apenas aquele bairro. Nunca foi Annunciation Street. Nova Orleans estava aqui no Garden District, na parte alta da cidade; estava no French Quarter, no centro; estava em todos esses locais lindos. Eu adoro a cidade. Estou feliz por estar aqui de volta. Não quero sair daqui outra vez.

– Tudo bem, Michael. – Ela sorriu, e a luz delineou a curva do seu rosto e a beira da sua boca.

– Sabe, eu não parava de pensar, estou de volta. Voltei. E não importa o que aconteça com todo o resto, não quero sair mais daqui.

– Eles que vão para o inferno, Michael. Quem quer que sejam, que vão para o inferno, pelo menos até que nos deem alguma razão para pensar de outra forma.

– Palavras acertadas – disse ele, sorrindo.

Como Rowan era misteriosa, uma mistura desconcertante de suavidade e aspereza. Talvez seu erro estivesse em ter sempre confundido a força com a frieza nas mulheres. Talvez a maioria dos homens confundisse.

– Eles voltarão a aparecer – disse ela. – Terão de aparecer. E quando o fizerem vamos então pensar e decidir que atitude tomar.

– É, isso mesmo – disse ele. E se eu tirasse minhas luvas? Será que eles me apareceriam agora?

– Mas não vamos ficar sem respirar até isso acontecer.

– Não. – Ele sorriu.

Michael ficou calado, cheio de ansiedade, e ainda assim cheio de preocupação, embora cada palavra que ela dizia o alegrasse e lhe desse a impressão de que essa ansiedade ia se dissipar a qualquer instante.

Ele se flagrou olhando para o espelho lá nos fundos da sala e vendo sua minúscula imagem nele, bem como os lustres repetidos, presos pelos dois espelhos, em meio a um clarão prateado, num avanço infindo até a eternidade.

– Você gosta de me amar? – perguntou ela.

— Como assim?

— Você gosta? — Pela primeira vez, a sua voz demonstrava claramente um tremor.

— Gosto. Eu adoro gostar de você. Mas é apavorante, porque você é diferente de qualquer outra pessoa que eu conheci. Você é tão forte.

— Sou mesmo — disse ela, com a voz gutural. — Porque eu poderia matá-lo agora mesmo se quisesse. Toda a sua força masculina não serviria de nada.

— Não, não foi isso o que eu quis dizer. — Ele se voltou e olhou para ela, e, por um instante, na penumbra seu rosto pareceu indescritivelmente frio e ardiloso, com as pálpebras semicerradas e os olhos reluzindo. Ela parecia perigosa como havia parecido por um átimo na casa em Tiburon, à luz fria que entrava pela vidraça na sala escurecida.

Ela se sentou ereta, com um levíssimo farfalhar do tecido, e ele se flagrou recuando dela, instintivamente, todo arrepiado. Era aquela cautela que se sente quando se vê uma cobra na grama a cinco centímetros do sapato ou quando se percebe que o homem na banqueta ao lado no bar acabou de se virar para você com um canivete aberto.

— O que está acontecendo com você, Rowan?

Foi quando ele percebeu. Viu que ela estava tremendo e que seu rosto estava manchado de cor-de-rosa e ao mesmo tempo de uma palidez mortal. Suas mãos se estenderam para ele e depois se encolheram. Ela olhou para elas e as juntou como se estivesse tentando conter algo indescritível.

— Meu Deus, e eu nem odiava Karen Garfield. Não mesmo! Deus me perdoe, eu...

— Não, querida, foi um erro, um erro terrível, e você nunca mais vai cometer um erro desses.

— Não, nunca mais. Mesmo com a velha, eu juro que não acreditava.

Ele queria desesperadamente ajudá-la, mas não sabia o que fazer. Ela tremia como uma chama nas sombras, mordendo o lábio inferior, e a mão direita apertando cruelmente a esquerda.

— Pare com isso, meu bem. Pare. Você está se machucando — disse ele. Mas, quando ele a tocou, ela lhe deu a impressão de ser de aço, inflexível.

— Juro que não acreditei. É como um impulso, sabe, e não dá para acreditar que seja possível... Fiquei tão furiosa com Karen Garfield. Era uma afronta ela vir até ali, ela entrar na casa de Ellie, era uma afronta absurda!

— Eu sei. Estou entendendo.

— O que eu faço para neutralizar essa força? Será que ela volta para dentro de mim e começa a me queimar por dentro?

— Não.

Ela afastou o olhar, recolhendo os joelhos junto ao corpo e examinando a sala sem grande interesse, um pouco mais calma agora, embora seus olhos estivessem extraordinariamente dilatados e seus dedos continuassem a se movimentar com ansiedade.

– Fico surpresa por você ainda não ter descoberto a resposta óbvia – disse ela. – A resposta mais clara e perfeita.

– Do que está falando?

– Talvez seu objetivo seja simples. Talvez seja o de me matar.

– Meu Deus, como você pôde pensar uma coisa dessas? – Ele se aproximou dela, afastando o cabelo do seu rosto e procurando aconchegar seu corpo. Ela o olhava como se estivesse a uma enorme distância.

– Querida, ouça o que digo. Qualquer um pode tirar a vida de um ser humano. É fácil. Muito fácil. Há milhões de métodos. Você conhece meios que eu desconheço porque você é médica. Aquela mulher, Carlotta, por pequena que fosse, matou um homem forte o suficiente para estrangulá-la com uma das mãos. Quando durmo com uma mulher, ela pode me matar se quiser. Você sabe disso. Um bisturi, um alfinete de chapéu, um pouco de veneno mortal. É fácil. E nós não fazemos esse tipo de coisa. Nada neste mundo pode fazer a maioria de nós sequer chegar a pensar nisso. E foi assim a vida inteira para você. Agora você descobriu que tem um poder mutante, algo que se situa além das leis da escolha, do impulso e do autocontrole, algo que exige uma compreensão mais sutil, e você tem essa compreensão. Você tem o poder para conhecer seu próprio poder.

Ela concordou, em silêncio, mas tremia de corpo inteiro. E ele sabia que ela não acreditava nele. E, de certo modo, ele não tinha certeza se acreditava em si mesmo. De que adiantava negar? Se ela não controlasse esse poder, inevitavelmente acabaria por usá-lo outra vez.

No entanto, ele ainda tinha mais uma coisa a dizer, algo relacionado às visões e ao poder das suas mãos.

– Rowan – disse ele –, você me pediu que tirasse as luvas na noite em que nos conhecemos. Que segurasse suas mãos. Já fiz amor com você sem luvas. Só o seu corpo e o meu; nossas mãos se tocando e as minhas tocando todo o seu corpo. E o que é que eu vejo, Rowan? O que é que eu sinto? Sinto bondade e amor.

Ele beijou seu rosto. Beijou seu cabelo, afastando-o da testa com a mão.

– Você tem razão em muitas coisas do que disse, Rowan, mas não nesse ponto. Não estou destinado a atingi-la. Devo a você a minha vida. – Ele virou a cabeça dela na sua direção e a beijou, mas ela ainda estava fria e trêmula, e muito longe do seu alcance.

Ela segurou suas mãos e as empurrou para baixo e para longe de si, com leveza, concordando com ele, e então lhe deu um beijo delicado, mas não queria que ele a tocasse agora. Não adiantava nada.

Ele ficou ali algum tempo sentado, a pensar, olhando o aposento comprido e pomposo. Olhando para os espelhos altos nas suas sombrias molduras trabalhadas, para o empoeirado piano Bözendorfer lá no fundo e para as cortinas como longas pinceladas de cor desbotada na penumbra.

Pôs-se, então, de pé. Não aguentava mais ficar sentado. Andou de um lado para o outro diante do sofá e acabou parado junto à janela lateral, olhando para a varanda de tela empoeirada ali fora.

– O que foi que você disse agora mesmo? – perguntou ele, voltando-se para ela. – Você disse alguma coisa sobre passividade e confusão. Pois é nisso que estamos, Rowan, na confusão.

Ela não respondeu. Estava ali sentada, encolhida, com os olhos fixos no chão.

Ele voltou até ela e a levantou do sofá, abraçando-a. Seu rosto ainda estava manchado de cor-de-rosa e muito pálido. Seus cílios pareciam longos e escuros enquanto ela olhava para baixo.

Ele apertou os lábios contra os dela, com delicadeza, sem sentir nenhuma resistência, quase como se ela não percebesse, como se fosse a boca de uma pessoa inconsciente ou em sono profundo. Depois, lentamente, ela se reanimou. Subiu as mãos pelas suas costas até chegar à nuca e o beijou também.

– Rowan, existe um esquema – sussurrou ele no seu ouvido. – Existe uma grande teia, e nós estamos nela. Mas acredito agora, como acreditava antes, que elas eram boas, aquelas pessoas que nos reuniram. E o que querem de mim é bom. Preciso descobrir o que é, Rowan. Preciso. Mas sei que é bom. Da mesma forma que sei que você é boa.

Ele a ouviu suspirar, sentiu o peso dos seus seios quentes pressionando o tórax. Quando ela finalmente se afastou, foi com enorme ternura, beijando os dedos dele enquanto os soltava.

Ela caminhou até o centro do longo aposento. Parou abaixo do grande arco que dividia o espaço em dois salões e olhou para os belos desenhos em alto-relevo no gesso e para a curva delicada do arco para encontrar as cornijas dos dois lados. Ela parecia estar inspecionando essa parte, parecia estar perdida na contemplação da casa.

Ele se sentia vulnerável e fechado. Aquela conversa o havia magoado. Não conseguia se livrar de uma sensação de infelicidade e suspeita, embora não suspeitasse dela.

– Quem se importa! – exclamou ela, baixinho, como se estivesse falando consigo mesma, mas ainda parecia frágil e insegura.

O pôr do sol empoeirado entrava pela varanda telada e revelava a cera âmbar sobre o velho assoalho. Partículas de pó turbilhonavam à sua volta.

– Palavras, palavras, palavras – disse ela. – O próximo passo é deles. Você já fez o que podia. E eu também. E aqui estamos nós. Eles que venham nos procurar.

– É, eles que venham.

Ela se voltou para ele, convidando-o em silêncio a se aproximar mais, com uma expressão de súplica e quase de tristeza. Uma fisgada de medo o atingiu e o deixou vazio. O amor que sentia por ela era tão valioso e, no entanto, ele sentia medo, medo de verdade.

– Michael, o que vamos fazer? – perguntou ela, dando de repente um sorriso lindo e carinhoso. Ele riu baixinho.

– Não sei, meu amor. – Encolheu os ombros e abanou a cabeça. – Não sei.

– Você sabe o que eu quero de você neste instante?

– Não, mas seja o que for, é seu.

Ela estendeu a mão para pegar a dele.

– Fale-me desta casa – disse ela, erguendo os olhos para encará-lo. Diga-me tudo o que sabe a respeito de uma casa como esta. Quero saber se ela realmente tem salvação.

– Querida, ela só está esperando por isso, só esperando. Ela é tão sólida quanto qualquer castelo de Montcleve ou de Donnelaith.

– E você poderia se encarregar disso? Não estou dizendo que seja com suas próprias mãos...

– Eu simplesmente adoraria fazê-lo com minhas próprias mãos. – Ele olhou para elas de repente, essas miseráveis mãos enluvadas. Há quanto tempo não segurava num martelo e pregos, no cabo de um serrote, ou passava uma plaina na madeira. Ele olhou, então, para o arco pintado acima deles, para a longa extensão do forro com sua tinta rachada e descascada. – Ah, como eu adoraria.

– E se você tivesse carta branca? E se você pudesse contratar quem quer que fosse necessário: gessistas, pintores, telhadores, gente que devolvesse a vida a tudo, que restaurasse todos os cantinhos e frestas...

Suas palavras prosseguiam lentas e exuberantes. Mas ele sabia tudo o que ela dizia. Ele compreendia. E se perguntava se seria possível que ela compreendesse tudo o que aquilo representava para ele. Sempre havia sido seu maior sonho trabalhar numa casa como esta. Mas não se tratava de uma casa como esta; tratava-se desta casa. E sua memória viajava cada vez mais longe no passado, até quando era menino, ali do lado de fora do portão, um menino que ia até a biblioteca para retirar das estantes os antigos livros cheio de ilustrações que mostravam esta casa, este mesmo salão, aquele corredor, porque ele nunca havia imaginado ver esses aposentos a não ser em livros.

E, na visão, a mulher havia dito, *convergindo para este exato ponto no tempo, nesta casa, neste instante crucial em que...*

– Michael? Você quer fazer a restauração?

Através de um véu, ele via que seu rosto se iluminava como o de uma criança. Mas ela parecia tão distante, tão radiante, feliz e longínqua.

É você, Deborah?

– Michael, tire essas luvas – disse Rowan, assustando-o com sua súbita rispidez. – Volte a trabalhar! Volte a ser você mesmo. Há cinquenta anos ninguém é feliz nesta casa; ninguém ama nesta casa; ninguém tem sucesso aqui! Chegou a nossa hora de amar e de vencer aqui. Chegou a nossa hora de conquistar a própria casa de volta. Eu soube disso quando terminei o Arquivo sobre as Bruxas Mayfair. Michael, esta é a nossa casa.

Mas você pode alterar... Nunca pense por um instante sequer que não tem o poder, pois o poder deriva de...

– Michael, me responda.

Alterar o quê? Não vão embora assim. Contem-me!

Mas eles haviam desaparecido, como se nunca houvessem se aproximado, e aqui estava ele, com Rowan, ao sol, pisando no chão aquecido, cor de âmbar, e ela esperava que ele respondesse.

E a casa esperava, a linda casa, por baixo das camadas de ferrugem e sujeira, por trás das sombras e do emaranhado das trepadeiras, com seu calor e sua umidade, ela esperava.

– Ah, sim, querida, quero, sim – disse ele, como se estivesse acordando de um sonho, com os sentidos subitamente inundados pela fragrância da madressilva nas telas, pelo canto das aves lá fora e pelo calor do próprio sol que entrava, chegando até eles.

Ele se voltou no meio do longo salão.

– A luz, Rowan. Vamos deixar a luz entrar – disse ele, pegando sua mão. – Vamos ver se essas venezianas velhas ainda abrem.

31

Em silêncio reverente, eles começaram a explorar a casa. A princípio, era como se houvessem escapado dos guardas de um museu e não ousassem abusar da sua liberdade acidental.

Sentiam respeito demais para tocar nos pertences pessoais daqueles que um dia haviam vivido ali. Uma xícara de café numa mesa de vidro no jardim de inverno. Uma revista dobrada numa cadeira.

Passaram, sim, pelos quartos e corredores, abrindo cortinas e venezianas, apenas espiando de vez em quando nos armários, cômodas e gavetas, com o máximo cuidado.

Aos poucos, porém, à medida que o calor sombrio se tornava mais familiar, os dois foram ficando mais ousados.

Só na biblioteca permaneceram uma hora, examinando as lombadas dos clássicos encadernados em couro e os antigos livros de registros da fazenda de Riverbend, entristecidos ao notar que as páginas estavam esponjosas e arruinadas. Quase nada das antigas anotações estava legível.

Não tocaram nos papéis em cima da escrivaninha que Ryan Mayfair viria recolher e examinar. Inspecionaram os retratos emoldurados nas paredes.

– Esse é Julien, tem de ser. – De uma beleza sinistra, sorrindo para os dois ali parados no corredor. – O que é aquilo em segundo plano? – Estava tão escurecido que Michael mal pôde discernir. Depois, percebeu. Era Julien em pé na varanda da frente da casa.

– É, e ali, aquela velha fotografia parece ser Julien com seus filhos. O que está mais perto de Julien é Cortland, meu pai. – Também ali estavam agrupados na varanda, sorrindo através da sépia desbotada. E como pareciam alegres, até mesmo cheios de vida.

E o que você veria se tocasse neles, Michael? E como você sabe que não é isso o que Deborah quer que faça?

Ele se voltou rapidamente. Queria ir atrás de Rowan. Adorava o jeito de caminhar de Rowan, seus longos passos flexíveis, o balanço do seu cabelo com o ritmo do movimento. Ela parou junto ao portal da sala de jantar e sorriu para ele. Você vem?

Na pequena despensa de pé-direito alto descobriram prateleiras e mais prateleiras de porcelana maravilhosa: Minton, Lenox, Wedgwood, Royal Doulton, com motivos florais, motivos orientais, frisos dourados e prateados. Louça branca, porcelana chinesa, Blue Willow e Spode antigos.

Havia caixas e mais caixas de prata de lei, pesadas peças trabalhadas às centenas, aninhadas em feltro, incluindo conjuntos antiquíssimos com as marcas inglesas e a inicial M, ao estilo europeu, gravada no verso.

Michael era quem conhecia esse tipo de coisa. Seu longo caso de amor com os objetos da era vitoriana sob todas as formas agora lhe era valioso. Ele sabia identificar as facas para peixe, os garfos para ostras, as colheres para geleia e dezenas de outros minúsculos itens específicos, dos quais havia uma infinidade em mais de dez desenhos diferentes.

Encontraram candelabros de prata, tigelas de ponche e travessas trabalhadas, cestas para pão, manteigueiras, velhas jarras de água, cafeteiras, bules e garrafas. Motivos delicadíssimos. Como por mágica, os objetos mais escuros, com uma esfregada do dedo, revelavam o velho brilho da pura prata por baixo.

Tigelas de cristal lapidado de todos os tamanhos estavam no fundo dos armários; pratos e travessas de cristal esmaltado.

Apenas as toalhas de mesa e as pilhas de guardanapos não tinham mais salvação, tendo o linho e a renda apodrecido na umidade inevitável, com a letra M aparecendo orgulhosa aqui e ali por baixo das manchas escuras de mofo.

No entanto, mesmo alguns deles haviam sido cuidadosamente conservados numa gaveta seca, forrada de cedro, embrulhados em papel azul. Rendas antigas pesadas que haviam adquirido um lindo tom amarelado. E jogados ali no meio, porta-guardanapos de marfim, de prata e de ouro.

Tocar neles? Será que o MBM significava Mary Beth Mayfair? E aqui, aqui está um com as letras JM, e você sabe a quem deve ter pertencido. Michael o devolveu ao seu lugar, com os dedos enluvados agora tão ágeis quanto os dedos nus, muito embora suas mãos estivessem quentes e o incomodassem; e a cruz, como Rowan a chamava, pesasse cortante sobre ele.

O sol do final da tarde entrava em raios longos, oblíquos, pelas janelas da sala de jantar. Olhar para você novamente neste cenário. Rowan Mayfair. Os murais ganhavam vida, revelando toda uma população de pequenas figuras perdidas nos belos campos da fazenda. A imensa mesa retangular estava ali firme e sólida, como devia estar talvez há um século. As cadeiras Chippendale, com o encosto intricadamente entalhado, estavam enfileiradas ao longo das paredes.

Será que iremos jantar aqui em breve à luz trêmula de velas altas?

– Claro – sussurrou ela. – Claro que vamos.

Depois, na copa, encontraram os cristais delicados, em quantidade suficiente para o banquete de um rei. Encontraram finos copos de pé e outros de fundo grosso desenhados com flores: copos para xerez, para conhaque, para champanhe, para vinho branco e vinho tinto, para provas e para sobremesas, acompanhados de garrafas ornamentadas, com tampas de vidro, jarras de cristal lapidado e, novamente, belos pratos, em pilhas, refletindo a luz.

Tantos tesouros, pensou Michael, e tudo aquilo aparentemente esperando pelo toque de uma varinha de condão para voltar ao uso.

– Estou imaginando festas – disse Rowan –, festas como nos velhos tempos, para reunir todo mundo e lotar a mesa de comida. Parentes e mais parentes.

Michael contemplava seu perfil em silêncio. Ela estava segurando um delicado copo de pé com a mão direita, deixando que a luz frágil do sol o atingisse.

– É tudo tão gracioso, tão sedutor – disse ela. – Eu não sabia que a vida podia ser do jeito que parece ser aqui. Não sabia que havia casas assim em parte alguma dos Estados Unidos. Como tudo isso é estranho. Viajei pelo mundo inteiro, e nunca estive num lugar como este. É como se o tempo houvesse se esquecido completamente deste lugar.

Michael não pôde deixar de sorrir.

– As coisas aqui mudam muito devagar – disse ele. – Graças a Deus.

– Só que é como se eu tivesse sonhado com esses aposentos e com um estilo de vida que pode ser vivido aqui e nunca me lembrasse ao despertar. Mas alguma coisa em mim devia se lembrar. Alguma coisa em mim se sentia estranha e perdida no mundo que criamos lá na Califórnia.

Saíram juntos para o pátio ao sol, vagando por perto da antiga piscina e pelo vestiário em ruínas.

– Tudo isso aqui está sólido – explicou Michael enquanto examinava as portas de correr, a pia e o chuveiro. – Tem conserto. Olhe, isso aqui foi construído com cipreste. E os canos são de cobre. Nada destrói o cipreste. Eu poderia consertar esses encanamentos em dois dias.

Voltaram pela grama alta passando por onde antes ficavam os anexos. Não restava nada a não ser uma solitária construção de madeira triste e caindo aos pedaços bem nos limites dos fundos do terreno.

– Não está em mau estado. Não tão mau assim – disse Michael, espiando pelas telas empoeiradas. – Talvez os criados do sexo masculino morassem aqui. É uma espécie de *garçonnière*.

Aqui estava o carvalho no qual Deirdre procurava abrigo, chegando talvez a mais de vinte e cinco metros de altura. A folhagem estava escura, empoeirada e ressecada com o calor do verão. Na primavera, iria se abrir num maravilhoso verde novo. Imensas moitas de bananeiras surgiam como capins monstruosos em trechos de sol. E um longo muro de tijolos, de perfeita construção, se estendia nos fundos da propriedade, de um lado ao outro, coberto de hera e de glicínias emaranhadas até as dobradiças dos portões de Chestnut Street.

– As glicínias estão em flor – disse Michael. – Adoro essas flores. Como eu gostava de tocá-las, quando saía a passear, para ver as pétalas estremecerem.

Por que diabos você não pode tirar essas luvas um instante, só para sentir aquelas pétalas delicadas na sua mão?

Rowan estava parada de olhos fechados. Estaria ouvindo os passarinhos? Ele se descobriu examinando a longa ala posterior da casa principal, as sacadas dos criados com seus gradis de madeira pintada de branco e sua treliça branca que servia de divisória. Só ver essa treliça o conquistou e fez com que ele se sentisse feliz. Essas eram todas as cores e texturas aleatórias de casa.

Casa. Como se algum dia tivesse morado num lugar assim. Bem, será que algum observador errante teria amado esta casa mais do que ele? E de certo modo ele sempre havia vivido nela. Ela era o lugar de que sentia saudades quando foi embora, o lugar com que sonhava...

Você não pode imaginar a violência do ataque...

– Michael?

– O que é, querida? – Ele a beijou, sentindo o perfume delicioso do sol no seu cabelo. O calor emprestava um brilho à sua pele. Mas a comoção das visões continuava. Ele abriu bem os olhos, deixando a luz queimada da tarde enchê-los, deixando o suave zumbido dos insetos embalá-lo.

... um emaranhado de mentiras...

Rowan ia à sua frente no capim alto.

– Há lajes aqui, Michael – disse ela, com a voz se tornando aguda ao ar livre. – Tudo isso aqui é de lajes. Estão só encobertas.

Ele seguia atrás dela, de volta ao jardim da frente. Encontraram pequenas estátuas gregas, sátiros de cimento deixados lindos pelas intempéries, espiando com seus olhos cegos por trás do buxo crescido demais. Uma ninfa de mármore perdida no meio das camélias de folhas escuras e ceráceas; e as minúsculas flores amarelas do cambará exibindo sua beleza onde quer que o sol batesse.

— Costumávamos chamar essa florzinha de "bacon com ovos" — disse ele, pegando um raminho para Rowan. — Está vendo as pequenas pétalas amarelas e marrons, misturadas com o laranja? E ali, ali está a variedade azul. E aquela flor lá, aquela é o beijo-de-frade, e olhe, aquele é o malvavisco, aquelas grandes flores azuis junto à varanda, mas nós sempre a chamamos de alteia.

— Alteia, lindo.

— Aquela trepadeira ali é a coroa-imperial ou coroa de coral, mas nós a chamávamos de rosa de Montana.

Eles apenas vislumbravam o borrão branco da velha cadeira de balanço de Deirdre acima da renda das trepadeiras.

— Elas devem ter sido podadas para ela poder olhar aqui para fora — disse ele. — Está vendo como cresceram mais do outro lado, lutando com a buganvília? Ah, mas essa é a rainha de todas, não é?

Quase violento o roxo fluorescente das brácteas que todos imaginavam ser flores.

— Meu Deus, quantas vezes procurei pôr tudo isso em algum pequeno quintal na Califórnia antes de entregar a chave ao novo proprietário. Depois de ter pendurado as cortinas de renda nas janelas, depois de ter encerado o piso com Minwax Golden Oak e de ter encontrado a banheira antiga no ferro-velho. Mas essa casa é outra coisa, é autêntica...

— E é sua também — disse ela. — Sua e minha. — Quanta inocência ela aparentava agora! Como seu sorriso delicado parecia cheio de sinceridade! Ela o enlaçou novamente, apertando com os dedos nus sua mão enluvada. — Mas, e se por dentro estiver toda estragada, Michael? O que seria necessário para consertar tudo o que estiver errado?

— Venha cá, fique aqui parada e olhe. Está vendo como as sacadas dos criados estão em perfeito prumo ali em cima? Não há absolutamente nenhum problema com os alicerces dessa casa. No térreo não se vê nenhum vazamento, nenhuma infiltração. Nada! E nos velhos tempos essas sacadas eram os corredores pelos quais os criados passavam de um lado para o outro. É por isso que são tantas as portas e as janelas que vão até o chão. E, por sinal, todas as portas e janelas que examinei estão no prumo. Além disso, a casa é toda aberta do lado de cá para receber a brisa do rio. Por toda a cidade, você constatará isso: as casas se abrem para o lado do rio para receber a brisa do rio.

Ela ergueu os olhos até o antigo quarto de Julien. Estaria pensando novamente em Antha?

— Sinto que a maldição está abandonando essa casa. Era isso o que eu queria, que você e eu viéssemos morar aqui e nos amar aqui.

É, acredito nisso, pensou ele, mas por algum motivo nada disse. Talvez a quietude ao seu redor lhe parecesse viva demais; talvez ele sentisse medo de desafiar alguma coisa invisível que observava e escutava.

– Todas essas paredes são de tijolo maciço, Rowan, e algumas delas chegam a ter cinquenta centímetros de espessura. Eu as medi com minhas próprias mãos quando passei por vários portais. Cinquenta centímetros de espessura. Elas receberam reboco externo de modo a dar a impressão de que a casa era feita de pedra, porque era essa a moda na época. Está vendo os riscos na tinta? Para dar a aparência de uma mansão construída com grandes blocos de pedra?

"Ela é uma poliglota – confessou ele – com seu rendilhado de ferro fundido, suas colunas coríntias, dóricas e jônicas, seus portais em forma de buraco de fechadura..."

– É, buracos de fechadura – concordou Rowan. – E vou falar de um outro lugar onde vi um portal igual. É no jazigo. Bem no alto do jazigo da família Mayfair.

– O que você quer dizer com bem no alto?

– É só o alto-relevo de um portal, como os portais dessa casa. Tenho certeza de que era isso o que era, a não ser que a intenção tivesse sido a de um buraco de fechadura mesmo. Vou lhe mostrar. Hoje ou amanhã podemos dar uma caminhada até lá. Fica bem junto ao caminho principal.

Por que isso o enchia de apreensão? Um portal entalhado no jazigo? Ele odiava cemitérios, odiava jazigos. No entanto, mais cedo ou mais tarde, ele teria de vê-lo, não teria? Continuou a falar, sufocando esse sentimento, querendo apenas aquele momento e a visão da casa à sua frente, banhada pelo sol delicioso.

– Depois temos essas janelas curvas, em estilo romano, voltadas para o norte, e isso já é uma outra influência arquitetônica. Mas, no final, ela forma um todo. Funciona porque funciona. Foi construída para este clima, com seus pés-direitos de mais de quatro metros e meio. Ela é um enorme alçapão para a luz e as brisas frescas, uma fortaleza contra o calor.

Com o braço em volta dele, Rowan o acompanhou de volta para dentro de casa e foram subindo pela escada alta e sombria.

– Está vendo? Esse emboço está firme. Tenho quase certeza de ser o original, mas foi feito por pedreiros magistrais. É provável que tenham feito aquelas sancas à mão. Não se veem nem mesmo as rachaduras ínfimas que seriam de se esperar pelo assentamento. Quando eu entrar por baixo da casa, vou descobrir que essas paredes são de segurança e que vão direto até o chão; e que as vigas que sustentam a casa são enormes. Têm de ser. Tudo está firme, nivelado.

– E eu achei que ela não tinha mais jeito quando a vi pela primeira vez.

– Imagine esse papel de parede arrancado – disse ele. – Pinte as paredes em cores claras e alegres. Visualize toda a madeira limpa, pintada de branco.

– Ela agora é nossa – disse Rowan, baixinho. – Sua e minha. De agora em diante, nós estamos escrevendo o arquivo.

– O Arquivo sobre Rowan e Michael – disse ele com um leve sorriso, parando no alto da escada. – Aqui, no segundo andar, as coisas ficam mais simples. O pé-direito é aproximadamente uns trinta centímetros mais baixo, e não se têm as sancas enfeitadas. Tudo numa escala menor.

Ela riu e abanou a cabeça.

– E qual é a altura desses cômodos menores? Talvez uns quatro metros?

Eles se voltaram e foram pelo corredor até o primeiro quarto bem na frente da casa. As janelas se abriam para a sacada da frente e para a lateral. O livro de orações de Belle estava em cima de uma cômoda, com seu nome gravado na capa em ouro. Havia fotografias em molduras douradas por trás de vidro fosco, suspensas em correntes escurecidas e enferrujadas.

– Julien mais uma vez. Tem de ser ele – disse Michael. – E Mary Beth, olhe, Rowan, essa mulher é parecida com você.

– Foi o que me disseram – disse ela, baixinho.

O rosário de Belle, com o nome gravado nas costas do crucifixo, ainda estava sobre o travesseiro da cama de dossel. A poeira subiu do edredom de plumas quando Michael tocou nele. Uma guirlanda de rosas o espiava de cima do dossel de cetim.

Tudo parecia melancólico, com o papel de parede florido desbotado, e os pesados armários inclinados ligeiramente para a frente; o tapete, gasto e já da cor da própria poeira. Os galhos dos carvalhos lembravam fantasmas por trás das cortinas de ponjê. O banheiro estava limpo e era muito sem graça. Michael calculou que os azulejos fossem da época de Stella. Uma imensa banheira velha, das que de vez em quando se encontram em hotéis antigos, uma pia alta com pedestal e pilhas de toalhas, cobertas de pó, numa prateleira de vime.

– Mas, Michael, este é o melhor quarto de todos – disse Rowan por trás dele. – Este é o quarto que dá para o sul e para o oeste. Venha me ajudar com esta janela. – Os dois forçaram o cordão da guilhotina.

– Parece que estamos numa casa na árvore – disse ela, ao sair para a varanda da frente. Ela pôs a mão na coluna canelada e ficou olhando para os galhos retorcidos dos carvalhos. – Olhe, Michael, há samambaias crescendo nos ramos, centenas de samambaias minúsculas. E olhe ali, um esquilo. Não, são dois. Nós os assustamos. Isso é tão estranho. É como se estivéssemos no mato e pudéssemos dar um pulinho ali para começar a subir. Podíamos subir até o céu por essa árvore.

Michael testava os caibros por baixo do assoalho.

– Estão firmes, como tudo o mais. E a grade trabalhada não está realmente enferrujada. Só precisa de uma pintura. – Também não havia infiltrações no teto.

Só à espera, todo esse tempo esperando para ser restaurada. Ele parou e tirou o blusão safári. O calor afinal o atingia, mesmo aqui onde as brisas do rio passavam à vontade.

Ele jogou o blusão sobre o ombro e o enganchou num dedo.

Rowan estava parada, de braços cruzados, encostada no gradil de ferro. Ela olhava lá fora a esquina tranquila, serena.

Através dos ramos das pequenas oliveiras, Michael contemplava lá embaixo o portão da frente. Ele estava se vendo menino, parado ali, estava se vendo com enorme nitidez. Ela agarrou sua mão de repente e o puxou para dentro de casa.

– Veja, aquela porta dá para o quarto seguinte. Ele poderia ser uma sala de estar, Michael. E os dois aposentos dão para a varanda lateral.

Ele estava olhando fixamente para as fotografias ovais. Stella? Tinha de ser Stella.

– Não seria maravilhoso? – dizia Rowan. – Aqui tem de ser a sala de estar.

Ele baixou os olhos mais uma vez até a capa de couro branco do livro de orações com a inscrição Belle Mayfair em ouro. Só por um segundo, pensou. Toque no livro. E imaginar que Belle era tão doce, tão boa.

Como Belle poderia fazer mal a alguém? Você está nesta casa e não está usando seu poder.

– Michael?

Mas ele não conseguia. Se começasse, como poderia parar? E aquilo acabaria por matá-lo, aqueles choques elétricos que passavam por ele, e a cegueira, a cegueira inevitável quando as imagens flutuavam à sua volta como água suja, e a cacofonia de todas as vozes. Não. Você não precisa. Ninguém lhe disse que você tem de fazer isso.

A súbita ideia de que alguém pudesse obrigá-lo a tocar os objetos, que lhe arrancasse a luva e forçasse sua mão sobre eles, fez com que ele se encolhesse. Sentia-se covarde. E Rowan o estava chamando. Olhou de novo para o livro de orações enquanto se afastava.

– Michael, este deve ter sido o quarto de Millie. Ele também tem lareira. – Ela estava parada diante de uma cômoda alta, segurando um lencinho com monograma. – Esses quartos são como santuários.

Do lado de fora da longa janela, a buganvília crescia tão densa sobre a varanda lateral que a parte inferior do gradil não estava mais visível. Essa era a varanda acima da de Deirdre. Era aberta, porque só a parte do térreo havia sido telada.

– É, todos esses quartos têm lareiras – disse ele, distraído, com os olhos nos botões de um roxo fluorescente da buganvília. – Vou dar uma olhada nos tijolos refratários das chaminés. Essas grelhas nunca foram usadas para lenha; eram usadas para carvão.

Agora abrigavam aquecedores a gás, e Michael até que gostava daquilo, pois em todo aquele tempo ele nunca havia visto um aquecedorzinho a gás ligado no escuro aconchegante do inverno, com todas aquelas chaminhas azuis e douradas.

Rowan estava parada à porta do armário.

– Que cheiro é esse, Michael?

– Meu Deus, Rowan Mayfair, você nunca sentiu o cheiro de cânfora num armário velho?

– Eu nunca vi um armário velho, Michael Curry – respondeu ela, rindo baixinho. – Nunca morei numa casa velha ou me hospedei num hotel velho. Do bom e do melhor era o lema do meu pai adotivo. Restaurantes em terraços, muito vidro e metal. Você não pode imaginar o esforço que ele fazia para manter esses padrões. E Ellie não suportava ver nada velho ou usado. Ellie jogava fora todas as roupas após um ano de uso.

– Você deve achar que caiu num lugar fora do planeta.

– Não, no fundo não. Só caí numa outra interpretação – disse ela, com a voz diminuindo. Pensativa, ela tocou nas roupas velhas ali penduradas. Ele só via sombras.

– E imaginar – sussurrou ela – que o século já está quase terminando, e ela passou a vida inteira bem aqui neste quarto. – Ela deu um passo atrás. – Meu Deus, eu detesto esse papel de parede. Olhe, uma infiltração ali.

– Nada de importante, querida. Só um pequeno vazamento. É de se esperar que haja um ou mais numa casa deste tamanho. Isso não é nada. Mas acho que o emboço está acabado ali em cima.

– Acabado? O que você quer dizer com acabado?

– Velho demais para aceitar um remendo. Veja só como está esfarelando. Por isso, vamos ter de fazer um teto novo – disse ele, dando de ombros. – Dois dias de trabalho.

– Você é um gênio.

Ele riu e abanou a cabeça.

– Olhe, aqui também tem um banheiro. Cada quarto tem seu próprio banheiro. Estou tentando ver tudo limpo e terminado...

– Eu vejo – disse ele. – Vejo tudo pronto a cada passo que dou.

O quarto de Carlotta era o último quarto principal no final do corredor. Parecia uma caverna imensa e sinistra, com sua cama preta de dossel, seus babados de tafetá desbotado e algumas poltronas tristes com capas soltas. Um cheiro desagradável subia à volta deles. Numa estante, livros de direito e de consulta. E, logo ali, o rosário e o livro de orações, como se ela tivesse acabado de largá-los. As luvas brancas enroladas, um par de brincos de camafeu e um cordão de contas de azeviche.

– Costumávamos chamá-las de contas da vovó – disse Michael com uma leve surpresa. – Eu já me havia esquecido delas. – Ele fez menção de tocar nelas e depois recolheu a mão enluvada como se tivesse chegado perto de algo muito quente.

– Eu também não estou gostando daqui deste quarto – cochichou Rowan. Ela estava mais uma vez abraçando o próprio corpo, naquele seu gesto aflito, de frio. Talvez de apavoramento. – Não quero tocar no que pertenceu a ela – disse Rowan, aparentando uma vaga repulsa pelos objetos espalhados sobre a cômoda, repulsa pela mobília antiga, por linda que fosse.

"Ryan vai se encarregar disso", prosseguiu ela, cada vez mais constrangida. "Ele disse que Gerald Mayfair virá para levar embora as coisas dela. Carlotta deixou seus objetos pessoais para a avó de Gerald." Ela afinal se virou como se alguma coisa a tivesse assustado e, então, olhou quase com raiva para o espelho entre as duas janelas laterais. "Aquele cheiro de novo, cânfora. E mais alguma coisa."

– Verbena e água de rosas – disse ele. – Está vendo o frasco? Eles agora plantam essas coisinhas em graciosas pensões do norte da Califórnia. Eu já as plantei em muitas mesas de tampo de mármore. E lá estão elas. As plantas de verdade.

– Aqui tudo é real demais. É lúgubre e triste.

Eles se dirigiram até a porta dos fundos do quarto que se abria para um pequeno corredor, com uma escadinha, e levava a dois quartos pequenos, um após o outro.

– As criadas dormiam aqui antigamente – explicou Michael. – Eugenia ficou com aquele último quarto ali. Em termos técnicos, estamos examinando a ala dos criados. E eles jamais teriam usado essa porta de acesso, porque ela não existia até há bem pouco tempo. Tiveram de quebrar a parede de alvenaria para sua instalação. Antigamente, os criados teriam entrado no corpo principal da casa pela varanda.

No final da ala, via-se uma lâmpada fraca acesa.

– Ali fica a escada que desce para a cozinha. E aquele velho banheiro lá ao fundo era de Eugenia. Antigamente, os moradores do Sul tinham um banheiro separado para os criados negros. Imagino que sobre *isso* você tenha ouvido falar o suficiente.

Os dois voltaram para o quarto maior. Rowan atravessou com cuidado o tapete desbotado, e Michael a seguiu até a janela, afastando com delicadeza a cortina frágil para que pudessem olhar lá embaixo as calçadas de tijolo de Chestnut Street e a elaborada fachada da mansão do outro lado.

– Está vendo? Ela se abre para o lado do rio – disse Michael, contemplando essa outra construção. – E olhe para os carvalhos naquele terreno. E o velho galpão de carruagens ainda está de pé. Está vendo o reboco se soltando dos tijolos. Aquele ali também foi feito para dar a impressão de pedra.

– De todas as janelas, a gente vê os carvalhos – disse Rowan, falando baixo como se não quisesse perturbar a poeira. – E o céu é de um azul tão profundo. Até a luz do sol aqui é diferente. É como a luz suave de Florença ou de Veneza.

– É mesmo.

Mais uma vez, Michael se flagrou olhando com apreensão para os pertences daquela mulher. Talvez o desconforto de Rowan houvesse sido transmitido a ele. Ele imaginava, compulsiva e dolorosamente, ter de tirar a luva e pôr sua mão nua nos objetos que haviam pertencido a Carlotta.

– O que foi, Michael?

– Vamos sair daqui – respondeu ele, entredentes, segurando sua mão e voltando para o corredor principal.

Só com relutância ela o acompanhou quando ele entrou no antigo quarto de Deirdre. Ali sua confusão e sua revolta pareciam se intensificar. Mesmo assim, ele sabia que ela se sentia obrigada a fazer essa visita. Via como seus olhos passavam famintos pelas fotografias emolduradas e pelas pequenas cadeiras vitorianas de assento de palhinha. Michael a abraçou com força enquanto ela olhava fixamente para a terrível mancha no colchão.

– Isso é um absurdo – disse Michael. – Preciso chamar alguém para limpar isso tudo.

– Eu mesma chamo.

– Não, eu vou fazer isso. Lá embaixo você me perguntou se eu podia assumir o comando, contratar as pessoas de que precisasse para restaurar a casa inteira. Bem, eu posso cuidar disso também.

Ele olhou para a mancha, um grande oval marrom, com o centro pegajoso. Será que a mulher havia sofrido uma hemorragia ao morrer? Ou será que ela havia ficado ali deitada com as excreções vazando no calor deste quarto horroroso?

– Eu não sei – respondeu Rowan, sussurrando, embora ele não houvesse verbalizado a pergunta. Ela deu um longo suspiro. – Já pedi para ver as fichas médicas. Ryan está solicitando tudo por vias legais. Conversei com ele hoje. Liguei para o médico. Falei também com a enfermeira, Viola. Uma velha simpática. Ela falou pelos cotovelos. Tudo o que o médico disse foi que não havia nenhum motivo para levá-la para o hospital. A conversa foi totalmente absurda. Ele não gostou das minhas perguntas. Insinuou ser errado da minha parte fazê-las. Disse que foi uma caridade deixá-la morrer.

Ele a abraçou mais forte, roçando os lábios no seu rosto.

– Para que servem aquelas velas? – perguntou Rowan, olhando espantada para o pequeno altar ao lado da cama. – E aquela imagem horrenda. O que é aquilo?

– A Virgem Santa – disse ele. – Quando ela está com o coração descoberto daquele jeito, acho que se chama Imaculado Coração de Maria. Já não me lembro ao certo. As velas são consagradas. Eu as vi tremeluzindo aqui em cima quando estava lá fora na noite em que cheguei. Nunca imaginei que ela estivesse morrendo. Se eu tivesse sabido, eu... eu não sei. Eu nem sabia quem morava aqui quando vim pela primeira vez.

– Mas por que acendiam essas velas consagradas?

– Para confortar os moribundos. O padre vem. Ele dá o que chamam de extrema-unção. Eu acompanhei o padre algumas vezes quando era coroinha.

– Fizeram isso por ela, mas não a levaram para o hospital.

– Rowan, se você tivesse sabido a tempo, se você tivesse vindo, acha que poderia tê-la reanimado? Acho que não, querida. E agora, acho que não faz mais diferença.

– Ryan insiste que não. Que ela estava desenganada. Diz que uma vez há uns dez anos, Carlotta suspendeu os medicamentos. Não houve reação a nenhum estímulo, a não ser reflexos. Ryan diz que fizeram tudo o que podiam, mas o caso é que ele está se protegendo, certo? Mas eu vou saber quando vir o prontuário. E aí vou me sentir melhor... ou pior.

Ela se afastou da cama, com os olhos vagando lentamente pelo quarto. Parecia estar se forçando a avaliá-lo do mesmo jeito que havia avaliado todo o resto.

Hesitante, ele chamou a atenção dela para o fato de somente neste quarto estar repetida a ornamentação comum a todo o térreo. Mostrou-lhe os arabescos que encimavam as janelas. Um lustre de cristal, coberto de poeira, estava suspenso de um rebuscado florão de gesso. A própria cama era imensa e meio feia.

– Ela não é como as outras, as de dossel – disse ela.

– É mais nova, de produção em série – explicou Michael. – É americana. Esse era o tipo de mobília comprada aos milhões perto do final do século passado. É provável que Mary Beth a tivesse comprado, e que na época ela fosse a última moda.

– Ela parou o tempo, não é?

– Mary Beth?

– Não, aquela detestável Carlotta. Ela fez o tempo parar aqui. Ela fez tudo ficar imobilizado. Imagine meninas crescendo numa casa como esta. Não há o menor indício de que elas tivessem alguma coisa bonita, especial ou típica do seu tempo.

– Ursinhos de pelúcia – sussurrou Michael. Deirdre não havia dito alguma coisa sobre ursinhos de pelúcia naquele jardim no Texas?

Rowan não o ouviu.

– Bem, seu reinado terminou – disse ela, mas sem tom de triunfo ou de coragem.

De repente, ela se adiantou, pegou a Virgem de gesso com o coração vermelho exposto e a atirou do outro lado do quarto. A imagem caiu no piso de mármore do banheiro aberto, o corpo se quebrando em três pedaços irregulares. Michael quis dizer alguma coisa, alguma palavra mágica ou oração que desfizesse o mal. Mais ou menos como bater na madeira ou jogar sal por cima do ombro. Foi quando seus olhos vislumbraram algo cintilando na penumbra. Uma pilha de pequenos objetos faiscantes na mesinha de cabeceira do outro lado da cama.

– Olhe, Rowan – disse ele, baixinho, passando os dedos pela sua nuca. – Olhe ali na mesinha, do outro lado.

Era o porta-joias, aberto. Era a bolsa de veludo. Moedas de ouro empilhadas por toda a parte, cordões de pérolas e pedras preciosas, centenas de pequenas pedras que refulgiam.

– Meu Deus – exclamou ela, num sussurro. Rowan deu a volta na cama e ficou olhando fixamente para os objetos, como se tivessem vida.

– Você não acreditava? – perguntou Michael. Mas agora ele não tinha certeza se ele próprio havia acreditado ou não. – Parecem falsas, não é? Como os tesouros nos filmes. Impossível que fossem verdadeiras.

Ela olhou para ele por cima da cama vazia, árida.
– Michael, você tocaria nelas? Você... poria suas mãos nelas?
Ele abanou a cabeça.
– Eu não tenho vontade, Rowan.
Ela se calou, aparentemente mergulhando em si mesma, com os olhos perdendo o foco e a nitidez. Envolveu o corpo com os braços mais uma vez, como sempre fazia quando estava aborrecida, como se sua tristeza interior lhe desse frio.
– Michael – insistiu ela, com delicadeza –, você tocaria em alguma coisa que tenha pertencido a Deirdre? Uma camisola. Talvez a cama.
– Não tenho vontade, Rowan. Nós dissemos que não...
Ela baixou os olhos, com o cabelo os encobrindo para que ele não pudesse vê-los.
– Rowan, eu não sei interpretar o que vejo. É apenas uma confusão. Vou ver a enfermeira que a vestia, talvez o médico, talvez um carro que passava quando ela estava sentada lá embaixo, olhando. Eu não sei usar o poder. Aaron me ensinou alguma coisa, mas ainda não sou muito bom nisso. Vou ver alguma coisa feia e sentir ódio. Fico apavorado também porque ela morreu. Toquei em todo tipo de coisa para as pessoas no início. Mas agora não consigo. Acredite em mim. Eu... Quer dizer, quando Aaron me ensinar...
– E se você visse felicidade? Se você visse algo lindo como o que a mulher em Londres viu ao tocar o roupão para Aaron?
– Você acreditou naquilo, Rowan? Eles não são infalíveis, esse pessoal do Talamasca. São só seres humanos.
– Não, não são só seres humanos, Michael. São gente como você e como eu. Eles têm poderes paranormais como você e eu temos.
Sua voz era amena, não desafiadora. Mas ele compreendia o que ela sentia. Olhou novamente para as velas consagradas e depois para a imagem quebrada, que mal podia discernir nas sombras por trás de Rowan no piso do banheiro. Relance da procissão de maio e da imagem gigantesca da Virgem que se inclinava enquanto era carregada pelas ruas afora. Milhares de flores. E ele pensou novamente em Deirdre. Deirdre no jardim botânico, falando na penumbra com Aaron. "Eu quero uma vida normal."
Ele deu a volta na cama e foi até a cômoda antiquada. Abriu a gaveta superior. Camisolas de flanela branca e macia, perfume de sachê, muito adocicado. E roupas mais leves de verão de seda verdadeira.
Ele ergueu uma dessas camisolas, uma fina e sem mangas com flores aplicadas em tons pálidos. Ele a largou deixando um montinho amarrotado sobre a cômoda e tirou as luvas. Juntou as mãos com força durante um segundo e depois segurou a camisola com as duas mãos, de olhos fechados.
– Deirdre – disse ele. – Só Deirdre.

Abriu-se diante dele um enorme espaço. Através da iluminação ofuscante, ele via centenas de rostos; ouvia vozes gritando e uivando. Um barulho insuportável. Um homem veio na sua direção, pisando nos corpos dos outros! "Não. Pare com isso!" Ele havia largado a camisola. Ficou ali parado, de olhos fechados, tentando se lembrar do que acabara de vislumbrar, embora não pudesse suportar a ideia de ser cercado por aquilo tudo de novo. Centenas de pessoas em movimento, e alguém falando com ele num tom desagradável, debochado. "Meu Deus, o que era?" Ele olhou espantado para as próprias mãos. Havia ouvido um tambor por trás daquilo tudo, uma cadência de marcha, um som que ele conhecia.

O Carnaval, anos atrás. A corrida pela rua no inverno com a mãe. "Vamos ver a Mystic Krewe of Comus." É, era aquele mesmo o ritmo do tambor. E a claridade vinha dos archotes fumarentos e cintilantes.

– Não estou entendendo – disse ele.

– O que você está dizendo?

– Não vi nada que fizesse sentido. – Ele olhou com raiva para a camisola. Bem devagar, estendeu a mão até ela. – Deirdre, nos últimos dias – disse ele. – Só Deirdre nos últimos dias. – Ele tocou o pano macio e amarfanhado com muita delicadeza. – Estou vendo a vista da varanda, do jardim – sussurrou. É, a trepadeira coroa-imperial, e ali uma borboleta subindo pela tela, e a mão dele bem ao seu lado. – Lasher está junto. Ela está feliz com a sua presença. Ele está bem ao lado dela. – E se ele virasse a cabeça para olhar para cima da cadeira de balanço veria Lasher. Michael soltou novamente a camisola. – E tudo era sol e flores, e ela estava... estava bem.

– Obrigada, Michael.

– Não quero voltar a fazer isso, Rowan. Desculpe, mas não posso fazer isso. Não quero mais.

– Eu compreendo – disse ela, aproximando-se dele. – Lamento muito. – Sua voz estava grave, sincera e reconfortante, mas seus olhos estavam cheios de perplexidade. Ela queria saber o que ele havia visto da primeira vez.

Ele também. Mas que chance tinha ele de saber?

No entanto, ele estava aqui, dentro da casa, e tinha o poder que lhe fora conferido, supostamente, por eles! E estava agindo como um covarde com esse poder. Ele, Michael Curry, um covarde, e não parava de dizer que pretendia fazer o que eles queriam que fizesse.

Será que eles não haviam querido que ele viesse aqui? Será que eles não queriam que ele tocasse os objetos? E Rowan queria. Como poderia não querer?

Ele estendeu a mão e tocou o pé da cama de Deirdre. Relance do meio-dia, enfermeiras, uma faxineira empurrando um aspirador cansado, alguém se queixando, sem parar, um gemido. Tudo acabou vindo tão rápido que perdeu a nitidez. Passou os dedos pelo colchão: uma perna branca como que feita de massa de pão, e Jerry Lonigan ali, erguendo o corpo, falando baixinho com seu auxiliar, olhe só para esse lugar, você quer olhar. E, quando tocou as paredes, de repente o rosto de Deirdre, o sorriso abobalhado, a baba no queixo. Ele tocou a porta do banheiro, uma enfermeira branca mandona, que lhe dizia para vir, para mexer com os pés, ela sabia que Deirdre podia andar, a dor dentro de Deirdre, a dor que lhe devorava as entranhas, a voz de um homem, a faxineira indo e vindo, a descarga, o zumbido dos mosquitos, a visão de uma ferida nas suas costas, meu Deus, olhe só isso, no lugar que ela roçou na cadeira de balanço ao longo dos anos, uma ferida ulcerosa, coberta de talco infantil, mas vocês estão loucas, e a enfermeira só a segura no vaso. Eu não posso...

Ele se voltou e passou correndo por Rowan, afastando sua mão quando ela tentou fazê-lo parar. Ele tocou o balaústre da escada. Relance de um vestido de algodão que passava por ele. Batidas de passos no tapete velho. Alguém gritando, chorando.

– Michael!

Ele correu escada acima atrás deles. O bebê berrava no berço. O choro ecoava desde o salão lá embaixo até o terceiro lance de escadas.

Cheiro forte de produtos químicos, uma podridão imunda naqueles frascos. Ele havia visto de relance essa podridão na noite passada; ela lhe havia falado disso, mas agora ele precisava ver, não é? E tocar. Tocar os frascos repulsivos de Marguerite. Ele havia sentido o cheiro na noite anterior quando subira para encontrar o cadáver de Townsend, só que o cheiro não era do corpo. Com a mão no corrimão, viu Rowan de relance, com o lampião. Rowan, furiosa e entristecida, procurando fugir da velha, que a espancava com palavras, perversidade, e em seguida a empregada com seu esfregão, e um carpinteiro instalando uma vidraça na janela que dava para o alto do telhado. Meu Deus, aqui tem um cheiro insuportável, madame. Faça seu trabalho. O quarto de Deirdre, um encontro estridente de outras vozes, que subiam ao máximo e depois iam desaparecendo, para que outra onda viesse. E a porta, a porta ali em frente, alguém rindo, um homem falando francês, o que está dizendo, deixe-me ouvir uma palavra que seja com nitidez, o fedor está por trás.

Mas não, primeiro o quarto de Julien, a cama de Julien. As risadas cada vez mais altas, mas havia um choro de bebê misturado a elas, alguém subindo pela escada bem atrás dele. A porta lhe deu Eugenia mais uma vez, tirando o pó, queixando-se do fedor, a cantilena da voz de Carlotta, palavras indistinguíveis, e então aquela mancha medonha ali no escuro em que Townsend morreu, respirando pela última vez pelo buraco no tapete, e o consolo da lareira, um relance trêmulo de Julien! O mesmo homem, é, o mesmo homem que havia visto ao segurar a camisola de Deirdre, é, você, Julien, olhando fixamente para ele, *estou vendo você*, e depois passadas de alguém correndo, não, não quero ver isso, mas ele estendeu a mão para o peitoril da janela, agarrou o pequeno cordão da cortina, e ela subiu, batendo ruidosa no alto e revelando as vidraças sujas.

Ela passou voando por ele, Antha, atravessando o vidro, escapulindo pelo telhado, ali fora, apavorada, com o cabelo desgrenhado caído no rosto molhado, o olho, olhe para o olho, está na bochecha, meu Deus. Soluços. "Não me machuque, não me machuque! Lasher, me ajude!"

– Rowan!

E Julien, por que ele não fazia nada? Por que só ficava ali parado chorando calado, sem fazer nada? "Você pode invocar o diabo no inferno e os santos nos céus, que eles não a ajudarão", disse Carlotta, rosnando enquanto saía pela janela.

E Julien, impotente. "Eu mato você, sua cadela. Eu a mato. Você não vai..."

Ela se foi, ela caiu, seu grito se desdobrando como uma enorme bandeira vermelha ondulante, em contraste com o céu azul. Julien com as mãos no rosto. Inútil. Sem brilho, uma testemunha fantasma. Mais uma vez o caos, Carlotta desaparecendo. Ele agarrou a cama de ferro com as mãos. Julien sentado ali, tremulante porém nítido por um momento. Eu o conheço, olhos escuros, boca sorridente, cabelos brancos, é, você, não toque em mim! *"Eh bien*, Michel, finalmente!"

Sua mão atingiu os caixotes de embalagem que estavam em cima da cama, mas ele não os via. Não via nada a não ser a luz que cintilava e formava a imagem do homem ali sentado debaixo dos lençóis, de repente nada, de repente ele estava lá. Julien tentava se levantar da cama... Não, não chegue perto de mim.

– Michael!

Ele havia empurrado os caixotes com violência de cima da cama. Tropeçava nos livros. As bonecas, onde estavam as bonecas? No baú. Julien disse isso, não foi? Em francês. Riso, um coro de risadas. Um farfalhar de saias à sua volta. Algo que se quebrava. O joelho bateu em alguma coisa pontuda, mas ele continuou a engatinhar na direção do baú. Os fechos enferrujados, não faz mal, jogue a tampa para trás.

Tremeluzindo, desaparecendo, Julien estava ali, a apontar com um gesto de consentimento para o baú.

As dobradiças enferrujadas quebraram totalmente quando a tampa bateu de encontro à parede antiga e se soltou. O que era aquele farfalhar, como o de tafetá, à sua volta, pés se arrastando pelo chão ao seu redor, figuras que se avultavam acima dele, como lampejos de luz através de venezianas, aparecendo e desaparecendo, deixe-me respirar, deixe-me ver. Era parecido com o farfalhar dos hábitos das freiras quando ele estava na escola e elas vinham barulhentas pelo corredor para bater nos meninos, para fazer com que os meninos voltassem à forma, um ruído de contas, de pano, de anáguas...

Mas aqui estão as bonecas.

Olhe, as bonecas! Cuidado, elas são tão velhas e tão frágeis, com seu rosto bobo feito de rabiscos olhando para você, e olhe aquela ali, aquela com os olhos de botão, as tranças grisalhas nas suas perfeitas roupinhas de homem de tweed, até as calças. Meu Deus, ossos ali dentro!

Ele a segurou. Mary Beth! As nesgas ondulantes da sua saia batiam nele. Se ele olhasse para cima, poderia vê-la a olhar para baixo. Ele a viu mesmo. Não havia limites para o que ele podia ver. Ele via suas nucas quando eles o cercavam, mas nada se mantinha firme por um instante sequer. Tudo era diáfano. Sólido por um segundo, e no seguinte, nada. O quarto cheio de um nada empoeirado e ao mesmo tempo apinhado ao ponto de transbordar. Rowan apareceu como se estivesse abrindo um buraco num tecido, agarrando-o pelo braço, e num relance cintilante ele viu Charlotte, sabia que era Charlotte. Ele havia tocado a boneca? Procurou ver, mas elas estavam todas amontoadas e tão frágeis no colchão de morim.

Mas onde estará Deborah? Deborah, você precisa me dizer... Ele afastou o pano, jogando as bonecas mais novas umas contra as outras, elas estariam chorando? Alguém estava chorando. Não, aquilo era o bebê berrando no berço ou Antha no telhado. Ou as duas. Mais um relance de Julien, falando rapidamente em francês, abaixado sobre um só joelho ao seu lado. *Não consigo entender o que diz.* Um átimo de segundo ali, e depois sumia. Você está me enlouquecendo. O que vou poder fazer por você ou por qualquer um se estiver louco?

Afastem essas saias de mim! Era tão parecido com as freiras.

– Michael!

Ele tateou por baixo do pano, onde? Era fácil saber, porque ali jazia a mais velha de todas, um simples boneco de varetas de ossos, e duas depois dela o cabelo louro de Charlotte, o que queria dizer que aquela coisinha frágil entre as duas era a sua Deborah. Baratinhas minúsculas saíram correndo de debaixo dela quando ele a tocou. O cabelo estava se desintegrando, ai, meu Deus, ela está se desfazendo, os próprios ossos estão se esfarelando. Horrorizado, ele recuou. Havia deixado sua impressão digital no rosto de osso. O calor do fogo o atingiu, ele sentia o cheiro. O corpo de Deborah todo enroscado como algum objeto de cera no alto da pira, e aquela voz em francês a lhe ordenar a fazer alguma coisa, mas o quê?

– Deborah – disse ele, tocando novamente nela, tocando no seu vestidinho esfarrapado de veludo. – Deborah! – Ela era tão velha que o sopro da respiração de Michael ia lançá-la à distância. Stella riu. Stella a segurava. "Fale comigo", disse Stella, com os olhos fechados enquanto o rapaz ao seu lado ria. "Você não acha mesmo que isso vá funcionar!" *O que querem de mim?*

As saias se aproximaram ainda mais, vozes misturadas em inglês e em francês. Ele procurou agarrar Julien dessa vez. Foi como tentar agarrar um pensamento, uma lembrança, algo que adeja na nossa mente quando se ouve música. Sua mão estava na pequena boneca de Deborah, esmagando-a contra o fundo do baú. A boneca loura caiu encostando-se nele. Eu as estou destruindo.

– Deborah!

Nada, nada.

O que eu fiz que agora você não quer me dizer?!

Rowan o chamava. Ela o sacudia. Ele quase bateu nela.

– Pare! – gritou ele. – Elas estão todas aqui, nesta casa! Você não compreende? Elas estão esperando, elas... elas... existe uma palavra certa, elas estão pairando... estão presas à terra!

Como Rowan era forte! Ela não desistia. Ela o puxou até ele se levantar.

– Quero que me solte! – Ele as via para onde quer que olhasse, como se elas estivessem entretecidas num véu que se movia ao vento.

– Michael, pare com isso. Já chega. Pare...

Preciso sair daqui. Ele tentou se agarrar ao batente da porta. Quando olhou de volta para a cama, viu apenas os caixotes. Olhou espantado para os livros. Ele não havia tocado nos livros. O suor escorria pelo seu rosto, pelas roupas. Olhe para as roupas. Ele passou as mãos nuas pela camisa, trêmulo, relance de Rowan, o cintilar de todas elas ao seu redor novamente, só que ele não conseguia discernir seus rostos e estava cansado de procurar por eles, cansado daquelas sensações que o atingiam, que o exauriam.

– Eu não sei fazer isso, droga! – gritou. Era como se estivesse debaixo d'água, até mesmo as vozes que ouvia quando colava as mãos nos ouvidos eram ocas e oscilantes como as vozes debaixo d'água. E o fedor, impossível evitá-lo. O cheiro fétido dos frascos que esperavam, os frascos...

É isso o que você queria de mim? Que voltasse aqui, tocasse nesses objetos, descobrisse e soubesse? Deborah, onde você está?

Eles estariam rindo dele? Relance de Eugenia com o esfregão. Você não! Vá embora! Quero ver os mortos, não os vivos. E aquela era a risada de Julien, não era? Decididamente, alguém estava chorando, um bebê chorava num berço, e uma voz baixa e sem graça dizia em inglês, matar você, matar você, matar você.

– Já basta. Pare. Não...

– Não, não basta. Os frascos estão ali. Ainda não terminei. Deixe-me acabar, de uma vez por todas, com tudo isso.

Ele a afastou com um empurrão, mais uma vez assombrado com a força com a qual ela procurava fazer com que parasse, e abriu com violência a porta do quarto dos frascos. Se ao menos eles se calassem, se ao menos o bebê parasse de chorar, e a velha de amaldiçoar, e aquela voz em francês...

– Eu não consigo...

Os frascos.

Uma lufada de ar subiu pelo poço da escada e afastou o cheiro pesado por um instante. Ele estava parado com as mãos cobrindo as orelhas, olhando para os frascos. Respirou fundo, mas o cheiro horrível entrou nos seus pulmões. Rowan o observava. *É isso o que vocês querem que eu toque?* E as visões queriam voltar, como um imenso véu viscoso a envolvê-lo, mas ele não permitia. Ele focalizou melhor. Os frascos apenas. Respirou novamente.

O cheiro já bastava para matar uma pessoa, mas isso não é possível. Ele realmente não pode lhe causar nenhum mal. Olhe. E agora àquela luz feia e ondulante, ele pôs a mão no frasco lúgubre e, através dos dedos espalmados, viu um olho que o observava. Meu Deus, é a cabeça de um ser humano, mas o que ele estava recebendo do próprio vidro, pelos seus dedos torturados, nada, nada a não ser imagens tão fracas que eram como aquela coisa ali dentro, como uma nuvem a cercá-lo, uma nuvem na qual o visual e o auditivo estavam mesclados e sempre se dissolvendo, procurando ser sólido e se desfazendo novamente. O frasco estava ali, reluzente.

Aqueles eram os seus dedos rompendo o lacre de cera.

E a bela mulher de carne e osso na porta era Rowan.

Ele abriu a vedação e mergulhou a mão no líquido, enquanto suas emanações lhe penetravam pelo nariz como gás venenoso. Ele sentiu uma náusea súbita, mas isso não o deteve. Agarrou a cabeça ali dentro pelos cabelos embora ela escorregasse dos seus dedos, como se fossem algas.

A cabeça estava viscosa e se desfazendo. Pedaços subiam de encontro ao vidro, empurrando seu punho. Mas ele a agarrou firme, com o polegar enfiado na bochecha apodrecida. Ele a puxou de dentro do frasco, batendo com o mesmo no chão de tal forma que o líquido fétido respingou na sua roupa. Ele segurou a cabeça, um vago relance da cabeça falando, da cabeça rindo, das feições se mexendo embora a cabeça estivesse morta, e o cabelo fosse castanho, os olhos injetados porém castanhos e o sangue escorrendo da boca morta que falava.

É, Michael, de carne e osso quando de você não restarem mais do que os ossos.

O corpo inteiro do homem estava sentado na cama, nu e morto, e no entanto vivo com Lasher dentro dele, com os braços se agitando e a boca se abrindo. E ao seu lado, Marguerite, com seu cabelo de megera e as mãos nos ombros do homem, com suas amplas saias de tafetá formando um círculo de luz vermelha à sua volta, segurando o morto da mesma forma que Rowan tentava segurá-lo agora.

A cabeça escorregou das suas mãos e deslizou na sujeira no chão. Ele caiu de joelhos. Meu Deus! Estava passando mal. Ia vomitar. Sentiu a violenta convulsão e a dor num círculo ao redor das suas costelas. Vamos, vomite. Não consigo deixar de vomitar. Ele se voltou para um canto, tentou se afastar, engatinhando... Tudo jorrou de dentro dele.

Rowan o segurava pelo ombro. Quando se está passando tão mal assim, não se dá a menor importância a quem nos toca, mas novamente ele viu o morto na cama. Tentou contar a Rowan. Sua boca estava azeda e cheia de vômito. Meu Deus. Olhe para as suas mãos. Havia sujeira por todo o chão, nas suas roupas.

Mas ele se pôs de pé, com os dedos escorregando na maçaneta da porta. Afastando Julien da sua frente, afastando Mary Beth e depois Rowan, tentando pegar a cabeça caída, a fruta esmagada no chão, que se desfazia como um melão.

– Lasher – disse ele, tentando limpar a boca. – Lasher, naquela cabeça, no corpo daquela cabeça.

E os outros frascos? Olhe para eles, cheios de cabeças. Olhe só! Ele agarrou mais um, espatifou-o contra a madeira da estante, de tal modo que seu conteúdo esverdeado foi deslizando até o chão, mole e apodrecido, como uma gigantesca gema de ovo verde, escorrendo de dentro do crânio que apareceu escuro e murcho quando ele o pegou e segurou, com o rosto se desfazendo em gotas.

É, Michael, quando você não passar de ossos, como os ossos que está segurando agora.

– E isso é carne? – exclamou Michael. – Isso é carne! – Ele deu um chute na cabeça em decomposição. Jogou o crânio no chão e também o chutou. Como borracha. – Você não vai ficar com ela, não para isso, nem para mais nada.

– Michael!

Ele sentia náuseas novamente, mas não ia se entregar. Sua mão procurou a beirada da prateleira. Relance de Eugenia.

"Eu detesto o cheiro deste sótão, Miss Carl." "Deixe para lá, Eugenia."

Ele se voltou e começou a limpar as mãos no blusão, começou a limpá-las furiosamente.

– Ele entrava nos corpos dos mortos – disse a Rowan. – Ele se apossava deles. Olhava através dos seus olhos, falava através das suas cordas vocais e os usava, mas não conseguia fazer com que voltassem a viver, não conseguia fazer com que as células voltassem a se multiplicar. E ela guardava as cabeças. Ele entrava nas cabeças, muito depois de os corpos não existirem mais, e olhava pelos olhos.

Voltando-se, ele pegou um frasco após o outro. Ela estava ao seu lado. Os dois espiavam através do vidro, e o brilho das imagens quase o ofuscava para o que pretendia ver, mas estava determinado a ver. Cabeças com cabelos castanhos, e olhe, uma cabeça loura com mechas castanhas, e aqui, o rosto de um homem negro com manchas de pele brancas e mechas de cabelos mais claros, e ainda mais uma, com os cabelos brancos riscados de castanho.

– Meu Deus, você não está entendendo? Ele não só entrava nos cadáveres. Ele alterava os tecidos, fazia com que as células reagissem. Ele os modificava, mas não conseguia mantê-los vivos.

Cabeças, cabeças e mais cabeças. Ele teve vontade de destruir todos os frascos.

– Você viu isso? Ele provocou uma mutação, um novo crescimento de células! Mas não era nada, nada em comparação com estar vivo! Eles entravam em decomposição. Isso ele não conseguia impedir! E eles se recusam a me dizer o que querem que eu faça!

Seus dedos escorregadios formaram um punho fechado. Ele golpeou um dos frascos e o viu cair. Rowan não tentou detê-lo. Mas estava com os braços em volta do seu corpo e lhe implorava que saísse do quarto com ela, arrastando-o. Se não cuidasse, os dois poderiam cair naquela sujeira, naquela imundície toda.

– Mas olhe! Está vendo aquela lá? – Bem no fundo da prateleira, atrás do frasco que acabara de quebrar. O melhor de todos, o líquido límpido, a grossa vedação intacta, parecendo alcatrão. Em meio à vibração de sons e imagens sem sentido, indiscerníveis, ele a ouviu.

– Abra esse aí. Quebre-o.

Foi o que fez. O vidro se partiu sem ruído caindo no colchão de cinzas das vozes sussurrantes, e ele segurou a cabeça, sem ligar mais para o cheiro fétido ou para a textura esponjosa, farelenta, do que estava segurando.

Mais uma vez, o quarto, Marguerite junto à penteadeira, de cintura fina, saias volumosas, voltando-se para sorrir para ele, desdentada, com os olhos escuros e rápidos; o cabelo, uma teia e enorme cascata de barbas-de-velho. E Julien, magro como um caniço, de cabelos brancos e jovem, de braços cruzados, seu demônio. *Deixe-me vê-lo, Lasher.* E então, o corpo na cama, acenando para que ela se aproximasse, e ela se deitando ao seu lado. Os dedos mortos, em decomposição, rasgando o corpete e tocando nos seios vivos. O pau morto ereto entre as pernas. "Olhe para mim, mude-me. Olhe para mim, mude-me."

Julien teria virado as costas? Nem pensar. Ele estava aos pés da cama, com as mãos nas colunas, o rosto iluminado pela luz fraca da vela que tremia ao vento das janelas abertas. Fascinado, destemido.

É, e agora olhe para essa coisa nas suas mãos. Este era o rosto dele, não era? Seu rosto! O rosto que você viu no jardim, na igreja, no teatro, o rosto que viu tantas vezes. E o cabelo castanho, ah, sim, o cabelo castanho.

Ele deixou que ela escorregasse até o chão com as outras. Recuou dela, mas os buracos dos olhos o encaravam, e os lábios se mexiam. Rowan estaria vendo?

– Você está ouvindo a cabeça falar?

Vozes em toda a sua volta, mas havia apenas uma, uma voz clara, muda, cortante.

Você não pode me deter. Você não pode impedi-la. Você faz o que eu quero. Minha paciência é como a do Todo-Poderoso. Eu vejo o final. Vejo o número treze. Serei carne quando você já estiver morto.

– Ele está falando comigo, o demônio está falando comigo! Você está ouvindo?

Ele saiu pela porta afora e escada abaixo antes de perceber o que estava fazendo ou notar que seu coração batia como um tambor nos ouvidos e que mal conseguia respirar. Ele não aguentava mais. Sempre soubera que seria assim, o mergulho no pesadelo, e isso bastava, não? O que eles queriam dele? O que ela queria? Aquele filho da mãe havia falado com ele! Aquela criatura que ele costumava ver parada no jardim lhe havia dirigido a palavra, e por meio daquela cabeça em decomposição! Ele não era nenhum covarde, era um ser humano! Não conseguia suportar mais nem um instante.

Ele arrancou o blusão e o jogou no canto do corredor. Ah, a sujeira nos seus dedos. Ele não conseguia limpá-los.

O quarto de Belle. Limpo e tranquilo. Desculpe-me por essa imundície. Por favor, deixe-me deitar na cama limpa. Ela o ajudava, graças a Deus, em vez de tentar impedi-lo.

A colcha era limpa, branca e empoeirada, mas a poeira era limpa, e o sol que entrava pelas janelas abertas era lindo e cheio de poeira. Belle. Belle era o que ele estava tocando agora, o doce e manso espírito de Belle.

Estava deitado de costas. Ela lhe trazia as luvas. Ela limpava suas mãos com um esfregão morno umedecido, com tanto carinho, e seu rosto, cheio de preocupação. Ela fez pressão no seu pulso com os dedos.

– Fique quieto, Michael. As luvas estão aqui comigo. Fique quieto.

O que era aquela coisa fria e dura encostada no seu rosto? Ele estendeu a mão. O rosário de Belle, dolorosamente embaraçado no seu cabelo quando ele o soltou, mas tudo bem. Era o que queria.

E Belle estava lá. Ah, que linda.

Ele tentou dizer a Rowan que Belle estava ali parada. Rowan estava medindo seu pulso. Mas Belle desapareceu. Ele estava com o rosário nas mãos. Havia sentido suas contas frias junto ao rosto, e Belle estivera ali, a conversar com ele.

Lá estava ela de novo.

– Descanse, Michael – disse Belle. Voz doce e trêmula como a de tia Viv. Ela estava sumindo, mas ele ainda a via. – Não tenha medo de mim, Michael. Não faço parte deles. Não é por isso que estou aqui.

– Faça com que falem comigo. Faça com que me digam o que querem. Não eles, mas os que apareceram para mim. Teria sido Deborah?

– Fique quieto, Michael, por favor.

O que você disse, Rowan? A boca de Michael não se havia mexido.

– Não fomos feitos para ter esses poderes – disse ele. – Eles destroem o humano em nós. Você é um ser humano quando está no hospital. Eu era humano quando estava com o martelo e os pregos nas mãos.

Tudo parecia escorrer diante dele. Como poderia explicar a Rowan que havia sido como a escalada de uma montanha, que havia sido como todo o trabalho físico que ele já havia dedicado as mãos e as costas também, tudo comprimido numa única hora. Mas ela não estava mais ali. Ela lhe havia dado um beijo, estendido um cobertor sobre ele e saído porque ele estava dormindo. Belle estava sentada junto à cômoda, uma imagem tão bonita. Durma, Michael.

– Você estará aqui quando eu acordar?

– Não, querido, na verdade eu não estou aqui agora. A casa é deles, Michael. Eu não faço parte.

Sono.

Ele agarrava as contas do rosário. Millie Dear dizia que era hora de ir para a igreja. Os quartos são tão limpos e tranquilos. Elas se amam. Gabardine cinza-pérola. Tem de se tornar nossa casa. É por isso que eu gostava tanto dela quando era pequeno e passava por aqui. Eu a adorava. Nossa casa. Nunca uma briga sequer entre Belle e Millie Dear. Tão simpáticas... Algo quase adorável em Belle, com seu rosto tão bonito apesar da idade, como uma flor prensada num livro, ainda com sua cor e seu perfume.

Deborah lhe falava... *um poder incalculável, o poder de transubstanciar...* Ele estremeceu.

... nada fácil, tão difícil que você mal pode imaginar o que seja, talvez a coisa mais difícil que você...
Posso fazer isso, sim!
Sono.
E mesmo adormecido ele ouviu o ruído reconfortante de vidro quebrando.

Quando acordou, Aaron estava ali. Rowan havia trazido uma muda de roupas do hotel, e Aaron o ajudou a entrar no banheiro para que pudesse tomar um banho e se trocar. Ele era espaçoso e no fundo confortável.

Todos os seus músculos doíam. Suas costas doíam. Suas mãos ardiam. Ele sentiu aquele formigamento terrível que havia sentido em todas aquelas semanas em Liberty Street, até calçar as luvas de novo e tomar um gole da cerveja que Aaron lhe deu a pedido seu. A dor nos seus músculos era tremenda, e até seus olhos estavam cansados, como se ele tivesse estado lendo por horas a fio com uma iluminação insuficiente.

– Não vou beber – disse aos dois.

Rowan explicou que seu coração estivera acelerado; que, não importa o que houvesse acontecido, aquilo havia significado um extremo esforço físico, que uma pulsação daquelas era algo que se esperava de um homem que houvesse corrido um quilômetro em dois minutos. Era importantíssimo que ele descansasse e que não tirasse mais as luvas.

Por ele, tudo bem. Mais do que qualquer outra coisa, ele teria preferido encerrar suas mãos em concreto!

Voltaram juntos para o hotel, pediram o jantar e ficaram sentados tranquilamente na sala de estar da suíte. Durante duas horas, ele lhes contou tudo o que havia visto.

Falou dos pequenos fiapos das visões que estavam voltando à sua mente antes mesmo que ele houvesse tirado as luvas. Falou da primeira visão quando segurou a camisola de Deirdre, e de como era Julien que ele havia visto no lugar infernal, assim como no andar de cima.

Falou e falou. Descreveu sem parar. Desejava que Aaron dissesse alguma coisa, mas compreendia por que ele não o fazia.

Contou-lhes a desagradável profecia de Lasher e a estranha sensação de intimidade que agora tinha com a criatura embora não houvesse tocado o próprio Lasher, mas apenas aquela cabeça pútrida e fétida.

Afinal, ele falou de Belle e, então, exausto de tanto falar, ficou ali sentado, querendo mais uma cerveja, mas com medo de que eles fossem pensar que ele era um bêbado se tomasse mais uma, depois cedendo à vontade, levantando-se e tirando uma da geladeira sem se importar com o que pensassem.

– Não sei por que estou envolvido, da mesma forma que antes – disse ele. – Mas sei que estão ali, naquela casa. Vocês se lembram de Cortland ter dito que não era um deles. Belle também me disse que não fazia parte deles... se é que não foi imaginação minha... pois bem, os outros que fazem parte deles estão lá! E aquela criatura alterou a matéria, só um pouco, mas alterou. Ele se apossou dos cadáveres e começou a trabalhar nas células.

"Ele quer Rowan, sei que quer. Ele quer Rowan para usar seu poder no sentido de alterar a matéria! Rowan tem mais desse poder do que qualquer uma das outras que vieram antes dela. Com os demônios! Ela sabe o que as células são, como funcionam, como são estruturadas!"

Rowan pareceu ficar abalada com essas palavras. Aaron explicou que, depois que Michael adormeceu, e que Rowan teve certeza de que seus batimentos haviam voltado ao normal, ela havia ligado para Aaron, pedindo-lhe que viesse até a casa. Ele havia trazido engradados de gelo para embalar os espécimes no sótão, e juntos eles haviam aberto cada frasco, fotografado o conteúdo e depois embalado tudo.

Os espécimes estavam em Oak Haven agora. Estavam congelados. Seriam enviados para Amsterdã pela manhã, de acordo com a vontade de Rowan. Aaron havia também retirado os livros de Julien e o baú de bonecas, e eles também iriam para a casa-matriz. No entanto, Aaron queria fotografar as bonecas primeiro e examinar os livros; e é claro que Rowan havia concordado com aquilo tudo ou não teria sido assim.

Por enquanto, os livros pareciam não ser mais do que anotações contábeis, com vários assentamentos enigmáticos em francês. Se existia uma autobiografia, como Richard Llewellyn havia mencionado, ela não estava naquele quarto do sótão.

Michael sentiu um alívio irracional ao saber que aqueles objetos não estavam mais na casa. Ele estava agora na quarta cerveja, enquanto estavam ali sentados nos sofás de veludo. Não estava ligando para o que fossem pensar. Apenas uma noite de paz, pelo amor de Deus, pensou ele. E precisava descansar o cérebro para poder pensar melhor. Além do mais, ele não estava se embriagando. Não queria ficar bêbado.

Mas que diferença ia fazer mais uma cerveja agora? E além disso eles estavam ali, em segurança.

Finalmente eles se calaram. Rowan olhava fixamente para Michael, e de repente Michael sentiu uma vergonha mortal por todo aquele desastre.

– E você, querida, como está? – perguntou ele. – Depois de toda essa loucura. Não estou sendo de grande ajuda, estou? Devo tê-la deixado apavorada. Você não preferia ter seguido o conselho da sua mãe adotiva e ficado na Califórnia?

– Você não me assustou – disse ela, com carinho. – E eu gostei de cuidar de você. Já disse isso uma vez antes. Mas estou pensando. Todas as engrenagens na minha cabeça estão girando. É uma mistura estranhíssima de elementos, essa história toda.

– Explique.

– Eu quero minha família – disse ela. – Quero meus primos, todos aqueles novecentos ou sei lá quantos sejam. Quero minha casa. Quero minha história, e estou me referindo à que Aaron nos deu. Mas não quero essa criatura maldita, esse ser secreto, misterioso e perverso. Eu não o quero e, no entanto, ele é... tão sedutor!

Michael sacudiu a cabeça.

– É como eu disse ontem à noite. Ele é irresistível.

– Não, irresistível não, mas sedutor.

– E perigoso? – sugeriu Aaron. – Acho que agora temos mais certeza disso do que nunca antes. Creio que agora *sabemos* que estamos falando de uma criatura que tem o poder de alterar a matéria.

– Não tenho tanta certeza assim – disse Rowan. – Examinei aquelas coisas podres o melhor que pude. As alterações eram insignificantes. Eram mudanças no tecido superficial. Mas é claro que os espécimes estavam irremediavelmente velhos e corroídos...

– E o que dizer daquele com o rosto igual ao de Lasher? – perguntou Michael. – O sósia?

Ela abanou a cabeça.

– Não há nada que comprove não se tratar de uma pessoa parecida – disse ela. – Julien também se parecia com Lasher. Uma semelhança notável. Nesse caso também as alterações podem ter sido apenas no nível da pele. É impossível saber.

– Tudo bem, no nível da pele, mas o que dizer disso? – insistiu Michael. – Você alguma vez ouviu falar de uma criatura que conseguisse fazer uma coisa dessas? Não estamos falando de um pouco de cor; estamos falando de alguma coisa permanente! Alguma coisa que está ali depois de um século.

– Você sabe do que a mente é capaz – disse Rowan. – Não preciso dizer que as pessoas podem controlar seu corpo a um ponto surpreendente pelo pensamento. Elas podem provocar a própria morte se quiserem. Dizem que algumas conseguem se fazer levitar, se acreditarmos nos relatos. A interrupção dos batimentos cardíacos e a elevação da temperatura já estão bem documentadas. Os santos nos seus êxtases podiam fazer surgir nas suas mãos as feridas dos estigmas. Eles também conseguem fazer fechar essas mesmas feridas. A matéria é submissa à mente, e nós só estamos começando a entender a extensão disso. Além do mais, sabemos que, quando essa criatura se materializa, ela tem um corpo sólido. Pelo menos, ele aparenta ser sólido. Pois então a criatura alterou o tecido subcutâneo de um cadáver. E daí? Não era nem mesmo um corpo vivo, pelo que você me disse. Tudo é muito primitivo e impreciso.

– Você me deixa assombrado – disse Michael, quase com frieza.

– Por quê?

– Não sei. Desculpe. Mas tenho uma sensação horrível de que tudo foi planejado, você ser quem você é, você ser uma médica brilhante! Tudo planejado.

– Acalme-se, Michael. Há falhas demais nessa história para tudo ter sido planejado. Nada é planejado nessa família. Estude a história.

– Ele quer ser humano, Rowan – disse Michael. – É esse o significado do que ele disse a mim e a Petyr van Abel. Ele quer ser humano e quer que você o ajude. O que o fantasma de Stuart Townsend disse, Aaron? Que tudo estava planejado.

– É – concordou Aaron, pensativo. – Mas é um erro exagerar na interpretação daquele sonho. E eu creio que Rowan está certa. Não se pode supor que se saiba o que foi planejado. E por sinal, se é que minha opinião tem algum valor, não creio que essa criatura possa se tornar humana. Ele quer ter um corpo, talvez, mas não creio que jamais chegasse a ser humano.

– Ah, isso é lindo – disse Michael. – Lindo mesmo. E eu continuo achando que ele planejou tudo. Planejou que Rowan fosse afastada de Deirdre. Por isso, matou Cortland. Planejou que Rowan permanecesse longe até se tornar não só uma bruxa, mas uma médica bruxa. Planejou o exato momento da sua volta.

– E então – perguntou Rowan – por que ele se revelou a você? Se você deve interferir nos seus planos, por que ele se revelou a você?

Ele suspirou. Esmorecido, pensou nos seus apelos a Deborah, pensou no instante em que tocou na velha boneca de Deborah e não a viu nem ouviu sua voz. O delírio voltou, o cheiro fétido do quarto, o horror dos espécimes em decomposição. Lembrou-se do enigma do portal. Das estranhas palavras do espírito: *Eu vejo o número treze.*

– Eu vou prosseguir com o *meu* próprio plano – disse Rowan, calmamente. – Vou receber o legado e a casa, como contei a você. Ainda quero restaurar a casa. Quero morar nela. Nada me fará mudar de ideia. – Ela olhou para Michael, esperando que ele dissesse alguma coisa. – E esse ser, por mais misterioso que seja, não vai atrapalhar meus planos, se eu tiver o poder de decidir. Já disse que ele exagerou comigo. – Ela olhou para Michael, quase com raiva. – Você está me entendendo?

– Estou entendendo, sim, Rowan. Eu amo você! E acho que está certa em ir em frente. Podemos começar na casa assim que você quiser. É o que eu quero também.

Ela ficou feliz, imensamente feliz, mas a calma de Rowan o angustiava. Ele olhou para Aaron.

– O que você acha, Aaron? Sobre o que a criatura disse, sobre meu papel nisso tudo? Você deve ter alguma interpretação.

– Michael, o importante é que *você* faça sua interpretação. Que você adquira uma compreensão do que lhe aconteceu. Eu não tenho nenhuma interpretação exata de nada.

"Pode parecer pavorosamente estranho, mas, na qualidade de membro do Talamasca, de irmão de Petyr, de Arthur e de Stuart, já cumpri minhas metas mais importantes aqui. Consegui entrar em contato com vocês dois. A história da família Mayfair foi entregue a Rowan. E vocês agora têm algum conhecimento, por parcial e fragmentário que seja, para ajudá-los."

– Vocês são uns monges – disse Michael, emburrado. Ele ergueu a cerveja num brinde informal. – "Nós observamos, e estamos sempre presentes." Aaron, por que tudo isso aconteceu?

Aaron riu bem-humorado, mas abanou a cabeça.

– Michael, os católicos sempre querem que ofereçamos os consolos da Igreja. Nós não podemos fazer isso. Eu não sei por que tudo aconteceu. Sei apenas que posso ensiná-lo a controlar o poder das suas mãos, a como que desligá-lo para que ele pare de ser um tormento.

– Pode ser – respondeu Michael, exausto. – Neste exato momento, eu não tiraria essas luvas nem para dar um aperto de mãos no presidente dos Estados Unidos.

– Quando você quiser mexer com isso, estou à sua disposição. Estou aqui por vocês dois. – Aaron olhou para Rowan por algum tempo e depois voltou a olhar para Michael. – Não preciso avisá-la para ter cuidado, certo?

– Não – disse Rowan. – Mas e você? Aconteceu mais alguma coisa depois do acidente?

– Coisinhas ínfimas – disse Aaron. – Cada uma em si sem importância. E também poderia ser imaginação minha. Sou tão humano quanto qualquer um, sob esse aspecto. Sinto, porém, que estou sendo vigiado e ameaçado de uma forma bem sutil.

Rowan ia interrompê-lo, mas ele fez um gesto pedindo silêncio.

– Estou na defensiva. Já estive em situações semelhantes antes. E um aspecto muito estranho dessa história toda é que, quando estou com vocês, com qualquer um dos dois, não sinto essa... essa presença perto de mim. Sinto-me em perfeita segurança.

– Se ele o atingir, Aaron, estará cometendo seu último e trágico erro. Porque nunca mais me dirigirei a ele ou o reconhecerei em nenhuma hipótese. Tentarei matá-lo quando o vir. Todas as suas maquinações terão sido em vão.

Aaron refletiu um pouco.

– Você acha que ele sabe disso? – perguntou Rowan.

– É possível – respondeu Aaron. – Mas é como todas as outras coisas.

Um enigma. Um esquema pode ser um quebra-cabeça. Ele pode envolver um ordenamento enorme e complicado. Ou pode ser um labirinto. Eu sinceramente não sei o que ele sabe. Acredito que Michael esteja mesmo com a razão. A criatura quer um corpo humano. Disso parece não haver dúvida. Mas o que esse ser sabe e o que não sabe... Isso eu não sei dizer. Nem sei o que ele realmente é. Imagino que ninguém saiba.

Ele tomou um golinho de café e afastou a xícara. Em seguida, olhou para Rowan.

– Não há a menor dúvida de que ele vai abordá-la, é claro. Você percebe isso. Essa antipatia que sente por ele não o manterá a distância para sempre. Duvido que ela o esteja mantendo a distância mesmo agora. Ele está simplesmente à espera de uma boa oportunidade.

— Meu Deus – sussurrou Michael. Era como saber que um agressor iria em breve atacar a pessoa que ele mais amava neste mundo. Ele sentiu uma raiva e um ciúme frustrante. Rowan olhava para Aaron.

— O que você faria no meu lugar?

— Não sei bem – respondeu Aaron. – Mas nunca é demais ressaltar que a criatura é perigosa.

— A história me mostrou isso.

— E que é traiçoeira.

— Isso também está na história. Você acha que eu devia procurar entrar em contato com ele?

— Não, não mesmo. Acho que o melhor que tem a fazer é deixar que ele apareça. E, pelo amor de Deus, procure sempre manter o total controle da situação.

— Não há como escapar dele?

— Creio que não. E posso tentar adivinhar o que ele fará ao abordá-la.

— E o que é?

— Ele exigirá segredo e cumplicidade. Ou ele se recusará a se revelar ou a revelar seus objetivos por inteiro.

— Ele irá afastá-la de nós – disse Michael.

— Exatamente – concordou Aaron.

— Por que você acha que ele agirá assim?

— Porque é assim que eu agiria se estivesse no lugar dele – disse Aaron, dando de ombros.

— Qual é a chance de expulsá-lo? De um exorcismo direto?

— Não sei – disse Aaron. – Esses rituais sem dúvida funcionam, mas eu mesmo não sei fazê-los funcionar. Também não sei quais seriam os efeitos sobre uma entidade tão poderosa. Veja bem, é isso que é notável. Essa criatura é um monarca entre os espíritos. Uma espécie de gênio.

Ela riu baixinho.

— Ele é tão esperto e imprevisível – disse Aaron. – Eu já estaria morto se ele me quisesse ver morto. No entanto, ele não me mata.

— Pelo amor de Deus, Aaron – disse Michael. – Não o desafie.

— Ele sabe que eu o odiaria – afirmou Rowan – se ele o atacasse.

— É, isso talvez explique por que ele não seguiu adiante. Mas cá estamos nós novamente, onde começamos. Não importa o que você faça, Rowan, nunca perca de vista a história. Lembre-se do destino de Suzanne, de Deborah, de Stella, de Antha e de Deirdre. Talvez, se realmente conhecêssemos a história de Marguerite, de Katherine, de Marie Claudette ou das outras de Saint-Domingue, veríamos que suas vidas foram igualmente trágicas. E, se um personagem no drama pode ser responsabilizado por tanto sofrimento e morte, ele é Lasher.

Rowan pareceu perdida nos seus pensamentos por um instante.

— Meu Deus, como gostaria que ele desaparecesse – disse ela, baixinho.

— Creio que seria demais pedir isso — disse Aaron. Ele suspirou, tirou do bolso o relógio e se levantou do sofá. — Vou deixá-los agora. Estarei aqui em cima na minha suíte, se precisarem de mim.

— Graças a Deus que você vai ficar — disse Rowan. — Eu receava que você fosse voltar para Oak Haven.

— Não. Os livros de Julien estão aqui em cima comigo e acho que deveria ficar na cidade por enquanto. Desde que eu não esteja incomodando.

— Você não nos incomoda de jeito nenhum — disse Rowan.

— Deixe-me perguntar mais uma coisa — disse Michael. — Quando você esteve na casa, qual foi sua impressão?

Aaron deu um risinho e abanou a cabeça. Refletiu por um instante. — Acho que você pode imaginar — disse com delicadeza. — Mas uma coisa realmente me surpreendeu: que ela fosse tão bonita, tão majestosa e ao mesmo tempo tão acolhedora, com todas as janelas abertas e o sol entrando. Acho que imaginava que ela seria ameaçadora. Mas eu não poderia estar mais longe da verdade.

Era essa a resposta que Michael esperava, mas ele ainda estava alterado pela longa tortura daquela tarde, e não se alegrou com ela.

— É uma casa maravilhosa — disse Rowan. — E já está se modificando. Já a estamos tornando nossa. Quanto tempo vai levar, Michael, para deixá-la do jeito que deveria ser?

— Não muito, Rowan. Dois, três meses, talvez menos. Na época do Natal, ela já deveria estar terminada. Estou louco para começar. Se ao menos eu perdesse essa sensação...

— Que sensação?

— A de que tudo foi planejado.

— Esqueça essa história — disse Rowan, irritada.

— Permitam-me uma sugestão — disse Aaron. — Tenham uma boa noite de sono e depois sigam em frente com o que realmente tem de ser feito. Com as questões legais prementes, com a regularização da herança, talvez com a casa. Enfim, tudo de positivo que têm a fazer. E estejam alerta. Estejam alerta, sempre. Quando nosso amigo misterioso aparecer, insistam em impor suas condições.

Michael ficou sentado, aborrecido, olhando para a cerveja, enquanto Rowan acompanhava Aaron até a porta. Ela voltou, acomodou-se ao seu lado e o enlaçou.

— Estou apavorado, Rowan. E detesto essa sensação. Simplesmente detesto.

— Eu sei, Michael, mas nós vamos vencer.

Naquela noite, depois de Rowan já estar dormindo há horas, Michael se levantou, foi até a sala de estar e tirou da maleta o caderno que Aaron lhe havia dado no retiro. Ele agora se sentia normal. E as anormalidades do dia lhe pareciam estranhamente distantes. Embora o corpo todo ainda lhe doesse, ele se sentia repousado. E era reconfortante saber que Rowan estava a apenas alguns metros dele, e Aaron dormia no apartamento de cima.

Michael escreveu, então, tudo o que lhes havia contado. Repassou cada detalhe ao escrever, como havia feito ao falar, só que com maior reflexão. E conversou consigo mesmo sobre o acontecido, como faria num diário, pois era isso o que o caderno se havia tornado.

Anotou tudo o que conseguiu recordar dos ínfimos fragmentos que lhe ocorriam antes de tirar as luvas. E não foi surpresa que ele praticamente não se lembrasse de nada. Depois, o início da catástrofe, quando segurou a camisola de Deirdre.

"Os mesmos tambores do desfile de Comus. Ou de qualquer outro desfile semelhante. A questão é que é um som terrível, apavorante, um som que tem a ver com alguma energia funesta e potencialmente destrutiva." Ele parou um pouco e prosseguiu. "Estou me lembrando de mais uma coisa agora. Aconteceu na casa de Rowan em Tiburon. Depois que fizemos amor. Acordei achando que a casa estava pegando fogo e havia todo tipo de gente no andar de baixo. Lembro-me agora. Era o mesmo ambiente, o mesmo tipo de luz fantástica, a mesma qualidade sinistra.

"E a verdade era que Rowan estava simplesmente ali embaixo, junto ao fogo que havia acendido na lareira.

"Mas a sensação foi a mesma. Fogo e gente, muita gente, uma multidão, uma turba à luz cintilante.

"E eu não tive nenhuma impressão de reconhecimento quando vi Julien lá em cima ou quando vi Charlotte, Mary Beth ou Antha, a pobre e trágica Antha, procurando fugir pelo telhado. Ver uma coisa dessas é o mesmo que senti-la. Ela devora a pessoa. Não sobra nada no seu íntimo enquanto se está vendo aquilo. Mas eles não estavam nas minhas visões. Nenhum deles. E Deborah era apenas um corpo ressequido na pira. Ela não estava lá parada com eles. Ora, isso certamente tem seu próprio significado."

Ele releu o que havia escrito. Queria acrescentar alguma coisa, mas desconfiava da possibilidade de enfeitar demais. Desconfiava da lógica. Deborah não faz parte deles? É por isso que ela não estava lá?

Passou a descrever o restante.

"Antha estava usando um vestido de algodão. Eu vi o cinto de verniz que ela usava. Quando engatinhou pelo telhado, ela rasgou as meias. Seus joelhos sangravam. Mas o rosto, isso seria difícil de esquecer, com o olho arrancado da órbita. E o som da sua voz. Levarei aquela voz comigo para o túmulo. E Julien. Julien parecia tão concreto quanto ela, enquanto observava. Julien estava de preto. E era jovem. Não um menino, de jeito nenhum. Mas um homem vigoroso, não um velho. Mesmo na cama, ele não era velho."

Mais uma vez, ele parou.

"E o que mais Lasher disse que era diferente? Algo sobre a paciência, sobre esperar... e depois a menção ao número treze.

"Mas o número treze do quê? Se for um número num portal, eu não o vi. Os frascos não eram treze. Eles me pareceram mais vinte, mas vou verificar isso com Rowan."

Ele voltou a parar, pensou nos acréscimos, mas não os incluiu.

"O demônio brincalhão não disse uma palavra sobre um portal. Não, apenas a ameaça de que eu estarei morto quando ele estiver vivo, de carne e osso."

Mortos. Túmulos. Algo que Rowan havia dito antes que o dia se espatifasse como um pedaço de vidro. Ou como um frasco de vidro. Alguma coisa a respeito de um portal com o formato de buraco de fechadura entalhado no jazigo da família Mayfair.

"Amanhã irei lá para ver com meus próprios olhos. Se o número treze estiver gravado em algum lugar desse portal, espero em Deus que isso me ilumine mais do que o ocorrido hoje.

"Aconteça o que for, não importa o que eu veja ou o que eu pense ser seu significado, começo a fazer um trabalho sério amanhã. E Rowan também. Ela vai cedo para o centro com Ryan e Pierce para conversar sobre o legado. Eu começo a conversar com outros empreiteiros da cidade. Começo um trabalho verdadeiro, real, honesto na casa.

"E isso me parece melhor do que qualquer outra atitude. Parece-me uma espécie de salvação.

"Vamos ver se Lasher vai apreciar isso. Vamos ver o que ele vai optar por fazer."

Michael deixou o caderno na mesa e voltou para a cama.

Dormindo, o rosto de Rowan era tão liso e sem expressão que ela parecia um perfeito manequim de cera sob os lençóis. O calor da sua pele o surpreendeu quando ele a beijou. Movendo-se lentamente, ela se voltou, pôs os braços em volta dele e se aconchegou junto ao seu pescoço.

– Michael – sussurrou ela, com uma voz sonolenta. – São Miguel, o arcanjo... – Os dedos tocaram seus lábios, como se estivesse tateando no escuro para saber se ele estava realmente ali. – Amo você.

– Amo você também, querida – disse ele, baixinho. – Você é minha, Rowan. – E ele sentiu no braço o calor dos seus seios, quando a puxou para mais perto. Ela se voltou, e seu sexo macio e peludo era uma pequena chama encostada na coxa dele, enquanto ela voltava a adormecer.

32

O legado.

Em algum momento durante a noite ocorrera a Rowan como que um sonho de hospitais e clínicas, laboratórios magníficos, com equipes de pesquisadores brilhantes...

E tudo isso você pode fazer.

Eles não compreenderiam. Aaron e Michael compreenderiam. Mas todos os outros não conseguiriam compreender por desconhecerem os segredos do arquivo. Por não saberem o que estava naqueles frascos.

Alguma coisa eles sabiam, mas não tinham conhecimento de tudo através dos séculos até Suzanne de Mayfair, parteira e curandeira na sua imunda aldeia escocesa, ou até Jan van Abel, na sua mesa de trabalho em Leiden, fazendo sua límpida ilustração a tinta de um torso dissecado de modo a revelar as camadas de músculos e veias. Eles não ouviram falar de Marguerite e do cadáver a se debater na cama rugindo com a voz de um espírito ou de Julien que observava. Julien, que havia posto os frascos no sótão em vez de destruí-los há quase um século.

Aaron sabia e Michael sabia. Eles compreenderiam o sonho de hospitais, clínicas e laboratórios, de mãos que sabem curar postas sobre corpos machucados, doloridos, aos milhares.

Que peça a pregar em você, Lasher!

O dinheiro não era mistério para ela. O legado não a assustava. Ela já conseguia imaginar os limites do que lhe seria permitido. O dinheiro nunca a havia seduzido tanto quanto a anatomia, a microcirurgia, a biofísica ou a neuroquímica. Mas ele não representava nenhum mistério. Ela já o havia estudado antes, e o estudaria agora. E o legado era algo que podia ser dominado como qualquer outro tema... para ser convertido em hospitais, clínicas, laboratórios... e vidas salvas.

Se ao menos ela conseguisse expulsar da casa a recordação da velha. Pois era essa a verdadeira assombração para ela, não os fantasmas que Michael havia visto. E, quando pensava no sofrimento de Michael, ela mal conseguia aguentar. Era como se estivesse vendo tudo o que amava nele morrendo por dentro. Ela teria afastado dele todos os espíritos do mundo se pelo menos soubesse como fazê-lo.

Já a velha... A velha ainda se encontrava na cadeira de balanço como se nunca fosse sair dali. E o seu fedor era pior do que o cheiro pútrido dos frascos porque Rowan era responsável pelo seu assassinato. O crime perfeito.

O fedor contaminava a casa; contaminava a história; contaminava o sonho dos hospitais. E Rowan esperava à porta.

Queremos entrar, velha. Quero minha casa e minha família. Os frascos foram destruídos e seu conteúdo já se foi daqui. Estou com a história nas minhas mãos, brilhante como uma pedra preciosa. Procurarei reparar tudo. Deixe-me entrar para eu poder iniciar minha luta.

Por que elas não eram amigas, ela e a velha? Rowan sentia apenas desprezo pela voz malévola, rancorosa, que havia provocado Michael de dentro do conteúdo dos frascos quebrados.

E o espírito sabia que ela o detestava. Que, quando se lembrava do seu toque furtivo, ela o odiava.

Sozinha, no dia anterior, horas antes de Michael chegar, ela havia ficado ali sentada, à espera de Lasher, prestando atenção a cada sussurro e a cada estalido nas velhas paredes.

Se você acha que pode me apavorar, está cometendo um erro trágico. Não sinto nenhum medo de você, e também nenhum amor. Você é misterioso. É mesmo. E eu sou curiosa. Mas isso é muito relativo para uma pessoa de mentalidade científica como eu. Significa muito pouco mesmo. Você está entre mim e as coisas que mais amo.

Ela deveria ter destruído os frascos naquela hora. Jamais deveria ter insistido com Michael para que ele tirasse as luvas, e nunca mais o faria, disso tinha certeza. Michael não conseguia suportar o poder das suas mãos. Ele realmente não conseguia lidar com a recordação das visões. Aquilo fazia com que sofresse. E ela se enchia de pavor ao vê-lo com medo.

Foi o fato do afogamento que os reuniu, não aquelas misteriosas forças sinistras que se ocultavam na casa. Vozes que falavam de cabeças apodrecidas dentro de frascos. Fantasmas usando tafetá. A força de Michael e a de Rowan, essa havia sido a origem do seu amor. E o futuro estava na casa, na família, no legado que levaria os milagres da medicina a milhares, talvez a milhões.

O que eram todos os fantasmas e lendas sinistras na terra em comparação com essas realidades concretas e cintilantes? Em sonho, ela via o surgimento de prédios. Via a imensidão. E as palavras da história passavam pelos seus sonhos. *Não, nunca pretendi matar a velha, o terrível erro. Matar alguém. Ter feito algo tão condenável...*

Às seis, quando o café da manhã chegou, o jornal veio junto.

ENCONTRADO ESQUELETO EM FAMOSA MANSÃO DO GARDEN DISTRICT

Bem, isso era inevitável, não era? Parece que Ryan lhe havia avisado que não poderiam abafar a história. Como que anestesiada, ela leu rapidamente os diversos parágrafos, divertindo-se a contragosto com o desdobramento da história gótica num estilo jornalístico estranho e antiquado.

Quem poderia contestar a declaração de que a mansão da família Mayfair sempre estivera associada à tragédia? Ou de que a única pessoa que poderia ter lançado alguma luz sobre a morte do texano Stuart Townsend era Carlotta Mayfair, que havia morrido na mesma noite em que os restos mortais foram descobertos, depois de uma longa e ilustre carreira de advogada.

O restante era uma elegia a Carlotta, que encheu Rowan de frieza e culpa.

Sem dúvida, alguém do Talamasca estaria recortando o artigo. Talvez Aaron o estivesse lendo nos seus aposentos ali em cima. O que ele escreveria no arquivo a respeito do artigo? Pensar no arquivo era reconfortante.

Na realidade, ela agora se sentia numa posição muito mais cômoda do que uma pessoa mentalmente sã deveria se sentir. Pois, não importa o que estivesse acontecendo, ela era uma Mayfair, em meio a todos os seus parentes; e suas mágoas secretas estavam entrelaçadas com mágoas mais antigas, mais complexas.

Ontem mesmo, quando Michael estava destruindo os frascos e lutando com o seu poder, aquilo não havia sido o pior para ela, de jeito algum. Ela o tinha, tinha a Aaron e a todos os seus primos. Não estava só. Mesmo com o assassinato da velha, ela não estava só.

Ficou sentada parada por algum tempo depois de ler o artigo, com as mãos unidas sobre o jornal dobrado, enquanto a chuva caía forte lá fora, e o café da manhã esfriava sobre a mesinha.

Não importa o que mais pudesse estar sentindo, ela devia prantear em silêncio a morte da velha. Ela devia deixar a tristeza se coagular na sua alma. E aquela mulher agora ia ficar morta para sempre, certo?

A verdade era que tantas coisas estavam lhe acontecendo e com tanta rapidez que ela não conseguia mais classificar suas reações ou mesmo chegar a manifestar alguma reação. Entrava e saía dos estados emocionais. Ontem, quando Michael estava deitado na cama, com os batimentos acelerados e o rosto afogueado, ela chegou a ficar nervosíssima. Havia pensado, se eu perder esse homem, morrerei com ele. Juro. E, uma hora mais tarde, ela quebrava um frasco atrás do outro, derramando o conteúdo na bacia branca de lavar louça e fisgando os espécimes com um furador de gelo enquanto os examinava, antes de entregá-los a Aaron para serem embalados no gelo. Fria como qualquer clínico. Absolutamente sem nenhuma diferença.

Em meio a esses momentos de crise, ela ia à deriva, olhando, gravando, porque tudo era tão diferente, tão absolutamente incomum e, no final das contas, simplesmente demais.

Nessa manhã, ao despertar às quatro, ela não sabia onde estava. Depois, tudo lhe voltou à mente, a enxurrada de bênçãos e maldições, seu sonho a respeito de hospitais, Michael ao seu lado, e o desejo por ele como uma droga.

Não era realmente culpa de Michael que cada gesto, palavra, movimento ou expressão facial sua fossem para ela de um erotismo tão eletrizante, não importando o que mais pudesse estar acontecendo. Ele era um objeto sexual, deliciosamente inconsciente disso, porque na sua inocência ele realmente não compreendia a voracidade do desejo de Rowan.

Sentada na cama, com os braços envolvendo os joelhos, ela se perguntava se isso sob certo aspecto não era pior para as mulheres do que para os homens, já que a mulher podia considerar extremamente eróticas as menores coisas num homem como o jeito do seu cabelo enrolado se grudar à testa ou o cachinho que formava na nuca.

Os homens não seriam um pouquinho mais diretos a respeito dessas coisas? Será que eles ficavam loucos pelo tornozelo de uma mulher? Dostoiévski, aparentemente teria dito que sim. Rowan, porém, duvidava. Para ela era uma tortura olhar para a penugem escura no dorso do pulso de Michael, ver a pulseira de ouro entrando nela, imaginar seu braço mais tarde, com a manga da camisa arregaçada, o que por algum motivo o tornava ainda mais sexy do que quando o braço estava nu, e o rápido movimento dos seus dedos quando ele acendia cigarros. Tudo erótico, com um efeito direto, genital. Tudo dotado de uma força especial, um impacto. Ou sua voz grave, rouca, cheia de ternura, quando falava ao telefone com sua tia Viv.

Quando ele estava de joelhos naquele quarto feio e imundo, estava lutando, debatendo-se. E depois, na cama empoeirada, ele lhe parecera irresistível, exausto, com as mãos grandes, fortes, enroscadas vazias sobre a colcha. Abrir o grosso cinto de couro e o zíper do jeans, tudo erótico; pensar que essa criatura poderosa de repente estivesse dependente dela. No entanto, o terror a havia dominado quando ela mediu seu pulso.

Ficara ali sentada com ele durante um longo período de tensão, até que a pulsação se normalizasse; até sua pele voltar à temperatura normal. Até ele respirar com regularidade, adormecido. De uma beleza tão perfeita e tosca ele era, com a camiseta branca esticada sobre o tórax, apenas um homem de verdade e tão primorosamente misterioso aos seus olhos, com aqueles pelos escuros no peito e no dorso dos braços, com as mãos tão maiores do que as dela.

Somente o medo em Michael resfriava a paixão de Rowan, e esse medo nunca durava muito tempo.

Naquela manhã, ela teve vontade de acordá-lo com a boca grudada no seu pau. Mas ele agora precisava de sono depois de tudo o que havia acontecido. Precisava muito de sono. Ela só esperava que ele encontrasse a paz nos seus sonhos. Além do mais, ela iria se casar com ele assim que parecesse de bom-tom pedir sua mão. E os dois teriam pela frente uma vida inteira para fazer esse tipo de coisa na casa da First Street, não teriam?

E parecia errado fazer o que ela havia feito algumas manhãs com Chase, seu velho amigo policial palomino de Marin County, que consistia em rolar até junto dele, grudar os quadris ao lado do seu corpo e o rosto ao seu braço bronzeado e prender as pernas bem juntas até o orgasmo atravessá-la como uma onda de luz ofuscante.

Também não era muito gostoso fazer isso. Na realidade, não era nada em comparação com ser pregada ao colchão por algum brutamontes adorável com um pequeno crucifixo de ouro suspenso de uma corrente no pescoço.

Michael nem mesmo se mexeu quando o trovão ribombava lá em cima, quando o estrondo era tão alto e súbito que dava a impressão de tiros destruindo o telhado.

E agora, duas horas depois, com a chuva caindo e o café da manhã esfriando, ela sonhava ali sentada. Sua mente examinava todo o passado e todas as possibilidades, bem como essa reunião crucial que logo deveria começar.

O telefone a assustou. Ryan e Pierce estavam no saguão, prontos para levá-la até o centro da cidade.

Ela escreveu um rápido bilhete para Michael, dizendo que estava saindo para resolver assuntos jurídicos de família e que estaria de volta para o jantar, antes das seis.

"Por favor, não se afaste de Aaron e não vá até a casa sozinho." Ela assinou com amor.

– Quero me casar com você – disse em voz alta, ao colocar o bilhete na mesinha de cabeceira. Michael roncava baixinho no travesseiro. – O arcanjo e a bruxa – disse, com a voz ainda mais alta. Ele continuou a dormir. Ela arriscou um beijo no seu ombro nu, tocou com delicadeza o músculo do seu braço, o que era suficiente para arrastá-la direto para a cama se demorasse um pouco mais, e saiu, fechando a porta.

Desprezando o elegante elevador de lambris, ela desceu pela escada acarpetada, com os olhos fixos por um instante no rosto bem escanhoado de Ryan e no seu belo filho, como se eles fossem alienígenas de algum outro universo, nos seus ternos de tropical, com suas melodiosas vozes sulinas, que estavam ali para conduzi-la a uma nave espacial disfarçada de limusine.

Os pequenos prédios de tijolos antigos de Carondelet Street passavam velozes num estranho silêncio, com o céu parecendo uma pedra polida para além do delicioso aguaceiro, com o raio abrindo um veio na pedra e o trovão estourando ameaçador para depois se extinguir.

Chegaram, afinal, a uma região de arranha-céus esplêndidos, uma América reluzente por dois quarteirões, seguidos de um estacionamento subterrâneo que poderia pertencer a qualquer lugar do mundo.

Nenhuma surpresa nos espaçosos escritórios do trigésimo andar da Mayfair & Mayfair, com sua mobília tradicional e seus tapetes espessos, nem mesmo o fato de dois dos advogados ali reunidos serem mulheres, e um dos outros ser um senhor. Ou de a vista, através das altas janelas de vidro, ser do rio cinzento como o céu, salpicado com barcaças e rebocadores, por trás do véu de prata da chuva.

Depois, café e conversa da natureza mais vaga e frustrante com Ryan, seus cabelos brancos e olhos de um azul-claro, inexpressivos como bolas de gude, a discorrer interminavelmente sobre "investimentos consideráveis", "títulos a longo prazo", "extensões de terras cuja propriedade remonta a mais de um século" e investimentos pesados em setores seguros "maiores do que você poderia imaginar".

Ela esperava. Eles tinham de lhe fornecer mais do que isso. Claro que tinham. E assim, como um computador, ela passou a analisar os nomes e detalhes preciosos quando ele afinal começou a deixá-los escapar.

E, finalmente, ela podia ver os hospitais e clínicas tremeluzindo no horizonte do sonho, embora continuasse ali sentada, imóvel, sem nenhuma expressão, deixando que Ryan prosseguisse.

Quarteirões de imóveis no centro de Manhattan e de Los Angeles? A principal fonte de financiamento para a cadeia internacional de hotéis Markham Harris Resorts? Shoppings em Beverly Hills, Coconut Grove, Boca Raton e Palm Beach? Condomínios fechados em Miami e Honolulu? E mais uma vez as referências aos "significativos" investimentos pesados em letras do tesouro, em francos suíços e em ouro.

Seu pensamento vagueava, mas nunca muito longe. Quer dizer que as descrições de Aaron no arquivo haviam sido perfeitamente exatas. Ele lhe havia proporcionado o pano de fundo e o arco do palco para melhor apreciar essa pequena peça. Na verdade, ele lhe havia fornecido conhecimentos que esses advogados corretíssimos nos seus belos trajes claros de trabalho não poderiam imaginar.

E, mais uma vez, ocorreu-lhe como era decididamente estranho que Aaron e Michael houvessem receado aborrecê-la ao colocar um instrumento tão poderoso nas suas mãos. Eles não compreendiam o poder, era esse o problema deles. Eles nunca haviam feito um corte num cerebelo.

E este legado era um cerebelo, não era?

Ela bebia seu café em silêncio. Seus olhos examinavam rapidamente os parentes ali reunidos, que também estavam sentados em silêncio, enquanto Ryan continuava a esboçar vagos quadros de títulos municipais, contratos para exploração de petróleo, algum financiamento prudente na indústria do entretenimento e ultimamente na tecnologia de computação. De vez em quando, ela fazia um gesto de cabeça, concordando, e escrevia uma pequena anotação com sua caneta de prata.

É claro que ela compreendia que a firma se encarregava de tudo há mais de um século. Isso merecia um gesto de concordância e um sussurro sincero. Julien a havia fundado para administrar o legado. E é claro que ela bem podia imaginar como o legado estava entrelaçado com as finanças da família como um todo.

– ... tudo em prol do legado, é claro. Pois ele tem a importância suprema, mas nunca houve conflitos. Na realidade, falar em conflitos demonstraria uma falta de compreensão da abrangência...

– Compreendo.

– Nossa abordagem sempre foi cautelosa. No entanto, para avaliar plenamente o que estou dizendo, é preciso compreender o que uma abordagem dessas significa quando se está falando de uma fortuna dessa magnitude. Pode-se pensar, realisticamente, em termos de um pequeno país produtor de petróleo, e eu não estou exagerando. E nas políticas que se propõem a preservar e a proteger em vez de expandir e desenvolver, porque, quando um capital desses é adequadamente protegido da inflação ou de qualquer outro tipo de erosão ou de abuso, é praticamente impossível deter sua expansão, e o desenvolvimento em todas as direções é inevitável. Temos de enfrentar a questão diária de investir rendimentos tão altos que...

– Você está falando em bilhões – disse ela, com a voz tranquila.

Ondulações silenciosas perturbaram a reunião. Uma gafe de ianque? Ela não captava nenhuma vibração de desonestidade, apenas de confusão e de medo dela e do que ela poderia acabar fazendo. Afinal, eles pertenciam à família Mayfair, não pertenciam? Eles a estavam inspecionando da mesma forma que ela os inspecionava.

Pierce olhou de relance para o pai, Pierce, que dentre eles era o mais idealista e o menos contaminado. Ryan olhou para os outros. Ryan, que compreendia a dimensão do que estava em jogo de uma forma que os outros talvez não compreendessem.

Mas nenhuma resposta se apresentava.

– Bilhões – repetiu Rowan. – Apenas em imóveis.

– Bem, na verdade, sim. Devo dizer que a estimativa está correta. Bilhões, apenas em imóveis.

Como todos pareciam estar constrangidos e em situação incômoda, como se um segredo estratégico houvesse sido revelado.

De repente, ela farejou o medo, a repulsa de Lauren Mayfair, a advogada mais velha, loura, talvez com seus 70 anos, com a pele macia enrugada e empoada, que a examinava da cabeceira da mesa e a imaginava fútil, mimada e programada para ser totalmente ingrata pelo que a firma havia feito. E à sua direita Anne Marie Mayfair, de cabelos escuros, bonita, com seus 40 anos ou mais, maquiada com esmero e trajada com perfeição, um terno cinza e uma blusa de seda cor de açafrão, demonstrando uma curiosidade mais aberta, ao olhar para Rowan o tempo todo através dos seus óculos de tartaruga, mas convencida de que algum tipo de catástrofe devia estar à espera no futuro.

E Randall Mayfair, neto de Garland, esguio, com um venerável topete grisalho e um pescoço como um caniço saindo do colarinho, que apenas estava ali sentado, com os olhos sonolentos sob as grossas sobrancelhas e as pálpebras ligeiramente violáceas, sem medo, porém alerta e resignado, por natureza.

E, quando seus olhos se encontraram, Randall lhe deu uma resposta muda. *É claro que você não compreende. Como poderia compreender? Quantas pessoas conseguem compreender? E por isso você vai querer o controle; e por isso estará fazendo uma bobagem.*

Ela pigarreou, ignorando o gesto revelador com o qual Ryan juntou as mãos logo abaixo do queixo como um campanário de igreja e ficou olhando firme para ela com aqueles seus olhos de gude azuis.

– Vocês estão me subestimando – disse ela, em tom neutro, com os olhos passando por todo o grupo. – Eu não os estou subestimando. Só quero saber no que consiste o legado. Não posso manter uma atitude passiva. A passividade seria irresponsável.

Momentos de silêncio. Pierce ergueu sua xícara de café e bebeu sem nenhum ruído.

— O que nós realmente queremos dizer — prosseguiu Ryan, em tom calmo e gentil, tendo o campanário caído — é que, para se ser totalmente prático, uma pessoa pode viver num luxo principesco com uma fração dos juros auferidos com o reinvestimento de uma fração dos juros auferidos com o reinvestimento... e assim por diante, se você está me entendendo, sem que o capital principal jamais seja tocado em nenhuma circunstância e por nenhum motivo...

— Mais uma vez, eu não posso me manter passiva, complacente ou ignorante por negligência. Não acredito que eu deva agir assim.

Silêncio, e mais uma vez Ryan a rompê-lo. Em tom conciliador e cavalheiresco.

— Especificamente, o que você gostaria de saber?

— Tudo, as engrenagens. Ou talvez eu devesse dizer a anatomia. Quero ver o corpo por inteiro como se estivesse esticado em cima de uma mesa. Quero examinar o organismo como um todo.

Uma rápida troca de olhares entre Randall e Ryan. E Ryan novamente a responder.

— Bem, isso é perfeitamente razoável, mas talvez não seja tão simples quanto você imagina...

— Mesmo assim, a fortuna deve ter um princípio em algum lugar e, num certo ponto, um fim.

— Claro, sem sombra de dúvida, mas creio que você está visualizando a coisa, digamos, de um ponto de vista equivocado.

— Um ponto específico: quanto desse dinheiro é aplicado em medicina? Há alguma instituição médica envolvida?

Como ficaram espantados. Parecia uma declaração de guerra ou pelo menos era isso o que dizia o rosto de Anne Marie Mayfair, que olhava de Lauren para Randall, na primeira exibição de hostilidade não disfarçada que Rowan testemunhava desde sua chegada a esta cidade. Lauren, a mais velha, com um dedo formando um gancho abaixo do lábio inferior, os olhos estreitos, era educada demais para uma demonstração dessa natureza e apenas olhava fixamente para Rowan, com esse olhar de vez em quando se transferindo lentamente até Ryan, que mais uma vez começou a falar.

— Nossas atividades filantrópicas no passado não envolveram a medicina diretamente. A Fundação Mayfair se envolveu mais com as artes e com a educação, especialmente com a televisão educativa, bem como com fundos para bolsas em diversas universidades. É claro que doamos somas enormes a diversas instituições de caridade estabelecidas, sem qualquer ingerência da Fundação, mas tudo isso, veja bem, é cuidadosamente estruturado e não implica a cessão do controle do dinheiro em questão, mas a cessão dos lucros...

— Sei como isso funciona — disse ela, calmamente. — Mas estamos falando de bilhões de dólares, e hospitais, clínicas e laboratórios são instituições lucrativas. Eu não estava realmente pensando no lado filantrópico. Estava pensando em toda uma área de envolvimento, que poderia ter um considerável impacto benéfico na vida de seres humanos.

Como esse momento era estranhamente frio e excitante. Como era íntimo também. Muito parecido com a primeira vez em que se aproximara da mesa de operações, segurando os instrumentos microscópicos nas suas próprias mãos.

– Não foi nossa tendência aplicar em medicina – disse Ryan, num tom conclusivo. – Esse campo exigiria estudos intensos; exigiria toda uma reestruturação... e Rowan, você sem dúvida percebe que essa rede de investimentos, se é que posso chamá-la assim, evoluiu ao longo de um século. Esta não é uma fortuna que possa ser perdida se o mercado da prata entrar em colapso ou se a Arábia Saudita inundar o mundo com petróleo de graça. Estamos falando aqui de uma diversificação que é praticamente inigualável nos anais financeiros, e de manobras cuidadosamente planejadas que se revelaram lucrativas durante duas guerras mundiais e incontáveis distúrbios de menores proporções.

– Eu entendo – disse ela. – Entendo mesmo. Mas quero essas informações. Quero ter conhecimento de tudo. Posso começar pela declaração de imposto de renda para usá-la como base. Talvez o que eu queira seja uma espécie de treinamento, uma série de reuniões nas quais possamos debater diversas áreas de envolvimento. Acima de tudo, quero estatísticas, porque no final as estatísticas são a realidade...

Mais uma vez, o silêncio, a confusão interior, os olhares que ricocheteavam uns nos outros. Como a sala havia ficado pequena e cheia demais.

– Você quer um conselho meu? – perguntou Randall, com a voz mais grave e mais dura do que a de Ryan, mas com idêntica paciência nas suas melodiosas cadências sulinas. – Você está pagando por ele, no fundo; por isso bem que podia ouvi-lo.

– Fale, por favor – disse ela, abrindo as mãos.

– Volte à neurocirurgia. Estipule uma renda para tudo que um dia possa vir a precisar. E esqueça essa história de entender de onde vem o dinheiro. A não ser que você queira deixar de ser médica para se tornar o que nós somos: gente que passa a vida em reuniões de diretoria, a conversar com consultores de investimentos, corretores de valores, outros advogados e contadores com pequenas máquinas de somar de dez dígitos, que é o que você nos paga para que façamos.

Ela o examinou, os cabelos de um grisalho escuro, desalinhados, os olhos caídos, as grandes mãos enrugadas agora entrelaçadas sobre a mesa. Um homem simpático. É, um homem bom. Que não estava mentindo. Nenhum deles mentia. Nenhum deles roubava. A administração inteligente desse dinheiro exigia todos os seus talentos e lhes proporcionava lucros muito além dos sonhos daqueles com uma queda para a roubalheira.

No entanto, todos eles são advogados. Até mesmo o jovem e bonito Pierce, com sua pele de porcelana, é advogado. E os advogados têm uma definição da verdade que pode ser surpreendentemente flexível e diferente da definição de qualquer outra pessoa.

No entanto, eles têm sua ética. Esse homem tem sua ética, mas é profundamente cauteloso, e aqueles que são profundamente cautelosos não gostam de intervir. Não são cirurgiões.

Eles nem mesmo pensam em termos do bem maior, da salvação de milhares, talvez milhões, de vidas. Eles não podem imaginar o que significaria se esse legado, essa fortuna monumental e notória, pudesse ser devolvido às mãos da parteira escocesa e do médico holandês a se aproximarem do leito do enfermo, com as mãos estendidas para curar.

Ela olhou para longe, para o rio lá fora. Por um instante, sua emoção a havia ofuscado. Ela queria que o calor sumisse do seu rosto. Uma redenção, sussurrava ela no fundo da alma. E não era importante que eles compreendessem. O importante era que ela compreendesse, que eles não lhe escondessem nada, e que, à medida que as coisas fossem sendo removidas do seu controle, eles não se sentissem magoados ou diminuídos, mas que eles também fossem redimidos.

– Qual é o valor total? – perguntou ela, com os olhos fixos no rio, na longa barcaça escura sendo empurrada rio acima pelo rebocador velho, de nariz arrebitado.

Silêncio.

– Você está usando uma perspectiva errada – disse Randall. – Tudo é uma coisa só, uma grande teia...

– Posso imaginar. Mas quero saber, e vocês não devem me condenar por isso. A quanto monta minha fortuna?

Nenhuma resposta.

– Sem dúvida, vocês podem fazer uma estimativa.

– Bem, eu não gostaria, porque ela poderia ser totalmente irreal, se fosse vista de um...

– Sete bilhões e meio – disse Rowan. – Essa é a minha estimativa.

Um silêncio prolongado. Um vago espanto. Ela havia chegado bem perto, não? Bem perto talvez de alguma cifra de imposto de renda que havia surgido numa daquelas cabeças hostis e parcialmente fechadas.

Foi Lauren quem respondeu. Lauren, cuja expressão mudou quase que imperceptivelmente quando ela se endireitou mais para junto da mesa e segurou o lápis com as duas mãos.

– Você tem direito a essas informações – disse ela, com uma voz delicada, de uma feminilidade quase estereotipada, uma voz que combinava bem com os cabelos louros bem penteados e os brincos de pérola. – Você tem todos os direitos legais de saber o que lhe pertence. E não estou falando apenas por mim ao dizer que iremos cooperar plenamente com você, pois essa é nossa obrigação ética. Devo, porém, confessar que eu particularmente considero sua atitude bastante interessante em termos morais. Fico feliz pela oportunidade de conversar com você sobre todos os aspectos do legado, até os detalhes mais ínfimos. Meu único receio é que você se canse desse jogo muito antes de todas as cartas estarem na mesa. Mas estou mais do que disposta a tomar a iniciativa e começar.

Será que ela percebia como sua atitude era condescendente? Rowan duvidava. Afinal de contas, o legado pertencia a essas pessoas há mais de cinquenta anos, não é? Todos eles mereciam paciência. No entanto, ela não podia realmente lhes dar o que eles mereciam.

– Na verdade, nenhuma de nós duas tem uma alternativa – disse Rowan. – Não é apenas interessante em termos morais que eu queira saber no que tudo consiste; é um imperativo moral que eu descubra.

A mulher preferiu não responder. Suas feições delicadas continuavam tranquilas, com os pequenos olhos claros ligeiramente dilatados e as mãos magras tremendo muito de leve enquanto seguravam as duas extremidades do lápis. Os outros ao redor da mesa a observavam, embora cada um a seu modo procurasse disfarçar.

E então Rowan percebeu. Esse é o cérebro por trás da firma, essa mulher, Lauren. E o tempo todo, Rowan havia pensado se tratar de Ryan. Ela reconheceu calada seu engano, perguntando-se se a mulher tinha alguma condição de captar seus pensamentos. *Nós nos equivocamos uma a respeito da outra.*

Mas qualquer interpretação seria possível num rosto tão impassível e numa atitude tão lenta e graciosa.

– Posso fazer uma pergunta? – disse a mulher, ainda olhando direto para Rowan. – É uma pergunta estritamente profissional, compreende?

– Claro.

– Você aguenta ser rica? Estou falando em ser realmente rica. Você tem condições de lidar com isso?

Rowan sentiu a tentação de sorrir. Era uma pergunta tão revigorante e ao mesmo tempo tão superior e ofensiva. Ocorreu-lhe uma infinidade de respostas, mas ela preferiu a mais simples.

– Tenho – disse Rowan. – E quero construir hospitais.

Silêncio.

Lauren aprovou, com a cabeça. Ela cruzou os braços sobre a mesa, com os olhos cobrindo o grupo inteiro.

– Bem, não vejo nenhum problema nisso – disse ela, com calma. – Parece uma ideia interessante. E nós estamos aqui para fazer o que você quiser, é claro.

É, ela era o cérebro da firma. E havia permitido que Ryan e Randall falassem. Mas era ela quem seria o mestre e, no final, o obstáculo.

Não importava.

Rowan tinha o que queria. O legado era tão concreto quanto a casa; era tão real quanto a família. E o sonho ia ser realizado. Na verdade, ela sabia que ele era exequível.

– Acho que podemos falar dos problemas imediatos, não? – disse Rowan. – Vocês vão precisar fazer um inventário dos objetos que estão na casa? Creio que alguém mencionou isso. E também o que pertenceu a Carlotta. Será que alguém quer retirar tudo de lá?

– Claro, e quanto à casa em si – disse Ryan –, você já tomou alguma decisão?

– Quero restaurá-la. Quero morar nela. Vou me casar em breve com Michael Curry. Provavelmente antes do final do ano. A casa será nosso lar.

Foi como se uma lâmpada forte se acendesse de repente, banhando cada um deles com seu calor e sua luz.

– Mas isso é esplêndido – disse Ryan.

– Que bom receber essa notícia – exclamou Anne Marie.

– Você não sabe o que aquela casa representa para nós – disse Pierce.

– Eu me pergunto se você tem ideia do quanto todos ficarão felizes ao saber disso – comentou Lauren.

Só Randall estava calado. Randall, com suas pálpebras pesadas e suas mãos roliças. E então, até ele falou, quase com tristeza.

– É, isso seria simplesmente maravilhoso.

– Mas será que alguém poderia ir buscar o que pertenceu à velha e levar tudo embora? – perguntou Rowan. – Eu não quero entrar lá antes que isso seja feito.

– Claro que sim – disse Ryan. – Começaremos o inventário amanhã. E Gerald Mayfair irá lá imediatamente recolher os objetos de Carlotta.

– E uma equipe de faxina. Preciso de uma equipe profissional para fazer uma limpeza total num quarto do terceiro andar e para retirar todos os colchões.

– Aqueles frascos – disse Ryan, com ar de nojo. – Aqueles frascos repugnantes.

– Já esvaziei todos eles.

– O que estava dentro deles? – perguntou Pierce.

Randall a examinava com seus olhos pesados e flácidos a meio pau.

– Estava tudo podre. Se conseguirem eliminar o cheiro horrível e retirar os colchões, podemos começar a restauração. Todos os colchões, acho...

– Começar com tudo novo, certo. Eu me encarrego disso. Pierce pode ir até lá agora.

– Não, eu mesma vou.

– Bobagem, Rowan, deixe que eu cuido disso – disse Pierce, já em pé. – Você vai querer substituir os colchões? São de casal, não são, aquelas camas antigas? Deixe-me ver, são quatro. Posso mandar entregar e instalar os colchões hoje à tarde.

– Maravilha – aprovou Rowan. – O quarto da empregada não precisa ser tocado, e a velha cama de Julien pode ser desarmada e guardada.

– Entendido. No que mais eu posso ajudá-la?

– Isso já é mais do que o suficiente. Michael cuidará do resto. Michael vai se encarregar pessoalmente da reforma.

– É, ele é bom mesmo nisso, não é? – disse Lauren, baixinho. Imediatamente ela percebeu o deslize. Baixou os olhos e depois encarou Rowan, procurando disfarçar sua ligeira confusão.

Eles já o haviam investigado, não é? Haviam descoberto a história das mãos?

– Apreciaríamos se ficasse um pouco mais – disse Ryan rapidamente. – São somente alguns documentos que precisamos lhe mostrar, relacionados ao espólio, e talvez alguns documentos essenciais pertinentes ao legado...

– É, é claro. Ao trabalho. É do que eu mais gosto.

– Então, está acertado. Depois, vamos levá-la para almoçar. Queríamos levá-la ao Galatoire's, se você não tem nenhuma outra ideia.

– Parece ótimo.

E assim tudo começou.

Eram três da tarde quando ela chegou à casa. Sob o pleno calor do dia, embora o céu ainda estivesse nublado. O calor parecia estar reunido e estagnado abaixo dos carvalhos. Ao descer do táxi, Rowan viu as nuvens de insetos minúsculos nos bolsões de sombra. Mas a casa cativou sua atenção no mesmo instante. Aqui sozinha mais uma vez. E os frascos não estavam mais lá, graças a Deus; nem as bonecas; e muito em breve tudo o que pertencera a Carlotta. Tudo retirado.

Ela estava com as chaves na mão. Haviam lhe mostrado os documentos relativos a casa, que havia sido vinculada ao legado no ano de 1888 por Katherine. Era dela e só dela. Da mesma forma que todos os outros bilhões que eles não queriam mencionar em voz alta. *Tudo meu.*

Gerald Mayfair, um rapaz bem-apessoado com um rosto afável e feições indefiníveis, saiu pela porta da frente. Ele explicou rapidamente que já estava de saída, que acabava de pôr a última caixa com objetos pessoais de Carlotta na mala do carro.

A equipe de limpeza havia terminado uma meia hora antes.

Ele olhou para Rowan um pouco nervoso quando ela lhe ofereceu a mão para cumprimentá-lo. Não podia ter mais de 25 anos e não se parecia com a família de Ryan. Suas feições eram menores, e ele não tinha o equilíbrio que ela havia observado nos outros. Mas parecia simpático, o que se poderia chamar de um cara legal.

Sua voz era sem dúvida agradável.

Ele explicou que Carlotta queria que a sua avó ficasse com os seus objetos pessoais. E claro que a mobília ficaria. Pertencia a Rowan. Tudo era bem antigo do tempo em que a avó de Carlotta, Katherine, havia mobiliado a casa.

Rowan agradeceu por ele ter resolvido as coisas com tanta rapidez. Assegurou-lhe que compareceria à missa em memória de Carlotta.

– Você sabe se ela foi... enterrada? – Seria esse o termo correto para ser enfiada numa daquelas gavetas de pedra?

Foi, disse ele. Ela havia sido sepultada pela manhã. Ele havia comparecido com a mãe. Receberam o recado para vir buscar as coisas quando chegavam em casa de volta.

Ela lhe disse como estava grata, como queria conhecer toda a família. Ele fez que sim, com a cabeça.

– Foi gentil que seus dois amigos comparecessem – disse ele.
– Meus amigos? Comparecessem a quê?
– Hoje de manhã ao cemitério, o Sr. Lightner e o Sr. Curry.
– Ah, sim, é claro. Eu... eu mesma deveria ter ido.
– Não tem importância. Ela não queria nenhuma movimentação, e francamente...

Ele ficou calado algum tempo na calçada de lajes, olhando para a casa e querendo dizer alguma coisa, mas aparentemente incapaz de falar.

– O que foi? – perguntou Rowan.

Talvez ele houvesse ido até lá em cima e visto todo aquele vidro quebrado antes da chegada da equipe de faxina. Sem dúvida, ele teria querido ver onde o "esqueleto" estava, quer dizer, isso se houvesse lido os jornais ou se os outros parentes lhe houvessem contado o que podiam ter feito.

– Está pensando em morar nela? – perguntou ele, de repente.
– Em restaurá-la, em fazer com que readquira o antigo esplendor. Meu marido... o homem com quem vou me casar é um especialista em casas antigas. Ele garante que ela está perfeitamente sólida. Ele está louco para começar.

Mesmo assim, ele continuou calado naquele ar sufocante, com o rosto ligeiramente lustroso e uma expressão cheia de expectativa e hesitação.

– Você sabe que ela presenciou muitas tragédias – disse ele por fim. – Era isso o que tia Carlotta sempre dizia.
– E o mesmo que disse o jornal da manhã – respondeu ela, sorrindo. – Mas ela também presenciou muita felicidade, não? Nos velhos tempos, durante décadas a fio. Quero que ela veja a felicidade de novo. – Rowan esperou cheia de paciência e, finalmente, perguntou. – O que é que você realmente quer me dizer?

Os olhos do rapaz passaram pelo rosto de Rowan e depois, com um pequeno movimento dos ombros e com um suspiro, ele voltou a olhar para a casa.

– Acho que eu deveria dizer que Carlotta... Carlotta queria que eu queimasse a casa depois da sua morte.
– Você está falando sério?
– Nunca tive a menor intenção de fazer sua vontade. Contei para Ryan e para Lauren. Contei para os meus pais. Mas achei que deveria lhe contar. Ela era inabalável nesse ponto. E me disse como proceder. Que eu começasse o incêndio pelo sótão com um lampião que estava lá em cima, que eu descesse para o segundo andar e pusesse fogo nas cortinas e que afinal descesse ao térreo. Ela me fez prometer e me deu uma chave.

Ele entregou a chave a Rowan.

– Você realmente não vai precisar dela – prosseguiu ele. – A porta da frente não é trancada há uns cinquenta anos, mas Carlotta tinha medo de que alguém a trancasse. Ela sabia que não morreria antes de Deirdre, e eram essas as suas instruções.

– Quando foi que ela disse isso?

– Muitas vezes. A última foi há uma semana ou talvez menos. Pouco antes de Deirdre morrer... quando descobriram que ela estava à morte. Ela me ligou tarde da noite e me relembrou a ordem de queimar tudo.

– Ela teria magoado todo mundo se tivesse feito isso! – sussurrou Rowan.

– Eu sei. Meus pais ficaram horrorizados. Eles receavam que ela própria a incendiasse. Mas o que podiam fazer? Ryan garantia que ela não poria fogo na casa. Que ela não teria pedido que eu fizesse isso se ela própria pudesse fazê-lo. Ele me disse para não contrariá-la e dizer que eu faria sua vontade só para ela ter certeza e não cometer uma loucura.

– Um conselho prudente.

Ele concordou, baixando ligeiramente a cabeça, e depois seus olhos se afastaram dos de Rowan e voltaram a contemplar a casa.

– Eu só queria que você soubesse – disse ele. – Eu achava que você devia saber.

– E o que mais você pode me dizer?

– O que mais? – Ele deu de ombros. Depois olhou para ela e, embora quisesse ir embora, continuou ali. Ele a encarou. – Tenha cuidado – disse ele. – Tenha muito cuidado. Ela é velha, é sombria e... e talvez não seja o que parece ser.

– Como assim?

– Não se trata absolutamente de uma ilustre mansão. Ela é alguma espécie de abrigo para alguma coisa. Pode-se dizer que é uma armadilha. Ela é composta de todos os tipos de desenhos. E os desenhos formam uma espécie de armadilha. – Ele abanou a cabeça. – Não sei o que estou dizendo. Estou falando sem pensar. É só que... bem, todos nós temos um certo talento para sentir coisas...

– Eu sei.

– Pois bem, acho que só queria alertá-la. Você não sabe nada a nosso respeito.

– Foi Carlotta quem falou dessa história dos desenhos, de a casa ser uma armadilha?

– Não, é só uma opinião minha. Eu vinha aqui mais do que os outros. Eu era a única pessoa que Carlotta se dispunha a receber nos últimos anos. Ela gostava de mim. Não sei por quê. Às vezes, eu só estava ali por curiosidade, embora quisesse ser leal a ela. Eu realmente queria. Foi como uma nuvem sobre a minha vida.

– Você está feliz por ter acabado.

– É, estou. É horrível dizer isso, mas também ela não queria mais continuar a viver. Ela mesma me disse. Estava cansada. Queria morrer. Mas um dia à tarde, quando eu estava sozinho aqui, esperando por ela, ocorreu-me que a casa era uma armadilha. Uma enorme, imensa armadilha. Não sei no fundo o que estou querendo dizer. Só estou dizendo que talvez, se você sentir alguma coisa, não a ignore...

– Você alguma vez *viu* alguma coisa quando estava por aqui?

Ele pensou um pouco, tendo obviamente captado o sentido do que ela queria dizer sem nenhuma dificuldade.

– Talvez uma única vez – disse ele. – No corredor. Mas também pode ter sido imaginação minha.

Ele se calou, e ela também. Era o final da conversa, e ele queria ir embora.

– Foi bom conversar com você, Rowan – disse ele, com um sorriso indeciso.

– Ligue para mim se precisar.

Ela entrou pelo portão e ficou observando quase furtivamente enquanto sua Mercedes prateada, um grande sedã, se afastava devagar.

Vazia agora. Em silêncio.

Ela sentia o cheiro de óleo de pinho. Subiu a escada e passou rapidamente de um quarto a outro. Colchões novos, ainda envoltos em plástico brilhante, em todas as camas. Lençóis e colchas dobrados e empilhados com perfeição de um lado. Pisos varridos.

Cheiro de desinfetante vindo do terceiro andar.

Ela subiu, penetrando na brisa da janela do patamar. O piso do pequeno cômodo dos frascos estava imaculadamente limpo a não ser por uma nódoa escura que provavelmente nunca iria sair. Não se via um caquinho de vidro sequer à luz da janela.

E o quarto de Julien, varrido, arrumado, com as caixas empilhadas, a cama de latão desarmada e encostada na parede abaixo das janelas, que também estavam limpas. Os livros, endireitados. A velha substância viscosa, eliminada do local em que Townsend havia morrido.

Tudo o mais, intocado.

Descendo de volta ao quarto de Carlotta, ela encontrou as gavetas vazias, a cômoda nua, o guarda-roupa sem nada dentro a não ser alguns cabides de madeira. Cânfora.

Tudo muito quieto. Ela viu sua imagem no espelho da porta do guarda-roupa e se espantou. Seu coração bateu forte por um instante. Não havia mais ninguém por ali.

Ela desceu ao térreo e seguiu pelo corredor até a cozinha. Haviam passado esfregão no chão e limpado as portas de vidro dos armários. Mais uma vez, o cheiro gostoso de cera, de óleo de pinho e da própria madeira. Aquele perfume delicioso.

Havia um velho telefone preto sobre o balcão na copa.

Ela ligou para o hotel.

– O que você está fazendo? – perguntou.

– Estou aqui deitado na cama, sentindo-me só e com pena de mim mesmo. Hoje de manhã fui até o cemitério com Aaron. Estou exausto. Ainda sinto dores no corpo inteiro, como se tivesse andado brigando. Onde você está? Não está lá na casa, está?

– Estou, sim, e ela está vazia e acolhedora. Tudo que pertencia à velha foi levado daqui. Retiraram todos os colchões, e o quarto do sótão está perfeitamente limpo.

– Você está aí sozinha?

— Estou. E é lindo. O sol está saindo. — Ela ficou parada, olhando ao redor, para a luz que se derramava pelas portas-janelas, entrando na cozinha, e para a que caía sobre o assoalho da sala de jantar. — Sou positivamente a única pessoa por aqui.

— Quero ir até aí — disse ele.

— Não, já estou saindo para voltar a pé até o hotel. Quero que descanse. Quero que vá fazer um check-up.

— Você está brincando.

— Você alguma vez na vida fez um eletrocardiograma?

— Vai me deixar tão apavorado que vai me dar um ataque do coração. Fiz tudo isso depois que me afoguei. Meu coração está perfeito. O que preciso são exercícios eróticos em grandes doses por tempo ilimitado.

— Depende da sua pressão quando eu chegar aí.

— Ora, Rowan. Eu não vou fazer check-up nenhum. Se você não estiver aqui dentro de dez minutos, vou buscá-la. — Estarei aí antes disso.

Ela desligou.

Por um instante, pensou em um trecho que havia lido no arquivo, algo que Arthur Langtry havia escrito a respeito da experiência de ver Lasher, algo sobre seu coração ratear perigosamente e sobre uma tontura. Mas também Arthur já era muito velho na época.

A paz aqui. Só os gritos das aves do jardim.

Ela atravessou lentamente a sala de jantar e passou pelo alto portal em forma de buraco de fechadura, olhando para trás para apreciar a altura descomunal do portal e sua própria aparente pequenez. A luz entrava pelo jardim de inverno, brilhando sobre o chão encerado.

Dominou-a uma enorme sensação de bem-estar. *Tudo meu.*

Ela ficou imóvel alguns segundos, ouvindo, sentindo. Procurando se apossar plenamente daquele momento; procurando se lembrar da aflição de ontem e anteontem e apreciar, em comparação, essa maravilhosa sensação de leveza. E mais uma vez, toda aquela história trágica e lúgubre a reconfortava porque ela, com todos os seus segredos sinistros, encontrava ali um lugar. E redimiria aquela história. Isso era o mais importante de tudo.

Ela se voltou para ir até a frente da casa e, pela primeira vez, percebeu um alto vaso de flores na mesa do hall. Será que Gerald as havia posto ali? Talvez ele houvesse se esquecido de mencioná-las.

Ela parou, examinando as flores lindas, letárgicas, todas elas de um vermelho-sangue, e muito parecidas com as perfeitas flores de floricultura para os mortos, pensou ela, como se tivessem sido tiradas daqueles belos buquês deixados no cemitério.

E então, com um calafrio, ela se lembrou de Lasher. Flores atiradas aos pés de Deirdre, flores colocadas no jazigo. Na realidade, ela sofreu um susto tão violento que por um instante pôde ouvir novamente seu coração, a bater no silêncio. Mas que ideia absurda. Era bem provável que Gerald houvesse posto as flores ali. Ou Pierce, quando estava resolvendo o assunto dos colchões. Afinal de contas, esse era um vaso comum, cheio até a metade com água, e essas não passavam de rosas de floricultura.

Mesmo assim, a coisa lhe parecia medonha. Na verdade, à medida que seu coração foi voltando ao normal, ela percebeu que havia algo nitidamente estranho naquele ramo. Ela não era uma grande conhecedora de rosas, mas geralmente elas não eram menores do que isso? Como essas flores pareciam grandes e desengonçadas. E uma cor tão escura de sangue. E olhe para essas hastes, e as folhas. As folhas das rosas eram invariavelmente amendoadas, não eram? E essas aqui tinham muitas pontas. Por sinal, não havia uma folha no buquê inteiro que apresentasse o mesmo desenho ou o mesmo número de pontas que uma outra folha. Estranho. Como alguma coisa que se torna selvagem, que fica louca em termos genéticos, cheia de mutações aleatórias e esmagadoras.

Elas estavam se mexendo, não estavam? Inchando. Não, apenas desabrochando, como é comum que aconteça com as rosas, abrindo-se aos poucos até se desfazer numa cascata de pétalas machucadas. Ela abanou a cabeça. Estava um pouco tonta.

Era provável que Pierce as houvesse deixado ali. E que importância tinha isso? Ela ligaria para ele do hotel só para se certificar e dizer que havia apreciado o gesto.

Ela passou para a frente da casa, tentando reconquistar a sensação de bem-estar, respirando fundo aquele calor exuberante ao seu redor. Muito parecida com um templo, esta casa. Ela olhou de volta para a escada. Daqui de baixo, Arthur Langtry havia visto Stuart Townsend lá em cima.

Bem, agora não havia ninguém lá.

Ninguém. Ninguém no longo salão. Ninguém lá fora na varanda onde as trepadeiras se espalhavam pela tela.

Ninguém.

– Você está com medo de mim? – perguntou ela, em voz alta. E teve uma curiosa sensação de formigamento ao dizer essas palavras. – Ou será *que* você esperava que eu tivesse medo de você, e está zangado por eu não ter? É isso, não é?

Só o silêncio lhe respondia. E o suavíssimo farfalhar das pétalas de rosa a cair sobre a mesa de mármore.

Com um leve sorriso, ela voltou às rosas, tirou uma do vaso e, segurando-a com delicadeza junto aos lábios para sentir suas pétalas sedosas, saiu pela porta da frente.

Realmente, era só uma rosa enorme, e olhe quantas pétalas, e como pareciam estranhamente confusas. E a coisa já estava murchando.

De fato, as pétalas já estavam marrons nas bordas que se enrolavam. Ela saboreou o doce perfume por mais um segundo e deixou a flor cair dentro do jardim ao sair pelo portão.

TERCEIRA PARTE

BEM-VINDO À MINHA CASA

33

A loucura da restauração começou na manhã de terça-feira, embora na noite anterior, durante o jantar em Oak Haven com Aaron e Rowan, Michael houvesse começado a esboçar os passos que daria. No que dizia respeito ao jazigo e a todas as suas ideias sobre o mesmo, sobre o portal e o número treze, tudo isso ele havia registrado no caderno e não queria mais se deter no assunto.

Toda a incursão ao cemitério havia sido lúgubre. A própria manhã estava nublada, apesar de linda, é claro, e ele havia apreciado a caminhada com Aaron, que ensinava a bloquear algumas das sensações que chegavam a ele através das mãos. Michael ensaiou andar sem as luvas, tocando em mourões aqui e ali, ou colhendo raminhos de cambará, e desligando as imagens, exatamente como se costuma evitar um pensamento mau ou obsessivo, e para surpresa sua pareceu funcionar.

Quanto ao cemitério, ele o detestou. Odiou sua romântica beleza em ruínas; odiou a imensa montanha de flores a murchar, remanescentes do enterro de Deirdre, que ainda cercavam o jazigo. E odiou a cova aberta onde Carlotta Mayfair seria em breve posta a descansar, por assim dizer.

E então, enquanto estava parado ali, percebendo numa espécie de aflição assombrada que eram doze gavetas no jazigo e que o portal entalhado no alto completava a soma de treze, lá veio seu velho amigo Jerry Lonigan acompanhado de alguns membros muito pálidos da família Mayfair e de um caixão sobre um carrinho, que só poderia ser o de Carlotta, que foi posto na abertura vazia após uma cerimônia brevíssima oficiada pelo sacerdote.

Doze gavetas, o portal em forma de buraco de fechadura e depois aquele caixão deslizando ali para dentro com estrondo. E os seus olhos subindo mais uma vez até o portal, que era exatamente idêntico aos da casa, mas por quê? E, em seguida, todos estavam indo embora, com uma rápida troca de gentilezas, já que os parentes supunham que ele e Aaron estivessem ali para o sepultamento e manifestaram seu reconhecimento antes de se afastarem.

– Venha tomar uma cerveja um dia desses – disse Jerry.

– Lembranças a Rita.

O cemitério havia mergulhado num silêncio atordoante, perturbador. Nada que ele houvesse presenciado desde o início dessa odisseia, nem mesmo as imagens dos frascos, o apavorou tanto quanto a visão desse túmulo.

– Ali está o número treze – disse ele a Aaron.

– Mas tantos foram enterrados nesse jazigo – explicou Aaron. – Você sabe como funciona.

– É um conjunto – sussurrou, meio desanimado, sentindo o sangue fugir do rosto. – Olhe bem, doze gavetas e um portal. Ouça o que digo, é um conjunto. Eu sabia que havia uma vinculação entre o número e o portal. Só não sei o que significam.

Depois, naquela tarde, à espera de Rowan, enquanto Aaron digitava no computador na sala da frente, supostamente acerca da história da família Mayfair, Michael desenhou o portal no seu caderno. Ele o odiava. Detestava aquele vazio no seu centro, pois era assim que ele estava representado no baixo-relevo. Não como uma porta, mas como um portal.

"E já vi esse portal em algum outro lugar, em alguma outra ilustração", escreveu ele. "Só não sei onde."

Ele não gostava nem de pensar na imagem. Nem mesmo a criatura que estava tentando se tornar humana não lhe havia causado tanta apreensão.

No entanto, durante o jantar no pátio em Oak Haven, com o crepúsculo cinzento a cercá-los e as velas tremeluzindo dentro das camisas de vidro, Michael e Rowan resolveram não perder mais nem um minuto com interpretações. Seguiriam em frente como combinado. Os dois passaram a noite no quarto da frente da sede da fazenda, uma agradável variação do hotel, e pela manhã, quando Michael acordou às seis com o sol lhe batendo no rosto, Rowan já estava na varanda, saboreando seu segundo bule de café e louca para começar.

Assim que ele chegou a Nova Orleans, às nove, o trabalho teve início.

Nunca havia se divertido tanto.

Alugou um carro e vagueou pela cidade, anotando os nomes dos empreiteiros que estavam trabalhando nas melhores casas da cidade alta e nas requintadas restaurações em curso no Quarter, no centro. Saltou do carro para conversar com mestres e peões. Às vezes ele entrava na obra com os mais comunicativos que se dispunham a mostrar o trabalho em execução, examinando as expectativas e os níveis salariais vigentes e pedindo o nome de carpinteiros e pintores que estivessem procurando serviço.

Ligou para os escritórios de arquitetura, que eram famosos por cuidarem das grandes mansões, e solicitou várias recomendações. Só a amabilidade das pessoas já o espantava. E a simples menção da casa da família Mayfair despertava entusiasmo. As pessoas estavam mais do que dispostas a lhe dar conselhos.

Apesar de todas as obras em andamento, a cidade estava cheia de operários desempregados. O boom do petróleo da década de 1970 e dos primeiros anos da década de 1980 havia gerado enorme interesse e atividade no campo das restaurações. E agora a cidade estava sob a nuvem da depressão do petróleo, com uma economia prejudicada por inúmeras execuções de hipotecas. O dinheiro estava escasso. Havia mansões à venda pela metade do preço que valiam.

Antes de uma da tarde, ele já havia contratado três turmas de excelentes pintores e uma equipe dos melhores aplicadores de reboco da cidade – mestiços descendentes de famílias negras que já eram livres muito antes da Guerra de Secessão, e que rebocavam os tetos e paredes das casas de Nova Orleans há mais de sete ou oito gerações.

Ele também havia selecionado duas turmas de bombeiros hidráulicos, uma excelente firma especializada em telhados e um conhecidíssimo paisagista da cidade alta para começar a limpeza e a renovação do jardim. Às duas da tarde, o paisagista caminhou pela propriedade com Michael durante uma meia hora, apontando para as azaleias e camélias gigantescas, para a flor-de-noiva e as rosas antigas, que poderiam ser todas preservadas.

Duas faxineiras também haviam sido contratadas – com a recomendação de Beatrice Mayfair – para começar a tirar meticulosamente o pó da mobília, para polir a prataria e lavar a porcelana que se encontrava sob uma camada de pó já há muitos anos.

Estava marcado que uma equipe especial viria na sexta-feira para começar a esvaziar a piscina e ver o que precisava ser feito para reformá-la e renovar seu equipamento antiquado. Um especialista em cozinhas deveria vir também na sexta. Engenheiros viriam examinar os alicerces e as varandas. E um excelente carpinteiro e pau para toda obra chamado Dart Henley estava pronto para ser o imediato de Michael.

Às cinco, quando ainda estava bem claro, Michael entrou debaixo da casa com uma lanterna e uma máscara de proteção e, depois de quarenta e cinco minutos de um exame rigoroso, de gatinhas, confirmou que de fato as paredes internas eram paredes de segurança, que desciam direto até o chão, que o piso inferior estava seco e limpo, e que havia espaço mais do que suficiente para um sistema de aquecimento e de ar-condicionado central.

Enquanto isso, Ryan Mayfair passava pela casa para levantar o inventário oficial e legal do espólio de Deirdre e de Carlotta Mayfair. Uma equipe de jovens advogados, na qual se incluíam Pierce, Franklin, Isaac e Wheatfield Mayfair – todos descendentes dos irmãos que haviam fundado a firma –, acompanhava um grupo de avaliadores e antiquários que identificavam, avaliavam e etiquetavam cada lustre, quadro, espelho e poltrona.

Inestimáveis antiguidades francesas foram trazidas do sótão, incluindo-se algumas belas cadeiras que só precisavam de um estofamento novo e mesas em perfeito estado. Os tesouros art déco de Stella, igualmente delicados e igualmente bem conservados, também foram trazidos à luz.

Descobriram-se dezenas de quadros a óleo antigos; assim como tapetes enrolados com bolas de cânfora, velhas tapeçarias, e todos os lustres de Riverbend, cada um embalado e identificado.

Já estava escuro quando Ryan terminou.

— Bem, minha cara, alegro-me em informar: não há mais nenhum corpo.

Na realidade, uma ligação sua mais tarde naquela noite confirmou que o enorme inventário era praticamente igual ao que havia sido elaborado na ocasião da morte de Antha. As coisas nem haviam mudado de lugar.

— Tudo o que fizemos a maior parte do tempo foi ticar os itens na lista — disse ele. Até mesmo o cálculo do ouro e das joias era idêntico. Ele já estava com o inventário pronto para ela.

A essa altura, Michael já estava de volta ao hotel, já havia se deliciado com uma refeição do Caribbean Room, servida na suíte, e estava examinando todos os livros de arquitetura que havia escolhido nas livrarias da cidade, mostrando a Rowan as fotografias das diversas casas que ficavam próximas à dela, bem como as outras mansões espalhadas por todo o Garden District.

Ele havia comprado um caderno especial para a construção de uma casa na loja K & B da Louisiana Avenue e estava fazendo listas do que pretendia fazer. Teria de procurar azulejistas bem cedo no dia seguinte e dar uma examinada mais cuidadosa nos velhos banheiros porque os acessórios eram simplesmente maravilhosos, e ele não queria trocar o que não precisasse ser trocado.

Rowan estava lendo alguns dos documentos que teria de assinar. Ela havia aberto uma conta conjunta no Whitney Bank naquela tarde exclusivamente para as reformas, tendo depositado trezentos mil dólares nela, e estava com os cartões de assinatura para Michael e um talão de cheques.

— O que gastar na restauração estará bem gasto — disse ela. — A casa merece o melhor.

Michael deu uma risadinha de prazer. Esse sempre havia sido o seu sonho: o de trabalhar sem os limites de um orçamento, como se se tratasse de uma obra de arte, sendo todas as decisões tomadas com os objetivos mais puros.

Às oito, Rowan desceu para tomar uns drinques no bar com Beatrice e Sandra Mayfair. Voltou uma hora depois. No dia seguinte, ela tomaria o café da manhã com mais duas primas. Era tudo muito agradável e tranquilo. As outras falavam; e Rowan gostava de ouvir suas vozes. Sempre havia gostado de ouvir os outros, especialmente quando eles falavam tanto que ela não precisasse contribuir em nada para a conversa.

— Mas vou dizer uma coisa, Michael, elas sem dúvida sabem de alguma coisa e não estão me dizendo. E sabem que os mais velhos sabem. É com eles que eu tenho de conversar. Preciso conquistar a confiança deles.

Na sexta-feira, enquanto a propriedade formigava com bombeiros e telhadistas, os aplicadores de reboco entravam com seus baldes, escadas e lonas, e um equipamento barulhento começava a bombear a água da piscina, Rowan foi para o centro assinar alguns papéis.

Michael começou a trabalhar com os azulejistas no banheiro da frente. Eles haviam resolvido arrumar primeiro o quarto e o banheiro da frente para que pudessem se mudar o mais rápido possível. E Rowan queria um chuveiro, sem mexer na velha banheira. Isso implicava arrancar alguns azulejos, instalar outros e adaptar portas de vidro à banheira.

– Em três dias estará pronto – prometeu o operário.

Os pedreiros já estavam retirando o papel de parede do teto do quarto. Teriam de chamar um eletricista, já que a fiação do velho lustre de latão nunca havia sido corretamente isolada. E Rowan e Michael queriam um ventilador de teto no lugar do velho lustre. Mais anotações.

Em algum momento, por volta das onze, Michael foi até a varanda telada ao lado do salão. Duas faxineiras trabalhavam tagarelando alegremente no grande aposento às suas costas. O decorador recomendado por Bea estava tirando as medidas das janelas para novas cortinas.

Esqueci essas telas velhas, pensou Michael, fazendo uma anotação no caderno. Olhou para a cadeira de balanço. Estava perfeitamente limpa, e a varanda havia sido varrida. As abelhas zumbiam nas trepadeiras. Através da densa moita de bananeiras à sua esquerda, ele via eventuais relances dos homens em volta da piscina. Estavam tirando meio metro de terra que se assentara sobre as lajes do pátio. Na verdade, a área calçada era muito maior do que se supunha.

Michael respirou fundo, olhando para a extremosa do outro lado do gramado.

– Nenhuma escada derrubada ainda, certo, Lasher? – Seu sussurro pareceu se extinguir no vazio.

Nada a não ser o zumbido das abelhas e os ruídos combinados dos operários: o ronco grave de um cortador de grama sendo ligado, e o ruído dos aspiradores de folhas a diesel a navegar pelos caminhos. Ele olhou de relance para o relógio. Os homens do ar-condicionado estavam para chegar a qualquer instante. Ele havia esboçado um sistema para oito bombas de calor diferentes que serviriam tanto para aquecer quanto para resfriar, e o pior problema seria a localização do equipamento, com os sótãos já cheios de caixas, mobília e outros objetos. Talvez pudessem ficar imediatamente abaixo do telhado.

Havia ainda os assoalhos. É, ele precisava avaliá-los imediatamente. O do salão ainda apresentava um belo acabamento, aparentemente do tempo em que Stella o usava como pista de dança. Já os outros estavam muito encardidos e opacos. É claro que ninguém iria fazer qualquer pintura interior ou acabamento de piso enquanto os pedreiros estivessem ali. Eles criavam muita poeira. E os pintores? Ele precisava ir ver como eles estavam indo na parte externa. Tinham de esperar até que os telhadistas vedassem as paredes de sustentação do telhado lá no alto. Mas os pintores tinham muito a fazer lixando e preparando as janelas e venezianas. E o que mais? Ah, o sistema de comunicação, é, Rowan queria algo que fosse a última palavra. Quer dizer, a casa era tão grande. E depois havia ainda o vestiário da piscina e aquela antiga construção para domésticos bem ao fundo. Ele agora estava pensando em entregar aquele prédio nas mãos de um empreiteiro para uma reforma total.

É, ele estava se divertindo. Mas por que estava conseguindo se safar? Era essa a pergunta. Quem estava esperando a sua vez?

Ele não queria confessar a Rowan que não conseguia se livrar de uma apreensão sub-reptícia, uma certeza latente de que estavam sendo observados. De que a própria casa era algo com vida. Talvez fosse apenas uma impressão residual das imagens lá do sótão, de todas as saias que se reuniam ao seu redor, de todas *elas* presas à terra, aqui. Ele realmente não acreditava em fantasmas nesse sentido. Mas o lugar havia absorvido as personalidades de todos os Mayfair, como se imagina que aconteça com as casas antigas, ou não? E, toda vez que se voltava, Michael tinha a sensação de estar a ponto de ver algo ou alguém que realmente não estava ali.

Que surpresa entrar no salão e ver apenas o sol e a mobília solene e abandonada. Os espelhos enormes, dominando o aposento como guardiães. Os velhos quadros opacos e sem vida nas suas molduras. Durante algum tempo ele contemplou o delicado retrato de Stella, uma fotografia pintada. Um sorriso tão doce, e os cabelos negros frisados. Com o canto dos olhos, ela olhava para ele através da sujeira grudada ao vidro embaçado.

– O senhor queria alguma coisa, Sr. Mike? – perguntou a jovem faxineira. Ele abanou a cabeça.

Voltou-se e olhou para a cadeira de balanço vazia. Ela teria se mexido? Bobagem. Estava querendo que algo acontecesse. Fechou o caderno e voltou ao trabalho.

Joseph, o decorador, estava à sua espera na sala de jantar.

E Eugenia estava ali também. Eugenia queria trabalhar. Sem dúvida havia alguma coisa que ela podia fazer. Ninguém conhecia a casa melhor do que ela; trabalhava há cinco anos na casa, trabalhava, sim. Eugenia havia dito ao filho naquela manhã mesmo que não estava velha demais para trabalhar, que iria trabalhar até cair morta.

A Dra. Mayfair queria seda nas cortinas?, perguntou o decorador. Ela já estava decidida? Ele dispunha de uma quantidade de veludos e adamascados para lhe mostrar que não custariam a metade.

Quando Michael foi se encontrar com Rowan nos escritórios da Mayfair & Mayfair, ela ainda estava assinando papéis. Ele ficou surpreso com a naturalidade e a confiança com que Ryan o cumprimentou e começou a dar explicações.

– Sempre foi costume antes de Antha e de Deirdre fazer doações em ocasiões como esta – disse ele. – E Rowan quer que retomemos o costume. Estamos preparando uma lista dos parentes que poderiam aceitar uma doação, e Beatrice já está ao telefone falando com todo mundo da família. Por favor, entenda que isso não é tão irracional quanto parece ser. A maioria dos parentes tem dinheiro no banco e sempre teve. Mesmo assim, alguns primos estão na faculdade, uns dois ou três estudando medicina, e outros economizando para comprar a casa própria. Você sabe, esse tipo de coisa. Considero elogiável o desejo de Rowan de restaurar o costume. E é claro, levando-se em consideração a importância do espólio...

Mesmo assim, havia em Ryan algo de esperto, algo calculista e alerta. E isso não era natural? Ele parecia estar testando Michael com essas informações embaralhadas. Michael fazia apenas um gesto de aprovação e encolhia os ombros.

– Parece ótimo – disse ele.

Antes do entardecer, Michael e Rowan estavam de volta a casa, em conferência com os homens ao redor da piscina. O fedor do lodo que havia sido dragado do fundo era insuportável. Descalços e sem camisa, os homens o levavam embora em carrinhos de mão. Não havia realmente nenhum vazamento no antigo concreto. Dá para se ver por não haver nenhum encharcamento do solo em parte alguma. O encarregado disse a Michael que tudo poderia estar consertado e rebocado novamente antes da metade da semana seguinte.

– Se for possível, ainda antes – disse Rowan. – Não me incomodo de pagar extra para que trabalhem no fim de semana. Quero que a recuperem rápido. Não aguento ver essa piscina no estado em que está.

Eles gostaram do pagamento extra. Na verdade, praticamente todos os operários da obra trabalharam durante o fim de semana com prazer.

Estavam sendo instalados equipamentos novos para aquecimento e filtragem da água da piscina. Os encanamentos do gás estavam satisfatórios. Já estava sendo providenciada uma nova instalação elétrica.

E Michael foi para o telefone para conseguir mais uma turma de pintores para o vestiário. Sem dúvida, trabalhariam no sábado, por cinquenta por cento a mais. Não tomaria muito tempo pintar as portas de madeira e consertar o chuveiro, o banheiro e os pequenos vestiários.

– E qual é a cor que você quer para a casa? – perguntou Michael. – Vão começar a pintura externa antes do que você pensa. E você vai querer o vestiário e as dependências dos fundos pintados da mesma cor, certo?

– Diga-me o que você quer – disse ela.

– Eu deixaria o lilás de sempre. As janelas verde-escuras combinam muito bem com ele. Na verdade, eu manteria todo o arranjo: azul para os telhados das varandas, cinza para os pisos das varandas e preto para o ferro fundido. Por falar nisso, descobri um homenzinho que pode substituir as peças de ferro que estejam faltando. Ele já está preparando as formas. A oficina fica lá perto do rio. Alguém já falou a você da cerca de ferro em volta desta propriedade?

– Não.

– Ela é ainda mais velha do que a casa. Era a versão da malha em forma de corrente existente no início do século XIX. Ou seja, ela era pré-fabricada. Ela se estende ao longo da First Street e vira em Camp, porque essa era a extensão da propriedade um dia. Agora, precisamos pintá-la. Uma boa camada de tinta preta é tudo de que precisa, da mesma forma que os gradis...

– Contrate todo o pessoal que for necessário – disse ela. – O lilás está perfeito. E, se você tiver de tomar uma decisão sem mim, pode tomá-la. Faça com que a casa se apresente como você acha que deveria ser. Gaste o que achar que deveria ser gasto.

– Você é o sonho do construtor, querida. Estamos começando muito bem. Tenho de ir. Está vendo aquele homem que acabou de sair pela porta dos fundos? Ele está vindo me contar que encontrou um problema nas paredes do banheiro lá em cima. Eu sabia que isso ia acontecer.

– Não se canse demais – disse ela no seu ouvido, com aquela voz grave, aveludada, que dava calafrios. Uma deliciosa excitação o atingiu entre as pernas quando ela roçou os seios no seu braço. Não tinham tempo.

– Cansar demais? Estou só no aquecimento. E vou dizer mais uma coisa, Rowan. Tem umas duas casas praticamente irresistíveis nesta cidade que eu gostaria de atacar quando terminarmos aqui. Estou vendo o futuro, Rowan. Vejo a Grandes Esperanças com escritórios na Magazine Street. Eu poderia reformar essas casas devagar e com carinho e superar as más condições do mercado. Esta casa é apenas a primeira.

– De quanto você precisa para reformá-las?

– Querida, eu tenho dinheiro para isso – disse ele, dando-lhe um beijo rápido. – Tenho bastante dinheiro. Pergunte ao seu primo Ryan, se não acredita em mim. Se ele ainda não mandou levantar meu cadastro, eu ficaria muito surpreso.

– Michael, se ele for grosseiro com você...

– Rowan, estou no paraíso. Fique tranquila!

O sábado e o domingo passaram no mesmo ritmo. Os jardineiros trabalharam até escurecer cortando ervas daninhas e desenterrando a antiga mobília de ferro fundido de dentro do mato.

Rowan, Michael e Aaron arrumaram a velha mesa e suas cadeiras no centro do gramado e ali almoçavam todos os dias.

Aaron estava fazendo algum progresso com os livros de Julien, mas eles, na sua maioria, eram compostos de listas de nomes, com afirmações curtas e enigmáticas. Absolutamente nada a ver com uma autobiografia de verdade.

– Até agora, minha suposição mais indelicada é a de que se trata de listas de vinganças realizadas. – Ele leu uma amostra.

"4 de abril de 1889, Hendrickson, desforra merecida."

"9 de maio de 1889, Carlos, pago na mesma moeda."

"7 de junho de 1889, furioso com Wendell por seu ataque de raiva de ontem. Ensinei-lhe umas verdades. Por esse lado, não há mais motivo para preocupação." E assim por diante – disse Aaron –, página após página, livro após livro.

Eventualmente surgem pequenos mapas e desenhos, assim como anotações financeiras. Mas, em geral, é só isso. Eu diria que são uns vinte e dois registros por ano. Ainda não encontrei um parágrafo completo, coerente. Não, se a autobiografia existe, ela não está ali.

– E o sótão? Já está com coragem para subir lá? – perguntou Rowan.

– Por enquanto não. Sofri uma queda ontem à noite.

– Do que você está falando?

– Na escada interna do hotel. Fiquei impaciente com o elevador. Caí até o primeiro patamar. Poderia ter sido pior.

– Aaron, por que você não me contou?

– Bem, essa é a primeira oportunidade. Não houve nada de extraordinário com a queda, a não ser o fato de eu não me lembrar de ter perdido o equilíbrio. Mas meu tornozelo está doendo, e eu preferia adiar minha subida ao sótão.

Rowan estava desconcertada, furiosa. Ela ergueu os olhos até a fachada da casa. Operários por toda a parte. Nas muretas, nas varandas, nas janelas abertas dos quartos.

– Não fique indevidamente alarmada – disse Aaron. – Quero que você saiba, mas não quero que se atormente.

Para Michael, era óbvio que Rowan estava pasma. Ele sentia sua ira. Sentia como seu rosto se desfigurava de raiva.

– Por aqui, não vimos nada – disse Michael a Aaron. – Absolutamente nada. Também ninguém mais viu nada, ou pelo menos ninguém viu nada digno de ser mencionado a um de nós dois.

– Você foi empurrado, não foi? – perguntou Rowan, em voz baixa.

– Talvez – respondeu Aaron.

– Ele o está perseguindo.

– Creio que sim – disse Aaron, com uma pequena inclinação da cabeça. – Ele também gosta de desarrumar os livros de Julien quando tem a oportunidade, que parece ser sempre que eu saio do quarto. Mais uma vez, acho importante que você saiba, mas não quero que se torture por isso.

– Por que ele está fazendo isso?

– Talvez queira chamar sua atenção – sugeriu Aaron. – Mas não tenho certeza. Seja qual for o motivo, confie em mim, eu sei me proteger. O trabalho por aqui sem dúvida parece estar indo muito bem.

– Sem nenhum problema – disse Michael, mas estava mergulhado em tristeza.

Depois do almoço, Michael acompanhou Aaron até o portão.

– Estou me divertindo demais, não acha? – perguntou.

– Claro que não – respondeu Aaron. – Que coisa mais esquisita para você dizer!

– Gostaria que essa história chegasse logo ao desfecho – disse Michael. – Acho que vou sair vencedor quando isso acontecer. Mas essa espera está me deixando louco. Afinal de contas, o que ele está esperando?

– E as suas mãos? Queria tanto que você tentasse andar sem luvas.

– Mas eu tento. Tiro as luvas todos os dias por umas duas horas. Não consigo me acostumar com o calor e o formigamento, mesmo quando consigo bloquear todo o resto. Olhe, você não quer que eu o acompanhe até o hotel?

– Claro que não. Podemos nos ver lá hoje à noite se você tiver tempo para um drinque.

– É, é como um sonho que se realiza, não é? – perguntou Michael, pensativo. – Estou falando por mim.

– Não, por nós dois – contestou Aaron.

– Você confia em mim?

– Por que essa pergunta absurda?

– Você acha que vou vencer? Acha que vou conseguir fazer o que eles querem de mim?

– E você, o que acha?

– Que ela me ama e o que acontecer será maravilhoso.

– Concordo.

Ele se sentia bem, e cada hora lhe proporcionava uma nova percepção disso. Além do mais, durante seu tempo na casa não houve mais recordações fragmentárias das visões. Nenhum sinal dos fantasmas.

Era gostoso estar com Rowan a cada noite. Era bom estar na suíte velha e espaçosa, fazer amor, levantar-se de novo e voltar a trabalhar com os livros e com as anotações. Era gostoso estar cansado de um dia de esforço físico e sentir seu corpo se recuperando daqueles dois meses de torpor e de excesso de cerveja.

Ele agora bebia pouca ou nenhuma cerveja. E, com a retirada do entorpecimento do álcool, seus sentidos estavam maravilhosamente aguçados. Ele não se cansava do corpo esguio, de menina, de Rowan, e da sua energia inesgotável. Sua total falta de narcisismo ou de pudor despertava nele uma violência que ela parecia adorar. Havia horas em que o sexo que faziam era como uma brincadeira grosseira, e até mais violento do que isso. Mas sempre terminava em ternura e num abraço febril, de uma forma tal que ele se perguntava como havia dormido todos esses anos sem os braços de Rowan a envolvê-lo.

34

A hora que tirava para si mesma ainda era a madrugada. Não importava até que horas ficasse lendo, abria os olhos às quatro da manhã. E, por mais cedo que tivesse ido dormir, Michael dormia como um anjo até as nove, a menos que alguém o sacudisse ou gritasse com ele.

Isso era ótimo. Rowan dispunha, assim, do espaço de silêncio que sua alma exigia. Ela nunca havia conhecido um homem que a aceitasse tão completamente como era. Mesmo assim, havia momentos em que precisava se isolar de todos.

Amando-o esses últimos dias, ela havia compreendido pela primeira vez por que sempre havia tomado seus homens em pequenas doses. Isso era uma submissão, essa paixão persistente – a incapacidade de sequer olhar para suas costas nuas e lisas ou para a correntinha de ouro no pescoço forte sem desejá-lo; sem ranger os dentes em silêncio com a ideia de enfiar a mão por baixo dos lençóis, acariciar os pelos em volta das bolas e sentir o pau endurecer na sua mão.

O fato de a idade de Michael lhe dar alguma vantagem sobre ela – como a de poder dizer depois da segunda vez, com ternura e firmeza, não, não consigo mais – ainda o tornava mais torturante, talvez pior do que um rapaz que a provocasse. Apesar de no fundo ela não saber, porque nunca havia sido provocada por um rapazinho. No entanto, quando ela pensava na delicadeza, na suavidade, na total ausência do egoísmo e da hostilidade natural de um rapaz, a troca da idade pela energia ilimitada lhe parecia um negócio perfeito.

– Quero passar o resto da minha vida com você – disse ela, baixinho, nessa manhã, passando o dedo pela sombra escura da barba por fazer que cobria não só o seu queixo, mas o pescoço, sabendo que ele não se mexeria. – E, meu corpo e minha consciência precisam de você. Tudo o que eu vou ser um dia precisa de você.

Ela chegou mesmo a beijá-lo sem correr o risco de acordá-lo.

Agora, porém, era sua hora de solidão, com Michael em segurança, longe dos olhos, longe do coração.

E era uma hora tão extraordinária para sair andando pelas ruas desertas, bem quando o sol ia nascendo, para ver os esquilos correndo pelos carvalhos e ouvir as aves impetuosas gritando tristes e até em desespero.

Às vezes, uma neblina ia se arrastando pelas calçadas de tijolos. E as cercas de ferro cintilavam com o orvalho. O céu mostrava traços e mais traços de vermelho, um vermelho sangrento como o do pôr do sol, que se desbotava lentamente transformado na luz azul do dia.

Nessa hora, a casa estava fresca.

E nessa manhã isso lhe agradava, porque o calor em geral começava a dar nos nervos. E a tarefa que tinha a cumprir não lhe dava nenhum prazer.

Ela deveria ter tratado disso antes, mas era uma daquelas coisinhas que ela preferia ignorar, eliminar de todo o resto que lhe estava sendo oferecido.

Agora, porém, ao subir as escadas, ela se descobria quase ansiosa. Uma pequena pontada de entusiasmo a pegou de surpresa. Entrou no antigo quarto principal, que havia pertencido à sua mãe, e foi até o outro lado da cama, onde a bolsa de veludo de moedas de ouro ainda estava esquecida sobre o tampo de mármore da mesinha de cabeceira. O porta-joias também estava lá. Com toda aquela movimentação, ninguém havia ousado tocar naqueles objetos.

Pelo contrário, no mínimo uns seis trabalhadores diferentes avisaram que os objetos estavam ali e que alguém devia fazer alguma coisa a respeito deles.

É, alguma coisa a respeito deles.

Ela olhou fixamente para as moedas de ouro, que transbordavam da velha bolsa de veludo numa pilha encardida. Só Deus sabia de onde teriam realmente vindo.

Recolheu então a bolsa, pôs dentro dela as moedas soltas, pegou o porta-joias e desceu com eles para seu aposento preferido, a sala de jantar.

A luz suave da manhã quase não passava pelas janelas sujas. Uma lona de pedreiro cobria metade do assoalho, e uma escada alta e fina alcançava os remendos inacabados no teto.

Ela afastou a lona que cobria a mesa e tirou a capa da cadeira. Sentou-se, então, com seus tesouros e os dispôs à sua frente.

– Você está aqui – sussurrou ela. – Sei que está. Está me vigiando. – Ela sentiu frio ao dizer isso. Espalhou um punhado de moedas e as afastou umas das outras para examiná-las melhor na luz que ia ficando mais forte. Moedas romanas. Não era preciso ser um especialista para saber. E aqui, esta era espanhola, com letras e números espantosamente nítidos. Ela enfiou a mão no saco e pescou mais um pequeno punhado. Moedas gregas? A respeito destas, ela não tinha certeza. Havia uma espécie de viscosidade grudada nelas, em parte umidade, em parte sujeira. Dava vontade de poli-las.

Ocorreu-lhe de repente que seria uma boa tarefa para Eugenia, a de polir todas as moedas.

E mal a ideia lhe havia provocado um sorriso, quando acreditou ter ouvido um ruído na casa. Um vago farfalhar. Só as tábuas rangendo, diria Michael se estivesse ali. Ela não prestou atenção.

Recolheu todas as moedas e as enfiou de volta na bolsa, pôs a bolsa de lado e pegou o porta-joias. Era muito velho, retangular, com dobradiças manchadas. O veludo estava tão puído em alguns lugares a ponto de mostrar a madeira por baixo, e ele era bem fundo com seis grandes divisões.

No entanto, as joias estavam em desordem total. Brincos, colares, anéis, alfinetes, todos emaranhados. E no fundo da caixa, como se fossem simples seixos, o que parecia ser gemas brutas, com um brilho opaco. Seriam rubis de verdade? Esmeraldas? Ela não podia imaginar. Ela não sabia reconhecer uma pérola verdadeira de uma falsa. Nem o ouro, de uma imitação. Mas os colares eram joias finas, primorosamente trabalhadas, e uma espécie de reverência e tristeza a dominou ao tocar neles.

Pensou em Antha correndo pelas ruas de Nova York com um punhado de moedas para vender. E sentiu uma punhalada de dor. Pensou na sua mãe, jogada na cadeira de balanço na varanda, com a baba escorrendo pelo queixo, e toda essa fortuna tão à mão. E a esmeralda Mayfair no pescoço, como alguma quinquilharia de criança.

A esmeralda Mayfair. Ela nem havia mais pensado nela desde a primeira noite em que a havia escondido na despensa, no armário das porcelanas. Levantou-se e foi direto à despensa, aberta esse tempo todo como tudo o mais – e lá estava o pequeno estojo de veludo na prateleira de madeira por trás da porta envidraçada, entre os pires e xícaras Wedgwood, exatamente onde ela o havia deixado.

Rowan o levou até a mesa, colocou-o sobre ela e o abriu com cuidado. A mais preciosa das pedras: grande, retangular, refulgindo maravilhosa no seu engaste de ouro escuro. E agora que ela conhecia a história, como havia mudado sua atitude com relação à joia.

Naquela primeira noite, ela lhe parecera irreal e levemente repulsiva. Agora parecia um ser vivo, com uma história toda sua a contar, e Rowan descobriu estar hesitando em removê-la do veludo sujo. Era claro que ela não lhe pertencia! Pertencia a quem nela havia acreditado e que a havia usado com orgulho, àquelas que queriam que *ele* aparecesse.

Por um instante, ela sentiu o desejo de fazer parte desse grupo. Tentou negar, mas foi o que sentiu, um anseio por aceitar toda a herança de coração aberto.

Ela estava corando? Sentiu o calor no rosto. Talvez fosse apenas o ar úmido e o sol nascendo lentamente lá fora; o jardim se enchendo de uma luminosidade que dava vida às árvores lá fora e que tornava o céu de repente azul nas vidraças mais altas das janelas.

Mas era mais provável que o que estava sentindo fosse vergonha. Vergonha de que Aaron ou Michael pudessem saber o que ela andara pensando.

Desejando o demônio como uma bruxa. Ela riu baixinho.

E de repente lhe pareceu injusto, muito injusto que *ele* fosse seu inimigo jurado antes mesmo de se conhecerem.

– O que você está esperando? – perguntou ela em voz alta. – Você é como o vampiro tímido do mito que precisa ser convidado a entrar? Acho que não. Esta é a sua casa. Você está aqui agora. Está me ouvindo e me vigiando.

Ela se recostou na cadeira, passeando os olhos pelos murais à medida que eles iam lentamente adquirindo vida à luz fraca do dia. Pela primeira vez, ela discerniu uma minúscula mulher nua à janela da pálida casa de fazenda representada na pintura. E mais um nu desbotado sentado às margens de um verde-escuro da pequena lagoa. Isso fez com que sorrisse. Era como descobrir um segredo. Ela se perguntou se Michael havia visto essas duas beldades trigueiras. Ah, a casa estava cheia de coisas a serem descobertas, da mesma forma que o jardim triste e melancólico.

Lá fora, o louro-cereja subitamente começou a se inclinar com a brisa. Na verdade, ele começou a dançar, como se um vento se houvesse apossado dos seus ramos escuros e rígidos. Ela o ouviu afagar a balaustrada da varanda. Ele arranhou o telhado ali em cima e depois se acalmou, enquanto o vento parecia seguir em frente até a extremosa distante.

Era fascinante o movimento dos ramos finos e altos, cheios de flores rosadas, entregues à dança, e a árvore inteira se batia contra o muro cinzento da casa vizinha, soltando uma chuva de folhas malhadas, trêmulas. Como se fossem simplesmente a luz caindo em minúsculos pedaços.

Seus olhos se anuviaram levemente. Ela teve consciência do relaxamento dos seus membros, de estar se entregando a um vago devaneio. É, olhe a dança da árvore. Olhe novamente para o louro-cereja, e para a chuva verde caindo no assoalho da varanda. Olhe para os ramos finos que se estendem até aqui dentro para arranhar as vidraças.

Com um vago espanto, ela procurou focalizar os olhos, fixando-os nos galhos, vigiando sua movimentação deliberada, orquestrada, enquanto afagavam o vidro.

– É você – sussurrou ela.

Lasher nas árvores. Lasher, como Deirdre o fazia aparecer do lado de fora do colégio interno. E Rita Mae nunca soube o que realmente descrevera a Aaron Lightner.

Ela agora estava rígida na cadeira. A árvore se inclinava muito perto e depois voltava a se afastar com uma graça extrema, e dessa vez os galhos praticamente esconderam o sol, com as folhas caindo pela vidraça abaixo, soltas e turbilhonantes. E, no entanto, a sala estava quente e abafada.

Ela não se lembrava de ter se levantado, mas estava em pé. É, ele estava ali. Ele estava fazendo com que as árvores se mexessem, pois nada mais na terra poderia fazer com que se movimentassem daquele jeito. E os pequenos pelos no dorso dos seus braços estavam arrepiados. Ela sentiu um estranho calafrio no couro cabeludo, como se algo a estivesse tocando.

Pareceu-lhe que o ar à sua volta mudava. Não uma brisa, não. Mais como uma cortina roçando nela. Ela se voltou e ficou olhando para Chestnut Street pela janela vazia. Será que alguma coisa havia estado por ali, uma sombra densa e enorme por um instante, uma coisa que se concentrou e depois se expandiu, como um sinistro animal marinho provido de tentáculos? Não. Nada a não ser o carvalho do outro lado da rua. E o céu cada vez mais luminoso.

– Por que você não fala? – disse ela. – Eu estou aqui, sozinha.

Como sua voz lhe pareceu estranha.

Agora, porém, outros sons vinham perturbá-la. Ela ouvia vozes lá fora. Um caminhão havia parado; e ela ouviu o ruído do portão que agarrava nas lajes quando os operários o abriram. E enquanto esperava, com a cabeça baixa, giraram a maçaneta.

– Olá, Dra. Mayfair.

– Bom dia, Dart. Bom dia, Rob. Bom dia, Billy.

Passos pesados subiram pelas escadas. Com uma vibração suave e profunda, o pequeno elevador desceu, e logo sua porta de latão foi aberta com o conhecido ruído metálico.

É, a casa agora era deles.

Ela se voltou, preguiçosa, quase teimosa, e recolheu novamente todo o tesouro. Levou-o para o armário das porcelanas na despensa, guardando-o na grande gaveta onde as velhas toalhas estavam mofando antes de serem jogadas fora. A chave antiquada ainda estava na fechadura. Ela trancou a gaveta e guardou a chave no bolso.

Depois, saiu, andando devagar, constrangida, e deixando a casa entregue aos outros.

No portão, ela se voltou e olhou para trás. Absolutamente nenhuma brisa no jardim. Só para ter certeza do que havia visto, ela se virou e seguiu o caminho que circundava a antiga varanda da sua mãe e levava até o corredor externo, para uso dos domésticos, ao longo da sala de jantar.

É, ele estava coberto de folhinhas verdes, encrespadas. Algo roçou nela de novo, e ela se voltou, com o braço para cima como se quisesse se defender de uma teia de aranha.

Uma quietude pareceu cair ao seu redor. Nenhum som a acompanhava aqui fora. A folhagem crescia alta e densa cobrindo a balaustrada.

– O que o impede de falar comigo? – sussurrou ela. – Você está realmente com medo?

Nada se mexia. O calor parecia estar subindo das lajes aos seus pés. Minúsculos mosquitos se reuniam nas sombras. Os lírios brancos, grandes e sonolentos, se inclinavam até bem perto do seu rosto, e um estalido baixo aos poucos atraiu seu olhar para os fundos do jardim, para um emaranhado sombrio do qual surgia um exótico íris roxo, trêmulo e selvagem, uma horrenda boca em forma de flor, com sua haste agora voltando à posição como se um gato a correr pelo meio do mato a houvesse derrubado sem querer.

Ela viu a flor balançar, ajeitar-se, ficar imóvel, apenas com as pétalas irregulares tremendo. Parecia sinistra. Rowan sentiu o impulso de pôr o dedo nela como se ela fosse um órgão. Mas o que vinha acontecendo com a flor? Rowan fixou o olhar, com o calor pesando nas pálpebras, os borrachudos subindo de tal modo que ela ergueu a mão direita para afastá-los. Estaria aquela flor realmente crescendo?

Não. Algo a havia ferido, e ela estava caindo da sua haste, só isso. E como parecia monstruosa e enorme. Mas tudo isso a partir da perspectiva de Rowan. O calor, a tranquilidade, a súbita chegada dos homens como invasores dos seus domínios exatamente no seu momento de maior paz. Ela não tinha certeza de nada.

Tirou do bolso o lenço e secou o rosto. Depois, seguiu pelo caminho até o portão. Sentia-se confusa, indecisa. Uma certa culpa por ter vindo sozinha, e uma incerteza quanto a ter ou não acontecido algo de extraordinário.

Voltaram-lhe todos os seus muitos planos para o dia. Tantas coisas a fazer, tantas coisas concretas a fazer. E Michael deveria estar se levantando exatamente agora. Se ela se apressasse, poderiam tomar o café da manhã juntos.

35

Na manhã de segunda-feira, Michael e Rowan foram até o centro juntos para providenciar suas carteiras de motorista da Louisiana. Não se podia comprar um carro ali sem ter a carteira de motorista estadual.

E, quando entregaram suas carteiras da Califórnia, o que eram obrigados a fazer para receber a da Louisiana, o gesto teve um quê de ritual, de definitivo, de um estranho entusiasmo. Como quando se renuncia a um passaporte ou a uma cidadania, talvez. Michael se descobriu espiando Rowan e viu o seu secreto sorriso de prazer.

Fizeram uma leve refeição na noite de segunda no Desire Oyster Bar. Uma sopa de quiabo extremamente quente, cheia de camarões e linguiça de porco, acompanhada de cerveja geladíssima. As portas do restaurante estavam abertas para Bourbon Street; os ventiladores de teto renovavam o ar fresco à sua volta; o jazz agradável e despreocupado se derramava do bar do Mahogany Hall do outro lado da rua.

– Esse é o som de Nova Orleans – disse Michael. – Esse jazz com uma melodia de verdade, uma *joie de vivre*. Nada de melancólico nele. Nada de lamento, jamais. Nem mesmo quando estão tocando em enterros.

– Vamos dar uma volta – disse ela. – Quero ver todas essas espeluncas com meus próprios olhos.

Passaram a noite no Quarter, afastando-se finalmente das luzes ofuscantes de Bourbon Street, passando pelas elegantes vitrines de Royal e Chartres para depois voltar até o mirante do rio do outro lado de Jackson Square.

Era óbvio que as dimensões do Quarter deixaram Rowan assombrada, da mesma forma que a impressão de autenticidade que, de algum modo, havia sobrevivido às reformas e às diversas benfeitorias. Michael descobriu estar novamente dominado pelas recordações inevitáveis: domingos por ali com sua mãe. Ele não podia reclamar da reforma de sarjetas e dos postes da rua, e o novo calçamento de pedras arredondadas em volta de Jackson Square. Muito pelo contrário, todo o lugar parecia agora mais cheio de vida do que no seu passado mais desmazelado e irreverente.

Era tão agradável, depois da longa caminhada, sentar no banco à beira-rio, apenas olhando para o cintilar escuro da água, os barcos enfeitados com luzes como grandes bolos de casamento, que passavam dançando pelas formas distantes e indefiníveis da outra margem.

Predominava uma alegria entre os turistas que iam até o mirante e voltavam dele. Conversas baixas e estouros de risos ao acaso. Casais abraçados nas sombras. Um saxofonista solitário tocava uma canção comovida, desafinada, pelas moedas que as pessoas jogavam no chapéu aos seus pés.

Afinal, os dois voltaram para o meio do movimento de pedestres, abrindo caminho até o velho e sujo Café du Monde para tomar o famoso *café au lait* acompanhado de sonhos açucarados. Ficaram algum tempo sentados no calor ao ar livre, enquanto os outros vinham para as mesinhas pegajosas à sua volta e iam embora. Depois, perambularam entre as lojas sofisticadas que agora enchem o antigo French Market, do outro lado das construções tristonhas e graciosas de Decatur Street, com suas sacadas de ferro trabalhado e suas esguias colunas de ferro.

Como Rowan pediu, ele a levou para um passeio de carro pelo Irish Channel, evitando as ruínas sombrias e contemplativas do St. Thomas Project, e acompanhando o rio com seus armazéns desertos até onde foi possível. A Annunciation Street pareceu um pouco melhor à noite, talvez, com luzes animadas nas janelas das casinhas. Seguiram adiante, na direção da cidade alta, por uma rua estreita e arborizada, entrando no setor vitoriano, onde as casas espalhadas eram cheias de adornos exagerados e arabescos, e ele mostrou suas velhas preferidas, bem como as que gostaria de restaurar.

Como era extraordinária a sensação de estar com dinheiro no bolso na sua cidade natal. Saber que ele poderia comprar essas casas, exatamente como havia sonhado na desesperança e desespero da sua infância distante.

Rowan parecia animada, feliz, curiosa a respeito do que a cercava. Aparentemente nada a lamentar. Mas ainda era tão cedo...

Ela falava de vez em quando em rajadas despreocupados, com sua voz grave e aveludada sempre o encantando e o distraindo ligeiramente do conteúdo do que ela estava dizendo. Ela concordava, as pessoas aqui eram incrivelmente amáveis. Elas não se apressavam em nada do que faziam; e demonstravam tamanha falta de mesquinhez que era quase difícil imaginar. Os sotaques dos parentes a deixavam perplexa. Beatrice e Ryan falavam com um traço de Nova York na voz. Louisa tinha um sotaque totalmente diferente, e o jovem Pierce não falava como seu pai. E todos eles, mais cedo ou mais tarde, lembravam Michael um pouquinho em certas palavras.

— Não diga isso, querida – alertou ele. – Sou do outro lado de Magazine Street, e eles sabem disso. Não pense que não saibam.

— Eles o consideram maravilhoso – respondeu ela, ignorando seu comentário. – Pierce diz que você é um homem à antiga.

— Bem – disse ele, rindo. – Talvez eu seja mesmo.

Ficaram acordados até tarde, bebendo cerveja e conversando. A velha suíte era do tamanho de um apartamento, com seu banheiro e sua cozinha, além da sala de estar e do quarto. Ele não andava bebendo nesses últimos dias, e sabia que ela percebia isso, mas ela não dizia nada, o que até era bom. Falavam sobre a casa e todas as pequenas coisas que pretendiam fazer.

Ela sentia falta do hospital? Sentia. Mas isso não tinha importância exatamente agora. Rowan tinha um plano, um grande projeto para o futuro, que revelaria na hora certa.

– Mas você não pode renunciar à medicina. Não é isso o que pretende?

– Claro que não – disse ela, paciente, baixando um pouco a voz para maior ênfase. – Pelo contrário. Venho pensando na medicina de uma perspectiva totalmente diferente.

– Como assim?

– É cedo demais para explicar. Eu mesma não tenho certeza. Mas a questão do legado muda as coisas; e, quanto mais eu descobrir acerca do legado, mais as coisas vão mudar. Estou passando por uma nova especialização na Mayfair & Mayfair. E a matéria é dinheiro. – Ela indicou com um gesto os documentos sobre a mesa. – E tudo está caminhando muito bem.

– Você realmente tem vontade de fazer isso?

– Michael, tudo que fazemos na vida fazemos com certas expectativas. Eu sempre tive dinheiro. Isso significa que pude estudar medicina e seguir direto para uma longa residência em neurocirurgia. Eu não tinha marido ou filhos com que me preocupar. Não tinha nada com que me preocupar. Mas agora os montantes mudaram radicalmente. Com uma fortuna como o dinheiro do legado Mayfair, seria possível financiar projetos de pesquisa, construir laboratórios inteiros. É provável que se pudesse instalar uma clínica, anexa a um centro médico, para trabalhar em apenas uma especialidade da neurocirurgia. – Ela encolheu os ombros. – Você está me entendendo?

– Estou, mas, se você se envolver desse jeito, isso vai tirá-la da sala de cirurgia, certo? Você terá de ser uma administradora.

– Possivelmente – disse ela. – A questão é que o legado representa um desafio. Tenho de usar minha imaginação, como se diz.

– Entendo o que está dizendo – respondeu ele, com um gesto de aprovação. – Mas será que vão causar alguma dificuldade?

– Em última análise, sim. Mas não tem importância. Quando eu estiver pronta para fazer meus movimentos, isso não terá mais importância. E eu vou realizar as mudanças com o máximo possível de tato e de suavidade.

– Que mudanças?

– Mais uma vez, é cedo demais. Ainda não estou pronta para elaborar um grande projeto. Mas eu estou pensando num centro neurológico aqui em Nova Orleans, com os melhores equipamentos disponíveis e laboratórios para pesquisa independente.

– Deus do céu, nunca pensei em nada nesse nível.

– Até agora, eu nunca havia tido uma oportunidade remotíssima de abrir um programa de pesquisas e de ter controle completo sobre ele. Sabe? Determinar os objetivos, os padrões, o orçamento. – Seu olhar estava distante. – O importante é pensar nos termos do *tamanho* do legado. E usar minha própria cabeça.

Michael foi acometido de um vago desconforto. Não sabia por quê. Sentiu um calafrio subir pela sua nuca enquanto a ouvia falar.

– Isso não seria uma redenção, Michael? Se o legado Mayfair fosse aplicado na medicina? Sem dúvida, você deve perceber. Desde os tempos remotos de Suzanne e de Jan van Abel, o cirurgião, até um centro médico imenso e inovador, dedicado naturalmente a salvar vidas.

Ele ficou ali sentado, meditando, incapaz de responder.

Ela encolheu os ombros ligeiramente e levou as mãos às têmporas.

– Ah, tenho tanto a estudar, tanto a aprender. Mas você não percebe a continuidade?

– É, a continuidade – disse ele, em voz baixa.

Como a continuidade de que ele tinha tanta certeza ao acordar no hospital depois do afogamento: tudo vinculado. Eles me escolheram por causa de quem eu era, e tudo está relacionado...

– Tudo isso é possível – disse ela, à procura de uma reação sua. Uma pequena chama dançava no seu rosto, nos seus olhos.

– Praticamente perfeito – disse ele.

– E então por que você está com essa cara? Qual é o problema?

– Não sei.

– Michael, pare de pensar naquelas visões. Pare de pensar em seres invisíveis no céu a dar significado a nossas vidas. Não temos fantasmas no sótão! Pense com sua própria cabeça.

– Estou pensando, Rowan. Estou mesmo. Não se zangue. É uma ideia espantosa. É perfeita. Não sei por que ela me deixa tão preocupado. Tenha um pouco de paciência comigo, querida. Como você disse, os nossos sonhos têm de estar na proporção dos nossos recursos. E isso é um pouco fora do meu alcance.

– Tudo o que tem de fazer é me amar, me ouvir e me deixar pensar em voz alta.

– Estou ao seu lado, Rowan. Sempre. Acho maravilhoso.

– Você está com dificuldade para imaginar a coisa – disse ela. – Eu compreendo. Eu mesma apenas comecei. Mas, puxa, Michael, o dinheiro está ali. Existe algo de decididamente obsceno quanto ao montante desse dinheiro. Há duas gerações, esses advogados cuidaram da fortuna, permitindo que ela se alimentasse de si mesma e se multiplicasse como um monstro.

– É, eu sei.

– Há muito tempo, eles perderam de vista o fato de se tratar da propriedade de um indivíduo. A fortuna pertence a si mesma de um certo modo horrível. Ela é maior do que o que qualquer ser humano devia possuir ou controlar.

– Muita gente concordaria com você – comentou ele.

Mesmo assim, ele não conseguia se livrar da recordação de estar deitado no leito no hospital em San Francisco, acreditando que sua vida inteira tinha um significado, que tudo que ele havia sido e feito estava a ponto de ter uma redenção.

– É, isso redimiria tudo, não?

Se era assim, por que ele ficava vendo o jazigo em pensamento, com suas doze gavetas, e o portal lá em cima, com o nome Mayfair gravado em letras grandes e as flores murchando no calor sufocante?

Ele se forçou a tirar essa imagem da cabeça e procurou a melhor distração que conhecia. A de olhar para ela, só olhar e ficar pensando em tocá-la, e resistir ao impulso, embora ela estivesse apenas a centímetros dele, disposta, sim, quase com certeza, disposta a ser tocada.

Estava funcionando. Um pequeno interruptor foi de repente ligado no mecanismo implacável do seu cérebro. Ele estava pensando em como suas pernas nuas ficavam à luz do abajur, e em como seus seios eram cheios e delicados por baixo da camisola curta de seda.

Os seios sempre lhe pareceram um milagre. Quando eram tocados ou chupados, pareciam deliciosos demais para serem mais do que momentâneos. Como sorvete ou chantilly, esperava-se que derretessem na boca. O fato de eles permanecerem no lugar, dia após dia, apenas à sua espera, fazia parte da total impossibilidade do sexo feminino para ele. Era essa toda a ciência que ele conhecia. Ele se inclinou para a frente, encostou os lábios no pescoço de Rowan e deu um rosnado baixinho e determinado.

– Pronto, agora você conseguiu – sussurrou ela.

– É, bem, já está na hora – respondeu ele, com a mesma voz grave. – O que acha de ser levada no colo para a cama?

– Eu adoraria. Você só fez isso na primeira vez.

– Meu Deus! Como pude ser tão desatencioso! Que tipo de homem à antiga eu sou? – Ele empurrou seu braço esquerdo por baixo das coxas sedosas e aninhou os ombros no seu braço direito, beijando-a enquanto a levantava, exultante em segredo por não perder o equilíbrio e se estatelar no chão. Mas ele a levava, leve, agarrada a ele e de repente com uma docilidade febril. Chegar à cama foi fácil.

Na terça, o pessoal do ar-condicionado começou a trabalhar. Havia telhados de varandas e sacadas em quantidade suficiente para todo o equipamento. Joseph, o decorador, havia levado toda a mobília francesa que precisava ser restaurada. Os belos conjuntos de quarto, todos do tempo da fazenda, não precisavam de nada mais do que um polimento. E as faxineiras podiam se encarregar disso.

Os pedreiros haviam terminado o trabalho no quarto da frente. E os pintores isolaram a área com cortinas de plástico para poderem fazer um serviço limpo apesar da poeira do trabalho em curso no restante da casa. Rowan havia escolhido um champanhe claro para as paredes do quarto, e branco para o teto e para as madeiras. O pessoal havia vindo medir o andar superior para a instalação de carpetes. Os calafates estavam lixando o piso da sala de jantar, onde por algum motivo haviam aplicado um lindo piso de carvalho sobre o velho assoalho de cerne de pinho, que precisava apenas de uma camada de poliuretano.

Michael havia verificado ele mesmo as chaminés a partir do telhado. As lareiras de lenha na biblioteca e no salão duplo estavam todas em perfeitas condições com uma tiragem excelente. As restantes já há muito haviam sido adaptadas para gás, e algumas delas estavam vedadas. Decidiu-se trocar os aquecedores pelos mais bonitos que davam a impressão de carvões de verdade.

Enquanto isso, os equipamentos da cozinha haviam sido todos substituídos. As velhas superfícies de trabalho de madeira resistente estavam sendo lixadas. Estariam envernizadas antes do final da próxima semana.

Rowan estava sentada de pernas cruzadas no chão do salão, com o decorador, cercada por amostras de tecidos de cores brilhantes. Foi uma seda bege que ela escolheu para as cortinas da sala da frente. Ela queria um adamascado mais escuro para a sala de jantar, algo que combinasse com os murais desbotados com cenas da fazenda. No andar de cima, tudo seria alegre e claro.

Michael folheou livros de amostras de tinta e escolheu delicados tons de pêssego para o térreo, um bege-escuro para a sala de jantar, que repetiria uma das cores principais dos murais, e branco para a cozinha e para as despensas. Ele estava solicitando orçamentos de firmas de limpeza de janelas e de limpeza de lustres. O relógio de pêndulo do salão estava sendo consertado.

No final da manhã de sexta-feira, a governanta de Beatrice, Trina, já havia comprado roupas de cama para os diversos quartos, incluindo-se novos travesseiros e edredons de plumas, e tudo havia sido guardado com sachês nos armários e nas gavetas das cômodas. Nos sótãos estava terminada a instalação dos dutos. O antigo papel de parede havia sido arrancado nos quartos de Millie, da doente e de Carlotta, e os pedreiros quase haviam terminado a preparação das paredes para receberem tinta.

O sistema de alarme contra ladrões também estava instalado e incluía detectores de fumaça, sensores nas vidraças e botões para chamar assistência médica de emergência.

Enquanto isso, mais uma turma de pintores trabalhava no salão.

O único defeito do dia talvez tivesse sido a discussão de Rowan ao meio-dia, por telefone, com o Dr. Larkin, de San Francisco. Ela lhe havia dito que estava tirando umas férias prolongadas. Ele era da opinião de que ela se havia vendido. Uma herança e uma bela casa em Nova Orleans a haviam seduzido, afastando-a da sua verdadeira vocação. Era óbvio que suas vagas declarações quanto aos seus objetivos e seu futuro só o irritaram ainda mais. Afinal, ela se exasperou. Não estava dando as costas à missão da sua vida. Estava pensando em termos de novos horizontes e, quando quisesse conversar com ele a respeito, ela o avisaria.

Quando desligou o telefone, estava exausta. Não ia nem mesmo voltar à Califórnia para esvaziar definitivamente a casa de Tiburon.

– Sinto arrepios só de pensar nisso. Não sei por que isso me afeta tanto. Simplesmente não quero nunca mais ver aquele lugar. Não consigo acreditar que escapei de lá. Eu poderia me beliscar para ter certeza de não estar sonhando.

Michael compreendia; mesmo assim, ele a aconselhou a deixar passar algum tempo antes de vender a casa.

Ela deu de ombros. A casa estaria à venda amanhã, se Rowan já não a houvesse alugado ao Dr. Slattery, seu substituto em San Francisco. Em troca de um aluguel extremamente baixo e de Rowan ter abdicado de qualquer depósito adiantado, Slattery havia concordado em embalar tudo o que fosse de natureza pessoal na casa e despachar as caixas para o Sul. Ryan já havia providenciado a armazenagem.

– É provável que essas caixas fiquem lá intactas – disse ela – pelos próximos vinte anos.

Mais ou menos às duas horas de sexta-feira, Michael foi com Rowan até a concessionária Mercedes-Benz na St. Charles Avenue. Essa, sim, foi uma tarefa agradável. A loja ficava no mesmo quarteirão do hotel. Quando era menino e voltava para casa vindo da velha biblioteca em Lee Circle, ele costumava entrar nesse grande salão, abrir as portas dos carros alemães de uma beleza espantosa e ficar ali desmaiado o tempo que pudesse aproveitar antes que um vendedor percebesse. Ele não se incomodava em mencionar isso. A verdade era que Michael tinha uma recordação para cada quarteirão por onde passassem para tudo o que fizessem.

Ele apenas ficou olhando, num divertimento comedido, quando Rowan fez um cheque para dois carros: o vistoso 500 SL, um conversível para duas pessoas, e o sedã de quatro portas, grande e cheio de classe. Ambos em cor creme com o estofamento em couro caramelo, porque era isso o que tinham ali em exposição.

Um dia antes, ele próprio havia comprado uma caminhonete americana perfeita, reluzente e luxuosa, na qual ele podia carregar tudo o que quisesse, e ainda assim correr por aí confortável e tranquilo, com o ar-condicionado ligado e o rádio alto. Ele achava divertido que Rowan não parecesse considerar nada notável a experiência da compra desses dois carros. Ela não parecia nem mesmo considerá-la interessante.

Rowan pediu ao vendedor que entregasse o sedã na First Street, que entrasse pelos portões de veículos dos fundos e que deixasse as chaves no Pontchartrain. O conversível, eles levariam agora.

Ela o retirou da concessionária e subiu pela St. Charles Avenue até parar em frente ao hotel.

– Vamos passar o fim de semana fora – disse ela. – Vamos deixar de lado a casa e a família.

– Já? – perguntou Michael. Ele estava pensando em pegar uma das barcaças para passeio e jantar naquela noite.

– Vou dizer o motivo. Fiz a interessante descoberta de que as melhores praias de areias brancas da Flórida ficam a menos de quatro horas daqui. Você sabia?

– Você tem razão. Isso mesmo.

– Há umas casas à venda numa cidade da Flórida chamada Destin, e uma delas tem seu próprio embarcadouro ali perto. Soube de tudo isso com Wheatfield e Beatrice. Wheatfield e Pierce costumavam ir para Destin nas férias da primavera. Beatrice vai o tempo todo. Ryan deu uns telefonemas para o corretor de imóveis para mim. O que você acha?

– Bem, claro, por que não?

Mais uma lembrança, pensou Michael. Aquele verão quando ele estava com 15 anos e a família vinha de carro a essas praias muito brancas nessa faixa de território da Flórida que ficava mais perto. Águas verdes sob um pôr do sol vermelho. E ele estivera pensando nisso no dia em que se afogou lá em Ocean Beach, quase exatamente uma hora antes de conhecer Rowan Mayfair.

– Eu não sabia que estávamos tão perto do Golfo, Michael. Ora, o Golfo é água de verdade. Quer dizer, como o Pacífico é água de verdade.

– Eu sei. – Ele deu uma risada. – Reconheço água de verdade só de ver. – Riu, então, à vontade.

– Michael, estou morrendo de vontade de ver o Golfo.

– Claro.

– Não estive no Golfo desde a época em que estava no ginásio e íamos ao Caribe. Se a água for tão morna quanto eu me lembro...

– É, isso decididamente vale a viagem.

– Sabe, é provável que eu consiga alguém para trazer o *Sweet Christine* até aqui, ou, melhor ainda, posso comprar um novo barco. Alguma vez fez um cruzeiro no Golfo ou no Caribe?

– Não. – Ele sacudiu a cabeça. – Eu devia ter imaginado, depois de conhecer aquela casa em Tiburon.

– Só quatro horas, Michael. Vamos. Não vamos gastar nem quinze minutos para fazer as malas.

Deram uma última parada na casa.

Eugenia estava junto à mesa da cozinha, polindo toda a prataria das gavetas da cozinha.

– É uma alegria ver esta casa sendo recuperada – disse ela.

– É mesmo, não é? – disse Michael, abraçando delicadamente seus ombros magros. – O que acha de se mudar para seu velho quarto, Eugenia? Você gostaria?

Ah, sim, ela disse que adoraria. Sem dúvida, já ficaria o fim de semana. Estava velha demais para todas aquelas crianças na casa do filho. Andava gritando demais com elas. Ela gostaria de voltar. E ainda tinha as chaves.

– Mas ninguém nunca precisa de chaves por aqui.

Os pintores iam trabalhar até tarde lá em cima. O pessoal do pátio também ficaria ali até escurecer. Dart Henley, o imediato de Michael, concordou com prazer em supervisionar tudo durante o fim de semana. Nada com que se preocupar.

– Olhe, a piscina está quase terminada – disse Rowan. Na verdade, todos os remendos internos haviam sido feitos, e agora estavam aplicando a camada final de tinta.

Todo o mato havia sido retirado das calçadas de lajes, os trampolins haviam sido reformados e a graciosa balaustrada de pedra calcária havia sido descoberta no jardim inteiro. O grosso buxo havia sido eliminado. Mais cadeiras e mesas de ferro fundido haviam sido encontradas à medida que o mato desaparecia. E a escada de lajes de pedra na parte inferior da varanda lateral telada havia sido descoberta, provando que antes de Deirdre ela era uma varanda aberta. Mais uma vez, era possível sair pelas portas-janelas do salão, atravessar o pátio de lajes e chegar ao gramado.

– Devíamos deixar a varanda assim, Rowan. Ela precisa ficar aberta – disse Michael. – Além do mais, já temos aquela varandinha telada nos fundos da cozinha. Lá, eles já instalaram a tela nova. Venha dar uma olhada.

– Você acha que vai conseguir sair daqui? – perguntou Rowan, jogando as chaves do carro para ele. – Por que não vai dirigindo? Acho que eu o deixo nervoso.

– Só quando desrespeita sinais de trânsito e placas de parada obrigatória em alta velocidade. Você sabe, o que me deixa nervoso é a transgressão simultânea a duas leis.

– Está bem, lindo, desde que você nos leve até lá em quatro horas.

Ele lançou mais um último olhar a casa. A luz aqui era como a de Florença. Quanto a isso, ela estava com a razão. Derramando-se pela alta fachada sul, ela fazia com que ele pensasse nos palácios da Itália. E tudo estava indo tão bem, tão maravilhosamente bem.

Ele sentiu uma dor estranha no íntimo, uma mistura de tristeza e de pura felicidade.

Estou aqui, estou aqui de verdade, pensou em silêncio. Não mais sonhando em algum lugar distante, mas aqui. E as visões lhe pareceram remotas, pálidas, irreais. Há tanto tempo ele não tinha um relance delas.

Mas Rowan estava esperando, e as límpidas praias brancas do Sul estavam esperando. Mais uma parte a ser resgatada desse fantástico mundo antigo. Passou pela sua cabeça de repente que seria uma delícia fazer amor com ela em mais outra cama.

36

Eles entraram na cidadezinha de Fort Walton, na Flórida, às oito da noite, depois de um longo engarrafamento desde a saída de Pensacola. Todo mundo havia descido para a praia nessa noite, com um para-choque colado no outro. Se forçassem a chegada até Destin, correriam o risco de não encontrar acomodações.

O fato é que a ala antiga de um Holiday Inn era o que restava. Nem todo o dinheiro do mundo conseguiria uma suíte nos hotéis melhores. E a pequena cidade desordenada, apesar de todos os seus luminosos de néon, era um pouquinho deprimente no seu desmazelo de beira de estrada.

O próprio quarto parecia quase insuportável, mal iluminado e com cheiros desagradáveis, a mobília em mau estado e as camas grumosas. Eles vestiram os trajes de banho e saíram pela porta de vidro no final do corredor, descobrindo que estavam na praia.

O mundo se estendia, quente e assombroso sob um céu de estrelas brilhantes. Até mesmo o verde cristalino da água estava visível ao luar que se derramava. A brisa não tinha o menor toque de frio. Ela era ainda mais suave do que a do rio em Nova Orleans. E a areia era de um branco puro e absurdo, e fina como açúcar sob os seus pés.

Saíram andando juntos até a arrebentação. Por um instante, Michael não pôde acreditar mesmo na temperatura deliciosa da água, nem na sua delicadeza transparente e luminosa ao se enroscar nos seus tornozelos. Num estranho momento de tempo circular, ele se viu em Ocean Beach, do outro lado do continente, com os dedos congelados, o rigoroso vento do Pacífico açoitando seu rosto, a pensar neste mesmo lugar, neste lugar aparentemente mítico e impossível, abaixo das estrelas do Sul.

Se ao menos elas pudessem captar tudo isso, segurá-lo em seu seio e mantê-lo, eliminando todas as coisas obscuras que estavam à espera, incubando, e que sem dúvida iriam se revelar...

Rowan se jogou para dentro d'água, com uma risada agradável, preguiçosa. Ela cutucou a perna de Michael com um pé, e ele se deixou cair nas ondas mornas, rasas, ao lado dela. Descansando sobre os cotovelos, ele deixou que a água lhe banhasse o rosto.

Saíram nadando juntos, com braçadas longas e lentas, atravessando ondas brandas, onde seus pés ainda arranhavam o fundo, até finalmente chegarem a um ponto tão fundo que podiam ficar em pé com a água pelos ombros.

As dunas brancas ao longo da praia reluziam como a neve ao luar, e as luzes distantes dos hotéis maiores cintilavam delicadas e mudas sob o céu negro e estrelado. Ele abraçou Rowan, sentindo as pernas molhadas grudadas às suas. O mundo parecia totalmente impossível: algo imaginado na sua total serenidade, na sua ausência de todos os obstáculos, de todas as dificuldades ou das violências contra os sentidos ou contra a carne.

– Isso aqui é o paraíso. É mesmo. Meu Deus, Michael, como você pôde um dia ir embora daqui? – Ela se afastou dele, sem esperar resposta, e nadou com braçadas fortes e rápidas na direção do horizonte.

Ele ficou onde estava, com os olhos examinando os céus, discernindo a grande constelação de Órion, com seu cinturão de joias. Se na sua vida ele havia sido tão feliz assim, não conseguia se lembrar. Absolutamente não conseguia. Ninguém jamais havia provocado nele a felicidade que ela provocava. Nada jamais havia gerado nele a felicidade desse momento: esse frescor, essa beleza, esse carinho materno.

É, estou de volta ao meu lugar, ela está comigo, e eu não me importo com mais nada. Não agora... pensou ele.

Passaram o sábado olhando as propriedades à venda. Grande parte da beira-mar desde Fort Walton até Seaside estava tomada pelos grandes balneários e pelos condomínios de prédios altíssimos. As casas isoladas eram poucas, e a preços exorbitantes.

Por volta das três, eles entraram "na casa": uma moderna construção espartana, com o pé-direito baixo e severas paredes brancas. As janelas retangulares transformavam a vista do Golfo numa série de quadros em molduras simples. O horizonte cortava esses quadros exatamente ao meio. Lá fora, muito abaixo dos deques da frente, ficavam as dunas, que, segundo a explicação que lhes deram, deviam ser conservadas por servirem de proteção contra as ondas fortes provocadas pelos furacões.

Por uma longa passarela, eles passaram por cima das dunas e desceram por uma escada de madeira castigada pelo tempo até a praia em si. Com o sol ofuscante, a brancura era mais uma vez inacreditável. A água era de um perfeito verde espumante.

Muito ao longe, na praia, dos dois lados, prédios altos interrompiam a paisagem com suas torres brancas, aparentemente tão geométricas e simples quanto a própria casa. Uma total ausência dos penhascos, rochedos e árvores da Califórnia. Era um ambiente totalmente diferente, que fazia lembrar as ilhas gregas, apesar da sua planura, uma paisagem cubista de luz deslumbrante e de linhas bem marcadas.

Ele gostou. Disse a Rowan imediatamente que estava gostando, sim, e que essa casa seria perfeita.

Acima de tudo, ele apreciava o contraste com a exuberância de Nova Orleans. A casa era bem construída, com pisos de cerâmica coral e grossos tapetes, e uma cozinha reluzente, de aço inoxidável. É, cubista e austera. E inexplicavelmente linda ao seu próprio modo.

A única decepção para Rowan consistia na impossibilidade de atracar um barco ali. Ela teria de dirigir uns quatro quilômetros até a marina que dava para a baía, no outro lado da estrada, e tirar o barco passando pela enseada de Destin para entrar no Golfo. Mas isso não era um incômodo tão terrível quando comparado ao luxo desse longo trecho de praia imaculada.

Enquanto Rowan e o corretor redigiam uma proposta de compra, Michael saiu até o deque descorado pelo tempo. Ele protegeu os olhos enquanto examinava a água. Procurou analisar a sensação de serenidade que ela lhe transmitia, que sem dúvida estava associada ao calor e ao profundo brilho das cores. Em retrospectiva, Michael tinha a impressão de que os tons e matizes de San Francisco sempre estavam misturados a cinzas, e que o céu lá sempre estava meio invisível por trás de uma névoa, de uma neblina forte ou de um manto de nuvens desinteressantes.

Ele não conseguia associar esta brilhante paisagem marinha ao Pacífico frio e cinzento, às suas parcas e terríveis lembranças do helicóptero de salvamento, ou de estar ali deitado, gelado e cheio de dores na maca, com as roupas encharcadas. Esta aqui era a sua praia e a sua água, que não iria machucá-lo. Ora, talvez ele até pudesse aprender a gostar de estar no *Sweet Christine* aqui no Sul. Mas ele devia confessar que essa ideia o deixava ligeiramente mareado.

No final da tarde, almoçaram num pequeno restaurante especializado em peixes, perto da marina de Destin, um lugar muito simples e barulhento com a cerveja servida em copos de plástico. O peixe fresco estava ótimo. Ao pôr do sol, eles estavam novamente na praia do motel, jogados nas velhas espreguiçadeiras de madeira. Michael fazia anotações sobre coisas lá da First Street. Rowan dormia, com a pele bronzeada nitidamente escurecida pela última semana de atividades ao ar livre e talvez por essa última hora na praia escaldante. Havia faixas de amarelo no seu cabelo. Doeu olhar para ela, perceber como ainda era jovem.

Ele a acordou com delicadeza quando o sol começou a se pôr. Enorme e vermelho-sangue, ele desenhou seu caminho espetacular no esmeralda cintilante do mar.

Afinal, Michael fechou os olhos porque isso era demais. Ele precisou desviar a atenção e depois voltar bem devagar, enquanto a brisa morna despenteava seu cabelo.

Às nove da noite, depois de terem feito uma refeição razoável num restaurante à beira da baía, veio o telefonema do corretor. A proposta de Rowan para compra da casa havia sido aceita. Sem nenhuma complicação. A mobília de vime e de madeira pintada estava incluída. Os acessórios da lareira, a louça, tudo iria ficar. Eles providenciariam a liberação da escritura o mais rápido possível. Ela provavelmente poderia receber as chaves em duas semanas.

Na tarde de domingo, Michael e Rowan visitaram a marina de Destin. As opções de barcos à venda eram fabulosas. Mas Rowan ainda estava pensando em mandar buscar o *Sweet Christine*. Ela queria uma embarcação para mar aberto.

E realmente ali não havia nada que superasse o luxo e a solidez do velho *Sweet Christine*.

Começaram a viagem de volta no final da tarde. Com o rádio tocando Vivaldi, viram o pôr do sol enquanto seguiam a toda velocidade pela baía de Mobile. O céu parecia infinito, brilhando com uma luz mágica por trás de um imenso território de nuvens escurecidas. O cheiro da chuva misturado ao calor.

Meu lugar. Onde eu me sinto bem. Onde o céu tem a aparência de que eu me lembrava. Onde a planície se estende sem-fim. E o ar é meu amigo.

Silencioso e veloz, seguia o trânsito pela rodovia interestadual. O Mercedes-Benz baixo e confortável mantinha facilmente a velocidade de 130 quilômetros por hora. A música cortava o ar com o acorde de agudos violinos. Afinal, o sol desapareceu num banho de ouro ofuscante. Os escuros arvoredos pantanosos se fecharam à sua volta à medida que eles foram entrando no Mississippi, com as enormes carretas passando barulhentas, e as luzes das pequenas cidades tremeluzindo por um instante antes de desaparecer, enquanto se extinguia o último resquício da claridade.

Ela sentia falta dos contrastes da Califórnia?, perguntou-lhe Michael. Falta dos penhascos e dos morros amarelos?

Ela estava olhando para o céu da mesma forma que ele. Nunca se via um céu desses por lá. Não, respondeu ela, baixinho. Ela ia navegar por outras águas, águas mais mornas.

Depois de muito tempo, quando já estava escuro mesmo, e a única paisagem era o brilho das lanternas traseiras adiante deles, ela voltou a falar.

– Esta é a nossa lua de mel, não é?

– Acho que é.

– Quer dizer, é a parte fácil. Antes de você perceber o tipo de pessoa que eu sou realmente.

– E que tipo é esse?

– Você quer arrasar com a nossa lua de mel?

– Ela não seria arrasada. – Ele olhou para ela de relance. – Rowan, do que é que você está falando? – Nenhuma resposta. – Você sabe que é a única pessoa neste mundo que eu realmente conheço agora. Você é a única pessoa com quem posso lidar literalmente sem luvas de pelica. Sei mais sobre você do que você imagina, Rowan.

– O que seria de mim sem você? – sussurrou ela, ajeitando-se no banco e esticando as pernas compridas.

– O que você quer dizer com isso?

– Não sei. Mas descobri uma coisa.

– Estou com medo de perguntar.

– Ele não vai aparecer enquanto não estiver pronto.

– Eu sei.

— Ele quer que você esteja aqui neste momento. Está afastado para abrir lugar para você. Ele apareceu para você naquela primeira noite só para seduzi-lo.

— Isso está me dando calafrios. Por que ele estaria tão disposto a compartilhar você comigo?

— Não sei. Mas já dei oportunidades a ele, e realmente não aparece. Acontecem coisas estranhas, absurdas, mas nunca tenho certeza...

— Como que tipo de coisa?

— Nada digno de atenção. Olhe, você está cansado. Quer que eu dirija um pouco?

— Meu Deus, não. Não estou cansado. Só não quero a presença dele aqui neste instante, nesta conversa. Tenho a impressão de que ele vai aparecer logo, logo.

Tarde naquela noite, ele acordou na grande cama do hotel sozinho. Encontrou-a sentada na sala de estar. Percebeu que ela havia estado chorando.

— Rowan, o que foi?

— Nada, Michael. Nada que não aconteça a uma mulher uma vez por mês. — Ela deu um sorrisinho forçado, ligeiramente triste. — É só que... bem, é provável que você vá achar que eu enlouqueci, mas eu tinha a esperança de estar grávida.

Ele pegou sua mão, sem saber se beijá-la seria a atitude correta. Ele também estava decepcionado, mas o que era mais importante era sua felicidade ao saber que ela realmente queria um filho. Todo esse tempo, ele havia sentido medo de perguntar quais eram seus sentimentos sobre esse assunto. E seu próprio descuido o vinha preocupando.

— Teria sido maravilhoso, querida. Simplesmente maravilhoso.

— Você acha? Você teria ficado feliz?

— Sem a menor dúvida.

— Michael, então vamos seguir em frente. Vamos nos casar.

— Rowan, nada me faria mais feliz — disse ele com simplicidade. — Mas você tem certeza de que é isso o que *você* quer?

Ela deu um sorriso paciente, preguiçoso.

— Michael, você não vai fugir — disse ela, franzindo o cenho, de um jeito brincalhão. — Qual é o sentido de esperar?

Ele não pôde deixar de rir.

— E o que dizer da Mayfair Ilimitada, Rowan? Os primos e a companhia. Você sabe o que eles vão dizer, querida?

Ela sacudiu a cabeça, com o mesmo sorriso cúmplice de antes.

— Você quer saber o que eu tenho a dizer? Estaremos sendo uns bobos se não nos casarmos.

Seus olhos cinzentos ainda estavam avermelhados, mas seu rosto agora estava tranquilo, bonito de se olhar e suave ao toque. Tão diferente do rosto de qualquer pessoa que ele houvesse conhecido, amado ou mesmo imaginado.

— Ora, eu quero, sim — sussurrou ele. — Mas estou com 48 anos, Rowan. Nasci no mesmo ano em que sua mãe nasceu. É, quero, sim. É o que desejo do fundo do coração, mas tenho de pensar em você.

— Vamos fazer o casamento na casa da First Street, Michael — disse ela, com sua voz baixa, rouca, e os olhos se franzindo um pouco. — O que acha? Não seria perfeito? Naquele belo gramado lateral?

Perfeito. Como o projeto para os hospitais construídos com o dinheiro do legado Mayfair. Perfeito.

Ele não sabia por que hesitava. Não podia resistir à ideia. E, no entanto, tudo era bom demais para ser verdade, gostoso demais, a franqueza e o amor de Rowan, e o orgulho que despertava nele o fato de que logo essa mulher entre tantas precisasse dele e o amasse exatamente como ele.

— Aqueles seus primos vão redigir todo tipo de documento para protegê-la... você sabe, a casa, o legado. Tudo isso.

— Isso é automático. Tudo está vinculado ou coisa parecida. Mas é bem provável que eles produzam uma enorme quantidade de papéis de uma natureza ou de outra.

— Eu me comprometo a assinar.

— Michael, os papéis realmente não significam nada. O que eu tenho é seu.

— O que eu quero é você, Rowan.

Seu rosto se iluminou. Ela recolheu os joelhos, voltando-se de lado no sofá para encará-lo, inclinou-se para a frente e lhe deu um beijo.

De repente, ele percebeu o impacto, forte e delicioso. Casar-se. Casar-se com Rowan. E a promessa, a promessa absolutamente deslumbrante de um filho. Esse tipo de felicidade era tão desconhecido que ele quase teve medo. Quase, mas não exatamente.

Parecia ser o passo que deviam dar a qualquer preço. Proteger o que tinham e o que queriam da corrente sinistra que os havia reunido. E quando Michael pensava nos anos à sua frente, em todas as possibilidades simples e dolorosamente importantes, sua felicidade era grande demais para ser expressa.

Era melhor nem chegar a tentar. Depois de alguns instantes de silêncio, ocorreram-lhe trechos de poemas, pequenas frases que mal chegavam a captar a luz do seu contentamento como um pedacinho de vidro capta a luz. Em seguida, eles o abandonaram. Ele ficou satisfeito e vazio, cheio de nada a não ser um amor silencioso e tranquilo.

Aparentemente, em perfeita harmonia, eles se olharam. Não tinham importância as questões de fracassos, da pressa, de todas as conjecturas da vida. O silêncio nela estava falando com o nele.

Quando entraram no quarto, ela disse que queria passar a noite de núpcias na casa e depois seguir para a Flórida para a lua de mel. Essa não seria a melhor solução? A noite de núpcias debaixo daquele teto e depois fugir para longe.

Sem dúvida, os operários conseguiriam terminar o quarto da frente em duas semanas.

– Garanto que sim – respondeu ele.

Naquela grande cama antiga do quarto da frente. Ele quase ouvia as palavras do fantasma de Belle: "Que lindo para vocês dois."

37

Um sono desassossegado. Ela se mexeu, se virou e pôs o braço sobre as costas de Michael, passando os joelhos por baixo dos dele, aconchegada e aquecida novamente. O ar-condicionado era quase tão bom quanto a brisa do Golfo na Flórida. Mas o que era isso incomodando no seu pescoço, algo que se enroscava no seu cabelo e que a machucava? Ela fez um gesto para afastar o que fosse para soltar o cabelo. Alguma coisa fria fazia pressão contra seu peito. Ela não estava gostando.

Ela se virou de costas. Mais uma vez sonhava que estava na sala de cirurgia e que essa seria uma tarefa dificílima. Ela precisava visualizar cuidadosamente o que pretendia fazer, guiando as mãos a cada passo com a mente, ordenando ao sangue que estancasse, ordenando aos tecidos que se unissem. E o homem estava ali aberto desde as virilhas até o alto da cabeça, com todos os minúsculos órgãos expostos, trêmulos, vermelhos, impossivelmente pequenos para o seu tamanho, esperando que ela de algum modo fizesse com que eles crescessem.

– Isso é demais. Não tenho como fazer isso. Sou uma neurocirurgiã, não uma bruxa!

Ela agora podia ver cada vaso nos seus braços e nas suas pernas, como se ele fosse um daqueles bonecos de plástico transparente todos atravessados de fios vermelhos usados para demonstrar a circulação para crianças. Seus pés tremiam. Eles também eram pequenos, e ele estava mexendo com os dedos na tentativa de fazer com que crescessem. Como era vazia a expressão no seu rosto, e no entanto ele estava olhando para ela.

E novamente aquele puxão no cabelo, algo que repuxava o cabelo. Mais uma vez, ela procurou afastar o que a incomodava e seu dedo se prendeu em alguma coisa. O que era, uma corrente?

Ela não queria perder o sonho. Agora sabia que era um sonho, mas queria saber o que ia acontecer com esse homem, como essa operação deveria terminar.

– Dra. Mayfair, largue o bisturi – disse Lemle. – Não precisa mais dele.

– Não, Dra. Mayfair – disse Lark. – Não pode usá-lo aqui.

Eles estavam com a razão. A cirurgia não estava ao alcance de algo tão tosco quanto a pequena lâmina de aço tremeluzente. Essa não era uma questão de cortar, mas de construir. Ela olhava fixamente para o ferimento aberto, para os órgãos tenros tremendo como plantas, como o íris monstruoso no jardim. Seu pensamento corria veloz com as especificações à medida que ela guiava as células, explicando seu procedimento para que os médicos mais novos compreendessem.

– Aqui há células em quantidade suficiente, estão vendo? Na realidade, há uma profusão delas. O importante é lhes fornecer um DNA superior, por assim dizer, um estímulo novo e imprevisto para a formação de órgãos do tamanho correto. – E, pasmem, o ferimento estava se fechando sobre órgãos do tamanho certo. O homem estava virando a cabeça, e seus olhos abriam e fechavam mecanicamente como os olhos de um boneco.

Aplausos à sua volta. Ao olhar para cima, Rowan ficou espantada de ver que todos ali eram holandeses, reunidos em Leiden. Até ela própria usava o grande chapéu preto e as mangas lindas e gordas. E é claro que esse era um quadro de Rembrandt, *Aula de anatomia*, e era por isso que o corpo parecia tão perfeito, embora esse fato não explicasse por que motivo ela conseguia ver através da pele.

– Ah, você tem o dom, minha filha. Você é bruxa – disse Lemle.

– É verdade – concordou Rembrandt. Um velhinho tão meigo. Ele estava sentado num canto, com a cabeça pendendo para um lado e o cabelo ruivo agora ralo, com a velhice.

– Não deixem que Petyr ouça o que dizem – recomendou Rowan.

– Rowan, tire essa esmeralda – disse Petyr, em pé na outra extremidade da mesa. – Tire-a, Rowan. Ela está no seu pescoço. Arranque-a!

A esmeralda?

Ela abriu os olhos. O sonho perdeu sua tensão como um véu de seda esticada que de repente é solto e se enrola. A escuridão estava viva à sua volta.

Muito lentamente, os objetos conhecidos se revelaram. As portas do armário, a mesinha de cabeceira, Michael, seu querido Michael, dormindo ao seu lado.

Ela sentiu algo frio no peito nu; sentiu alguma coisa enredada no cabelo.

E soube o que era.

– Meu Deus! – Ela cobriu a boca com a mão esquerda, mas não antes de um gritinho escapar. Sua mão direita arrancou a coisa do pescoço como se fosse um inseto odioso.

Ela se sentou, encolhida, contemplando a joia na palma da mão. Como um coágulo de sangue verde. Sua respiração estava como que paralisada, e ela percebeu que havia quebrado a velha corrente e que sua mão tremia descontrolada.

Michael teria ouvido seu espanto? Ele não se mexeu nem quando ela se encostou nele.

– Lasher – sussurrou ela, erguendo o olhar como se pudesse encontrá-lo nas sombras. – Você quer que eu o odeie? – Suas palavras foram um silvo. Por um segundo, as imagens do sonho voltaram a ser nítidas, como se a tela houvesse sido baixada mais uma vez. Todos os médicos estavam deixando a mesa.

– Pronto, Rowan. Magnífico, Rowan.
– Uma nova era, Rowan.
– Simplesmente um milagre, minha cara – disse Lemle.
– Jogue-a fora, Rowan – disse Petyr.

Rowan atirou a esmeralda por cima dos pés da cama. Ela atingiu o tapete em algum lugar do pequeno corredor, com um pequeno ruído abafado e impotente.

Ela levou as mãos ao rosto e depois, febril, tateou o pescoço, tateou os seios, como se aquela coisa maldita pudesse ter deixado uma camada de pó ou de sujeira sobre ela.

– Odeio você por isso – sussurrou ela novamente no escuro. – Era isso o que queria?

Ela pareceu ouvir muito ao longe um suspiro, um farfalhar. Através da outra porta do corredor, ela mal discernia as cortinas da sala de estar iluminadas pela luz da rua. E elas se mexeram como se agitadas por uma corrente de ar, e foi esse o ruído que ouviu, não foi?

Isso e a lenta canção ritmada da respiração de Michael. Ela se sentiu tola por ter atirado longe a pedra. Ficou ali sentada, com as mãos cobrindo a boca, os joelhos encolhidos, olhando fixamente para as sombras.

Ora, você não acreditou nas velhas histórias? Por que está tremendo desse jeito? Só um dos seus truques, e não mais difícil para ele do que fazer a dança do vento nas árvores. Ou do que fazer aquele íris se mexer no jardim. Mexer. Ele fez mais do que se mexer, não foi? Ele na realidade... E então ela se lembrou das rosas, daquelas rosas enormes e estranhas na mesa do hall. Ela nunca havia perguntado a Pierce de onde elas apareceram. Nem a Gerald.

Por que está tão assustada?

Levantou-se, vestiu o roupão e foi descalça até o hall. Michael dormia, imperturbável, na cama atrás dela.

Ela pegou a pedra e enrolou os dois fios da corrente quebrada ao seu redor com todo o cuidado. Parecia horrível ter quebrado aqueles elos frágeis, antiquíssimos.

– Mas você foi tão idiota de fazer isso – sussurrou ela. – Nunca mais vou usá-la, não por minha própria vontade.

Com um levíssimo ranger das molas, Michael virou na cama. Ele havia murmurado alguma coisa? Seu nome, talvez?

Ela voltou em silêncio para dentro do quarto e, de joelhos, encontrou sua bolsa no canto do armário, colocando o colar no bolso externo fechado por zíper.

Já não tremia mais. Mas seu medo havia se transmutado em fúria. E ela soube que não conseguiria dormir mais.

Ao nascer do sol, sentada sozinha na sala de estar, ela pensava em todos os velhos retratos na casa, aqueles que ela vinha examinando, limpando e preparando para que fossem pendurados, aqueles muito antigos que ela sabia identificar enquanto ninguém no resto da família conseguia. Charlotte, com seus cabelos louros, tão descorada por baixo do verniz que parecia um fantasma. E Jeanne-Louise, com seu irmão gêmeo parado atrás dela. E Marie Claudette, grisalha, com o pequeno quadro de Riverbend na parede acima da sua cabeça.

Todas elas usavam a esmeralda. Tantas pinturas daquela joia única. Ela fechou os olhos e cochilou no sofá de veludo, querendo café, mas sonolenta demais para fazê-lo. Ela estivera sonhando antes que isso acontecesse, mas o sonho era sobre o que mesmo? Algo a ver com o hospital e uma operação, mas agora ela não conseguia se lembrar. Lemle estava lá. Lemle, que ela detestava tanto...

E aquele íris de boca escura que Lasher havia feito...

É, eu conheço seus truques. Você fez com que ele se inchasse e caísse da haste, não foi? Ah, ninguém realmente compreende o poder que você tem. Fazer folhas inteiras aparecerem na haste de uma rosa morta. De onde você tira seu belo formato quando aparece e por que não faz isso para mim? Está com medo de que eu vá espalhá-lo aos quatro ventos e que você nunca mais tenha a força para se concentrar e aparecer?

Ela estava novamente sonhando, não estava? Imagine, uma flor se modificar como aquele íris, alterando-se diante dos seus olhos, com as células realmente se multiplicando e em mutação...

A não ser que fosse apenas um truque. Uma brincadeira como a de pôr o colar no seu pescoço enquanto ela dormia. Mas será que tudo não passava de truques?

– Bem, meninos e meninas – disse Lark uma vez, quando eles estavam parados em volta da cama de um moribundo em coma –, fizemos todos os nossos truques, certo?

O que teria acontecido se ela tivesse acrescentado alguns dos seus? Como mandar que as células do moribundo se multiplicassem, entrassem em mutação, se reestruturassem e fechassem o tecido afetado. Mas ela na época não sabia. Ainda não sabia até onde podia ir.

É, sonhando. Todos caminhando pelos corredores em Leiden. Você sabe o que fizeram com Michael Servetus na Genebra calvinista? Quando ele descreveu com exatidão a circulação do sangue em 1553, eles o queimaram na fogueira com todos os seus livros heréticos. Tenha cuidado, Dra. van Abel.

Não sou bruxa.

Claro. Nenhum de nós é. É uma questão de uma reavaliação constante do nosso conceito dos princípios *naturais*.

Nada de natural naquelas rosas.

E agora o ar aqui dentro, movimentando-se desse jeito, enfunando as cortinas para fazer com que dancem, mexendo nos papéis na mesinha de centro em frente a ela, até mesmo levantando os cachos do seu cabelo e a resfriando. Seus truques.

Ela não queria mais esse sonho. Será que os pacientes em Leiden sempre se levantam e saem andando depois da aula de anatomia?

Mas você não quer ousar aparecer, quer?

Ela se encontrou com Ryan às dez da manhã e lhe disse tudo sobre os planos para o casamento, procurando dar à decisão um tom de naturalidade, algo de definitivo, de modo a inspirar o mínimo possível de perguntas.

– E tem uma coisa que eu gostaria que fizesse por mim – disse ela, tirando o colar da esmeralda da bolsa. – Você poderia guardar isso em algum tipo de cofre? Basta que fique trancado onde ninguém tenha acesso a ele.

– É claro que posso guardá-lo aqui no escritório, mas, Rowan, tenho alguns pontos para explicar. Esse legado é muito antigo. Você precisa ter um pouco de paciência agora. As normas e os procedimentos, por assim dizer, são estranhos e absurdos, mas, mesmo assim, explícitos. Receio que seja uma exigência o uso do colar da esmeralda na cerimônia do casamento.

– Não está falando sério.

– Você deve compreender, naturalmente, que essas pequenas exigências provavelmente sejam vulneráveis a contestações ou revisões por um tribunal, mas o motivo para segui-las ao pé da letra está, e sempre esteve, em evitar até mesmo a possibilidade mais remota de alguém um dia questionar a herança em qualquer ponto da sua história. E, com uma fortuna pessoal dessas proporções...

E ele continuou interminavelmente no seu conhecido estilo de advogado, mas ela compreendeu. Lasher havia vencido esse round. Lasher conhecia as condições do legado, não conhecia? Ele apenas lhe dera o melhor presente de casamento.

Sua raiva foi fria, sinistra e isoladora, exatamente como havia sido nos seus piores momentos. Ela olhou para longe, para fora da janela do escritório, sem nem mesmo ver o céu suave, cheio de nuvens, ou o talho sinuoso e fundo do rio sob o céu.

– Vou mandar consertar essa corrente de ouro – disse Ryan. – Parece estar quebrada.

Era uma da tarde quando ela chegou a First Street com o almoço num saquinho de papel pardo: dois sanduíches e umas duas garrafas de cerveja holandesa. Michael estava todo animado. Haviam descoberto um tesouro de antigos tijolos vermelhos de Nova Orleans, debaixo da terra no terreno dos fundos. Tijolos lindos, do tipo que não se fazia mais. Agora podiam construir os novos pilares para os portões com o material perfeito. E também haviam encontrado escondido no sótão um maço de velhas plantas.

– Parecem ser as plantas originais – disse ele. – Podem ter sido desenhadas pelo próprio Darcy. Vamos. Eu as deixei lá em cima. São tão frágeis.

Ela subiu a escada com ele. Como tudo parecia diferente com a pintura nova.

Até o quarto de Deirdre estava lindo agora, como sempre deveria ter sido.

– Você não está com nenhum problema, está?

Será que ele não saberia?, pensou ela. Será que ele não teria de perceber? E imaginar que ela seria forçada a usar aquela joia maldita no casamento. Seu grande sonho do Centro Médico Mayfair e tudo o mais poderiam desaparecer se ela não a usasse. Ele ficaria louco quando ela contasse. E ela não aguentava ver o pavor nos seus olhos novamente. Ela não suportava vê-lo agitado e fraco, essa era a pura verdade.

– Não, nenhum problema. É que eu passei a manhã inteira no centro com os advogados de novo e senti sua falta. – Ela o abraçou, aconchegando a cabeça debaixo do seu queixo. – Senti mesmo sua falta.

38

Ninguém pareceu menos surpreso com a notícia. Aaron fez um brinde a eles durante o café da manhã e depois voltou para o trabalho na biblioteca da First Street, onde, a convite de Rowan, estava catalogando os livros raros.

Ryan, da fala mansa e dos frios olhos azuis, apareceu na tarde de terça, para cumprimentar Michael. Numa agradável troca de palavras, ele deixou claro estar impressionado com o currículo de Michael, o que naturalmente só podia querer dizer que Michael havia sido investigado, pelos canais financeiros normais, exatamente como se estivesse se candidatando a um emprego.

– Tenho certeza – admitiu Ryan, finalmente – de que é meio ofensivo investigar o noivo de uma beneficiária do legado Mayfair. Mas, veja bem, nesse caso eu não tenho muita escolha...

– Eu não me importo – disse Michael, sorrindo. – Qualquer coisa que você não tenha conseguido descobrir e quiser saber, basta perguntar.

– Bem, para começar, como você conseguiu se sair tão bem sem cometer nenhum crime?

Michael descartou o elogio com uma risada.

– Quando você vir esta casa dentro de uns dois meses, irá entender.

No entanto, Michael não era tolo o suficiente para imaginar que sua modesta fortuna havia impressionado esse homem. O que eram dois milhões em ações de primeira linha em comparação com o legado Mayfair? Não, essa era mais uma referência à geografia de Nova Orleans, ao fato de ele ter vindo do outro lado da Magazine Street e de ainda ter o Irish Channel na voz. Michael havia, porém, passado muitos anos lá no Oeste para se preocupar com uma coisa dessas.

Eles caminharam juntos sobre a grama recém-aparada. Os novos buxos, pequenos e bem podados, estavam agora plantados por todo o jardim. Dava para se ver como os canteiros de flores haviam sido projetados um século atrás. Viam-se também as quatro pequenas estátuas gregas nos quatro cantos do pátio.

Na verdade, todo o projeto clássico ressurgia. O longo formato octogonal do gramado era o mesmo formato da piscina. As lajes perfeitamente quadradas haviam sido dispostas num desenho de losango junto às balaustradas de pedra calcária que dividiam o pátio em retângulos distintos e demarcavam caminhos que se encontravam em ângulos retos, emoldurando tanto o jardim quanto a casa. Velhos caramanchões haviam sido recompostos de tal modo que mais uma vez definissem os portais. E, à medida que a tinta preta ia cobrindo as grades trabalhadas de ferro fundido, ela dava vida ao seu desenho repetitivo e enfeitado de arabescos e rosetas.

É, motivos; para qualquer canto que olhasse, ele discernia motivos, desenhos em contraste com a extremosa esparramada, as camélias de folhas lustrosas, a rosa antiga que se esforçava por subir no caramanchão e as pequenas maravilhas que brigavam pela luz nos trechos onde o sol brilhava direto.

Beatrice, muito exagerada num enorme chapéu cor-de-rosa e grandes óculos quadrados de armação prateada, veio se encontrar com Rowan às duas para falar sobre o casamento. Rowan havia marcado a data para uma semana depois do sábado seguinte.

– Menos de quinze dias! – exclamou Beatrice, alarmada. Não, tudo tinha de ser feito do jeito certo. Rowan não compreendia o que o casamento iria representar para a família? As pessoas iam querer vir de Atlanta e de Nova York.

Não poderia ser antes do final de outubro. E sem dúvida Rowan ia querer que a reforma da casa estivesse terminada. Ver a casa significaria muito para todos.

Está bem, disse Rowan. Achava que ela e Michael podiam esperar todo esse tempo, especialmente se fosse para que pudessem passar a noite de núpcias na casa, e a recepção fosse realizada ali.

Perfeitamente, disse Michael. Isso lhe daria quase oito semanas inteiras para pôr as coisas em ordem. Com toda a certeza, o andar principal e o quarto da frente lá em cima poderiam ser terminados.

– Seria uma dupla comemoração, não é? – disse Bea. – A do seu casamento e a da reabertura da casa. Queridos, vocês deixarão todos tão felizes.

E é claro que todos os Mayfair no universo deveriam ser convidados. Beatrice passou, então, para a lista de bufês. A casa podia receber mil pessoas se fossem instalados toldos no gramado e junto à piscina. Não, nada com que se preocupar. E as crianças poderiam nadar, certo?

É, seria como nos velhos tempos, seria como nos dias de Mary Beth. Rowan gostaria de ver algumas velhas fotografias das últimas festas dadas antes da morte da Stella?

– Vamos juntar todas essas fotografias para a recepção – disse Rowan. – Pode ser uma reunião. Vamos expor as fotografias para que todos possam apreciar.

– Vai ser maravilhoso.

De repente, Beatrice estendeu a mão e segurou a de Michael.

– Posso fazer uma pergunta, querido? Agora que você faz parte da família? Por que afinal você usa essas luvas horríveis?

– Eu tenho visões quando toco nas pessoas – respondeu Michael antes que pudesse se controlar.

Os grandes olhos cinzentos de Beatrice se iluminaram.

– Ah, mas isso é superinteressante. Você sabia que Julien tinha esse poder? Foi o que sempre me disseram. E Mary Beth também. Ai, querido, por favor, deixe. – Ela começou a enrolar o couro a partir do punho, com suas longas unhas amendoadas, cor-de-rosa, arranhando de leve a pele. – Por favor. Posso? Você não se incomoda? – Ela arrancou as luvas e as exibiu com um sorriso triunfal, embora inocente.

Ele não fez nada. Continuou passivo, com as mãos abertas, os dedos ligeiramente dobrados. Ficou olhando quando ela pôs a mão sobre a sua e depois a apertou com firmeza. Num relance, as imagens aleatórias invadiram sua cabeça. A confusão surgiu e desapareceu tão rápido que ele não captou nada, apenas a atmosfera, a sanidade, o equivalente do sol e do ar puro, bem como a impressão bem nítida de *Inocente. Não faz parte deles.*

– O que você viu? – perguntou ela.

Ele viu seus lábios pararem de se mexer antes de as palavras soarem claras.

– Nada – disse ele, recuando. – Considera-se que essa seja a absoluta confirmação de bondade e de boa sorte. Nada. Nenhuma aflição, nenhuma tristeza, nenhuma doença, absolutamente nada. – E, de certa forma, essa era a pura verdade.

– Ai, mas você é uma gracinha – disse ela, perplexa e sincera, aproximando-se para lhe dar um beijo. – Onde você foi descobrir uma pessoa assim? – perguntou ela a Rowan e prosseguiu sem esperar pela resposta. – Gosto de vocês dois! Isso é ainda melhor do que amá-los, porque, sabe, já era esperado que os amasse. Mas gostar de vocês, que surpresa interessante. Vocês realmente formam o casal mais adorável. Você, Michael, com esses seus olhos azuis, e você, Rowan, com essa voz formidável, caramelada! Eu tenho vontade de beijá-lo nos olhos cada vez que você sorri para mim, e não vá sorrir agora, como ousa? E tenho vontade de beijá-la no pescoço cada vez que ela diz uma palavra! Uma única palavra que seja!

– Posso dar um beijo na sua bochecha, Beatrice? – perguntou ele, com ternura.

– Prima Beatrice para você, seu belo pedaço de homem – disse ela, com um pequeno tapinha teatral no peito arfante. – Vamos! – Ela fechou bem os olhos e depois os abriu com mais um sorriso radiante, exagerado.

Rowan apenas sorria para os dois numa atitude indecisa, pasma. E agora já era hora de Beatrice levá-la ao centro até o escritório de Ryan. Intermináveis questões legais. Que horrível. Lá foram as duas.

Michael percebeu que as luvas pretas haviam caído na grama. Ele as pegou e calçou.

Não faz parte deles...

Mas quem estivera falando? Quem estivera digerindo e transmitindo essa informação? Talvez ele simplesmente estivesse se aperfeiçoando, aprendendo a fazer perguntas, como Aaron havia tentado ensinar a fazer.

A verdade era que ele não havia prestado muita atenção a esse aspecto das aulas. Seu desejo principal era o de bloquear o poder. Fosse qual fosse o caso, pela primeira vez desde o desastre com os frascos, havia surgido uma mensagem clara e distinta. Na verdade, era infinitamente mais concisa e definitiva do que a maioria dos terríveis sinais que havia recebido naquele dia. Ao seu modo, havia sido tão clara quanto a profecia de Lasher.

Ele ergueu os olhos devagar. Sem dúvida havia alguém na varanda lateral, escondido nas sombras, a observá-lo. Mas ele não viu nada. Só os pintores a trabalhar na grade de ferro. A varanda estava esplêndida agora que haviam arrancado a velha tela e removido a moldura improvisada de madeira. Ela era agora uma ponte entre o longo salão duplo e o belo gramado.

E aqui nós nos casaremos, pensou ele, sonhador. Como em resposta, as grandes extremosas começaram a dançar com a brisa, suas leves flores cor-de-rosa movimentando-se graciosamente em contraste com o céu azul.

Quando ele chegou de volta ao hotel naquela tarde, havia um envelope à sua espera, de Aaron. Ele o rasgou antes mesmo de chegar à suíte. Uma vez fechada a porta, isolando-o do mundo lá fora, tirou do envelope a lustrosa foto colorida e a segurou de modo que fosse bem iluminada.

Uma linda mulher morena o contemplava de dentro da divina escuridão tecida por Rembrandt: viva, sorrindo exatamente o mesmo sorriso que ele acabara de ver nos lábios de Rowan. A esmeralda Mayfair refulgia nesse crepúsculo magistral. A ilusão era tão dolorosamente real que ele teve a impressão de que o papel da fotografia poderia se desfazer e deixar o rosto a flutuar, diáfano como o de um fantasma, no ar.

Mas seria essa a sua Deborah, a mulher que ele havia visto nas visões? *Ele não sabia.* Não lhe ocorria nenhum choque de reconhecimento por mais que ele examinasse o retrato.

Retirar as luvas e manusear a foto não produziu nada, só as imagens enlouquecedoras e sem significado de intermediários e pessoas sem importância que a essa altura ele já esperava. E, sentado no sofá com a fotografia nas mãos, sabia que teria sido igual se houvesse tocado o próprio quadro a óleo.

– O que você quer de mim? – sussurrou ele.

Inocente e atemporal, a menina de cabelos escuros sorria de volta para ele. Uma desconhecida. Captada para sempre na sua infância breve e desesperada. Aprendiz de feiticeira e nada mais.

Mas alguém havia dito uma coisa nessa tarde quando a mão de Beatrice tocou na sua. Alguém havia usado seu poder com algum objetivo. Ou teria sido simplesmente sua própria voz interior?

Ele pôs de lado as luvas, como estava acostumado a fazer quando ficava só, pegou seu caderno e sua caneta e começou a escrever.

"É, creio ter sido um pequeno uso construtivo do poder. Porque as imagens se subordinavam à mensagem. Não tenho certeza se isso alguma vez ocorreu antes, nem mesmo no dia em que toquei nos frascos. As mensagens estavam misturadas com as imagens, e Lasher falava diretamente comigo, mas tudo estava misturado. Isso aqui era bem diferente."

E se ele tocasse a mão de Ryan hoje à noite no jantar, quando todos estivessem reunidos em volta da mesa à luz de velas no Caribbean Room ali embaixo? O que sua voz interior diria? Pela primeira vez, ele se descobriu ansioso por usar o poder. Talvez por sua pequena experiência com Beatrice ter dado tão certo.

Ele gostava de Beatrice. Talvez tivesse visto o que queria ver. Um ser humano comum, parte da grande onda do real que significava tanto para ele e para Rowan.

"Caso-me antes de 1º de novembro. Meu Deus, preciso ligar para tia Viv. Ela vai ficar tão decepcionada se eu não ligar."

Ele pôs a fotografia na mesinha de cabeceira de Rowan para que ela a visse.

Havia ali um linda flor, uma flor branca que parecia um lírio normal, mas que tinha algo de diferente. Ele a pegou, examinando-a na tentativa de descobrir por que ela parecia tão estranha, e percebeu, então, que ela era muito mais longa do que qualquer lírio que um dia houvesse visto e que suas pétalas pareciam extraordinariamente frágeis.

Bonita. Rowan devia tê-la pegado no caminho de volta da casa. Ele entrou no banheiro, encheu um copo com água, pôs o lírio nele e o trouxe até a mesinha.

Ele não se lembrou da história de tocar a mão de Ryan até muito depois de terminado o jantar, quando estava sozinho ali em cima com seus livros. Alegrou-se por não tê-lo feito. O jantar havia sido divertidíssimo, com o jovem Pierce os regalando com antigas lendas de Nova Orleans, todo o folclore de que Michael se lembrava, mas de que Rowan nunca havia ouvido falar, e pequenas anedotas engraçadas sobre os diversos primos, tudo concatenado sem rigidez, num estilo natural e sedutor. No entanto, a mãe de Pierce, Gifford, uma mulher morena bem-vestida e bem tratada, que também era uma Mayfair de nascimento, passara a refeição inteira olhando fixamente para Michael e Rowan, em silêncio e com ar de medo, sem dizer praticamente nada.

E é claro que o jantar em si era para ele mais um daqueles momentos de satisfação íntima, em comparação com a ocasião na sua infância em que tia Viv viera de San Francisco para visitar sua mãe e ele jantara num restaurante de verdade – o Caribbean Room – pela primeira vez.

E imaginar que tia Viv estaria aqui antes do final da semana seguinte. Ela estava confusa, mas viria. Um peso que lhe saía da cabeça.

Ele a acomodaria em algum condomínio simpático e confortável na St. Charles Avenue, numa das novas casas de tijolos com os bonitos telhados de mansarda e as portas envidraçadas. Num lugar próximo ao desfile de Carnaval para que ela pudesse assistir da sacada. Na verdade, ele devia estar procurando nos classificados neste exato instante. Ela poderia pegar táxis para onde quer que precisasse ir. E depois ele lhe informaria com extrema delicadeza o seu desejo de que ela ficasse por aqui pelo Sul, que ele não queria voltar para a Califórnia, que a casa de Liberty Street não representava mais um lar para ele.

Por volta da meia-noite, ele largou os livros de arquitetura e entrou no quarto. Rowan estava apagando a luz naquele momento.

– Rowan, se você visse aquela criatura, você me diria, certo?

– Do que você está falando, Michael?

– Se você visse Lasher, você me contaria. Imediatamente.

– Claro que sim. Por que você chegou a me fazer essa pergunta? Por que não guarda os livros e vem dormir?

Ele viu que o retrato de Deborah estava em pé encostado no abajur. E que o belo lírio branco no copo d'água estava em frente à fotografia.

– Ela era linda, não? – comentou Rowan. – Imagino que não haja meios neste mundo de se conseguir que o Talamasca se desfaça do quadro original.

– Não sei. Talvez seja bem improvável. Mas você sabe que essa flor é realmente extraordinária. Hoje à tarde, quando a coloquei no copo, eu poderia jurar que era apenas uma flor, e agora são três. Olhe só. Eu devo não ter percebido os botões.

Rowan pareceu intrigada. Ela estendeu a mão, tirou a flor da água com cuidado e a examinou.

– Que tipo de lírio é esse? – perguntou.

– Bem, é meio parecido com o que costumávamos chamar de lírio da Páscoa, mas esses não dão flor nesta época do ano. Não sei o que é. Onde você o pegou?

– Eu? Eu nunca o havia visto antes.

– Imaginei que você o tivesse pegado em algum lugar.

– Não, não fui eu. – Seus olhos se encontraram. Ela foi a primeira a desviar o olhar, erguendo suas sobrancelhas lentamente e depois inclinando de leve a cabeça. Pôs o lírio de volta no copo. – Talvez um pequeno presente de alguém.

– Por que eu não o jogo fora? – sugeriu Michael.

– Não se aborreça, Michael. É só uma flor. Ele é cheio de truques, está lembrado?

– Não estou aborrecido, Rowan. É só que a flor já está murchando. Olhe, está ficando marrom e tem uma aparência esquisita. Não gosto dela.

– Está bem – disse ela, com muita calma. – Jogue-a fora. – Ela deu um sorriso. – Mas não se preocupe com nada.

– Claro que não. O que há para que eu me preocupe? Só um espírito de trezentos anos, com uma personalidade independente, que sabe fazer com que as flores voem de um lado para o outro. Por que eu não deveria me regozijar por um estranho lírio surgir do nada? Ora, talvez ele tenha feito isso por Deborah. Quanta gentileza.

Ele se voltou e olhou novamente para a fotografia. Como uma centena de outros assuntos de Rembrandt, a Deborah dos cabelos escuros parecia estar a encará-lo de frente. Ele se espantou com a risada de Rowan.

– Sabe, Michael, você fica uma gracinha quando se zanga. Olhe, talvez haja uma perfeita explicação para como essa flor apareceu aqui.

– É, é isso o que sempre dizem nos filmes. E a plateia sabe que estão loucos.

Ele levou o lírio para o banheiro, deixando-o cair na cesta de lixo. Já estava murchando mesmo. Nenhum desperdício, não importava de onde tivesse vindo, concluiu Michael.

Ela estava à sua espera quando ele voltou, com os braços cruzados, muito serena e convidativa. Ele se esqueceu totalmente dos livros na sala de estar.

Na noite seguinte, ele caminhou sozinho até a First Street. Rowan havia saído com Cecilia e Clancy Mayfair para dar um passeio pelos shoppings na cidade.

A casa estava vazia e em silêncio quando ele chegou. Até mesmo Eugenia estava fora nessa noite, com seus dois filhos e os netos. A casa era toda sua.

Embora a obra estivesse avançando num ritmo maravilhoso, ainda havia escadas e lonas praticamente por toda parte. As janelas ainda estavam sem cortinas, e era cedo demais para limpá-las. As altas venezianas, retiradas para serem lixadas e pintadas, jaziam uma ao lado da outra como enormes pranchas sobre a grama.

Ele entrou no salão, ficou olhando muito tempo para seu próprio reflexo sombrio no espelho acima da primeira lareira, com a minúscula luz vermelha do cigarro lembrando um vaga-lume no escuro.

Uma casa como esta nunca fica em silêncio, pensou ele. Mesmo agora, ele ouvia, baixinho, uma melodia de rangidos e estalidos nos caibros e nos pisos antigos. Qualquer pessoa mais inexperiente juraria que alguém estava andando no andar superior. Ou que lá nos fundos, na cozinha, alguém acabava de fechar uma porta. E ainda aquele ruído estranho, como um bebê chorando, muito ao longe.

Mas não havia mais ninguém ali. Essa não era a primeira noite em que ele escapulia para testar a casa e a si mesmo. E sabia que não seria a última.

Sem pressa, ele voltou passando pela sala de jantar, pela cozinha sombria e saindo pelas portas envidraçadas. Uma iluminação suave banhava a noite à sua volta, derramando-se das lanternas no vestiário recém-restaurado e das lâmpadas do fundo da piscina. Ela brilhava nas cercas vivas e nas árvores bem podadas e nos móveis de ferro fundido, todos lixados e pintados, arrumados em pequenos grupos nas lajes varridas.

A própria piscina estava totalmente recuperada e cheia. Parecia muito atraente; aquele longo retângulo de água azul e funda, ondulando e cintilando ao crepúsculo.

Ele se ajoelhou e pôs a mão na água. No fundo, um pouco quente demais para esse tempo de início de setembro, que não estava nem um pouco mais fresco do que agosto, quando se analisava bem. Mas ótimo para nadar no escuro.

Ocorreu-lhe uma ideia. Por que não mergulhar na piscina agora? Num certo sentido, parecia errado sem Rowan. O primeiro mergulho era um daqueles momentos que deviam ser compartilhados. Mas e daí? Rowan estava se divertindo, sem dúvida, com Cecilia e Clancy. E a água estava uma tentação. Ele não nadava numa piscina há anos.

Olhou de relance para as poucas janelas iluminadas na parede lilás-escura da casa. Ninguém que pudesse vê-lo. Tirou rapidamente o casaco, a camisa, as calças, os sapatos e as meias. Tirou a cueca. E, caminhando até o lado mais fundo, mergulhou sem pensar em mais nada.

Meu Deus! Isso sim era a vida! Mergulhou até suas mãos tocarem no fundo azul e depois se virou para poder ver a luz cintilando na superfície lá em cima.

Subiu, então, deixando que sua leveza natural o levasse até a superfície, sacudindo a cabeça e boiando em pé, enquanto erguia os olhos para as estrelas. Havia barulho à sua volta! Risos, conversas, gente falando com vozes altas, animadas, e, por trás daquilo tudo, o lamento acelerado de uma banda de Dixieland.

Voltou-se, espantado, e viu o gramado enfeitado com lanternas e apinhado de gente. Por toda parte, jovens casais dançavam nas lajes ou mesmo direto na grama. Todas as janelas da casa estavam iluminadas. Um rapaz de smoking preto mergulhou de repente na piscina bem diante dele, deixando-o ofuscado com a violência da pancada na água.

Sua boca de repente estava cheia d'água. O barulho era ensurdecedor. Na outra ponta da piscina, um homem de casaca e gravata branca estava parado, acenando para ele.

– Michael! – gritava o homem. – Saia daí logo, homem, antes que seja tarde!

Um sotaque britânico. Era Arthur Langtry. Ele começou a nadar rapidamente para a outra ponta. Mas antes de dar três braçadas perdeu o fôlego. Uma dor aguda o atingiu nas costas, e ele deu uma guinada para o lado.

Quando atingiu a borda da piscina e parou ali, a noite à sua volta estava silenciosa e vazia.

Durante um segundo, não fez nada. Ficou ali, ofegante, tentando controlar as batidas do coração e esperando que a dor nos pulmões passasse. Enquanto isso, seus olhos cobriam o pátio deserto, as janelas áridas, o vazio do gramado.

Tentou, então, se erguer e sair da piscina. Seu corpo tinha um peso impossível e, mesmo com o calor, ele sentia frio. Ficou ali tremendo por um instante. Depois entrou no vestiário e pegou uma das toalhas sujas que usava durante o dia quando vinha lavar as mãos. Secou-se com ela e saiu, olhando para o jardim vazio e a casa às escuras. As paredes recém-pintadas de violeta estavam agora da cor exata do céu crepuscular.

Sua própria respiração ruidosa era o único som no silêncio. Mas agora seu peito não doía mais, e ele se forçou a respirar fundo algumas vezes.

Estava apavorado? Estava furioso? Ele sinceramente não sabia. Talvez estivesse num estado de choque. Também não tinha certeza quanto a isso. Parecia que havia corrido de novo os dois quilômetros em quatro minutos, disso tinha certeza. E sua cabeça começava a doer. Ele pegou as roupas e começou a se vestir, recusando-se a se apressar, recusando-se a ser expulso dali.

Depois, ficou por algum tempo sentado no banco de ferro encurvado, fumando um cigarro e examinando as coisas ao seu redor, procurando se lembrar exatamente do que havia visto. A última festa de Stella. Arthur Langtry.

Mais um dos truques de Lasher?

Ao longe, depois do gramado, junto à cerca da frente, entre as camélias, ele achou ter visto alguém se mexendo. Ouviu o ressoar de passos. Mas era apenas alguém a dar um passeio noturno; talvez a espiar por entre as folhas.

Ele prestou atenção até não escutar mais os passos distantes e percebeu que estava ouvindo o ruído do trem que passava à beira-rio, exatamente como o ouvia em Annunciation Street quando era menino. E novamente aquele som, o de um bebê chorando. Esse era apenas um apito de trem.

Pôs-se de pé, esmagou o cigarro e voltou para dentro de casa.

– Você não me assusta – disse ele, em tom despreocupado. – E não acredito que aquele fosse Arthur Langtry.

Alguém havia suspirado na escuridão? Ele deu meia-volta. Nada, a não ser a sala de jantar vazia ao seu redor. Nada a não ser o grande portal em formato de buraco de fechadura que dava para o corredor. Ele foi em frente sem se incomodar em dar passos mais leves, deixando que ressoassem ruidosos e invasores.

Um pequeno estalido. Uma porta que se fechava? E o ruído de uma janela sendo erguida, toda uma vibração de madeira e vidraças.

Ele se voltou e subiu a escada. Foi até o quarto da frente e depois passou por todos os quartos vazios. Não se deu ao trabalho de acender a luz. Ele conhecia bem o caminho, desviando-se da velha mobília, fantasmagórica sob as lonas plásticas. A luz pálida do poste da rua a entrar pelos portais era mais do que suficiente para ele.

Afinal, depois de cobrir cada metro da casa, ele desceu de volta ao térreo e saiu pela porta.

Ao chegar ao hotel, chamou Aaron do saguão e o convidou para vir até o bar tomar um drinque. O bar era pequeno e simpático, bem à frente, com algumas mesinhas aconchegantes e iluminação discreta, e raramente estava cheio.

Ocuparam uma mesa no canto. Bebendo meia cerveja em tempo recorde, ele contou a Aaron o que havia acontecido, descrevendo o homem de cabelos grisalhos.

– Sabe, eu nem quero contar para Rowan – disse ele.

– Por que não?

– Porque ela não quer saber. Ela não quer me ver agitado de novo. Ela fica louca com isso. Ela procura ser compreensiva, mas as coisas não a afetam do mesmo jeito. Eu me descontrolo. Ela fica furiosa.

– Acho que deve contar.

– Ela vai me dizer para ignorar tudo e para continuar a fazer o que me deixa feliz. Às vezes, eu me pergunto se nós não devíamos nos mandar daqui, Aaron, se alguém não devia... – Ele se interrompeu.

– Devia o quê, Michael?

– Ah, é absurdo. Eu poderia matar quem tentasse destruir aquela casa.

– Fale com ela. Basta que conte num tom simples e sereno o que aconteceu. Não passe a reação que irá perturbá-la, a não ser que ela lhe peça. Mas também não guarde segredos, Michael, especialmente um segredo dessa natureza.

Ele ficou calado muito tempo. Aaron já havia quase terminado seu drinque.

– Aaron, o poder que ela tem. Existe algum meio para testá-lo, trabalhar com ele ou descobrir o que pode fazer?

Aaron fez que sim.

– Existe, mas Rowan acha que trabalhou com ele a vida inteira ao fazer curas. E tem razão. Quanto ao potencial negativo, ela não quer desenvolvê-lo. Ela quer impedi-lo totalmente.

– É, mas seria de se esperar que ela quisesse mexer com ele de vez em quando, numa situação de laboratório.

– Talvez, com o tempo. Neste exato momento, acho que ela está totalmente concentrada na ideia do centro médico. Como você disse, ela tem vontade de estar com a família e de concluir esses planos. E eu devo admitir que a ideia do Centro Médico Mayfair é magnífica. Acho que o pessoal da Mayfair & Mayfair está impressionado, embora eles relutem em confessar. – Aaron terminou seu vinho. – E você? – Aaron fez um gesto indicando as mãos de Michael.

– Ah, está bem melhor. Estou tirando as luvas cada vez com frequência maior. Eu não sei...

– E quando estava nadando?

— Bem, acho que estava sem elas. Meu Deus, nem pensei nisso. Eu... Você não está pensando que isso esteja relacionado às luvas, está?

— Não, acho que não. Mas tenho a impressão de que você pode estar bastante certo ao supor que poderia não ter sido Langtry. Talvez seja mais do que uma sensação, mas não creio que Langtry tentasse aparecer dessa forma. No entanto, não deixe de contar a Rowan. Você espera que ela seja perfeitamente franca com você, não espera? Conte tudo a ela.

Ele sabia que Aaron tinha razão. Estava vestido para o jantar e esperava na sala de estar da suíte quando Rowan chegou. Preparou-lhe uma água mineral gasosa com gelo e explicou o incidente com a maior concisão possível.

Percebeu imediatamente a ansiedade no seu rosto. Era quase uma decepção que alguma coisa feia, sinistra e horrível mais uma vez toldasse sua insistência de que tudo estava correndo bem. Ela parecia incapaz de dizer uma palavra sequer. Ficou apenas sentada no sofá, ao lado da pilha de embrulhos que trazia ao chegar. Não tocou na água.

— Acho que foi um dos truques de Lasher — disse Michael. — Foi essa a minha impressão. O lírio, aquilo foi um tipo de truque. Acho que deveríamos simplesmente seguir em frente.

Era isso o que ela queria ouvir, não era?

— É, é exatamente isso o que deveríamos fazer — disse ela, com uma leve irritação. — E isso o perturbou? Acho que eu teria ficado louca ao ver uma coisa dessas.

— Não. Foi chocante, mas foi meio que fascinante. Acho que me deixou com raiva. Eu tive assim... bem, quer dizer, eu tive um daqueles ataques...

— Meu Deus, Michael.

— Não, não! Sente-se e relaxe, Dra. Mayfair. Estou bem. É só que, quando essas coisas acontecem, elas provocam um esforço, uma reação geral do organismo ou algo do tipo. Não sei. Talvez eu fique apavorado e não saiba. É provável que seja isso. Uma vez, quando eu era menino, estava andando na montanha-russa em Pontchartrain Beach. Chegamos bem lá no alto e eu pensei, bem, dessa vez não vou me preparar todo. Vou só me deixar mergulhar, totalmente relaxado. Bem, aconteceu uma coisa estranhíssima. Senti umas cãibras no estômago e no peito. Que dor! Foi como se meu corpo tencionasse por mim, sem minha permissão. Foi mais ou menos isso. Na verdade, foi exatamente assim.

Ela estava realmente perdendo a paciência. Estava ali sentada de braços cruzados, com a boca tensa, e estava perdendo mesmo.

— As pessoas morrem de ataques do coração em montanhas-russas — disse ela, por fim. — Da mesma forma que morrem de outros tipos de estresse.

— Eu não vou morrer.

— Como tem tanta certeza?

— O fato de já ter morrido antes. E de saber que ainda não chegou a hora.

— Muito engraçado — disse ela, com um sorrisinho irônico.
— Estou falando sério.
— Não vá mais lá sozinho. Não dê à criatura nenhuma oportunidade de fazer isso com você.
— Bobagem, Rowan! Não tenho medo dessa criatura maldita. Além do mais, eu gosto de ir até lá. E...
— E o quê?
— A coisa vai se mostrar mais cedo ou mais tarde.
— Como tem tanta certeza de que era Lasher? — perguntou ela, com a voz calma. E o rosto subitamente sereno. — E se fosse Langtry mesmo, e Langtry quisesse que você me deixasse?
— Isso não faz sentido.
— É claro que faz.
— Olhe. Vamos deixar isso de lado. Só quero ser franco com você, dizer tudo o que aconteceu, não esconder uma história dessas. E também não quero que você me esconda nada.
— Não vá até lá novamente — disse ela, com a expressão se anuviando. — Não sozinho, não à noite, não à procura de encrenca.
Ele fez um barulhinho irônico.
Mas ela havia se levantado e saído da sala com passos decididos. Ele nunca a havia visto se comportar daquele jeito. Logo ela ressurgiu com a bolsa preta de couro na mão.
— Abra a camisa, por favor. — Ela estava tirando o estetoscópio da bolsa.
— O quê? O que é isso? Você deve estar brincando.
Ela estava parada à sua frente, segurando o estetoscópio e olhando para o teto. Depois, baixou os olhos até ele e sorriu.
— Vamos brincar de médico, está bem? Agora, abra a camisa.
— Só se você abrir a sua também.
— Eu abro logo em seguida. Na verdade, se você quiser, pode escutar meu coração também.
— Bem, se é assim. Meu Deus, Rowan, esse troço está gelado.
— Eu só o aqueço nas mãos para crianças, Michael.
— Bem, você acha que marmanjos corajosos como eu não sentem frio ou calor?
— Pare de tentar me fazer rir. Respire fundo bem devagar.
Ele fez o que ela pediu.
— E então, o que ouviu aí dentro?
Ela se levantou, pegou o estetoscópio com uma das mãos e o guardou na bolsa. Sentou-se ao seu lado e apertou seu pulso com os dedos.
— E aí?

– Você parece estar bem. Não ouvi nenhum sopro. Não percebi nenhum problema congênito, nenhuma disfunção ou fragilidade de espécie alguma.

– Esse é o Michael Curry que eu conheço! E o que diz seu sexto sentido?

Ela estendeu as mãos, colocando-as no seu pescoço, deslizando os dedos pelo colarinho aberto e afagando delicadamente sua pele. Era um toque tão delicado e tão diferente do seu jeito habitual que lhe deu calafrios nas costas e atiçou a paixão nele, acendendo rapidamente um fogo que o surpreendeu.

Ele estava a um passo de se transformar num perfeito animal, ali sentado, e ela sem dúvida devia estar percebendo isso. Mas seu rosto era uma máscara. Com o olhar vidrado fixo nele e as mãos ainda o segurando, ela estava tão imóvel que ele quase se alarmou.

– Rowan? – disse ele, baixinho.

Ela retirou as mãos devagar. Parecia ter voltado a si e deixou os dedos caírem brincalhões e com uma delicadeza enlouquecedora no seu colo, fingindo arranhar o volume nas suas calças.

– E então o que diz o seu sexto sentido? – perguntou ele, novamente, resistindo ao impulso de lhe arrancar as roupas imediatamente.

– Que você é o homem mais lindo, mais sedutor com quem já fui para a cama – disse ela, preguiçosa. – Que me apaixonar por você foi uma ideia espantosamente inteligente. Que nosso primeiro filho será incrivelmente lindo e forte.

– Você está me provocando? Claro que não viu isso?

– Não vi, mas é o que vai acontecer – disse ela, encostando a cabeça no seu ombro. – Vão acontecer coisas maravilhosas – prosseguiu ela, enquanto ele a abraçava mais forte. – Porque nós vamos fazer com que aconteçam. Vamos entrar ali agora e fazer uma coisa maravilhosa acontecer debaixo dos lençóis.

Antes do final da semana, a Mayfair & Mayfair realizou sua primeira reunião formal dedicada inteiramente à criação do centro médico. De acordo com o parecer de Rowan, foi decidido autorizar alguns estudos coordenados para examinar a viabilidade, as dimensões ideais do centro e a melhor localização possível em Nova Orleans.

Ryan programou para Anne Marie e Pierce viagens para coleta de dados aos principais hospitais de Houston, Nova York e Cambridge. Em nível municipal, estavam sendo organizadas reuniões para examinar a possibilidade de afiliação a universidades ou instituições existentes na cidade.

Rowan estava trabalhando muito na leitura de textos sobre técnicas hospitalares. Ela conversava por horas a fio no telefone com Larkin, seu ex-chefe, e outros médicos do país inteiro, pedindo sugestões e ideias.

Estava se tornando óbvio para ela que seu sonho mais grandioso poderia ser realizado com apenas uma fração do capital, se é que o capital chegaria a ser envolvido. Pelo menos, era assim que Lauren e Ryan Mayfair interpretavam seus sonhos, e era melhor deixar que as coisas avançassem dessa forma.

– Mas e se algum dia cada centavo desse dinheiro fosse aplicado na medicina? – cogitava ela em segredo com Michael. – Fosse aplicado na criação de vacinas e antibióticos, salas de cirurgia e leitos hospitalares?

A reforma estava indo tão bem que Michael teve tempo para dar uma olhada em mais umas duas propriedades. Antes de meados de setembro, ele já havia comprado uma loja espaçosa, comprida e poeirenta na Magazine Street, para a nova Grandes Esperanças, a apenas alguns quarteirões da First Street e do lugar onde havia nascido. Ela ficava num prédio antigo, com um apartamento no sobrado e uma varanda de ferro que cobria toda a calçada. Mais um daqueles momentos perfeitos.

É, tudo estava indo às mil maravilhas, e Michael estava adorando. O salão estava quase pronto. Alguns dos tapetes chineses e das belas poltronas francesas de Julien haviam voltado para lá. E o relógio de carrilhão estava funcionando novamente.

É claro que a família os assediou para que deixassem as acomodações do Pontchartrain e viessem para uma casa ou outra até o casamento. Mas eles estavam tão bem acomodados na grande suíte que dava para a St. Charles Avenue. Adoravam o Caribbean Room e o pessoal do hotel pequeno e elegante. Gostavam até do elevador de lambris, com as flores pintadas no teto, e o pequeno salão de chá onde às vezes tomavam o café da manhã.

Além do mais, Aaron ainda ocupava a suíte do andar de cima, e os dois haviam se afeiçoado muito a ele. Um dia não parecia completo sem um café, um drinque ou pelo menos uma conversinha com Aaron. E se ele continuava a sofrer aquele tipo de acidente não estava dizendo.

As últimas semanas de setembro foram mais frescas. E muitas noites eles ficavam na First Street, depois da saída dos trabalhadores, tomando vinho à mesa de ferro e olhando o sol se pôr por trás das árvores.

O último traço de luz se refletia nas altas janelas do sótão que davam para o sul, deixando as vidraças douradas.

De uma imponência silenciosa, a buganvília produzia suas flores roxas numa profusão deslumbrante, e cada aposento recém-terminado, ou trecho de grade pintada, os deixava animados e cheios de sonhos com o que estava por vir.

Enquanto isso, Beatrice e Lily Mayfair haviam convencido Rowan a fazer um casamento de vestido de noiva na igreja da Assunção de Nossa Senhora. O legado parecia estipular uma cerimônia católica. E os detalhes externos do ritual eram considerados absolutamente indispensáveis para a felicidade e a satisfação do clã como um todo. Rowan parecia feliz quando afinal cedeu.

E Michael estava eufórico, em segredo.

Aquilo o emocionava mais do que ele ousava admitir. Ele nunca havia esperado ter na vida nada tão elegante ou tradicional. E é claro que a decisão cabia à mulher, e ele não quis pressionar Rowan de forma alguma. Mas que maravilha só imaginar um casamento formal na velha igreja em que ele havia ajudado a missa.

À medida que os dias iam esfriando cada vez mais e eles entravam no lindo e refrescante mês de outubro, Michael logo percebeu como estava perto seu primeiro Natal juntos que iam passar nesta casa. Imagine a árvore que poderiam ter naquele salão enorme. Seria maravilhoso. E tia Viv estava afinal se acomodando no novo condomínio. Ela ainda reclamava da falta de objetos pessoais, e Michael agora prometia ir a San Francisco qualquer dia desses para buscá-los, mas sabia que ela estava gostando da cidade. E estava gostando da família Mayfair.

É, o Natal, como ele sempre havia imaginado que devia ser. Numa casa magnífica, com uma árvore esplêndida, e um fogo aceso na lareira de mármore.

O Natal.

Era inevitável que a lembrança de Lasher na igreja voltasse à sua mente.

A presença inconfundível de Lasher, associada ao cheiro dos pinheiros e das velas, e a imagem do Menino Jesus, de gesso, a sorrir na manjedoura.

Por que Lasher havia olhado para Michael com tanto amor naquele dia distante em que aparecera no altar junto ao presépio?

Por que tudo isso? Era essa a pergunta no final das contas.

E talvez Michael nunca viesse a saber. Talvez ele já houvesse de certo modo cumprido o objetivo em troca do qual sua vida lhe havia sido devolvida. Talvez ele não fosse nada mais do que voltar para aqui, amar Rowan e que os dois vivessem felizes nesta casa.

Mas sabia que não podia ser tão fácil assim. Simplesmente não fazia sentido desse jeito. Seria um milagre se isso durasse para sempre. Um milagre, como eram milagres a criação do Centro Médico Mayfair, o fato de Rowan querer um filho e de que em breve a casa seria deles... Como ver um fantasma era um milagre: um fantasma que sorria radiante para você do altar de uma igreja ou debaixo de uma extremosa nua numa noite fria.

39

Muito bem, lá vamos nós de novo, pensou Rowan. Era o quê? A quinta reunião em homenagem aos noivos? Haviam tido o chá de Lily, o almoço de Beatrice, o jantarzinho de Cecilia no Antoine's. E a festinha de Lauren, no centro, naquela adorável casa antiga na Esplanade Avenue.

Dessa vez, era em Metairie, na casa de Cortland, como ainda a chamavam, muito embora ela fosse há anos o lar de Gifford e Ryan, e do seu filho mais novo,

Pierce. E o límpido dia de outubro estava perfeito para uma recepção ao ar livre para cerca de duzentos convidados.

Não importava que só faltassem dez dias para o casamento, que seria no dia 1º de novembro, Dia de Todos os Santos. A família Mayfair ainda realizaria mais dois chás até lá e mais um almoço em algum lugar, devendo o local e a data ser confirmados mais tarde.

– Qualquer coisa é pretexto para uma festa! – explicou Claire Mayfair. – Querida, você não sabe há quanto tempo estamos esperando por algo assim.

Agora se moviam lentamente em círculos no gramado aberto abaixo das pequenas magnólias podadas com perfeição e pelas salas espaçosas e baixas da elegante casa de tijolos em estilo Williamsburg. E Anne-Marie, com seus cabelos escuros, pessoa de uma honestidade extrema que agora parecia estar totalmente encantada com os projetos hospitalares de Rowan, a apresentou a dezenas das mesmas pessoas que havia conhecido no enterro, bem como a dezenas de outras que ela nunca havia visto antes.

Aaron acertara na mosca na sua descrição de Metairie, um subúrbio tipicamente norte-americano. Aquelas pessoas poderiam estar em Beverly Hills ou Sherman Oaks, em Houston. A não ser talvez pelo fato de o céu aqui ter aquela aparência cristalina que ela não havia visto em nenhum outro lugar, com exceção do Caribe. E as velhas árvores que se alinhavam ao longo do meio-fio serem tão veneráveis quanto as do Garden District.

A casa em si era, no entanto, um puro exemplo da elite dos subúrbios americanos, com suas antiguidades da Filadélfia do século XVIII e o chão acarpetado; com todos os retratos de família, cuidadosamente emoldurados e iluminados; e o suave e insinuante saxofone de Kenny G se derramando de alto-falantes ocultos nas paredes divisórias brancas.

Um garçom negro, com uma cabeça perfeitamente redonda e um melodioso sotaque do Haiti servia o bourbon e o vinho branco em copos de cristal. Duas cozinheiras de pele negra clara, usando uniformes engomados, viravam os camarões cor-de-rosa gordos e apimentados na grelha fumegante. E as mulheres da família nos seus delicados vestidos em tons pastel pareciam flores entre os homens de ternos brancos; alguns bebês pequenos faziam travessuras na grama ou enfiavam as mãozinhas rosadas no jato da pequena fonte no centro do gramado.

Rowan encontrou um lugar confortável numa cadeira branca debaixo da maior das magnólias. Ela bebericava o bourbon enquanto apertava as mãos de um primo após o outro. Estava começando a apreciar o sabor desse veneno. Estava mesmo um pouco alta.

Antes, naquele mesmo dia, quando experimentava o vestido de noiva e o véu para a prova final, descobriu-se inesperadamente emocionada com essa ostentação e grata por ela lhe ter sido mais ou menos imposta.

"Princesa por um dia" era como ia ser, como se entrasse num carro alegórico e saísse dele. Mesmo o fato de usar a esmeralda não seria no fundo uma tortura, especialmente se considerando que ela se mantivera em segurança dentro do seu estojo desde aquela noite horrível. E Rowan nunca havia chegado a falar com Michael sobre seu aparecimento misterioso e indesejado. Sabia que devia ter contado, e algumas vezes esteve a ponto de fazê-lo, mas simplesmente não conseguia.

Michael havia adorado a ideia do casamento na igreja. Todos podiam constatar isso. Os seus pais haviam se casado na paróquia, da mesma forma que os seus avós antes deles. É, ele gostava da ideia, talvez mais do que ela. E, a menos que alguma outra coisa acontecesse com aquele colar apavorante, por que estragar tudo para ele? Por que estragar tudo para os dois? Ela sempre poderia explicar depois, quando a joia já estivesse trancada em segurança num cofre. É, não uma falsidade, apenas um pequeno adiamento.

Além disso, nada mais havia acontecido desde então. Nada de flores deformadas na mesinha de cabeceira. Na realidade, o tempo voava, com as obras a todo vapor, e a casa na Flórida mobiliada e pronta para sua lua de mel oficial.

Mais outro acaso feliz era o fato de Aaron ter sido plenamente aceito pela família e de agora estar rotineiramente incluído em todas as reuniões. Beatrice estava apaixonada por ele, ao que ela mesma dizia, e o provocava impiedosamente acerca dos seus modos de solteirão britânico e acerca das viúvas disponíveis no seio da família Mayfair. Ela havia chegado ao ponto de levá-lo a um concerto com Agnes Mayfair, uma prima mais velha, muito bonita, cujo marido morrera um ano antes.

Rowan se perguntava como Aaron ia lidar com Beatrice. Mas a essa altura ela já sabia que Aaron conseguiria agradar a Deus no céu ou ao diabo no inferno. Até mesmo Lauren, aquele iceberg de advogada, parecia gostar de Aaron. No outro dia num almoço, Lauren falou com ele o tempo todo sobre a história de Nova Orleans. Ryan gostava dele. Isaac e Wheatfield gostavam dele. E Pierce o interrogava implacável a respeito das suas viagens pela Europa e pelo Oriente.

Aaron era também uma companhia perfeitamente fiel à tia Vivian, de Michael. Rowan imaginava que todo mundo devia ter uma tia Vivian, uma pessoa frágil e pequena, como uma boneca, transbordando de amor e doçura, com uma adoração por qualquer coisa que Michael dissesse. Ela lembrava Rowan das descrições que Aaron havia feito de tia Belle e Millie Dear na história.

No entanto, a mudança não havia sido fácil para tia Vivian. E embora a família Mayfair a houvesse recebido com extremo carinho, ela não conseguia acompanhar seu ritmo frenético e suas conversas agitadas. Nesta tarde, ela havia implorado para ficar em casa, organizando os poucos objetos que havia trazido. Ela sempre pedia a Michael que fosse até lá e embalasse tudo o que estava na casa da Liberty Street, e ele estava adiando a viagem, apesar de tanto ele quanto Rowan saberem que ela era inevitável.

Ver Michael com tia Viv era amá-lo por todo um conjunto diferente de razões, pois ninguém poderia ser mais delicado ou mais paciente.

– Ela é o que resta da minha família, Rowan – havia ele comentado um dia. – Todos os outros se foram. Sabe, se as coisas não tivessem dado certo entre nós dois, eu agora estaria no Talamasca. Eles teriam se tornado a minha família.

Como Rowan entendia isso! Com um choque, aquelas palavras a transportavam de volta à sua própria solidão amarga de meses antes.

Meu Deus, como queria que as coisas dessem certo aqui! E o fantasma da First Street estava se mantendo reservado, como se ele também quisesse que tudo funcionasse. Ou será que a raiva de Rowan o havia afastado? Durante dias a fio após o aparecimento do colar, ela o havia amaldiçoado entredentes pelo que havia feito.

A família até estava aceitando a ideia do Talamasca, embora Aaron insistisse em ser vago quanto ao que ela realmente era. Os parentes talvez não compreendessem nada além de que Aaron era um estudioso e uma pessoa que viajava pelo mundo, que ele sempre se havia interessado pela história da família Mayfair por ser ela uma família sulina antiga e ilustre.

E qualquer estudioso que pudesse revelar uma antepassada da beleza surpreendente de Deborah, imortalizada por nada mais, nada menos do que o famoso Rembrandt, com sua autenticidade confirmada sem a menor sombra de dúvida pela inconfundível esmeralda Mayfair no seu colo, era o seu tipo preferido de historiador. Eles ficavam deslumbrados pelos fragmentos da sua história à medida que Aaron os revelava. Meu Deus, eles achavam que Julien havia inventado todas aquelas tolices sobre antepassados na Escócia.

Enquanto isso, Bea havia mandado copiar em óleo a fotografia do Rembrandt de Deborah para que o quadro pudesse estar pendurado na parede da casa da First Street no dia da cerimônia. Ela ficou furiosa com Ryan por não ter recomendado a aquisição do original. A verdade é que o Talamasca não queria se desfazer do quadro. Graças a Deus, depois de Ryan calcular o preço inevitável, o assunto foi definitivamente esquecido.

É, eles adoravam Aaron, Michael e Rowan.

Adoravam Deborah também.

Se sabiam alguma coisa sobre o que havia acontecido entre Aaron e Cortland ou Carlotta anos atrás, não diziam uma palavra sequer. Eles não sabiam que Stuart Townsend era membro do Talamasca. Na verdade, estavam totalmente confusos quanto à descoberta daquele corpo misterioso. E estava ficando cada vez mais óbvio que eles imaginavam ter sido Stella a responsável pela sua presença no sótão.

– É provável que ele tenha morrido lá em cima, de ópio ou de bebida, numa daquelas festas desvairadas e que ela simplesmente o tivesse enrolado no tapete e se esquecido da sua existência.

– Ou quem sabe ela não o estrangulou. Lembra aquelas festas que ela costumava dar?

Rowan se divertia ao ouvir sua conversa, suas tranquilas explosões de riso. Nunca lhe chegava a mais ínfima vibração telepática negativa. Ela agora captava suas boas intenções, sua alegria festiva.

Mas eles tinham seus segredos, alguns tinham, especialmente os mais velhos. A cada nova reunião, ela detectava indícios mais fortes. Na verdade, à medida que a data do casamento se aproximava, Rowan tinha certeza de que alguma coisa estava avultando.

Os mais velhos não estavam vindo visitar a First Street só para desejar felicidade ou para se encantar com a restauração. Eles estavam curiosos. Estavam receosos. Havia segredos que queriam lhe confiar ou conselhos que talvez quisessem oferecer. Ou, ainda, perguntas que quisessem fazer. E talvez estivessem apenas testando os poderes de Rowan, porque eles próprios tinham os seus. Ela nunca havia estado com gente tão carinhosa e tão capaz de esconder suas emoções negativas. Era interessante.

Mas quem sabe hoje não seria o dia em que algo de extraordinário ia acontecer?

Os mais velhos estavam aqui, havia bebida à vontade e, depois de uma série de dias frescos de outubro, a temperatura estava novamente agradável. O céu estava de um perfeito azul de porcelana, e as imensas nuvens onduladas passavam velozes, como graciosos galeões impelidos por ventos alísios.

Ela tomou mais um bom gole do bourbon, adorando a sensação de calor no seu peito, e olhou em volta à procura de Michael.

Lá estava ele, ainda preso como estava há uma hora pela irresistível Beatrice e por Gifford, com sua beleza admirável, Gifford, cuja mãe descendia de Lestan Mayfair, cujo pai descendia de Clay Mayfair e que naturalmente se casara com o neto de Cortland, Ryan. Aparentemente havia outras linhagens da família Mayfair enredadas na história, também, mas Rowan havia tido sua atenção desviada naquele ponto da conversa, com seu sangue fervilhando ao ver os dedos pálidos de Gifford segurando o braço de Michael sem nenhum bom motivo.

E então o que achavam de tão fascinante no seu querido para não soltarem suas garras dele? E por que Gifford era assim tão nervosa, para começo de conversa? Pobre Michael. Ele não sabia o que estava acontecendo. Ficava ali sentado, com as mãos enluvadas enfiadas nos bolsos, baixando a cabeça e rindo com as piadinhas delas. Ele não percebia o aspecto coquete dos seus gestos, a luz que chamejava nos seus olhos, o tom alto e sedutor dos seus risos.

Acostume-se. O filho da mãe é irresistível para mulheres sofisticadas. Todas elas se deram conta dele agora, de que ele é o guarda-costas que lê Dickens.

Ontem, ele subiu pela escada fina e alta encostada na lateral da casa como se fosse um pirata subindo pela escada de corda do navio. E depois, que cena, ele sem camisa, com o pé na mureta do telhado, o cabelo desfeito pelo vento, uma das mãos acenando como se não fizesse a menor ideia de que essa sequência de gestos despreocupados a estivesse enlouquecendo lentamente.

– Puxa, como ele é bonito, sabia? – dissera Cecilia, olhando lá para cima.

– Sei – resmungara Rowan.

O desejo que sentia por ele em momentos como esse era uma tortura. E agora ele estava ainda mais sedutor no seu novo terno de colete, de linho branco ("Você está querendo que eu me vista de sorveteiro?"), que Beatrice o fizera comprar, arrastando-o até a Perlis. ("Querido, agora você é um senhor do Sul!")

Pornográfico, era o que ele era. Pornografia ambulante. Pense nas vezes em que ele arregaçava as mangas e enfiava os cigarros Camel embaixo do braço direito e o lápis atrás da orelha, e ficava discutindo com um dos carpinteiros ou dos pintores, e depois punha um pé à frente e erguia a mão de repente como se quisesse fazer o queixo do outro sair pelo alto da cabeça.

Além disso, aqueles mergulhos nus na piscina depois de todos irem embora (nenhum fantasma desde aquela primeira vez) e o fim de semana em que foram para a Flórida para tomar posse da nova casa, ele dormindo nu no deque, sem nada a não ser seu relógio de ouro e a correntinha no pescoço. A nudez total não poderia ser mais tentadora.

E a felicidade dele era tão incrível. Talvez fosse a única pessoa do mundo que amava aquela casa mais do que os membros da família Mayfair. Sentia uma obsessão por ela. Aproveitava todas as oportunidades de meter a mão na massa com os homens. E agora guardava as luvas cada vez com maior frequência. Aparentemente, ele podia esgotar as imagens de algum objeto se se esforçasse, e daí em diante bastava mantê-lo afastado das mãos dos outros para que o objeto permanecesse seguro, por assim dizer. Ele agora tinha toda uma caixa de ferramentas que usava sem luvas, com regularidade.

Graças a Deus, os fantasmas e assombrações estavam deixando os dois em paz. E Rowan tinha de parar de se preocupar com Michael logo ali com seu harém.

Melhor se concentrar no grupo que estava se formando ao seu redor: a velha e majestosa Felice, que acabava de trazer uma cadeira, Margaret Ann, bonita e tagarela, que estava se acomodando na grama mesmo, e a melancólica Magdalene, a que parecia ser jovem, mas não era, que já estava ali há algum tempo, observando os outros num silêncio insólito.

De quando em quando, uma cabeça se virava, uma dessas pessoas olhava para ela, e Rowan captava um vago vislumbre de conhecimento ilícito e talvez uma pergunta para depois se extinguir. Mas era sempre dos mais velhos: Felice, que era a filha mais nova de Barclay e estava com 75 anos; ou Lily, com 78, diziam, neta de Vincent; ou Peter Mayfair, idoso e careca, com os olhos úmidos, brilhantes e o pescoço grosso apesar de seu corpo ser forte e ereto, filho caçula de Garland, sem dúvida um ancião cauteloso e sagaz.

E havia ainda Randall, talvez mais velho do que seu tio Peter, de olhos caídos e aparentemente sábio, jogado sobre um banco de ferro num canto distante, olhando fixamente para ela, sem se importar com quantos pudessem bloquear sua visão de vez em quando, como se quisesse dizer alguma coisa de enorme importância, mas não soubesse por onde começar.

Eu quero saber. Quero saber tudo.

Pierce agora a encarava com uma admiração indisfarçada, totalmente conquistado para o sonho do Centro Médico Mayfair, e quase tão ansioso quanto ela para torná-lo realidade. Pena que ele houvesse perdido parte do carinho despreocupado que demonstrava antes e que agora quase lhe pedisse desculpas ao trazer uma série de rapazes para lhe serem apresentados, explicando sucintamente o grau de parentesco e a ocupação atual de cada um. ("Somos uma família de advogados" ou "O que faz um homem de bem quando não tem de fazer nada?") Havia algo perfeitamente adorável em Pierce no que dizia respeito a Rowan. Ela queria deixá-lo novamente à vontade. Sua amabilidade era do tipo que não escondia nenhum traço de egoísmo.

Ela percebeu com prazer também que, após cada apresentação, ele apresentava exatamente a mesma pessoa a Michael, com uma cordialidade simples, inexplicada. Na verdade, todos eles estavam sendo gentis com Michael. Gifford não parava de servir bourbon no seu copo. E Anne Marie estava agora acomodada ao seu lado, conversando séria com ele, com o ombro roçando no seu ombro.

Desligue-se, Rowan. Você não pode trancar o belo animal no sótão.

Em grupos, eles a cercavam e depois se afastavam para que um novo grupo se formasse. E o tempo todo falavam da casa da First Street, acima de tudo da casa.

Pois a restauração em curso lhes dava uma alegria que não disfarçavam.

A casa da First Street era seu ponto de referência, sim, e como todos haviam detestado ver sua decadência. Como haviam detestado Carlotta! Rowan captava essa mensagem por trás dos parabéns que recebia. Ela percebia isso quando olhava nos seus olhos. A casa estava afinal liberada de uma servidão desprezível. E era surpreendente tudo que eles sabiam das mudanças e descobertas mais recentes. Eles sabiam até mesmo as cores que Rowan havia escolhido para quartos que ainda não haviam visto.

Que maravilha que Rowan tivesse mantido toda a mobília antiga dos quartos. Ela sabia que Stella havia dormido na cama de Carlotta? E que a cama no quarto de Millie havia pertencido a vovó Katherine? E que o tio-avô Julien havia nascido na cama do quarto da frente, que agora seria de Michael e Rowan?

O que eles achavam do seu projeto de um grande hospital? Nas conversas breves e raras fora da firma, ela os descobria espantosamente receptivos à ideia. O nome, Centro Médico Mayfair, era muito do seu agrado.

Era de importância crucial para ela que o centro abrisse novos campos, tinha explicado a Bea e Cecilia na semana anterior, que ele suprisse necessidades que os outros não houvessem dedicado. O ambiente ideal para a pesquisa, certo, isso era obrigatório, mas esse instituto não deveria ser uma torre de marfim. Deveria ser um hospital de verdade, com uma grande proporção de leitos reservados para pacientes sem condições de pagar. Se ele pudesse reunir os melhores neurologistas e neurocirurgiões do país e se tornar o centro mais completo, mais eficaz e mais inovador para o tratamento de problemas neurológicos, com um conforto incomparável e os equipamentos mais modernos, seu sonho estaria transformado em realidade.

– Parece incrível, se você quer saber – dissera Cecilia.

– Acho que já estava na hora – comentou Carmen Mayfair, no almoço. – Sabe, a Mayfair & Mayfair sempre distribuiu milhões de dólares, mas essa é a primeira vez que alguém demonstra esse tipo de iniciativa.

E é claro que isso seria apenas o começo. Não havia necessidade de explicar tão cedo que ela previa experiências na estrutura e organização de unidades de tratamento intensivo e de centros de tratamento de doentes graves; que ela queria arquitetar um meio revolucionário de abrigar as famílias dos pacientes, com programas especiais para reeducar cônjuges e filhos que devessem participar da reabilitação contínua daqueles portadores de invalidez ou de enfermidades incuráveis.

A cada dia, porém, seu sonho ganhava mais ímpeto. Ela imaginava um programa de ensino humanitário, destinado a corrigir todos os horrores e abusos que haviam se tornado lugares-comuns na medicina moderna. Planejava uma escola de enfermagem na qual pudesse ser criado um novo tipo de superenfermeira, capaz de toda uma nova gama de responsabilidades.

As palavras "Centro Médico Mayfair" poderiam passar a representar os melhores, os mais sensíveis e mais humanos profissionais do ramo.

É, todos sentiriam orgulho. Como poderiam não sentir?

– Mais um drinque?

– Quero, sim, obrigada. O bourbon está bom. Bom demais.

Risos.

Ela tomou mais um golinho enquanto cumprimentava com a cabeça o jovem Timmy Mayfair, que havia vindo lhe dar um aperto de mãos. Sim, e mais um alô para Bernardette Mayfair, que havia conhecido rapidamente na cerimônia fúnebre, e para a linda menina de cabelos ruivos e fita na cabeça, que se chamava Mona Mayfair, filha de CeeCee, e para Jennifer Mayfair, com seus modos de menino, melhor amiga de Mona e sua prima em quarto grau, sim, já nos conhecemos, é claro. Jenn tinha a voz como a sua, pensou, grave e rouca.

O bourbon era melhor bem gelado. Mas também era traiçoeiro quando gelado. E ela sabia que estava bebendo só um pouquinho demais. Tomou mais um gole, retribuindo um pequeno brinde de lá do outro lado do jardim. Fazia-se um brinde atrás do outro à casa e ao casamento. Será que alguém aqui falava sobre algum outro assunto?

– Rowan, eu tenho fotografias que são do tempo...

– ... e minha mãe guardou todos os artigos dos jornais...

– Sabe, ela está nos livros sobre Nova Orleans. Está, sim, eu tenho alguns livros muito antigos. Posso deixá-los para você no hotel...

– ... você entende, não vamos estar batendo à sua porta noite e dia, mas só de saber!...

– Rowan, nossos bisavós nasceram naquela casa... todo mundo que você está vendo aqui...

– Ai, a pobrezinha da Millie Dear não viveu para ver o dia...

– ... um pacote de daguerreótipos... Katherine e Darcy, e Julien. Você sabe que Julien era sempre fotografado diante da porta da frente. Já vi sete retratos diferentes dele diante da porta da frente.

Porta da frente?

Cada vez chegavam mais parentes. E afinal lá estava o velho Fielding, o filho de Clay, totalmente careca, com sua pele fina, translúcida e olhos injetados, e eles o estavam trazendo para cá para se sentar ao lado dela.

Mal ele estava acomodado na cadeira, os jovens começaram a lhe prestar homenagens como haviam feito com Rowan.

Hercules, o criado haitiano, pôs o copo de bourbon na mão do velho.

– Está bem assim, Sr. Fielding?

– Está, Hercules, não quero comer. Enjoei de comida. Comi o suficiente para a vida inteira.

Sua voz era grave e atemporal, como a voz da velha.

– Quer dizer que não temos mais Carlotta – disse ele, soturno, para Beatrice, que viera lhe dar um beijo. – E eu sou o único a restar dos velhos.

– Não fale assim. Você vai ficar com a gente para sempre – disse Bea, com seu perfume os envolvendo, doce, de flores e caro como seu brilhante vestido de seda vermelha.

– Não sei se você é assim tão mais velho do que eu – declarou Lily Mayfair, sentando-se ao seu lado, e na verdade, por um instante, ela aparentou, sim, a mesma idade dele, com seus cabelos brancos ralos e luminosos, o rosto encovado e a mão ossuda que pousou no braço dele.

– Quer dizer que está restaurando a casa da First Street – disse Fielding, voltando-se para Rowan. – Você e esse seu companheiro vão morar ali. E até aqui as coisas foram bem?

– Por que não iriam? – perguntou Rowan, com um sorriso delicado. Mas ela se comoveu de repente com a bênção que Fielding lhe deu quando descansou a mão sobre a sua.

– Ótimas notícias, Rowan – disse ele, com sua voz grave ganhando ressonância agora que ele se recuperava da longa odisseia da porta da frente até ali. – Ótimas notícias. – O branco dos seus olhos estava amarelado, apesar de sua dentadura brilhar de tão branca. — Todos esses anos, ela não quis deixar ninguém tocar na casa — disse ele, com um traço de raiva. — Uma bruxa velha, era isso o que ela era.

Gritinhos sufocados das mulheres à sua esquerda. Ah, mas era exatamente isso o que Rowan queria. Que se rompesse o verniz da superfície.

— Vovô, pelo amor de Deus. — Era Gifford junto ao seu cotovelo. Ela pegou a bengala caída na grama e a pendurou no encosto da cadeira. Ele a ignorou.

— Ora, é a verdade — disse ele. — Ela deixou a casa ficar em ruínas! É um assombro que ela ainda possa ser recuperada.

— Vovô — implorou Gifford, quase em desespero.

— Querida, deixe seu avô falar — atalhou Lily, com a cabeça pequena ligeiramente trêmula, os olhos passeando cintilantes por Rowan, a mão magra segurando firme o copo.

— Você acha que alguém ia conseguir me calar? — disse o velho. — Ela dizia que era *ele* que não a deixava fazer nada. Ela punha toda a culpa *nele*. Ela acreditava *nele* e o usava quando tinha lá suas razões.

Um silêncio caiu sobre os que se encontravam ao seu redor. Parecia que também estava escurecendo um pouco quando os outros foram se aproximando mais. Rowan percebeu vagamente com o canto do olho o movimento cinza-escuro da silhueta de Randall.

— Vovô, eu preferia que o senhor não... — disse Gifford.

Ah, mas eu preferia que o senhor falasse!

— Era ela — disse Fielding. — Ela queria que a casa desmoronasse à sua volta. Às vezes eu me pergunto por que não a incendiou, como aquela governanta perversa em *Rebecca*. Eu costumava me preocupar com essa possibilidade. Que ela queimasse todos aqueles retratos antigos. Já viu os retratos? Viu Julien e os filhos parados diante do portal?

— Do portal? Está falando da porta em formato de buraco de fechadura da frente da casa?

Será que Michael tinha ouvido? Tinha. Ele estava vindo na direção deles, obviamente procurando calar Cecilia, que cochichava sem parar no seu ouvido, sem perceber a expressão no seu rosto. E Aaron estava parado não muito longe, debaixo da magnólia, despercebido, com os olhos fixos no grupo. Se ao menos ela pudesse lançar um feitiço sobre todos eles para que não vissem Aaron.

Mas eles não estavam percebendo nada a não ser uns aos outros. Fielding, baixando a cabeça em sinal de confirmação, e Felice, erguendo a voz, com suas pulseiras de prata retinindo enquanto ela apontava para Fielding.

— Conte tudo a ela — disse Felice. — Acho que você devia. Quer saber minha opinião? Carlotta queria aquela casa. Queria mandar naquela casa. Foi ela quem mandou ali até o dia da sua morte, não foi?

— Ela não queria nada — resmungou Fielding, com um gesto largo e desdenhoso da mão esquerda. — Era essa sua sina. Ela só queria destruir.

— E o portal? — perguntou Rowan.

— Vovô, vou levá-lo...

— Você não vai me levar para lugar nenhum, Gifford — disse ele, com a voz quase juvenil na sua determinação. — Rowan vai se mudar de volta para aquela casa. Tenho coisas a dizer a ela.

— Em particular! — declarou Gifford.

— Deixe-o falar, querida. Que mal há nisso? — disse Lily. — E esta conversa é particular. Todos aqui somos da família.

— É uma linda casa. Ela vai adorá-la! — afirmou Magdalene, com aspereza. — O que vocês estão querendo fazer? Deixá-la apavorada?

Randall estava parado atrás de Magdalene, com as sobrancelhas erguidas, os lábios ligeiramente tencionados, todas as rugas no seu rosto velho e flácido bem marcadas, enquanto ele olhava para Fielding.

— Mas o que o senhor ia dizer? — perguntou Rowan.

— É só um monte de velhas lendas — disse Ryan, com um leve traço de irritação, embora estivesse falando mais devagar, num esforço óbvio de interrompê-la. — Lendas tolas sobre um portal, e elas não querem dizer nada.

Michael parou atrás de Fielding, e Aaron se aproximou um pouco mais. Mesmo assim, os outros não se deram conta da sua presença.

— Eu no fundo quero saber — disse Pierce. Ele estava em pé, atrás de Felice e ao lado de Randall. Felice olhava atentamente para Fielding, com a cabeça balançando muito de leve porque estava alta. — Meu bisavô foi retratado diante do portal — prosseguiu Pierce. — Esse quadro está lá dentro. Eles estavam sempre diante daquele portal.

— E por que não estariam parados na varanda da frente da casa nesses retratos? — questionou Ryan. — Eles moravam ali. Temos de nos lembrar de que, antes de Carlotta, a casa era do nosso tataravô.

— Foi isso — sussurrou Michael. — Foi aí que eu vi a porta. Nos retratos. Meu Deus, eu devia ter dado uma olhada melhor naqueles retratos...

Ryan olhou para ele de relance. Rowan estendeu a mão, fez um gesto para que ele viesse para perto dela, e os olhos de Ryan o acompanharam enquanto Michael dava a volta até chegar atrás da cadeira de Rowan. Pierce estava falando novamente quando Michael se sentou na grama ao lado de Rowan, de tal modo que ela pudesse pousar a mão no seu ombro. Aaron estava agora muito perto.

— Mas mesmo nas fotos antigas — dizia Pierce — eles estão diante da porta. Sempre de uma porta em forma de buraco de fechadura. Fosse a da frente, fosse qualquer uma das outras...

— É, a porta — comentou Lily. — A porta está no jazigo. O mesmo tipo de portal foi entalhado lá no alto das gavetas. E ninguém nem sabe quem mandou fazer isso.

— Bem, é claro que foi Julien — declarou Randall, com sua voz grave, retumbante. Todos voltaram rapidamente a atenção para ele. — E Julien sabia o que estava fazendo, porque o portal tinha um significado especial para ele e para todos os daquela época.

– Se vocês contarem essa loucura toda – disse Anne Marie –, ela não vai...

– Mas eu quero saber – insistiu Rowan. – Além do mais, nada irá nos impedir de ir morar naquela casa.

– Não tenha tanta certeza assim – disse Randall, em tom solene.

Lauren lhe lançou um olhar frio, de desaprovação.

– Isso não é hora para histórias de terror – sussurrou ela.

– Por que temos de desenterrar toda essa sujeira? – exclamou Gifford.

Era óbvio que ela estava perturbada. Rowan percebia a preocupação de Pierce. Mas ele estava do outro lado do pequeno círculo, longe da mãe. Ryan estava perto dela. Ele segurou seu braço e cochichou alguma coisa no seu ouvido.

Ela vai tentar impedir essa conversa, pensou Rowan.

– O que significa o portal? – perguntou Rowan. – Por que eles sempre ficavam na frente?

– Eu não gosto de falar nessas coisas – queixou-se Gifford. – Não entendo por que temos de mergulhar no passado toda vez que nos reunimos. Deveríamos estar pensando no futuro.

– Nós estamos falando do futuro – disse Randall. – A moça deveria ser informada de certas coisas.

– Eu gostaria de saber a história da porta – disse Rowan.

– Bem, vão em frente, vocês todos, seus velhotes – disse Felice. – Se é que pretendem dizer alguma coisa agora, depois de todos esses anos em que se omitiram...

– O portal estava relacionado ao pacto e à promessa – disse Fielding. – E foi um segredo passado de geração a geração desde os tempos mais remotos.

Rowan olhou de relance para Michael, que estava sentado com os joelhos recolhidos e os braços pousados sobre eles, apenas com seus olhos voltados para Fielding. No entanto, mesmo de cima, ela via a expressão de pavor e confusão no seu rosto, a maldita expressão que o dominava sempre que ele falava das visões. Era uma expressão tão atípica que ele parecia ser outra pessoa.

– Nunca ouvi ninguém falar de promessa nenhuma – disse Cecilia. Nem de pacto, nem de portal, ao que me conste.

Peter Mayfair agora se reunia a eles, careca como Fielding, e com os mesmos olhos penetrantes. Na verdade, todos estavam se aproximando, formando uma roda de três a quatro pessoas de fundo. Isaac e Wheatfield se comprimiam por trás de Pierce.

– Isso é porque eles não falavam nisso – explicou Peter, numa voz trêmula e levemente teatral. – Era o segredo deles, e eles não queriam que ninguém soubesse.

— Mas de quem você está falando? Quem eram eles? – perguntou Ryan. – Está falando do meu avô? – Sua voz estava ligeiramente enrolada pela bebida. Ele tomou mais um gole apressado. – Está falando de Cortland?

— Eu não quero... – sussurrou Gifford, mas Ryan fez um gesto para que ela se calasse.

Fielding também mandou Gifford se calar. Na realidade, o olhar que ele lhe lançou foi feroz.

— É claro que Cortland fazia parte deles – disse Fielding, olhando para Peter e sua careca. – E todo mundo sabia.

— Ai, mas isso é uma coisa medonha de se dizer – contestou Magdalene, cheia de raiva. – Eu adorava Cortland.

— Muitos de nós também – disse Peter, furioso. – Eu teria feito qualquer coisa por Cortland, mas ele fazia parte deles, sim. Fazia. Assim como seu pai, Ryan. O velho Pierce fez parte deles pelo menos enquanto Stella estava viva. Da mesma forma que o pai de Randall. Não tenho razão?

Randall fez com a cabeça um gesto entediado de confirmação, tomando um lento gole do seu bourbon, com o criado negro passando despercebido enquanto voltava a encher o copo de Randall e derramava em silêncio doses de bourbon dourado nos copos dos outros.

— O que significa fazer parte? – Pierce quis saber. – A vida inteira ouvi isso, faz parte, não faz parte. O que isso significa?

— Nada – respondeu Ryan. – Eles tinham um clube, um clube social.

— Tinham nada – retrucou Randall.

— Tudo isso morreu junto com Stella – disse Magdalene. – Minha mãe era amiga de Stella. Ela frequentava aquelas festas. Não havia nada de treze bruxas! Tudo era conversa!

— Treze bruxas? – perguntou Rowan. Ela sentia a tensão em Michael. Através de uma pequena brecha na roda, podia ver Aaron, que havia voltado as costas para a árvore e olhava para o céu como se não os estivesse ouvindo, mas Rowan sabia que ele estava.

— Faz parte da lenda – explicou Fielding, frio, firme, como se quisesse se distinguir dos que o cercavam. – Parte da história do portal e do pacto.

— Que história? – perguntou Rowan.

— A de que todos se salvariam por meio do portal e das treze bruxas – disse Fielding, erguendo mais uma vez os olhos para Peter. – Essa era a história e a promessa.

— Era um enigma – disse Randall, abanando a cabeça. – Stella nunca soube ao certo o que significava.

— Que todos se salvariam? – perguntou o jovem Wheatfield. – Vocês querem dizer se salvar, como um cristão se salva?

— Salvos! Aleluia! – exclamou Margaret Ann, engolindo o que lhe restava no copo e deixando que algumas gotas respingassem no seu vestido. – A família Mayfair vai para o paraíso! Eu sabia que, com todo esse dinheiro, alguém ia acabar dando um jeitinho!

— Você está bêbada, Margaret Ann – cochichou Cecilia. – E eu também. – As duas fizeram com que seus copos se tocassem num brinde.

— Naquelas festas, Stella estava tentando reunir as treze bruxas? – perguntou Rowan.

— Estava – respondeu Fielding. – Era exatamente isso o que estava tentando. Ela se intitulava bruxa, da mesma forma que Mary Beth, sua mãe. Ela nunca escondeu nada; dizia que tinha o poder e que via o homem.

— Não vou permitir isso... – interrompeu Gifford, com a voz subindo num tom histérico.

— Por quê? Por que é tão apavorante? – perguntou Rowan, baixinho. Por que essas não são simplesmente velhas histórias? E quem *é* o homem?

Silêncio. Todos a estudavam, cada um talvez esperando que o outro falasse. Lauren parecia quase zangada enquanto olhava para Rowan. Lily demonstrava uma leve suspeita. Eles sabiam que ela os estava enganando.

— Você sabe que não são velhas histórias – disse Fielding, entredentes.

— Porque eles acreditavam! – respondeu Gifford, com o queixo erguido e os lábios trêmulos. – Porque as pessoas agiram mal em nome da crença nessas velhas tolices.

— Mas agiram mal, como? – quis saber Rowan. – Está falando do que Carlotta fez com a minha mãe?

— Estou falando do que Cortland fez – esclareceu Gifford. Ela agora tremia por inteiro, nitidamente à beira de um ataque histérico. – É disso que eu estou falando. – Olhou furiosa para Ryan, para o filho Pierce e voltou a olhar para Rowan. – E de Carlotta também. Todos traíram sua mãe. Ai, são tantas as coisas que você não sabe.

— Cale-se, Gifford, você bebeu demais – sussurrou Lily.

— Vá lá para dentro, Gifford – disse Randall.

Ryan pegou a mulher pelo braço, curvando-se para falar no seu ouvido. Pierce saiu de onde estava e deu a volta para ajudar. Juntos, eles afastaram Gifford do grupo.

Felice cochichava ansiosa com Magdalene, e alguém na periferia da roda estava tentando arrebanhar as crianças para afastá-las dali.

— Mas eu quero saber... – disse uma menininha de avental.

— Eu quero saber – disse Rowan. – O que foi que eles fizeram?

— É, fale de Stella – pediu Beatrice, olhando preocupada para Gifford, que agora estava chorando no ombro de Ryan enquanto ele tentava levá-la mais para longe.

— Eles acreditavam em magia sombria, era isso o que faziam – disse Fielding. – E acreditavam nas treze bruxas e no portal, mas nunca descobriram como fazer tudo funcionar.

– Bem, eles achavam que significava o quê? – perguntou Beatrice. Estou achando tudo isso fascinante. Fale por favor.

– Para você ir contar para todo mundo – disse Randall – como sempre contou.

– E por que não? – retrucou Beatrice. – Alguém vai querer nos queimar na fogueira?

Gifford estava sendo forçada a entrar na casa por Ryan. Pierce fechou as portas envidraçadas atrás deles.

– Não, eu quero saber – insistiu Beatrice, dando um passo adiante e cruzando os braços. – Se Stella não sabia o significado, quem sabia?

– Julien – respondeu Peter. – Meu avô. Ele sabia. Sabia e contou para Mary Beth. Ele deixou por escrito, mas Mary Beth destruiu o documento e contou tudo para Stella, que no fundo nunca entendeu.

– Stella nunca prestava atenção a nada – declarou Fielding.

– Não, nunca a nada mesmo – disse Lily, com tristeza. – Coitada da Stella. Ela achava que tudo na vida eram festas, bebidas ilícitas e aqueles seus amigos desvairados.

– Ela de fato não acreditava em tudo – disse Fielding. – Foi exatamente esse o problema. Ela queria brincar com a história e, quando alguma coisa não dava certo, sentia medo e afogava seu medo no champanhe contrabandeado. Ela viu coisas que teriam convencido qualquer um, mas mesmo assim ela não acreditou no portal, na promessa ou nas treze bruxas até ser tarde demais e Julien e Mary Beth já não estarem mais vivos.

– Quer dizer então que ela interrompeu a cadeia de informações? – perguntou Rowan. – É isso o que estão dizendo. Eles haviam passado os segredos junto com o colar e com todo o resto?

– O colar nunca foi tão importante assim – disse Lily. – Carlotta dava importância demais a ele. A questão é só que não se pode tirar o colar... bem, não se deve tirar o colar de quem o herdar. O colar é seu, e Carlotta tinha a ideia de que, se guardasse o colar, daria um fim a todos os acontecimentos estranhos. Ela transformou isso em mais uma das suas batalhas pequenas e inúteis.

– E Carlotta sabia – disse Peter, olhando com desdém para Fielding. – Ela conhecia o significado do portal e das treze bruxas.

– Como você sabe isso? – Era Lauren falando de uma pequena distância. – Sem dúvida, Carlotta nunca falou em nada parecido.

– É claro que não. Por que ela o faria? – retrucou Peter. – Sei porque Stella se queixou com a minha mãe. Carlotta sabia e não queria ajudá-la. Stella estava procurando cumprir a velha promessa. E, por sinal, ela não tinha nada a ver com salvações e aleluias. A questão não era essa absolutamente.

– Quem disse? – indagou Fielding.

– Sou eu quem diz.

– Ora, o que você sabe sobre tudo isso? – perguntou Randall, baixinho, com um traço de sarcasmo na voz. – O próprio Cortland me disse que, quando se reunissem as treze bruxas, o portal entre os mundos se abriria.

– Entre os mundos! – debochou Peter. – E o que isso tem a ver com a salvação é o que eu gostaria de saber. Cortland não sabia de nada. Nada além do que Stella sabia. Com Cortland, foi tudo em retrospectiva. Se ele tivesse conhecimento, teria ajudado Stella. Cortland estava lá. Eu também.

– Lá aonde? – perguntou Fielding, irônico.

– Você não está falando das festas de Stella – disse Lily.

– Stella estava tentando descobrir o significado quando dava aquelas festas – disse Peter. – E eu estava presente.

– Eu nunca soube disso – comentou Magdalene. – Nunca soube que você compareceu.

– Como você poderia ter estado lá? – perguntou Margaret Ann. – Isso foi há cem anos.

– Não, não foi, não. Foi em 1928, e eu estava lá – disse Peter. – Eu tinha 12 anos quando fui, e meu pai ficou furioso com minha mãe por ter permitido, mas eu fui. E Lauren também. Lauren estava com 4 anos.

Lauren confirmou com um ínfimo gesto da cabeça. Seus olhos pareciam sonhadores, como se ela estivesse se lembrando, mas não participasse do drama do momento atual.

– Stella escolheu treze de nós – disse Peter – com base nos nossos poderes, sabe, nossos velhos dons paranormais: o de ler a mente, o de ver espíritos e o de mover a matéria.

– E eu imagino que você possa fazer tudo isso – escarneceu Fielding. – É por isso que eu sempre o venço no pôquer.

Peter abanou a cabeça.

– Não havia ninguém que pudesse usar os dons como Stella. A não ser Cortland, talvez, mas até mesmo Cortland era mais fraco do que Stella. Depois, o velho Pierce, esse tinha o dom, tinha mesmo, mas era jovem e se encontrava totalmente dominado por Stella. O resto de nós era apenas o melhor que ela conseguiu reunir. Era por isso que ela precisava de Lauren. Lauren tinha um dom muito forte, e Stella não queria desperdiçar nenhuma oportunidade. Estávamos todos reunidos na casa, e o nosso objetivo era o de abrir o portal. E, quando formávamos o círculo e começávamos a visualizar o objetivo, *ele* devia aparecer, e devia se materializar e ficar conosco. E não seria mais um fantasma. Estaria entrando no nosso próprio mundo.

Um pequeno silêncio caiu sobre eles. Beatrice olhava fixamente para Peter, como se ele próprio fosse o fantasma. Fielding também examinava Peter, com aparente incredulidade e talvez mesmo algum sarcasmo. A expressão de Randall era impassível por trás das suas inúmeras rugas.

– Rowan não sabe do que vocês estão falando – disse Lily.

– Não, e eu acho que devíamos parar com tudo isso – acrescentou Anne Marie.

– Ela sabe – disse Randall, olhando direto para Rowan.

– O que você quis dizer com essa história de que ele entraria para o nosso próprio mundo? – perguntou Rowan, olhando para Peter.

– O que eu quis dizer é que ele não seria mais um espírito. Não apenas algo que aparece, mas que permanece, que é... físico.

Randall estava examinando Rowan, como se houvesse alguma coisa que ele não pudesse determinar com exatidão.

Fielding deu uma risadinha seca, uma risada de superioridade.

– Stella deve ter inventado essa parte. Não foi isso o que meu pai me disse. O que ele disse foi que se salvariam. Que todos os que fizessem parte do pacto se salvariam. Eu me lembro de ter ouvido quando ele falava com a minha mãe.

– O que mais seu pai contou? – perguntou Rowan.

– Ai, mas você não está acreditando nisso tudo! – exclamou Beatrice. – Pelo amor de Deus, Rowan.

– Não leve essas coisas a sério, Rowan – pediu Anne Marie.

– O caso de Stella foi uma tristeza, querida – disse Lily.

Fielding sacudiu a cabeça.

– Que se salvariam, foi isso o que meu pai disse. Todos seriam salvos quando o portal se abrisse. E era um enigma, e Mary Beth não sabia o significado verdadeiro da mesma forma que qualquer outra pessoa. Carlotta jurava tê-lo descoberto, mas isso não era verdade. Ela só queria atormentar Stella. Creio que nem o próprio Julien soubesse.

– Vocês conhecem as palavras do enigma? – perguntou Michael.

Fielding se voltou para a esquerda e olhou para Michael ali embaixo. De repente, todos pareceram perceber Michael e concentrar nele sua atenção. Rowan escorregou a mão mais para perto do seu pescoço, segurando-o com carinho e aproximando as pernas dele, como se o abraçasse e o declarasse parte de si mesma.

– É, quais eram as palavras do enigma? – insistiu Rowan.

Randall olhou para Peter, e os dois olharam para Fielding, que mais uma vez abanou a cabeça.

– Eu nunca soube. Nunca ouvi falar que houvesse palavras específicas. Era só que, quando houvesse treze bruxas, o portal afinal se abriria. E, na noite em que Julien morreu, meu pai disse: "Agora é que eles nunca vão conseguir as treze, não sem Julien."

– E quem falou do enigma? Teria sido o homem? – perguntou Rowan.

Mais uma vez, todos olharam espantados para ela. Até mesmo Anne Marie pareceu apreensiva e Beatrice, confusa, como se alguém houvesse cometido uma terrível transgressão das normas de etiqueta. Lauren a contemplava de um modo estranho.

– Ela nem mesmo sabe do que estamos falando – declarou Beatrice.

– Acho que devíamos esquecer isso tudo – sugeriu Felice.

– Por quê? Por que deveríamos esquecer? – contestou Fielding. – Vocês não acham que o homem aparecerá para ela como apareceu para todas as outras? Qual é a diferença?

– Você vai apavorá-la! – afirmou Cecilia. – E, para ser sincera, você está me apavorando.

– Foi o homem quem ensinou a vocês o enigma? – insistiu Rowan.

Ninguém respondeu.

O que ela poderia dizer para fazer com que eles voltassem a falar, para fazer com que eles revelassem o conhecimento que possuíam?

– Carlotta me falou do homem – disse Rowan. – Não tenho medo dele.

Como o jardim parecia tranquilo. Todos os parentes estavam reunidos na roda, à exceção de Ryan, que havia levado Gifford para dentro. Até mesmo Pierce estava de volta, parado logo atrás de Peter. Estava quase na hora do crepúsculo. E os criados haviam desaparecido como se soubessem que sua presença não era desejada.

Anne Marie pegou uma garrafa de uma mesa próxima e encheu seu copo com um gorgolejo alto. Alguém mais estendeu a mão para pegar uma garrafa. E mais um. Mas os olhos de todos permaneciam fixos em Rowan.

– Vocês todos querem que eu tenha medo? – perguntou ela.

– Não, claro que não – respondeu Lauren.

– Não mesmo! – garantiu Cecilia. – Acho que esse tipo de conversa poderia atrapalhar tudo.

– ... numa casa grande e sombria como aquela.

– ... bobagem, se quer saber a minha opinião.

Randall abanou a cabeça; Peter disse não num sussurro; mas Fielding apenas olhava para ela.

Mais uma vez, caiu um silêncio como um manto de neve sobre o grupo. Uma escuridão farfalhante parecia estar se adensando sob as pequenas árvores. Uma luz se acendeu do outro lado do gramado, por trás das pequenas vidraças das portas-janelas.

– Alguém aqui viu o homem algum dia? – perguntou Rowan.

O rosto de Peter estava solene e indecifrável. Ele não pareceu perceber quando Lauren serviu mais bourbon no seu copo.

– Puxa, como eu queria tê-lo visto – disse Pierce – uma vez que fosse!

– Eu também! – disse Beatrice. – Eu nem pensaria em tentar me livrar dele. Conversaria com ele...

– Ora, Bea, cale a boca – disse Peter, de repente. – Você não sabe do que está falando. Nunca sabe!

— E eu imagino que você saiba — retrucou Lily, com aspereza, numa óbvia proteção de Bea. — Venha para cá, Bea, sente-se com as mulheres. Se vamos ter uma guerra, fique do lado certo.

Beatrice se sentou na grama ao lado da cadeira de Lily.

— Seu velho idiota, eu o odeio — disse ela a Peter. — Eu queria ver o que você faria se um dia visse o homem.

Ele a ignorou com uma sobrancelha erguida e tomou mais um gole.

Fielding sorriu, irônico, enquanto resmungava alguma coisa entredentes.

— Eu estive lá na First Street — disse Pierce — e fiquei parado horas a fio ali pela cerca, procurando vê-lo. Se ao menos tivesse tido um vislumbre...

— Pelo amor de Deus! — exclamou Anne Marie. — Como se você não tivesse nada melhor a fazer.

— Não deixe que sua mãe saiba disso — recomendou Isaac.

— Vocês todos acreditam nele — disse Rowan. — Sem dúvida, alguns de vocês o viram.

— O que a faria pensar assim? — cogitou Felice, risonha.

— Meu pai diz que é uma fantasia, uma história da carochinha — declarou Pierce.

— Pierce, o melhor que você tem a fazer — disse Lily — é parar de aceitar tudo o que sai da boca do seu pai como se fossem as santas escrituras, porque não é.

— Tia Lily, a senhora o viu? — perguntou Pierce.

— Vi, sim, Pierce — respondeu Lily em voz baixa. — Vi, sim.

Os outros demonstraram franca surpresa, à exceção dos três anciãos, que se entreolharam. A mão esquerda de Fielding tremulou, como se ele quisesse fazer um gesto, falar, mas não o fez.

— Ele existe — disse Peter, em tom solene. — Existe tanto quanto os relâmpagos. Tanto quanto o vento. — Ele se virou e olhou firme para o jovem Pierce e depois para Rowan, como se estivesse exigindo sua total atenção e confiança nele. Seus olhos, então, pousaram em Michael. — Eu o vi. Eu o vi na noite em que Stella nos reuniu. Também o vi depois disso. Lily o viu. Lauren também. Você, Felice, também; eu sei que viu. E perguntem a Carmen. Por que não se abre, Felice? E você, Fielding? Você o viu na noite em que Mary Beth morreu na First Street. Você sabe que o viu. Quem entre nós não viu o homem? Só os mais novos. — Ele olhou para Rowan. — Pergunte. Todos irão lhe dizer.

Um murmúrio alto percorreu o perímetro da roda porque muitos dos mais novos, Polly, Clancy, Tim e outros que Rowan não conhecia, não haviam visto o fantasma, e não sabiam se acreditavam ou não no que estavam ouvindo. A pequena Mona, com a fita no cabelo, de repente forçou passagem até a primeira fileira da roda, com Jennifer, mais alta do que ela, logo atrás.

— Conte-me o que viu — disse Rowan, olhando diretamente para Peter. — Não está querendo dizer que ele entrou pela porta na noite em que Stella reuniu vocês todos.

Peter não se apressou. Olhou ao seu redor, com os olhos se demorando em Margaret Ann, depois em Michael e afinal em Rowan. Ele ergueu o copo. Acabou de beber e só então falou.

– Ele estava lá, uma presença resplandecente, tremeluzente, e durante aqueles breves instantes eu poderia ter jurado que ele era tão sólido quanto qualquer homem de carne e osso que eu tenha visto. Eu o vi se materializar. Senti o calor quando isso aconteceu. E ouvi seus passos. É, eu ouvia os seus pés que batiam no piso daquele corredor da frente enquanto ele caminhava na nossa direção. Ele ficou ali parado, tão real quanto você ou eu, e olhou para cada um de nós. – Mais uma vez ergueu o copo, tomou mais um gole e o baixou enquanto seus olhos percorriam a pequena plateia. Deu um suspiro. – Depois ele desapareceu, como sempre acontecia. O calor novamente. O cheiro de fumaça, e a brisa correndo pela casa afora, afastando as próprias cortinas das janelas. Mas ele não estava mais lá. Não conseguia permanecer. E nós não éramos fortes o suficiente para ajudá-lo a permanecer. Eram treze, sim, treze bruxas, como dizia Stella. E Lauren só com 4 anos! A pequena Lauren. Mas não tínhamos a mesma garra de Julien ou de Mary Beth, ou mesmo da velha vovó Marguerite, de Riverbend. E não conseguimos. E Carlotta? Carlotta, que era mais forte do que Stella, e vocês ouçam o que digo, porque era, sim; Carlotta não quis ajudar. Ficou deitada na cama no andar de cima, com os olhos fixos no teto, a rezar seu rosário. E depois de cada ave-maria, ela dizia: "Mande-o de volta para o inferno, mande-o de volta para o inferno!" E seguia adiante para a próxima ave-maria.

Ele fechou a boca e franziu o cenho para o copo vazio, balançando-o em silêncio para que os cubos de gelo girassem. Depois, seus olhos percorreram a roda, cobrindo todos, até mesmo a pequena Mona, com seus cabelos ruivos.

– Que fique registrado que Peter Mayfair o viu – declarou Peter, endireitando-se, com uma sobrancelha novamente erguida. – Lauren e Lily podem falar por si mesmas. Randall também. Mas quero que fique registrado que eu o vi. E *isso* vocês podem contar para os seus netos.

Mais uma pausa. A escuridão se adensava. E de muito longe vinha o zunir das cigarras. Nenhuma brisa chegava ali. A casa agora estava cheia de uma luz amarela em todas as suas numerosas janelas pequenas e perfeitas.

– É – disse Lily suspirando. – É melhor que você saiba logo, minha querida. – Seus olhos se fixaram em Rowan, e ela sorriu. – Ele está lá. E todos nós o vimos muitas vezes desde aquela noite, embora talvez não da mesma forma que o vimos então, não por tanto tempo, nem com tanta nitidez.

– A senhora estava lá também? – perguntou Rowan.

– Estava. Mas não foi só naquela vez, Rowan. Nós o vimos na velha varanda telada com Deirdre. – Ela ergueu os olhos até Lauren. – Nós o vimos quando passamos pela casa. Às vezes nós o vimos quando não queríamos.

– Não se apavore com ele, Rowan – disse Lauren com um tom de superioridade.

– Ah, agora vocês vão dizer isso a ela – protestou Beatrice. – Seus monstros supersticiosos!

– Não deixe que eles a afastem da casa – disse Magdalene, rapidamente.

– Não, não nos deixe fazer isso – insistiu Felice. – E, se quer um conselho, esqueça as lendas. Esqueça essas velhas tolices das treze bruxas e do portal. E esqueça que ele existe! Ele é só um fantasma, e nada mais. E você pode achar que isso parece estranho, mas no fundo não é.

– Ele não pode fazer nada com você – disse Lauren, com um sorriso sarcástico.

– Não, não pode – acrescentou Felice. – Ele é como a brisa.

– É um fantasma – disse Lily. – Isso é tudo o que ele é, e tudo o que sempre será.

– E quem sabe? – cogitou Cecilia. – Talvez ele não esteja mais lá. Todos olharam fixamente para ela. – Bem, ninguém o viu desde a morte de Deirdre.

Uma porta bateu com violência. Ouviu-se um ruído tilintante de vidro caindo e uma movimentação na parte externa da roda. As pessoas se mexiam, saíam da frente. Gifford abriu caminho até o centro, com o rosto molhado e manchado, as mãos trêmulas.

– Não pode fazer nada! Não pode machucar ninguém! É isso o que estão dizendo? Não pode fazer nada! Ele matou Cortland, foi só isso o que fez! Depois que Cortland violentou sua mãe! Você sabia disso, Rowan?

– Cale-se, Gifford! – rugiu Fielding.

– Cortland era seu pai – berrou Gifford. – Uma ova que ele não pode fazer nada! Expulse-o, Rowan! Volte sua força contra ele e o expulse! Mande exorcizar a casa! Queime-a se for necessário... Destrua a casa num incêndio!

Um clamor de protesto veio de todas as direções, com vagas expressões de indignação e desdém. Ryan apareceu e procurou novamente conter Gifford. Ela se voltou e lhe deu um tapa no rosto. Exclamações de espanto por toda parte. Pierce estava obviamente mortificado e sem saber o que fazer.

Lily se levantou e deixou o grupo, assim como Felice, que quase caiu com a pressa. Anne Marie se ergueu do chão com esforço e ajudou Felice a se afastar. Mas os outros ficaram firmes, até mesmo Ryan, que simplesmente limpou o rosto com o lenço, como se quisesse recuperar sua compostura enquanto Gifford continuava ali parada, com os punhos cerrados, a boca trêmula. É claro que Beatrice estava louca para ajudar, mas não sabia o que fazer.

Rowan se levantou e caminhou na direção de Gifford.

– Gifford, preste atenção. Não tenha medo. É com o futuro que nos importamos, não com o passado. – Ela segurou Gifford pelos dois braços, e Gifford, relutante, a encarou. – Eu vou fazer o que for bom – prosseguiu Rowan –, o que for certo e o que for bom e certo para a família. Você está entendendo o que eu estou dizendo?

Gifford começou a soluçar, com a cabeça inclinada como se seu pescoço fosse fraco demais para sustentá-la. O cabelo lhe caía nos olhos.

– Só gente má pode ser feliz naquela casa – disse ela. – E eles eram maus. Cortland era mau! – Tanto Pierce quanto Ryan a cercavam com os braços. Ryan estava começando a se irritar. Mas Rowan não a soltava.

– Bebeu demais – disse Cecilia. Alguém ligara as luzes do pátio. Gifford pareceu desmaiar de repente, mas Rowan ainda a segurava.

– Não, Gifford, ouça o que digo, por favor – disse Rowan, mas na verdade estava se dirigindo aos outros. Ela viu Lily parada bem perto dali e Felice, ao seu lado. Viu os olhos de Beatrice fixos nela. E Michael estava em pé, olhando para ela, atrás da cadeira de Fielding.

– Estive ouvindo vocês todos com atenção e aprendendo com vocês. Mas tenho algo a dizer. A forma de se sobreviver a esse estranho espírito e a suas maquinações consiste em encará-lo dentro de uma perspectiva maior. Ora, a família e a própria vida fazem parte dessa perspectiva. E nunca se deve permitir que ele diminua a família ou diminua as possibilidades da vida. Se ele existe, como vocês dizem, então seu lugar é nas trevas.

Randall e Peter a observavam atentamente. Lauren também. Aaron estava bem perto de Michael, e ele também estava escutando. Só Fielding parecia frio e irônico, e não olhava para Rowan. Gifford a contemplava meio que atordoada.

– Acho que Julien e Mary Beth sabiam disso. Pretendo seguir seu exemplo. Se alguma criatura aparecer na minha frente saindo das sombras da First Street, não importa o quanto possa ser misteriosa, ela não irá ofuscar o projeto maior, a luz maior. Vocês, sem dúvida, estão me acompanhando.

Gifford parecia quase enfeitiçada. E muito lentamente Rowan percebeu como esse momento havia se tornado singular. Percebeu como suas palavras pareciam estranhas e o quanto ela deveria ter parecido estranha aos olhos de todos eles, fazendo esse discurso extraordinário enquanto segurava pelos dois braços aquela mulher frágil, histérica.

Na realidade, todos tinham os olhos fixos nela como se eles também houvessem sido enfeitiçados.

Com delicadeza, ela soltou Gifford, que deu um passo para trás e caiu nos braços de Ryan, embora seus olhos continuassem dilatados, vazios e fixos em Rowan.

– Eu estou assustando vocês, não estou? – perguntou Rowan.

– Não, não, tudo está bem agora – disse Ryan.

– É, está tudo bem – confirmou Pierce.

Gifford, porém, estava calada. Todos se sentiam confusos. Quando Rowan olhou para Michael, viu a mesma expressão atordoada e, por trás dela, a mesma aflição turbulenta e sinistra.

Beatrice sussurrou umas desculpas por tudo que havia acontecido. Ela se aproximou e levou Gifford embora. Ryan foi com elas. E Pierce ficou imóvel, perplexo.

Lily olhou ao redor, aparentemente confusa por um instante, e depois chamou Hercules para trazer seu casaco.

Randall, Fielding e Peter ficaram naquele sossego. Outros se demoravam nas sombras. A menininha com a fita olhava de longe, com seu rosto redondo e suave parecendo uma chama na escuridão. A criança mais alta, Jenn, parecia estar chorando.

De repente, Peter segurou firme a mão de Rowan.

– Foram sábias as suas palavras. Estaria desperdiçando a vida se se deixasse enredar nisso tudo.

– Isso mesmo – acrescentou Randall. – Foi isso o que aconteceu com Stella. O mesmo com Carlotta. Ela desperdiçou a vida! A mesma história. – Mas ele estava ansioso, com uma pressa excessiva para se retirar. Ele se virou e saiu de mansinho sem se despedir.

– Vamos, rapaz, ajude-me a levantar – disse Fielding a Michael. – A festa acabou e, por sinal, parabéns pelo casamento. Talvez eu viva o suficiente para comparecer à cerimônia. E, por favor, não convidem o fantasma.

Michael parecia desorientado. Olhou para Rowan, depois para o velho e então, com muita delicadeza, ajudou o velho a ficar em pé. Em seguida, olhou para Rowan novamente. A confusão e o medo estavam lá como antes.

Alguns dos mais novos se aproximaram para dizer a Rowan que não ficasse desanimada com toda essa loucura da família Mayfair. Anne Marie lhe implorou que prosseguisse com seus planos. Uma leve brisa chegou afinal, com apenas um sopro de frescor.

– Todo mundo vai morrer de tristeza se vocês não se mudarem para a casa – disse Margaret Ann.

– Vocês não vão desistir dela, certo? – perguntou Clancy.

– Claro que não – disse Rowan, com um sorriso. – Que ideia absurda!

Aaron estava ali parado, observando Rowan, impassível. E Beatrice voltou com uma enxurrada de desculpas por Gifford, implorando a Rowan que não se perturbasse.

Os outros estavam voltando. Traziam suas capas de chuva, suas bolsas, o que tivessem ido pegar. Já era noite fechada agora, e o ar estava fresco, deliciosamente fresco. A festa havia acabado.

* * *

Durante trinta minutos, os primos se despediram, todos dando os mesmos conselhos. Fique, não vá. Restaure a casa. Esqueça essas histórias antigas.

E Ryan pediu desculpas por Gifford e pelas coisas horríveis que ela havia dito. Sem dúvida, Rowan não devia levar a sério as palavras de Gifford. Rowan fez um gesto de não estar preocupada com isso.

– Obrigada, muito obrigada por tudo, Ryan, e não se preocupe. Eu queria conhecer as velhas histórias. Eu queria saber o que família andava dizendo. E agora eu sei.

– Não há fantasma nenhum por lá – disse Ryan, encarando-a abertamente.

Rowan não se incomodou em responder.

– Vocês serão felizes na First Street – disse Ryan. – Vão mudar a imagem.

– Quando Michael se aproximou de Rowan, Ryan lhe deu um aperto de mãos.

Voltando-se para ir embora, Rowan viu que Aaron estava junto ao portão da frente, conversando logo com Gifford e Beatrice. Gifford parecia perfeitamente acalmada.

Ryan esperava paciente, uma silhueta à porta da frente da casa.

– Não se preocupe absolutamente com nada – dizia Aaron a Gifford, no seu fascinante sotaque britânico.

De repente, Gifford o abraçou. Ele retribuiu o abraço com elegância e beijou sua mão ao se afastar. Beatrice foi somente um pouco menos efusiva. E então as duas recuaram, Gifford, com o rosto pálido e exausto, quando a limusine preta de Aaron veio se arrastando até o meio-fio.

– Não se preocupe com nada disso, Rowan – disse Beatrice, animada. – Almoço amanhã, não vá se esquecer. E esse casamento será lindíssimo.

– Tudo bem, Bea – respondeu Rowan, sorrindo.

Rowan e Michael se sentaram no longo banco traseiro enquanto Aaron ocupava o seu lugar preferido, de costas para o motorista. E o carro se afastou devagar.

O ar muito frio foi uma bênção para Rowan. A umidade contínua e a atmosfera do jardim ao crepúsculo pareciam estar grudadas nela. Ela fechou os olhos por um instante e respirou fundo.

Quando abriu os olhos novamente, viu que estavam na estrada de Metairie, passando velozes pelos novos cemitérios da cidade, que pareciam sinistros e sem memória através dos vidros escurecidos do veículo. O mundo sempre dava uma impressão tão medonha através dos vidros escuros de uma limusine, pensou Rowan. A pior escuridão imaginável. De repente, ela lhe dava nos nervos.

Rowan se voltou para Michael e, ao ver de novo aquela terrível expressão no seu rosto, ficou impaciente. Ela só havia ficado animada com as suas descobertas.

Suas decisões continuavam as mesmas. Na realidade, ela considerava toda a experiência fascinante.

— As coisas não mudaram — disse ela. — Mais cedo ou mais tarde, ele virá; ele lutará comigo pelo que quer; e sairá perdendo. Tudo o que fizemos foi conseguir mais informações sobre o número e o portal, e era o que queríamos. — Michael não respondia. — Mas na verdade nada mudou — insistiu ela. — Absolutamente nada.

Mesmo assim, Michael nada dizia.

— Não fique cismado — disse Rowan, asperamente. — Você pode ter certeza de que eu não vou reunir nenhum conciliábulo de treze bruxas. Tenho coisas muito mais importantes do que isso a fazer. E não tive a intenção de assustar ninguém ali presente. Acho que falei errado, que disse as palavras erradas.

— Eles estão enganados — disse Michael, como que sussurrando. Olhava fixamente para Aaron, que estava sentado, impassível, a observá-los. E ela podia garantir, pela voz de Michael, que ele estava extremamente perturbado.

— O que você está querendo dizer?

— Ninguém precisa reunir treze bruxas — disse Michael, com os olhos azuis refletindo a luz dos carros que passavam enquanto olhava para ela. Não era essa a solução do enigma. Eles se enganaram porque não conhecem a própria história.

— Do que você está falando?

Ela nunca o havia visto tão ansioso desde o dia em que espatifara os frascos. Sabia que, se segurasse seu pulso, sentiria como ele estava acelerado. Ela odiava tudo isso. Estava vendo o sangue latejando no rosto de Michael.

— Michael, pelo amor de Deus!

— Rowan, conte suas antepassadas! A criatura esperou por treze bruxas, desde o tempo de Suzanne até o presente, e você é a décima terceira. Basta contar. Suzanne, Deborah e Charlotte; Jeanne Louise, Angélique e Marie Claudette; seguidas na Louisiana por Marguerite, Katherine e Mary Beth. Depois vêm Stella, Antha, Deirdre e, afinal, você, Rowan! A décima terceira é simplesmente a mais forte, Rowan, a que pode *ser* o portal para a travessia dessa criatura. Você é o portal, Rowan. É por isso que havia doze gavetas e não treze no jazigo. A décima terceira é o portal.

— Está bem — disse ela, num enorme esforço para não se impacientar, erguendo as mãos num gesto delicado de súplica. — E nós sabíamos disso antes, não sabíamos? E o diabo previu isso. Ele vê longe, como eu disse, ele vê o número treze, mas ele não vê tudo. Não vê quem eu sou.

— Não, não foram essas as palavras dele — disse Michael. — Ele disse que vê o final! Disse também que eu não poderia impedir você, nem a ele. Disse que sua paciência era como a do Todo-Poderoso.

— Michael — atalhou Aaron. — Essa criatura não tem nenhuma obrigação de dizer a verdade! Não caia nessa armadilha. Ele brinca com as palavras. É um mentiroso.

— Eu sei, Aaron. O diabo mente. Eu sei! Eu ouvia isso desde quando era pequeno. Mas, por Deus, o que é que ele está esperando? Por que nos está sendo permitido seguir adiante, um dia após o outro, enquanto ele espera a ocasião propícia? Isso está me deixando louco.

Rowan estendeu a mão até segurar seu pulso, mas, quando Michael percebeu que ela estava medindo seus batimentos, ele se afastou.

— Quando eu precisar de um médico, eu falo, está bem?

Ela ficou magoada e recuou, voltando-se para o outro lado. Estava com raiva de si mesma por não conseguir ser paciente. Detestava o fato de ele estar tão perturbado. E se odiava por estar tão angustiada e receosa.

Ocorreu-lhe que, todas as vezes que ele reagia dessa forma, estava fazendo o jogo das forças invisíveis que procuravam controlá-los; que talvez ele houvesse sido escolhido para suas brincadeiras por ser manipulável com tanta facilidade. Mas seria terrível dizer uma coisa dessas. Ele se sentiria insultado e magoado, e ela não suportava vê-lo magoado. Ela não tolerava vê-lo enfraquecido.

Ficou ali, derrotada, olhando para as mãos pousadas inertes no colo. E o espírito havia dito: "Eu serei carne quando você estiver morto." Ela quase ouvia as batidas do coração de Michael. Embora sua cabeça estivesse virada para o outro lado, ela sabia que ele estava sentindo uma tontura, até mesmo um enjoo. *Quando você estiver morto.* Seu sexto sentido dizia que ele era saudável, forte, vigoroso como um homem com a metade da sua idade, mas lá estavam novamente os sintomas de um estresse enorme a deixá-lo devastado.

Meu Deus, como tudo havia acabado mal, toda a experiência. Como os segredos do passado haviam envenenado a festa toda. Não era o que ela queria; não, muito pelo contrário. Talvez tivesse sido melhor se eles não tivessem dito nada. Se tivessem seguido a recomendação de Gifford, continuando naquele sonho etéreo e luminoso, a falar da casa e do casamento.

— Michael — disse Aaron, com sua voz tipicamente tranquila. — Ele provoca e mente. Que direito ele tem de fazer profecias? E que objetivo ele poderia ter a não ser o de, com suas mentiras, tentar fazer cumprir suas profecias.

— Mas onde é que ele está? — perguntou Michael. — Aaron, pode ser que eu esteja me agarrando a coisas ínfimas, mas naquela primeira noite, quando eu fui até a casa, ele teria falado comigo se você não estivesse ali? Por que ele apareceu só para sumir como fumaça?

— Michael, eu poderia dar diversas explicações para cada vez que ele apareceu. Mas não tenho certeza de estar com a razão. O importante é manter uma trajetória equilibrada, perceber que ele é um trapaceiro.

— Isso mesmo — disse Rowan.

– Meu Deus, que espécie de brincadeira é essa? – sussurrou Michael. – Eles me dão tudo o que sempre quis, a mulher que eu amo, minha cidade natal de volta, a casa com que sonhava quando era menino. Queremos ter um filho, Rowan e eu! Que tipo de brincadeira é essa? Ele fala, e os outros que me procuraram se calam. Meu Deus, se eu ao menos perdesse essa sensação de que tudo foi planejado, como Townsend disse no seu sonho, tudo planejado. Mas quem está planejando?

– Michael, você tem de se controlar – disse Rowan. – Tudo está saindo maravilhosamente bem, e fomos nós que conseguimos isso. Tudo vai às mil maravilhas desde a morte da velha. Você sabe, às vezes eu acho que estou fazendo o que minha mãe teria querido. Isso parece absurdo? Acho que estou fazendo aquilo com que Deirdre sonhou todos aqueles anos.

Não houve resposta.

– Michael, você não ouviu o que eu disse aos outros? Você não acredita em mim?

– Só me prometa uma coisa, Rowan – disse ele, segurando sua mão e enfiando os dedos entre os dela. – Prometa que não vai guardar segredo se você vir a criatura. Você vai me contar. Não vai me esconder nada.

– Meu Deus, Michael, você está parecendo um marido ciumento.

– Você sabe o que aquele velho disse? – perguntou Michael. – Quando eu o ajudei a entrar no carro?

– Você está falando de Fielding?

– É. Ouça o que ele disse. "Tenha cuidado, meu rapaz." O que será que ele quis dizer com isso?

– Ele que vá para o inferno por dizer uma coisa dessas – murmurou Rowan. De repente ela estava furiosa. Livrou-se da mão de Michael. – Quem ele pensa que é, velho filho da mãe! Como ele ousou dizer isso para você? Ele não virá ao nosso casamento. Ele não vai poder passar pelo nosso portão da frente... – Ela parou, engasgando com as palavras. A raiva era forte demais. Sua confiança na família havia sido total. Ela só estava absorvendo tudo aquilo, aquele amor, e agora se sentia como se Fielding a houvesse apunhalado. E o pior era que estava chorando, e não tinha um lenço. Tinha vontade... de dar um tapa em Michael. Mas era o velho que ela gostaria de atingir. Que audácia!

Michael tentou segurar sua mão novamente. Ela o repeliu. Por um instante, sentiu tanta raiva que não conseguia nem pensar. E estava furiosa por estar chorando.

– Tome aqui, Rowan, por favor – disse Aaron, pondo o lenço na sua mão. Ela mal foi capaz de agradecer, baixinho. Usou o lenço para cobrir os olhos.

– Desculpe, Rowan – disse Michael.

– Que vá para o inferno você também, Michael! Você devia era fazer frente a eles. Você devia parar de girar como uma barata tonta cada vez que se encaixa mais um pedaço do quebra-cabeça. Não foi a Santa Virgem Maria que você viu lá nas visões! Eram só eles e todas as suas trapaças.

– Não, isso não é verdade.

Ele parecia triste e pesaroso, além de totalmente inexperiente. Seu coração se apertou ao ouvir o que ele dizia, mas ela não cedeu. Estava com medo de dizer o que realmente pensava: Ouça, eu amo você, mas já ocorreu que o seu papel nisso tudo foi só o de garantir que eu voltasse, que eu ficasse e que eu tivesse um filho para herdar o legado? Esse espírito podia ter armado seu afogamento, seu salvamento, as visões, tudo. E foi por isso que Arthur Langtry lhe apareceu. Foi por isso que ele deu o aviso para que você se afastasse antes que fosse tarde.

Ela ficou ali, reprimindo essas palavras, envenenada por elas, esperando que não fossem a verdade e sentindo medo.

– Por favor, parem com isso – disse Aaron com delicadeza. – O velho foi um pouco bobo, Rowan. – Sua voz era como uma melodia tranquilizante, a extrair a tensão dela. – Fielding queria se sentir importante. Foi uma competição de bravatas entre os três: Randall, Peter e Fielding. Não seja rigorosa com ele. Ele está simplesmente... velho demais. Acredite em mim, eu sei. Eu mesmo já estou quase chegando lá.

Ela limpou o nariz e olhou para Aaron. Ele estava sorrindo, e ela sorriu também.

– Eles são boas pessoas, Aaron? O que você acha? – Ela estava ignorando Michael de propósito por enquanto.

– Ótimas pessoas, Rowan. Muito melhores do que a maioria, minha cara. E eles a amam. Eles a adoram. O velho a ama. Você é a coisa mais interessante que aconteceu a ele nos últimos dez anos. Os outros não o convidam muito. Ele estava saboreando a atenção. E é claro que, apesar de todos os seus segredos, eles não sabem o que você sabe.

– Você tem razão – disse ela, baixinho. Sentia-se agora exausta e péssima. As explosões emocionais com ela nunca provocavam catarse. Elas sempre a deixavam abalada e infeliz.

– Está bem – disse ela. – Eu até o convidaria a me levar ao altar, só que tenho em mente um outro amigo muito querido. – Ela enxugou os olhos mais uma vez, com o lenço dobrado, e secou os lábios. – Estou falando de você, Aaron. Sei que está muito em cima da hora, mas você vai querer ir até o altar comigo?

– Querida, seria uma honra. Nada me daria maior prazer. – Ele segurou sua mão com firmeza. – Agora não pense mais naquele velho bobo.

– Obrigada, Aaron – disse ela, recostando-se e respirando fundo antes de se voltar para Michael. Na verdade, ela o estivera deixando de lado deliberadamente, e agora de repente sentia uma pena imensa. Ele parecia tão abatido e tão pacífico. – Bem, você já se acalmou ou será que teve um ataque do coração? Está terrivelmente calado.

Ele riu baixinho, animando-se imediatamente. Seus olhos eram de um azul tão brilhante quando ele sorriu.

– Sabe, quando eu era criança – disse ele, pegando novamente a sua mão –, costumava pensar que seria maravilhoso ter um fantasma na família! Eu costumava desejar conseguir ver um! Eu pensava, ah, viver numa casa mal-assombrada, não seria fantástico?

Era o velho Michael novamente, alegre e forte, embora tivesse algumas arestas brutas. Ela se inclinou e deu um beijo no seu rosto um pouco áspero.

– Desculpe-me por ter ficado zangada.

– Desculpe-me você também, querida. Lamento mesmo. Aquele velho não tinha nenhuma intenção má. Todos eles têm uma pequena loucura. Acho que é o sangue irlandês. Não tive muito contato com irlandeses da gema nos últimos anos. Acho que eles são tão malucos quanto todos os outros.

Havia um pequeno sorriso no rosto de Aaron a observá-los, mas agora eles estavam todos abalados e cansados. Essa conversa havia exaurido os seus últimos resquícios de vigor.

Pareceu a Rowan que caía mais uma vez uma escuridão. Se ao menos o vidro das janelas não fosse tão escuro...

Ela relaxou no assento, deixando a cabeça descansar no couro e ficou olhando passar a cidade triste e desmazelada, as ruas da periferia com seus chalés de madeira, geminados e estreitos, com arabescos de madeira e janelas pequenas, e os prédios baixos de alvenaria, inclinados, que de algum modo não pareciam pertencer ao mundo dos carvalhos rebeldes e do mato alto. Lindo, tudo lindo. A camada superficial do seu perfeito universo californiano havia se rachado, fazendo com que ela afinal caísse na verdadeira textura da vida real.

Como é que ela conseguiria que aqueles dois entendessem que tudo ia dar certo, que ela sabia que no final sairia vitoriosa, que nenhuma tentação concebível poderia seduzi-la a ponto de afastá-la do seu amor, dos seus sonhos, dos seus planos?

A criatura viria, e a criatura lançaria seus encantos, como o demônio e as velhas da aldeia. E seria de esperar que ela sucumbisse, mas ela não sucumbiria, e o poder dentro dela, alimentado pelas doze bruxas, seria suficiente para destruir a criatura. O número treze dá azar, seu demônio. E a porta é a porta do inferno.

Ah, isso, era exatamente isso. A porta era a porta do inferno.

Mas Michael só acreditaria quando tudo estivesse terminado.

Ela não disse mais nada.

Lembrou-se mais uma vez das rosas no vaso na mesa do hall. Flores horríveis, e aquele íris com a boca negra e trêmula? Horrendo. E, o pior de tudo, a esmeralda no seu pescoço no escuro, fria e pesada na sua pele nua. Não, nunca lhe fale disso. Não fale mais sobre nada disso.

Ele era bom e corajoso, mais do que qualquer pessoa que houvesse conhecido. Mas, agora, ela precisava protegê-lo, porque ele não podia protegê-la, isso estava evidente. E ela percebeu pela primeira vez que, quando as coisas realmente começassem a acontecer, ela provavelmente estaria totalmente só. Mas isso não havia sido sempre inevitável?

QUARTA PARTE

A NOIVA DO DEMÔNIO

40

Ela se perguntava se mais tarde se lembraria desse dia como um dos mais felizes da sua vida. Os casamentos devem exercer sua magia sobre todas as pessoas. Mas ela imaginava ser mais suscetível do que a maioria por a cerimônia ser tão exótica, tão do Velho Mundo, tão antiquada e fora de moda. E ela, apesar de vir do mundo dos frios e dos solitários, ela a queria tanto.

Na noite anterior, havia vindo aqui à igreja para rezar sozinha. Michael ficou surpreso. Ela estaria realmente rezando para alguém?

– Eu não sei – disse ela. Queria apenas sentar na igreja escura, que já estava arrumada para a cerimônia com as fitas e os laços brancos e o tapete vermelho até o altar, e falar com Ellie, tentar explicar a Ellie por que havia quebrado sua promessa, por que estava fazendo isso e como tudo ia acabar funcionando.

Ela explicou o casamento formal, como era o que a família queria, e ela havia cedido com prazer aos metros e metros de renda de seda e ao véu cheio e cintilante. Deu explicações também sobre as damas de honra, todas da família, é claro; Beatrice, a madrinha; e como Aaron ia levá-la ao altar.

Explicou e explicou. Falou até mesmo da esmeralda.

– Esteja ao meu lado, Ellie. Dê-me seu perdão. Preciso tanto dele.

Depois, conversou com sua mãe. Falou com simplicidade e sem palavras, só se sentindo próxima da mãe. E tentou apagar da memória toda e qualquer lembrança da velha.

Pensou nas amigas da Califórnia, para quem havia ligado nas últimas semanas e com quem tivera conversas maravilhosas. Todas estavam felizes por ela, embora não compreendessem plenamente o quanto era rico e vital esse mundo antiquado daqui. Barbara queria vir, mas as aulas já haviam começado em Princeton. Janie estava de viagem marcada para a Europa. E Mattie ia ter um bebê qualquer dia desses. Elas lhe mandaram presentes incríveis, apesar de Rowan tê-las proibido. E Rowan tinha a sensação de que se veriam no futuro, pelo menos antes que começasse a trabalhar de verdade no sonho do Centro Médico Mayfair.

Finalmente, ela terminou suas orações de uma forma estranha. Acendeu velas para suas duas mães. E uma para Antha. E até mesmo uma para Stella. Era um ritual tão confortante, ver os pequenos pavios se acenderem, ver a dança do fogo diante da imagem da Virgem. Não era de surpreender que agissem assim, esses católicos sábios e velhos. Quase que dava para se acreditar que a chama graciosa era uma oração viva.

Então saiu para procurar Michael, que estava se divertindo muito na sacristia com reminiscências da paróquia com o padre velho e simpático.

Agora, à uma hora, a cerimônia finalmente começava.

Rígida e imóvel no seu vestido branco, ela esperava, sonhadora. A esmeralda descansava na renda que lhe cobria o colo, e seu brilho verde era a única cor sobre Rowan. Mesmo seus cabelos e olhos acinzentados lhe haviam parecido pálidos no espelho. E a joia fez com que se lembrasse, estranhamente, das imagens católicas de Jesus e Maria, com os corações expostos, como a que ela havia destroçado com tanta raiva no quarto da mãe.

Agora, porém, todos esses pensamentos desagradáveis estavam muito longe dela. A imensa nave da igreja da Assunção de Nossa Senhora estava apinhada de gente. Vieram parentes de Nova York, de Los Angeles, de Atlanta e de Dallas. Eram mais de dois mil. E uma a uma, ao som dos pesados acordes do órgão, as damas de honra, Clancy, Cecilia, Marianne, Polly e Regina, seguiam na direção do altar. Beatrice estava ainda mais esplêndida do que as mais jovens. E os pajens, todos de sobrenome Mayfair, é claro, que bela turma formavam, estavam a postos para dar o braço às damas, uma a uma. Mas agora chegara o momento...

Pareceu-lhe que ia se esquecer de como se põe um pé diante do outro. Mas isso não ocorreu. Ela ajeitou rapidamente o véu branco, longo e amplo. Deu um sorriso para Mona, sua pequena daminha, linda como sempre, com a costumeira fita nos cabelos ruivos. Deu o braço a Aaron, e juntos seguiram atrás de Mona, acompanhando o compasso da música solene. Os olhos de Rowan passeavam indistintamente pelas centenas de rostos de cada lado, ofuscados, por trás da névoa branca do véu, pelas fileiras de lâmpadas e velas no altar lá adiante.

Será que ela se lembraria disso para sempre? Do buquê de flores brancas na sua mão, do sorriso delicado e radiante de Aaron a olhar para ela e da sua própria sensação de estar linda, como as noivas sempre deviam se sentir?

Quando finalmente viu Michael, tão perfeitamente adorável, no seu fraque cinza com plastron, sentiu as lágrimas lhe subirem aos olhos. Como era realmente magnífico esse seu amado, seu anjo, a sorrir para ela do seu lugar ao lado do altar, com as mãos, sem as luvas horrendas, entrelaçadas à sua frente, a cabeça ligeiramente inclinada como se ele precisasse proteger a alma da luz que brilhava sobre ele, embora seus próprios olhos azuis fossem para ela a luz mais forte de todas.

Ele se aproximou e parou ao seu lado. Uma calma deliciosa se abateu sobre Rowan quando ela se voltou para Aaron e ele levantou o véu e o jogou elegantemente para trás sobre seus ombros, fazendo com que caísse com delicadeza atrás dos seus braços. Rowan estremeceu. Sua vida nunca havia incluído nenhum gesto consagrado pela tradição como esse. E não se tratava do véu da virgindade ou do seu pudor, mas era o véu da sua solidão que havia sido erguido. Aaron pegou sua mão e a levou à mão de Michael.

– Seja sempre bom para ela, Michael – sussurrou Aaron. Ela fechou os olhos, desejando que essa mera sensação durasse eternamente, e depois os ergueu devagar para o altar resplandecente, com suas fileiras e mais fileiras de lindos santos de madeira.

Quando o padre começou a proferir as palavras tradicionais, ela percebeu que também os olhos de Michael estavam vidrados de lágrimas. Sentia que ele tremia enquanto apertava mais sua mão.

Ela receava que a voz lhe faltasse. Havia tido uma ligeira indisposição pela manhã, talvez de preocupação, e sofria agora uma leve tontura.

No entanto, o que lhe ocorreu num instante de serenidade e distanciamento foi que essa cerimônia transmitia um poder imenso, que ela envolvia os noivos com alguma invisível força protetora. Como seus velhos amigos haviam zombado dessas coisas! Como ela própria um dia as havia considerado inimagináveis! E agora, no próprio centro da cerimônia, Rowan a saboreava e abria seu coração para receber toda a graça que podia conceder.

Afinal, os termos do velho legado Mayfair, dominando a cerimônia e a reformulando, estavam agora sendo recitados.

– ... agora e para sempre, na vida pública e na particular, diante da família e de todos os outros, sem exceção, e em todas as circunstâncias, será conhecida pelo nome de Rowan Mayfair, filha de Deirdre Mayfair, filha de Antha Mayfair, embora seu legítimo esposo vá usar seu próprio sobrenome...

– Aceito.

– Ainda assim, e de coração aberto, aceita esse homem, Michael James Timothy Curry...

– Aceito.

Por fim, tudo terminou. As últimas palavras ecoaram sob o teto alto e abobadado. Michael se voltou e a tomou nos braços, como havia feito milhares de vezes na escuridão íntima do seu quarto de hotel. E entretanto, como era intenso agora esse beijo público e ritual. Ela se entregou completamente, com os olhos baixos e a igreja como que dissolvida no silêncio. Ela o ouviu, então, cochichar.

– Amo você, Rowan Mayfair.

– Amo você também, Michael Curry, meu arcanjo – respondeu ela. E, encostando mais nele, apesar da rigidez dos seus trajes formais, ela o beijou novamente.

Os primeiros acordes da marcha nupcial soaram altos, agudos, triunfantes. Um grande sussurro encheu a igreja. Ela se voltou, encarando a enorme multidão e o sol que se derramava pelos vitrais, e de braços dados com Michael começou a longa e rápida caminhada até a porta.

Dos dois lados, ela via sorrisos, gestos de aprovação, a expressão irresistível da mesma emoção, como se a igreja inteira estivesse impregnada com a mesma felicidade simples e assoberbante que ela sentia.

Só quando entraram na limusine à espera, com os parentes jogando sobre eles uma chuva de arroz, em meio a um exuberante coro de vivas, só então ela pensou na cerimônia fúnebre nessa igreja, só então se lembrou do cortejo de carros pretos e reluzentes.

E agora passar por essas mesmas ruas, pensou ela, aninhada na seda branca à sua volta, com Michael a beijá-la de novo, nos olhos, no rosto. Ele lhe dizia baixinho todas aquelas bobagens maravilhosas que os maridos deveriam dizer a suas noivas, que ela era linda, que ele a adorava, que nunca havia sido mais feliz, que, se esse não era o dia mais perfeito da sua vida, ele não podia imaginar qual seria. E o principal não era o que dizia, mas o quanto ele próprio estava feliz.

Ela se recostou no seu ombro sorrindo, com os olhos fechados, pensando deliberadamente e em silêncio em todos os momentos marcantes da sua vida, sua formatura em Berkeley, o primeiro dia em que entrara numa enfermaria como interna, o primeiro dia em que entrara na sala de operações, a primeira vez que ouvira as palavras ao final da cirurgia, Muito bem, Dra. Mayfair, pode fechar.

– É, esse é o dia mais feliz de todos – disse ela, baixinho. – E ele mal acaba de começar.

Centenas de pessoas circulavam pelo gramado, sob os enormes toldos brancos instalados para cobrir o jardim, a piscina e o gramado diante das dependências dos fundos. As mesas do bufê ao ar livre, com suas toalhas brancas de linho, mal aguentavam o peso dos lautos pratos sulinos: lagostins no vapor, camarão à moda, massas, ostras assadas, peixe defumado e até mesmo o humilde e apreciado feijão-vermelho com arroz. Garçons uniformizados serviam champanhe em taças finas e altas. Nos bares bem providos no salão, na sala de jantar e ao lado da piscina, atendentes preparavam coquetéis a pedido. Crianças finamente trajadas, de todas as idades, brincavam de pique entre os adultos, escondendo-se por trás dos vasos de palmeiras espalhados por todo o térreo, ou subiam e desciam a escadaria em bandos, para mortificação total dos vários pais, gritando que acabavam de ver "o fantasma!".

A banda de Dixieland tocava com alegria e vigor sob seu toldo branco diante da cerca da frente, e a música de quando em quando era superada pela conversa animada e barulhenta.

Durante horas a fio, Michael e Rowan, de costas para o longo espelho na extremidade da First Street do longo salão, receberam os cumprimentos de um parente após o outro, apertando mãos, fazendo agradecimentos, ouvindo pacientes o esclarecimento de linhagens e o rastreamento de parentescos e interparentescos.

Muitos dos ex-colegas de ginásio de Michael vieram, graças aos diligentes esforços de Rita Mae Lonigan, e eles então formaram seu próprio grupo barulhento e alegre, a contar velhas histórias de jogos de futebol, ali por perto. Rita havia até conseguido localizar dois primos há muito sem contato: uma senhora simpática chamada Amanda Curry, de quem Michael se lembrava com carinho, e um Franklin Curry, que havia frequentado a escola com o pai de Michael.

Se alguém ali estava apreciando tudo isso mais do que Rowan, era Michael, e ele era muito mais expansivo do que ela. Beatrice vinha lhe dar um abraço exagerado pelo menos duas vezes a cada meia hora, sempre conseguindo extrair dele algumas lágrimas envergonhadas, e era óbvio que ele estava emocionado com o carinho com que Lily e Gifford estavam cuidando da tia Vivian.

Era, porém, um momento de muita emoção para todos. Parentes de várias outras cidades abraçavam primos que não viam há anos, prometendo voltar a Nova Orleans com maior frequência. Alguns combinaram ficar uma semana ou duas com esse ou aquele ramo da família. Era constante o espocar dos flashes. Câmeras de vídeo grandes, negras e desajeitadas passeavam lentamente pela multidão cintilante.

Por fim, terminaram os cumprimentos. E Rowan ficou livre para perambular de um grupo a outro, sentir o sucesso da reunião e aprovar o desempenho dos organizadores do bufê e da banda, como achava que devia fazer.

O calor do dia havia sumido totalmente graças a uma brisa suave. Alguns convidados já estavam se despedindo. A piscina estava cheia de pequenas criaturas seminuas, a berrar e espirrar água umas nas outras, algumas nadando apenas de roupa de baixo, e de alguns adultos altos que se jogaram na água vestidos.

Mais comida estava sendo colocada aos montes nos *réchauds*. Mais caixas de champanhe estavam sendo abertas. Os quinhentos e poucos parentes do núcleo da família que Rowan já conhecia pessoalmente circulavam inteiramente à vontade, sentando-se na escada para conversar, perambulando de um quarto a outro a admirar as mudanças maravilhosas ou rondando a imensa e vistosa exposição de presentes caríssimos.

Por toda parte, admirava-se a restauração: o delicado tom de pêssego das paredes do salão e as cortinas de seda bege; o verde-escuro e sombrio da biblioteca e as madeiras de um branco reluzente em toda a casa. As pessoas contemplavam os velhos retratos, limpos, reemoldurados e pendurados cuidadosamente por todo o corredor e pelos aposentos do térreo. Reuniam-se em adoração ao quadro de Deborah, que agora estava acima da lareira da biblioteca. Lily e Beatrice ajudaram Fielding numa turnê completa, levando-o ao andar superior no velho elevador para que ele pudesse ver cada um dos quartos.

Peter e Randall se acomodaram na biblioteca com seus cachimbos, discutindo acerca dos diversos retratos, sua idade aproximada e qual havia sido feito por quem. E qual seria o preço se Ryan quisesse tentar adquirir esse "pretenso" Rembrandt?

Com a primeira rajada de chuva, a banda veio para dentro e para os fundos do salão, e os tapetes chineses foram enrolados enquanto os jovens, alguns tirando os sapatos de qualquer jeito na balbúrdia, começavam a dançar.

Era o charleston. E os próprios espelhos retiniam com o som turbulento dos pistons e o ribombar constante do sapateado.

Cercada ininterruptamente por grupos de rostos animados, cheios de entusiasmo, Rowan perdeu Michael de vista. Houve um momento em que ela escapou para o pequeno banheiro da biblioteca, dando um aceno de passagem para Peter, que agora estava só e aparentemente cochilava.

Ela ficou ali em silêncio, com a porta trancada, o coração batendo forte, apenas se olhando no espelho.

Estava agora desbotada, amassada, parecida com o buquê que teria de jogar mais tarde do alto da escada. O batom havia desaparecido, o rosto estava pálido, mas seus olhos brilhavam como a esmeralda. Hesitante, ela tocou a pedra, ajeitando-a na renda do vestido. Fechou os olhos e pensou no quadro de Deborah. É, havia agido certo ao usá-la. Certo fazer tudo do jeito que eles queriam. Ela voltou a olhar para si mesma, agarrando-se ao momento, tentando guardá-lo para sempre, como um instantâneo enfiado nas páginas de um diário. *Este dia, entre eles, todos reunidos.*

Sua felicidade não foi afetada quando, ao abrir a porta que dava para a biblioteca, ela topou com Rita Mae Lonigan, que chorava baixinho ao lado de Peter. Foi mais do que um prazer apertar a mão de Rita e falar com ela.

– É, eu mesma pensei muito em Deirdre hoje.

Porque era verdade. E Rowan havia gostado de pensar em Deirdre e Ellie, até mesmo em Antha, arrancando-as das tragédias em que estavam enredadas e as abraçando junto ao coração.

Talvez em algum ponto frio e racional da sua mente, ela compreendesse por que as pessoas fugiam da família e da tradição à procura do mundo elegante e frágil em que ela havia crescido na Califórnia. No entanto, ela sentia pena dessas pessoas, sentia pena de qualquer um que nunca houvesse conhecido essa estranha intimidade com tantos outros do mesmo sobrenome e do mesmo clã. Ellie sem dúvida compreenderia.

De volta ao salão e à algazarra da banda e dos dançarinos, ela procurou por Michael, e de repente o viu totalmente só encostado na segunda lareira com os olhos fixos na outra ponta da sala apinhada. Rowan conhecia aquela expressão no seu rosto, o rubor e a agitação. Ela entendia o jeito dos seus olhos de estarem atraídos para algum ponto distante aparentemente banal.

Ele mal percebeu quando ela chegou ao seu lado. Não a ouviu quando sussurrou seu nome. Ela acompanhou a trajetória do seu olhar. Tudo o que viu foram os casais dançando e os cintilantes borrifos da chuva nas janelas da frente.

– Michael, o que foi?

Ele não se mexeu. Ela puxou o seu braço. Depois, erguendo a mão direita, ela virou o seu rosto com muita delicadeza e ficou olhando para ele e repetindo seu nome com clareza. Ele se voltou bruscamente, voltando a olhar para a frente do salão. Nada, dessa vez. O que quer que fosse havia terminado. Graças a Deus.

Ela via as gotas de suor na sua testa e no lábio superior. Seu cabelo estava úmido como se ele tivesse andado lá fora, o que obviamente não havia acontecido. Ela se aproximou mais um pouco, descansando a cabeça no seu peito.

– O que foi? – perguntou.

– Nada, é verdade... – disse ele, baixinho. Sentia dificuldade para recuperar o fôlego. – Achei que vi... não importa. Não está mais lá.

– Mas o que era?

– Nada. – Ele a tomou pelos ombros, beijando-a com um pouco de violência. – Nada vai estragar este dia para nós, Rowan. – Ele ficou com a voz embargada enquanto continuava a falar. – Nada de louco e estranho hoje.

– Fique comigo – disse ela. – Não me deixe mais. – Ela o puxou pelo braço para que saíssem do salão, entrassem na biblioteca e no seu pequeno banheiro, onde poderiam ficar sozinhos. O coração de Michael ainda estava acelerado quando ela o abraçou, calada, prendendo-o nos braços, com o barulho e a música abafados e distantes.

– Está tudo bem, querida – disse ele, finalmente, com a respiração menos ofegante. – Tudo bem mesmo. As coisas que eu estou vendo não significam nada. Não se preocupe, Rowan. Por favor. É como as imagens. Estou colhendo impressões de coisas que aconteceram há muito tempo. Só isso. Vamos, querida, olhe para mim. Me dê um beijo. Eu amo você, e este é o nosso dia.

A festa entrou noite adentro louca e animada. O casal cortou por fim o bolo sob uma saraivada de flashes e de risos embriagados. Ofereceram-se docinhos em bandejas. O café estava sendo preparado em enormes cafeteiras. Parentes engajados em longas conversas emocionadas se acomodavam em diversos cantos, em sofás e em grupos ao redor das mesas. Lá fora, chovia forte. O trovão ia e vinha com um eventual estrondo violento. E os bares permaneceram abertos, pois a maioria dos convidados continuava a beber.

Afinal, como Rowan e Michael só iam viajar para a lua de mel na Flórida no dia seguinte, foi resolvido que Rowan deveria jogar o buquê do alto da escada "agora". Subindo até a metade e olhando para o mar de rostos lá embaixo, que se espalhava em todas as direções e alcançava o salão, Rowan fechou os olhos e jogou o buquê para o alto. Houve muita gritaria cordial e até empurrões e briguinhas. De repente, a linda Clancy Mayfair exibiu o buquê, em meio a gritos de aprovação. E Pierce a abraçou, declarando abertamente ao mundo inteiro seu prazer pessoal e egoísta pela sorte de Clancy.

Ah, quer dizer que são Pierce e Clancy?, pensou Rowan, em silêncio, descendo de volta. E ela não havia percebido nada antes. Nem havia imaginado. Mas agora parecia não lhe restar nenhuma dúvida, enquanto ela olhava os dois se afastando sorrateiros. Bem ao longe, junto à segunda lareira, Peter estava parado, sorrindo, enquanto Randall parecia discutir acaloradamente com Fielding, que havia sido posto ali há algum tempo numa poltrona de tapeçaria.

A nova banda da noite acabava de chegar. Ela começou tocando uma valsa. Todos aplaudiram ao ouvir a melodia suave e antiquada, e alguém escureceu os lustres até que eles emitissem uma luz fraca, rosada. Os casais mais velhos se levantaram para dançar. Michael imediatamente tirou Rowan e a conduziu ao centro do salão. Foi mais um momento perfeito, terno e delicioso como a música que os transportava. Logo, o salão à sua volta estava lotado de pares a dançar. Beatrice com Randall. E tia Vivian com Aaron. Todos os velhos dançavam, e depois até os mais novos foram atraídos, a pequena Mona com o idoso Peter, e Clancy com Pierce.

Se Michael havia visto mais alguma coisa horrível e indesejável, ele não deu sinal disso. Na realidade, seus olhos estavam fixos, com devoção, em Rowan.

Quando soaram as nove horas, alguns parentes choravam, tendo atingido algum ponto crucial de confissão ou de compreensão numa conversa com um primo não visto já há muito; ou simplesmente por todos terem bebido demais, dançado demais, e algumas pessoas terem a impressão de que deviam chorar. Rowan não sabia ao certo. Era só que isso parecia perfeitamente natural em Beatrice, enquanto ela se debulhava no sofá abraçada a Aaron; bem como em Gifford, que há horas vinha explicando alguma coisa de aparente importância a uma tia Viv paciente e assombrada. Lily havia se metido numa discussão ruidosa com Peter e Randall, ridicularizando-os como o pessoal do "eu me lembro de Stella".

Rita Mae Lonigan ainda estava chorando quando foi embora com o marido, Jerry. Amanda Curry, acompanhada de Franklin Curry, também fez uma despedida lacrimosa.

Às dez, a multidão já estava reduzida talvez a uns duzentos. Rowan havia tirado os sapatos altos de cetim branco. Estava sentada numa poltrona *bergère* junto à primeira lareira do salão, com as mangas compridas arregaçadas, fumando um cigarro, com os pés enrodilhados debaixo do corpo, ouvindo Pierce falar da sua última viagem à Europa. Ela nem conseguia se lembrar de quando ou onde havia tirado o véu. Talvez Bea o houvesse levado quando ela e Lily subiram para preparar a "câmara nupcial", sabe-se lá o que isso significava. Seus pés doíam mais do que depois de uma cirurgia de oito horas. Ela estava faminta, e só haviam sobrado os doces. Além do mais, o cigarro a estava enjoando. Ela o apagou.

Michael e o velho padre grisalho da paróquia estavam absortos em conversa diante da lareira na outra ponta do salão. O conjunto havia passado de Strauss para canções sentimentais mais recentes e populares. Aqui e ali vozes cantarolavam trechos de "Blue Moon" ou "Tennessee Waltz". O bolo do casamento, a não ser por um pedaço guardado por motivos sentimentais, havia sido devorado até o último farelo.

Um grupo da família Grady, parentes afins de Cortland, cuja viagem de Nova York havia atrasado, entrou pela porta da frente inundando a casa com desculpas e exclamações. Outros se apressaram a cumprimentá-los. Rowan pediu desculpas por estar descalça e despenteada enquanto recebia seus beijos. E, na sala de jantar aos fundos, uma grande turma reunida para uma série de fotografias começou a cantar "My Wild Irish Rose".

Às onze, Aaron deu um beijo de despedida em Rowan ao sair para levar tia Vivian para casa. Ele estaria no hotel se precisassem dele, e lhes desejou uma boa viagem até Destin no dia seguinte.

Michael foi até a porta da frente com Aaron e sua tia. Seus velhos amigos saíram afinal para continuar a beber no bar Parasol's no Irish Channel, depois de extraírem de Michael a promessa de que iria jantar com eles dentro de duas semanas. Mesmo assim, a escada ainda estava interditada com casais absortos a conversar. E, na cozinha, o pessoal do bufê estava "arrumando alguma coisa" para a família Grady de Nova York.

Por fim, Ryan ficou em pé, exigiu silêncio e declarou terminada a festa.

Todos deveriam procurar seus sapatos, casacos, bolsas, o que fosse, e sair para deixar os recém-casados a sós. Pegando mais uma taça de champanhe de uma bandeja que passava por ali, ele se virou para Rowan.

– Aos recém-casados – brindou ele, com a voz superando com facilidade a algazarra. – À sua primeira noite nesta casa.

Vivas mais uma vez. Todos querendo um último drinque, e uma centena de repetições do brinde, com os copos tilintando ao se tocarem.

– Deus abençoe a todos nesta casa! – disse o padre, que por acaso estava saindo pela porta. E uma dúzia de vozes diferentes repetiram a bênção.

– A Darcy Monahan e a Katherine – gritou alguém.

– A Julien e Mary Beth... a Stella...

As despedidas, como era costume nessa família, demoraram mais de meia hora, tanto pelos beijos, quanto pelas promessas de reuniões futuras e pelas conversas que se retomavam à saída do banheiro, à saída da varanda e à saída do portão.

Enquanto isso, o pessoal do bufê passava pela casa inteira, recolhendo silenciosamente cada último copo e guardanapo, afofando almofadas, apagando velas, espalhando os arranjos de flores antes agrupados sobre as mesas do banquete e limpando qualquer coisa que houvesse derramado.

Por fim, tudo terminou. Ryan foi o último a sair, depois de pagar o pessoal do bufê e se certificar de que tudo estava em perfeita ordem. A casa estava quase vazia.

— Boa noite, meus queridos! – disse ele, e a alta porta da frente se fechou lentamente.

Durante algum tempo, Rowan e Michael olharam um para o outro, e depois caíram a rir. Michael a segurou no ar e rodou com ela até colocá-la delicadamente de volta no chão. Ela se encostou nele, abraçando-o do jeito que mais gostava, com a cabeça descansando no seu peito. Estava fraca de tanto rir.

— Nós conseguimos, Rowan! Do jeito que todos queriam, conseguimos! Pronto, acabou.

Ela ainda ria calada, deliciosamente exausta e animada ao mesmo tempo. Mas o relógio estava batendo as horas.

— Ouça, Michael – disse ela, baixinho. – É meia-noite.

Ele a tomou pela mão, apertou o interruptor que desligava a luz, e os dois subiram juntos pela escada às escuras.

Apenas um quarto no segundo andar lançava luz sobre o corredor, e era o deles. Caminharam em silêncio até a soleira.

— Rowan, olhe o que elas fizeram.

O quarto havia sido perfeitamente preparado por Bea e Lily. Um enorme e perfumado buquê de rosas cor-de-rosa estava no consolo da lareira entre os dois candelabros de prata.

Na penteadeira, o champanhe esperava no seu balde de gelo com duas taças ao lado, numa bandeja de prata.

A própria cama estava pronta, com a colcha de renda virada, os travesseiros afofados e as delicadas cortinas brancas do dossel abertas e amarradas às colunas maciças da cabeceira.

Um bonito conjunto de camisola e penhoar de seda branca estava dobrado de um lado da cama, e um par de pijamas de algodão branco, do outro lado. Uma rosa solitária havia sido posta sobre os travesseiros, com um laço de fita, e uma vela também solitária estava na mesinha de cabeceira da direita.

— Que ideia mais encantadora – disse Rowan.

— E assim, Rowan, esta é a nossa noite de núpcias. O relógio acabou de bater. É a hora das bruxas, querida, e ela é toda nossa.

Mais uma vez, eles se olharam e começaram a rir baixinho, com o riso de um alimentando o do outro, incapazes de parar. Estavam cansados demais para fazer qualquer outra coisa além de se enfiar debaixo das cobertas, e os dois sabiam disso.

— Bem, pelo menos deveríamos beber o champanhe – disse Rowan – antes de desmaiar.

Ele concordou, jogando para um lado o fraque e dando puxões no plastron.

— Vou dizer uma coisa, Rowan, um homem tem de amar alguém muito para usar um traje desses!

— Ora, Michael, todo mundo aqui faz isso. Aqui, o zíper, por favor. — Ela voltou as costas para ele e sentiu a armação dura do corpete se soltar afinal, com o vestido caindo frouxo aos seus pés. Despreocupada, ela abriu o fecho da esmeralda e a colocou na ponta do consolo.

Finalmente, tudo foi recolhido e guardado, e os dois se sentaram na cama juntos para beber o champanhe, que era seco e delicioso e bem gelado, tendo formado muita espuma nas taças como deveria. Michael estava nu, mas ele adorava acariciá-la por cima da camisola de seda, e por isso ela não a tirou. Afinal, por mais cansados que estivessem, eles foram envolvidos pelo prazer da cama nova, da luz fraca da vela, e seu fogo costumeiro estava atingindo o ponto de ebulição.

Foi rápido e violento, como Rowan adorava; a gigantesca cama de mogno, sólida como se tivesse sido entalhada na pedra.

Depois, ela ficou encostada nele, cochilando satisfeita, prestando atenção ao ritmo compassado do seu coração. Sentou-se, então, alisou a camisola amarrotada e bebeu um bom gole de champanhe.

Michael se sentou ao seu lado, nu, com um joelho dobrado, e acendeu um cigarro, deixando a cabeça rolar encostada na alta cabeceira da cama.

— Ah, Rowan, nada deu errado, sabe, absolutamente nada. Foi o dia perfeito. Meu Deus, como um dia poderia ser tão perfeito?

Só que você viu alguma coisa que o apavorou. Mas ela não disse nada. Porque o dia havia sido perfeito, mesmo com aquele estranho momento. Perfeito! Nada que pudesse estragá-lo.

Ela tomou mais um golinho do champanhe, apreciando o sabor e seu próprio cansaço e percebendo que ainda estava excitada demais para fechar os olhos.

Uma tontura de repente a atingiu, com um levíssimo toque da náusea que havia sentido pela manhã. Ela abanou a mão para afastar a fumaça do cigarro.

— O que foi?

— Nada, só os nervos, acho. Subir até aquele altar foi parecido com segurar o bisturi ou coisa semelhante pela primeira vez.

— Entendo o que você quer dizer. Vou apagar o cigarro.

— Não, não é isso. O cigarro não me incomoda. Eu mesma fumo de vez em quando. — Mas era a fumaça, não era? A mesma coisa que havia acontecido mais cedo. Ela se levantou, com a leve camisola de seda dando a impressão de não ser nada ao cair ao redor do seu corpo, e foi descalça até o banheiro.

Não havia Alka-Seltzer, a única solução para um momento desses. Mas ela se lembrava de ter trazido alguns para cá. Estavam no armário da cozinha, junto com a aspirina, os Band-Aids e todos os outros artigos domésticos. Ela voltou, calçou os chinelos e vestiu o penhoar.

— Onde é que você vai?

— Lá embaixo, pegar um antiácido. Não sei o que está acontecendo comigo. Volto já.

– Espere aí, Rowan. Eu vou.

– Fique onde está. Você não está vestido. Volto daqui a dois segundos. Talvez pegue o elevador, sei lá.

A casa não estava realmente escura. Uma luz fraca entrava do jardim pelas numerosas janelas, iluminando o chão encerado do corredor, a sala de jantar e até a despensa. Foi fácil avançar sem ter de acender nenhuma lâmpada.

Ela encontrou um antiácido no armário assim como um dos novos copos de cristal que havia comprado numa saída com Lily e Bea. Encheu o copo na pequena pia do centro da cozinha e ficou ali parada tomando-o, de olhos fechados.

É, melhor. Era provável que fosse puramente psicológico, mas se sentia melhor.

– Ótimo. Fico feliz por você estar se sentindo melhor.

– Obrigada – disse ela, pensando que linda voz, tão suave e com um leve sotaque escocês, não era? Uma voz bonita e melodiosa.

Ela abriu os olhos e, com um violento sobressalto, recuou de qualquer jeito contra a porta da geladeira.

Ele estava parado do outro lado do balcão. A cerca de um metro de distância. Seu sussurro havia sido sincero, sentido. Mas a expressão no seu rosto era um pouco mais fria, e perfeitamente humana. Ligeiramente magoada, talvez, mas não de súplica, como a daquela noite em Tiburon. Não, nem um pouco parecida.

Isso tinha de ser um homem de verdade. Era algum tipo de brincadeira. Era um homem real. Um homem parado aqui na cozinha, a encará-la, um homem alto, de cabelos castanhos, com grandes olhos escuros e uma boca sensual e muito bem-feita.

A luz que entrava pelas portas envidraçadas revelava com clareza a camisa e o colete de couro cru que ele usava. Roupas velhíssimas, roupas feitas com pontos à mão e costuras irregulares, com mangas amplas.

– E então? Onde está sua determinação de me destruir, minha bela? – sussurrou ele, com a mesma voz grave, vibrante e desconsolada. – Onde está seu poder de me devolver aos infernos?

Ela tremia descontrolada. O copo escorregou dos seus dedos molhados e bateu no chão com um ruído abafado, virando de lado. Ela deu um suspiro profundo e descompassado, sem tirar os olhos dele. Seu lado racional observava que ele era alto, talvez com mais de um metro e oitenta, que seus braços eram muito musculosos e suas mãos, fortíssimas. Que seu rosto era perfeito nas proporções e que seu cabelo era ligeiramente despenteado, como se por um vento. Nada daquele delicado ser andrógino que ela havia visto no deque, não.

– Para melhor amá-la, Rowan! – sussurrou ele. – Qual é a aparência que você preferiria para mim? Ele não é perfeito, Rowan. É humano, mas não é perfeito. Isso não.

Por um instante, seu medo foi tão grande que ela sentiu um forte aperto por dentro como se fosse morrer. Reagindo contra isso, desafiadora e irada, ela avançou, com as pernas trêmulas, estendeu a mão por cima do balcão e tocou seu rosto.

Áspero, como o de Michael. E os lábios, macios. Meu Deus! Mais uma vez, ela recuou de qualquer jeito, paralisada e incapaz de falar. Tremores percorriam seus membros.

– Você tem medo de mim, Rowan? – disse ele, com os lábios mal se mexendo, quando ela concentrou neles sua atenção. – Por quê? Você me ordenou que deixasse em paz seu amigo Aaron, e eu obedeci, não foi?

– O que você quer?

– Ah, isso gastaria muito tempo para explicar – respondeu ele, com o sotaque escocês se acentuando. – E ele está à sua espera, o seu amado, o seu marido, nesta sua noite de núpcias. Ele está ansioso porque você não volta.

A expressão se abrandou, de repente dilacerada pela dor. Como uma ilusão podia ser tão cheia de vida?

– Vá, Rowan, volte para ele – disse ele, com tristeza. – E, se você contar que eu estou aqui, você o fará mais infeliz do que você mesma imagina. E eu voltarei a me esconder de você. O medo e a suspeita irão corroê-lo por dentro. E eu só virei quando eu quiser.

– Está bem, não vou contar nada para ele – disse ela, entredentes. – Mas não faça nenhum mal. Não cause a ele o menor medo ou preocupação. E os outros truques, pare com eles também. Não o persiga com brincadeiras! Ou eu juro que nunca mais falarei com você. E que o repelirei.

O lindo rosto ficou trágico, e os olhos castanhos se abrandaram, com uma tristeza infinita.

– E Aaron, você nunca deve fazer mal nenhum a Aaron. Nunca. Nunca deve fazer mal a ninguém, está me ouvindo?

– Como você quiser, Rowan – disse ele, com as palavras fluindo como música, cheias de mágoa e de uma força serena. – O que me resta no mundo inteiro a não ser agradar a Rowan? Venha me procurar quando ele estiver dormindo. Hoje, amanhã, quando quiser. O tempo não existe para mim. Eu existo quando você diz meu nome. Mas não me traia, Rowan. Venha sozinha e em segredo. Ou eu não responderei. Amo você, minha bela Rowan. Mas tenho vontade própria. Tenho, sim.

A figura de repente tremeluziu como se uma luz indefinível houvesse caído sobre ela. Ela se iluminou, e milhares de detalhes ínfimos ficaram subitamente visíveis. Tornou-se, então, transparente; e uma lufada de ar quente atingiu Rowan, assustando-a e em seguida a deixando só na escuridão, sem nada por perto.

Ela levou a mão à boca. A náusea lhe voltou. Ficou ali parada, esperando que passasse, trêmula e a ponto de começar a gritar, quando ouviu os passos macios, mas inconfundíveis, de Michael que vinha pela despensa e entrava na cozinha. Ela se forçou a abrir os olhos.

Ele havia se enfiado no jeans, sem camisa e descalço.

– O que houve, querida? – perguntou. Ele viu o brilho do copo no escuro, junto aos pés da geladeira. Abaixou-se, passando por ela, pegou o copo e o colocou na pia. – Rowan, qual é o problema?

– Nada, Michael – disse ela, emocionada, procurando controlar o tremor, com as lágrimas lhe subindo aos olhos. – Estou enjoada, só um pouco enjoada. Estive assim hoje de manhã, à tarde e ontem também. Não sei o que é. Há pouco, foi o cigarro. Vou melhorar, Michael, sério. Vou mesmo.

– Você não sabe o que é? – perguntou ele.

– Não, eu só... acho que... os cigarros nunca me causaram isso antes...

– Dra. Mayfair, tem certeza de que não sabe?

– Do que é que você está falando? Eu só estou precisando dormir, ir lá para cima.

– Você está grávida, meu amor. Vá se olhar num espelho. – E com muita delicadeza ele tocou nos seus seios, e ela própria sentiu como estavam cheios, ligeiramente sensíveis, e soube, soube com certeza absoluta por todos os outros pequenos sinais imperceptíveis, que ele estava com a razão. Com toda a razão.

Ela se desmanchou em lágrimas. Deixou que ele a pegasse no colo e a carregasse devagar pela casa afora. Seu corpo doía da tensão daqueles instantes terríveis na cozinha, e seus soluços passavam secos e dolorosos pela garganta. Ela não acreditava ser possível que ele a carregasse subindo aquela longa escada, mas foi o que ele fez. E ela deixou que fizesse, chorando encostada no seu peito, com os dedos firmes em volta do seu pescoço.

Ele a deitou na cama e lhe deu um beijo. Sonolenta, ela ficou olhando enquanto ele apagava as velas e voltava até ela.

– Eu a amo tanto, Rowan – disse ele, chorando também. – Eu a amo tanto. Nunca fui tão feliz... A felicidade vem em ondas, a cada vez acho que atingi o ponto mais alto, e lá vem mais outra. E logo nesta noite saber... Meu Deus, que presente de casamento, Rowan. Gostaria de saber o que eu fiz na vida para merecer tanta felicidade.

– Eu o amo também, meu querido. É... tão feliz. – Quando ele entrou debaixo das cobertas, ela se virou para o outro lado, grudando-se a ele de costas e sentindo os joelhos recolhidos sob os seus. Ela chorou no travesseiro, pegando sua mão e cobrindo com ela os seios.

– Como tudo está perfeito – sussurrou ele.

– Sem nada para estragar. Absolutamente nada.

41

Ela acordou antes dele. Após a primeira crise de náuseas, fez as malas rapidamente, com todas as pilhas de roupas previamente dobradas. Depois desceu até a cozinha.

Tudo estava limpo e tranquilo à luz do dia. Nenhum sinal do que havia se passado na noite anterior. E a piscina cintilava lá fora para além da varanda telada. O sol batia suave, filtrado pelas telas, na mobília de vime branco.

Ela inspecionou o balcão. Examinou o piso. Não conseguiu detectar nada. Depois, cheia de repulsa e raiva, preparou o café o mais rápido possível para poder sair dali, e o levou até Michael no andar de cima. Ele estava começando a abrir os olhos.

– Vamos viajar agora – disse ela.

– Pensei que fôssemos sair à tarde – disse ele, sonolento. – Mas é claro que podemos ir agora, se você quiser. – Seu herói cordato de sempre. Ele lhe deu um beijo delicado no rosto, arranhando-a deliciosamente com a barba por fazer. – Como está se sentindo?

– Agora estou bem. – Ela estendeu a mão e tocou no pequeno crucifixo de ouro enredado nos pelos escuros do seu peito. – Passei mal por cerca de meia hora. É provável que isso volte. Quando voltar, vou dormir. Eu adoraria chegar a Destin a tempo de caminhar na praia ao sol.

– E o que acha de ir a um médico antes da viagem?

– Eu sou médica – respondeu ela, com um sorriso. – E está lembrado do meu sentido especial? O bebê está muito bem lá dentro.

– O seu sentido especial diz se ele é menino ou menina?

– Se *ele* é menino ou menina? – Ela riu. – Bem que eu gostaria. Mas de repente pode ser que eu queira ter uma surpresa. E você?

– Não seria fantástico se fossem gêmeos?

– É, seria maravilhoso.

– Rowan, você não está... chateada com o bebê, está?

– Não, pelo amor de Deus! Michael, eu quero o bebê. É só que ainda estou um pouco enjoada. As náuseas vão e voltam. Olhe, eu não quero contar para os outros por enquanto. Não antes de voltarmos da Flórida. A lua de mel estará arruinada se contarmos.

– De acordo. – Hesitante, ele pôs a mão quente na sua barriga. – Ainda vai demorar um pouco para se poder sentir o bebê aí dentro, certo?

– Ele está com menos de um centímetro de comprimento – disse ela, sorrindo novamente. – Ele não pesa nem trinta gramas. Mas *eu* consigo sentir sua presença. Ele está flutuando num estado de pura felicidade, com todas as suas minúsculas células se multiplicando.

– E qual é a aparência dele agora?

– Bem, é como se fosse um minúsculo ser aquático. Ele poderia se esticar todo na unha do seu polegar. Ele já tem olhos e até mesmo mãozinhas arredondadas, mas sem dedos de verdade ou mesmo braços por enquanto. Seu cérebro já está ali, pelo menos os rudimentos de um cérebro, já dividido em dois hemisférios. E por algum motivo que ninguém na terra conseguiu explicar, todas as suas células diminutas sabem o que devem fazer. Elas sabem exatamente para onde ir para continuar a formar órgãos que já estão ali e que só precisam se aperfeiçoar. Seu coraçãozinho está batendo dentro de mim já há um mês.

Michael deu um suspiro profundo e satisfeito.

– Que nome vamos dar?

– O que acha de Little Chris? – disse ela, encolhendo os ombros. – Isso seria... difícil para você?

– Não, seria ótimo. Little Chris. E será Christopher se for menino, e Christine se for menina. Com quanto tempo estará no Natal? – Ele começou a fazer cálculos.

– Bem, é provável que ele esteja com entre 6 e 7 semanas agora. Talvez 8. Na realidade, podem muito bem ser 8. Isso quer dizer... 4 meses. Ele terá todos os órgãos, mas seus olhos ainda estarão fechados. Por quê? Você está querendo saber se ele iria preferir um carro do corpo de bombeiros ou um bastão de beisebol?

Ele riu baixinho.

– Não. É só que esse é o melhor presente de Natal que eu possa imaginar. O Natal sempre teve um significado especial para mim, especial de um jeito quase pagão. E este vai ser o maior Natal que eu já tive, quer dizer, até o ano que vem quando ele já estiver andando por aí batendo no seu pequeno carro de bombeiros com o bastão de beisebol.

Ele parecia tão vulnerável, tão inocente, tão perfeitamente confiante nela. Quando olhava para ele, Rowan quase conseguia esquecer o que havia acontecido na noite passada. Ela quase conseguia se esquecer de tudo. Ela lhe deu um beijo rápido, entrou no banheiro e ficou parada com as costas na porta trancada, de olhos fechados.

Seu demônio, sussurrou ela, você realmente calculou bem o tempo, não? Você gosta do meu ódio? É com ele que você estava sonhando?

E então se lembrou do rosto na cozinha escura e da voz desconsolada e suave, como dedos a tocá-la. *O que me resta no mundo inteiro a não ser agradar a Rowan?*

Eles saíram às dez. Michael dirigia. E Rowan, a essa hora, já estava se sentindo melhor e conseguiu dormir umas duas horas. Quando abriu os olhos, já estavam na Flórida, descendo pelo escuro bosque de pinheiros que vai da rodovia interestadual até a estrada litorânea. Sua cabeça estava desanuviada e revigorada. E, ao ter o primeiro vislumbre do Golfo, ela se sentiu em segurança, como se a sinistra cozinha de Nova Orleans e a aparição não mais existissem.

Fazia frio, mas não estava mais frio do que qualquer revigorante dia de verão no norte da Califórnia. Eles vestiram suéteres pesados e saíram a caminhar pela praia deserta. Ao pôr do sol, fizeram um lanche junto à lareira, com as janelas abertas para a brisa do Golfo.

Aproximadamente às oito, Rowan começou a trabalhar no seu projeto para o Centro Médico Mayfair, prosseguindo nos seus estudos das grandes cadeias de hospitais "com fins lucrativos", em comparação com os modelos "sem fins lucrativos", que eram mais do seu interesse.

Mas sua mente divagava. Ela realmente não conseguia se concentrar nos artigos de difícil compreensão sobre lucros e perdas, bem como sobre os abusos cometidos dentro dos diversos sistemas.

Por fim, ela fez algumas anotações e foi para a cama, ficando horas deitada no quarto às escuras, enquanto Michael trabalhava nos seus planos de restauração no outro quarto, ouvindo o bramido do Golfo pelas portas abertas e sentindo a brisa envolvê-la.

O que iria fazer? Contar a Michael e a Aaron, como havia jurado fazer? E depois ele se retrairia e talvez ficasse pregando suas peças, fazendo com que a tensão aumentasse a cada dia.

Pousando os dedos na barriga, ela pensou mais uma vez no seu pequeno filhinho. Provavelmente concebido logo depois de ela ter pedido Michael em casamento. Ela sempre havia tido ciclos extremamente irregulares e achava que sabia a noite exata em que aquilo havia acontecido. Naquela noite, ela havia sonhado com um bebê. Mas realmente não conseguia se lembrar.

Ele estaria sonhando dentro dela? Ela visualizou as minúsculas ligações do seu cérebro em desenvolvimento. A essa altura não mais um embrião, mas um feto completo. Ela fechou os olhos, ouvindo, sentindo. *Tudo certo.* E então seu próprio sentido telepático aguçado começou a assustá-la.

Teria ela dentro de si o poder de machucar essa criança? A ideia era tão apavorante que ela não conseguia suportar. E, quando pensou novamente em Lasher, ele também lhe pareceu uma ameaça a essa criaturinha frágil e atarefada, porque Lasher representava uma ameaça a Rowan, e Rowan era todo o universo do seu bebê.

Como poderia protegê-lo das suas próprias forças sinistras e da história sinistra que procurava enredá-lo? Little Chris. Você não vai crescer em meio a maldições, espíritos e ruídos assustadores. Ela eliminou da cabeça os pensamentos sombrios e turbulentos. Imaginou o mar lá fora, batendo interminavelmente na praia, nenhuma onda igual a nenhuma outra, e no entanto todas pertencendo à mesma força imensa e monótona, cheia de um ruído agradável e tranquilizador, bem como de variações incalculáveis.

Destrua Lasher. Seduza-o, sim, como ele está procurando seduzi-la. Descubra o que ele é e o destrua! Você é a única que pode conseguir. Fale com Michael ou com Aaron, e ele se retrairá. Você precisa enganar com um objetivo e cumpri-lo.

Quatro da madrugada. Ela devia ter dormido. Aquele pedaço irresistível de homem estava deitado encostado nela, com o braço grande e forte a protegendo e a mão segurando seus seios. E um sonho acabava de se apagar, cheio de aflição, com aqueles holandeses com seus chapéus pretos e altos e, lá fora, uma multidão aos gritos pedindo a cabeça de Jan van Abel.

– Eu descrevo o que vejo – dissera ele. – Não sou nenhum herege! Como poderemos aprender se não abandonarmos os dogmas de Aristóteles e de Galeno?

Você tem razão. Mas agora havia desaparecido, junto com aquele corpo sobre a mesa, com todos os órgãos minúsculos como se fossem flores.

Ah, ela detestava esse sonho!

Levantou-se, atravessou o tapete espesso e saiu para o deque de madeira. Será que existia um céu mais vasto e límpido, cheio de estrelinhas cintilantes? Totalmente branca, a espuma das ondas negras. Tão branca quanto a areia que refulgia ao luar.

Entretanto, ao longe na praia havia uma figura solitária, um homem alto e esguio, que olhava na sua direção. *Maldito seja.* Ela viu a figura se rarefazer lentamente e depois desaparecer.

Baixando a cabeça, ela tremia em pé, com as mãos na amurada de madeira.

Você virá quando eu o chamar.

Eu a amo, Rowan.

Ela percebeu, horrorizada, que a voz não vinha de nenhuma direção. Era um sussurro dentro dela, ao seu redor, íntimo e audível só para ela.

Eu espero só por você, Rowan.

Deixe-me, então. Não diga nem mais uma palavra, nem apareça de novo, ou eu nunca o chamarei.

Furiosa, irritada, ela se virou e voltou para o quarto escuro, com o tapete quente e macio aos seus pés; e entrou na cama baixa ao lado de Michael. Agarrou-se a ele na escuridão, com os dedos apertando-lhe o braço. Em desespero, ela quis acordá-lo para contar o que havia acontecido.

Mas isso ela precisava fazer sozinha. Ela sabia. Sempre soubera.

E uma terrível sensação de fatalidade a atingiu.

Dê-me só esses últimos dias antes da luta, pedia ela. Ellie, Deirdre, me ajudem.

Ela sentiu náuseas todas as manhãs durante uma semana. Mas, depois, elas a deixaram em paz, e os dias que se seguiram foram magníficos, como se as manhãs houvessem sido redescobertas, e estar com a cabeça desanuviada fosse uma bênção dos deuses.

Ele não voltou a falar com ela. Ele não apareceu mais. Quando Rowan pensava nele, imaginava sua raiva como um calor causticante, a atingir as células misteriosas e inclassificáveis da sua forma e a ressecá-las como cascas minúsculas. Mas na maior parte das vezes em que pensava nele era com medo.

Enquanto isso, a vida continuava porque ela mantinha o segredo trancado no seu íntimo.

Por telefone, ela marcou uma consulta com um obstetra de Nova Orleans, que tomou as providências para que os primeiros exames de sangue fossem realizados ali mesmo em Destin e os resultados fossem enviados a ele. Tudo estava normal como Rowan esperava.

Porém, quem poderia esperar que as pessoas compreendessem que, com seu sentido para o diagnóstico, ela teria sabido se o pequeno neném tivesse algum problema?

Os dias de calor eram raros e espaçados, mas ela e Michael tinham a praia fantástica praticamente só para si. E o puro silêncio da casa isolada acima das dunas era mágico. Quando a temperatura estava alta, ela ficava horas sentada na praia sob um guarda-chuva branco enorme e charmoso, lendo suas revistas de medicina e os diversos materiais que Ryan lhe mandava por mensageiro.

Lia, também, os livros sobre bebês que conseguia encontrar nas livrarias locais. Sentimentais e pouco precisos, mas gostosos de ler. Em especial os retratos de bebês com seus rostos pequenos e expressivos, seus pescoços gordos com dobrinhas e seus adoráveis pés e mãos. Ela estava louca para contar para a família. Beatrice e ela se falavam quase dia sim, dia não. Mas era melhor manter o segredo. Imagine a dor que ela e Michael sentiriam se algo desse errado; e, se os outros soubessem, isso só iria agravar a perda para todos.

Eles caminhavam na praia horas a fio nos dias em que estava frio demais para nadar. Saíam a fazer compras e traziam coisinhas para a casa. Adoravam suas paredes brancas e nuas e sua mobília escassa. Era como um lugar de diversão depois da seriedade da First Street, dizia Michael. Ele gostava de cozinhar com Rowan: cortar, picar, refogar, fazer churrasco. Tudo era fácil e gostoso.

Os dois jantaram em todos os restaurantes finos e deram passeios de carro pelos pinheirais, além de explorar as grandes estâncias balneárias com suas quadras de tênis e campos de golfe. Na maior parte do tempo, entretanto, ficavam felizes dentro de casa, com o mar infinito ali bem perto.

Michael estava bastante ansioso quanto aos seus negócios: ele estava com uma equipe trabalhando no chalé geminado da Annunciation Street, e havia aberto sua nova loja da Grandes Esperanças na Magazine Street, e precisava resolver todas as pequenas emergências por telefone. Além disso, é claro que ainda havia pintura em andamento na casa, lá em cima no antigo quarto de Julien, bem como consertos no telhado nos fundos. O estacionamento de tijolos nos fundos da casa ainda não estava pronto, e as antigas dependências de domésticos ainda estavam em reforma. Calculavam que a construção se revelaria uma excelente casa para caseiro. Michael estava em desassossego por não estar lá em pessoa.

Era perfeitamente óbvio que ele não precisava de uma lua de mel neste exato instante, especialmente não uma lua de mel sendo prorrogada a cada dia por Rowan.

No entanto, era tão cordato. Ele não só fazia o que ela queria, mas parecia ter uma capacidade ilimitada para aproveitar ao máximo o momento, quer estivessem passeando de mãos dadas na praia, degustando uma refeição apressada de frutos do mar numa pequena taberna, examinando os barcos à venda na marina, quer estivessem lendo, sozinhos, nos vários cantos preferidos da espaçosa casa.

Michael era uma pessoa satisfeita por natureza. Ela soube disso quando o conheceu. Ela compreendia por que a ansiedade era tão terrível para ele. E agora ela se enternecia tanto ao vê-lo absorto nos seus projetos, fazendo desenhos para a reforma do pequeno chalé da Annunciation Street, recortando ilustrações de revistas com as pequenas coisas que pretendia fazer.

Tia Viv estava bem lá em Nova Orleans. Lily e Bea não a deixavam em paz, segundo sua própria confissão. E Michael achava que isso era a melhor coisa do mundo para ela.

– Ela parece tão mais jovem agora quando falo com ela – disse ele. Parece que entrou para algum clube de jardinagem e para algum comitê dedicado à proteção dos carvalhos. Ela realmente está se divertindo.

Tão amoroso, tão compreensivo. Mesmo quando Rowan não quis voltar para a cidade para o dia de Ação de Graças, ele cedeu. Tia Viv foi jantar na casa de Bea, é claro. E todos perdoaram os recém-casados por ficarem na Flórida, pois afinal de contas era a lua de mel deles, e eles podiam prorrogá-la o quanto quisessem.

Fizeram seu próprio e tranquilo jantar de Ação de Graças no deque voltado para a praia. Depois, naquela noite, uma tempestade fria, ruidosa e cheia de relâmpagos atingiu Destin. O vento fazia tremer as portas de vidro e as janelas. Acabou a energia no litoral tanto numa direção quanto na outra. Foi uma escuridão natural, perfeitamente divina.

Ficaram horas sentados junto ao fogo, falando de Little Chris e do quarto que deveria ser seu. De como Rowan não permitiria que o Centro Médico Mayfair interferisse nos primeiros dois anos; de como passaria todas as manhãs com o bebê, só saindo para o trabalho ao meio-dia, e é claro que eles contratariam todo o pessoal necessário para tudo correr bem.

Graças a Deus, ele não lhe perguntou diretamente se ela havia "visto aquela coisa maldita". Ela não sabia o que faria se fosse forçada a dizer uma mentira proposital. O segredo estava trancado dentro de um pequeno compartimento da sua cabeça, como a câmara secreta do Barba-Azul, e a chave havia sido jogada no fundo do poço.

Estava ficando cada vez mais frio. Logo, não haveria mais desculpa para permanecerem ali. Ela sabia que deviam voltar.

E o que estava fazendo com essa história de não contar a Michael e de não contar a Aaron? Fugindo desse jeito, para se esconder?

Mas quanto mais ela ficava ali, mais ela começava a compreender seus conflitos e seus motivos.

Ela *queria* conversar com aquele ser. A lembrança da sua presença na cozinha a inundava com uma sensação poderosa, ainda mais especial porque havia ouvido a ternura da sua voz. É, queria conhecê-lo! Era exatamente como Michael havia previsto naquela terrível primeira noite quando a velha acabava de morrer. O que era Lasher? De onde ele vinha? Que segredos ficavam por trás do seu rosto trágico e impecável? O que Lasher diria a respeito do portal e das treze bruxas?

E tudo o que ela precisava fazer era chamá-lo, como Próspero invocando Ariel. Guarde o segredo e diga seu nome.

Ah, mas você é uma bruxa, disse ela a si mesma à medida que sua culpa se aprofundava. E todos eles sabiam. Souberam naquela tarde em que você falou com Gifford; souberam pelo poder puro e cintilante que emanava de você, aquilo que todos consideram frieza e esperteza, mas que nunca foi outra coisa a não ser uma força indesejada. O velho Fielding estava certo ao dar o aviso. E Aaron sabe, não sabe? Claro que sabe.

Todos menos Michael, e ele é tão fácil de enganar.

Mas e se ela resolvesse não enganar ninguém, não cooperar? Talvez estivesse procurando a coragem de tomar essa decisão. Ou talvez estivesse simplesmente resistindo. Talvez estivesse fazendo o demônio esperar do mesmo jeito que ele a havia feito esperar.

Fosse qual fosse o caso, ela não sentia mais por ele aquela aversão, aquela repulsa terrível que se havia seguido ao incidente no avião. Ela ainda sentia raiva, mas pesavam mais a curiosidade e a atração cada vez maior...

Era o primeiro dia realmente frio quando Michael saiu até a praia, sentou-se ao seu lado e disse que tinha de voltar. Ela no fundo estava adorando o ar frio, tomando banho de sol com um grosso suéter de algodão e calças compridas, como poderia ter feito na Califórnia no seu deque varrido pelos ventos.

– Olhe, isso é o que está acontecendo – disse ele. – Tia Viv quer as suas coisas lá de San Francisco, e você sabe como os velhos conseguem ser. Além disso, Rowan, não há ninguém que possa esvaziar a casa da Liberty Street, a não ser eu. Também preciso tomar algumas decisões sobre a minha antiga loja lá. Meu contador acabou de me ligar mais uma vez acerca de uma pessoa que quer alugá-la, e eu tenho de voltar lá para verificar o estoque em pessoa.

Ele continuou, falando da venda de uns imóveis na Califórnia, da necessidade de despachar certas coisas, de alugar a casa, esse tipo de coisa. E a verdade era que sua presença era necessária em Nova Orleans. Seu novo negócio na Magazine Street precisava dele. Se ele quisesse que desse certo...

– A verdade é que eu prefiro voar até lá agora do que mais tarde. Estamos quase em dezembro, Rowan. O Natal está chegando. Você sabia?

– Claro, eu compreendo. Voltamos hoje à noite.

– Mas você não precisa voltar, querida. Pode ficar aqui na Flórida até eu chegar de volta ou enquanto você quiser.

– Não, eu vou com você, Michael. Vou subir e fazer as malas daqui a pouco. Além do mais, já está na hora de voltar. Agora está fazendo calor, mas estava realmente um gelo hoje de manhã cedo quando saí pela primeira vez. – Ele fez que sim com a cabeça.

– Você não odiou? – Ela deu uma risada.

– Mesmo assim nada tão frio quanto qualquer dia de verão lá na Califórnia – disse ela. Ele concordou.

– Vou dizer uma coisa, Rowan. Vai ficar ainda mais frio. Muito mais frio. O inverno no Sul vai surpreendê-la. Estão dizendo que este pode ser um inverno rigoroso em todos os estados do Sul. Sob um certo aspecto, eu simplesmente adoro isso. Primeiro, um calor escaldante, e depois as janelas foscas com o frio.

– Entendo o que quer dizer. – *E eu amo você. Mais do que qualquer outra pessoa que eu tenha amado.*

Ela se recostou na cadeira de praia de madeira enquanto ele se afastava, e deixou a cabeça virar para o lado. O Golfo estava agora de um prata opaco, como era frequente acontecer quando o sol atingia o ponto mais alto. Ela deixou a mão esquerda cair na areia fofa e solta. Enfiou os dedos nela e recolheu um punhado, deixando que ela escorresse entre os dedos.

– Real – sussurrou. – Tão real.

Mas não era simplesmente certinho demais que ele tivesse de ir embora agora e que ela fosse ficar sozinha na casa da First Street? Não dava a impressão de que alguém havia organizado as coisas daquele jeito? E, esse tempo todo, ela achava que era ela quem dava as cartas.

– Não exagere, meu amigo – sussurrou ela para a fresca brisa do Golfo. – Não machuque o meu amor ou eu nunca o perdoarei. Certifique-se de que ele volte para mim em total segurança.

Só partiram na manhã do dia seguinte.

Enquanto iam se afastando, ela sentiu uma ínfima pontada de emoção. Num relance, viu seu rosto novamente como lhe aparecera na cozinha às escuras; ouviu a melodia suave e ressoante das suas palavras. Uma carícia. Mas não conseguia suportar pensar nessa parte. Só depois que Michael estivesse em segurança na Califórnia, só quando ela estivesse sozinha na casa...

42

Meia-noite. Por que essa parecia a hora certa? Talvez porque Pierce e Clancy tivessem ficado até tão tarde e ela sentisse necessidade dessa hora de sossego. Na Califórnia, eram só dez da noite, mas Michael já havia ligado e, exausto do longo voo, provavelmente já estivesse dormindo.

Ele parecia tão animado com o fato de tudo lhe parecer tão pouco atraente e de ele estar tão ansioso por voltar. Era excruciante já estar sentindo tanta falta dele, estar deitada sozinha nessa cama enorme e vazia.

Mas o outro esperava.

Quando as suaves badaladas do relógio se dissiparam, ela se levantou, vestiu o penhoar de seda sobre a camisola, calçou os chinelos de cetim e saiu do quarto, descendo a longa escada.

E onde nos encontraremos, meu amante demoníaco?

No salão, entre os espelhos gigantescos, com as cortinas fechadas para não deixar passar a luz da rua? Parecia um lugar melhor do que a maioria.

Ela caminhava cuidadosa pelo piso de pinho encerado, com os pés afundando no tapete chinês quando se aproximou da primeira lareira. Os cigarros de Michael em cima da mesa. Um copo de cerveja pela metade. Cinzas do fogo aceso mais cedo, nesta sua primeira noite de frio de verdade aqui no Sul.

É, era o dia 1º de dezembro, e o bebê já tinha suas pálpebras pequeninas dentro dela; e as orelhas começaram a se formar.

Absolutamente nenhum problema, disse o médico. Pais fortes e saudáveis, sem doenças, e o corpo da mãe em excelentes condições. Coma com sensatez e, por sinal, o que você faz na vida?

Conto mentiras.

Hoje, ela por acaso ouvira Michael em conversa com Aaron ao telefone.

– Tudo bem. Quero dizer que está surpreendentemente bem, acho eu. Na mais completa paz. A não ser, é claro, por aquela terrível visão de Stella no dia do casamento. Mas isso eu podia ter imaginado. Com todo o champanhe que bebi. [Pausa] Não. Absolutamente nada.

Aaron percebia a mentira, não? Aaron sabia. Mas o problema com esses sinistros poderes sobre-humanos era que nunca se sabia quando eles estavam funcionando. Eles abandonavam a pessoa no momento em que ela mais dependia deles. Depois de todos os relances aleatórios e percepções decididamente desagradáveis dos pensamentos alheios, de repente o mundo estava cheio de rostos impassíveis e vozes neutras. E você se descobria só.

Talvez Aaron estivesse só. Ele não havia encontrado nada de útil nos velhos cadernos de Julien. Nada nos livros da biblioteca, a não ser as previsíveis anotações contábeis de uma fazenda. Ele nada havia encontrado nos alfarrábios e demonologias colecionados ao longo dos anos, a não ser informações publicadas sobre a bruxaria que qualquer um podia obter.

E agora a casa estava perfeitamente acabada, sem cantos escuros ou não explorados. Até mesmo os sótãos brilhavam de tão limpos. Ela e Michael haviam subido para verificar o último trabalho antes que ele saísse para o aeroporto. Tudo estava em ordem. O quarto de Julien era agora apenas um bom ambiente de trabalho para Michael, com uma prancheta para desenho, arquivos para plantas e as estantes cheias dos seus muitos livros.

Ela ficou parada no centro do tapete chinês. Estava de frente para a lareira. Havia inclinado a cabeça e juntado as mãos, como que em oração, com os dedos encostados nos lábios. O que estava esperando? Por que não dizia logo, *Lasher*? Bem devagar, ela olhou para o espelho acima da lareira.

Ali estava ele, atrás dela, no portal em forma de buraco de fechadura, a observá-la, com a luz da rua entrando pelas vidraças de cada lado da porta da frente apenas o suficiente para que ela pudesse vê-lo.

Seu coração batia forte, mas ela não fez menção de se voltar. Contemplou-o através do espelho, calculando, avaliando, definindo, tentando com todos os seus poderes, humanos e sobre-humanos, captar a matéria de que era feita essa criatura, o que era esse corpo.

– Vire-se para mim, Rowan. – Uma voz como um beijo na escuridão. Não uma ordem, nem uma súplica. Algo íntimo como o pedido de um amante cujo coração se partirá se não for atendido.

Ela se voltou. Ele estava encostado no batente da porta com os braços cruzados. Usava um terno escuro antiquado, muito semelhante aos que Julien usava nos retratos da década de 1890, com o colarinho branco alto e a gravata de seda. Uma bela imagem. E num contraste adorável, suas mãos fortes, como as de Michael, e as feições grandes e marcantes. Havia mechas louras no seu cabelo, e a pele era ligeiramente mais bronzeada. Ao olhar para ele, ela se lembrou de Chase, seu antigo namorado policial.

– Mude o que quiser – disse ele, com delicadeza.

E, antes que pudesse responder, ela viu que a figura se alterava, viu que ela era como algo em silenciosa ebulição nas sombras, à medida que o cabelo ia ficando ainda mais claro, mais perfeitamente louro, e a pele adquiria o bronzeado da pele de Chase. Ela viu que os olhos se animavam: Chase, por um instante, em perfeita representação. Em seguida, uma outra série de características humanas permeou a imagem, alterando-a mais uma vez, até ele voltar a ser o mesmo homem que lhe aparecera na cozinha, possivelmente o mesmo homem que havia aparecido a todas elas ao longo dos séculos, só que era mais alto e ainda mantinha a bela coloração de Chase.

Rowan percebeu que havia se aproximado. Estava parada a menos de um metro da criatura. Ela não estava com medo, mas, sim, emocionada. Seu coração ainda batia forte, mas ela não tremia. Ela estendeu a mão como havia feito naquela noite na cozinha e tocou no seu rosto.

Barba por fazer, pele, mas não era pele. Seu aguçado sentido de diagnóstico dizia que não era pele e que não havia ossos nesse corpo, nem órgãos internos. Isso era uma casca para um campo energético.

– Mas com o tempo haverá ossos, Rowan. Com o tempo, todos os milagres serão realizados.

Os lábios mal se mexeram com essas palavras; e a criatura já estava perdendo sua forma. Estava exausta.

Ela olhou firme para a figura, procurando retê-la, e viu que ela readquiria sua solidez.

– Ajude-me a sorrir, minha bela – disse a voz, dessa vez sem nenhum movimento da boca. – Gostaria de sorrir por você e pelo seu poder se eu conseguisse.

Agora ela estava tremendo mesmo. Com todas as fibras do seu corpo, se concentrou em infundir vida às feições da criatura. Ela quase sentia a energia que fluía de si mesma, quase a sentia reunindo a estranha substância para moldá-la. Era mais pura e mais refinada do que seu conceito de eletricidade. E um enorme calor a envolveu quando viu os lábios começarem a se abrir num sorriso.

Sereno, sutil, como o sorriso de Julien nas fotografias. Os grandes olhos verdes, inundados de luz. As mãos se ergueram e se estenderam para ela. Rowan sentiu um calor delicioso à medida que elas se aproximavam, quase tocando nos lados do rosto.

E então a imagem tremeluziu e se desintegrou de repente. A lufada de ar quente foi tão forte que ela recuou um passo, com o braço levantado para proteger os olhos enquanto se virava para se afastar.

O aposento parecia estar vazio. As cortinas haviam se movimentado e agora ainda dançavam em silêncio. Só muito aos poucos o salão foi ficando frio de novo.

De súbito, ela sentiu frio no corpo inteiro. Sentia-se exausta. E, ao olhar para a própria mão, percebeu que estava tremendo. Foi até a lareira e se jogou de joelhos no chão.

Sentia vertigens. Por um instante, quase teve uma tontura e se sentiu incapaz de se localizar com relação ao que acabava de acontecer. Aos poucos, então, sua cabeça se desanuviou.

Pôs lenha dentro da pequena grelha e uns galhinhos e um pequeno tronco por cima. Depois, riscou um fósforo e acendeu o fogo. Num segundo, os gravetos estavam estourando e estalando. Ela ficou olhando para as chamas ali embaixo.

– Você está aqui, não está? – sussurrou ela, com os olhos fixos no fogo que ficava mais forte e mais luminoso, com as chamas lambendo a casca seca da acha.

– É, estou aqui.

– Onde?

– Perto de você, ao seu redor.

– De onde vem sua voz? Qualquer um poderia ouvi-lo agora. Você está realmente falando.

– Você deveria compreender como isso acontece melhor do que eu.

– É isso o que você quer de mim?

Ele deu um longo suspiro. Ela ouvia com atenção. Nenhum som de respiração, apenas o som de uma presença. Pense em todas as vezes que você soube que alguém estava por perto, e não foi por ter ouvido um coração bater, um passo ou uma respiração. Você ouviu algo mais delicado, mais sutil. É esse o som.

– Eu a amo – disse ele.

– Por quê?

– Porque você é linda para mim. Porque você me vê. Porque você é todas as coisas de um ser humano que eu mesmo desejo. Porque você é humana, quente e macia. E eu a conheço, e conheci as outras antes de você.

Rowan não disse nada. Ele prosseguiu.

– Porque você é filha de Deborah, filha de Suzanne, de Charlotte, e de todas as outras cujos nomes você sabe. Mesmo que você se recuse a aceitar a esmeralda que dei à minha Deborah, eu a amo. Eu a amo sem a joia. Eu a amei desde o primeiro instante em que soube da sua vinda. Eu vejo longe. Eu a vi chegando de longe. Eu a amava em probabilidade.

O fogo estava queimando forte, com o aroma delicioso a tranquilizando, enquanto a acha grande e grossa era devorada pelas chamas alaranjadas. Mas ela estava numa espécie de delírio. Mesmo sua própria respiração parecia lenta e estranha. E agora ela não sabia ao certo se a voz era audível ou se seria audível a outros se houvesse alguém mais ali.

Para ela, no entanto, era clara e extremamente sedutora.

Devagar, ela se sentou no chão aquecido ao lado da lareira, recostando-se no mármore, que também se aquecia, e ficou observando as sombras abaixo do arco no próprio centro do salão.

– Sua voz me acalma. É linda. – Ela suspirou.

– Eu quero que ela seja linda para você. Eu quero lhe dar prazer. Fiquei triste por você me odiar.

– Quando?

– Quando eu a toquei.

– Explique-me tudo, tudo.

– Mas há muitas explicações possíveis. Você influencia a explicação pela pergunta que faz. Posso falar com você com minha própria vontade, mas o que eu disser terá sido moldado pelo que aprendi por meio das perguntas de outras pessoas ao longo dos séculos. Trata-se de uma síntese mental. Se você quiser uma nova síntese, fale.

– Quando você começou?

– Não sei.

– Quem o chamou de Lasher pela primeira vez?

– Suzanne.

– Você a amava?

– Eu amo Suzanne.

– Ela ainda existe.

– Ela se foi.

– Começo a compreender. Não há no seu mundo necessidade física, consequentemente o tempo não existe. Uma mente sem um corpo.

– Precisamente. Esperta. Inteligente.

– Uma dessas palavras serviria.

– Sim – disse ele em tom simpático. – Mas qual?

– Você está brincando comigo.

– Não. Eu não brinco.

– Quero ir fundo nessa história, compreender você, seus motivos, o que você quer.

– Eu sei. Eu sabia antes que você falasse – disse ele, com o mesmo tom gentil, sedutor. – Mas você é inteligente o bastante para saber que no reino em que eu existo não há fundo. – Ele fez uma pausa e depois prosseguiu devagar como antes. – Se você me instigar a falar usando frases sofisticadas e completas, abrindo espaço para seus persistentes enganos, erros ou distinções toscas, isso eu posso fazer. Mas o que eu disser pode não estar tão próximo da verdade quanto você gostaria.

– Mas como você fará isso?

– Naturalmente, a partir do que aprendi a respeito do raciocínio humano com outros humanos. O que estou dizendo é que escolha: comece do início comigo se quiser a pura verdade. Irá receber respostas enigmáticas e misteriosas. Elas poderão ser inúteis, mas serão verdadeiras. Ou comece do meio e receberá respostas cultas e sofisticadas. Seja como for, você só saberá de mim o que eu aprender de mim mesmo com você.

– Você é um espírito?

– O que vocês chamam de espírito, eu sou.

– O que você se chamaria?

– Eu não me chamo.

– Entendo. No seu reino não há a necessidade de um nome.

– Nem mesmo a compreensão do que seja um nome. Mas de fato simplesmente nenhum nome.
– Mas você tem desejos. Você quer ser humano.
– Quero. – Seguiu-se algo como um suspiro, uma tristeza eloquente.
– Por quê?
– Você não ia querer ser humana, se estivesse no meu lugar, Rowan?
– Não sei, Lasher. Talvez eu quisesse ser livre.
– Dói-me o quanto anseio por isso – disse a voz, lenta e entristecida. – Por sentir o calor e o frio; conhecer o prazer. Rir, ah, como deve ser rir? Dançar, cantar e ver com nitidez com olhos humanos. Sentir as coisas. Existir em meio às necessidades, às emoções e ao tempo. Satisfazer as ambições; ter sonhos e ideias próprias.
– Ah, sim, estou compreendendo bem.
– Não tenha tanta certeza.
– Você não vê com clareza?
– Não do mesmo jeito.
– Quando você olhou através dos olhos do morto, viu com clareza?
– Vi melhor, mas não com clareza. E a morte estava sobre mim, grudada a mim, à minha volta, trabalhando veloz. Afinal, fiquei cego por dentro.
– Dá para imaginar. Você entrou no sogro de Charlotte enquanto ele estava vivo.
– Entrei. Ele sabia que eu estava ali. Ele estava fraco, mas feliz de poder caminhar e levantar objetos com as próprias mãos mais uma vez.
– Interessante. O que chamamos de possessão.
– Correto. Vi coisas distintas com os olhos dele. Vi cores brilhantes, senti o perfume das flores e vi pássaros. Ouvi pássaros. Toquei Charlotte com a mão. Conheci Charlotte.
– Você não ouve agora? Não está vendo a luz desse fogo?
– Sei tudo sobre o fogo, mas não o vejo, não o ouço, nem o sinto como vocês, Rowan. Mesmo assim, ao me aproximar de você, eu posso ver o que você vê, conhecer você e seus pensamentos.
Ela sentiu um forte espasmo de medo.
– Estou pegando a ideia.
– Você acha que está. Mas trata-se de algo mais amplo e de maior duração.
– Eu sei. Sei, mesmo.
– Nós sabemos, nós somos. Mas com vocês nós aprendemos o pensamento linear e aprendemos o tempo. Também aprendemos a ambição. Para a ambição, devem-se conhecer os conceitos de passado, presente e futuro. Deve-se planejar. E estou falando apenas daqueles de nós que têm vontade. Aqueles que não têm vontade não aprendem, pois de que lhes serviria? Mas quando digo "nós" estou fazendo uma comparação. Não existe "nós" para mim porque estou só e afastado dos outros semelhantes a mim e vejo só você e sua espécie.

– Compreendo. Quando você estava nos cadáveres... nas cabeças no sótão...
– Sim?
– Você alterou os tecidos naquelas cabeças?
– Alterei. Mudei os olhos para marrom. Mudei a cor do cabelo em mechas. Isso me custou enorme calor e concentração. A concentração é o segredo para tudo o que faço. Eu reúno.
– E no seu estado natural?
– Vasto, infinito.
– Como você alterou a pigmentação?
– Entrei nas partículas da carne. Alterei as partículas. Mas sua compreensão disso é maior do que a minha. Você usaria a palavra mutação. Eu não conheço palavras melhores. Você conhece os termos científicos. Os conceitos.
– O que o impediu de dominar o organismo por inteiro?
– Ele estava morto. Aos poucos acabou e ficou pesado; e eu, sem reação. Não devolver a ele a centelha da vida.
– Compreendo. E no sogro de Charlotte você mudou alguma coisa no seu corpo?
– Isso eu não pude fazer. Não sabia nem como tentar. E eu não poderia fazê-lo agora se estivesse lá naquela hora. Está me entendendo?
– Entendo. Você é perene, e no entanto nós estamos dentro do tempo. Entendo. Mas você está dizendo que não consegue alterar tecidos vivos?
– Não os daquele homem. Não os de Aaron quando me incorporo nele.
– Quando você se incorpora em Aaron?
– Quando ele está dormindo. Essa é a única hora em que consigo entrar.
– Por que faz isso?
– Para ser humano. Para estar vivo. Porém, Aaron é forte demais para mim. Aaron organiza e comanda os tecidos dele. O mesmo se dá com Michael. E com quase todos. Até mesmo com as flores.
– Ah, sim, as flores. Você fez uma mutação nas rosas.
– Fiz. Por você, Rowan. Para mostrar meu amor e meu poder.
– E para me mostrar sua ambição?
– É...
– Não quero que nunca mais entre em Aaron. Não quero que nunca faça mal a ele ou a Michael.
– Eu a obedecerei, mas gostaria de matar Aaron.
– Por quê?
– Porque Aaron está acabado. Aaron tem muito conhecimento e mente para você.
– Como assim, acabado?
– Ele fez o que eu vi que faria e quis que fizesse. Por isso digo acabado. Agora ele pode fazer o que eu posso ver e não quero que faça, que atrapalha minha ambição. Eu o mataria se isso não fosse lhe dar tristeza e ódio de mim.

– Você consegue sentir a minha raiva, não consegue?
– Ela me magoa profundamente, Rowan.
– Eu ficaria louca de dor e raiva se você fizesse algum mal a Aaron. Mas vamos falar mais sobre ele. Quero que você esclareça bem. O que você queria que Aaron fizesse que ele já fez?
– Que entregasse seu conhecimento. Suas palavras escritas segundo a linearidade do tempo.
– Você está falando da história da família Mayfair em ordem cronológica?
– É. Da história. Você disse que eu esclarecesse; por isso não usei a palavra história.
Ela riu, baixinho.
– Você não precisa esclarecer tanto. Prossiga.
– Eu queria que você lesse essa história dada por ele. Petyr *viu* minha Deborah ser queimada, minha Deborah querida. Aaron *viu* minha Deirdre chorar no jardim, minha linda Deirdre. Suas reações e decisões recebem uma influência inestimável de uma história dessas. Mas essa missão de Aaron está cumprida.
– Entendo.
– Cuidado.
– De pensar que estou entendendo?
– Exatamente. Não pare de perguntar. Palavras como "reações" e "inestimável" são vagas. Eu não esconderia nada de você, Rowan.
Ela o ouviu suspirar mais uma vez, mas foi um suspiro longo e delicado que aos poucos se transformou num som diferente. Era como um suspiro do vento. Ela continuou recostada na lareira, deliciando-se com o calor do fogo enquanto fixava nas sombras os olhos muito abertos. Parecia que ela sempre estivera aqui falando com ele, com essa voz incorpórea, porém com sua própria ressonância. O som do suspiro quase lhe havia tocado o corpo inteiro, como o vento.
Ela deu um sorriso de prazer. Se se esforçasse, conseguiria vê-lo no salão; ver ondulações no ar, algo que se avolumava e preenchia o ambiente.
– É... – disse ele. – Adoro seu riso. Não sei rir.
– Eu posso ajudá-lo a aprender.
– Eu sei.
– Eu sou o portal?
– É.
– Sou a décima terceira bruxa?
– É.
– Então Michael estava certo na sua interpretação.
– Michael raramente se engana. Michael vê com clareza.
– Você quer matar Michael?
– Não. Eu amo Michael. Gostaria de caminhar e conversar com Michael.
– Por quê, por que logo Michael?

– Não sei.
– Ora, você deve saber.
– Amar é amar. Por que você ama Michael? A resposta é a verdade? Amar é amar. Michael é inteligente e lindo. Michael ri. Michael tem muito do espírito invisível nele, impregnado nos seus membros, nos seus olhos e na voz. Você entende?
– Acho que sim. É o que chamamos de vitalidade.
– Exato.
Mas essa palavra havia algum dia sido empregada com tanto significado?
– Eu vi Michael desde o início – prosseguiu ele. – Michael foi uma surpresa. Michael me vê. Michael veio até a cerca. Além disso, Michael tem ambição e é forte. Michael me amava. Agora Michael tem medo de mim. Você veio se colocar entre mim e Michael, e Michael receia que eu venha me colocar entre você e ele.
– Mas você não vai fazer nenhuma mal a ele.
Nenhuma resposta.
– Você não vai fazer nenhum mal a ele.
– Mande-me não fazer nenhum mal e eu obedecerei.
– Mas você disse que não queria! Por que faz as coisas andarem em círculos?
– Não há círculo nenhum. Eu disse que não queria matar Michael. Michael pode ser ferido. O que devo fazer? Mentir? Eu não minto. Aaron mente. Eu não. Não sei mentir.
– Nisso eu não acredito. Mas pode ser que você acredite.
– Você me magoa.
– Diga-me como isso irá terminar.
– Isso o quê?
– Minha vida com você, como irá terminar?
Silêncio.
– Não quer me dizer?
– Você é o portal.
Ela ficou sentada, imóvel. Sentia a própria cabeça funcionando. O fogo soltava estalidos, e as chamas dançavam diante dos tijolos. O movimento parecia lento demais para ser real. Mais uma vez o ar tremeluziu. Ela pensou ver as longas gotas de cristal do lustre se mexendo, girando, refletindo pequenos fragmentos de luz.
– O que significa ser o portal?
– Você sabe o que significa.
– Não, não sei.
– Você pode alterar a matéria, Dra. Mayfair.
– Não tenho certeza se posso. Sou uma cirurgiã. Trabalho com instrumentos precisos.
– Ah, mas sua mente é muito mais precisa.
Ela franziu o cenho. A conversa estava trazendo de volta aquele sonho estranho, o sonho de Leiden...

– Na sua vida, você estancou hemorragias – disse ele, sem se apressar, com sua fala lenta e macia. – Fechou ferimentos. Fez com que a matéria lhe obedecesse.

O lustre criou uma melodia tilintante no silêncio. Ele refletia a dança das chamas.

– Você acalmou o coração disparado dos seus pacientes. Desobstruiu vasos bloqueados no cérebro.

– Nem sempre eu tinha consciência...

– Você fez essas coisas. Você tem medo do seu poder, mas o possui. Vá lá fora no jardim à noite. Você poderia fazer com que as flores se abrissem. Você pode fazer com que elas se alonguem, como eu fiz.

– Ah, mas você fez isso só com flores mortas.

– Não, fiz com as vivas também. Com o íris que você viu, embora aquilo me deixasse exausto e ferido.

– E então o íris morreu e caiu da haste.

– Foi. Eu não pretendia matá-lo.

– Você o fez atingir seus limites, sabe? Foi por isso que ele morreu.

– É, eu não conhecia seus limites.

Ela se virou de lado. Tinha a impressão de estar num transe, e no entanto como sua voz era perfeitamente nítida, como era exata sua pronúncia.

– Você não forçou apenas as moléculas nessa ou naquela direção – disse ela.

– Não, eu penetrei na estrutura química das células, exatamente como você faz. Você é o portal. Você compreende o próprio núcleo da vida.

– Não, você está superestimando meus conhecimentos. Não há quem compreenda isso.

Voltou-lhe a atmosfera do sonho, todos reunidos às janelas da Universidade de Leiden. O que era aquela turba na rua? Gente que considerava Jan van Abel um herege.

– Você não sabe o que está dizendo – disse ela.

– Eu sei. Eu vejo longe. Vocês me deram as metáforas e os termos. Por meio dos seus livros, eu também absorvi conceitos. Eu vejo o final. Eu sei. Rowan tem a capacidade de alterar a matéria. Rowan pode tomar milhares e milhares de células ínfimas e as reorganizar.

– E qual é o final? Eu vou fazer o que você quer?

Mais uma vez, ele suspirou.

Sons farfalhantes nos cantos do salão. As cortinas enfunando-se com violência. E o lustre novamente cantando baixinho, com o vidro tocando no vidro. Aquilo seria uma camada de vapor que subia até o teto, que se ampliava até as paredes claras, cor de pêssego? Ou seria apenas a luz do fogo a dançar no canto dos seus olhos?

– O futuro é um tecido de possibilidades que se entrelaçam – disse ele. – Algumas vão aos poucos se tornando prováveis; algumas vão se tornando inevitáveis; mas existem surpresas inseridas na trama e na urdidura que podem rasgar o tecido.

– Graças a Deus por essa parte – disse ela. – Quer dizer que você não consegue ver o final.

– Vejo e não vejo. Muitos seres humanos são inteiramente previsíveis. Você não é previsível. Você é forte demais. Você pode ser o portal se quiser.

– Como?

Silêncio.

– Você afogou Michael no mar?

– Não.

– Alguém fez isso?

– Michael caiu de um rochedo no mar porque foi descuidado. Sua alma doía, e sua vida não era nada. Tudo isso estava escrito no seu rosto e nos seus gestos. Não seria necessário um espírito para perceber.

– Mas você chegou a perceber.

– Vi muito antes que acontecesse, mas não fiz com que acontecesse. Eu sorri. Porque vi você e Michael reunidos. Vi isso quando Michael era pequeno, me via e olhava para mim através da cerca do jardim. Vi a morte de Michael e seu salvamento pelas mãos de Rowan.

– E o que Michael viu quando se afogou?

– Não sei. Michael não estava vivo.

– O que você está querendo dizer?

– Que ele estava morto, Dra. Mayfair. Você sabe o que significa a morte. As células param de se dividir. O corpo já não se encontra mais sujeito a uma força organizadora ou a um complexo conjunto de ordens. Ele morre. Se eu tivesse entrado no seu corpo, poderia ter erguido seus braços e ouvido com seus ouvidos, porque o cadáver era recente, mas era um cadáver. Michael havia desocupado o corpo.

– Você tem certeza disso?

– Eu vejo a cena agora. Eu a vi antes que ocorresse. Eu a vi enquanto ocorria.

– Onde você estava enquanto aquilo estava acontecendo?

– Estava ao lado de Deirdre para fazer Deirdre feliz, para fazê-la sonhar.

– Ah, quer dizer que você vê mesmo longe.

– Rowan, isso não é nada. Estou dizendo que vejo longe no tempo. O espaço também não é linear para mim.

Mais uma vez, ela riu baixinho.

– Sua voz é tão linda que dá vontade de abraçar.

– Eu sou lindo, Rowan. Minha voz é a minha alma. Sem dúvida, eu tenho uma alma. O mundo seria cruel demais se eu não tivesse.

Ela sentiu uma tristeza tão funda ao ouvir isso que poderia ter chorado. Estava novamente com os olhos fixos no lustre, nas centenas de chamas minúsculas refletidas no cristal. O ambiente parecia imerso em calor.

– Quero que me ame, Rowan – disse ele, com simplicidade. – Sou o ser mais poderoso imaginável no seu universo e sou só eu para você, minha amada.

Era como uma canção sem melodia. Era como uma voz composta de silêncio e música, se é possível se imaginar algo assim.

– Quando eu for carne, serei mais do que humano; serei algo de novo sob o sol. E muito mais importante para você do que Michael. Eu sou um mistério infinito. Michael já lhe deu tudo o que pode dar. Não haverá mais tanto mistério com seu Michael.

– Não, isso não pode ser verdade – sussurrou ela. Percebeu que havia fechado os olhos. Estava com tanto sono. Forçou-se a olhar novamente para o lustre. – Existe o infinito mistério do amor.

– O amor precisa ser cultivado, Rowan.

– Você está dizendo que eu tenho de escolher entre você e Michael?

Silêncio.

– Você forçou as outras a escolher? – Ela estava pensando em Mary Beth, em especial, e nos homens de Mary Beth.

– Eu vejo longe, como já disse. Quando Michael parou diante do portão anos atrás no tempo de vocês, eu vi que você faria uma escolha.

– Não me diga mais nada do que viu.

– Muito bem. Falar sobre o futuro sempre traz infelicidade aos seres humanos. Seu ímpeto tem como base o fato de eles não conseguirem ver longe. Falemos do passado. Os humanos gostam de compreender o passado.

– Você tem outro tom de voz que não seja esse tom lindo e agradável? Você poderia ter dito essas últimas palavras com sarcasmo? Era esse o tom que você pretendia para elas?

– Posso ter a voz que eu queira, Rowan. Você ouve o que eu sinto. Eu sinto nos meus pensamentos, no que eu sou, dor e amor. Emoções.

– Você está acelerando um pouco suas palavras.

– Sinto dor.

– Por quê?

– Porque quero acabar com suas interpretações equivocadas.

– Você quer que eu o torne humano.

– Quero ter um corpo.

– E eu posso dar a você um corpo?

– Você tem o poder. E, uma vez que uma coisa dessas se realize, outras semelhantes podem ser realizadas. Você é a décima terceira; você é a porta.

– O que você quer dizer com "outras semelhantes"?

– Rowan, estamos falando de fusão; de transformações químicas; de reinvenção estrutural das células; de um novo relacionamento entre matéria e energia.

– Entendo o que está querendo dizer.

– Então, você sabe que, à semelhança da fissão, se isso for realizado uma vez, poderá ser realizado de novo.

– Por que ninguém mais pôde fazer isso antes de mim? Julien era poderoso.

– E o conhecimento, Rowan? Julien nasceu cedo demais. Permita-me mais uma vez usar o termo fusão com um significado ligeiramente diferente. Até agora, falamos da fusão dentro das células. Vamos falar agora de uma fusão entre o seu conhecimento da vida, Rowan, e o seu poder inato. Aí está o segredo. É isso o que possibilita que você seja o portal.

"O conhecimento deste seu tempo era inimaginável até para Julien, que viu enquanto viveu invenções que pareciam simplesmente mágicas. Julien poderia ter previsto um coração aberto sobre uma mesa de operações? Um bebê concebido numa proveta? Não. E depois de você virão outros cujo conhecimento será vasto o suficiente até mesmo para definir o que eu sou."

– Você consegue se definir para mim?

– Não, mas tenho certeza de ser definível. E, quando eu for definido pelos mortais, então poderei me definir. Aprendo com vocês tudo que está relacionado a esse tipo de compreensão.

– É, mas você sabe algo de si mesmo que pode me dizer agora em linguagem precisa.

– ... que eu sou imenso; que preciso me concentrar para sentir minha força; que posso exercer a força e que posso sentir dor na minha parte pensante.

– Ah, sim, e qual é essa parte pensante? E de onde vem a força que você exerce? Essas são as perguntas cabíveis.

– Eu não sei. Quando Suzanne me invocou, eu me reuni. Eu me comprimi bastante como se fosse para passar por um túnel. Senti que tinha uma forma e me fiz preencher a estrela do pentagrama que ela desenhou. E cada uma das suas pontas eu alonguei. Fiz com que as árvores tremessem e as folhas caíssem, e Suzanne me chamou de seu Lasher.

– E você gostou do que fez?

– Gostei. Que Suzanne visse. Que Suzanne gostasse. Se não fosse assim, eu nunca mais teria feito aquilo e nem me lembraria disso.

– O que em você é físico, além da energia?

– Eu não sei. – A voz era baixa, porém, cheia de desespero. – Você me diga, Rowan. Quero que me conheça. Acabe com a minha solidão.

O fogo estava se extinguindo no braseiro, mas o calor estava espalhado por todo o salão. Ele a cercava e a abrigava como um cobertor. Ela se sentia sonolenta, mas intensamente alerta.

– Voltemos a Julien. Julien tinha tanto poder quanto eu.

– Quase, minha amada. Mas não a alcançava. E havia em Julien uma alma brincalhona e irreverente que dançava de um lado para o outro no mundo e que gostava de destruir tanto quanto de construir. Você é mais lógica, Rowan.

– E isso é uma qualidade?
– Você tem uma determinação inflexível, Rowan.
– Compreendo. Não prejudicada pelo humor, como podia acontecer com a de Julien.
– Exatamente, Rowan!
Ela riu baixinho. Depois, ficou calada, olhando fixamente para o ar que cintilava.
– Deus existe, Lasher?
– Não sei, Rowan. Com o tempo, formei uma opinião positiva, mas ela me enche de ódio.
– Por quê?
– Porque estou sofrendo. E, se Deus existe, ele criou meu sofrimento.
– É, isso eu entendo perfeitamente, Lasher. Mas ele criou o amor também, se ele existe.
– É. O amor. O amor é a fonte do meu sofrimento. Ele é a fonte de toda a minha entrada no tempo, da minha ambição e dos meus planos. Todos os meus desejos têm origem no amor. Seria possível dizer que o que eu era, quando era apenas eu, foi contaminado pelo amor, que, com a invocação de Suzanne, despertei para o amor e para o pesadelo do desejo. Mas eu vi. Eu amei. Eu vim.
– Você me deixa triste – disse ela, de repente.
– O amor me transformou, Rowan. Ele gerou minha primeira insatisfação.
– É.
– E agora eu procuro me transformar em carne, e essa será a consumação do meu amor. Esperei tanto por você. Presenciei tanto sofrimento antes de você. Se eu tivesse tido lágrimas para chorar, elas teriam sido derramadas. Deus sabe que para Langtry eu criei uma ilusão de mim mesmo chorando. Era uma imagem verdadeira da minha dor. Chorei não apenas por Stella, mas por todas elas, as minhas bruxas. Quando Julien morreu, foi uma agonia. Foi tão imensa a minha dor que eu poderia ter me afastado, voltado para o mundo da lua, das estrelas e do silêncio. Mas já era tarde para mim. Eu não suportava minha solidão. Quando Mary Beth me invocou, voltei para ela. Correndo. Olhei para o futuro. E vi mais uma vez o número treze. Vi a força cada vez maior das minhas bruxas.
Ela havia fechado os olhos novamente. O fogo já estava apagado. O salão, cheio do espírito de Lasher. Ela o sentia na pele embora ele não se mexesse, e a sua textura era tão leve quanto o próprio ar.
– Quando eu for de fato de carne, as lágrimas e o riso brotarão de mim por reflexo, como ocorre em você ou em Michael. Serei um organismo complexo.
– Mas não humano.
– Melhor do que humano.
– Mas não humano.

— Mais forte, mais resistente, pois serei a inteligência organizadora, e meu poder é imenso, maior do que o poder em qualquer ser humano vivo. Serei uma coisa nova, como já disse. Serei uma espécie que até o momento não existe.

— Você matou Arthur Langtry?

— Não foi necessário. Ele estava morrendo. O que viu acelerou sua morte.

— Mas por que apareceu para ele?

— Porque ele era forte e podia me ver. Eu queria atraí-lo para dentro para que ele pudesse salvar Stella, pois eu sabia que Stella corria perigo. Carlotta era inimiga de Stella. Carlotta era tão forte quanto você, Rowan.

— Por que Arthur não ajudou Stella?

— Você conhece a história. Era tarde demais. Sou como uma criança em ocasiões como essas, no tempo. Fui derrotado pela simultaneidade porque estava atuando no tempo.

— Não estou entendendo.

— Enquanto eu aparecia para Langtry, os tiros estavam sendo dados no cérebro de Stella, provocando a morte instantânea. Eu vejo longe, mas não vejo todas as surpresas.

— Você não sabia.

— E Carlotta me enganou. Carlotta me induziu ao erro. Não sou infalível. Na verdade, posso me confundir com uma facilidade incrível.

— Como assim?

— Por que eu deveria dizer? Para que você me controle melhor? Você sabe como. Através das emoções. Carlotta concebeu o assassinato como um ato de amor. Ela ensinou a Lionel aquilo em que ele devia pensar ao segurar o revólver e atirar em Stella. Não fui alertado pelo ódio, nem pela má intenção. Não prestei nenhuma atenção aos pensamentos amorosos de Lionel. E então Stella jazia ali à morte, chamando por mim em silêncio, com os olhos abertos, com um ferimento mortal, sem esperanças. E Lionel deu o segundo tiro, que expulsou o espírito de Stella do seu corpo para sempre.

— Mas você matou Lionel. Você o levou à morte.

— Matei.

— E Cortland? Você matou Cortland.

— Não. Eu lutei com Cortland, e ele procurou usar seu poder contra mim. Fracassou e caiu na luta. Eu não matei o seu pai.

— Por que brigaram?

— Eu avisei a ele. Ele acreditava poder me dominar. Ele não era a minha bruxa. Deirdre era a minha bruxa. Você é minha bruxa. Cortland, não.

— Mas Deirdre não queria renunciar a mim. E Cortland estava defendendo os desejos dela.

— Com seus próprios objetivos.

— Que eram quais?

— Isso agora é passado, sem importância. Você teve sua liberdade para poder ser forte ao voltar. Você ficou fora do alcance de Carlotta.

— Mas você garantiu que isso acontecesse, e isso ia contra a vontade tanto de Deirdre quanto de Cortland.

— Por você, Rowan. Eu a amo.

— É, mas você percebe que aqui temos um modelo, não temos? Você não quer que eu o entenda. Depois que a criança nasce, você fica com a criança, não com a mãe. Foi isso o que aconteceu com Deborah e Charlotte, não foi?

— Você me interpreta mal. Quando estou agindo no tempo, às vezes faço o que é errado.

— Você desrespeitou a vontade de Deirdre. Você se certificou de que eu fosse afastada. Você deu prosseguimento ao seu plano das treze bruxas, e isso foi para satisfazer seus objetivos. Você sempre trabalhou pelos seus próprios objetivos, certo?

— Você é a décima terceira e a mais forte. Você sempre foi meu objetivo, e eu lhe servirei. Os seus objetivos e os meus são idênticos.

— Acho que não.

Ela agora sentia a sua dor; sentia a turbulência no ar; sentia a emoção como se fosse a vibração grave de uma corda de harpa, que tocasse para seu ouvido inconsciente. Uma melodia de dor. As cortinas balançaram mais uma vez, com uma corrente quente, e os dois lustres dos salões dançaram nas sombras, cheios de estilhaços de luz branca, já que o fogo se apagara, levando consigo as cores.

— Você alguma vez foi um ser humano vivo?

— Não sei.

— Você se lembra da primeira vez em que viu seres humanos?

— Lembro.

— O que pensou?

— Que era impossível que o espírito se originasse da matéria; que era uma piada. O que você chamaria de ridículo ou de trapalhada.

— Ele se originou da matéria.

— É verdade. Ele emergiu da matéria quando a organização atingiu o ponto apropriado para que ele surgisse, e nós ficamos surpresos com essa mutação.

— Você e os outros que já existiam.

— Na atemporalidade, já existíamos.

— E isso chamou sua atenção?

— Chamou. Porque era uma mutação e totalmente nova. Também porque fomos chamados a observar.

— Como?

— As inteligências recém-emergentes do homem, presas à matéria, mesmo assim nos perceberam e, com isso, fizeram que percebêssemos a nós mesmos. Insisto, essa é uma frase sofisticada e, portanto, parcialmente inexata. Durante milênios, essas inteligências espirituais humanas se desenvolveram. Elas pressentiram nossa existência. Elas nos deram nomes, falaram conosco e procuraram nos seduzir. Quem prestasse atenção mudaria. Passamos a pensar em nós mesmos.

– Portanto, vocês aprenderam a consciência de si mesmos conosco.

– Aprendemos tudo com vocês. A vergonha, o desejo, a ambição. Vocês são mestres perigosos. E ficamos insatisfeitos.

– Então, existem outros da sua espécie com ambição.

– Julien dizia que a matéria criou o homem e que o homem criou os deuses. Isso está parcialmente correto.

– Você alguma vez falou com um ser humano antes de Suzanne?

– Não.

– Por quê?

– Não sei. Ouvi e vi Suzanne. Amei Suzanne.

– Quero voltar a Aaron. Por que você afirma que Aaron diz mentiras?

– Aaron não revela o objetivo geral do Talamasca.

– Você tem certeza disso?

– Claro. Como Aaron poderia mentir para mim? Eu sabia da chegada dele antes que ele existisse. As advertências de Arthur Langtry eram para Aaron, quando ele nem mesmo sabia de Aaron.

– Mas por que Aaron mente? Quando, e em relação a quê, ele mentiu?

– Aaron tem uma missão. Da mesma forma que todos os irmãos do Talamasca. Eles a mantêm em segredo. Guardam segredo sobre grande parte do que sabem. São uma ordem ocultista, para usar termos que você entenda.

– Qual é esse conhecimento secreto? Essa missão?

– A de proteger o ser humano de nós. A de se certificar de que não haja mais portais.

– Você quer dizer que houve portais anteriormente?

– Houve. Houve mutações. Mas você é o maior de todos os portais. O que você pode realizar comigo será incomparável.

– Espere aí. Você quer dizer que outras entidades incorpóreas conseguiram penetrar no reino da matéria?

– Sim.

– Mas quem? O que elas são?

– Riso. Elas se escondem muito bem.

– Riso. Por que você disse isso?

– Porque estou rindo da sua pergunta, mas não sei produzir o ruído da risada. Por isso, digo a palavra. Estou rindo de você por você não acreditar que isso tenha ocorrido antes. Você, uma mortal, com todas as histórias de fantasmas, de monstros da noite, e outros horrores semelhantes. Você nunca pensou que houvesse um fundo de verdade em todas essas histórias antigas? Mas isso não é importante. A nossa fusão será mais perfeita do que qualquer outra no passado.

– Aaron sabe disso, é isso o que está dizendo? Que outros conseguiram fazer a travessia?
– É.
– E por que ele quer me impedir de ser o portal?
– Por que você acha?
– Porque ele acredita que você seja maligno.
– Que eu não seja natural, é o que ele diria, o que é uma tolice, porque eu sou tão natural quanto a eletricidade, tão natural quanto as estrelas, tão natural quanto o fogo.
– Não natural. Ele teme o seu poder.
– É, mas ele é um bobo.
– Por quê?
– Rowan, como já disse antes, se essa fusão puder ser feita uma vez, poderá ser realizada novamente. Você não está me entendendo?
– Estou. No cemitério, são doze gavetas e uma porta.
– Isso, Rowan. Agora você está pensando. Quando você leu pela primeira vez seus livros de neurologia, quando pisou pela primeira vez no laboratório de pesquisas, qual foi sua impressão? A de que o homem havia apenas começado a perceber as possibilidades da ciência atual, de que novos seres poderiam ser criados por meio de transplantes, enxertos, experiências *in vitro* com genes e células. Você viu a abrangência das possibilidades. Sua mente era jovem; sua imaginação, enorme. Você era o que os homens temem: a cientista com a visão de uma poeta. E você voltou as costas aos seus sonhos, Rowan. No laboratório de Lemle, você poderia ter criado novos seres a partir de seres existentes. Você preferiu recorrer a instrumentos brutais porque temia o que poderia fazer. Você se escondeu por trás do microscópio cirúrgico e substituiu seu poder pelos toscos microinstrumentos de aço com os quais você corta os tecidos em vez de criá-los. Mesmo agora, você age a partir do medo. Você quer construir hospitais onde as pessoas possam ser curadas, quando poderia criar novos seres, Rowan.

Ela continuou sentada, imóvel e calada. Ninguém jamais havia falado com tanta precisão acerca dos seus pensamentos mais íntimos. Ela sentia o calor e o tamanho da sua própria ambição. Sentia dentro de si a criança amoral que havia sonhado com enxertos cerebrais e com seres sintéticos, antes que o adulto apagasse a chama.

– Será que você não tem um coração para entender os motivos, Lasher?
– Eu vejo longe, Rowan. Vejo um imenso sofrimento no mundo. Vejo o caminho dos acidentes e dos erros, e o que ele criou. Não me deixo ofuscar por ilusões. Ouço por toda parte os gritos de dor. E sei da minha própria solidão. Sei do meu próprio desejo.
– Mas a que você estará renunciando quando se tornar de carne e osso? Qual será o preço para você?

– Não me esquivo ao preço. Uma dor física não poderia ser pior do que o que sofri durante esses três séculos. Você gostaria de ser o que eu sou, Rowan? Um ser à deriva, solitário e eterno, que ouve as vozes carnais do mundo, isolado, e que anseia por amor e compreensão?

Ela não soube responder.

– Esperei toda a eternidade para ter um corpo. Esperei mais do que alcança a memória. Esperei até que o frágil espírito do homem afinal adquirisse o conhecimento para que a barreira caísse. E eu serei carne, e será perfeito.

Silêncio.

– Compreendo por que Aaron tem medo de você.

– Aaron é pequeno. O Talamasca é pequeno. Eles não são nada! – A voz ficou fraca de raiva. O ar no salão estava quente e se movimentava como a água numa panela se movimenta antes de ferver. Os lustres se mexiam, embora não emitissem som, como se o som fosse levado embora pelas correntes de ar.

– O Talamasca tem o conhecimento – prosseguiu ele. – Eles têm o poder de abrir portais, mas se recusam a fazê-lo para nós. Eles são nossos inimigos. Preferem manter o destino do mundo nas mãos dos cegos e dos sofredores. E mentem. Todos eles mentem. Eles preservaram a história das Bruxas Mayfair porque ela é a história de Lasher, e eles lutam contra Lasher. É esse seu objetivo declarado. E eles a enganam com essa atenção voltada para as bruxas. É o nome de Lasher que deveria estar gravado nas capas das suas preciosas pastas encadernadas em couro. O arquivo está em código. Ele é a história do crescente poder de Lasher. Você não consegue ver o que se esconde por trás do código?

– Não faça nenhum mal a Aaron.

– Seu amor é irracional, Rowan.

– Você não gosta do meu lado bom, não é isso? Você gosta do que é mau.

– O que é o mal, Rowan? A sua curiosidade é má? O fato de você querer me estudar como estudou o cérebro de seres humanos? O fato de você querer aprender com as minhas células tudo o que fosse possível para beneficiar a grande causa da medicina? Eu não sou o inimigo do mundo, Rowan. Só quero fazer parte dele!

– Agora você está com raiva.

– Estou sofrendo. Eu a amo, Rowan.

– Querer não é amar, Lasher. Usar não é amar.

– Não, não fale assim comigo. Você me magoa. Você me fere.

– Se você matar Aaron, eu nunca serei seu portal.

– Uma coisa tão pequena com consequências tão grandes.

– Lasher, mate-o, e eu não serei o portal.

– Rowan, estou sob suas ordens. Eu já o teria matado se não estivesse.

– O mesmo vale para Michael.

– Está bem, Rowan.

– Por que você disse a Michael que ele não poderia me impedir?

– Porque eu esperava que ele não pudesse e queria assustá-lo. Ele está sob a influência de Aaron.
– Lasher, de que modo eu deverei ajudá-lo?
– Eu saberei quando você souber, Rowan. E você sabe. Aaron sabe.
– Lasher, nós não sabemos o que é a vida. Nem com toda a nossa ciência e todas as nossas definições sabemos o que a vida é ou como começou. O momento em que ela surgiu a partir de materiais inertes é um mistério total.
– Eu já estou vivo, Rowan.
– E como vou poder torná-lo carne? Você já entrou nos corpos dos mortos e dos vivos, mas não consegue se fixar neles.
– Isso pode ser feito, Rowan. – Sua voz estava tão baixa quanto um sussurro. – Com o meu poder e o seu, e com a minha fé, pois eu devo me entregar para concretizar o vínculo. E só nas suas mãos será possível a fusão total.
Ela contraiu os olhos, procurando ver formas, desenhos na escuridão.
– Eu a amo, Rowan. Você está cansada agora. Deixe-me acalmá-la, Rowan. Deixe-me tocá-la. – A ressonância da voz estava mais grave.
– Eu quero, eu quero uma vida feliz com Michael e com nosso filho. – Turbulência no ar, algo que se concentrava, que se intensificava. Ela sentiu que o ar se aquecia.
– Minha paciência é infinita, Rowan. Eu vejo longe. Eu posso esperar. Mas você perderá o interesse pelos outros agora que me viu e que falou comigo.
– Não tenha tanta certeza, Lasher. Sou mais forte do que as outras. Sei muito mais do que elas.
– É verdade, Rowan. – A turbulência sombria estava ficando mais densa, como uma grande coroa de fumaça, só que não era fumaça, a circular o lustre, afastando-se. Como teias de aranha numa corrente de ar.
– Eu posso destruir você?
– Não.
– Por quê?
– Rowan, você está me torturando.
– Por que não posso destruí-lo?
– Rowan, o seu dom é o de alterar a matéria. Eu não tenho nenhuma matéria que você possa atacar. Você pode destruir a matéria que eu organizo a fim de criar minha imagem, mas isso eu mesmo faço quando me desintegro. Você já viu. Você poderia atingir minha imagem transitória num desses momentos de materialização, e você já o fez. Quando apareci para você pela primeira vez. Quando a procurei junto da água. Mas você não pode destruir *a mim*. Eu sempre existi. Eu sou eterno, Rowan.
– E suponhamos que eu dissesse que está terminado agora, Lasher, que eu nunca mais o reconheceria. Que eu não seria o portal. Que sou, sim, o portal para

a família Mayfair entrar nos séculos futuros, o portal para meu filho que ainda não nasceu e para as coisas com as quais sonho com minha ambição.

– Coisas pequenas, Rowan. Nada que se compare aos mistérios e possibilidades que eu ofereço. Imagine, Rowan, quando a mutação estiver completa e eu tiver um corpo, inspirado por meu espírito atemporal, imagine o que você poderá aprender com tudo isso.

– E, se isso acontecer, Lasher, se o portal for aberto e a fusão realizada, e você estiver diante de mim, em carne e osso, como você irá me tratar então?

– Eu a amaria com uma intensidade inimaginável, Rowan, pois você seria minha mãe, minha criadora e minha mestra. Como eu poderia deixar de amá-la? E como será trágica minha necessidade de você. Eu me agarrarei a você para aprender a me movimentar com meus novos membros, a ver, a falar e a rir. Eu serei tão indefeso quanto um bebê nas suas mãos. Será que você não entende? Eu a adoraria, Rowan, minha amada. Seria seu instrumento para qualquer coisa que você quisesse, e teria vinte vezes mais força do que tenho agora. Por que está chorando? Por que está com lágrimas nos olhos?

– É uma ilusão. É uma ilusão de som e de luz o encantamento que você provoca.

– Não. Eu sou o que sou, Rowan. É o seu raciocínio que a enfraquece. Você vê longe. Sempre viu. Doze gavetas e um portal, Rowan.

– Não estou entendendo. Você está brincando comigo. Está me confundindo. Não consigo acompanhá-lo mais.

Silêncio, e mais uma vez aquele som, como se todo o ar estivesse suspirando. Uma tristeza, uma tristeza que a envolvia como uma nuvem, e as camadas ondulantes de sombras esfumaçadas que percorriam o salão, que se entrelaçavam nos lustres e enchiam os espelhos de escuridão.

– Você está em toda a minha volta, não está?

– Eu a amo – disse ele, e sua voz era novamente baixa como um sussurro e muito próxima. Ela achou que sentia lábios tocando seu rosto. Enrijeceu-se, mas estava com tanto sono.

– Afaste-se de mim – disse ela. – Quero ficar sozinha agora. Não tenho obrigação de amá-lo.

– Rowan, o que posso dar a você? Que presente posso trazer?

Mais uma vez, algo lhe roçou o rosto, algo a tocou, dando calafrios no corpo todo. Os bicos dos seios estavam duros sob a seda da camisola, e uma pulsação surda começou dentro dela, uma fome que ela sentia no peito e na garganta.

Ela procurou desanuviar a visão. Estava escuro aqui dentro agora. O fogo estava apagado. Mas apenas instantes atrás havia labaredas.

– Você está brincando comigo. – O ar parecia tocar todo o seu corpo. – Você andou brincando com Michael.

– Não. – Foi um beijo delicado no seu ouvido.

– Quando ele se afogou, as visões. Você as criou!

– Não, Rowan. Ele não estava aqui. Eu não podia acompanhá-lo para onde ele foi. Pertenço somente aos vivos.

– Você criou os fantasmas que ele viu quando estava sozinho aqui naquela noite, quando mergulhou sozinho na piscina?

– Não.

Ela estremeceu por inteiro, erguendo as mãos para afastar as sensações como se estivesse presa em teias de aranha.

– Você viu os fantasmas que Michael viu?

– Vi, mas foi através dos olhos de Michael que eu os vi.

– O que eram eles?

– Não sei.

– Por que não sabe?

– Eram imagens dos mortos, Rowan. Eu sou desta terra. Não conheço os mortos. Não me fale dos mortos. Não sei nada de Deus ou de qualquer outra coisa que não pertença à terra.

– Meu Deus! Mas o que é esta terra? – Algo tocava sua nuca, erguendo delicadamente as mechas do seu cabelo.

– Isso aqui, Rowan, o universo em que você existe e o universo em que eu existo, paralelos e entrelaçados embora separados, no mundo físico. Eu pertenço ao mundo físico, Rowan. Sou tão natural quanto qualquer outra coisa nesta terra. Ardo de amor por você, Rowan, com uma pureza na qual o fogo não tem fim neste nosso mundo.

– Os fantasmas que Michael viu na noite do nosso casamento neste mesmo salão. Você fez com que ele os visse.

– Não.

– E você mesmo os viu? – Como uma pluma a afagar seu rosto.

– Através dos olhos de Michael. Eu não tenho todas as respostas que você quer de mim.

Algo a tocar seus seios; algo a acariciar seus seios e suas coxas. Ela se sentou sobre as pernas dobradas. O chão junto à lareira estava frio agora.

– Afaste-se de mim! – sussurrou ela. – Você *é* maligno.

– Não.

– Você veio do inferno?

– Você está brincando. Eu estou no inferno, querendo lhe dar prazer.

– Pare com isso. Quero me levantar agora. Estou com sono. Não quero ficar aqui.

Ela se virou e olhou para a lareira enegrecida. Não havia mais brasas. Seus olhos estavam pesados, assim como suas pernas. Ela lutou para se pôr em pé, agarrando-se ao consolo da lareira, mas sabia que não conseguiria chegar à escada. Deu a volta, caiu novamente de joelhos e se deitou no macio tapete chinês. Como seda debaixo dela, e a solidez e o ar frio estavam tão gostosos. Ela teve a impressão de estar sonhando quando ergueu os olhos até o lustre. O medalhão de gesso branco parecia estar se mexendo, com suas folhas de acanto se contorcendo e se enroscando.

Todas as palavras que ela havia ouvido estavam de repente flutuando no seu cérebro. Algo a tocar seu rosto. Seus seios latejavam; seu sexo latejava. Pensou em Michael a quilômetros e mais quilômetros dali, e ficou angustiada. Como havia errado ao subestimar essa criatura!

– Eu a amo, Rowan.

– Você está acima de mim, não está? – Ela fixava os olhos nas sombras, agradecida pelo frio porque estava queimando por dentro como se houvesse absorvido todo o calor do fogo. Ela sentiu a umidade que a inundava e seu corpo, que se abria como uma flor. A carícia na parte interna das coxas, onde a pele era sempre mais macia e sem penugem; e as pernas que iam se abrindo como pétalas.

– Estou falando para parar, vou odiar.

– Eu a amo, minha querida.

Beijos nos ouvidos, nos lábios e depois nos seios. Ele chupava com força e ritmo, e os dentes arranhavam seus bicos.

– Não consigo aguentar mais – disse ela, baixinho, mas querendo dizer o contrário, que gritaria de agonia se ele parasse.

Seus braços foram abertos, e a camisola foi levantada. Ela ouviu a seda que se rasgava, e depois o tecido se soltava e ela estava deliciosamente nua, ali deitada, com mãos que lhe afagavam o sexo, só que não eram mãos. Era Lasher, Lasher, que a chupava e que a acariciava, com os lábios nos seus ouvidos, nas suas pálpebras, com toda a sua imensa presença a envolvê-la, até mesmo debaixo dela, acariciando-lhe a cintura e abrindo seu traseiro para afagar os lábios inferiores.

É, abrindo-se como o grande íris roxo no jardim. Como as rosas que explodiam nas extremidades das suas hastes escurecidas e ásperas e as folhas com tantas pontas e veias minúsculas. Ela se debateu e se contorceu no tapete.

E quando ela se contorcia como uma gata no cio... Vá embora, velha. Você não está aqui! Agora é a minha vez.

– É a sua vez, a nossa vez.

Línguas lhe lambiam os bicos dos seios, bocas se fechavam sobre eles, puxando-os, arranhando-os com os dentes.

– Com mais força, mais violência. Violente-me, vamos! Use seu poder.

Ele a ergueu de modo que sua cabeça caísse para trás, com os cabelos em cascata, os olhos fechados, as mãos abrindo o sexo, abrindo as coxas.

– Entre em mim, com força. Faça-se homem para mim, um homem duro!

As bocas atacaram os bicos com mais força, com as línguas lambendo os seios, o ventre, os dedos puxando seu traseiro e arranhando suas coxas.

– O pau – sussurrou ela. Foi quando o sentiu, duro e enorme a penetrá-la. – Vamos, me rasgue, vamos! Me esmague! – Seus sentidos foram inundados pelo cheiro de um corpo limpo e rígido e de cabelos limpos, quando o peso caiu sobre ela e o pau a penetrou com força; é, ainda mais, como uma violência. Relance de um rosto, olhos verde-escuros, lábios. E depois um borrão quando os lábios abriram os seus.

Seu corpo estava pregado ao tapete, e o pau a queimava ao entrar, arranhando seu clitóris, mergulhando mais fundo na vagina. Eu não aguento mais. Não consigo suportar. É, parta-me ao meio. Devastada. O orgasmo a inundou; sua cabeça, vazia a não ser pela louca enxurrada de cores como ondas, enquanto a sensação turbulenta se espalhava para cima pelo seu ventre, seus seios, seu rosto, e para baixo pelas coxas, enrijecendo suas pernas e os músculos dos pés. Ela ouvia seus próprios gritos, mas eles eram distantes, sem importância, saindo da sua boca num prazer divino; e seu corpo sacudia indefeso, desprovido de vontade e de raciocínio.

Repetidas vezes, a explosão a escaldou. Inúmeras vezes, até que todo o tempo, toda a culpa, todo o pensamento fossem eliminados.

Manhã. Havia um bebê chorando? Não. Só o telefone a tocar. Sem importância.

Ela estava deitada na cama, debaixo das cobertas, nua. O sol se derramava pelas janelas da frente da casa. A lembrança do que acontecera lhe voltou, e uma pulsação dolorida teve início. O telefone, ou seria um bebê chorando? Um bebê dentro da casa, em algum lugar distante. Meio sonolenta, ela via suas perninhas se mexendo, com os joelhos dobrados, os pezinhos rechonchudos.

– Minha querida – sussurrou ele.

– Lasher – respondeu ela.

O choro havia desaparecido. Seus olhos se fecharam com a visão das vidraças brilhantes e do emaranhado de galhos de carvalho diante do céu.

Quando ela os abriu novamente, olhou espantada para seus olhos verdes, para seu rosto sombrio, de belas feições. Tocou a seda da sua boca com um dedo. Toda a solidez do seu peso fazia pressão sobre ela, com o pau entre suas pernas.

– Meu Deus, como você é forte.

– Para você, minha bela. – Os lábios revelavam um ínfimo brilho de dentes brancos quando as palavras eram pronunciadas. – Para você, minha divina.

E então veio o calor, o vento quente a soprar para trás seu cabelo e o turbilhão abrasador.

E no límpido silêncio da manhã, à luz do sol que entrava pelas vidraças, tudo estava acontecendo de novo.

Ao meio-dia, ela estava sentada lá fora, junto à piscina. Subia um vapor da água para a luz fria do sol. Hora de desligar o aquecimento. O inverno havia realmente chegado.

No entanto, ela estava aquecida no seu vestido de lã. Escovava os cabelos.

Ela o sentiu por perto e contraiu os olhos. É, podia ver mais uma vez a perturbação no ar, na realidade com muita nitidez, enquanto ele a envolvia como um véu que fosse lentamente enrolado nos seus ombros e braços.

– Afaste-se de mim – sussurrou ela. A substância invisível ficou grudada. Ela se sentou ereta e dessa vez sibilou as palavras. – Fora, eu já disse!

O que viu foi o cintilar de um fogo ao sol. E depois o frio, quando o ar recuperou sua densidade normal, quando voltaram as sutis fragrâncias do jardim.

– Eu vou dizer quando você pode aparecer. Não estarei à mercê dos seus caprichos ou da sua vontade.

– Como quiser, Rowan. – Era aquela voz interior que ela havia ouvido antes em Destin, a voz que parecia estar dentro da sua cabeça.

– Você vê e ouve tudo, não é?

– Até mesmo seus pensamentos.

Ela sorriu, mas foi um sorriso frágil, feroz. Estava tirando os longos fios de cabelo da escova.

– E no que eu estou pensando?

– Está querendo que eu a toque novamente, que eu a cerque de ilusões. Que você gostaria de saber como é ser homem e que eu a tomasse como faria com um homem.

O sangue lhe subiu ao rosto. Ela juntou os poucos cabelos louros da escova e os deixou cair no jardim cheio de samambaias ao seu lado, onde eles desapareceram em meio às folhagens escuras.

– Você pode fazer isso?

– Nós podemos fazer isso juntos, Rowan. Você pode ver e sentir muitas coisas.

– Fale comigo primeiro.

– Como queira. Mas você anseia por mim, Rowan.

– Você está vendo Michael? Sabe onde ele está?

– Estou, Rowan. Eu o estou vendo. Ele está em casa, organizando seus numerosos pertences. Está confuso entre recordações e expectativas. Está consumido pelo desejo de voltar para você. Ele só pensa em você. E você está pensando em me trair, Rowan. Está pensando em contar ao seu amigo Aaron que andou me vendo. Você sonha com a traição.

– E o que vai me impedir se eu quiser falar com Aaron? O que você pode fazer?

– Eu a amo, Rowan.

– Você agora não poderia ficar longe de mim, e sabe disso. Você virá quando eu o chamar.

– Quero ser seu servo, Rowan, não seu inimigo.

Ela se levantou, olhando para cima através da delicada folhagem da oliveira para os pedacinhos do céu pálido. A piscina era um enorme retângulo de uma vaporosa luz azul. O carvalho do outro lado oscilou com a brisa, e novamente ela sentiu uma alteração no ar.

– Não se aproxime – disse ela.

Veio o inevitável suspiro, tão eloquente de dor. Ela fechou os olhos. Em algum lugar muito ao longe um bebê *estava* chorando mesmo. Ela estava ouvindo. Devia ser numa daquelas casas grandes e silenciosas que sempre pareciam tão desertas no meio do dia.

Ela entrou, fazendo com que os saltos dos sapatos batessem forte no chão. Tirou a capa do armário do hall, toda a proteção de que precisava contra o frio, e saiu pela porta da frente.

Durante uma hora, caminhou pelas ruas calmas e vazias. De quando em quando, um transeunte a cumprimentava com uma leve inclinação da cabeça. Ou um cachorro atrás de uma cerca se aproximava para ganhar um carinho. Ou ainda um carro passava ruidoso.

Ela procurava apenas ver as coisas, concentrar sua atenção no musgo que crescia nos muros ou na cor do jasmim emaranhado imóvel numa cerca. Procurava não pensar nem entrar em pânico. Procurava não querer voltar para dentro de casa. Afinal, porém, seus passos a levaram naquela direção, e ela estava parada diante do seu próprio portão.

Sua mão tremia quando ela enfiou a chave na fechadura. Nos fundos do hall, na porta da sala de jantar, ele estava parado, a observá-la.

– Não! Só quando eu mandar! – disse ela, e a força do seu ódio partiu à sua frente como um feixe de luz. A imagem desapareceu; e um súbito cheiro acre chegou às suas narinas. Ela tapou a mão com a boca. Em todo o ambiente ela sentiu o levíssimo movimento ondulante no ar. E depois nada. A casa estava em silêncio.

Novamente aquele som, o do bebê chorando.

– É você que está fazendo isso – sussurrou ela. Mas o som desapareceu.

Ela subiu a escada até o quarto. A cama agora estava feita com esmero; as roupas de dormir, guardadas. As cortinas, abertas.

Ela trancou a porta. Tirou os sapatos de qualquer jeito, deitou-se sobre a colcha, abaixo do dossel branco, e fechou os olhos. Não podia mais resistir. A lembrança do prazer da noite passada provocou nela um calor profundo, causticante, uma dor, e ela enfiou o rosto no travesseiro, procurando se lembrar e não se lembrar, com os músculos tencionando e relaxando.

– Venha então – sussurrou. Imediatamente, a substância suave e sobrenatural a envolveu. Ela tentou ver o que estava sentindo, tentou entender. Algo diáfano e imenso, solto na sua textura ou na sua organização, para usar suas próprias palavras, e agora ele estava se concentrando, tornando-se denso, como o vapor se adensa para se transformar em água, como a água se adensa para virar gelo.

– Quer que eu assuma uma forma para você? Que crie ilusões?

— Não, ainda não. Seja como você é, e como você foi antes com todo o seu poder. — Ela já sentia as carícias no peito do pé e por baixo dos joelhos.

Dedos delicados que entravam deslizantes entre os seus dedos dos pés, e depois o náilon das meias que estalava era rasgado e puxado. E sua pele respirando e formigando por inteiro nas pernas nuas.

Ela sentiu o vestido que se abria. Sentiu os botões que deslizavam das casas.

— É, um estupro de novo — disse ela. — Forte, violento e demorado.

De repente, ela foi jogada de costas na cama, com a cabeça forçada para um lado contra o travesseiro. O vestido estava rasgando, e as mãos invisíveis desciam pelo seu ventre. Alguma coisa parecida com dentes arranhava seu sexo nu; unhas roçavam suas pernas.

— É — disse ela, com os dentes cerrados. — Um sexo cruel.

43

Quantos dias e quantas noites se passaram? Ela francamente não sabia. A correspondência fechada estava empilhada sobre a mesa no hall. O telefone que tocava de vez em quando, em vão.

— É, mas quem é você? Por baixo de tudo isso. Quem está aí?

— Já disse. Esse tipo de pergunta não significa nada para mim. Posso ser o que você quer que eu seja.

— Não basta.

— O que eu era? Um espectro. Infinitamente satisfeito. Não sei de onde surgiu a capacidade de amar Suzanne. Ela me ensinou o que era a morte quando foi queimada. Ela soluçava enquanto a arrastavam até a pira. Ela não podia acreditar que fossem fazer aquilo com ela. Era uma criança, a minha Suzanne, uma mulher sem nenhuma compreensão da maldade humana. E minha Deborah foi forçada a assistir. E, se eu tivesse provocado a tempestade, as duas teriam sido queimadas.

"Mesmo na sua agonia, Suzanne me controlou para proteger Deborah. Ela enlouqueceu, e sua cabeça batia com violência no poste ao qual estava amarrada. Até mesmo os aldeões estavam apavorados. Mortais grossos e estúpidos, que estavam ali para beber vinho e rir enquanto ela ardia. Mesmo essa gente não pôde suportar o som dos seus gritos. Depois eu vi a bela forma de carne e osso que a natureza havia dado consumida pelo fogo como palha de milho num campo em chamas. Vi seu sangue se derramando sobre as achas ensurdecedoras. Minha Suzanne. Na perfeição da juventude e da força, queimada como uma vela de cera por uma turba de aldeões imbecis reunidos no calor da tarde.

"Quem eu sou? Sou aquele que chorou por Suzanne quando ninguém mais chorou. Sou aquele que sentiu uma agonia infinita, quando até mesmo Deborah estava ali entorpecida, com os olhos fixos no corpo da mãe a se contorcer no fogo.

"Sou aquele que viu o espírito de Suzanne deixar o corpo devastado pela dor. Vi que ele alçava voo, liberto, sem preocupações. Eu tenho uma alma que pôde experimentar essa alegria, a de que Suzanne não mais sofreria? Tentei alcançar seu espírito, ainda com o formato do seu corpo, pois ela ainda não sabia que aquela forma já não era mais exigida, e procurei penetrar e me concentrar para tomar para mim o que agora era como eu.

"Mas o espírito de Suzanne passou por mim. Não prestou a mim uma atenção nem um pouco maior do que a que prestou à casca que ardia na fogueira. Subiu para além de mim e para longe de mim, e não houve mais Suzanne.

"Quem eu sou? Sou Lasher, que se espalhou por todo o mundo, atravessado pela dor da perda de Suzanne. Sou Lasher, que se concentrou, criou tentáculos com seu poder, e açoitou a aldeia até seus moradores correrem à procura de abrigo, assim que minha querida Deborah foi levada embora. Devastei a aldeia de Donnelaith. Persegui o juiz de bruxas pelos campos afora, a pedradas. Quando eu terminei, não sobrava ninguém para contar a história. E minha Deborah, levada por Petyr van Abel, para sedas e cetins, esmeraldas e homens que pintariam seu retrato.

"Eu sou Lasher, que chorou pela tola Suzanne e jogou suas cinzas aos quatro ventos.

"Foi assim meu despertar para a existência, para a consciência de mim mesmo, para a vida e a morte, *para prestar atenção*.

"Aprendi mais naquele período de vinte dias do que em toda a graciosa eternidade em que havia observado os mortais ocupando a face da terra, como uma raça de insetos, com a mente que brota da matéria, mas que fica atrelada a ela, inútil como uma mariposa cuja asa foi pregada na parede.

"Quem eu sou? Eu sou Lasher, que desceu para se sentar aos pés de Deborah e aprender a ter um objetivo, a atingir metas, a cumprir a vontade de Deborah com perfeição para que ela não sofresse. Lasher, que tentou e fracassou.

"Volte as costas a mim. Volte. O tempo não é nada. Esperarei que venha uma outra tão forte quanto você. Os humanos estão mudando. Seus sonhos estão cheios de previsões dessas mudanças. Ouça as palavras de Michael. Ele sabe. Os mortais sonham sem parar com a imortalidade, à medida que suas vidas se alongam. Eles sonham com um voo sem obstáculos. Virá uma outra que derrubará as barreiras entre o que tem corpo e o que não tem corpo. Eu farei a travessia. É que quero isso demais para que não dê certo. Além disso, sou muito paciente, muito esperto no que aprendi e muito forte.

"O conhecimento está aqui agora. A explicação completa da origem da vida material *está* à mão, sim. A criação de réplicas é possível, sim. Se quiser, volte os olhos ao quarto de Marguerite naquela noite em que a tive no corpo de um morto e que forcei meu cabelo a assumir a cor que eu queria para mim. Volte a atenção àquela experiência. No tempo ela está mais próxima dos selvagens pintados que viviam em cavernas e caçavam com lanças do que de você, no seu hospital e no seu laboratório.

"É o seu conhecimento que intensifica o seu poder. Você entende o que é o núcleo e o protoplasma. Você sabe o que são os cromossomos, o que são os genes, o que é o DNA.

"Julien era forte. Charlotte era poderosa. Petyr van Abel era um gigante entre os homens. E em você ainda há uma outra espécie de força. Uma audácia, uma fome e uma solidão. E essa fome e essa solidão eu conheço e beijo com os lábios que não tenho, abraço com braços inexistentes, aperto de encontro ao coração em mim que não está ali para pulsar com calor.

"Pode me evitar. Pode ter medo de mim. Eu espero. Não vou fazer nenhum mal ao seu precioso Michael. Mas ele não pode amá-la como eu posso porque ele não pode conhecê-la como eu a conheço.

"Rowan, conheço as entranhas do seu corpo e do seu cérebro. Eu queria ser carne, Rowan; queria me fundir com a carne e ser sobre-humano na carne. E quando isso for feito, que metamorfose pode ser a sua, Rowan? Reflita sobre o que estou dizendo.

"Eu vejo o seguinte, Rowan. Como sempre vi, que a décima terceira seria a força para abrir a porta. O que eu não consigo ver é como existir sem o seu amor.

"Pois sempre amei você. Amei aquela parte sua presente naqueles que vieram antes. Amei você em Petyr van Abel, que de todos foi o mais parecido com você. Amei você até mesmo na minha doce Deirdre, inválida, indefesa, a sonhar com você."

Silêncio.

Há uma hora, não se ouviam nenhum som, nem vibração no ar. Só a casa de novo, com o frio do inverno do lado de fora, clara, limpa, sem ventos.

Eugenia não estava. O telefone tocava novamente no vazio.

Rowan estava sentada na sala de jantar, com os braços pousados na mesa encerada, olhando a extremosa ossuda, desfolhada e lustrosa, tentando arranhar o céu azul.

Levantou-se, por fim. Vestiu o casaco de lã vermelha, trancou a porta atrás de si e saiu pelo portão aberto, seguindo pela rua.

O ar frio dava uma sensação gostosa e purificante. As folhas dos carvalhos, com o avanço do inverno, estavam escurecidas e encolhidas, mas ainda verdes.

Ela entrou na St. Charles e caminhou até o Pontchartrain Hotel.

No pequeno bar, Aaron já estava esperando à mesa, com um copo de vinho, o caderno de couro aberto, a caneta na mão.

Ela parou diante dele, consciente da surpresa no seu rosto quando olhou para ela. Será que seu cabelo estava despenteado? Estaria parecendo cansada?

– Ele sabe tudo que eu penso, tudo que eu sinto, o que tenho a dizer.

– Não, isso não é possível, Rowan. Sente-se. Fale para mim.

– Não consigo controlá-lo. Não consigo expulsá-lo. Acho... acho que eu o amo – disse ela, baixinho. – Ele ameaçou ir embora se eu contasse para você ou para Michael. Mas ele não quer ir. Ele precisa de mim. Precisa que eu o veja e esteja perto dele. Ele é esperto, mas não tão esperto assim. Ele precisa que eu proporcione um objetivo e que o aproxime da vida.

Ela olhava fixamente para o comprido bar, para o homenzinho careca na extremidade do balcão, uma criatura gorducha com uma boca praticamente sem lábios, e para o barman, que dava brilho em algum objeto como sempre fazem seus colegas de profissão. Fileiras de garrafas cheias de veneno. Um silêncio aqui. Pouca iluminação.

Ela se sentou, virou e olhou para Aaron.

– Por que mentiu para mim? Por que não me disse que foi enviado para cá para deter Lasher?

– Não vim para cá para detê-lo. Nunca menti.

– Você sabe que ele pode fazer a travessia. Você sabe que é esse o objetivo dele, e se dedica a impedi-lo. Sempre se dedicou.

– Sei do que li na história, da mesma forma que você. Eu lhe entreguei tudo.

– É, mas você sabe que isso já aconteceu antes. Você sabe que existem no mundo criaturas semelhantes a ele que encontraram um portal.

Não houve resposta.

– Não o ajude – disse Aaron.

– Por que não me contou?

– Você teria acreditado se eu tivesse contado? Não vim para contar fábulas. Não vim para induzi-la a entrar para o Talamasca. Dei a você as informações que tinha sobre sua vida, sua família, o que era real para você.

Ela não respondeu. Aaron estava dizendo parte da verdade, aquela conhecida por ele, mas escondia algo. Todos escondiam algo. As flores sobre a mesa escondiam algo. Que toda vida é um processo impiedoso. Lasher era um processo.

– Essa criatura é uma imensa colônia de células microscópicas. Elas se alimentam de ar como uma esponja se alimenta do mar, devorando partículas tão minúsculas que o processo é contínuo e passa perfeitamente despercebido do organismo, das próprias organelas ou de qualquer coisa presente no ambiente. No entanto, todos os ingredientes básicos da vida estão ali: estrutura celular, com quase toda certeza, aminoácidos e DNA, bem como uma força organizadora que aglutina o todo, independentemente do seu tamanho, e que agora reage com perfeição à consciência do ser que pode reformular a entidade inteira à sua vontade.

Ela parou, examinando seu rosto para descobrir se ele estava ou não entendendo. Mas isso importava? Ela agora compreendia. Isso era o principal.

– Ele não é invisível; é simplesmente impossível de se ver. Ele não é sobrenatural. É apenas capaz de atravessar a matéria mais densa por suas células serem muitíssimo menores. Mas elas são eucariontes. As mesmas células que compõem o seu corpo ou o meu. De que modo ele adquiriu inteligência? Como chega a pensar? Não sei dizer, da mesma forma que não sei dizer como as células do embrião sabem formar olhos, dedos, fígado, coração e cérebro. Não há na face da terra um cientista que saiba por que um ovo fertilizado gera um pintinho ou por que uma esponja, mesmo pulverizada, volta à sua forma perfeita, com cada célula fazendo exatamente o que deve, num período de dias apenas.

"Quando soubermos isso, saberemos por que Lasher tem intelecto, pois ele possui uma força organizadora semelhante, sem um cérebro discernível. Basta dizer por agora que ele é pré-cambriano e autossuficiente e que, se não for imortal, sua vida talvez possa durar bilhões de anos. É concebível que ele tenha absorvido sua consciência da espécie humana; que, se a consciência emite alguma energia palpável, ele se alimentou dessa energia e uma mutação criou sua mente. Ele continua a se alimentar da consciência das Bruxas Mayfair e seus companheiros, e daí brotam seu conhecimento, sua personalidade e sua vontade.

"É também concebível que ele tenha começado um processo rudimentar de simbiose com formas superiores da matéria, capazes de atrair estruturas moleculares mais complexas para ele quando se materializa, simbiose que ele, então, desfaz antes que suas próprias células fiquem irremediavelmente presas a essas partículas mais pesadas. E essa dissolução se realiza num estado que beira o pânico. Pois ele teme uma união imperfeita, da qual não possa se livrar.

"Mas seu desejo de ser carne é tão forte que ele agora se dispõe a arriscar tudo para ter sangue quente e ser antropomórfico."

Ela parou mais uma vez.

– Talvez todas as formas de vida sejam pensantes – prosseguiu ela, com os olhos passeando pelo ambiente pequeno, pelas mesas vazias. – Talvez as flores nos observem. Talvez as árvores pensem e nos odeiem por podermos andar. Ou talvez, talvez elas não se importem. O que é apavorante em Lasher é que ele começou a se importar!

– Detenha-o – disse Aaron. – Agora você sabe o que ele é. Detenha-o. Não permita que ele assuma a forma humana.

Ela não disse nada. Olhou para a lã vermelha do casaco, de repente espantada com a cor. Nem mesmo se lembrava de tê-lo tirado do armário. Estava com a chave na mão, mas não trazia bolsa. Só sua conversa era real, e ela estava consciente da sua própria exaustão, da fina camada de suor nas suas mãos e no rosto.

– O que você disse é brilhante, Rowan. Você o tocou e o entendeu. Agora use o mesmo conhecimento para mantê-lo afastado.

— Ele vai matá-lo — disse ela, sem olhar para ele. — Sei que vai. É o que quer. Posso impedi-lo, mas o que posso usar para negociar com ele? Ele sabe que estou aqui. — Ela deu um risinho, com os olhos percorrendo o teto. Ele está conosco. Ele conhece todos os truques de que disponho. Está em toda parte. Como Deus. Só que não é Deus!

— Não. Ele não sabe tudo. Não permita que ele a engane. Examine a história. Ele comete erros demais. E você tem seu amor para manipular a criatura. Use sua determinação para entrar em acordo com ele. Além do mais, por que ele ia querer me matar? O que posso fazer contra ele? Convencê-la a não ajudá-lo? Seu sentido de moral é mais forte e mais preciso do que o meu.

— O que o fez pensar uma coisa dessas? — disse ela. — Que sentido moral? — Ocorreu-lhe que estava a ponto de entrar em colapso, que precisava sair dali e voltar para casa, onde pudesse dormir. Mas ele estava lá, à sua espera. Ele estaria onde quer que ela fosse. E ela havia vindo ali por um motivo: o de avisar Aaron. O de dar a Aaron uma última oportunidade.

Mas seria tão bom voltar para casa, dormir de novo, se ao menos ela não ouvisse aquele bebê chorando. Sentia que Lasher a envolvia com seus inúmeros braços, aconchegando-a num calor etéreo.

— Rowan, preste atenção.

Ela despertou como se de um sonho.

— Em todas as partes do mundo existem seres humanos com poderes excepcionais — dizia ele. — Mas você é um dos mais raros por ter encontrado um meio de usar seu poder para fazer o bem. Você não examina uma bola de cristal em troca de dólares, Rowan. Você cura. Você conseguiria atraí-lo para acompanhá-la nessa atividade? Ou será ele que vai afastá-la disso para sempre? Será que ele não vai extinguir seu poder com a criação de algum tipo de monstro mutante que o mundo não quer e que não pode suportar? Destrua-o, Rowan. Para o seu próprio bem. Não para o meu. Destrua-o em nome do que você sabe ser certo.

— É por isso que ele vai matá-lo, Aaron. Eu não consigo detê-lo se você o provoca. Mas por que é tão errado? Por que você se opõe tanto a isso? Por que mentiu para mim?

— Eu nunca menti. E você sabe por que isso não deve acontecer. Ele seria uma coisa sem uma alma humana.

— Isso é religião, Aaron.

— Rowan, ele não seria natural. Não precisamos de mais nenhum monstro. Nós mesmos já somos monstruosos o suficiente.

— Ele é tão natural quanto nós. É isso o que estou tentando dizer.

— Ele é tão diferente de nós quanto um inseto gigante, Rowan. Você criaria uma coisa desse tipo? Isso não era para acontecer.

— Não era. E as mutações são para acontecer? A cada segundo de cada minuto de cada dia, as células estão em mutação.

– Dentro de certos limites. Dentro de uma trajetória previsível. Os gatos não voam. Não nascem chifres nos homens. Existe um programa geral, e nós podemos passar a vida inteira a estudá-lo e a nos maravilharmos com o fato de ele ser tão magnífico. Lasher não faz parte desse programa.

– É o que você acha, mas e se não houver programa nenhum? E se o que houver for apenas um processo, apenas células que se multiplicam, e a sua metamorfose for tão natural quanto um rio que muda seu curso e encobre lavouras, casas, gado e pessoas? Como um cometa que colidisse com a terra?

– Você não procuraria salvar seres humanos que estão se afogando? Você não tentaria salvá-los do fogo do cometa? Está bem. Diga que ele é natural. Consideremos, então, que somos melhores do que natural. Nós almejamos mais do que o simples processo. Nossa moral, nossa compaixão, nossa capacidade de amar e de criar uma sociedade civilizada nos fazem melhores do que a natureza. Ele não tem nenhuma reverência por nada disso, Rowan. Olhe o que ele fez à família Mayfair.

– Ele a criou, Aaron!

– Não, não posso aceitar isso. Não posso.

– Você ainda está falando de religião, Aaron. Está falando com um moralismo empedernido. Não existe nenhum raciocínio lógico seguro para condenar Lasher.

– Mas existe. Tem de existir. A peste é natural, mas ninguém soltaria os bacilos da proveta para destruir milhões. Rowan, pelo amor de Deus, nossa consciência foi educada pela carne da qual surgiu. Como nós seríamos sem a capacidade de sentir dor física? E essa criatura, Lasher, nunca sangrou do menor ferimento que fosse. Ele nunca foi castigado pela fome nem estimulado pela necessidade de sobreviver. Ele é uma inteligência imoral, Rowan, e você sabe disso. Você sabe. E é isso o que eu chamo de não natural, por me faltar um termo melhor.

– Mera poesia moralista – disse ela. – Você me decepciona. Eu esperava que você me desse argumentos em troca do meu aviso. Esperava que você fortalecesse minha alma.

– Você não precisa dos meus argumentos. Examine sua própria alma. Você sabe o que eu estou tentando dizer. Ele é um raio laser provido de ambição. É uma bomba com raciocínio próprio. Permita sua passagem, e o mundo irá pagar por isso. Você será a mãe de uma catástrofe.

– Catástrofe – sussurrou ela. – Que linda palavra.

Como ele lhe parecia frágil. Pela primeira vez ela via sua idade nas rugas fundas do seu rosto, nas bolsas macias de carne em volta dos olhos claros, suplicantes. De repente, ele lhe pareceu fraco, tão desprovido da sua habitual eloquência e graça. Apenas um velho de cabelos brancos, a observá-la, cheio de um espanto infantil. Sem absolutamente nenhuma sedução.

– Você sabe o que isso poderia acabar representando, não sabe? – perguntou ela, entediada. – Quando se consegue eliminar o medo?

– Ele está mentindo para você. Está dominando sua consciência.

– Não ouse me dizer isso! – disse ela, sibilante. – Não é coragem da sua parte, é burrice. – Ela se encostou na cadeira procurando se acalmar. Em outros tempos, havia amado esse homem. Mesmo agora, não queria que sofresse nenhum mal. – Você não consegue ver o fim inevitável? – perguntou ela, conciliadora. – Se a mutação tiver sucesso, ele poderá se propagar. Se as células puderem ser enxertadas e multiplicadas em outros corpos humanos, todo o futuro da espécie humana pode ser alterado. Estamos falando de acabar com a morte.

– O eterno fascínio – comentou Aaron, em tom amargo. – A eterna mentira.

Ela sorriu ao ver que ele perdia o controle.

– Seu excesso de devoção me cansa. A ciência sempre foi o segredo. As bruxas sempre foram simplesmente cientistas. A magia sombria era um esforço no sentido da ciência. Mary Shelley viu o futuro. Os poetas sempre veem. E as crianças na terceira fileira do cinema sabem disso, quando veem o Dr. Frankenstein criar o monstro e erguê-lo em meio a uma tempestade elétrica.

– É uma história de horror, Rowan. Ele alterou a sua consciência.

– Não me insulte desse modo outra vez – disse ela, debruçando-se por cima da mesa. – Você é velho, e não lhe restam muitos anos de vida. Gosto de você pelo que você me deu, e não quero machucá-lo. Mas não me provoque e não provoque Lasher. O que estou dizendo é a verdade.

Ele não respondeu. Caiu num desconcertante estado de calma. Ela descobriu que seus pequenos olhos de avelã de repente se tornavam indecifráveis, e ficou assombrada com a força de Aaron. Isso fez com que sorrisse.

– Você não acredita no que estou dizendo? Você não quer registrar nos seus arquivos? Percebi isso no laboratório de Lemle quando vi aquele feto ligado a todos aqueles pequenos tubos. Você nunca soube por que eu matei Lemle, não é? Sabia que fui eu, mas não conhecia o motivo. Lemle estava no comando de um projeto no Instituto. Ele colhia células de fetos vivos e as usava em transplantes. Isso está sendo feito também em outros lugares. Dá para se ver as possibilidades, mas imagine experiências que envolvessem as células de Lasher, células que resistiram e sustentaram a consciência por bilhões de anos.

– Quero que ligue para Michael e peça que volte para casa.

– Michael não tem condições de detê-lo. Só eu posso detê-lo. Michael que fique onde não corre perigo. Você quer que Michael morra também?

– Preste atenção. Você pode fechar sua mente para essa criatura. Você pode esconder seus pensamentos dele com um simples ato da sua vontade. Existem técnicas tão antigas quanto as religiões mais antigas da terra, destinadas a nos proteger dos demônios. Ele só lê na sua mente o que você projeta até ele. Não é diferente da telepatia. Experimente e verá.

– E por que eu deveria fazer isso?

– Para se permitir tempo. Para se proporcionar um lugar seguro para uma decisão moral.

– Não, você não compreende o poder que ele tem. Nunca compreendeu. E não sabe como ele me conhece bem. Eis a questão. O que ele sabe de mim. – Ela abanou a cabeça. – Não quero fazer o que ele quer. Não quero mesmo. Mas é irresistível, entende?

– E Michael? E os seus sonhos do Centro Médico Mayfair?

– Ellie estava com a razão – disse ela, recostando-se na parede e desviando novamente o olhar, com as luzes do bar ligeiramente embaçadas. – Ellie sabia. O sangue de Cortland corria nas suas veias, e ela podia prever o futuro. Talvez fossem apenas formas e sensações indefinidas, mas sabia. Eu nunca deveria ter voltado para cá. Ele usou Michael para garantir que eu viesse. Eu sabia que Michael estava em Nova Orleans e, como uma cadela no cio, voltei por essa razão!

– Você não está dizendo a verdade. Quero que suba e que fique comigo.

– Você é tão bobo. Eu poderia matá-lo aqui neste instante, e ninguém jamais saberia. Ninguém a não ser a sua confraria e o seu amigo Michael Curry. E o que eles poderiam fazer? Está tudo terminado, Aaron. Eu posso lutar, posso recuar alguns passos e posso até conquistar uma vantagem ocasional. Mas está acabado. Michael estava destinado a me trazer de volta e me manter aqui, e cumpriu sua missão.

Ela começou a se levantar, mas ele segurou sua mão. Ela olhou para os dedos. Tão velhos. Sempre se pode dizer a idade de uma pessoa pelas mãos. E os outros estariam prestando atenção neles? Não importava. Nada importava neste pequeno ambiente. Ela começou a se afastar.

– E seu filho, Rowan?

– Michael lhe contou?

– Não precisou me contar. Michael foi enviado para amá-la para que você pudesse expulsar essa criatura de uma vez por todas. Para que você não tivesse de lutar sozinha.

– Você soube isso também sem que lhe dissessem?

– É, da mesma forma que você sabe.

Ela conseguiu soltar a mão.

– Vá embora, Aaron. Vá para bem longe. Vá se esconder na casa-matriz em Amsterdã ou em Londres. Esconda-se. Você vai morrer se não se esconder. E, se ligar para Michael, se você o chamar de volta para cá, eu juro que eu mesma o mato.

44

Absolutamente tudo havia dado errado. O telhado na Liberty Street estava vazando quando ele chegou, e alguém havia arrombado a loja da Castro Street por um mísero punhado de dólares na caixa. Seu imóvel na Diamond Street também havia sofrido vandalismo, e ele levou quatro dias para deixá-lo limpo antes de pôr à venda. Some-se a isso uma semana para encaixotar as antiguidades de tia Viv e embalar todas as suas bugigangas para que não se quebrassem. E ele receava confiar no pessoal da mudança com essas coisinhas. Depois, teve de trabalhar com o contador três dias inteiros para pôr em ordem seus impostos. Já 14 de dezembro, e ainda havia tanta coisa a ser feita.

Praticamente o único ponto positivo foi o de tia Viv ter recebido as duas primeiras caixas intactas e ter ligado para dizer como estava feliz por estar novamente com seus objetos queridos. Michael sabia que ela havia entrado para um clube de costura com Lily, e lá faziam *petit point* ao som de Bach? Ela achava extremamente elegante. E, agora que sua mobília estava a caminho, ela podia convidar todas aquelas simpáticas senhoras da família Mayfair para vir à sua casa. Michael era um amor. Simplesmente um amor.

– E eu vi Rowan no outro domingo, Michael. Ela estava dando um passeio, neste frio terrível, mas, sabe, ela afinal está começando a ganhar peso. Eu não quis dizer isso antes, mas ela andou tão magra e tão pálida. Foi maravilhoso ver uma cor de verdade no seu rosto.

Ele teve de rir com isso, mas sentia uma falta insuportável de Rowan. Não havia planejado ficar longe tanto tempo. Cada telefonema só piorava tudo, com aquela famosa voz aveludada o deixando louco.

Ela era compreensiva acerca das catástrofes imprevistas, mas ele percebia a preocupação por trás das suas perguntas. E ele não conseguia dormir depois das ligações. Ficava fumando um cigarro atrás do outro, bebendo cerveja demais e prestando atenção à interminável chuva de inverno.

San Francisco estava agora na estação úmida, e a chuva não parava desde sua chegada. Nem um pouco de céu azul, nem mesmo acima do morro da Liberty Street, e o vento parecia querer rasgar suas roupas quando ele punha os pés na rua. Agora usava as luvas o tempo todo só para se manter aquecido.

Agora, afinal, a velha casa estava quase vazia. Não restava nada a não ser as duas últimas caixas no sótão. E, por uma curiosa coincidência, esses pequenos tesouros eram o que ele havia vindo buscar para levar consigo para Nova Orleans. Ele estava ansioso para terminar.

Como tudo lhe havia parecido estranho: os cômodos menores do que se lembrava e a calçada em frente tão suja. A minúscula aroeira plantada por ele parecia estar a um passo da morte. Era impossível que ele tivesse vivido tantos anos aqui dizendo a si mesmo que era feliz.

Impossível também que ele precisasse ter de passar mais uma semana se matando de trabalhar, fechando e rotulando caixas na loja, examinando recibos de impostos e preenchendo vários formulários. É claro que ele podia mandar a firma de mudança fazer isso, mas não valia a pena levar alguns dos itens. E a separação era um pesadelo, com todas aquelas pequenas decisões.

– Melhor fazer agora do que deixar para depois. – Rowan dissera naquela tarde quando ele ligou para ela. – Mas quase não dá para aguentar. Diga uma coisa, você não mudou de ideia? Estou querendo falar de toda essa mudança. Não há momentos em que você simplesmente preferia continuar do lugar em que largou, como se não existisse Nova Orleans?

– Você está maluca? Eu só penso em voltar para você. Vou sair daqui antes do Natal. Não importa o que esteja acontecendo.

– Amo você, Michael. – Ela podia dizer isso mil vezes, que sempre parecia espontâneo. Era uma agonia não poder abraçá-la. Mas não havia um tom sombrio na sua voz, algo que ele não havia notado antes?

"Michael, queime tudo o que sobrou. É só fazer uma fogueira no quintal, pelo amor de Deus. Venha logo."

Ele lhe prometeu que terminaria na casa nessa noite, nem que morresse de tanto trabalhar.

– Não aconteceu nada, certo? Quer dizer, você não está assustada, está, Rowan?

– Não, não estou assustada. É a mesma casa lindíssima que você deixou. Ryan mandou entregarem uma árvore de Natal. Você precisa ver. Ela alcança o teto. Está só ali no salão, esperando que você e eu a decoremos. O perfume das folhas do pinheiro está em todos os cantos da casa.

– Isso é maravilhoso. Tenho uma surpresa para você... para a árvore.

– Tudo o que eu quero é você, Michael. Volte logo.

Quatro da tarde. A casa estava agora realmente vazia, oca e cheia de ecos. Ele parou no seu antigo quarto, que dava uma vista dos telhados escuros e reluzentes espalhados morro abaixo no bairro de Castro e, mais ao longe, os grupos de arranha-céus cinza-chumbo do centro da cidade.

Uma grande cidade, sim, e como ele poderia não se sentir grato por todas as coisas maravilhosas que ela lhe havia proporcionado? Uma cidade talvez incomparável. Mas já não era mais sua cidade. E sob um certo aspecto, nunca havia sido.

Voltar para casa.

Mas ele havia se esquecido novamente. As caixas no sótão, a surpresa, os objetos que ele queria acima de tudo.

Levando consigo o plástico de embalagens e uma caixa de papelão vazia, ele subiu pela escada, curvando-se sob o telhado inclinado, e ligou a lâmpada. Tudo estava limpo e seco, agora que o vazamento havia sido consertado. E o céu era da cor da ardósia do outro lado da janela da frente. E as duas últimas caixas, identificadas com a palavra "Natal" em tinta vermelha.

As lâmpadas para a árvore ele deixaria para o pessoal que ia alugar a casa. Sem dúvida, teriam uso para elas.

Mas os enfeites, ele agora reacondicionaria com cuidado. Não podia suportar a ideia de perder um sequer. E imaginar que a árvore já estava lá.

Arrastando a caixa para perto da lâmpada descoberta, ele a abriu e jogou fora o velho papel de seda. Ao longo dos anos, ele havia colecionado centenas de minúsculos enfeites de porcelana, adquiridos nas lojas especializadas da cidade. De quando em quando, ele próprio os vendia na Grandes Esperanças. Anjos, velhinhos, casinhas, cavalos de carrossel e outros penduricalhos delicados em *biscuit* primorosamente pintado. Ornamentos autênticos da era vitoriana não poderiam ter sido mais bem-feitos ou mais frágeis. Havia pequenos pássaros com penas de verdade, bolas de madeira decoradas com esmero com rosas exuberantes, bengalas de açúcar cande de porcelana, estrelas prateadas.

Ocorreram-lhe lembranças de Natais com Judith e com Elizabeth; e até mesmo do tempo em que sua mãe ainda vivia.

No entanto, ele se lembrou principalmente dos últimos Natais da sua vida, sozinho. Ele se forçava a cumprir os antigos rituais. E muito depois de tia Viv ter ido dormir, ele ainda estava sentado junto à árvore, com um copo de vinho na mão, perguntando-se para onde sua vida estava indo e por que motivo.

Bem, este Natal seria totalmente diferente. Todos aqueles enfeites maravilhosos teriam agora um objetivo. E, pela primeira vez, haveria uma árvore grande o suficiente para exibir a coleção por inteiro, bem como um ambiente imponente e magnífico com o qual os adornos realmente combinavam.

Aos poucos, ele começou a trabalhar, removendo cada enfeite do papel, reembalando-o no plástico e o guardando num pequeno saco plástico. Imagine a casa da First Street na véspera de Natal, com a árvore no salão. Imagine-a no ano seguinte, com a presença do bebê.

De repente, parecia impossível que sua vida pudesse ter sofrido uma mudança tão radical e fantástica. Eu devia ter morrido lá no mar, pensou.

E viu, não o mar de súbito no seu pensamento, mas a igreja no Natal quando era criança. Viu o presépio junto ao altar, e Lasher ali parado, Lasher, olhando para ele, quando Lasher era só o homem da First Street, alto, de cabelos escuros e uma palidez aristocrática.

Sofreu um calafrio. *O que estou fazendo aqui? Ela está lá sozinha. Impossível que ele não tenha aparecido para ela.*

A sensação foi tão sinistra, tão cheia de convicção, que o contaminou. Apressou-se com a embalagem. E, quando afinal terminou, ele limpou tudo, jogou o lixo pela escada abaixo, pegou a caixa dos enfeites e fechou o sótão pela última vez.

A chuva havia amainado quando ele chegou à agência dos correios da Eighteenth Street. Ele já estava esquecido de como era dirigir nesse trânsito engarrafado, movimentar-se eternamente em meio a multidões em ruas feias, estreitas, sem árvores. Até mesmo o bairro de Castro, que ele sempre havia adorado, agora lhe pareceu triste no trânsito do final da tarde.

Ficou na fila tempo demais para despachar a caixa, irritado com a habitual indiferença do funcionário, uma forma brusca que ele não havia encontrado uma vez sequer no Sul desde sua volta, e depois saiu às pressas no vento congelante, na direção da sua loja mais acima em Castro.

Ela não lhe mentiria. Não faria isso. A criatura estava com as suas velhas artimanhas. Mesmo assim, por que aquela aparição naquele Natal longínquo? Por que aquela expressão radiante, acima do presépio? Droga, talvez não significasse nada.

Afinal de contas, ele também havia visto o homem naquela noite inesquecível em que ouvira pela primeira vez a música de Isaac Stern. Ele havia visto o homem centenas de vezes ao passar a pé pela First Street.

No entanto, não conseguia suportar esse pânico. Assim que chegou à loja e trancou a porta, pegou o telefone e ligou para Rowan.

Nenhuma resposta. Era o meio da tarde em Nova Orleans, e lá fazia frio também. Talvez ela estivesse tirando uma soneca. Ele deixou tocar umas quinze vezes antes de desistir.

Olhou à sua volta. Tanta coisa ainda por fazer! Encontrar destino para toda a coleção de acessórios para banheiro de latão, e o que dizer das janelas de vitral em pilhas encostadas na parede dos fundos? Por que o arrombador não levou aquilo tudo?

Resolveu afinal encaixotar os papéis da escrivaninha, até mesmo o que iria para o lixo. Não havia tempo para organizar as coisas. Desabotoou os punhos da camisa, arregaçou as mangas e começou a enfiar os envelopes de papel pardo nas caixas de papelão. No entanto, por mais rápido que trabalhasse, sabia que não conseguiria sair de San Francisco antes de mais uma semana, na melhor das hipóteses.

Eram oito da noite quando finalmente saiu dali, e as ruas ainda estavam molhadas da chuva e apinhadas com a inevitável multidão a pé das noites de sexta-feira. As vitrinas iluminadas pareciam alegres aos seus olhos, e ele até gostou da música ensurdecedora dos bares gays. É, de vez em quando ele sentia falta desse movimento da cidade grande, isso tinha de admitir. Sentia falta da comunidade gay da Castro Street, bem como da tolerância que sua presença assinalava.

Estava, porém, cansado demais para pensar muito nisso e, com a cabeça baixa para se proteger do vento, foi subindo a ladeira para o lugar onde havia deixado o carro. Por um instante não pôde acreditar no que estava vendo: os dois pneus da frente haviam sido arrancados do velho sedã, a mala estava arrombada, e aquilo debaixo do para-choque dianteiro era seu próprio macaco.

– Malditos filhos da puta – xingou ele, baixinho, enquanto saía do fluxo de pedestres da calçada. – Não poderia ser pior se alguém tivesse planejado.

Algo planejado.

– *Eh bien, monsieur,* mais um pequeno desastre – disse alguém que lhe roçou o ombro.

– É, e eu que o diga – resmungou ele, entredentes, sem se incomodar em erguer os olhos e mal percebendo o sotaque francês.

– É muito azar, *monsieur,* tem razão. Talvez alguém tenha planejado mesmo.

– É, era isso o que eu mesmo estava pensando – disse ele com um pequeno sobressalto.

– Volte para casa, *monsieur.* É lá que a sua presença é necessária.

– Ei!

Ele se voltou, mas a criatura já estava seguindo adiante. Relance de cabelos brancos. Na realidade, a multidão praticamente o havia engolido. Tudo aquilo que Michael viu foi sua cabeça de costas, afastando-se rapidamente, e o que pareceu ser um paletó escuro.

Saiu correndo atrás do homem.

– Ei! – gritou novamente. Mas, ao chegar à esquina da Eighteenth e Castro, não viu mais a pessoa em parte alguma. Uma enorme multidão passava pelo cruzamento. E a chuva havia recomeçado. O ônibus, que mal começava a se afastar do meio-fio, soltou um arroto de fumaça negra.

Em desespero, os olhos de Michael passaram indiferentes pelo ônibus, quando ele se virou para voltar até o carro, e só por acaso ele viu de relance pelo vidro traseiro um rosto conhecido que o contemplava. Olhos negros, cabelos brancos.

... com os instrumentos mais simples e mais antigos às suas mãos, pois com esses poderá vencer, mesmo quando a vitória lhe pareça impossível...

– Julien!

... incapaz de acreditar nos seus próprios sentidos, mas confie no que sabe ser a verdade e no que sabe estar certo; acredite que tem o poder, o mero poder humano...

– É, concordo. Compreendo...

Com um movimento repentino e violento, ele foi levantado do chão. Sentiu um braço ao redor da cintura e uma pessoa de uma força enorme que o arrastava para trás. Antes que pudesse raciocinar ou começar a resistir, o para-lama vermelho vibrante de um carro subiu no meio-fio, batendo com estrondo no poste de luz. Alguém gritou. O para-brisa do carro pareceu explodir, com pepitas prateadas de vidro voando em todas as direções.

– Meu Deus! – Ele não conseguiu recuperar o equilíbrio. Caiu de volta sobre o mesmo cara que o havia tirado do caminho. As pessoas corriam na direção do carro. Alguém estava se mexendo ali dentro. O vidro ainda caía por toda a calçada.

– Você está bem?

– É. Estou. Estou bem. Tem uma pessoa presa ali dentro.

A luz intermitente de uma viatura da polícia o deixou ofuscado de repente. Alguém gritou para que o policial chamasse uma ambulância.

– Cara, ela quase o pegou – disse o homem que o havia tirado da frente do carro: um homem negro alto e forte com um casaco de couro, que sacudia a cabeça grisalha. – Você não viu aquele carro que vinha exatamente na sua direção?

– Não. Você salvou minha vida, sabia?

– Ora, eu só o tirei da frente. Não foi nada. Nem pensei no que estava fazendo.

– Um aceno de quem não dá importância, enquanto seguia em frente, com os olhos se detendo um pouco no carro vermelho e nos dois homens que tentavam tirar de dentro a mulher aos berros. Juntou mais gente, e uma policial começou a gritar para que todos recuassem.

Agora um ônibus estava bloqueando o cruzamento, e mais uma viatura da polícia acabava de parar. Os jornais da máquina de vender jornais derrubada estavam jogados pela calçada inteira, e o vidro cintilava na chuva como diamantes espalhados.

– Olhe, não sei como agradecer – gritou Michael.

Mas o homem já estava longe, subindo Castro a passos largos, com apenas um olhar de relance para trás e um último aceno despreocupado.

Michael ficou ali trêmulo encostado na parede do bar. As pessoas passavam empurrando aquelas que haviam parado para olhar. Ele sentiu o peito espremido, não exatamente uma dor, mas um aperto, o pulso forte e uma dormência que subia pelos dedos da mão esquerda.

Meu Deus, o que havia acontecido realmente? Ele não podia passar mal aqui. Tinha de voltar para o hotel.

Ele saiu desajeitado pela rua e passou pela policial, que lhe perguntou de supetão se ele havia visto o carro bater no poste. Não, ele tinha de admitir que não havia visto. Um táxi logo ali. Pegar o táxi.

O motorista podia tirá-lo dali se voltasse de ré por Eighteenth e fizesse uma curva acentuada para entrar em Castro.

– Preciso ir até a St. Francis, Union Square.

– Está passando bem?

– Estou. Mais ou menos.

Julien havia falado com ele, disso não tinha dúvida. Julien, que ele vira através da janela do ônibus! Mas e aquele maldito carro?

Ryan não poderia ter sido mais prestativo.

– É claro que podíamos tê-lo ajudado com tudo isso antes, Michael. É para isso que estamos aqui. Amanhã de manhã, uma pessoa estará aí para preparar um inventário e mandar encaixotar todo o estoque. Vou procurar um corretor de imóveis de confiança, e podemos examinar os preços quando você chegar aqui.

– Não me agrada incomodá-lo, porém não consigo entrar em contato com Rowan, e estou com uma impressão de que tenho de voltar para aí.

– Bobagem, estamos aqui para cuidar das coisas para vocês, das grandes e das pequenas. Agora, você fez reserva para voltar? Por que não me deixa cuidar disso para você? Não saia daí e espere meu telefonema.

Ficou, então, deitado na cama, fumando seu último Camel, olhando para o teto. A dormência na mão esquerda havia passado, e ele agora se sentia bem. Nenhuma náusea ou tontura ou qualquer outra coisa de importância, no que lhe dizia respeito. E ele não se importava. Aquela parte não era real.

Real era o rosto de Julien na janela do ônibus. E depois aquele fragmento das visões que o dominou, mais forte do que nunca.

Mas será que tudo aquilo não havia sido planejado só para levá-lo àquela esquina perigosa? Só para deslumbrá-lo e deixá-lo plantado imóvel na trajetória daquele carro desgovernado? Do mesmo jeito que havia sido colocado no trajeto do barco de Rowan?

Ah, como a recordação havia sido envolvente! Ele fechou os olhos, viu novamente seus rostos, de Deborah e Julien, ouviu suas vozes.

... que você tem o poder, o simples poder humano...

Tenho, tenho, sim. Acredito em vocês! É uma guerra entre vocês e ele, e mais uma vez vocês se esforçaram e me tocaram no exato momento do ardil de Lasher, no instante em que o desastre cuidadosamente orquestrado por ele estava ocorrendo.

Tenho de acreditar nisso. Porque, se não acreditar, vou enlouquecer. *Volte para casa, monsieur. É lá que a sua presença é necessária.*

Ele estava ali deitado, com os olhos fechados, cochilando, quando o telefone tocou.

– Michael? – Era Ryan.

– Eu mesmo.

– Ouça. Consegui que você volte num avião particular. Assim é muito mais simples. É o avião da cadeia de hotéis Markham Harris, e eles terão o maior prazer em nos ajudar. Uma pessoa está indo buscá-lo. Se precisar de ajuda com a bagagem...

– Não, basta que me diga a hora, e eu estarei pronto. – Que cheiro era aquele? Ele não havia apagado o cigarro.

– O que acha de daqui a uma hora? Vão ligar para você do saguão. E Michael, por favor, de agora em diante, não hesite em nos pedir qualquer coisa, qualquer ajuda mesmo.

– Está bem, Ryan, obrigado. É muita gentileza sua. – Ele estava olhando para o buraco em brasa na colcha no lugar em que havia deixado cair o cigarro quando adormeceu. Meu Deus, era a primeira vez que fazia uma coisa desse tipo! E o quarto já estava cheio de fumaça. – Muito obrigado, Ryan, obrigado por tudo!

Desligou, foi até o banheiro, encheu o balde de gelo com água e espalhou a água rapidamente sobre a cama. Puxou, então, a colcha queimada e os lençóis e derramou mais água no furo escuro e fedorento no colchão. Seu coração batia descompassado novamente. Ele foi até a janela, tentou forçá-la, percebeu que não ia abrir e depois se jogou numa poltrona olhando a fumaça aos poucos se dissolver.

Quando as malas estavam prontas, ele tentou mais uma vez falar com Rowan. Ninguém atendia. Deixou tocar quinze vezes, e nada. Estava a ponto de desistir quando ouviu sua voz grogue.

– Michael? Eu estava dormindo. Desculpe, Michael.

– Querida, preste atenção. Sou irlandês e muito supersticioso, como nós dois sabemos.

– Do que você está falando?

– Estou passando por um período de má sorte, de azar mesmo. Faça uma pequena bruxaria para mim, Rowan, por favor. Jogue uma luz branca ao meu redor. Já ouviu falar nisso?

– Não. Michael, o que está acontecendo?

– Estou voltando para casa, Rowan. Agora, querida, basta que imagine uma luz branca à minha volta, que me proteja de tudo de mau neste mundo até eu chegar aí. Entendeu o que estou dizendo? Ryan conseguiu um avião para mim. Embarco dentro de uma hora.

– Michael, o que está acontecendo?

Será que ela estava chorando?

– Faça o que pedi, Rowan, sobre a luz branca. Confie em mim nesse ponto. Esforce-se para me proteger.

– Uma luz branca – sussurrou ela. – Em toda a sua volta.

– Isso. Uma luz branca. Amo você, querida. Já estou voltando.

45

– Ah, este é o nosso pior inverno – disse Beatrice. – Sabe que estão dizendo que até podemos ter neve? – Ela se levantou e pôs o copo de vinho no carrinho. – Bem, querida, você teve uma enorme paciência. E eu estava tão preocupada. Agora que vi que você está bem, e que essa casa imensa está bem aquecida e alegre, vou embora.

– Não foi nada, Bea – disse Rowan, apenas repetindo o que já havia explicado. – Só uma depressão por Michael ficar tanto tempo longe.

– E a que horas você espera que ele chegue?

– Ryan disse antes do amanhecer. O voo deveria ter decolado há uma hora, mas o Aeroporto Internacional de San Francisco está fechado por causa da neblina.

– Detesto o inverno!

Rowan não se deu ao trabalho de esclarecer que o San Francisco era frequentemente fechado para pouso e decolagem também no verão. Simplesmente ficou olhando Beatrice vestir a pelerine de *cashmere*, cobrindo com o capuz gracioso seus cabelos cinzentos muito bem penteados.

Ela acompanhou Beatrice até a porta.

– Bem, não se esconda dentro da concha desse jeito. Nos deixa preocupados demais. Ligue para mim quando estiver triste que eu a animo.

– Você é maravilhosa – disse Rowan.

– Só não queremos que você fique assustada aqui. Ora, eu devia ter aparecido antes.

– Não estou assustada. Adoro a casa. Não se preocupe. Ligo para você amanhã a qualquer hora. Assim que Michael chegar, tudo estará bem. Vamos decorar a árvore juntos. Você precisa vir vê-la, é claro.

Ficou olhando Beatrice descer a escada de mármore e sair pelo portão, com uma corrente de ar gelado entrando pelo corredor. Depois fechou a porta da frente.

Permaneceu ali parada muito tempo, com a cabeça baixa, deixando que o calor a envolvesse, e depois voltou para o salão e ficou olhando a enorme árvore verde. Ela estava logo depois do arco, tocando o teto. Nunca havia visto uma árvore de Natal com um triângulo mais perfeito. Ela encobria toda a janela que dava para a varanda lateral. E pouquíssimas folhas haviam caído no chão encerado abaixo dela. Parecia selvagem, primitiva, como se parte da floresta estivesse ali dentro da casa.

Foi até a lareira, sentou-se e pôs mais uma pequena tora de madeira no fogo.

– Por que você tentou ferir Michael? – sussurrou ela, olhando para as chamas.

– Não tentei feri-lo.

– Você está mentindo para mim. Tentou ferir Aaron também?

– Faço o que você manda, Rowan. – A voz era grave e suave, como sempre. – Minha vida é lhe agradar.

Ela se sentou sobre os calcanhares, de braços cruzados, com os olhos se enevoando de tal modo que as chamas se dissolveram num grande borrão cintilante.

– Ele não deve suspeitar de nada, você está me ouvindo?

– Eu sempre a ouço, Rowan.

– Ele tem de acreditar que tudo está como antes.

– É esse o meu desejo, Rowan. Estamos de acordo nesse ponto. Temo a inimizade de Michael porque isso a fará infeliz. Só farei o que você quiser.

Só que isso não poderia se perpetuar, e de repente o medo que se abateu sobre ela foi tão completo que ela não pôde falar nem se mexer. Não pôde tentar disfarçar seus sentimentos. Não pôde se retirar para um santuário íntimo na sua mente, como Aaron lhe havia recomendado. Ficou ali sentada, trêmula, olhando para as chamas.

– Como isso vai terminar, Lasher? Eu não sei fazer o que você quer que eu faça.

– Você sabe, Rowan.

– Levaria anos de estudo. Sem uma compreensão maior de você, não sei nem por onde começar.

– Ah, mas você sabe tudo de mim, Rowan. E você quer me enganar. Você me ama, mas não me ama. Você me atrairia para um corpo se soubesse como fazer isso, só para me destruir.

– Eu faria isso?

– Faria. É uma agonia sentir seu medo e seu ódio, quando sei a felicidade que nos espera. Quando vejo tão longe.

– E o que você quer? O corpo de um homem vivo? Tornado inconsciente por algum tipo de trauma, para que você pudesse começar sua fusão sem o obstáculo da mente? Isso é assassinato, Lasher.

Silêncio.

– É isso o que você quer? Que eu cometa um assassinato? Porque nós dois sabemos que poderia ser feito assim.

Silêncio.

– E eu não vou cometer nenhum crime por você. Não vou matar nenhum ser vivo para você poder viver.

Ela fechou os olhos. Conseguia ouvi-lo se concentrando, ouvir a pressão aumentando, o farfalhar das cortinas quando ele passava por elas, contorcendo-se e preenchendo o salão ao seu redor, roçando no seu cabelo e no seu rosto.

– Não. Deixe-me em paz – suspirou ela. – Quero esperar por Michael.

– Agora, Rowan, ele não será mais suficiente para você. Sinto dor ao vê-la chorar, mas estou dizendo a verdade.

– Meu Deus, como eu o odeio! – sussurrou ela, limpando os olhos com o dorso da mão. Através das lágrimas, ela olhou para a enorme árvore verde.

– É, mas você não me odeia, Rowan. – Dedos que lhe acariciavam os cabelos, afastando-os da testa; dedos que lhe afagavam o pescoço.

– Deixe-me em paz agora, Lasher – implorou ela. – Se me ama, deixe-me em paz.

Leiden. Ela sabia que era o sonho de novo e queria acordar. Além disso, o bebê precisava dela. Ela o ouvia chorar. Quero sair do sonho. Mas eles estavam todos reunidos às janelas, horrorizados com o que estava acontecendo a Jan van Abel, com a multidão a esquartejá-lo.

— Não guardaram segredo — disse Lemle. — É impossível que os ignorantes compreendam a importância das experiências. O que se faz ao manter segredo é apenas assumir a responsabilidade plena.

— Em outras palavras, protegê-los — disse Larkin.

Ele apontou para o corpo sobre a mesa. Quanta paciência a do homem que estava ali deitado, com os olhos abertos e aqueles minúsculos órgãos que lembravam botões de flores a tremer. E as pernas e braços tão pequenos.

— Não consigo pensar com o bebê chorando.

— Você precisa ter uma visão geral, da vantagem maior.

— Onde está Petyr? Petyr deve estar enlouquecido depois do que aconteceu com Jan van Abel.

— O Talamasca irá cuidar dele. Estamos esperando que você comece.

Impossível. Ela não tirava os olhos do homenzinho de pernas e braços deformados e órgãos diminutos. Só a cabeça era normal. Aquela era uma cabeça de tamanho normal.

— Um quarto do tamanho do corpo, para ser exato.

É, a proporção conhecida, pensou ela. Depois, o horror a dominou enquanto ela olhava para o corpo. Mas estavam quebrando as janelas. A multidão invadia os corredores da Universidade de Leiden, e Petyr vinha na sua direção.

— Não, Rowan. Não.

Ela acordou sobressaltada. Passos na escada. Saiu da cama.

— Michael?

— Sou eu, querida.

Só uma grande sombra no escuro, cheirando ao frio do inverno, e depois as mãos quentes e trêmulas que a tocavam. Ásperas e ternas, e o rosto apertado contra o dela.

— Ah, meu Deus, Michael, como você demorou! Por que me deixou?

— Rowan, querida...

— Por quê? — Ela soluçava. — Não me solte, Michael, por favor. Não me solte.

Ele a aconchegou nos braços.

— Você não devia ter ido, Michael. Não devia. — Ela chorava e sabia que ele não podia nem mesmo entender o que ela estava dizendo, que não devia estar dizendo, e afinal apenas o cobriu de beijos, saboreando o sal e a aspereza da sua pele e a delicadeza desajeitada das suas mãos.

— Fale qual foi o problema. O que houve?

— É que amo você. Que, quando você não está aqui, é como... como se você não existisse.

Ela estava meio acordada quando ele saiu de mansinho. Ela não queria que o sonho voltasse. Antes estava deitada ao seu lado, aconchegada ao seu peito, como duas colheres, segurando firme seu braço, e agora, quando ele saiu da cama, ela ficou espiando de um jeito quase furtivo enquanto ele vestia o jeans e enfiava pela cabeça a camisa de rúgbi de mangas compridas.

– Fique aqui – sussurrou ela.

– A campainha está tocando. É a minha pequena surpresa. Não, não se levante. Não é nada, verdade. Só uma coisa que eu trouxe de San Francisco. Por que você não continua dormindo?

Ele se abaixou para lhe dar um beijo e ela puxou seu cabelo. Trouxe-o mais para perto de si com seus dedos insistentes, até sentir o cheiro morno da sua testa e beijar sua pele lisa, com o osso por baixo como uma pedra. Ela não sabia por que gostava tanto dessa sensação, a pele tão úmida, tão quente, tão real. Beijou-o com força na boca.

Antes mesmo que seus lábios se afastassem, o sonho voltou.

Não quero ver aquele homúnculo na mesa.

– O que ele é? Não pode estar vivo.

Lemle estava com o jaleco, a máscara e as luvas para a cirurgia. Ele olhou para ela por baixo das sobrancelhas musgosas.

– Você nem fez a assepsia. Lave-se. Preciso de você. – As lâmpadas eram como dois olhos impiedosos voltados para a mesa.

Aquela coisa com seus órgãos reduzidos e seus olhos enormes.

Lemle segurava alguma coisa com a pinça. E o pequeno corpo aberto ao meio na incubadora fumegante ao lado da mesa era um feto que dormia com o peito arfando. Aquilo na pinça era um coração, não era? Monstro, por fazer uma coisa dessas.

– Vamos ter de trabalhar rápido enquanto o tecido está no ponto ótimo...

– É muito difícil a travessia para nós – disse a mulher.

Rembrandt estava sentado à janela, tão cansado na sua velhice, com o nariz abatatado, o cabelo ralo. Ele ergueu os olhos para ela, sonolento, quando ela lhe perguntou o que achava. Depois, ele pegou a mão de Rowan e a colocou sobre seu peito.

– Conheço esse quadro, a jovem noiva.

Ela acordou. O relógio havia batido as duas. Dormindo, ela havia esperado, achando que haveria mais batidas, talvez dez, o que significaria que ela havia dormido até tarde. Mas duas? Era tão tarde!

Ela ouviu a música ao longe. Um cravo tocava, e uma voz grave cantava uma canção de Natal lenta e lamentosa, uma antiga canção céltica, sobre uma criança posta na manjedoura. Cheiro da árvore de Natal, uma fragrância delicada, e da lareira acesa. Uma delícia de calor.

Ela estava deitada de lado, olhando para a janela, para a camada de gelo que se grudava nas vidraças. Bem devagar, uma figura começou a se formar, um homem, com as costas para o vidro e com os braços cruzados.

Ela contraiu os olhos, observando o processo: o rosto bem bronzeado que entrava em foco, com bilhões de células ínfimas a formá-lo, e o profundo brilho verde dos olhos. A perfeita réplica do jeans e da camisa. Detalhes como os de uma fotografia de Richard Avedon, na qual cada fio de cabelo tem brilho e nitidez. Ele relaxou os braços e se aproximou dela. Ela via e ouvia o movimento das roupas. Quando ele se debruçou sobre ela, ela viu os poros da sua pele.

Quer dizer que estamos com ciúme, é verdade? Ela tocou seu rosto, tocou sua testa como havia tocado a de Michael e sentiu uma pulsação nela, como se houvesse realmente ali um corpo.

– Minta para ele – disse ele, em voz baixa, mal mexendo com os lábios. – Se você o ama, minta para ele.

Ela quase sentia a respiração lhe tocar o rosto. Depois, percebeu que via através do rosto, que via a janela ali atrás.

– Não, não relaxe. Segure firme.

No entanto, a imagem inteira sofreu uma convulsão. Depois estremeceu como um recorte de papel ao vento. Ela sentiu seu pânico em espasmos de calor.

Estendeu a mão para pegar seu pulso, mas a mão se fechou no nada. Uma corrente de ar quente passou por ela e por cima da cama, as cortinas se enfunaram por um instante, e a condensação aumentou e ficou mais branca nas vidraças.

– Beije-me – sussurrou ela, fechando os olhos. Como madeixas de cabelo a lhe roçar o rosto e os lábios. – Não. Isso não basta. Quero que me beije. – Só muito devagar a densidade aumentou e o toque ficou mais palpável. Ele estava cansado da materialização. Cansado e ligeiramente assustado. As suas células e as outras quase haviam sofrido uma fusão molecular. Devia ter sobrado algum resíduo em algum canto, ou os minúsculos fragmentos de matéria haviam se dispersado tanto a ponto de penetrarem pelas paredes e pelo teto do mesmo jeito que ele penetrava. – Beije-me! – Ela exigiu. Sentiu que ele se esforçava. E só então conseguiu criar lábios invisíveis para o beijo, empurrando uma língua invisível para dentro da sua boca.

Minta para ele.

Claro. Eu amo vocês dois, não amo?

Ele não a ouviu descer a escada. As cortinas estavam totalmente fechadas, e o corredor escuro, silencioso e aquecido. A lareira da frente do salão estava acesa. E a única outra iluminação vinha da árvore, que agora estava enfeitada com inúmeras lâmpadas que piscavam.

Ela ficou no portal a olhar para ele, sentado no alto da escada de madeira, fazendo algum pequeno ajuste e assoviando baixinho a acompanhar a gravação da velha canção de Natal irlandesa.

Tão triste. Ela fazia com que Rowan se lembrasse de um bosque antigo e denso no inverno. E o assovio era um som tão baixo, tranquilo e quase inconsciente.

Ela já conhecia aquela canção. Tinha uma vaga recordação de tê-la ouvido com Ellie, e de Ellie ter chorado com ela.

Encostou-se no batente da porta, apenas olhando para aquela árvore imensa, toda salpicada de pequenas lâmpadas como estrelas, e sentindo seu forte perfume de mato.

– Ah, aqui está ela, minha bela adormecida. – Ele lhe deu um daqueles seus sorrisos cheios de carinho e proteção que faziam com que ela tivesse vontade de correr para os seus braços. Mas não se mexeu. Ficou olhando enquanto ele descia da escada, com movimentos rápidos e ágeis, e se aproximava dela. – Está melhor, agora, minha princesa?

– Ela é tão linda. E a canção é tão triste. – Ela o enlaçou pela cintura e encostou a cabeça no seu ombro enquanto olhava para a árvore. – A decoração está perfeita.

– É, mas agora vem a parte interessante – disse ele, dando-lhe um beliscão na bochecha, puxando-a para dentro do salão e na direção da pequena mesa junto às janelas. Uma caixa de papelão estava aberta, e ele fez um gesto para ela olhar ali dentro.

– Não são uma gracinha? – Ela pegou um pequeno anjo de *biscuit* branco, com as bochechas ligeiramente rosadas e asas douradas. E aqui, um pequeno e lindo Papai Noel, com todos os detalhes, um pequeno boneco de porcelana vestido com veludo vermelho de verdade. – Ah, são perfeitos. De onde foi que vieram? – Ela pegou a maçã dourada e uma bela estrela de cinco pontas.

– Eu já os tenho há anos. Estava na universidade quando comecei a coleção. Nunca imaginei que fossem para esta árvore e para esta sala, mas eram. Pronto, você escolhe o primeiro. Estava esperando por você. Achei que devíamos pôr os enfeites juntos.

– O anjo – disse ela. Ela o pegou pelo gancho e o levou até junto da árvore, para melhor vê-lo à luz suave. Ele segurava uma pequena harpa dourada, e até seu rostinho estava pintado com uma delicada boca vermelha e olhos azuis. Ela o levantou o mais alto que pôde e passou o gancho sobre a parte mais grossa de um galho trêmulo. O anjo oscilou, com o gancho quase invisível no escuro, e ficou ali suspenso, como um beija-flor adejando.

– Você acha que os anjos fazem isso, param em pleno ar como os beija-flores? – perguntou ela, baixinho.

– Provavelmente, sim. Você conhece os anjos. É bem provável que sejam uns exibicionistas e que possam fazer o que quiserem. – Ele parou atrás dela e lhe beijou os cabelos.

– O que eu pude fazer sem você aqui? – disse ela. Quando os braços de Michael envolveram sua cintura, ela os segurou com as mãos, apreciando os músculos rijos, os dedos grandes e fortes que a apertavam.

Por um instante, as dimensões da árvore e o belo jogo das luzes que piscavam nos galhos densos e sombrios encheram completamente sua visão. E a música tristonha do cântico de Natal encheu seus ouvidos. O instante ficou em suspenso, como o anjinho delicado. Não havia futuro, nem passado.

– Estou tão feliz por você estar de volta – sussurrou ela, fechando os olhos. – Aqui estava insuportável sem você. Nada faz sentido sem você. Não quero nunca mais ficar sem você. – Um grande espasmo de dor passou por ela, um tremor terrível e cruel que ela prendeu dentro de si, ao se voltar mais uma vez para encostar a cabeça no peito de Michael.

46

Vinte e três de dezembro. Frio intenso nesta noite. Lindo, quando todos os parentes estavam sendo esperados para coquetéis e cânticos de Natal. Imagine todos aqueles carros vindo pelas ruas geladas. Mas era maravilhoso ter esse tempo limpo e frio para o Natal. E havia previsões de neve.

– Um Natal com neve, dá para você imaginar? – disse Michael. Ele olhava lá para fora pela janela do quarto da frente enquanto vestia o suéter e o casaco de couro. – Talvez até neve hoje à noite.

– Isso seria fantástico para a festa, fantástico para o Natal.

Ela estava aconchegada na poltrona junto ao aquecedor a gás, com um acolchoado sobre os ombros, seu rosto estava rosado e ela simplesmente estava mais delicada e arredondada. Dava para se ver. Uma mulher com um neném ali dentro, positivamente radiante, como se tivesse absorvido a luz do fogo.

Ela nunca havia parecido mais despreocupada e alegre.

– Seria mais um presente de Natal para nós, Michael.

– É, mais um – disse ele, olhando pela janela. – E você sabe que estão dizendo que vai acontecer. E vou dizer mais uma coisa, Rowan. Também tivemos um Natal com neve no ano em que fui embora.

Ele tirou o cachecol de lã da gaveta da cômoda e o ajeitou dentro da gola do casaco. Depois, pegou as luvas grossas, forradas de lã.

– Nunca vou me esquecer – prosseguiu ele. – Foi a primeira vez que vi neve. Saí passeando por aqui pela First Street e, quando cheguei em casa, descobri que meu pai havia morrido.

– Como foi que aconteceu? – Ela aparentava tanta compaixão, com os olhos levemente contraídos. Seu rosto era tão sereno que, quando ocorria a menor perturbação, parecia que uma sombra caía sobre ela.

– Um incêndio num grande armazém em Tchoupitoulas. Eu nunca soube dos detalhes. Parece que o comandante deu ordem para que eles se protegessem do telhado, que ele estava a ponto de desmoronar. Um cara caiu, ou sei lá o quê, e meu pai voltou correndo para ajudá-lo, e foi aí que o telhado começou a vergar. Dizem que ele simplesmente rolou como uma onda no oceano e caiu. O armazém inteiro explodiu. Na realidade, perderam três bombeiros naquele dia, e lá estava eu passeando no Garden District, só apreciando a neve. Foi por isso que fomos para a Califórnia. Todos os parentes estavam mortos, todos aqueles tios e tias. Enterrados no cemitério de São José. Todos, pela Lonigan & Sons.

— Deve ter sido tão horrível para você.

Ele abanou a cabeça.

— A pior parte foi a alegria por estar indo para a Califórnia e a consciência de que nunca teríamos podido ir se ele não tivesse morrido.

— Venha, sente-se e tome seu chocolate. Ele está esfriando. Bea e Cecilia estarão aqui a qualquer instante.

— Preciso ir andando. Coisas demais a fazer. Tenho de ir até a loja, ver se as caixas já chegaram. Ah, preciso confirmar com o pessoal do bufê... Eu me esqueci de ligar para eles.

— Não precisa ligar. Ryan já se encarregou. Disse que você faz coisas demais sozinho. Disse que você deveria ter mandado um bombeiro embrulhar os canos todos.

— Gosto de fazer esse tipo de coisa. Esses canos vão congelar de qualquer jeito. Droga. Este deve ser o pior inverno nos últimos cem anos.

— Ryan diz que você deve considerá-lo uma espécie de administrador particular. Ele disse ao pessoal do bufê que chegasse às seis. Assim, se alguém chegar antes da hora...

— Boa ideia. Vou estar de volta antes disso. Tudo bem. Ligo para você mais tarde da loja. Se precisar que eu traga alguma coisa...

— Ei, você não pode sair deste quarto sem me dar um beijo.

— Claro que não. — Ele se inclinou e a cobriu de beijos grosseiros e apressados, fazendo com que ela risse baixinho. Depois beijou sua barriga.

— Até logo, Little Chris. Já estamos quase no Natal, Little Chris.

À porta, ele parou para calçar as luvas grossas e lhe mandou mais um beijo.

Ela parecia um quadro na poltrona *bergère* de espaldar alto, sentada sobre os próprios pés. Até sua boca estava com um belo colorido. E, quando ela sorriu, ele viu as covinhas no seu rosto.

Sua respiração fazia vapor no ar quando ele pôs os pés fora de casa. Havia anos que ele não sentia um frio desse tipo, tão revigorante. E o céu era de um azul tão vivo. Iam perder as bananeiras, e ele odiava essa ideia; mas as lindas camélias e azaleias estavam aguentando bem. Os jardineiros haviam plantado grama de inverno, e o gramado parecia um veludo.

Ele olhou por um instante para a extremosa nua. Estaria ouvindo novamente aqueles tambores do Carnaval nos ouvidos?

Deixou a caminhonete se aquecer por uns dois minutos antes de sair. Depois saiu direto na direção da ponte. Levaria uns quarenta e cinco minutos para chegar a Oak Haven se conseguisse desenvolver uma boa velocidade na estrada ribeirinha.

47

— Quais foram o pacto e a promessa? – perguntou ela.

Estava parada no quarto do sótão, tão limpo e árido com suas novas paredes brancas, suas janelas que davam vista para os telhados. Nenhum traço de Julien. Nem de todos os livros antigos.

– Isso agora não tem importância – respondeu ele. – A profecia está a um passo de ser cumprida, e você é a porta.

– Eu quero saber. Qual foi o pacto?

– Essas foram palavras ditas por lábios humanos por meio das gerações.

– É, mas o que significam?

– Foi o pacto que fiz com a minha bruxa, de que obedeceria às suas ordens mais ínfimas se ela apenas gerasse uma menina que herdasse seu poder e o poder de me ver e de me dar ordens. Eu lhe traria toda a riqueza; concederia todos os favores. Eu examinaria o futuro para que ela pudesse conhecê-lo. Eu retribuiria todos os insultos e desfeitas. E em troca a bruxa se esforçaria para ter uma filha que eu pudesse amar e servir como havia feito com a bruxa, e essa criança me veria e me amaria.

– E essa criança deveria ser mais forte do que a mãe, levando na direção do número treze.

– É, com o tempo cheguei a ver o treze.

– Não foi desde o início?

– Não. Com o tempo eu vi. Vi o poder que se acumulava e se aperfeiçoava. Vi que ele era alimentado pelos homens fortes da família. Vi Julien com um poder tão imenso que suplantou o da sua irmã, Katherine. Vi Cortland. Vi o caminho até o portal. E agora você está aqui.

– Quando você falou às suas bruxas sobre o treze?

– Na época de Angélique. Mas você deve ter em mente como era simples meu próprio entendimento do que eu via. Eu mal podia explicar. As palavras eram uma novidade total para mim. O processo de pensar cronologicamente era novo. E, por isso, a profecia foi encoberta de mistério, não por intenção minha, mas por acaso. Mesmo assim, ela agora está a um passo de se realizar.

– Você prometeu *apenas* seus serviços ao longo dos séculos?

– E isso não seria o suficiente? Você não vê o que os meus serviços produziram? Você está na casa criada por mim e pelos meus serviços. Você sonha com hospitais que irá construir com a fortuna proporcionada por mim. Você mesma disse a Aaron que eu havia criado as Bruxas Mayfair. Estava dizendo a verdade. Olhe para as numerosas ramificações dessa família. Toda essa riqueza teve origem em mim. Minha generosidade alimentou e vestiu inúmeros homens e mulheres do mesmo sobrenome que nada sabem de mim. Basta que *você* me conheça.

– Você não prometeu nada mais?

– O que mais eu posso dar? Quando eu for de carne, serei seu servo como sou agora. Serei seu amante, seu confidente, seu discípulo. Ninguém poderá derrotá-la se você me tiver.

– Salvas. O que tinha a ver com isso a história de serem salvas, o velho ditado de que, quando a porta se abrisse, as bruxas seriam salvas?

– Mais uma vez, você me vem com palavras desgastadas e velhos fragmentos.

– É, mas você se lembra de tudo. Esclareça para mim a origem dessa ideia, de que as bruxas seriam salvas.

Silêncio.

– As treze bruxas seriam elevadas naquele instante do meu triunfo final. Com o prêmio a Lasher, seu fiel criado, a perseguição a Suzanne e a Deborah seria vingada. Quando Lasher passar pelo portal, Suzanne não terá morrido em vão. Deborah não terá morrido em vão.

– E esse é o total significado do termo "salvas"?

– Você agora tem a explicação completa.

– E como isso deverá acontecer? Você me diz que, quando eu souber, você saberá; e afirmo que não sei.

– Lembre-se da sua conversa com Aaron. Que eu estou vivo e pertenço à vida. Que minhas células podem se fundir com as células dos corpos e que isso se dá através da mutação e da entrega.

– Ah, mas aí está o segredo. Você tem medo dessa entrega. Você tem medo de ficar preso a uma forma da qual não possa escapar. Você percebe, não é verdade, o que significa ser de carne e osso? Que você pode perder sua imortalidade? Que, mesmo na transmutação, você poderia ser destruído?

– Não. Não vou perder nada. E, quando eu for criado na minha nova forma, abrirei o caminho de uma nova forma para você. Você sempre soube. Soube quando pela primeira vez ouviu a antiga lenda dos seus parentes. Você soube por que razão eram doze gavetas e um portal.

– Você está dizendo que eu posso me tornar imortal.

– É.

– É isso o que você vê?

— É isso o que sempre vi. Você é a minha companheira perfeita. Você é a maior de todas as bruxas. Tem a força de Julien e de Mary Beth, e a beleza de Deborah e de Suzanne. Todas as almas das mortas estão na sua alma. Viajando pelo mistério das células, elas chegaram até você para moldá-la e aperfeiçoá-la. Você tem o mesmo brilho de Charlotte. É mais bonita do que Marie Claudette ou Angélique. Você tem aí dentro um fogo mais quente do que o de Marguerite ou do que o de Stella, com seu triste destino. A sua visão é muito maior do que a da minha querida Antha ou de Deirdre. Você é única.

— As almas dos mortos estão nesta casa?

— As almas dos mortos se foram desta terra.

— Então, o que Michael viu neste quarto?

— Viu impressões deixadas pelos mortos. Essas impressões ganharam vida a partir dos objetos que ele tocava. Elas são como os sulcos de um disco. Você leva a agulha ao sulco, e a voz canta. Mas o cantor não está ali.

— Mas por que elas se reuniram à sua volta quando ele tocou nas bonecas?

— Como eu disse, elas eram impressões. E então a imaginação de Michael as tomou e elaborou como se fossem marionetes. Toda a sua animação tinha origem nele.

— Por que, então, as bruxas guardavam as bonecas?

— Para isso mesmo. Como se você guardasse uma fotografia da sua mãe e, ao erguê-la junto a uma lâmpada, os olhos parecessem animados. Também para acreditar que a alma do morto pudesse de alguma forma ser alcançada, que para lá desta terra existe o reino da eternidade. Não vejo nenhuma eternidade desse tipo com meus olhos. Vejo apenas as estrelas.

— Creio que elas invocavam as almas dos mortos por meio das bonecas.

— Como uma oração, já disse. E para se sentirem aquecidas com as impressões. Além disso, nada mais é possível. As almas dos mortos não estão aqui. A alma da minha Suzanne passou por mim, lá para cima. A alma da minha Deborah alçou voo como se tivesse asas quando seu corpo frágil caiu das ameias da igreja. As bonecas são recordações, nada mais. Mas você não entende? Nada disso importa agora. As bonecas, as esmeraldas, elas são símbolos. Estamos saindo deste reino de símbolos, recordações e profecias. Estamos nos encaminhando para uma nova existência. Visualize o portal se quiser. Passaremos por ele, saindo desta casa para entrar no mundo.

— E a transmutação poderá ser repetida. É nisso que você está me levando a acreditar?

— É isso o que você sabe, Rowan. Li o livro da vida espiando por cima dos seus ombros. Todas as células vivas se multiplicam. Na minha forma humana, eu me multiplicarei. E minhas células poderão ser enxertadas nas suas, Rowan. Existem possibilidades com as quais nem começamos a sonhar.

— E eu serei imortal.

— Isso. Minha companheira. Minha amante. Imortal como eu.
— Quando isso deverá acontecer?
— Quando você souber, eu saberei. E você saberá muito em breve.
— Você tem tanta confiança em mim, não tem? Eu não sei como fazer isso. Já disse.
— O que os seus sonhos dizem?
— Eles são pesadelos. São cheios de imagens que não compreendo. Não sei de onde vem o corpo que está em cima da mesa. Não sei por que motivo Lemle está presente. Não entendo o que querem de mim, e não quero ver Jan van Abel ser atacado novamente. O lugar não significa nada para mim.
— Acalme-se, Rowan. Deixe-me acalmá-la. Os sonhos lhe mostram. Mas com maior exatidão você acabará por mostrar a si mesma. Do caldeirão da sua própria mente sairá a verdade.
— Não, afaste-se de mim. Só fale comigo. É o que quero de você agora.
Silêncio.
— Você é o portal, minha amada. Anseio por ser de carne. Estou cansado da minha solidão. Você não sabe que a hora está quase chegando? Minha mãe, minha bela... Esta é a época para que eu renasça.
Ela fechou os olhos, sentindo seus lábios na nuca, seus dedos a percorrer sua espinha. Sentiu a pressão de uma mão quente a lhe segurar o sexo, com dedos que deslizavam para dentro dela, lábios forçando seus lábios. Dedos que davam em seus seios beliscões deliciosamente doloridos.
— Deixe que eu a envolva com os meus braços – sussurrou ele. – Os outros vão chegar. E você irá pertencer a eles por horas a fio. E eu deverei pairar faminto a distância, a observá-la, a colher cada palavra que cair dos seus lábios como se fossem gotas d'água para saciar minha sede. Deixe-me abraçá-la agora. Dê-me essas horas, minha linda Rowan...
Ela sentiu que era erguida, que seus pés não mais tocavam o chão. A escuridão turbilhonava à sua volta, mãos fortes a viravam e acariciavam seu corpo inteiro. Não havia mais gravidade. Ela sentia o poder de Lasher aumentando, seu calor aumentando.
O vento frio fez tremer as vidraças da janela. A casa imensa e vazia parecia cheia de sussurros. Ela flutuava no ar. Virou-se, tateando no emaranhado de braços de sombra que a sustentava, sentindo que suas pernas eram forçadas a se afastar, que sua boca era aberta. É, continue.
— Como pode estar chegando a hora? – perguntou ela, baixinho.
— Logo, minha querida.
— Não vou conseguir.
— Ah, vai, sim, minha bela. Você sabe. Você vai ver...

48

O dia estava escurecendo e o vento era impiedoso quando ele saiu do carro, mas a casa da fazenda parecia alegre e acolhedora, com todas as suas janelas iluminadas por uma luz quente, amarela.

Aaron esperava por ele à porta, usando camadas de lã por baixo do cardigã cinza, com um cachecol de *cashmere* enrolado no pescoço.

– Olhe, isso aqui é para você – disse Michael. – Feliz Natal, meu amigo. – Ele colocou nas mãos de Aaron uma pequena garrafa, embrulhada num papel verde de motivos natalinos. – Receio que não seja uma grande surpresa. Mas é o melhor conhaque que consegui encontrar.

– Muita gentileza sua – disse Aaron, com um sorriso discreto. – Vou apreciá-lo imensamente. Gota a gota. Vamos entrar para sair desse frio. Eu também tenho uma coisinha para você. Depois eu mostro. Vamos, entre.

O ar aquecido estava delicioso. E havia uma árvore alta e cheia instalada na sala de estar, esplendidamente decorada com enfeites dourados e prateados, o que surpreendeu Michael porque ele não sabia como o Talamasca celebraria uma festividade dessas, se é que chegavam a celebrar esse tipo de coisa. Até os arcos estavam decorados com ramos de azevinho. E um bom fogo estava aceso na grande lareira da sala de estar.

– É uma festa antiquíssima – disse Aaron, prevendo sua pergunta, com um pequeno sorriso. Ele pôs o presente em cima da mesa. – Ela remonta a muito tempo antes de Cristo. O solstício de inverno, uma época na qual todas as forças da terra estão mais fortes. Talvez tenha sido por isso que o Filho de Deus escolheu essa época para nascer.

– É, bem, até que me seria útil um pouco de crença no Filho de Deus neste momento – disse Michael. – Ou um pouquinho de crença nas forças da terra.

Ali dentro estava mesmo muito agradável. Dava a impressão de uma boa e aconchegante casa de campo, em comparação com a First Street, com seus pés-direitos mais baixos, suas sancas mais simples e a lareira grande e funda, construída não para carvão, mas para um bom fogaréu de lenha.

Michael tirou o casaco de couro e as luvas, entregou tudo a Aaron com gratidão e estendeu as mãos para aquecê-las ao calor do fogo. Não havia mais ninguém nos cômodos principais da casa, ao que ele pudesse ver, embora ouvisse ruídos leves provenientes da cozinha dos fundos. O vento batia nas portas envidraçadas. Mesmo que as vidraças estivessem emolduradas pelo gelo, elas ainda assim deixavam ver o verde pálido da paisagem distante.

A bandeja de café estava à sua espera, e Aaron fez um gesto indicando a Michael que se sentasse na poltrona à esquerda da lareira.

Assim que estava sentado, ele sentiu que se desfazia o nó que trazia dentro de si. Sentiu que ia cair a chorar. Respirou fundo, com os olhos passando de um lado para o outro, vendo tudo e não vendo nada, e depois começou, sem qualquer preâmbulo.

– Está acontecendo – disse ele, com a voz trêmula. Mal podia acreditar que houvesse chegado a esse ponto, que estivesse falando dela desse jeito. Mesmo assim, prosseguiu. – Ela está mentindo para mim. Ele está lá com ela, e ela mente. Está mentindo noite e dia desde que voltei para casa.

– Diga-me o que houve – disse Aaron, com uma expressão ponderada e cheia de uma solidariedade imediata.

– Ela nem me perguntou por que voltei tão depressa de San Francisco. Nem tocou no assunto. Era como se soubesse. E eu estava nervosíssimo quando liguei para ela do hotel de lá. Ora, eu contei por telefone o que aconteceu. Achei que a tal criatura estava tentando me matar. Ela não chegou a me perguntar o que havia ocorrido.

– Descreva tudo de novo para mim, tudo.

– Meu Deus, Aaron, agora sei que eram Julien e Deborah que estavam nas minhas visões. Não tenho mais nenhuma dúvida. Não sei o que significa o pacto ou a promessa. Mas sei que Julien e Deborah estão do meu lado. Eu vi Julien. Vi que ele olhava para mim pela janela do ônibus; e o mais estranho, Aaron, era que parecia que ele queria falar e se mexer, mas não conseguia. Era como se fosse difícil para ele aparecer.

Aaron não disse nada. Estava sentado com o cotovelo pousado no braço da poltrona e um dedo dobrado debaixo do seu lábio inferior. Parecia cauteloso, alerta e pensativo.

– Prossiga – disse ele.

– Mas a questão é que esse vislumbre específico foi o suficiente para trazer tudo de volta. Não que eu me lembrasse de tudo que foi dito. Mas recapturei a sensação. Eles querem que eu interfira. Disseram alguma coisa sobre "antiquíssimas ferramentas humanas de que disponho". Ouvi novamente essas palavras. Ouvi Deborah falando comigo. Era Deborah. Só que ela não se parecia com o quadro, Aaron. Vou falar para você a prova mais convincente.

– Sim...

– O que Llewellyn lhe disse. Você se lembra? Disse que viu Julien num sonho, e que Julien não era o mesmo Julien de quando estava vivo. Lembra-se? Pois bem, está vendo, esse é o segredo. Nas visões, Deborah era um ser diferente. E naquela maldita esquina lá em San Francisco senti a presença dos dois, e eles eram como eu me lembrava deles: sábios, bons e perspicazes, Aaron. Sabiam que Rowan estava correndo enorme perigo e que eu tinha de interferir. Meu Deus, quando penso na expressão de Julien naquela janela. Era tão... urgente apesar de tranquila. Não tenho palavras para descrevê-la. Demonstrava preocupação e ao mesmo tempo tanta serenidade...

– Acho que entendo o que você está querendo dizer.

– Volte para casa, disseram, volte. É lá que a sua presença é necessária. Aaron, por que ele não olhou direto para mim na rua?

– Poderia ter um monte de razões. Tudo está relacionado ao que você disse. Se eles existem em alguma parte, é difícil para eles aparecerem aqui. Não é difícil para Lasher. E esse ponto é crucial para nossa compreensão do que está acontecendo. Mas volto a falar nisso depois. Prossiga...

– Você pode adivinhar, não? Volto para casa, de avião particular, limusine, tudo organizado pelo primo Ryan, como se eu fosse um maldito astro do rock, e ela nem me pergunta o que houve. Porque ela não é Rowan. Ela é Rowan, enredada em alguma coisa. Rowan, sorrindo, fingindo e olhando para mim com aqueles olhos cinzentos enormes e tristes. Aaron, o pior é que...

– Fale, Michael.

– Ela me ama, Aaron. E é como se ela estivesse me implorando em silêncio que não entre em confronto com ela. Ela sabe que percebi a mentira. Meu Deus, quando a toco, eu sinto! Ela sabe que eu sinto. E fica me implorando, calada, que eu não a deixe acuada, que eu não a force a mentir. É como uma súplica, Aaron. Ela está desesperada. Eu poderia jurar que ela está até mesmo com medo.

– É. Ela está totalmente envolvida. Falou comigo a respeito disso. Alguma espécie de comunicação começou assim que você foi embora. Talvez mesmo antes de você viajar.

– Você sabia? Por que não me contou?

– Michael, estamos lidando com uma criatura que sabe o que estamos dizendo um para o outro neste exato momento.

– Meu Deus!

– Não há nenhum lugar em que possamos nos esconder dele – declarou Aaron. – A não ser, talvez, no santuário das nossas mentes. Rowan me disse muitas coisas, mas o principal é que agora toda essa luta está nas mãos dela.

– Aaron, tem de haver alguma coisa que se possa fazer. Nós sabíamos que isso ia acontecer. Sabíamos que ia dar nisso. Você sabia que ia dar nisso antes de pôr os olhos em mim pela primeira vez.

– Michael, é exatamente esse o ponto principal. Ela é a única pessoa que pode fazer alguma coisa. E você, com seu amor e sua presença junto a ela, está usando as antiquíssimas ferramentas humanas à sua disposição.

– Isso não pode ser suficiente! – Ele mal conseguia suportar tudo isso. Levantou-se, andou de um lado para o outro e depois acabou parando com as mãos no consolo da lareira e os olhos fixos no fogo. – Você devia ter me chamado, Aaron. Você devia ter me contado.

– Olhe, descarregue sua raiva em mim se isso fizer com que se sinta melhor, mas o fato é que ela me ameaçou para me proibir de contatá-lo. Ela estava cheia de ameaças. Algumas delas foram feitas sob o disfarce de avisos, que seu amigo invisível queria me matar e logo o faria, mas eram ameaças verdadeiras.

– Meu Deus, quando isso aconteceu?

– Não importa. Ela me mandou voltar para a Inglaterra enquanto ainda era tempo.

– Ela disse isso? O que mais?

– Preferi não voltar. Mas, francamente não sei mais o que eu posso fazer aqui. Sei que ela queria que você continuasse na Califórnia porque achava que você lá estava em segurança. Você me entende? Esta situação se tornou complicada demais para uma interpretação simples ou literal do que ela disse.

– Não sei o que você está querendo dizer. O que é uma interpretação literal? Que outro tipo de interpretação existe? Não estou entendendo.

– Michael, ela falou em linguagem cifrada. Não foi tanto uma conversa quanto uma demonstração de um conflito. Mais uma vez, tenho de lhe relembrar que esse ser, se assim desejar, pode estar conosco nesta sala. Não temos nenhum local seguro no qual possamos conspirar contra ele. Imagine uma luta de boxe na qual os adversários consigam ler o pensamento um do outro. Imagine uma guerra, na qual todas as estratégias concebíveis sejam conhecidas através da telepatia desde o começo.

– Isso aumenta os riscos, aumenta o interesse, mas não é impossível.

– Concordo com você, mas de nada adianta lhe falar tudo que Rowan me disse. Basta dizer que Rowan é o adversário mais capaz que essa criatura já teve.

– Aaron, você a avisou há muito tempo para que não permitisse que essa coisa a afastasse de nós. Você disse que a criatura procuraria separá-la daqueles que ela ama.

– É verdade. E tenho certeza de que ela se lembra, Michael. Rowan é um ser humano no qual praticamente nada se perde. E acredite em mim, já discuti com ela desde então. Disse a ela com palavras claríssimas por que não deveria permitir que essa criatura passasse pela mutação. Mas a decisão cabe a ela.

– Você no fundo está dizendo que temos de esperar e deixar que ela lute sozinha.

– No fundo, estou dizendo que você está fazendo o que deveria fazer. Ame Rowan. Fique ao seu lado. Use sua presença para relembrá-la do que é natural e inerentemente bom. Esta é uma guerra entre o natural e o não natural, Michael. Não importa qual seja a composição dessa criatura, não importa de onde ela venha, trata-se de uma luta entre a vida normal e a aberração. Entre a evolução de um lado e a intromissão catastrófica do outro. E os dois lados têm seus mistérios e seus milagres; e ninguém sabe disso melhor do que a própria Rowan.

Ele se levantou e pôs a mão no ombro de Michael.

– Sente-se e preste atenção ao que estou dizendo.

– Eu estou prestando atenção – disse Michael, irritado, porém obediente. Sentou-se bem na beira da poltrona, sem conseguir deixar de formar um punho fechado com a mão direita, forçando-o contra a palma da mão esquerda.

– A vida inteira, Rowan se defrontou com essa divisão entre o natural e a aberração – disse Aaron. – Rowan é essencialmente um ser humano conservador. E seres como Lasher não conseguem mudar a natureza básica de uma pessoa. Eles só conseguem influenciar os traços que já estão ali. Ninguém quis mais aquele lindo casamento formal do que Rowan. Ninguém quer mais a família do que ela. Ninguém quer mais aquele bebê ali dentro do que ela.

– Ela nem fala no bebê, Aaron. Ela não chegou a mencionar a sua existência desde que voltei. Eu queria contar para a família hoje à noite na festa, mas ela não quer. Diz que não está pronta. E essa festa, sei que é uma agonia para ela. Ela só está agindo maquinalmente. Foi Beatrice quem a instigou.

– É, eu sei.

– Eu falo no bebê o tempo todo. Beijo-a e chamo o neném de Little Chris, que é o nome que lhe dei, e ela ri, e é como se ela não fosse Rowan. Aaron, vou perdê-la e ao bebê se ela for derrotada por ele. Não consigo pensar em nada além disso. Não sei de nada acerca de mutações, monstros e... e fantasmas que querem ter vida.

– Vá para casa e fique lá com ela. Fique perto dela. Foi o que mandaram você fazer.

– E não devo enfrentá-la? É isso o que está dizendo?

– Se agir assim, você a forçará a mentir. Ou a alguma coisa pior.

– E se você e eu voltássemos lá juntos e tentássemos argumentar com ela, tentássemos conseguir que ela desse as costas à criatura?

Aaron abanou a cabeça.

– Ela e eu já tivemos nosso confronto, Michael. Por isso, pedi desculpas a Bea por não poder comparecer hoje à noite. Eu a estaria desafiando e ao seu sinistro companheiro se aparecesse por lá. Mesmo assim, se eu achasse que seria de alguma ajuda, eu iria. Arriscaria qualquer coisa se achasse que poderia ajudar. Mas não posso.

– Mas, Aaron, como tem tanta certeza?

– Já não estou mais no jogo, Michael. Não vi as visões. Você as viu. Julien e Deborah falaram com você. Rowan ama você.

– Não sei se posso aguentar tudo isso.

– Acho que pode. Faça o que for preciso para aguentar. E fique perto dela. Diga de alguma forma, sem palavras ou sei lá como, que ela pode contar com você.

Michael assentiu.

– Está bem, Aaron. Você sabe que é como se ela estivesse me traindo.
– Você não deve encarar desse modo. Não deve sentir raiva.
– Não paro de me dizer essas mesmas coisas.
– Ainda tenho algo a dizer. Talvez não tenha importância em última análise. Mas quero passar a informação adiante. Se algo me acontecer, bem, é alguma coisa que eu gostaria que você soubesse, mesmo sem saber seu valor.
– Você não está achando que alguma coisa vai acontecer?
– Sinceramente não sei. Mas preste atenção ao que vou dizer. Há séculos, ficamos intrigados com a natureza dessas entidades aparentemente incorpóreas. Não existe uma cultura sobre a face da terra que não reconheça sua existência. Mas ninguém sabe o que elas são realmente. A Igreja Católica as considera demônios. Eles têm complexas explicações teológicas para sua existência. E consideram que todas elas são malignas e voltadas para a destruição. Agora tudo isso seria fácil de descartar, não fosse o fato de a Igreja Católica demonstrar profundo conhecimento do comportamento e das fraquezas desses seres. Mas estou fugindo do assunto.

"A questão é que nós, no Talamasca, sempre partimos do pressuposto de que esses seres eram muito semelhantes aos espíritos dos mortos ainda presos à terra. Acreditávamos ou tínhamos como certo que ambos eram essencialmente incorpóreos, dotados de inteligência e presos a algum tipo de universo ao redor dos vivos."

– E Lasher poderia ser uma alma penada. É isso o que você está dizendo.
– É. Mas o que é mais importante é que Rowan parece ter dado um grande passo para a descoberta do que esses seres são. Ela alega que Lasher possui uma estrutura celular e que os componentes básicos de toda vida orgânica estão presentes nele.
– Então, ele é só algum tipo de criatura bizarra. É isso o que está dizendo.
– Eu não sei. Mas o que me ocorreu é que talvez os supostos espíritos dos mortos também possuam os mesmos componentes. Talvez a nossa parte dotada de inteligência, ao deixar o corpo, leve consigo alguma porção viva. Talvez nós só passemos por uma metamorfose em vez de uma morte física. E todos os termos antiquíssimos, corpo etéreo, corpo astral, espírito, sejam simplesmente palavras que designam essa fina estrutura celular que persiste quando a carne acabou.
– Isso está fora da minha compreensão, Aaron.
– É, estou sendo muito teórico, não é? Acho que a ideia que quero passar é que tudo que essa criatura pode fazer os mortos também podem. Ou talvez ainda mais importante, mesmo que Lasher possua essa estrutura, ele ainda poderia ser o espírito malévolo de alguém que um dia viveu.
– Isso aí é para sua biblioteca em Londres, Aaron. Um dia, quem sabe, vamos nos sentar junto à lareira em Londres e conversar sobre isso. Mas agora vou voltar para casa e ficar junto a ela. Vou fazer o que você me disse que fizesse e o que eles me recomendaram. Porque é o máximo que posso fazer por ela. E por você. Não

posso acreditar que ela vá deixar aquela coisa fazer algum mal a você, a mim ou a qualquer pessoa. Mas, como você disse, o melhor que posso fazer é estar por perto, à disposição dela.

– É, você tem razão, Michael. Mas não consigo parar de pensar no que aqueles velhos disseram. Aquela história de salvação. Uma lenda muito estranha.

– Eles estavam enganados sobre essa parte. Ela é o portal. De um jeito ou de outro, eu soube quando vi o jazigo da família.

Aaron apenas suspirou e abanou a cabeça. Michael percebia que ele estava insatisfeito, que havia outras coisas que gostaria de considerar. Mas de que importava isso agora? Rowan estava sozinha naquela casa com aquele ser, e o ser a estava afastando de Michael. E Rowan agora já sabia todas as respostas, certo? A criatura estava lhe explicando o significado de tudo, e Michael tinha de voltar para casa para estar com ela.

Olhou ansioso quando Aaron se levantou, com uma ponta de formalidade, e foi até o armário pegar o casaco e as luvas.

Michael estava parado na entrada, apreciando a árvore de Natal, com suas luzes brilhando fortes mesmo à luz do dia.

– Por que teve de começar tão cedo? – sussurrou. – Por que agora, nesta época do ano? – Mas ele sabia a resposta. Tudo que estava acontecendo estava de certo modo vinculado. Todas essas dádivas estavam relacionadas a algum desenlace final. Até mesmo sua incapacidade de agir estava relacionada.

– Por favor, tenha cuidado – disse Aaron.

– É, vou pensar em você amanhã à noite. Sabe, para mim a véspera de Natal sempre foi como a véspera do Ano-Novo. Não sei por que razão. Deve ser o sangue irlandês.

– Ou o sangue católico – disse Aaron. – Mas eu compreendo.

– Se você for abrir esse conhaque amanhã, faça um brinde por mim.

– É o que vou fazer. Pode contar com isso. E Michael... se por algum motivo neste mundo você e Rowan quiserem vir para cá, você sabe que as portas estão abertas. Noite e dia. Pense nesta casa como um refúgio.

– Obrigado, Aaron.

– E mais uma coisa, se você precisar de mim, se realmente quiser que eu vá e acreditar que eu deva ir, bem, nesse caso, irei.

Michael estava a ponto de protestar, de dizer que aqui era o melhor lugar para Aaron, mas Aaron já havia desviado o olhar. Sua expressão se iluminou, e de repente Aaron apontou para a bandeira da porta da frente.

– Está nevando, Michael. Olhe, está nevando de verdade. Não dá para acreditar. Não está nevando nem em Londres e, olhe, aqui está.

Ele abriu a porta, e os dois saíram para a larga varanda da frente. A neve caía em flocos grandes, que desciam com uma lentidão e graça impossíveis, pelo ar sem vento na direção da terra. Ela caía sobre os galhos negros dos carvalhos, cobrindo-os com uma espessa camada de brancura brilhante, e formando um caminho branco e fofo entre as duas fileiras de árvores dali até a estrada.

Ela caía sobre os campos que já estavam cobertos da mesma brancura, e o céu lá em cima brilhava sem cor, parecendo dissolver-se na neve que caía.

– E bem um dia antes da véspera de Natal, Aaron – disse Michael. Ele tentou visualizar todo o espetáculo, essa avenida famosa e venerável de árvores velhas com seus braços escuros e nodosos erguidos para os flocos de neve que caíam em delicados remoinhos. – Que milagre que ela chegue logo agora. Meu Deus, seria tão maravilhoso se...

– Que todos os nossos milagres sejam pequenos, Michael.

– É, os pequenos milagres são os melhores, não são? Olhe só, ela não está derretendo ao tocar no chão. Está realmente ficando ali. Vamos ter um Natal com neve, sem a menor dúvida.

– Mas espere aí – disse Aaron. – Eu quase ia me esquecendo. Seu presente de Natal, e ele está aqui comigo. – Ele enfiou a mão no bolso do suéter e tirou um embrulhinho achatado. Não era maior do que uma moeda de meio dólar. – Abra. Sei que nós dois estamos morrendo de frio, mas preferia que o abrisse.

Michael rasgou o fino papel dourado e viu imediatamente que era uma velha medalha de prata numa corrente.

– É São Miguel Arcanjo – disse ele, sorrindo. – Aaron, é um presente perfeito. Você falou direto à minha supersticiosa alma irlandesa.

– Ele está expulsando o demônio para o inferno – disse Aaron. Encontrei-a numa lojinha na Magazine Street, quando você estava fora. Logo pensei em você. Imaginei que talvez gostasse de tê-la.

– Obrigado, amigo. – Michael examinava a imagem tosca. Estava desgastada como a de uma moeda antiga. Mas ele via Miguel com suas asas e seu tridente, por cima do diabo chifrudo que jazia de costas nas chamas. Ele ergueu a corrente, que era tão longa que ele não precisou abri-la, passou-a pela cabeça e deixou a medalha cair dentro do suéter.

Ficou olhando para Aaron por mais algum tempo e depois lhe deu um forte abraço.

– Tenha cuidado, Michael. Ligue para mim logo.

49

O cemitério estava fechado para a noite, mas isso não tinha importância. A escuridão e o frio não importavam. No portão lateral, a tranca estaria quebrada, e seria muito simples para ela empurrar o portão e depois fechá-lo, seguindo pelo caminho coberto de neve.

Ela sentia frio, mas isso também não tinha importância. A neve estava tão linda. Ela queria ver o jazigo coberto de neve.

– Você vai encontrá-lo para mim, não vai? – sussurrou ela. Já estava quase totalmente escuro agora, e eles estariam chegando logo. Não tinha muito tempo.

Você sabe onde ele fica, Rowan, disse ele naquela bela voz delicada, de dentro da sua cabeça.

E sabia. Era verdade. Ela estava parada em frente ao jazigo, e o vento a arrepiava, passando direto pela sua camisa fina. Havia doze pequenas lápides, uma para cada câmara, e acima o entalhe do portal.

– Não morrer nunca.

É essa a promessa, Rowan, é esse o pacto que existe entre nós dois. Estamos quase na hora de começar...

– Não morrer nunca, mas o que você prometeu às outras? Alguma coisa você prometeu. Está mentindo.

Não, minha amada. Agora ninguém mais interessa, a não ser você. Todas elas estão mortas.

Todos os ossos ali embaixo na escuridão congelada. E o corpo de Deirdre, ainda perfeito, todo injetado com produtos químicos, frio na caixa forrada de cetim. Frio e morto.

– Mãe.

Ela não tem como ouvir você, minha linda. Ela se foi. Você e eu estamos aqui.

– Como vou poder ser o portal? Será que eu sempre estive destinada a ser o portal?

Sempre, minha querida, e a hora quase já chegou. Mais uma noite você irá passar com seu anjo de carne e osso, e depois será minha para sempre. As estrelas estão se movendo nos céus. Estão chegando à configuração perfeita.

– Não as vejo. Tudo o que estou vendo é a neve que cai.

É, mas elas estão lá. Estamos na parte mais intensa do inverno, quando tudo que deve renascer dorme em segurança na neve.

O mármore parecia gelo. Ela pôs os dedos dentro das letras, DEIRDRE MAYFAIR. Não conseguiu alcançar o entalhe do portal em forma de buraco de fechadura.

Agora venha, querida, volte para a casa e para o calor. Já está quase na hora. Todos virão, os meus filhos, o grande clã Mayfair, todos os meus descendentes, que prosperaram à sombra acolhedora das minhas asas. Agora, volte ao lar, minha amada, mas amanhã, amanhã, você e eu deveremos estar sós na casa. E você deve mandar embora seu arcanjo.

– E você me ensinará a ser o portal?

Você sabe, minha querida. Nos seus sonhos e no seu coração, você sempre soube.

Ela caminhava apressada pela neve, com os pés úmidos, mas isso não importava. As ruas estavam desertas e reluzentes naquele crepúsculo cinzento. A neve era tão leve que parecia uma miragem. Logo eles estariam chegando.

E o pequeno bebê dentro dela estaria sentindo frio?

– Há milhares deles – dissera Lemle –, milhões, jogados como lixo nos esgotos do mundo inteiro: todos aqueles minúsculos cérebros e órgãos perdidos.

Estava escuro, e todos eles viriam. Era essencial fingir que tudo estava normal. Ela caminhava o mais rápido que podia. Sua garganta ardia. Mas o ar frio lhe fazia bem, gelando-a por inteiro, aplacando sua febre interior.

E lá estava a casa, sombria, à espera. Chegara a tempo. Estava com a chave na mão.

– E se eu não conseguir fazer com que ele vá embora amanhã? – sussurrou ela. Estava parada junto ao portão, olhando para as janelas vazias. Como naquela primeira noite em que Carlotta lhe dissera, venha me procurar. *Faça sua escolha.*

Mas você tem de fazer com que ele saia. Antes de escurecer amanhã, querida. Ou eu o matarei.

– Não, você não deve nunca fazer isso. Não pode nem dizer isso. Está me ouvindo? Nada pode acontecer a Michael, nunca. Está me entendendo?

Estava na varanda, falando em voz alta com ninguém. E em toda a sua volta a neve caía. A neve no paraíso, magoando as folhas congeladas das bananeiras, passando pelas hastes altas e grossas do bambu. Mas o que teria sido o paraíso sem a beleza da neve?

– Você está me compreendendo, não está? Você não pode fazer nenhum mal a ele. Você não pode fazer absolutamente nenhum mal. Prometa. Faça esse pacto comigo. Nada de mau acontece a Michael.

Como você quiser, minha querida. Eu o amo de verdade. Mas ele não pode nos atrapalhar na maior de todas as noites. Os astros estão se aproximando da configuração perfeita. Eles são minhas testemunhas eternas, antigos como sou, e eu gostaria que eles brilhassem sobre mim no momento perfeito. No momento da minha escolha. Se você quer salvar seu amor mortal da minha ira, certifique-se de que ele não apareça diante de mim.

50

Eram duas da manhã antes que todos fossem embora. Ele nunca havia visto tanta gente feliz, totalmente alheia ao que realmente estava acontecendo.

Mas o que estava realmente acontecendo? Era uma casa imensa e acolhedora, cheia de risos e cantorias, com suas numerosas lareiras acesas. E lá fora a neve caía devagar, cobrindo as árvores, os arbustos e os caminhos com uma brancura luminosa. E por que eles todos não deveriam estar se divertindo?

Como riam quando escorregavam nas lajes cobertas de neve, e passavam ruidosos esmagando o gelo nas calhas. Havia nevado o suficiente para que as crianças fizessem bolas de neve. Com seus gorros e luvinhas, elas corriam pela crosta gelada que cobria o gramado.

Até tia Viv adorou a neve. Ela havia bebido um pouco demais do xerez, e nesses momentos despertava em Michael uma lembrança assustadora da sua mãe, embora Bea e Lily, que eram agora suas melhores amigas, não parecessem se importar.

Rowan estivera perfeita a noite inteira, entoando cânticos de Natal com eles ao piano, posando para fotografias diante da árvore.

E era esse o seu sonho, não era? Um Natal cheio de rostos radiantes e vozes vibrantes, de pessoas que sabiam apreciar esse momento: copos que retiniam em brindes, lábios que beijavam bochechas e a melancolia das velhas canções.

– Que delicadeza a de vocês de fazerem esta festa tão logo depois do casamento...

– ... Todos reunidos como nos velhos tempos.

– O Natal do jeito que devia ser.

E eles haviam admirado tanto os preciosos enfeites. Embora tivessem sido avisados para não fazê-lo, empilharam presentinhos debaixo da árvore.

Houve momentos em que ele não conseguia suportar a tensão. Subia até o terceiro andar e saía para o telhado acima do quarto voltado para o norte, parando junto à mureta, a olhar para o centro da cidade e suas luzes. Neve no alto dos telhados, neve realçando os peitoris das janelas, as cumeeiras e chaminés. E mais neve, caindo fina e linda, até onde ele pudesse enxergar.

Era tudo que ele sempre quis. Um Natal tão pleno e intenso quanto a cerimônia do casamento, e nunca havia se sentido tão infeliz. Era como se aquela criatura estivesse com a mão em volta da sua garganta. De tão ansioso, ele poderia ter dado um soco numa parede. Era amargo, amargo como a dor.

E, nos intervalos de tranquilidade em que se afastava dos outros e subia para ali, ele parecia sentir a criatura. Quando tocava os batentes e as maçanetas das portas com os dedos nus, ele parecia receber fortes vislumbres da criatura nas sombras.

– Você está aqui, Lasher. Sei que está.

Algo recuou diante dele nas sombras, brincando com ele, deslizando pelas paredes escuras acima, afastando-se para depois se dispersar, de modo que ele se encontrou no corredor lá em cima, na penumbra, sozinho.

Qualquer um que o estivesse espiando teria pensado que ele estava louco. Ele riu. Era essa a impressão que Daniel McIntyre dava na sua velhice, a perambular bêbado? E o que dizer de todos os outros maridos eunucos que pressentiam o segredo? Eles escapavam para os braços de amantes, e aparentemente para a morte certa, ou caíam no esquecimento. O que iria acontecer com ele?

Mas este não era o final. Era apenas o começo, e Rowan tinha de estar procurando ganhar tempo. Ele precisava acreditar que, por trás das suas súplicas mudas, seu amor esperava para poder se revelar de verdade.

Afinal, eles se foram.

Os últimos convites para a ceia de Natal foram delicadamente recusados, e promessas foram feitas para futuras reuniões. Tia Viv ia cear com Bea na véspera de Natal, e ninguém precisava se preocupar com ela. Podiam ter o Natal apenas para si.

Trocaram-se fotos Polaroid, e crianças adormecidas foram recolhidas dos sofás. Abraços de última hora, e então todos saíram para aquele frio límpido e luminoso.

Exausto da tensão e dominado pela preocupação, ele se demorou a trancar a casa. Nenhuma necessidade de sorrir agora. Nenhuma necessidade de fingir. E, meu Deus, como não deveria ter sido a tensão para ela?

Tinha medo de subir a escada. Passou pela casa inteira verificando as janelas, os minúsculos pontinhos verdes de luz no painel do alarme e abrindo as torneiras para que os canos não congelassem.

Parou, afinal, no salão, diante da sua linda árvore iluminada.

Alguma vez havia passado um Natal tão triste e solitário quanto este?

Teria ficado furioso, se isso adiantasse alguma coisa.

Ficou algum tempo deitado no sofá, deixando que o fogo se apagasse na lareira, em muda conversa com Julien e Deborah, perguntando-lhes, como fizera milhares de vezes nesta noite, como deveria agir.

Afinal, subiu a escada. O quarto estava escuro e em silêncio. Ela estava toda envolta em cobertores, de tal modo que ele via apenas o cabelo sobre o travesseiro e o rosto virado para o outro lado.

Quantas vezes nesta noite ele não havia tentado olhar nos seus olhos, sem conseguir? Será que alguém havia notado que eles dois não trocaram uma única sílaba? Todos tinham certeza demais da sua felicidade. Exatamente da mesma forma que ele havia tido.

Ele caminhou em silêncio até a janela da frente e abriu a pesada cortina de damasco para dar uma última olhada na neve que caía. Já passava muito da meia-noite, já era véspera de Natal. E hoje à noite viria aquele momento mágico em que ele avaliaria sua vida e suas realizações, em que daria forma aos sonhos e planos do ano vindouro.

Rowan, não vai terminar assim. É só um pequeno conflito. Nós sabíamos no início, tanto mais do que os outros...

Ele se voltou e viu sua mão no travesseiro, linda e longa, com os dedos ligeiramente dobrados.

Sem ruído ele se aproximou dela. Queria tocar sua mão, sentir o calor nos seus dedos, agarrá-la como se ela estivesse sendo levada para longe num mar sombrio e cheio de perigos. Mas não ousou.

Seu coração estava descompassado, e ele sentiu aquela dor morna no peito quando voltou a olhar para a neve. Depois, os seus olhos pousaram no rosto de Rowan.

Os olhos estavam abertos. Ela estava olhando fixamente para ele na escuridão. E seus lábios formaram lentamente um sorriso malévolo, duradouro.

Ele ficou petrificado. O rosto de Rowan estava branco à luz fraca de lá de fora, e duro como o mármore. O sorriso parecia paralisado, e os olhos reluziam como pedaços de vidro. Seu coração se acelerou e a dor morna se espalhou pelo peito. Ele continuou a olhar, incapaz de tirar os olhos dela. E de repente sua mão saiu veloz, antes que ele a pudesse controlar, e agarrou o punho de Rowan.

Ela contorceu o corpo inteiro, e a máscara malévola no seu rosto se desfez totalmente. Ela se sentou na cama, ansiosa e confusa.

– O que foi, Michael? – Ela ficou olhando para o punho, e ele a soltou bem devagar. – Que bom que você me acordou. – Seus olhos estavam dilatados, e a boca tremia. – Eu estava tendo um sonho dos mais terríveis.

– Com que estava sonhando, Rowan?

Ela estava sentada, imóvel, olhando direto para a frente, e então começou a torcer as mãos como se uma quisesse rasgar a outra. Michael tinha a vaga lembrança de já ter visto nela esse gesto desesperado.

– Eu não sei. Não sei o que era. Era um lugar... há séculos, e alguns médicos estavam reunidos ali. E o corpo sobre a mesa era tão pequeno. – Sua voz estava baixa e cheia de agonia. De repente, as lágrimas se derramaram quando ela ergueu os olhos para ele.

– Rowan.

Ela levantou a mão. Quando ele se deixou cair no lado da cama, ela apertou os dedos contra os lábios de Michael.

– Não diga nada, Michael, por favor. Não diga. Não diga uma palavra sequer.

Ela sacudia a cabeça, nervosíssima.

E ele, dominado pelo alívio e pela mágoa, apenas deslizou os dedos pelo seu pescoço. E, quando ela inclinou a cabeça, ele procurou também não chorar.

Você sabe que eu a amo; você sabe todas as coisas que eu quero dizer.

Quando ela estava mais calma, ele segurou suas duas mãos, apertou-as com força e fechou os olhos.

Confie em mim, Michael.

– Está bem, querida – disse ele, baixinho. – Está bem. – Tirou as roupas, desajeitado, e entrou debaixo das cobertas ao lado dela, sentindo o perfume limpo e quente da sua pele. Ficou ali, de olhos abertos, imaginando que nunca teria descanso, sentindo que ela estremecia junto ao seu corpo, e depois, aos poucos, à medida que as horas foram passando, à medida que o corpo de Rowan relaxou e ele viu que seus olhos estavam fechados, Michael caiu num sono irrequieto.

Já passava do meio-dia quando ele acordou. Estava sozinho, e fazia um calor sufocante no quarto. Tomou um banho de chuveiro, vestiu-se e desceu. Não conseguiu encontrá-la. As luzes da árvore estavam acesas, mas a casa estava vazia.

Ele examinou cada um dos cômodos.

Saiu para o frio e caminhou por todo o jardim congelado, onde a neve havia se transformado numa dura camada de gelo reluzente sobre os caminhos e sobre o gramado. Nos fundos por trás do carvalho, ele procurou por ela, mas não se encontrava em parte alguma.

Afinal, vestiu o casaco pesado e foi dar uma volta.

O céu era de um azul profundo e imóvel. E o bairro estava esplêndido, todo vestido de branco, exatamente como naquele Natal remoto, o último que havia passado ali.

Um pânico o dominou.

Era véspera de Natal, e eles não haviam feito nenhum preparativo. Michael tinha um presentinho para ela, escondido na despensa, um espelho de bolsa de prata que ele havia encontrado na sua loja em San Francisco e embrulhado com carinho muito antes de voltar, mas que importância isso tinha diante de todas as joias, todo o ouro e todas as riquezas inimagináveis que ela possuía? E ele estava só. Seus pensamentos giravam em círculos.

Véspera de Natal, e as horas escorriam como água.

Ele entrou no mercado na Washington Avenue, que estava apinhado de consumidores de última hora, e meio atordoado comprou o peru e os outros ingredientes, procurando nos bolsos as notas necessárias, como um bêbado à procura do último centavo para uma garrafa que não tinha como comprar. As pessoas riam e tagarelavam sobre a nevasca. Um Natal com neve em Nova Orleans. Ele se flagrou olhando para elas como se fossem animais estranhos. E todos os seus ruídos esquisitos só faziam com que ele se sentisse pequeno e só. Ele segurou a bolsa pesada debaixo de um braço e começou a voltar para casa.

Deu apenas alguns passos dali e avistou o quartel no qual seu pai havia servido. Estava todo reformado. Ele mal o reconhecia agora, a não ser por estar no mesmo lugar e por ainda haver aquele enorme arco pelo qual o caminhão dos bombeiros saía ruidoso para a rua quando ele era menino. Ele e o pai costumavam ficar sentados em cadeiras de espaldar reto ali fora na calçada.

Agora devia estar parecendo um bêbado, sem dúvida perdido por ali, com os olhos fixos no quartel do corpo de bombeiros, quando os próprios bombeiros tinham o bom senso de ficar lá dentro, ao abrigo do frio. Há todos aqueles anos, no Natal, seu pai morrendo naquele incêndio.

Quando ergueu os olhos para o céu, percebeu que ele agora estava da cor da ardósia, e que a luz do dia estava desaparecendo. Era véspera de Natal, e absolutamente tudo dera errado.

Ninguém respondeu ao seu chamado quando ele entrou pela porta. Só a árvore emitia uma claridade suave no salão. Limpou os pés no capacho e voltou pelo longo corredor, com as mãos e o rosto doendo do frio. Tirou as compras da bolsa e abriu o peru, imaginando que executaria todos os passos, que agiria como sempre, e que hoje, à meia-noite, o banquete estaria pronto, exatamente naquela hora na qual antigamente todos eles estariam apertados na igreja para a Missa do Galo.

Não era a Santa Comunhão, mas era a sua ceia juntos. Era Natal, e a casa não estava assombrada, em ruínas, sinistra.

Fingir que tudo deu certo.

Como um padre que vendeu a alma ao diabo e se apresenta no altar de Deus para rezar a missa.

Ele guardou as compras no armário. Não, estava cedo demais para começar. Pegou as velas. Tenho de encontrar os castiçais para elas. E sem dúvida ela estava aqui em algum lugar. Talvez tivesse saído para dar um passeio e agora estivesse de volta.

A cozinha estava escura. A neve caía novamente. Ele quis acender a luz. Na verdade, quis acender todas as lâmpadas para encher a casa de luz. Mas não se mexeu. Ficou muito quieto na cozinha, olhando pelas portas envidraçadas para o jardim dos fundos, olhando a neve derreter ao tocar na superfície da piscina. Uma orla de gelo havia se formado em volta da água azul. Ele viu seu brilho e imaginou como a água devia estar fria, de um frio terrivelmente doloroso.

Fria como o Pacífico naquele domingo de verão em que ele havia ficado parado ali, vazio e ligeiramente receoso. O percurso desde aquele instante parecia infinitamente longo. E era como se toda a energia ou vontade o abandonassem agora, e aquele cômodo frio o mantivesse cativo, sem que ele erguesse um dedo que fosse para se sentir mais seguro, mais confortável ou aquecido.

Passou-se muito tempo. Michael se sentou à mesa, acendeu um cigarro e ficou olhando a noite cair. A neve havia parado, mas o chão estava coberto com uma nova camada de brancura limpa.

Hora de fazer alguma coisa, de começar a ceia. Ele sabia disso, mas não conseguia se mexer. Fumou mais um cigarro, distraído pela visão da minúscula brasa vermelha, e depois, ao apagá-lo, ficou apenas sentado imóvel, sem fazer nada, como havia acontecido por horas a fio no seu quarto da Liberty Street, mergulhando num pânico paralisante e dele saindo, incapaz de pensar ou de agir.

Ele não sabia quanto tempo ficou sentado ali. Mas, em algum momento, as luzes da piscina se acenderam, a iluminar brilhantes a escuridão da noite, tornando a piscina um grande pedaço de vidro azul. A folhagem escura, salpicada de branco, ao seu redor ganhou vida. E o chão assumiu um espectral tom lunar.

Ele não estava sozinho. Sabia disso. E à medida que a percepção se aprofundava, se deu conta de que bastava virar a cabeça e a veria parada ali no portal da despensa, com os braços cruzados, a cabeça e os ombros delineados tendo ao fundo os armários claros, com a respiração fazendo um som levíssimo, ínfimo.

Esse era o pavor mais absoluto que já havia sentido. Levantou-se, guardou no bolso o maço de cigarros e, quando ergueu os olhos, ela não estava mais lá.

Foi atrás dela, passando rápido pela sala de jantar às escuras e voltando pelo corredor. Foi quando a viu na outra ponta, iluminada pela árvore, parada diante da grande porta branca da frente.

Ele viu o formato nítido e perfeito do portal a emoldurá-la, e como parecia pequena nele. E, à medida que ele foi se aproximando, sua imobilidade o assustou. Ele estava apavorado com o que ia ver quando afinal chegasse perto o suficiente para discernir as suas feições nas sombras.

No entanto, não era aquele terrível rosto de mármore que ele havia visto na noite anterior. Ela apenas olhava para ele, e a iluminação suave e colorida da árvore enchia seus olhos de reflexos pálidos.

– Eu ia preparar a ceia. Comprei tudo. Está lá na cozinha. – Como ele parecia inseguro. Aflito. Procurou recompor-se. Respirou fundo e enganchou os polegares nos bolsos do jeans. – Olhe, posso começar agora. E só um peru pequeno. Estará pronto em duas ou três horas, e eu tenho tudo. Está tudo lá. Vamos pôr a mesa com a porcelana fina. Nunca usamos nenhum dos aparelhos. Nunca fizemos uma refeição à mesa. É... hoje é véspera de Natal.

– Você tem de ir – disse ela.

– Eu... eu não estou entendendo.

– Você tem de sair daqui agora.

– Rowan?

– Tem de ir embora, Michael. Preciso ficar aqui sozinha agora.

– Querida, não compreendo o que você quer dizer.

– Vá embora, Michael. – Sua voz baixou ainda mais, ficando mais dura. – Eu quero que você vá.

– É Natal, Rowan. Eu não quero ir.

– A casa é minha, Michael. Estou falando para sair daqui. Estou dizendo para dar o fora.

Ele olhou espantado para ela por um instante. Ficou observando o rosto de Rowan se alterar, a torção dos seus lábios tensos, a contração dos seus olhos e seu jeito de baixar um pouco a cabeça e olhar para ele por baixo das sobrancelhas.

– Você... você não está falando coisa com coisa, Rowan. Você tem consciência do que disse?

Ela deu alguns passos na sua direção. Ele se preparou, recusando-se a ter medo. Na verdade, seu medo estava se transformando em raiva.

– Dê o fora, Michael – disse ela, entredentes. – Saia desta casa e me deixe aqui para fazer o que tenho de fazer.

De repente, sua mão subiu e veio para a frente. Antes que ele percebesse o que estava acontecendo, sentiu o choque da bofetada no rosto.

A dor o atingiu. A raiva aumentou, mas era mais amarga e dolorosa do que qualquer outra raiva que já houvesse sentido. Chocado e furioso, ele olhou com espanto para ela.

– Não é você, Rowan! – disse ele, estendendo o braço para segurá-la. Sua mão se ergueu e, quando ele tentou se defender do golpe, sentiu que ela o empurrava contra a parede. Irado e confuso, ele olhou para ela. Ela se aproximou, com os olhos refletindo a iluminação que vinha do salão.

– Saia já daqui – sussurrou ela. – Você está me ouvindo?

Atordoado, ele ficou olhando enquanto ela cravava as unhas no seu braço e o empurrava para a esquerda, na direção da porta da frente. Sua força o espantava, mas a força física não tinha nada a ver com isso. Era mais a maldade que emanava dela; era a velha máscara de ódio mais uma vez a encobrir suas feições.

– Saia desta casa agora. Estou mandando que saia – disse ela, soltando os dedos do seu braço, para segurar a maçaneta, girá-la e abrir a porta para o vento frio.

– Como você pode fazer isso comigo? Rowan, responda. Como pode estar agindo assim?

Desesperado, ele tentou agarrá-la, e dessa vez nada o impediu. Ele a segurou e a sacudiu. Sua cabeça caiu para um lado por um instante e então ela se voltou para ele, com o olhar fixo, desafiando-o a continuar, forçando-o em silêncio a soltá-la.

– Do que você me vale morto, Michael? Se me ama, vá embora agora. Volte quando eu o chamar. Preciso fazer isso sozinha.

– Não posso ir. Não vou.

Ela lhe voltou as costas e seguiu pelo corredor. Ele a acompanhou.

– Rowan, eu não vou embora, está me ouvindo? Não me importa o que aconteça, não vou deixá-la. Você não pode me pedir que a deixe.

– Eu sabia que você não iria – disse ela, baixinho, quando ele entrou na biblioteca atrás dela. As pesadas cortinas de veludo estavam fechadas, e ele mal conseguia ver sua silhueta quando ela se aproximou da escrivaninha.

– Rowan, não podemos continuar sem falar nisso. Isso está nos destruindo, Rowan. Ouça o que digo.

– Michael, meu anjo lindo, meu arcanjo – disse ela de costas para ele, com a voz abafada. – A confiar em mim, você prefere morrer, não é?

— Rowan, eu luto com ele com as minhas próprias mãos se for preciso. — Ele veio na sua direção. Onde ficavam os abajures daqui? Ele estendeu a mão, tentando alcançar o abajur de latão ao lado da poltrona. Foi quando ela deu meia-volta e o atacou.

Ele viu a seringa erguida.

— Não, Rowan.

A agulha penetrou no seu braço no mesmo instante.

— Meu Deus, o que você fez comigo? — Mas ele já estava caindo de lado, como se não tivesse pernas. Em seguida, o abajur virou e caiu no chão, e ele estava deitado ao seu lado, olhando direto para o fragmento pálido e afiado da lâmpada quebrada.

Tentou dizer o nome de Rowan, mas seus lábios não se mexeram.

— Durma, meu querido. Amo você. Eu o amo do fundo da minha alma.

Longe, muito longe, ele ouviu o ruído das teclas do telefone. Sua voz estava muito baixa, e as palavras... O que ela estava dizendo? Estava falando com Aaron. É, Aaron.

E, quando o levantaram, ele pronunciou o nome de Aaron.

— Você vai ficar com Aaron, Michael. Ele vai cuidar de você.

Não sem você, Rowan, ele tentou dizer, mas já estava desmaiando de novo, o carro estava saindo e ele ouviu uma voz masculina.

— Sr. Curry, tudo vai dar certo. Vamos levá-lo até o seu amigo. Basta que fique deitado aí. A Dra. Mayfair garantiu que o senhor vai ficar bom.

Bom, bom, bom...

Seus mercenários. Não estão entendendo nada. Ela é uma bruxa e me encantou com seu veneno, como Charlotte fez com Petyr, e o que ela lhes disse foi pura mentira.

51

Só a árvore estava acesa, e a casa inteira dormia aquecida na escuridão, a não ser por aquela suave guirlanda de luz. O frio batia nas vidraças, mas não conseguia entrar.

Ela estava sentada no meio do sofá, com as pernas e os braços cruzados, olhando ao longo do salão para o espelho alto, mal discernindo o pálido brilho do lustre.

Os ponteiros do relógio de carrilhão se aproximavam lentamente da meia-noite.

E esta era a noite que significava tanto para você, Michael. A noite na qual você queria que estivéssemos juntos. Não poderia estar mais distante de mim, nem se estivesse do outro lado do planeta. Todas essas coisas simples e graciosas estão distantes de mim. E esta véspera de Natal está parecida com aquela em que Lemle me levou por todas aquelas portas até seu laboratório escuro e secreto. O que esses horrores todos têm a ver com você, meu querido?

Toda a sua vida, fosse longa, curta ou estivesse quase terminando, enfim por todo o restante da sua vida, ela se lembraria da expressão no rosto de Michael quando ela o esbofeteou. Ela se lembraria do tom da sua voz ao fazer suas súplicas. Ela se lembraria da expressão de espanto no instante em que ela lhe enfiou a agulha no braço.

E então por que não havia nenhuma emoção? Por que apenas esse vazio e essa serenidade atrofiante dentro dela? Seus pés estavam descalços; a camisola de flanela macia caía solta à sua volta; e o sedoso tapete chinês por baixo dos seus pés estava aquecido. Mesmo assim, ela se sentia nua e isolada, como se nada jamais pudesse aquecê-la ou confortá-la.

Algum movimento no centro do salão. Todos os ramos da árvore estremeceram, e os minúsculos sinos de prata emitiram uma música quase imperceptível no silêncio. Os anjinhos, com suas asas douradas, dançaram suspensos nos fios de ouro.

Uma escuridão se concentrava e se adensava.

– Estamos perto da hora, minha amada. A hora da minha escolha.

– Ah, você tem a alma de um poeta – disse ela, ouvindo o leve eco da sua própria voz nesse grande ambiente.

– Minha poesia aprendi com os humanos, amada. Com aqueles que, há milhares de anos, amaram esta noite mais do que todas as outras.

– E agora você quer me ensinar ciência, já que não sei como trazê-lo para cá.

– Não sabe? Você nunca entendeu?

Ela não respondeu. Parecia que ganhava corpo à sua volta o filme dos seus sonhos, imagens que se formavam e desapareciam, de tal modo que seu frio interno e sua solidão se agravaram, tornando-se quase insuportáveis.

A escuridão se adensou mais. Concentrou-se numa forma. E, na densidade do turbilhão, ela acreditou ver o esboço de ossos humanos. Os ossos pareciam estar dançando, reunindo-se. Depois veio a carne sobre eles, como a luz da árvore a se derramar sobre o esqueleto, e de repente os olhos verdes e brilhantes olhavam para ela de um rosto formado.

– Está quase chegando a hora, Rowan.

Assombrada, ela viu os lábios que se mexiam. Viu o reluzir dos dentes. Percebeu que havia ficado em pé e que estava muito perto dele. A mera beleza do seu rosto a assustava. Ele olhou para ela, com os olhos ficando um pouco mais escuros, e os cílios louros, dourados pela luz.

– É quase perfeito – sussurrou ela.

Tocou seu rosto lentamente, deixando o dedo correr até parar na firmeza do maxilar. Pôs a mão esquerda com extrema delicadeza sobre o peito. Fechou os olhos, ouvindo as batidas do coração. O que estava vendo era o órgão ali dentro ou seria a réplica de um órgão? Fechando os olhos com mais força, ela o visualizou com suas artérias e válvulas; com o sangue passando rápido por ele para percorrer o corpo inteiro.

– Tudo o que tem a fazer é se entregar! – Ela estava em pé, olhando para ele, vendo sua boca se abrir num sorriso. – Relaxe! Não está vendo? Você conseguiu!

– Tudo? – perguntou ele, com o rosto funcionando com perfeição; os músculos delicados tencionando e se soltando; os olhos se contraindo como se contrairiam os olhos de qualquer ser humano nessa concentração. – Você acha que isso é um corpo? Isso é uma réplica. Uma escultura, uma estátua. Não é nada, e você sabe disso. Acha que pode me atrair para essa concha de minúsculas partículas sem vida, só para me dominar? Para que eu seja um robô seu? Para que possa me destruir?

– O que você está dizendo? – Ela deu um passo atrás. – Não posso ajudá-lo. Não sei o que quer de mim.

– Para onde está indo, minha querida? – perguntou ele, com as sobrancelhas levemente erguidas. – Acha que pode fugir de mim? Olhe para o mostrador do relógio, minha bela Rowan. Você sabe o que eu quero. É véspera de Natal, minha amada. A hora das bruxas está chegando, Rowan, a hora na qual Cristo nasceu para este mundo, quando o Verbo afinal se fez carne, e eu quero nascer também, minha bela bruxa. Cansei de esperar.

Ele investiu contra ela, com a mão direita prendendo seu pescoço e a outra sobre o seu ventre. Um calor causticante penetrou nela, causando-lhe náuseas, mesmo enquanto ele a segurava.

– Afaste-se de mim! – disse ela, entredentes. – Não sei o que devo fazer. – Ela invocou sua raiva e sua vontade, com os olhos penetrando nos da criatura diante dela. – Você não pode me forçar a fazer o que não quero! E, sem mim, você não conseguirá nada.

– Você sabe o que eu quero e o que sempre quis. Não quero mais cascas, Rowan. Não quero mais ilusões toscas. Quero a carne que está viva dentro de você. Que outro corpo em todo o mundo estaria tão pronto para mim, tão flexível e adaptável, formigando com milhões e milhões de células minúsculas que não irá usar no seu desenvolvimento? Que outro organismo cresceu milhares de vezes seu próprio tamanho nas primeiras semanas, e está agora pronto para desabrochar, alongar-se e inflar à medida que as minhas células forem entrando em fusão com as dele?

– Afaste-se de mim. Afaste-se do meu filho! Você é uma criatura estúpida, ensandecida. Não vai tocar no meu filho! Não vai tocar em mim! – Ela tremia como se sua raiva fosse grande demais para ser contida. Ela a sentia fervendo nas veias. Seus pés estavam molhados e escorregavam no assoalho enquanto ela recuava, recolhendo sua raiva, procurando dirigi-la contra a criatura.

– Você achou que podia me enganar, Rowan? – disse ele, com aquela voz linda, lenta, paciente, mantendo sua bela imagem. – Com as cenas que fez para Aaron e para Michael? Você achou que eu não poderia ler nas profundezas da sua alma? Eu criei sua alma. Escolhi os genes que se combinaram em você. Escolhi seus pais, seus antepassados. Eu a criei, Rowan. Conheço o ponto em que a carne e a mente se encontram em você. Conheço sua força como ninguém. E você sempre soube o que eu queria de você. Soube quando leu a história. Você viu o feto de Lemle cochilando na caminha de tubos e produtos químicos. Você sabia! Quando fugiu correndo do laboratório, você sabia o que a sua inteligência e a sua coragem poderiam ter feito, mesmo sem mim, sem saber que eu esperava por você, que eu a amava e que tinha o maior dos presentes a lhe dar, Rowan. Eu mesmo. Você vai me ajudar, ou essa criancinha aí em crescimento vai morrer quando eu entrar nela! E isso você nunca iria permitir.

– Meu Deus! Deus me ajude! – sussurrou ela, passando as mãos em movimentos cruzados pela barriga, como se quisesse evitar um golpe, com os olhos fixos nele. *Morra, seu filho da mãe, morra!*

Os ponteiros do relógio deram seu pequeno estalido quando se moveram, com o menor se colocando exatamente alinhado com o maior. Soou a primeira badalada.

– Cristo nasceu, Rowan – exclamou ele, com a voz fortíssima enquanto a imagem do homem se dissolvia numa enorme nuvem de trevas fervilhantes, escondendo o relógio, subindo até o teto, voltando-se para dentro de si mesma, como um funil. Ela berrou, procurando recuar, encostada na parede. Um choque fez vibrar os caibros, o reboco. Ela o ouviu como o ronco de um terremoto.

– Não, meu Deus, não! – Ela berrava num pânico total. Voltou-se e saiu correndo pela porta do salão até o corredor. Procurou alcançar a maçaneta da porta da frente. – Deus me ajude. Michael! Aaron!

Alguém tinha de ouvir os seus gritos. Pareciam ensurdecedores aos seus próprios ouvidos. Eles a estavam rasgando por dentro.

Mas o ronco estava mais alto. Ela sentiu as mãos invisíveis nos seus ombros. Foi atirada para a frente, com força contra a porta, e sua mão escapuliu da maçaneta quando ela caiu de joelhos, com a dor subindo veloz pelas suas coxas. A escuridão crescia em toda a sua volta, e o calor aumentava.

– Não, meu filho, não! Vou destruir você, nem que eu morra. Vou destruí-lo. – Ela se virou com uma fúria desesperada, encarando a escuridão, cuspindo de ódio, desejando sua morte, enquanto os braços a envolviam e a atiravam ao chão.

A cabeça foi arrastada contra a madeira da porta e depois caiu com estrondo nas tábuas do assoalho, enquanto suas pernas eram puxadas para a frente. Ela olhava fixamente para cima, esforçando-se para se levantar, com os braços em movimentos desconexos, e a escuridão borbulhante sobre ela.

— Maldito! Que vá para o inferno, Lasher, que morra. Morra como aquela velha! Morra! – berrava ela.

— É, Rowan, o seu filho, o filho de Michael.

A voz a cercava, como a escuridão e o calor. Sua cabeça foi forçada de novo para trás, jogada contra o chão de novo; e seus braços, pregados, abertos e indefesos.

— Você, minha mãe, e Michael, meu pai! É a hora das bruxas, Rowan. O relógio está tocando. Eu vou ser de carne. Eu vou nascer.

A escuridão meio que voltou a se enrolar em si mesma, recolhendo-se para depois descer veloz. Ela a penetrou, violentando-a, rasgando-a ao meio, como um punho gigantesco enfiado com força no seu útero, e seu corpo sofreu convulsões à medida que a dor a envolvia num grande círculo de açoites que ela via, brilhante, nas pálpebras fechadas.

O calor era insuportável. A dor voltou, em ondas e mais ondas, e ela sentia o sangue a jorrar dela, e água do útero, jorrando também sobre o assoalho.

— Você o matou, criatura maldita. Você matou meu filho. Vá arder no inferno! Deus me ajude! Deus, leve-o de volta para o inferno! – Suas mãos batiam na parede, lutavam para se firmar no chão molhado e escorregadio. E o calor lhe fazia mal. Agora atrapalhava seus pulmões enquanto ela procurava respirar arquejante.

A casa estava em chamas. Tinha de estar. Ela estava em chamas. O calor pulsava dentro dela, e ela imaginou estar vendo as chamas subindo, mas foi apenas uma grande explosão de luz vermelha. E de algum modo havia conseguido se firmar de quatro, e agora sabia que seu corpo estava vazio, que o bebê estava perdido e que agora lutava apenas para fugir, procurando mais uma vez a maçaneta da porta, em desespero, com uma dor feroz e sem trégua.

— Michael, Michael, me ajude! Ai, meu Deus, eu tentei enganá-lo, tentei matá-lo. Michael, ele está no bebê. – Mais um espasmo de dor a atingiu, e mais um jorro de sangue saiu dela.

Aos soluços, ela se deixou cair, tonta, incapaz de comandar os braços ou as pernas, com o calor a atordoá-la, e um choro forte a lhe encher os ouvidos. Era o choro de um bebê. Era o mesmo som horrível que ela costumava ouvir repetidamente no seu sonho. O choro lamentoso de um bebê. Ela procurou tapar as orelhas, sem conseguir suportá-lo, gemendo para que parasse, com o calor a sufocá-la.

— Deixe-me morrer – sussurrou ela. – Que o fogo me queime. Que me leve para o inferno. Deixe-me morrer.

Rowan, me ajude. Estou na carne. Ajude-me ou eu morrerei. Rowan, você não pode me dar as costas.

Ela tapou melhor os ouvidos, mas não conseguiu bloquear a vozinha telepática que aumentava e diminuía com os soluços do bebê. Sua mão escorregou no sangue e ela caiu com o rosto nele, pegajoso e molhado. Virou então de costas, vendo mais uma vez o cintilar do calor. Os gritos do bebê cada vez mais altos, como se estivesse morrendo de fome ou de dor.

Rowan, me ajude! Sou seu filho! Filho de Michael, Rowan, preciso de você.

Ela sabia o que ia ver antes mesmo de olhar. Através das lágrimas e das ondulações do calor, viu o homúnculo, o monstro. *Não do meu corpo, não nascido de mim. Eu não...*

Jazia de costas, com a cabeça do tamanho da cabeça de um homem virando de um lado para o outro com o choro, os braços finos se alongando no instante mesmo em que ela olhava, dedinhos abertos, mexendo-se, crescendo, pezinhos dando chutes no ar, como os de um bebê, com as pernas se esticando, o sangue e o muco escorrendo dele, escorrendo das bochechas gorduchas e do cabelo escuro e liso. Todos aqueles pequenos órgãos como botões de flores ali dentro. Todos aqueles milhões de células se dividindo, entrando em fusão com as células dele, como uma explosão nuclear acontecendo dentro dessa coisa de carne e osso, dessa coisa mutante, dessa criança que havia saído de dentro dela.

Rowan, estou vivo, não me deixe morrer. Não me deixe morrer, Rowan. O seu poder é o de salvar a vida, e eu estou vivo. Ajude-me.

Ela se esforçou na sua direção, com o corpo ainda sofrendo espasmos de dor forte, com a mão estendida para aquela perninha escorregadia, aquele pezinho que não parava de se mexer no ar, e então, quando sua mão se fechou segurando a carne macia e lisa do bebê, a escuridão caiu sobre ela. Na tela das suas pálpebras fechadas, ela viu a anatomia, viu a trajetória das células, viu os órgãos em desenvolvimento e o eterno milagre das células que se reuniam, que formavam moléculas, tecido subcutâneo, tecido ósseo, as fibras dos pulmões, do fígado e do estômago, e que se fundiam com as células de Lasher, com o seu poder, com o DNA se fundindo, e as minúsculas cadeias de cromossomos movendo-se com rapidez, flutuando, enquanto os núcleos se fundiam, e tudo guiado por ela, todo o conhecimento dentro dela como o conhecimento da sinfonia está no compositor, nota após nota, barra após barra, um *crescendo* após o outro.

A carne pulsava sob seus dedos, viva, respirando pelos poros. Seus gritos foram ficando mais roucos, mais graves, ecoando enquanto ela desmaiava e despertava novamente, com a outra mão a tatear no escuro à procura da testa, encontrando a massa densa de cabelos masculinos, encontrando os olhos com cílios que tremulavam na palma da sua mão, encontrando a boca, meio fechada agora, com os soluços que saíam dela, encontrando o peito e o coração dentro dele, com braços longos e musculosos que se debatiam contra o assoalho. É, essa criatura agora tão grande que ela podia descansar a cabeça no seu peito pulsante, e o sexo entre as pernas, sim, e as coxas. Forçando-se a subir, ela se deitou por cima dele, com as duas mãos nele, sentindo o movimento da sua respiração por baixo dela, os pulmões que se enchiam e aumentavam, o coração que batia, e os pelos escuros e sedosos brotando em volta do sexo. E de repente tudo voltou a ser uma tela, uma tela a brilhar na escuridão, cheia de química, mistério e certeza, e ela se deixou afundar nas trevas, no silêncio.

Uma voz estava falando com ela, íntima e suave.

– Pare o sangue.

Ela não conseguia responder.

– Você está sangrando. Pare a hemorragia.

– Não quero viver – disse ela. Sem dúvida, a casa estava em chamas. Venha, velha, com seu lampião. Incendeie as cortinas.

– Eu nunca disse que era impossível, sabe? – dizia Lemle. – A questão é que, uma vez que um avanço seja imaginado, ele se torna inevitável. Milhões de células. O embrião é o segredo da imortalidade.

– Você ainda pode matá-lo – disse Petyr. Estava parado acima dela, olhando para ela ali embaixo.

– São invenções da sua imaginação, da sua consciência.

– Eu estou morrendo?

– Não. – Ele riu. Uma risada tão suave e sedosa. – Você está me ouvindo, Rowan? Estou rindo. Agora sei rir.

Leve-me para o inferno agora. Deixe-me morrer.

– Não, minha querida, minha bela e preciosa, pare a hemorragia.

O sol a acordou. Estava deitada no chão da sala de estar, no macio tapete chinês, e seu primeiro pensamento foi o de que a casa não havia se incendiado. O terrível calor não a havia destruído. De algum modo, ela havia sido poupada.

Por um instante não compreendeu o que estava vendo.

Um homem estava sentado ao seu lado, olhando para ela. E sua pele era a pele lisa e perfeita de um bebê, cobrindo a estrutura do rosto de um homem, mas o rosto era parecido com o dela. Ela nunca havia visto um ser humano que se parecesse tanto com ela. Porém, havia diferenças bem definidas. Os olhos eram grandes, azuis e emoldurados por cílios negros, e os cabelos eram negros como os de Michael. Era o cabelo de Michael. O cabelo e os olhos de Michael. Mas ele era esguio como Rowan. Seu tórax liso e sem pelos era estreito como o de Rowan havia sido na infância, com dois mamilos rosados, e seus braços eram finos, embora com músculos perfeitos, e os dedos delicados da mão, que ele passava nos lábios, pensativo, enquanto olhava para ela, eram finos e parecidos com os dedos de Rowan.

Mas ele era maior do que ela; era grande como um homem. E o sangue e o muco secos pareciam um mapa vermelho-escuro a cobri-lo por inteiro.

Ela sentiu que um gemido saía da sua garganta, forçando a passagem pelos seus lábios. Seu corpo inteiro se agitou com ele, e de repente ela deu um berro. Levantando-se do assoalho, ela berrou. Com mais força, por mais tempo e mais descontrolados do que os seus berros na noite anterior, com todo o medo que havia sentido. Ela era esse grito que a deixava, que abandonava tudo que havia visto e de que se lembrava em pavor total.

A mão dele tampou sua boca, empurrando-a de volta ao tapete. Ela não podia se mexer. O berro girava dentro dela, como um vômito que poderia sufocá-la. Um forte espasmo de dor a trespassou. Ela ficou inerte, em silêncio.

– Não grite – sussurrou ele, debruçando-se sobre ela. A voz conhecida. É claro, a mesma voz, com sua modulação inconfundível.

O rosto liso parecia perfeitamente inocente, a imagem do espanto, com suas bochechas perfeitas e radiantes, seu nariz fino e delicado e os grandes olhos azuis que piscavam para ela. Que se abriam e se fechavam como os olhos do homúnculo sobre a mesa nos seus sonhos. Ele sorriu.

– Eu preciso de você – disse ele. – Eu amo você e sou seu filho.

Depois de algum tempo, ele afastou a mão.

Ela se sentou. Sua camisola estava impregnada de sangue seco e duro. O cheiro de sangue estava por toda a parte. Como o cheiro da Emergência.

Ela voltou um pouco no tapete e se inclinou para a frente, com o joelho dobrado, a observá-lo.

Mamilos, perfeitos; sexo, perfeito, é, embora a prova real seria quando estivesse ereto. Os cabelos, perfeitos, é, mas e por dentro? E a precisão do entrelaçamento de todas as pecinhas?

Ela se aproximou mais, olhando para seus ombros, observando o movimento do tórax com a respiração, e depois olhando nos seus olhos, sem ver se ele olhava para ela, sem se importar, apenas estudando a textura da carne e dos lábios.

Ela pôs a mão no seu peito e escutou. Um ritmo forte e regular vinha dali.

Ele não fez menção de impedi-la quando ela pôs as mãos nos dois lados do seu crânio. Macio, como o crânio de um bebê, capaz de se recuperar depois de golpes que matariam um homem de 25 anos. Meu Deus, mas quanto tempo ele continuaria assim?

Ela levou um dedo ao seu lábio inferior, abrindo-lhe a boca e examinando sua língua. Sentou-se novamente para trás, com as mãos inertes sobre as pernas cruzadas.

– Está sentindo alguma dor? – perguntou ele. Sua voz era muito carinhosa. Ele contraiu os olhos e, por um instante, seu rosto demonstrou um traço de expressão madura para em seguida voltar ao assombro infantil. Você perdeu tanto sangue.

Ela ficou olhando para ele muito tempo, em silêncio.

Ele apenas a observava, à espera.

– Não, não sinto dor – sussurrou ela. Ficou novamente olhando para ele por um tempo enorme. – Preciso de coisas – disse ela, afinal. – Preciso de um microscópio. Preciso de amostras de sangue. Preciso ver de fato o que são os tecidos agora! Meu Deus, preciso de todas essas coisas! Preciso de um laboratório perfeitamente equipado. E temos de sair daqui.

– É – disse ele, concordando com a cabeça. – Esse deveria ser nosso próximo passo. Sair daqui.

– Você consegue ficar em pé?

– Não sei.

– Bem, você vai tentar. – Ela se pôs de joelhos e depois, agarrando-se à beirada do consolo de mármore, ficou em pé. Segurou a mão dele, um aperto firme, agradável. – Vamos, levante-se. Não pense. Basta que se levante. Confie que seu corpo saiba. Os músculos estão aí. É isso o que o diferencia totalmente de um recém-nascido: você tem o esqueleto e a musculatura de um homem.

– Está bem. Vou tentar – disse ele. Parecia assustado e estranhamente delicado. Estremecendo, ele se esforçou para ficar primeiro de joelhos, como Rowan havia feito, e depois ficou em pé, só para cair para trás, evitando a queda dando passos acelerados para trás.

– Uuuuuuh... Estou andando. Estou, sim. Estou andando...

Ela se apressou até ele, enlaçou-o com um braço e deixou que ele se agarrasse a ela. Ele se acalmou olhando para ela e depois ergueu a mão para acariciar seu rosto, num gesto de coordenação imperfeita, muito parecido com o de um bêbado, mas os dedos eram sedosos e vibrantes.

– Minha bela Rowan. Olhe, as lágrimas sobem aos meus olhos. Lágrimas de verdade. Ah, Rowan.

Ele tentou ficar em pé sem apoio e se inclinar para beijá-la. Ela o segurou e o firmou quando seus lábios se juntaram aos dela, e foi atingida por aquele mesmo choque sensual poderoso que sempre ocorria quando ele a tocava.

– Rowan – gemeu ele, em voz alta, esmagando-a contra seu corpo e depois escorregando para trás até ela o fazer parar novamente nos seus braços.

– Venha, não temos muito tempo – disse ela. – Temos de encontrar algum lugar seguro, algum lugar completamente desconhecido...

– É, querida, claro... mas você entende que tudo isso é tão novo e tão lindo. Deixe-me abraçá-la de novo, deixe-me beijá-la...

– Não temos tempo – disse ela, mas os lábios macios de bebê já estavam grudados nos seus, e ela sentia o pau fazendo pressão contra seu sexo, fazendo força ali onde doía. Ela se afastou, puxando-o atrás dela.

– Isso mesmo – disse ela, observando seus pés. – Não pense. Só olhe e ande.

Por um instante, quando se descobriu debaixo do portal, consciente do seu formato de buraco de fechadura, e das velhas discussões sobre o seu significado, toda a aflição e a beleza da sua vida passaram diante dos seus olhos, toda a sua luta e todos os seus juramentos anteriores.

Mas esta era de fato uma nova porta. Era a porta que ela havia vislumbrado há milhões de anos, na infância, quando abriu pela primeira vez os mágicos volumes do conhecimento científico. E agora estava aberta, muito para além dos horrores do laboratório de Lemle e dos holandeses reunidos em volta da mesa numa Leiden mítica.

Ela o conduziu lentamente pela porta e escada acima, caminhando com paciência, passo a passo, ao seu lado.

52

Ele estava tentando acordar, mas, cada vez que chegava perto da superfície, afundava novamente, sonolento, pesado, mergulhando nas cobertas leves e macias da cama. O desespero o dominava e depois desaparecia.

Foi a náusea que afinal o acordou. Parecia ter ficado sentado uma eternidade no piso do banheiro, encostado na porta, vomitando com tanta violência que uma dor o cingia pelas costelas a cada ânsia que sentia. Depois, não havia mais nada a expelir, e a náusea simplesmente caiu sobre ele sem nenhuma promessa de alívio.

O banheiro estava se inclinando. Haviam, afinal, arrancado a fechadura da porta e o estavam levantando do chão. Ele quis pedir desculpas por ter trancado a porta, um ato reflexo. Havia tentado alcançar a maçaneta para abrir a porta, mas não conseguiu emitir nenhuma palavra.

Meia-noite. Ele viu o mostrador do relógio na cômoda. Meia-noite da véspera de Natal. E ele se esforçou por dizer que aquilo tinha um significado, mas foi impossível fazer mais do que pensar naquela criatura parada por trás do presépio, no altar. E ele foi afundando mais uma vez quando sua cabeça bateu no travesseiro.

Quando abriu os olhos de novo, o médico estava falando com ele, mas ele não conseguia se lembrar exatamente de onde havia visto o médico antes.

– Sr. Curry, faz alguma ideia de qual poderia ser o conteúdo da injeção?

Não. Achei que ela estava me matando. Achei que ia morrer. Só o esforço para mover os lábios já o deixava enjoado. Ele só abanou a cabeça, mas isso também lhe causou náuseas. Ele via a escuridão da noite lá fora através do gelo nas janelas.

– ... pelo menos mais oito horas – disse o médico.

– Durma, Michael. Não se preocupe agora. Durma.

– O restante está normal. Líquidos leves, se ele por acaso pedir algo para beber. Se houver a menor alteração...

Bruxa traiçoeira. Tudo destruído. O homem sorrindo para ele por trás do presépio. É claro, era a hora. A hora exata. Soube que a havia perdido para sempre. A Missa do Galo estava terminada. Sua mãe chorava pela morte do seu pai. Nada voltará a ser como antes agora.

– Basta que durma. Estamos aqui com você.

Eu fracassei. Não o impedi. Eu a perdi para sempre.

* * *

– Há quanto tempo estou aqui?

– Desde ontem à noite.

Era a manhã de Natal. Ele olhou pela janela, com medo de se mexer para não sentir náuseas novamente.

– Não está nevando mais, está? – Ele mal ouviu a resposta de que a neve havia parado antes do amanhecer.

Ele se forçou a sentar na cama. Não tão mau quanto antes. Uma dor de cabeça, sim, e a visão um pouco embaçada. Nada pior do que uma ressaca.

– Espere, Sr. Curry, por favor. Deixe-me chamar Aaron. O médico vai querer vê-lo.

– É, isso seria bom. Mas vou me vestir.

Todas as suas roupas estavam no armário. Um simpático conjunto de viagem em plástico em cima da cômoda do banheiro. Tomou um banho de chuveiro, lutando com uma eventual tontura, fez a barba rápido e sem cuidado com o pequeno aparelho descartável e depois saiu do banheiro. Tinha vontade de mergulhar de novo na cama, sem a menor dúvida.

– Preciso voltar lá – disse, no entanto. – Quero saber o que aconteceu.

– Eu imploro que espere – disse Aaron. – Que coma alguma coisa, veja como se sente.

– Não importa como eu me sinta. Pode me arrumar um carro? Vou pedir carona se você não puder.

Olhou pela janela. A neve ainda estava no chão. As estradas estariam perigosas. Tinha de ir agora.

– Olhe, nem sei como agradecer por ter cuidado de mim desse jeito.

– O que você pretende fazer? Você não faz a menor ideia do que irá encontrar. Ontem à noite, ela me disse que, se eu gostasse de você, devia fazer o possível para que não voltasse lá.

– Para o inferno o que ela disse. Eu vou.

– Então eu vou também.

– Não, você fica aqui. Esse assunto é entre mim e Rowan. Preciso de um carro, agora. Estou de saída.

Era um Lincoln sedã, grande, cinzento, pesadão, que dificilmente seria o veículo da sua escolha, embora o assento de couro macio fosse confortável e realmente atingisse boa velocidade quando ele finalmente chegou à rodovia interestadual. Até aquele ponto, Aaron o acompanhava na limusine. Mas agora não havia sinal dele, à medida que Michael ultrapassava um carro após o outro.

A neve estava suja dos dois lados da estrada, mas o gelo havia desaparecido. E o céu era daquele azul impecável, desafiador, que fazia com que tudo parecesse limpo e amplo. A dor de cabeça o atacava, lançando sobre ele uma crise de tontura e náusea a cada quinze minutos. Ele simplesmente a ignorava e não tirava o pé do acelerador.

Estava a quase cento e cinquenta por hora quando chegou a Nova Orleans, passando pelos cemitérios de Metairie, pelos telhados e pelo ridículo espetáculo surrealista do anfiteatro do Superdome, que parecia um disco voador acabando de pousar ali entre arranha-céus e campanários de igrejas.

Freou rápido demais, quase derrapando, ao pegar a saída para a St. Charles Avenue. O trânsito ia lento em meio às faixas congeladas de neve suja.

Cinco minutos depois, fez a curva à esquerda para entrar na First Street, e o carro mais uma vez derrapou perigosamente. Freou e seguiu devagar pelo asfalto liso, até ver a casa erguida como uma fortaleza sinistra na sua esquina escura, sombria, coberta de neve.

O portão estava aberto. Ele enfiou a chave na porta da frente e entrou.

Por um instante, ficou paralisado. Havia sangue pelo chão todo, em borrões e faixas, e a impressão de uma mão ensanguentada no batente da porta. Alguma coisa que parecia fuligem cobria as paredes, raleando para um tom de encardido ao se aproximar do teto.

O cheiro era fétido, como o do quarto no qual Deirdre havia morrido.

Manchas de sangue no portal da sala de estar. Pegadas de pés descalços. Sangue por todo o tapete chinês, e alguma substância viscosa, semelhante ao muco, lambuzada no assoalho. E a árvore de Natal, com todas as suas lâmpadas acesas, como uma sentinela distraída no final do salão, uma testemunha cega e muda que não poderia descrever nada.

Sua cabeça explodia de dor, mas ela não era nada em comparação com a dor no seu peito e a pulsação acelerada do seu coração. A adrenalina inundava suas veias. E sua mão direita formava convulsivamente um punho.

Ele se voltou, saiu do salão para o corredor e se encaminhou para a sala de jantar.

Sem nenhum ruído, uma figura apareceu no alto portal em forma de buraco de fechadura, olhando para ele, com uma das mãos esguias subindo pelo batente.

Era um gesto estranho. Havia algo nitidamente vacilante nessa figura, como se ela também estivesse sofrendo choques. E, quando ela surgiu à luz do jardim de inverno, Michael parou, examinando-a, esforçando-se por entender o que estava vendo.

Era um homem, usando calças e camisa largas e desalinhadas, mas Michael nunca havia visto um homem assim. Ele era muito alto, talvez um metro e oitenta e cinco, e desproporcionadamente esguio. As calças eram grandes demais para ele e estavam aparentemente amarradas na cintura, e a camisa era de Michael, uma velha camiseta. Caía como uma túnica sobre sua estrutura magra. Cabelos negros, cacheados e abundantes, e olhos azuis muito grandes, mas, fora isso, ele se parecia com Rowan. Era como um gêmeo masculino de Rowan! A pele era a pele jovem e lisa de Rowan, só que ainda mais jovem do que a dela, que encobria os malares de Rowan. E essa era a boca de Rowan, só que um pouco mais cheia e mais sensual. E os olhos, embora grandes e azuis, tinham Rowan neles. E Rowan também estava no súbito sorriso frio e discreto do homem.

Ele deu mais um passo na direção de Michael, que viu que ele não tinha firmeza nos pés. Um brilho emanava dele. E Michael percebeu o que aquilo era, contradizendo a razão e a experiência, mas perfeitamente óbvio de um modo horrendo. A criatura parecia recém-nascida; apresentava o suave brilho duradouro de um bebê. Suas mãos longas e magras eram lisas como as de um bebê, da mesma forma que seu pescoço. E seu rosto não tinha absolutamente nenhum traço de personalidade.

No entanto, a expressão no seu rosto não era nenhuma expressão de bebê. Ela era cheia de assombro, de um amor aparente e de um terrível escárnio.

Michael investiu contra ele, pegando-o de surpresa. Ele segurou seus braços magros e poderosos, e ficou assustado e horrorizado com a gargalhada viril emitida por ele.

Lasher, vivo antes, vivo novamente, de volta à carne, para derrotá-lo! Seu filho, seus genes, a sua carne e a dela. Eu o amo, eu o venci, eu o usei. Obrigado, pai que escolhi para mim.

Cego de raiva, Michael ficou parado, incapaz de se mexer, com as mãos agarrando os braços da criatura, enquanto ela lutava para se livrar, até de repente se soltar com um grande gesto em arco, como o recuar de um pássaro feito de aço e borracha que se curva e se endireita.

Michael soltou um rugido grave, horrorizado.

– Você matou meu filho! Rowan, você entregou nosso filho a ele! – Seu grito foi gutural e angustiado, com as palavras se atropelando nos seus ouvidos como puro barulho. – Rowan!

A criatura saiu correndo para longe dele, batendo desajeitada na parede da sala de jantar, e mais uma vez jogou as mãos para cima e riu. Ela de repente esticou o braço, e sua mão lisa e enorme atingiu o peito de Michael e o lançou sobre a mesa de jantar.

– Sou seu filho, Pai. Dê um passo atrás. Olhe para mim!

Michael se levantou de qualquer jeito.

– Olhar para você? Vou é matá-lo!

Michael investiu contra a criatura, mas ela recuou dançando para dentro da despensa, curvando as costas e estendendo as mãos como se quisesse provocar. Saiu valsando de costas pela porta da cozinha. As suas pernas se emaranhavam e depois se endireitavam como se fossem de um boneco de palha. Mais uma vez, fez-se ouvir a risada, forte, profunda, cheia de uma alegria louca. A risada era enlouquecida como os olhos da criatura, cheia de um prazer louco e irresponsável.

— Ora, Michael, vamos! Não quer conhecer seu próprio filho? Você não pode me matar! Não pode matar quem tem seu próprio sangue! Tenho os seus genes em mim, Michael. Eu sou você, eu sou Rowan. Sou filho de vocês dois.

Num novo ataque, Michael o agarrou e o atirou contra as portas envidraçadas, sacudindo com estrépito as vidraças. Lá no alto na frente da casa, o alarme soou disparado pelos sensores nos vidros, somando seu ruído exasperante ao rebuliço.

A criatura ergueu seus braços longos e desengonçados, olhando para Michael espantada, enquanto as mãos de Michael se fechavam em volta do seu pescoço. Formou então punhos com as duas mãos e golpeou com eles o maxilar de Michael.

Michael perdeu o equilíbrio, mas, ao atingir o chão, ele imediatamente rolou e se pôs de quatro. A porta envidraçada estava aberta, o alarme ainda estava tocando, e a criatura estava dançando, girando e brincando, com uma graça horrenda, na direção da piscina.

Quando ele foi atrás dela, viu com o canto do olho Rowan descendo apressada pela escada da cozinha. Ouviu seu grito.

— Michael, não chegue perto dele!

— Você fez isso, Rowan. Você deu nosso filho! Ele está no nosso filho! — Ele se voltou, com o braço erguido, mas não pôde bater nela. Paralisado, ficou olhando para ela. Rowan era a própria imagem do terror, com o rosto descorado e a boca úmida e trêmula. Indefeso, com calafrios, a dor apertando seu peito como um fole, ele se voltou e olhou com raiva para a criatura.

Ela saltitava de um lado para o outro nas lajes cobertas de neve ao lado da água azul ondulante. Empurrando a cabeça para a frente e pondo as mãos nos joelhos, para depois apontar para Michael. Sua voz, alta e nítida, superava a histeria do alarme.

— Isso passa, como dizem os mortais. Você vai entender, como dizem os mortais! Você criou um belo filho, Michael. Michael, eu sou sua obra. Eu amo você. Sempre o amei. O amor foi a definição da minha ambição, os dois são a mesma coisa para mim. Eu me apresento a você com amor.

Michael saiu pela porta quando Rowan correu na sua direção. Ele foi direto atacar a criatura, escorregando na neve congelada, livrando-se dela quando tentou detê-lo. Ela caiu no chão como se fosse de papel, e uma dor cortante atingiu o pescoço de Michael. Ela havia segurado a medalha de São Miguel pela corrente, e agora tinha nas mãos a corrente quebrada, enquanto a medalha havia caído na neve. Ela soluçava e implorava que ele parasse.

Não tinha tempo para ela. Ele deu meia-volta, e seu poderoso gancho de esquerda atingiu o lado da cabeça da criatura. Ela soltou mais uma gargalhada mesmo enquanto o sangue vermelho brotava da carne ferida. Perdeu o equilíbrio e virou, escorregou no gelo e tombou sobre as cadeiras de ferro, derrubando-as de qualquer jeito.

– Ai, olhe só o que você fez! Você não pode imaginar a sensação que me dá! Ai, eu vivi por este instante, por este instante extraordinário!

Com um pivô repentino, a criatura investiu contra o braço direito de Michael, agarrando-o e o torcendo com violência para trás. Suas sobrancelhas estavam erguidas, os lábios repuxados num sorriso, dentes perolados reluzindo brancos em contraste com a língua rosada. Tudo novo, tudo brilhante, tudo puro, como num bebê.

Michael deu mais um soco de esquerda no peito da criatura, sentindo a força dos ossos.

– É, você está gostando, seu maldito. Então, morra, seu filho da puta! Cuspiu na criatura, dando mais um soco de esquerda, já que a criatura não soltava seu punho direito, como se fosse uma bandeira desfraldada amarrada a ele. O sangue jorrou pela boca. – É, isso mesmo! Você não está na carne? Então, morra nela!

– Estou perdendo minha paciência com você! – uivou a criatura, olhando espantada para o sangue que escorria da sua boca e manchava toda a sua camisa. – Ai, olhe só o que você fez! Que pai furioso! Que pai severo! – disse a criatura, sacudindo Michael para a frente, de modo a lhe tirar o equilíbrio, apertando seu punho como uma tenaz.

– Você gosta? – gritou Michael. – Você gosta da sua carne sangrando? Da carne do meu filho, da minha carne! – Tentando livrar a mão direita em vão, ele fechou os dedos da mão esquerda em torno da garganta lisa da criatura, empurrando o polegar na sua traqueia, enquanto dava uma forte joelhada no escroto. – Ah, quer dizer que ela o fez realmente por inteiro, até com a instalação hidráulica, hein?

De relance ele viu Rowan novamente, mas dessa vez foi a criatura que a derrubou quando afinal soltou a mão de Michael. Rowan caiu sobre a balaustrada.

A criatura berrava de dor, revirando os olhos azuis. Antes que Rowan pudesse se pôr de pé, ela recuou, com os ombros se erguendo como asas, e gritou, abaixando a cabeça.

– Você está me ensinando, Pai. Ah, está me ensinando muito bem! – Uma espécie de rosnado superou as palavras, e a criatura investiu contra Michael, atingindo-o no peito com a cabeça, dando-lhe um belo golpe que o fez saltar do chão e cair dentro da piscina.

Rowan deu um grito ensurdecedor, muito mais alto e agudo do que a sirene do alarme.

Mas Michael já havia caído na água gelada. Ele foi afundando, afundando, ali no lado mais fundo, com a superfície azul cintilando acima da sua cabeça. A temperatura congelante tirou seu fôlego. Ele estava imóvel, impregnado pelo frio, incapaz até mesmo de mexer os braços, até que sentiu seu corpo arranhar o fundo.

Então, numa convulsão desesperada, ele começou a subir, com suas roupas parecendo dedos a agarrá-lo e segurá-lo ali embaixo. E, quando sua cabeça atravessou a superfície entrando na luz ofuscante, ele sentiu mais um golpe violento e afundou de novo, subindo só para ser empurrado para baixo, com as mãos para cima, soltas no ar, tentando em vão agarrar a criatura que o segurava e engolindo cada vez mais água gelada.

Estava acontecendo de novo, mais uma vez se afogava, e essa água tão fria. Não, assim não, novamente assim não. Ele tentou fechar a boca, mas a dor que explodia no seu tórax era forte demais, e a água entrou livremente nos seus pulmões. Suas mãos não sentiam nada lá em cima; e ele também não via nem cor nem luz; nem tinha mais a sensação do que estava acima ou abaixo. E de súbito ele vislumbrou mais uma vez o Pacífico, infinito e cinzento, e as luzes da Cliff House ficavam mais fracas e desapareciam à medida que as ondas cresciam ao seu redor.

De repente, seu corpo se relaxou. Ele não estava lutando desesperadamente para respirar ou para subir, nem tentava agarrar nada. Na realidade, ele não estava de fato no próprio corpo. Ele conhecia essa sensação, essa leveza, essa sublime liberdade.

Só que não estava se elevando, nem subindo em liberdade, como havia feito naquele dia distante, até as nuvens e o céu de chumbo, de onde ele podia ver toda a terra lá embaixo, com seus milhões e mais milhões de seres minúsculos.

Dessa vez, ele estava num túnel, e estava sendo sugado para baixo. Era escuro e apertado, e a viagem parecia não ter final. Envolto num silêncio imenso, ele caía, completamente sem vontade e cheio de um vago assombro.

Afinal, uma grande luz vermelha o cercou. Havia caído num lugar conhecido. É, os tambores, ele ouvia os tambores, a velha e conhecida cadência de marcha dos tambores do Carnaval, o barulho do desfile de Comus que passava veloz pela escuridão do inverno no final cansado e lúgubre da noite de Carnaval. E o cintilar das chamas vinha dos archotes abaixo dos galhos retorcidos dos carvalhos. E o seu medo era o medo onisciente do menino de há tanto tempo. E tudo estava aqui, tudo o que temia, acontecendo afinal, não apenas um vislumbre à beira de um sonho, ou com a camisola de Deirdre nas mãos, mas aqui, em toda a sua volta.

Seus pés bateram no chão fumegante e, enquanto ele tentava se levantar, viu que os galhos dos carvalhos subiam e atravessavam direto o teto de gesso do salão, envolvendo o lustre num emaranhado de folhas e roçando os altos espelhos. E isso aqui era de fato a casa. Inúmeros corpos se contorciam no escuro. Estava pisando neles! Formas nuas, cinzentas, copulavam e se retorciam nas chamas e nas sombras, com os rolos de fumaça escondendo o rosto de todos os que o cercavam e que olhavam para ele. Mas ele sabia quem eram. Saias de tafetá, o pano que roçava nele. Ele tropeçou e tentou recuperar o equilíbrio, mas sua mão atravessou a pedra ardente; seus pés afundaram na lama fumegante.

As freiras vinham chegando num círculo, figuras altas, trajadas em negro, com toucas brancas engomadas, freiras cujos nomes e rostos ele conhecia da infância, com os rosários matraqueando, os pés batendo forte no assoalho de cerne de pinho à medida que se aproximavam e fechavam o círculo ao seu redor. Stella desrespeitou o círculo, os olhos cintilantes, o cabelo frisado reluzindo com brilhantina. De repente, ela estendeu a mão e o puxou para perto de si.

– Deixe-o em paz. Ele pode se levantar sozinho – disse Julien. E lá estava ele, o próprio Julien, com seus cabelos brancos cacheados e seus olhinhos negros faiscantes. As roupas perfeitas e imaculadas, e a mão se erguendo enquanto ele sorria e acenava. – Vamos, Michael, levante-se – disse ele, com seu forte sotaque francês. – Você agora está conosco. Tudo terminou. E pare imediatamente de brigar.

– É, levante-se, Michael – disse Mary Beth, roçando no seu rosto uma saia de tafetá escuro. Mulher alta e imponente, com o cabelo todo riscado de grisalho.

– Você agora está conosco, Michael. – Era Charlotte, com sua cabeleira loura e radiante, os seios apertados pelo decote de tafetá, erguendo-o embora ele se esforçasse para escapar. A mão de Michael lhe atravessou o peito.

– Parem com isso! Afastem-se de mim! – gritou ele. – Fora!

Stella estava nua a não ser pela pequena camisa que caía dos ombros. Todo o lado da sua cabeça gotejava com o sangue da bala.

– Vamos, Michael querido, você agora está aqui, para ficar, não percebe? Acabou, querido. Missão cumprida.

Os tambores batiam cada vez mais perto, contrapondo-se à música animada de uma banda de *Dixieland*, e o caixão estava aberto no final do salão, com as velas à sua volta. As velas iam atingir as cortinas e incendiar a casa!

– Ilusões, mentiras – gritou ele. – É uma brincadeira. – Ele procurou ficar em pé, descobrir alguma direção para onde pudesse correr, mas para onde olhasse, só via as janelas de nove vidraças, os portais em forma de buraco de fechadura, os galhos de carvalho a perfurar o teto e as paredes, e a casa inteira como uma armadilha monstruosa que recuperava sua forma em volta das árvores retorcidas, esforçadas, com as chamas se refletindo nos espelhos altos e estreitos, sofás e poltronas encobertos pela hera e pelas camélias em flor. A buganvília escondia todo o teto, fazendo arabescos juntos aos consolos de mármore, com as pequenas pétalas roxas caindo trêmulas nas chamas fumarentas.

A mão da freira de repente atingiu o lado do seu rosto como uma tábua. A dor o chocou e o deixou furioso.

– O que está dizendo, menino! É claro que está aqui, levante-se. – Uma voz grosseira, como um rugido. – Menino, responda!

– Afaste-se de mim! – Ele tentou empurrá-la, em pânico, mas sua mão a atravessou.

Julien estava ali parado com as mãos unidas atrás das costas, abanando a cabeça. E atrás de Julien, estava o belo Cortland, com a mesma expressão e o sorriso irônico do pai.

— Michael, devia estar perfeitamente óbvio para você que seu desempenho foi magnífico — disse Cortland. — Você a levou para a cama, você a trouxe de volta a Nova Orleans, você a engravidou. Exatamente o que nós queríamos que fizesse.

— Não queremos brigar — disse Marguerite, com seu cabelo de megera escondendo o rosto quando ela estendeu a mão na sua direção. — Estamos todos do mesmo lado, *mon cher*. Levante-se, por favor. Venha até nós.

— Vamos, Michael. Você é que está criando essa confusão — disse Suzanne, com seus grandes olhos de tola brilhando e piscando enquanto ela o ajudava a se levantar, os seios mal cobertos pelos trapos imundos que usava.

— Bem, meu filho, você conseguiu — disse Julien. — *Eh bien*, vocês dois foram maravilhosos, você e Rowan. Fizeram exatamente aquilo que nasceram para fazer.

— E agora você pode fazer a travessia de volta conosco — disse Deborah. Ela levantou as mãos para que os outros abrissem espaço, com as chamas se erguendo às suas costas e a fumaça formando rolos acima da sua cabeça. A esmeralda piscava e cintilava sobre o azul-escuro do seu vestido de veludo. A menina do quadro de Rembrandt, tão linda com suas bochechas rosadas e seus olhos azuis, tão bela quanto a esmeralda. — Você não compreende? Foi esse o pacto. Agora que ele fez a travessia, todos nós vamos fazê-la! Rowan sabe o que é preciso para nos trazer de volta, da mesma forma que ela agiu com Lasher. Não, Michael, não se oponha. Você quer ficar conosco, aqui preso à terra, à espera da sua vez? A alternativa é permanecer morto para sempre.

— Estamos todos salvos, agora, Michael — disse a frágil Antha, parada como uma menina num simples vestido florido, com o sangue lhe escorrendo pelos dois lados do rosto do ferimento profundo no alto da cabeça. — E você não pode imaginar quanto tempo esperamos. Costuma-se perder a noção do tempo aqui...

— É, salvos — disse Marie Claudette. Estava sentada numa grande cama de dossel, com Marguerite ao seu lado e as chamas se enroscando nas colunas, devorando as cortinas. Lestan e Maurice estavam parados atrás da cama, observando com expressão de ligeiro enfado, a luz refulgindo nos seus botões de latão, as chamas lambendo a barra dos seus casacos de corte evasê.

— Fomos expulsos de Saint-Domingue pelo fogo — disse Charlotte, segurando com elegância as pregas da sua saia delicada. — E o rio tomou nossa velha fazenda.

— Mas esta casa durará para sempre — disse Maurice, em tom grave, passando os olhos pelo teto, pelos medalhões, pelos lustres inclinados — graças aos seus esforços no sentido de restaurá-la. E nós temos esse lugar maravilhoso e seguro onde podemos esperar nossa vez de voltar à carne.

— Estamos tão felizes por tê-lo conosco, querido — disse Stella, com o mesmo ar de tédio, mudando de repente o peso de uma perna para a outra, o que fez com que o lado esquerdo do seu quadril sobressaísse na combinação de seda. – Você sem dúvida não vai deixar passar uma oportunidade dessas?

– Eu não acredito em vocês! Vocês são de mentira, produtos da imaginação! – Michael deu meia-volta, e sua cabeça atravessou com força a parede de alvenaria cor de pêssego. O vaso de samambaia virou, caindo ao chão. Os casais que se contorciam diante dele rosnavam quando seu pé os trespassava, atravessando as costas do homem e o ventre da mulher.

Stella riu e correu pelo salão, jogando-se de costas no caixão forrado de cetim, tateando à procura da sua taça de champanhe. Os tambores estavam cada vez mais altos. Por que tudo não pega fogo, por que a casa não se incendeia?

– Porque estamos no inferno, querido – disse a freira, que levantou a mão para lhe dar mais um tapa. – E aqui tudo queima interminavelmente.

– Parem com isso! Deixem-me ir embora!

Ele deu um encontrão em Julien, caindo para a frente, com as chamas aumentando numa rajada ardente bem no seu rosto. Mas a freira o segurou pelo colarinho. Ela estava com a medalha de São Miguel na mão.

– Você deixou isso cair, não foi? E eu disse para cuidar dela, não disse? E onde foi que eu a encontrei? Jogada no chão, foi assim que a encontrei! – E mais uma bofetada o atingiu, feroz e dolorida, deixando-o espumando de raiva. Ela o sacudiu quando ele caiu de joelhos, lutando com as mãos para afastá-la dali.

– Tudo o que pode fazer agora é ficar conosco e fazer a travessia de volta! – disse Deborah. – Você não compreende? O portal está aberto. É apenas uma questão de tempo. Lasher e Rowan vão nos levar de volta. Suzanne, primeiro. Depois, eu. E depois...

– Não, espere aí. Eu nunca fiz nenhum acordo sobre nenhuma ordem dessas – disse Charlotte.

– Nem eu – acrescentou Julien.

– Quem foi que disse uma palavra sobre uma ordem! – rugiu Marie Claudette, livrando as pernas do acolchoado ao se sentar para a frente na cama.

– Por que vocês têm de ser tão bobos? – comentou Mary Beth, com um ar entediado e prático. – Meu Deus, tudo foi realizado. E não há nenhum limite a quantas vezes a transmutação possa ser efetuada. E vocês podem imaginar a qualidade superior da carne e dos genes resultantes, não podem? Na realidade, esse é um avanço científico de um brilho espantoso.

– Tudo natural, Michael, e compreender isso é compreender a essência do universo, que as coisas são... bem, mais ou menos predeterminadas disse Cortland. – Você não sabe que estava nas nossas mãos desde o início?

– Esse é o ponto crucial que você deve compreender – disse Mary Beth, num tom comedido.

– O incêndio que matou seu pai – disse Cortland. – Aquilo não foi acidente nenhum...

– Não me digam esse tipo de coisa! – berrou Michael. – Vocês não provocaram aquilo. Não acredito. Não aceito!

– ... para posicioná-lo com exatidão e garantir que você tivesse a combinação desejada de sofisticação e charme, de modo a atrair a atenção de Rowan e fazer com que ela se abrisse para você...

– Não se deem ao trabalho de falar com ele – disse a freira alta, em tom áspero, com as contas do rosário batendo umas nas outras, suspensas do seu grosso cinto de couro. – Ele é incorrigível. Deixem, que eu cuido dele. Vou tirar essa rebeldia a bofetadas.

– Não é verdade – disse ele, procurando proteger os olhos do brilho ofuscante das chamas, com os tambores parecendo entrar pelas suas têmporas. – Não é essa a explicação – gritou ele. – Não é esse o significado final. – Seus gritos superavam o barulho dos tambores.

– Michael, eu avisei – declarou a vozinha lamentável da irmã Bridget Marie, que espiava por trás da freira cruel. – Disse que havia bruxas naquelas ruas escuras.

– Venha logo para cá e tome um pouco de champanhe – disse Stella. – E pare de criar essas imagens infernais. Você não entende? Quando se está preso à terra, você cria o próprio ambiente.

– É, você está fazendo isso aqui ficar tão feio! – disse Antha.

– Aqui não temos chama nenhuma – disse Stella. – Isso aí é da sua cabeça. Vamos dançar ao som dos tambores. Passei a adorar essa música. Eu realmente gosto dos seus tambores, dos seus loucos tambores de Carnaval!

Ele agitava os dois braços, com os pulmões ardendo e o peito a ponto de estourar.

– Não quero acreditar nisso. Vocês todos não passam de uma brincadeira, um truque, uma invenção dele.

– Não, *mon cher* – disse Julien –, nós somos o significado e a resposta final.

– Sempre fomos – disse Mary Beth, olhando para ele e abanando a cabeça com tristeza.

– Pois sim!

Ele afinal estava em pé. Conseguiu se livrar da freira, evitando sua bofetada seguinte e deslizando através dela. Passou correndo pela forma adensada de Julien, cego por um instante, mas saindo livre do outro lado, ignorando o riso e os tambores.

As freiras formaram uma barreira, mas ele a atravessou. Nada iria detê-lo. Ele estava vendo a saída. Via a luz que se derramava pelo portal.

– Não quero, não vou acreditar...

– Querido, procure se lembrar do primeiro afogamento – disse Deborah, de repente ao seu lado, tentando agarrar sua mão. – Foi o que nós explicamos antes, quando estava morto, que precisávamos de você, e você concordou, mas é claro que você estava só negociando pela sua vida, que estava mentindo para nós, sabe, e nós sabíamos que, se não provocássemos o esquecimento, você nunca, nunca iria cumprir...

– Mentira! Mentiras de Lasher! – Ele se livrou dela.

Apenas mais alguns passos até a porta, e isso estava ao seu alcance. Ele se atirou para a frente, tropeçando novamente nos corpos espalhados no chão, pisando em costas, ombros e cabeças, com a fumaça a arder nos seus olhos. Mas estava mais perto da luz.

E surgiu uma figura no portal. Ele conhecia aquele capacete, aquela longa capa. Conhecia aquele uniforme. É, ele era seu conhecido; era muito familiar.

– Já estou chegando – exclamou.

Mas seus lábios mal se mexeram.

Ele estava deitado de costas.

Seu corpo era incessantemente trespassado pela dor, e o silêncio congelado se fechava ao seu redor. E o céu lá em cima era de um azul estonteante.

Ouviu a voz do homem debruçado sobre ele.

– Está bem, rapaz. Agora, respire!

É, ele conhecia aquele capacete e aquela capa, porque era o uniforme dos bombeiros. E ele estava deitado junto à piscina, esticado sobre as lajes geladas, com o peito ardendo, braços e pernas doendo, e um bombeiro se debruçava sobre ele, aplicando a máscara de oxigênio no seu rosto e espremendo a bolsa ao seu lado. Um bombeiro, com um rosto igual ao do seu pai.

– É isso aí, rapaz. Respire – dizia ele novamente.

Os outros bombeiros estavam em pé em volta, grandes formas escuras contra o pano de fundo das nuvens que passavam. Todos conhecidos, em virtude dos capacetes e dos casacos, enquanto o estimulavam com vozes tão parecidas com a do seu pai.

Cada vez que respirava, sentia um forte espasmo de dor, mas ele sugava o ar até os pulmões e, quando o levantaram do chão, fechou os olhos.

– Estou aqui, Michael – disse Aaron. – Estou ao seu lado.

A dor no seu peito era enorme e fazia pressão nos pulmões. Seus braços estavam dormentes. Mas a escuridão era limpa e quieta, e a maca dava a impressão de voar enquanto os bombeiros o transportavam.

Discussão, conversa, o ruído de equipamentos de walkie-talkie. Mas nada disso importava. Ele abriu os olhos e viu o brilho do céu lá no alto. O gelo pingando da buganvília murcha e congelada, com todas as suas flores mortas quando passaram por ela. Portão afora, rodas trepidando nas lajes irregulares.

Alguém apertou a pequena máscara no seu rosto enquanto o enfiavam na ambulância.

– Emergência cardíaca, dando entrada agora, exigindo... – Cobertores à sua volta.

Mais uma vez a voz de Aaron, e depois uma outra.

– Ele está fibrilando novamente! Droga! Vamos!

As portas da ambulância bateram com violência, seu corpo oscilou um pouco para o lado quando eles se afastaram do meio-fio.

O punho desceu forte no seu peito, uma vez, duas vezes, mais outra.

Bombeavam o oxigênio para dentro dele pela máscara de plástico, como uma língua gelada.

O alarme ainda soava ou seria a sirene que tocava daquele jeito, num grito distante, como os gritos daqueles pássaros desesperados na madrugada, gralhas grasnando nos grandes carvalhos, como se tentassem arranhar o céu róseo, arranhar o silêncio escuro, profundo, coberto de musgo.

EPÍLOGO

53

Em algum momento antes do entardecer, ele compreendeu que estava na unidade de tratamento intensivo, que seu coração havia parado dentro da piscina, mais uma vez a caminho do hospital e uma terceira vez na Emergência. Agora estavam regulando sua pulsação com uma droga poderosa chamada lidocaína, que era a razão pela qual ele estava com a mente como que nublada, incapaz de se manter focalizada numa única ideia completa.

Permitiam que Aaron entrasse para vê-lo cinco minutos a cada hora. A certa altura, tia Viv esteve ali também. E depois Ryan chegou.

Vários rostos se debruçaram sobre sua cama. Vozes diferentes falaram com ele. Já era dia novamente quando o médico explicou que a fraqueza que ele sentia era o que devia se esperar. A boa notícia era que o músculo cardíaco havia sofrido relativamente pouco dano. Na realidade, ele já estava se recuperando. Iriam mantê-lo com drogas reguladoras, anticoagulantes e medicamentos para dissolver o colesterol. Repouse e se recupere foram as últimas palavras que ouviu antes de adormecer novamente.

Devia ter sido na véspera de Ano-Novo quando explicaram o que aconteceu. A essa altura, a medicação já havia sido reduzida e ele podia acompanhar o que estavam dizendo.

Não havia ninguém na casa quando o carro do corpo de bombeiros chegou. Só o alarme disparado. Não só os sensores nos vidros haviam sido acionados, mas alguém havia pressionado as teclas auxiliares usadas para incêndio, polícia e emergência médica. Entrando correndo pelo portão e pelo caminho lateral, os bombeiros logo viram o vidro quebrado nas portas abertas, a mobília virada na varanda e o sangue nas lajes. Localizaram, então, a forma escura que boiava logo abaixo da superfície da piscina.

Aaron chegara mais ou menos quando estavam reanimando Michael. Da mesma forma que a polícia. Procuraram pela casa toda, mas não encontraram ninguém. Havia sangue inexplicado na casa, e indícios de algum tipo de incêndio. Armários e gavetas estavam abertos no andar superior, e uma mala arrumada pela metade estava aberta em cima da cama. Mas não havia nenhuma evidência de luta.

Foi Ryan quem descobriu, mais tarde naquele mesmo dia, que o Mercedes conversível de Rowan havia desaparecido, e que sua bolsa, com toda e qualquer identificação sua, também havia sumido. Ninguém conseguiu encontrar sua maleta de médico, embora os primos tivessem certeza de ter visto algo semelhante.

Sem nenhuma explicação coerente para o que havia acontecido, a família entrou em pânico. Era cedo demais para dar Rowan por desaparecida. Mesmo assim, a polícia começou uma busca informal. Seu carro foi encontrado no estacionamento do aeroporto antes da meia-noite; logo foi confirmado que ela havia comprado duas passagens para Nova York na tarde daquele mesmo dia, e que seu avião havia aterrissado no horário. Um funcionário se lembrava dela e de que ela estava viajando com um homem alto. As aeromoças se lembravam dos dois, de que conversaram e beberam o voo inteiro. Não havia nenhuma evidência de coação ou de violência. A família não podia fazer nada a não ser esperar que Rowan entrasse em contato ou que Michael explicasse o que havia acontecido.

Três dias mais tarde, no dia 29 de dezembro, chegou um telegrama de Rowan da Suíça, no qual ela explicava que ficaria na Europa por algum tempo e que enviaria instruções quanto aos seus assuntos pessoais. O telegrama continha uma de uma série de senhas conhecidas apenas pela beneficiária do legado e pela firma Mayfair & Mayfair. E isso confirmou a todos os envolvidos que o telegrama realmente vinha de Rowan. No mesmo dia, foram recebidas instruções no sentido de uma substancial transferência de fundos para um banco em Zurique. Mais uma vez foram usadas as senhas corretas. A Mayfair & Mayfair não tinha nenhuma base para questionar as instruções de Rowan.

No dia 6 de janeiro, quando Michael saiu da unidade de tratamento intensivo para um quarto particular normal, Ryan veio visitá-lo, aparentando estar extremamente confuso e constrangido com as mensagens que devia transmitir. Ele usou do máximo tato possível.

Rowan estaria ausente por um tempo "indefinido". Sua localização específica não era conhecida, mas ela estava em contato frequente com a Mayfair & Mayfair por um escritório de advocacia de Paris.

O direito total à propriedade da casa da First Street deveria ser dado a Michael. Ninguém da família deveria questionar seu direito pleno e exclusivo ao imóvel. A casa permaneceria nas suas mãos, e apenas nas suas mãos, até o dia em que morresse, quando então voltaria, segundo a lei, ao legado.

Quanto às despesas de Michael, deveriam lhe conceder carta branca para gastar o que os recursos de Rowan permitissem. Em outras palavras, ele devia receber todo o dinheiro que quisesse ou que pedisse, sem limites especificados.

Michael não disse nada ao ouvir isso.

Ryan garantiu que estava ali para fazer cumprir as menores vontades de Michael, que as instruções de Rowan haviam sido extensas e explícitas, e que a Mayfair & Mayfair estava preparada para executá-las até os menores detalhes.

Quando Michael estivesse pronto para ir para casa, tudo seria preparado para lhe proporcionar conforto.

Michael nem ouviu a maior parte do que Ryan disse. Não havia nenhuma necessidade de explicar a Ryan, ou a qualquer outra pessoa, toda a ironia do curso dos acontecimentos; ou como todos os dias seus pensamentos, nublados pela medicação, percorriam as reviravoltas da sua vida desde as suas lembranças mais remotas.

Quando fechava os olhos, Michael via a todas elas de novo, em meio às chamas e à fumaça, as Bruxas Mayfair. Ele ouvia o rufar dos tambores, sentia o cheiro forte das chamas e ouvia o riso cristalino de Stella.

Depois, tudo sumia.

A tranquilidade retornava, e ele estava de volta à infância, caminhando pela First Street naquela remota noite de Carnaval com a sua mãe, pensando. Ah, que casa linda.

Pouco mais tarde, quando Ryan parou de falar e ficou sentado paciente no quarto apenas observando Michael, com um monte de perguntas obviamente ocupando seu pensamento, todas as quais ele tinha medo de formular, Michael perguntou se a família detestava a ideia da sua presença na casa. Se a família queria que ele abrisse mão dela.

Ryan respondeu que não tinham nenhum problema com isso. Que a família esperava que Michael fosse morar na casa. Que tinham esperança de que Rowan voltaria, de que algum tipo de reconciliação fosse possível. E então Ryan pareceu não ter como se expressar. Constrangido e obviamente muito angustiado, ele disse, com voz emocionada, que a família "simplesmente não entendia o que havia acontecido".

Uma série de respostas possíveis passou pela cabeça de Michael. Com distanciamento e frieza, ele se imaginou fazendo comentários misteriosos que alimentariam as antigas lendas da família; alusões obscuras ao número treze, ao portal e ao homem; comentários que talvez fossem debatidos por anos a fio nos gramados e nos jantares, bem como nos funerais. Mas isso era realmente inimaginável. Na realidade, era absolutamente crucial que ele se mantivesse em silêncio. Foi quando ouviu sua própria voz, declarando com extraordinária convicção.

– Rowan vai voltar. – E não disse mais nada depois disso.

No dia seguinte pela manhã, quando Ryan veio visitá-lo novamente, Michael fez um pedido, que sua tia Vivian se mudasse para a casa, se fosse da sua vontade. Ele não via mais nenhuma razão para ela ficar sozinha no apartamento na avenida. E, se Aaron pudesse ser seu hóspede na casa, isso também o deixaria feliz.

Ryan enveredou por uma confirmação jurídica extremamente elaborada de que a casa pertencia a Michael, e de que Michael não precisava pedir a permissão ou a aprovação de ninguém para implementar sua vontade, tanto em detalhes ínfimos quanto em pontos de maior importância, no que dissesse respeito à casa da

First Street. Ryan ainda acrescentou que fazia questão de que Michael contasse com ele para "absolutamente qualquer coisa".

Afinal, no silêncio que se seguiu, Ryan se descontrolou. Disse que não conseguia entender onde ele e a família haviam desapontado Rowan. Rowan começara a transferir enormes quantias das mãos da firma. Os planos para o Centro Médico Mayfair estavam em suspenso. Ele simplesmente não conseguia entender o que havia acontecido.

– Não foi culpa sua – disse Michael. – Vocês não tiveram nada a ver com isso. – E, depois de muito tempo, em que Ryan ficou ali sentado, aparentemente envergonhado do seu desabafo, dando a impressão de estar confuso e derrotado, Michael insistiu. – Ela vai voltar. Espere e verá. Essa história ainda não acabou.

No dia 10 de fevereiro, Michael recebeu alta do hospital. Ainda estava muito fraco, o que lhe causava frustração, mas seu músculo cardíaco havia demonstrado uma melhora notável. Sua saúde geral estava boa. Ele foi para a cidade alta numa limusine com Aaron.

O motorista do carro era um homem negro de pele clara chamado Henri, que iria morar nas dependências dos fundos, por trás do carvalho de Deirdre, e que cuidaria de tudo para Michael.

O dia estava claro, e fazia calor. Haviam tido mais um período de frio intenso logo após o Natal, e algumas chuvas com inundações, mas agora o tempo dava a impressão de já ser primavera, e as azaleias cor-de-rosa e vermelhas estavam floridas em todos os cantos da propriedade. A oliveira havia recuperado suas bonitas folhas verdes após o frio, e uma nova cor forte surgia nos carvalhos.

Todos estavam alegres, explicou Henri, porque o Carnaval estava chegando. Os desfiles iriam começar qualquer dia desses.

Michael foi dar um passeio pelo jardim. Todas as plantas tropicais mortas haviam sido removidas, mas as novas bananeiras já brotavam dos tocos escuros, mortos pelo frio, e até mesmo as gardênias estavam voltando, deixando cair suas folhas murchas marrons para uma nova brotação escura e lustrosa. As esqueléticas extremosas brancas ainda estavam nuas, mas isso era de se esperar. Ao longo da cerca da frente, as camélias estavam cobertas de flores de um vermelho-escuro. E os tulipeiros da Virgínia acabavam de deixar cair suas grandes flores semelhantes a pires; as lajes estavam cobertas com suas grandes pétalas rosadas.

A própria casa estava imaculadamente limpa e em perfeito estado.

Tia Vivian ocupava o quarto que havia pertencido a Carlotta, e Eugenia ainda estava bem no final do segundo andar, perto da escada da cozinha. Aaron dormia no segundo quarto da frente, o que havia pertencido a Millie Dear.

Michael não quis voltar para o quarto da frente, e eles aprontaram o antigo quarto de casal do lado norte para ele. Estava bastante acolhedor, mesmo com aquela cama de madeira de cabeceira alta, na qual Deirdre havia morrido, agora coberta com edredons brancos e travesseiros de plumas. Ele gostou especialmente da pequena sacada voltada para o norte, onde podia ficar sentado à mesa de ferro olhando para a esquina.

Durante dias, houve uma procissão de visitas. Bea veio com Lily, e depois Cecilia, Clancy e Pierce. Randall passou por ali com Ryan, que lhe trazia alguns documentos para assinar, e outros vieram, mas ele enfrentava dificuldade para se lembrar dos seus nomes. Às vezes, ele conversava com eles; às vezes, não. Aaron era muito hábil em cuidar de tudo para ele. Tia Vivian era também muito experiente em receber as pessoas.

Ele percebia, no entanto, como os primos estavam profundamente perturbados. Estavam moderados, constrangidos e, acima de tudo, perplexos. Não se sentiam à vontade na casa; e às vezes até pareciam um pouco assustados.

O mesmo não acontecia com Michael. A casa estava vazia e limpa no que lhe dizia respeito. E ele conhecia cada conserto mínimo que havia sido feito; cada tom de tinta que havia sido usado; cada pedacinho restaurado no reboco ou nas madeiras. Ela era sua maior realização, até as novas calhas de cobre e os pisos de cerne de pinho que ele mesmo havia lixado e tingido. Ele se sentia muito bem ali.

– Fico feliz de ver que você não está mais usando aquelas luvas horrorosas – disse Beatrice. Era domingo, a segunda vez que ela vinha visitá-lo, e eles estavam sentados no quarto.

– Não preciso mais delas. É estranhíssimo, mas, depois do acidente na piscina, minhas mãos voltaram ao normal.

– Você não tem mais as visões?

– Não. Talvez eu nunca tenha usado direito aquele poder. Talvez eu não o tenha usado a tempo. E por isso ele me foi retirado.

– Parece uma bênção – disse Bea, tentando esconder sua perplexidade.

– Agora não faz mais diferença – disse Michael.

Aaron acompanhou Beatrice até a porta. Só por acaso Michael passou pelo alto da escada e ouviu o que ela dizia a Aaron.

– Ele parece dez anos mais velho. – Bea na realidade estava chorando. Ela implorava a Aaron que contasse como essa tragédia havia acontecido. – Eu poderia acreditar que esta casa é amaldiçoada. Ela é cheia de tudo que é maligno. Eles nunca deveriam ter planejado morar nela. Nós deveríamos tê-los impedido. Você devia fazer com que ele saísse daqui.

Michael voltou para o quarto e fechou a porta.

Quando olhou no espelho da velha cômoda de Deirdre, constatou que Bea tinha razão. Ele realmente parecia mais velho. Não havia percebido os cabelos grisalhos nas têmporas. Havia um pouco de grisalho salpicado em todo o resto também. E talvez ele tivesse algumas rugas a mais no rosto do que tinha antes. Talvez até muitas delas. Especialmente em volta dos olhos.

De repente, ele sorriu. Nem havia notado o que estava vestindo nesta tarde. Agora via que era um casaco de cetim escuro com lapelas de veludo, que Bea havia mandado para ele no hospital. Tia Viv havia arrumado a roupa que ele ia vestir. Imaginem, Michael Curry, o menino do Irish Channel, usando um traje desses, pensou. Aquilo devia pertencer a Maxim de Winter em Manderley. Ele deu um sorriso melancólico para sua própria imagem, com uma das sobrancelhas erguida. E o grisalho nas têmporas dava uma impressão de quê? De distinção.

– *Eh bien, monsieur* – disse ele, procurando imitar para si mesmo a voz de Julien que ouvira na rua em San Francisco. Até sua expressão estava um pouco mudada. Ele sentia nela um toque da resignação de Julien.

É claro que esse era o seu Julien, o Julien que vira no ônibus, e que Richard Llewellyn havia visto uma vez em sonho. Não o Julien sorridente e brincalhão dos seus retratos, nem o Julien ameaçador e gargalhante daquele lugar sinistro e infernal, cheio de fogo e fumaça. Aquele lugar não existia realmente.

Ele desceu devagar, como o médico recomendava, e entrou na biblioteca. Não havia nada na escrivaninha desde que ela havia sido esvaziada após a morte de Carlotta, e ele se apropriara dela, mantendo ali o seu caderno. O seu diário.

Era o mesmo diário que ele havia iniciado na primeira visita a Oak Haven. E ele continuava a escrever nele, fazendo registros quase todos os dias, porque era o único lugar em que podia expressar o que realmente sentia acerca do que havia acontecido.

É claro que havia contado tudo a Aaron. E Aaron era a única pessoa a quem jamais contaria.

Mesmo assim, ele precisava dessa relação serena e contemplativa com a página em branco para se abrir por inteiro. Era delicioso ficar ali sentado, erguendo os olhos só de vez em quando para ver os transeuntes que iam na direção da St. Charles Avenue para ver o desfile de Carnaval. Só mais dois dias para o feriado.

No entanto, uma coisa que não lhe agradava era o fato de que às vezes ele ouvia os tambores em meio ao silêncio. Isso havia acontecido ontem, e ele odiou.

Quando estava cansado de escrever, ele pegava na prateleira seu volume de *Grandes esperanças*, sentava-se no sofá de couro mais próximo à lareira e começava a ler. Calculava que daí a pouco Eugenia ou Henri viriam, trazendo-lhe algo para comer. Talvez ele comesse, talvez não.

54

"Terça-feira, 27 de fevereiro, noite de Carnaval.

"Nunca vou acreditar que o que vi da segunda vez foi uma visão verdadeira. Sustento agora, e sempre sustentarei, que foi obra de Lasher. Aquelas não eram as

Bruxas Mayfair, porque elas não estão aqui, presas à terra, à espera de passar pelo portal, embora essa possa ser uma mentira que ele contou a elas durante a vida de cada uma, parte do pacto a que recorreu para conquistar sua cooperação.

"Creio que, à medida que cada um morria, ele ou ela deixava de existir ou atingia um conhecimento maior. E não havia nenhuma intenção de cooperar com qualquer plano nesta terra. No máximo, houve tentativas no sentido de frustrar o plano.

"Uma tentativa desse tipo ocorreu quando Deborah e Julien me procuraram pela primeira vez. Eles me falaram do plano e disseram que eu tinha de intervir, de atrair Rowan para que não fosse seduzida por Lasher e por suas táticas enganosas. E em San Francisco, quando me disseram que voltasse para casa, eles estavam mais uma vez procurando fazer com que eu interferisse.

"Acredito nisso porque não há nenhuma outra explicação sensata. Eu nunca teria concordado com nada tão perverso quanto a paternidade da criança por meio da qual aquele monstro voraz pudesse se realizar. E se eu estivesse informado de um horror desses não teria despertado com uma sensação de obrigação e objetivo, mas, sim, num pânico total e com uma repulsa profunda por aqueles que haviam tentado me usar.

"Não. Foi obra de Lasher, essa última visão alucinante de almas infernais, presas à terra, e sua moralidade feia e ignorante. E não sei por que Aaron não consegue perceber, mas é claro que o sinal foi a aparição das freiras na visão. Pois é mais do que certo que as freiras estavam deslocadas ali. E os tambores de Carnaval, eles também estavam deslocados. Ambos pertenciam aos meus medos da infância.

"Todo aquele espetáculo infernal teve origem nos receios e pavores da minha infância, e Lasher misturou tudo aquilo com as Bruxas Mayfair para criar um inferno para mim, que me manteria morto, afogado, em desespero.

"Se o seu plano tivesse funcionado, é claro que eu teria morrido, sua visão do inferno teria desaparecido e talvez, só talvez, em alguma vida futura eu chegasse a encontrar a verdadeira explicação.

"No entanto, é difícil imaginar essa última parte. Porque não morri. E o que tenho agora, se é que vale alguma coisa, é uma segunda chance de parar Lasher, simplesmente por estar vivo e por estar aqui.

"Afinal, Rowan sabe que eu estou aqui, e eu não posso acreditar que nela se extinguiu o último vestígio de amor por mim. Isso não bate com o que me dizem os meus sentidos.

"Pelo contrário, Rowan não só sabe que eu estou esperando; ela quer que eu espere. E foi por isso que me deu a casa. Ao seu próprio modo, ela me pediu que ficasse aqui e que continuasse a acreditar nela.

"Meu pior medo, porém, é que, agora que aquele ser voraz tem um corpo, ele fará algum mal a Rowan. Ele atingirá algum estágio no qual não precise mais de

Rowan e tentará se livrar dela. Só posso esperar e rezar para que ela destrua a criatura antes que chegue essa hora, embora quanto mais eu reflita sobre o assunto, mais eu me conscientize de como será difícil para Rowan conseguir isso.

"Rowan sempre tentou me avisar que nela havia uma propensão para o mal que não existia em mim. É claro que eu não sou o inocente que ela supunha. E ela não é má na realidade. Mas brilhante e puramente científica é o que ela é. Ela está apaixonada pelas células da criatura. Sei que está, de uma perspectiva estritamente científica, e as está estudando. Está estudando todo o organismo, como ele se comporta e como ele se movimenta no mundo, e concentra sua atenção em saber se ele é ou não é uma versão aperfeiçoada de um ser humano, e, se for, o que esse aperfeiçoamento representa e como ele poderá ser usado para o bem.

"Também não entendo por que Aaron não consegue aceitar isso. Ele é tão solidário, mas tão persistente em não se comprometer. O Talamasca é mesmo um monte de monges e, apesar de ele não parar de me pedir para eu ir para a Inglaterra, isso simplesmente não é possível. Eu jamais conseguiria viver com eles. Eles são distanciados demais; e bastante teóricos.

"Além do mais, é absolutamente essencial que eu espere aqui por Rowan. Afinal de contas, apenas dois meses se passaram, e pode demorar anos até Rowan finalmente ter condições de resolver esse caso. Ela tem só 30 anos, e ter essa idade nestes nossos tempos significa ser realmente jovem.

"Conhecendo Rowan como eu conheço, sendo a única pessoa que a conhece de verdade, estou convencido de que Rowan acabará por atingir a verdadeira sabedoria.

"Portanto, essa é a minha visão do que ocorreu. As Bruxas Mayfair, como um conciliábulo de mortos presos à terra, não existem e nunca existiram, e o pacto foi uma mentira. Minhas primeiras visões eram de seres bons que me enviaram aqui na esperança de encerrar um reino do mal.

"Será que elas estão zangadas comigo agora? Será que me voltaram as costas por esse meu fracasso? Ou será que aceitam que tentei, usando os únicos instrumentos que possuía? E talvez percebam, o que eu antevejo, que Rowan irá voltar e que a história não terminou?

"Não tenho como saber. Mas sei, sim, que não há nenhum mal à espreita nesta casa, nenhuma alma perambulando por seus quartos. Pelo contrário, ela dá uma impressão maravilhosamente limpa e luminosa, exatamente como eu pretendia.

"Ando examinando os sótãos aos poucos, descobrindo coisas interessantes. Encontrei todos os contos de Antha, e eles são fascinantes. Fico sentado lá em cima, no quarto do terceiro andar, e os leio à luz do sol que entra pelas janelas. E sinto Antha que me envolve, não um fantasma, mas a presença viva da mulher que escreveu aquelas frases delicadas, procurando exprimir sua agonia e sua luta, bem como sua alegria por ser livre por tão pouco tempo em Nova York.

"Quem sabe o que mais vou encontrar lá em cima? Talvez a autobiografia de Julien, enfiada por trás de uma viga.

"Se eu ao menos tivesse mais energia, se ao menos não tivesse de fazer tudo tão devagar e um passeio por isso aqui tudo não fosse uma tarefa tão pesada.

"É claro que este é o lugar mais extraordinário onde se possa dar um passeio. Sempre soube disso.

"O velho roseiral está voltando à vida, exuberante, nestes últimos dias de calor; e bem ontem, tia Viv me disse que sempre havia sonhado com a ideia de ter rosas para cuidar na velhice, e que de agora em diante ela cuidaria dessas flores, que o jardineiro só precisava ajudá-la um pouquinho. Parece que ele se lembrou da "velha Miss Belle", que havia cuidado daquelas flores no passado, e agora fica enchendo a cabeça de tia Viv com os nomes das diversas variedades.

"Acho maravilhoso que ela goste tanto daqui.

"Eu mesmo prefiro as flores mais silvestres, menos cuidadas. Na semana passada, depois que instalaram de volta as telas na antiga varanda de Deirdre e que comprei uma nova cadeira de balanço para ali, percebi que a madressilva estava se espalhando pela nova balaustrada de madeira com toda a força e que subia para o ferro fundido, exatamente como estava quando chegamos aqui.

"E lá fora, nos canteiros, abaixo das sofisticadas camélias, as boninas silvestres estão voltando, da mesma forma que o pequeno cambará que chamávamos de 'bacon com ovos', por suas flores marrons e cor de laranja. Disse aos jardineiros que não toquem nessas plantas. Que deixem voltar aquela velha aparência selvagem. Afinal, neste momento, os desenhos sobressaem demais.

"Tenho a impressão de estar me movimentando de losangos para retângulos e quadrados quando caminho ali fora, e quero o jardim suavizado, escondido, mergulhado no verde, como o Garden District sempre esteve na minha lembrança.

"Além disso, não há privacidade. Logo hoje, quando as pessoas passavam em grandes grupos pelas ruas, dirigindo-se ao local do desfile na St. Charles Avenue simplesmente para perambular por lá com suas fantasias, muitas cabeças se voltaram para espiar através da cerca. Isso aqui devia ser mais reservado.

"Na realidade, quanto a esse mesmo ponto, aconteceu a coisa mais estranha hoje à noite.

"No entanto, vou resumir o dia, por ter sido a terça-feira de Carnaval o dia mais importante de todos.

"Os quinhentos parentes mais chegados estiveram aqui cedo, já que o desfile passa pela St. Charles Avenue por volta das onze. Ryan havia organizado tudo, com um belo bufê para o café da manhã a partir das nove, seguido por almoço ao meio-dia e um bar servindo chá e café o dia inteiro.

"Perfeito, especialmente por eu não ter de fazer absolutamente nada a não ser descer de vez em quando no elevador, dar alguns apertos de mão, beijar algumas bochechas e depois alegar cansaço, o que não era nenhuma mentira, e voltar lá para cima para repousar.

"A minha ideia exata de como administrar esta casa. Ainda mais, com Aaron ali para ajudar, e tia Vivian adorando cada minuto da reunião.

"Das varandas de cima, fiquei olhando as crianças que corriam daqui até a avenida e vice-versa, que brincavam lá fora no gramado e até nadavam já que o dia estava realmente lindo. Eu não me aproximaria daquela piscina por nada neste mundo, mas é bom ver as crianças espadanando na água; é bom mesmo.

"Uma maravilha perceber que a casa propicia tudo isso, quer Rowan esteja aqui, quer não. Quer eu esteja aqui, quer não.

"Por volta das cinco horas, quando tudo estava se acalmando, e algumas das crianças cochilavam, enquanto todos esperavam pelo desfile, toda aquela paz e serenidade terminou.

"Ergui os olhos de *Guerra e paz* para ver Aaron e tia Viv parados ali, diante de mim e, antes que falassem, eu já sabia o que iam dizer.

"Eu devia me trocar, devia comer alguma coisa, devia pelo menos experimentar os pratos sem sal que Henri havia preparado com tanto cuidado para mim. Eu devia descer.

"E eu devia pelo menos caminhar até a avenida para ver, disse tia Viv, exatamente o último desfile da noite de Carnaval.

"Como se eu não soubesse.

"Aaron ficou em silêncio todo esse tempo, sem dizer nada, e depois sugeriu que talvez me fizesse bem ver o desfile depois de todos esses anos e como que desfazer a fantasia que havia se criado em torno dele. É claro que ele estaria lá ao meu lado o tempo todo.

"Não sei o que me deu, mas concordei.

"Vesti um terno escuro, gravata, todo elegante, penteei o cabelo, adorando a ideia do grisalho e, constrangido e desconfortável depois de semanas só de robes e pijamas, desci. Muitos beijos e abraços, além de cumprimentos carinhosos das dezenas de parentes que perambulavam por toda a parte. E eu não estava bonito? E eu não aparentava estar muito melhor? E todos aqueles comentários bem-intencionados, porém cansativos.

"Michael, o inválido por problemas cardíacos. Eu estava sem fôlego só de descer a escada!

"Fosse qual fosse o caso, antes das seis e meia comecei a caminhar lentamente na direção da avenida com Aaron. Tia Viv havia saído antes com Bea, Ryan e um batalhão de outros. E logo vieram os tambores, sim, aquela feroz cadência diabólica, como o acompanhamento de uma bruxa condenada a caminho da fogueira numa carroça.

"Odiei aquilo do fundo do coração. E odiei ver as luzes lá no alto, mas eu sabia que Aaron tinha razão. Eu devia ver o desfile. Além do mais, eu não estava mesmo com medo. O ódio é uma coisa. O medo, outra. Como eu me sentia perfeitamente calmo nesse meu ódio.

"A multidão era menor, já que estávamos chegando ao final do dia e do próprio Carnaval, e não tivemos nenhum problema para encontrar um lugar confortável para ficar no canteiro central, em meio a toda a grama destruída e todo o lixo do rebuliço do dia inteiro. Acabei me encostando num poste da linha dos bondes, com as mãos nas costas, quando começavam a surgir os primeiros carros alegóricos.

"Horrendas, horrendas, como haviam sido na minha infância, essas gigantescas estruturas oscilantes de papel machê que vinham lentamente pela avenida para além das cabeças da turba exultante.

"Lembrei-me de meu pai brigando comigo quando eu tinha 7 anos: 'Michael, você não tem medo de nada que seja real, sabia? Mas precisa superar esse seu pavor maluco dos desfiles.' E é claro que ele estava certo. Àquela altura eu já sentia um medo terrível dos desfiles, parecia um bebê chorão no que se relacionasse a eles e simplesmente acabava com o Carnaval do meu pai e da minha mãe. Essa era a pura verdade. Logo, logo superei isso. Ou pelo menos aprendi a esconder meus sentimentos com o passar dos anos.

"Bem, o que eu estava vendo agora que os portadores dos archotes vinham marchando e se exibindo, com aquelas tochas lindas e fedorentas, e o ruído dos tambores aumentava mais com a aproximação da primeira banda grande e altiva de alunos do ensino médio?

"Só um espetáculo maluco e bonito, não era? Em primeiro lugar, a iluminação era muito mais forte, com as luzes da rua, e os velhos archotes eram incluídos apenas em nome da tradição, não para clarear nada. Além disso, os rapazes e as moças que tocavam os tambores não passavam de moças e rapazes bonitos e animados.

"Depois, veio o carro do rei, em meio a aplausos e gritos, um grande trono de papel, alto, enfeitado e esplendidamente decorado, com o próprio rei muito elegante com sua coroa de pedrarias, máscara e longa peruca encaracolada. Quanta extravagância, todo aquele veludo. E é claro que ele acenava com o cetro com uma serenidade perfeita, como se aquela não fosse uma das cenas mais esdrúxulas deste mundo.

"Inócuo, tudo aquilo era inócuo. Nada de sinistro ou terrível; e ninguém estava a ponto de ser executado. A pequena Mona Mayfair de repente puxou minha mão. Queria saber se eu podia levantá-la nos ombros. Seu pai lhe havia dito que estava cansado.

"Claro que sim, disse eu. O difícil foi colocá-la nos ombros e conseguir voltar a me erguer. Não foi nada bom para meu velho coração. Eu quase morri! Mas, afinal, consegui, e ela se divertiu muito, pedindo presentes aos gritos e se esticando para pegar as contas de fantasia e os copos plásticos que caíam como chuva dos carros alegóricos que passavam diante de nós.

"E como eram bonitos e antiquados os carros. Como os da nossa infância, explicou Bea, sem nada dessas aparelhagens mecânicas ou elétricas modernas. Apenas elaboradas criações de árvores delicadas e trêmulas, flores e pássaros, primorosamente emolduradas em laminado cintilante. Os homens do desfile, mascarados e com trajes de cetim, davam duro lançando suas quinquilharias e seu lixo ao mar de mãos ansiosas.

"Por fim, tudo acabou. O Carnaval terminava. Ryan ajudou Mona a descer dos meus ombros, censurando-a por me incomodar, e eu protestei dizendo que havia sido divertido.

"Voltamos devagar a pé, Aaron e eu ficando para trás. E depois, quando a turma entrou para um pouco de champanhe e música, aconteceu uma coisa estranha que relato a seguir.

"Dei meu passeio de costume pelo jardim escuro, apreciando as belas azaleias brancas todas floridas, assim como as bonitas petúnias e outras flores anuais que os jardineiros haviam plantado nos canteiros. Quando cheguei junto à grande extremosa nos fundos do gramado, percebi pela primeira vez que ela finalmente voltava a brotar. Estava toda coberta por minúsculas folhas verdes, embora, à luz da lua, ainda parecesse nua e esquelética.

"Fiquei ali parado debaixo da árvore alguns minutos, olhando na direção da First Street, vendo os últimos que passavam pela cerca de ferro. Acho que estava me perguntando se poderia arriscar um cigarro aqui fora sem ninguém para me flagrar e me impedir de fumar, e depois me dei conta de que Aaron e tia Viv, seguindo ordens do médico, haviam jogado todos os cigarros fora.

"Fosse o caso qual fosse, estava ali, nos meus devaneios e adorando o calor da primavera, quando percebi que uma mulher e um menino passavam apressados lá fora e que a criança, ao me ver debaixo da árvore, apontou para mim e disse à mãe alguma coisa sobre 'aquele homem'.

"Aquele homem.

"Isso me atingiu como uma piada. Eu era 'aquele homem'. Eu havia trocado de lugar com Lasher. Agora eu era o homem do jardim. Eu havia assumido sua velha posição e seu papel. Eu era sem sombra de dúvida o homem de cabelos escuros da First Street, e essa ideia e a ironia dessa imagem me fizeram rir muito.

"Não era de estranhar que o filho da puta dissesse que me amava. Devia mesmo. Ele roubou meu filho, minha mulher e amante, e me deixou aqui plantado no seu lugar. Ele tirou de mim a vida e me deu em troca o local que assombrava. Por que ele não haveria de me amar por tudo isso?

"Não sei quanto tempo fiquei ali, sorrindo para mim mesmo, rindo em silêncio na escuridão, mas aos poucos fui sentindo um cansaço. Ficar em pé por algum tempo já me deixa exausto.

"Foi quando uma tristeza profunda se abateu sobre mim, porque tudo parecia ter um significado, e achei que talvez tivesse estado errado o tempo todo e afinal as bruxas *existissem mesmo*. E todos nós estivéssemos amaldiçoados.

"Mas não acredito nisso.

"Prossegui com meu passeio noturno e mais tarde me despedi de todos aqueles parentes simpáticos, prometendo visitá-los, sim, quando me sentisse melhor, e lhes garantindo que teríamos mais uma grande festa aqui no dia de São Patrício, daqui a algumas semanas.

"A noite finalmente ficou vazia e silenciosa como qualquer outra noite aqui no Garden District, e o desfile de Carnaval, em retrospectiva, pareceu ainda mais irreal na sua beleza e no seu exagero, como algo que não poderia ter acontecido com toda aquela pompa e seriedade num mundo adulto.

"É, conquistei mesmo o antigo medo indo lá. Espero e rogo que tenha calado para sempre aqueles tambores.

"E não acredito que tudo foi projetado, planejado, destinado. Não acredito.

"Talvez Aaron, com a sua atitude de aceitação e sua tolerância dogmática possa acalentar a ideia de que tudo tenha sido planejado, de que até a morte do meu pai fez parte disso e de que eu fui destinado simplesmente a ser um macho reprodutor para Rowan, um pai para Lasher. Mas isso eu não aceito.

"E não é só que eu não acredite. Eu não consigo acreditar.

"Não posso acreditar porque minha razão me diz que um sistema desses, no qual alguém determina todos os movimentos, seja ele um deus ou um demônio, seja nosso subconsciente ou a tirania dos nossos genes, um sistema desses é simplesmente impossível.

"A própria vida deve ter como base a infinita possibilidade da escolha e do acaso. E, se não pudermos provar isso, devemos acreditar que é assim. Precisamos acreditar que podemos mudar, que podemos controlar, que podemos dirigir nossos próprios destinos.

"As coisas poderiam ter sido diferentes. Rowan podia ter se recusado a ajudar aquele ser. Ela poderia tê-lo matado. E ainda pode matá-lo. E por trás dos seus atos pode estar a trágica possibilidade de que, uma vez que a criatura houvesse se tornado carne, Rowan não conseguiu se forçar a destruí-la.

"Recuso-me a julgar Rowan. A raiva que senti por ela agora desapareceu.

"E foi de livre e espontânea vontade que optei por ficar aqui, à sua espera, acreditando nela.

"Essa confiança em Rowan é o primeiro mandamento do meu credo. E por mais complexa e imensa que pareça a teia dos acontecimentos, por mais que se assemelhe aos desenhos das lajes, das balaustradas e dos ferros fundidos repetitivos que dominam este pequeno terreno, mantenho-me fiel ao meu credo.

"Acredito no Livre-Arbítrio, a Força Todo-Poderosa pela qual nos conduzimos como se fôssemos filhos e filhas de um Deus justo e sábio, mesmo que não exista esse Ser Supremo. E pelo livre-arbítrio podemos optar por fazer o bem nesta terra, sem nos importarmos com o fato de que todos morreremos, e de que não sabemos para onde vamos quando morrermos, nem se nos aguarda alguma justiça ou explicação.

"Acredito que, através da razão, podemos saber o que é o bem. Acredito na comunhão de homens e mulheres, na qual o perdão dos erros sempre terá maior significado do que a vingança. E acredito que, no belo universo natural que nos cerca, nós representamos os seres melhores e mais perfeitos, pois só nós podemos ver essa beleza natural, apreciá-la, aprender com ela, chorar por ela e procurar conservá-la e protegê-la.

"Acredito, finalmente, que somos a única força moral verdadeira no mundo físico, criadores da ética e dos conceitos morais, e que devemos ser tão perfeitos quanto os deuses que criamos no passado para nos orientar.

"Acredito que, através dos nossos melhores esforços, acabaremos por conseguir criar o paraíso na terra; e que já o fazemos sempre que amamos, sempre que abraçamos, sempre que nos comprometemos a criar em vez de destruir, sempre que colocamos a vida acima da morte, e o natural acima do que não é natural, na medida em que sejamos capazes de fazer essa distinção.

"E acho que acredito, em última análise, que é possível se atingir uma paz de espírito diante dos piores horrores e das maiores perdas. Ela pode ser atingida através da crença na mudança, na vontade e no acaso; e através da crença em nós mesmos, que iremos com maior frequência agir com correção diante da adversidade.

"Pois são nossos o poder e a glória, porque somos capazes de visões e ideias que são basicamente mais fortes e mais perenes do que nós mesmos.

"Esse é o meu credo. É por isso que acredito na minha interpretação da história das Bruxas Mayfair.

"É provável que ela não se sustentasse diante dos filósofos do Talamasca. Talvez nem chegue a entrar no arquivo. Mas é a minha crença, por menor que seja seu valor, e é nela que me apoio. E se eu fosse morrer neste exato instante não sentiria medo. Porque não posso acreditar que nos espere o caos ou o horror.

"Se é que nos aguarda algum tipo de revelação, ela deve ser tão boa quanto nossos ideais e nossa melhor filosofia. Pois sem dúvida a natureza deve abranger o visível *e* o invisível, e não poderia ser inferior a nós. Aquilo que faz com que as flores se abram e que os flocos de neve caiam deve conter uma sabedoria e um segredo final tão elaborado e lindo quanto a camélia florida ou as nuvens que se reúnem lá em cima, tão brancas e puras na escuridão.

"Se isso não for verdade, somos vítimas de uma ironia assombrosa. E todos os demônios dos infernos bem poderiam estar dançando no salão. O diabo poderia existir. Não haveria nada de errado com as pessoas que queimam outras até a morte. Qualquer coisa valeria.

"Mas o mundo é simplesmente lindo demais para isso.

"Pelo menos, é assim que me parece agora que estou sentado na varanda telada, na cadeira de balanço, com todo o barulho do Carnaval já extinto há muito tempo, escrevendo à luz distante do salão atrás de mim.

"Só a nossa capacidade para o bem é tão perfeita quanto essa brisa sedosa que vem do Sul, tão perfeita quanto o cheiro da chuva que começa a cair, com um chiado leve ao atingir as folhas reluzentes, tão delicada, tão suave quanto a visão da própria chuva como prata salpicada no tecido da escuridão envolvente.

"Volte para casa, Rowan. Estou à espera."